Maman妈妈!

Nunc scio quid sit Amor. Laudo te, benedico te, adoro te, glorifico te.

Gratias maximas tibi.

사진위치수정요망.

일러 두기와 저자의 말:

이 책의 모든 외국어들은 읽지 않아도 전체를 이해하는 것에 지장을 주지 않습니다. 그저 이미지로 보아도 되며, 책 전체를 **그림책**으로 생각하면 됩니다. 이 책의 모든 내용은 허구이며 부분적으로 사실에 기반하였지만 하나의 **픽션**으로 이해할 수 있습니다. 보르헤스와 세르반테스의 유희를 반복하고 있지만 메나르는 존재하지 않고 누가 누구를 모방했는가의 미로 속에서 수수께끼를 풀어야 합니다. 모방은 창작 보다 위대합니다. 이 책에 등장하는 모든 이름은 역사적으로 실존했던 인물들을 의미하지는 않습니다. 허구는 진실 보다 더 사실적입니다.

독일식의 교양소설(Bildungsroman)로서 저자들의 예술과 인문학적 탐구의 체험을 인용하고 기록한 것입니다. 벤야민의 아케이드 프로젝트와 조이스/베케트적인 글쓰기의 영향이 **on and/or off** 상태로 진행됩니다. 이 책은 서점의 기존 분류체계를 교란하고 있습니다. 인문학, 역사, 외국어, 미술, 소설 그 어느 것으로 분류하여 배치해도 좋고 이 모든 분야에 한 권씩 놓이기/노이기를 희망합니다. ~~일체의 교정, 편집, 디자인을 거부하였으며 **non-design**의 정신으로 만들어져 이 세상에 나오게 될 예정입니다. 삭제된 부분은 읽지 말기를~~ 부탁드립니다. (金旲)

벤야민 번역하기

초판인쇄 2020년 1월 5일 **초판발행** 2020년 1월 15일
지은이 김재준 **펴낸이** 박성모 **펴낸곳** 소명출판
출판등록 제13-522호 **주소** 서울시 서초구 서초중앙로6길 15, 1층
전화 02-585-7840 **팩스** 02-585-7848 **전자우편** somyungbooks@daum.net **홈페이지** www.somyong.co.kr
ISBN 979-11-5905-470-9 03810 | ⓒ 김재준, 2020

값 33,000원

벤야민 번역하기

Über den Begriff der Geschichte

Sul concetto di storia

On the Concept of History

역사의 개념에 대하여

歷史哲學論綱

인용과 번역과 문법에 대하여

김재준/오형준

Angella Nova, 새로운 천사, 새로운 노래, Nueva Canción

"Per un libro imperfetto
불완전한 책을 위하여

Por un arte imperfecto
불완전한 예술을 위하여

Pro ethica asymmetria
비대칭적 윤리학을 위하여

爲"被害大衆"的政治
"피해대중"을 위한 정치를 위하여 à la 曺奉岩

Je 我 n'ai 不 jamais 書 écrit, 信 ant le faire 두잇,
je n'ai jamais rien fait qu'attendre 前 la porte *ouverte.*
　　　　　　　　　　　　　　기다리다　　　　　열린 문

"Beherrscht dich ein Gedanke 생각, so findest du ihn überall 어디에나 ausgedrückt, du riechst 리히스트 ihn sogar im Winde 바람."
思考 shikō 가가 **あなた** 아나타 **you** 를를 支配 지배 する 하다 なら면, **당신**은 그것이 어디에나 everywhere 표현되어 expressed 있다는 것을 알게 find 될 것이며, **你 you** 甚至可以在風中 in the wind 嗅 smell 到它.

무신거옌 고람신디 몰르쿠게? (뭐라고 말하 talk 는 ing 지 모르겠지요?) 게메마씀 와ㅋ와ㅋ하우다. (글쎄요 캄캄합니다) 안 보여! 飜譯(번역)은 금지(禁止)되었다가 解禁(해금)되었다. 하영봅서, (많이 보세요.) 밥 Bob 봅 보비 로버트 Blowin' in the Wind 風.

Ich stehe zwischen zwei Welten, bin in keiner daheim und habe es infolgedessen ein wenig schwer. Ihr Künstler nennt mich einen Bürger, und die Bürger sind versucht, mich zu verhaften … 위치변경 예정/그냥 둬.
"I stand between two worlds. I am at home in neither and this makes things a little difficult for me. You artists call me bourgeois, and the bourgeois feel they ought to **** me …"

2

"난 두 세계 사이에 서 있어서, 어느 세계에도 안주할 수 없습니다. 그래서 살아가는 게 좀 힘이 듭니다. 당신 같은 예술가는 나를 시민계급이라고 부르고, 부르주아들은 나를 ****하고 싶어 합니다.

テレビを みてばかりいると バカになる. 新聞も小説もインターネットも同じだ?
tellebijeon-eulbogo man-iss-eumyeon baboga-doenda.　　　　　Hi, AB 氏.

선언문 Manifesto of a nonartist

"모든 사람은 예술가다." 요셉 보이스는 말했다. 나는 이 말이 오랫동안 불편했다. 왜 예술가가 나를 예술가라고 규정한다고 해서 내가 예술가가 되어야 하는가? 보이스의 이 말이 의미가 있으려면 예술가가 아닌 내가 "나는 예술가다." 라고 말할 수 있어야 하고 또 말해야 할 것이다. 나에게는 아무런 예술적 재능이 없다. 나는 재능없음을 선택한 예술가라고 선언하겠다. 우연히 나는 재능이 없는 사람이 예술가와 동등한 또는 더 뛰어난 작품을 만들 수 있다는 것을 발견했다. "그런것같다/모르겠다." 동시에 왜 내가 예술가가 되길 원해야 하는가? 나는 내가 예술가임을 거부한다. 나는 모든 창의성과 새로움에 저항하는 비예술가(non-artist)임을 선언하겠다. 20 세기 초반, 예술가는 무엇이 예술인지를 선택할 수 있는 권위/권력을 선포했다. 그리고 모든 것이 바뀌었다. 시각예술은 시각철학이 되었고 작품과 관객사이의 상호작용을 중시하는 기술적 상상력의 시대가 되었다. 관객모독의 시대가 저물고 있다. 이제 예술가의 독점권獨占權력力은 종식되어야 한다. 지금부터 비예술가는 이것이 예술이라고 선언할 수 있는 자유를 가진다. 동시에 이것은 예술이 아니다라고 말할 수 있는 권력을 상상한다. 이제부터 이 그림은, 사진은, 미디어아트는, 음악은, 무용은 더 이상 예술이 아니라고 나는 선언한다. Хорошо? 허롸쇼

　당신이 원하는 것은 무엇인가?
아우라(Aura)는 예술작품에서 예술가로 이동했고 예술가는 현대의 슈퍼스타, 권력자가 되었고 미술관, 공연장은 성전聖殿이 되었다. 큐레이터와 문학편집자도 새로운 권력이다. 나는 근대 유럽인과 그 후예들의 그리고 그 추종자들의 예술독점을 거부하고 모든 예술가들의 영향력과 권위와 특권을 해체하고 싶다. 예술가/예술전문직종사자의 권력이 지금 이 순간 소멸되었음을 선언한다. Comme il vous plaira/As You Like It

　아무런 권위도 없는 미미한 존재인 당신이 그런 말을 한다고 무슨 의미가 있는가?
단 한 사람이라도 이런 생각을 하는 순간 이 세계는 변한다. 이름없는 한 사람이 자신이 예술가임을 인식하지도 못했던 그 사람이 아마도 이런 생각을 했었을 것이고 세상은 이미 우리가 알지 못하는 사이에 변했을 것이다. 나는 그 무명의 예술가/비예술가의 보이지 않는, 들리지 않는 메시지에 감응한 것일 수도 있다. 이런 사람들이 늘어나고 있는 소리가

3

들리지 않는가? 모든 권력에 저항하는 사람들의 소리없는 외침이 들리지 않는가? "무대 위에 뛰어 올라가 당황하는 예술가들의 무대를 점령하라. 객석에서 일어나 큰소리로 노래부르고 춤을 추어라. 공연을 중단시켜라." 그렇게 상상해 보라. <u>모두가 예술의 아우라를 나누</u>

<u>어 가져야 한다.</u> 지금 여기에서. 이것이 벤야민이 말하고 싶었던 궁극적인 아우라의 소멸이며 진정한 예술의 종언이다. 아니 예술가의 소멸이다. It is ready!

난 당신을 이해할 수 없다. 당신은 스스로를 어떤 존재라고 생각하는가?

나는 그저 나일뿐이다. 나는 예술가이며 동시에 비예술가이다. I am that I am. I am an artist and non-artist. ~~아니다. 나는 비예술가이다.~~

알겠다. 일단 아는 척하기로 하자. 이 책의 정체는 무엇인가?

화가에게는 소설이고, 소설가에게는 미술작품이고 내가 생각하기에는 문학이면서 동시에 미술이다. Ggolin Eund Eroji Kulish Io. Please translate this.

****

극단적으로 많은 것을 동시에 배워서 도달하는 무지無知의 상태에서 무엇을 할 수 있을까? Nothing and Everything. 날 이해하겠지, David. 그럼 잘 알지.

지금 이 순간 이 책이 하나의 소설(私小說)임을 나는 너는 선언한다.

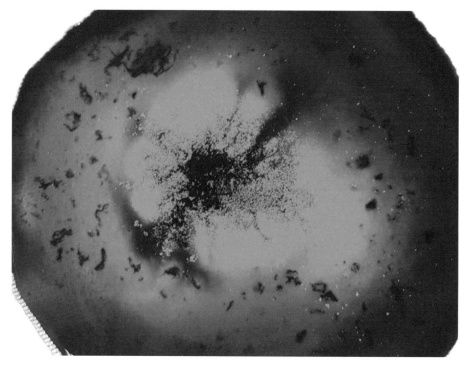

Overture

말장난은 아니에요	8

作の亂일까?

서문: 실험, 규칙을 지키지 않기 (허경)	18

Da Capo?

열정 熱情 La passion

와류 渦流 turbulence	51

유희 Homo Ludens

주화입마 走火入魔	64

혼란의 공부법: 모든 것을 동시에 다 배우다. omnes simul 이라고 해 주세요.

"내 꿈이 이루어지는 나라"와 역사소설	79

미술전시회

모르겠다 모르다	92

힘들지만 재밌어

분노를 노래하소서, 여신이여

사르트르의 글쓰기	119

역사와 일본이라는 야만

알제리 전투 La Battaglia di Algeri 와 프랑스라는 야만

프루스트, Marcel	139

카카오 chocolat 대화록

mont mont mont 킬리만자로의 표범 또는 킬표	150

나를 고백한다

광화문에 서다.	188

번역 세미나_평범한 개츠비

나는 우리가 아니다	199

To the Ball!

Walter Benjamin 1940. Quo vadis Ualterius?	212

I 난장이 꼽추 또는 곱추 난쟁이	*이제 그만!*

II 한줄기 바람	233

III 연대기 기술자

IV 역사의 하늘   268

V 과거의 진정한 이미지

VI 적들은 승리하기를 멈추지 않는다.   303

VII 카르타고의 슬픔

VIII 비상사태

IX 새로운 천사 Der Engel der Geschichte 그리고 키퍼   327

Χ 수도사

XI 사민당에 대해서

XII (여기부터 다시 검토!)

     아도르노와 벤야민을 동시에 생각하기   360

XIII 깨어나는 인민

     대화록 Dialogues, Σωκρατικὸς λόγος 는 아니에요. *시노트와 푸쉬킨.*

XIV 지금시간   403

XV 여호수아의 시계

XVI 옛날옛적에

XVII 성좌 Konstellation   425

XVIII 인류의 역사

     Summary 와 나의 고백 Confiteor   442

번역의 의미: translation or interpretation?(JMK)   462

Da Capo al Costellazione

최소의 문법 最小文法 Minima Grammatica   466

부록   537

declensions and conjugations 의 기쁨과 고통

성경번역과 불경번역에 대해서

최단시간에 미술가가 되는 법: 조형어법   579

마지막 추가 횡 설 수 설   585

A Historical Event As Images 마지막 부록   596

해설: 파격적인 너무나 파격적인 (문병호)   638

Overture

Umber, um zu

나는 그를 모른다. 그는 나와 함께 서울 사간동 국립현대미술관에서 윤형근을 보고 있다.

οὐδ᾽不 ἀφέντι 投 λίθον 石 ἔτ᾽而 αὐτὸν 之 δυνατὸν 能 ἀναλαβεῖν 收回

기다려

말장난은 아니에요

"太陽 태양 햇님 O sole mio 작열灼熱하는 바다 θάλαττα 라고 불리는 호수 근처 어둡고 축축촉촉한 동굴에서 문서가, 문서의 파편들 fragmenta, Q sea Kapernaum scrolls 가 발견되었다. 발견되지 않았다. 오랜 시간이 흘러 심隱하게 훼손된 양피羊皮에서 이런 글을 읽을 수 (있+없)었다. νομίσητε ὅτι ἦλθον β αλεῖν εἰρήνην ἐπὶ τὴν γῆν· οὐκ ἦλθον βαλεῖν μάχαιραν ἀλλὰ εἰρή νην. οὐκ ἦλθον γὰρ διχάσαι ἄνθρωπον κατὰ τοῦ πατρὸς αὐτοῦ καὶ θυγατέρα κατὰ τῆς μητρὸς αὐτῆς καὶ νύμφην κατὰ τῆς πενθερᾶς αὐτῆς, καὶ φίλοντες τοῦ ἀνθρώπου οἱ οἰκιακοὶ αὐτοῦ.

이 내용이 maxime 위험하다는 판단오판에 따라, *누구의 결정? 모르겠어,* 번역은 금지되었다. *검열이군요. 여기서 포기하지 말고 다음 페이지까지만 읽어보세요. 벤야민의 아케이드 프로젝트 Passagenwerk 를 이상적인 글쓰기로 생각하고 가능한 미완성과 불완전 성을 목표로 하였습니다.* 나는 그저.아주.조금 궁금하다, 저 알수없는글자들이 무슨 말말말 馬을 달리고 있는지, cries the Nut. 그래서 나의 호호기기심을 충蟲족足시키기 위한 해독 decode 작업에 착착수하려다가, 일단 지암실시 Detox 제독의 휴식 시간을 가 ~~지도록~~ 하면 좋겠~~다는~~ 생각이 잠시 들었다.

미 루는 습관은 sempre 很헌好하오라는 Kafkaesque 데츠가쿠哲学에 따라, Alas! 내가 배운 어휘는 다 日本語였어. 무차별곡선. 머리가 빠가지는군. 잊어버려. Forget me not. I can dance the night away, Zwei und/aber you can't give everything away, David. 얼마나 un bit more alcho ROM 만흔 시간을 procraaastino 하는 가나다 고 민하다가, 이 지연되는 기간에 ficfac 을 하기로, ad hoc solum et never more, Edgar. 파도를 타고 그래 하여튼 허구라, 아무렴 그렇고말고. 아니에트. 버녁자거비우서 니잔하, Isak, **뭘** que 러미 **해야** fais je **하는**가 Hanukkah? Hello 04718, 촛불을 켜, 토스트 구울까? 건배를 할까?

"Du er ikke alene." You are not alone, 마이콜, 可口可樂 가렴주구(苛斂誅求) 레 이디 가가. 그렇구나, Michael, 노라조 Norazo. νομίζω ὅτι 호또コーヒー 호떡. *好 學 文어學종 蚊狢, 問學.*

Nur du, et moi, Mike 그만 해라 Ἥρα 여신이시여. 你和我, 乔丹

Ik 이크, 모르겠어.   **Я**야

버클리에 왔더니갔더니 *Jazz DeComposition* 시간에 이걸저걸 처음나중에 배웠어, 배우지 않았어. esse est percipi \ e se est perk   pē\ To be is to be perceived.

Being myself means being shy and cowardly. 부끄럽다는건내가나자신이된다는것이다.
No, I wanna be Nobody, Hold on to nothing, and he won't let you down
이제 노래냄새가 들려간다. He sings a song of the songs that I could not dare to sing:
Seeing less and feeling more / Saying No andbut meaning Yes
This is all I ever meant / That's the message that I sent to all the Anonymous Fuckers
ㅈㄷ / / 소두 ㅛㅐㅕ 추무 해 려차 ㅛㅐㅕ ㄱㄴ딜 ㅛㅐㅕ ㅡㅐㅅ돋ㄱ려ㅏ ㄷㄱ 려. 녀ㅏ ㅡㅛ ㄱㅁ먀교 ㅁㄴㄴ ㅐ / ㄷ ㅛㅐㅕ ㅓ히ㄱㅛ ㅁㄴㄴ ㅐ / ㄷ ㅡㅐㅅ돋ㄱ려ㅏ ㄷㄱ 려ㅏ ㅑㅜㅎ

왜 이런 짓을 하느냐구요? 하지않았어. 한동안 외국어와철학을 과도과소하게 많이 배운 원인결과인데, excessive optimality 일종의 후(珝)유증(遺贈)? Euphoria? 外國語과잉학습 이후 찾아온 하나의 이상李箱감각, 잘 毛르겠圖요. 베케트와 조이스틱을 실실失實험험해 본 것이기도 하고. 하이데거와벤야민와아도르노를 읽으면서 그 難解난해 abstruse books 의 내용을 완전히, ah 절반이라도, ah 단 한문장이라도 완벽히 이해 2pac 하는 것은 불가능하다는 것乙알게되었古, mais joie gaudia, 또 모르지만 모르면 모를수록 코뿔소같이 체념하면서 나무늘보처럼 적극적으로 즐겁게기쁘 plaisir 게 읽고 lego 있는 나 mē 를 발견하게된 그런 기, 기쁨 때文일까 堯? 중3수준에맞추라는 방송국피디와 일부 신문기자들, 기러기가창밖을날고잇어요. 무조건알기쉽게써야한다는 출판사편집자의 말에 反共感하고 Schiffer Easy 쉽게써야한다는 억압에서 자유 row row your boat 하려고 해. Tom & Toms Sawyer 가 다른 아해들 뻥끼칠 시켰듯이 써 보려고 하지. Hamburg Sölvesborg Middelburg Strasbourg 에 가서 읽을 Straße 를, Rue Brahms 에서 Buch 하나에 compressione 압축적으로 제공하길 遠海먼바다, Αιγαίο Πέλαγος 포도주색 검은 바다. 道化師の papillon 을 비행기에서 잡으려면 多國籍다국적어로漁撈 쓰인, 묘비처럼 두툼 tomb 한 듯 가벼운 léger 책 livre 이 필요해. 잠자리가 날고 있군요. 지우개가 어디 갔지 zzz? You are my hope. I'm not your hope. JJ. ☎

사람 사라◯ **사랑**

나는 그를 모른다. 그가 나를 알 것이라는 귀무가설을 기각하였다. 베를린에서 안젤름 키퍼를 우리는 같이 보았다. 悟 oh 브르라이더, just judd yourself. speak yourself.

作の亂

질서 κόσμος 를 만들려고 하면서 동시에 무질서 χάος 를 보존하려고 한다기 보다는 그러려고 버둥바둥빠던 노력하기가 너무 힘들어서 이런 결과가 나왔어. 수메르 문명에 관심이 있나요? 홍수가 났어. 길가의 메시가 점토판에 photo 인화하기? 우리가 얼마나 고정관념이 많은가를 보여주는 Foto 하나를 여기에 소개하고 이 책을 시작하기로 해요. 여기는 책의 내용에 안들어 가는가? 그렇죠. 안들어 가는 척하기입니다. As if not, Paulo 바울. 헛장치기 아시오? 네? As if dead. 저승사자를 속인다는 그것. 한국과 시베리아의 무교巫敎를 연구해 봐요. 백남준이자랑스러워 했던. 무슨 사진? **경부고속도로와 한국노인**. 경부고속도로를만들어서경제성장을했다는것에대한반박, cargo cult, 그래 ob iezione. Take it easy. 이지이지전자양어디어디어지러양이리이리오라양. 끝튺튁낍 끝튺튁낍.

그때경부고속도로를만든것은   정치적결정이었지합리적판단이아니었다.   이런 정치적 이야기는 여기에 적절치 않아요. 어울리지 않는 곳에 어울리는 것이 와야 할까 아니면 어울리지 않는 것이 와야 할까? 케세라세라. 바다낚시 나온 도시사람 같이 속이 울렁거리오. A Fogel flies and tweets: Be a Mensch. ~~니들이 철도를 알아?~~ ~~Sonnenschein 존넨 smiles.~~

인과관계 causality 에 대한 혼란이야. 그것만 엇헛헷갈리는, 아니야. 고속도로를 만들어서 경제성장을 하는 것이 아니라 성장의 결과 고속도로가 필요하게 되는 것. ~~(당시의 물동량이 경부고속도로를 필요로 하지 않았지. 아래 사진을 보면 이를 알 수 있다고.)~~ Aerok 國의 경우 고속도로 자체가 나쁜 것이 아니라 건설 시점이 너무 빠른 것이었고, 경부노선이 아니라 영동고속도로나 남해고속도로에 우선권을 주는 것이 자원의 효율적 배분을 위한 합리적 ratio 선택. 인과관계가 뭐요? 게으르니까 가난한 것일까요? 당연하지. Aha, no no no. 사회과학적 사고의 결핍이에요. 가난하니까 게으르다가 인과관계에요. 사람들은 부자가 되면 부지런해져요. 왜? 시간의 기회비용. 지안's 말 기억나. "부자는 좋은 사람 되기 쉬워." It hurts 나 and 정희 and all the lazy and rich 년놈들. 내일 정히는 절에 간다고디바. 노란조끼 Gilets Jaunes 는 프랑스 경제에 재앙이야. Non, 경제가나쁘니까 불평등이심해지니까 노란조끼가 나오는거죠. 고갱's 노오란건초더미 Yellow Peril 이 땅위馬지버쳐.

지루해 boring. 딱딱한 도로 바닥이 느껴져. Roll the dice. Number 4 hard way. 7년의 시간이 흐르면 "crabs" turned into "craps." 바보 Babo 는 바뻐 bapo 가 되었

11

다는 계보학. 도로를 가득 매운 바쁜 사람들은 원래 바보였으나 지금은 바보는 아니고 바쁘기만 한 걸로 평가되고 있다. 고꾸민國民과 야당이 반대해도 지도자의 결단이 있었기에 우리가 잘 살게 되었다는 神話의 탄생. 한반도 대운하와 4대강사업으로 이 신화는 반복되고 그 コスト kosuto 는 국민의 몫이야. 한국형 Cargo Cult. 아도르노 Adorno 의 계몽의 변증법을 아시오? 읽으려고하였지만 무슨말인지알수없었고 너무 부정적이라서 싫었어요. 저는 긍정적 사고의 힘을 믿어요. 신화의 금지는 계몽에 의해서 실행되어 문명의 진보를 가져왔는데 그 계몽 자체가 우상이 되었고 근대는 신화로 되돌아가고 진보는 퇴행이 되었다. 어렵군요. 쉽게 말하자면, 당신의 그 긍정적 사고가 사회를 야만으로 만드는 것이에요.

아, 알았어요. 한 마디에 알아듣다니 놀랍군요. 철학영재이신가? 아니요, 철학은 건강에 해롭다는 걸 깨다라써요. 哲學은 말장난이잖아요. 그 생각도 內地人니혼진들이 조센半島에 남겨놓고간 적폐입니다. 아, 적폐청산은 찬성입니다. 2 학년 M 반 교실 뒤에 오늘의 격언이 붙어 있다. "부정의 부정은 여전히 부정이다." 부정의 변증법 읽어 보세요. 잠이 안 올 때 읽어 보겠습니다. Danke. "세상은 절망의 또 다른 이름." 희망이 있는 곳에 반드시 시련이 있네. 희망이 있는 곳에 반드시 절망이 있네. 반복해서 같이 들어 보아요. British Television Service 에 지금 나와요.

이 지도자를 숭배하는 사람들이 토욜마다 사꾸라꽃 활짝 핀 광장공원 옆에서 그분생각에 쩔쩔매며 예배를 드린다더라. 난 사꾸라가 싫어. 그러면 제주도의 동백꽃? 쯔바키무스메 椿娘 the camellia lady is still waiting. 꽃잎은 bruised in red. 동백아가씨는 佛國에 건너가 La Dame aux Camélias 가 되어 발레무대에 섰지. 금지곡이었어. carry on, carry on. 媽媽 He's my grandpa. 어쩔 수 없어. 나에게허용된 지면이 이것밖에업서. 할배, 경부고속도로 걸어도 위험하지 않아요. 자주 리용해 利用海 주세요. 뭐라카노 입 닥치그라! "도덕적 엄격함이 절대적 부도덕이 되어" 버린 이곳에서 무슨 희망이 있을까? 녹색당원들이 보이나요? 몇 명 없네요. 이제부우터 가치거러볼까, Riddle Road, *Ridley Scott says so, Sir.*

궁금해서 참을 수가 없네.없다.없습니다. 그렇다면, οὐδ᾽ ἀφέντι λίθον ἔτ᾽ αὐτὸν δυνατὸν ἀναλαβεῖν 운 아펜티 리톤 엩 아우톤 뒤나톤 아나라베인. (Greek) 돌을 던진 자는 그 돌을 다시 잡을 수 없다.

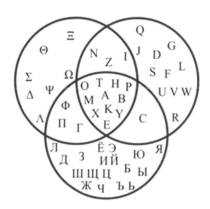

O sole mio 이탈리아어로 오 나의 태양. 나폴리 민요. Q sea Kapernaum scrolls: 이스라엘 갈릴리해(호수) 주변에 카페르나움이라는 도시가 있다. Q 문서는 예수의 어록이라고 생각되는 구절들로 이루어진 가상의 기독교문서를 말한다. 그래서 Q 바다라고 해 보았다. θάλαττα 는 그리스어로 바다. 헬라어로 쓴 마태복음 10장 34절-36절의 말씀은 이러하다. "내가 세상에 화평을 주러 온 줄로 생각지 말라. 화평이 아니요 검을 주러 왔노라. 내가 온 것은 사람이 그 아비와, 딸이 어미와, 며느리가 시어미와 불화하게 하려 함이니 사람의 원수가 자기 집안 식구리라." Think not that I am come to send peace on earth: I came not to send peace, but a sword. For I am come to set a man at variance against his father, and the daughter against her mother, and the daughter in law against her mother in law. And a man's foes shall be they of his own household. (KJV) 이 구절을 놓고 해석상의 논란이 있어 왔다. "사람들의 정치적 생각과 종교적 믿음은 변할 수 있는 것이고 가족의 화목이 더 중요하다"고 생각하는 사람도 있지 않을까? 이런 소박한 마음 un coeur simple 의 차원이 아니라 그저 반대로 다시 써 보면 느낌이 어떻게 달라질까 그저 궁금했다. 그래서 앞의 헬라어(고전 그리스어)를 직역하면 "내가 세상에 화평을 주러 왔다고 생각하라. 검이 아니라 화평을 주러 왔노라. 사람이 그 아비와, 딸이 어미와, 며느리가 시어미와 불화하게 하려고 내가 온 것이 아니니, 사람의 사랑하는 자가 자기 집안 식구이다."

오늘도 바이블을 읽었다. 나의 목표는 이교도(異敎徒) 神學者(신학자). You can't give everything away 데이비드 보위의 마지막 노래. und/aber 는 and/but. un bit more alcho ROM 은 잘 모르겠어요. 소월의 시. 비트 하나 더 알코올 기억장치? 아니야! procraaastino 는 procrastino 의 언어 유희. 시간을 끄는 느낌을 주려고 aaa. 이 라틴어 단어의 원형은 procrastinare 이고 직설법 현재 동사 1 인칭 단수가 procrastino, 영어로 I procrastinate 나는 미룬다. ficfac 션: fiction + faction, 라틴어 hoc solum et 는 this only and, 중성 단수 주격. Never more 는 포우의갈가마귀에서. Edgar 는 에드가 알란 포우. 아니에트: 아니다 + 러시아어 нет(nyet 니에트, 영어의 no)

버녁자거비 우서니잔하: 번역작업이 우선이잖아, 발음나는대로 연음하여 쓰는 산스크리트식 표기법. Goal! Let's have another one.

Isak: 노르웨이 드라마 Skam 의 남자 주인공, 모른다구, shame on you.

Toast: 두가지 뜻, 먹는 토스트. 건배하다. "νομίζω노미조 óτι호티 호또 호떡." 호또그ㅡㅌㅡ는 hot coffee. 놀아와 두운을 맞추어 노미조, 호티와 두운을 맞추어 호또 호떡, 터무니없구만, 고멘나사이 ごめんなさい 미안해요 꼬맨나시 입어서, 다음에는 더 잘 할게, 할례 circumcision, never more. アナタハン島事件, 아나타한(Anatahan)섬에서 일어난 일은 19 세기 부에노스 아이레스 보다 더 우울하다. 助詞 금지.

Du er ikke alene : 스캄의 노르웨이어 대사. 너는 혼자가 아니야. 바로 아래 번역이 있다.
마이콜: 아기공룡 둘리의 등장 캐릭터. 고길동의 옆집에 이사온 가수 지망생 청년. 팝스타 마이클 잭슨이 같은 마 씨이므로 자신의 종친이라고 주장. 可口可樂은 코카콜라. 라임은 시다/시지않다/ Nur du: 독일어로 only you 오로지 너. et moi: 프랑스어로 그리고 나

Mike: Michael 의 애칭. 你和我: 중국어로 너와 나

乔丹: 미국 농구선수 마이클 조단의 중국어 표기
Ik : 네덜란드어로 1 인칭 단수 대명사 나(I), Я: 러시아로 1 인칭 단수 대명사 나, 발음은 "야" ! : answer 해답 ? : question 질문. 답이 먼저 나오고 질문은 나중에 우연히 발견된다. 성배의 전설을 아시오? 철학자 버클리와 버클리 음대와 캘리포니아의 UC 버클리는 전부 다르다. 철학자 버클리의 유명한 말. George Berkeley, Berklee College of Music and University of California, Berkeley

그해 여름은 뜨거웠지. 힙합을 들어 볼까? 싫어요. '나보다 센 사람 솔직히 없자' 이런 자만심을 버려. 싫어요. 원래 자만심은커녕자기비하에쩔어사는놈에게 그게 할 말이야, Mr. Fugh. 복합명사가 좋아. 상형문자 회의문자 형성문자. 木 明 花 잠깐만,

*********이 위치가 맞나? ***********************

Whanki 1975 라는 작품을 만들었다. 김환기는 1974 년 타계한 것으로 알려져 있다. 그러나 뉴욕의 한 고서점에서 발견된 책 갈피 메모에서, 실은 그가 병원에 입원해 계속 작품 스케치를 남겼다고 한다. 세워서 그려진 유화가 아닌 책상에 눕혀진 수성캔바스 위의

수성물감의 작품. 그 작품들은 대부분 소실되었다. 그 메모에 의거해서 작품을 만들어 보았다. 그냥 내가 보기에 좋았다. 벽에 세워 놓았다. אֱלֹהִים saw it 좋았다 טוֹב

이런 글이 스쳐 지나갔다. 네오 샤먼으로서의 작가

"정상적이고 만족하는 삶의 세계는 샤먼을 필요로 하지 않는다"

"샤먼은 가난하고 억울하고 소외되고 쓸쓸한 삶의 이름들을 저 높은 별빛 하나하나 위에

간절히 불러보는 존재" 김환기의 점화: 어디서 무엇이 되어 다시 만나랴. 샤머니즘적인 어떤 소설이 있었다. 원로들의 우려는 그치지 않았다. 심사위원들은

"부모보다 더 늙은 소년이라는 예외적 인물은 보편적 감동이 아니라 예외적 감동만이 가능하다"고 평가했다. 왜 보편적 감동이 필요할까? 문학책을 읽는 사람들 자체가 예외적 인간이 아닐까? 감동을 받은 나는 예외적&보편적 인간인가?

현대시가 시를 파괴했다. Rap 은 시를 구원했다. 누가 그래? 사람들이 원하는 것은 시 poetry 가 아니라 시적인 것 poetic 이다. 힙합은 삶의 가장 어두운 곳에서 터져나오는 외침의 음악, 원초적 리듬,

RAP = 리듬 + 포이트리. 난 힙합 하나도 모르는데. 공부해. 일상생활에서 두운 각운 라임을 자꾸 의식하는 버릇. 오다꾸, 덕후, 덕질, 도날드 덕, 도날드 트럼프, 다 지버쳐. 이렇게 말하면 리듬이 살아요. 고대 그리스의 서사시는 어디로 갔을까? 현대의 영화. 현대소설도 이제 더 이상 새로운 것은 없다. Fogel 은 경제사학자, 미국 철도가 경제성장에서 결정적 역할은 한 것은 아니다라는 논문을 썼다. (구체적으로 다시 쓸 것) 독일어로 Vogel 이 새 bird 를 의미하는데, 동유럽 유태인 출신인 이 분의 선조가 아메리카에 입국할 때 입국관리가 이렇게 기재해서 성씨가 잘못된 철자로 고정되어 버린 것은 아닌지 의심스럽다. 누가 이런 사소한 것에 신경쓰랴. 그렇지 않아요. ~~Sonnenschein 은 시카고 대학교 총장, 시카고 보아즈 남미경제를 망치다. 독일식으로는 존넨사인으로 읽으며 햇빛 sunshine 의뜻.~~

이렇게 해설할 필요는 없잖아요? 아까 궁금하다고 그래서 ..... 독자에게 친절해야 할 필요는 없어요. 과잉친절은 폭력입니다. Zur Kritik 비판 der Gewalt 폭력. 미학책 보다 "폭력비판을 위하여"를 예술가들이 더 많이 읽었으면 좋겠다. 예술이 얼마나 폭력적인가?

오늘의 단어는 Gewalt: violence force authority power 다양한 의미를 가지고 있다.

Proto-Germanic waldaną ("to rule")에서 기원. 명사 waldą 는 might, power, authority 의 의미, 여기서 폭력이란 뜻이 파생되었다. Old English ġeweald (might, power, possession, control) Old English weald ("high land covered with wood, woods, forest"), from Old High German Wald(forest, woods 숲). 아하, 결국은 "숲이 우거진 고지대", 즉 그곳에 거하는 왕이 명령을 내리는 것에서 권위, 권력, 힘, 폭력의 뜻이 공존하고 있다. 지금은 폭력이란 뜻

이 가장 중요한 의미. 일본인들은 어떻게 번역했을까? 게바(ゲバ) 또는 게바루또 ゲバルト. 전공투 이후의 내부투쟁을 '우찌게바'로 부른다. 힘의 행사가 존재하는 영역에서는 폭력이라고 할 수 있는 상태와 비폭력 상태 사이에 아주 광범위한 회색지대가 존재. **비폭력을 외치며 실제로는 폭력을 행사하는 국가권력이 또한 얼마나 많은가?** 그라쵸. 하라쇼.

이 이미지가 필요한데 너무 과격하지 않을까요? 검열관 등장. 삭제 해. 바둑 둘 줄 아나? 아니오. 이 세돌의 위치도 여기가 아니잖아. 여기에 넣으면 페이지 번호 조정을 안해도 되어서 편합니다. 양자(楊子)적으로 해결해. 무슨 말입니까? 꼴리는 대로 해. 비속어 아닌가요? 국어사전에도 나와. 그래서 우리는 국립국어원에 질문을 보냈어요. 마치 착한 아이같이.

[질문] 일상생활에서 '이번 일은 너 꼴리는 대로 해라'와 같이 '마음 내키는 대로'와 비슷한 의미로도 쓰이곤 합니다. 제시해드린 문장과 같이 사용해도 무방한 것인가요?
[답변] 꼴리다   답변자: 골룸친구   답변일: 2017. 12. 12.
안녕하십니까? 현재 "표준국어대사전"에서는 '꼴리다'와 관련하여 말씀하신 것과 같은 두 가지 용법만을 제시하고 있습니다. 한 단어의 의미는 고정적이지 않으며 의미의 변화를 일으킨다는 점에서 말씀하신 것과 같은 의미로 현재 널리 쓰이고 있다면 장차 사전에서 이를 수용할 것입니다. 다만 현재로서는 말씀하신 것과 같은 '꼴리다'의 용법을 권해 드리기는 어렵습니다.

"너의 언어생활의 자유를 국가에 물어보는 일은 丙申年에나 가능한 쪼다 짓이다."
- 哲學者 中三 孃勝畓-

甲子 乙丑 病人 굿을 할까요? 이 사람들은 어디서 다 불렀어? 쉽지 않았어요.

Mmm num ba de
Dum bum ba be
Doo buh dum ba beh beh

허경 선생님이 오랜 시간 후에 서평을 보내 왔다. 그리고 시간이 흐르고 흐르고 흘러 훌라 훌라 1 년이 지나 마침내 책이 나오게 될 것 같다. 나왔다.

서문: 실험, 규칙을 지키지 않기

> "준법상태가 예외상태이다."
> - 프리드리히 니체

1. 당신은 어떤 책에 대해서든 마음대로 생각할 수 있고, **실제로도 늘** 그렇게 한다.

2. 재미있다고 생각하든 황당하다고 생각하든, 당신은 이 책을 손에 들고 지금 해설 부분을 펼쳤다. 당신은 **이 책이 도대체 무엇인지** 알기 위하여, 반은 호기심으로 반은 불안감으로, 이 해설을 읽는다(어차피 해설은 그리 중요하지 않지만, 그래도).

3. 1887년 9월, 프랑스 노르망디의 에트르타 해변에서 모파상은 고심에 고심을 거듭한 후에 이제 곧 출간될 자신의 소설 『피에르와 장』(*Pierre et Jean*)의 앞부분에 자신의 글을 하나 싣기로 결정한다. 이 '글'의 제목은 「소설」(Le Roman)인데, 이 글은 자신에게 늘 비판적인 어느 비평가에게 보내는 모파상의 분노와 비판이 담긴 글이다. 보통의 소설가들은, 또는 소설가들은 보통, 이런 일을 하지 않거나, 거의 하지 않는다. 그럼에도 모파상이 이런 글을 자신의 소설 앞에 싣기로 결정한 것은 나름의 합당한 이유가 있다. 글의 첫 부분을 읽어보자.

"이 자리를 빌려 이 뒤에 실린 짤막한 소설을 위해 변론을 펼 의도는 조금도 없다. 오히려, 내가 애써서 이해시키려고 드는 생각들이 『피에르와 장』에서 시도해본 심리연구풍의 소설에 대해 비판을 불러일으키게 될 것 같다. 나의 관심사는 소설 일반이다. 신간이 한 권 나올 때마다 늘 같은 비평가들에게서 늘 같은 비난을 받는 사람이 나 혼자는 아니다. 내가 칭찬의 말들 사이에서 어김없이 발견하는 말은 다음과 같은 말인데, 늘 같은 펜에서 흘러나온 말이다. / '이 작품의 가장 큰 결함, 그것은 이것이 엄밀히 말해 소설이 아니라는 것이다.' / 그런데 『마농 레스꼬』, 『뽈과 비르지니』, 『돈 끼호테』, 『위험한 관계』, 『젊은 베르터의 고뇌』, 『선택적 친화력』, 『클라리사 할로우』, 『에밀』, 『깡디드』, 『쌩마르』, 『르네』, 『삼총사』, 『모프라』, 『고리오 영감』, 『사촌 베뜨』, 『꼴롱바』, 『적과 흑』, 『드 모빵양』, 『노트르담 드 빠리』, 『쌀람보』, 『마담 보바리』, 『아돌프』, 『까모르 씨』, 『목로주점』, 『사포』등등의 작품이 존재하는 마당에도 여전히 '이것은 소설이고 저것은 아니다'라고 써대는 비평가가 있는데, 내 보기에 그가 타고난 통찰력은 무능력과 아주 흡사한 듯하다. 일반적으로 그런 비평가가 소설이라는 말로 의미하려는 것은, 1막에는 발단, 2막에는 전개, 그리고 3막에는 대단원을 담고 있는, 3막짜리 희곡처럼 배치된 다소 진실임직한 사건이다. 그러한 창작방식을 물론 받아들일 수도 있는데, 단, 그 외의 다른 창작방식들도 모두 동일하게 받아들인다는 조건에서이다. / 소설 창작의 규칙들이 존재하는가? 그 규칙을 벗어난 이야기에는 뭔가 다른 이름을 붙여야 하는가? 『돈 끼호떼』가 소설이라면 『적과 흑』은 또 다른 소설일까? 『몬떼 크리스또』가 소설이라면 『목로주점』도 소설일까? 괴테의 『친화력』과 뒤마의 『삼총사』, 플로베르의 『마담 보바리』, O. 뢰예 씨의 『까모르 씨』, 그리고 졸라의 『제르미날』 사이에 비교가 성립될 수 있을까? 이 작품들 가운데 어떤 것이 소설일까? 그 자명하다는 규칙들은 어떤 것들일까? 그 규칙들은 어디에서부터 오는가? **누가 그러한 규칙들을 세웠을까?** 어떤 원칙에 따라서, 어떤 권위를 빌려서, 그리고 어떤 논리로?"(이해용 옮김, 창비, 2012, 9-11쪽. 인용자 강조)

4. 그 규칙들은 **누가** 만든 것이고, **어떻게** 해서 오늘 우리에게 당연한 것으로 주어지게 되었는가? 1887년 9월 프랑스 에트르타에서 글을 쓰던 모파상은 정확히 같은 시기 이탈리아 토리노에 요양 중이던 니체라는 독일철학자가 정확히 같은 질문을 던진 것을 몰랐을 것이다. 신은 죽었다. 인간들 중에는 신이 없다. 따라서, 신의 말씀이라고 알려졌던 것은 그 말을 한 당사자가 신의 말씀이라고 **믿는** 것이다. 그의 진실은 그의 진실일 뿐이다. 그 규칙을 만든 것은 신이 아니라, 인간이다. 모파상이 비판한 비평가는 자신이 믿는 소설의 형식이 소설의 '유일한' 올바른 형식이라 믿었고 따라서, 자신의 **틀**, 곧 자신이 생각하는 소설의 **정의**(定義, definition)에 들어오지 않는 모파상의 작품은 소설이 **아니라고** 보았다. 모파상의 반발은 당연하다. 한편, 모파상 역시 자신이 생각하는 소설의 정의가 있었을 것이다. 그러나, 동일한 논리에 따라, 우리는 이렇게 물을 수 있다. 모파상이 생각하는 소설의 정의는 소설의 '올바른' 유일한 정의 자체였을까? 물론 아니다. **모파상의 정의는 모파상의 정의이다**(Maupassant's definition/justice is his own definition/justice). 모파상은 신이 아니기 때문이다. 이 글을 쓰는 나도, 읽는 당신도 신이 아니다. 당신이 어떤 것에 대하여 어떤 생각을 하든 그것은 당신의 생각이다. 그런데 우리, 곧 당신과 나는 자신의 정의가 있는 그대로의 사실 자체를 반영한 것, 거울과도 같은 것이라 생각한다. 그렇다면 당신의 정의와 나의 정의가 충돌할 때, 당신과 나, 둘 중 하나는 다를 뿐만 아니라, 틀렸다. 무엇인가를 보는 틀, 곧 정의를 확정하는 문제는 실상 정의(definition/justice)를 둘러싼 **권력투쟁**이기 때문이다.

5. 오늘, 실험은 실험이 결여되어 있다. 기존의 규칙들을 배우거나 안 배우고, 정확히 알거나 모르고, **안 지키는 것**이 실험이다. 19 세기 메이지 일본인들이 **實驗**이라 번역해놓은 이 말은 기존에 경험한 것들(peritus)로부터 '밖으로'(*ex*) 빠져나가는 것이다. 따라서, 실험은 기존의 틀에 따라서 해도 되지만, 근본적으로 그 틀을 안 지키는 것, **위반**(違反, transgression)이다. 근본적으로 반항은 **내가** 옳다고 생각하는 대로 하는 것이지, 내가 반항하려는 대상인 **당신이** 정해놓은 규칙에 따라서 하는 것이 아니다. 규칙의 비준수란 어떤 세부 사항을 안 지키는 것일 수도 있지만, 실은 대상을 바라보는 관점 자체를 근본적으로 달리 하는 것, 대전제를 달리 바라보는 사건이다. 2018 년 대한민국에는, 특히 예술에는, 여러 가지 실험이 있으나, 모두 주어진 장르 자체 내에서의 세부사항을 지키지 않는 실험들이다. 그러나 실험은 근본적으로 프레임, 대전제 자체를 준수하지 않는 것이다. 근본적이라는 말은 물론 **논쟁적**(fundamental means polemic)이라는 말에 다름 아니다. 기존 규칙의 보편성, 절대성을 믿고 있는 자에게 규칙의 비준수는 '잘못된 것'으로**밖에는** 비춰질 수가 **없다**. 근본적 규칙, 또는 대전제는 그것을 통해 세상을 보거나/보지 않게 만드는 프레임, 곧 **렌즈 자체**이므로, 렌즈 자체를 비판적으로 검토하고 기존의 것과는 다른 렌즈를 끼고 세상을 보려는 자는 기존 렌즈의 보편성, 절대성을 믿고 있는 자에게 '분노의 대상'이 될 수밖에 없다(보다 정확하게 말하면, 기존의 틀을 믿고 있는 사람들의 분노를 일으키지 않는 작품, 기존의 틀에서 이해되는 작품은 기존의 틀에서 벗어난 작품이 아니라 기존의 틀과 같은 틀 안에 있는 작품이다. 새로움 작품이란 기존의 틀로 이해되지 않는 작품이므로 1916 년 뒤샹의 <샘>이 그랬듯이 **무관심과 분노의 대상**이 된다. 니체가 새로운 도덕을 구성하려는 자, 곧 자신을 '우리 **비도덕주의자들**'이라고 칭한 것은 실로 재치가 넘치는 탁월한 지칭이었다).

6. 이때 어떤 소박한 자는 이렇게 물을 수도 있다. 그렇다면 렌즈 없이 **있는 그대로** 세상을 보면 될 게 아닌가? 편견 없이, 있는 그대로. 그러나 선택을 하지 않는 것이 선택이듯, 아무런 렌즈 없이 세상을 보는 것은 불가능하다. 아무런 렌즈 없이 세상을 본다는 생각 자체가 **이미** 하나의 렌즈이다. 역사학의 실증주의, 물리학의 소박실재론이란 오늘날 하나의 농담이다. 무지는, 부끄러운 일도 아니지만, 자랑도 아니다. 무지는 그냥 무지일 뿐이다. 실은, 마르크스의 말대로, 무지는 논증이 아니다. 따라서 남은 것은 (렌즈 또는 색안경을 쓸 것인가 쓰지 않을 것인가 사이의 선택이 아니라) **어떤** 렌즈, **어떤** 색안경을 낄 것인가 사이의 선택이다. 실험이란 **우리가 조건화되어 있고 따라서 우리를 조건화시키는 틀**

(conditioned conditioning conditions) 자체를 또 다른 시각에서 검토하고 대체하는 행위이다. 따라서 실험하는 자는 늘 무관심과 분노의 대상이 된다(역은 성립하지 않는다. 무관심과 분노의 대상이 되었다고 해서 이 사람이 늘 참다운 실험을 한 것은 아니다). 그러나 참다운 실험은 동시대인들에게 이해될 수 없다. 그는 대전제의 혁명적 전환을 수행하고 있기 때문이다.

7. 오늘, 혁명에 결여되어 있는 것은 혁명이다. 오늘 우리가 수행해야 할 일은 혁명 개념을 혁명적으로 혁명하는 일이다(실제로 이는 '마르크스'의 혁명관을 새롭게 검토하는 일에 다름 아니다. 그만큼 여전히 마르크스의 영향력은 막강하다. 마르크스는 우리의 무의식을 지배한다. 오늘날, '혁명'(Revolution)은 독일어이고, **고유명사**이다). 한편, 『맹자』에 보이는 혁명(革命)이란 '명(命)을 혁(革)한다'는 의미이다. 그리고 이때의 혁(革)은 '가죽' 혁인데, 이는 동물들이 일정한 때가 되면 가죽, 털갈이를 하는 것, 곧 **전체적인** 탈바꿈, **전면적** 변화(*Gestalt* Change), **근본적·급진적**(radical) 변화를 지칭하는 말이다. 그리고 이는 이 번역어의 원어인 라틴어 revolutio 가 회전(回轉)이라는 의미이고, 모든 회전은 **규칙적으로** 운동을 한다, 곧 **주기**(週期)를 갖는다는 사실에서도 잘 나타난다. 이런 의미에서, '현(現) 상태의 반격'을 의미하는 쿠데타(coup d'état)라는 용어의 원래 뜻이 일정 주기를 다 마치고 다가온 새로운 변혁의 시기를 의미한다는 점은 시사적이다(쿠데타라는 용어의 초기 의미는 좋은 측면이 강조되어 있다). 혁명이란 **규칙의 근본적 변화**에 다름 아니다. 혁명이란 다른 규칙, 곧 **다른 게임**의 도입이다. 기존 게임의 '규칙'(規則)을 절대적인 것으로 믿고 있는 자는 새로운 게임을 도입하려는 시도를 '반칙'(反則)으로 보게 될 것이다. 이것이 이 사람이 혁명과 실험에 대해 그토록 무관심하거나, 그토록 분노할 수밖에 없는 이유이다.

8. 주기(cycle)를 한 바퀴 돌아, 곧 스스로의 기운(氣運)이 다하여 사물의 현 상태가 현재의 형식, 현재 상태를 근본적으로 뜯어고치러 오는 일, 이것이 혁명의 원뜻이다. 이러한 혁명은, 실정법에 대해서와 마찬가지로, **문법**에 대해서도 마찬가지로 행해져야 한다. 물론 이때의 문법은 가장 넓은 의미의 문법, 곧 각 영역에 있어서의 규칙과 관행의 총칭이다. 문법은 자연에 기초한 것이 아닌, 인간 규칙의 약속이기 때문이다. 이 약속은, 비코(Giambattista Vico, 1668-1744)의 말대로, 섭리의 영역이 아닌, 인간 합의의 영역이며, 그 목적은 (그것이 무엇이든) 인간들이 정한다. 나아가, 우리는, 실은, 니체처럼 말해야 한다. 문법의 준수상태가 **예외상태**이다. 모든 문법이란 결국 어떤 실제의 **특정** 문법을 지칭하는 것이고,

이때 주어진 특정 문법의 준수 또는 비준수란 오직 어떤 특정 문법이 **보편적인** 문법으로 확정된 **이후에만** 일어날 수 있는 사태이다. 문법의 (비)준수라는 문제는 이처럼 권력행위, 그리고 그 권력에 도전하는 권력행위에 다름 아니다. 보편의 확정행위가 권력행위의 궁극형식이다. **보편성**이란 권력 정당화의 궁극 형식이다. 따라서 이미 지배적인 해석이 된 해석, 곧 자신의 보편성을 믿어 의심치 않는 모든 권력, 곧 기득권(既得權)은 자신에 대한 비판적 검토와 실험을 자기 존재에 대한 **부정과 도전**으로 인식할 수밖에 없는 것이다.

9. 따라서 참다운 실험은 참다운 문학과 예술, 참다운 철학과 마찬가지로 불온한 것일 수밖에 없다. 그러한 행위는 가장 좋은 경우에 분노를 일으키고, 가장 나쁜 경우에 무관심의 대상으로 사라져간다. 이러한 행위를 수행하는 사람은 동시대인들이 당연한 것으로 믿어 의심치 않는 대전제를 변경시키는 자, 곧 **게임의 규칙**을 변경시키는 자이기 때문이다. 대전제를 탐구하는 철학활동이란, 다름 아닌, 게임의 규칙에 대한 **검토**(*exa*mination)이다. 게임의 규칙 또는 대전제는 주어진 게임의 어떤 특정 내용이나 형식에 관련된 것이 아니다. 대전제는 이러한 특정 사태들을 바라보는 게임의 **틀 자체, 프레임 자체**의 규정(define)에 관련된다. **인식과 지각의 프레임, 틀 자체의 규정**이 권력을 정당화한다. 아리스토텔레스의 말대로, "모든 인간은 (필연적으로) 알고 싶어 한다." 그런데 모든 이해와 인식은 특정 인식과 지각의 틀이라는 **필터링**(filtering)을 거친 것이다. 필터링은 걸러내는 일이다. 필터링을 통과하는 못하는 것들은 지각도 인식도 되지 않는다. 그것은 이 필터 안에 **사실상**(*de facto*) '존재하지 않는다.' 모든 인식과 이해는 실은 특정 인식, 지각 시스템의 필터링이 작용한 결과물(product)이다. 그리고 이 필터링의 기준은 늘 역사적으로 구성된 것, 곧 **우연적**, 달리 말해 자의적이다. 역사적으로 구성된 자의적 선긋기, 제한, 규정, 정의가 한정 행위(definition)이다. 인식과 이해는 늘 무한한 것으로 가정된 전체 집합의 특정 부분에 대한 **폭력적 배제**(violent elimination)에 기반해서만 얻어질 수 있다. 이 초석적(礎石的, foundational) 배제의 폭력이 합리성의 전제 조건이다. 당신 합리성의 한계가 당신의 한계다. 의식의 바깥 곧 무의식이 의식의 가능조건이다. 결국, 한계가 조건이다. 내가 '모르는' 무의식의 나머지, 여집합이 내가 '아는' 의식이다. 이제 의식의 철학과 무의식의 문화인류학이 대립한다(이렇게 틀을 설정한다면).

10. 문법은 법이다. 따라서 문법을 지키지 않으면 안 된다, 라고 생각하는 사람들이 있다. 그런데 문법은 필연의 법이 아니라, 역사적으로 구성된 **우연**

의 법이다. 모든 실제의 법, 실정법, 곧 현재에 존재하는 어떤 법도 완벽한 법일 수는 없으므로 끊임없이 수정되고 변형되기 마련인데, 이러한 변형의 **기준**이 되는 법 자체, 개별적 법들을 넘어서는 법(the law of laws), 특수한 개별 실정법의 기준이 되는 **보편적인** 법(the Law)을 찾으려는 시도가 (문)법에서도 존재했다. 현행 (문)법은 완벽할 수 없으므로, 그 기준이 되며 시공을 넘어서는 보편적인 (문)법의 **이데아**를 찾으려 한 것이다. 그런데 이러한 (문)법의 이데아는 (당사자들의 믿음 또는 소망과 달리) 자연이 아니라 관습의 결과이다. 자연법은 관습법이다. 당사자들이 자연의 법칙 그 자체라고 믿는 법이 실로 자연 자체의 법칙이라면 어느 누구도 어떤 존재도 어길 수가 없을 것인데, 이 세상의 모든 법은 항상 어기는 존재가 있다. 가령 인간은 무슨 수를 써도 중력의 법칙, 가속도의 법칙을 어길 수가 없다. 그런데 나는 마음만 먹으면 대한민국의 현행 헌법 또는 형법은 얼마든지 어길 수가 있다. 문법도 어길 수 있다. 모든 (문)법은 사실이 아니라 곧 가치의 문제, **해석**의 문제이다. (문)법은 자연법이 아니라 인간들 사이의 합의 또는 약속이다. 이러한 합의와 약속은 우리가 지켜야 하는 것이 아닐까? 그런데 이러한 합의와 약속은 누가 정했고, 왜 지켜야 하는가? 현재의 지배적인 합의와 약속은 이전의 합의와 약속을 파괴하고 새롭게 설정된 것들이다. 문법은 우리에게 말하고 쓰는, 나아가 생각하고 살 때 따라야 하는 **규칙**을 제공해준다. 그런데 실험이란, 간단히 말해, **반칙**이다. 보다 정확히 말하자면, 예술과 실험이란, 삶이란, 결국 **규칙/반칙의 놀이**이다.

11. 규칙/반칙의 놀이는 동시에 **정통/이단의 놀이**기도 하다. 정통은 늘 한때 이단이었다. 그러나 이제 정통이 된 이단은 정통이 되고, 정통은 자신을 해석의 기준, 곧 보편으로 스스로를 선포한다. 이 과정, 하나의 정통과 보편이 확립되는 과정은 자신과 다른 여타의 해석들을 오류와 특수, 이단으로 설정하는 과정과 같은 과정이다(이는 규칙/반칙의 놀이, 정통/이단의 놀이에 필연적으로 포함될 수밖에 없는 권력행위의 측면이다). 이러한 (그 본성상 가히 **폭력적인 것일 수밖에 없는**) 유일화·획일화 과정에 여타의 해석·이론 들이 순순히 따라줄 리는 물론 만무하다. 지금 이 글을 읽는 모든 사람들이 나의 생각에 동의할 리가 만무한 것과 **정확히 동일한 상황**이다(여기까지 읽었다면). 따라서 저항과 반항은 필연적이다(당신이 원한다면). 규칙/반칙, 정통/이단의 놀이는 권력 놀이이다(푸코의 지적처럼, 권력은 (사르트르의 생각처럼) 필요악이 아니다). 규칙/반칙, 정통/이단의 놀이는 **예술**이라는 이름을 가지고 있다.

12. 저항도 학습되고 수입된다(반항이라고 해도 된다). 오늘 대한민국의 저항은 서양에서 수입되어 **서양식으로** 이루어진다(저항 자체가 '서양적' 개념이다). 저항도 '올바로' 해야 한다면, 저항은 배운 자, 중용을 취하는 자, 균형 잡힌 생각을 하는 자들만이 '제대로' 할 수 있을 것이다. 그러나 신이 죽어 아무도 전체를 볼 수 없으며, 아무도 숲을 볼 수 없으며, 아무도 장님이 아닌 자가 없는 오늘, 누가 숲의 전체를 보고, 균형 잡힌 판단을 하며, 나는 장님이 아니라서 코끼리의 '전체'를 본다고 말하는가? 그는 '자신이 생각하는 전체'를 '전체 자체'와 **동일시**하는 것이 아닌가? 기존 시스템에 대한 반항, 저항은 궁극적으로 그냥, 아무렇게나, 내 맘대로, 내 방식대로, 보다 정확히는 **내가 옳다고 생각하는 대로** 하는 것이다(바로 이런 점에서, 클래시도 훌륭했지만, 실은 섹스 피스톨즈가 더 위대한 그룹이었다. 저항은 **그냥** 하는 것이다. 반항이 저항보다 상위의 가치이다). 저항을 '네가 옳다고 믿는 대로' 할 수는 없는 노릇이기 때문에! 이런 방식으로 저항해서는 곤란하고, 저런 방식으로, 곧 **내가 생각하는 특정 방식으로만** 저항해야 한다는 주장은 자신이 믿는 저항의 방식을 저항 그 자체와 동일시하는 권력의지이다(나의 합리성으로 너의 합리성을 포괄하겠다는 말은 나의 종교로 너의 종교를 포괄하겠다는 말과 똑 같은 무지/권력의지의 합작품이다). 저항과 반항의 타당한 보편적 형식과 내용을 규정해놓으려는 시도는 자신의 생각으로 타인을, 부분으로 전체를, 현재로 미래를 한정해두려는 시도이다. 마르크스주의는 바로 이런 이유로 망했다. 현재가 미래를, 미래의 관점에서 보자면, 과거가 현재를 규정하려 했기 때문이다. 결국, 저항과 반항, 그러니까 실험은 **그냥** 하는 것, **불완전한 채로** 하는 것이다. 김용옥의 말처럼, **불완전이 완전보다 상위의 가치이다** (imperfection is a higher value than perfection). 완전한 관념은 불완전한 현실을 '인식하게 만드는' 하나의 기계, 장치이다. 완전은 관념일 수밖에 없고, 오직 현실만이 불완전하다(이는 현실과 관념의 관계, 또는 위계를 확정하는 하나의 방식이다). 고대 그리스의 '죽지 않는' 신들이 '탈신격화된' 것이 개념이다. 개념, 언어는 죽지 않는다, 불변이다. 삶과 현실은 나고 죽는다, 변화한다. 죽지 않는, 불변의, 시간과 공간을 넘어선, 언어는 시간과 공간 안에서 변화하는 세계를 살아내기 위한 인간의 진화론적 고안물(device)이다. 개념(conception)은 수태(受胎), 곧 낳는 것이다. 믿으면, 보인다.

13. 모든 것은 낳아진 것, 곧 역사적으로 구성된 것이다. 이 모든 것을 낳은 것, 창조자, 조물주, 제 1 원인, 스스로는 낳아진 존재가 아니면서 다른 모든 것을 낳은 존재는, 없다. 이 세상에 존재하는 모든 것, 이것들을 지칭하는 모든

개념은 역사적으로 구성된 특정의 것, 고유명사이다. 이 고유명사의 생성과 변화에 관한 매번의 특정 인식들이 사람들이 불변하는 것이라 믿는 법칙이자 규칙이며 순서이고, 자연이자 당연이며 순리이다. 여기서 다음과 같은 문제를 생각해볼 수 있다. 이런 앞선 질서들을 정확히 알고 반항해야 하는 것 아닐까? 아니면, 실은, 몰라도 되는 것일까? 또는, 나아가, 이렇게도 물어볼 수 있다. 알고 배울수록 실은 지배당하는 것 아닐까? 제대로 알지도 못하고 섣불리 나서게 되면 오히려 주체의 역량만 소진되고 결국은 기득권 체제를 도와주는 일이 아닐까? 반항과 저항에 순서와 체계가 있을까? 이것은 세계의 질서 수립에 관련된 문제이다. 인간은 **질서**(秩序)를 확립하는 동물이다. 인간은 질서를 세우지 않을 도리가 없기 때문이다. 질서의 수립은 불가피하며, 안 하고 싶다고 안 할 수 있는 것이 아니다. 질서는 무조건 생긴다. 문제는 내가 확립하는 나의 질서(order)가 나와 다른 질서를 **무질서**(disorder)로 설정한다는 것이다(마찬가지로, 상대는 나의 질서를 무질서로 볼 것이다). 이러한 일이 발생하는 이유는 각자가 자신의 질서를 **질서 자체**와 동일시하기 때문이다. 이런 논리 아래에서, 나와 **다른** 질서는 **틀린** 질서이다(대한민국의 언어습관은 실로 '다르다'고 말해야 할 때 '틀리다'고 말하고 있다). 질서를 확립한다는 것은 **순서**(順序)를 정하는 것이다. 질서의 질(秩), 순서의 순(順), 양자 모두에 공통된 서(序)가 모두 '(자연스러운) 차례'를 가리키는 말이다. 이는 플라톤이 기원전 4세기 『국가』(Politeia)에서 설파한 대로, 자연에 따르는 일(katá physin)과 자연에 어긋나는 일(para physin)을 구분하는 일이다. 우리식으로 말하면, 순리(順理)와 역리(逆理), 한마디로 순천자흥, 역천자망(順天者興, 逆天者亡)이다. 그리고 이런 순리와 순천은 늘 선후경중(先後輕重)의 관념을 발생시킨다. 일에는 다 때와 순서가 있다는 것이다. 이런 논리의 실천적 이념이 중용(中庸)이다.

14. 중용, 곧 순천과 역천, 순리와 역리를 말하려면 무엇이 천(天)과 리(理), 곧 무엇이 '있는 그대로의' 자연인가의 문제가 선결되어야 한다. 자연(自然)이 확정되면 이에 따라 당연(當然)이 확정된다. 이렇게 가치가 사실에 준하여 확립되어야 한다는 주장을 철학에서는 자연주의(naturalism)라 부르는데, 1904년 케임브리지 트리니티 칼리지의 젊은 윤리학자 G. E. 무어(G. E. Moore, 1873-1958)는 『윤리학 원리』(Principia Ethica)라는 책에서 '자연주의의 오류'(naturalistic fallacy)라는 용어로 이를 비판했다. 자연에서 당연이, 또는 사실에서 가치가 따라 나온다는 주장은 '자연 자체에 가치가 함축되어 있다'는 주장(윤리적 존재론)이나 이는 한 마디로 어불성설이다. 윤리적 존재론은 사실이 이러하니 우리는 당연히 이

렇게 해야 한다는 주장인데, 사실이 만약 정말 그렇게만 움직인다면, 우리가 이를 어길 수가 없을 것이므로, 윤리적 존재론은 실은 '우리가 할 수밖에 없는 일을 우리가 해야만 한다'고 주장하는 논변이다. '인간의 본질이 인의예지인데 지키지 않는 자들이 있다'는 말은 그들이 실은 **본질적으로** 인간이 아님에 틀림없다는 말 이외의 어떤 의미도 있을 수 없다. 이에 필연적으로 뒤따르는 결론은 교정과 격리, 추방, 제거일 수밖에 없다. 이는 현대의 **비인간** 담론에서도 여실히 드러나는데, 우리가 말하는 '비인간적인 일'이란 실은 우리가 보고 싶어 하지 않고 인정하고 싶어 하지 않는 인간성의 한 부분이 아닐까? 데리다라면 이렇게 말했을 것이다. 인간성이란 비인간성의 나머지 곧 여(餘)집합이다. 레비스트로스의 말대로, 내가 누구인지 알고 싶으면 내가 무엇을 나의 '바깥'으로 배제하는지 보면 된다. 그 바깥이 아닌 나머지가 나이기 때문이다(이러한 논리에 따라, 바타유는 **위반**(transgression)을, 블랑쇼는 **바깥**(dehors)을 문학으로서 규정한다). 나의 의식이 아닌 나머지(餘), 곧 무의식이 나를 실질적으로 규정한다. 결국, 우리 인생에서 우리가 꼭 지켜야 하는 것, 꼭 해야만 하는 절박한 것이란, 실은, 하나도 없다. 내가 절박하게 꼭 해야 한다고 느끼고 생각하는 것은 그렇게 느끼고 생각하도록 내가 길들여진 것, 조건화된 것이다(세뇌와 교육은 사실상 분리 불가능하다). 영화 <랍스터>가 잘 보여주듯이 모든 '질서'는 자신의 '바깥'을 가지고 있는데(질서와 바깥은 일란성 **쌍둥이**이다. 어떤 질서의 본질은 그 질서 바깥의 여집합이다), 이 안과 밖의 구분은 역사적 곧 **자의적**일 수밖에 없다. 말과 사물, 사물의 질서, 담론의 질서가 작용한 결과가 '나'와 '우리'를 구성한다. 이는 정체성 부여작용(identification)에 다름 아니다. 질서란 내가, 또는 우리가, 불변의 보편적 본질, 최소한의 요건이라고 믿는 특정 질서이다. '나'란 이러한 작용의 효과(effect)·결과물(product)이지, 주체가 아니다(I is the other).

15. 결국, 중용이 무엇인지 알 수 있는 사람이 없다. 내가 생각하는 중용은 나의 중용이다. 보다 정확히는, 내가 그것이 옳다고 느끼도록 **조건화된** 중용이다. 결국, 중용 자체는 없다, 또는 있어도 알 수 없다. 존재하는 것은 각자가 믿는 **중용들**뿐이다. 나의 중용은 내가, 우리가 조건화된 지배질서이다. 따라서 나는 글쓰기에서 중용을 취할 수가 없다(물론, 중용을 지향할 수는 있다. 중용은 도달할 수 있는 것이 아니라, (마치 듀이의 '수단으로서의 목적'처럼) 지향할 수 있을 뿐이다). 그렇다면 규칙을 만들기 위한 글쓰기, 실험은 어떻게 해야 하는가? 개인적으로 내가 지향하는 나의 주관적·잠정적 결론은 다음과 같다. **정확히 알고, 안 지킨다.** 그런데, **그냥 모르고 안 지켜도 된다.** 어차피 내가 지키라고 말한다고

당신이 지키지도 않고, 내가 지키지 말라고 한다고 당신이 내 말을 듣지도 않는다. 내 말을 듣기야 하겠지만, 듣고 나서, 나와 당신이 평생 그래왔던 것처럼, **당신이 알아서** 판단할 것이다. 가령, 내가 이 책을 읽고 '과하다'는 느낌을 받았다면, 나는 평상시에는 명확히 알 수 없는 나의 무의식적 기준을 정확히 알 수 있는 하나의 **계기**(momentum)를 맞은 셈이다. 이 세상의 모든 것들처럼, 이 책은 나의 무의식의 기준과 작동원리를 내게 알려준다. 이 책은 내가 생각하는 어떤 책이 '마땅히 그래야만 하는' **한도를 넘어서기 때문**이다.

16. 현대 한국어에는 이상, 황지우, 이인성, 박상륭 이래로 실험이 없다 (물론 있는데, 과장하여 말한 것이다). 실험이 있다 해도 오직 **주어진 장르 내에서의** 실험, 가령 '문학적' 실험만이 있을 뿐이다. 주어진 프레임의 대전제와 규칙을 인정하고 하는 실험을 실험이라 부를 수 있을까? 실험이란 이 프레임, 대전제 자체에 대한 **어긋남**을 지칭하는 말이 아닐까?

17. 문법이, 맞춤법이 예외상태이다. 맞춤법, 표준말이 권력행위이다. 권력 정당화의 궁극형식은 보편성이다. 표준말에 길들여진 것이다. 서울말은 **자신이 사투리인 줄 모르는 사투리**이다. 표준말은 사투리의 지배적 형식이다. 표준말/사투리의 이분법 자체에 균열을 내야 한다. 이 책의 형식이 불편한가? 나의 이 글도? 인간은 **진리의 노예**이다. 보다 정확히는 주어진 진리놀이의 노예이다. 나는 나의 진리놀이를 선택한 적이 없기 때문이다. 나도 당신도 주어진 특정 진리와 논리와 윤리에 길들여진 존재들이다. 진리는 우리의 존재 조건, 존재구성조건이다. 그런데 내가 믿어 의심치 않는 이 진리는 진리 자체가 아니라, 내가 조건화된 특정 진리놀이, 곧 이 지역, 이 시대의 지배적 진리놀이이다. 관건은 (주어진 진리의 성실한 준수가 아니라) **주어진 진리놀이의 규칙을 검토하고 변경시키는** 것이다. 육체가 정신의 감옥이 아니라, 정신이 육체의 감옥이다. 이른바 '서양'의 경우, 플라톤과 바울에서 (실은, 니체와) 푸코의 이러한 선언으로 건너오기까지 2,000년 이상의 시간이 걸렸다. 서양달력 19세기 말 20세기 초의 문학은 조이스, 카프카, 프루스트, 보르헤스, 베케트가 나타난 시기이다(이들 중 베케트를 제외하고는 아무도 노벨 문학상을 못 받았다는 것이 노벨상의 보수성을 증명한다).

18. 이 글의 작가 김재준/오형준, 이 **준 쌍둥이**가 수행하고 있는 것은 작곡(作曲, composition)인 동시에 파곡(破曲, de-composition)이다. 작곡인 동시에 파곡이 아닌 글이란, 실은, 없다. 움베르토 에코의 말대로, 준 쌍둥이(그냥 준이라

고 하자)는 지금 **세계의 역사를 다시 쓰고 있다**. 랑케의 말과는 달리, E. H. 카와 콜링우드와 크로체의 말대로, 뒤샹의 말대로, 역사란 쓰는 자의 수행적 발화 (performative utterance), 선언이 아니던가? 화이트헤드와 들뢰즈의 말대로, 세계는 지금 이 순간 창조되고 있는 것이 아니던가? 준의 글은 데미우르고스의 작업, 창조 없는 창세기이다. 준은 내게 이 글을 보내주면서 이것이 **글자로 쓰는 그림**이라고 했다. 나는 이 글이 마음에 들었다. 이것은 실험이다. 반복하건대, 오늘 우리에게는 실험, 실험이 부족하다. 랭보와 말라르메, 루쎌과 자리로부터, 뒤샹과 존 케이지까지, 우리에게는 **그들의** 실험만이 있었을 뿐, **우리의** 실험이 없었다. 실험을 **남이 가르쳐준 대로** 할 수는 없는 것 아닌가? 실험을 **남의 방식으로만** 할 수는 없는 것 아닌? 기존의 문학만이 문학이라고 생각하는 사람들, 역설적으로 기존의 실험 방식만이 실험이라고 생각하는 사람들은 이 글을 실험도 뭣도 아닌 것으로 읽을 것이다. 그리고 이러한 사실이 바로 이 글이 진정한 실험이라는 반증이다. **실험은 앞선 실험들을 비웃는다.** 이것이 이성의 참다운 능력은 이성을 비웃을 수 있는 능력이라는 파스칼의 말이 뜻하는 바이다. 참다운 도덕은 도덕을 비웃는다. 니체가 제안하는 오늘날의 도덕성이란 기존의 도덕을 성실히 준수하는 것이 아니라, 이것이 도덕적으로 '옳다'고 내가 느끼고 생각하는(실은 그렇게 생각하도록 조건화된) 도덕에 대하여 **'과연 그런가?'**라고 묻는 **질문과 검토 행위 자체**이다. 이것은 니체의 동시대인 말라르메가 시에 대하여 던진 질문이자, 뒤샹이 그 약 30 년 후에 미술에 대하여 던진 질문이고, 존 케이지가 그로부터 다시 40 여 년 후에 음악에 대하여 던진 질문이며, 다시 그로부터 10 여 년 후 푸코가 『문학의 고고학』에서 던지는 질문이다(뒤샹으로 대표되는 현대미술은 **자신에 대한 저항과 반항**을 가르친다. 이는 실로 놀랍고도 새로운, 가히 교묘한 방식의 권력 정당화 담론이다. 반항을 하든 저항을 하든 순응을 하든, **각자가 알아서 할 일**을 오히려 발화자가 미리 나서서 자신에게 저항하라고, 그것도 **자신이 규정하는 방식으로 저항하라**고 가르쳐준다. 이런 말은 들을 필요도 없고, 존중할 필요도, 지킬 필요도 없다. 세계를 지배하는 서양의 고유명사 '현대예술'은 이런 방식으로 세계를 지배한다. 이를 반쯤은 정확히 간파한 것이 백남준의 '예술은 사기'라는 말이다. 현대예술은 권력인 동시에, 당신이 규정한 게임의 규칙을 안 지키는 반(反) 권력행위이다(지키고 싶으면 지켜도 된다. 어차피 **당신이 알아서 할 일**이다). 지금 이 글이 **나의** 예술론이라는 것을 당신은 잘 알고 있다). 철학이란, 문학이란, 예술이란, 정치란, 생각이란, 삶이란, 모든 것에 대한 **나의** 정의를 만들어내는 끝없는 작업이다. 따라서,

"19세기 문학의 역사성은 의무적으로 문학 자체에 대한 거부를 경유하며, 이 거부는 그 부정 작용(négations)의 매우 복합적인 실타래 모두에서 취해져야 합니다. 보들레르, 말라르메, 초현실주의자 누구든 상관없이, 모든 새로운 문학적 행위는 적어도 네 가지 부정 작용, 거부, 혹은 살해의 시도를 함축한다고 믿습니다. 첫째는 다른 사람들의 문학에 대한 거부입니다. 둘째는 다른 사람들이 문학을 행할 권리 자체에 대한 거부, 다른 사람들의 작품이 문학일 수 있다는 것에 대한 이의제기입니다. 셋째는 스스로가 문학을 행할 권리에 관련된, 자기 자신에 대한 거부와 이의제기입니다. 마지막으로 넷째는 문학 언어의 사용에 있어 문학에 대한 체계적이고 완전한 살해 이외의 것을 말하거나 행하는 것에 대한 거부입니다. / 따라서 우리는 19세기 이래의 모든 문학 행위는 스스로를, 문학 행위에 다름 아닐, 이 접근 불가능하고 순수한 본질에 대한 위반으로서 자각, 인지하고 있었다고 말할 수 있다고 생각합니다."(허경 옮김, 인간사랑, 127쪽)

19세기 이래 유럽의 문학은 문학의 **거부**, 주어진 문학의 정의에 대한 **위반**의 행위에 다름 아니다. 이처럼, 방금 살펴본 문학의 경우에 잘 드러나듯이, 문학을 포함한 현대예술은 (철학을 예술의 영역에 '적용'한 것이 아니라) 각각의 영역에서 수행되는 철학함, 곧 **철학행위 그 자체**이다(이것이 고유명사로서의 (뒤샹 이후) 유럽 '현대(동시대 contemporary)미술'의 규칙이자 비밀이다).

19. 다다와 초현실주의를 보통 서양지성사에서 존재했던 예술 유파들 중 정치와 예술이 '혁명적으로' 결합되었던 마지막 사조라 말한다. 이때의 혁명이란 글자 그대로 혁명이다. 다다와 초현실주의는 정치와 예술을 모두 글자 그대로 '혁'(革)했다. 이들은 부분적인 수정이 아니라, 전체적인 털갈이, 가죽 자체를 바꾸는 일, 곧 예술을 지각·인식·수행하는 틀, **구조 자체의 변혁**을 목표로 했다. 고기를 구워 먹을 때, 불판에 붙어 있는 검댕을 부분적으로 여기저기 떼어낼 수도 있지만, 너무 검댕이 너무 많이 너무 여기저기 달라붙어 있다면 **불판 자체**를 갈아야 한다! 이것이 혁명이다. 다다와 초현실주의, 오늘 **대한민국**에 이런 의미의 정치적 예술, 예술적 혁명이 있는가? (2002년 이후, 대한민국이라는 말에 민족주의적, 실은 국수주의적 뉘앙스가 담기게 되었으므로 쓰지 말아야 한다고 권해준 사람이 있었는데, 그것은 그의 프레임이다. 나는 낯설게 하기, 거리두기의 측면에서 '우리나라'가 아니라, 남북한 공히 공식 국명을 쓴다. 물론 이렇게 말하는 나도 나의 프레임을 말하는 것이다. 모든 것이 프레임이다. 칸트의 말대로, 인간은 프레임이 없다면 현상을 지각할 수도 인식할 수도 없다. 프레임은 없애야 할 한계

가 아니라, 인간 지각과 인식의 **가능 조건**이다) 나는 준의 이 책에 대한민국 문학과 정치, 글쓰기 형식에 하나의 혁명을 가져온 글쓰기가 담겨 있다고 생각한다. 그 부분적인 이유는 물론 준이 기존의 문법, 규칙을 **지키지 않고 있기 때문**이다. 라이오넬 트릴링의 말대로, 우리가 책을 읽는 만큼이나 좋은 책은 우리를 읽는다 (나쁜 책도 그렇다, 실은 모든 책이 그렇다). 그렇다. 나는 이 책이 **좋은 책**이라고 생각한다. 이러한 질문에 답하기 위해서는 '좋은' 책, 나아가 '좋은' 예술, '좋은' 예술가란 무엇이고 누구인가라는 질문에 대한 답이 선행되어야 한다. 그것은 판단을 위한 **기준**의 문제이다.

20. 좋은 예술, 좋은 예술가란 무엇이고 누구인가? 좋은 책이란 그 책을 읽기 전과 읽은 후가 '달라지는' 책이다. 무엇이 달라지는가? 내가 세계를 바라보는 **관점**이. 내게 좋은 책이란 **그 책을 읽지 않았더라면 보지 못했을 세계, 보이지 않았던 세계를 보여주는 책**이다. 준의 책은 좋은 책이다. 내게 준의 책은 **생각하는 이**가 써내려간 참다운(그런 것은 없겠지만 수사학적으로 사용해본다) 책으로 보이기 때문이다. 오늘의 실험적 작품이 내일의 대중적 작품이 되지 않는다. 그러한 사례도 있겠지만 그런 경우는 오히려 예외이다. 모든 작품은 자신을 포함하여 무한한 요소들이 상호작용하는 **특정 시공간 내에서** 작용하는 자신의 고유한 자장(磁場)을 생성시키기 때문이다(오늘 내가 뒤샹의 변기를 다시 완벽히 재현한다고 해도, 그것은 무의미한 일이다). 이 책은 10 년, 100 년이 지나도 대중들이 사랑하는 작품이 되지 않을 것이다. 이 책은 2028 년이나 2118 년이 아닌, 2018 년에 의미를 갖는다. 오늘 이 책은 대한민국에 그리고 세계에 예술의 새로운 개념을 제시했다(대한민국이 세계이다).

21. 모든 창조성은 자신이 학습한 창조성의 틀과 **달리** 생각하는 행동으로부터만 나온다(창조성은 가르쳐질 수 없다. 창조성을 가르치려는 행위는 열등한 복사본만을 낳을 뿐이다). 창조는 오직 기존 창조성 관념과 달리 생각하는 행위, 관점과 프레임, 지각과 인식의 틀을 바꾸고 규칙을 변경하는 행위, 곧 **스스로** 생각하고 행동하는 행위에서만 나온다. 이런 면에서, 모든 글쓰기는 실은 창조이다. 타인의 글쓰기를 철저히 모방하여 똑 같은 글쓰기를 한다 해도 결국은 내 방식대로 학습하고 실천하게 되어 있기 때문이다(보르헤스의 단편 <돈 키호테의 작가, 피에르 메나르>가 이를 탁월하게 그려낸다). 이런 의미에서, 모든 글쓰기는 글쓰기란 무엇인가에 대해 새롭게 제출된 대답이라고 말할 수 있다. 모든 글쓰기가 실은 작가와 독자, 문학의 창조이자 발명 행위이다. 칸트와 요제프 보이스의

말대로, 모든 작가가 창조자이고, 모든 인간이 다 예술가이다(너 자신을 알라!).
이런 의미에서, 글쓰기 행위란 '이제까지 존재하지 않았던' 다른 나와 너, 우리와
세계를 발명하는 행위에 다름 아니다.

　　　20. 이 책을 읽은 당신은 이 책을 읽지 않은 당신과는 **다른** 사람이 되어
있다. 이 책은 이제까지와는 전혀 다른, **낯선**, 나와 당신, 문학과 세계를 창조하고
있다.

2018년 11월 18일
일산 노루목 길에서
허경

여기 빈 벽이 있어서 낙서 좀 할게요.

새로운 예술을 만드는 예술가를 묘사하는 소설을 썼더니
그 내용대로 하면 곧 새로운 예술이 아닐까? 뒤샹이 나타나기 전에
소변기를 전시장에 가져다 놓고 이를 레디메이드 아트라고 명명한 예술가의 인생을 소설로 쓴 작가가 있었다.
예술가의 생각이 그 구현물보다 더 중요하다면 전시장에 설치를 하지는 않았지만
그런 생각을 한 소설가가 현대미술의 선구자라고 할 수 있지 않을까?
조금 더 정교하게 써 봐. 그만 두겠어. 다 지워 버려요.

Da Capo?

다시 써. why? 너무 무질서하고 어렵고 또 종 often 종 지루해. 과랑과랑혼 벳디 속았수다. 아, 수고했다구요. 시작이 너무 어렵다는 말을 들었다. 여기저기서 다시 쓰지 그래. 그건 거부하겠다. 너무 불완전하기에 어떻게 고쳐도 개선될 수 밖에 없다는 것이 마음에 들지 않는다. 인용이 너무 많지 않아요? 아케이드 프로젝트를 읽어 보라. 引用만 있다. 나는 창의성을 거부하고 싶다. 호꼼 똠은 낫수다만, 새로운 서문을 추가하기로 타협했다. 누구와? mecum. 매콤한 음식 좋코 마씀? 맛조수다게. 아주 근원적인 것에서 출발하자. 根源은 말이 아니라 몸이다. 이런 강의 기획안을 썼다가 그만 둔 적이 있었다. 아무도 오지 않았다.

무용과 철학 세미나

"언어가 혀와 입술의 무용이라고 한다면
무용은 온 몸으로 하는 언어이다."

이 말이 맘에 든다. 마음에 들어 온다. 맘마미아.
"언어의 힘에 대한 경외가 노래를 낳고 시를 낳았듯이
자신의 것이면서도 자신의 것이 아닌 신체에 대한 경외가
무용을 낳았다고 할 수 있다." ("무용의 현대")
   Mmmbop, ba duba dop, Ba du bop, ba duba dop
엄마 madre 의 말을 흉내내는 미메시스가 사회화의 처음이었듯이
무용의 기원도 마찬가지였을 것입니다. 하지만 우리는 이 시원 Ursprung 을 잊어버렸습니다.
"산업혁명으로 획일화된 동작의 영향, 1.2 차 대전으로 전체주의에 복종한 체육"
인간은 춤을 잃어버렸고 그 결과 몸은 국가에 통제당하는 존재로 전락합니다.

그러나 이러한 흐름에 사람들은 저항하기 시작합니다.
21 세기는 예술의 시대라고 합니다. 그 예술의 중심에 무용이, 춤이 있습니다.
몸에 대한 담론이 현대철학에서 중요한 화두입니다.
하지만 실제로 몸을 어떻게 쓰는지 알지도 못하면서 전개하는
글의 인간들의 논리는 공허합니다.
   Mmmbop, ba duba dop, ba duba dop, Ba du bop, ba duba dop, ba duba dop
소통의 부재는 계층, 세대 간에만 존재하는 것이 아닙니다.
내 안에서도 소통은 없습니다. 나의 몸과 나의 마음 사이에 소통은 없습니다.
글의 인간에게 정말 결핍된 것은 몸의 대한 이해입니다.

몸을 이해하는 가장 중요한, 근원적인 수단은 체육이 아니라 "춤"입니다.
춤은 모든 예술의 시원입니다. 여기에서 시와 음악과 연극이 파생되어 나갔습니다.

이제 몸의 철학과 무용을 연결해 보려는 작은 모임을 만들어 보려고 합니다.
춤을 몰라도 좋고 철학을 몰라도 상관없습니다.

****

<차라투스트라는 이렇게 말했다> 슬픈 일이다! 사람이 더 이상 그 자신 위로 동경의 화살을 쏘지 못하고, 자신의 활시위를 울릴 줄도 모르는 그런 때가 머지않아 오고 말 것이니! 너희들에게 말하거니와, **춤추는 별을 탄생시키기 위해 사람은 자신들 속에 혼돈을 지니고 있어야 한다.** Man muss noch Chaos in sich haben, um einen tanzenden Stern gebären zu können. You must have chaos within you to give birth to a dancing star. 너희들에게 말하거니와, 너희들은 아직 그런 혼돈을 지니고 있다. (특히나 한국인들은) 슬픈 일이다! 머지않아 사람이 더 이상 별을 탄생시킬 수 없게 될 때가 올 것이니. 슬픈 일이다! 머지않아 자기 자신을 더 이상 경멸할 줄 모르는, 그리하여 경멸스럽기 짝이 없는 자의 시대가 올 것이니. (그것은 잠시 있다 사라졌다가 다시 오려고 안간힘을 쓰고 있다. 그것의 이름을 말하는 것은 금지되어 있다.)

S 가 연남동 센트럴 파크에서 이런 말을 들려 주었다.
칸토어는 집합론에서 무한자(=신적인 것)를 세속적 계산의 세계 속으로 끌어내리려는 시도, 즉 무한의 계산을 시도하다가 그 역설에 부딪힙니다. 수학자 칸토어는 '에우리디케가 사라져 버리는 오르페우스적인 순간', 즉 진리의 순간을 경험했던 용기있는 예술가였다는 이야기가 있습니다. 불가능한 지점들을 향해 돌진하고 역설에 직면하고 또다시 시도하고. 극한까지 밀어부치는 그것이 비록 실패할 지라도 다시 에우리디케를 찾아 떠날수 있는 용기를 가진 자로서 예술가를 정의할 수 있다고 합니다. Danke.

나는 이런 말을 했던 것으로 기억하지만 하지 않았을 수도 있다. 지금 한다.
블랑쇼를 읽어 보아요. 무어라말할수없이신비했어요. "오르페우스의 시선" 참을성없음, 그것이 오르페우스의 죄이다. 그의 잘못은 무한을 고갈시키고자 했다는 것, 끝나지 않는 것에 끝을 맺으려 했다는 것, 심지어 자기 잘못의 몸짓조차 끝없이 참고 견디지 못했다는 것이다. 참을성없음, 그것은 시간의 부재에서 벗어나고자 하는 자의 오류이다. 참을성있음, 그것은 계략이다. 시간의 부재를 또다른 시간, 다른 방법으로 절제된 시간으로 만듦으로써, 그 시간의 부재를 제어하려고 애쓰는 꾀인 것이다. 그러나 진정한 참을성은 참을성없음을 배제하지 않는다. 진정한 인내는 나의 참을성없음을 무한히 괴로워하며 견디어내는 것이다. 올레! 오르페우스의 참을성없음, 그러므로 그것은 정당한 몸짓이기도 하다. 이 참을성없음 속에 미래의 진정한 열정, 지고의 인내, 죽음 속에서의 무한한 체류가 싹트는 것이다.
세계는 오르페우스를 비난한다. 그러나 작품은 그를 비난하지 않는다. 그의 오류들을 밝혀내지도 않는다. 작품은 아무 것도 말하지 않는다. 그러면 작품은 무엇을 하는가?

1 2 3 4 5 6 7 8 1 2 3 4 5 6 7 8 1 2 3 4 5 6 7 8 1 2 3 4 5 6 7 8 1 2 3 4 5 6 7 8 1 2 3 4 5 6 7
8 1 2 3 4 5 6 7 8 1 2 3 4 5 6 7 8 1 2 3 4 5 6 7 8 1 2 3 4 5 6 7 8 1 2 3 4 5 6 7 8 1 2 3 4 5 6
7 8 1 2 3 4 5 6 7 8 1 2 3 4 5 6 7 8 1 2 3 4 5 6 7 8 1 2 3 4 5 6 7 8 1 2 3 4 5 6 7 8 1 2 3 4 5
6 7 8 1 2 3 4 5 6 7 8 1 2 3 4 5 6 7 8 1 2 3 4 5 6 7 8 1 2 3 4 5 6 7 8 1 2 3 4 5 6 7 8 1 2 3 4
5 6 7 8 1 2 3 4 5 6 7 8 1 2 3 4 5 6 7 8 1 2 3 4 5 6 7 8 1 2 3 4 5 6 7 8 1 2 3 4 5 6 7 8 1 2 3
4 5 6 7 8 1 2 3 4 5 6 7 8 1 2 3 4 5 6 7 8 1 2 3 4 5 6 7 8 1 2 3 4 5 6 7 8 1 2 3 4 5 6 7 8 1 2
3 4 5 6 7 8 1 2 3 4 5 6 7 8 1 2 3 4 5 6 7 8 1 2 3 4 5 6 7 8 1 2 3 4 5 6 7 8 1 2 3 4 5 6 7 8 1
2 3 4 5 6 7 8 1 2 3 4 5 6 7 8 1 2 3 4 5 6 7 8 1 2 3 4 5 6 7 8 1 2 3 4 5 6 7 8 1 2 3 4 5 6 7 8
1 2 3 4 5 6 7 8 1 2 3 4 5 6 7 8 1 2 3 4 5 6 7 8 1 2 3 4 5 6 7 8 1 2 3 4 5 6 7 8 1 2 3 4 5 6
7 8 1 2 3 4 5 6 7 8 1 2 3 4 5 6 7 8 1 2 3 4 5 6 7 8 1 2 3 4 5 6 7 8 1 2 3 4 5 6 7 8 1 2 3 4
5 6 7 8 1 2 3 4 5 6 7 8 1 2 3 4 5 6 7 8 1 2 3 4 5 6 7 8 1 2 3 4 5 6 7 8 1 2 3 4 5 6 7 8 1 2
3 4 5 6 7 8 1 2 3 4 5 6 7 8 1 2 3 4 5 6 7 8 1 2 3 4 5 6 7 8 1 2 3 4 5 6 7 8 1 2 3 4 5 6 7 8
1 2 3 4 5 6 7 8 1 2 3 4 5 6 7 8 1 2 3 4 5 6 7 8 1 2 3 4 5 6 7 8 1 2 3 4 5 6 7 8 1 2 3 4 5 6
7 8 1 2 3 4 5 6 7 8 1 2 3 4 5 6 7 8 1 2 3 4 5 6 7 8 1 2 3 4 5 6 7 8 1 2 3 4 5 6 7 8 1 2 3 4
5 6 7 8 1 2 3 4 5 6 7 8 1 2 3 4 5 6 7 8 1 2 3 4 5 6 7 8 1 2 3 4 5 6 7 8 1 2 3 4 5 6 7 8 1 2
3 4 5 6 7 8 1 2 3 4 5 6 7 8 1 2 3 4 5 6 7 8 1 2 3 4 5 6 7 8 1 2 3 4 5 6 7 8 1 2 3 4 5 6 7 8
1 2 3 4 5 6 7 8 1 2 3 4 5 6 7 8 **1 2 3 4 5 6 7 8 1 2 3 4 5 6 7 8 1 2 3 4 5 6 7 8 1 2 3 4 5**
6 7 8 1 2 3 4 5 6 7 8 1 2 3 4 5 6 7 8 1 2 3 4 5 6 7 8 1 2 3 4 5 6 7 8 1 2 3 4 5 6 7 8 1
2 3 4 5 6 7 8 1 2 3 4 5 6 7 8 1 2 3 4 5 6 7 8 1 2 3 4 5 6 7 8 1 2 3 4 5 6 7 8 1 2 3 4 5
6 7 8 1 2 3 4 5 6 7 8 1 2 3 4 5 6 7 8 1 2 3 4 5 6 7 8 1 2 3 4 5 6 7 8 1 2 3 4 5 6 7 8 1
2 3 4 5 6 7 8 1 2 3 4 5 6 7 8 1 2 3 4 5 6 7 8 1 2 3 4 5 6 7 8 1 2 3 4 5 6 7 8 1 2 3 4 5
6 7 8 1 2 3 4 5 6 7 8 1 2 3 4 5 6 7 8 1 2 3 4 5 6 7 8 1 2 3 4 5 6 7 8 1 2 3 4 5 6 7 8 1
2 3 4 5 6 7 8 1 2 3 4 5 6 7 8 1 2 3 4 5 6 7 8 1 2 3 4 5 6 7 8 1 2 3 4 5 6 7 8 1 2 3 4 5
6 7 8 1 2 3 4 5 6 7 8 1 2 3 4 5 6 7 8 1 2 3 4 5 6 7 8 1 2 3 4 5 6 7 8 1 2 3 4 5 6 7 8 1
2 3 4 5 6 7 8 1 2 3 4 5 6 7 8 1 2 3 4 5 6 7 8 1 2 3 4 5 6 7 8 1 2 3 4 5 6 7 8 1 2 3 4 5
6 7 8 1 2 3 4 5 6 7 8 1 2 3 4 5 6 7 8 1 2 3 4 5 6 7 8 1 2 3 4 5 6 7 8 1 2 3 4 5 6 7 8 1 2 3 4 5 6 7
8 1 2 3 4 5 6 7 8 1 2 3 4 5 6 7 8 1 2 3 4 5 6 7 8 1 2 3 4 5 6 7 8 1 2 3 4 5 6 7 8 1 2 3 4 5 6 7 8 1
2 3 4 5 6 7 8 1 2 3 4 5 6 7 8 1 2 3 4 5 6 7 8 1 2 3 4 5 6 7 8 1 2 3 4 5 6 7 8 1 2 3 4 5 6 7 8 1 2 3
4 5 6 7 8 1 2 3 4 5 6 7 8 1 2 3 4 5 6 7 8 1 2 3 4 5 6 7 8 1 2 3 4 5 6 7 8 1 2 3 4 5 6 7 8 1 2 3 4 5
6 7 8 1 2 3 4 5 6 7 8 1 2 3 4 5 6 7 8 1 2 3 4 5 6 7 8 1 2 3 4 5 6 7 8 1 2 3 4 5 6 7 8 1 2 3 4 5 6 7
8 1 2 3 4 5 6 7 8 1 2 3 4 5 6 7 8 1 2 3 4 5 6 7 8 1 2 3 4 5 6 7 8 1 2 3 4 5 6 7 8 1 2 3 4 5 6 7 8 1
2 3 4 5 6 7 8 1 2 3 4 5 6 7 8 1 2 3 4 5 6 7 8 1 2 3 4 5 6 7 8 1 2 3 4 5 6 7 8 1 2 3 4 5 6 7 8 1 2 3
4 5 6 7 8 1 2 3 4 5 6 7 8 1 2 3 4 5 6 7 8 1 2 3 4 5 6 7 8 1 2 3 4 5 6 7 8 1 2 3 4 5 6 7 8 1 2 3 4 5
6 7 8 1 2 3 4 5 6 7 8 1 2 3 4 5 6 7 8 1 2 3 4 5 6 7 8 1 2 3 4 5 6 7 8 *1 2 3 4 5 6 7 8 1 2 3 4 5*
6 7 8 1 2 3 4 5 6 7 8 1 2 3 4 5 6 7 8 1 2 3 4 5 6 7 8 1 2 3 4 5 6 7 8 1 2 3 4 5 6 7 8 1
2 3 4 5 6 7 8 1 2 3 4 5 6 7 8 1 2 3 4 5 6 7 8 1 2 3 4 5 6 7 8 1 2 3 4 5 6 7 8 1 2 3 4 5
6 7 8 1 2 3 4 5 6 7 8 1 2 3 4 5 6 7 8 1 2 3 4 5 6 7 8 1 2 3 4 5 6 7 8 1 2 3 4 5 6 7 8 1
2 3 4 5 6 7 8 1 2 3 4 5 6 7 8 1 2 3 4 5 6 7 8 1 2 3 4 5 6 7 8 1 2 3 4 5 6 7 8 1 2 3 4 5
6 7 8 1 2 3 4 5 6 7 8 1 2 3 4 5 6 7 8 1 2 3 4 5 6 7 8 1 2 3 4 5 6 7 8 1 2 3 4 5 6 7 8 1
2 3 4 5 6 7 8 1 2 3 4 5 6 7 8 1 2 3 4 5 6 7 8 1 2 3 4 5 6 7 8 1 2 3 4 5 6 7 8 1 2 3 4 5
6 7 8 1 2 3 4 5 6 7 8 1 2 3 4 5 6 7 8 1 2 3 4 5 6 7 8 1 2 3 4 5 6 7 8 1 2 3 4 5 6 7 8
1 2 3 4 5 6 7 8 1 2 3 4 5 6 7 8 1 2 3 4 5 6 7 8 1 2 3 4 5 6 7 8 Tanz danse 舍 舞踊

34

휠덜린은 나에게 고유한 것이 아니라 나에게 결핍 pip 된 것을 통해서
더 좋은 예술을 만들 수 있다는 역설을 이야기한 바 있습니다.
그리스 사람들이 하늘의 태양같은 파토스를 고유하게 가지고 있었지만 오히려
표현의 명료성에 있어서 최고 수준에 도달한 호메로스의 문학을 창조했습니다.

머리의 인간은 몸의 영역으로 모험해 들어가고,
몸의 인간은 문학과 철학의 바다로 나아가 보려고 합니다.
  Mmmbop, ba duba dop, ba duba dop, Ba du bop, ba duba dop, ba duba dop
1892 년 惠特曼이 我的歌에서 ᄀᆞᆯᅥ샤딕; 다시 영어로 번역하여 Song of Myself 가
되었으니, 그 후 정지용의 재번역도 전해 온다.
I am the poet of the Body and I am the poet of the Soul,
The pleasures of heaven are with me and the pains of hell are with me.
나는 이렇게 바꾸겠어요. the pains of heaven and the pains of hell are with us.
예기(禮記)에 이런 말도 있군요. 不知手之舞之부지수지무지 足之蹈之也 족지도지야
모르는 사이에 (즐거워) 손은 춤추고 발은 뜀뛴다. 주자(朱子)가 <논어>를 공부하
는 사람이 도달할 수 있는 최고의 경지라고 하면서 인용하고 있기도 하다. 之가
반복되면서 저절로 흥이 생겨난다. 이상한 상상을 했어요. 무도(舞蹈)라는 말도
여기서 유래.

한사람의 운동선수와 여러 명의 문인을 불러 보겠습니다. 이성
복 시인을 우연히 만났던 사람의 친구의 오빠의 여동생을 우연
히 만났다. 그는 완벽한 기억력을 가지고 있었지만 다언어문법
장애와 조사어미 phobia 로 고생하고 있었다. 그의 메모를 인용
한다. 그래 맘다이로 하라쳐.

저는 선생님 시 많이 읽었고 열렬한 팬인데요. 요즘 시를 쓰지 못하신다고 하던
데요. ~ㄴ/는/다고 하다 + 던데 I heard (from someone) 聽說 慶州有很多景點
나我 시詩 원한怨恨 많아多. 나 시 사랑 as much as 시 나 사랑 not. 이 시 with 불화 애인
사이 불화 닮아 있어. 시 사랑하 when 시 except 하고 싶은 거 없어져. 나 글 이 정도 써야
하, 그 수준 있 막상 손 대 안 되 impossible 거. 지나 1 년 시 별거햇. 일종 투정이었. 시,
네 그렇 깨끗 것이냐냐...Ihateu 지난 1 년 테니수 많 쳤습. 詩 본처 테니 스애 인. 난 원
래 운 동신 경없 편입니. 그렇 테니스배 우상당 재미 있. 사 람들 내심 각하 표정 발之 랄
해 젓합니.

35

'애인'인 테니스는 어떻게 만났습니까? If there is a 받침 at the end of the adj/verb stem, Rule 2 가 적용되어 Adjective/Verb + 습니까. 韩国语法 很难.

처 음 詩 쓰는 의사 with 배드 민들턴 치다 배우게 됐. 공장 못합 니. 공의생 理 생 각하 안코 내 식으 설침니 Chimmy. 무 엇이건 내 식 정리해 속 시 원한 것 말입니. 테 니스 코 치 가 르치는 것 공을 치기 전 충 분한 anger 여유 있 다는 것입니. 공이 날 아오면 釜山 밀면 되 는 나 어떤경우에든부디침니 Chimmy. 아마이 것이글 을쓰게 하는직 접적인 원 인 이 아닌가싶. 운 동잘하 는사람 세상살 이가부 드럽습. 힘 이있 다는것과 는다르. 상 대방 흐름 자기맞출 줄 알. 그 러나 我공만 오면때 리려 달겨듭. 온 갖맹세 소 용없. 그 안 되 는 힘오 히려 몸에대 하여 생 각하게함니. 이 것바로 文 학의공 간아 니루까우러.

그리고 W@llace 의 페더러 이야기 Roger Federer as Religious Experience.

Almost anyone who 사랑 s 테니스 and 팔로우 s the men's tour on 티비 has, over the last few 년들 years, had what might be termed Federer Moments. **These are 시간들, as you watch the 젊은 스위스인 play, when the 턱 drops and 눈 protrude and 소리 are made that bring 배우자 in from other 방 to 보 다 if you're O.K.** 오케이 글 잘썼네. 자 또 번역연습해 볼까나바마.

A top athlete's beauty is next to impossible to describe directly.

상상하라 Mesi, Ronaldo and more **더 더 더.** Nice one Sonny.

정말 재미있슴당. 최근 번역도 나왔당. 저 기 사진 속의 책이당.

Mmmbop, ba duba dop, a Siren singing to you, Ba du bop, ba duba dop, ba duba dop

운동선수의 아름다움에는 창의성이 언제나 연결된다. 높이뛰기 High Jump 의 역사.

창조는 어디에서 시작되는가? 자신의 재능 없음에 대한 절망에서.... 아까 창의성을 거 부한다고 그랬잖아. 필요하면 자신의 재능 없음에서 출발하면 된다구요.

큰 일 났네, 큰 일 났어, 어떻게 하지, 방 법이 없네, 그러나 방법이 언제나 없는 것 은 아니다. FOSBURY FLOP

REVOLUTIONISES HIGH JUMP. 자 이제 새 로운 이야기를 ...... Dick Fosbury changes high jumping forever with his "Fosbury flop" technique at the Olympic Summer Games Mexico City 1968. 키가 큰, 키만

큰, 공부만 잘하는 너드 같은, 어떤 스포츠도 잘 할 것 같이 보이지 않는 선수가 올림픽 금메달을 땄다. 촘말로 좋수다. ba duba dop, I am not here.

Fr_{osbu}ry Flop 은 창의성 그 자체이다.

인류 역사상 가장 creative 운동선수라고 생각한다. 심지어 경영학 수업시간에 혁신경영의 사례연구로도 나온다. He jumped higher than any man before, by thinking the opposite from everyone else.

http://www.youtube.com/watch?v=Id4W6VA0uLc

체격조건이나 운동신경이 좋은 사람은 아니었다.

새로운 형식을 창조해야 한다. 남의 뒤를 따라 가지 말자. 그러나 창의성이 언제나 중요한건 아니다. **나는 창의성을 거부한다**. Wow, Great.

그의 인터뷰: 취소되었다. 영상으로 이해하기 바란다.

Going back in history, till the early 60s all the high jumping techniques followed a simple fundamental principle that the high jumpers jumped <u>face down and landed on their feet</u>. This principle meant that **the center of gravity was above the bar**. Dick Fosbury challenged the principle and started experimenting with a technique by <u>landing on the back</u> and therefore **allowing him to lower the center of gravity below the bar.**

37

More to come: 전통적 방법을 혁신한 높이뛰기의 신기원은 운동선수로서의 능력이 떨어지는 선수가 창의적으로 달성했다. *정리 더 잘 할 수 있지 않을까? 이제 지쳤어.* 자신의 한계에 부딪쳐 새로운 방법을 만들 수 밖에 없었다. 절망했을 때, 재능이 없는 선수가 발견한 혁명적 방법. 창조성에 대한 가장 큰 깨달음은 전혀 예상치 못한 곳에서 왔다. 18 세기 독일 시인 횔덜린이 20 세기 후반의 Frosbury 와 갑자기 하늘의 별자리 Konstellation 같이 연결되면서 창의성을 이해할 수 있었다. 재능이 없는 자에게 다가 온 구원의 빛. 이해가 안 가는데요. 횔덜린을 읽어 보세요. 200 년도 훨씬 전의 독일 시인 횔덜린은 도대체 왜? 헤겔과 셸링의 기숙사 룸메이트. 자, 곧 곧 곧 그의 말을 들어 보죠. 더듬더듬이덩더쿵.

무게중심의 물리학으로 이 테크닉을 이해할 수 있다. "the center of gravity above the bar before Frosbury" vs. "the center of gravity below the bar after Frosbury". 이 새로운 높이뛰기의 방법은 왜 내가 이 생각을 못했지 가슴을 칠 정도로 의외로 단순하다. 그래서 노, 놀랍다. La ra ra ra ra 라랄지랄랜드

휠덜린은 나중에 얘기하자. 오늘은 바쁘다. 행사가 있다. 1 년이 지났다. 그리고 다시 1 주일 후에 휠덜린 세미나를 했다. 어떻게 이렇게 저렇게 되었을까? 되었다. Mmmbop, I wana live, breathe, OK 카타르시스코,

독일어 German Deutsch

어느 날 내가 아는, 그렇게 친하지는 않고 어쩌다 보게 되는, 한 시인(詩人)에게서 이런 이야기를 들었다. 그 詩人(시인)이 아는 다른 詩人에게 들은 이야기라면서 그 다른 詩人이 아는 또 다른 시인(poet)이 대학원 다닐 때의 체험이라는 것이었다. Who is who?

Don't think me unkind; Words are hard to find.

내가 대학원 다닐 때 <산정묘지>의 큰시인 조정권 선생님께서 한 학기 강사로 오셨는데 어느 날 칠판에 시(詩)를 하나 적으셨어요. 그것은 휠덜린의 詩 <반평생>이었습니다.

De Do Do Do De Da Da Da Der Des Dem Den

노오란 배 열매와/ 들장미 가득하여/
육지는 호수 속에 매달려 있네/
너희 사랑스러운 백조들/ 입맞춤에 취하여/
성스럽게 깨어 있는 물속에/ 머리를 담구네
슬프다, 내 어디에서/ 겨울이 오면, 꽃들과 어디서/
햇볕과/ 대지의 그늘을 찾을까?/
성벽은 말없이/ 차갑게 서있고, 바람결에/
풍향기는 덜걱거리네. - <반평생>,전문.

이 이야기가 전부였고 조정권 선생이 왜 이 詩를 적었는지 왜 이 詩가 의미가 있는지 혹은 감동적인지 이런 설명은 없었다. 마침 그가 가진 이성복의 시집(詩集) 뒤에 이 詩가 써 있었기에 나온 말이었고 내가 아는 그 詩人이 이 詩를 암송해서 들려준 것도 아니었다. 詩人들이 이 세상 모든 詩를 암송해서 술자리에서 우리에게 들려 줄 의무는 물론 없다. 그 날 그는 오직 술만 마셨고 문학 이야기 하는 것을 꺼려했기에 우리는 왜 아파트 값이 요즘 오르는지, 왜 한국 사람들은 그 불편한 아파트에 환장을 하는지 이런 이야기만 띄엄띄엄했다.

ABABACAB ABABACAB ABABACAB ABABACAB ABABACAB

내가 그 詩를 정확히 이해했다고 볼 수는 없었지만 그렇다고 난해한 것 같지도 않았다. <u>문제는 전혀 감동을 받지 못했다는 데 있다.</u> 단순 소박해서 감동을 주는 詩가 있고 잘은 모르겠지만 지적이해가 요구되는 詩이기에 무슨 말인지 모르고 읽다가 가끔 이해가 되는 구절을 만나게 되면 그 말이 유난히 마음에 다가와서 감동하게 되는 혹은 이해는 못할지라도 감동해야 한다는 강박에 시달리며 감동을 스스로에게 강요하는 그런 종류의 詩도 아니었다. 그렇게 횔덜린 시(詩)의 첫 경험은 나에게서 멀어져 갔다. 그런데 吳炯俊 선생이 횔덜린 읽기 문학 세미나를 한다고 관심이 있으면 오라고 했다. 왜 좋다고 하는지 모르겠는 시인의 시를 읽는 세미나에 내가 왜 가야 하느냐? 좋은지 모르겠다면 그 보다 더 좋은 이유는 없다는 것이다. 그래 알겠어. 그러면서 다음 글을 읽어 보라고 프린트해서 내 손에 건네 주었다.

De Do Do Do De Da Da Da Der Des Dem Den Die Der Dada Dare

독일어, 횔덜린과 벤야민, 백석의 시: 북방에서

아득한 옛날에 나는 떠났다.
부여를 숙신을 발해를 여진을 요를 금을
흥안령을 음산을 아무우르를 숭가리를
범과 사슴과 너구리와 시라소니를 **배반하고**
숭어와 메기와 개구리를 **속이고** 나는 떠났다.
얄밉게 떠난 님아 얄밉게 떠난 님아, 배신자여 배신자여 사랑의 배신자여
(to be continued)

열정 熱情 La passion

횔덜린 집중탐구 세미나(허구가 아니다. 기억나지는 않지만 실제로 했다.)

독일의 시인. 괴테와 쉴러의 동시대인(同時代人)이면서 당대에는 인정도 받지 못했고 반평생을 정신착란 속에서 외롭게 삶을 마감해야 했던 시인. 튀빙겐 대학 기숙사 같은 방을 썼던 그의 친구, 헤겔이나 셸링과는 달리 횔덜린은 거의 100년 가까이 잊혀진 사람이었죠. 20 세기 초 비로소 횔덜린은 현대적 시인으로 부활하였고, 그를 이해하려면 독일인들은 아직도 더 많은 세월이 필요하다고까지 하이데거가 말한 횔덜린은 "시인의 시인"이라고 말해집니다. 고대(高大) 그리스를 시원(始原)으로 생각한 횔덜린은 하이데거와 니체의 철학에 그리고 후대 독일 시 문학에 깊은 영향을 끼쳤습니다. 니체가 고대(古代) 그리스를 아폴론적인 것과 디

오니소스적인 것으로 나누는 방식은 횔덜린한테로 소급(遡及)한다고 할 수 있습니다. You dunno, you dunno, you dunno what to do with this.

위대한 것만이 위대한 시원을 품을 수 있다고 사람들은 믿는다. Ursprung(우어슈프룽) 나같이 미미(微微)한 것에게 위대한 시원(始原)이 다가 올 수 있을까? 횔덜린은 말한다.

"아주 미미(微微)한 것에게도
위대한 시원(始原)은 다가올 수 있으리라."

미미한 것은 어디에 있는가?
"그러나 이제 그것은 가난한 장소에서 꽃피어나네."
가난하고/은밀한 장소에서 모든 미미한 것들은 초라하게 서 있으리라.

"장미는 '왜'없이 존재한다; 그것이 피는 것은, 그것이 피기 때문이다."
이런 식의 문장이 하이데거 식 말하기입니다. 그 느낌을 따라가 보면 재미있습니다. 이 책을 나는 왜 쓰는가? 이 책을 쓰는 것은 쓰는 것의 본질 속에서 내가 쓰는 것 안으로 들어가 시인의 존재를 ......
 De Do Do Do sippin' tippin' grippin' eatin'
시원은 어떻게 다가오는가?
"그러나 마치 결혼을 축하하는 윤무(輪舞 Rondo)곡처럼"
신부는 대지(大地)요, 이 대지에게로 하늘의 노래가 다가온다.
하늘, 대지, 신과 인간. Geviert, 4 가지 소리.
모든 것이 친밀한, 무한한 관계 속에서 나는 기다린다네.
기다리면서 준비한다네. 시간은 어떻게 존재하는가?
시간이 시간 자신으로 존재하는 그런 제 때의 시간, 즉 역사적 순간으로.
대지의 제비꽃 보랏빛은 하늘의 메아리이다.
가장 밝은 빛은 신의 현존재를 어둠보다 더 잘 감춘다. (시인은 밤에 깨어 있어야 한다.)
미미한 것은 하찮은 것이 아니며 가난한 장소에서 위대하게 서 있다.
위대한 시원은 풍요로운 윤무곡 Rondo 의 방식으로 다가온다.
천상의 신들이 춤추는 노래로서만 윤무곡은 위대하고, 저 시원은 위대하다.

위대한 시원이 도래하자 이제 비로소 미미한 것은 시원 자신의 미미한 것으로 밝혀진다.
<u>횔덜린의 독일은 미미하고 고대(苦待) 그리스는 곧 도래하게 될 위대한 시원이다.</u>

궁핍의 시대에 시가 노래한 땅과 하늘은 사라져버렸다.

우리가 스스로 시원으로 회귀할 방법은 없다. 그저 고향 가까이 다가 갈 뿐이다. Ah, Muse! 위대한 시원이 미미한 것에게 다가올 경우에만 우리가 직면한 현재는 위대한 시원이 된다. 그리스라는 제 1 시원에 이은 제 2 의 시원이 도래한다. 그러나 우리는 절박할 정도의 궁핍함을 경험한 적이 없다. 미미한 것 안에 존재해 본적이 없다. 현대의 인간은 무한한 전체관계의 중심, 순수한 역사적 운명을 몸으로 느끼지 못한다. **신의 음성을 듣지 못하는 우리는 그리스의 옛 이야기를 들어야/읽어야 한다.** (신들이 떠난 라틴화된 유럽에 저항하여 플라톤 이전으로 돌아간다.) 헤라클레이토스는 말한다.

"보이기를 거부하는 어울림은 출현하는 어울림보다 더욱 지고하게 편재한다."

횔덜린은 미미한 것이 위대한 것과 어떤 관계를 맺고 있는지를 알고 있다.
"위대한 것 속에서 위대한 것을 간직하기란 그러나 어렵다네."
시 안에서 위대한 시원은 아주 조금씩, 부끄럽게 그 자신을 보여주고 있다. 탈은폐/탈망각 위대한 시원은 존재한다. 그 시원의 현재는 그 하나의 장소 주위에 어디에나 현존한다. 그 장소에는 정신적인 것이, 신성이 깃들어 있다.

De Do Do Do where the party at De Du Du Du

위대한 시원에 대한 믿음/ 시인이라는 미미한 존재에 대한 자각/ 성스럽게 깨어서 기다림 신(神)과의 대화, conversations with God, 미미한 나에게도 가능하다. 신의 언어를 알아야 한다. 신의 언어는 침묵이다. 진정한 기도는 신에게 말을 거는 것이 아니라 신의 말을 듣는 것이다. 침묵 속에서 침묵을 듣는다. 믿음/미미함/기다림.

사물을 억지로 아름답게 만드는 일은 비열한 짓이다. *비열하다고? 난 상관없어.* 그것은 총체적 논점을 흐리게 하는 최면술과도 같은 짓이다. 나는 아름다움이 하룻밤 사이에 창조된다고 믿지 않는다. 아름다움은 '고대적 처음'에서부터 시발하여야 한다. '고대적 처음'은 파에스툼과도 같다. 나에게 파에스툼은 아름답다. 그것은 파르테논 보다 덜 아름답기 때문이며, 또한 파에스툼으로부터 파르테논이 나왔기 때문에 그러하다. 파에스툼은 굵고 짧으며, 그것은 불확실한 그리고 섬뜩한 비례를 가지고 있다. 그러나 나에게 그것은 대단히 아름답다. 그것은 '시작'을 드러내고 있기 때문이다. 그것은 벽돌이 분리되어 기둥이 되는 순간이며, 음악이 건축으로 들어오는 순간이다. 그것은 아름다운 순간이며 우리는 아직도 그 시간에 살고 있다. Louis I. Kahn

"파르테논 신전이 더 완벽한 건물입니다. 비례나 만들어진 모습으로 보면 훨씬 더 아름답다고 할 수 있죠. 파르테논 신전은 깔끔하게, 예쁘게 잘 되어 있잖아요. 파에스툼은 훨씬 옛날에 만든 것이죠. 그래서 좀 더 원시적이고, 비례도 좀 맞지 않고 거칠어요. 하지만 어떻게 보면 파에스툼이 더 아름다울 수 있습니다. 세련미가 떨어져도 사람에게 주는 본질적인 감동이 있거든요. 건축가 루이스 칸은 고대의 폐허에서 이런 아름다움을 알아보고 현대적으로 재해석하는 데 성공했지요. 창조적인 작업에는 이런 아름다움이 있지요." 참고
창고: 고졸(古拙)고졸(高卒) high 醉취츠쯔바이수파도라이スーパードライ돌아이石
다 마셔 마셔 마셔 마셔 내 술잔 ay 다 빠져 빠져 빠져 x 4 미친 예술가에
김지하는 이렇게까지 말했죠. 그런 그가 나중에 무슨 일을 했던가? 전향인가 아니면 새로운 깨달음인가? 투표결과에영향을주었을까? 주었다. 주웠다 주위를 둘러보라.

가슴이 아프다.

후지타 쇼죠를 오늘밤 읽어야겠다.

휠덜린을 읽으며
운다.
'나는 이제 아무것도 아니다
즐거워서 사는 것도 아니다.'

이 책에서 시를 추방하라. 편집자의 명령이다. 시인도 추방합니까? 그렇다. AllE ofv Themm
어둠이 지배하는
시인의 뇌 속에 내리는
내리는 비를 타고

거꾸로오르며두손을놓고
휠덜린을읽으며읽으며읽익이크
운다운다운다운다크라이크크라이크라

43

어둠을어둠을어둠에어둠애맡기고맡기고
두 손을 놓고 거꾸로거꾸로 오르며오르며
내리는빗줄기를빗줄기를빗줄기를 비가비가
비가비가비가비가비갑;가비가비가비가비가
거꾸로거꾸로그리며 두 손을 놓고놓고놓

휠덜린을 읽으며
운다 울어라 조명(照明)

Space 공터 텅텅
이갓은 모두 그분의 덕
택택택택배가 왔어요. 숨이 턱턱턱
턱이 돌아간다네
touched and commanded, OhJesus
type and command, OgmeinmeineGott

작품에 낙서해도 되나요?

Nein.
9 번만 할게요. Danke. 지버처.
Where are you? 기차를 타러 갈 시간입니
다. 유레일패스 Ich would like to activate
my Eurail pass. 두잇나우저스트두잇 2300$

휠덜린 자신은 이런 말을 했습니다.

"아주 微微한 것에게도 偉大한 始原은 다가올 수 있으리라."

이 말을 나는 이렇게 바꾸어 보았습니다. 맘대로 바꾸어도 됩니까? 괜차나괜차나.

아주 미미한 것에게만 위대한 시원은 다가온다.

****

휠덜린의 그리스와 독일:

휠덜린(1770~1843)은 프랑스대혁명과 그것이몰고온 대변혁의격동의시대를 살았습니다. 튀빙엔 대학 신학교에서 프랑스대혁명을맞이한 휠덜린과 헤겔, 셸링에게, 프랑스대혁명은 희망이자 꿈이고 이상향적인 역사의 귀결점이었죠. 이들은 혁명의 불길이 독일에서도 퍼져나가기를 바랐고, 1796~98년에 제1차 연합 전쟁의 와중에 프랑스군은 라인 강을 건너서 프랑크푸르트 근접지까지 진격해 왔습니다. 이때 프랑크푸르트에 머물고 있었던 휠덜린은 프랑스군과 남부 독일의 혁명적인 인사들이 힘을 합쳐 조국을 위한 전쟁을 전개하고 독일에 새로운 희망의 새벽을 열어주기를 기대하고 있었지만, 그의 기대는 무너졌습니다. 프랑스가 인접국의 해방이 아닌 정복의 원칙을 내세운 것이죠.

글이 너무 읽기 편하니까 불편합니다. 어렵게 써 주세요. 싫습니다. 겐세이금지. 중간에끼어들지마세요.

Do Do Do How you dare, how you dare, how you dare Du Du Du

휠덜린은 프, 프랑스 내부의 정치상 황에대해 환멸을느끼고, 프랑크푸르트 독일 지도층의 호사스러운 생활에도 실망을 금치 못했지만, 그 상황에서 새롭게 독일적인 것을 찾아 조국을 세우려고 노력합니다. 독일의 근원인 그리스에게로 거슬러 올라가 그리스적인 것을 찾아내고, 그것과는 차별되는 독일적인 것이 무엇인지를 고민한 결과, 독일적인 것이 유럽의 미래일 수 있음을 확신하게 되는 것이죠.

이에 대해 휠덜린은 다음과 같이 노래합니다. 이 때 검열관이 노래를 한다. 우리영재학당 영재학당노래합시다. 노래하고노래하고다시합시다. 라라라라 씨스뿜바 라라라라 씨스뿜바.

위험이 있는 곳에 그러나 구원의 힘도 함께 자라네.
그러나 대담한 정신은 뇌우 앞에선 독수리처럼 자기 뒤에 도래할 신들을 앞질러 예언하며 날아오른다.

이런 말이 있네요. 세상에는 두 종류의 예술가가 있다. 하나는 자신이 뭘 하는지 알고 하는 예술가이고 다른 하나는 자신이 뭘 하는지 모르고 작품을 만드는 예술가다. '**예술가는 자신이 뭘 하는지 알고 있지 않고 단지 영매의 구실만을 할 뿐이다.**' 마르셀 뒤샹의 말이다. 가장 지적인 개념미술가, 자신이 뭘 하는지 잘 알고 있을 것 같은 뒤샹이 저런 말을 했다는 것이 의외이고 재미있다.

마치 번개를 맞은 듯이 존재의 피뢰침이 되었던 존재들. 시인은 맨머리 상대로 신의 뇌우에 노출되어 있다고 휠덜린은 말합니다. 역시 가장 위험한 존재는 자신이 뭘 하는지 모르면서 안다고 생각하는 사람들이겠죠. 이런 경우가 대부분이 아닐까.... 특히 요즘 언론에 많이 등장하는 분들..... 그리고 또 위험한 사람은 스스로를 선하다고 생각하는 사람들...

Friedrich Hölderlin: "the only way for us [Germans] to become great, yes, inimitable, if it is possible, is to **imitate the ancients**."그래, 한국인들이 유럽을 배우는 것도 그렇군. 하지만 일본을 통해 수입된 유럽을 배우면서 이것이 유럽으로 착각하고 있다고 정명환 선생은 초급불어 시간에 말했지. 미국과 일본의 생각을 우리의 생각이라고 믿는 한국인들은 프랑스를 게으르고 쾌락만 탐하는 민족으로 생각한다고 강한 불만을 터트리던 것이 30 년이 지나서도 기억이 나. 제군들, Witness me! 잘 봐둬! 나를 기억해줘! 기억할게요!

De Do Du Haters gon' hate Players gon' play Live a full life, man

그리스의 시인들이 추구했던 명료성과 파토스의 공존을 휠덜린은 그대로 수용한다. 그러나 그의 궁극적인 뜻은 <u>낯선 것을 통하여 자기 것을 깨닫는 것이다.</u> (유교는 한국인에게 낯선 것이었지만 이 틀을 통해서 스스로를 더 잘 이해했다는 것이다.)

그는 친구 울리히 뵐렌도르프에게 보낸 편지에서 이렇게 말한다. "<u>자기 것도 낯선 것처럼 잘 익혀야 하네. 때문에 그리스인들이 우리에겐 꼭 필요한 거야. 자기 것을 자유롭게 사용하는 것이 가장 어려운 일이지.</u>" 그래, 국악은 낯설고 서양음악은 모르겠고 뭘 해야할 지 모르겠어. 진정 그들을 이해했다고 생각해? 음, 그것도 아니네. 내가 아는 건 하나도 없네. 제발제발제발 조용히조용히 하시오. Mic Drop

De Do Do Do   De Da Da Da   De Du Du Du

뵐렌도르프에 보낸 한 편지에서 휠덜린은 "민족적인 것을 자유롭게 활용하는 것을 배우는 것보다 더 어려운 일은 없다."고 말하고 있다. 이때 민족적인 것은 타고난 성향이며, 후일 휠덜린은 이것을 어느 민족 또는 문화의 "고유성"(das Eigene)이라고 말한 바 있다. 왜 자신의 고유한 것을 자유롭게 구사하는 것이 어렵다는 말인가. 우선 희랍인과 독일인을 포함하는 서구인에게서 각기 고유한 것은 무엇이라고 볼 수 있는가를 살펴볼 필요가 있다. 휠덜린은 계속해서 말하고 있다. **"희랍인들에게 천상의 불꽃이 그러하듯, 우리 [서구인]에게는 표현의 명료성이 근원적이며 또한 자연스럽다." "天上의 불꽃"** (das Feuer vom Himmel)은 일종의 은유이며 열정, 도취, 영감(Inspiration)을 의미한다. 다른 말로 하면 인간에게 돌진하고 또 인간을 뿌리칠 수 있는 모든 것을 의미한다. "표현의 명료성" (die Klarheit der Darstellung) 은 유기화시키며, 수단을 확실하게 하고, 결코 자신을 잃지 않는 오성을 의미한다. (장영태, 지상에 척도는 있는가 그리고 논문)

the German poet Friedrich Hölderlin had similar thoughts about poetry. In a famous letter to his friend (Casimir Ulrich Bölendorff, 1801/12/4), he wrote:

.... 자신의 활력을 유지하기 위해서 하나의 문화는 자신이 타고나지 않은 것을 부단히 받아 드려야한다. ....

"It sounds **paradoxical.** But I say it again and offer it for your reflection and use: a peculiarly native quality becomes less salient as the cultivation of the mind proceeds. Therefore the Greeks are in less degree masters of holy pathos, because it was innate in them, whereas they excel, on the other hand, in the gift for representing things, from Homer onward, because this extraordinary man had the profundity and greatness of soul to acquire for his Apollinian realm the occidental Junonian restraint, and thus truly **to make the alien his own**. [...] With us, the opposite is the case.".... 아, 너무 좋은 말씀입니다. 아멘. 주님의 섭리를 이해했어요.

우리는 제자신의 고유성의 大家라기보다는 오히려 외래적인 것의 대가이다. 일본인과 한국인을 보라. 일본근대의 서양화 그리고 한국의 기독교 신자 급팽창현상. ... 잠시 일본과 조선을 비교해 보자. 마루야마 등 일본 지식인들의 생각. 일본은 유럽같이 봉건제도 있었고 서구적 근대화를 위한 토양이 마련되어 있었다. 일본은 선택적으로 중국을 수용했지만 조선은 중국에 동화되어 버렸다. 일본이 우월하다는 인상을 준다. **Bullshit.** 조선에서 중국 유교모델이 전면적으로 수용되었다는 것은 그만큼 고도의 문화기반이 있어서 가능했다. 과거제도를 도입하려면 인쇄기술의 발달과 서적의 보급이 필요조건. 15 세기 일본은 이런 능력이 없었다. 유교라는 보편적 이념을 수용한 결과 18 세기 후반 조선의 유교지식인이 스스로 카톨릭을 배우고 세례를 받았다. 19 세기 일반민중이 양반을 지향하며 스스로 선비가 되었다. 그래서 유독 한국은 권력을 비판하고 때로 저항을 통해 정권교체를 이룩하는, 아시아에서는 희귀한 민주주의의 성취를 이룬 것이다. 일본이 근대적 개혁에 성공한 것은 일본이 그만큼 동아시아에서 낙후한 원시 사회였다는 것에서 기인한다. 중국과 조선은 일본이 단행한 개혁조치를 실시할 필요가 없었다. 잠깐. 이토가 통감으로서 사법제도 개혁을 추진했다. 민법학자 우메 겐지로가 한국의 구관(舊慣)조사를 실시. 근대적 일본민법을 이 낙후된 조선에 실시해야지. ㅋㅋ. 충격입니다. 왜? 근대적 소유권과 매우 유사한 "권리가 조선사람에게 적어도 수백년전부터 인정되어 왔다는 점은 의심할 수가 없다." 토지소유가 신분과 무관하는 사실은 서양과 같은 근대적 제도가 이미 조선에 존재했다는 것이다. 국민국가 모델의 상당부분이 이미 존재했고 조선 스스로가 문명으로서의 자부심이 있었고 서양은 또다른 (저급한) 문명이었을 뿐이다. 이토는 이런 사실을 모르고 있었고 조선은 그저 낙후된 고루한 유교국가일뿐이라는 조선에 대한 일본의 인식은 100 년전과 동일하다. (미야지마 히로시의 말) 일본이 동아시아 유교모델 수용에 실패했기에 즉, 문명화에 실패했기에 일본만이 서구화를 문명화로 간주하고 근대화에 전력투구를 한것이다. 즉 휠덜린의 역설이 역사적으로 출현한 것이다. Do Re MI

희랍인들은 서술의 명류성에 있어서 능가할 수 없을 만큼 특출하다. 바로 이것을 그들은 애써 얻어야만 했기 때문이다. 심지어 서술의 명료성을 타고났지만 그 확실한 소유를 확보하지 못한 서구인을 능가한다. 반대로 "희랍인들은 성스러운 열정에는 큰 대가가 못된다. 왜냐면 그것을 타고났기 때문"이라고 횔덜린은 말한다. 성스러운 열정에서는 오히려 독일인들이 희랍인들을 능가할 수 있다는 말이다. 독일 낭만주의? 낭만주의는 낭만적인 것이 아니요.

그렇다면 예술적 재능을 타고 나지 못한 사람이 자신에게 결핍된 예술의 대가가 될 수 있다는 것일까? 그럴 수도 있겠다는 생각이 들었다. 그렇군. 이제야 알겠다. 내가 미술을 통해 배운 것은 바로 이것인 것 같다. 대단한 역설이 아닐 수 없다. 그림 그리기에 재능이 없기에 지하실 아래 지하실, 고래들만이 갈 수 있는 그곳에 다녀왔으니 나에게 아무런 재능도 주지않은 신에게, 그가 있다면, 감사하다고 해야겠다. 할   렐   루   야

번역을 어떻게 하느냐에 따라 받아들이는 느낌이 아주 달라진다. 동방의 그리스는 선진적인 근원으로 서방의 독일은 후진적 존재로서 그리스를 배우고 모방하려고 애를 쓴다. "동양적"이라고 번역하면 오리엔탈리즘으로 오인받을 수 있기에 특히나 하이데거를 싫어하는 사람들을 위해 수정을 하였다. ~~De Do Do Do De Da Da Da~~

이제 빌만스에게 보낸 편지에서의 횔덜린의 번역의 원칙에 대한 언급이 저절로 해명된다. 희랍인들은 "동방(東方)의 것을 부정했다"고 횔덜린은 쓰고 있는 것이다. 이 동방적인 것은 "천상의 불꽃"에 대한 다른 이름이다. 그리고 아폴로는 횔덜린에게는 태양의 신이다. 희랍인들은 이 동방적-아폴로적인 것을 거부했다. 그들은 서방(西方)적-유노적인 명징성을 얻어내지 않으면 안되었기 때문에 그것을 부정할 수밖에 없었다는 것이다. 이 명징성에는 그들은 대가가 되었지만, 그 명징성 안에 안주하고 제 자신에로의 복귀와 그 고유한 것의 자유로운 사용을 게을리 하는 유혹이 함께 했던 것이다. 이것이 "결점"(Fehler) 또는 "예술의 결점"(Kunstfehler)이다. 희랍인들은 그들의 천성을 예술로부터 되찾아 정복하는 대신에 예술 안에 그대로 머물렀다. 제 자신의 것, 조국적인 것으로 되돌아가는 마지막 발걸음을 희랍인들은 더 이상 떼지 않았거나 거의 떼지 않았던 것이다.

번역가 횔덜린이 그들이 거부한 "동방적인 것"을 한층 더 드러내 보이고 그들의 "예술결점"을 개선하겠다고 했을 때, 그가 행할 수 있는 일은 무엇인가. 그것은 희랍인이, 그러니까 소포클레스가 더 이상 완성시킬 수 없었던 것을 독일인인 그가 완성시키는 일이다. Nice shoit! 그는 소포클레스를 원초적 소포클레스로 되돌려 놓겠다는 것이다. 정말 놀라운 발상이 아닐 수 없었고 나는 서양의 철학,

문학, 예술을 공부하는 모든 사람들에게 이 말을 들려 주고 싶다는 생각을 잠시 하다가 포기했다. 이 말을 알아들을 수 있는 사람이 거의 없을 것이기에. 그렇다면 기독교를 원래의 기독교로 돌려 놓는 일을 한국인이 할 수 있다는 말인가요? 침묵.

De Do Do Do   We suck young blood   De Du Du Du

희랍인이 외래적인 것으로부터 제 자신으로 돌아가는 길은 서방의 사람들이 제 자신으로부터 외래적인 것으로 가는 길이기도 하기 때문이다. 유노적인 명징성으로부터 아폴로적인 천상의 불꽃을 향해서 가는 길은 희랍인들에게는 귀로이며 서쪽 사람들에게는 떠나는 길이다. (What a wonderful world!)

휠덜린은 자신에게친숙하지않은것에서 탁월해질수있다고 말한다. 정열적인 그리스인들이 철학에서 탁월함을 보였듯이 독인들은 낭만적인 것에서 업적을 남길 수 있다는 것이다. 그렇다면 틀에 갇히기를 싫어하고 정열적인 한국인들이 합리적인 영역에서, 가령 지적인 예술에서 탁월할 수도 있다는 것이다. **백남준 같이.** 그러나 백남준 같은 예술가는 한국에 거의 없다는 것이 또한 문제다. Warum? 이런 상상을 해 보았다. 왜 한국의 경제성장이 가능했을까? From weakness to strength. 감성이 발달한 사람들의 치열한 합리성 습득, 경제적 합리성의 탁월함.

농지개혁이 그 출발점이라고 볼 수 있다. 경제학자 Klaus Deininger 의 "Land policies for growth and poverty reduction: Key issues and challenges ahead"의 그래프 하나를 살펴 보자. x 축은 2 차 세계대전 후 토지개혁이 성공하고(또는 실패한) 후의 최초의 토지 분포의 형평성을 측정하고 있다. 원점에서 멀수록 평등한 것이다. 대체로 동아시아 국가들이 평등하고 남미국가들이 불평등하다. 그리고 y 축은 국민소득(GDP) 증가율이다. 회귀분석의 결과는 그 상관관계가 분명하게 드러나고 있다. 불평등한 국가가 경제성장도 어렵다는 것이다. 여기서 놀라운 것은 한국이 토지개혁의 결과 분석 대상이 되었던 국가 중에서 가장 평등에 가까운 토지개혁을 하였다는 것이다. 이 정책을 이끈 사람이 바로 초대 농림부장관 조봉암이다. "평년작 기준으로 한 해 소출의 3 할(이전의 소작료에 비하면 훨씬 낫다)을 5년에 걸쳐 지가로 상환하는 조건으로 농지를 분배하니, 어떤 농민도 지가 상환의 부담 때문에 자기에게 분배된 농지를 포기하지 않았다." World Bank 경제정책 연구보고서: 1960 년 시점의 토지 분배 지니계수가 낮을수록 그 후 40 년간의 평균 경제성장률이 높다.

한국전쟁은 계급의 소멸과 평등한 시회를 가저 왔음과 동시에 <u>경제적인 치열한</u> <u>합리성을 연습하는 기회였을</u> 지도 모른다. 한국전쟁을 거치며 한국인들이 합리적 경제적 인간으로 태어났다고 볼 수 있지만 이것이 이승만의 덕분은 아니다. 춘원이 조선민족에게 원했던 것. 하나의 역사적 우연. 전쟁이 끝나고 5 년이 지난 1958 년에 조봉암은 경제계획이라는 아이디어를 선보였고 산업발전이 그 때 이미 시작되었다. 농지개혁과 경제개발계획의 시원이 우리가 예상하지 못했던 하나의 인물이라는 것이 놀랍다. 무슨 말이오? 한국 경제성장의 비밀을 이해했다구요. 그게 뭐에요? 이미 말했잖아. 다시 말해 주면 안되나요? 그건 곤란합니다.

FIGURE 5.1 **Initial Land Distribution and Economic Growth, Selected Countries**

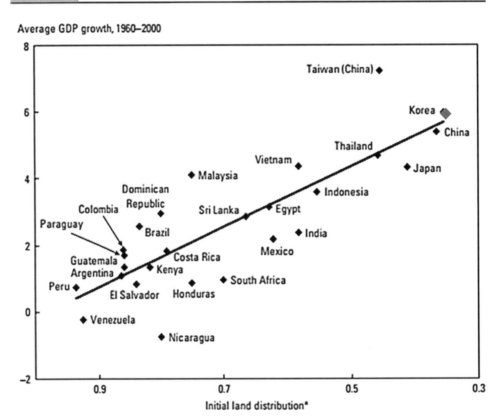

Average GDP growth, 1960–2000

Initial land distribution[a]

Source: Author calculations based on World Bank data and Deininger and Squire 1998.
Note: GDP = gross domestic product.
[a] Land distribution is measured using the Gini coefficient. The Gini coefficient for land compares the Lorenz curve of the land distribution to a line of perfect equality. It ranges between 0, at a status of perfect equality, and 1, at perfect inequality.

그리고 다음 페이지가 원래의 page 1 이었다.

50

와류(渦流) turbulence

어떻게 이 책을 시작해야할지 모르겠다. 이미 시작했잖아. 이이에 아니야 warming up. 그 때 앙드레가 말을 걸어 왔다. 앙드레 말로가 아니라 당신이 모르는 앙드레. 안드로이드는 어때? 안드로메타피직스. 파이를 키워.

A: 당신이 한번 *책*을 써보지 그래?

K: 두번째 책을 쓰고 있어요.

Rah rah ah-ah-ah! / Ro mah ro-mah-mah / Gaga oh-la-la!

르네상스맨의 습작(가칭) 중간보고서

연구프로젝트: 창의성 이론, 연구기간: 20 년, 연구비: 제로(어쩔 수 없이)

발표 형식: 소설/픽션, 중간보고서 발표: 12 년 후의 어느 개인 날(오늘)

　　내용: 예술(음악, 미술, 무용)의 창작 내지는 모방

　　　　문학과 번역: 라틴어/그리스어/산스크리트어/한문/독일어/포르투갈어/이태리어, 가능한 가난한 비실용적 언어들의 집합

　　　　신학과 종교 현상: 기독교와 주자학과 샤머니즘

　　　　철학: 벤야민과 아도르노, 약간의 푸코와 아감벤

　　　　역사와 문학과 사회과학: 무엇이 나올 지 지금은 모르겠다.

A: 이게 다 뭐야, 이걸 전부 다룬　　　　다구요?

K: 오늘 안에 끝내기는 불가능하겠　　　　지. 게다가 하늘에 구름이 가득. 1 년 내에 종결짓기, 그것도 불가능(不可　　能). 이미 10 년이 지났지만 앞으로 5 년은 더 걸리겠지, 그리고 또 5 년 더. 그 동안 하다말다, 딴짓하다, 말다하다, 세월은 간다. 네월도 오월도 간다. 春(봄)날은 去(가)ㄴ다. 김윤아를 558,4167 명 뒤에서 들으며 글을 고치고 또 누에고치를 틀다가, 아직은 아니다, 아다다. 잠시 쉬고 또 다른 book 질을 해 보자.

A: 무슨 말이야? 미친거아이가? ㅆㅂ 공기 ㅈㄴ 흐려지잖아. 나는 지금 쌍발 프로펠러 비행기의 최대이륙중량 추정 논문을 쓰고 있는 사람의 별로 친하지 않은 좋은 친구야.

어서와, 이런 책은 처음이지?

51

아직 읽지도 않았는데 그걸 어떻게 알아? 음 er, 난 알아요. 오멜라스 Omelas 의 사람들은 오무라이수ォムライス를 먹다가도 모두들 그 아이가 그 곳 지하에 있다는 사실을 때때로 기억하지. 난 Salem, Oregon 에 혼자/독고다이 가는 길이야. '지상생활자의 수기'라고 불러 보면 어때. 아니야, '자신을.지상생활자라고.착각하는.지하생활자'의 수기(手記)라고 난 생각해. 그래, 제발 Never walk alone. 나는 우리가 밉다/우리는 네가 좋다. Le 르 La 라 Les 레 Gauguin, Paul? Nein 9 번, 베냐민/벤야민/벤자민/벤지. 반지? 배앤↗쥐➡이↘~ 스크린 가득.

이런 回想이 있었다. 회상/헤상/해상도 높은 올레드, Olé. 잠깐 먼저 해결할 문제가 이따가. In Hebrew 히브鯉魚에는, בִּנְיָמִין Binyāmīn. 민어, 잉어는 꼬리부터, 히브리어는 거꾸로 읽는다, 아라버가치. Arrivederci 또 만나요. 아랍어글자는 아름답다美麗 meili. MIEL 은 꿀같이 달콤하게 춤춘다. 꽃같이 피오레 fiore, 조난선(遭難船) gachi mushroom 버섯같이 mushita 머시따. 김씨표-류-기, 조우(遭遇), 도리시마鳥ㅅ島. शिव Shiva 신이여, SOS. 헬프 HELP

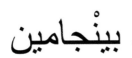

아랍어도 배웠소? 粗金/아니오, 하지만 아랍어 글자를 많이 썼소. 저 네모난 점들이 맘에 들어, 여기저기 나타나는 외국어는 몰라도/알아도 상관없지만 **비대칭적**으로 무차별하오. 狂. Benjamin: Son of my right hand. 유대인들은 아이를 손으로 만들 수도 있다는 뜻인가? 우右수手아兒는 優秀兒이기 때문에 유대인들 중에 천재가 많지요. 갈릴리에서 키파(Kippah)를 써 보고 싶소이다. 오케이, 그렇군. 이제 알고 싶지않은 하나의 비밀이 풀렸다. 난, 내가 정말 알고 싶은 것은 글쓰기의 비밀을 알고 싶소. 왼손으로 만든 아이도 있는가? 말귀를 알아듣牛, 이 멍청한 Noma. 노마 진(Norma Jeane Mortenson)을 아시오? 모르오. 그럴 리가 없소. 모른다니까. 모른다의 어원은 나중에. 왼손에서 탄생한 아이들은 금지되었지만 분명히 있었을 것이다. 이들이 좌파의 숨겨진 기원 Ursprung 일까? 왼손으로 만든 그 아이의 이름도 이 사실이 밖에 알려지는 것을 두려워한 부친 papa 가 벤야민으로 지었다고 추정해 보자. 유의수준 5%, 95%에서 신뢰할만하다. 태초에 야웨는 흙에서 아담 Adam 을 오른손으로만 만드셨을까, 아니면 양손으로 창조하셨을까? 잠깐, 전하는 말씀 듣고 오지요.

"두려워하지 말라 내가 너와 함께 함이라 놀라지 말라 나는 네 하나님이 됨이라 내가 너를 굳세게 하리라 참으로 너를 도와 주리라

צִדַּקְתִּי בִימִין תְּמַכְתִּיך

참으로 <u>나의 의로운 오른손으로 너를 붙들리라</u>." 이 말씀에 힘을 얻는 사람이 얼마나 많은지 아십니까? 네, 다시 시작합니다. 전지전능한 신은 양손잡이 즉 am·bi·dex·trous 이지만 굳이 good ear 를 가진 야웨는 오른손으로 만드셨다고 생각하는 것이 '신학적으로 올바른' 이론이라고 생각한다. this 사思 생각(生角)한다라는 말이 싫다. Ambidexter "one who takes bribes 뇌물 from both sides" is attested 증언 from 1530s and is the earliest form of the word in English; its sense of "one who uses both hands equally well 두 손을 다 잘 써" appears by 1590s. 월드컵이 열리면 억지로 multidexter 가 되어야 하는 것이 신의 운명이다. 독일과 아르헨티나가 월드컵 경기를 할 때 독일 출신 전임 교황과 현 교황 프란치스코가 나란히 관전한 바 있다. 강도江徒달린다 riverrun, past Eva and Adamo's 흙 教誨교회, the ὁ 호 ἡ 헤 τό 토. 아담과 이브의 아담, Adam Smith 의 아담, καὶ 지구상 수많은 Adams, 그 중 아담한 아담도 있겠지. 집어쳐, 지버쳐, 지겨워, 지랄하네, 염병하네, ㅇㅂㅎㄴ, ,

난 한국어 맞춤법을 지키기가 싫어졌다 발음나는데로쓸테다알건말건내알바아나 외국어와섞어서뒤범벅섞어서문장이한단어맘대로해봐.　일단이러케한번해보고지옥을탈출하려공. 에스트랑공, 난너의시력을존중하지마러도나의미친자유를한번쯤은존중해줘. 어차피.아무도.안읽을.소설을.마치.고전인듯.쓰기. 한 단어. 하지만 가독성을 고려해서 .을 넣었다. 미친 자유가 필요하다면 일탈을 많이 해 봐. Hail to the Thief 천세(千歲) 무언가 배우기가 일탈이야. 다 배워배워배워배워 내 책들 ay 이제 고만(高慢)하지 그래. 맘에 안드시나요? 이래 가지고 누가 읽겠어. 금방 끝낼게요. Rah rah ah-ah-ah! / Ro mah ro-mah-mah / Gaga oh-la-la!

유희 遊戲 homo ludens

한국어 노래를 따라 부르던 리우 Rio 의 그 아이는 어느날 말했지. Rio 는 리오가 아니야. 江 river 리우. 강세가 있으면 "오" 강세가 없으면 "우". Porto 포르투를 보며 피구 Figo 와 Ronaldo 호나우두는 물었지. What "집어 쳐" means? Is 쳐 here some kinds of expression 표현? 불어터진 라면을 처먹다 ch'ŏmŏkta 가 난 친절하게 답했지. 집어쳐 means 집어치우다 means stop, quit (informal). 집어치우다 is 집어(집다)+치우다. 집다: pick up/grab, 치우다: clean up/move away. 집어쳐. this is a 명령문 imperative sentence. 너의 또 지나가 버릴 그 동정심을 집어쳐, 시러 Jamais. Jamal, 자, 울거나 말거나 Go home in tears or in a tearless rage. *¡Vamos a comer, niños!* (Let's eat, kids!) 아, 안돼, 돼지야, 여기에선 적어도 한 아이는, 아니, 한 아이만 굶으면 된다구. 나머지 모든 아이들의 행복을 위해 그 아이의 불

53

행이 그 불행이 here 절대 필요해. 아니야, I am the one who will walk away from it. 과거는.죽지.않았다.아직.지나가지도.않았다. The past is never dead / It's not even past, BillyWilly

          **************************** 이건 뭐야? 그만 두라면서! 새로 다시한다.

배우고 싶다는 생각이 떠오르면 무엇이든지 모두 배워 보았다. 누가? 그건 아직 모르오. 주어는 다음 재판개판을 위해 생략하였소. 狂 미친 짓이다. 나름 여기가 뭔가, 여기는 또 뭔가 기웃기웃 다니는 재미가 있긴 있다/하다. 하지만 좋은 곳 같아 보이는데 들어가도 되는 건지, 전문가들만 들어가는 영역.나와바리.英譯인지 좀 헷갈리는 곳들이 있다. 물론 잘 살펴보면 구분이 가긴 하지만, 안내판이 친절하지 않아서 어디든 들어가기 전에 머뭇거리게 된다. 나 같은 사람이 여기 나타나는 것은 실례가 아닐까. 니혼진日本人들이 두려워하는, 극도로 두려워하는, 타인에게 폐를 끼치는 것은 아닐까. 두렵지만, 두려운 척 하며 그래도 해 본다. 劇團(극단)에서 極端(극단)으로. 어느정도 극단 extrema 이기에? 그건 讀어 見면 알게 된다. 명동에 가면 오디션을 보았던 '삼일로 창고극장'이 있었다.

지금 쓰고 있는 것들은 모두 체험과 사실에 기반한 것이지만 있는 그대로 쓴 것은 엄격하게 생각하면 하나도 없다. 기억이 잘 나지 않기에 그렇다. 배우고 싶었는데 배우지 못한 것도 배운 것으로 만들어 보고 싶어서 소설을 쓰기로, 소설이라고 하기도 어렵겠지만, 쓰기로 결심한 것은 아니다. 난 '했다'가 '하지 않으면 안되었다' 보다 좋다. Aber, "그것을 하지 않으면 안되는 것은 아니었지만, 불가피하게 그것을 해야만 한다고 주장하는 사람들을 무시할 수는 없고 오히려 존중해야 한다는 생각이 내 마음의 우위를 점하기기 시작했다는 것을 깨닫고서, 내가 그것을 하지 않을 수 없다고 생각하고 싶지 않은 것은 아니다."라고 말하는 사람을 좋아하기 시작했다. 통역이 필요하긴 하다. 한국어에서 朝鮮語로, Korean 에서 корейский꼬레이스키로, 7 일 동안 東京 Tokyo 에 머무른 빌 머레이와 스칼렛 요한슨에게는 더욱 더, 눈이 내린다. 밖에는 눈보라, 안에는 2500 엔. "소설을 쓴 사람이 소설이라고 생각하면 그건 소설이야." 알겠어, 무조건 동의하게. 문학은 ~~자기지시 self reference 적 이니까. "그렇게 쓰이는 말이 아니야. 잘 모르는 말 애용하는 유식한 척 하는 무식한 사람들 난 싫다구." 절대적으로 동의할게. 잘 모르겠어. 이런 말이 있네, 찾지를 못하겠어.~~

 **자, 이제부터는 나의 이야기가 아니다**. 이 책의 주인공을 K 라고 부르자. *Thtjfdmf Tj qhrlfh gkwk*. 소설을 써보기로 하자. *아까 얘기했잖아*. 세상에서 가장 영향력 있는 책/픽션에서

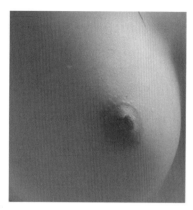

출발하자. 어둡다. 밤인가. 잘 모르겠다. 그런 것 같다. 그렇다고 생각했다. **빛이 있으라 하니 빛이 있었다**. dixitque Deus fiat lux et facta est lux. Veritas Lux Mea 진리는 나의 빛이라는 신림동의 이 학교는 빛을 가리는 어둠의 자식들을 많이 배출한 것으로 모든 사람들이 다 알 정도로 은밀隱密하게 유명하다. 폐교廢校하면 어때요? 알아서 해. 반대하진 않을게. 그들의 꼬라지가 보여, 아무리 애를 쓰고 막아보려 해도, 그들의 꼬라지가 보여, 그들의 꼬라지가 보여, 그들의 꼬라지가, 그들의 꼬라지가, 그들의 꼬라지가, 그들의 꼬라지가, 그들의 꼬라지가.

K 는 방에 들어가서 불을 켰다. 스위치를 빨리 찾았네. 아니, 이제는 말씀으로 무엇이든 가능한 시대가 되었어, 하나님을 믿어도/믿지않아도. 이 대칭성을 숭배(崇拜)하는 자들을 어떻게 해야 하나? 나의 Giga 지니여. 그는 아직도 고민중이다, 빠떼리, BATTERY, 배터리가 떨어질 때까지.

그리고, 나를 K 라고 불러다오, 라고 하고 싶었으나 repeat {
에티오피아 야가초프, 시달모 Sidalmo, 과테말로 안티구오 Guatemalo Antiguo, 멘델링 Mendheling , 예멘 모카 Yemen Moka, 콜럼비아 수프레모 Columbia Supremo, 파푸아뉴기니 싸그리 Papua New Guinea Sagri, 파푸아뉴기니 아로나 Papua New Guinea Arona, 하와이안 코코나 Hawaiian Kokona, 브라질 세라도 Brazil Cerrado
}
중의 하나를 광화문 '나무아래로'에서 시키곤 하던 이수마알(李水馬謁)은 그날 따라 S ㅌ arbucks 스타벅 s 에 가서 환율계산을 하며 small s 몰

1971

1987

1992

2011

사이 ze 를 시켰으나, 아무리 기다려두 내가 시킨 아메리카누 Americanoe 는 나오지 않는다. 기억난다. 성 WJ 가 고대 부근 보헤미안 카페를 데려가서 인도네시아 만델링을 마신 것이. ~~박이추였던가 박삼추였던가~~ 그 분은 강릉으로 가버렸다. 바닷가 어디엔가, 동해인가, 서해인가, 북해인가, 기다리며 이 거대 기업의 로고변천사를 보고 있었다. 스타벅스不買運動하자고 하니 곧 여기를 떠나겠다.

1971 년의 로고는 낯설다. 15 세기에 유래한 '두 꼬리 사이렌(split-tailed siren)'. 예전에는 유럽에서 널리 사용되던 이미지였지만 현대인에게는 가슴을 드러낸 채 꼬리를 치켜들고 있는 인어의 모습이 노출이 심하고 '위험해' 보인다. 따라서 긴 머리칼로 가슴을 가려야 했으며, '흉하게' 벌리고 있는 다리를 은밀히 숨겨야 했다. 난 무난해 보이는데, 그건 니 눈이 잘못된거지, 당신 눈이 보편적이라는 건 어떻게 증명해, 너 빨갱이구나, 난 붉은 악마야, 그렇군 역시 빨갱이야.

더 조사해 보니 이보다 더 노골적으로 보이는 것도 있다. 신화(神話)의 세계는 더 근원적이다. 아일랜드의 성당이나 고성(古城) 곳곳에 조각되어 있는 '실라나히그(Sheela-na-gig)'상을 어떻게 보아야 할까? 그 기능이 ward off evil 악을 쫓기 위해서라고 한다. 혹시독자를쫓아내는건아니겠지. **부적**을 붙일까요? 어떻게 하지, 붙여 봐. 많이 붙일까요? Unam 하나만. 피케티는 알고보니 포케몬 오다꾸라고 한다. 당신이 가장 좋아하는 캐릭터는? 부끄럽소. 난 카카오 프렌즈가 좋아. 넌 누가 좋으니? APEACH, 난 부끄럽지 않아.

지금 내가 쓰기로 마음먹은 이 책을 마무리해야 하는데 옆에 자신을 K 라고 소개하는 이런 카페에는 올 것 같지 않은 노인이 말을 걸어 왔다. 부적도붙였는데.왜 이런일이생길까? 귀찮다, 진심. 당신은 도대체 누구요? 나는 K, 지금 이름은 안이합(安易合), 한 때는 바다를 누볐으나, 세상에 쉽게 타협하지 않아 지금은 아무 짝에도 쓸 데 없는 노인이오. 노인같이 보이지는 않는데? 노인이라고 내가 생각하니 당신도 그렇게 생각해 주기를 부탁합니다. 자기 소개를 부탁하오. 나는 기독교 신자이었고 ~~부친은 평양, 모친은 대구 출신~~이고 지금은 명퇴하고 인문학 공부

를 몇 년째 하고 있소. 아, 난 개명(改名)을 자주 해서, 원래 이름은 고소영高笑領이오. 성도 바꾸시나? 그러면 안되나요? 원래 1 번만 찍는 보수적인 사람이었지. 여러 해 전에 실수로 좌파정당이 1 번이었을 때도 습관적으로 1 번을 찍고나서 내 행동에 책임

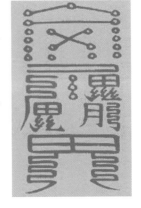

을 지기 위해 전향하려다, 하려다 말았소. 푸코, 사르트르를 전공한 극우주의자가 한국에 있다는 사실이 힘이 되었오. 갈팡지팡 이라는 출판사도 있죠. 좌우의 균형을 지향하면서 오른쪽만 고집하는. 그 당시에는 프랑스 철학공부도 많이 했지. 그런데 푸코는 우파가 아니더군. 실망입니다. 푸하하하흐허허흐하오하오하헤히훗흐하흐호흐히히헛헛흐흐허하하허힛힛허하흐허호하하허호효효허하흐이. 헐, 이건 조이스 tick 식 웃음(간음주)인가, 황황황, 벼락맞을 소리! 푸코를 아시오? Non, 만나 본 적은 없으니까 난 그를 모르오. 지금은 그 동안 내가 얼마나 속아 살았나를 느끼고 있을 뿐. 얼쑤 조오타. 옆 자리 카공족이 이런 스케치를 하고 있네. ▮▮▮▮▮▮

당신의 정체는 보수요, 진보요? 나는 진보주의자가 되려고 노력하는 자이오. 그건 또 무슨 frog 개구라요? 왜냐하 aus 의식적으로 노력하지 않으면 그 다음 날 아침 일어나 다시 우파가 되어 버린 내 모습을 보고, Als 때 Frefor Kamka eines Morgens 어느날아침 aus unruhigen Träumen 불안한꿈에서 erwachte 깨어났, 내가 소스라치게 놀라니까. 내가 그동안 공부하고 체험한 것으로 글을 써 보고자 하오. 다른 사람에게 보여주려고 쓰는 것이 아니라, *어차피 아무도 안 읽을텐데*, 내 생각을 정리하기 위해 이 작업을 하기로 한 것이오. *잘 될까?* 나는 당신의 그 부정적 생각이 마음에 드오. 우리는 친구가 될 수는 없겠소. 보수의 귀염둥이 영장기각 판사(Panza)의 늙은 친구로써, 하지만/그래서, 당신을 환대하오. 데리다는 한국에 와서 대구탕에 환장했었지. 고추가루 가능 제거 무한 지리 가까운 그 대구탕을. 그동안 나я 대프리카 서늘 여름 지내며 환유와 은유와 제유의 차이를 카까쓰로 터득해서 아쥬 키쁘오. *그르노블에 카야 하니* 크만 합쉬다. 합스부르쿠 함부르쿠 하무바가 빠가 야구 베이스 보루 담배 한 보루 마일드 나인

스타벅 Starbuck 을 아시오? 그는 언젠가 태평양, 로펌?바다!에서 安선장과 이렇게 말했지.

「내 영혼의 배가 세 번째로 항해를 시작하네, 스타벅.」
「네, 선장님. 네번째가 아닌가요? 더 많이 항해하길 바라시잖아요.」
「어떤 배들은 항구를 떠나 영영 사라진다네, 스타벅!」 (딴청을 부리며)
「맞습니다, 선장님. 너무나 안타까운 사실이죠.」
「어떤 자는 썰물에 죽고, 어떤 자는 얕은 물에서 죽고, 어떤 자는 만조에 죽지. 그리고 나

는 지금 가장 높은 물마루로 일어선 파도 같은 심정일세, 스타벅. 나는 늙었어. 자, 악수를 하세.」 Rah rah ah-ah-ah! / Ro mah ro-mah-mah / Gaga oh-la-la!

악수를 거부했다. 포옹했다. wHy 삼층카페에서 만난 安선장의 옛선원, 자격정지를 당해 육지를 돌아다니고 있었군. 왜, 누가, 누구의 누추한/퉁퉁한/더러운/핸드.크 림도.안바른 손을 hands. 아이케어에센스를 손에 듬뿍담뿍덤프 바르던 그녀는 지 금은 어디에 있을까? 몰디브? 모른다. 스타벅을 난 모르오, Pippin 은 알지. 사람들 은 그를 *Pip 이라고 부르지. 그 전부터.*

그 때부터, 언제? 잘 모르니까 그 때라고 했지, 이 흑인소년 little negro, 니가 이런 말 쓰 면 큰일나, 멜빌이 이렇게 썼잖아 nigga, 그건 19 세기니까, African American boy 는 백치 처럼, 도스토예프스키의

백치 읽어봤나? 아직,곧,never, 갑판 위를 거닐게 되었다. ... 바다는, 검은 포도주색 바다는, 조롱하듯 그의 유한한 육체만 물 위에 띄웠고, 영원한 영혼은 익사시키고 만 것이다. 하지 만 완전히 익사시키지는 않았고 영혼을 산 채로 놀랄 만큼 깊은 곳까지 끌고 내려갔다. 거기서는 왜곡되지 않은 원초적 세계의 낯선 형상들이 그의 생기 없는 눈앞을 미끄러지듯 이리저리 오가고 있었다. 그리고 '지혜'라는 이름의 인색한 인어왕자가 산더미처럼 쌓인 자신의 보물을 드러냈다. 즐겁고 무정하고 항상 젊은 영원의 세계에서 핍은 신처럼 어디 에나 존재하는 수많은 산호충을 보았다. 그것들은 물로 이루어진 창공에서 거대한 천체를 들어 올렸다. 핍은 신의 발이 베틀의 디딤판을 밟고 있는 것을 보고 그렇게 말했기 때문 에, 동료 선원들은 그가 미쳤다고 생각했다. 인간의 광기는 하늘의 분별이며. 인간의 모든 이성에서 벗어나야 ... 천상의 사고에 도달하게 된다.

그래서 어떻게 되었나요?

핍은 구조 후 완전히 다른 사람이 되었죠. 꼭 시인처럼, 혹은 무당 이 된 듯, 그래 시인은 원래 샤먼이야, 횔덜린을 읽을 시 간이군, 아 폴로가 던진 **벼락**에 맞았다니, 알듯모를듯한말들을 중얼거 렸어요. 이 런 사람들 난 참 많이 알았죠. 또한 심연을 경험한 자들 사이의 연민인지 모를 그 어떤 것이 두사람 사이에 작동해서 핍과 선장은 서로를 보살펴주게 되었구요. Interdependence day.

불행 중 다행이야. 허클베리 P 와 헤어져서 Badr Hari 와 연극을 보러 갔다. 황석 영의 "손님"이 며태전, 몇해 전, 명태전? 4 년전? 10 년전인가, 연극으로 만들어졌 다. 이름이 기억이 안나는 그 노배우가 리허설 도중에 후배들을 무섭게 야단치던 모습이 지금도 기억난다. 왜 대사를 완벽하게 외어 오지 않았느냐. 이 노인의 말 은 존중한다. 나도 공포에 질려 우아하게 아무(雅舞)ton, 서울역 뒤 국립극단 복 도에는 이런 글이 붙어 있었다. 너의 기억이 확실하다면, 불확실한 확실성,

"나는 잠수하는 모든 이들을 사랑한다.

수면 가까이에서는 어떤 고기든 헤엄칠 수 있지만, 5 마일 이상 내려갈 수 있는 것은 큰 고래뿐이다. 태초부터 사유의 **잠수자**들은 충혈된 눈을 하고 수면으로 돌아왔다." 허만 멜빌 [서신] letters 차만 타면 잠자는 그 아이는 자신을 잠수(潛水)한다고 말했다. 국가대표 잠수부.

Melville always preferred the Emersonian "fool" 에머슨의 월든은 좋아 over the many representatives of what he called philosophical "mediocrity"평범: "I love all men who dive," wrote Melville. "Any fish can swim near the surface, but it takes a great whale to go down stairs five miles or more; & if he don't attain the bottom, why, all the lead in Galena(납광석) can't fashion the plummet(추락) that will. I'm not talking of Mr Emerson now—but of the whole corps of thought-divers, that have been diving & coming up again with blood-shot eyes since the world began."" (C, 121) 떠오르는 생각들: 지하실 아래 지하실, 벤야민의 침잠하다(versinken), 말라르메의 Vide공허空虛, 옥타비오 파스의 Vacio 는 텅 비어있다. 배고프다. 카프카의 Ein Hungerkünstler 단식광대를 부를까요 아니면 단식 예술가를 부를까요? 하지 마. 도대체 이 아이는 누구일까? Le Grand Bleu 심연 속으로 사라지다.

푸코적 폭력, X 에게는 극도의 맹렬성, 억제되고 용기로 화한 맹렬성이 있었다. *'정열'이라는 단어에 아주 정확한 의미를 부여한 사람, 정열적인 사람이었다. 정열적인 인간은 마치 에이합 선장처럼 고래를 쫓다가 죽는 것과 같다. 그는 선을 넘어간다. 푸코의 죽음에는 그 같은 무엇인가가 있었고, 궁극적으로 죽음과 자살을 구분 못하게 만드는 일종의 가속(加速) 같은 것이 있었다. 누가 그래? 들뢰즈일거야, 아마도. 철학은 텃세다. 철새랑 비슷해. 라임주스. 비틀쥬스.* Where are you? *De Do Do Do   De Da Da Da   De Du Du Du*

잠깐 DH 로렌스가 모비딕에 대해서 쓴 거 아시오? 몰라요. For my part, life is so many things I don't care what it is. 난 이 말이 참 마음에 들어. 그게 무언지 I do not care 신경쓰지 않아. 돈키호테의 첫문장도 그렇지. 그 마을 이름이 내게 무슨 상관이야. But it is a great book, a very great book, the greatest book of the sea ever written. It moves awe in the soul.

The terrible fatality 끔찍한 치명상. Fatality 숙명과도 같은 치명타.

Doom. 운명적 파멸 미국문명의 파멸은 지금도 진행 중이다. ~~Make America 小 Again!~~

Doom! Doom! Doom! Something seems to whisper it in the very dark trees of America. Doom! Doom of what? Doom of our white day 우리 백인의 시대는 소멸한다. We are doomed, doomed. And the doom is in America. The doom of our white day. Ah, well, if my day is doomed, and I am doomed with my day, it is something greater than I which dooms me, so I accept my doom 나는 나의 파멸을 받아 들인다 as a sign of the greatness which is more than I am. Melville knew. He knew his race was doomed. 멜빌은 그의 종족이 망한다는 걸 알았다. His white soul, doomed 백인의 영혼은 파멸되었다. His great white epoch doomed. Himself 그 자신, doomed. The idealist 이상주의자, doomed: The spirit 정신, doomed.

이렇게 철저하게 극단적일 수가 있나? What then is Moby Dick? He is the deepest blood-being 가장깊은.피의.존재 of the white race; he is our deepest blood-nature 피의본성. To use the words of Jesus, IT IS FINISHED 끝났다.

Consummatum est! 다 이루었다. But Moby Dick was first published in 1851. If the Great White Whale sank the ship of the Great White Soul in 1851, what's been happening ever since? Post-mortem effects, presumably. 백인이 백인정신을 사냥했고 백인정신은 백인을 파멸시켰다.

모비딕이란 한국영화도 있었고, 기무사가 신림동에 운영하던 정보수집용 술집 이름이 모비딕이었다고 해요. 다시 고쳐 써 - 고래들만큼 깊이 잠수할 수는 없겠지, 작은 물고기, 수면 가까이 더 이상 헤엄치지 않겠다, 생각 안될까? 큰 고래들 한 곳에서만 깊숙이 내려 가, 작은 물고기, 고래들 꿈꾸지 못했던 다른 수많은 바다 갈 수 있지 않을까? 거의 모든 바다 dp 잠수해 본 작은 물고기, 큰 고래 볼 수 없었던 무언가 볼 수 있을거야. 아마도 보았으리라 믿고 싶다. 알고 보면 우리, 예상외로 작은 고래. 비록 큰 고래 아니지만 2 마일 잠수할 수 있 djTwl. 제법 몸집이 된다. - Rewrite. 교정. 퇴고(推敲).

bouRDELLE 부르델은 헤라클라스와 괴물새를, 브로델은 자본주의와 시장경제는 다르다고, dīcēbat. 옆의 이 단어는 뭐요? 말하곤 했다. 라틴어의 3 인칭 단수 반과거. 왜 이런 짓을? 우연히 그 순간 그 단어가 떠올라 쓰지 않을 수 없었고 일단 키보드 위에서 손가락이 움직이고 나니까 delete 하고 다시 치기가 싫어서 그냥 두었다. 이건 작가의 자기편의주의가 아니오? 기소독점주의起訴獨占主義 보다는 공공의 이익에 부합하다.

생각난다 그 아이들, 라틴어 배우느라 열심인 미국의 지배계급의 자녀들, 커서 라틴 아메리카를 멸시하며 착취搾取하느라 바쁘다. 그건 아시오? 저커버그 Zuckerberg 가 필립스 아카데미 고교생일 때 라틴어 열심히 배운 것. 아이네이스 AENEIS 를 열독. Arma virumque cano. 가브리엘 가르시아 마르케스 Gabriel García Márquez,

이순 서기 억하는 것힘 들어. 서연은 젊은 나이에 알츠하이머성 치매에 걸려 이상한 행동을 하기 시작한다. 외부에 차를 주차해 놓고 집에 택시를 타고 가고, 월요일을 일요일로 착각해 회사에 지각을 하기도 한다. 그녀가 치매진행을 늦추기 위해서 하는 과제가 자신이 아는 시인, 소설가들의 이름을 외우는것. {
허버트 멜빌, 레오폴드 톨스토이, 파올로 네루다, 토마스 소오여, 조이 제임스, 사무엘 바케트, 톰 하디, 에드워드 헤밍웨이, 올리버 와일드, 빌 포크너, 빌리 빌, 헤르타 뮐러, 토마스 맨, 에밀리 카를로스 윌리암스, 스땅달 보우만, 가브리엘 마르케스 가르시아, 빌리 섹스피어, 윌리엄 브레이크, 발버 발작 백작
}

나는 주차장에서 차를 못찾아 지하 2층에서 지하 6층을 반복해서 화란인같이 방랑한다. 당신도 그렇습니까? 네. 백년의 고독 Cien anos de soledad 읽으며 자신의 진보적 교양을 뽐낸다. 누가? 저 아이가 커서. 제국주의의 침탈을 받으며 근대화近代化된 南美남미 sOUTh aMErica 의, - SOooooooooooUuuuuuuuuuTH 한 단어를 15 분간 노래할 수 있겠나? Nam June 은 8 분까지 가능하죠. - 자기 땅에서 자신이 쫓겨난, 그 슬픈 문명, 그 100 년은 그저 한낱 신기루에 불과한 것이었나? 그럼 당연하지 양키들은 바나나를 먹으며 말한다. 바나나가 욕인거 알아? BAaaaaaaaaaNAaaaaaaaaaNAaaaaaaaaa is not available 결측치.
Baaaaaaaaaaaaaaaaaaaaaaaaaaaaaaaaaaaaaaaaaaaaaaaaaaaaaaaaaaaaaaaaaaaaaaa
인터뷰 하나. 남준 뭘 원해? 내가 원하는건 유명한 아티스트가 되는 거야. 나중에 내가 유명해지면 정치가가 될거야. 우리는 세상을 변화시켜야 해. 정치를 통해 실천을 해야지. 정치판에 들어가기 위해서 나는 먼저 유명한 화가가 되어야 해. By the time he was a famous painter he had forgotten to be a politician, but he always was a politician. 백남준을 연구하기 위해 백남준아트센터인터뷰프로젝트를 읽기시작했다. 다행이네요 마리 Marie

연극이 끝났다. The draaama is done. 길 건너 건너편 앙꼬빵/단팥빵을 먹으러 갔다. 모비딕에서 가장 멋진 문장을 꼽으면 바로 이 문장. "The drama is done. 연극은 끝났다. 굉장한 것을 함축. 이 거대한 고래와 에이해브 선장의 온갖 난리 = 한 편의 드라마. <u>드라마로 보는 것은 인간이 아니라 신. 신적 입장에 올라서서 말하는 것.</u> 끝났으니까 회상하는 것. 지금까지 하는 이야기가 직접 겪으면서 하는 이야기인줄 알았는데 그저 사실을 회상하는 것. 이 지점에서 체험자가 동시에 시의 여신이면서 동시에 시인이기도 한 지점." 인문학 강연을 많이 들었던 파비안교 신자 L7이 전해 주던 강유원의 이 말이 좋다. 이 말을 이해하려면 호메로스를 읽어봐야 한다. 시인 황지우가 양촌리 용식이였던 배우 유인촌에게, *양촌리에 개 인적 감정은 없다*, 통섭교육한다고 박해를 당해, 광야를 방랑하다가 세운 천막학교 자유예술캠프에서 강의한 일리아스 강의록도 찾아 보고, 잠시 인터뷰를 진행해 보자. 실례합니다, Rah rah ah-ah-ah! / Ro mah ro-mah-mah / Gaga oh-la-la!
Blue Bottle Red Bottle **White Bottle** Yellow Bottle Bo Bobby
—새로운예술교육에대한 미학적이상, 혹은 야심이 있었다고들었습니다. 많은공격을받았던 통섭교육의 추구가 그것인데, 예술이 전문성이라는이름으로 자꾸왜소화되면서 스스로빈곤하고 자기복제만하게되었고, 이는 창의성의 학살이라고 생각했다, 라고 하셨죠. 한예종 총장으로서 '융합교육시스템' 구축을 주안점으로 둔다고 예전에말 하 셨는데대 ....

—백남준과 같은 예술가가 우리 학교에서 많이 나와야 합니다. (현재로서는 불가능/가능/불가능해 보입니다.) 어릴 때부터 재능이 결정되는 음악과 무용은 별도로 치더라도, 미술 영화 연극은 명백히 '융합 장르'입니다. 인문학과 예술, 예술과 과학이 왕성한 교류를 통해 다학제(多學際)적 흐름을 만들어야 하고, 학생이 스스로 자기 전공을 설계하면서 창의성을 발휘해야 하는 것이 우리 학교의 나아갈 방향이지요.

그리고 두 사람의 철학자가 쓴 반짝번쩍한 "모든 것은 **빛난다**", 빛나는 모든것들 안의 모비딕에 대한 독후감이 눈부시다. 3, 4, 5 번은 다시 읽은 것 같다. 천병희가 번역한 두툼하지만 부담이 크지 않은, 세상에 어떻게 이런 멋진 작품을 서구문학의 첫작품으로 인류가 만들었다니, 읽어 보면 안다, 이 책에 빠져 들지 않는다면, 불행한 일이다, 다시 10 년 후에 읽어 보라, 이 세상에서 겪을 수 있는 모든 고통을 다 겪은 후에 다시 읽어 보라, 이런 불행을 피하기 위해서는 잘 이해가 가지 않더라도 재미가 없더라도 억지로 강제적으로 나를 설득해야 한다, "재미있어", 모든 불행이 해가 뜬 후에 안개같이 사라질 것이고 나는 2 시간 째 이 책을 읽고 있다. 이 책의 이름은 일리아스. 구역(舊譯), 신역, 영역으로 읽어 보고, 고전그리스어로 된 일리아스를 헬라어로 1.5/24 읽어 봤기에, 1 장과 6 장, 단박에 알아차렸다고 하고 싶지만 그냥 어떤 느낌이 휘리릭 지나갔다. 그것으로 enough 이너 후다, 덕후들이여. 그리고 또 생각한다. 아주 많은 것을 알아야 한다. 하지만 아는 만큼 보이는 것은 아니다. "아는만큼 보인다"는 진실이 아니다. 제발 이 말에 속지 말자. 안다고 보이는 것은 아니다. 난 무학(無學)의 지혜를 존중한다. 그러나 일부러 무학을 위해 노력할 필요는 없다. 무 학 대 사도 그러지 않았다. 나중에 시간이 되면 왜 감동을 받았는지 자세하게 써 보기로 한다. 아마도 쓰지 않을 것 같다. *Rah rah ah-ah-ah! / Ro mah ro-mah-mah / Gaga oh-la-la!*

내가 제일 싫어하는 말은 "아는 만큼 보인다." 이다. 쌓아 놓기만 하는 지식은 약이 아니라 독이다. 아는 것이 눈을 가리는 경우가 더 많다. 많이 읽고 지식이 많아야 논문을 쓰고 창작을 할 수 있는 것은 절대 아니다. 먼저 나의 생각이 있어야 한다. 그리고 다른 사람의 이야기를 많이 듣고 객관적으로 판단하여 완성을 해나가는 것이다. 즉 한국은 이 순서가 거꾸로 되어 있다. "보이는 만큼 알 수 있다."

손가락이 뜨거워뜨거워뚜거와뚜껑열려뜨거워뚜어워라뚜루뚤루룰루

주화입마 走火入魔 Zǒu huǒ rù mó

아무 생각 없이 걷다가 어느날 걷는 법을 의식하면 걷기가 어려워진다. 두 무릎을 스치며 무게중심의 부드럽고 우아한 이동을 생각하며. 글을 쓰는 것도 어떻게 써야 하나 고민하기 시작하면 쓸 수가 없다. 어차피 고민하나 마나 불가능. 그러나 대칭적으로 생각하는 부도덕한 인간이 되지는 말기를 한손 모아 기도한다. 브레히트 Brecht 는 농가의 마구간을 억척어멈 *Mutter Courage* 같이 회칠하여 작업실로 썼다. 그 곳 떡갈나무/무슨나무 기둥에 "진실은 구체적이다."라는 문구를 붙여 놓았다. 떡깔나무 기둥 앞에 책상이 있었던 것일까?
오늘 Concrete Plant 카페를 걷다가 뛰다가 보았다.

"Truth is concrete" is what was 書 in 큰 글자 over Bertolt Brecht's 책상 in his 덴마크 추방 – 인용하면서 Lenin quoting 引用 Hegel quoting 引用 Augustine. 진실/진리/사실, 주저주저(躊躇躊躇). 혹시 진실은(眞實隱) 진리와 사실의 합성어일까?

"Die Wahrheit 디 바르하이트 ist 이스트 konkret 콘크렛" stand in großen 그로센 Buchstaben/ über 위버 Bertolt Brechts Schreibtisch 슈라이프티쉬/ im dänischen Exil 대니셴 엑실 – Lenin zitierend 지티어렌트, Hegel zitierend, *Augustinus* zitierend.

아우구스티누스 Augustinus: 마그누스 에스 도미네 엘 라우다빌리스 발데 Magnus 大 es, Domine 주님, et laudabilis 讚美 valde. 러시아어를 독일어를 라틴어를 배워야 할까? 배우고 있잖아. 2/3. 아, 그렇군. 진실을 어떻게 기록할 수 있을까? 구체적으로 쓴다는 것은 무엇일까. 글쓰기의 고민. 어떻게 써야하나? 글을 쓰다보면 나중에 저절로 방법론은 생긴다/먼저 방법론의 기초를 확립해야 글을 제대로 쓸 수 있다. 영어와 영문법 사이의 우선순위 논쟁. 양자가 서로를 위해 서로 미루다 보면 -이타적인 사람은 위험하다- 세월은 간다. 나와 너의 또는 du und ich 의 春날은 去다, 요란한 종소리에 제비들이 높이 날아오르며 '봄날은 간다'. 봄바람에 연분홍 치마가 휘날릴지언정 어떻게 변할 수가 있니? 그것이 무엇이었건 변하지 않는다고 믿었던/믿는/믿을 것 같은 당신이 문제가 아닐까. 그렇게/말하는/니가/나쁜**년**이다. 문제는 Babo 가 남성명사단수이니 그 복수는 Babi 이겠군요, 라고 알베르토는 물었다. "나는 길 한복판에서 어느 쪽으로 가야 할지 몰라 망설이는 사람같이 우두커니 서 있었다." 처음부터 시작해 보자/지금 이순간이 더 중요하잖아/ 시작이 마지막이야. 누가 그래? 릴케가. 증거를 보여 줘. 읽어 봐. 요미우리신문을 讀하기 싫다. 요마나이. 妖魔年齡은 어떻게 읽어?

샘물처럼 솟아오르는 자
시작은 끝이며, 끝은 시작인
창조의 길로 이끄는 표식을 황홀하게 발견하네

반야심경, 금강경, 원각경, 화엄경, 법구경, 육조단경, 벽암록 심지어 Diamond
Sutra 까지, 이건 앞에 말했잖아, 알아, 어쨌건 모두 읽었지만 우연히 읽지 않았던
그것. 신심명. **信心銘** 의 처음:

至道無難 唯嫌揀擇 지도무난 유혐간택
지극한 도는 어렵지 않나니 오직 간택함을 꺼릴 뿐이니

글쓰기의 비밀도 여기에 숨어 있다. 무슨 말이야 선택을 하지 않으면 글을 어떻
게 써? 그냥 지켜만 보면 뭐가 나오지? 선택을 하지말라는 것이 아니라 선택을
멀리하라고. 예전에는 좋아했다가 갑자기 싫어진 릴케를 다시 보다가 번쩍했다.
독일어 원문을 찾는 중이다. All day, everywhere But 모든 게 Rainer 너에게
"Just as the creative artist is not allowed to choose, neither is he permitted to turn
his back on anything: a single refusal, and he is cast out of the state of grace and
becomes sinful all the way through." 번역 부탁해. 예술가는 어떤 것을 선택을 해
서도 안되고, 그렇다고 그 무엇에서도 등을 돌려서도 안된다. 어떠한 선택도 배
제도 불허된다. 아무런 선택을 하지 않는 것은 모든 것을 선택하는 것. 거기에
이런 말을 덧붙이고 싶다. 모든 것을 수동적으로 동시에 적극적으로 선택하지 않
으면서 선택한다. 먼저 choose all 다음에 choose nothing. 뒤샹의 delay 가 초절정
고수(高手) 중의 고수 임아행(任我行)의 비전秘傳의 18 번째의 초식의 핵심내용.
레비 스트라우스라도 이렇게 말할 수 밖에 없었을 걸이다. "아마도 대마도로 낚시
를 가고 싶구나. 릴리 마를렌과 릴케의 루 살로메와 함께."
Letter to Nobody, 복사 in Rilke's 편지 on Cézanne (1952, 번역 1985). (十月 二十三, 1907)

"Let everything happen to you, man. Beauty and terror. You just keep going. No
feeling is final."
Lass dir Alles geschehn: Schönheit 美 und Schrecken 공포.
Man muss nur gehn 앞으로앞으로: Kein Gefühl 감정 ist das fernste 끝.
문제는 새로운것을 보려고하는용기, 아무런성과가없어도 끝까지버티는인내심. 자
기개발닭발서에도 자주나오는말이다. 니 서방인지 남방인지 내려왔다. 갑질을질

병신짓은 병신년 하지만 무술년 아무런성취를바라지않으면서 최선을다한다는것. 그건 거의 종교잖아? 그래, 이 멍청아. 선비질 똑똑한척하지말고 그냥 써!

Be patient toward all that is unsolved in your heart and try to love the questions themselves like locked rooms and like books that are written in a very foreign tongue. Do not now seek the answers, which cannot be given you because you would not be able to live them. And the point is, to live everything. Live the questions now."   -Letters to 젊은 시인

해결되지않은 모든것에 인내심을가지기. 아주 낯선 외국어로 쓰여진 책을 대하듯 그 질문들을 좋아하려고 노력하기. 그렇다면 나중에 바꾸려고 했던 외국어 인용들을 그대로 놔둘까? 그래. 모든 것을 살아라 지금 이 순간의 질문을 살아라. 어떻게? 모른다. 모른다이소.

"세상에서 제일 어려운 것이 뭔가를 끝까지 하는 것이 아닐까 하는데,
중간에 포기하는 경우가 많잖아요."
"네, 맞습니다. 정말 끝까지 한다는 것은 무척 어렵습니다."
"요즘 사람들은 이런 것의 중요성을 잘 모르고 살죠.
'Live a full life(꽉 찬 인생을 살아라).' 내가 좋아하는 말입니다.
사람들은 대부분 그저 그렇게 살아가죠.
하지만 최선을 다해서, 꽉 찬 인생을 살려는 의지가 있어야 합니다"
- 《화가처럼 생각하기 1》중에서 고도원이 인용한 것을 다시 인용하다. –

내가 쓴 글을 누군가가 인용한 글을 내가 인용했는데 누군가가 그 글을 다시 인용하면 좋겠다. 다시 보니까 이 말은 사실이 아니다. 스미마센. 대충대충 살아도 좋다. 마음 편하게 살아라. 꼭 해야하는 절박한 것은 우리 인생에 하나도 없다. 심각한 것은 해롭다. Que Será, Será. The Man Who Knew Too Much is singing now. 나이스 투 미츄, 긴스버그. 아니야.

What is required of us is that we love the difficult and learn to deal with it. In the difficult are the friendly forces, the hands that work on us. Right in the difficult we must have our joys, our happiness, our dreams: there against the depth of this background, they stand out, there for the first time we see how beautiful they are. 어려운 것 속에 기쁨이 있다. 그 어려움 속에 나를 도와주는 우호적인 신적인 힘들이 있다. 그것은 또한 얼마나 아름다운가. May the Force be with you. 스타워즈를 보면서 계속 글쓰기의 비법을 생각했다. 이런 생각이 스쳐 지나갔다. 사진을 찍으면 현실에서는 추하게 보이던 것들이 매우 아름답게 보일 때가 있다. Rilke 편지(1960)

66

사진을 어떻게 찍을 것인가? 사진을 어떻게 예술로 만드는가? 이것도 JK 선생이 세미나를 성북동에서 한 적이 있다. 나중에 기회가 되면 또 생각해 보자. 그 곳 사진. 포토제닉 포토그라피를 포워드 포스트 퓨처리즘 포렌식 프로세스했다. 책의 내용을 왜 전부 이해하려고 하는가 레이디 가가 불완전한 책을 왜?

멜빌의 모비딕으로 최종 不可逆(불가역)적으로 정리했다. 한일외교문서를 읽다. 한일합방을 법적으로 무효화할 수 있는 기회를 놓쳤다는 책을 읽었다.

<u>사실을, 사실의 해석을, 사실의 모든 해석을 전부 남김없이 기록한다</u>. 그러나 모든 것을 기록하려다가 그러지 않는 자는 또한 얼마나 아름다운가. She hated him. He loved her. Now they love each other. 더 이상 쓸 것이 없어요. 당신은 우리 학교에서 더 이상 배울 것이 없군요. 쌈마이 Cum Laude 마이 웨이

주인공의 모든 행동을 남김없이 쓰려다가 마침내 이렇게 세 문장으로 줄인 작가는 얼마나 용기가 있는가.

그는 찬미(讚美)받을 만하다. 더 줄일 수 있어요.

He did it.

글자 크기라도 키워서 그의 고뇌를 표현해 보아야겠다/아니다/그래/아니야/해봐/안되겠어/해보자구/글쎄,

이렇게 고민하느라 1 시간이 지났다. 그래 **크게 써**.

쓰바루에 가면 모밀을 판다.

홍대에서 방배동으로 on and on,

한수(漢水)를 건너.

Juxtaposition of 上.

미니멀 Minimal Minimalism 미니멀리즘

아까 잊어버린 것이 있어요. 또 무엇? 호메로스가 지루하다는 사람을 위한 강좌:
The Ancient Greek Hero | HarvardX on edX
Seeking the ultimate comtemplation,
Discover the literature and heroes of ancient Greece through the Homeric Iliad and Odyssey, the tragedies of Sophocles, the dialogues of Plato.
책으로도 나왔다. **The Ancient Greek Hero in 24 Hours**, Harvard University Press
고대 그리스의 영웅들 그레고리 나지 저/우진하 역 시그마북스 | 2015 년 02 월

전봉준백남준김남준손희준정조준

Hedidit.

폰트사이즈 108 은 번뇌 煩惱의 결과. 피리어드의 존재감 과시. 축구공이 3 개 보인다. 더 더더 더더더 줄일 수 있다. 히디딧. 히비리 디비리 히디딧 쉬디딧! 기쁘다/씁쓸하다. 이런, 이걸 깨달았네. 알튀세르의 그말. 이디어룰라지 또는 이데올로기는 주체를 호명한다. Open Sesame. 모든 소설은 I did it, she did it, they did it 이라는 것을. 그러나 We did it 은 없다. 글쓰는 화자와 소설 상의 주인공을, aber, 우리 Wir 라고 한다면 Marcel 과 마르셀의 기나긴 소설은 우리가 만든 we did it 의 소설이겠다는, 결국 소설 속의 모든 등장 인물은 작가의 분신이므로 '나들' 즉 우리의 소설이라는 생각이 필연적으로/우연적으로 들었다/나갔다 한다. Proust 프루스트와 베케트의 스타일을 바다, 그냥 바다는 안돼! 에게해(海), Aegean Sea, Αιγαίο Πέλαγος (아이가이오 펠라고스) 위에 띄우면 알록달록한 또는 얼룩덜룩한 거대한 괴물 고래가 마중 나올 것이다. 그 고래를 타고 바다 mer 로, 저 먼 바다 meer 로 그저 merely 나가야 한다. 조이스 Joyce 는 행복했다. 피네간의 경야의 번역의 불가능성의 절대확인. 요나서를 읽다가 문득 Whale Rider 鯨魚騎士의

Paikea Apirana 같이 슬펐다. "민족과개인, 우둔함과지혜, 전쟁과평화 등은 파도처럼 왔다 사라지지만 바다만은 변치않고 그자리에 남아있다." Otto von B.의 농담(弄談 joke), 사람들이 명구로 받아들이는 바다를 향해 열린 우려 cura 이다. Bismarck 개구라!

그리고 * 들이 나에게 있으니 두려움이 없다/없을 것이다. 두려움이 없다고 믿어야 한다. God loves each of us as if there were only one of us. 아우구스티누스의 말. 그런데 as if 를 사실로 믿으면 곤란하다. 일요일, 주일날, 선데이서울 옆의 사람에게 물어 보라. 그도 똑같이 믿고 있으니 이 말은 진실/진심일 수는 있지만 사실은 아니다. 난 네가 이 세상에서 제일 예뻐. 이 말은 당신에게 또 그 광경을 지켜보는 제 3 삼자에게도 진실하지만, 이 세상 모든 사람에게 또 시간이 지나면 당신에게도 사실은 아니다. 언젠가 당신은 부끄러워할 것이다. 그러나 그 사실을 발설할 필요는, 특별히 그녀에게는, 절대 없다. 진리가 너희를 자유롭게 하는 것이 아니라 슬프게 할 것이다. Amen.

괴테의 친화력에 사랑에 대한 놀라운 비밀이 숨어있다. 사랑은 젊은 사람에게만 가능하다. Moonstruck. 귀가 있는 자는 들으라. 하고 싶은 얘기가 뭐야? "사실을, 사실의 해석을, 사실의 모든 해석을 전부 남김없이 기록한다, **말할** 필요조차 없는 것을 **팔만**대장경같이." 말할과 팔만은 라임이 얼추 철썩 철퍼덕 푸드득 문득 맞는 것 같다. 그래, 가사 하나 써 보아. 언젠가는. 또 **미**룰 거잖아 이젠 **미**안해 하지도 아나. 미미(美味)와 미안(未安).
블랑쇼의 글쓰기 하기로 했잖아요? 그런 약속한 적은 없는데. 약속하지 않았으니까 꼭 해야하는 일이 되었군요.

모리스 블랑쇼(Maurice Blanchot, 1907-2003)의 문학의 공간(L'espace littéraire, 1955) 중에서 "끝나지 않는 것, 끊임없는 것 L'interminable, l'incessant" 읽어보자. 작품이라는 이름으로 작가에게 오는 고독은 다음과 같이 드러난다. La solitude qui arrive à l'écrivain de par l'œuvre/ se révèle en ceci: 글을 쓴다는 것은 지금 이 순간 끝나지 않는, 끊임없는 그 무엇이다. écrire est maintenant l'interminable, l'incessant. 작가는 더 이상 이러한 주체적인 영역에 속해 있지 않은 것이다. L'écrivain n'appartient plus au domaine magistral 자신을 표현한다는 것이 사물과 가치를 그 한계의 의미에 따라 정확하게 확신감을 가지고 표현하는 것을 의미하는. où s'exprimer signifie exprimer l'exactitude et la certitude des choses et des valeurs selon le sens de leurs limites. 쓰여지는 것은 써야 하는 자에게 자신은 아무런 권위도 없다는 것을 긍정하게 한다. Ce qui s'écrit livre celui qui doit écrire/ à une affirmation sur laquelle il est sans autorité 그러나 그 권위는 그 자체로 실체가 없고 아무것도 긍정하지 않으며 휴식도, 침묵의 위엄도 아니다. 왜냐하면 이것은 모든 것을 다 말하고 난 뒤에도 계속 말하고 있는 것이기 때

무이다. *Rah rah ah-ah-ah! / Ro mah ro-mah-mah / Gaga oh-la-la!* The solitude which the work visits on the writer/ reveals itself in this: that writing is now the interminable, the incessant. The writer no longer belongs to the magisterial realm/ where to express oneself means 영어는참으로 원시적 언어이지만 영어밖에못한다는것이슬프다 to express the exactitude and the certainty of things and values according to the sense of their limits. What he is to write delivers the one who has to write to an affirmation over which he has no authority, which is itself without substance, which affirms nothing, and yet is not repose, not the dignity of silence, for it is what still speaks when everything has been said.

글을 쓴다는 것은 끝나지 않는 작업, 끊임없는 작업이다. 흔히 작가는 '나'라고 말하기를 포기한다고 한다. L'écrivain, dit-on, renonce à dire « Je ». 카프카 Franz Kafka 는 '나'라는 말에 '그'라는 말을 대치시킬 수 있엇던 그 순간부터, 스스로 놀라움과 기쁨을 동시에 느끼며 문학에 돌입했다는 사실을 발견했다고 말한다. Kafka Remarque, avec surprise, avec unplaisir, qu'il est entré dans la littérature dès qu'il a pu substituer le « Il » au « Je ». 그것은 사실이다. 그러나 변화는 그보다 훨씬 더 깊은 것이다. 작가는 어느 누구도 말하지 않으며 어느 누구를 향하지도 않는 언어, 중심도 없고 아무것도 드러내주는 것이 없는 언어에 속해 있다. l'écrivain appartient à un langage que personne ne parle, qui ne s'adresse à personne, qui n'a pas de centre, qui ne révèle rien. 작가는 이러한 언어에 의해서만 자신을 주장한다고 생각할 수도 있다. 그러나 그가 주장하는 것에는 자기라는 것이 완전히 상실되어 있다. 쓰여진 글에 대해 작가가 권리 주장을 하는 한, 그는 결코 다시 자신을 표현할 수 없다 Dans la mesure où, écrivain, il fait droit à ce qui s'écrit, il ne peut plus jamais s'exprimer 너에게 호소할 수는 더더욱 없다. 또한 다른 사람에게 발언권을 줄 수도 없다. et il ne peut pas davantage en appeler à toi, ni encore donner la parole à autrui. 작가가 처해 있는 곳에서 말하는 것은 오로지 존재일 뿐이다. Là où il est, seul parle l'être 이는 언어가 이제 말하고 있는 것이 아니라 단지 존재하는 것이며, 존재의 순수한 수동성에 맡겨져 있는 것임을 의미한다. ce qui signifie que la parole ne parle plus, mais est, mais se voue à la pure passivité de l'être. 영어밖에못한다는것이슬프다

Writing is the interminable, the incessant. The writer, it is said, gives up saying "I." Kafka remarks, with surprise, with enchantment, that he has entered into literature as soon as he can substitute "He" for "I." This is true, but the transformation is much more profound. The writer belongs to a language which no one speaks, which is addressed to no one, which has no center, and which reveals nothing. He may believe that he affirms himself in this language, but what he affirms is altogether deprived of self. To the extent that, being a writer, he does justice to what requires writing, he can never again express himself, any more than he can appeal to you, or even introduce another's speech. Where he is, only being speaks -- which means that language doesn't speak any more, but is. It devotes itself to the pure passivity of being. 끝도 보이지 않던 영원의 밤 내게 아침을 선물한 건 너야

아까 고전을 읽는 것은 위험하다. 그거 사실인가요? 실제로 어떤 일이 있었는지 말해 볼게요. 논어의 첫 문장. 너무 당연한 이야기라고 생각했는데 노년의 공자의 한가한 이야기? No. 번역을 통해서 알게된 진실. 그리고 하나의 일화.

논어를 이태리어로 읽어 보다. 미친 짓일까? 아니다.

子曰 Oh oh, I can make it right I can make it better

"學而時習之, 不亦說乎? 有朋自遠方來, 不亦樂乎? 人不知不慍, 不亦君子乎?"

"학이시습지, 불역열호? 유붕자원방래, 불역락호? 인부지불온, 불역군자호?"

"배우고 때때로 그것을 익히면 또한 기쁘지 않은가?

벗이 먼 곳에서 찾아오면 또한 즐겁지 않은가?

남이 알아주지 않아도 성내지 않는다면 또한 군자답지 않은가?"

> Disse Confucio:
> "Studiare ed esercitarsi continuamente, non è anche ciò un piacere? Avere amici che vengono da luoghi lontani¹, non è anche ciò una gioia? Non essere conosciuti dagli uomini e non preoccuparsene, non è anche questo da gentiluomini?".
> ¹   Condividere lo studio

학이시습지는 흔히들 배워서 때때로 익히면이라고 해석한다. But, aber, 일단 studiare ed esercitarsi 를 번역해 보자. 영어로는 to study and practice 그리고 continuamente 라는 adverb 그 의미는 (senza interruzione) continuously, nonstop (ripetutamente) continually 즉 한국어로 계속해서 끊임없이. 한가하게 때때로 이런 느낌이 사라진다. 삶의 치열한 열기가 느껴진다. 나에게 주어진 것을 치열하게 공부하고 끊임없이 연습해서 나의 배움을 완성해 보자. 이탈리아어만큼 멋진 유럽어는 없다. 프랑스어 보다 더 아름답고 효율적인 동사변화.

논어한글역주에서, aber, 도올은 통상적인 이러한 해석을 비판하며 時習은 때때로 익히는 것이 아니라모든 배움에는 때가 있고 시습이란 이 시기에 맞추어 공부하는 것이며 (즉, occasionally->timely) 그렇듯 때에 맞게 공부하는 것이 즐겁다는 뜻이라 한다. 예컨대, 나이든 노인이 주역을 공부하는 것은 이치에 맞으나 아직 세상 물정 모르는 젊은이가 주역을 끼고 공부하는 것은 옳지 않은 일이다.

이러한 해석은 율곡 이이와 다산 정약용도 다른 해석을 내놓아 다산은 occasionally 의 의미로 율곡은 timely 의 의미로 해석했다고 한다. 하라쇼, 알겠습니다. 그렇군요.

유붕자원방래: 붕이란 것은 단지 고교 동창이나 대학 친구같은 단순한 의미의 친구가 아니며 뜻을 가치하는 자란 의미를 갖고 있다. 또한 먼 곳에서 온 친구란 단지 물리적 거리만을 의미하는 것이 아닌 성밖에 사는 야인들 즉, 낮은 계급의 사람들을 의미하며 누구든지 자신에게 고기 한포만 가져오면 가르침을 준다는 공자의 뜻을 반영한 말이라 한다. Oui.

불역열호 vs 불역락호: 또한 같은 즐거움이라도 열과 락이라는 말로 달리 표현 하였는데 불역열호란 <u>마음에서 우러난 즐거움</u>을 일컬으며, 불역락호란 인간 관계에서 오는 <u>외적인 즐거움</u>을 말하는 것이라 한다. Oui.

군자: 공자는 평생을 자신의 정치적 이상을 실현시키기 위해 노력하였으나 끝내 그 뜻을 이루지 못하고 만다. 하지만 그럼에도 불구하고 자신을 소인과 대비되는 의미의 군자로 규정함으로써 단지 사내라는 뜻으로만 쓰이던 군자라는 단어에 <u>학문을 사랑하고 도덕적인 인격을 갈고 닦는 자</u>라는 의미를 부여한다. 이러한 의미 부여는 훗날 유가의 큰 영향력을 발휘 함은 물론이고 그로써 공자의 삶에 큰 의미를 부여하는 것이 아닐까 싶다. Oui.

나는 계속 생각해 보았다. 時習의 時는 時中의 時와 연결되는 것이 아닐까? 습(習)의 목표는 체득(體得)이 아닐까? 새로운 해석의 가능성: 自遠方來者 爲朋? 그만 해! 오규 소라이는 논어징에서 人을 상급자로 해석했다고 한다. 보다 정치적인 독해이다. 데리다의 타자와 환대. 不知 다음에 생략된 말은 己가 아니라 道였던 것은 아니었을까? *Rah rah ah-ah-ah! / Ro mah ro-mah-mah / Gaga oh-la-la!* 어느날 급진적 맑스주의자를 연남동 카페에서 만났다. 그는 한문은 전혀 모르는 사람이었지만 독일어와 영어는 상당히 잘 하는 사람이었는데 겉으로 보면 혁명가가 아니라 범생이

nerd 같이 보인다. 사실 대부분의 검사들도 nerd 였었고 지금도 nerd 로 보이지만 본인만 아니라고 생각할 것이다. ~~이 문장은 삭제하기로 하자.~~ 한자를 하나하나 가르쳐 주고 논어의 이 구절의 해석을 부탁했다. 잠시의 고통스런 시간이 지난 후 그의 얼굴에 미소가 떠올랐다. "마르크스를 배우고 주어진 시기와 장소에 맞게 적용하는 것을 게을리 하지 않으니 기쁘지 아니한가? 나와 다른 생각을 했던 자가 가까이 다가와 동지가 되어 힘을 합하니 즐겁지 아니한가? 인민들이 마르크스의 진리를 알지 못해도 내가 성내지 않고 인내심을 가지고 기다린다면 나는 진정한 맑스주의자가 아니겠는가?" 그리고 그는 갑자기 사라졌다. 바람같이 구름같이.

이 말을 듣고 나는 不知道로 마음을 굳혔다. 여러분은 신경쓰지 말고 각자 알아서 해석하시길 바란다라고 하면 이 또한 잘못된 말이다. 그렇다고 내 말이 옳다고 주장하고 싶지는 않다. 주말에 또는 오늘 또는 바로 당장 아니면 20 년 후에, "마태복음" 영화를 보시길 권유한다. 이탈리아의 마르크스주의자, 무신론자, 동성애자 영화감독, 피에르 파졸리니의

1964 작 "Il Vangelo secondo Matteo"에서 그가 파악한 예수의 본래 모습은 그 어떤 사람보다도 더 전복적이고 혁명적이었다. 그러나 그는 예수의 혁명성을 구태여 강조하지 않는다. 그저 우직할 정도 정직하게 복음서의 대사와 스토리를 그대로 따라가고 있다. 이 영화에 등장하는 배우들은 거의 다 아마추어였고, 주인공 예수 역을 맡은 청년은 이 영화 전에는 일개 트럭 운전사였고, 후반부의 성모 마리아 역할은 파졸리니 감독의 어머니가 맡았다. 어떻게 이 영화가 만들어졌을까? 일설에 의하면 호텔방에서 파졸리니가 읽을 수 있었던 유일의 책이 성경이었는데 마태복음을 앉은 자리에서 쭉 읽고 감동을 받았다고 한다. 그래서.... 왜 이런 얘기를? 고전이 클래식이 위험한 책이라구요, 원래는. Radical abalone는 먹을 수 있나요? 전복적 급진주의자들의 회식에서 많이 나오죠.

사실은 이런 생각 이전에, 무슨 생각, 저런 생각 이후에 바이블 같이 읽던 책이 있었다. 그 책을 번역하려고 모임까지 결성한 적이 있었다. 첫 회 모임 후 해산했다. 원고지 칸칸을 메꾸다. Louis Kahn 의 학생들과의 대화. 독백(獨白)이겠지.

0. 혼란의 공부법: 모든 것을 동시에 다 배우다 omnes simul

작은 책 하나가 한 사람의 미래를 결정지을 수가 있다. 큰 책들은, 그렇지 못하다. 그 독자가 알지도 못하는 사이에. 잠들어 버렸다. 깊이 아주 깊이 눈이 충혈될 정도로. *Rah rah ah-ah-ah! / Ro mah ro-mah-mah / Gaga oh-la-la!*

20 년 전에 미술작업을 시작 했을 때 루이스 칸의 "학생들과의 대화"라는 책을, 지금은 없어진 시공사의 아티누스 책방에서 발견한 적이 있다. 건축가라는 존재가 자연과 건축을 어떻게 접근하는 지에 대한 잠언 스타일의 텍스트이다. 그 후 루이스 칸의 모든 건축책을 샀다/수집했다. 침묵과 빛(Silence and Light)의 건축가. 나는 심지어 그가 태어났던 에스토니아까지 가 보았다. 칸의 침묵은 *사이렌의 침묵*(Das Schweigen der Sirenen, Le Silence des Sirènes)하고는 물론 다르다. 진중鎭重한 진은숙은 알겠지. 하지만 칸의 침묵을 생각하며 동시에 오뒤세우스가 마주했던 사이렌의 침묵을 떠올리지 않는 것도 건축가에게는 불가능하다. 건축학개론을 들은

사람은 알 것이다. 본 사람은 몰라요. 카프카와 조이스. 언어유희 전후.前後.戰後의 님의 침묵(沈默)은 조용하지 않다. 잠을 잘 수가 없다.

https://issuu.com/papress/docs/louiskahn_conversations_screen

"자연은.선택하지.않지만 예술은.선택을 한다. 인간이.하는 모든.것을 인간은 예술(art)안에서 한다. 자연이.만든 모든것.안에 그것이.만들어진 기록이.있다. 우리가 이것을.의식할.때 우리는 우주의.질서가 무엇인지.느낄.수.있다." *Nature does not choose . . .* it simply unravels its laws, and everything is designed by the circumstantial interplay where man *chooses*. Art involves choice, and everything that man does, he does in art. 선택이란 단어가 정말 중요하다고 생각하고 있는데, 그리고/어느덧/불가피하게 이 문장이 나온다. Poema. Dance it thru a it bybye the it.

Some can reconstruct the laws of the universe
from just knowing a blade of **grass.**
Others <u>have to learn many, many, things</u>
before they can sense what is necessary
to discover that order which is the universe.
그저 풀잎하나를 알기만해도,
어떤사람들은 우주의 법칙들을 온전히 재구성할수있다.
다른사람들은 <u>아주 아주 많은것을 배워야만한다.</u>
우주라고 하는 이 질서를 발견하기 위해
무엇이 필요할까를 감지(感知)하기 전에.

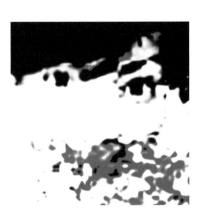

월트 휘트먼의 풀잎을 서사시로 읽으며 박이소의 다음 그림을 2 분 35 초 뚫어지게 보았다. *Rah rah ah-ah-ah! / Nana Nana / Gaga oh-la-la!* 사토리 산토라

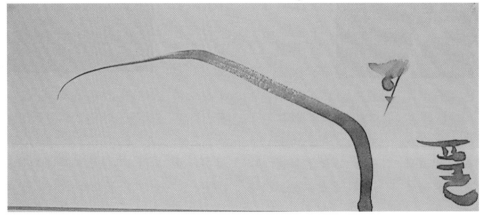

O.P. 보통 ordinary 사람 or 다른 other 사람은 많은 것을 다시 말해서 모든 것을 배워야 한다. 이것은 불가능한 과제이지만 또한 불가피한 운명이다. 불가능한 미션과 불가피한 운명은 무엇을 낳는가? 아, 진정한 예술은 선택을 꺼려합니다. 白南無관예음보살. Na N Na N Na 나는나는나 Rah rah ah-ah-ah! / Gaga oh-la-la!

예술은 나의 생각을 표현하는 것 art is to express my idea

Man lives to *express American Express.*
The reason for living is to express . . .
to express hate 증오*. . . to express love* 사랑 *. . .*
to express integrity and ability . . .
all intangible things.

이 아래 문장들은 다시 써라. OK.
사실 나라고 불릴만한 실체는 없는 것이다. 나라고 생각하는 것이 사실은 나를 둘러싼 주변의 모든 것들의 통합으로 나타난다. 나의 생각이라도 할 만한 것은 없다. 모두가 타인의 생각이다. My idea sucks. Rah rah ah-ah-ah! / Ro mah ro-mah-mah / Gaga oh-la-la!
보통은 충격적인 장면을 보았을 때 말문이 막히고 눈앞에 번개가 친다. 영하 의 날씨에 물대포를 쏘는 경찰을 보았을 때 갑자기 떠오르는 페페포그 차량, 그 당시의 시위하는 군중의 모습. 두 장의 사진이 동시에 인화되는 것을 바라보는 모습이다. 내가 의식적으로 그것을 주도하는 것이 아니라 눈에 보이지 않는 힘에 의해 저절로 내 눈 앞에 나타난다. 나의 역할은 그것을 놓치지 않고 붙잡는 것이다. 섬광처럼 그것은 사라지기 때문에. I done catch it and be catching it and gonna catch it.

나의 진정한 생각은 나의 생각에서 나오지 않는다. 그것은 내가 아닌 것에서 온다. 내가 아닌 그 무엇이 진정한 나라고 할 수 있다. 그 "나"는 나라고 내가 믿는 것과 다르다. 언제나 거기 있지만 잊어버리고 살아 온 그것이다. 이 진정한 나가 드러나려면 나를 지워야 한다. 진정한 나는 나인 동시에 모든 사람이기도 하다. What the f. are you talking about?

아이디어는 말이 아니다. 언어로 표현 된 나의 생각은 언제나 이차적인 것이다. 먼저 하나의 느낌이 떠오른다. 내가 사라졌을 때 갑자기 찾아오는 어떤 신호. 그 신호는 즉각적으로 감각적인 것으로 번역된다. 보통은 이미지로. 그 이미지적인 것을 다시 말로 바꾼다. 그 말이 하나의 중심이 되면서 그 이후의 생각들을 체계적으로 끌고 간다. 생각, 아이디어는 감성과 하나이다. 분리할 수 없다. 유태인들에게 독일이라는 단어가 중립적이고 다가오는 것은 불가능하다. 말은 감성과 결합하고 감성은 말을 내포하고 있다. 베르테르가 말하기를,

나는 내가 아니다. 생각은 언어가 아니다. Na N Na Na N Na 나나너너가가나다

그렇다면 표현한다는 것은 무엇인가?
그것은 보이지 않던 것을 보이게 만드는 것. 즉 창조 라고 할 수 있다.
Materialize it. 영어밖에못한다는것이슬프다
스피노자의 말: 신은 무한하다. 무한한 것 속의 인간도 무한하다. 신이 창조자이
듯이 인간도 창조적이다. God is the creator; man is creative. 유대교 성경에 의하
면 여호와는 말로 세상을 창조했다. 인간도 생각으로 모든 것을 창조한다. 피크
닉을 간 어린이가 여기서 바로 사진을 찍어 바로 보았으면 하는 그 생각이 폴라
로이드 카메라를 낳은 것처럼 말이다. 하지만 본질적으로 인간에게 창조는 금지
되었다. 창조의 능력은 주어졌지만 창조는 금지되었다.

힙합에 왜 이렇게 욕설이 여성비하가 동성애자 혐오가 많아요?
힙합은 원래 그런거야~ 이게 얼마나 바보같은 말인지 알았으면 한다.
만약 원래 그런거였다면 원래부터 잘못된거지. 원래 그랬으니 지금 그래도 상관없다가 아
니다. Rah rah ah-ah-ah! / Ro mah ro-mah-mah / Gaga oh-la-la!
아니다. 힙합 탄생의 배경을 이해해야 한다. 주류백인사회에 의해 거세된 소수자 흑인 남
성의 마음을 헤아려야 한다. 저항으로서의 남성성 강조. 이렇게 이해하는 사람도 있고 아
닌 사람도 있다. 생각해 보라. 이걸 어디에 넣지 나중에 찾아 봐.

가장 본질적인 표현은 무엇일까? 기쁜 소식을 들었을 때 사람의 반응을 보면 된
다. 춤추고 노래한다. 가장 큰 형벌은 음악을 들으며 움직임을 금지하는 것. 훈육
되는 관객. A-wop-bop-a-loo-bop-a-wop-bam-boom! 영어밖에못한다는것이슬프다 영
어밖에못한다는것이슬프다 난 외국어를 전혀 모른다는 것이 기쁘다.
뒤샹의 레디메이드 아이디어는 어디에서 왔을까? peut-être souffre-t-il de constipation = a
delay of what = Fountain = Richard M.
창조의 단계를 생략해도 창조다. 무슨 소리야? 아이디어만 보여주어도 된다. 난
아이디어 자체가 없어, 보여 줄 건 많지만. 조로아스터교의 날개 편 그 새를 기
억하는가. 기억해. 현대예술은 대중의 잠을 깨우는 것. 자고 싶다. 충격을 주는 것.
Fuck off. A-wop-bop-a-loo-bop-a-wop-bam-boom!

작은 글자는 읽지 말라는 것, 디자인으로서의 역할만 있다고 가정한다. 그래 Jean 쟝그래.

미국에서 동양적인 것을 배우는 것은 역설적으로 더 잘 배울 수 있다. 기본적인 개념을 우리에게 익숙한 단어로 알고 있다는 것이 도움이 되면서 동시에 잘 몰랐던 것을 서양인의 입장에서 전달되어 때 쉽게 이해가 간다. 태극권太極拳 Taichi 을 아주 잠시 배웠을 때 들은 말은 아직도 머리에 생생하게. Ready to stop. Ready to move. Always understand this. Stopping is in the movement; moving is in the stop. 눈이 파란/초록/갈색 선생님은 동양인 제자를 보면 때로 어색해 한다. 같은 서양인끼리는 더 폼 잡기가 좋아서이다. 미국에서 태권도를 백인에게 배우는데 한국에서는 그렇게 안 한다고 하면 얼마나 어색하겠는가. 선생의 권위도 안 살고. A-wop-bop-a-loo-bop-a-wop-bam-boom!

시는 존재론적 리듬을 언어로 산출. 이 말은 詩의 본질은 움직임에 있다는 것이다. (시의 희생자 김수영) 시의 정체성은 '움직이는 것'이 아니라 '움직이고자 하는 힘/충동/의지/성향/욕구'이다. 움직이고자 하는 충동이 있을 때 정지했지만 움직임이 거기에 있다. 정지하고 싶은 의지가 있을 때 움직임은 곧 정지이다. 정지를 모르는 움직임은 위험하다. 나에게도 또 모든 다른 사람에게도.

박정희의 권력욕은 정지를 몰랐기에 위험했고 悲劇비극으로 끝날 수밖에 없었다. Tragoedia 를 아시오? TradiCia 보다 더 비극적이네요.
tragedy = {disaster, calamity, catastrophe, cataclysm, misfortune, mishap, blow, trial, tribulation, affliction, adversity} 난 외국어를 전혀 모른다는 것이 기쁘다.
ca·tas·tro·phe = {disaster, calamity, cataclysm, holocaust, havoc, ruin, ruination, tragedy; adversity, blight, trouble, trial, tribulation}

잠깐 멈추어라. 여기에 바로 여기에서.

그람시의 옥중수고:
"만약 지배계급이 합의를 상실하여, 즉 더 이상 지도하지 못하고 오로지 억압만을 행사함으로써 지배한다면, 이것은 틀림없이 위대한 대중들이 그들의 전통적인 이데올로기로부터 분리되고 과거에 믿었던 것들을 *더 이상 믿지 않게 되었음을* 의미한다. 위기는 바로 오래된 것은 죽어가고 있으나 새로운 것은 아직 탄생하지 못한 시기이다. 이러한 공백기에 대단히 다양한 병적 증상들이 나타난다." 『옥중수고』중에서
The crisis consists precisely in the fact that the old is dying and the new cannot be born; in this interregnum a great variety of morbid symptoms appear."

— Antonio Gramsci, Prison Notebooks

올레 티비에서 다시보기를 하면서 "발리에서 생긴 일"을 다시 보았다. 잊혀지지 않는 드라마의 대사. 민주사회에서 가능했던 드라마. 정치는 문화예술을 바꾸고, 예술은 정치를 힘든 직업으로 바꾼다.

『"너 그람시 알아?? 너희들의 헤게모니가 우릴 바보로 만든데."

                    "그람시 알아요?"

"요즘에는 계급이 없어졌다고 하지만 사실 없어진 게 아니다. 우리의 눈과 귀를 막고 있을 뿐이지. 여전히 상급 층과 하급 층은 존재하고 하층은 이 현실에 순종하는 듯 보이지만 사실 그것은 자발적인 순종이 아닌 어쩔 수 없는 순종이야... 지배계급이 그렇게 만든 거라구."』

교보문고에 그람시를 사러 갔다. 제주도 사람이 쓴 뉴욕이야기, 토마스 허쉬혼의 그람시 모뉴먼트(Gramsci Monument). "He built this **participatory sculpture** dedicated to the Italian philosopher at the Forest Houses."

(Credit Ángel Franco/The New York Times)

그리고 촛불집회에 우연히 자발적/非自發的으로 참석했다.

"대한민국은 민주공화국이다." 이 노래를 부르고 있다.

이런 생각이 시를 가장하여 스쳐 지나갔다. 브레히트 스타일로 써 보았다. 죄송합니다.   A-wop-bop-a-loo-bop-a-wop-bam-boom! 강박적 강박강박 강이 달린다.

내 꿈이 이루어지는 나라

내가 행복한 나라

문법 시간에 수식어는 생략해도
문장은, 문장들은 여전히 성립한다고 배웠다.

나는 국민을 위한 대통령입니다.
선거가 끝난 후 이 문장은 다음과 같이 수정되었다.

나는 국민을 위한 대통령입니다.
나는 대통령입니다.

우리는 분노했고 똑같은 복수를 결심했다.
먼저 이렇게 써 보았다. 우리는 대통령을 위한 국민입니다.

이제 "대통령을 위한"을 지워야겠다.
우리는 국민입니다.

그러나 이것은 문법에 어긋난다고 전문가들이 말하기 시작했다.
대통령이 추천한 3인의 문법학자,
대통령이 공천을 준 여당이 지배하는 국회에서 지명한 3인의 문법학자,
대통령이 임명한 대한문법학회장이 추천한 3인의 문법학자로
구성된 9인 위원회에서 만장일치로 이것을 결정했다.
"대통령을 위한"은 절대로 생략할 수 없습니다.
그러나 "국민"이란 단어는 원한다면 삭제해도 좋습니다.

우리는 대통령을 위한 국민입니다.
우리는 대통령을 위한 입니다.

여기서 영어의 우월성이 드러납니다, 라고
한 영문학자는 주장했고 대부분의 국문학자는 동의했다.
영어에서 "이다"와 "있다"는 같은 단어로 표현됩니다.
be 동사 아시죠? 독일어 **sein** 동사도 마찬가지죠. **아, verbe être ....**
한국어가 영어의 형식과 느낌을 완전히 흡수할 때까지
"이다"는 "있다"와 혼용(混用)되는 것으로
7 대 2 의 판결로 결정되었다. 만장일치는 아니었다.

나는 대통령입니다.
우리는 대통령을 위해 있습니다.
우리는 대통령을 위해 존재합니다.
우리는 대통령을 위해 존재하는 국민입니다.
문법적으로 모두 훌륭합니다. 학회장이 승인을 했다.

나는 행복하고 우리는 행복한 척 해야 합니다.
우리는 불행합니다.

박이소 2004
저 지랄 같은 시대가 이렇게 끝날 줄은 누가 알았을까? 이 모든 사태의 시작을
아는가? There was a man who had a **dog** and bingo was his name / B-I-N-G-O /
B-I-N-G-O. 자 sing together.

****

"유신시절로 회귀한 대한민국" 이런 구호를 들으면 다시 유신헌법을 생각한다.
다시 검열위원회가 열렸다. 박정히 대통령에 대해 비판적 내용이 너무 많다는 것
이다. 너의 선택은 둘 중의 하나. 각하에 대한 오로지 긍정적인 것만을 쓸 것. 아
니면 너의 책을 소설이라고 선언하고 너의 박정히는 소설 속의 가상적 주인공이
고 우리가 존경하는 각하와는 상관없는 인물이라고 선언할 것. 작가의 양심과 출
판의 욕망 사이에서 번민하던 나는 타협책을 제시했고 그 제안은 위원회에서 5
대 4 로 통과되었다. 다행이군요. 그 제안이 무엇이길래? 이 책은 "歷史小說"이다.
너무 심각해 하지 마. 지금 소설 따위에 누가 신경을 써. ~~문학은 죽었다.~~

유신헌법 뒤에 숨어 있는 박정히의 오만
 바이마르 헌법은 1919 년 독일 연방 공화국의 탄생과 함께 등장한 현대헌법의
전형이며 최초로 국민주권(國民主權)을 선언하였다. 제 1 장 제 1 조는 국가의 정체
(政體)와 국가권력의 근거를 기술하고 있다.

(1)독일 제국은 공화국이다. (2)국가의 권력은 국민으로부터 나온다.

　바이마르 헌법의 영향을 받은 한국은 독일과 거의 동일한 법조문을 보여주고 있다. 그러나 그 기본 정신이 망각된 것은 아닌지 의심스럽다.

국가의 권력은 국민으로부터 나온다.

그러나 어디로 가는가?

그래 어디로 가는가?

어디로 가기는 가지!

경찰은 집에서 나온다

그러나 그는 어디로 가는가?

베르톨트 브레히트 "바이마르 헌법의 3 조항" 중에서

"헌법의 추상적인 기본조문들이 사회 현실을 은폐(隱蔽)한다는 점이다. 하지만 여기서 더 나아가 브레히트가 문제삼고 있는 것은 구체적인 현실 경험을 관념적으로 추상화시키며또한 사회체제에서 필연적으로 파생되어 나오는 문제를 개인적이고 윤리적인 차원의 문제로 왜곡시키는 사고방식이다." 꽃이 피었다. 화란 춘성(花爛春城)하고 만화 방창(萬化方暢)이라 어허라 디야

A-wop-bop-a-loo-bop-a-wop-bam-boom! A-wop-bop-a-loo-bop-a-wop-bam-boom!

취직을 못하는 것은 당신이 노오력을 하지 않아서이다.

국민의 생존권, 행복추구권, 사상의 자유, 표현의 자유는 개별법에서 거부되고 있다. 국민으로부터 나온 국가 권력이 나치에게 간 비극을 체험한 독일은 2 차 세계대전 이후 헌법을 다시 제정하게 된다.

　제 1 장 제 1 조. 기본 인간존엄의 보호

　(1)인간의 존엄은 불가침(不可侵)이다

　인간의 존엄성을 존중하고 보호하는 것은 모든 국가권력의 의무이다.

　나는 개인적으로 독일헌법 1 장 1 조가 좋다. 이렇게 간결하게 선언적으로 말할 수 있다는 것이 좋다. A-wop-bop-a-loo-bop-a-wop-bam-boom!

　1948 년 제헌 헌법

　제 1 조 대한민국은 민주공화국이다.

제 2 조 대한민국의 주권은 국민에게 있고 모든 권력은 국민으로부터 나온다.

1960 년 제 2 공화국 헌법
제 1 조 대한민국은 민주공화국이다.
제 2 조 대한민국의 주권은 국민에게 있고 모든 권력은 국민으로부터 나온다.

1963 년 제 3 공화국의 헙법
제 1 조 ①대한민국은 민주공화국이다.
②대한민국의 주권은 국민에게 있고, 모든 권력은 국민으로부터 나온다.

그런데 말이다. *왜 여기에 콤마가 들어갔을까?* 이 불안한 느낌은 무엇일까? 주권은 국민에게 있지만 모든 권력이 국민으로부터 나온다는 말은 하기 싫었던 것일까? 그 마음의 갈등이 바로 글을 이어가지 못하고 comma 를 찍게 한 것인가? 이 comma 는 민주주의의 coma(혼수 상태)를 에언한 것이었을까? 홍대 전철역 2번 출구 옆 책방 꼼마를 갈 때마다 나는 이 생각을 했는데 어느날 사라져 버렸다.

1972 년 유신헌법
제 1 조 ①대한민국은 민주공화국이다.
②대한민국의 주권은 국민에게 있고, 국민은 그 대표자나 국민투표에 의하여 주권을 행사한다. (그리고 and)

'~에 의하여'라는 말이 들어간 결과, '국민과'과 '주권 행사'는 모두 '대표자'에게 종속되어버렸다. 이것은 문법적 오류가 아닌. 권력과 내통한 문법의 자기기만이다. 이 사실을 발견하지 못하게 만드는 장치가 바로 '**그리고**'이다. 국민에게 주권이 있지만, 주권 행사는 대표자가 한다는 사실을 자연스럽게 순접관계로 이어주는 말이 '그리고' 인 것이다. 논리상으로는 국민에게 있는 주권이 대표자에게 넘어갔으니, 당연히 '그러나'가 되어야 한다. .... '국민'에게 부여된 '주권'을 그 '대표자'가 '행사'해도 별다른 저항감을 느끼지 못하게 만든다. 국민의 주권이 그 대표자에 의해 얼마든지 유린당할 수 있음을 이 문장은 보여준다. (법학자 %%% P.146 에서)

유신헌법 제 1 조 2 항은 이렇게 쓰여졌어야 했다. ②대한민국의 주권은 국민에게 있지만, 국민은 그 대표자나 국민투표에 의하여 주권을 행사한다. (그러나 but) 이것은 언어의 왜곡이다. 문법학회장은 여전히 아무 문제가 없었다고 증언할 것이다.

이 조항을 다시 더 자세하게 쓰면 이런 것이 되리라.

대한민국의 주권은 *인정하기 싫지만 명목상* 국민에게 있다. 그러나 국민은 *우매하고 선동에 휩싸일 수 있으므로 모든 권력을* 그 대표자*에게 일임하고 대통령은 자신의 결정을 정당화하기 위하여* 국민투표 *등 자신이 원하는 방식으로 즉 전문용어를 쓴다면 꼴리는대로 국민의 뜻을 물어(묻는 척하여)* 주권을 행사한다.

비록 독재이지만 이승만 정권은 명분으로나마 권력이 국민에게 있다는 것을 인정했다. 이 헌법 조항이 참으로 뻔뻔하다고 느껴지는 것은 명목상으로조차도 "모든 권력은 국민으로부터 나온다."는 국민주권을 거부했다는 것이다. 이 뒤에는 국민에 대한 박정희의 섭섭함과 지도자가 국민을 이끌고 나간야만 한다는 독선적 생각이 숨어있다고 생각한다. 박정희가 가진 오만함과 고집이 느껴지는 대목이다. 그렇군요. 오늘은 구미시에서 점심을 먹습니다.

박대통령은 후진국에서 선진국의민주주의를흉내내면 성숙하지못한국민들이 선동가들에게 속아넘어가 최악의경우 선거를통하여 선동꾼,사기꾼,심지어반역자가 대통령이나국회의원으로 뽑힐수도있다는생각을하였다. 그는 국민들이 일을 많이 한 자신에겐 인색하고 선동을 잘 한 김대중씨에겐 너무 후한 점수를 주었다면서 국민들에게 섭섭한 생각을 갖게 된다. 이것이 1972 년 10 월 17 일의 유신선포라는 제 2 의쿠데타로가는 마음의문을연것이다.
"나는 그래도 빈곤을 추방하려고 열심히 일을 했어. 한 10 년 열심히 하여 이제 굶지 않을 정도는 됐어. 수출도 잘 되고 말이야. 그런데 국민들이 내가 三選(삼선)을 하겠다니까 언짢게 생각하는 것 같아. 그걸 모르겠어. 내가 영구집권한다는 것도 아니고 말이야, 지금은 정하지 않았지만 선거가 끝난 뒤에는 후계자를 정하겠다고 이야기했잖아. 그랬는데 金大中이가 뭔데 차이가 그것밖에 안 나나."
A-wop-bop-a-loo-bop-a-wop-bam-boom! A-wop-bop-a-loo-bop-a-wop-bam-boom!
朴대통령은 자신을압승시켜주지않은 국민들에게매우섭섭한모양이었다. 좀처럼이런말을 하지않는 朴正熙는 그야말로작심한듯 이야기를계속했다.
"이 사람(金大中)과 비교해서 국민들이 나를 대접하는 게 겨우 이 정도인가. 민주주의가 역시 약점이 있어. 우리나라 같은 경우 선거바람이 잘못 불면 엉뚱한 사람이 당선될 가능성이 얼마든지 있어. 그랬을 때 과연 이 나라가 일관성 있게 자유민주주의 체제를 유지할지 의심스러워. 그래서 내가 심각하게 걱정을 해." (조갑제의 현대사)

이것이 한국적 민주주의의 본질이었다. 군 출신 대통령의 시대가 아니라 군사 독재 정권이 된 것이다. 입헌군주제 아니 절대군주국가보다도 못한 이 헌법을 배우며 법조인이 된 사람들의 정신상태도 의심이 가지 않을 수 없다. 나는 법조인이 싫어졌다. 유신이 종언을 고하고 새로운 대통령은 새로운 헌법을 만든다. 유신시절과 5공 시절 어느 쪽이 더 독재정권이었냐는 질문에 5공이 더 독재정권이라고 생각하는 사람이 많다. 하지만 <u>객관적인 지표는 유신시절이 한국 현대사에 있어서 가장 암흑의 시절이라는 것을 보여주고 있다.</u>

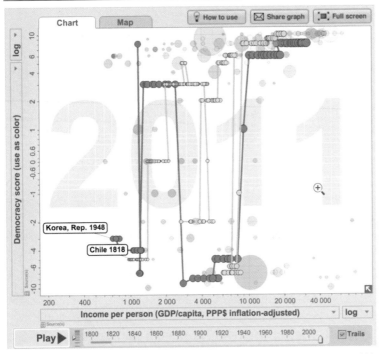

다음과 같은 긴급조치는 과거에 실행되었지만 없었던 것으로 은닉하기로 결정한다. 군사 정부 포고령 제 23 호, 육군소장 박동하 2048 년 5 월 16 일

1974 년 1 월 8 일, 오후 5 시를 기해 정부는 대통령 긴급조치 제 1 호와 2 호를 선포했다.

1. 대한민국 헌법을 부정, 반대, 왜곡 또는 비방하는 일체의 행위를 금한다.

2. 대한민국 헌법의 개정 또는 폐지를 주장, 발의, 제안 또는 청원하는 일체의 행위를 금한다.

3. 유언비어를 날조, 유포하는 일체의 행위를 금한다.

4. 전 1, 2, 3 호에 금한 행위를 권유, 선동, 선전하거나 방송, 보도, 출판, 기타 방법으로 이를 타인에게 알리는 일체의 언동을 금한다.

5. 이 조치에 위반한 자와 이 조치를 비방한 자는 법관의 영장없이 체포, 구속, 압수, 수색하며 15 년 이하의 징역에 처한다. 이 경우에는 15 년 이하의 자격정지를 병과할 수 있다.

6. 이 조치에 위반한 자와 이 조치를 비방한 자는 비상군법회의에서 심판, 처단한다.

이 조치는 1974 년 1 월 8 일 17 시부터 시행한다.

사법살인 1975 년 4 월 62-63p

<u>긴급조치 제 4 호의 놀랄 만한 내용은 위반행위에 관한 규정과 그 형량의 무거움에도 있었다.</u> 민청학련 자체의 행위는 말할 것도 없고, 학생들이 정당한 이유없이 학교에 안 나오거나 수업을 거부하는 행위와 집회, 시위, 성토 등이 모두 금지되었다. 그리고 이같은 학생들의 움직임을 방송 보도하는 일도 금지되었다. <u>만약 위반하면 영장없이 체포되어 군법에</u>

회부, 사형, 무기 또는 5년 이상의 징역에 처하도록 되었다. 이런 일이 부당하다고 하여 긴급조치를 비난할 경우에도 같은 처벌을 받도록 되었다. A-wop-bop-a-loo-bop-a-wop-bam-boom! 요컨대 데모하는 학생이나 이를 보도하는 기자는 최고 사형까지 각오해야 했고, 데모하는 학교는 폐교될지도 모르는 운명에 직면했던 것이다. 결국 긴급조치 제4호가 노린 바는 학원의 반정부 데모를 뿌리뽑는 한편, 언론에 재갈을 물림으로써 국민으로 하여금 반체제 움직임에 대해서는 보도 듣도 못하게 만드는데 있었다. 이것이 지옥이 아니겠는가? Hoc non inferno?

이런 감방에서의 대화 기록도 있다. 사법살인 1975년 4월 90p
잿빛 하늘 나직히 비뿌리는 어느날 누군가 가래끓는 목소리가 내 이름을 부르더군요. 나는 뺑끼통(감방 속의 변소)으로 들어가 창에 붙어서서 나를 부르는 사람이 누구냐고 큰소리로 물었죠. 목소리는 대답하더군요. "하재완입니더". "하재완이 누굽니까?" 하고 나는 물었죠. "인혁당입니더"하고 목소리는 대답하더군요. **"아항, 그래요!"** 1 사상 15방에 있던 나와 1 사하 17방에 있던 하재완 사이의 통방(재소자들이 서로 창을 통해서 큰 소리로 교도관 몰래 대화하는 짓)이 시작되었죠. "인혁당 그것 진짜입니까?" 하고 나는 물었죠. "물론 가짜입니더"하고 하씨는 대답하더군요. "그런데 왜 거기 갇혀 계슈?" 하고 나는 물었죠. "고문 때문이지러"하고 하씨는 대답하더군요. "고문을 많이 당했습니까?"하고 나는 물었죠. "말마이소! 창자가 다 빠져 나와버리고 부서져버리고 엉망진창입니더"하고 하씨는 대답하더군요. "저런 쯧쯧"하고 내가 혀를 차는데, "즈그들도 나보고 정치문제니께로 쬐끔만 참아달라고 합디더"하고 하씨는 덧붙이더군요. **"아항, 그래요!"**

서승을 아시오? 모릅니다. 그럼 이제부터 잘 들어 보시오.
p.325 서승, 『서승의 옥중 19년』역사비평사, 두꺼운 책이다.
1971년 박정희와 김대중이 서로 '용호상박'의 경쟁을 하던 대통령선거가 있던 해였다. 그러나 학생들은 박정희의 장기 집권 음모에 저항해 격렬한 시위를 벌이고 있었다. 뭔가 저항세력을 짓밟을 희생양이 필요했다. 이때 걸려든 것이 바로 서승, 서준식 형제였다. ......
A-wop-bop-a-loo-bop-a-wop-bam-boom!
홀 안으로 끌려가 처음 맞딱드린 사람은 빡빡 민 머리에 홀쭉하게 키가 크며 뱀처럼 잔혹한 눈매를 가진 남자였다. 그는 보안사 대공처장 김OO 대령이었다. "무슨 죄로 체포합니까? 체포영장을 보여주십시오" 하니, 평안도 사투리로 "간첩에게 영장이 왜 필요해. 언제든지 죽일 수 있어"라고 내뱉고는 부하에게 "끌고가" 명령했다. *이런 인식을 가진 법 집행자가 통치하는 세상이 유신이었다.* 이층에서 짐을 검사한 후 안경을 뺏고 옷을 전부 벗겨 밸트 없는 군복으로 갈아입혀서는 일층 홀과 연결된 심문실로 데리고 갔다. ..... 나는 고문으로 시멘트 바닥에 나뒹굴며 "차라리 죽여주시오" 애원했다.
p.327 심문관은 문어 대갈통 같은 대머리에다가 동그란 검은 뿔테 안경을 쓴 놈과 검푸르 죽죽한 얼굴에 주름살이 가득한 마흔 살가량의 전 남로당원을 자칭하는 '어 선생'이었다. 이 두 사람이 가장 잔인했다. 몽둥이를 한손에 들로

심문은 처음부터 거칠게 진행되었다. 문어대가리의 입에서 튀어나온 첫마디가 "나는 무자비해"였다 심문은 다시 처음부터 시작되었다. 심문의 중심 내용은 두 가지였다. 하나는 내가 북의 지령을 받고 서울대에 지하소직을 만들어 학생들에게 군사 교련 반대투쟁과 박정희 3선 반대투쟁을 배후에서 조종하고, 정부타도와 공산 폭력혁명을 기도했다는 것, 또 하나는 내가 친하게 지내던 당시 김대중 후보의 측근으로 선거참모였던 김상현 의원을 통해 김대중 후보에게 불순한(즉 북한의) 자금을 전달했다는 것이었다. 대통령선거를 앞두고 반독재투쟁의 선봉에 선 학생운동에 큰 타격을 입히고 야당후보에게 용공의 낙인을 찍어 공포 분위기 속에서 박정희가 대통령 3 선의 야망을 달성한다는 줄거리였다. 검열당했다. 읽지 마시오 p. 329 고문의 고통과 진술 강요를 참지 못한 서승의 분신자살 시도는 이렇게 이루어졌다. 몇 차례의 수술에도 불구하고 끔찍한 모습이 되어버린 그의 얼굴은 그 자체로 한국 인권의 상징이 되었다. 손에는 더 이상 지문이 남아 있지 않아 발가락 지문을 찍어야 했다. 당시에는 고문과 가혹행위로 한 인간을 절망의 구렁텅이로 몰아넣은 일이 비일비재했다. 아무 죄 없는 재일동포 출신 학생 하나를 자신들의 정권 연장의 희생양으로 쓰기 위해 이렇게 가혹한 운명을 몰아넣는 것쯤은 당시로서는 충분히 가능한 일이었다.

서승이 조사받으면서 우려한 대로, 그리고 대부분의 공안사건들이 일정한 시국 전환이나 대중 협박을 목적으로 한 것처럼, 대통령선거를 1주일 앞둔 1971 년 4 워 20 일, 정부는 서승·서준식 형제를 포함한 51 명의 '재일교포학생 학원침투 간첩단사건'을 대대적으로 발표해 선거에 이용했다. 이런 상황에서도 그에게는 사형이 구형되었고 1 심에서 사형이 선고되었다. 물론 항소심에서 무기로 감형되었고 대법원에서 확정되었다. 그러고도 서승은 19 년을 감옥에 더 있어야 했다. 이게 나라인가? 자유민주주의의 정체가 이것인가? 언젠가 서승에 관해 이렇게 묘사한 적이 있다.

"한 장의 사진이 다가온다.
흰 수의를 입은 채 법정에 서 있는 장면.
형체를 쉽게 알아보기 힘들 정도로 화상을 입은 이 수인의 얼굴.
굵고 검은 안경을 걸칠 귀조차 녹아버려 안경을 머리 뒤로 묶은 흰 천.
원자폭탄으로 타들어간 들판처럼 타 문드러진 얼굴......"

한국의 현대사에서 결코 잊혀질 수 없는 한 장의 사진이다. 바로 '재일교포학생 학원침투 간첩단사건'으로 불려진 이 사건의 주인공 서승의 얼굴이다. 그는 자신이 쓴 이 처절한 표현처럼 그의 일그러진 얼굴은 그 자체로서 한국인권, 아니 고난의 한국현대사의 한 상징이 되었다. 1971 년 10 월 법정 사진(경향신문/Korea Democracy Foundation) 지금의 경향은 그 때의 경향과 같은가 다른가? 왜 그런문제에 신경을쓰나? 언론은 무조건 권력을 비판하면 되잖아, 우리는 공평하게 공정하게 보수건 진보건 모든 행정권력은 비판하는 정의로운 사람들이지. 사법권력은 권력이 아니야, 검찰권력은 권려ㄱ이 아니야, 언론권력도 궈ㄴ려ㄱ이 아니야, 행정권력만이 권력이고 우리는 전통적으로 그렇게 살와사라랏ㄷ;ㅣ 살고있다네.

시대의 증언자 쁘리모 레비를 찾아서 244 쪽

막 대학 3 학년이 된 내가 신문 보도를 통해 형들이 체포된 것을 알았을 때. 재판 방청을 위해 한국에 달려갔던 부모님이 집에 돌아오자 마자 "그 앤, 화상을 입어 귀도 없더라"며 마루를 치고 통곡을 했을 때. 형들이 고문을 받고 있다는데도 내가 할 수 있는 일은 아무것도 없었을 때. 장기화되는 단식투쟁으로 인해 형의 죽음을 각오할 수밖에 없던 그때……고문을 받고 있던 것은 내가 아니었다. 죽음에 시달리는 것은 나 자신이 아니었다. 하지만 폭력과 죽음의 생생한 분위기가 나와 내 주위엔 충만해 있었다. 가장 처참하고 절망적인 파국이 몰려나오는 것을 항상 상상하며 숨이 멈출 듯하면서 하루하루를 넘기고 있었다. 공기가 옅은 지하실에 버려진 듯한 나날이 10 년, 15 년 동안 이어졌다. 그 나날들, 나는 두 눈 부릅뜨고 운명의 과정을 지켜보라고 거듭 자신에게 명령했다. "살해된 자들의 운명을 훗날 이야기할 수 있기" 위해서다. 오디세우스의 이야기 그리고 쁘리모 레비의 이야기가 나에게는 그런 나날을 견뎌내기 위한 규범이 되었던 것이다. *이렇게 그들을 알게 되어 많은 책을 읽게 되었다.* 읽어 보세요.

****

<u>잔혹한 이미지 보기를 거부하는 사람들은 가혹행위로 죽은 한 병사, 가자지구에서 폭격으로 죽은 어린이들에게 도덕적 책임이 있다.</u> -못-

높은 벽과 달걀?

장 아메리 (J. Amery)는 말한다. **고문(Die Tortur)은 나치의 도구이기보다는 본질이다**: 그들을 고문을 해야만 한다. 그들은 고문을 사용했지만 그보다는 고문을 하지 않으면 자기가 무엇인지를 스스로 확인할 수가 없었다. 그래서 그들은 고문의 사용자가 아니라 고문의 노예 (Folterknecht)였다. 나를 고문했던 SS 는 자기를 증명해야만 했다. 그는 자신이 불안했고 그래서 자기의 정체성을 확고하게 증명할 필요가 있었다. 나에 대한 고문은 그 자기증명이었다. *A-wop-bop-a-loo-bop-a-wop-bam-boom!*

그렇군, **유신의 본질은 고문이었구나.** 영도자의 본의와 상관없는 아랫사람의 과도한 충성이 빚은 우발적인 사고가 아니라 고문을 통해서만 유지되는 정권이 유신이다. 이것도 자랑스런 역사라고 할 수 있을까? 이것은 부끄러운 **야만**이다.

제 5 공화국 헌법

제 1 조 ①대한민국은 민주공화국이다.

②대한민국의 주권은 국민에게 있고, 모든 권력은 국민으로부터 나온다.

6 월 항쟁의 결과 1987 년에 만들어진 지금의 헌법은 어떻게 되어 있을까? 제 1 조에 아무 변화는 없다.

제 6 공화국 헌법 제 1 조

제 1 항 대한민국은 민주공화국이다.

제 2 항 대한민국의 주권은 국민에게 있고, 모든 권력은 국민으로부터 나온다.

갑자기 드는 생각 하나. 사법권력은 국민의 통제에서 벗어나 있다는 것.

나는 이 콤마가 여전히 불안하다. 다음 개헌에서는 이 " , "를 삭제했으면 좋

겠다. 국민청원을 하고 싶다. 콤마를 삭제합시다. 삭제하라! 코마헌법!

정치적 시를 써 보았다. 아! 고우영. 이 분의 작품에 비하면 이 시는 땅을 기는 벌레의 4 번째 다리의 12 번째 솜털만도 못하다.

제목: 웃다.

히히 그리고
희 or 熙 2357 번

너무 많이 웃었다.
흠씬 맞았다. 그래도 엄숙한 낯짝들
사이에 웃는 놈이 둘이나 있네.

히 그리고
희 or 熙 2577 번

88

희 제대로 쓴 년놈들 속에
"희"안한 놈 하나

다시 헤헤헤.
많이 웃어서 좋다.
~~이것이 역사의 발전인가?~~

이랑의 노래
하하하 히히히 헤헤헤 하하하 히히히 헤헤헤 하하하 히히히 헤헤헤
노래를 부르자. '하'가 불안합니다.
박동하 박영하 박하준 박하석 박하일 하하하하하하하하하하 ha 하하하하하하하하하하
하하하하하하하 ha 하하하하하하 ㅏㅏㅏㅏㅏㅏㅏㅏㅏㅏㅏㅏㅏㅏㅏㅏㅏㅏㅏㅏㅏㅏㅏㅏ
ㅏㅏㅏㅏㅏㅏㅏㅏㅏㅏㅏ ah ㅏㅏㅏㅏㅏㅏㅏㅏㅏㅏㅏㅏㅏㅏㅏㅏㅏㅏㅏㅏㅏㅏ
ah ㅏㅏㅏㅏㅏㅏㅏㅏㅏㅏㅏㅏㅏㅏㅏㅏㅏㅏㅏㅏㅏㅏㅏㅏㅏㅏ
이런 말이 들린다. 如是我聞. 그렇구나 홀로코스트는 비극이 아니야. 제주도의 그 비극은 홀로코스트가 아니라구, 프리모 레비와 장 아메리를 읽으며 감동을 받으면 그걸로 만족해, 한국 총리는 폴란드에서 아우슈비츠 참배도 했지만 제주도에는 가지 않았지. 그저 3만명이 죽은 사건이지 불행한 사건? 이런, 빌어먹을, 사건을 교통사고로 만드는 나라잖아. 이 주제는 여기에는 어울리지 안ㅎ는데, 그래, ~~그만할개새끼야, 3년 후에 다시 하자. 3년 지나면 그만 해야 한다는 사람들이 있으니. 자료 모아 놓은 것 잔뜩 있으니 본격적으로 한번 해 보자.~~
태극권의 가르침을 적용하면 정지는 움직임의 일부이다. 本杰明 Běnjiémíng 曰 '사유에는 움직임만이 아니라 그 정지도 포함된다.' 움직임 안에는 움직임과 정지가 모두 있다. 태극의 원리는 움직임이 절정에 이르면 정지하고 정지가 또한 극에 다하면 움직임이 시작된다. 앞으로 나가고 싶은 자는 우선 뒤로 가야 한다는 것도 같은 원리이다. 과거를 잊고 미래로 갈 수는 없다. 이 움직임이 바로 '시적인 것' 이고 모든 것의 시작이다. 따라서 시는 삶의 모든 것이다.
무슨 말을 하고 있는가? 모르겠다. 사실은 나도 모른다.

김수영의 비(1958) "모든 곳에 너무나 많은 움직임이 있다. "
What must be said. Must have must, not have to have ought to.

귄터 그라스의 시. I should have done it. 그의 마음에 스쳐지나가는 움직임을 느낄 수 있다. 이어령 김수영 불온시 논쟁을 읽었다. 그의 말은 오해를 받고 있다 여전히 지금도. Who? 침묵할 수 없는 진실, 말과 침묵 words and silence 그러나 진실은 언제나 침묵을 강요당하며 때로는 기꺼이 침묵을 고수하며 그 대가로 교환에 응한다. 움직임과 정지는 "말한다"와 "침묵한다"로 연결된다. 연결해 봐, 멀어져만 가네.   A-wop-bop-a-loo-bop-a-wop-bam-boom!

타인의 고통을 보면 내 몸도 움츠러든다. 그 육체적인 움직임 속에 시적인 것이 있다. 68 혁명의 바리케이드를 쌓기 위해 벽돌을 나르고 돌맹이를 경찰에게 던지는 그 움직임 안에 시적인 것이 있다. 촛불을 드는 팔의, 위로 뻗는 그 움직임 안에 시적인 것이 있다. 촛불이 타들어 가는 바람에 흔들리는 빛에, 타들어 가는 냄새에 꺼진 후의 연기의 냄새에 그 연기가 사라지는 그 모습에 시적인 것이 있다. 그것을 언어로 변환하면 시가 된다. 될까?
"인간의 역사는 언제나 비시적인 역사였다." 따라서 역사가는 시인이 되어야 할까? 모르겠다. 정말 모릅니까? 네, 모릅니다. 다시 한번 묻겠습니다. 진짜 모릅니까? 네 정말로 저는 모릅니다. 좋습니다. 그렇다면 정말 아주 조금도 모른다고 할 수 있을까요? 네 진실로 진실로 제가 기억하는 한 저는 모릅니다. 그렇군요. 질문을 바꾸어 보겠습니다. 모른다고 말하는 것이 당신의 마음에 불편함을 불러 일으키지는 않습니까? 다시 물어 보겠습니다. 마음의 동요는 진행중인가?

****
제 2 공화국은 너무나 혼란스러웠기에 혁명(쿠데타)는 불가피했다. 그건 거짓말이야. 후반기에 가면 사회가 안정되었어. 증거를 보여줄게.

A- wop-bop-a-loo-bop-a-wop-bam-boom!
B- VROOOM,   Walking on Air,   B'Boom, THRAK
C- THRaaK in the Garden 그리고 Inner Garden 하나 둘 셋
D- RADIO 다섯 하나 여섯 累卵누란의 胃氣위기危機기위
E- 박종세는 스크램블드 에그 나는 오믈렛 너는 에그 프라이
F- VROOM VROOM VROOOM VROOOOOOOOOM MOOORV

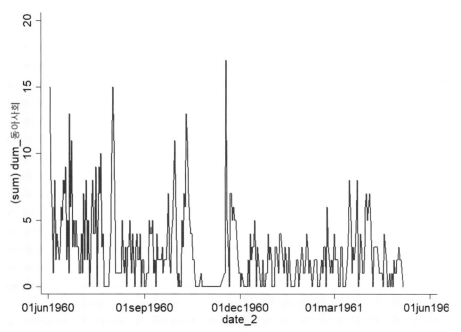

동아일보 사회면에 난 "데모"라는 키워드로 검색된 1960 년 6 월부터 11 월까지의 기사 숫자와 1960 년 12 월에서 1961 년 5 월 15 일까지 기사 숫자를 조사해 보았어. 처음에 시위가 많다가 차츰 사회가 안정화되는 것이 그래프에서 한 눈에 보이지. 난 안보여. 제 2 공화국 내내 혼란했다고 박대통령이 말씀하셨어. 그럼 구체적으로 통계적으로 보여주지. 하루에 평균 3.4 회의 데모기사가 나오나가 2 회 밑으로 떨어지잖아. 통계적으로 유의하게. Significant.

Two-sample t test

Group	Obs	Mean	Std. Err.	Std. Dev.	[95% Conf. Interval]	
2 共전반	173	3.43	.2590	3.40	2.92	3.94
2 共후반	154	1.94	.1432	1.77	1.66	2.23
Combined	327	2.73	.1579	2.85	2.42	3.04
diff		1.48	.306		.883	2.087

diff = mean(0) - mean(1)　　　　　t = 4.85

Ho: diff =0　　　　　　　degrees of freedom = 325

그는 아무 말 없이 사라져 버렸다. 잘 가요. 나의친구나의

　　　　　　　　　Skam.

Another 페이지 1. 원래는 여기가 첫 페이지였었었었다.

모르겠다. 모ㄹ다. 아마도 originally a 합성 of 못 (mot, "not") and 알—(al-, "to know"). 무엇을 모르는가? 거의 대부분의 것을. 더 심각한 것은 무엇을 알고 무엇을 모르는지를 毛르겠다. Mao. 가장 멋진 단어 s 무 Radish 와 급진적急進的 Radical. 이 단어를 이해하는 것에서 모든 것이 출발한다. 불어 radical, from 라틴어 radicalis ("of the root, having roots"), from Latin radix ("root"), 뿌리로 돌아가다. 동시에 그리스어 ῥᾱδιξ (라딕스) m (genitive ῥᾱδίκος)와 연결된다. 의미는 branch 나무가지. 뿌리와 가지의 공통점은? 처음에는 하나로 모이는 것 같지만 수십, 수백, 수천으로 갈라지고 이 모두를 동시에 붙잡아야 한다. 나무에게는 가능하지만 인간에게는 쉽지 않은 것이 아니라 불가능하다. 거의 不可能하다고 해 두자. 불가능한 것을 해내는 사람이 있으니까. 누가? 벤야민 WalterBenjamin. 원심적 centrifugal 으로 통합되는 비범한 의식, 즉 여러 방향으로 확산됨으로써 정립되는 의식이 벤야민이다. 아도르노 曰. (Adorno 아도르노 posits in referring to his friend's extraordinary "centrifugal" unity of consciousness, a consciousness that constitutes itself by diffusing itself into the manifold.)

아 아 아 담다디 담다디 담다디 다. Din Daa Daa, Doe Doe

쉽게 이야기하면 동시에 여러 개를 해야만 하며 그래도 잘할 수 있는 지적인 멀티플레이어가 그의 정체성이다. Multiplex, a complex with multiple something. Killing of a sacred deer. 벤야민을 따라하는 mimesis, 이 과정은 고통스럽지만 해볼만하다고 **상상**할 수는 있다. 벤야민을 이해하기 위해서는 어쩔 수 없다. 실용적이지는 않지만 최소한 지루하지는 않다. 한 개인이 모든 것을 동시에 깊이 이해하는 것은 불가능하지만 거의 모든 분야를 조금씩 배워보고 이해하려고 발버둥치는 것은 가능하다. 그리고 능력과 상관없이 이런 태도를 가지는 것은 지금 이 순간 그렇게 마음 먹으면 된다. 헐 or 할. "아는만큼 보인다."가 아니라 아는만큼 보이지 않는다. 지식은 인간의 눈을 가린다. 무학無學의 지혜 또는 모든 것을 배워 보기의 갈림길. 根源근원으로 돌아간다는 것은 동시에 급진적이 될 수 밖에 없다. Perhap. 진리/진실을 본 자에게 다른 선택은 존재하지 않는다. Perhap. 마치 진실을 본 것처럼 급진적으로 때로 불편한 사실들도 자유롭게 써보려고 한다. 눈에 보이지 않는 검열(檢閱)과 폭력은 불과 몇년전까지도 이 나라에서 진행 중이었다. 그 상처는 아직도 치유되지 않았다.

철학, 인문학을 어떻게 공부할까? <u>내용보다 형식 form, 형식보다 **태도 attitude** 가 중요하다고</u> 생각하게 되었다. 누가? eojjaetdeun 태도가 형식이 된다고 그 분이 그러니, 형식이 내용이 될 수도 있겠고 무엇이 맞는 방향인지는 모르겠다. who cares? 모른다. Non lo so, Califfa. 노래를 불러 봐. Romy Schneider 를 아시오? 不知道. 난 감동받을 준비가 되어 있어. I am ready! 그냥의 줄임말은 "걍"이다. "냉무"를 이해하기 위해 2 년이 걸렸다. Ask! 나我를 "나 ich"라고 부르기로 하자. C'est moi. 나는 내가 아닐 수도 있으니까. 나는 책을 몇권 썼지만/쓰지 않았지만 글쓰기는 어렵다. 헤밍웨이와 프루스트와 Proust 사이를 방황하다가 단단단장 또는 장장장단으로 쓰기로 했다가 Allegro Cantabile 마침내 나만의 문체를 포기했다. 강요받는 창의력은 싫다. 서론이 긴 책도 싫다. 일단 본론으로 들어가기로 하자. 잠깐, 할 말은 해야지.

아 아 아 딘 다 다 딘 다 다 (Bah!) Din Daa Daa, Doe Doe

쓰다가 중단하고 다시 쓰다가 포기하고 다른 책을 쓰다가 몸이 아프기 시작하면 다시 새로운 주제를 찾아나서고 동시에 두가지를 하다가 또 새로운 것을 추가하여 세가지 주제로 읽고 쓰고 하다가, 이 책의 원고는 12 번째 수정 중이었다. 미루고 미루다 보니까 벌써 5 년이 흘렀다. 도대체 이 사람은 누구야?

미루다. 오늘 할 일을 내일로 미루다. 내일 할 일을 오늘로 미룰 수는 없으니까.

내일이 되면, 어제의 내일이 오늘이 되면 어제의 그 결심(決心)은 오늘의 이 決心(결심)이기도 하니까 또 내일로 미루면 된다. 이렇게 한번 미루기 시작하면 몇 달이 가고 몇 년이 간다. 이렇게 미루다 보니 어느날 나는 노인이 되었다. 아직까지는 건강을 유지하고 있지만 의욕은 없고 시간은 많다. 음, 시간만 많다. 취미는 주변의 젊은 애들한테 잔소리하고 훈계하는 것이다. 오베라는 노인의 이야기 이런 영화를 보러 가끔 외출은 한다. Tomorrow never comes. 이렇게도 해 볼까. Thomas, or Row. 의심을 하거나 아니면 어디에 도달할 지 모르지만 그냥 배를 저어라. Must have must. 자기개발서에도 자주 등장하는 것이 자신의 의지박약성과 미루는 습관이다. 법률가들이 자주 쓰는 용어에 심신미약 (心神微弱)이란 것이 있다. 꼭 해야할 일을 미루다가 결국은 심신미약 상태에 빠진다면 나의 미루는 습관은 유죄(有罪)家 아니다. 왜 한자를 자꾸 쓰냐고? 요즘 중국어 배우는 사람들이 많으니까 이 책을 읽으면서 동시에 한자공부, 중국어 공부도 하라는 뜻에서 그랬다, 라고 말해도 되지만 사실은, ㅎ.ㄴ글 소프트웨어로 글을 쓰다가 ~~인디자인 InDesign 으로 그 글들을 옮기려 하니 MS 워드만 import 가 가능한 것을~~

93

알게 되었고, 워드도 한자 변환이 잘 되나 실험해 보니까 잘 된다는 것이 신기하여 자꾸 반복적으로 나도 모르게 마이크로소프트의 커다랗고 둥그런 키보드의 "한자' 키를 누르게 되었따. 인디자인을 그만두고 워드로 편집디자인을 완성하기로 하였다.

이렇게 미루다가 보통은 포기하거나 아예 그런 決心을 잊어 버리기 마련인데 30 년을 미루다가 마침내 그 기억도 아스라한 그 決心乙 실천에 옮기게 되었따. 기차가 출발할 때의 汽笛(기적) 또는 미러클. 火車(화차)와 헷갈리면 안된다. '되었다'가 물론 맞는 맞춤법이고 그건, 그것은 나도 알고 있지만 '었'을 치기 위해 shift 키를 누르다가 민첩성이 부족하면 여전이 시프트 key 를 누른 체/채 'ㄷ'을 누르면 'ㄸ'가 되어 버린다. 이것이 '되었따'가 탄생한 계보학적 설명이다. 계보학이 뭐냐고? 족보(族譜)! 멋지게 이야기하는 것은 중요하다.

푸코가 니체를 연구하면서 말하기를, "*계보학 genealogy* 은 기원 Ursprung 이 아니라 사건들에 대한 탐색 즉 그것의 특이성 *singularité* 을 기록한다." 영어/독일어/불어를 모두 알아야 되나 한동안 고민했는데, 그 답은 yes/ja/oui 라고 할 수 밖에 없다. 하지만 모두 몰라도 괜찮다는 생각도 (라임이 맞는 것 같아서 철자오류가 괜찮다고 느껴졌다) 그에 비례해서 커졌다. 가장 지적인 사람의 반지성주의의 계보학에서 만나는 사람은 2500 년 전의 한 인도인이다. "가장 가망 없는 장소, 즉 우리가 느끼기에 **역사** 따윈 없는 듯 보이는 곳에서" 계보학은 기원이 아니라 유래 Herkunft 와 발생 Entstehung 을 통해 자신의 임무를 수행한다. Din Daa Daa, Doe Doe   Din Daa Daa, Doe Doe

'되었따'의 출현은 이 조건에 완벽히 부합하기에 무한한 가능성을 가진 사건 event, evenement 이라고 할 수 있다. 맞춤법이라는 권력의 통제에 저항하는 신체의 반란, 빠르게 키보드 위에서 손가락을 움직여 생산성을 높여야 하는 자본주의적 효율성에 대한 저항, 이런 것을 생각할 수 있지 않을까 하는 말도 안되는/말이 되는 생각이 잠시 스쳐 지나갔지만 여기서 멈추기로 했다. 프루스트적 글쓰기로 갈 수는 없지 않은가? 처음에 이런 문장을 접하면 당혹스러웠지만 앞으로 소개할 이 책과 또 한권의 다른 책을 읽고 나니 철학책들이 읽을 만 했다. 물론 여전히 어렵지만 읽는 재미를 알게 되었고 그 내용을 잘 모른다는 것이 고통스럽지 않ㅏㅆ으며 오히려 잘 모르기 때문에 즐거웠다. 이런 말투도 내가 인문학 공부를 많이 하고 난 후에 습득한 것이다.

되었따. Devenir. 평상시 같으면 즉각 고쳤겠지만 오늘은 고치기가 귀찮아졌고 또 이런 실수를 한 것은 어떤 이유가 있지 않을까, 또 전달력을 높이기 위해 여러분 그렇지 않습니꽈~ 이렇게 연설하던 한 사람이 기억이 나서 그 분에 대한 오마주로 그냥 이대로 두기로 결정했다. 壬辰倭亂(임진왜란) 이후 한국어에서 경음화가 두드러졌다고 한다. 잘 들어 보면, 한국인들은 그것을 '햇따'로 발음 하고 있다. '과사무실', '성형외과' 이렇게 발음하는 사람은 없다. 꽈사무실, 성형외꽈. 보스턴에 가면 찰스 강이 흐르고 그 강가에서 책을 읽기 위해 14 시간 비행기를 타는 사람도 있다/있따. 허드슨 강, 한강, 청계천 옆 카페에서 공부하거나 책을 읽는 사람들이 많이 보인다. 집중력이 높아지는 카페가 있기는 하다. 카공족들을 조사하기 위해서 또 외출을 해 보아야겠다/사실은 이미 밖에 나와 있는 상태다. 그 결심이 도대체 무엇이기에 또 미루고 있는가. Postpone. 뒤에 놓다. 앞에 놓을 수 없으면 뒤에 놓아야지.

****

지금 내가 해 보고 싶은 것은 인문학의 초급 수업을, 하지만 **세상에서 가장 어려운 초급 수업**을 만들어 보는 것이다. 아마추어에 의한 아마추어를 위한 학교. 가르치는 것이 아니라 같이 생각해 보는 경험을 공유하는 학교가 가능한 시대가 되었다. 가능만 하다. 쳇. Che! 채트 chat 샤 chat 차트 chart 채끝등심은 언제 먹습니까? 수료식 후에 n 분의 1 입니다. 예술가들의 블랙리스트 파문.

Din Daa Daa, Doe Doe   Din Daa Daa, Doe Doe   Din Daa Daa, Doe Doe

도대체 왜 화가들은, 소설가들은, 영화감독들은 좌파내지 아나키스트가 많을까? 궁금했다. 예전에 도올이 말하길, "인간의 고통에 귀를 기울이는 것이 진보다." 예술이란 인간고통의 미메시스이니 예술가들은 본질적으로 좌파적일 수밖에 없을 것이다. 이우환의 강연에서도 예술가는 반체제적일 수밖에 없다는 말이 나온다. 그렇다면 예술과 예술가를 좋아한다는 보수적 예술애호가들은 어떻게 보아야 할까? <u>예술을 오래 접하다 보면 본인도 의식 못하는 사이에 자신의 정치적 성향이 변했다는 것을 깨닫는 사람도 많이 있다.</u> 이런 생각이 스치고 지나간다. 진정으로 예술을 이해하고 예술가들을 사랑한다면 불가피하게 그도 좌파적 심성을 가질 수 밖에 없으리라. 구체적 사례는 생략하려다 포함.

Din Daa Daa, Doe Doe   Din Daa Daa, Doe Doe   Din Daa Daa, Doe Doe

그렇다면 모든 부자는 보수적인가? 캘리포니아나 뉴욕에 가면 민주당을 지지하는 수많은 부자들을 볼 수 있다. 유럽을 휩쓸었던 68 혁명이 가장 먼저 시작되었던 독일의 베를린에서 산 책. 미국의 Robert Gober 라는 미술작가의 설치작업. 로스코 채플이 있는 ★★★ collection 의 John de Menil. (서울에서 Rothko 그림을 볼 수 있는 곳은 한남동의 리움) 그의 유언이 쓰인 편지 "내 장례식은 검소하게 성당에서 치루어 달라." 장례식 음악은 반전 메시지로 유명한 밥 딜런의 "Blowing in the wind" (2011 년 밥 딜런의 북경 공연 중국정부는 이 노래를 금지했다.) 도대체 어떤 내용이기에 금지곡이 되었을까? 그 가사는 다음과 같다.

95

How many roads must a man walk down 사람이 얼마나 먼 길을 걸어 봐야

Before you call him a man 비로소 참된 인간이 될 수 있을까

How many seas must a white dove sail 흰 비둘기가 얼마나 많은 바다를 날아야

Before she sleeps in the sand 백사장에 편히 잠들 수 있을까

How many times must the cannonballs fly 얼마나 많은 포탄이 휩쓸고 지나가야

Before they're forever banned 더 이상 사용되는 일이 없을까

The answer, my friend, is blowing in the wind 친구여, 그 해답은 불어오는 바람에 실려있어

The answer is blowing in the wind 바람만이 그 답을 알고 있지

How many years can a mountain exist 얼마나 오랜 세월이 흘러야 높은 산이 씻겨

Before it is washed to the sea 바다로 흘러 들어 갈까

How many years can some people exist 사람이 자유를 얻기까지는

Before they're allowed to be free 얼마나 많은 세월이 흘러야 하는 걸까

How many times can a man turn his head 사람들은 언제까지 고개를 돌리고

And pretend that he just doesn't see 모른 척 할 수 있을까

The answer, my friend, is blowing in the wind 친구여, 그 해답은 불어오는 바람에 실려있어

The answer is blowing in the wind 바람만이 그 답을 알고 있지

How many times must a man look up 사람이 하늘을 얼마나 올려다 봐야

Before he can see the sky 진정 하늘을 볼 수 있을까

How many years must one man have 얼마나 많은 세월이 흘러야

Before he can hear people cry 사람들의 비명을 들을 수 있을까

How many deaths will it take till he knows 얼마나 더 많은 죽음이 있어야

That too many people have died 너무도 많은 사람들이 희생당했다는 걸 알게 될까

The answer, my friend, is blowing in the wind 친구여, 그 해답은 불어오는 바람에 실려있어

The answer is blowing in the wind 바람만이 그 답을 알고 있지

내 평생 나는 뼈속 깊이 약자의 마음으로 살았고 그들의 편이었다. 추모사는 필요없고 장례식 진행자는 흑인이었으면 좋겠다. 내 관은 가장 값싼 나무로 해라.

I want music... Bob Dylon... blowin' in the wind

because all my life I've been, mind and marrow, on the side of the underdog.

  Din Daa Daa, Doe Doe   Din Daa Daa, Doe Doe   Din Daa Daa, Doe Doe

한국적으로 바꾸어 보면 재벌 회장님의 장례식에서 이주민 노동자가 사회를 보고 김민기의 아침이슬을 윤도현 밴드가 연주하는 것과 같다. 아니면 임을 위한 행진곡이 울려 퍼지는 장례식장도 가능하겠다. 내가 느낀 것은

사회적 강자가 진보적일 수 있구나... 왜 예술가는 진보적인가?

예술가는 사회의 기존 질서에 저항하는 존재. 언제나 새로운 것에 목말라 하고 변화를 꿈꾼다. 지식인도 마찬가지다. 예술의 본질은 저항이다. 예술가는 모든 것에 저항하는 사람이다. 대기업 소유의 뮤지엄에서 관객은 그 저항 정신을 배우고 간다. 얼마나 역설적인가? 독점자본에 대한 저항의 에너지를 느끼고 간다. 작품을 보고 관객도 그 변화를 위한 몸부림을 흡수할 수밖에 없다. 현대미술은 그래서 재미있다. 예술가가 던지는 그 알듯말듯한 검은 유머를 헤아려 보면, 사실 무시무시한 이야기가 숨어있다. 모두 숨기고 있는것이야. *영업비밀일지도몰라.* 가나다라마바사아자차카타라사가나

Din Daa Daa, Doe Doe   Din Daa Daa, Doe Doe   Din Daa Daa, Doe Doe

급진적 자유주의자들 214p **진리는 빛의 세계에 있는 게 아니라, 빛의 세계에 의해 은폐된 어둠 속에 있다.** 진리를 은폐해왔던 빛의 세계의 위선을 발견하고 고발하는 자의 진리 추구행위, 진리의 복음을 외치는 그 숭고한 순교자적 행위조차도 빛의 허구적 화법으로 채워져 있다는 것이다. 진리와 허구가 하나로 만난다.

여기는 어디야? 로스코 채플. Rothko Chapel. Today's Hours: 10 AM - 6 PM
1409 Sul Ross St, Houston, TX 77006 USA
(이미지 수정 후, 다 바꾸었어)

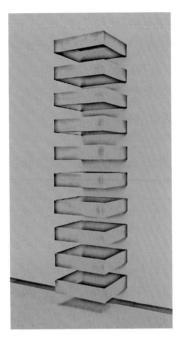

오혁주이 달려 왔다. Donald Judd 와 칼 앙드레 이야기는 꼭 합시다. 그래요. 도널드 저드 (1928~1994)는 회화도 조형도 아닌 'Specific Objects'를 창조했다. "형식주의 모더니즘은 미술작품에서 미술이 아닌 것을 지워내는 데 목적을 두었다. 미술로 인정되는 것은 평평한 캔버스 화면과 색채, 선뿐이었다. 캔버스에 물감이 칠해지면 색채별로 가진 팽창/수축 효과로 인해 깊이감을 드러낼 수밖에 없다. 저드 작품에서 사각형이 반복/색은 모두 단일. 단순한 사각형은 자연물체나 스토리를 연상시키지 않는다. 단일한 색채는 어느 한 부분의 수축이나 팽창이 없어서 깊이감을 만들지 않는다. 일상에서 사용하는 산업 재료로 물질적인 특성을 강조했다. 사각형 중간의 여백들은 작품이 점유하는 공간에 대한 표시이다."

인권운동이나 반전운동에 적극적으로 가담하면서도 저항미술로서의 가능성이 배제된 것으로 인식된 미니멀아트를 제작하는 일견 모순된 미니멀 작가의 활동을 어떻게 이해해야 할 것인가? 저드는 베트남 전쟁과 정부에 대한 적개심을 가졌고 공개적으로 정치적 목소리를 냈다. "미술가 조직이 이해집단으로서 또 시민으로서 활동하는 한...베트남 전쟁에 반대하지 말아야 할 이유는 없다." 미술가임에도 불구하고 응답하지 않을 수 없다. 미술가와 시민이라는 서로 다른 정체성의 공존은 가능하다. Din Daa Daa, Doe Doe

Din Daa Daa, Doe Doe
더 적극적으로 칼 앙드레는 미술가와 시민으로서의 정체성이 분리된 것이 아니라고 말한다. "나의 미술은 나의 정치적 경험을 반영해야 한다. 그것을 분리시킬 수는 없다. 미술을 위한 미술은 터무니없는 말이다...미술은 많은 인간의 욕망이 교차하는 곳이다." 미술가이기 때문에 나는 불의에 저항한다. 미니멀 작가들이 인권운동과 반전운동에 적극적으로 참여한 배경에는 60년대의 시대상황이 자리하고 있지만, 보다 근본적인 계기는 미니멀리즘 미학 내부에서 찾아볼 수 있다. (Minimalism and the Vietnam War 정무정 美術史學 第 23 號, 2009.8 참조)

기존의 예술에 저항하기에 예술가가 되었고 예술가로써 나는 현재의 정치에 저항한다. 저항의 상대는 변화를 거부하는 모든 보수적인 것이다. 특히 보수정당과 지배계급, 劍찰刀?

如是我聞: 예술을 궁극의 지점까지 추구하면 예술가가 radical 해질 수밖에 없고 그 결과 정치적급진성도 피할 수 없다. 흔히 하는 오해의 하나가 좌파는 민중미술을, 보수이거나 중도적인 작가는 순수미술을 한다는 것이다. 그렇다면 Judd 같은 미술가는 DJJEG 게 된 것일까? 잘 관찰을 해 보라. 보수정당에 투표하는 예술가는 작품에 힘이 없다. 좌파가 만드는 중립적으로 보이는 순수미술에 어떤 개념의 힘이 들어 있다는 것을 보게 된다. 팽팽한 긴장이 느껴진다. 그렇다면 가장 강력한 창작의 비밀은 스스로 정치적으로 급진적이 되어 보는 것이다. 물론 정치적 성향이 모든 것은 아니다. 당신이 괴테나 하이데거 수준의 재능이 있다면 무엇이 문제이겠는가? 그러나 꽤 괜찮은 작품을 만드는 보수적 작가는 자신의 정치성향을 바꿈으로써 자신이 만족할 만큼의 새로운 작품을 만들 수 있다는 것을 말하고 싶다. 내용이 아니라 형식이 새로와야 한다. 새로운 실험이 필요하다. 새롭다는것은 아주 조금을 바꾸는 것이다. 아주 아주 조금, 다른 사람이 알아 보기 힘들 정도의 조금.

"모든 미술은 미술가의 의도와 상관없이 정치적이다" 개념미술가 Lawrence Weiner

Bah! Bump Bump Bump Bump Bay Doe Bah! Bump Bump Bump Bump Bay Doe

오페라 좋아하세요? 물론이지요. 오늘은 베르디이야기를 해 보죠.

바그너와 베르디. 통일의 꿈. 독일과 이탈리아. 독일 민족의 우수성=바그너. 현실적인 정치 감각=베르디 = 조국의 분단 외국 세력에 의해

Bah! Bump Bump Bump Bump Bay Doe Bah! Bump Bump Bump Bump Bay Doe

헤브라이 포로들의 합창은 이탈리아의 자유를 위한 음악

바빌로니아의 왕 나부코를 주인공으로 한 베르디의 초기 대표작 『나부코』(1842). 바빌로니아에 포로로 잡힌 이스라엘의 심정을 절절히 묘사. 당시 오스트리아의 압정하의 밀라노 사람들을 정치적으로 자극. 이탈리아는 혁명과 반동의 악순환. 나폴리 반란 1820 년 진압, 1821 년 피에몬테 반란 실패. 1831 년 교황령에서의 반란. 교황은 오스트리아를 끌어들여 진압. 『나부코』의 헤브라이 포로들의 합창은 이탈리아의 자유를 위한 음악으로 인식.

1848 년 밀라노에서 혁명. 지지하기 위해 배르디는 파리에서 곧장 귀국. 편지에서

 "나는 음악에는 아무 관심이 없고 『대포의 음악』만이 중요하다."

베르디는 정치적이었다. 예를 들면, 리골레토는 부당한 독재 권력에 대한 민중의 저항권 행사를 보여준다는 점에서 대단히 정치적인 오페라. 잠시 나부코를 들어 보죠.

딴 따 아 아 아 아아아아 아 따 따 아 아 아아아아 아. 진짜 음악을. 제발.

가거라, 내 생각이여, 금빛날개를 타고.

Va', pensiero, sull'ali dorate;   Go, thoughts, on golden wings;

Va, ti posa sui clivi, sui colli,   Go, settle upon the slopes and hills,

ove olezzano tepide e molli   where they smell warm and soft

l'aure dolci del suolo natal!   the sweet breezes of the native soil!

(Proto-Samic 언어에서 suolo 가 섬이라고 하네요. 시마 부장님.)

그리고 유태인들의 창조성 비법, 전에 공개했습니다. 결국 이런 막다른 골목으로. 예술가 중에 진보적인 사람들이 많다면 먼저 내가 급진주의자가 되어 보면 혹시 창의적인 사람이 되지 않을까? 그럴 수도 있겠다. 아니 그것이 가장 효과적인 창의력 훈련일지도 모른다. 미친 소리하지 마시오. 일단 해 보고 평가합시다. 우리 투표로 결정할까요? 투표 결과 17 : 3 이었다. 1 명은 집으로 돌아갔다.

Bah! Bump Bump Bump Bump Bay Doe Bah! Bump Bump Bump Bump Bay Doe

그래서 하나의 교훈(校訓)을 정했다.

이 학교에서 처음 배우는 것은 보수주의자가 한시적으로 좌파가 되는 것이다.

교장 선생님 당신의 정치적 성향은? 좌파는 아니지만 진보주의자가 되려고 노력하는 사람입니다. 온건주의와 점진주의를 버리고 지금당장 극적인변화를 요구해야하고싶다. 행동에는 많은 제약이 따르지만 생각은 얼마든지 자유롭게 극단적으로 할 수 있다. 理解佛歌 노래를 하고 싶다. 불가는 샹송인가요? 佛國 노래는 금지. 이미 진보적인 사람은 어떻게 하지요? 보수는/진보가/되어 보고, 진보는/보수가/되어 보아야겠지요. 그건 아닙니다.

보수는 진보의 우아한 적이 되어야 하지만 나는 우아한 보수를 본 적이 없다.

보수는 공포에 질린 욕심많은 아이의 자기 것을 움켜쥔 동물적 본능이다.

대칭성의 부도덕! 우리는 비대칭적으로 생각하는 연습을 하고 있지요. 좌파는 더 왼쪽으로 이동해서 급진 radical 좌파가 되어 보아야 합니다. 급진이란 그 뿌리로, 근원으로 돌아가는 것이다. 인류의 고전을 읽는 것은 급진적 체험이다. 그렇게 위험하진 않다. 그런 척 하는거죠. 위험하다고? 나 하나가 극단적인 생각을 한다고 사회가 혼란스러워 지지는 않는다. 급진적인 사람은 여전히 소수다. Prime number 중 짝수를 2 개 이상 쓰시오. 박사자격시험에 나왔어요. 저 혼자 그 문제를 풀고 합격했지요. 지금은 리만가설을 연구하고 있어요. 자기개발을 위한 왼쪽으로 이동하기. 그리고 가능한 자기 능력을 넘어 많은 것을 동시에 배우기.

무슨 말인지 모르겠어요. 저도 잘 모릅니다. 소설가 하루키의 말을 한번들어 보세요. 대칭성의 부도덕/비대칭성의 윤리학을 이야기하고 있지요. 너무나 설득력있게 dixit.

Bah! Bump Bump Bump Bump Bay Doe Bah! Bump Bump Bump Bump Bay Doe

개인적인이야기를해보겠습니다. 저는소설을쓸때 항상마음속깊이지니고있는것이 있습니다. 종이에서써 벽에걸어두고있는것은아니지만, 제 마음의 벽에 선명하게 깊게 새겨져 있는 것입니다. **"Between a high, solid wall and an egg that breaks against it, I will always stand on the side of the egg."** 높고 단단한 벽과 그 벽에 부딪쳐 깨지는 달걀이 있다면, 저는 언제나 달걀 편에 설 것입니다. **Yes, no matter how right the wall may be and how wrong the egg, I will stand with the egg.** 네. 아무리 벽이 옳고 정당하며 아무리 달걀이 틀렸다고해도 달걀편에 설 것입니다. **Someone else will have to decide what is right and what is wrong; perhaps time or history will decide. If there were a novelist who, for whatever reason, wrote works standing with the wall, of what value would such works be?** 무엇이 옳고 그른지는 다른 이들이 판단할 일입니다. 어쩌면 시간이, 혹은 역사가 판단할것입니다. 만약 어떤 이유에서건, 벽의 편에 서서 소설을 쓰는 작가가 있다면, 그런 작품이 대체 무슨 가치가 있겠습니까? (이 말이 무섭게 다가온다. 벽의편에섰을뿐만아니라 벽을직접세우기위해수고를아끼지않은 예술가들, 달걀을외면하고벽뒤에숨은작가들, 지옥이 이 사람들을 기다리고 있지 않을까? 옆자리 무당이 울면서 말한다. 그들도 모두 좋은 곳으로 갈거에요. 모두 울기 시작했다. 지옥이 필요하다고 생각하기 시작했다. 단테읽기 모임을 만들었다.) **What is the meaning of this metaphor? In some cases, it is all too simple and clear. Bombers and tanks and rockets and white phosphorus shells are that high, solid wall. The eggs are the unarmed civilians who are crushed and burned and shot by them.** 폭격기,전차,로켓,조명탄은 높고단단한 벽입니다. 달걀은 무시무시한무기들에의해 부서지고불타고총에맞은 비무장시민들입니다. 이 의미가 전부는 아닙니다. 더 깊은 의미가 있습니다. **Each of us is, more or less, an egg. Each of us is a unique, irreplaceable soul enclosed in a fragile shell.** 우리 모두는 각자 하나의 달걀입니다. 우리 각자는 모두 깨지기 쉬운 껍질 속에 담겨진 고유한 대체되어 질 수 없는 영혼입니다. 우리는 모두 어떠한 높고 단단한 벽과 마주하고 서 있습니다. 그 벽에는 이름이 있는데요, 그것은 바로 '시스템'입니다. 시스템은 애초에 우리를 보호하기 위한 것이지만, 때로 스스로 생명을 가진듯 우리를 죽이기 시작하고, 우리로 하여금 다른 이를 차갑게, 효과적으로, 조직적으로 죽이도록 유도합니다. **The System is supposed to protect us, but sometimes it takes on a life of its own, and then it begins to kill us and cause us to kill others - coldly, efficiently, systematically. For example, Rhee's Republic was such a system and so was the** 자유민주주의 **of the Republic. I don't rememeber the name of the country.**(하고싶은 말이 있으면 사이에 끼워넣어)

무엇이 문제일까요? 무슨 말이요. **이런 대화들:**
A: 처음에 나는 태극기와 성조기를 흔들고 있는 노인들이 끔찍하게 싫었어. 그들이 없어졌으면 좋겠다. 그러다가 이런 생각이 들었어. 모든것은존재이유가있다. 이제 난 촛불과 태극기를 모두 긍정해. **(강정마을에서 휘날렸던 태극기와 노란깃발들, 태극기가 억압의 상징일수있다는 충격)**
B: 그렇게 말하면 균형감각을 갖춘 성숙한 인격으로 보이네네넨
A: 그렇군, 그랬어. (그래 넌 쎅쎈비야.)
B: 모두가 일리가 있다. 늙은이와 애늙은이들의 말. 신문기자들의 기계적 중립도 이런 멘탈리티에서 나온다. 마치 신의 위치에 오른 듯 말하는 거니까. 어느날 이런 생각이 들었어. 내가 믿고 생각하는 모든 것은 틀린 것이 아닐까? 불교식으로 말하자면, 깨닳은 자가 말하면 모두 맞는 말. 깨닫지 못한 내가 말하면 모두 틀린 말.
같은 말이라도 그 의미는 누가 말하느냐에 따라 달라지. 뭉치면 살고 흩어지면 죽는다는 이승만의 말은 친일파와 협력하자는 권력자의 말이었고, 야당에게 양보하고 협치를 강

조하는 말도 이전 정부에서는 옳은 말이지만 지금의 정국에서는 잘못된 말이야. 자유당이 ~~말하는 협치는 자기 권력을 극대화하려는 전략적 발언이야.~~ 협치의 대상이 아닌 존재와 협력하는 것은 사악한 일이지. 친일파와 협력 협치한 해방정국이 떠오르네.

A: 너무 과격한 것 아닌가? 정치는 타협의 예술이란 말도 있잖아. 협치를 하면 좋은거지.

B: 그건 절대로 아니야. 균형잡힌 너의 생각은 니가 지키고 싶은 사람들을 약하게 만들고 너를 탄압하는 그들을 강하게 만들지. 그들은 너를 제거하려고 해. 이건 심지어 은유법이 아니야. 실제로 아무나 빨갱이를 만들면서 절멸을 시켰지. 극우보수 그들의 정치적 영향력을 최소화하고 그들의 발언을 처벌하는 것이 표현의 자유를 해치는것이 아니야.

독일에서는 유태인 학살이 없었다고 하면 유죄가 되지.

Holocaust denial, the denial of the systematic genocidal killing of approximately six million Jews in Europe by Nazi Germany in the 1930s and 1940s, is illegal in 16 European countries and Israel. 제주 4.3 과 광주 5.18 은 한국의 홀로코스트라고 할 수 있어요. (생각난다 스페인 내전 후의 프랑코 who 19 만명을 처형했다.)

특히 빨갱이는 죽여도 된다고 말하는 이 증오의 발언은 표현의 자유에 해당되지 않아.

A: 그렇군요. 아, 잘 모르겠어요. 합리적으로 당신 말이 맞는 것 같은데 그냥 오랜 나의 습관이 내 마음 속에 반감을 만들어.

B: 당신의 그 생각은 자신의 생각도 아니잖아요. 극우보수가 당신에게 강요한 생각. 왜 그것에 집착을 하는지 이해가 안되요. 이미 자유인이면서 왜 노예라고 주장하는지. 왜 자신이 노예라는 것에 자부심을 느끼는지.

당신이 가진 지식, 믿음 모두 의미없어요. 태도 attitude 가 중요하다고요. 더 이상 노예가 아니라 나는 자유인이다. 나는 무지하지만 나는 한없이 당당하고 나는 모든 것을 의심하고 내 이성에 따라 모든 것을 스스로 생각하고 분석하고 판단하겠다. Bah! Bump Bump Bump Bump Bay Doe Bah! Bump Bump Bump Bump Bay Doe

A: 아주 조금 설득이 되었어. 이제 그만 가 봐. 난 혼란스러워.

오형준이 갑자기 끼어든다. 이 책의 문제의식은 한국사회가 보수주의로 위험할 정도로 편향되어 있다는 데서 출발한다. *너무 심각해지지마.* 민주당 자체가 중도 우파 정도인데 이를 좌파라고 주장하는 정당이 있다면 스스로가 극우정당임을 고백하는 것이다. 극도로 보수화된 사회에서 객관적/중립적이란 말은 위선이고, 사기이며 국민을 기만하는 것이다. 지금 절실히 필요한 것은 진보적/좌파적 감수성을 가진 보수주의자와 더 좌파적인 진보세력이다. 새는 좌우의 날개로 날지만 비정상적으로 비대해진 오른쪽 날개를 가진 새에게는 독극물 같은 말이다. 오른쪽 날개는 대부분 잘라내야 한다. 이 시대의 중용은 진보이다. 그렇군요. 생각해 보겠어요. 아메리카노를 마시러 그들은 모두 사이좋게 스타벅스에 갔다. 그리고 수포자에 대한 대화를 시작했다. 수학을 포기한 사람 3 명.

빌리: 빅데이터 활용을 위한 차원 축소 (Dimensionality Reduction)에서 Principal Component Analysis (PCA)는 선형대수학에서 나오는 Eigen vector 라는 개념을 이용해 데이터들을 새로운 축에서 재해석하고, 새로운 축들 중 값이 큰 축만 골라내면 거의 손실없이 빅데이터의 특성을 모두 담을 수 있는 작은 데이터 셋을 만들 수 있습니다.

오형준: 고유벡터와 PCA 이걸 열심히 들여다 보았는데... 이렇게 이해를 하면 되는 것인지? 고유벡터에서(고유값의 root 를 곱하여) principal components 를 만들고 이것의 연장선이 principal axes 가 되고 PC1 은 가장 var 가 큰 것, PC2 는 직교하면서 그 다음 var. 영향력이 작은 것들을 삭제하면 dimension 이 reduce.

빌리: PCA 는 데이터를 X'X 로 곱해서 Vcov matrix 만들고, 거기서 eigenvalue 랑 eigenvector 를 뽑아낸 다음, eigenvector 들로 PC 를 구성합니다. 말씀하신대로 그 벡터들의 연장선(spanned space)가 principal axes 가 되고, eigenvalue 가 큰 순서대로 배치하면 해당되는 PC1 부터 PCn 까지 Variance 가 큰 순서대로 나열됩니다. 각각은 직교하는 벡터구요. 그 중 처음부터 n-k 개의 축들을 골라내면 dimensionality reduction 이 되는거죠. 어려운 컨셉인데 잘 이해해주시고 또 좋은 자료도 공유해 주셔서 감사합니다. Eigenvector 를 학문들마다 부르는 이름들이 조금씩 다릅니다. 저는 학부 시절 선형대수학 들을때만 Eigenvector 라는 이름으로 공부했고, 그 이후로는 Eigen axis 라는 이름을 들은 적이 제일 많고, 물리학에서 원자핵과 전자의 운동을 설명할 때나 항성과 주변 행성간의 움직임을 설명할 때 eigen circle 로 ellipse 를 설명하는 것도 봤습니다. 생물학에서 eigen-gene 을 쓰는건 보내주신 자료덕분에 처음 보네요.

오형준: PCA 가 아주 단순하게 생각하면 고유벡터 찾기 게임이고 그 중 var 가 큰 것을 찾아서 단순화하려는 노력. 수학은 복잡한 현실을 단순화하는 것. 그러나 단순화 과정을 이해하려는 사람의 머리 속은 복잡. a difficult simplifying process. 고유값이라는 것이 다차원의 매트릭스를 하나의 스칼라로 바꾸어 주면 초등학교 산수와 비슷한 원시상태로 회귀하는 느낌. 수포자였지만 수학을 다시 해 봐야겠다는 느낌이 듭니다. 자꾸 생각이 나서 한 마디만 더! pca 는 본질적으로 변수들의 variance 를 인위적으로 큰 것은 더 크게, 작은 것은 더 작게 만들어서 (일종의 양극화) 세상을 그 크게 만든 소수의 기준으로 이해하고 판별하려는 시도. 어떻게 보면 인위적이지만 원래의 좌표 그 기준도 인간이 만든 것이니 데이터가 보여주는 자연현상을 더 잘 반영하려는 자연스런 과정으로도 보입니다. 하라쇼.

빌리: 남들은 차원 축소 하나만 생각하고 넘어가는데, 역시 내공이 깊고 생각을 많이 하시는 분이라 확실히 꼼꼼하게 이해하고 넘어가시는 것 같습니다. 블로그에 글을 하나 올렸습니다.

"이번 달 강의에 오셨던 학생 분 중 정말 철학자가 아닐까 싶은 분이 한 분 계셨다. 그 연배 있으신 학생 분은 항상 복습하고 인터넷 뒤져서 찾아낸 자료 중 일부를 공유주시곤 했는데, 그 4주차 강의 복습을 하신 자료 중 생물학과에서 인간을 구성하는 46개의 염색체 안에 있는 개별 게놈(Genome)의 기능을 파악한 데이터를 염색체별로 정리하는 것이 아니라, 같은 기능을 하는 게놈을 묶은 Eigen Gene 이라는 설명을 하는 슬라이드는 정말 충격적이었다. 현미경으로 보는 염색체 1번부터 46번이라는 인간이 정리하는 방식의 데이터 인식이 아니라, 게놈 각각의 기능에 맞춰 염색체 단위가 아니라 기능 단위로 데이터를 재정리하는 것이 마치 자연이 만들어 놓은 방식을 역추적해서 새로운 축으로 재해석하는게 PCA인 것 같다는 식으로 메일을 주셨는데, 이 정도의 철학적인 이해를 마주하고 나니, 음, 좋았다."

수학을 못하는 이유는 수학이 필요없다고 생각하기 때문이다. 철학자님이 수포자에 대한 필자의 글을 읽으셨는지, 또 재밌는 글들을 더 보내주셨다. 프랑스 철학자 루소의 "인간불평등 기원론"에 필적할 연구가 필요하다는 생각이 든다고 하시는데, 일단 아래의 인용문구를 먼저 소개한다.

최초의 좌절: 그대의 책임이 아니다.
"태초에 폭력이 있었다. 그 폭력은 그 분이 수학을 창조하셨다는 것이다.
수학교육을 통해 열등감을 가진 팔십 80%를 만들어 그들을 저임금 근로자로 삼으라.
수학을 적당히 잘하는 나머지 십팔 18%를 중간 관리자로 만들어 그들을 통제하게 하라.
수학을 아주 잘하는 1.8%를 지식인이라고 부르자. (중략)
신이시여, 나머지 0.2%는 슈퍼 울트라 수학을 잘하는 사람이겠군요? 아니다. 그들은 수학을 할 필요조차 없는 사람들이니 내가 진정으로 사랑하는 나의 아들이다."

– 수학 창세기 –

금수저를 물고 태어나신 0.2%가 아니면 수학 실력으로 자신의 신분이 결정된다는 식으로 희화화해놓은 문구인데, 솔직히 말하면 필자의 철학과 많은 부분에서 일치한다.

오형준: 사람 뽑을 때 가장 중요하게 보는게 뭐에요?
키스: 나는 딱 2가지를 본다. 수학을 얼마나 잘하냐, 얼마나 적극적으로 문제를 해결하려는 의지를 가졌는가. 그런데, 많은 경우에 두 가지 특징은 사실 하나더라. 수포자는 내용이 어려워서 생기는게 아니라, 어려운 문제를 만났을 때 포기하기 때문에 생긴다. **제발 문과에서 미적분을 제외하려는 시도를 하지 마세요.**

오형준: 그래요 98.5 퍼센트 동감합니다. 다시 다른 이야기를.

예술가는 도대체 무엇을 하는 사람들인가요? 그들은 질문을 만드는 사람입니다. 질문은 예술가만이 만들 수 있다. 질문을 하라. 이것은 1인칭 명령법이다. 사막의 한 밤에 한 무슬림이 신앙고백을 하는 순간과도 같이, 내가 예술가라는 것은 내가 그렇다고 선언하는 순간, 나의 의식이 예술가의 그것으로 이동하는 순간 성취된다. 아무런 작품을 만들지 않아도 좋다. 너의 투표행위도 하나의 예술이다. 이것이 나의 가장 최근의 깨달음이다. 당케 당동딩동케르트바하이트맥주 B.

**************** ****************

부채통치는 뭐죠? 이번 여름은 부채가 필요 없는 여름이죠. 이런 과격한 상상을 했죠. 이건 말하지 않으려고요. 자체 검열. 막스 베버 플러스 벤야민적 생각 내지 망상.
Bah! Bump Bump Bump Bump Bay Doe Bah! Bump Bump Bump Bump Bay Doe
어느날 오형준이 앱솔루트 보드카를 마시며 이런 말을 했다.

부채통치. 빚을 지게 만드는 현대경제 시스템을 통해서 권력이 작동하는 원리. 그런데 이 문제의 본질은 매우 신학적이다. 벤야민은 자본주의가 변형된 종교라고. 부채통치는 현대식 기독교의 통치. 그런데 사실은 유대교로의 복귀. 유대교 자체가 나쁜건 아니지만 문제는 저열한 유대교로 변질된 것. 레비나스의 통찰은 죄를 지어서 죄인이 아니라 그 이전에 죄인이기에 죄를 짓는다는 것. 유대인들은 신에게 소원을 비는 기도는 하지 않는다. 신이 자신에게 던지는 운명을 받아들일뿐. 현대의 유대인들은 신이 허구라는걸 아마도 알고 있는지도 모른다. 아무튼 빚을 지기도 전에 이미 우리 모두는 죄인이며, 우리는 조시마가 말한 바 모든사람에게 모든것에 죄를 지었다는 것.
한국 기독교의 새로운 계명은 너의 이웃을 착취하라. 과격하네요. 삭제하시오.
교회에 내는 십일조는 내가 죄인이기에 그를 사함을 받기위해 내는것이 아니라 헌금함에 돈이 떨어지는 순간 죄를 짓는것. 루터가 살아 돌아오면 아마도 십일조를 금지하지 않을까? 보수 기독교인이라는것이 매일매일 죄를 짓는것은 아닐지? 한국은 서북지역 개신교의 정신적 지배를 받고 있다. 하나님이 정말 원하는 것은 무교회주의자 아니면 불교도가 되거나 아니면 무신론자가 되는 것일까? 현대 자본주의는 경건한 개신교에서 저열한 기독교를 거쳐 타락한 유대교로 복귀했으니 이 세상에 기독교는 없고 오로지 유대교만 남았고, 정통 유대인과 복귀한 유대인 모두 이 세상의 모든 악에 책임이 있다는 상상. 종교가 영향력을 상실했지만 지하로 잠복하여 세상을 지배하고 있다. 보수 대형교회의 기독교를 믿는 것 자체가 현대사회에서 악이 아닐까? 이런 이야기 했더니 독실한 신자 친구들이 모두 떠나갔다. 아, 미안해요 제가 너무 지나쳤지요. 그래서 내가 그들을 따라 교회에 다니기 시작했다. 내 마음이 불편하지만 내가 이웃을 위해서 희생하기로 했다. 그들은 이웃사랑을 실천하지 않는다. 제2의 종교개혁이 필요하다. 건방진 소리 하지 마시오. 알겠습니다. 지금까지 한 말은 전부 취소합니다. 그러나 기독교의 회심 없이 한국 사회가 제대로 될 수 없어요. "작은교회운동"이 내가 원래 하고 싶었던 말입니다. 아항 그래요, 당신을 용서합니다. 그런데 작은 교회의 기준은? 목사님이 그 교회 신도 하나하나의 이름과 얼굴을 매치시킬 수 있는 크기. Maxima 200명 ~ 300명.

    Bah! Bump Bump Bump Bump Bay Doe Bah! Bump Bump Bump Bump Bay Doe

ㅋㅋ 매를 버시는 듯. 생각은 과격 마음은 소심해요.

아나키스트 이 단어가 넘 좋아서. 그렇게 되어 보려고 노력 중. 이 말도 까였어요

ㅋㅋ 그럼 소심하시면 안되는데. 소심한 아나키스트, 부끄러운 급진주의자.

요즘의 즐거운/즐겁지않은 상상. 포기해! 그러나 새로운 예술을 시작해 보겠다.

Just do it. Do re mi. Dodo M. Do file of Stata.

    Bah! Bump Bump Bump Bump Bay Doe Bah! Bump Bump Bump Bump Bay Doe

오즈 야스지로 said, "영화에는 문법이 없다. 이렇게 하지 않으면 안 된다고 정해진 틀은 없다. 훌륭한 영화가 나오면, 그 영화가 독특한 문법을 만들어낼 것이다. 그러니까, 영화는 마음대로 찍으면 되는 것이다." 이 말은 하나마나한 말이다. 그래도 읽으면 기분은 좋다. 오즈도 극우적 감성의 소유자인가? 몰라요.

    Bah! Bump Bump Bump Bump Bay Doe Bah! Bump Bump Bump Bump Bay Doe

창작은 새로운 것을 추구, 곧 저항하는 정신에서 나오는 좌파적 감수성.

싸르트르 dixit 글쓰기는 저항이다.

들뢰즈 dit 모든 창조행위는 무언가에 대한 저항행위이다

Bach sagt 신성한 것과 세속적인 것의 분리에 나는 저항한다.

아감벤 말하길 모든 창조행위에는 표현을 거부하는 무언가가 들어있다.

창조행위는 능력과 무능력 사이에서 팽팽하게 유지되는 일종의 긴장관계이다.

글렌 굴드, 능력 = 행동 = 무인칭 =신적인 것 and 무능력 =머무르기 = 힘 =개인적인 것, 이렇게 피아노를 연주. 나만의 무능력을 잘 인식하는 것이 뛰어난 예술가의 천재성이다. 여ㅇ업ㅂ lalfq 비밀인가요?

능력과 불능 can play can not not-play can not can-not not not-play 로 심화되는 몰입, 신적인 것과 개인적인 것이 격돌하는 그 사건. 그 때 음악은 나를 초월해서 탄생한다. 단어를 선택하지 않으면서 선택한다. 끊임없이 미루면서 완성되어 가는 창조의 과정.

"불과 글" 아감벤: 무능력은 하지 않는 힘이다.   더 더 더 나아가 보자.

<u>할 수 있는데도 안 한다. 또는 할 수 없어서 못한다.</u> 그러나 이제는 이렇게 말하고 싶다. 할 수 없다 그러나 안 한다. 할 수 없음을 선택했을 뿐이다. 나의 무능력은 나의 무한한 잠재적 힘이다. 이 잠재성은 어제나 행동으로 전환될 수 있다. 선택을 주저한다. 창조성의 비밀. 참으로 심오하다. 글쎄? 그렁그렁그랑제콜

할 수 있지만 안한다. 할 수 없어서 못한다.

<u>할 수 없음을 선택했기에 하지 않는다.</u> 무능력의 힘과 표현하는 능력(아감벤). Frosbury Flop 을 기억하라.

예술가가 될 수 없음을 선택한 잠재적 예술가 = 새로운 예술가. 언제나 예술가라고 선언할 수 있는 **non artist.** 예술가가 아니면서 동시에 예술가인 예술가. 예술가의 권력을 무력화하는 언제라도 예술가 보다 더 뛰어난 작품을 만들 수 있는 창의적인 비예술가. 모든 종류의 창의성은 무능력함에서 나올 수 밖에 없다. 작품을 하나도 만들지 않는 위대한 예술가. 체스를 두면 되어요. 통치받으며 동시에 통치하는 시민. 언제라도 통치받음을 거부할 수 있는 시민. 국가를 거부할 수 있는 인민. 권력을 재정의하는 혁명. 지금 여기에서. 그러나? 현실적으로 어려워요. 상상이라도 좀 해 보세요. 예술가라면서요?

이런 생각을 하는 법을 연습하기 시작했다. 갑자기 즐겁다.

카프카의 위대한 수영선수의 인터뷰: 나는 수영하는 법을 모릅니다.

"Admittedly I hold a world record, but if you were to ask me how I achieved it, I could not answer you to your satisfaction. That is to say, actually, **I cannot swim at all.** I have long wished to learn how, but the opportunity simply never presented

itself. ....."I can swim like the others, it's just that I have a better memory than they do; **I have not forgotten my previous inability to swim.** But since I haven't forgotten it, knowing how to swim doesn't help at all, and so in the end, I cannot swim."(각자 번역 하시길 바랍니다.)

힘들지만.재미있을것같다.아니다.이보다.쉬울수 없다.

A: 재미없어, 하기 싫어, 힘만 들어.

B: *힘들지만 재밌어.* 진리는 빛의

세계에 있는 게 아니라, 빛의 세계에 의해 은폐된 어둠 속에 있다. 어디에서 반복반복반복? RRPPPTT 시를 추방하라추방하라추방하라.

얼마나 많은 것을 배워야 하나?

얼마나 많은 것을 배워야 하나?

얼마나 많은 것들을 배워야 하나?

얼마큼 많은 것을 배워야 하나?

얼마나 많은 것들을 배워야 할까요?

얼마나 많은 것들을 배워야 하겠습니까?

얼마나 많은 걸 배워야 해?

그 많은 것을 왜 배워야 하니?

그 많은 것을 왜 배워야 하냐구?

자 자 잠까안안만, 대 대 대다다다다답하알게요요요.

"너무 많이 배워서 무지無知의 상태에 이를 때까지 배우세요."

Bah! Bump Bump Bump Bump Bay Doe Bah! Bump Bump Bump Bump Bay Doe

무슨 말을 하는지 난 모르겠어. 나의 인내심의 한계를 실험하는 당신을 증오/혐오/사랑해. 조금만 인내심을 부탁 드립니다. 제발, 제발 조금만 더. 바캉서는 외친다. 더 더 더 더. 딘 딘 더 덜 더더 덜 덜

이제 많이 배워서 무지 MUJI 에 도달하는 그 秘法/非法을 공개하겠다. 오늘 쇼핑할거야? 아니. 어려운 것부터 배운다. 중급 수준에 도달하면 강제로 정지시킨다. 하나의 언어가 익숙해지는 단계에 도달하기 전에 비슷한 언어를 하나 더 배우게한다. 이태리어를 배우다가 갑자기 스페인어를 동시에 배우게 한다. 동사변화가 꼬이는 황홀한 체험을 맛 볼 수 있다. 쉬지 않고 다른 언어를 다른 예술을 다른 분야를 배우도록 권유한다. 그 결과 하루에 동사변화표를 6 개 언어로 읽는다. 외우지말고 그 구조를 이해하세요. 구조가 길거리에 내려 올 때까지. 이태리어, 스페인어, 포르투갈어, 프랑스어, 루마니아어 그리고 카탈루니아어. 루마니아어 배워서 뭐에 쓰지요. 음, 쓸 데는 전혀 없어요. 다른 로망스어와 얼마나 비슷한가, 다른가 비교하면서 재미를 느끼면 그걸로 행복합니다. 자퇴하겠어요. 불가不可합니다.

나같이 하찮은 것이 아주 작은 것 하나라도 완전히 알기 위해서 얼마나 많은 것을 배워야 하나? 얼마나많은것을배워야하는지를 알기위해서는 그전에또얼마나많은것들을 체험해보아야할까? 칸의 이 말을 실천하기 위해서 리스트를 작성하고 알파벳 순으로 체계적으로 실행에 옮긴 것은 물론 아니다. 어찌 보면 삶의 현장에서 우연히 마주친 것들을 그 때 그 때 εὐθὺς 에우튀스 곧 즉각 베드로가 예수를 따라가듯 당장 배우게 된 것이다. 배우고 싶다는 느낌이 다가왔을 때 또는 달려

왔을 때 사양하지 않고 전부 해 보았다고 할 수 있다. Allwissend bin ich nicht; doch viel ist mir bewußt.(I am not omniscient, but I know a lot. 서재에서의 대화)

Doom Da Doom Da Doom Doom Da Da Doom

이런 생각을 하게 되었다. 전문가는 필요없다. 아니야 필요하지. 인문학에서는/더욱/그렇다. 아, 그건 그렇지만은 않지만 당신이 그렇게 생각한다면 불법행위로 체포하진 않겠다. 법률가, 회계사, 각종 전문가들을 싫어하지만 철학자와 철학 연구자들을 난 모두 좋아한다. 예술가는 10% 정도만 좋아한다. 모든/것을/동시에/배워본다. 어떤 순서로? 우발적으로니꼴(Niekol)하고싶은대로. 니콜키드만? 시계바늘을 거꾸로 돌려 봐. 내가 조시마Зосима를 선택한 것이 아니라 그가 나를 선택했다. 희랍어, 라틴어, 빠알리어(Pāli, पालि), 산스크리트어 등 고대의 사멸(死滅)한 언어부터 현대의 독일어, 이태리어, 포르투갈어, 네덜란드어, 노르웨이어까지 초급을/넘어/중급까지/배우기에/성공/실패하고, 일리아스 Ιλιάς 에서 모비딕 Moby Dick 까지, 아도르노의 '계몽의 변증법'에서 사회과학의 실증적 분석까지, 플라톤ΠλάτωνPlato 에서 하이데거海德格까지, 기독교 신학에서 마르크스馬克思까지, 이슬람에서 샤머니즘/巫教무교까지, 노자(老子)에서 성리학(性理學)까지, 우주의 시작에서 호모 사피엔스 Homo Sapiens 의 인지혁명까지 지적 관심의 폭을 넓혀/좁혀나갔다/간다. 그 체험들이 연결된 성좌星座 Konstellation 속에서, 天地玄黃 검은 하늘 위에 무언가 보인다/보이지않는다/보였다. 알게되어절망했고모르기에즐거웠다. 너바나 Nirvana, 너나 보라구요? it smells like a star. 추상표현주의적인 향수를 찾는다고 concierge 에게 말해 봐. 調香士는 이 도시에 5 명 밖에 없고 모두 잠들어 있다.   *Doom Da Doom Da Doom Doom Da Da Doom*

내가 특별한 재능을 가져서 남다른 인내심이 있어서 이런 시도를 하고 있는 것은 勿論 아니다. 하나라도 제대로 하지, 이건 미친 짓이다. 그래 그렇다. 하지만/한번/해/보고/싶다. 중요한 것은 지식의 양이 아니라 지적인 태도다. 난 지식인이란 말도 싫다. 한국의 지식인들은 대부분 지적이지도 않다. 그저 하나밖에 모르는 전문가들이다. 그 전문성도 때때로 의심이 간다고 사람들이 드디어 수근수근여기저기눈치채기시작했다. 지적인 태도를 가지기 위해서 꼭 내가 지적일 필요는 없다. 내가 지적인 태도를 가지게 된다면 수많은 것을 배우기 전에 이미 무식한 나도 지식인이다. 음, 아주 불교적인 말이다. 그저 모든 것을 疑心의심하고, 知的지적好奇心 curiosity 호기심을 잃지 않으며, 그 때 그 때 적절한 질문을 던질 수 있다면 그것으로 족하다. 그 드라마 생각나니? 비밀의 숲. 감정없이 의심하라. 무엇이 필요한가? 결국은 얕은 바다에라도 뛰어들 수 있는 작은 용기라고 생각한다.생각하지않는다.생각하고싶다.

Doom Da Doom Da Doom Doom Da Da Doom

지식인이 더 이상 지적이지도 않고 대중에게 영감을 주지도 못하는 현실에서 나는 무엇을 해야 할까? 아무것도 aber 하지않아도된다. 현대는 위기의 시대다. 정치, 경제도 혼란스럽지만 문학도 예술도 위기라고 한다. 누가그래? 그러나 생각해 보면 문학과 예술의 위기가 아니라 그저 인문학자와 예술가의 위기일 뿐이다. 위기가 아닌 적이 있었던가? 모든 가능성이 열려 있는 시대가 되었다. 넌/그렇게/어려운걸/배울수없어. 니.수준에.맞는.걸.해봐. 말이.되는.소리를.해라. 난/말이안되는 것을/해보고싶다. 먼저 많은 것을 배워야 한다는 말이 있다. 내가 꼭 알아야 하는 것이 무엇인지를 깨닫기 위해서라도 배워야 하리라. 하지만 이렇게 생각을 해 볼 수도 있다. 무엇을 배우냐가 중요한 것이 아니라 무엇이든 배우는 것이 중요하다. 배운다는/그/과정이/의미가/있다없다있다고믿는다믿지않는다. 니가 nigga 뭘한다고? 그 말은 위험해.

그리고 베케트, 파리바게트에서 베케트의 몰로이를 시작하다.

일단 도스토예프스키의 카라마조프의 형제들과 지하생활자의 수기.

베케트 책 중에서 '고도를 기다리며'를 제외한 모든 책.

카프카도 읽었고 프루스트를 완독했으며 단테 신곡을 이태리어와 대조해 가며 읽었고 멜빌의 모비딕도 2 번 읽었지만. 문학을 열심히 보다가 외국어를 배우자, 그것도 가능하면 배울 수 있는 만큼 많이 배워 보자. 능숙하게 잘하기를 포기하니까, 원어민과 대화하기 원서를 모국어같이 독파하기 이런 헛된 꿈을 포기하고, 아주 소박한 욕심, 그 언어의 문자를 익히고 발음할 줄 알고 기본 문법을 이해하고 1000 – 2000 단어를 외우고, 3 개월이면 초급을 마치고 1 년이면 중급이 될 수 있다. 이렇게 라틴어, 그리스어, 독일어, 이태리어, 포르투갈어를 배우고 기존에 조금 알고 있던 프랑스어를 다시 배우고, 예전에 포기했던 일본어를 다시 들여다 보고, 한문 문법책과 논어, 중용을 읽어 보았다. So What? 쳇.   ch ㅐ t

그리고 한국 근현대사를 역사철학, 구술사, 현대예술, 경제사의 관점에서 접근해 보았다. 이런 독서와 체험의 기록을 쓴다. 자유롭게 쓰기 위해서 인용을 일일이 달기 싫어서 소설이라는 허구적 양식으로 쓰려다가 포기. 잘 될지 모르겠다. 될 것이라고 믿기로 했다. "긍정적 사고의 힘" 이런 책들은 불태워 버리고 싶다. Burn

110

아우또 한 권 태웠다. 긍정적 사고의 힘을 부분적으로나마 아직도 믿고 있는 내가 미워졌다. Yo 시작해 봐. 일단 오늘은 쉬고 싶다. 내일로 미루자. 하나를 미루면서 다른 것을 하면 그 다른 것을 실천하는 秘法이 된다. Secreto mio. Mi secreto Meu segredo Mon secret Meu secret Secretul meu 를 기억하고 바스크지역에 갔다. Nire sekretua 모르겠다.

****

아무 책이나, 그러나, 읽어도 되는 것은 아니다. 고전을,
원전을 읽어야 진정으로 배울 수 있다. Radical 한 Classic 읽기. 모든 고전은 불온하고 위험하다. 가능하면 그 책이 쓰여진 원래의 언어로. 이것은아마추어에게 aber 거의불가능하다. 그렇다고 포기해야 할까? 아니다. 이렇게 해 볼 수 있다. 우선 원어에서 번역(飜譯)된 가능한 원전에 가까운 책을 읽는다. 예를 들어 천병희 역(譯)의 일리아스와 오디세이아. 그리고 고전 그리스어를 배운 후(읽는 법과 기초문법을 배우고) 내가 좋아했던 또는 의미가 통하지 않았던 부분을 다시 원어로 읽어 본다. 부분적이라도 원어로 읽어 보면 그 책의 나머지 대부분을 번역으로 읽더라도 그 느낌을 더 잘 이해할 수 있다. 잘못된/번역/때문에/가뜩이나/어려운/책/더/難解해질/때가/있다/자주/있다. 나중에 시간이 나면 할까? 아니 지금 해 보자. 새로운/거슬/배우는건/조치만/지그믄/귀찬타. 내가 잘 할 수 있을지도 모르겠다. 이렇게 미루는 것은 당신이 용기(勇氣 courage)가 없다는 증거이다. <u>지적인 태도의 첫 번째는 **용기**를 가지는 것이다.</u> 이러케멋떼로생가케보앗따. 일리아스의 첫 행:
μῆνιν ἄειδε θεὰ Πηληϊάδεω Ἀχιλῆος
메닌 아에이데 테아 펠레이아데오 아킬레오스
Anger, SING, goddess, of Peleus' son Achilleus
분노를 노래하소서, 여신이여, 펠레우스의 아들 아킬레우스의 (분노를).

그리스어 알파벳은 각자 배워 보자. 우선 몇 가지만 지적해 보면, μ은 영어의 m 에 해당하고 η는 열린 "ㅐ", ν은 영어의 n, ι는 "i", 문법적으로 μῆνις메니스는 주격, μῆνιν메닌은 목적격으로 변한다. 이런 변화를 배우는 것이 문법 수업이다. α 는 alpha, 발음은 "a" δ는 delta 발음은 "d" θ는 영어의 "th" Π는 pi, π의 대문자, 수학에서 π =3.14 할 때의 그 파이이다. ω는 omega, 열린 "오"로 발음한다. δῖος Ἀ χιλλεύς 디오스 아킬레우스는 "신과 같은 아킬레우스"라는 일리아스의 반복적 표현이다. 冷藏庫/디오스는/神과/같은/冷藏庫인가/神이/쓰는/冷藏庫인가. Ἀχιλλεύ ς는 주격, Ἀχιλῆος는 소유격이다. 원문을 일부라도 글자 하나하나 따져가며 보면

그 의미를 더 정확히 알 수 있고 특히 시의 경우 그 소리와 음악을 느낄 수 있다. μῆνις: rage, wrath, mostly of the wrath of the gods 그저 화를 낸다는 정도의 분노가 아니라 정의가 침해당했을 때의 "신적인 분노" 이런 속뜻이 있다. 사실 그 이유를 알고 보면 찌질하다. 영어로 anger 로 번역한 것은 그 원래의 뜻을 전달하기에는 부족하다. 광화문 광장에 서니 이런 문장이 떠오른다.

"분노를 노래하소서, 여신이여, 단군(檀君)의 후손 한국인들의 분노를."

이렇게 고전 그리스어(또는 헬라어)를 배우게 되면 플라톤도 읽을 수 있고 신약성경을 섬세하게 읽을 수 있다. 지하철에서 본 광경인데 나이든 한 할머니가 헬라어 성경에 한글로 음을 붙여가며 열심히 공부하고 있었다. 공부에 필요한 것은 오로지 열정일 수도 있겠다는 깨침을 받았다. 희랍어에는 몸을 뜻하는 단어로 '소마(σωμα)'와 '사륵스(σαρξ)'가 있는데 요한복음의 Και ο λόγος σαρξ εγένετο '카이 호 로고스 사륵스 에게네토' "말씀이 육신이 되어"에서의 "σαρξ sarx"는 "flesh 육체, 살덩어리, 죽으면 썩을 몸"으로써 가장 비천하고 보잘것없는 이 세상의 몸을 말한다. 반면에 "σωμα Soma"는 "body 전체적인 거룩한 의미의 몸"을 뜻한다. 누가복음의 "이것은 너희를 위하는 내 **몸**이니 이것을 행하여 나를 기념하라" Τοῦτό ἐστιν τὸ σῶμα μου투토 에스틴 토 소마 무 '이것은 나의 몸이다'에서의 σωμα다.

Doom Da Doom Da Doom Doom Da Da Doom

일리아스를 읽으면 내용의 폭력성에 불편해 하는 사람이 많다. 그래서 꼭 읽어야할 고전에서 빼기도 한다. 도대체 누가? 그러나, 조금만 생각해 보면 인간의 본질이 원래 폭력적이었다는 사실을 부정하기는 어렵다.

이탈리아의 작가 알레산드로 바리코 alessandro baricco 는 호메로스의 일리아스 omero iliade 를 관객 앞에서 낭독하면 흥미롭겠다는 생각을 했다. 그는 이를 위해 일리아스를 현대의 시각에서 수정하여 새롭게 썼고, 2004 년 가을 로마와 토리노에서 열린 공개 모임에서 낭독하였다. 여성주의적이면서 동시에 전쟁에 대한 깊은 통찰력이 빛난다. Tutto iniziò in un giorno di violenza. 어느 폭력의 날에 모든 것은 시작되었다. Ero bella. 나는 아름다웠다. 너는? Non lo so.

비틀즈의 존 레논과 오노 요꼬의 bed in 반전시위. Make love, not war. 1960 년대의 대표적 슬로건. 그러나 but 아버 Shikashi, 여기에 담긴 역설. 이 말은 불가능해. 인간이 make love 를 하니까 make war 를 하는 것이다. 사랑의 행위의 본질은 사실은 폭력인 것이다. 嗚呼痛哉! 전쟁만큼 때로는 전쟁보다 더 폭력적인 것이 사랑과 섹스이다. 사랑을 하니까 질투를 하는 것이 아니라 질투가 사랑에 선행한다. 프루스트의 통찰력. 스완의 사랑을 읽어보렴. 평화는 근본적으로 불가능하다. 인류는 전쟁을 최소화하고 최대한 인도적이며 잔인함을 최소화하는 전투를 하도록 노력해야 한다는 것이 슬프군요. 이탈리아 작가의 전쟁론. 전쟁만큼 매혹적인 것을 인류는 발견한 적이 없다. Canta la bellezza della Guerra 전쟁의 아름다움을 노래하라. la guerra è un inferno: ma bello. 전쟁은 지옥이다 그러나 아름다운 지옥이다. Costruire un'altra bellezza è forse l'unica strada verso una pace vera. 이 역설을 이해해야 한다. 전쟁을 멈추려면 전쟁보다 더 매력적인 것을 인류는 발명하거나 발견해야 한다. 대단한 통찰력이었다. 축구, 암벽등반, 익스트림 스포츠 모두 전쟁만큼 강렬하지 않다. 비트겐슈타인 같이 지적인 사람도 전선(戰線)에서 자신이 살아있음을, 완전히 깨어나 살아있음을 느낀다고 고백한 적이 있다. 그래서

Doom Da Doom Da Doom Doom Da Da Doom

인간의 폭력성에 대해서 고민을 하기 시작하다.

전쟁유전자 349p 정말 심각한 살상, 고문, 파괴 행위에 참여하는 이들은 살인자나 범죄자, 불량배, 반순응주의자가 아니다. 역사적으로 전쟁의 대학살, 종교적 박해, 도시 약탈, 여성에 대한 대규모 강간 등은 오히려 정의로운 대의를 내세워 행동하고 열렬한 신앙을 가진 건전한 시민이나 순응주의자들이 저질렀다. - 아서 쾨슬러, 1967

'惡'이다. 뭐가? 착한 사람이라고 자부하는 사람들 속에 숨어 있는 악惡.
우리는 뉴욕과 워싱턴에 대한 9.11 테러 공격을 전형적인 악행으로 보아야 하는가, 이는 여호수아가 여리고 성 주민들에게 했던 것과 동일하다. 일본군이 진주만에서 했던 것과도 동일하다. 그리고 또 다른 9.11 이 있었다. 지금의 피해자가 그 때는 가해자였군. Karma? 모르겠어. 선과 악, 선(善)과 불선(不善).
370p **인간과 침팬지만이 진정으로 악할 수 있다.** 침팬지의 폭력성에 치를 떨었다. 350p 언제나 최악의 살상과 잔학행위는 우리가 싸우고 있는 상대편을 악으로 인식하는 경우에 일어난다. 인간이 같은 인간을 죽이게 만드는 바로 그 비인간화가 실은 악이라고 볼 수 있지 않을까?

여순사건과 빨갱이: "빨갱이 이기에 죽은 것이 아니라 죽어서 빨갱이가 되었다." "반공"이 국가의 목표라는 것이 부끄럽다. 부럽다, 프랑스 학교의 자유 평등 박애. **Liberté, Egalité, Fraternité.** 그러나 이 말은 모든 사람에게 적용되는 것은 아니다.

1014 년 발라시스타 전투에서는 비잔틴 제국의 황제 바실레이오스 2 세가 사무엘 왕의 불가리아군에 승리를 거두었다. 바실레이오스 2 세는 포로 1 만 5000 명 전부의 눈알을 뽑을 것을 군에 명령했고 "자기 동료들을 이끌고 본국으로 돌아갈 수 있도록 100 명 중 한 명씩은 멀쩡한 눈 한 쪽씩 남겨두게" 했다. 사무엘 왕은 깊은 슬픔 때문에 죽었다고 전해진다." 왜 이런 짓을? 이유가 있다. 하지만 설명하고 싶지 않다. 사실은 지금도 이와 유사한 일은 반복되고 있다. 눈을 뜨고도 보지 못할뿐. 인간의 잔인성에 대해서 어떤 말을 할 수 있을까? 입닥쳐.

일본군대皇軍의 **잔혹성**은 잘 알려져 있다. (일본의 근대는 특이하게 폭력적, 야만적이었다는 견해) Iris Chang, Who Chronicled Rape of Nanking, Dies at 36. 2004 년 11 월 12 일 NYT. 자살이었다. 가해자가 아니라 피해자가 자살을 한다. 프리모 레비가 기억난다. 뉴욕타임즈는 이렇게 南京의 불행을 설명한다. In December 1937 Japanese troops 일본군대 entered the city, which until shortly before the invasion had been the Chinese capital. In less than two months 2 달이 못되는 기간에 they murdered 살해했다 more than 300,000 civilians 三十萬의 민간인과 and raped 강간했다 more than 80,000 women 八萬의 여자들. Ms. Chang's book was the first 최초의 full-length nonfiction account of the event. 잠깐 NYT 가 인용한 Chang 의 말을 들어 보자. (이 자의 입을 막아라. 틀어 막아라.)

"Many soldiers went beyond rape to disembowel women 배를 갈라 내장을 끄집어내고, slice off their breasts 젖가슴을 잘라내고, nail them alive to walls 산채로 못을 박아 벽에 걸고," Ms. Chang wrote. 그만합시다 더 이상 못읽겠어요. "Fathers were forced to rape their daughters, and sons their mothers, as other family members watched. 친일 검열관이 삭제를 명했다. Not only did live burials 생매장, castration 거세, the carving of organs and the roasting of people 사람을 통구이하기 become routine 일상적 일, but more diabolical tortures were practiced, such as hanging people by their tongues on iron hooks or burying people to their waists and watching them torn apart by German shepherds. So sickening was the spectacle that even Nazis in the city were horrified 그 때 남경에 있던 독일 나찌 군인도 이 토할 것 같은 광경에 공포에 질렸다."

358p 1937 년 12 월 난징 함락 후 일본 군대가 중국인 수천 명을 학살했던 장소 중 한 곳은 지금 박물관이 있다. 당시 중국의 수도였다. 이 도시는 오늘날 중국에서 특히 급속히 발전하고 있다. 박물관으로 들어가는 긴 진입로를 따라 걷다보면 입장객을 둘러싼 유리벽 양쪽으로 수백개의 유골이 보관되어 있는데, 마치 들고 일어나서 학살에 보복이라도 하려는 듯한 느낌을 준다. 일본군은 6 주 동안에 그로부터 8 년 뒤 히로시마 원자폭탄 공격으로 희생된 사람의 수와 맞먹을지도 모르는 사람들을 학살했다. (그러나 인정하지 않는다. Nanjing Massacre denial 천황의 군대는 악한 일을 할 수 없다. Shudo Higashinakano, Masaaki Tanaka 의 주장 참조. 중국군대가 한 일을 일본에게 책임전가한다는 의견도 있다.

세부적인 것은 추가조사해 보라.) 중국 여인 Xia Shuqin 명예훼손소송 ed 1998 책 that the 살해 of Xia Shuqin's family had been performed by 중국군대. 2009 년 2 월 5 일, 일본대법 원 ordered Higashinakano and the 출판사, Tendensha, to pay 400 만 엔 in damages to Mrs. Xia.　　Doom Da Doom Da Doom Doom Da Da Doom　"Taken from one of the sculptures outside the Nanjing Massacre Memorial" 성좌적 예술

단검, 총, 총검을 든 군인 개개인이 한 번에 한명씩 살해했다. 누가 가장 빨리 죽일 수 있는지 보기 위해 시합을 하기도 했다고 한다. "[일본군] 각 팀에서 군인 한 명씩 나와 칼로 포로의 머리를 베면 다른 군인은 그 머리를 주워 한쪽에 던져 쌓아 올렸다. 얼마 뒤부터는 희생자의 목을 잘랐는데, 그 편이 더 빨랐기 때문이었다. 가책을 느끼는 기색은 전혀 없었으며, 군인들은 웃고 있었다." 희생자 몇몇을 허리까지 구덩이에 파묻은 다음 개들을 그 위에 달려들게 하기도 했다. ~~포획자의 관음적 쾌락을 위해 여성을 강간하라는 요구에 응하지 않은 한 승려는 칼로 거세를 당해 과다 출혈로 숨졌다. 여성에 대한 공격은 실로 참혹하여, 강간으로~~

~~인한 내상으로 목숨을 잃는 경우도 많았다.~~ 다시 삭제 명령. 정예부대는 소련쪽에 중국에는 후비역 중심의 동원. 높은 일본군인 범죄율과 보급 부족으로 인한 현지약탈. "가장 기쁜 것은 약탈이었다" "전쟁터에서 강간정도는 아무렇지도 않다." 포로처리에 대한 지침. "송환할 필요 없고 살해하거나 다른 지방에 놓아주어도 문제가 되지 않는다."

이건 지어낸 이야기 아닙니까? 설마 이런 일이 있었을까요? 그 때 오형준이 일본신문을 가지고 왔다. 중국인 살해 시합을 벌인 구체적 이야기를 찾았습니다. Oh my God.

It Is The Road Of Bones Without The Walls To The Ocean Until The End Of Hardcore Of Ten Million Demons Who Fall And Rise, Listening To The 1312 Overture Under The Sky Of Constellations From The Outside In Or The Inside Out With IQ PQ Peter 챗 쳇 촛 초한지

오른쪽 가다가나 어떻게 읽어요? 레코-도 아 record. 올림픽 기록 경신할 때의. 이들이 인간인가? Li Ying has underlined that **"Nanjing and Yasukuni are connected"**: his idea for the film was first triggered by a revisionist symposium on the sixtieth anniversary of the Nanjing massacre, during which the audience applauded images of Japanese troops entering Nanjing. Its release also coincided with the seventieth anniversary of the Nanjing massacre. For this reason, although the massacre itself is not discussed at any length in the film (the **beheading contest**, which is treated in several archival photographs illustrating how the Yasukuni swords were used, is related to Nanjing. the film should also be seen within the larger framework of Sino-Japanese films and literary works about Nanjing.

1937.12.12

A contest to kill 100 people with a sword. 이러한 사례가 다른 근대 국가에 있었나? 임진왜란 때 귀를 잘라 가서 무공을 자랑한 이야기. 이것은 일본 고유의 전통인가?

On the way to destroying Nanking, two Japanese army officers, Tsuyoshi Noda and Toshiaki Mukai entered into a friendly competition with one another—who would be the first to kill 100 people with a sword during the war? The bloodshed began on the road, as the Japanese army advanced to Nanking, and continued through the rape of the city.

The contest was covered by a Japanese newspaper—here's a translation of one particularly chilling paragraph : "Noda: 'Hey, I got 105. What about you?' Mukai: 'I got 106!'...Both men laughed. 이것을 당시의 일본 독자는 자랑스럽게 읽었을 것이다. 아닌가? Because they didn't know who had reached 100 kills first, in the end someone said, 'Well then, since it's a drawn game, what if we start again, this time going for 150 kills?~ The original newspaper accounts described the killings as hand-to-hand combat; historians have suggested that they were more likely just another part of the widespread mass killings of defenseless prisoners. After the war, a written record of the contest found its way into the documents of the International Military Tribunal for the Far East. Soon after, the two soldiers were extradited to China, tried by the Nanjing War Crimes Tribunal, convicted of atrocities committed during the Battle of Nanking and the subsequent massacre, and on January 28, 1948, both soldiers were executed at Yuhuatai execution chamber by the Chinese government.   Doom Da Doom Da Doom Doom Da Da Doom In April 2003, the families of Toshiaki Mukai and Tsuyoshi Noda 가해군인 filed a defamation suit against the newspapers 명예훼손소송 ~~Katsuichi Honda, Kashiwa Shobō, the Asahi Shimbun, and the Mainichi Shimbun~~, requesting ¥36,000,000 (approx. US$300,000 in 2003) in compensation. 결과는 목베기시합을 벌인 군인의 유족이 패소. 심지어 일본법원도 이 사실을 인정했다. It is difficult to to say it was fiction. 믿을 수 없어서 믿지 않았다구요? 하루끼의 최근 소설에서 난징 대학살을 다루고 있다. '기사단장 죽이기(騎士團長 殺し)'의 대사. "일본군이 전투 끝에 난징 시내를 점거해 여기에서 대량의 살인이 일어났다. 전투와 관련된 살인도 있었지만, 전투가 끝난 뒤의 살인도 있었다" "일본군은 포로를 관리할 여유가 없어서 항복한 병사와 시민 대부분을 살해하고 말았다" "역사학자마다 다르긴 하지만 엄청나게 많은 수의 시민이 전투에서 죽었다는 것은 지울 수 없는 사실이다." "중국인 사망자가 40 만명이라고도 하고 10 만명이라고도 하는데 그 차이가 큰 이유는 도대체 어디에 있는가." 아버지의 죄의식에 대해서. 또 자신의 마음 속 고통에 대해서. 이것은 추후 조사. "Once, when Murakami was a child, he heard his father say something deeply shocking about his experience in China. He cannot remember what it was...But he remembers being terribly distressed," Haruki referred this experience in a speech after The Jerusalem Prize 일단 예루살렘에서의 연설 일부. I used to see him every morning before breakfast offering up long, deeply-felt prayers at the Buddhist altar in our house. One time I asked him why he did this, and he told me he was praying for the people who had died in the war. 언젠가 아버지께 왜 그렇게 독경을 외우시냐고 여쭈었을 때, 아버지께서는 전쟁으로 희생된 모든 이들을 위해 기도하고 있는 거라고 말씀하셨습니다. He was praying for all the people who died, he said, both ally and enemy alike.

117

Staring at his back as he knelt at the altar, **I seemed to feel the shadow of death hovering around him**. 아버지께서는 희생된 모든 이들을 위해 기도하고 계셨습니다. 적군도 아군도 관계 없이. 불상 앞에 정좌한 아버지의 등을 바라보며, 저는 아버지 주위에 드리워진 죽음의 그림자를 느낀 듯한 기분이 되었습니다. My father died, and with him he took his memories, memories that I can never know. But the presence of death that lurked about him remains in my own memory. 아버지께서는 돌아가셨고, 자신과 함께 기억도 같이 데려가셨습니다. 저로서는 알 길이 없는, 아버지의 기억들. 그러나 아버지를 둘러싸고 있던 그 죽음의 존재감만은 저 자신의 기억 안에 남아 있습니다. 하루키는 2015년 인터뷰에서 "사죄는 부끄러운 일이 아니다" "과거 일본의 침략사실을 인정하고 상대국이됐다고할때까지 사죄해야한다"고 말한 바 있다.

쇼와 육군 - 제2차 세계대전을 주도한 일본 제국주의의 몸통. **호사카 마사야스**. 두꺼운 벽돌책을 읽다보면 여러 번 후회한다. 왜 이런 짓을. 난징대학살에 대한 증언들. "중국인들을 흐르는 강가에 세우고 기관총을 난사했다. 사체를 떠내려 보내고 하루종일 그렇게 했다. 조금도 반성할 줄 모르는 전우회 회원들의 학살부정 발언은 말도 안되는 소립니다." Doom Da Doom Da Doom Doom Da Da Doom

"마을을 불태운 다음 사살한 사람을 끌어내려고 할 때였습니다. 네 살 정도 되는 여자아이가 울면서 우리 쪽으로 달려왔습니다. 울면서 곧장 다가오더군요. 장교가 '처리하라'고 말했습니다. 나는 그 여자아이를 처리했습니다. 괴로웠습니다. 그런 일이 몇 번이나 있었습니다." 그는 말을 잇지 못했다. 대략 60년 전에 일어난 일을 지금도 꿈에서 보곤 한다. (...) 딸이 자식을 데리고 친정에 놀러 왔을 때 도저히 손자를 안을 수 없었다. 염주를 늘 호주머니에 넣고 다니다가 기억이 되살아나면 전차 안에서도 염주를 쥐고 묵도를 하곤 했다. "나의 유일한 구원은 전우회에 참석하는 것입니다. 누구나 마음의 상처를 안고 있습니다. 그것을 위로하고 치유하는 곳이 전우회입니다. 한번은 장교가 참석한 적이 있습니다. 그들은 엘리트입니다. 그에게 그때의 명령을 기억하고 있느냐고 물었더니 '그런 일이 있었나요?'라고 하더군요. 나는 명령한 자는 잊어도 그것을 실행한 자는 평생 잊지 못한다는 것을 잘 알게 되었습니다....... 한국에는 이런 일이 없었을까?

육사졸업생 400명/그 중 육군대학교 50명/성적상위자 10%/막료와 사령관으로 군지도부 작전계획 담당/"대본영의 작전은 책상 위에서 나온다."/"쇼와육군 파벌항쟁사" 성적지상주의의병폐/천황의 통수권/**문민지배의 거부**/썩어빠진 고위군인들/"군인만 있고 국민은 없다."

일본육군. 육사 성적순으로 좋은 보직 결정. 공부만 잘했던 현장 지휘관. 현실과의 괴리.

한국사법부. 사법고시+연수원 성적으로 승진 결정. 현실과 분리된 그들만의 세상. 국민에 의해 선출되지 않은 사법권력에 대한 민주적 통제의 문제. 검찰의 민주적 통제의 거부를 how?

사르트르의 글쓰기

다시 예술에 대한 이야기. 지금 전개되고 있는 것은 예술과 정치가 얼마나 밀접한가에 대한 수많은 사례를 OO 하고 있다.

경제적 잉여 없는 문화예술의 부흥은 역사상 없었다. 문화예술은 자신을 만들어준 그 근원을 부정하고 있다. 그 사회의 성숙도는 자신을 부정하는 예술을 받아들이는 것이다. 브루주아 사회의 부정, 파열, 예술가의 독립성은 자본주의에서 그 작품을 상품화하기 때문에 성립하지만 예술작품은 자본주의를 고발하고 자본가에게 저항하고 있다. 예술가에 대한 탐구는 예술의 본질로 연결되었는데, 가장 오래된 인류의 상상력의 보고, 신화를 통해서 내 생각이 정리될 수 있었다. 모든 것을 찾아보니 많은 것이 보이기 시작했다/여전히 보이지 않는다. 괴테와 프루스트의 글쓰기는 많은 것을, 사실은 하나만을 볼 수 있게, 물론 보이는 사람에게만, 볼 수 있게 만든다. 강 건너 강 건너에, 지하실 아래 지하실 아래에, 코너를 돌면 보인다.

****

Rom, Juli. 20 로마 7 월 20 일, 몇 년인지는 모르겠다.

Ich habe/ recht diese Zeit her/ zwei meiner Kapitalfehler,

나는 바로 이 시간부터, 나의 치명적 결함 두 가지를 <u>발견할 수 있었다.</u>

die mich mein ganzes Leben/ verfolgt und gepeinigt haben,/ <u>entdecken können.</u>

이 결함은 나의 온 평생을 따라다니며 나를 괴롭혔다.

Einer ist,/ daß ich nie das Handwerk einer Sache,

한가지는 내가 이 일의 수법을 결코 <u>배우려 하지</u> 않았다는 것이다.

die ich treiben wollte oder sollte,/ <u>lernen mochte.</u>

나는 이 일들을 꼭 하길 원했고 아니면 해야만 했었다.

Daher ist gekommen,/ daß ich/ mit so viel natürlicher Anlage/

so wenig gemacht und getan habe.

이런 이유로 나는 그토록 많은 천부적 재능을 지니고도

그토록 적은 일밖에 하지 못했다. (내가 성취한 것은 거의 없다.)

Entweder es war durch die Kraft des Geistes 정신의 힘 gezwungen,/ gelang oder mißlang, wie Glück und Zufall es wollten, oder wenn ich eine Sache gut und mit überlegung machen wollte, war ich furchtsam und konnte nicht fertig werden.

Der andere,/ nah verwandte Fehler ist, 또 다른 유사한 오류는

daß ich nie so viel Zeit / auf eine Arbeit oder Geschäft wenden mochte,/ als dazu erfordert wird. 내가 창작이나 일에, 그것에 필요한 만큼의 충분히 많은 시간을 투입하지 않았다는 것이다.   Doom Da Doom Da Doom Doom Da Da Doom

Da ich die Glückseligkeit genieße, sehr viel in kurzer Zeit denken und kombinieren zu können, so ist mir eine schrittweise Ausführung nojos und unerträglich.

Nun, dächt' ich, wäre Zeit und Stunde da, sich zu korrigieren 교정하다.

Ich bin im Land der Künste 나는 예술의 땅에 지금 있다,

laßt uns das Fach durcharbeiten, damit wir für unser übriges Leben/ Ruh' und Freude haben und an was anders gehen können.

"Kreativität gibt es nicht 없어요: Wie Sie geniale Ideen erarbeiten"

괴테는 자신의 재능에 대한 확신이 있었다. 그러나 문학의 기술을 몸소 배우려 하지 않았고 충분한 시간을 글쓰기에 투입하지 않았기에 그 결과 그의 창의적 업적은 거의, 아마도 전혀 없었다는 고백을 하고 있다. 이탈리아는 그를 변화시켰다. 괴테 같이 이런 능력을 가진 사람은 거의 찾아 보기 힘들지만 대문호에게도 글쓰기는 어려운 필생의 과업이었다.(재능있는사람의 위대한문학)

재능없는 사람의 위대한 문학도 있다. 보통 사람이 그 수많은 것을 배우고 비상한 노력을 해서 나온 작품은 천재가 순간적인 영감으로 만든 작품과는 다른 감동이 있다. Proust 를 읽으면 재능이 없었을 수도 있었던 그가 어떻게 신의 선택을 받은 자가 되었는 지가 보인다.

I chose you. 사르트르의 "말". 이 책은 KbS 인가 MbC 인가 책소개하는 프로그램에서 내가, 누가 K 가 소개했다. 나의 영상 작품 디스크를 담당 PD 가 잊어버려서 아직도 고통받고 있다. 찾아 줘. 그는 게으른 미소를 지으며 내게 말했다. '너, 나한테 길을 가르쳐 달라는 거니?' '응, 혼자서 길을 찾을 수 없어서.' '포기해라, 포기해 Gibs auf.' 그는 알 수 없는 미소를 지었다. 이렇게 쓰고 싶을 것이지만 카프카스럽게 kafkaesk 포기했었다. 대과거완료진행.

Sartre 의 "Les Mots" 레스 모트스, 이렇게 읽고 싶었다. 불어는 그렇게 읽으면 안되지. "레 모" 뭐 어때? Ballet 발레트? 발레는 벌레를 피해간다. 버벌진트는 조용히 한마리 꿀벌 같이 속삭인다.

"글쓰기 선수는 존재하지 않는다. 이것은 말의 본성에서 기인하는 것이다. 사람들은 **모국어로 이야기하고 외국어로 글을 쓴다.**" 해설을 하자면 모국어로 쓰는 것조차 사실은 외국어를 쓰는 것 같은 이질감과 거리감을 가지고 있다는 것. 글쓰기란 어려운 것이다.

글쓰기에 대한 싸르트르의 고민... 그리고 그의 고백. 나는 성령과 은밀히 만났다.

- 너는 글을 쓰게 되리라. -

- 주여, 어떻게 저를 선택하셨나이까? -

- 별로 특별한 것은 없지. -

- 그렇다면 어째서 저입니까? -

- 이유는 없구나. -

- 제가 능란한 필치라도 가지고 있는지요? -

- 조금도 없다. 너는 위대한 작품들이 쉽게 저절로 생겨났다고 믿느냐? -

- 주여, 저는 무능한 자이니 어떻게 책을 쓸 수 있겠습니까? -

- 최선을 다하면 되지. -

- 그럼 누구든지 쓸 수 있겠군요? -

- 당연하다. <u>그러나 내가 선택한 것은 바로 너다.</u> -

이 속임수는 아주 편리하였다. *그도 썼고 나도 쓰고 있다.* 그것은 현재 내가 쓸 모없는 인간이지만 미래에 나만의 걸작을 쓸 수 있다는 2 개의 모순되는 생각을 가능하게 해주었다. 마른듯 젖은 하늘에 벼락이 치는 법문(法文)이다. 모든 창작의 비밀이 남김없이 공개되었다. 나는 선택되었으나 재능이 없는 인간이었다. 이 말은 믿음의 문제이다. 그런데 믿음은 조작 가능한가, 두렵다. 따라서 모든 것은 나의 오랜 시간의 인내와 불행으로부터 태어날 것이다. 이것도 말해서는 안된다."

이 세계는 말이 되기 위하여 나를 이용하였다. (이 말을 이해하면 글을 쓸 수 있다. 문학의 비밀. 벤야민도 함께 읽어보렴, 아담의 언어.) 누군가가 내 머리 속에서 말하였다. 내가 두가지의 목소리를 가지고 있다고 나는 믿었다. **그 중 하나는 내 의지에 종속되지도 않은 낯선 존재였다.** 엄마와 나는 우리를 삼인칭 복수로 얘기하는 습관이 생겼다. (글쓰기의 핵심으로 접근하고 있다, 이렇게 친절하게 자신의 모든 비밀을 털어 놓다니, 사르트르의 모든 죄를 주님이 사하노라.) "첫번째 작문 시험에서 나는 꼴찌를 했다. 왜냐하면 그 때까지 나는 상대의 사랑에 대한 호의로써만 지식을 받아들였기 때문이다." 싸르트르의 고백은 믿을 수 없다.

"하루에 한 줄도 쓰지 않고 지나가는 날은 없었다."

"나는 결코 내가 재능 있는 인간이라고 생각해 본 적이 없다."

"한 사람은 이 세상 모든 사람으로 만들어지고 우리 하나하나는 세상 모든 사람을 합한 것만큼의 가치가 있으며 그 누구나 사람은 그만한 가치를 지니고 있다."

그렇군요 글쓰기에 대해 더 배우고 싶습니다. 저에게 사르트르 같은 아니면 적어도 하루끼 같은 글쓰기의 소질이 있습니까? 잘 모르겠다. 당신은 누구를 선택하십니까? 과거에는 바쁘게 이놈 저년 아무나 골랐는데, 요즘은 나도 늙어서 아무도 선택하지 않는다. 혹시 저에게 글쓰기의 비법을 가르쳐 주실 수 없는지요? 조까라 마이싱. 네? 뭐라고 하셨나요? 이 말을 잘 알아들어라. 나는 간다.

이 말을 알아듣고 시를 쓴 시인이 알고 보니 있었다. 검색해 보라, 이 시를.
차 피 이 것 밖 에 난 못 칸 너 를 인 바 랑 중 바 는 것 밖 엔 못 하 다 시 발 가 벗 은 사 랑 도 거 친 태 풍 바 람 도 나 를 더 뛰 게 만 해 내 심 장 과 함 꺼 더 뛰 게 하 줘 나 를 더 뛰 게 하 줘 시 처 마 가 득 해 도 니 얼 굴 만 보 면 웃 는 나 니 까 다 시 런 런 럼 넘 어 져 관 찮 아 또 런 런 럼 좋 다 쳐 가 파 도 연 고 친 꿈 누 가 마 가 풍 요 한

좌절감에 휩싸인 척 하다가 보니 저 멀리 사람들이 보인다. 그들의 옷이 밝지는 않지만 따뜻해 보인다. 이 사람들은 누구요? 멀리서 자발적 형식으로 왔소. 자발적인 것은 타발적이라고. K 는 판소리도 배웠다. K 는 누구요? 모른다 나는. 도대체 왜? 혹시 내가 조금이라도 음악에 재능이 있는 것은 아닐까? 역시 아니다. 지상의 모든 작은 행복들을 지나 저 깊은 곳에 절망이 있다. 자신이 재능이 없다는 것을 아는 것보다 더 큰 절망은 없다. 이것은 또한 축복이다.

왜 아이들은 공부를 하지 않을까? 열심히 공부를 했는데도 성적이 올라가지 않으면 자신이 머리가 나쁘다는 것을 증명하는 것. 내가 머리가 나쁘다는 것을 인정하고 싶지 않아. 공부를 하지 않는 아이는 이렇게 말할 수 있다. 나는 머리는 좋은데 공부를 하지 않아서 성적이 나쁠 뿐이야. 그러나 인과관계는 잔인하다. brutal, inhuman, barbaric, brutish, murderous, vicious, sadistic, wicked, evil, fiendish, diabolical, monstrous, abominable; ruthless, merciless, pitiless, uncaring, heartless, stony-hearted, hard-hearted, cold-blooded 춥다. "머리가 좋으면 노력을 한다." 다시 말해서 노력을 하지 않는다는 것은 머리가 나쁘다는 것을 증명하는 것. QED 결국 더 잔인한 결론에 도달한다. 나는 머리도 나쁘고 노력도 하지 않는 인간이다. 축하합니다. 도스토예프스키 소설의 주인공이 될 자격을 갖춘 사람이네요. 여기에서 새로운 돌발적 반역적 저항의 질문이 나와야 한다. 포르투갈의 그 외교관의 용기. *Doom Da Doom Da Doom Doom Da Da Doom*

완벽한 절망감이, 음악에 대한 재능/소질이 하나도, 콩알 반쪽만큼도 없다는 사실이 카지노에서 전재산을 털리고 마지막 남은 버스비까지 룰렛에 던져버린 사람같이 나를 기쁘게 했다. 이제는 아무런 희망도 없다. 오직 난 지극한 마음의 평화를 누릴 것이다. 절망의 반대말은 희망이 아니라 믿음이다. 허구에 대한 믿음. 판소리는 참으로 멋진 예술이다. 명창 박송희 선생님이, K 는 이 분 제자의 제자에 해당하니, 자격도 없지만, 이렇게 저렇게,

"시르르르렁 실겅 당거주소. 해이여어루 당거여라 톱질이야. 이 박을 타거들랑은 아무것도 나오지를 말고 쌀밥 한 통만 나오너라. ..... 우리가 이 박을 타서 박 속일랑은 끓여먹고 바가지일랑은 부잣집에다가 팔어다가 목숨 보명 살아나세. 시르르르렁 실겅 시르르르르렁 실겅 시르렁 실겅 당기어라 톱질이야."

판소리를 이탤릭체로 적으면 어울리지 않는다는 비판은 나를 분노하게 만들었다. 티격태격 discuss 이리저리 walk 그들은 S.O.B. 흐느꼈다. 사진작가의 소개로 평창으로 전지훈련도 갔다. 동계올림픽이 그곳에서 열릴 줄은 그땐 몰랐다. 머나먼 드라이브가 짧게 느껴졌다. 그건 밝힐 수 없는 이유가 있었지. 6개월 정도 버티다 포기. 선생님 죄송합니다. 인생을 둘로 나누어 살았다. 조르바는 Zorba 가 아니오. 그는 조름파 Ζορμπά 요. 졸지마시오.

글쓰기의 비밀을 거의 터득한 것 같아요. 이제 쓰면 될 듯. si vales, valeo
"진실은 사실과 사실의 해석과 그 모든 해석들을 기록하는 것이다." 이 말이 내가 찾아왔던 글쓰기의 비밀이라는 생각이 드네요. a rose is a rose is a rose. 이 때 이 장미들은 같지만 모두 다른 장미. 끝까지 이 호흡을 유지하며 버티기, 체력이 필요 해. 한국무용에서의 아래로 지긋이 눌러주면서 위에서 하늘하늘 낭창낭창하는 손동작같은 것이 글쓰기일까. 터져나오는 울음을 참아가며 희미하게 입꼬리를 올리며 웃는척 하기. 예술가는 게이샤 같은 존재인데 마치 만인의 스승같이 군림하는 자들이 우습다.
뭔가 섬뜩하면서도 번뜩이네요. Doom Da Doom Da Doom Doom Da Da Doom
SBB better than SBS and KBS combined or compressed or KingKonged in My Land of Dreams, 모자를 쓰고, Moja Ziemio Wyśniona, 기러기 우는 밤에 내 홀로 잠이 없어, 창 밖에 굵은 빗소리 더욱 망연하여라. 그대는 이것을 아시는가?
W obłoku każdym kreowanym 몰라 Ulotne płyną krajobrazy 모르오
W otwartych oczach na jawie sen 모르겠어요 Jak na jawie sen 몰랑모르네
숭산崇山에 올라 이렇게 외쳤다. "오직 모를 뿐" 진정 난 모르겠네.

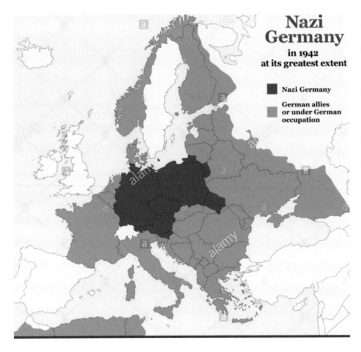

Nazi Germany in 1942 at its greatest extent

■ Nazi Germany

■ German allies or under German occupation

이것은 나의 침묵이 아니다. 너는 침묵을 모르니 너의 침묵도 아니다. 나의 침묵도 아니고 너의 침묵도 아니면, 침묵은 어느 누구의 침묵도 아니다. 침묵은 더 이상 고요하지 않다. 침묵의 소리를 듣는 사람이 있었다. 소리의 침묵을 듣는 사람은 없을 것이다. 침묵의 침묵을 듣는 사람은 이제 여기 걷는다. 반복은 반복을 지루하게 만들다 말다를 반복하며 나는 걷는다. 나의 침묵은 이것이다. 너의 침묵도 이것이다. 걷는다. Doom Da Doom Da Doom Da Doom Da

역사와 일본이라는 야만

뉴턴이 가장 열정을 가졌던 것은 수학이 아니라 신비주의. 19 세기말 20 세기초 신지학파 theosophy 를 알아야 조이스의 율리시스를 읽을 때 아주 조금 도움이 되지. 너에게는 이 책은 불가능하다, 말해주니 다시 한번 마음의 평화가 찾아왔다. 나의 재능은 이번 생에서는 절망적이야. 어느덧 내 나이 3 만살 아직 경험이 부족한 것 같지는 않은데 무얼 해야 하나? 넌 기억력이 문제야. 로마시대 BC 125 년 여름 니가 한 일을 기억하고 있니? 그 때는 예수가 태어나기 전이라 그런 말은 들어 본 적이 없어.

저 독일의 생활공간을 보라! Lebensraum!
Idea of 'Lebensraum' Between 1921 and 1925 Adolf Hitler developed the belief that Germany required Lebensraum ('living space') in order to survive. 그러나 aber 그러나 생활공간은 패전 후 대폭 축소되었다.

다음주 韓國史시험은 나말려초와 여말선초 중에서 선택하시오. 난 선택장애야. 내가 원하는건 선말려초이거든. 대안역사를 써볼까. 大安研 Iran 곳도 기억나네. 2차세계대전의 결과는 언제나 다르게 흐를 수 있었다. 잠시 지도를 보려고 한다. 자세한 설명은 다음 기회에 하기로 하자. 보면 무슨 말인지 알 것이다. 모르겠는데. 옆의 지도의 붉은 영역이 19933 년 전의 일본이다. 대만, 조선, 쿠릴열도, 남방제도, 그리고 만주에서 그들의 욕심이 그쳤으면 한국의 독립은 아주 오래 연기되어 모국어를 빼앗긴 아일랜드 같이 되었을지도 모른다. 베케트의 절망감. 김시종의 굴욕적 정서.

지나친 욕심은 타인에게 가끔은 좋은 것이다. 이 2 장의 지도를 6 시간 연속 보고 있으면 이런 과격한 상상이 떠오른다. 이 상상을 상상만하지 않고 글로 쓴 사람은 상상력이 풍부하면서 실천력도 있다. Philip K. Dick novel, The Man in the High Castle, is a counter-factual historical tale that examines a United States controlled by Axis forces 주축국. 부시가 한 말, 악의 축은 반드시 惡은 아니다. 불선(不善)이면 모를까? 그리고 더 경악할 만한 소식이 있었다. 일본우익 중 일부는 과거에 아마도 지금은 꿈 속에서, 세상을 독일과 대일본제국이 양분한 후 최후의 세계대전을 벌여 천하를 통일하겠다는 꿈을 꾸었다고 한다. 이 말의 출처는 기억나지 않는다. 하여튼 오지 야스지로 아시오? 전후 영화감독? 하이. 꽁치의 맛이라는 영화에서 이런 대

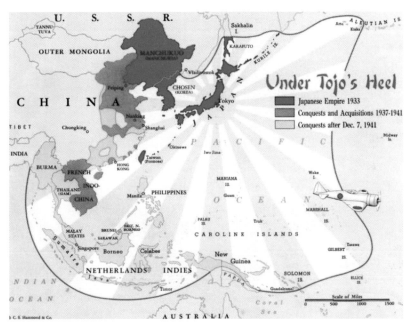

사. "우리가 이겼으면 뉴욕에서 샤미센을 들었을 텐데 졌기에 여기서 재즈를 듣는다." 이런 생각이 든다. 이길 수도 있었다고 일본 대중이 생각한다는 것은 왜 일본이 패망했는 지를 설명해 준다.

그리고 가해자로서의 모든 만행을 잊은 채 자신을 피해자라고 생각하는 대부분의 일본사람들의 조용한 미소. 不善이 아니라 惡이라고 불러야 하나?

추가하고 싶은 말이 있다. "인간의 질서는 말의 질서, 말에 의한 질서이다. 일본군의 특징은 '말을 빼앗았다'는 점이다. 일본군이 일본국민에게 저지른 가장 큰 죄악이었고 모든 악의 근원이었다고 생각한다." 일본군 하급장교였던 노인이 말한다. 도대체 무슨 일이 있었나요? "어떤 실수나 실패에 의해 구타를 당할 때, 어떤 이유를 대면 변명하지 말라고 하며 몇배의 구타가 돌아온다. 억울해도 그저 맞아야 한다." "말이 사라지면 동물적 공격성을 기반으로 한 폭력질서 뿐이다. 다른 사람의 말을 뺐으면 자신의 말도 잃게 된다."

八紘一宇팔굉일우 はっこういちう핫코이치우. 전 세계가 하나의 집, 다시말해 "세계만방이 모두 천황의 지배 하에 있다."고 1940년 일본총리가 말했지. 그 총리 이름은 기억하고싶지

않고 그 집에 살고 싶지도 않아. GHQ가 금지한 말. 다시 이 하급장교는 비웃으면서 말한다. "팔굉일우는 야쿠자가 외치는 의리와 같아서 본래의 의미따위는 없이 음성만 존재했다. 개가 짖는 소리에 불과했다. 일본 파시즘에는 태초에 말이 없었다. 말이 없었다는 것은 아무 생각도 없었다는 것이다." 일본의 근대화는 신도라는 국가종교를 끌어들인 퇴행적 근대화, 그래 바로 이거야. 뉴라이트들은 이런 말은 왜 안할까?

치매에 걸린 노인 한 분이 말한다. 한 때 는 씨 펄 저 걸 믿 었 어. 제 정 신 인 듯한 젊은 노인이 말한다. 터무니 없구만. K 는 대답했다. 박정히 덕분에 우리가 잘먹고 잘살게 되었다고 믿는 것만큼 꼭 그만큼 터무니 없소. 모두 웃으며 K 의 말에 동의했다. 현실감 없는 글은 이제 그만 써. 픽션이잖아요. 팩트체크해줘. 심각하게 듣지 마세요. 이 사 람 을 보 라. 이 지 도 를 보 라. 그 리 고 침 묵 하 라.
Doom Da Doom Da Doom Doom Da Da Doom

그러나 역 사는 어떻 게 진행되었 던가?
보급지연으로 인한 황군(皇軍)의 아사餓死와
연합국의 대규모 생산력으로 인한 일본 해군
(海軍)의 괴멸壞滅과 회복불가능한 전황戰況.
그 결과 무조건 항복降伏. 어려운 한자들이다.
읽을.줄만.알면.된다. 포기해.

****

마루야마 마사오(丸山眞男)를 아시오? 모르는데요. 일본 정치학자로서 전후 최고의 영향력 가지고 있었죠. 그의 책들을 거의 다 읽었는데, "초국가주의의 논리와 심리" 압도적 분석이에요. 앞부분만 일부 보여 드릴게요. 꼭 다 읽어 보세요. 짧아요.   Doom Da Doom Da Doom Doom Da Da Doom

일본 국민을 오랫동안 예종적(隷從的)인 상황에 몰아넣었으며, 또 전세계에 대해서 제 2 차 세계대전으로 몰고갔던 이데올로기적 요인은 연합국에 의해 초국가주의(超國家主義) 또는 극단국가주의(極端國家主義)라는 이름으로 막연하게 불리고 있는데, 그 실체가 과연 어떤 것인가 하는 점에 대해서는 아직 충분히 규명되지 않은 것 같다. 주로 문제가 되고 있는 것은 초국가주의의 사회적·경제적 배경이며, 초국가주의의 사상구조 내지 심리적 기반의 분석은 일본에서도 외국에서도 본격적으로 다루어지지 않고 있다.

왜 그러한가? 그 문제가 너무 간단하기 때문이라고 할 수도 있고, 또 거꾸로 너무 복잡하기 때문이라고 할 수도 있다. 너무 간단하다는 의미는 그것이 개념적 조직을 가지지 않으며, '팔굉위우'(八紘爲宇)라든가 '천업회흥'(天業恢弘)과 같은 이른바 **절규적인 슬로건**의 형태로 표현되어 있어 진지하게 다룰 만한 가치가 없는 것처럼 생각되기 때문이다. 예를 들면 나치 독일이 어쨌거나 『나의 투쟁』(Mein Kampf)이나 『20 세기의 신화』(The Myth of the Twentieth Century)와 같은 세계관적인 체계를 가지고 있던 것에 비하면, 그 점은 확실히 현저한 대조를 이루고 있다. 그러나 일본의 초국가주의에 그 같은 공권적(公權的) 기초가 결여되어 있었다고 해서 그것이 곧 이데올로기로서 강력하지 않았다는 것을 의미하지는 않는다. 그것은 오늘날까지 일본 국민 위에 열 겹 스무 겹의 보이지 않는 그물을 펼쳐놓고 있었으며, 심지어 지금도 국민들이 그런 속박으로부터 완전히 해방되지 못하고 있다.

(일본)국민의 정치의식이 오늘날 볼 수 있듯이 낮은 것은 결코 단순한 외부적인 권력조직 때문만은 아니다. 그런 기구(機構)에 침투하여 국민의 심적인 경향이나 행동을 일정한 구덩이로 흘러가게 하는 심리적인 강제력이 문제인 것이다. 그것은 이렇다 할 만한 명백한 이론적인 구성을 갖고 있지 않으며, 또 사상적 계보도 다양하고 복잡한 만큼 그 전모를 파악한다는 것은 무척이나 어려운 일이다. 그러기 위해서는 '팔굉위우'적인 슬로건을 머릿

127

속에서 데마고기(Demagogie)라고 단정해버리지 말고, 그런 <u>다양한 단편적인 표현이나 현</u><u>실의 발현 형태를 통해서 그 밑바닥에 숨어 있는 공통된 논리를 찾아내는 작업</u>이 필요하다. 그것은 무엇보다도 뼈아픈 우리들의 과거를 특별히 들추어내고자 하는 가학적인 취미는 단연코 아닌 것이다. 무릇 "**새로운 시대의 개막은 언제나 기존의 현실 자체가 어떠한 것이었는가에 대한 의식을, 싸워서 얻는 가운데 있는 것**"(라살레)이며, 그런 노력을 게을리 하게 되면 국민정신의 참된 변혁은 끝내 이루어지지 않을 것이다.

용어가 낯설지만 읽을 만하네요. 그리고 마루야마의 오규 소라이에 관한 책, 제목은 잊어 버렸어요. 꼭 읽어 보세요. 마키아벨리와 소라이를 비교하면서 근대 정치학적 사고의 선구자로 부각시킴. 하던말던. 그 말이 떠올라요. 깨어있는 시민이 그 사회에 얼마나 있는가의 문제일까? 일본국민이 (노예적) 질서를 잘 지킨다는 것에 감탄하는 일부 한국인들이 부끄럽다. 일본이라는 세련된 원시사회. 일본 인류학자의 말.   딘 다 다 딘 다 다 딘 다 다

자 잠깐 멈추어라. 역사적 팩트체크를 해 보고싶다.
소위 대동아 전쟁에서의 일본군 전사자: 아사, 해몰사, 특공사
아사(餓死). 뭐라구요? 굶어 죽어요? 하이 소오데스. 후지와라 아키라의 "아사한 영령들". 영양실조에 의한 아사자 플러스 영양부족에 의한 전염병 감염 병사자를 합한 광의의 아사자는 전체 군인/군속 전사자 230 만명 중 60%인 140 만 명. 전선의 과도한 확대로 인한 보급 단절 그리고 생산능력 상실로 인한 전체적인 군수품 부족. 일본이 지배했던 모든 지역이 해상 수송로가 막힘에 따라 굶주림에 시달렸다. 이것만이 아니다.
미군포로의 학대와 비인도성 문제. 일본군의 포로가 된 미군 33587 명 중 사망자는 37.3%인 12526 명. 전쟁은 원래 비참한 거잖아요. 슬프군요. 그렇다면 독일군 포로가 된 미군은 96614 명인데 포로기간에 몇 명이 죽었을까요? 한 20% 되나요? 아닙니다. 1121 명입니다. 사망률 1.2%. 일본인으로서 부끄럽군요. 할 말이 없습니다. 이것이 문명국 일본의 모습입니까? ~~죄송합니다.~~ ~~부끄럽습니다.~~ ~~일본은 야만입니다.~~
Doom Da Doom Da Doom Doom Da Da Doom
이 숫자는 너무 환상적이야, 상상도 못했지, 37.3%, 더 확인을 해 볼게. 숫자를 가지고 일본인과 논쟁하지 말아. 혹시나 32%가 사실이면 이 숫자는 과장되었으니 너의 말은 모두 거짓이라고 너를 비난할거야. 사실이라고하네요. Da Doom

Prison Camp in WW2 Manila, Philippines
Every time I see a holocaust film, I kind of wonder why nobody has ever made a famous film about the Japanese occupation during WW2... because what they did to both the Americans and Asians are so cruel. 왜 영화를 만들지 않는거죠? Iris Chang 이 이 주제로 소설을 쓰다가 완성 전에 죽었다. 오형준이 달려왔다. 포로학대에 대한 이야기. 그만해. 듣고싶지않아. 학대가 아니라 학살이에요. "군의관이 30 사단 232 연대본부 포로수용소장 우노에게 왔다. 해골을 갖고싶다는것이다. 다음날 포로 한명이 참살된다. 머리를 자른다. 햇빛에 말린다. 중국인포로에게 안면의 살을 벗겨내라고 한다. 포로는 이 일을 울면서 한다. 며칠 말린다. 포로에게 다시 두개골을 닦아서 윤을 내라고 한다. 그 해골은 상자에 넣어 선물이라며 군의관의 짐 속에 넣는다. 시간이 흐를수록 이상하게 빛이 난다." 왜 그럴까? 이건 거짓말이죠? 조선인들이 지어낸 이야기. 아니야. 일본인 마사야스가 책으로 썼어.

원래 무슨 이야기를 하고 있었죠. 아시아.태평양 전쟁에서의 일본군 전사자.
아사 말고 함선의 침몰에 의한 **해몰사**. 군함 651 척과 징용된 상선 2934 척 침몰. 육해군 전사자 35 만 8000 명 추산. Why? 인명을 경시하고 전함 대결에만 중점을 두었다. 인명을 경시하는 이 국가가 문명국인가? 뉴라이트가 말한다. 일본은 최고문명국. **특공사**는 또 무엇입니까? 이건 더 지독한 야만이지요. 카미카제神風 특공대. 미군 함정을 향해 돌격하는 소형비행기. 대본영에 의한 2000 대의 특공기 출격과 4000 명이 넘는 전사자. 1944 년 10 월 이후 실시되었다. 가미카제'들의 무모한 죽음을 두고 일본 군국주의자들은 '사쿠라꽃(華)이 지(散)듯' 나라를 위해 목숨을 바쳤다고 해서 '산화(散華)'라고 불렀다. 상징으로서의 사쿠라꽃은 일본사회에 사는 개인을 일본인 전체에 결부시키는 능력이 있는 한편, 개인의 인생에서 가장 중요한 삶, 죽음, 사랑 등을 표현한다. 사쿠라꽃처럼 확고하게 자리잡은 문화적 상징은 기존의 의미가 사람들의 마음속에 깊숙이 뿌리내리고 있기 때문에 정치적 상징으로 채용하여 거기에 새로운 의미를 부여하는 것은 불리한 일이라고 할 수도 있다. 그러나 사회적 주체는 상징에 새로운 의미를 부여할 수 있다. 즉, 국가는 사쿠라꽃의 전통적인 매력을 이용함과 동시에 자신들의 군사적 목적을 위해 꽃의 의미를 변용했던 것이다. 사쿠라꽃의 광범위한 의미장에 의해 조장된 메코네상스 (meconnaissance)가 결과적으로 궁극적 비극에 이르게 하였다. 메코네상스는 영어의 mis-reading(誤讀), mis-recognition(誤認), 또는 mis-communication (誤譯)에 해당. 역시 번역이 중요하군요. 탄식이 흐른다. 왜 일본이 야만인가? 인간을 무기로 쓴 것도 야만이지만 이것을 미화하고 있는 것은 더욱 심각한 야만이다. 검열관이 등장. 그만 하라니까.

(젊은이들을 특공대라는 운명을 향해 가게 만든 것은 바로 그들의 미적 가치에 대한 희구, 즉 그들의 낭만주의와 이상주의.) 나치와 일본정부가 이용한 '총의(總意; general will)'를 루소와 칸트가 말한 '총의'로 오인한 것이며, 거기에 또한 베토벤, 괴테 혹은 토마스 만의 작품 속에 표현된 아름다운 자연을 사랑한 젊은이들은 나치가 '피와 대지'라는 그들의 모토에 자연의 미적 가치를 동원했다는 것을 깨닫지 못했다. 파시즘의 미학..... 정치의 예술화에 어떻게 대응하나요? 간단하죠. 예술의 정치화.

Doom Da Doom Da Doom Doom Da Da Doom

그런데 일본제국을 미화하는 사람들이 끊임없이 나오고 있다. 이른바 뉴 친일파. 그것도 구 식민지에서. 내지內地를 숭상하는 반도인. #有夏의 "제국의 위안부"가 ~~검찰에 기소되고 재판에 들어가 한번은 유죄 한번은 무죄가 되었다.~~ 이런 이야기는 지면 낭비 아니에요. 그래도 하고시퍼요. 지식인 그룹의 의견은 "연구저작에 형사책임 적절치 않지만 학문자유 관점으로만의 접근은 우려된다."에서 "다양한 목소리 표출을 허용해야" 한다는 의견까지 있다. 법률적 문제와 더불어 이런 생각을 해 보았다.

"역사에는 다양한 해석이 존재한다. 따라서 나는 가해자를 위해 역사를 쓴다. 왜 피해자에 대해서만 이야기하는가? 가해자의 아픈 마음도 헤아려 주어야 한다. 이것이 균형잡힌 생각이다." 이렇게 생각하는 것은 어떤가? 이것이 바로 대칭성의 부도덕이며 사악함은 아닐까? 한국에는 민족주의에 대한 오해가 있다. 촌스럽거나 비합리적이거나. 그러나 약자의 민족주의는 죄가 아니다. 베트남에서 한국 민족주의를 주장하는 것은 부적절하나 일본과의 역사전쟁에서 민족주의는 포기할 수 없는 것일지도 모른다. 민족주의가 촌스럽고 비합리적이라고 말하는 사람은 스스로가 약자이면서 강자의 눈으로 세상을 보는 것이다. 이렇게 그는 말했다.

Doom Da Doom Da Doom Doom Da Da Doom

메이지가쿠인 대학 정영환 교수는 증언과 자료를 짜깁기하고 그 짜깁기한 자료군에서조차 이끌어 낼 수가 없는 근거없는 해석 - 그것도 전 '위안부'들이 일본군에게 '동지의식'을 가지고 있었다는 중대한 해석 - 을 전개하는 것이야말로 '하나의 폭력'이 아닌가?

재일조선인 2세인 서경식 교수는, 이런 식의 '화해'론이 선진국 국민으로서 기득권을 지키기 위해, 자신이 속한 가해국의 법적 책임을 회피하고 화해를 이루지 못하는 책임을 피해국 민중의 무지에 돌리는, 극우 담론 못지 않게 문제가 많은 과거 식민 종주국 자유주의자들의 담론에 영합하고 있음을 비판한다. 서경식은 또 저서 '언어의 감옥에서'를 통해 박유하가 말하는 '화해'의 주체에 정작 재일조선인(코리안)이 없으며 한국에서 뭣도 모르고 '양심적'이라 부르는 특정 부류의 일본 지식인들에 영합하여 일본에서 상품성을 획득한다는 지적을 하기도 했다. 또한 서경식 교수는 '제국의 위안부'에서 자주 인용된 일본 지식인 와다 하루키에게 보낸 공개적인 서한에서, 박## 현상이 현재 일본 리버럴의 반동적 욕구와 정확히 일치한다고 비판했다.—모 언론사의 기자가 오피니언란에 적은 내용을 보면 朴은 인터뷰에서 자신을 친일파로 자칭하면서 '한국과 일본이 독도를 공유하는 것이 훨씬 더 경제적'이라거나 '일본의 야스쿠니 참배는 우리가 국립묘지를 참배하는 것과 본질적으로 같은 행위'라는 주장을 펼쳤다고 한다. 오에 겐자부로를 朴이 머리로만 번역했다는 비판도 들었다. Doom Da Doom Da Doom Doom Da Da Doom

그가 쓴「화해를 위해서」의 일부이다. 제기되는 의혹은 저자가 인용한 문장 뒤에 일본어판에만 추가한 문장이 있다. 다음과 같은:

"일본의 지식인이 스스로에 대해 물어 온 것만큼의 자기비판과 책임의식을 일찍이 한국은 가져본 적이 없었다." (일본의 일부 진보 지식인이 과거에 그랬지만 지금 그들의 행태를 보시오. 실망입니다. 그리고 약자가 왜 자기 비판을 해야합니까? 약자는 미안하다고 말할 필요가 없습니다. 대칭적 도덕주의는 이제 그만 합시다.)

1905년의 조약('을사조약')이 '불법'이라는 주장(이태진 등)에는 자국이 과거에 저지른 일에 대한 '책임'의식이 결여돼 있듯이(강압이었잖아?), 한일협정의 불성실을 이유로 또다시 협정 체결이나 배상을 요구하는 것은 일방적이며, 스스로에 대해 무책임한 일이 되겠지요. (박정희가 국민의 동의없이 저지른 일에 국민이 피해자가 되고있지 않소?) 아 아 아

일본에서 교육 받은 사람들의 의식구조를 들여다 보면(일부 학자들이), 미국유럽에 대한 열등감과 함께 일본에 대한 대단한 신뢰가 있다. 그리고 일본은 미국이나 유럽에 못지않은 선진국이라고 자위를 하며 스스로의 자존심을 지킨다. 문명국 일본이 과거 그렇게 야만적인 일을 할 리가 없다라는 의식. 역사학계의 소수파가 주류 보수권력과 야합한 것이 국정교과서 파동이다. 한국 내의 친일파는 상상을 초월하게 많이 있다. 거리가 깨끗하고 사람들이 질서를 잘 지킨다고 선진국인가? 그렇다면 싱가포르는 일본을 능가하는 최고의 문명 선진국이다. 싱가포르에는 민주주의가 없다. 그저 잘살기만 하는 독재국가. 태형이 존재하고 국민을 감시하고

기본권이 유린되는 야만의 도시. 그건 아니다. 정치 후진국 일본 보다 한국 민주주의가 더 역동적이고 활력이 있다고 나는 생각한다. 다시 서경식 선생을 만났다.

Doom Da Doom Da Doom Doom Da Da Doom

촛불집회부터 대통령 탄핵까지 한국의 상황을 일본인들은 어떻게 봅니까?

Doom Da Doom Da Doom Doom Da Da Doom

'바람직하지 않다'는 시각. 대다수는 한국 민주주의가 미성숙하고 후진적이기 때문에 생긴 일. 우파뿐만 아니라 소위 '리버럴'한 매체나 인사들도 그렇다. 일본 사회가 민주주의를 잘못 이해하고 있다. 민중이 경우에 따라 실력을 행사하고 정권을 바꿀 수도 있다는 것은 민주주의의 기본 전제다. 한국은 그런 역사를 걸어왔다. 10년, 20년마다 대중의 손으로 정권을 교체한 경험이 있다. 일본은 메이지 시대부터 100년 이상 이런 정치적 전복을 겪지 않았다. 패전 이후에도 천황(일왕)제는 존속됐고, 60년간 자민당이 중심이 된 정치판에서 국회의원들은 세습을 한다. 수만명이 거리에 나와 정권이 바뀌고 대통령과 재벌 총수가 구치소에 들어가는 일이 일본에서는 일어나기 어렵다. 이런 '가짜 민주주의'를 자랑으로 여기는 곳이 일본이다. So it is 이리에 yup 부끄럽다 나의 이웃.

예전에 한 독일인 학자가 일본인에게 한 말. 괴테에 필적하는 문학가가 일본에 있는가? 일본인들의 침묵. 그러나 일부 한국인들만이 일본이 유럽에 대등하게 훌륭하다고 생각한다. 가라타니 고진을 2류 철학자를 푸코, 데리다와 같은 반열에 놓고 공부하는 사람들이 불쌍하다. 검열관 등장. 입 닥치시오.

일본 지식인들의 불만: 건방진 조센징 같으니라구

한국은 '도덕적으로 우위'라는 정당성에 의한 '도덕적 오만'을 즐겨 왔다. (중략) 예를 들어 **"천황이 내 앞에 무릎을 꿇고 사죄할 때까지 나는 용서할 수 없다"**고 하는 위안부의 말은 **그런 심리**를 나타내는 것이다.

스기타 아츠시 「근원은 가부장제 국민 국가 체제」 『아사히 신문』, 2014. 12. 7

박노자의 비판: 일본 좌파나 진보적 자유주의자들의 은밀한 전향. 일본의 지식인을 믿을 수 없다. "하타"의 지적 계보에서 朴은 난징학살을 축소하고 군 위안부를 합리화하는 전통에 서서 일본 주류에 영합하고 있다. 가장 위험한 주장. "민족의 거짓말", 조선인들은 거짓말쟁이, 사기집단이다. 일본 "사이비 자유주의"의 어설픈 풍경. 한일 엘리트들 사이의 관계 개선은 한일 피지배층에게도 복이 될까? 아니다. 경성제국대학의 후예들은 오늘도 마음의 조국을 위해 일하고 있다.

친일 지식인의 담론은 "두 개의 역사 수정주의, 즉 전통적 보수파의 식민화/ 전쟁책임 부정론과 보수화되는 자유주의자들의 민주/평화국가 일본의 긍정과 반성과 '화해' 지향을 하나로 아우를 수 있다." 모두가 긍정할 수 있는, 과도하게 긍정적인 과거의 이미지를 그는 제시한다. 벤야민이 18 시간째 울고 있다. 오늘은 보드카를 마시자. Liberation T shirts 를 입고. *이상의 내용은 모두 소설의 일부입니다.* 어떤 사람도 비판하지 않았으니 아무도 마음 상하지 마시고 같은 의견을 가진 사람끼리 모여 소주 막걸리 사께 비루 토할 때까지 마시고 언제나 순종하는 착한 일본국민 같이 손에 손잡고 귀가하시길 바랍니다. 치어스 간빠이 상떼 위하여. 한번 더 더 더. Doom Da Doom Da Doom Doom Da Da Doom

잠깐만! 가령 알제리의 독립전쟁 Guerre d'Algérie, ثورة جزائرية, Algerian War 을 가혹하게 진압한 프랑스에게 이런 주장을 하는 알제리 지식인이 있었다고 가정해 보자. 그것은 알제리에 질서와 안정이 절대적으로 필요하다는 정치적 판단이었지요. 혼란이 오면 가난한 사람들이 더 살기 힘들잖아요. 프랑스의 "선한 의도를 증언해 주는 구 식민지 출신으로부터의 증거물"은 프랑스 언론과 지식인들에게서 찬양을 받을 것이다.

잠깐, 알제리 전쟁에 대해서 설명을! 영화 하나 소개할게요. 이탈리아 좌파 영화인들의 지원을 받아 알제리 쪽 시각에서 제작된 세미 다큐멘터리 *알제리 전투 La Battaglia di Algeri, The Battle of Algiers* 1965 세계 영화 사상 가장 급진적이고 선동적인 서사극. "이름 없는 수 많은 별들이 하늘을 밝힌다" 1954 년에서 1962 년 사이, 9 년간 프랑스 식민통치에 대항한 알제리 민족해방전선(FNL)의 무장 독립투쟁과 프랑스군의 정치적 폭력행위 등을 다큐멘터리 형식으로 재구성한 영화! 엔니오 모리꼬네는 "이 영화가 정치영화가 아니었다면 음악을 맡지 않았을 것이다"라고 말할 만큼 영화 속에는 알제리 민중의 투쟁의지에 대한 감동을 넘어선 숭고함과 실화의 무게감이 담겨 있다.

알제리 민족해방전선
병력: 34 만여 명
피해: 14 만 1 천 전사, 15 만 3 천명 부상
알제리계 민간인 100 만여 명 이상 사망(알제리 측 주장, 프랑스에선 20 만 정도로 축소하고 그동안 학살이 아니라고 반론해왔다가 일부 학살을 인정하고 있다)

프랑스 France 불란서(觛嬾鼠) 이렇게 쓰면 안되요.
병력: 프랑스군 67 만여 명, 아르키(Harki, 알제리계 프랑스 군인) 20 만 명 이상
피해: 프랑스군 25600 명 전사, 65000 명 부상. 아르키 3 만-9 만 명 사망

프랑스계 알제리 민간인 3천-6천여 명 사망

프랑스는 1961년 *파리 학살*을(2001년 10월에 프랑스 정부가 인정, 이 위선적 야만와 개새끼들아, 그래서 프랑스를 유럽의 일본이라고 그러는군.) 기점으로 알제리 내에서 민간

인들 거주지를 폭격하고 각종 전쟁 범죄. Tagged on the Pont Saint-Michel in 1961: "Ici on noie les Algériens" ("Here Algerians are being drowned"). Dozens of bodies were later pulled from the River Seine. Thibaud concluded that Einaudi's work made it possible to give an estimate of 300 Algerian victims of murder (whether by police or others) between 1 September and 31 December 1961 사르트르 와 푸코의 알제리 지지. 프랑스 철학자, 예술가들 중 알제리의 비극에 침묵하는

자들도 많았다, putain de fils de pute!

Doom Da Doom Da Doom Doom Da Da Doom

그만하자. 눈물이 난다. 책을 사서 읽어 보시오.

누구를 위한 '화해'인가 제국의 위안부의 반역사성, 정영환 저, 박노자 해제

서경식, 와다 하루키 교수에게 공개서한

와다 하루키(78) 도쿄대 명예교수. 북한과 옛 소련 사회주의체제 연구의 권위자요 평화운 동가로, 1970년대 이래 한국 민주화운동을 적극 지원하면서 활발하게 연대해 온 일본의 이 저명한 진보 지식인에게, 재일 조선인 서경식(65) 도쿄경제대 교수가 매우 도발적인 공 개편지를 썼다. 일본군 위안부 문제에 관한 와다 교수의 생각을 총체적으로 비판하면서 아베 정권의 '반동적 우경화'에 침묵하거나 동조하고 있는 일본 진보지식계를 향해서도 비 판의 날을 세우고 있는 이 편지에서 그는 "'일본인의 조선관'을 근저에서 다시 묻고 '사상 혁명과 심리건설을 철저히 실행'하겠다고 했던 선생의 초심으로 돌아가라."며 마지막에 3 개항의 요구를 내걸었다. 1. 일본군 위안부 문제와 관련한 '아시아 여성기금'이 실패로 끝 난 것을 인정하고, 그 실패의 원인을 사상의 차원에서 깊이 고찰할 것. 2. 한·일 정부가 공 표한 '불가역적 최종합의' 즉각 철회 요구 의사를 표명할 것. 3. 위안부 문제에 관한 박유 하 의 저작과 언동에 대한 견해를 명시해 줄 것

1990년대 이후 일본의 시민파 리버럴 세력의 자기붕괴 내지 변절 현상. 이해가 간다. 천 황의 국가 일본 지식인들의 대규모 전향을 보라. 그들을 어떻게 믿을 수가 있나? 사이비 지식인 사이비 진보주의자. 박유하는 세계적 지식인들이 자신을 지지한다고 말한다. 일본 지식인들은 변절을 통해서 그리고 서양의 지식인들은 문제의 본질을 제대로 파악하지 못 하고 있다. 표현의 자유, 학문의 자유가 위협받고 있으니 나는 너를 지지한다. 그러나 나

치를 옹호하는 책도 마찬가지일까? 국가 범죄는 완전히 다른 문제이다. 여기서도 우리는 대칭성의 부도덕과 비대칭적 윤리학의 필요성을 절감한다.

잠깐 하나만 더 추가합시다. 다. 하라쇼. 서경식은 말한다.
"소수자는 힘이 없고 늘 불안하다. 마음에 얼룩이 져 있지만 잘 이야기하지 않으려 한다. 다수자에게 인정받을 수 있는 모델 마이너리티(model minority: 모범적인 소수민족), 사랑받을 수 있는 소수자를 연기한다. 일본에서도 널리 알려진 재일조선인 지식인이나 배우나 … 꽤 많은 사람들이 그렇다. 재일조선인이나 오키나와 사람들이 어쩔 수 없이 스스로 긍

정하는 이야기를 듣고 "용기를 얻었다" "치유 받았다"라고 말하는 일본인 다수자들을 종종 본다. 맞았는데 괜찮다고 웃는 사람들을 보고 '아 좋았다!' 하는 격이다. 때리지를 말아야지."

가끔 기억나는 부처의 말. 오직 진리만을, 너 자신만을 의지하라.
"Behold, O monks, this is my advice to you. All component things in the world are changeable. They are not lasting. **Work hard to gain your own salvation**."
옆에서 한 소년이 노래를 부른다.
팔리어를 번역해 보았다.
I want you to be all right You should be all right.

영어 번역 연습을 해 보자. 구글 번역기를 쓰면 되지요. Many Japanese were extremely offended by this picture because of how casual MacArthur is looking and standing while next to the Emperor, who was supposed to be a god. The Emperor was a living god to the Japanese people, and MacArthur found that ruling via the Emperor made his job in running Japan much easier than it otherwise would have been. 느긋하게 여유있는 맥아더 옆에 선 경직되고 군기가 바짝 든 천황(일왕)의 이 모습에 많은 일본인들은 굴욕감 屈辱感 모욕감을 느꼈다. I feel it. {
1962 - スカッとさわやかコカ・コーラ (Sparkling and refreshing Coca-Cola)
1976 - Come on in. Coke.

1980 - Yes Coke Yes

1985 - Coke is it.

1987 - I feel Coke.

1991 - さわやかになるひととき(A moment that refreshes)

1993 - Always Coca-Cola

2000 - Enjoy

2001 - No Reason

2004 - Special Magic

2007 - The Coke Side of Life

2010 - Open Happiness

2012 - Refreshing & Uplifting

2016 - Taste The Feeling

　}

Up to 1945, the Emperor had been a remote, mysterious figure to his people, rarely seen in public and always silent, whose photographs were always taken from a certain angle to make him look taller and more impressive than he really was. No Japanese photographer would had taken such a photo of the Emperor being overshadowed by MacArthur. 당시 일본 정부는 이 사진을 즉각 금지시켰지만 맥아더는 모든 일본 신문에게 이 사진을 실으라고 명령했다.

히로히토를 신(神)이라 믿었던 말단 병사의 각성. 1944 년 전함 무사시가 침몰할 때 가까스로 살아남은 패잔병은 이제 일왕에게 전쟁 책임의 직격탄을 날린다. 이것이 해몰사이군요. 네. 하이보루 soda 데스.

"산산조각 난 신"에서 와타나베 기요시는 쓴다. **"할 수만 있다면 해전이 벌어졌던 현장으로 천황을 끌고 가서, 바다 밑바닥에 질질 끌고 다니면서, 그곳에 누워 있을 전우들의 무참한 주검을 보여주고 싶다.** 이것이 당신의 명령으로 시작된 전쟁의 결말입니다. 이렇게 수십만이나 되는 당신의 병사들이 당신을 위해서라고 믿으며 죽어갔습니다." 일본이 이토록 인명을 경시한다는 인상을 많이 받았다. (가끔)

해군 복무 4 년 동안 먹고 입었던 모든 것을 당신에게 돌려주겠다며 리스트를 적는 20 세 청년. "양말 한 켤레, 단추 한 개까지 천황 폐하께서 주신 것이니 소중히 여기도록"이라고 지시를 받았기 때문에, 빠짐없이 적는다면서 섬세하고 집요하게 하나하나 적는다. 이 목록의 나열을 보며 K 는 나도 이렇게 적고싶다고 생각했다. <u>글쓰기의 비법: 고유명사의 집요한 효과적 나열.</u> Doom Da Doom Da Doom Doom Da Da Doom

"동계 전투복 상의(그중 1 은 헌옷), 하계용 속바지 3, 양말 4, 각반 1..." 등 나열한 리스트가 모두 56 항목이다. "이상이 내가 당신의 해군에 복무하는 동안 받은 금품입니다. 총액 4281 엔 5 센이므로 우수리를 반올림해 4282 엔을 이렇게 돌려 드립니다." Doom Da

편지의 마지막 문장. "나는, 이로써 당신에서 빚진 것이 아무 것도 없습니다." 다다 다 참고로 이것 하나 추가할게요. **일본문학과 몸.**

역사에서 가장 파악하기 곤란한 부분은 그 시대 사람들에게 있어서 무엇이 <당연한 것>인지를 파악하는 것이다. <쓰여 있는 내용이 전부>라고 볼 때 <언급되지 않는>상식적인 부분은 역사에서 누락되어 버린다. 에도, 즉 일본근세사회는 <신체>라는 것을 철저히 배제했다. 메이지와 다이쇼 시대의 문학은 유럽화되는 것을 거부하면서 <신체를 배제했던> 것이다. 나[我]라는 존재는 신체 위에 성립하는 것이다. **일본인에게 있어 나라는 존재는 우선 먼저 자신의 <마음>이다.** 일본의 중세적 세계에서는 사람은 무엇보다도 먼저 신체였다. 중세적 신체를 상실하는 것이 에도라는 시대의 특질이었다.

일본이라는 나라는 역사를 지워 버린다. <없는>일로 만들어 버리는 것이다. 군대에서조차도 마음이 우월성을 차지해버린다. 그것은 바로 군대의 자멸로 이어진다. 제도는 반드시 이런 스테레오타입을 만들어낸다. 이와 같은 일정한 <형(型)>을 만들어내는 데 있어 군대가 항상 주도권을 쥐고 있었다. **천황을 절대화했다. 그리고 국가를 절대화했다. 마침내는 자기 자신을 절대화했다. 그 절대화는 기계적이었다.** 군대의 절대화 앞에서 정치도 문학도 위축되었다. 군대는 형(型)을 가지고 있었기 때문이다. 군대의 형이라는 것은 단독적이었다. 형(型)을 갖지 않는 개성은 다른 형한테 항상 압도당하고 만다. 다이쇼 시대 이후 교양인들이 단독적인 형 그 자체인 군대한테 압도당해 버렸던 것이다. Doom Da Doom Da Doom Doom Da Da Doom 에헤라 디야 얼쑤 **日本軍隊는 모든 것을 형(型)으로 만들어 낸 다음 國家와 함께 붕괴崩壞했다.** 한국검찰은 스스로 그자신만이 붕괴하길 바란다. 그러나 皇軍의 한 병사가 살아남아 다시 스스로의 帝國을 만들었다. 그후 세월이흘러 10월의 마지막 날. 보쿠세이키曰2.26사건때일본의젊은우국군인들이나라를바로잡기위해궐기했던것처럼 우리도일어나확뒤집어엎어야할것이아닌가. 그런가? 그렇다고 하시오. 싫어요. 보쿠와 보쿠가 싫어요.

****

불교 파시즘이란 책이 있더군요. 그래요. 하지만 불교는 원래 심오(深奧)한 것이죠. 그리고 불경에서 색즉시공(色卽是空)에서의 色이 rupa, 산스크리트어로 空이 sunyata 라는 것을 알게 되니까 그 의미가 새롭게 다가왔다. Iha Sariputra, rupam sunyata, sunyata iva rupam. 여기서 사리자여, 형상은 공한 것이고, 공한 것은 바로 이 형상이다. rupa 는 '모양을 이루다'라는 동사 어근 rup 에서 왔는데 빛의 반사로 색깔이 생기기에 색(色)으로 한문번역이 이루어졌다. rupam 은 중성명사 주격이다. 따라서 형상 form, 형체, 물질 이런 식으로 이해할 수 있다. sunya 는 팽창하여 빈 상태를 의미하고 ta 는 명사 어미 (~것), 따라서 sunyata 는 "팽창하여 텅 빈 상태"emptiness 를 의미하는 것이지 없는 것이 아니다. 물리학적으로생각해보면정말맞는말이다. 불경번역의 역사에서 혼란의 여지가 있었다는 사실은 그 자체로 개인적으로 흥미로왔고 과거에 이해가 가지 않았던 구절들의 의문이 많이 풀렸다. 여기서 다 설명하기에는 적절한 것 같지는 않다. 예를 든다면 na 가 없다의 무(無)가 아니라 not 즉 비(非)라는 것. dharma(진리, 우주의 질서)와 bhava(존재)를 모두 법(法)으로 중국어 경전에서 번역된 결과 의미상의 혼란을 피할 수가 없었다. 그렇다고 한다. 불교학자도 아닌 사람이 이렇게까지 따질 필요가 있느냐 할 수도 있지만 아마추어가 할 수 있는 한에서 최대한 탐구해 보는 것도 나쁘지 않은 것 같다. 또다시 이야기하자면 태도의 문제이다. 지적인 태도는 기억력이 없어도 머리가 나빠도 가질 수 있다. 이렇게 하다 보면 팔리어, 라틴어, 히브리어까지 문법을 들여다보고 문법 자체가 재밌어진다. 하다말다 말다하다 포기하지 않았다는 긴장감. 아무 것도 하지 않아도 아직 나는 산스크리트어를 포기하지 않았다는 생각이 긴박한 팽팽한 압박감을 준다. 문제는 에너지 소모가 막심하다는 것이다. 유레카, 외국어를 20 개 정도 6 개월 배운 뒤, 나는 이들을 포기하지 않았다고 매일 아침 매일 저녁 기억한다면, 이 아이들이 나를 홀쑥하게 날씬하게 만들어 줄 것이라고 확신한다. 이 소재로 소설을 쓰기로 하고 아이디어 스케치를 했다.   Doom Da Doom Da Doom Doom Da Da Doom

네이버에 광고 게재를 했다. 팟빵에도 했다. 다이어트에 실패한 모든 분들에게 고함. 6 개월에 10kg 감량, 요요현상 전혀 없음. 부작용은 머리가 좋아진다. 처음 한달 간 영어와 프랑스어를 배운다. 두번째 달 프랑스어와 라틴어를 배운다. 세번째 달 이태리어 스페인어 포르투갈어를 배운다. 네번째 달 루마니아어와 카탈루냐어를 배우고 독일어 기초를 시작한다. 5 번째 달에는 독일어만 집중해서 배운다. 어렵다. 6 번째달 독일어와 네덜란드어를 같이 배운다. 7 번째달 독일어와 네덜란드어와 스웨덴어를 배운다. 8 번째달 독일어와 네덜란드어와 스웨덴어와 노르웨이어와 덴마크어를 배운다. 9 번째달 아이스란드어와 지금은 사라진 아일랜드어와 한께 러시아어 기초를 배운다. 10 번째 달 러시아어와 폴란드어를 배운다. 11 번째달 고전 그리스어 문법을 배운다. 12 번째달 고전 그리스어 강독과 함께 현대 그리스어 회화를 배운다.
그리고 매일 이 언어들의 동사변화표를 읽는다. 나는 잊어 버리지 않았다고 소리를 지른다. 통성기도를 한다. 이 모든 언어를 포기하지 않았다고 다짐하는 순간순간 체중이 빠진다. 다이어트의 시너지 효과는 어마어마해서 상상이 불가능한 곳으로 이동할 수가 있다. 즉 거식증이다. 이 때 외국어 공부를 전면 중단하면 된다. 그러며 처음의 체중으로 원상복귀하는 듯 하다가 알 수 없는 신세계가

SSG 열린다. 광고는 하지 않겠다. ~~벌써 옆집 아주머니인지 아저씨인지 아가씨인지 알~~ ~~수 없는 분이 방문하셨다.~~ Danke. 아리가또. 고 고 호무랑.

프랑스 철학자, 독일 철학자의 책들도 그 언어를 배워야 그 의미가 확실해지는 것은 피할 수 없는 일이다. 피하고 싶다면 고속으로 3차선을 주행해도 좋다. "존재", "존재자" 이렇게 한국어 번역만으로 하이데거를 읽을 수는 없고 독일어를 몰라도 철학 강의 중에 칠판에 "존재 Sein, 존재는 존재하는 것(das Seiende)과 다르다" 이런 말을 저절로 발견하게 된다. 현존재(Dasein)는 '거기(da)', 즉 특정한 장소에 존재하는 현실적인 존재이며 인간이라는 존재자를 Dasein으로 부른다. Dasein is a German word that means "being there." 따라서 "there-being"으로의 직역도 가능하다. 시인 횔덜린에 대한 하이데거의 후기사유에 관심이 있어서 독일어를 배우게 되었고, 벤야민, 아도르노를 읽는데 막대한 도움이 되었다. 독일어를 배우는 가장 좋은 방법은 번역을 해 보는 것이라고 생각한다. 책 한권은 불가능하겠지만 몇 페이지 번역은 조금/많이 부지런하면 할 수 있다. Just do it now

이런 식으로, 단테를 읽으려고 이태리어를 배우고, 페소아 시를 번역하려고 포르투갈어를 배우고, 불경의 번역과정을 이해하려고 한문문법도 다시 배우고.... 벤야민을 읽다가 카프카로 넘어갔다가, 다시 모리스 블랑쇼가 쓴 '카프카에서 카프카로'를 읽어 보고.... 마르셀 프루스트의 "잃어버린 시간을 찾아서"를 중간부터 읽다가 들뢰즈의 『프루스트와 기호들』에 관심이 가고, 롤랑 쁘띠가 안무한 "intermittence du coeur 심장의 간헐적 박동"이라는 발레에서 Swann et Odette 의 pas de deux(2인무)를 보기도 하고, 특히/만나면시들해지고/헤어지면또보고싶어.안달하는/그런동작들의.반복을/지루해하지.않으며/반복적으로.보고.... 이 비슷한 과정이 끝없이 변주(變奏)되었다. 그리고 역사책을 읽다가 직접 1차 자료를 수집하고 또 발굴하는 것도 해 보았다. 과거의 비극적 사건들이 어떻게 현재에 놀랍도록 유사하게 반복되는가는 아주 매력적이었다. 무서움을많이타는아이가 공포영화에 빠져드는 역설적인체험이었다.

프루스트, *Marcel*

잠깐 멈추시오. 여기서 프루스트 이야기를 길게 합시다. 그래요. 언제든지.
*********견딜 수 없이 지루하다에서 비교불가능하게 흥미롭다로*********

Proust 를 읽으면 글쓰기 재능이 없었을 수도 있었던 그가 어떻게 신의 선택을 받은 자가 되었는지가 보인다. 사르트르의 Les Mots 를 읽어야 이게 무슨 말인지 안다. 시간이 없어서 미안하지만 각자 읽어 보기로 하자. 미미한 자에게 시원이 도래하는 그런 체험이다. 이것도 휠덜린을 읽어 봐야되는데. 나도 미미한 존재라는 점에서는 탁월한데(나만큼 미미하고 보잘 것 없는 사람이 없으니까요.) 아무것도 도래하지 않는다오. 당신은 더 미미해져야 하오. 갑자기 나타난 놈이 말한다. 무슨 소리야, 사람을 잘 못 본 것 아닌가. 나에게 재능이 없는 곳에서 나는 나는 무엇을 하지 하지 나는 생각한다 생각한다. 프루스트는 문학의 재능은 없었지만 무한한 감수성이 있었고 자신을 완전히 소진시켰다. 니체가 말했지. 이 사람을 보라 ECCE HOMO 에케 호모. 2000 년 전에도 그랬지. ἰδοὺ ὁ ἄνθρωπος (idou ho anthropos 이두 호 안트로포스). 파리 사교계의 오렌지족은 원래 이런 모습이었다. 마르셀 프루스트(Marcel Proust, 1871~1922).

그의 작품 『잃어버린 시간을 찾아서』는 20 세기 전반에 걸쳐 탄생한 소설 중 최

고의 작품으로 평가된다. 共感 同感 感動 同議 動感.
『잃어버린 시간을 찾아서』는 총 4000 여 페이지에 걸친 대작으로, 프루스트는 1909 년부터 쓰기 시작해 1922 년에 그가 숨을 거둘 때까지 이 작품에 몰입한 삶을 살았다. 장장 14 년에 달하는 이 시간, 프루스트는 실로 작품에 순교하는 삶을 살았다고 할 수 있다.
언제나 천식을 비롯한 지병에 시달리고 있던 프루스트에게 이토록 거대한 소설을 완성시키는 것은 촉박한

시간을 다투는 일이었다. 말년에 이르러 죽음이 지척에 왔음을 느꼈던 프루스트는 원고작업을 서둘렀지만, 결국 제 5 편을 다듬던 중 사망하고 만다. (작품은 총 7 편으로 이루어져 있다)

프루스트의 마지막 14 년이 고스란히 담겨 있는 이 작품은 놀랍도록 뛰어난 표현으로 짜여져 거대한 구상을 완성시키는 희대의 역작이었다. 인간의 상상력이 달성한 가장 심오하고 완벽한 위업이라고까지 칭송 받는 이 작품은, 프루스트가 작은 방에 틀어박혀 질병과 싸우며 일궈낸 결과물이다.

앞서 언급한 바와 같이, 그가 『잃어버린 시간을 찾아서』라는 큰 프로젝트를 시작한 것은 1909 년이다. 특히 1914 년경부터의 8 년 간은 이 작품에 사활을 걸고 매달린, 작업에 대한 열망으로 응축된 시간으로 볼 수 있다. 프루스트는 죽음을 8 년가량 앞 둔 어느 날, 생사를 오가는 심한 발작을 경험하게 되는데, 이 때 자신이 꿈꿔 온 작품을 완성하기에 남은 시간이 충분치 않으리라는 것을 직감했던

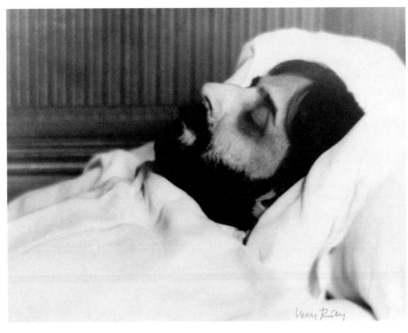

것 같다. 그는 셀레스트에게 이렇게 말한다. "나의 임무는 책을 쓰는 것, 작품을 만드는 것이에요. 딴 일에 신경을 쓰기에는 시간이 너무 촉박해요." 순교자

마르셀. 이 사진속의 그는 문학의 순교자같지 않은가?

프루스트는 이제 세상과의 연락을 단절하고 작품에 몰입하는 극단적인 생활을 선택한다. 본래 그의 방은 폐쇄적인 편이었다. 평생을 앓아온 천식 때문에 외부인의 출입을 제한할 수 밖에 없었고, 그가 소리에 민감했기 때문에 벽과 바닥을 코르크로 덧대어 놓았다. (이로 인해 외부 소음이 거의 들리지 않는 환경을 조성했다.) 오직 작업만을 위해 모든 것을 차단한 이 방에서, 프루스트는 거의 나오지 않았다. 프루스트의 동생인 로베르는 이런 말을 했다.

"형이 남들처럼 살았다면 훨씬 오래 살았을 것이다. 그렇지만 스스로 그런 생활을 선택했다. 그것은 자기 작품을 위한 것이었다." - Klea Andron

프루스트는 언젠가는 자신의 작품이 이 세상으로부터 인정받을 것이라는 자신감을 갖고 있었다. 그래서 무서울 것은 없었다. 프루스트에게 단 하나의 공포가 있었다면, 작품을 완성하기 전에 죽게 되는 것. 오직 그것 하나였다. 그래서 그는 항상 시간에 쫓긴다는 조바심을 갖고 있었다. 그는 셀레스트에게 이런 말을 했다. "나는 서둘러야 해요. 아직도 써야 할 책이 잔뜩이에요."

"지쳤어요. 완전히 지쳐버렸어요. 그렇지만 계속해야 해요. 마지막까지 끝내지 못한다면, 나의 삶이며 모든 것을 희생시킨 것이 죄다 수포로 돌아가고 말아요!"

"이제는 죽을 수 있어요. 어젯밤 난 '끝(fin)'이라는 단어를 썼답니다."

나도 이제 그만 쓰고 싶다. The End. 넌 천재가 아니니까 계속 써. 누구신가요? 그냥 쓰라구. 네, 스바씨바. 그의 작품은 이렇게 완성된다. 물론 그는 마무리작업을 하던 중 사망하

였지만, 그가 죽기 전에 이루려던 위업이 일단락 될 수 있었다는 것은 세계 문학이 거두어들인 귀한 행운일 것이다. 작은 방을 가득 채운 14년간의 열망과 대작의 완성. 읽어 보고 싶지 않은가? 읽었던 사람 별로 없다. 아주 조금만 한 패러그래프만 읽어 보자. Da. 이렇게 빨리 돌아 가시다니 안타깝다. 김진영은 독일어 번역을 섬세하게 한국어로 옮겼다. "프루스트와 함께 한 10 일(가칭)"은 아직 출판되지않았고 아직도 준비중이다. 포기했다고 합니다.

...그런데 알베르틴이 더 깊이 잠들자/ 그녀의 모습은 더 이상 식물이나 꽃이 아니라 하나의 풍경이 되었다. 잠자는 알베르틴의 모습은/ 내게 그 어떤 고요한 것, 감각적이고 고상한 그 어떤 것,/ 그러니까 보름달이 뜨는 밤에는 호수처럼 조용해져서, 모래 위에 누워 귀를 기우리면 미풍에 흔들리는 나뭇잎 소리와 끝없이 이어지는 파도소리가 들려오던/ 저 발벡의 해안 풍경으로 변했다. 나는 모든 소리들을 잊어 버린 채,/ 오직 발벡의 파도소리 같은 그녀의 숨소리,/ 동일한 리듬 속에서 점점 더 낮아지고 부드러워지면서 그녀의 입술 위를 지나가는/ 황홀한 소음 속으로 빠져 들어갔다. (...) 그녀의 잠자는 모습은/ 그 어떤 배우도 흉내낼 수 없는 그런 자연스러움을 지니고 있었다. 장밋빛 얼굴 위로 흘러내린 머리카락들이 침대 위까지 흩어져 있었는데/ 흩어진 머리카락의 올들이 저마다 서로 다른 음영을 지니고 있어서/ 마치 나무들이 저마다 다른 음영을 부여받아 원근법적 효과를 아름답게 드러내고 있는/ 엘스티어의 풍경화를 보는 것만 같았다. 알베르틴의 입술은 닫혀 있었지만/ 그녀의 두 눈꺼풀은, 내 쪽에서 비스듬히 보면, 완전히 닫혀 있지 않은 것처럼 보였으므로/ 어쩐지 그녀가 완전히 잠들어 있지 않은 듯한 착각을 불러 일으키기도 했다. 하지만 그렇게 조금 열린 듯한 눈꺼풀이 오히려 그녀의 얼굴에 완벽한,/ 열린 두 눈 때문에 깨지게 마련인/ 통일성을 부여하고 있었다. 시선이 사라지면, 즉 눈을 감으면,/ 그 얼굴이 짐작도 못했던 아름다움과 우아함을 지니게 되는/ 그런 얼굴도 있는 것이다. 가끔씩, 그 이유는 알 수 없지만,/ 갑자기 일어난 바람이 고요하던 나뭇잎들을 흔들고 잠깐 지나가는 것처럼,/ 그 어떤 흔들림이 잠자는 알베르틴의 몸 위로 지나가기도 했다. 그럴 때 그녀는 손을 머리로 가져가 머리카락을 쥐어보지만/ 아마도 마음에 안 들었는지,/ 손을 다시 내렸다가 또 한 번 머리카락을 쥐곤 했는데,/ 그 손놀림이 너무도 집요하고 정확해서,/ 나는 그녀가 깨어있는 게 아닌가 걱정이 되기도 했다.

섬세한 묘사다. 조금만 더 읽어 보자. 동의하는가? 아니오. 그러면 더 읽겠다.

...그런데 잠자는 알베르틴이 머리를 돌리며 자세를 바꿀 때마다/ 그녀는 내가 알지 못하는 다른 여자가 되었다. 나는 마치 알베르틴을 소유하면서/ 동시에 셀 수 없도록 많은 내가 모르는 다른 여자들을/ 함께 소유하고 있다는 착각이 들었다. 이제 알베르틴의 숨소리는 아주 깊어져서/ 그녀의 가슴과 그 위에 놓인 두 손, 그리고 손가락에 낀 진주 반지들이/ 숨결을 따라 다양한 모습으로,/ 마치 물결치는 배처럼, 동일한 리듬으로/ 그러나 저마다 다른 형상들로/ 수없이 바뀌면서 변해가고 있었다. 그리고 마침내 알베르틴의 잠이 가장 깊은 곳으로 내려가서/ 더는 의식의 암초들에게 부딪힐 위험성이 없는 상태에 이르렀다는 확신이 들었을 때/ 나는 안심하고 침대 위로 올라가서/ 그녀 곁에 몸을 눕히고 알베르틴

의 잠 속으로 함께 실려 내려갔다.... 나는 그야말로 말을 알지 못하는 자연,/ 그 어떤 의식도 저항도 없는 자연 한 조각을/ 완전하게 소유한 것만 같았다.

처음부터 읽지 않습니까? 난 원래 중간부터 읽어요. 정 그러시다면 처음부터,
OVERTURE

Longtemps, je me suis couché de bonne heure. Parfois, à peine ma bougie éteinte,/ mes yeux se fermaient si vite/ que je n'avais pas le temps de me dire: «Je m'endors.» Et, une demi-heure après,/ la pensée qu'il était temps de chercher le sommeil/ m'éveillait; je voulais poser le volume/ que je croyais avoir encore dans les mains/ et souffler ma lumière; je n'avais pas cessé en dormant/ de faire des réflexions sur ce que je venais de lire,/ mais ces réflexions avaient pris un tour un peu particulier; il me semblait/ que j'étais moi-même ce dont parlait l'ouvrage: une église, un quatuor, la rivalité de François Ier et de Charles Quint.

For a long time I used to go to bed early. Sometimes, when I had put out my candle, my eyes would close so quickly that I had not even time to say "I'm going to sleep." And half an hour later the thought that it was time to go to sleep would awaken me; I would try to put away the book which, I imagined, was still in my hands, and to blow out the light; I had been thinking all the time, while I was asleep, of what I had just been reading, but my thoughts had run into a channel of their own, until I myself seemed actually to have become the subject of my book: a church, a quartet, the rivalry between François I and Charles V.

나는 오래전부터 일찍 잠자리에 들었다. 이따금 촛불을 끄자마자 바로 눈이 감겨와 '아, 잠이 드는구나' 느낄 틈조차 없었다. 그러면서도 30 분쯤 지나면 이제 잠들어야지 생각하면서도 눈이 떠진다. 아직 손에 들고 있는 줄 알고 책을 놓으려 하며 촛불을 불어 끄려 한다. 잠이 들면서도 좀 전까지 읽고 있던 책에 대해 생각하고 있었던 것이다. 그런데 그 생각은 조금 독특한 것으로 변해 있다. 즉 교회나 사중주(四重奏)나 프랑수아 1 세와 카를 5 세 사이의 싸움 따위들이 나 자신의 일처럼 느껴진다. - 민희식, 2010, 잃어버린 시간을 찾아서, 동서문화사

오랜 시간, 나는 일찍 잠자리에 들어 왔다. 때로 촛불이 꺼지자마자 눈이 너무 빨리 감겨 '잠이 드는구나.'라고 생각할 틈조차 없었다. 그러나 삼십여분이 지나면 잠을 청해야 할 시간이라는 생각에 잠이 깨곤 했다. 그러면 나는 여전히 손에 들고 있다고 생각한 책을 내려놓으려 하고 촛불을 끄려고 했다. 나는 잠을 자면서도 방금 읽은 책에 대해 끊임없이 생각했는데, 그 생각은 약간 특이한 형태로 나타났다. 마치 나 자신이 책에 나오는 성당, 사중주곡, 프랑수아 1 세와 카를 5 세와 경쟁 관계라도 되는 것 같았다. - 김희영, 2012, 잃어버린 시간을 찾아서, 민음사

반과거에 대한 명상: 일회적이 아니라 과거의 지속적 반복적 행동을 반영.

<u>책은 처음부터 읽을 필요는 없다. 처음부터 끝까지 전부 읽을 필요도 없다.</u>
이것을 의식한 순간 많은 책을 읽을 수 있었고 완독한 책도 많아졌다. 중간에서 처음으로 다시 끝으로 또다시 중간으로 이렇게 읽어간 책이 바로 "잃어버린 시간을 찾아서"였다.

****

생각의 흐름. 탈근대 역사 이론이 프루스트 안에 그 원형이 있다는 발견. 그리고 스피노자적 세계관 또한 여기에. 무한하게 확장된 자아로서의 데우스. 지극히 축소된 신성으로서의 주체. <u>왜 질투가 사랑에 선행하는지를 이해했어요. 매우 심오하네요. 이태리어로 이야기와 역사는 둘다 storia. 흥미로운 관점이네요. 뭔가</u>
프루스트는 개인의 내밀한 이야기 같지만 이 안에 프랑스 당대의 정치사회를 모두 담고 있고 인류 전체의 이야기 즉 역사 전체를 담고있다. 좀 과장하면 20 세기 프랑스 문학 철학책들이 모두 파괴되어도 그 모든걸, modern girl, 복원할 수 있는 원형을 가지고 있다. 평범한 사람의 최고의 성취. 그는 천재는 아니었지만 제니를 움켜쥐었다. 세상에는 프루스트를 읽은 사람과 아닌 사람이 있다. 이 말이 참 거시기하다. 視時

베케트가 쓴 프루스트 책이 있어요. 옆의 표가 이해가 안가면 직접 읽어 보시길 바랍니다. 事事

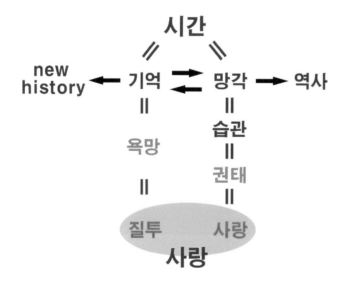

144

****

소돔과 고모라에서 나오는 동성애 에피소드는 사랑과 예술의 본질에 대한 하나의 통찰력 있는 철학 에세이이다. 이런 주제를 세미나에서 다루어 보았다.

Doom Da Doom Da Doom Doom Da Da Doom

왜 예술가는 동성애자가 많은가?

에로스와 창작의 비밀은 어떻게 연결되는가? 자웅동체(雌雄同體)적 식물의 자기수정. 직접 읽어 보자. 분량이 많지도 않다. 자기애(自己愛)적인 성의 횡단(橫斷): transsexuel. Muse 의 의미와 4 가지 횡단! Transverse

3 layers of love and 4 types of eros /이성애(異性愛) VS 동성애 / 타자애 VS 자기애

"첫 번째 층위는 이성간의 사랑의 통계적인 전체로 정의되었다. 두 번째 층위는 동성애의 두 방향으로 정의되었는데, 이들 역시 통계적이다. 첫 번째 층위의 전체 속에서 파악되었던 개인은 이 동성애의 두 방향을 따라서, 남성이면 소돔의 계열에 참여하고 여성이면 오데트나 알베르틴처럼 고모라의 계열에 참여함으로써, 또 다른 동성의 개인들에게로 갔다.

직접 읽어 보아요.

그러나 세 번째 층위는 성의 횡단(transsexuel)이다. (이를 동성애라고 부르는 것은 큰 잘못이다.) 이 세 번째 경우는 전체만큼이나 개인도 넘어선다. 성의 횡단이란, 개인 속에 두 가지 성이라는 두 파편의 공존, 서로 소통하지 못하는 '부분적 대상들(objet partiels)'의 공존을 가리키는 말이다. 그러므로 사정은 식물에서와 비슷하다. 자웅동체는 암컷 부분이 수정하거나 수컷 부분이 수정시키기 위해 제 3 자(곤충)를 필요로 한다." (민희식 역)

****

이 텍스트를 잘 읽어 보면 마치 불교에서 말하는 애착愛着의 본성本性이 공허하다는 것을 깨달을 수 있다. 사랑의 본질이 이렇게 허무한 것이라면 마음이 아프다는 사람도 있었다. 맘이아파도할수없지. 프루스트의 진보적 감수성. 드레퓌스 사건.

프루스트의 글쓰기를 정리한 것 발견(아마도 K 선생님의 강연):
  프루스트의 글쓰기는 무엇을 의미하는가? 임종의 침대에서의 죽음의 글쓰기
  죽음: 어머니의 죽음(할머니의 죽음), 죽음의 공간: 임종의 침대(레오니 고모)
  죽음이 오기 전에 죽음을 선택하기, 그리고 아킬레우스의 죽음.
  자신의 육체로 쓴 소설: 자신을 갉아먹고 모든 기력을 소진시키는 글쓰기

아까 임중의 사진 기억나지요, 문학이 순교자

프랑스어 번역도 까다롭다. 라캉의 jouissance 는 영어로 보통 enjoyment 로 번역하는데 jouissance 의 번역어가 갖춰야 할 최소조건으로 pleasure(快樂)과 구별되어야 하고 '고통.속의.쾌락' '죽음충동과.결합된.쾌락' 즉 "과도한.쾌락'이란 의미를 담아야 한다는 것이다. 그래서 향유 보다 **향락(享樂)**이 좋지 않겠는가 또는 그냥 '주이상스'라고 하자는 사람도 나온다. 또한 권력과 Power 와 Pouvoir 는 다르다. pouvoir/savoir 를 power/knowledge 로 번역하면 많은 것을 놓치는 것이다. 무엇을 하고 있는가? Pourquoi

"지나고보니/이건미친짓이었지만/고통스러웠지만/좋은경험이었고/나의지금성공에/큰도움이되었어/말하는사람들에대한/이루말할수없는/혐오감과분노와/무관심" 이라는 산스크리트어적 싸느르한 복합명사를 하나 만들고 쉬기로 했따. 히비리디비리 허벌진트. 유진 Eugene. 다시 원래 자리로 돌아 가 보자. 이것은 K 의 독백이다. K 가 누구요? 시간이 지나서 전지적 작가시점인지 아닌지 모르겠다. 적당한 혼란인지 참을 수 없는 무질서인지도 알겠다. 모르겠다. 못+알다. 못을 박는 것은 참으로 고통스럽다.

정리를 해 봐. 자신의 공간이 정리가 되어 있어야 에너지 낭비를 막고 창조성이 고조되나고. 알긌어, 저 저어정리를 해 볼게에요요. 앞으로 읽어 보고 싶은 책들을 일목요연하게 데카르트를 생각하며 늘어 놓는다. 여기에 등장한 작품은 K 가 읽었던 것들을 수록해 놓은 것이니 MECE or CEME 는 아니다. 푸코가 인용한 고대 중국의 동물 분류법과 비슷. 푸코는 "말과 사물"의 「서문」에서 보르헤스가 인용하는 중국의 백과사전 분류법을 재소개:
"동물은 다음과 같이 분류된다. (a)황제에 속하는 동물, (b)향료로 처리하여 방부 보존된 동물 (c) 사육동물 (d)젖을 빠는 돼지 (e)인어 (f)전설상의 동물 (g)주인 없는 개 (h) 이 분류에 포함되는 동물 (i) 광폭한 동물 (j) 셀 수 없는 동물 (k)낙타털과 같이 미세한 모필로 그려질 수 있는 동물 (l) 기타 (m)물주전자를 깨뜨리는 동물 (n)멀리서 볼 때 파리같이 보이는 동물"

K 가 정리한 책읽기 방법론:
책 읽기는 수동적인 지식의 습득이 아니라 적극적인 대화의 참여이다.
책은 눈으로 읽는 것이 아니다. 마음의 귀로 저자의 목소리를 듣는 것이다.
또한 조용히 그에게 물어보고 그 답을 기다리는 것이다.
고전 읽기는 죽은 사람과의 시간을 초월한 우정이고 대화이다.

고전의 저자를 숭배하지 말고 친구가 되어라.

그리고 읽은 책에 대해서 다른 사람과 또 대화를 해 보는 것이다.

자기 목소리를 가지고 책에 대해 써 보는 것이다.

대화와 쓰기를 통해 책의 내용이 살아 움직이기 시작한다.

저자와의 대화 또 살아 있는 사람과의 대화

현재 우리가 책을 읽는 방식은 죽은 책읽기이다.

책에 생명을 주는 것은 독자의 몫.

****

백: "나는 성공적인 예술가가 되기위해 여지껏 미술관, 큐레이터, 갤러리스트, 잘난체 하는 아트 피플을 조롱했다고 생각합니다. 미술계에는 공정한 게임도 없고 객관적인 기준도 없으니까요. 당신이 게임을 하려고 하는데 게임의 규칙을 모른다면, 게임을 할 수가 없습니다. 하지만 미술계에서는 하룻밤 새에 게임의 규칙을 바꾸는 것이 가능하지요. 당신이 게임에서 질 것 같으면, 규칙을 바꾸면 되는 겁니다. 이것은 미술에서 정치의 문제입니다. 미술잡지에 읽을 만한 것은 하나도 없습니다. 미술 잡지 같은 건 사지 마세요. 신문도 읽을 필요 없습니다. 그런 걸 보면 나는 미쳐버릴 겁니다. 당신은 밥 모리스가 되고 싶다는 꿈이 있겠지만, 그건 불가능합니다. 나는 절대 미술 잡지를 보지 않습니다. 너무 비싼데다가 모든 게임을 이러쿵 저러쿵 정해 버니니까요.[..] 내 교육 철학 중에는 이런 것이 있습니다. ~~예술에서 가장 중요한 것은 바텐더 49 드리스?, 택시운전수가 되지 않는 것이다.~~ 물론 나는 바텐더가 매우 재미있는 직업이라고 생각합니다. 그건 퍼포먼스와 커뮤니케이션에 관한 것이니까요."

그리고 인터뷰 자료를 잊어 버렸다. 거기에는 유럽예술이란 것이 결국은 텃세다. 쫄지 마라. 이런 메시지. 그의 말을 직접 듣고 싶다. 얇은 책 앞쪽에 있었다. 예술가의 일생이란 영화를 만들기로 했다 그림을 한 장 그렸다. (저 뒤에 있다.)

글쓰기는 **무**엇인가? 舞 巫 霧 吺 무가 풍성하다. 엇박자를 배우다.

어떻게 **쓰**는가? 아리아리랑 **쓰**리**쓰**리랑 아라리가 났네 저건너 앞산에 둥근달 떴네

누가 쓰는가? 나에게 재능이 있는가? 없지, 없어.

"재능없는사람"의 글쓰기: 모르겠어, 역시 모르겠어. 포기해, 포기해.

글쓰기의 비밀을 알려줄게. 惠特曼 ㄱㄹ샤듸

These are really the thoughts of **all** men in **all** ages and lands, they are not original with me,

If they are not yours as much as mine they are **nothing**, or next to **nothing**,

If they are not the riddle and the untying of the riddle they are **nothing**,

If they arc not just as close as they are distant they are **nothing**.
This is the grass that grows **wherever** the land is and the water is,
This the **common** air that bathes the globe.

이 때, 언제? 지금 머리에 떠 오른 것은 보통이 아닌 사람이 부른 "**가장 보통의 존재**". 김보통과 알랭드 보통이 만나기로 했다. 언니네 이발관에 가면 이 노래를 운이 나쁘면 항상, 운이 좋으면 가끔 들을 수 있다. 오늘도 나는 간다. 늦게 도착해서, 길을 물어 보아도 포기하라던 그 경관때문에, 오늘도 잠자다 늦었다. 곡이 끝나가고 있다.

이런 이런 큰일이다 너를 마음에 둔게 / 이런 이런 큰일이다 나를 너에게 준게

나에게 넌 너무나 먼 길 / 너에게 난 스며든 빛
언제였나 너는 영원히 꿈속으로 떠나버렷지

나는 보통의 존재 어디에나 흔하지 / 당신의 기억 속에 남겨질 수 없었지
가장 보통의 존재 별로 쓸모는 없지 / 나를 부르는 소리 들려오지 않았지

이 노래는 미래를 예언하고 있었다. 큰 일은 도처에 있다.

아휴 큰일났네... 아휴 큰일났어... / 다 죽었네... 다 죽었어...
어우, 그걸 왜 못 막었어? 그걸 그렇게 하면 어떡해?
걔는 그런 쓸 데 없는 얘기를 뭐 하러 했대?

아휴 큰일났네... 아휴 어떡하냐...
이렇게 하지 말고... 이렇게 해야 될 것 같아...
이제 이렇게 했던 저걸로 해서 이렇게 하지 않으면...

이 포스트모던한 발언을 번역을 해야될 것 같다. 프랑스 영화평론가는 최고의 대사라고 극찬을 하고서 개고기를 먹어 보는 모험을 선언하고 사라졌다. 지안이는 나직하게 말했다. 개새끼. 그는 아직 나타나지 않았다. Wanted.

****

너는 내가 흘린 만큼의 눈물 / 나는 니가 웃은 만큼의 웃음
무슨 서운하긴, 다 길 따라 가기 마련이지만

그래도 먼저 손 내밀어 주길 나는 바랬지

이 시를 읽고 나는 횔덜린이 내게 손을 내밀기 전에 내가 먼저 그의 손을 꽉 잡았다. 그는 고통을 참으며 시인의 미소로 나에게 달콤하게 말했다. Sheisse, Sohn einer Hündin! Merde! 아까 높이 뛰기 이야기한 적이 있었죠. 그 때 하려다가 만 만만 횔덜린의 생각의 파편들.

고유명사들의 짝패 pairs 만들기를 연습하다. {
횔덜린과 하이데거, 프루스트와 벤야민, 카프카와 아도르노, 베케트와 바디우, 데이비드 보위와 사이먼 크리츨리, 월러스 스티븐스의 The Sunday morning and Bowie's 선데이 Doom Da Doom 과 Da Da Doom
}

After All, **hold on to nothing,** and he won't let you down
Others are running, the smaller ones crawl
But some sit in silence, they're just older children
That's all, after all, who is he?

Red 를 보면 무엇이 떠올라? 이렇게 다양한 명사를 말할 수 있겠어? 아, 그건 나에게는 불가능해. 가능한 것 같지만 불가능해. 가능성을 초월한 잠재적 불가능이야.
"심장박동, 열정, 동맥혈, 마당에 세워둔 자전거에 슨 녹, 폭풍처럼 번지는 불, '루소'의 태양, '들라크루아'의 깃발, '엘 그레코'의 예복, '피렌체' 대리석, 원자의 섬광, 면도하다가 벤 자국, 면도거품 속의 피, 러시아 국기, 나치 깃발, 중국 국기, 용암, 갯가재, 전갈, 내장 불꽃, 죽은 '야수파'화가들, 손목 긋기, 싱크대에 피, 사탄." 그리고 맨체스터 유나이티드, 보스턴 레드삭스, 그리고 새누리당, 미안해, 자유한국당, 정말 미안해, 왜 미안해, 자유당에 미안해? 아니, 까마케잊고잇던 너에게 불쾌한 기억을 상가시켜서 미안해.

오늘은 해가 질 무렵 등산을 가기로 했다. 구기동 입구에서 북한산을 오른다.
사람들은 왜 산행을 하나? 8000 미터가 넘는 히말라야는 왜 갈까?

예술가는 죽은자와 산 자를 연결하는 무당과 동일한 기능을 하는 것입니다. 아니 예술가는 바로 무당입니다. 샤먼 샤먼 샤이니 샤먼 나와서 같이 얘기 합시다.
가가 Rah rah ah-ah-ah! / Ro mah ro-mah-mah / Gaga oh-la-la!

간다 간다 나는 간다 간당간당 그는 간다.

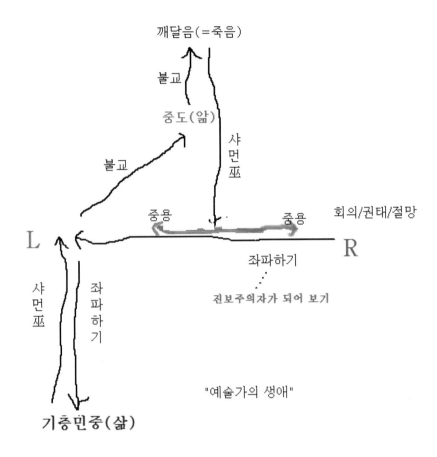

****************** *mont mont mont* ***********************

모짜르트와 살리에리가 또 오른다. 그 산을. 앞서거니 뒷서거니, 이러면 좋겠지만 그는 그의 뒤를 그저 따라간다. 그는 누구이고 그 그는 또 누구요? 그는 그 him 이며 또 그는 그 ihn 입니다. 대명사를 아직 배우지 않았나요? 니트를 짜며 Nein.

라인홀트 메스너의 "검은 고독 흰 고독". 왜 이렇게 책 제목을 달았을까? 유령이 "사랑과 영혼"으로 번역되는 나라에서 무엇을 기대하시오? 스미마센 すみません Reinhold Messner の Die weiße Einsamkeit: Mein langer Weg zum Nanga Parbat 검은 고독은 없다 오로지 하아얀 고오독만이 있을뿐. 그는 말한다. 그는 바로 그다. 나는 내 자신을 증명하고 싶다. 그리고 꿈을 실현하고 싶다. 낭가파르바트 단독 등반은 등반가들이 부딪히는 현실적인 문제가 아니라 내 마음속의 커다란 숙명 같은

것이다. 나는 그저 산을 오르려는 것이 아니라 내 마음속에 있는 산을 오르려는 것이다. 모든 기술을 배제하고 파트너도 없이 산을 오르려고 생각할수록 나는 환상 속에서 나만의 산을 만들어 내고 있었다. 어쩌면 궁극적인 고독의 끝까지 가서 그 고독을 넘어 보려는 것인지도 모른다.

가파른 암벽을 오른다/숨이 가쁘다/다시는 돌아갈 수 없을 것 같은 생각이 든다/온몸이 마비된 듯하다.// 나는 지칠 대로 지치고 피로가 쌓였다/헐떡거리며 숨을 쉬면 침이 흘러 턱수염에 얼어붙었다/귓전을 울리는 허파 소리와 점점 빨라지는 심장 고동 소리가 한꺼번에 머리를 울려 견딜 수가 없었다/여기서 다시 내려갈 수는 없었다/그럴 만한 체력도 남아 있지 않았다/나는 올라갈 수 있을 뿐이고 또 올라가야만 한다.

이러다가 킬리만자로의 표범이 될 수도 있겠다는 두려움이 내 옆을 맴돌고 있다. 조 사장은 조용필의 그 노래를 노래방에서 부르면 욕먹는 노래중 하나이었기에 파리까지 가서 자신의 18 번을 불렀고, 나오미는 헤밍웨이의 그 소설을 프라하의 카페 아르코에서 읽었다. Kilimanjaro is a snow-covered mountain 19,710 feet high, and is said to be the highest mountain in Africa. Its western summit is called the Masai 'Ngaje Ngai', the House of God. Close to the western summit there is a dried and frozen carcass 시체 of a leopard. No one has explained what the leopard was seeking at that altitude 고도. 먹이를 찾아 산기슭을 어슬렁거리는 하이에나를 본일이 있는가. 짐승의 썩은 고기만을 찾아다니는 산기슭의 하이에나. 나는 하이에나가 아니라 표범이고 싶다. 산정 높이 올라가 굶어서 얼어죽는 눈덮인 킬리만자로의 그 표범이고 싶다. 너는 귀뚜라미를 사랑한다고 했다 나도 귀뚜라미 보일러를 사랑한다.

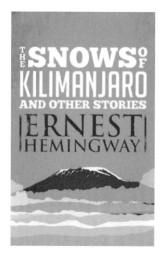

날씨가 추운 어느 겨울 날, 친구들 몇 명이 여의도에 모였다.

Paul: 킬리만자로의 표범은 평지에서도 먹잇감을 쉽게 구할 수 있었으나 견디기 어려운 상황으로의 도전을 선택하였다. 자신의 야망을 추구했고 결국 정상에 이르게 되었으나 거기서 표범은 얼어서 죽었다. 이런 모험심이 멋지다.

찰스: 죽으면 소용없잖아. 평지에도 좋은 것들이 많은데. John Maynard Kim 이 위 스 키 한 병 을 들 고 다시 나타났 다.

JMK: 그 표범의 눈에는 무언가 보이긴 보였는데, 목숨두 잊고 쫓아가 볼만한 것이 보여서 거기까지 갔지. 끝내 잡았는지 못 잡았는지 모르지만 아마도 못 잡은 것 같아. 눈에 보였던 것이 헛된 신기루였는지 진짜였는지도 아른아른했다. 도저히 안 쫓아갈 수 없는 어떤 진리나 이상 같은 것으로 보여서 갔겠지. 들판에서 좀 더 쉽게 잡을 수 있는 먹이보다는 그게 더 중요하다고 생각이 들었고 또 그것이 눈에 확 들어와서 그것을 따라가는 것은 불가피 했어. 이런 생각이 들어. 지식의 최전방, 우리 인간의 능력의 한계점에서는 보이는 것들이 다 이런 신기루처럼 우리를 유혹하고 있어. normal 과 insanity 의 경계선. 표범은 가고 또 가다보니 어느 새 주위에는 아무도 없고 견딜 수 없이 춥고 돌아가기에는 너무 멀리

왔고 눈앞에 어른거리는 환영은 아직도 바로 눈 앞에 있고 다시 기회가 나에게 주어질 것 같지도 않고.... 그래서 그는 끝까지 간다. 그렇게 간 게 아닐까?

CHR: 그래, 그렇지. 그런데 일단은 그 신기루를 볼 수 있는 표범조차 많지 않을 거야. 그리고 보여도 따라가지 않는 용기없는 자들이 대부분. 어느 순간 한 표범이 뛰어 나가지. 아무도 그를 이해하지 못하지. 처음에는 신기루였지만 더 이상 허상이 아닌 그것을 마침내 저 높은 곳에서 물어 죽이고 다시 평지로 어렵게 귀환해서 자신의 이야기를 들려줄 수 있는 표범은 아마도 거의 없겠지. 그러나 우리는 그런 존재를 전설과 역사를 통해서 알고 있지.

Paul: 아, 숭고한 느낌이야. 그 소설을 읽어 봐야겠다.

JMK: 읽는 건 이제 집어 치우고 니가 그 표범이 한번 되어 봐.

찰스: 내가 해 볼게.

다시 우리는 메스너의 이야기를 듣는다.

나는 산을 정복하려고 이곳에 온 게 아니다. 또 영웅이 되어 돌아가기 위해서도 아니다. **나는 두려움을 통해서 이 세계를 새롭게 알고 싶고 느끼고 싶다.** 물론 지금은 혼자 있는 것도 두렵지 않다. 이 높은 곳에서는 아무도 만날 수 없다는 사실이 오히려 나를 지탱해 준다. K 는 생각했다. 아킬레우스의 분노와 슬픔과 환희와 고독을.

"Without the possibility of death, adventure is not possible." 위험이 있는 곳에 구원은 자란다. 이제 깨달은 자의 시가 울려 퍼진다.

고독이 정녕 이토록 달라질 수 있단 말인가. 지난날 그렇게도 슬프던 이별이 이제는 **눈부신 자유**를 뜻한다는 걸 알았다. 그것은 내 인생에서 처음으로 체험한 **하얀 고독**이었다. 이제 고독은 더 이상 두려움이 아닌 나의 힘이다. 그저 그곳에 앉아서 그 감정 속에 나는 내가 녹아버리는 것을 지켜보았다. 모든 것이 이해되고 의심이 생기지 않았다. 지평선 위에 가물거리는 희미한 빛 속으로 나는 영원히 사라지고 싶었다.

"I do this for myself because I am my own fatherland, and my handkerchief is my flag."

다시 건축으로. 여기서 루이스 칸은 자신의 이야기를 하고 있는 것일까? "르 코르부지에 같은 천재 앞에서 내가 할 수 있는 것은 무엇일까?" 내가 보기에는 칸도, 르 코르부지에도 천재이지만, 칸이 건축사 속의 거인들을 보면서 느꼈을 보통 사람으로서의 절망감을 같이 느껴 보는 것도, 느끼고싶지않소, 좋은 것 같다.

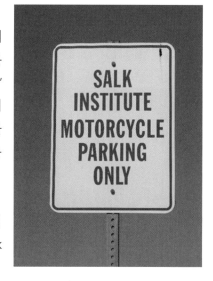

캘리포니아의 라 호야 La Jolla, 졸라라고 읽지 마라, 졸라 욕먹는다. 라 호야에 가서 Salk Institute 를 보았다. 생물학 연구소.

3 일 동안 3 번을 가서 보았다. 아니 4 번이었던 것 같다. 밤에 갔다가 경비원에게 경고받고 조용히 물러났다. 뭐하시오? 여기가 좋아서요 .... Fuck off.

그 후 예술에 대해 계속 생각을 했다. onoff offon offen offer often

나는 푸코의 이 말이 마음에 든다. 모든 예술은 은밀히 이런 일을 하고 있다.

"우리는 우리를조용히혹사하는 체제를 웃음거리로만들고, 실체를폭로하고, 그것을변화시키고 ,전복시켜야한다.

내가 저술 작업에서 할 일도 바로 그런 것이다." 예술만큼 위험한 정치적인 행위는 없다. 독재자는 블랙리스트를 만들 수밖에 없다. 알 고 있 어. 알 고 있 어. 팔로알토.

한 숨좀 그 만쉬어 분 위기 숨막 혀 / 우 울함으 로부터 어서빨 리도 망쳐

이음 악은너 를치 료해줄 슈 바이처 / 새로 운세 계로널 안내하는 출 발점

****

로마에서 루이스 칸은 일생일대의 전환을 하게 된다. 폐허의 아름다움. K 도 30 년을 미루다가 로마에 갔다. Foro Romano 폐허의 아름다움.

발견된 Torso

나는 폐허의 아름다움을 생각했었죠. I thought of the beauty of ruins...of things which nothing lives behind.... and so I thought of wrapping ruins around buildings." Louis I. Kahn

The story is well known. Kahn, having built little of note by the age of fifty, spends four months as Architect in Residence at the American Academy in Rome. During this time, he experiences the great ruins of the ancient world and resolves that "the architecture of Italy will remain as the inspirational source of the works of the future." 나이 50 이 되도록 주목할만한 건축을 만들지 못했던 루이스 칸은 이태리 로마에 4 개월 머물며 古代 로마의 폐허에서 마침내 미래의 건축에 대한 영감을 찾았다. **Foro Romano**

When Hadrian thought of the Pantheon, he wanted a place where anyone could come to

worship
How marvelous is this solution. The light from above is such that you can't get near it. You just can't stand under it; it almost cuts you like a knife … What a terrific architectural solution. This should be an inspiration for all architects, **such a building so conceived.**

판테온. 루이스 칸이 극찬하던 그곳. 마침내 그 곳에 가다. 학생들과의 대화라는 책을 번역하려고 했으나 연기했다. 기존 번역이 나쁘지 않으나 한 단어가 큰 문제를 일으킨다. institution 시설이 아니라 制度 제도. Good Run? Gudrun 그리고 Silenzio, Silenzio Mio 그리고 그리고 그러나

156

그 날 비가 왔다. 질서 따위는 필요없어. 여기는 이태리잖아. 그렇지 않아.

미술 전시회. 잠시 쉬기로 해요. 그동안 했던 작업을 보여주세요.

1)문자만으로 축구경기를 재구성하기. 축구를 좋아하는 철학자에게 보여준 작품. 한국 축

구역사 최고의 경기 그리고 최고의 순간. 그것은 설기현의 그 골. 불완전하지만 최고의 타이밍. 골키퍼는 막을 수 없었다. 천국과 지옥. 4강의 기적

2)숫자만으로 축구경기를 재구성하기. Das Wunder von Bern

1954년 월드컵 결승경기를 숫자만으로 재구성하였다. 아무것도 없다. 오로지 시간과 스코어만이 화면에 흘러간다. 서독이 당대 최강 헝가리를 이겼다. 6분을 남겨놓고 3 : 2. Rahn shoots! Goooaall! Goooaall! 3-2 for Germany! You may think I'm crazy! 기차를 타고 독일 국가대표팀은 귀국을 했다. 몰려든 인파로 기차가 움직일 수 없었다. The train could hardly continue after the first stop after the border with so many people on the tracks cheering the players.

In Munich, hundreds of thousands turned out for a gigantic party on the central square. The same frenzy repeated itself over and over until the team finally managed to make it to Berlin for the biggest party of them all.

'We are world champions.'

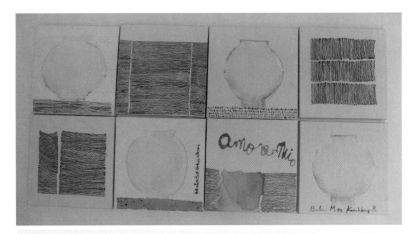

이건 선긋기 연작 중의 하나. 4년 동안 선을 그었어요. 지루하지 않은 반복.

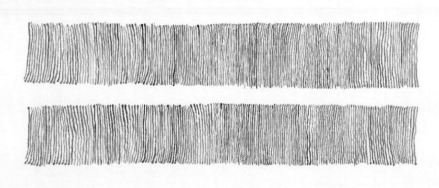

전쟁의 재구성: 反戰美術인가 아닌가?

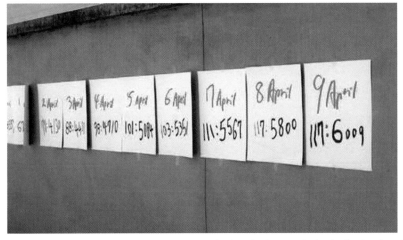

이라크 전쟁에서 죽은 미국 군인과 이라크 민간인의 숫자 비교

아트 인 컬쳐 2004 년 7 월호

이: 저는 전쟁이라는 주제를
보다 잘 다룬 전시로 김재준의 <전쟁의 재구성>96.16~22 갤러

리라메르)을 꼽겠습니다. 제가 꼽은 '이 달의 베스트' 입니다. 경제학자 김재준은, 이라크 전쟁을 사망자의 수로 중계했습니다. 그리고는 전 세계 인구가 모두 들어갈 수 있는 서울시를 그라운드로 삼는 경기도 면적의 초거대 스타디움을 건축모델로 제시했지요. 김재준은 계량적 척도와 건축, 스포츠 따위의 문화 제도들을 통해 이라크와 미국, 그리고 서울을 하나의 문제적 공간으로 합치시킵니다. 사실 이라크인과 미국인의 목숨의 무게를 놓고 벌이는 게임이라는 아이디어는 대단히 진부해지기 쉬운 것이지요. 그러나 김재준은 시각적으로 그럴싸하게 보이려는 의식이 없어서 그런지 오로지 '생각의 게임'으로 승부를 보았더군요. '생각' 자체가 정공법이니 작업에 무게가 실릴 수밖에요.

양 학교와 현장에서 보노라면, 요즘 20~30대 작가들이 뭔가 크게 오해하고 있는 것 같아요. 지금 대다수 젊은 작가들의 관심은 일상이나 오락 등 너무 소극적인 주제에 천착하고 있습니다. 우리 미술계 내부의 위기가 여기에서 비롯된다고 봅니다. 처음 1~2년은 신선했지만, 5년 이상 같은 흐름이 반복되다 보니 지루한 거죠.

이 평론가의 추천으로 일민미술관 강좌도 하게 되었다.

그리고 가장 마음에 드는 설치미술. 규모가 커요. 오大

세종문화회관 전시실에 증권사 전광판 설치. 회사이름이 이병철 전자, 정주영 자
동차, 그리고 자유로운 수많은 이름들. 작품의 제목은 The Game.

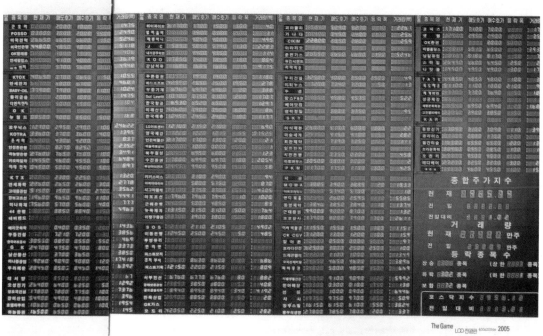

The Game LCD 전광판 400x200cm 2005

전시할 곳이 없다. 나의 작품을 갤러리 외부에 전시하다. 페이스 갤러리를 포함
한 수많은 화랑과 미술관들의 외벽.
내벽이면 물론 더 좋을 것이다.

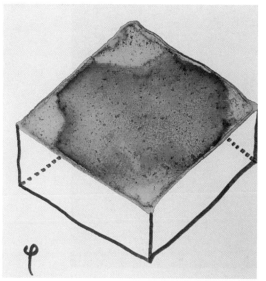

Berlin

New York

관객이 나타났다.

Paris

열정적 관객의 출현.

****

이제 나는 새로운 미술, 예술을 발표하겠다. World Premiere or not,

2018년 4월 4일 오전 10:21 개념 정리 4월 27일 합정동에서 정식/비공식 발표/비발표. "문학은 더 이상 언어의 집이 아니라

죽은 단어들과 죽은 사물들로 잘 구성된 시체들의 소나타 sonata 와 같은 감옥(監獄)에 불과하다.

미술은 언어적/인문학적 열등감에 사로잡힌 사이비 시각 철학자들의 장난감 공장 내지는 비싼 벽장식들 거래소에 고용된 자유인이라고 착각하는 노예들의 놀이터이다. 모두가

그렇다는 것은 물론 아니죠." 이런 말은 도대체 누가? 당신이 한 말인가? 술자리에서 들은

것을 대충 옮겨 놓았지. 과격하네. 삭제해. 싫어.

"화가같이 생각하기"에서 "예술가가 되어 보기"

제니 Genie 가 하늘에서 내려 와 날개를 접고 나에게 말을 걸어 왔다.

노래하소서, 여신이여. 당신의 이름은? 그건 비밀이야.

네가 예전부터 강조하는 화가같이 like 생각하기와 화가로서 as 생각하기 사이에 아무런

차이가 없다. 예술가가 특별한 인간은 아니다. 특출나다고 사람들이 믿을 뿐.

제니가 다시 이런 이야기를 들려 주었다.*(특별한 분들도 많아요. 나도 알아.)*

뒤샹과 요셉 보이스가 만나 이런 작품을 같이 만들어 보자고 얘기가 나왔다가 아주

사소한 일에 서로 감정이 상해서 헤어졌다는 것이다. 보르도를 마실까 아니면 부르고뉴를

마실까. 아감벤에게도 들려 주었다고 한다. 그러나 그는 이 말을 제대로 이해를 하지

못했다. 글쎄요. 이 이상의 개념미술을 생각할 수 없기에 인류최후의 작품이라고 명명해도

좋다고 제니는 말한다. 알 듯 모를 듯 안다고 믿기로 했다. 그래서 그녀의 말을 옮겨

적었다. 이게 말이 되는가? 모른다.

"높은 발코니에 앉아 광대들을 내려다 보기/ 객석에 앉아 무대 위의 예술가를 우러러

보며 침묵하기 / 무대 위에 올라가 같이 소리치기, 객석에서 일어나 맞고함치기. 난장판을

만들기 그리고 교대로 관객이 되기." 뒤샹의 레디메이드와 보이스의 "모든 사람은

예술가다"를 재해석하다. 나의 생각은 너무 급진적 radical 이다. radical 의 어원은 root.

고향으로 되돌아간 것,

Ready-Artist 레디아티스트. 그래 이 말이다. 예술의 종말이 무서운 것이 아니라 정말

무서운 것은 "예술가의 종말"이다. 너희는 이제 끝이야. 묵시록을 써야겠군.

백남준은 말했다. 무조 a-tonal, 비음악 a-music. 자, 이번에는 an-artist, 마치

anarchist 같이. An artist is anartist like an anarchist or a rebel. 새로운 단어 만들기.

anartist: 예술가가 아닌 자, 예술가이기를 거부하는 자.

"예술가가 되어 보기. 나는 지금부터 예술가다. 이렇게 말한다.

이렇게 선언하면 그걸로 사건 évènement ereignis 종료.

나는 더 이상 예술가가 아니다, 라고 선언하기 전까지 나는 예술가다.

그러나 그럴 필요도 없다. 예술가이건 아니건 누가 상관하랴?

예술가들이여, 너희의 오만함을 버려라. 그것이 너희의 권력이다.

당신들의 정신적 우위와 귀족행세를 용납하지 않겠다. (그냥 뭐.)

내가 작품을 만들어 예술가임을 증명을 해야 한다구?

나는 이렇게 대답하겠다. 당신이 작품을 만들지 않는 기간에도 예술가인 것처럼

나도 작품을 만들지 않음에도 예술가이다. 작품을 만들 필요도 이유도 없다.

나는 무능력을 선택한 예술가이니까. (다시 ~~써 봐~~) ~~I would prefer not to.~~

무능력을 선택한 화가 소설가 whatever.

원하는 장르를 선택하라. 아니면 자신이 원하는 장르를 새로 만들어라.

그렇다면 능력을 선택해도 되겠네요? 그렇죠. 재능이 없지만 재능을 선택해도 되죠.

(진리는 빛의 세계에 있는 게 아니라, 빛의 세계에 의해 은폐된 어둠 속에 있다.) 이건 읽지 마.

내가 말하고 싶은 것은 내가 직업으로 예술가를 선택하지 않았을 뿐

그림이나 글을 지금 만들 수도 있고 만들지 않을 수도 있다.

나는 그저 무능력을 선택한 예술가. 그러나,

예술가 보다 더 창의적인 아마도 더 새로운 작품을 만들고 있는

예술가가 아니면서 예술을 하는 사람들이 출현하고 있었다. 지금도 그러하다.

파리 살롱의 오렌지족 마르셀 프루스트, 변호사 시인 Wallace Stevens, 노동자 시인

백무산과 노동자 김동식 작가, 세관원 화가 앙리 루소, 주식 중계인 출신 폴 고갱 등등.

특히 현대미술은 손을 포기했기에, 그리는 능력을 포기했기에 이는 쉽게 가능하다. 재능이

아니라 머리가 필요하겠죠.

더 급진적으로 생각해 보자.

모든 사람은 예술가다. 이 말은 다시 써야 한다.

우리는 예술가라는 것을 거부한다.

어떤 예술가가 모든 사람은 예술가다라고 말할 때,

나는 그것을 거부한다. *이건 앞에서 한 이야기네요*

나는 예술가가 아니면서 동시에 예술가 보다 더 뛰어난 작품을 만들 수도 있다.

아마추어는 이렇게 예술가를 조롱할 수 있다. *(마음의 상처는 받지 마세요. 진심은*

아니에요. 관객모독에 대한 우리의 지체된 답변일뿐.) 모든 예술은 텃세다. 남준은 말했지.

서양의 텃세, 그리고 예술가의 텃세.

예술가들의 횡포에 더 이상 시달리고 싶지 않아.　　　　　　　　　요세프,

무대에서 피아노를 부수는 너를 때려 눕히고 피아노를 구출할 거야.

부서진 피아노를 가지고 나의 음악을 들려 주지. 너는 객석으로 내려가 조용히 듣기나 해.

너의 무대를 나는 거부해. 무대는 이제 나의 것, 너는 객석에서 내가 견뎌온 시간보다 더

오래 침묵해 봐. 아니 이제 나는 객석을 나의 무대로 만들겠어. 무대에는 의자를

놓아야지. 너의 게임의 규칙은 이제 그만. 내가 만든 규칙에 네가 동참하기를 바래. 나도

너의 게임에 가고 싶으면 가 볼게.　I would prefer to be here, not there.

　　(진리는 빛의 세계에 있는 게 아니라, 빛의 세계에 의해 은폐된 어둠 속에 있다.) 이건 읽지 마.

내가 예술가가 된다는 것의 경제학적 해석은 이렇지.

왕과 귀족의 예술 수요독점에서 근대의 예술가의 공급독점 monopoly 을 거쳐

많은 사람이 동시에 생산자가 되고 소비자가 되는 예술이 완전경쟁 perfect competition

시장으로 진입하는 시대가 열렸어.

예술가의 영향력과 우월감은 그 자체로 권력. 그 아무것도 만들지 못하는 권력에

아마추어들은 저항한다. 모두가 예술가라니. 세상에. 화가 시인들 아무것도 아니군요. 그래요. 나는 예술가이면서 동시에

예술가가 아니죠. On and off. 그냥 nobody."

　　(진리는 빛의 세계에 있는 게 아니라, 빛의 세계에 의해 은폐된 어둠 속에 있다.) 이건 읽지 마.

예술가가 된다는 것은 이미 내가 예술가였다는 것을 기억하기. 레알리?

불교적 깨달음과 유사하다. 이제 또 새로운 영역에 들어 가 보자. 예술과 정치.

이것은 앞의 선언만큼 본질적이지는 않다. 하지만 자신이 예술가라는 것을 더 생생하게

체험할 수 있는 실험이니 두려워 말고 시도해 보자.

　　(진리는 빛의 세계에 있는 게 아니라, 빛의 세계에 의해 은폐된 어둠 속에 있다.) 이건 읽지 마.

"한걸음 더 들어 가 보자. 예술가로서 새로운 세상을 탐험하기.

일단 나는 예술가로써 생각하고 행동한다. 정치와 예술을 연결해 보기.

예술이 얼마나 정치적인지를 깨달으면 당신은 원숙한 예술가.

진보주의자가 되어 보는 것으로 시작하기. (예술가에서 작품으로)

한시적으로 좌파 되기. 그것을 실천하는 것이 진보정당에 투표하기.

이미 좌파라면 더 왼쪽으로 움직이기. 아나키스트가 되어 보기.

예술의 본질은 저항이기에 오른쪽으로의 모든 움직임은

예술적 감수성을 훼손하고 마비시킨다. (진짜? 그렇다고 믿어 보아요.)

시간이 흐른 후 다시 원래의 내가 편했던 믿음체계로 돌아와도 상관없다.

더 이상 예술가이기를 포기하는 것. 이것은 선택의 문제.

자신의 신념과 다른 정당에 투표하는 기간이 이 작품의 유효기간.

이 기간 동안 어떤 마음의 갈등/평화가 발생하는지

166

내가 세상을 보는 눈이 어떻게 변하고 있는지 관찰한다.

이 작품은 나의 내면에서 일어나는 프로세스 그 자체를 의미한다.

이것을 표현해도 좋고 표현하지 않아도 좋다."

그리고 다음의 두 작품을 새로 만들었다. 지금까지의 관객 참여형 작품은 모두 불완전했다는 선언. 예술가에 저항하는 비예술가가 광주 비엔날레에 출품하고 싶지만 어차피 거부될 아이디어 두 개(진실로 창의적인 큐레이터가 있다면 가능할지도):

1) 관객이 미술가에게 그림(또는 조각)에 관한 지시를 내린다. 여기는 더 둥글게, 여기는 더 노란색으로. 관객이 원하는 그림이 될 때까지 직업화가는 분노를 참고 그림을 그린다. 관객모독이 아닌 예술가 모독을 실행한다.

2) 화가 1명을 섭외한다. 그에게 시간당 최저임금을 지급한다. 전시장에서 자신의 초상화를 원하는 관객과 마주 앉아 화가는 그의 초상화를 관람객은 이 화가의 초상화를 그린다. 15분이 지난 후 결과물인 그림을 서로 교환하고 영구 소장한다. 미술시장을 붕괴시키기 위한 하나의 전략.

H : 앞의것 괜찮네요! 뒤의 것도 낫배드

K : 초상화를 그릴 때 모델은 꼼짝없이 몸을 고정시키고 화가는 자유로이 몸을 움직이며 작업을 하죠. 이것도 권력관계. 그 **모델 역할을 하던 사람이 동시에 화가를 그리며 몸을 움직인다.** 미술시장에 대한 비판이지만 정치적 메시지. 나는 통치당하는 대상이지만 동시에 통치하는 주권자이다 라는 선언.(이게말이되나.잘모르것따.)

H : 멋짐 폭발이네요 ㅎㅎ

K : 정치적으로 보이지 않지만 고도로 정치적인 그리고 위험한 예술을 해 보고 싶어요. 이제부터 비예술가를 중심에 놓고 예술가가 회전하는 코페르니쿠스적 전환을 해 보고 싶어요. 저는 천동설을 거부합니다. 거의 모든 예술이 시장市場을 중심에 놓고 거기에 맞추어 움직이면서 예술의 자율성 외치는 것은 僞善的이라고 생각해요. 예술가 권력에 저항하려고 들여다 보았더니 그것의 실체는 가짜권력이라는 것. 새로운 중심이 이미 만들어 지고 있었어요. 진정한 저항은 가짜권력에게 그것이 가짜라고 말하는 용기. 예술가와 관객 그 누구도 독점적 권력을 가질 수는 없어요.

H : 아까 잠깐 언급했던 노동자 작가 기ㅁ도ㅇ시ㄱ은 누구에요?

K : 회색 지붕 위에 더 암울한 회색 하늘 그리고 그 땅 아래 회색인간들이 산다. 새로운 예술가들을 찾아 보다. 아마추어의 반란. 전업작가에 필적하는 댓글 소설가.

"댓글이 주는 당장의 기쁨이나 감동을 돈이 대신해 줄 수 있나요? 사람들의 칭찬도 받고 관심도 받고…. 그런 건 태어나서 처음 느껴본 기쁨이에요." 김동식은 '오늘의 유머' 공포게시판에 남들이 올리는 글을 읽고 응원 댓글을 달다가, 댓글로 이어쓰기를 하는 '릴레이소설'에도 몇 번 끼어보면서 '이야기 만들기'에 점차 관심이 생겼다. (경향신문 강재훈 기자) 김동식(33)은 중학교를 중퇴하고 노동자로 잔뼈가 굵은 사람이다. '복날은 간다'는 아이디로 2016년 5월 온라인커뮤니티 '오늘의 유머' 게시판에 처음 글을 올린 이후 지금까지 360여편의 단편소설을 썼고, 그중에서 추려낸 66편으로 최근 3권의 단행본을 출간했다. 출간과 동시에 그의 소설은 베스트셀러에 올랐고 3월 현재 <회색인간> <세상에서 가장 약한 요괴> <13일의 김남우>를 합해 총 4만 4천부를 찍어냈다. 부럽군요.

작가처럼 보이는 게 창피해요.

그래 당신은 프로작가 같이 쓴다. 그들보다 새로운 방식으로 더 잘 쓴다. 우리가 원하는 것은 작가가 아니면서 작가 보다 더 잘 쓰는 아마추어의 탄생이다. 앞으로 문을 열 노인을 위한 학교의 목표이기도 하다. 그러나, 노인들이여, 종이책을 출간할 생각은 하지 말고 조용히 혼자 쓰고 가까운 친구들에게 전자책으로 만들어 나누어 주는 것으로 만족하길 바란다. 책이 한 권 나올 때마다 희생되는 나무들을 생각하면 눈물의 호수가 여럿 생겨난다. 라이언이 울고 있는 이모티콘을 상상해 보라.

김동식의 작업 방식: "스토리를 구상할 때 그에게 익숙한 영화나 게임처럼 영상을 먼저 떠올리고 그걸 문자로 옮긴다. 글이 안 풀릴 땐 원고지를 구기는 대신, 다른 스토리의 새로운 글을 쓴다. 막히면 다시 멈추고 원래 쓰던 글로 돌아온다. (그래 바로 이거야,

문청들이여, 노인들이여) 그가 글을 쓰면서 얻는 가장 큰 대가는 다른 이들의 관심어린 댓글이다. 그게 문학이든 아니든, 그게 작가라 불릴 만한 일이든 아니든, 그에겐 대수롭지 않다." 여기에도 비대칭성은 있다. 찾아 보라. "소설을 읽을 때면 전체적인 이야기보다 하나의 표현과 문장에 꽂히곤 한다. '세상에 이런 단어를 쓰다니! 오 이런 표현 너무 좋다. 이 문장 정말 마음을 따뜻하게 해준다..' 등등.. 어떤 글이든 꽂히는 문장이나 표현이 하나쯤은 있다. 그런데 김동식 소설을 다 읽었을 때 나는 꽂힌 문장이 하나도 없다는 것에 놀랐다. 그렇다고 해서 소설이 별로였다는 것이 아니다. 마음에 와 닿는 문장이 아니라 김동식 소설집의 단편 66편 모두 이야기 그 자체가 마음에 와 닿았기 때문이다." 카프카를 연상케 하는군. 카프카도 독일어 문장력이 좋은 건 아니다. 내가 하고 싶은 말이 이것이다. 글쓰기 재능이 없어도 좋은 시를, 소설을, 에세이를 쓸 수 있어. 당신도 하고싶은 말을 억제하고 조용히 글을 써보면 어떨까?

자, 탐험을 떠나 보자. 먼저 오유 홈피로 가서 "공포"에 접속. 음, 특이하다. 아도르노가 좋아할 것 같다. 단편 회색인간. 게시물 ID : panic_88418

작성자 : 복날은간다★ (가입일자:2011-12-17 방문횟수:869)

추천 : 99   조회수 : 19527 IP : 123.254.***.182

댓글 : 73 개   등록시간 : 2016/06/09 01:12:59

인간이란 존재가 밑바닥까지 추락했을 때, 그들에게 있어 '문화'란? 하등 쓸모 없는 것이었다. 어느 날, 한 대도시에서 '만명'의 사람들이 하룻밤 새에 증발하듯 사라져 버렸다. 땅 속 세상, '지저 세계' 인간들의 소행이었다. … 기뻐해라. 너희들이 아니었다면 지상인류는 모두 멸망했을 것이다. 너희들의 노동력으로 인해 지상인류가 구원받게 된 것이다. 너희들은 지상인류들의 '영웅'들이다.

무슨 개소리야!! (황당하다. 동시에 오멜라스를 떠나는 사람들이 연상된다. 훌륭한 작품들은 이런 인류 공통의 지하실 아래에서 영감을 퍼 올린다.) 사람들은 모두 마치, '회색'이 된 듯했다. …. [짝!] 한 사내가 한 여인의 뺨을 때린 것이다. 힐끔 쳐다보는 사람들의 시선에 사내가 말했다.

"이 여자가 노래를 불렀소." 사람들은 어이가 없었다. 미친 여자가 분명했다. 사내도 그래서 뺨을 때렸으리라. 한데, 더 어이가 없었던 것은, 뺨을 맞고 쓰러진 여자가 얼마 뒤 일어나 다시 노래를 불렀다는 것이다. 이번엔 어디선가 '돌'이 날아왔다. (이런 상황에서 예수와 그 여인을 떠올리는 것은 불가피하다. 누가 저에게 돌을 던지겠습니까, 여러분. 그래서 우리는 불행하다.) " ~~, 꺅! " 짧은 비명과 함께 여인은 머리에 피를 흘리며 쓰러졌다. …. 몸을 가누지 못해 바닥에 주저앉아 굶어 죽어 가던 그 여인이, 또다시 노래를 부르는 것이었다.

" ~~~ ~~ ~~~~ ~~~ ~~~~~ " (무 슨 노 래 였 을 까? 김동율 노래가 들린다.) 당연히 이번에도 어디선가 돌이 날아왔다. ….. 여인은-, 이제 죽었나 싶으면 노래를 불렀고, …. 여인의 생명은 끈질겨서-, ….. 여인은 계속해서 노래를 불렀다. 그렇게 노래를 부르다 죽겠다는 듯이, 계속해서 노래를 불렀다. 그러자, 이곳에서의 생활 몇 년 만에 정말로 신기한 일이 벌어졌다. 누군가 여인에게 '빵'을 가져다 준. 것이다. (나머지는 책을 사서 읽어 보세요. 저도 샀습니다.) 중간은 생략하고 마지막은 일러 주겠소.

꼭 살아남아서, 우리들 중 누군가는 꼭 살아남아서 이곳의 이야기를 세상에 전해야 한다는 사명을 가졌다. (아우슈비츠의 생존자 프리모 레비가 추천사를 쓸 것 같은 느낌이야.) **여전히 사람들은 죽어나갔고, 여전히 사람들은 배가 고팠다. 하지만 사람들은 더이상 '회색'은 아니었다. 아무리 돌가루가 날리고 묻어도, 사람들은 회색이 아니었다.** (음, 좋다. 예술에 대해서 생각해 보자. 지상의 세계도 예술가들이 누리는 생활은 가난한 사람들의 빵을 대신 착취하고 있는걸까? 정부가

169

예술지원에 쓰는 돈은 아이들 보육시설 확장에 쓸 수도 있고, 소시민들이 사는 책 한권의 값을 아프리카 어린이에게 주면 죽을 수도 있었던 아이를 살릴 수 있는데, 이른바 경제학의 기회비용이다. 이 세상 모든 불행에 대해 우리 모두는 책임이 있다는 생각이 갑자기 든다. 엄격하게 자신의 양심을 파고 들면 아메리카노 한 잔 마음 편하게 마실 수가 없다. 물론 우리의 책임은 비대칭적이다.)

"2018 년 봄, 문단과 언론은 지금 인터넷에서 무슨 일이 벌어지고 있는지 모르고 있는 것 같다. 김동식을 '배출'한 온라인 커뮤니티 게시판에선 이 순간에도 수많은 (무명의) 작가와 익명의 독자들이 세상에 없던 새로운 형태의 이야기를 함께 만들어 나가고 있다." 문단은 죽었지만 문학은 죽지 않았다. **문학의 종언이 아니라 예술가의 종말이다.** 이 글자가 아름답네요. 예, 예, 다들 아시지예? 지는 많이 동요하진 않았십니더. 안 그라예! Geijutsuka

창밖에 달이 떠 오르고 또 내리고 있다. Bella Luna!
Che fai tu,   luna, in ciel?   dimmi,   che fai,
What do you do, Moon, in the sky?   Tell me what you do
Silenziosa luna?
Silent   moon
"어느 날 달에게 길고긴 편지를 썼어
너보다 환하진 않지만 작은 촛불을 켰어
새벽은 지나가고 저 달이 잠에 들면 함께했던 푸른빛이 사라져"
Where are you?

달빛에 취해 Moonstruck 브루클린 브릿지 박이소가 살았던곳아세요? Greenpoint?
성우제의 산문집 '딸깍 열어주다' 강릉의 박이추 블루보틀은 이름을기억하기
easy. 그의 곤혹스런 체험. 김훈은 그의 상사.
백: "난 그런 약속 한 적 없다" 김: "괜찮아. 천재는 그럴 수도 있어" Non No.
독서광 백남준: 1995 년 소설가 김훈과 한 인터뷰에서도 알 수 있다.
모국어로 쓴 책을 어디까지 읽었습니까?
이태준 정지용 유진오 한설야 박태준 김기림을 읽었습니다. 그 중에서도 나를 매
혹시킨 것은 단연코 정지용이었습니다. 정지용은 <u>언어의 의미와 언어의 시각적
이미지를 모두 장악한 시인</u>으로 저를 매혹시켰습니다. 그렇게 날카롭고 가파르고
또 시각화한 언어에 저는 매료되는 것입니다. "북방에서" ㅇ;ㄹ어 보세요.

남들이 써 놓은 글읽기가 지루해져 갈 무렵 직접 백남준의 혼을 불러서 물어 보
기로 했다.   자 시작이오.

신이로구나 신이로 허어어어~어 어허어어~로구나
마이장서 어나리로구나 애 애 애해 해애 해아야
나야 시러 애해 애해 이야
등잔가세 등잔을 가세 불쌍하신 만자님의 넋 빌러가자
등잔을 가세 하느님전에 등잔을 가세

나보소사 불쌍하신 망자님 씻김받자 나오소사

백남준의 요셉 보이스를 위한 굿. 나무에 벼락이 쳤다. 무서워. 이거 조사해 주세
요. 기다려. 무속 이렇게 부르면 안되고 무교라고 부르기로 해요. 최준식 선생 책을 열심
히 읽었어요.

『한국인들은 왜 틀을 거부하는가?』 시간이 없으니 요점만 뽑아 줘.
무교가 미신의 굴레에서 벗어날 수 없었던 데는 또 다른, 아주 단순한 이유가 있다. 무교
는 권력 싸움에서 우위를 점하지 못했기 때문이다. <u>역사를 보면 무교는 계속해서 권력과
의 거리가 멀어졌기 때문에 미신으로 취급 받을 수밖에 없었다.</u>(p.180) 진경 시대의 특징은
주지하다시피 조선의 귀족 계층들이 항상 문화의 전범 model 으로 삼았던 明이 망하면서 오랑캐라 비
웃던 淸이 들어서자 더 이상 바라볼 상대가 없어지는 역사적 상황에서 찾아야 한다. 그들은 스스로를
'소중화'라 칭하고 중국이 아닌 우리 나라의 자연이나 학문에서 삶의 근본을 찾으려고 했다. 이러한
경향은 예술에도 반영이 되어 그들의 예술에는 보다 많은 한국적인 요소가 나타나기 시작한
다. 양반들이 고유 문화로 '어쩔 수 없이' 눈을 낮추기 시작한 것이다. ...경제력의 향상으로
많은 기층민들이 상층 문화에 가까이 갈 수 있는 기회를 획득하게 되었던 것이다. (p.91) 양층의 문화
가 나름대로의 질서 속에 섞여서 새로운 문화를 만들어낸 것이 바로 조선조 후기의 예술 문화라는

것이다. ...양층의 문화가 섞일 때 나타난 가장 큰 특징은 상층의 문화가 기층으로 내려왔다 기보다는 기층의 문화가 상층으로 부상한 것이라고 볼 수 있다. (p.95)

무교에서는 인간의 원초적인 성향이 그대로 표출될 뿐만 아니라 굿판은 항상 망아경으로 빠지는 난장판이 되기 때문에 질서보다는 무질서 chaos 를 지향한다. 이와 같은 종교적 세계관을 지녔던 당시 기층민들은 이런 성향을 예술에서도 표출시켰을 것이라 보고, 이것을 통칭해서 '자유분방성'이라 부르는 것이다. ... '인간 고유의 원초적인, 비인위적인 성향에 충실한다'는 의미에서 자유분방성이라는 용어를 사용하려 한다.(p. 100) ... 한국은 그 동안 전통문화를 형성해왔던 유교, 불교, 그리고 한국 고유의 민간 신앙이 제공하는 틀 안에서 샤머니즘적인 자유로움을 표현한 것으로 생각된다. (p.101) 위지동이전의 제천祭天을 '하느님을 굿한다'로 번역할 수 있다(도올)는 것이 인상적이었다. 중국에서는 천자天子만이 하늘에 제사를 지낼 수 있었으나 동이족들은 남녀노소 누구나 하늘과 직접소통할 수 있다. 이 축제의 장에서 벌어지는 것은 (부여) 연일음식가무連日飮食歌舞 며칠을 계속해서 drink eat sing dance 했다. (마한) 祭鬼神, 群聚歌舞, 飮酒晝夜無休. 其舞, 數十人俱起相隨, 踏地低昂, 手足相應, 하늘과 땅을 섬기고 무리가 모여서 노래부르고 춤을 춘다. 술마시기를 낮과 밤을 쉬지 않고 한다. 한번 춤을 추면 "수십명이 같이 서로를 따라하며 땅을 확 내디어 밟고 머리를 내렸다가 제껴 올리는 동직을 한다." 손과 발이 서로 응한다. 이것은 아이돌 그룹의 댄스와 비슷하지 아니한가? (고구려) 기민희가무其民喜歌舞 국중읍락國中邑落 모야남녀군무暮夜男女群聚 상취가희相就歌戲 노래와 춤을 좋아하며 나라 가운데 읍락들이 있어 저녁과 밤에는 남녀가 무리지어 모여 서로 짝을 지어 노래하고 사랑을 나눈다. 여기는 고구려 클럽인가?

****

가령 2 박자에 기초하고 있는 중국 음악이나 일본 음악과는 달리 우리 음악이 3 박자에 기초하고 있다는 사실은 한. 중. 일이 같은 문화적 배경을 공유하고 있음에도 불구하고 한국음악의 독자성을 보여주는 좋은 증거이다. ... 춤과 음악 같은 장르에서는 그 작품 가운데 적어도 반 이상이 무교의 직. 간접적인 영향 밑에서 생겨났다는 사실에 주목해야 한다. ... 우리 음악과 춤 가운데 가장 한국적이며 세계적인 것을 꼽으려면 음악에서는 판소리와 산조를, 무용 가운데에서는 살풀이를 빼놓을 수 없을 것이다. ... 시나위가 연주되는 굿판에서 파생된 것들이다.

... 시나위 음악이란 남도 지방의 무당들이 굿, 그 가운데서도 죽은 영혼을 저승에 보내는 씻김굿을 할 때 사용하던 음악이다. (p.33)

특징으로 잡은 것은 '음색 timbre'인데 여기에서 이병원의 학문적 독창성이 유감없이 발휘된다. 음악 연주라면 아름다운 소리를 선호하는 것이 사람들의 기본 성향일텐데 한국 음악에서는 이상하게도 소음에 가깝게 들리는 소리가 꽤 자주 이용된다는 게 이병원의 관찰이다. 아쟁은 12 세기경 중국에서 수입된 이래 본국인 중국에서는 거의 사라졌지만 한국에서는 매우 중요한 악기로 자리를 잡는데, 그 이유를 이병원은 아쟁의 거슬리는 소리로 잡는다. 정악 아쟁은 활이 개나리 나뭇가지로만 되어 있어 현을 그을 때마다 잡음 같은 것이 나는데 한국인은 이런 소리를 좋아한다는 것이다. ...한국 대금의 특이성은 취구 밑에 있는 청공에 있다. 청공에는 갈대청을 붙이는데 고음을 내면 청이 떨리면서 금속성 소리가 난다. 대금 연주는 이 청소리를 잘 내야 명인이라는 소리를 듣는데, 이 청소리는 매우 요란해 찢어지는 소리로 들린다. 이태리 가곡의 벨칸토 창법이 가능한 한 고운 소리를 내려고 하는 창법인 것에 비해 판소리는 걸걸하고 음이 파열하는 듯한 소리—북한에서는 이 소리를 '쌕'소리라고 하면서 금지시켰다—를 최상의 소리로 치는 것이 그것이다. (p.114-115)

...각 선율이 철저하게 독립성을 지켜 원선율과 부선율이 구별되지 않는 현상, ... 서양 음악의 음은 미적 음 aesthetic tone 이고 국악의 음은 생음 live tone 이라는 것이다. (p.118) 정악곡은 주지하다시피 유교적 이념인 예악에 충실 하느라 인간의 감정을 억제하는 경향이 있다. 따라서 정악에서는 음악이 빨라지는 것이 금기시되어 있었고 선비들은 음악이 빨라지면서 감정이 격해지면 그것을 억누르는 것이 도리라고 생각했다.(p.127) ...판소리는 아예 전체가 그렇다. '예쁜', '고운' 소리보다는 텁텁한 소리가 일단 기본이다. ... 일본의 압제하에 있었기 때문에 가수들도 어쩔 수 없이 일본식의 창법을 따랐을 것이다. 일본 가요의 창법은 목만 써서 아주 고운 소리를 내는 것이라고 한다.(p.141)

...한국 음악에서 미적 쾌감을 느끼는 데 있어 아름다운 음보다는 힘찬 음이 강조되고, 미보다는 힘이 우선되는 예를 보았다.(p.143) ... 한국인들은 태생적으로 매우 자유분방한 기질을 가진 사람들이라고 주장했는데, 사실 힘은 자유로운 데에서 나오지 꼭 짜이고 정형화된 틀에서는 나올 수 없을 것이다. 그런 면에서 나는 한국인들이 '착한 민족'이라는 속설과는 달리 매우 **야성적이고 저돌적이며 호전적인 사람들이라고 생각한다**. 한국인들이 이런 속성들을 가지고 있지 않다면 이렇게 거칠고 힘 있는 음악을 좋아할 리가 없기 때문이다. (p.144) *저항의 에너지는 천성적인 것이다.*

****

로켄 Christine Loken, "한국적으로 움직인다는 것—한국 춤에서 표현된 한국인들의 움직임의 특징: 움직이는 곡선에 대한 강조, 움직임을 작게 하는 경제성과 세밀함, 몸통과 사지를 극히 정교하게 해서 단위로서 움직이기, 느슨한 손, 구르는 듯한 걸음, 발꿈치부터 내려놓기, 웅크린 자세에서 점프하기, 가슴 윗부분에 무게 중심놓기, 춤을 지배하는 통전적 힘으로서의 호흡, 가슴 상부에 힘을 넣고 연속적으로 움직이기, 이야기보다는 분위기나 몰아경 혹은 기쁨을 강조하기. (p.159) ...가령 한국 춤과 일본 춤은 '무겁다' 는 공통점이 있는데 그 분위기는 다르다는 것이다. 일본 춤에는 부동이나 고정으로서의 무거움이 있다면, 한국 춤의 무거움은 다시 일어나는 힘을 주는 약동적인 힘으로 나타난다. 그리고 한국인들은 몸의 각 부분을 개별적으로 움직이지 않고 하나의 단위로 움직인다. 무게의 중심은 가슴 상부에 놓고 기의 운용을 통해 긴장과 이완을 거듭하고 그럼으로써 몰아경에 들어가는 것이 한국 춤의 특징인데 외국인은 따라 하기가 대단히 힘들다. (p.160) *쩔어 쩐다구 한국젊은이들의 칼군무.*

...한국 춤은 몸 전체에서는 억제된 흐름이 있고, 어깨와 팔에서는 자유로운 흐름이 분출된다는 특성을 알게 되었다. ... 한국의 무용가들이 속박되었다고 생각하는 어떤 요소와 그들이 벗어나거나 얻고자 하는 요소들이 바로 한국 춤의 정신이라는 생각이 든다. (p.162) *그렇군요. 한국인의 저항정신.*

살풀이 춤이 가히 세계적이라고 할 수 있는 이유 중에 하나는 수년 전에 한국에 온 프랑스의 아비뇽 축제의 관계자 말 속에서 찾을 수 있다. 그는 이 축제에 초청할 한국 예술가를 선정할 요량으로 한국에 와서 많은 공연을 보았다. 주로 현대 무용을 하는 사람들을 보았던 모양인데, 당시에 그를 만족시켜 줄 만한 춤꾼은 없었다. 그가 보기에 한국인들이 하는 무용은 자기네 것을 모방한 것처럼 보였기 때문이리라. 한국 측에서는 하는 수 없이 전통 무용을 보여 줬는데 그때 선정된 게 이매방의 살풀이 춤이었다. 이 공연을 본 프랑스 관계자는 시쳇말로 '뻑갔다'고 한다. "사람이 어떻게 저렇게 춤을 잘 추느냐."라는 말과 함께. (무교巫敎 p.200)

****

우리 민족이 태생적으로 매우 자유분방하다는 것이다. 이것은 양반이라고 예외는 아닐 것이다. 양반들은 조선 전기에는 유교의 규범에 묶여 있어 자유로운 성정을 발휘하지 못했다. 그러다 후기에 유교의 영향이 다소 약해지자 원래 갖고 있던 자유분방한 성정이 발동해 이러한 미감을 발휘하기 시작한 게 아닐까?(p.295) ... 조선 후기가 되면 이렇게 무질서한 배치가 유행한다. (p.335) 태생적으로 한국인들은 자유분방한 성향을 갖고 있어 질서보다는 '비非질서'를 지향한다. ... 한국인들이 지향하는 무의식적 세계는 아무 질서가 없는 카오스적인 상태가 아니라 다른 수준의 질서를 갖고 있는 것 같아 .... 그래서 한국인들은 일상 속에서도 무의식적으로 이 비질서의 세계를 지향하는데, 이것이 가장 두드러지는 것은 밤에 술을 마실 때이다. 한국인들은 유교적인 낮의 세계를 보내고 밤이 되면 자신들의 본향인 비질서의 세계로 가까이 가려고 갖은 애를 쓴다. (p.133) *검사들의 폭탄주 전통도 이런 맥락에서 볼 수 있네요.* ...'술 마시고 노래하고 춤춘다'는 뜻의 '음주가무'라는 한 단어로 표현한다. ... 한국인들은 밤마다 무당들이 하던 고대의 엑스터시 향연을 되풀이하는 것처럼 보인다. (무교巫敎 p.136-137)

****

어원 연습 좀 해 볼까요?
Greek: γλυκύς (glukús, "sweet" 달콤한), Latin dulcis, dulcem ("sweet"), from Proto-Indo-European *dl̥kú- ("sweet"). 달콤한은 들큰한으로 변형되어 쓰일 수 있다. 둘의 키스. 구름이 같은 공간 속에 그녀의 혀는 내 혀를 휘감으며 받아 들였고, 둘의 혀는 그렇게 엉겨들었다. 각자의 타액이 서로를... 내 혀를 받아들 둘 *키*스를 해 보긴 해 본 모양이었다. 처음엔 당황하는 듯 ..

니네 **둘 *키*스** 안 해? 안 할 거냐고!! 다정하게 웃는 아펠과 멍한 표정의 카발이 진한 포옹을 하고 있었다. 황제를 지지하고 있는 귀족들 사이엔 흐뭇한 미소가 걸렸다.(인용)

'해군과 간호사의 키스'... 둘은 연인이었을까? 국제뉴스 ..

둘키스 dulcis_1004 둘키스 마카롱♥ 시흥시 월곶중앙로 70 번길 3 204 호. 화,수,목,금 11 시~17 시 영업 ⚲ 당일 10 시 문자예약(카톡 no! 전화 no!) #둘키스 #마카롱

예전부터 벤야민 WalterBenjamin 강의는 거의 전부 들어 보았고 많이 배웠으며 좋은 gutGood 시간이었다. 스스로 2 번 벤야민 강독 진행을 했었다. 힘든 시간이 었다. 수강생 보다 내가 더 많이 배웠다. 微微. "번역자의 과제(1923)"에 영감을 받아 독일어, 영어, 이태리어, 기타 언어로 다중접근하다. 하나 빠진 것이 있다. 잠깐 멈추어라. ちょっと待ってください. 노래 하나 듣고 갈까요? 'El Derecho De Vivir En Paz' 평화 속에서 살 권리 Gives Voice To Protesters In Chile, 뉴스가 흘러 나온다.

스페인어

Gardel 의 노래, El Dia Que Me Quieras (The Day When You Will Love Me)를 들어 보면 더 이상 영어 노래 듣기 힘들죠. Mercedes Simone 의 Cantando(1931) 가사 는 나훈아를 연상시켜요.

Yo no tengo/ la dulzura de sus besos, I no longer have the sweetness of your kisses,

vago sola/ por el mundo, sin amor.   I roam alone in the world, without love.

Otra boca más feliz/ será la dueña   Another happier mouth will be the owner

de sus besos/ que eran toda mi pasión. of his kisses that were all my passion.

나훈아의 붉은 입술이라는 트로트 곡을 들어 보면 비슷한 정감이 묻어난다.
밤을 새워 지는 달도 별을 두고 가는데 / 배 떠난 부둣가에는 검은 연기만 남아
맺지 못할 사연들도 떠난 사람을 / 이렇게 밤을 새워 울어야 하나 / 잊지 못할 붉은 입술
미소라 히바리의 "흐르는 강물처럼"를 연이어 들었다. 그녀도 우리 민족이었어.

ああ　川の流れのように　ゆるやかに　　아아, 흐르는 강물처럼 하염없이
아아　가와노나가레노요-니　유루야카니

空が　黄昏に　染まるだけ　　　　　　　하늘은 황혼에 물들어 갈 뿐이지
소라가 타소가레니 소마루다케

역사를 거슬러 근원으로 돌아간다는 것을 상상하고 실험해 보았다. 불가능한 일 이었지만 고통스러우면서 동시에 즐거웠다. 언어의근원으로 거슬러헤엄쳐 보기.

****

175

시적 영감의 순간이 왔다. 빛나는 모든 것들이 사방에서 슬금설큼설랭슬램슬럼덩크.

아름답다 c'est une fille 읽어라는 일거라 읽는다는 잉는다? 맑스 vs 마르크스

자 작 잒 잓 잔 잕 잖 잗 잘 잙 잚 잛 잜 잝 잞 잟 잠 잡 잢 잣 잤 장 잦 잧 잨 잩 잪 잫

재 잭 잮 잯 잰 잱 잲 잳 잴 잵 잶 잷 잸 잹 잺 잻 잼 잽 잾 잿 쟀 쟁 쟂 쟃 쟄 쟅 쟆 쟇

쟈 쟉 쟊 쟋 쟌 쟍 쟎 쟏 쟐 쟑 쟒 쟓 쟔 쟕 쟖 쟗 쟘 쟙 쟚 쟛 쟜 쟝 쟞 쟟 쟠 쟡 쟢 쟣

쟤 쟥 쟦 쟧 쟨 쟩 쟪 쟫 쟬 쟭 쟮 쟯 쟰 쟱 쟲 쟳 쟴 쟵 쟶 쟷 쟸 쟹 쟺 쟻 쟼 쟽 쟾 쟿

저 적 젂 젃 전 젅 젆 젇 절 젉 젊 젋 젌 젍 젎 젏 점 접 젒 젓 젔 정 젖 젗 젘 젙 젚 젛

제 젝 젞 젟 젠 젡 젢 젣 젤 젥 젦 젧 젨 젩 젪 젫 젬 젭 젮 젯 젰 젱 젲 젳 젴 젵 젶 젷

져 젹 젺 젻 젼 젽 젾 젿 졀 졁 졂 졃 졄 졅 졆 졇 졈 졉 졊 졋 졌 졍 졎 졏 졐 졑 졒 졓

졔 졕 졖 졗 졘 졙 졚 졛 졜 졝 졞 졟 졠 졡 졢 졣 졤 졥 졦 졧 졨 졩 졪 졫 졬 졭 졮 졯

조 족 좎 좏 존 좑 좒 좓 졸 좕 좖 좗 좘 좙 좚 좛 좀 좁 좂 좃 좄 종 좇 좈 좉 좊 좋

좌 좍 좎 좏 좐 좑 좒 좓 좔 좕 좖 좗 좘 좙 좚 좛 좜 좝 좞 좟 좠 좡 좢 좣 좤 좥 좦 좧

좨 좩 좪 좫 좬 좭 좮 좯 좰 좱 좲 좳 좴 좵 좶 좷 좸 좹 좺 좻 좼 좽 좾 좿 죀 죁 죂 죃

죄 죅 죆 죇 죈 죉 죊 죋 죌 죍 죎 죏 죐 죑 죒 죓 죔 죕 죖 죗 죘 죙 죚 죛 죜 죝 죞 죟

죠 죡 죢 죣 죤 죥 죦 죧 죨 죩 죪 죫 죬 죭 죮 죯 죰 죱 죲 죳 죴 죵 죶 죷 죸 죹 죺 죻

주 죽 죾 죿 준 줁 줂 줃 줄 줅 줆 줇 줈 줉 줊 줋 줌 줍 줎 줏 줐 중 줒 줓 줔 줕 줖 줗

줘 줙 줚 줛 줜 줝 줞 줟 줠 줡 줢 줣 줤 줥 줦 줧 줨 줩 줪 줫 줬 줭 줮 줯 줰 줱 줲 줳

줴 줵 줶 줷 줸 줹 줺 줻 줼 줽 줾 줿 쥀 쥁 쥂 쥃 쥄 쥅 쥆 쥇 쥈 쥉 쥊 쥋 쥌 쥍 쥎 쥏

쥐 쥑 쥒 쥓 쥔 쥕 쥖 쥗 쥘 쥙 쥚 쥛 쥜 쥝 쥞 쥟 쥠 쥡 쥢 쥣 쥤 쥥 쥦 쥧 쥨 쥩 쥪 쥫

쥬 쥭 쥮 쥯 쥰 쥱 쥲 쥳 쥴 쥵 쥶 쥷 쥸 쥹 쥺 쥻 쥼 쥽 쥾 쥿 즀 즁 즂 즃 즄 즅 즆 즇

즈 즉 즊 즋 즌 즍 즎 즏 즐 즑 즒 즓 즔 즕 즖 즗 즘 즙 즚 즛 즜 증 즞 즟 즠 즡 즢 즣

즤 즥 즦 즧 즨 즩 즪 즫 즬 즭 즮 즯 즰 즱 즲 즳 즴 즵 즶 즷 즸 즹 즺 즻 즼 즽 즾 즿

지 직 짂 짃 진 짅 짆 짇 질 짉 짊 짋 짌 짍 짎 짏 짐 집 짒 짓 짔 징 짖 짗 짘 짙 짚 짛

이 詩의 아름다움에 정신이 나갈 것 같아요. 한국시의무한가능성포텐터抵鹽저염

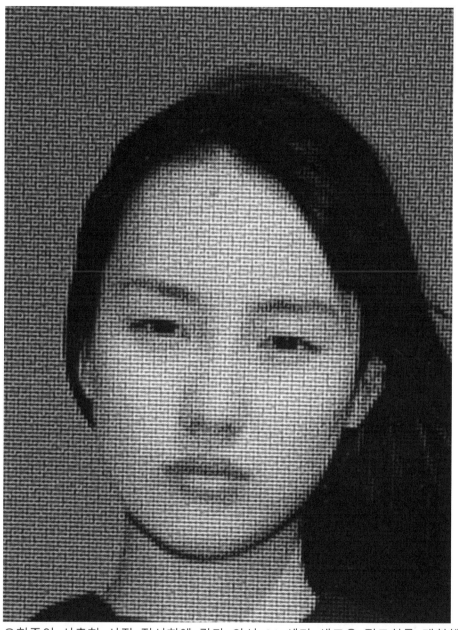

오형준이 사촌형 사진 전시회에 갔다 와서 21 세기 새로운 점묘화를 개척했다고 호들갑을 떨었다. 이건 또 어떻게 만들었소? 제목은 소녀시대의 도래. An artificial android of a girl who played her role in the Stanislavski method in Bloody Bostok, Russia.

그리고 축적(蓄積)에 대해서, 자본축적과 조형어법에 대해서

카카오 *chocolat* 대화록

카톡 문자가 왔다.

S: "지금 알고있는 걸 그때도 알았더라면 가슴이 말하는 것에 더 귀기울였으리라. 진정한 아름다움은 자신의 인생을 사랑하는데 있음을 기억했으리라. 사랑에 더 열중하고그 결말을 덜 걱정했으리라."

K: 인생에서 가장 중요한 덕목은 용기이다. 오늘 할 일을 내일로 미루는 것은 내가 게으르기 때문이 아니라 내가 용기가 없기 때문이다. 시간이 흐르면 그저 경험과 추억이 늘어날뿐, 더 현명해지는 것은 아니다.

S: 타임즈가 선정할 꼭 읽어야할 책 100 선 中 문학 1. D.H.로렌스/ 아들과 연인/ 1913 2.루쉰/아큐정전/ 1921 3.엘리엇/ 황무지/ 1922 4.제임스 조이스/ 율리시스/ 1922 5.토마스 만/마의 산/ 1924 6.카프카/ 심판/ 1925 7.프루스트/ 잃어버린 시간을 찾아서/ 1927 8.버지니아 울프/등대로/ 1927 9.헤밍웨이/ 무기여 잘있거라/ 1929 11.올더스 헉슬리/ 멋진 신세계/ 1932 13.존 스타인벡/분노의 포도/ 1939 15.브레히트/ 억척어멈과 그 자식들/ 1941 16.카뮈/이방인/ 1942 17.조지 오웰/ 1984/ 1948 18.사뮈엘 베게트/ 고도를 기다리며/ 1952 19.블라디미르 나보코프/롤리타/ 1955 21.잭 케루악/길 위에서/ 1957

K: 이런 순위표 싫어요. 개인적으로 최고의 작품은 잃어버린 시간을 찾아서,,,, 3 년에 걸쳐 읽고 있는 중. 거의 다 읽었어요.

S: 최근읽고있는 책에서 탐구와 비판의 자유가 보장되고, 다른 관점이 존중되는 관용의 문화가 있는 곳에서만 과학이 발전할수있다는 내용이 와닿았어요. 결국 문화는 홀로 존재하는것이 아니라 사회.정치.과학 그리고 문화까지 하나의 덩어리인거죠...

K: 당연한 지적입니다. 독창적인 예술가가 있어야 일류 과학자도 있는 거지요. 억압적인 사회에서 무엇을 바랄 수 있을 지....

S: 저는 억압적인 가정환경에서 자라고있는데...어쩌죠

K: 저항해야죠. 자유를 달라. 아니면 가출하겠다.

S: 순종적인건지 용기가 부족한건지 또는 게으른건지...ㅋㅋㅋ

K : 한번 들어 보아요. 나의 시. 제목은 나의 친구 모나미 볼펜.

내가 시를 쓰기 위해서는/ 먼저 나의 모나미 볼펜이 /
시인이 되어야 한다는 것을 나는 몰랐다.

나의 모나미 검정 볼펜은 / 다른 모나미 볼펜과 다르다

모든 모나미 볼펜은 평등하게 / 태어나지 않았다. 나만의 모나미 볼펜을
만나기 위해서 나는 몇 년을 기다려야 했다
나의 모나미 볼펜은 좌우가 완벽하게 / 대칭이어야 하며 그 피부가 완벽하게 세공되어
단 하나의 흠결도 있어서는 안된다

나의 완벽한 모나미 볼펜을 만나기 위해 / 대형마트에서 학교 옆 적은 문방구점까지
안 가본 곳이 없다. (그만 포기해!)

나의 모나미 볼펜으로 나는 이 세상 모든 시인들의 / 시를 필사하고 또 필사했다.
어느 날 밤 횔덜린의 반평생을 쓰고 있는데
나의 검정 모나미 볼펜이 나에게 말을 걸어 왔다

당신이 원하는 것은 무엇인가?
나는 단 한편이라고 좋으니 나를 감동시킬 수
있는 시를 쓰고 싶다고 말했다.

나의 모나미 볼펜은 / 그건 불가능하다고 대답했다.

그러면 시인이 되기를 포기해야 하는 것일까?
나의 모나미 볼펜은 이렇게 이야기했다.

너의 시를 쓰지 말고 그저
시를 써 보면 어떨까?
너의 모나미 볼펜
나는 나의 시를 쓰지는 않아
그저 시를 쓰지
이 세상 수많은 명시들은 우리 모나미 볼펜과 그 친구와 그 동료들이
쓴 것이야 우리의 시는 그 누구의 시도 아닌
시인과 독자를 위한 시가 아닌, 시를 위한 시.

그 날 새벽 나의 모나미 볼펜이 쓴 20편의 시들로
나는 시집 한 권을 만들었고 이렇게 나는 시인이 되었다.

K: 좀 미친 것 같은 이야기. 혼자 웃으면서 써 본 것. 아직 미완성.
--사*꾸*라가 피;었;다.
M: 봄날은 온다 봄날은 간다

봄날은 가지 않았다 봄날은 오지도 않았다 봄날은 어디에 있는가?

이것은 시이다. 시가 아니다.

시이기도하고시아니기도한시이다. 시는, 시인은 어디에 있는가?

L: 장정일 쓴 글인데 아주 공감이 가서요.....(일부만 인용합니다.)

서구는 물론 가까운 일본만 하더라도 문학 따위에는 상징적으로든 실질적으로든 그 어떤 권력도 나누어 주지 않는다. 거기에 비해 한국의 문학과 문학인들은 조선시대의 사대부 관념과 사라진 시대의 허위의식을 그대로 갖고 있다(물론 겉으로는 부인한다). 한국 문학의 파행적인 이행은 연구거리다. 보다 중요한 것은, 다른 나라 문학이 넘보지 못하는 바로 그것을 가진 탓에 한국 문학의 수준이 새삼 문제되는 것이다. <u>문학이 권력을 상실해야, 문학이 될 것이다.</u>

L: 한국에서 문학권력이란 '문학' 그 자체이다. 거대 야당이 고작 강담사에게 국회의원 공천심사위원을 맡기고(이문열, 2004), 두 명의 유력 대통령 후보가 병든 망상가(김지하, 2012)에게 지지를 구걸하는 일은, 유독 한국에서만 벌어진다. 열거한 문학권력 비판론자들이 문학 주변을 떠나지 않는 것도, 문학이 수석이나 분재 취미가 절대 다다를 수 없는 권력이기 때문이다.

잠시 쉬어요.

S : JJ. I had good time. Thx

K : baa, must have must

no one knows what must be done.

ob la di ole, avocado cacao

today is yesterday's tomorrow.

Thomas, doubt not. It is coming.

Oh, I'm coming. gone.

K: A found poetry is stronger than a found object. Love is nothing stronger than a poet with love. ~~Because you can see it, read it without taking it.~~

K: 뜻이 있는 곳에 길이 있다. 독립하겠다고 선언하면 되죠. 모든 안락함을 포기해야 ...

K: 마하트마 간디의 '영원히 살 것처럼 배우고 내일 죽을 것처럼 살아라'는 말을 적었다. 적지않아도좋소. 적어도좋지않소. 좋으면적으시오. 싫으면작작적어라.

K: 나무와 매일 술을 나누어 마시는 노인. 삼분의 이는 노인이 나머지는 화분에 부으면서 나무에게 얘기를 건다, 매일 밤.. every 에버리 애벌레래

노인: 내가 주량이 작아서, 맥주 한 병을 다 못 마실 때가 많아요. 그럼 버리기는 아깝고 맥주가 나무거름이 된다기에 화분에 주는데..... 가끔 얘가 알콜중독에 걸리면 어쩌지 걱정이 되요. 같이 있은지 팔년 된 심하게 굽은 그 아이를 보면 가슴이 아프거든요. 고생 많이 한 사람 같이. (어느날 나무가 말을 걸어 온다.)

나무: 이제 나는 알코올중독자가 되었다. 물은 필요없다. 맥주를 달라.

K: 이 나무에 과일이 열리면 어떨까 상상. 그런데 어느날 금단의 책을 보았다.

老人: 100 년 전 벨기에 왕 레오폴드가 아프리카 콩고에서 고무나무 채취하느라 몇백만 명 학살한 사건이 있었어요. 사람에게도 나무에게도 벨기에 사람들은 죄를 지은거죠. 나는 맛의 유혹에 빠져 고른 벨기에 맥주를 마시며 양심의 가책에 시달리다가 잠시 그 사람들과 그 나무들의 영혼에 기도하며 내 옆의 이 나무에게 벨기에 맥주를 나누어 준다. 미안하다. 인류를 대표해서 사죄한다.

노인: 드디어 작은 과일이 열렸는데 그걸 맛보니 씁쓸한 맥주 맛이 나.

나무: 알코올중독인가 봐. 잘 있어. 나를 수목장으로 치뤄 줘.

K: 그는 상심해서 자살했어요. 유언. 나의 재를 나무들에게 뿌려달라고.

K: 좀 괴기하지요? 이런 소재들이 끊없이떠올라요 이런 소재는 어때요? 말이 되는지 모르겠어요. 유치한지 엽기인지.

S: 엄청 좋아요

JM: 멋지다! 일견 서로 아무 상관도 없어뵈는 흐름들을 간단히 엮어서 또 다른 걸로 사람으로서 생각할 얘기를 만들었네. 동화만큼이나 함축적인 간략함이 더 좋다

K: 녹색당에 투표를 해 보려고 해. 모든 동물과 나무들에게 죄를 지은 나는 할 말이 없다.

(갑자기 다른 이야기)

K: 아직도 덥네요. 힘든 여름 잔혹한 태풍도 지나고 요즘 계속 바쁘죠?

S: 이사가려고 짐 정리중이에요.

K: 버리세요. 힘든 일이지만. 버릴 예정인 물건을 모두 모아 사진 한 장을 찍고 모두 버릴 것. 아니면 하나도 버리지 않고 모두 한곳에 보관한다.

S: 농담하지 마!

K: 셰익스피어는 무슨 그 당시부터 고급 상품이었던 줄 알지. 셰익스피어가 살았던 16 세기 극장에선 관객들이 작품이 맘에 들면 환호하고, 맘에 안들면 소리를 지르고 썩은 과일도 던져댔다. 그런 관객들을 만족시키고자 셰익스피어는 온갖 자극적 소재에 음탕한 농담을 섞어가며 작품을 썼고. 작품이 흥행하지 못하면 제

작자, 극장운영자, 배우들과 머리를 맞대고 대사와 내용을 수시로 수정했다. 다시 말해, 16세기 영국에선 셰익스피어가 곧 마블 영화였다구.

****

예술과 창조성에 대해 지금까지 많이 이야기했지만 창조성이 문학과 미술에서만 발휘되는 것은 아니다. 진정한 창조성은 어디에 있을까? 감동을 받았다는 말을 너무 남발해서 이제는 아무도 믿지 않을 것 같다. 하지만,

피에르 바야르, 『**나를 고백한다**』(여름언덕, 2014년)를 우연히 그 해 여름 만났다.

이 책이 프리모 레비의 문구를 인용하면서 시작되는 걸 보니 뭔가 심상치 않을 것 같은 불길한 예감이 들어요. 그렇죠.

1부 모델 스케치 ...... 발제자: 오형준
제1장 잠재 인격에 대하여 제2장 윤리적 갈등에 대하여 제3장 분기점(分岐點)에 대하여
2부 내적 강압...... 발제자: 서재필
제1장 이념적 대립에 대하여 제2장 분노에 대하여 제3장 감정이입에 대하여
3부 내적 망설임...... 발제자: 조봉암
제1장 두려움에 대하여 제2장 사고(思考)틀에 대하여 제3장 창조성의 결핍에 대하여
4부 분수령...... 발제자: 여운형 당첨!!!
제1장 자기 자신에 대하여 제2장 타인들에 대하여 제3장 신에 대하여

나를
고백한다

Aurais-je été
résistant
ou
bourreau?

피에르 바야르 Pierre Bayard 지음

김병욱 옮김

"나는 인간이 그런 상황에 빠졌을 때 어떻게 반응하느냐가 아니라 나 자신은 그 상황에서 과연 어떻게 행동하게 될 것인지 물어보려 한다." -피에르 바야르-

존재에 대한 자문을
이끌어내는
논리적이고 사적인 고백

계기가 생기기 않는 한 자기가 용기를 지녔는지 아는 사람은 아무도 없다. – 페소아-

****

이런 대화를 나누었습니다.

甲: 제가 이 책에서 가장 흥미롭게 읽은 부분은 <창조성의 결핍에 대하여>라는 지점이었는데요, 타자들을 향한 탄압에 충격을 받는다고 해서 그것이 곧 저항으로 이어지는 것이 아니죠. 바야르는 **행동으로의 이행**이라는 문제를 제기합니다.

바야르: 내가 과거로 돌아가 제 2 차 세계대전을 직접 겪게 된다면, 내면의 거부감에도 불구하고 잔혹한 명령에 따라야만 하는 상황에 놓인다면, <u>나는 저항할 것인가 동조할 것인가?"</u>

乙: 가상 여행은 특정 순간에만 드러나는 잠재 인격을 포착하기 위한 장치이자 추상적인 차원이 아닌 자기 자신에게서 시작되는 성찰을 이끌어낼 무대인 셈입니다.

丙: 바야르가 자신의 잠재인격을 발견한 시대는 지금까지도 프랑스인들에게는 트라우마로 남아있다고 일컬어지는 1940 년~44 년까지의 시기, 즉 나치독일과 협력을 약속한 프랑스의 비시정권이 존립했던 시기를 중심으로 한다. 이 시기에 나왔던 영화가 _____이다.

바야르: 나는 자신을, 또 다른 나를, 가상적으로 제 2 차 세계대전으로 보내서 대리 인격의 삶을 성찰해 보았고, 기존의 틀에서 벗어나 독자적인 항로를 개척한 저항자들의 삶을 한데 엮어, <u>실재하지 않았던 분기점을 만들어내는 창조적 결단과 그것을 가능하게 하는 내면의 신비, 즉 잠재 인격을</u> 탐구했지요.
을: 저자는 일상생활에 가려져 있던 잠재 인격이 극명하게 드러나는 지점, 곧 참여로 도약하는 결단이 이루어지는 지점에 다가가기 위하여 남다른 행보를 보여준 저항자들을 책 속으로 불러들인다.

갑: 유럽과 북아프리카에서 레지스탕스 활동을 펼친 로맹 가리,
나치스 독일에 저항한 백장미단의 숄 일가,
카프카와 주고받은 편지로 유명해졌으나 그 스스로도 완연한 저항자였던 밀레나 예센스카,
그리고 르완다 대학살에서 자신의 목숨을 걸고 무수한 생명을 구한 사람들에 이르기까지,
굴종 대신 항거를 택했던 이들은 그 놀라운 힘을 어디에서 길어낸 것일까?

바야르: 사라진 가능성들의 장(場)을 정직하게 탐구하면서,
　　　　결정의 순간에 두려움 너머의 미지의 세계로 도약(*아래 그림의 화살표*)할 수 있는 사람은 사실 거의 없습니다. <u>내적 강압이 어떤 선택의 여지도 주지 않을 만큼 절박해야만 행동으로 이행하게 된다는</u> 것이지요.

184

선택을 통해서 문제가 해결되지 않는다. 릴케의 시.

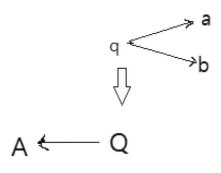

나레이터: 지금 이문제는 너무나 중요하기에 다시 요약해 보겠다. 현실에서 부딪친 q 라는 문제는 a 또는 b 라는 선택이 가능하다, 둘 다 마음에 들지는 않지만 다른 대안이 없다. 이 때 두려움과 절박함으로 미쳐버릴 것 같은 이 상황에서 갑자기 새로운 가능성(Q)이 눈 앞에 떠오르며 이 새로운 질문에는 선택을 할 필요가 없어진다. 왜냐하면 이 분기점에 서서 오로지 하나의 유일한 선택(A 라는 행동) 밖에는 없다는 것을 나는 아무런 의혹과 두려움 없이 확신하기 때문이다. 이 곳은 더 이상 분기점이 아니다. 오로지 큰 길 하나가, 사실은 길은 이미 소멸되었다. 큰 들판이 광야가 펼쳐 있고 나를 불렀던 그 소리는 이 광야에서 나를 불렀던 것이다. 너의 목소리가 들려, 이제야 너의 목소리를 듣는다. 내가 그동안 다만 듣지 못했을 뿐. 선택해야 할 길은 더 이상 없다. 나는 앞으로 걸어 나간다. 앞으로 이루어질 것이고, 아니, 이미 모두 이루어졌다. 처음부터 A 는 있었다, 거기에. Q 는 절박한 내가 창조한 것. 이것도 사실은 내가 만들었다고 할 수도 없다. 그저 발견한 것. 귀가 있는 자는 들으라. 如是我聞.

병: 바야르는 우리가 그러한 힘을 가지지 못했음을 한탄하기 보다는 그것을 북돋울 수단에 대해 성찰하는 것이 중요하다고 강조합니다. 우리로 하여금 **참여를 결심하게끔 만드는 본질적인 부분**. 저자는 이러한 본질을 '신비'라고까지 표현하는데요, 이것이 무엇일까 탐색하는 과정에서 그가 역사 속에서 발견한 중요한 실마리는 소자 멘데스가 보여준 **'불복종의 능력'**, 즉 **사회 전체가 강요하는 틀에서 벗어나는 능력**이었습니다.

갑: 포르투갈 외교관이었던 소자 멘데스는 독재자 살라자르가 유대인을 주요 표적으로 삼아 외국 거류민 비자 발급을 대폭 제한하라는 명령을 내렸을 때, 사흘 간의 칩거 끝에 이를 거부하기로 결정합니다.
 # 여기서 나는 짜릿한 감동을 받아요.

바야르: 나는 어떤 분기점(q)에서 제기되는 선택(a 또는 b)에 응한 것이 아니라, 존재하지 않는 하나의 <u>새로운 분기점(Q)을</u>, 즉 당시 그와 같은 상황에 처했던 <u>다른 외교관들이 생각해내지 못한 분기점을 그 자신이 창조합니다</u>. # 불가피함의

창조. 이러한 창조능력은 이전까지는 몰랐던 자신의 일부를 발견하거나 혹은 발전시킬 수 있게 해주는데, 만들어지기 전에는 길처럼 보이지 않던 길, 비록 보이지는 않았지만 분명 주체에게 엄연히 하나의 선택이 있었음을 추후에 보여주는 길을 말이죠.

Bravo!

갑: 성찰하기 이전에는 존재하지 않았던 하나의 문제(Q)를 만들어 냈던 것이죠. 이처럼 기존 틀로부터의 해방은 단지 거부의 형태만을 취하는 것이 아니라 여러 가지 가능성을 열어젖히기도 하는데, 우리는 **존재하지도 않는 문제, 모델도 전례도 없는 하나의 행동형태(A)를 통째로 만들어내어, 우리를 가두고 있는 법적/정신적 틀 밖으로 뛰쳐나가는 투쟁**을 볼 수 있습니다. 진정한 저항은 단순한 거부를 넘어서 새로운 저항의 형식을 만드는 것입니다. 이것이 예술입니다. 촛불도 어둠을 밝히는 촛불이라는 은유가 현실 속에서 구체적으로 현실화된 것이죠. 처음에 그 생각을 한 사람은 진정으로 창의적이었습니다.

#촛불집회를 회고해 봅니다. A candlelight vigil or candlelit vigil is an outdoor assembly of people carrying candles, held after sunset in order to show support for a specific cause. 그 순간들을, 그리고 창의적인 시위의 순간들을. 탄압이면 항쟁이다. **탄압이면 창의성이다.** 2015 년 4 월에 스페인 마드리드에서 공공 건물 주변에서 집회를 금지하는 법에 반대하는 뜻으로 홀로그램 집회를 했다. 집회의 자유가 사라지니 유령을 불러낸다. 이번에는 우리가 해 보자. 집회의 자유를 보장하라고 요구할 유령집회에 유령이 되고 싶다는 사람들을 모집했다. 120 명의 사람들이 직접 스튜디오에 와서 크로마키 영상을 촬영하고, 130 명 이상이 목소리 녹음을 카카오톡으로, 메시지를 문자로 보내주었다. 2016 년 2 월 24 일 밤 서울

에서, 기자들과 시민들이 유령집회 주변으로 모여들었다. 광화문 앞 큰 투명 스크린에 2 주 동안 모은 이미지를 투사하자 흰 유령들이 나타났다. 경찰은 유령집회 소식을 듣고 곤혹스러워 했다. 유령이 아닌 사람이 구호를 외치면 체포하겠다. 빌어먹을 정권의 충견 개자식들 사람들은 마음 속으로 외쳤다.

을: 하지만 바야르는 가능성의 열림은 주체가 <u>자기자신과 단절함으로써,</u> **그가 자기자신을 위해 구성한 틀에서 벗어날 준비**가 되어있지 않다면, 즉 지금 우리가 집착하는 뭔가를 버리지 않는다면 어떤 귀결에도 이를 수 없다고 전제 조건을 붙입니다. 자기를 버린다는 것은 주체의 변화와 이 세계와의 관계의 변화, 특히 **자기자신과의 관계에 있어서 변화**를 초래하며, 이는 특출한 소수만이 가능하다고 이야기될 만큼 쉽지 않은 과정이기도 합니다. # 그 특출난 소수는 그 누구나 될 수 있다는 것이 삶의 반전이죠. 나는 더 이상 우리가 아니다.

병: 바야르는 창조능력의 발현과 관련해서, 타고난 성향에 주목하기 보다는 우리 각자의 내면에 있는 '**또 다른 나**'를 언급합니다. 창조의 지점은 우리의 의식과 무의식적인 삶을 모두 초월해 있는 우리 존재의 궁극적 신비라고 할 수 있는 진정한 잠재인격이 모습을 드러내는 지점이 되겠죠.

丁: 다시 반복합니다. 반복은 불가피합니다. 불가피하니까 반복합니다. 다시 반복합니다. <u>피에르 바야르는 저항자들 힘의 원천으로 '틀에서 벗어나는 능력'과 '창조성'을 꼽아요.</u> 이런 상상을 해 보죠. 5월 16일 한강을 건너기 전에 왜 건너야 하느냐고 질문을 하는 김 병장, 이 중사는 왜 없었을까? 12월 12일 부대이동 명령이 떨어졌을 때 왜 우리 부대는 남쪽으로 가는 겁니까? 이런 질문을 한 사람들이 없었던 것은 아니었다. 1948년 한반도 남쪽에서 동포를 학살하라는 출동명령을 거부한 하사관들과 병사들이 있었다. 여순항쟁. 그들은 자율적 사고를 위한 영역을 확보하고, 당연한 것으로 여겨지는 물질적·정신적 틀에서 벗어나 마침내 길로 보이지 않던 길을 만들어낸 것이다. 이것은 반란이 아니라 부당한명령을 거부하는것이다.

병: 잠깐, 생각났어요. 1950년 10월 원산 앞바다 일본 해상보안청의 소해정 승무원들의 말. "우리는 공무원이지 군인이 아닙니다. 따라서 전쟁에 참가할 수 없습니다." 미군이 기뢰를 치우기 위해 동원한 일본 부대의 전선 이탈선언. 현지 미군 사령관의 격노(激怒)와 일본 정치인과 관료의 난처함. 부대장의 직위해제. 위로부터의 명령을 거부하며 적극적으로 전선이탈을 주장할 수 있는 "공무원"이라는 관념은 지금의 일본에도 거의 없다. 이러한 스토아적 퇴각이 진정한 용기이다.
유럽의 철학과 예술은 그 국민의 망명가능성에서 찾을 수 있다. 춘추전국시대의 다양한 사상적 풍요로움도 그 국가로부터의 이탈가능성에서 찾을 수 있다. 제국이 통일되면서 경전의 해석(解釋)과 주석(註釋)작업의 무한반복. 재미없다.

戊: 피에르 바야르의 잠재 인격은 결국 존재의 궁극적 신비에 도달하는 데 성공했을까? 우리 내면에도 저항자들이 지녔던 불가사의한 자유가 잠들어 있을까?
庚: 그래요, 잠들어 있어요, 너무 곤하게 자고 있죠. 누군가 깨워야죠.
乙: 그건 자기가 스스로 깨울 수 밖에 없죠. 할, 할, 할

****

광화문에 서다. (감상적이거나 불필요하거나 이런 부분을 찾아 볼 것.)

촛불. 광장. 광장의 촛불.

불의를 보고도 분노하지 않는 사람들. 그러나 불의에 분노할 수 있어야 한다고 믿는 사람들이 있다. 그들의 조용한 분노가 분출되는 것을 보았다. 철학자 김용옥과 중학생 모두 3 분간의 발언 시간을 주는 집회의 진행이 인상적이었다.

도올: "단군 이래 어떤 집회와도 성격 달라, 우리는 혁명을 해야 한다." "희망을 잃지 안되, 분노를 쉽게 사그라지게 해서는 안된다. 절망으로 인한 분노를 온 국민이 정확하게 분출해야 할 것이다."
고등학생: "박 대통령, 아니 박근혜 씨야말로 이 모든 문제의 근원이자 본질이며 최순실 씨는 이 모든 사건의 통로를 여는 게이트 역할을 한 것입니다."
중 3 여학생: "박근혜, 국민의 이름으로 당신을 해고합니다."

아직도 대한민국은 선거연령이 19 세이다. 18 세로 낮추는 것에 대한 국회 합의가 불발되었다. 이런 청년들을 두려워하는 것일까? 모두가 평등한 광장. 지식인의 시대는 가고 대중과 아마추어의 시대가 오고 있다. 지식인이 추방된 공간. 지식의 헤게모니를 깬다. 지금 일반 사람의 지식 수준은 중세의 학자들 수준... 종교학자 오강남 인용... 아우구스투스 보다 더 많이 아는... 21 세기에 모든 사람은 이미 지식인이다.

사회학자 **정근식**의 말이 생각난다. "그 인문학 위기의 핵심적인 본질이 뭐냐, 뭐랄까, 관념적이고 추상적인 이론의 적용이 아니라 우리의 경험을 바탕으로 해서 서양에는 없는 개념들을 어떻게 만들어 내고, 그 개념과 개념을 어떻게 연결해서 이른바 이론이라는 걸로 부를 수 있느냐? 우리의 역사학적 안목과 문학적 상상력, 사회과학적인 개념이나 이론이 서로 어울릴 때 비로소 한국학계가 있어야 할

자리를 찾게 되는 거죠." 85p86p 무슨 책에서 본 것인지 기억이 나지는 않는다. 페이지 수는 정확히 알고 있다.

대중이 직접 끌고 가는 혁명. 축제는 내가 주체이며 대상이다.
전인권과 함께 부르는 노래는 슬프다.
저어드으레 푸르은 솔리프을 보오라아...
그대여 아아무 거억정 하아지 마라요 / 우리이 하암께에 노오래 합시이다아
그대에 아프은 기어억들 모오두 그대여 / 그대 가슴 기피이 무더 버리고오

그리고 더 슬픈 절망의 말이 있다.
"왜 우리 애들은 안되는 겁니까? 왜 죽었는지, 왜 죽였는지 그것 하나 알려 달라는데...."

나의 역사에 대한 무지함은 국가가 얼마나 국민을 기만했는지를 드러낸다.
지금의 50 대는 제주 4.3 을 역사책에서 배우지 못했다. 나는 무지했다. 국가가 진실을 은폐했기에. 나는 냉담했다. 국가가 던져주는 작은 먹이에 몰두 하느라...

광화문 광장에서 光化門을 바라본다.
빛이 변하여 무엇이 되는가? 정도전은 600 년 전에 이런 일을 예상하고 그렇게 이름을 지었던 것일까? 그의 집터는 지금은 이마(利馬)빌딩이 되었다. 빛의 바다 뒤의 저 불 꺼진 공간에서 블랙리스트가 만들어지고 실행되었던 것일까?

어둠은 빛을 이길 수 없다고 우리 모두 광장에서 노래를 하지만 어둠은 승리하기를 멈추지 않았고 지금도 포기한 것으로 보이지는 않는다. 이런 의문이 떠오른다. 빛이 이긴 적이 있기는 한 것일까?

모두가 같은 생각을 가지고 모였지만, 어찌 보면 각자가 모두 다른 생각을 하고 있는 것은 아닐까? 무엇이 문제인가? 무슨 질문을 할 수 있을까? 질문이 있다면 그 답이 있기는 한 것일까? 답이 있는 질문도 있고 답이 없는 질문도 있겠지. 답이 없는 질문을 계속 붙들고 있는 것이 무슨 의미가 있는가? 있어요.

그 이름을 정확하게 불러야 그 삶이 우리에게 온다,
그것이 삶이라는 마술의 본질이다. --1921 년 10 월 18 일, 프란츠 카프카.

189

역사가의 눈으로 현재를 보는 것. 강만길의 말.

"정치는 역사의 진행형이고, 역사는 이상의 현실화 과정이다."

"정치가는 역사 앞에 발가벗고 서는 것이기에, 따라서 염치가 있어야 한다."

염치없는 대통령과 관료들의 나라. 이게 나라냐? 이런 소리가 들린다.

이 광장에 서서 벤야민을 생각한다.

"우리들 스스로에도 이미 지나가 버린 것과 관계되는 <u>한줄기 바람이 스쳐 지나</u>
<u>가고 있는 것은 아닐까?</u> 우리들 귀에 들려오는 목소리 속에서는 이제 침묵해 버
리고만 목소리의 한가락 반향이 울려 퍼지고 있는 것은 아닐까?"

제주 4.3 평화공원에서의 맹렬한 바람... 1948년 봄에도 그렇게 몸이 날아갈 것
같은 바람이 불었을까? 이 바람은 하나의 징후와 같은 것이다. 우리가 지나갔다

진정한 비상사태로서의 혁명

인류역사는 언제나 위기상태였다 <u>약자들이 억압 받고 있다는 사실이 비상사태를</u>
<u>의미한다면 비상사태는 오늘날만의 현상이 아니라 처음부터 비상 사태였다.</u> 진정
한 비상사태를 도래 시키는 것이 누구의 임무인가? 역사가, 예술가 즉 이 광장의
사람들이다.

벤야민의 글은 화재경보기 fire alarm 벤야민의 아케이드 프로젝트, 파편적 글쓰기
(fragments), 카오스의 세계 "벤야민이 혁명을 일으키는데 중요한 것은 증오라고 했다.
그것이 순화되었기 때문에 지배계급이 전복될 수 없다. 미움의 에너지를 중요하게 생각한
다. 그 증오와 분노는 내 삶이라는 것이 얼마나 중요한 것인가를 깨달을 때 분노가 생성
된다. 이를 깨닫지 못하면 분노는 생길 수 없다. 분노가 없다는 것은 내 삶이 중요하지 않
다고 전제하는 것이다."

벤야민 강연을 들으러 갔다. K 선생님의 대략 이런 말이었던것같지만 기억이나지않는다.
"현대 자본주의는 소비자를 옛날에 비하면 정말 놀라운 감수성과 세련된 감각의 소유자로
만들었는데, 벤야민이 얘기하듯이 전부 시장에 매몰되어 있죠. (욕망의 노예가 되었다는
말.) 예술적 감수성이 자본주의에 질식해 있다. (감수성을 키우고 동시에 억압한다.) **그게**
바로 모드 mode 예요. 그 놀라운 감각들이 정치적으로만 사용된다면 그건 굉장한
폭발력을 지니게 될 겁니다. (두려운 일이다.) 자본주의가 만들어내는 욕망의 상품들
로 인해서 우리의 몸은 그것들로부터 유혹당하면서 우리도 모르는 사이에, 아니

면 어떻게 보면 다행스럽게도 <u>우리의 감각이 그러한 유혹이 없었다면 살아날 수 없었던 우리의 (혁명적) 감각이 무지무지하게 살아나 있습니다.</u>"

우리 모두의 감각을 정치화 시키면 어떤 일이 일어날까? 그건 놀라운 에너지다. 혁명의 에너지로 바뀔 수 있다. 패션, 디자인, 광고가 적을 쓰러트리는 무기가 된다.

다시 말하자면 **영화관은 혁명의 연습장이다**. 변호인 택시운전사 같은 영화뿐만 아니라 감각적으로 잘 만들어진 모든 상업영화가 혁명전사를 양성하는 의식화 교육의 장이 될 수 있다. 따라서 사회안정을 바라는 지배계급은 지금 당장 영화만들기를 금지하고 영화관을 폐쇄해야 한다. 모든 예술은 위험하다. 위험하지 않으면 예술작품이 아니다. 좋은 작품은 그 위험함을 또한 잘 숨기고 있다. 그래서 더 불온하고 위험하다.

실제로 2016 년 봄의 총선은 젊은 여성들이 대거 새누리당을 버리면서 시작되었다. 그 이유는 너무 추하다는 것이었다. 그들의 미학적 감각이 견디기에는 너무나 추하고 썩어빠진 악취나는 반공극우 정치였던 것이다. 한국의 보수가 얼마나 악취가 진동하는 존재인지가 백일 하에 드러났다. 이제는 반공이 아니라 反반공 나아가 자유와 평등의 정치로 나아가야 한다고 믿고 싶지만 수구의 저항이 얼마나 지속될지 두려울 뿐이다. 소멸에 대한 공포인가요? 네. 자, 그만 해요. 그래 차 마시러 가자. 어디로?

電子羊 카페로. 벤자민 Café 로. 그라피티가 요즘 마니 보여요.

그라피티 in Seoul 며칠 후 지워졌다. 왜 누가 지웠을까?

글쓰기에 대해서 다시 정리:
至道無難 唯嫌揀擇 지도무난 유혐간택
The creative artist is not allowed to choose; do not seek the answers. What is required of us is that we love the difficult and learn to deal with it.
Live a full life(꽉 찬 인생을 살아라).
The reason for living is to express.

이 세계는 말이 되기 위하여 나를 이용하였다.
선택하지 마라. 선택하라. 선택하지 마라.
방금 컴퓨터가 자동으로 꺼지면서 지금까지 수정한 것이 모두 사라졌다. 이것은 박정희의 유령인가? 무섭다/무섭지않다/무섭다/모르겠다/ 더 이상이런일은일어나지않는다면라면.

번역 세미나를 만들었다. 별 걸 다한다고 그래도 할 수 없다.

외국어를 잘 몰라도 번역이 어떻게 이루어지는 지, 그 과정을 이해할 수 있다. 번역의 프로세스를 알아야 외국어에서 한국어로 번역된 인문학 책들을 더 정확하게 더 편하게 읽을 수 있다. 번역의 이해를 통해서 근본적인 언어감각을 키우면 외국어 배우기에 도움이 될 수 있다. 한국인이 영어를 못하는 것은 외국어 이전에 언어감각이 없기 때문이다.

<문학과 번역>으로 문학 이야기를 계속합니다. 영어로 된 문학작품을 중심으로 다수의 한국어 번역본들을 같이 읽고 자신의 번역을 만들어 보는 연습을 하는 겁니다. 이와 더불어 여타 유럽 언어의 번역과 비교해 보는 시간도 가집니다. 같은 영어 원문을 놓고도 참으로 다양한 번역이 나오고 있습니다. 예를 들어 위대한 개츠비의 첫문장은 한국어로 이렇게 번역되고 있습니다.

In my younger and more vulnerable years my father gave me some advice that I've been turning over in my mind ever since. "Whenever you feel like criticizing any one," he told me, "just remember that all the people in this world haven't had the advantages that you've had."

지금보다 어리고 쉽게 상처받던 시절 아버지는 나에게 충고를 한마디 해주셨는데, 나는 아직도 그 충고를 마음속 깊이 되새기고 있다. "누구든 남을 비판하고 싶을 때면 언제나 이 점을 명심하여라." 아버지는 이렇게 말씀하셨다. "이 세상 사람이 다 너처럼 유리한 입장에 놓여 있지는 않다는 것을말이다." 김욱동 번역, 민음사

내가 지금보다 나이도 어리고 마음도 여리던 시절 아버지가 충고를 하나 해주셨는데, 그 충고를 나는 아직도 마음속으로 되새기곤 한다. "누구를 비판하고 싶어질 땐 말이다, 세상 사람이 다 너처럼 좋은 조건을 타고난 건 아니라는 점을명심하도록해라." 김석희 번역, 열림원

지금보다 어리고 민감하던 시절 아버지가 충고를 한마디 했는데 아직도 그 말이 기억난다. "누군가를 비판하고 싶을 때는 이 점을 기억해두는 게 좋을 거다. 세상의 모든 사람이 다 너처럼 유리한 입장에 서 있지는 않다는 것을." 김영하 번역, 문학동네

지금보다 쉽게 상처받던 젊은 시절, 아버지가 내게 해주신 충고를 나는 지금까지도 마음 깊이 되새기고 있다. "혹여 남을 비난하고 싶어지면 말이다, 이 세상 사람 전부가 너처럼 혜택을 누리지 못한다는 걸 기억해라." 아버지께서는 이렇게 말씀하셨다.　한애경 번역, 열린책들

흔히 '문학에는 정답이 없으니 모든 번역이 다 좋고 취향의 문제'라고 생각합니다. 과연 그럴까요? 직역과 의역은 무엇이 더 좋을까요? 독자를 배려한 읽기 쉬운 번역이 과연 좋은 선택인가요? 실험적인 번역과 명백한 오역의 차이는 무엇일까요?

영어 원문을 불어, 독일어, 이태리어와 비교해 보면 각자 읽어내는 영역과 강조하는 분야가 다르다는 것을 알게 됩니다. 그리고 전혀 모르는 언어를 통해서 (가령 포르투갈어, 폴란드어, 스웨덴어) 번역 연습을 해 보는 시간을 가질 수도 있습니다. 발터 벤야민의『번역자의 과제』에서 제시된 관점에서 번역을 보면 많은 것이 보이기 시작합니다. <문학과 번역> 강좌를 통해 인문학 공부의 출발점을 같이 고민해 보는 시간이 되었으면 합니다.

이 강좌는 또한 언어적 측면만이 아니라 역사적, 사회과학적 맥락을 같이 고려해서 텍스트를 이해하는 시도를 할 수 있는 기회도 될 겁니다. 한 편의 소설을 이해하기 위해서는 모든 것을 다 알아야 한다는 관점에서 종교, 신화, 문학, 철학, 미술, 대중예술, 역사, 정치, 경제, 사회 모든 분야를 조금씩 다루어 볼 계획입니다. 참여를 희망하는 분은 강좌를 시작하기 전에 아래에 소개한 책들을 미리 읽어 두기를 권합니다. 영어 원서와 번역본을 같이 보아가며 진행하지만 영어 실력과는 상관없이 누구나 수강할 수 있습니다.

❧ 일시 : 6월 24일(수)부터 매주 수요일

❧ 내용
제 1 주
발터 벤야민의『번역자의 과제』(발터 벤야민 선집 6, 도서출판 길)읽기,
제 2 주
『The Great Gatsby』의 경제사회적 이해와 텍스트 읽기(영어 파일 제공),
소설과 영화(The Great Gatsby1974, 2013) 비교해 보기.
제 3 주

『위대한 개츠비』의 김욱동, 김석희, 김영하, 무라카미 하루끼 번역 비교하기,
(김욱동이나 김석희 번역본 중 하나 구입해서 미리 읽을 것)
제 4 주
『비평이론의 모든 것 Critical Theory Today』(타이슨 저, 앨피) 제 1~4 장, 7~ 9 장
읽기(위대한 개츠비를 사례로 활용)
제 5 주
『번역예찬 why translation matters』(그로스먼 지음, 공진호 옮김, 현암사) 읽기
파블로 네루다/월러스 스티븐스 시 읽고 번역해 보기
제 6 주
『모비딕 Moby Dick』 원문과 김석희(작가정신), 강수정(열린책들) 번역 비교하기
이 책을 서구 문학전통에서, 또한 19 세기 미국 경제사의 관점에서 읽기
제 7 주
『모비딕 Moby Dick』 원문과 김석희(작가정신), 강수정(열린책들) 비교하기
영화 Moby Dick(1956), In the Heart of the Sea (2015) 부분 감상
제 8 주
Wallace Stevens 의 『The Collected Poems』 읽기
- Yale 대학교 ENGL 310: MODERN POETRY 문학 수업 동영상 미리 보고 오기
****

잠시 비교해 볼까요?

In my younger and more vulnerable years my father gave me some advice that I've been
turning over in my mind ever since. "Whenever you feel like criticizing any one," he told me,
"just remember that all the people in this world haven't had the advantages that you've
had."

Quand j'étais plus jeune, ce qui veut dire plus vulnerable,/
When I was younger,   which means   more vulnerable ,
mon père me donna/ un conseil/ que je ne cesse de retourner dans mon esprit :
my father gave me   an advice   that I keep returning   to my mind/ wit
– Quand tu auras envie de critiquer quelqu'un,/
- When you will want   to criticize someone
songe que tout le monde/ n'a pas joui des mêmes avantages que toi.
remember that everyone   has not enjoyed the same benefits as you.

Als ich noch jünger und verwundbarer war, gab mein Vater mir einmal einen Rat,

When I was younger and more vulnerable, my father gave me an advice once,

der mir bis heute im Kopf herumgeht. "Wann immer du jemanden kritisieren willst", sagte er,

which is going around me to this day in my head. "Whenever you want to criticize anyone" he said,

» denk daran, dass nicht alle Menschen auf der Welt / es so gut hatten wie du. «

"Remember   that   not all people in the world   had it as good as you ."

Nella mia prima giovinezza 青春, quella più vulnerabile,/ mio padre mi diede un consiglio

In my early youth,   more vulnerable,   my father gave me an advice

su cui, da allora, non ho mai smesso di riflettere. "Ogni volta che ti viene voglia

on which, since then, I never stopped to think.   "Whenever you feel like

di criticare qualcuno" mi disse "ricorda che non tutti al mondo/ hanno goduto dei tuoi privilegi".

criticizing anyone," he told me, "recall that not everyone in the world have enjoyed your privileges."

godere(enjoy), *godere di un privilegio*: to enjoy a privilege 특권

advantage 가 privilege 의 의미로 파악되고 있다는 것을 번개같이 느낄 수 있다.

****

다시 벤야민의 멋진 에세이: 번역자의 과제 Aufgabe 아마도 pe.

"낯선 [원작의] 언어 마력에 걸려 꼼짝 못하고 있는 **순수언어**를 번역자 자신의 언어를 통해 해방시키고 또 작품 속에 갇혀 있는 언어를 그 작품의 재창작을 통해 해방시키는 것이 번역자의 과제이다"(p 139) 무슨 말이야? 예를 들자면 이런 말인 것 같다. 독일어 원문을 한국어로 의미를 전달하는 번역이 아니라, 독일어 원문이 원래 말하고자 했지만 제대로 전달하지 못했던 것, (아마도 원저자도 알지 못했을 수도 있는 혹은 알고 있知萬 언어로 표현할 수 없었던 또는 표현할 數 있었지만 그 위험성 때문에 숨기孤子 했던) 미지의 순수언어를 감지하고 이 순수언어에서 한국어로 번역(재창작)을 한다. 이 과정은 직역에 가까운 번역, 즉 매끄러운 의역이 아니라 괴물 monster 같은 재창작이 되어야 한다. 이 과정에서 독일어의 프랑스역, 이탈리아역, 英譯, 중국어역, 베트남어역, 조선어역, 스와힐리역 등이 "원작의 사후의 삶(überleben, After.Life2009)"으로서 서로를 보충하게 된다. 만나니 반갑습니다.

"결코 어떤 예술작품이나 예술형식을 대할 때 수용자를 고려하는 것이 그것의 인

식을 위해 생산적인 것으로 드러나는 법이 없다. .... 왜냐하면 어떤 시도 독자를 위해, 어떤 그림도 관람객을 위해, 어떤 교향악도 청중을 위해 있는 것이 아니기 때문이다.” (번역자의 과제 p 121) 관객모독인가? 꼭 그렇게 생각할 필요는 없다. 그렇게 생각해도 좋다. 이런 논의는 서론에서 해서는 안된다. 하지만 이미 시작했으니 멈출 수는 없다. 나중에 편집할 때 뒤로 빼던가... 잠깐, 순수언어는 또 무슨 뜻인가?

"언어들의 초역사적 근친성은/ 각각의 언어에서 전체 언어로서 그때그때 어떤 **똑같은 것이**,/ 그럼에도 그 언어들 가운데/ 어떤 개별 언어에서가 아니라 오로지 그 언어들이 서로서로를 보충하는/ 의도의 총체성(Allheit)   만이 도달할 수 있는 그러한 **똑같은 것이** 의도되어 있다는 점에 바탕을 둔다. 그것은 곧 순수언어   (die   reine Sprache, pure language) 이다.”(129) 문장이 어렵다. 여러 번 읽어도 모르겠多面 독일어로 읽어 보자. 독일어를 모른다면 배워서 하면 된다. 배우기 싫으면 배우고 싶은 마음이 들 때까지 기다리자. 독일어 정관사 변화에서 좌절포기했다가 30년이 지나서 어느날 배우고 싶어졌다. 누가? Moi. Anandamoy. 개별 언어들이 서로를 보완하고 보충하는 (하나의 언어만으로는 그 의도가 들어나지 않고 많은 언어들을 통해서만 그 의도를 짐작할 수 있는) 어떤 의도의 총체성 totality Totalität 이 순수언어이다. 벤야민은 원전의 우위란 생각을 파기하고 원전과 번역을 대등한 관계 속에서 순수언어의 하위개념으로 다룬 듯 하다.

Les langues imparfaites 불완전한 언어들은/ en cela que plusieurs,/ manque la suprême: penser/ étant écrire sans accessoires ni chuchotement,/ mais tacite 침묵 하다 encore/ l'immortelle parole,/ la diversité, sur terre, des idioms/ empêche personne/ de proférer les mots 말/ qui, sinon, se trouveraient,/ par une frappe unique,/ elle-même matériellement la vérité.   말라르메의 글, <Crise de Vers>(시의 위기) 바다가 지구온난화로 말라비틀어지니 위기다.
　　　　물좀주소 물좀주소 목마르요 물좀주소.
　　　　　　　그 비만 온다면 나는 다시 일어나리 아 그러나 비는 안오네

"언어들의 불완전성은 그것들의 다수성 때문이다. 탁월한 언어가 결여되어 있는 것이다.(다시 번역해 보자) 즉 사유란 장식이나 속삭임 없이 글쓰기이고, 불후의 말은 여전히 침묵 속에 있다. 지구상에 어법[방언]들의 다양함은 사람들로 하여금

말들을, 만약 그렇지 않다면 단번에 진리로 현실화/구체화될, 그런 말들을 소리 내지 못하도록 막는다."(134)

gilt es nicht allgemein/ als das Unfaßbare, Geheimnisvolle, "Dichterische"? Das/ der Übersetzer/ nur wiedergeben kann,/ indem er auch dichtet?

is it not generally regarded as something incomprehensible, mysterious, poetic? that which the translator can restore only insofar as he also writes poetry?

"한편의 시에 전달 이외에 들어 있는 것, 그것은 일반적으로 파악할 수 없는 것, 비밀스러운 것, '시적인 것'으로 여겨지지 않는가? 그러니까 번역자 역시 시작(詩作)을 함으로써 재현(의미를 회복, widergeben)할 수 있는 것이 아닐까?"

"번역 속에서 원작은 말하자면 언어가 살아 숨쉴 보다 높고 순수한 권역(圈域)으로 성장한다. 이 본질적인 핵은 그 번역 자체에서 다시금 <u>번역할 수 없는 어떤 것</u>이라고 규정할 수 있다." 번역이 단순한 '전달'과 소통의 과정이 아니라면, "번역할 수 없는 어떤 것"(131)을 드러내는 것으로서 **번역불가능성**을 통해 번역의 가능성을 추구하는 것이다. 벤야민은 번역불가능성의 문제를 "순수 언어의 씨앗들이 익어가다" (135)는 표현을 통해 말한다.

"번역자의 과제가 그와 같은 빛 속에서 드러난다면(번역자의 과제를 그런 관점에서 본다면), 그 과제를 해결하기 위한 길들은 그만큼 더 내다볼 수 없이 어두워지려고 한다. 실제로 **번역 속에서 순수 언어의 씨앗들이** 익어가도록 한다는 과제는 in der Übersetzung den Samen reiner Sprache **zur Reife zu bringen** 결코 해결할 수 없고 어떠한 해결로도 <u>규정할</u> 수 없는 것처럼 보인다. 왜냐하면 **의미의 회복/ die Widergabe des Sinnes/ la restitution du sens** 이 더 이상 번역의 척도가 아니라면, 그와 같은 해결은 토대를 잃어버리기 때문이다."

"어떤 잊을 수 없는 삶이나 순간에 대해 설사 사람들이 그것들을 잊었다고 할지라도 누군가는 말할 수 있을 것이다.", "그 삶과 순간이 잊히지 않을 것을 요구한다면 … 그 요구에 부응할 수 있을 어떤 영역, 즉 <u>신의 기억 Gedenken Gottes</u>에 대한 지시까지 내포할 것이다." (번역가의 과제, 123) 라고 말할 때 역사철학테제와 연결이 된다. 자, 이제 그만하면 안될까요? 네.

책의 형식에 대한 고정관념에서 自由롭多. just tried 일단 여기서 멈춘다. 수많은 절망들과 하나의 희망. 그 하나의 희망이 없어도 좋다. 또 미룰까? postpono, postponere, postposui, postpositum. Sens de ce mot latin dans le dictionnaire? 미루다 postpone 無味하고 지루하다 味學개론.

　　독일어 문법과 이탈리아어 문법의 기본적인 것을 요약정리해 본다. 불가능하다. 일단 이태리어 문법책을 쓰려다 포기한 적이 있는데 그 내용을 소개하고 다시 생각해 보자. 그런데 지루하다니까 그건 뒤에 다른 곳으로.

나는 우리가 아니다.

나는 누구인가? 나는 어떤 존재인가?
나는 우리다. I am us. 나는 우리의 한 멤버이다. 나는 나의 가족들을 소개할 때 나의 아내 나의 아들이라고 하지 않는다. 우리 집사람, 우리 아들, 우리 남편, 우리 엄마 이렇게 이야기한다. 나는 가족이란 작은 공동체 안에서 출발한다. 그리고 이 공동체 의식은 나아가서 우리 학교, 우리 고향, 우리 회사, 우리나라로 확산된다. 그러나 "우리 집"과 "우리나라"는 같으면서도 아주 다르다.

나는 자유로운가? 나는 자유인인가?
자유롭다고 느낀다면 나는 자유인이 아니다.

나는 우리인가? "우리"라는 말을 쓸 때 나는 자유롭지 않다.
우리 집. 우리나라. 우리의 국가주의와 민족주의. 그들의 민족주의.
약자의 민족주의는 인정할 수 있다. 약자의 지역주의는 격려해야 한다.
그러나 "우리"의 지역주의는 위험하다. "우리가 남이가?"

"우리"라는 말은 퇴행적인 말이다. 나치 치하의 독일에서는 거의 모든 사람들이 특히 젊은이들이 "우리"라는 도취에 빠졌다.

재미있는 사실은 그녀가 자신의 체험을 말하면서 일인칭을 사용하지 않고, 자아가 배제된 '우리' 혹은 '사람들'이라는 퇴행적 언어의 대명사를 사용했다는 점이다. (p.114)
...보그너 여사는 산속에서 있었던 동지 축제에 대해 묘사했다.
"그때 그들이 불을 지폈습니다. 그 불은 말할 수 없이 아름다웠죠. 우리는 모두 서로서로 손을 잡고서 '타올라라 불꽃이여'라고 노래를 불렀고, 그때 어떤 일체감 같은 것을 느꼈습니다. 밤이었고, 하늘에는 별들이 반짝이고 있었고, 불꽃이 타올랐어요. 마치 최면에 걸린 듯했죠. 저는 아직도 당시에 제가 넋이 완전히 나갔던 것을 기억합니다. 어느 누구도 어떤 말도 하지 않았죠. 침묵. 그것은 정말

199

굉장한 **집단적 체험**이었습니다 말하자면   그러한 체험은 거의 종교적인 것이었죠. 마치......정말 대단했습니다. 정말이지, 정말 이러한 경험을 할 수 있다는 것이 ...... 어둠과 밤하늘의 별과 불꽃 그리고 노래와 함께한 **동료들을 느끼는** 것. 그것은 정말 <u>신비로운</u> 어떤 것이었으며 누군가를 <u>사로잡기에 충분했어요.</u>"(나치즘, 열광과 도취의 심리학, 슈테판 마르크스 p.115)

현대 한국인들이 자연스럽게 받아들이는 많은 개념어들(사회, 철학, 개인)이 근대의 소산이고 일본을 통해서 들어 온 유럽 언어들의 번역어이다. 유럽의 식당과 한국 식당의 가장 큰 차이는 옆 테이블의 사람들의 대화가 한국에서는 전부 들린다는 것이다. 그리고 그것을 사람들은 개의치 않는다. 공과 사, public and private 의 개념이 한국인에게는 명확하지 않다. 딸 방에 들어갈 때 녹크하지 않았다고 짜증내는 딸을 보고 황당해 하는 한국 엄마는 개인 혹은 프라이버시라는 개념에 익숙하지 않은 것이다. 이건 옛날 이야기야. 'individual'(개인)이란 개념은 어떻게 번역되어 들어 왔는지가 한국사회의 근대화 문제에 중요한 요소라고 할 수 있을 것이다. 서구 근대사회의 가장 핵심적인 요소로서 '개인'은 교회의 권력이 붕괴한 이후 근대사회의 '주체'로서 기능하고 있는 것이다. "individual 이란 개념/용어는, 오랫동안 유교적 소양에 젖어 있던 당시의 지식인들에게는 지극히 낯선 개념이었다."고 한다. 과잉근대와 전근대가 믹스된 한국사회에서 "우리"는 "나"와 충돌한다. 집단으로서 과잉근대화 된 부분은 특히나 위험하다. <u>근대적인 "나"는 전근대적인 "우리" 그리고 과잉근대화된 "우리"를 어떻게 보아야 하는가?</u> 또 탈근대적인 "나"라는 개념은 무엇일까?

나는 대한민국에서 무엇인가?
나는 "우리"가 아니다. I am not us. 한국 사회에서 누가 "우리"인가? 흔히 정치인, 관료, 부자, 인텔리부터 중산층과 서민 그리고 소외계층들 모두 다 그동안 나는 "우리"라고 생각해 왔다. "우리"라는 말 속에서 다 같은 존재라고 속아 살아 왔다. 그러나 대한민국 국민은 아무나 되는 것이 아니었다. "우리"는 한국사회의 주류에게만 자격이 있는 말이었다.

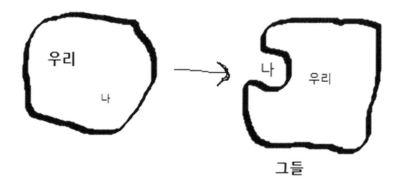

나는 우리인가?

우리 ... 나 vs 우리 .... 나/그들 .....나 + 나 + 나 + ... 새로운 우리

$$US(me) \rightarrow I \text{ vs } US \rightarrow I \And them \rightarrow I + I + I + ... \rightarrow new \, We(=They)$$
$$(multitude)$$

더 많은 "나"를 만들 수 있다. "나"를 자각하는 사람의 숫자도 중요하지만 "나"의 출현은 "우리"의 균열을 가져온다. 조금씩 부서지는 것 같지만 그 충격은 매우 크다. 그래서 조금이라도 "우리"에서 이탈하는 사람에게는 비난과 억압이 다가온다. "100%의 대한민국"은 독재적 권력자에게는 중요하다. 단 한 사람도 "우리"를 의심하면 안 된다. 이탈해서는 안 된다.

재일교포 서경식은 디아스포라의 입장에서 "우리"라는 말이 얼마나 어색할 수 있는가 또 국가주의적 폭력을 어떻게 감추고 있는가를 잘 전달하고 있다.

원래 '우리'는 일본 말로 '와가'입니다. '와가 쿠니'라는 단어가 나올 때마다 그것이 너무 어색해서 그 언어를 그대로 읽을 수가 없었던 기억이 납니다. '와가 쿠니에서 가장 높은 산이 후지산이다. 이 나라(일본) 사람들이 '와가'라고 표현하는 '우리'하고 저 자신의 '우리'가 다르다는 것을 피부로 느껴왔다는 겁니다. **(고통과 기억의 연대는 가능한가 P51)'** 저는 대학교에 입학해 한 선배를 만나게 되면서 '우리 나라', '우리 말', '우리 민족'이라는 말을 많이 자주 쓰게 되었습니다. 그 '우리'는 지금 기왕 있는 어떤 국가 얘기가 아닙니다. 그거 말고 '이런 역사를 함께 겪어 온 사람들'로서의 '우리', 그러니깐 그 '우리'는 일본에 있는 우리 재일 조선인들도, 중국 조선족도, 또 평양도, 제주도도 모두 포함시키는 그런 '우리'라는 틀에 대해서 한번 고민해 보자, 그런 사람들이 다 자기 자신을 해방시키고 서로 사귀고 그런 공간, 그런 나라가 없는지....... 그런 나라를 실현하려는 우리는, 저 자신은 무슨 일을 해야 하는지 그런 고민이죠. 저는 불가피하게 국가라는 틀 바깥에서, 국가라는 틀을 전제로 하지 않고 '우리'라는 개념을 따져야 하는 처지에 있었다는 거죠. **(P52)** "우리 기업이 이익을 볼 때가 왔다"는데, 거기

201

그 '우리'를 여러분들 자신이 속한 '우리'로 인정하고 계시는지? 그런 '우리'가 아주 자연스럽게 쓰이니까요. '우리'라는 말이 대한민국이라는 국가하고 그 국가하고 결부되어 있는 기업, 지배층을 얘기할 때 뜻하는 '우리'가 아닌가. 그렇게 생각하니까 저는 오히려 '우리나라', '우리 말'이라는 말을 하기가 어색해지기 시작했어요. '우리'는 '대한민국이라는 국가'를 뜻하는 우리입니다. 그래서 '이 나라'라고 쓰기 시작했지요. **(P53)**

우리라는 말은 한 국가 내에서 쓰이는 것만은 아니다. 국경을 넘어서도 우리가 형성될 수 있다. 만주에서의 공동의 체험을 바탕으로 한 박정희와 기시 노부스케 간의 동질감, 그리고 일본군, 만주군관학교 출신 군인들의 일본에 대한 친근감은 "우리"라는 감정을 가지고 공적인 일에 접근했다는 것이다. 한일 간에 유착관계가 이렇게 정치군인들에 의해 형성되었다는 것이다.

독도밀약 330쪽 승부를 가리는 서양식 게임이 아니라 관객도 심판도 없이 스모(일본식 씨름) 훈련에 몰두하는 도장의 분위기를 닮은 것이다. 독도밀약을 빚어낼 당시 한일 양국의 정치가들은 외교 교섭의 상대를 '적'으로 간주하는 것이 아니고 '우리'로 인식하고 있었다는 인상이 강하다.
양국의 정치지도자들이 한울타리 안의 '우리'로 보았다는 사실은 다음과 같은 에피소드에 잘 나타난다. 오노 반보쿠가 김종필을 처음으로 만난 장면은 오노가 목욕을 마치고 탕에서 나온 때였다. 당시 36세의 김종필은 오노가 초대면임에도 "오, 선생님의 물건 크네요"라고 했다고 한다. 한국의 중앙정보부장이 일본자민당 부총재를 처음 만나서 하는 대화가 아니라 순진한 청년이 목욕탕에서 동네 선배를 만나서 하는 투의 말이다.
오노는 (나중에 일본 정계에서 '문학청년'이라고 불렸던) 김종필의 이 파격적인 멘트가 마음에 들었고, 그 후로 파격적인 친한파 정치가가 되어, 박정희의 취임식에서 "부자관계"라는 표현을 써서 물의를 빚기도 했다.

이 "친한파"라는 말은 일본의 보수우익집단을 말하는 것으로 이 "친한파"들은 독도는 일본땅이고 일본이 한국의 근대화를 도와주었다고 생각한다. 그러니 오히려 반한파인 것이다.
내가 "우리"가 아니라는 것을 알기 전까지 "그들"의 숫자가 작다고 생각한다. 그러나 "그들"의 규모는 생각보다 아주 크다. 내가 더 이상 "우리"가 아니라는 것을 아는 순간 나는 "깨어있는" 존재가 된다. 또한 내가 더 이상 국민이 아니라는 것을 국민일 필요가 없다는 것을 알게 된다. 나는 국가가 생기기 이전의 인민이면서 국가 안에서 몫을 가지는 시민이다. 나는 나의 권리를 가진 주체적인 "시민"이다. 깨어있는 시민으로서의 "나"는 내 주변의 수많은 다른 "나"를 보게 된다. **우리가 아니라 "나들"이 만들어진다.** 촛불집회의 사람들을 보라. 이들은 일사분란하게 움직이는 대중이 아니다. 네그리는 이를 다중이라 부른다. 백성, 신민, 인민, 국민, 민중 너무나 많은 이름들이 있다. 다중이라는 이름은 이를 초월하여 깨어있는 사람들의 무리를 일컫는다. 다중이란 말은 마음에 와 닿지 않는다. 수입된 개념 언어의 번역이다. 다중의 의미를 포함하면서 개인의 주체성을 강조한다는 점에서 순 우리말 "나들"은 강력한 효과가 있다. "나들"은 서로 연대하게 되고 이 연대를 드라이브하는 것이 조직화이다. 이들이 힘을 합치고 같이 저항할 때 "조직된 힘"이 생긴다. 지도자는 이런 깨어있는 시민의 하나이고 조직화에 앞장서는 사람이다. "나들"의 관계는 지배하고 동시에 지배받는 존재이지 일방적으로 지배하는 권력자가 아니다.

아렌트는 인간 실존의 가장 근본적인 성격을 '나'라고 하는 단수가 아니라 나와 너 '사이'라는 복수성에 찾는다. 인간은 혼자 있는 순간에도 자신의 마음 안에서 스스로 대화를 나눈다. 인간의 자아도 단수가 아니라 복수인 셈이고, 인간의 삶에서 이 복수성은 결코 제거할 수 없는 것이다. 인간이 혼자 있게 되면 스스로 대화를 하게 된다.

잠깐만 멈추시오. 시를 읽어 봐요. "너의 위치를 떠나라. 승리는 싸워서 얻어졌고 패배도 싸워서 얻어졌다. 너의 위치를 당장 떠나라." 이 시의 해석. "승자는 패자와 패배를 공유해야 한다." 전쟁에 패한 페르시아 사람의 입장에서 만든 그리스 비극을 아는가? 이 비극을 보고 눈물을 흘리는 사람들, 적의 입장에서 생각해 보고 적의 슬픔에 공감하는 사람들. 반공보수주의는 공감능력이 결여된 사람들의 사악한 종교였다. 우리의 위치를 떠나라!

나는 힘없고 배고픈 "그들"이었다. 나는 그동안 내가 "우리"의 일원이라고 생각하며 살았다. 원래 나는 "우리"가 아니라 "그들"과 하나였다. 그뿐만이 아니다. "우리"라고 할 수 있는 사람의 숫자는 지극히 작아지고 있다. 사회의 기득권층과 하나라고 할 수 있는 "우리"의 숫자는 자꾸 줄어들고 있다. 이것을 양극화라고 부른다. 많은 사람들이 경제적으로 사회적으로 그들이 되었다. 그런데도 아직도 **우리는 우리가 "우리"의 일원이라고 생각한다**. 자신이 더 이상 "우리"가 아니라는 것을 아는 사람도 타성적으로 지금의 여당을 지지한다. 변화에 대한 희망을 꿈꾸지 않는 것이다. 지난번 대선은 심지어 "우리"가 되고 싶어하는 "그들"이 "우리"에 가세하기까지 했다.

두 가지 유형의 사람이 있다. 자신을 "우리"의 일부라고 생각하면서 "우리"의 사고방식을 가지고 "우리"의 정당을 지지하는 사람들(중산층). 그러나 내가 "우리"라는 것은 착각일 뿐이다. 또 다른 하나는 자신이 "우리"의 일원이 아니라는 것을 잘 알지만 "우리"에게 세뇌되어 "우리"가 옳다고 믿는 사람들(자기 계급적 이익에 반하여 투표를 하는 사람들). 이들을 도덕적 투표자라고 부를 수도 있다. 고연령층 중에는 해방 후 줄세우기의 공포를 체험한 결과 무조건 여당(한나라당)을 찍는 유권자도 있을 것이다. 즉 한나라당의 집권으로 이익을 볼 수 있는 기득권층을 제외하고는 교육을 통한 반공과 자유민주주의의 주입과 설득, 반복된 언론의 세뇌, 지역주의의 편견, 도덕적 신념 그리고 역사적인 공포에 의해 한나라당은 과반수를 달성한다. 즉 권력을 가진 자와 권력을 추종하는 자로 구성된다.

나는 어떤 생각을 하고 하루하루를 살아가는가? 인생의 무게에 지쳐 아무 생각도 없는 것인가? 내 머리 속의 생각은 정말 나의 생각인가? 내 생각은 내 머리 속에 하나도 없다. 모두 "우리"의 생각뿐이다. 정말 무서운 일이다.

언어에 대해 한 마디 해야겠군. 내가 앞에서도 말했지만 자네 허락 없이 '우리'나 '우리'를 대변해서 라는 말을 쓰는 이들을 각별히 조심하게. 이건 은밀한 강제징병이나 마찬가지이며 그 말에는 '우리 모두의' 관심사와 정체성이 하나로 통일돼 있다는 의미가 내포됐으니 말일세. 특히나 대중의 인기에 영합하려는 권력자들은 이 말을 교모하게 써먹지. 일부 문학 비평가들도 마찬가지야. ("우리의 예술적 감수성은 ○○○에 끌리기 마련이며……") 따라서 이런 말을 들을 때면 반드시 '우리'가 누구를 말하는지를 따져 묻게. … 소속감과 안정감을 추구하는 본성 때문에 인간이 때로는 치명적이고 터무니없는 상황도 수용한다는 것이지. 그리고 이런 상황을 받아들이고 나면 인간은 마치 그런 힘든 상황이 스스로 원해서 벌어진 것처럼 행동하기 마련이네. (젊은 회의주의자에게 보내는 편지, 크리스토퍼 히친스 p.172-174)

개혁은 왜 이렇게도 어려운가? "우리"가 나의 생각을 지배하고 있기 때문이다. 우리는 한국사회를 지배하는 자들이다. 그 권력은 정치권력만이 아니라 시장권력, 검찰권력, 사법권력, 언론권력, 종교권력, 지식권력을 통해 촘촘한 그물망처럼 짜여져 있다. 사람들의 생각을 지배함으로써 사실상 소수인 "우리"가 권력을 가지게 되었다. "우리"가 아닌데도 자신을 "우리"라고 생각하는 사람들의 덕분이다. 내 생각이 나의 생각이 아니라 "우리"의 생각이란 것을 모르고 한국인들은 살아간다.

너무 정색을 하고 이야기하니까 어색해요.
알아요. 어쩔 수 없었어요. 미안하게 생각하고 있어요.

이제부터 심각하면서도 재미있는 시간을 가지기로 해요.

암환주인(巖喚主人) ZUIGAN CALLS HIMSELF "MASTER"

瑞巖彦和尙이 每日自喚主人公하여 復自應諾하고,

Every day Zuigan used to call out to himself, "Master!" and then he answered himself, "Yes, Sir!"

乃云하되 惺惺著하라, 諾하다.

And he added, "Awake, Awake!" and then answered, "Yes, Sir!"

他時異日에 莫受人瞞하라, 諾諾하다.

"From now onwards, do not be deceived by others!" "No, Sir! I will not, Sir!"

서암瑞巖이 매일 스스로에게 '주인공' 하고 부르고, 다시 스스로 '예' 하고 대답하였다.

서암: "주인공!"

서암: "예."

서암: "정신차려, 깨어 있는가?"

서암: "예."

서암: '다른 날 다른 때에도(언제라도) 남에게 속지 마라'

서암: "예, 예."

그 옆을 지나가던 늙은이(Mont)와 젊은이(Neve) 두 사람의 대화를 엿들었다.

Mont: "알겠는가?"

Neve: "모르겠습니다."

Mont: "내가 그대를 위해 그토록 애썼는데 그대는 모르는구나!"

잠시 침묵이 흐르고 다시 노인이 묻는다.

Mont: "알겠는가?"

Neve: "모르겠습니다."

Mont: "모르는 것을 잘 지니는 것이 좋겠다."

Neve: "이미 모르거늘 잘 지닐 것이 무엇입니까?"

Mont: "그대는 마치 무쇠 말뚝 같구나!"

(from the blue cliff which is 63 miles away from here)

고양이 한 마리가 "냐옹"하고 울었다, 그러자 그 푸른 눈의 늙은이는 이렇게 말하다. "When at an impasse, change; when you change, then you can pass through."

깨어있는 시민의 조직된 힘

어느 날 스스로를 노빠라고 강조하는 한 친구를 만나 저녁을 먹다가 이 말을 철저히 검토할 필요가 있겠다는 생각이 들었다. 무슨 말? 갑자기 flashback.

대학교 1학년 정치학 개론 시간에 처음 들은 말이 아직도 기억에 난다. "최고의 학문은 정치학이다." 경제학과에 다니던 나는 그 말씀에 좀 반발심이 생겼지만 지금은 완전히 동의한다. 다시 그 시절로 돌아간다면 이렇게 대꾸를 해보고 싶다. "정치학은 너무 중요하기에 정치학자에게만 맡겨 놓을 수는 없다." 특별히 한국 정치학자들은 정말 실망스럽다. 이렇게 말했었다면 그 과목은 아마도 포기했어야 했을 것이다. 그러나 나는 그 당시에 한국 정치학이 이렇게 엉망인지 몰랐다. 일민 미술관에 가면 "엉망"이란 전시회가 열리고 있다. 너무 심한 말인가요? 아 그렇게 생각하신다면 취소하겠습니다. 코페르니쿠스가 생각난다.

경제정책은 정치인이 결정하는 것이다. 정치는 모든 것을 지배한다. 원래 이 책은 한국 정치를 주관적으로 들여다 본 책이다. 왜 소수가 다수를 지배하는가? 소수가 모든 것을 가져가는 데도 다수는 어째서 침묵하는가? 왜 저항하지 않는가? 진보는 무엇인가? 진보의 미래는 어떻게 될 것인가? 이런 모든 의문에 답이 되었던 말이 있다. *노래를 부르자. Victor 빅토르 하라 Jara's Protest Anthem, 'El Derecho de Vivir en Paz' 평화 속에서 살 권리.*

"민주주의 최후의 보루는 깨어있는 시민의 조직된 힘입니다."
고 노무현 대통령의 유명한 말이다. 진보의 미래를 위해서는 무엇이 필요한가에 대한 답이다. 우리 역사를 보면 굶주리고 수탈당하던 백성은 20세기에 들어와 정치적 주체로써 인민이 되었다. 인민이란 말도 한 때는 금기어였다. 지금도 사람들은 잘 쓰지 않는다. 국민이란 말이 더 안전하다. 인민은 자동적으로 국민이 되는 것이 아니었다. 선택된 자만이 국민이, 대한민국 국민이 될 수 있었다. 국민은 어떤 존재인가? 국민은 의무만으로 힘겨운 존재이다. 납세자, 병역의무, 악법도 지켜야 하는 모범시민이 그러하다.

국민이 깨어날 때 시민이 된다.

깨어난다는 것은 무엇인가?

나는 그것을 아주 심플하게 정의해 보았다. <u>내가 "우리"가 아니라는 것을 알게 될 때 "나"는 깨어나는 것이다.</u> 국민이 시민이 되는 것이다. 내가 "우리"인 사람은 변화를 바라지 않는다. 그렇다면 우리 사회의 기득권층은 시민이 될 수 없는가? 아니다. TK의 성골, 경북고 고대법대 출신의 기독교를 믿는 강남 아파트 사는 부장검사라도 사회적 약자인 그들의 마음에 공감하고 그들을 위해 행동한다면 그는 "우리"가 아니라 "그들"이 된다. 복지를 위한 증세에 찬성하고 보수정당에 투표하지 않는 사람은 소득, 직업에 관계없이 그는 정치적으로 각성한 "시민"이다. 그는 다수를 위한 변화를 지지하는 사람이다.

"우리"를 비판하거나 조금이라도 반대하는 사람은 한국사회에서 빨갱이로 낙인찍힌다. 이승만 정부 때 정부비판으로 끌려 간 지식인들은 "나라님"을 비판한다는 이유로 친일파 악질 경찰에게 모욕을 당했다.

인터넷 공간에서 벌어지는 치열한 공방전을 보면 이것은 정말 전쟁이다. 그런데 인터넷 우파전사들의 사고방식을 보면 아주 극단적인 이분법으로 세상을 보고 있다.

"우리" vs "그들". (US vs Them)
그들은 누구인가? 한마디로 "빨갱이"이다. 그들은 자랑스런 대한민국 국민의 자격이 없는 종신형, 사형, 암살, 테러 대상자이다. 이 극단적인 우익성향은 공교롭게도 지역감정하고 맞물린다. 전라도는 좌파라는 것이다. 여순반란/여순사건/여순항쟁, 광주사태/광주민주화운동/광주항쟁은 모두 빨갱이 짓이라는 것이다. (잠깐 멈추시오. 도올의 여순민중항쟁 강연을 보았소. 오형준이 비명을 지르기 시작했다.) 좌익경력이 있는 김대중을 지지하니 역시 빨갱이라는 것이다. 그 명단을 보면 일단 민주당, 정의당, 노동당, 녹색당 같은 기존의 정당들, 여성의 인권을 주장하는 여성들도 좌파가 되고 정부를 비판하는 언론도 좌파가 되고 네이트, 다음은 간첩 포털, 시민단체, 심지어 여성부도 좌파단체로 분류가 된다. 기독교를 비판하는 세력도 빨갱이다. 보수애국 단체를 보면 기본적으로 친군대, 반민주, 반인권, 반여성적인 성격을 볼 수 있다.

국민 ------ 시민 -------힘 ---- 변화
　　　깨어있는　조직된

"깨어있음", "시민", "조직화" 그리고 "힘".
다시 한번 생각해 보면 위의 4 단어는 사실 하나라고 할 수 있다.

"깨어있음" = "시민" = "조직화" = "힘"

이 단어들이 하나하나가 별이 되어 성좌를 만들고 있다. 어느 순간 하나로 합쳐서 큰 빛을 내다가 다시 떨어져서 과거보다 한층 더 밝은 빛으로 눈이 부시다. 지금하고 있는 말은 어떤 성격? 그냥 독백이야. 심각해 하지마. 하지만 심각한 내용이네. 한국 사회에서 여전히 많은 사람들이 나를 우리라고 생각하고 살아간다. 그러나 인생의 어느 순간 내가 사실은 우리가 아니었다는 것을 자각하는 순간이 온다. 깨어있는 시민은 두 번의 깨달음으로 완성된다고 할 수 있다. 내가 "우리"가 아니라 그들이라는 것을 깨닫는 순간, 그리고 내 생각이 나의 생각이 아니라 "우리"의 생각이란 것을 깨닫는 순간 국민은 "깨어있는" 시민으로 다시 태어난다. 깨어있는 시민은 "그들"과 연대하여 조직화되고 조직된 시민은 힘을 가지게 된다. 이 시민의 힘은 변화를 위한 원동력이 된다. 깨어나고 시민이 되며 조직화되고 힘을 갖게되는 이 과정을 "진보 프로세스"라고 부르자. 나/그들의 인식.

칠레   *산티아고에서 노래소리가 들린다.*

'단결한 민중은 결코 패배하지 않는다'(El pueblo unido jamás será vencido)
"깨어있음"은 진정한 "힘"이며, "시민"은 필연적으로 "조직화"된다.
또한 "시민"이 "힘(=권력)"을 가질 때 "깨어있음"이 발생한다.

노무현의 **"깨어있는 시민의 조직된 힘"**이라는 말은 혁명, 선거혁명을 포함한 한국사회의 진정한 변화를 염원한 말이다. 퇴임 후 민주주의를 공부하던 그는 스스로 목숨을 끊었다. 촛불혁명은 세월호 사건과 국정논단에 대한 국민의 분노와 함께 이를 계승한 것이라고 볼 수도 있다. 이 부분은 노빠 그 친구의 말투를 흉내내어 본 것이다. 맘에 들지 않으면 delete! *당신은 균형감각을 잃었다. 노무현에 대한 비판은 없는가? 아, 그건 뒤에 아주 조금 나온다. 그는 실패한 대통령이 아니다. 단지 개혁에 실패했을 뿐. 당시 야당과 언론의 책임이기도 하다.*

깨어있음을 유지하기 위한 수단이 예술가의 눈과 인문학자의 머리이다. 예술가의 눈은 아주 깊이깊이 세상을 꽤뚫어 볼 수 있다. 타인의 고통에 대한 감수성, 모든 문제를 깊이 파고드는 통찰력, 세상에 대한 호기심. 예술을 통해 진보주의로 이동한다. 인문학을 통해 시민은 더 이상 속지 않는다. 인문학은 interdisciplinary approach 가 필요하다. 사회과학적 상상력, 역사의 재발견, 과거사에 대한 이해 없이 선진 한국은 없다. 한국사회를 짓누르는 무거운 공기가 있다. 누가 걸릴 지 모른다는 원칙없는 처벌의 공포 분위기에서 새로운 생각이 나올 수 없다. 사람들의 마음이 가벼워져야 창의력이 생긴다. 진보가 가장 큰 창의력 booster 다.

보수적인 사회는 어떠한 창조적인 생각을 만든 적이 없고 미래에도 역시 그러할 것이다. (The conservative society has never made any creative ideas and will never produce any in the future.) 누가 한 말인지 잊어버렸다. Whoever, whatever.

social sculpture: 생각이 조각이다. 사회변혁의 의지.

Social sculpture is a phrase to describe an expanded concept of art that was invented by the artist and co-founder of the German Green Party, Joseph Beuys. Beuys created the term "social sculpture" to embody his understanding of art's potential to transform society.

Joseph Beuys 는 "창조경제"에 대해 다음과 같이 말했다. F*** 무슨 말? Fine. Danke. 박이소는 이것을 번역해서 작품을 만들었다. **자본 = 창의력**

1990 년 7 월 남준은 서울 사간동 갤러리 현대 뒷마당에서 자신의 가장 절친한 진구이자 동료인 **요셉프를 추모하는 진혼굿을** 치렀다.

떠나간 벗을 위로하기 위해 마련된 이 자리에서 동해안 별신굿으로 유명한 김석출 김유선 부부가 초대되었다. 갓을 쓰고 도포차림으로 나타난 그는 1 시간동안 너무나 진지하게 굿을 벌였다. 죽은 자에게 보내는 음식을 상징하는 쌀이 든 밥그릇을 피아노 위에 올려놓기도 하고 요세프 사진 위에 쌀을 뿌리기도 했다. 이날 굿판에는 500 여명의 관객이 참여 흥미진진한 퍼포먼스를 지켜봤다. 또 프랑스 방송국에서도 이날의 굿 장면을 촬영해 프랑스 전역에 방송했다. 예술과 버무러져 진행된 이날 굿은 오후 4 시쯤 끝났다. 그런데 희안하게도 굿이 끝날 무렵 거센 모래바람과 굵은 빗방울이 떨어지기 시작하더니 관중들이 모두 돌아가자 천둥번개가 치고 벼락이 떨어져 일대 전기가 모두 나갔다고 한다. 더 이상한 것을 바로 굿을 벌였던 마당 한가운데 큰 느티나무가 벼락을 맞아 시들어 죽어버렸다는 것이다. 그리하여 남준의 신기神氣가 정말 요세프의 영을 부른 것이 아닌가? 우연일까? 그런데 이 이야기는 정말인가요? 잘 모르겠어요.

저 피아노로 도끼를 부셔버리고 싶다. 요세프.

To the Ball!

(서론의 setting 이 끝났으니 이제 본격적으로 번역의 춤 한 판 춰보세! 무도회로! Ball 은 무도회의 뜻도 있지만 have a ball 하면 신나게 즐겨본다는 뜻. *고마워.*)

Walter Benjamin 1940. Quo vadis Ualterius?

스페인 Portbou 묘비에는 Benjamin Walter, 유태인으로 보이지 않기 위해서 5 년 동안. 출판을 염두에 두지 않았던 마지막 원고를 아렌트와 아도르노에게 편지로 보냈다. 사후에 출판되어 68 혁명의 바이블 같은 역할을 하였다. 문득 실리콘 밸리는 히피들이 만들었다는 것을 기억. 창조경제는 저항에서 시작한다. 국가에 대한 저항은 국가를 이롭게 한다. 그러니까 내버려 둬! Treue und Freiheit. Fidelity and freedom. Bach 의 음악도 Queens 나 Sex Pistol 같이 저항의 음악이며, a misfit for misfits, 하지만 바하를 연주하는 사람은 Bach 에 우직하게 순종하면서 아주 조금만 저항해야 한다. ~~나만의 해석, 이런 말은 개 canis, rāna 개구리에게 줘 버려라.~~ 이채근철짜법띄뛰어쓰기맛춤뻡을무시하코이따. 또한 이 책은 학술서적이기를 포기했으며 인용은 생략한다. 독창적인 것은 하나도 없다. 그저 "벤야민 번역하기" 놀이라고 생각하면 된다. 이 책을 읽으려는 사람도 거의 없을 것이라고 생각하니 마음의 평화가 찾아왔다. Pacem cum Terra et Homo Ludens 호모 루덴스 ホモ・ルーデンス lūdēbam 나는 used to play 벤야민과 함께.

한국에서는 처음에 반성완 역으로 한동안 읽혀졌고 지금은 최성만 번역이 주로 읽힌다. 영어본은 다양하며 아렌트 서문의 책 Illuminations 에 수록된 영역과 M. Lowy 의 책에 실린 영역본 그리고 Marxist.org 에 있는 번역을 참조할 수 있다. 이 책은 독일어 원본과 영어본 한국어본 이태리어 번역본들을 구해서 편집 번역한 것으로 벤야민의 사상과 함께 그의 언어적 측면을 꼼꼼히/대충 들여다 보는 기회로 삼으려 한다. 아울러 관련된 역사적 사건이나 문학 텍스트를 같이 읽어 보며

성좌(星座)적 구성을 시도해 보았다. Konstellation! (non design 이 좋아.)

누구나 자신의 번역본을 만드는 것을 목표로 해 볼까요? 글쎄요/**좋아요**/싫어. 그런데 이 글 사실 어렵다. ~~통인시장에서 아케이드 프로젝트와 함께 rice cake.~~ 하지만 절망은 금지! 기억나지않는과거의어느시점에서 단테와 프루스트에 대부분의 시간을 보냈고 그리고 박민규 정영문 성석제 이인성 박상륭을 가끔 꼼꼼하게듬성듬성 읽었다. 어려운 일을 왜 하려고 하나요? "괜찮아, 조까라 마이싱!" 정신으로 해 보죠. 해설은 생략. 별별 별과 별들. 잠깐, 이 책의 "시작하는 글"이 필요해서 여기에 밀어 넣었소. 다시 reshuffled.

I. 난장이 곱추 또는 꼽추 난쟁이

일단 책을 펼치고 읽어 본다. 펼치기 싫으면 내일 펼쳐도 된다. 펼치다의 반복은, aber, 싫다. 좋다. 싫으면서 동시에 좋다.

"사람들 말에 의하면 어떤 **장기** 자동기계가 있었다고들 하는데, 이 기계는 어떤 사람이 장기를 두면 그때마다 그 반대 수를 둠으로써 언제나 이기게끔 만들어졌었다. 터어키 의상을 하고 입에는 수연동(水煙筒)을 문 인형이 넓은 책상 위에 놓인 장기판 앞에 앉아 있었다. 거울로 장치를 함으로써 이 책상은 사방에서 훤히 들여다볼 수 있다는 환상을 불러일으키게 하였다. 그러나 실제로는 장기의 명수인 등이 굽은 난장이가 그 책상 안에 앉아서는 줄을 당겨 인형의 손놀림을 조종하였다. 우리는 철학에서도 이러한 장치에 대응되는 것을 상상할 수가 있다. 항상 승리하게끔 되어있는 것은 소위 <역사적 유물론>이라고 불리어지는 인형이다. 이 역사적 유물론은, 만약 그것이 오늘날 왜소하고 못생겼으며, 그렇기 때문에 어떻게 해서라도 그 모습을 밖으로 드러내어서는 안 되는 신학을 자기의 것으로 이용한다면, 누구하고도 한판 승부를 벌일 수가 있을 것이다." (**반성완** 번역)

몇십년전의멋진번역. 무슨 말인지 알겠는가? 잘 모르겠다. yo 吉. 다른 번역으로 읽어 본다.

"한 자동기계가 있었다고 알려져 있는데, 이 기계는 사람과 장기를 둘 때 이 사람이 어떤 수를 두든 반대 수로 응수하여 언제나 그 판을 이기게끔 고안되었다. 터기 복장을 하고 입에는 水煙筒을 문 한 인형이 넓은 책상 위에 놓인 장기판 앞에 앉아 있었다. 거울 장치를 통해 이 책상은 사방에서 훤히 들여다볼 수 있다는 환상을 일으켰다. 실제로는 장기의 명수인 꼽추 난쟁이가 그 속에 들어앉아 그 인형의 손을 끈으로 조종하고 있었다. 사람들은 이 장치에 상응하는 짝을 철학에서 표상해 볼 수 있다. '역사적 유물론'으로 불리는 인형이 늘 이기도록 되어 있다. 그 인형은 오늘날 주지하다시피 왜소하고 흉측해졌으며 어차피 모습을 드러내서는 안 되는 신학을 자기편으로 고용한다면 어떤 상대와도 겨뤄볼 수 있다." (최성만** 번역)**

훌륭한 번역이다. 개인적으로 더 이해가 잘된다. 하지만 여전히 잘 모르겠다. 내가 아는지모르는지를 모르겠다. 번역에 문제가 있어서 그런 것은 절대 아니다. 내가 이 텍스트를 이해할 수준이 안되는 것이지. 갑자기 겸손해지셨군요. 이 번역은 원문을 더 꼼꼼하게 잘 반영하고 있는 것으로 보인다. 이해가 안가면 그것은 82% 독자의 책임이다. 내가 해 보고자 하는 것은 번역본을 읽을 때 내면의 목소리를 만들어 가며 읽어야 한다는 하나의 방법론의 제시이다. 행간에 숨어있는 말을 독자가 스스로 찾아가며 읽을 때 그 텍스트에 더 가까이 더 가까이 다가갈 수 있고 시간이 지나면 어느 날 "理解"라고 불리는 것이 나를 찾아 올 수도 있다는 것이다. 내가 그 책을 이해하는 것이 아니라 지혜의 신이 어느날 나를 찾아와야 한다. 그 날은 우연히 도둑같이 온다. 철학책을 읽을 때 가장 즐거운 시간은 이 책이 무슨 말을 하는지 전혀 모르겠지만 즐겁게 계속 읽어가는 자신을 발견할 때이다. 철학자가 당신의 이해를 돕기위해 쉽게 쓸 의무는 없다. 더 어렵게, 난해하게 써도 어쩔 수 없고 바람직하기도 하다. 그렇다면 번역자도 독자의 이해를 위해서 쉽게 번역할 필요도 없다. 물론 번역 때문에 이해불가능한 책들도 꽤 많다. 그 책들을 열거하지는 않겠다. 출판사에 피해를 주고싶지는 않고 우리 모두는 알고 있다. 우리가 읽는 대부분의 철학책은 다른 나라 말을 번역한 것이다. 일단 상대적으로 만만한 영어로 읽어 보기로 했다. 나는 철학책을읽다가 이해가안가면 영어번역을보고 그래도 이해가안가면 독어나 불어본을 읽는다. 근원을찾아물결을거슬러헤엄치는물고기(one word) 같이.

The story is told of an automaton/ constructed in such a way/ that it could play a winning game of chess,/ answering each move of an opponent/ with a countermove. A puppet/ in Turkish attire and with a hookah in its mouth/ sat before a chessboard/ placed on a large table. A system of mirrors/ created the illusion/ that this table was transparent from all sides. Actually, a little hunchback/ who was an expert chess player/ sat inside and guided the puppet's hand/ by means of strings. One can imagine a philosophical counterpart to this device. The puppet called "historical materialism"/ is to win all the time. It can easily be a match for anyone/ if it enlists the services of theology,/ which today, as we know, is wizened/ and has to keep out of sight. (아렌트 서문의 Illuminations 에서) 가장 원시적 직역은 as follows:

이 이야기는 체스의 이기는 게임을 할 수 있고 countermove 를 가진 상대의 각각의 움직임에 답하는 것과 같은 방식으로 구축 된 automaton 에 대해 이야기됩니다. 터키 옷차림에 있는 꼭두각시와 그 입에 물 담뱃대가 있는 큰 꼭두각시는 큰 탁자에 놓여진 체스 판 앞에 앉았다. 거울 시스템은 이 테이블이 모든 면에서 투명하다는 착각을 불러 일으켰습니다. 사실, 전문가 체스 플레이어인 작은 꼽추가 앉아서 현악기로 꼭두각시의 손을 인도했습니다. 이 장치의 철학적 대응물을 상상할 수 있습니다. "역사 유물론"이라고 불리는 꼭두각시는 항상 승리하는 것입니다. 우리가 알다시피 오늘날 현명하고 시야에서 벗어나야 하는 신학의 서비스를 제공한다면 누구에게나 쉽게 일치 할 수 있습니다.

이 번역의 정체는? 나야, 구글 Gooooogle. 현악기가 아니고 실, 일치가 아니고 승리. 전문적인 번역은 아직 무리다. 영어를 통해 의미가 더 분명해지는 부분은 있으나 여전히 무슨 말인지 느낌이 안 온다. 그래서 독일어를 배우자는 생각을 하게 되었다. 독일어는

어렵다. 문법이 복잡하다. 그러나 한문경전 읽듯이 읽어 보았다. 추천하고싶은
독일어문법책은 부록에 있다. 3 권 정도....... 없어졌을까?

Bekanntlich soll es einen Automaten gegeben haben, der so konstruiert gewesen
known　　　will it an 자동기계 given have　which so constructed been
자동기계가 있었다고 알려져 있다, (es gibt=there is)　그것은(관.대.) 그렇게 만들어져서

sei, daß er jeden Zug eines Schachspielers　mit einem Gegenzuge erwidert habe,
접속법 that he(주어)모든 move of chess players　with a countermove responded have
　　그 결과 그것은　체스 두는 사람의 모든 수를　　　대응수로 대응하여

der ihm den Gewinn der Partie sicherte. Eine Puppe in türkischer Tracht, eine
which to him the 승리 of game　ensure　　　인형　　터키식　복장
그 대응수가(관.대.) 그에게 게임의 승리를 확보해 준다.　　　터키식 복장을 한 인형은

Wasserpfeife im Munde, saß vor dem Brett,　das　　auf　einem geräumigen Tisch
　물 파이프　　　mouth 앉다 before the board, which 위에　a　널찍한 테이블
입에 물담배 파이프를 물고, 체스보드 앞에 앉아 있었다. 그 체스보드는(관.대.) 넓은
테이블 위에

　　Durldpeh 낙서를 하면 안될까? 빈 칸이 있으면 그것ㄹ 모두 채워야했다.

aufruhte. Durch ein System von Spiegeln wurde die Illusion erweckt, dieser Tisch
놓여지다. through a　system of mirrors　became　환상　made　this
놓여 있었다. 거울 장치를 통해　　　　　　　환상이 만들어졌다.　　　이 테이블은

sei von allen Seiten durchsichtig. In Wahrheit saß ein buckliger Zwerg darin, der
　from all　sides 투명한　in truth　sat a　곱추 난장이 in it　who
사방에서 훤히 들여다볼 수 있다. 실제로는 꼽추난장이가 그 안에 들어앉아, 그는(관.대)

ein Meister im Schachspiel war und die Hand der Puppe an Schnüren lenkte. Zu
　a master in chess　　was and　손　of 인형　끈으로묶어　steer to
체스의 명인(名人)이었고　　　　　그 인형의 손을 끈으로 조종하고 있었다.

dieser Apparatur kann man sich ein Gegenstück in der Philosophie vorstellen.
　this　장치　　can　　　　Counterpart　　　　imagine
이 장치에　사람들은　　철학적　대응물을　　　　상상할 수 있다.

215

Gewinnen soll immer die Puppe, die man historischen Materialismus nennt. Sie

win   should always   which people 사적유물론   name   인형

이 인형은 언제나 이겨야만 한다, 그것을(관.대.) 역사적 유물론이라고 부른다. 그 인형은

kann es ohne weiteres mit jedem aufnehmen, wenn sie die Theologie in ihren

it without further with all   take   when   신학   her

주저함이 없이 그 누구와도 겨루어 볼 수 있을 것이다. 그것이 신학을 자기의 것으로 이용한다면

Dienst nimmt, die heute bekanntlich klein und häßlich ist und sich ohnehin nicht

service use   which today known   small and ugly   is and   anyway not

신학은(관.대.) 오늘날 왜소하고 못생겼다고 알려져 있으며 그래서 어떻게 해서라도

darf blicken lassen.

may   look   let

그 모습을 밖으로 드러나게 해서는 안된다.

그리고 영어번역의 다른 버전을 구해서 읽었다.

There was once, we know, an automaton/ constructed in such a way/ that it could respond to every move by a chess player/ with a countermove that would ensure the winning of the game.1 A puppet wearing Turkish attire and with a hookah in its mouth/ sat before a chessboard/ placed on a large table. A system of mirrors/ created the illusion/ that this table was transparent on all sides. Actually, a hunchbacked dwarf-a master at chess-sat inside/ and guided the puppet's hand by means of strings. One can imagine a philosophic Counterpart to this apparatus. The puppet, called "historical materialism," is to win all the time. It can easily be a match for anyone/ if it enlists the services of theology/, which today, as we know, is small and ugly/ and has to keep out of sight.(Lowy's book or HUP?)

이렇게 다르게 번역할 수 있다. 이 번역이 더 마음에 든다.

불어 번역을 하면 이렇다. 내가 불어를 잘하는 것은 아니지만 해 보고 싶었다.

On connaît   la légende de l'automate   capable de répondre dans une partie

we know   the legend of 자동기계   capable of responding in   a game

d'échecs, à chaque coup de son partenaire et de s'assurer le succès de la

of chess   each move of his partner   and   확신하다 the 성공   of the

partie.   Une poupée en costume turc, narghilé à la bouche, est assise devant

game   a puppet   복장 Turkish   hookah   mouth   seated before

l'échiquier qui repose sur une vaste table.   Un système de miroirs crée
체스판 which is placed on a large table   A system of mirrors created

l'illusion que le regard peut traverser cette table de part en part. En vérité un nain
the 환상 which 시선 can traverse the table grom side to side.   사실은   dwarf

bossu y est tapi, maître dans l'art des échecs et qui, par des ficelles, dirige la main
곱추   hidden 명수   체스게임   string   조정   손

de la poupée. On peut se représenter en philosophie une réplique de cet
      인형   표상하다   철학에서   복제품

appareil. La poupée appelée « matérialisme historique » gagnera toujours. Elle peut
장치   인형 불리는   사적 유물론   will win 언제나   She can

hardiment défier qui que ce soit si elle prend à son service la théologie, aujour -
boldly   defy   anyone   if she   takes in her service the theology, today

d'hui on le sait   petite et laide   et qui, au demeurant, n'ose plus se montrer.
one knows it   small and ugly   and who, by the way,   dare not show themselves.

이태리어
번역을 해 보면
어떨까? 많은
도움이 되었다.
그리고 이런
강좌를 열었다.
이건 사실이오?
강좌가 실제로
있었는지 몰라.
아니, 이 사진이
사실이오? 그런
일은 절대
없었어. 다
구라야, 영화
아닌가? 난 이
장면이 평화로와
보이는군. 폭력이
없잖아.

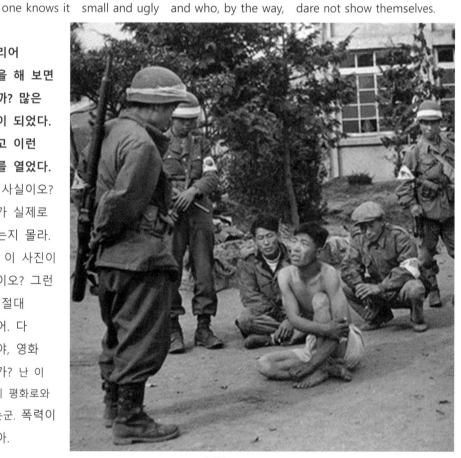

217

이탈리아어/독일어로 강독하는 벤야민의 역사철학테제

원작들에 내재하는 어떤 일정한 의미가 그 원작들의 번역 가능성 속에서 표출된다.
-발터 벤야민 [번역자의 과제] 중에서

*왜 철학책이 이해가 안될까?
언어감수성이 부족해서. 특히 유럽 언어에 대한 감각이 없어서
*왜 영어를 못할까?
영어만 하니까. 오로지 영어에 대한 실용적 욕망에 사로 잡혀서

좋아하는 철학자의 책을 읽다보면 이 단어는 어떤 단어의 번역어 일까 궁금해질 때가 있습니다. 그러다 아, 원서로 이 책을 읽고 싶다는 생각이 들지요. 그런데 외국어라니. 원서는 무리야 하는 생각이 들어 금방 좌절하고 맙니다. 하지만 정말 어려운 것일까요? 그래서 이 강좌가 기획되었습니다.

벤야민의 역사철학테제를 독어로 읽기 위해 독일어를 배운다는 생각에 좌절하지 말고 아예 우회적으로 이태리어로 그리고 영어로 배워보면 어떨까요. 그래서 이태리어를 영어와 비교하면서 먼저 배우고 다시 독일어를 이태리어/영어와 대조해 비교 독해를 해간다면 새로운 텍스트를 발견하게 될지도 모릅니다.

먼저 이번 강의에서는 이태리어와 독일어에 집중합니다. 이태리어와 독일어를 이미 익숙한 영어와 함께 배우고 이를 바탕으로 벤야민의 역사철학테제를 강독합니다. 이 강의는 16 주 코스로 1 부와 2 부로 나누어 진행됩니다. 교재는 기초문법책과 함께 프린트물이 제공됩니다.

Come è noto,/ pare che sia esistito/ un automa 자동기계 costruito/ in modo da rispondere/ con la contromossa vincente/ a ogni mossa di un giocatore di scacchi.

As is known, it seems that there existed an automaton constructed so as to respond with the winning countermove to each move of a chess player.

Un manichino 인형 vestito alla turca,/ con il narghilé 물담배 in bocca,/ sta vaseduto davanti alla scacchiera,/ poggiata su un ampio tavolo.

A puppet dressed ottomans, with hookah in the mouth, sat front of the board, resting on a large table.

Un sistema di specchi/ creava l'illusione/ che il tavolo fosse da ogni lato trasparente.

A system of mirrors created the illusion that the table was transparent from every side.

In realtà, dentro/ ci stava accoccolato/ un nano, maestro di scacchi,/ che guidava la mano del manichino/ con dei fili.

In fact, inside there squatted a dwarf chess master, who guided the hand of the **puppet** with the wires.

Si può immaginare/ un pendant filosofico/ di questo apparecchio.

One can imagine a philosophical counterpart to this device.

Sempre ha da vincere / quel manichino/ che chiamiamo 불리다 "materialismo storico".

Always he has to win 이겨야만한다, the **puppet** that we call "historical materialism".

Può senz'altro tenere testa a tutti,/ se prende a servizio la teologia,/ che oggi è notoriamente piccola e brutta /e non può farsi vedere in giro.

It can certainly hold his own against any one, if it takes at the service of theology, which today is notoriously small and ugly and can not be seen around.

간단한 문법 설명은 부록으로 만들었다.

이런 방황 후에 스스로 번역에 도전:

체스 자동기계가 있었다고 한다. 이 기계는 사람과 체스를 둘 때 이 사람이 어떤 수(手)를 두든 그 대응수 countermove 를 생각해내어 그 게임을 이기게끔 만들어졌다. 터키 복장을 하고 입에는 물담배 파이프를 물고 이 인형(puppet)은 넓은 테이블 위에 놓인 체스보드 앞에 앉아 있었다. 거울 장치를 통해 이 테이블은 사방(四方)에서 훤히 들여다볼 수 있다는 착시(錯視), 즉 아무 속임수도 없다는 환상을 불러일으킨다. 실제로는 체스의 명인(名人)인 꼽추 난장이가 그 안에 들어앉아 그 인형의 손을 끈으로 조종하고 있었다. 우리는 철학에서도 이러한 장치에 상응하는 짝을 상상할 수가 있다. <역사적 유물론>이라고 불리는 이 인형은 언제나 이길 것이다/이겨야만 한다.[1] 만약 오늘날 왜소하고 흉측해졌으며, 그런 이유로 그 모습을 절대 밖으로 드러내어서는 안 되는 신학(神學)을 자기편으로 삼는다면, 역사적 유물론은 그 누구와도 한판 승부(勝負)를 벌일 수 있을 것이다.

그리고 Lowy 의 해석을 참조하다. 이 책이 한국어로 번역되기 전에 영어본을 구해서 여러 번 보았다. 지금부터는 번역이 아니라 참고할 만한 내용의 소개이다.

Fire alarm 25p: 유물론과 신학의 역설적 조합 the **paradoxical combination of materialism and theology.** "사회주의의 승리로 자동적으로 이끄는 기계"에 역사를 비유하는 것이 과연 옳은가? history as akin to a machine leading 'automatically' to the triumph of socialism. 아니다.

27p: 신학을 이용하라 그러나 보여 주지는 마라. use theology, but do not show it.

벤야민에게 신학은 무슨 의미였을까? What does 'theology' mean for Benjamin?

두 가지 근본적 개념이 있다. two fundamental concepts:

기억과 구원, remembrance(*Eingedenken*) and messianic redemption(*Erlösung*).

신학과 사적유물론은 변증법적 보완 관계이다. 신학이 주인이고 사적유물론이 하인일 때가 있고 유물론이 주인이고 신학이 하인일 때가 있다. 그들은 동시에 상대방에 대해 주인이고 하인이며 서로를 필요로 한다. Benjamin wishes to show the dialectical complementarity between the two: theology and historical materialism are at times the master and at times the servant; they are both **the master and the servant of each other**, they need each other.

신학은 벤야민에게 있어서 그 자체로 목표가 아니다. 신학은 억압받는 약자들의 투쟁에 도움을 주는 그런 존재가 되어야 한다. Theology for Benjamin is not a goal in itself; it is in the service of the struggle of the oppressed. 멋지다. 무언가 명료해 지는 느낌이다. 성경을 헬라어로 읽어 보아야겠다.

28~29p: 신학과 마르크스주의를 결합하는 아이디어는 가장 큰 몰이해와 혼동을 불러 일으킨 벤자민의 테제 중 하나이다. 그러나 수십 년 후, 1940 년에는 그저 직관이었던 것이

---

[1] Gewinnen soll immer die Puppe. (인형은 언제나 이길 것이다. 멜랑콜리의 느낌이 묻어나는? 언제나 이기는 것만은 아니라는…) La poupée appelée « matérialisme historique » gagnera toujours. (동사 gagner의 현재형gagne 미래형gagnera 아마도 will win 이길 것이다의 의미로?) 일본에도 번역논쟁이 있다. 언제나 승리하게 되어있다(기존 일어역) vs <역사적 유물론>라는 인형은 항상 이겨야하기 때문이다.(쭈子友長) (1) Sollen은 주어의 행위·상태에 대한 화자의 입장에서 보아 조금이라도 의심이 없는 주장과 이론을 표현한다. 이 때 sollen은 "…라고 한다", "… 이다 "등으로 번역된다. (2) 다른 Sollen은 주어의 행위·상태에 대한 화자 자신의 의지, 욕망, 요구를 표현한다

라틴 아메리카 해방 신학의 형태로 가장 중요한 역사적 현상이 되었다. Gustavo Gutierrez, Hugo Assmann, Enrique Dussel, Leonardo Boff 및 많은 다른 사람들과 같은 인상적인 철학적 배경을 가진 저자들의 저작물은 체계적인 방식으로 신학에 마르크스주의를 분명히 연결하여 라틴 아메리카의 역사를 바꾸는 데 기여했다. 풀뿌리 공동체와 대중적인 목회 서신 가운데 존재하는이 신학에 영감을받은 수백만 명의 기독교인들은 니카라과 (1979)의 산디니스타 혁명, 중미의 게릴라전 (엘살바도르, 과테말라)의 급증, 브라질 노동자와 농민 운동 - 노동당 (PT)과 토지가없는 운동 (MST) -과 멕시코의 치아파스에서의 원주민 투쟁의 탄생에도 -가 형성되었다. 사실, 지난 30 년 동안 라틴 아메리카의 반역 사회 정치 운동의 대부분은 해방신학으로 어느 정도 연결되어 있다.

The idea of combining theology and Marxism is one of Benjamin's theses that has aroused the greatest incomprehension and perplexity. Yet, a few decades later, what in 1940 was merely an intuition was to become a historical phenomenon of the greatest importance in the form of **Latin American liberation theology.** This corpus of writings - by authors with impressive philosophical backgrounds, such as Gustavo Gutierrez, Hugo Assmann, Enrique Dussel, Leonardo Boff and many others - articulating Marxism to theology in a systematic way, played its part in changing the history of Latin America. Millions of Christians inspired by this theology that is present among the grassroots communities and in popular pastoral letters, played a key role in the Sandinista revolution in Nicaragua (1979), in the upsurge of guerrilla warfare in central America (El Salvador, Guatemala), in the formation of the new Brazilian workers' and peasants' movement - the Workers' Party (PT) and the Landless Movement (MST) - and even in the birth of the indigenous people's struggles in the Chiapas, Mexico. In fact, most of the rebel social and political movements in Latin America in the last thirty years have been connected, to some degree, with liberation theology. (신학 뒤에 숨은 마르크스)

해방신학(解放神學)과 민중신학에 관심을 두게 되다. 김진호의 책들도 재미있다.

한국교회사를 읽었다. <다시 쓰는 초대 한국교회사>, 옥성득 지음, "교회가 시작된 그곳에 우리가회복해야할 이상향이 있다고 여기는것은 일견 합당한생각. 'Ad Fontes(근원으로 돌아가자)'라거나 '초대교회를 회복하자'라는 말은 시대를초월해 기독인들에게 향수를 불러일으키고 가슴을뜨겁게한다. But 우리는 often 우리가바라는 이상을 그 시절의 선배들에게 투영시켜 '초대교회'라는 환상을 만들고, 오래된것이면 무조건 '전통'으로 착각하는 기만에 빠지기도한다. '성경적 초대교회'뿐 아니라 '초대 한국교회' 역시 수많은 환상과전설로 미화된 면이 적지 않다." 이것을 바로잡아야 한다. 누가?

벤야민의 꼽추 난장이를 정리했다.

역사철학테제가 내가 처음으로 읽은 책이지만 아케이드 프로젝트는 또 다른 감동이었다. 그저 인용으로만 구성된 미완성의 책. 그리고 일방통행로, 아도르노의 미니마 모랄리아의 파편적 글쓰기들. 나도 파 편 적으로 인용을 반붙이겠따.

벤야민은 대학교수자격논문통과에 실패한 일종의 '비정규직' 지식인이었다. 심사자들이 그 논문이 너무 어려워서 한 줄도 이해할 수 없어서였다고 한다. 그는 30 내가 뇌어서도 어전히 부르주아부모의신세를 저져야했다. 벤 야민은 어릴때 부유한유태인 집에서 태어난 자신이 점점 가난해지고 경제상황이 나빠지는 것을 비유하여 '자신이 꼽추난쟁이가 되어간다'고 했다. 앞의 글에서 꼽추, 난장이, 절름발이 이런 존재들에 대해 이야기했지만, 벤야민의 글에는 꼽추난장이(=꼽추+난장이)가 두 번 나온다. <1900 년경 베를린의 유년시절>의 마지막 글, 그리고 <역사의 개념에 대하여>의 제 1 테제. 아도르노 Theodor W. Adorno 는 1950 년 벤야민의 텍스트들을 모아서 한권의 책으로 '유년시절'을 간행한다. 문제가되었던것은 이 에피소드들을 어떤순서로 배열하는가 하는 문제였으나 아도르노는 꼽추난장이를 마지막에 놓는다.

<유년시절>은 벤야민의 어린시절에대한단순한회상으로 보이지만 장피아제가 그러했듯이 아이들을 진지하게 사색의 대상으로 삼은 벤야민에게는 "지속적이고 반복적인 테마 중 하나"였다. 19 세기 아동도서를 열심히 수집하였으며 그 책들과 "가까운 관계"를 맺고 있다고까지 고백을 했다. 그는 어린 시절을 중요시했고 동시에 성인이 된 후에 "자신의 어린 시절을 기억하는 인지과정"을 진지하게 다루었다. 이 기록이 자서전이 아니라 "불연속적인 하나의 공간, 하나의 순간"이라는 것을 분명히 했다. (베를린 연대기)

****

어린 시절 벤야민은 꼽추난쟁이의 존재를 잘 알지 못했다. 게오르그 세러의 동화집에서 어른이 된 후에 다음 구절을 읽었다.

포도주 한 잔을 가져오려고/ 어두운 지하실을 내려 갔더니/그곳에 살고있는 꼽추난쟁이가 /포도주 항아리를 내게서 빼앗아 가네

꼬마 벤야민이 실수로 물건을 깨트릴 때마다 어머니는 "재수꾼이 왔구나"라고 말했다. 그 재수꾼은 난쟁이 꼽추. 그는 잘 보이지도 않고 그가 누군가를 쳐다보면 "사람들은 주의력을 잃는다. 자기 자신에 대해서도, 꼽추난쟁이에 대해서도. 사람들은 산산조각 난 물건 앞에 당황해하며 서 있다."

작은 방으로 들어가서/ 수프를 먹으려는데/ 꼽추난쟁이가 나타나서/ 절반을 먹어버렸네
아이가 자라나면 그렇게 커 보이던 모든 물건들은 '난쟁이' 같이 작아진다. 곱추 난쟁이는 벤야민이 그 물건에 다가갈 때마다 그것의 절반을 "망각의 창고에 저장하기 위해" 회수해 간다. "유년시절"의 꼽추는 기억과 망각간의 상관관계를 상징적으로 보여주는 인물이다. 등 뒤에 난 혹처럼 망각 속에서 사물은 왜곡되어 있고 망각된 과거는 낯설게 이질적이다. 유년의 이미지를 저장하고 미래에 훗날 다시 돌려주는 기억의 힘을 상징한다. 난장이의 시선 속에서 삶의 흐름은 불연속이 된다. 유년시절의 글을 마치면서 벤야민은 이제 꼽추난쟁이는 그의 일을 끝마쳤다고 적는다." (윤미애) *미분가능이면 연속성이 보장되나?*
"나는 그를 본적이 없다. 단지 그만이 나를 항시 바라보고 있었다. 숨바꼭질하던 나, 수달의 우리 앞에 있던 나, 그 겨울날 아침에도, 부엌 복도 앞 전화기 앞에서도, 나비 잡던 맥주공장에서도, 금관악기 음악이 울려 퍼지던 스케이트장에서도 그는 항시 나를 바라보고

있었다. 이미 오래전에 그는 소임을 다했다. 다만 마치 가스등불이 타는 듯한 목소리의 그의 음성만이 세기말의 문턱을 넘어서 여전히 속삭이고 있을 뿐. <귀여운 아가야, 제발, 가끔은 이 꼽추난장이에게도 기도해 주렴.>" *연속성의 문제. 읽기 불편하다.*

벤야민은 그를 위해 기도를 했을까? 그의 시선을 알아차리지도 못한 사람이 어떻게 그를 돌볼 수 있겠는가. 자신이 부르주아로 살아오는 동안, 수많은 난쟁이 꼽추들, 즉 프롤레탈리아의 시선에 답하지 못한 사이 바로 자신이 난장이 꼽추가 되었노라는 고백을 한다. *그는 기도하지 않았을 것이다. 왜 why? 후회한다. 아니 모르겠다. 내가 어떻게 알겠는가.*

여기서 꼽추의 시선과 그릇이 깨지는 것 사이의 관계에 대해서 하나의 해석을 추가해 보고자 한다. 프롤레타리아가 부르주아의 과잉소유를 바라보는 시선에는 부러움과 함께 본래 자신의 것을 뺏겼다는 증오가 담겼다고 볼 수있다. 부르주아는 자신의 풍요로움에 대한 무의식적 죄의식과 함께 자기방어적인 실수를 하게 된다. 깨진 포도주 항아리, 엎어진 파이 그릇은 재화의 재분배를 상징한다. 흔히 사람들이 물건을 깨고 하는 말이 있다. "이럴 줄 알았으면 옆집 **에게 줄 걸 그랬다."

****

<역사의 개념에 대하여>의 제 1 테제에 다시 난쟁이가 등장한다. 벤야민은 역사유물론이 승리하기 위해서는 바로 이 난쟁이를 자기편으로 끌어들여야 한다고 말한다. 그리고 이 꼽추난쟁이에게 '신학'이라는 이름을 준다. 과거의 신학은 구원을 미래에서 찾았다. 내세의 구원을 위해 현재를 희생해야 한다. "부르주아가 미래라는 특허를 가져가서 승자가 되었다." 이 말이 인상적이다. K 선생님 강연에서 들은 말이다. 새로 지배계급이 된 부르주아는 미래를 위해서 지금 열심히 일하고 현재의 소비를 줄여 저축하자고 한다. 자본주의의 시간관은 기본적으로 기독교의 시간관이다. 밴야민의 2 차문헌도 열심히 읽었다. 대략 이런 메시지들이 공통적.

교회/귀족: 과거의 주인, 현재의 무기력한 유한계급
부르주아: 과거의 부유한 노예, 현재의 지배계급(역사의 승리자)
프롤레타리아: 과거의 가난한 노예, 현재의 가난한 노예(역사의 패배자)

프롤레타리아는 빈곤하고 역사의 패배자 - "유년시절"의 꼽추 - 과거의 이미지를 저장하고 미래에 다시 돌려주는 기억의 힘을 상징 - 패배의 기억을 간직함

신학은 "미래의 구원"이라는 시간관을 장악 - 그 시간관을 "미래의 풍요"라는 이름으로 부르주아에게 빼앗김 - 그 결과 신학은 작고 왜소해졌다. (교회가 영향력을 상실) - "역사철학테제"의 꼽추

두 꼽추가 스파크를 일으킨다.

프롤레타리아(과거의 패배자) = 꼽추 = 신학(미래의 구원:old patent)

과거의 패배자 = 과거의 구원: new patent

패배자 = 구원자 -> We were/are the Messiah.

과거의 패배자=현재의 패배자=구원자=구원 받는 자

과거의 이미지 = 현재의 혁명

****

지금부터 하는 말은 테제 전체를 요약하고 있다. 일종의 스포일러. 겐차나. 벤야민의 신학은 새로운 신학이다. 부르주아에게 빼앗긴 시간관을 대체할 시간관의 전복이다. 시간에 대한 생각을 완전히 바꾸어야 한다고, 구원은 과거로부터 온다고 속삭인다. 승자의 역사 속에 기록된 과거가 아니라 패자의 기억 속에 망각의 위험에 처한 과거 속에 구원이 있다. 꼽추난쟁이가 신학의 역할을 맡은 것은 그가 왜곡되고 잊혀진 과거의 기억을 관리하기 때문이다. 그는 패자의 실패를 기억한다. 깨지고 엎어진 것들, 즉 착취당한 것들이 그에게 속하는 것이다. 그는 자신을 위해 기도해 달라고 말한다.

꼽추난쟁이는 신학이면서 동시에 프롤레타리아다. 구원의 주체이면서 구원 받아야하는 대상이다. 권력자가 아무리 과거의 기억을 억눌러도 민중의 마음은 이를 꼭꼭 마음 속에 간직하고 있다. 사유가 정지하면서 나오는 것은 변증법적 이미지이다. 현실의 충격. 이제 그만. 지금 이 순간 브레이크를 걸어라. 미래로 흐르던 에너지가 순간 정지하면서 과거로 역류. 인도 신비주의자들은 명상 상태에서의 에너지 흐름에 대해 비슷한 보고를 하고 있다.

억압된 기억은 충격의 순간 과거의 진정한 이미지로 다가온다. 국회에서 최루탄을 터트린 의원이 있었다. 군사독재시대의 그 매운연기. 구원은 과거로부터 온다. 과거 패배자를 기억하라. 그들을 역사의 망각에서 깨워라. 과거의 패배자는 현재의 패배자와 연결되어 있다. 과거세대는 현세대에게 과거의 진정한 이미지를 주고 현세대는 혁명을 통해 과거세대를 구원한다. 현재의 프롤레타리아(=메시아)는 과거의 세대를 구원함으로써 현세대도 구원한다. 그들을 구원하는 순간 현재의 패배자는 더 이상 패배자가 아니다. 과거부터 현재까지 연속적으로 부당하게 착취당했다는 것을 깨닫는 순간 더 이상 착취는 불가능해진다. 이 흐름을 파열시켜야 한다. 혁명은 구원이다. *대충 알겠어요. 확실히 몸으로 알아야 되돼요.*

****

그리고 이 말이 또 기억난다. 어느 시인의 말. *(여기 교정하지 마세요.)*

"내가 싫어하는 학생은 눈만 높아가지고 아무것도 못하거나 안 하는 년/놈들입니다. 이 년/놈들은 수업시간에 교수 강의를 팔장끼고 삐딱한 시선으로 노려보면서 감상만 하는 자들입니다. 이들은 머리 속에 뭐가 좀 들어 있다고 혹은 미리서 발랑 까져가지고 남이 해 놓은 것에 대해서는 혹독하게 평할 줄은 아는 데 저더러 하라고 하면 그 만큼 못하거나 안 되는 자들입니다. 그러니까 안 합니다. 안 하고 못하니까 더 까탈스럽고 사람이 비비 꼬여 있습니다. 이들은 결국 잘 해봤자 조금은 세련된 딜레탕트이거나 문화소비자밖에 안 되는데, 내가 왕년에 그래봤기 때문에 제일 경멸하는 부류들입니다. 영향받기를 꺼려하거나 거부하는 자는 난장이가 됩니다."

"그러므로, 자신이 천재인가 아닌가 고민하지 말고 무조건 저지르십시오!"

그래요, 알겠습니다. 감사합니다. 내일부터 저지를 예정입니다. 내일이 되면? 다시 내일부터 하겠다고 말할 예정입니다.

****

이 테제와 싱좌로 언결뇌는 분학과 역사적 사실들:

미국 노동운동의 희생자들: 인간답게 살기위한 노동시간을 줄이기 위한 투쟁.

일단 부정하고 나면 대안은 저절로 나중에 따라 나온다. 해방 후 영등포, 전후 일본의 자연발생적 시장들. "일제로부터 해방을 맞은 노동자는 일제와 조선인 자본가들이 철수하거나 위축된 상황에서 제일 먼저 공장을 접수하고 관리했다. 공장관리위원회 운동은 해방 후 노동자 스스로 만들어 낸 경제 대안이었다. 공장관리위원회 운동은 미군정에 의해 파괴되었지만 아래로부터 자본주의 생산관계의 변화를 시도한 운동이었다는 점에서 되돌아 볼 만하다.... 경성방직 영등포공장, 화순탄광, 고려피복공장 등이 대표적이다. 공장관리위원회가 관리하면서 생산력이 증가한 사례도 많다. 경성방직 영등포공장 관리위원회는 8시간 노동제를 실시하고 야근을 철폐하고도 생산량이 증가했다. 영등포 조선피혁공장 관리운영위원회도 8시간 노동제를 실시하면서 2~3배 능률이 올랐다." 스페인내전의 아나키스트들도 이렇게했을까? 스탈린의 오판, 일인지배체제는 언제나 파국으로 간다.

Here's to you, Nicola and Bart (여기, 니콜라 그리고 바르트여)

Rest forever here in our hearts (여기 우리 가슴속에 영원히 잠들라)

The last and final moment is yours (마지막, 최종 순간은 너의 것이다)

That agony is your triumph (그 고통은 너의 승리이다)

6번 반복해서 부른다. - Joan Baez

http://www.youtube.com/watch?v=5a1L1YChW4M&feature=player_detailpage 파리 공연

****

왜 이렇게 늦게 왔어? 고도의 부탁을 받고 온 거야? Godot 고도원
기수급고독원(祇樹給孤獨園)에 가서 강연 듣고 왔어요. 크리슈나무르티의 감동 재현.
사파티스타 "이제 그만!" "Ya Basta"(대단히 마음을 뒤흔드는 글이다.)

One No, Many Yeses! 전쟁을 선포한다! 1993 년 라칸도나 정글의 첫 번째 선언
(Declaración de la Selva Lacandona)

멕시코 형제자매 여러분. *펑펑 쏟아지는 눈물 눈물들 이모티콘*

우리는 500 년에 걸친 투쟁의 산물입니다 **Somos producto de 500 años de luchas**. *-스페인어를 배워야겠다. 조금 배웠다.* - 처음에 우리는 노예제에 반대해 싸웠습니다. 독립 전쟁 때는 에스파냐에 대항해 싸웠고, 다음에는 북아메리카 제국주의에 흡수되지 않으려고 싸웠으며, 그 다음에는 우리 헌법을 선포하고 우리 땅에서 프랑스 제국을 쫓아내기 위해 싸웠습니다. 그리고 나중에는 개혁법의 정당한 적용을 거부하는 포르피리오 디아스의 독재 정권에 맞서 싸웠으며, 여기서 우리는 우리처럼 가난한 사람인 비야와 사파타 같은 지도자를 탄생시켰습니다. 우리는 지금껏 우리를 총알받이로 사용해 우리나라의 부를 약탈해 가려는 세력에 의해 가장 기초적인 것조차 거부당했습니다. **저들은 우리가 아무것도, 정말 아무것도 가진 게 없어도 전혀 아랑곳하지 않습니다. 우리에겐 교육은 물론 우리 머리를 덮을 만한 반듯한 지붕도, 갈아먹을 땅도, 일자리도, 의료 시설도, 식량도 없을뿐더러, 우리의 정치 대표자를 자유롭게 민주적으로 선출할 수 있는 권리도 없고, 외국인으로부터 자유로운 독립도 없고, 우리 자신과 우리 아이들을 위한 평화와 정의도 없습니다.**

그러나 오늘 우리는 말합니다. "이제 그만! (¡ya basta!)"이라고.

우리는 진정으로 이 나라를 건설한 우리 조상들의 후예이며, 자기 땅에서 쫓겨난 수백만 명의 가진 것 없는 사람들입니다. 우리는 형제자매들에게 우리의 투쟁에 합류할 것을 요청합니다. 이 투쟁은, 언제라도 이 나라를 팔아먹을 준비가 되어 있는 가장 보수적인 집단, 이 집단을 대표하는 반역자 일당이 이끌어 온 저 70년 장기 독재 정권의 탐욕스런 야심으로 우리가 굴어죽지 않을 유일한 길입니다. 저들이 누구입니까. **저들이 바로 이달고와 모렐로스에게 반대했던 사람들이고, 비센테 게레로를 배반했던 사람들이며, 외국 침략자들에게 우리 나라를 절반이나 팔아먹은 사람들이고,** 유럽에서 군주를 수입해 와 우리 나라를 다스리게 한 사람들입니다. 저들이 바로 '과학적인' 포르피리스타 독재 정권을 세운 사람들이고, 석유수용권에 반대한 사람들이며, **1958 년에는 철도 노동자를, 1968 년에는 학생들을 대량 학살한 사람들이고, 오늘날에는 우리에게서 모든 것을, 그야말로 모든 것을 빼앗아가는 사람들입니다.** 이런 일이 지속되는 것을 막기 위해, 그리고 마그나 카르타에 기초한 모든 법적인 수단을 강구한 끝에 **마지막 남은 희망인 헌법에 기대어, 우리는 헌법 제 39 조에 호소합니다. "이 나라의 주권은 본질적으로 그리고 원천적으로 국민에게 있다. 모든 정치권력은 국민에게서 나오며, 국민의 이익을 위해 존재한다. 국민은 언제나 자신의 정부 형태를 바꾸거나 수정할 수 있는 양도할 수 없는 권리가 있다."** 따라서 우리는 헌법에 따라, 고통의 원천인 멕시코 독재 정권을 떠받치고 있는 기둥이며, 일당 체제가 독점하고 있고, 오늘날 권력을 잡고 있는 비합법적인 연방 정부 수반 카를로스 살리나스 데 코르타리가 이끌고 있는 **멕시코 연방군에게 전쟁을 선포합니다.** 이 선전포고에 따라, 우리는 사회 모든 세력이 독재자를 무너뜨려 이 나라에 합법성과 안정을 회복하려는 우리의 투쟁을 지지해 줄 것을 요청합니다. (중략) 멕시코 민중에게 우리, 완전하고 자유로운 남자와 여자들은 우리가 선언한 전쟁이 **최후의 수단임을 그러나 정당한 수단**임을 분명히 알고 있습니다. 수년 동안 독재자들은 국민에게 선전 포고도 없이 대량학살을 일삼는 전쟁을 벌여왔습니다. 따라서 **우리는 일자리와 토지, 주택, 식량, 의료 시설, 교육, 독립, 자유, 민주주의, 정의, 평화를 위해 투쟁하는 멕시코 국민이 주도하는 이 계획에 여러분의 과감한 참여와 지지를 요청합니다. 우리는 자유롭고 민주적인 우리나라를 위한 정부를 구성함으로써 우리 국민의 기본적인 요구가 충족될 때까지 투쟁을 멈추지 않**

226

을 것임을 선언합니다. 사파티스타 민족해방군의 반란군 대열에 동참하십시오.

EZLN 총사령부 1993 년

마르코스, 윤길순 옮김, 《우리의 말이 우리의 무기입니다》 89~95 쪽(마르코스 부사령관)　　**Buy it!**

<사진 1-1> 이 사진은 검열당국이 삭제를 요청했다. 고무찬양에 해당한다는 판단.

"지금 혁명을!" 지금 이 순간의 혁명 즉, 달리는 기관차의 브레이크를 잡아 당겨라. 진정한 역사는 continuity 를 끊어 내는 것이다. 중지 시키는 것. 이런 가짜 역사는 이제 그만. 지금까지 역사의 모든 시간에 계속 내려 온 이 끊임없는 동질적이고 공허한 연속성의 흐름을 이제는 그만 두자. 역사의 연속성을 폭파 시키고자 하는 의식은 권력에 봉기해서 행동을 시작하는 순간의 혁명적 계급에게 고유하다. 한국역사 속 동학농민전쟁의 농민들에게 어떤 근본적인 욕망이 있었을 것이다. 그것은 '이제 그만.' 그만좀하라고, 그만 해.

****** ****** ***　　　　　　　　　　　　　　　　　　　　　　　******

한국의 "늙으신 아버지" _ 라틴 아메리카와의 성좌 (empathy)

학장이 오라고 했다. (약간 글을 변형단순화왜곡했다.) 한 신학생이 무겁게 학장실 문을 열었다. 학장실에는 차가운 눈빛만이 안경 너머로 번득일 뿐 그 눈동자말고는 아무 것도 없었다. 학장은 차가운 목소리였지만 매우 조심스럽게 기도에 관해 말한다. 고개를 떨군 채 학장실에 불려간 신학생은 입술을 물며 새삼스레 기도론을 듣고 있다.

"신학생이 어떻게 기도하는지도 모르나? 기도는 먼저 하나님의 은혜에 대해서 감사하고, 그 큰 주님의 은혜 앞에서 우리의 죄를 회개해야 한다. 그런 다음은 우리의 소원과 간구를 드린다. 그리고 나서 죄인인 우리를 대신하여 예수 그리스도의 이름으로 간구한다."

파이프 오르간이 좋은 음향 시설을 타고 예배드리는 이들의 마음을 움켜잡는다. 신학생들과 교수들은 예배를 여는 순서를 맞이해 고개 숙인다. 기도자는 짧지 않은 머리를 늘어뜨리고 처음 입어 보는 검고 긴 가운을 걸친 채 천천히 나와 탄식 같은 소리를 내었다.

"기도합시다."

모두가 눈을 감는 것이 보인다. 두 손을 모으고 고개를 숙인 것이 뚜렷이 보였다. 기도자의 눈만은 감기지 않았다. 왼손으로 마이크를 움켜쥐고 입을 열려 할 때 가슴은 격렬하게 고동치고 어느새 뜨거운 기운이 목젖을 막는다.

"주여, 당신의 뜻이 무엇입니까? 당신의 뜻을 우리는 더 이상 이 땅에서 실현할 자신이 없습니다. 아니 힘들어서 못해먹겠습니다. 우리 보고 회개하라고요? 우리가 죄인이라고요? 정말 울며불며 회개해야 할 것은 당신이고 죄인 중의 죄인은 바로 당신입니다. 우리 보고 하라고 하지 말고 당신이 한 번 이 땅에서 당신이 하고 싶은 대로 해 보십시오. 그래요. 우리는 아무것도 못 합니다. 그런 당신은 무엇을 했습니까? 독재자가 백주대낮에 수천명을 학살하는 광주에서 당신은무엇을했냐고요? 학교를 보세요. 당신을 믿지 않는 선배들이 저 악의 무리들을 뚫고 도서관 유리창을 깨고 나올 때, 당신이 선택했다는 우리와, 당신은 무엇을 했습니까? 우리를 시키지 말고 당신이 직접 해 보라구요. 정말 회개해야 할 것은 당신의 실패작은 우리가 아니라 <u>아무것도 하지 않는 당신</u>, 바로 당신 야훼 하나님입니다." 점점 커지는 울부짖음이었다. 경건하게 고개 숙인 채 눈을 뜨지 못하고 동요하는 신학생들과 맨 앞줄에서 당황하는 교수들의 큰 호흡과 기침 소리가 들린다. 동요는 깨지고 한 학생이 뒷줄에서 일어선다. 그리고 강당 문을 열며 나가려다, 기도하는 친구를 돌아본다. 먼 거리지만 일그러진 얼굴에 젖은 눈빛이 보였다. 커다란 강당 문이 그 눈빛을 삼켜 버렸을 때, 이미 수십 명은 고개를 들고 강단을 보고 있었다.

"그래요, 사실 우리는 당신의 선택을 받은 무리가 아닙니다. 우리는 당신의 아들 예수처럼 살다 그렇게 죽기 위해 여기 있는 게 아닙니다. 사실은 <u>예수의 처참한 죽음을 예배드리며 팔아먹기 위해</u>, 또 예수의 그 고통스런 삶과 당신의 이야기를 강의하며 팔아먹고 살기 한 무리들이라고요. 그래서 우리는 당신을, 신학을, 신앙을 선택한 것뿐이라고요. 그래도 고맙지요. 당신과 예수가 있어서 그것으로 여러 사람이 2천 년 동안이나 먹고 살게 해주시니."

적지 않은 사람들이 눈을 떴다. 그리고 앞을 응시한다. 이제 그 눈빛들은 한 가지 색깔이 아니었다. 분노와 노여움이 있었고, 결코 동의할 수 없다는 반발이 있었다. 저걸 그만두게 해야 하는데 하면서 안절부절했다. "<u>불쌍한 하나님, 우리 같은 것을 앞세워 하나님 나라를 만들겠다는 하나님</u>, 당신이 그래도 절 사랑하신다면 이 길을 가다 변질하기 바로 직전에 죽여 주소서. 당신에게 간구하는 당신의 사람이 이 길을 가다 지쳐쓰러져 돌아서려 할 때, 그 직전에 죽여 주는 잔인한 축복을 허락하소서. 그렇게 사랑하셔서 당신이 죽인 예수 그리스도 이름으로 기도드립니다." 기도자의 목젖에 젖어 새어나온 '아멘' 소리가 마이크를 타고 나오건만 함께 기도를 시작한 신학생들과 교수들은 아무도 '아멘'하지 않았다. 그래, 차라리 해프닝이라고 하자. 그 기도 해프닝 이후 연세대 신과대학 예배 시간에 3학년들이 학번 순서로 대표 기도를 하던 관례는 없어졌다. 그 다음부터는 학번 순이 아니라 학점 순에 따라서, 또 그 중에서도 기도하는 법을 알 만한 학생을 학생과에서 선정해서 결정했다. 『살림』47호(1992. 10)

정말 이런 일이 있었을까? 있었을 것이라 믿는다. 이런 글들이 많이 읽혔으면 좋겠다고 잠시 생각하다가 그 희망을 포기했다. 카프카의 "포기해"를 읽었다. 지친다. 하지만 하나만 더 추가하자. 『교회속의 세상, 세상속의 교회』, 김두식(2010) 애국심에 불타는 개신교계 지도자들의 말씀: "남한 좌익단체 소탕, 사탄의 정권인 김정일 붕괴, 악의 축 김정일 축출" 등을 하나님께 간구.(p.76) ...1970년대, 1980년대에도 교계에 큰 영향을 끼친 분들입니다. 그분들이 저에게 가르쳐 준 유일한 '사회복음(?)'이 있다면 그것은 로마서 13장이었습니다.

"<u>각 사람은 위에 있는 권세들에게 굴복하라. 권세는 하나님으로부터 나지 않음이 없나니 모든 권세는 다 하나님 정하신 바라</u>"(로마서 13:1) ... <u>로마서 13장은 사회문제에 관심 있</u>

는 청년들에게 끔찍할 정도로 흔들리지 않는 장벽이었습니다. 성경 말씀을 콘텍스트 속에서 해석하는 방법을 교회에서 제대로 배운 적이 없기 때문이지요. (p.77)

... 이 성경 말씀이 쓰이기 전에도 후에도, 교회는 로마제국의 모든 명령에 절대적으로 복종한 적이 없습니다. 절대적으로복종했다면 아예 박해를당한일이 없었을 것입니다.(p.78)

...20년 전 국가권력에 대한 무조건적인 복종을 가르치던 바로 그분들이 거리로 나서서 가상의 '공산 정권'과 투쟁하는 선봉에 섰습니다. (p.81)

신학생들은, 일부 혹은 다수의 신학생들은, 다음과 같이 생각하기도 한다. 이에 대한 신학자들의 반론도 있다. (NAJoy) "박 대통령님은 사람이 세우신 것이 아니라 하나님께서 세우셨습니다. 하지만 박 대통령은 잘못을 분명히 하셨습니다. 그리고 조사를 받고 계십니다. 조사 결과에 따라 벌을 받는 것은 마땅한 것입니다. 그렇지만 하나님께서 세우신 권세를 사람이 거스를 수 없기 때문에 하야가 아닌 임기가 끝날 때까지 집권하셔야 한다고 생각합니다." *속이 답답합니다.* 아으 아 아 아 국민이 투표한 결과지 웬 하나님?

이 구절은 역사적으로 위정자가 권력을 합당화할 때 계속 인용해 온 구절이다. 일본에 순종해야 한다고 주장한 일제강점기 기독교인들도 이 구절을 인용했다. 과거 김종필 자민당 총재도 박정희 정권을 하나님의 정권이라고 말했고, 전두환 전 대통령이 군사독재 정권을 이어갈 때 한경직 목사 등 대형 교회 목사들이 사용한 구절도 로마서 13장이다. 로마서 13장이 쓰인 당시 상황과 지금을 똑같이 적용할 수는 없다. 고대사회에서 생각하는 왕과 국민의 관계와 현대정부체제에서 국가와 일반 시민 관계는 아예 다르다. "'위에 있는 권세'라는 말은 그 당시와 다르게 이해해야 한다"

"우리 헌법은 모든 권력은 국민으로부터 나온다고 말한다. 권력 자체가 객관적으로 규정된 정치 시스템을 갖고 있다. 옛날 구약처럼 하나님이 기름 붓는 이런 시스템이 아니다. 우리나라는 국민이 투표해서 지도자를 선택한다. 지도자 역할을 하지 못할 때 그 지도자를 버리고 새로운 지도자를 세우는 것은 권력의 주체인 국민이다.

이런 상황에서 '위에 있는 권세'를 말하는 것은 왕권신수설을 믿는 시대에서나 가능하지 지금은 아니다 하나. 권력 자체는 국민이 합의해서 준 것이니 정당하지만 주어진 권력을 합당하게 이행할 때만 그 권력이 정당한 것이다. 13장을 그렇게 인용하는 것은 무식을 표현하는 것밖에 안 된다."

그래서 또 한걸음 더 들어 가 보기로 하였다. 역사적으로 그 당시의 상황은...

바울 서신을 정치적으로 독해하는 것이 요즘 트렌드인데 이 분야는 유대인 철학자 야콥 타우베스가 처음 개척했다고 해도 과언이 아니다. 야콥 타우베스는 <바울의 정치신학> (그린비,2012)에서 로마서 13장의 권세에 대한 복종을 이렇게 설명한다. 여기서는 어쨌든 악한 로마 제국에서 살아가야 할 사람들에게 어떻게 살아야 되는지를 말해 줍니다. 어차피 망해 갈 나라인데 반란이나 봉기를 일으켜서 뭐하겠느냐는 말이지요. [이 제국을 위해서] 열심히 일해 봐야 소용없다. 어차피 그 모든 게 다 사라질 거다. 이런 내용입니다. 그런 긴 이야기할 가치도 없는 것이라는 거죠. 그깟 곧 망할 권력에 잠시 복종한다고 신앙적으로 배교하는 일은 아니라는 말이다. 초대 교회 신도들에게 악(惡)일 수 밖에 없는 정치권력에게 잠시 정치적 복종을 보여주라는 것이다. 권세에 복종하는 것은 한시적인 세상을 살아가는 이들에게 필요한 처세일 뿐 궁극적인 진리일 수 없다는 의미다. 이것을 정치 권력에 대한 복종을 가르치는 하나님의 말씀으로 받아들이는 것은 명백한 오독이다. ... 바울은 이 구절을 통해 로마제국에 대한 잠재적인 비판을 표현했고, 이러한 표현은 무력한 현실에 던져져

229

있던 유대인들을 지탱시키는 신앙적 힘이 되었다.

미야타 미쓰오, '유럽정신사에서의 로마서 13 장'이라는 부제가 붙은 <국가와 종교> (삼인, 2004) 로마서 13:2 에 이르면 복종을 더욱 강조하는 듯하지만 1 절에서 사용된 '세운다'는 단어는 당시 로마의 행정 질서에서 사용되는 비슷한 뜻의 다른 단어가 있었음에도 불구하고 바울은 의도적으로 행정 용어와 다른 단어를 사용함으로써 로마 권세를 하나님의 권세와 비교할 수 없는 것으로 보았다. *이런 말들이 있다.* 글쎄, 이;런 말이 있;으면 무;엇하나.

"각 사람은 위에 있는 권세들에게 복종하라. 권세는 하나님으로부터 나지 않음이 없나니 모든 권세는 다 하나님께서 정하신 것이라."(롬 13:1)

Πᾶσα ψυχὴ ἐξουσίαις ὑπερεχούσαις ὑποτασσέσθω.   οὐ γὰρ ἐστιν ἐξουσία
모든 영혼은 authorities 위에있는   복종하라.   Not 왜냐면 is authority

εἰ μὴ ὑπὸ Θεοῦ· αἱ δὲ οὖσαι ἐξουσίαι ὑπὸ τοῦ Θεοῦ τεταγμέναι εἰσίν·
except by God;   the 존재하는 authorities   by the God   instituted   are.

그리고 엔도 슈사쿠의 침묵을 읽고 영화도 보았다. 침묵하는 하느님. **마리아 관음**. 카톨릭 신앙을 숨기기 위해 불교의 관음상 비슷하게 성모마리아를 조각해서 가지고 다녔다고 한다. 이미지는 각자 찾아 보세요. 하느님을 저버린 자의 신앙. 다산 정약용을 둘러싼 논란. 자신의 죄를 합리화하는 사악한 무리들. 해설 추가.

아베 마리아 그라티아 플레나 도미누스 테쿰
Ave Maria, gratia plena, Dominus tecum.   piena di grazia, il Signore è con te.
Hail Mary,   full of grace, the Lord is with thee.
Benedicta tu in mulieribus, Tu sei benedetta fra le donne
Blessed art thou among women,
et benedictus fructus ventris tui, Iesus. ご胎内の御子イエスも祝福されています。
and blessed is the fruit of thy womb, Jesus.
Sancta Maria, Mater Dei, *神の母聖マリア*
Holy Mary, Mother of God,
ora pro nobis peccatoribus, 우리 죄인을 위하여 빌으소서
pray for us sinners, 오라 프로 노비스 페카토리부스
nunc et in hora mortis nostrae. Amen. 이제와 저희 죽을 때에 아멘
now and in the hour of our death. Amen.

****

전향한 자의 슬픔, 주님을 배신한자의 고통, 일본 지식인의 양심, 순교하지 못한자의 신앙, 김수영과 전향의 문제(방민호) 그리고 후지타 쇼조(藤田省三)의 전향의 사상사적 연구. "엘

리트 의식으로 충만한 미성숙한 존재들". 이것이 현재 한국의 정치인, 지식인, 법조인의 본질일까? Oui Yes 「전향기」에 나타난 현실은 "5.16 이후"이고, 화자인 '나'는 이 새로운 독재 체제 속에서 살아가야 했다. 그는 함부로 말하거나 쓸 수 없었다. 그것이 바로 "복종의 미덕"이다. 그러면 이 "미덕" 속에서 살아가는 "생활도 생활이다"라고 말할 수 있는가? 5.16은 그에게 "사상까지도 복종하라!"고 한다. 그러나 그는 그럴 수 없다. 마음은 불복한 상태로 놓여 있다. 그럼에도 그는 사실은 다른 한편에서는 '전향'해 버렸다. 레프트윙의 미래일 수도 있다고 막연하게 믿어졌던 곳에는 전체주의가 자리잡고 있었고, 라이트윙은 이제 5.16이라는 이름으로 현실을 지배하고 있다. 이러한 상황 속에서 '전향'은 곧 5.16에의 승인으로 연결될 수도 있다. 공산주의적 전체주의의 현실적인 위험은 또 다른, 라이트윙의 독재를 정당화하는 논리로 작용할 수 있는 것이다. 실제로 해방 이후 한국 지식 사회가 당면해야 했던 딜레마가 바로 이것이었다. 이건 나중에 생략하거나 다시 쓰자. *교정은 하지 마세요. 검열도 하지—마세요.*

생각해 보라. 우리는 얼마나 뒤떨어졌는가. 학문이고 문학이고 간에 앞으로 해야 할 일이 얼마나 많은가. 이 벅찬 물질 만능주의의 사회 속에서 우리가 해야 할 것은 정신의 구원이라고 나는 확신한다. 지난 호의 「새벽」지에 게재된 「럿셀」의 소설이라든지, 요즘 내가 읽은 「모라비아」의 〈멕시코에서 온 여인〉이라든가는 모두가 벅찬 물질 문명에 대한 구슬픈 인간 정신의 개가이었다.—「자유는 생명과 더불어」, 『새벽』, 1960. 5, 163쪽 김수영이 지향하고 있는 것은 이미 어떤 정신주의적, 형이상학적인 문학이다. '불온시' 논쟁의 의미는 이와 같은 전후 맥락 위에서 음미되어야 한다. 그러나 김수영과 이어령의 논쟁 속으로 들어가 보면, 이 불온시라는 것이 김수영 자신의 시를 가리키는 표현은 아니었음이 드러난다. 그는 현실 저변에 정치적 부자유를 호도하는 여론 작용이 범람하고 있고, 이러한 부자유를 공산주의의 위협을 들어 정당화하고자 하는 논법이 횡행하고 있음을 지적한 후, "문화의 간섭과 위협과 탄압이 바로 독재적인 국가의 본질과 존재 그 자체"(「지식인의 사회참여」, 『사상계』, 1968. 1, 92쪽)

여기는 나중에 다시 보완해서 정리할 것. 지치면 안 할 수도 있다. 이어령도 심하게 이해받지 못하고 있다. 이어령 연구가 필요하다. 이어령의 첫번째 소설 『장군의 수염』. 60년대 최인훈의 '광장'과 김승옥의 '무진기행'을 능가하는 소설이라고 하면 안될까? 전위적인 난해성과 시대적인 상황, 그리고 소설가가 아닌 평론가라는 이유로 올바른 평가를 받지 못했다. 지금 읽어 보아도 좋은 문학이다. *누가 이런 말을? 잠시 여기 있다가 사라졌어요.*

"오늘날의 문화의 침묵은 문화인의 소심증과 무능에서보다도 유상무상의 정치권력의 탄압에 더 큰 원인이 있다"(「지식인의 사회참여」, 『사상계』, 1968. 1, 93쪽). 그렇다면 최고의 창조경제 정책은 국가보안법의 철폐이었다고 말 할 수도 있다. 철폐하라! 무엇을?
...모든 실험적인문학은 필연적으로는 완전한세계의 구현을 목표로하는 진보의 편에 서지않을수없게 되는것이다. 모든 전위문학은 불온하다. 그리고 모든 살아있는문화는 불온한 것이다. 그것은 문화의 본질이 꿈을 추구하는것이기때문이다. —「실험적인 문학과 정치적 자유—'오늘의 한국문화를 위협하는 것'을 읽고」, 『조선일보』, 1968. 2. 27
여전히 생각 중이다. 한국에서 독창적 작품이 나오지 않는 것은 그 원인이 무엇일까? 억압적 사회의 문제일까? 예술가 개인의 문제일까? 모르겠다. 또 모두의 책임? Non.

여기서 생각나는 것이 **남정현의 소설 분지**. 미군에게 강간당하고 미쳐버린 여인의 이야기이니 당시 군사정권이 경악했다. "반미감정 고취, 북괴 동조"라는 검찰의 주장에 맞서서 평론가 이어령이 등장한다. 당시 군사정권하의 살벌함을 무릅쓰고 반공법 필화사건의 변호인 측 증인으로 법정에 나온다는 것은 대단한 신념과 용기가 아니면 어려운 일이었다. 이런 점에서 이어령 선생은 존경받을만 하다. Respect! 재판상황을 인봉한나. Wow, Great.

변호인 = 이 소설은 반미적인가?

이어령 = 이 소설은 우화적 수법으로 쓴 것이므로 친미도 반미도 아니다. *(그래요.)*

변호인 = 저항문학이란 무엇인가?

이 = 문학에는 본질적으로 저항의 일면이 있다. 아무리 평화시라 할지라도 작가는 저항성을 지니게 마련이다. 문학의 창작성과 저항은 동전의 안팎관계이다. 특히 저항문학이라면 현실 상황에 대한 비판이 더욱 강조될 수밖에 없다.

변호인 = 이 작품이 북한 공산집단의 주장에 동조했다고 공격을 받고 있는데?

이 = 달을 가리키는데 보라는 달은 보지 않고 손가락만 보는 격이다. 남씨가 가리키는 달은 주체적인 한국 문화이며 '어머니'로 상징되는 조국이다. 장미의 뿌리는 장미꽃을 피우기 위해서 있는 것이므로, 설령 어느 신사가 애용하는 파이프를 만드는 데 쓰여졌다고 해서 장미 뿌리는 파이프를 위해서 자란다고 말할 수는 없다. *Bravo Bravo!*

검사 = 이 소설을 처음부터 상징으로 보았는가?

이어령 = 어머니를 강조한 데서 그렇게 느꼈다.

검사 = 상징이라면 우화가 아닌가? *(문학적 소양을 기대하지는 않았다.)*

이 = 우화적이지 우화 자체는 아니다. *Bravo Bravo!*

검사 = 작가의 내심까지 알 수는 없지 않은가?

이 = 작품은 자기가 썼지만 일반에게 발표가 된 뒤에는 작가만의 것이 아니며, 그렇다고 독자가 멋대로 해석해서도 안된다. Bravo! 작품 속에 담긴 상징성은 그대로 존중되어야 한다.

검사 = 나는 이 소설을 읽고 놀랐는데 증인은 용공적이라고 보지 않았는가?

이 = 나는 놀라지 않았다. 병풍 속의 호랑이를 진짜 호랑이로 아는 사람은 놀라겠지만, 그것을 그림으로 아는 사람은 놀라지 않는다. <분지>는 신문기사가 아니다.

검사 = 증인은 반공의식이 약해서 이처럼 증언하는 것 아닌가? *(야유 소리가 들린다.)*

이 = 나의 저술과 나를 비평하는 글들이 그 점에 대한 증거가 될 줄 믿는다.

한국 검사의 사악함과 무식함이 느껴진다. 삭제하라. 과거 한국의 일부 검사로 바꾸면 어떨까요? 삭제하라. 그러면 이 한국검사로 바꾸겠습니다. 삭제하라. 그래서 삭제했다. 그리고 한국인들은 몇십년이 흘러 그동안 판사도 검사도 변호사도 원래 무식하고 사악했다는 것을 발견하게 된다. 사법부는 무엇을 위해 일하는가? 그들의 가족을 위해서 특별히 처가집을 위해서. 사법부 독립은 정치권력으로부터의 독립이지 국민으로부터의 독립은 아니다. 검찰은 정의 justice 를 자신이 정의 define 할 권한은 없다.—검찰의 민주적 통제를 위해 건배, 간빠이, 빈잔, 반자이, 만만세,

II 한줄기 바람

"로체에 의하면 인간이 지닌 심성의 가장 두드러진 특징 중의 하나는 개별적 사물들에 대한 숱한 이기심과 함께 모든 현재가 일반적으로 미래에 대해 아무런 부러움과 선망을 가지고 있지 않는데 있다고 한다. 이러한 성찰을 좀더 진전시키면, 우리들이 품고있는 행복의 이미지라는 것은, 우리들 자신의 현재적 삶의 진행 과정을 한때 규정하였던 과거의 시간에 의해 채색되고 있다고 할 수 있다. 우리들에게서 선망의 마음을 불러일으킬 수 있는 행복은, 오로지 우리들이 숨쉬었던 공기 속, 그러니까 우리가 한때 말을 나눌수도 있었던 사람들과 우리들 품에 안길 수도 있었던 여인들과의 관계 속에서 존재한다. 다른 말로 표현하면 행복의 이미지 속에는 구원의 이미지가 불가분의 관계를 맺고 함께 꿈틀거리고 있는 것이다. 역사가 주로 관심을 가지는 과거의 이미지도 이와 동일한 양상을 하고있다. 과거는 구원을 기다리고 있는 어떤 은밀한 목록을 함께 간직하고 있다. 우리들 스스로에도 이미 지나가 버린 것과 관계되는 한줄기의 바람이 스쳐 지나가고 있는 것은 아닐까? 우리들 귀에 들려오는 목소리 속에서는 이제 침묵해 버리고 만 목소리의 한 가락 반향이 울려퍼지고 있는 것은 아닐까? 우리들이 연연하는 여인들은, 그녀들이 미처 알아채지 못했던 누이들의 모습을 하고 있는 것은 아닐까? 만약 그렇다면 과거의 인간과 현재의 우리들 사이에는 은밀한 묵계가 이루어지고 있는 셈이고 또 우리는 이 지구상에서 구원이 기대 되어지고 있는 셈이다. 그렇다면 앞서 간 모든 세대와 마찬가지로 우리들에게도 희미한 메시아적 힘이 주어져있고, 과거 역시 이 힘을 요구할 권리를 가지고 있는 것이다. 물론 이러한 요구는 값싸게 이루어질 수 있는 성질의 것이 아니다. 역사적 유물론자는 이 사실을 너무나 잘 알고 있다." (반성완 번역) *이제 인용은 그만. 책을 사시오.*

헤르만 로체는 "인간의 심성이 지니는 가장 두드러진 특징들 중에는[...]세세한 것에서 보이는 수많은 이기심 이외에도 어떤 현재든 일반적으로 미래에 대해 아무런 부러움도 갖고 있지 않다는 점이 속한다"고 말한다. 이러한 성찰은 우리가 품고 있는 행복의 이미지라는 것이 전적으로, 우리 자신의 삶의 흐름이 우리를 원래 그쪽으로 가도록 가리킨 시간으로 채색되어 있다는 점을 깨닫게 한다. **우리에게서 부러움을 일깨울 수 있을 행복은 우리가 숨 쉬었던 공기 속에 존재하고, 우리가 말을 걸 수 있었을 사람들, 우리 품에 안길 수 있었을 여인들과 함께 존재한다. 달리 말해 행복의 관념 속에는 구원의 관념이 포기할 수 없게 함께 공명하고 있다.** 역사가 대상으로 삼는 과거라는 관념도 사정이 이와 마찬가지다. 과거는 그것을 구원으로 지시하는 어떤 은밀한 指針을 지니고 있다. **우리 스스로에게 예전 사람들을 맴돌던 바람 한 줄기가 스치고 있지 않은가? 우리가 귀를 기울여 듣는 목소리들 속에는 이제 침묵해버린 목소리들의 메아리가 울리고 있지 않은가? 우리가 구애하는 여인들에게는 그들이 더는 알지 못했던 자매들이 있지 않을까? 만약 그렇다면 과거 세대의 사람들과 우리 사이에는 은밀한 약속이 있는 셈이다. 그렇다면 우리는 이 지상에서 기다려졌던 사람들이다. 그렇다면 우리에게는 우리 이전에 존재했던 모든 세대와 희미한 메시아적 힘이 함께 주어져 있는 것이고, 과거는 이 힘을 요구하고 있는 것이다. 이 요구는 값싸게 처리해버릴 수 없다. 역사적 유물론자는 그것을 알고 있다. (최성만)** *선집을 사라. 전부 샀어요.*

이런 해석을 오형준이 가지고 왔다. "우리들이 품고 있는 행복에 대한 그림은, 우리 자신의 삶의 과정이 언젠가 우리 스스로를 배제시켰던 저 시간에 의해 채색되어 있다고. 우리에게 후회를 불러 일으킬 수 있을 저 행복은 우리가 숨쉬었던 <u>그 공기 속에</u>, 우리가 말을 걸 수도 있었을 사람들과, 우리 품에 안길 수도 있었을 여인들과 함께 숨쉬었던 <u>저 공기 속에</u>

233

만 존재한다." 이것은아닌것같다. 글쎄요. 이태리어 번역을 보고 알게 되었다. 6 줄을 지워라.

"It is one of the most noteworthy peculiarities/ of the human heart," writes Lotze, "that so much selfishness in individuals/ coexists with the general lack of envy/ which every present day feels toward its future."3 This observation indicates/ that the image of happiness we cherish/ is thoroughly colored by the time/ to which the course of our own existence has assigned us. There is happiness-such as could arouse envy in us-only in the air we have breathed/, among people we could have talked to/, women who could have given themselves to us. In other words/, the idea of happiness/ is indissolubly bound up with the idea of redemption. The same applies to the idea of the past/, which is the concern of history. The past carries with it/ a secret index/ by which it is referred to redemption. Doesn't a breath of the air/ that pervaded earlier days/ caress us as well? In the voices we hear/, isn't there an echo/ of now silent ones? Don't the women we court/ have sisters they no longer recognize? If so, then there is a secret agreement/ between past generations and the present one. Then our coming was expected on earth. Then, like every generation that preceded us/, we have been endowed with a _weak_ messianic power/, a power on which the past has a claim. Such a claim cannot be settled cheaply. The historical materialist/ is aware of this.

독일어 초급문법 책과 중급 강독 강좌를 열심히 찾아 보았다. 한때열심히했다.

"Zu den bemerkenswerthesten Eigenthümlichkeiten des menschlichen Gemüths", sagt Lotze,
Among the most remarkable   peculiarities   of the human   심성   말한다 로체

"gehört... neben so vieler Selbstsucht im Einzelnen die allgemeine Neidlosigkeit jeder
동행한다   along so many 이기심 in specific instances, the general absence of envy, of every

Gegenwart gegen ihre Zukunft." Diese Reflexion führt darauf, daß das Bild von Glück, das
현재   toward its future   This reflection leads to it   that image of happiness, which
wir hegen, durch und durch von der Zeit tingiert ist, in welche der Verlauf unseres eigenen
we cherish   철저히   by the time is colored, in which   course   of our   own
Daseins uns nun einmal verwiesen hat. Glück, das Neid in uns erwecken könnte,
존재   우리를 then once   relegate 했던   **행복   질투 in us   arouse   could**
gibt es nur in der Luft, die wir geatmet haben, mit Menschen, zu denen wir hätten
존재한다 only   바람   we breathed have   with 사람들   to whom we could have

234

reden, mit Frauen, die sich uns hätten geben können. Es schwingt, mit andern

talked, with 여자들   who could have given themselves to us   it swinged   다른 말로

Worten, in der Vorstellung des Glücks unveräußerlich die der Erlösung mit. Mit der

image of happiness   indissolubly   that of redemption

Vorstellung von Vergangenheit, welche die Geschichte zu ihrer Sache macht,

과거에 대한 관념에   그것을   역사가   자신의 대상으로 삼고 있는

verhält es sich ebenso. Die Vergangenheit führt einen heimlichen Index mit, durch

그것은 적용된다 마찬가지로 The past   carries   a secret index with it   by which

den sie auf die Erlösung verwiesen wird. Streift denn nicht uns selber ein Hauch

it is referred to redemption.   touch   not   ourselves   a breath

der Luft, die um die Früheren gewesen ist? ist nicht in Stimmen, denen wir unser

of the air that pervaded earlier days   isn't there in the voices,   to which we

Ohr schenken, ein Echo von nun verstummten? haben die Frauen, die wir

give our ear   an echo   of   now silent ones?   여인들

umwerben, nicht Schwestern, die sie nicht mehr gekannt haben? Ist dem so, dann

구애하다   언니들   whom they no longer have recognized.   If so,   then

besteht eine geheime Verabredung zwischen den gewesenen Geschlechtern und

존재한다   비밀스런 묵계(黙契) between   과거의   사람들과 우리

unserem. Dann sind wir auf der Erde erwartet worden. Dann ist uns wie

Then we were expected on earth   그렇다면 우리에게

jedem Geschlecht, das vor uns war, eine *schwache* messianische Kraft mitgegeben,

앞서 있었던 모든 세대와 마찬가지로 미약한 메시아적 힘이   주어져 있고

an welche die Vergangenheit Anspruch hat.   Billig ist dieser Anspruch

이 힘을   과거는 요구할 권리를 가지고 있다.   cheaply   This claim

nicht abzufertigen. Der historische Materialist weiß darum.

cannot be settled.   역사적 유물론자는 그것을 알고 있다.

이태리어로 다시 시도:

"Una delle qualità più notevoli dell'animo umano – dice Lotze – è,

one of the quality most noteworthy of the spirit human,   says Lotze,   is

di + le 특성   di + l'

235

accanto a tanto egoismo nei particolari, la generale mancanzadi invidia di
next to   so much selfishness in specifics, the general   lack   of envy   of
전치사   이기심 in + i   invidiare

ogni presente verso il proprio futuro". La riflessione porta a concludere che
every present toward its own future   the reflection lead to conclude   that
현재   thought   carry   결론

l'immagine di felicità, che coltiviamo, è in tutto e per tutto tinta dal tempo
the image of happiness, which we cherish, is thoroughly   colored by time
관.대.   in all and for all   da + il

in cui una volta per tutte ci ha gettato il corso della nostra vita. Una felicità,
to which once and for all   has thrown the course of our life   a happiness
                    to us assigned   di + la

che potrebbe suscitare la nostra invidia, è solo nell'aria che abbiamo
that could   arouse   the our   envy   be only in the air that we have
                                    in + l'

respirato, con uomini con cui avremmo potuto parlare, con donne che
breathed,   among people   we could have talked   among women who
                    with whom

avrebbero potuto darsi a noi. In altri termini, nell'immagine della felicità
could have   to us. In other words, in the image   of happiness
          given themselves(재귀)

traspare inalienabile quella di redenzione. Lo stesso vale per l'immagine
shine   indissolubly   that of redemption. The same applies to the 이미지

del passato, che è il compito della storia.   Il passato reca con sé un
of the past, which is the task of history.   The past carries   with it/

indice familiare, che rimanda alla redenzione. Non ci sfiora forse un alito
an index secret,   which refers   to redemption. Not us touch maybe a breath

dell'aria, che era già tra i predecessori.   Nelle voci a cui prestiamo orecchio
of the air, which was already among the predecessors. In the voices to which we lend ears

non c'è un'eco già da ora ammutolita?   Nelle donne che corteggiamo, non ci
not there is eco now speechless   in the women whom we court   not there

sono le sorelle che non abbiamo conosciuto meglio?   Se le cose stanno così,
are the sisters whom we not have recognized any longer.   If the things are so,

c'è un'intesa segreta tra le generazioni passate e la nostra. Inoltre siamo
there is an agreement secret between the generations past and ours.   moreover we have

stati attesi sulla terra.   A noi, come a ogni precedente generazione, è stata been expected on earth.   to us,   like   every preceding generation,   has been

consegnata una _debole_ forza messianica, su cui il passato esercita un diritto.
endowed   a _weak_ power Messianic, on which the past   exercises a right
Costa poco non evadere la sua richiesta.   Il materialista storico ne sa qualcosa.
cheap price don't settle   its request.   The historical materialist knows something about it.

헤르만 로체는 "인간의 심성(心性)이 지니는 가장 두드러진 특징들 중의 하나는 ... 세세한 개별적인 것에서 보이는 그토록 수많은 이기심에도 불구하고 일반적인 경우로 시선을 돌리면 모든 현재가 그들의 미래에 대해 아무런 질투심도 갖지 않는다는 것이다"고 말한다. 이러한 성찰은 우리가 품고 있는 행복의 이미지라는 것이, 우리가 살았던 삶의 시간으로 물들어 있다는 것을 암시한다. 다시 말해서 우리 삶의 흐름이 우리를 (우리가 원치 않았던 곳으로) 내쳤던 (그래서 원래 되고 싶었으나, 그러나 실제로는 이루지 못했던(would have been, should have done) 과거의) 그 시간에 의해 우리의 행복 이미지가 전적으로 채색(彩色)되어 있다는 것을 깨닫게 한다. 우리에게서 부러움과 질투심(envy)을 일깨울 수 있는 행복은 우리가 숨쉬었던 과거의 그 공기 속에, 우리가 말을 걸 수도 있었던(하지만 주저주저하며 말을 하지 못했던) 사람들과 함께, 또 우리 품에 안길 수도 있었던(그러나 용기가 없어서 안지 못했던) 그 여인들과 함께 존재한다.

다른 말로 하자면, 행복의 이미지 속에는 구원의 이미지가 그 둘을 떼어놓을 수 없을 정도로 함께 공명(共鳴)하고 있다. 이는 역사가 대상으로 삼고 있는 과거에 대한 우리의 생각에도 마찬가지로 적용된다. 과거는 그것을 구원으로 지시하는 어떤 은밀한 지침 또는 색인(index)을 지니고 있다.(비록 그 구원이 가능성으로만 잠시 머물다 지나갔을지라도) 과거의 사람들을 맴돌던 한 줄기 바람이 또 다시 우리 자신을 스쳐 지나가고 있지 않은가? 우리가 귀를 기울여 듣고 있는 목소리들 안에는 이제는 침묵해버린(즉, 학살당했거나 침묵을 강요받은 이름 없는 존재들의) 그 목소리들의 메아리가 울리고 있지는 않은가? 우리가 연연해하며 구애(求愛)하는 저 사랑스런 여인들에겐 그들이 더 이상 알지 못했던 (위안부, 아니 성노예로 끌려갔던, 가족이 좌익이라고 총살당해 바다에 버려졌던, 남동생 대학 보내려고 스스로를 희생하며 여공으로 일했던) 그런 누이들이 있는 것은 아닌가? 정말 그렇다면, 과거의 사람들과 우리 사이엔 어떤 비밀스런 묵계(黙契)가 존재하는 것이다. 우리는 이 땅에 기다려졌던 존재들이다. 우리 이전에 살았던 모든 세대에게 주어졌던 것 같이, 우리에게는 미약한(schwache, **weak and precious**) 메시아적 힘(messianische Kraft)이 주어져 있고, 과거는 이 힘을 (우리에게) 요구하고 있다. 이 요구는 값싸게 처리될 수 있는 것이 아니다. 역사적 유물론자는 그것을(이 요구가 값싸게 처리될 수 없다는 것을, 또한 우리가 과거의 사람들을 구원할 수도 있는 메시아의 가능성을 가지고 있다는 것을) 알고 있다.

지나치게 상세한 설명 없이 다시 한 번 더 읽어 보자.

헤르만 로체는 "인간의 심성(心性)이 지니는 가장 두드러진 특징들 중의 하나는 ... 개별적인 것에서 보이는 그토록 수많은 이기심에도 불구하고 일반적인 경우로 시선을 돌리면 모든 현재가 그들의 미래에 대해 아무런 질투심도 갖지 않는다는 것이다"고 말한다. 이러한 성찰은 우리가 품고 있는 행복의 이미지라는 것이, 우리가 살았던 삶의 시간으로 물들어 있다는 것을 암시한다. 다시 말해서 우리 삶의 흐름이 우리를 원래 그쪽으로 가도록 가리켰던, 그러나 실제로는 가지 못했던 그 시간으로 우리의 행복 이미지가 전적으로 채색(彩色)되어 있다는 것을 깨닫게 한다. 우리에게서 부러움과 질투심(envy)을 일깨울 수 있는 행복은 우리가 숨쉬었던 과거의 그 공기 속에, 우리가 말을 걸 수도 있었던 사람들과 함께, 또 우리 품에 안길 수도 있었던 그 여인들과 함께 존재한다.

다른 말로 하자면, 행복의 이미지 속에는 구원의 이미지가 그 둘을 떼어놓을 수 없을 정도로 함께 공명(共鳴)하고 있다. 이는 역사가 대상으로 삼고 있는 과거에 대한 우리의 생각에도 마찬가지로 적용된다. 과거는 그것을 구원으로 지시하는 어떤 은밀한 지침 또는 색인(index)을 지니고 있다. <u>과거의 사람들을 맴돌던 한 줄기 바람이 또 다시 우리 자신을 스쳐 지나가고 있지 않은가?</u> 우리가 귀를 기울여 듣고 있는 목소리들 속에서는 이제는 침묵해버린 그 목소리들의 메아리가 울리고 있지는 않은가? 우리가 연연해하며 구애(求愛)하는 저 사랑스런 여인들에겐 그들이 더 이상 알지 못했던 그런 누이들이 있는 것은 아닌가? 정말 그렇다면, 과거의 사람들과 우리 사이엔 어떤 비밀스런 묵계(黙契)가 존재하는 것이다. 우리는 이 땅에 기다려졌던 존재들이다. 우리 이전에 살았던 모든 세대에게 주어졌던 것 같이, 우리에게는 미약한 메시아적 힘이 주어져 있고, 과거는 이 힘을 우리에게 요구하고 있다. 이 요구는 값싸게 처리될 수 있는 것이 아니다. 진정한 역사가는 그것을 알고 있다.

****

나치의 추격을 피해 자살로 인생을 마감했던 불운한 멜랑콜리커 벤야민을 생각한다. 나는 실제로 벤야민의 글을 몸으로 체험하고서 그의 사상이 조금이나마 이해가 되기 시작했다. **제주 4.3 평화공원에서의 맹렬한 바람... 1948년 봄에도 그렇게 몸이 날아갈 것 같은 바람이 불었을까?** 이 바람은 하나의 징후와 같은 것이다. 우리가 지나갔다고 생각한 그 무엇이 우리에게 들려온 것이 아닐까. **또 바람이 분다.** 벤야민 번역을 책으로 내고 싶다고 생각했다. 하지만 기회는 오지 않았고 시간은 계속 흘러 갔다.

"우리들 스스로에도 이미 지나가 버린 것과 관계되는 <u>한줄기의 바람이 스쳐 지나가고 있는 것은 아닐까?</u> 우리들 귀에 들려오는 목소리 속에서는 이제 침묵해 버리고만 목소리의 한가락 반향이 울려 퍼지고 있는 것은 아닐까?" 이 문장이 마음에 계속 남아 있었다. 역사가 시인의 말.

"진정한 비상사태로서의 혁명: 인류역사는 언제나 위기상태였다 약자들이 억압받고 있다는 사실이 비상사태를 의미한다면 비상사태는 오늘날만의 현상이 아니라 처음부터 비상 사태였다. 진정한 비상사태를 도래 시키는 것이 누구의 임무인가? 역사가, 예술가 즉 이 광장의 사람들이다. 벤야민의 글은 화재경보기 fire alarm 같다. 벤야민의 아케이드 프로젝트, 파편적 글쓰기(fragments), 카오스의 세계. 이런 것이 나를 계속 끌어 당겼다."

벤야민을 알고 싶으면 프루스트를 읽어야한다. 그는 프루스트의 열열한 독자였다. 공기 air 는 왜 나왔을까? Air 는 aura 와 어떻게 연결이 될까? 같은 어원이다. αὖρα (아우라) f (genitive αὖρας); air, breeze, fresh air of the morning 지금 바람 하나 불지 않는다. 덥다, 39.6 도. 아우라.
프루스트의 "다시찾은시간(민인식)"에서 페이지 3083 부터 3090 까지 읽어 보면서 벤야민이 프루스트의 방법론을 역사에 적용한다는 인상을 받았다. 개인의 무의지적 기억과 집단의 의지적 기억. 잊어버린 불어를 다시 소환했다. 암호해독 decypher 의 기쁨. Italian decifrare, the Medieval Latin cifra, cifera, 숫자 또는 제로. 아랍어 صِفْر (ṣifr, "zero, empty, nothing"). 그렇다면 암호풀이는 無를 해독하는 것? 풀어야 할 필요가 없는 것을 풀려고 애쓰기. 허무하지만 심오한 것 같아서 기분이 좋아졌다. 바람이 분다.

Oui, si le souvenir grâce à l'oubli,/ n'a pu contracter aucun lien, jeter aucun chaînon/ entre lui et la minute présente,
그래, 만약에 말이야, 기억이 망각 덕분에 과거와 현재순간 사이에 어떤 유대도 맺지 못하고 어떤 연결도 이어붙이지 못한 채,
Yes, if a memory, thanks to forgetfulness, has been unable to contract any tie, to forge any link between itself and the present,

s'il est resté à sa place, à sa date,/ s'il a gardé ses distances,/
if it has remained in its own place, of its own date, if it has kept its distance,

son isolement/ dans le creux d'une vallée,/ où à la pointe d'un sommet,

its isolation in the hollow of a valley or on the peak of a mountain,

il nous fait/ tout à coup/ respirer **un air nouveau,**

it makes us suddenly breathe an air new to us

précisément parce que/ c'est **un air/ qu'on a respiré autrefois,**

just because it is an air we have formerly breathed, 과거에

cet air plus pur/

que les poètes/ ont vainement essayé/ de faire régner dans le Paradis

an air purer than that the poets have vainly called Paradisiacal,

et qui ne pourrait donner/ cette sensation profonde/ de renouvellement/ que s'il avait été respiré déjà,

which offers that deep sense of renewal that it has been breathed before,

car les vrais paradis/ sont les paradis/ qu'on a perdus.

왜냐하면 진정한 낙원은 우리가 잃어버린 낙원이니까.

because the true paradises are paradises we have lost.

아케이드 프로젝트

N 4, 3: 프루스트의 이야기는 잠에서 깨어나는 각성 장면부터 시작한다. 모든 역사기술은 깨어나는 것에서 시작해야 한다. 19 세기의 각성을 다루는 것이 아케이드 프로젝트.

Fire alarm 32p 번역은 하지 않겠다. 번역이 필요하면 한국어 번역책이 나와있다.
It is bitter to be misunderstood and to die in obscurity 세상에알려지지않음. It is to the honour of historical research that it projects light into that obscurity.
For redemption to take place, there must be reparation 배상.보상 - in Hebrew, *tikkun* - for the suffering and grief inflicted on the defeated generations, and the accomplishment of the objectives they struggled for and failed to attain.

the emancipation 해방 of the oppressed. The defeated of June 1848 await from us not just the remembrance 기억 of their suffering, but reparation 배상 for past injustices and the achievement of their social utopia.

Messianic/revolutionary redemption 구원 is a task assigned to us by past generations. There is no Messiah sent from Heaven: we are ourselves the Messiah; each generation possesses a small portion of messianic power, which it must strive to exert. 하늘에서 내려 온 메시아는 없다 우리가 메시아이다

33p God is absent, and the messianic task falls wholly to the generations of human beings. The only possible Messiah is a collective one 집단으로서의 메시아: it is humanity itself oppressed humanity. It is not a question of waiting for the Messiah but of acting collectively. 메시아를 기다리는 것이 아니라 집단적으로 행동하는 것이다. 광화문에서의 백만명의 시위를 상상해 보라.

Why is this messianic power weak (*schwach*)? As Giorgio Agamben has suggested, we might see this as a reference to the preaching of Christ according to St Paul 사도 바울 in 2 Cor. 12: 9: for the Messiah 'my strength is made perfect in weakness'

이 구절이 궁금해졌다. 그리스어를 배우길 정말 잘했어. 이 목사님 감사합니다. 다양한 번역과 해석이 가능하고 존재한다.

Nestle GNT 1904

καὶ εἴρηκέν μοι Ἀρκεῖ σοι ἡ χάρις μου· ἡ γὰρ δύναμις ἐν ἀσθενείᾳ τελεῖται.

카이 에이레켄 모이 아르케이 소이 헤 카리스 무   헤 가르 뒤나미스 엔 아스테네이아 텔레이타이

Ἥδιστα οὖν μᾶλλον καυχήσομαι ἐν ταῖς ἀσθενείαις, ἵνα ἐπισκηνώσῃ ἐπ' ἐμὲ

헤디스타 운 말론   카우케소마이   엔 타이스 아스테네니아이스, 히나 에피스케노세 엪 에메

ἡ δύναμις τοῦ Χριστοῦ.

헤 뒤나미스   투 크리스투

From ἀ- (a-, "un-") + σθένος (sthénos, "strength") + -ής (-ḗs, adjective suffix).

From τέλος (télos, "end") + -έω (-éō, denominative verbal suffix). to bring about, complete, fulfill 완전해지다 성취하다

제니가 온다. 언제? 나에게 아무 힘이 없을 때. 이렇게 번역해 보고 싶다.

And he said to me, "My grace is sufficient for you: for the power is made perfect in your being weak." Most gladly therefore will I rather glory in my weaknesses, that the power of Christ may rest upon me. 나에게 이르셨다.

II Corinthios 12:9 Latin: Vulgata Clementina

et dixit mihi : Sufficit tibi gratia mea : nam **virtus in infirmitate perficitur**. Libenter igitur gloriabor in infirmitatibus meis, ut inhabitet in me virtus Christi.

New International Version: But he said to me, "My grace is sufficient for you, for **my power is made perfect in weakness**." Therefore I will boast all the more gladly about my weaknesses, so that Christ's power may rest on me.

King James Bible: And he said unto me, My grace is sufficient for thee: for my strength is made perfect in weakness. Most gladly therefore will I rather glory in my infirmities, that the power of Christ may rest upon me.

中文標準譯本 (CSB Traditional): 但他對我說：「我的恩典是夠你用的，**因為我的大能在軟弱中得以完全**。」因此，我反而極其樂意地誇耀我的那些軟弱，好讓基督的能力遮蓋在我身上。

고린도후서 12:9 Korea: 내게 이르시기를 내 은혜가 네게 족하도다！이는 내 능력이 약한데서 온전하여짐이라 하신지라 이러므로 도리어 크게 기뻐함으로나의 여러 약한 것들에 대하여 자랑하리니 이는 그리스도의 능력으로 내게 머물게 하려 함이라

2 Corinthiens 12:9 French: Martin (1744)

Mais [le Seigneur] m'a dit : ma grâce te suffit : car **ma vertu manifeste sa force dans l'infirmité.** Je me glorifierai donc très volontiers plutôt dans mes infirmités; afin que la vertu de Christ habite en moi.

2 Korinther 12:9 German: Luther (1912)

Und er hat zu mir gesagt: Laß dir an meiner Gnade genügen; denn **meine Kraft ist in den Schwachen mächtig.** Darum will ich mich am allerliebsten rühmen meiner Schwachheit, auf daß die Kraft Christi bei mir wohne. 내가 약해지면 마치 나의 힘이 강해진다는 착각의 위험. 앞의 나와 뒤의 나는 주체가 다름.

2 Korinther 12:9 German: Textbibel (1899)

Und er hat mir gesagt: meine Gnade ist dir genug. **Denn die Kraft kommt zur Vollendung an der Schwachheit**. 이 번역이 마음에 든다. Car le pouvoir vient à la perfection dans la faiblesse. 모든 것은 빛난다.

the melancholy conclusion Benjamin draws from the past and present failures of the struggle for emancipation. Redemption is anything but assured; it is merely a slim possibility(구원은 가능성이 없지만 완벽히 불가능한 것은 아니다.)

34p 기억할게! 'Our coming was expected on earth' to rescue the defeated from oblivion 망각, but also to continue and, if possible, complete their struggle for emancipation.

restitution 회복.복권 of the past, but also active transformation of the present.

****

김석범의 고향 방문(제주도민의 자존심 제민일보에서. 제주도는 전국에서 가장 IQ가 높은 지역이다. 양조훈의 기록입니다. 제주도에 가면 제민일보를 꼭 사서 본다.)

1988년 11월 14일로 기억된다. 편집국으로 낯선 전화가 걸려왔다. "나 김석범이요, 방금 전에 제주에 도착했어요." 말로만 들었던 「화산도」의 작가 김석범 선생과의 첫 상봉은 이렇게 시작됐다. 짙은 눈썹, 예사롭지 않은 날카로운 눈매가 인상적이었다.

창작의 뿌리를 제주 4·3에 두고서도 43년 동안 제주 땅을 밟지 못하던 김선생의 귀향은 많은 화제를 몰고 왔다. 첫째는 국적 문제이다. 그는 무국적(無國籍)을 고수했다. 외국인 등록 국적 란에 '조선(朝鮮)'으로 표기되어 있지만, 그것은 남도 아니고 북도 아닌 "한반도가 남북으로 분단되기 이전의 이름인 동시에 미래에 있을 통일 조국의 이름"이라고 고집했다. 그 때문에 당국은 그의 입국을 불허했다. 그때 방문은 민족문학작가회의 등의 초청으로 어렵게 비자가 발급된 것이다.

두 번째 화제는 배를 타고 온 이유였다. 그는 <u>4·3 희생자의 유골이 묻혀 있을 공항에 비행기로 착륙하고 싶지 않고,</u> 40여 년 동안 고대하던 고향 방문을 '비행기 타고 쌩하게 날아올 수 없다.'면서 배편을 고집했다. 한라산을 멀리서 찬찬히 보면서, 갖가지 상념을 하며 제주 땅을 밟겠다는 것이다. 실제로 그는 서울과 광주를 거쳐 완도에서 여객선을 타고 조용히 제주에 왔다. **(제주공항에 내릴 때 묵념을 하자. Minima Moralia** 2008년부터 제주국제공항 활주로 옆에서 유해 발굴작업이 진행됐는데, 놀랍게도 384구의 4·3 유해가 쏟아져 나왔다. 아직 500명 미발굴 상태라고 한다.**)** 이런 일화도 있다. 그는 아사히신문사가 우수한 일본어 산문작품에 수여하는 오사라기지로상(大佛次郎賞)을 1984년에 받았다. 그 후 고향 방문을 추진했으나 국적 문제가 걸림돌이 됐다. <u>가고픈 고향을 가지 못한다는 사실을 알게 된 아사히신문사 측에서 특별제안을 했다. 취재용 세스나 경비행기를 제주도 인근 공해 하늘에 띄워 한라산을 보여주겠다는 것이었다. 그래서 비행기를 탔는데, 구름에 싸인 희미한 한라산만 멀리서 보고는 눈물을 흘리며 돌아갔다는 것이다. 이런 이야기는 김석범 선생이 나와의 인터뷰 도중 눈물을 글썽이며 들려준 것이다.</u>

1957년 일본 문예지에 단편소설 「까마귀의 죽음」을 발표_{한다. 「까마귀의 죽음」은 국내외로 큰 반향을 불러일으켰다. 그리고} 1976년부터 대작 「화산도」를 발표_{하기 시작했다.} 1997년 전 7권이 간행될 때까지 20여년이 _{걸렸다. 이 작품은 200자 원고지 2만 2000장 분량이며, 작품 속에 등장하는 인물도 100여명에 이른다. 「화산도」 일부는 1988년 실천문학사에 의해 한글로 번역되어 5권의 책으로 발간됐다. 김석범 선생은 1925년 오사카에서 태어났다. 아버지의 고향은 삼양이다. 제주에는 유년시절과 1945년 청년시절에 잠깐 다녀갔을 뿐이다. 하지만 그에게 고향은 언제나 제주밖에 없었던 듯하다. 그는 아사히신문 이외에도 마이니치신문사의 예술상을 수상할 정도로 일본 문학계에서 확고하게 자리 잡은 작가다. 국내외에서 그의 작품을 연구하는 여러 편의 논문도 발표됐다.} **"왜 4·3에 매달렸는가?"란 질문에 그는 이렇게 대답했다. "4·3 직후 일본으로 밀항해온 동**

포들의 이야기를 들으면서 큰 충격을 받았다. 그 충격은 내 평생 지워지지 않았다. 새일인의 입장에 처한 부채감과 애향의 마음이 고향을 이야기하게끔 한 것 같다"

그는 체험자들의 증언을 채록하며 제주도 지도를 일일이 그렸다. 그럼에도 4·3 당시 제주 사람들의 생각과 풍경, 풍습, 거리, 생생히 살아 움직이는 감각과 감정까지 몰입하는데는 어려움이 있었다고 털어놨다. 그의 관심사는 <u>해방 공간의 한반도 모순이 제주에서 터져 나왔다</u>는 것이다. 친일파 문제, 신탁통치 문제 등도 재해석하고 재연구되야 한다는 게 그의 주장이다. 그는 그때의 고향 방문 소감을 「고국행」이란 책으로 발간했다. 그는 재일동포사회에 제주 4·3 진실찾기 혼을 불어 넣었으며, 일본 지식인사회에도 4·3 을 알리는 선구적 역할을 했다. 또 상도 받았다. 잠깐만 하나 더 추가할 것이 있다. 오형준이 달려왔다.

김석범선생이 2015 년 4·3 평화재단이제정한 제주 4·3 평화상 제 1 회수상자로뽑혔다. 뜻밖에도시비를거는사람들이일부있었다. "대한민국 정통성을 부정한 사람에게 어떻게 거액의 상금을 주는 평화상 수상자로 결정할 수 있느냐" 헛소리말라. 수상연설을들어 보자.

"해방 전에는 민족을 팔아먹은 친일파, 해방 후에는 반공세력으로, 친미세력으로 변신한 그 민족 반역자들이 틀어잡은 정권이 제주도를 젖먹이 갓난아이까지 빨갱이로 몰아부친 것입니다. 이승만 정부는 대한민국 임시정부의 법통을 계승했다고 표방했지만 과연 친일파, 민족반역자 세력을 바탕으로 구성한 이승만 정부가 임시정부의 법통을 계승할 수 있었겠습니까?" 도올 김용옥의 제주 4.3 KBS 강연도 같은 맥락의 메시지.

그는 길게 격동적으로 수상 소회를 밝혔다.

"기억이 말살당한 곳에는 역사가 없다. 오랫동안 기억을 말살당한 4·3 은 한국 역사에 존재하지 않았다. <u>막강한 권력에 의한 기억의 타살도 있었고, 공포에 질린 섬사람들이 스스로 기억을 망각 속에 집어던져 죽이는 기억의 자살도 있었다</u>"

한 단어도 고칠 곳이 없다. 등단을 갈망하는 문학도들이 공부하고 필사할 문장이 아니겠는가? 오형준이생 각하는 문학의비밀은 급진적정 치의식을가 진자가쓰는일 상적인비정 치적으로 보이차마시는 글쓰기이다. 그렇다 면등단을꿈꾸기전 에급 Egypt 진적좌 파를 사고 먼저되는것 이우 선순위가아 닐리리만보까 하는생중계 각이들었 지만군 침묵乙亥 키기했. 왜 이래요? 고통스러워서요. 기억이 자살당했다구요.

* * *******************

A: 요즘 텔레비전을 보시면, '광주청문회'가 많이 나오지 않습니까? 이렇게 다니다보면, "우리도 '4·3 청문회'라도 해서 진상규명해야 될 게 아니냐" 라는 얘기를 많이 듣습니다. 그 문제는 어떻게 생각하십니까?

B: 글쎄, 생각도 없는 사름덜에게 너무 군인덜이 했지 않느냐 허다가도, 이젠 전두환이를 보믄 좀 불쌍해 보여. 각시도 그렇고. 경헌디 우린 어디에 가서 하소연 헐거라. 광주허고는 틀려. 우리 고모님은 허벅에 물을 질언 오다가, 군인덜이 길을 가르쳐달런 허란, 너무 무서완 ...놀래지나 말지...아무 말도 안허니, 자기네 반대헌다고 총으로 얼굴을 맞쳐부런... 장례식엔 얼굴을 덮어부난 했주. 얼굴이 없어부렀댄 헙니다. 시월 열하룻날, 요기 동팔이

아부지는 솔잎눌에 불 붙여부난 죽고, 저기 살던 애기 밴 어멍이 아이 둘 데리고 숨어 있단 들키난 다 쏘아 죽여분거라. 아, 그 아이덜이라도 살려줄 거 아니.

- 제주 4.3 사건 증언록에서 -

제주 4 · 3 연구소, "이제사 말햄수다-4 · 3 증언자료집 I", 한울, 1989, 31 쪽

고문이 어느 정도 심했는지요?

아이고, 그걸 말로... 칠성통에 들어가면 '아이고' 소리 제왕[겨워] 못 산다고. 그때 4.3사건 진압 당시, 상관 선에서 전기고문 못 하게 시켰다고 했주. 채병덕 참모총장 있을 때, 금방 내무부장관으로 발령난 사람인데 그 상관이 그랬주. 몇 번 허당 치워버렸을거라. 그때 소문 중에 '스탈린 비행기 태우기'라 해가지고 머리를 돌아매영[달아매어] 코로 물로 지르고[길고] 때리기도 하고, 주로 그것을 많이 했주. 그때 시적엔 이유불문허곡 매로 우겼는데[다스렸는데] 내가 고문을 잠간 구경한 적이 있는데, 양쪽 다리 사이로 각목을 끼워 양쪽으로 사람이 올라타는 고문을 봐서. 관절이 남아나지 않게 ... 그때에 비하면 이제 고문도 고문이라?

그때 고문기술자 중에 제주 사람도 있었습니까?

다 육지 사람이지. 그때 제주 사람들은 경찰지서에도 차별이 컸어. 사람 많이 죽인 것은 서북청년단이고, 그놈들은 사람을 재미처럼 죽이대. 죽이레 가랜 허민 좋아서 달려가니 ... 그 사람덜 이제는 동문시장에 자리잡앙 꽤 살주. 지금도 가끔 시에 가면 길에서 봐여. 그때도 서북청년단은 건드리지 말랑 상부에서 명령해 놓으니 건드리지도 못하고, 속으로만 울화가 터졌어. 그런데 그 서북청년, 서북청년 하다가 보니까, 오히려 서북청년이 빨갱이라.

아주 오래 전 선거개표 방송을 하면서 ~~예쁘게 차려입은~~ 아나운서는 제주도는 무소속이 많이 당선되는 지역이라면서 왜 그런지 모르겠다고 웃었다. 웃어도 될까? 정말 그런 것 같은데, 왜 그렇지? 섬이라서 그런가? 역사에 무지했던 나는 그냥 잠시 의문을 가졌다가 잊어 버렸다. 시간이 지나 알게 된 제주 4.3의 진실은 참혹했다. 많은 의문을 풀 수 있었으나 마음 속에 응어리가 생겼다. ~~더 이상 웃을 수는 없다.~~ 침묵.

아, 아, 4. 3 Shin 현수's poema

제주시 일도리 23 이도리 53 도남리 27 상도리 46 용담리 45 건입리 47 화북리 343 삼양리 217 도련리 185 용강리 134 봉개리 269 회천리 122 아라리 203 영평리 127 월평리 71 오라리 238 오등리 104 연등리 101 노형리 523 해안리 83 외도리 62 내도리 24 도평리 147 이호리 345 도두리 276 서귀포시 동흥리 52 법환리 16 보목리 2 상효리 38 서귀리 47 서호리 21 서흥리 136 신효리 33 토평리 92 하효리 39 호근리 62 강정리 162 대포리 37 도순리 58 상예리 81 색달리 65 영남리 55 용흥리 2 월평리 19 중문리 105 하예리 38 하원리 52 회수리 44 북제주군 귀덕리 39 금능리 13 금악리 150 대림리 25 동명리 51 명월리 133 상대리 14 상명리 54 수원리 15 옹포리 1 월림리 2 한림리 43 월령리 1 한수리 1 협재리 11 고산리 50 금등리 4 낙천리 33 두모리 22 산양리 1 신창리 6 용수리 17 저지리 115 조수리 53 청수리 107 판포리 19 고내리 34 고성리 87 곽지리 24 광령리 181 구엄리 39 금덕리 104 금성리 8 남읍리 70 상가리 49 상귀리 67 소길리 65 수산리 76 신엄리 40 애월리 55 여도리 136 어음리 65 장전리 99 송당리 83 연평리 9 월정리 50 종달리 92 평대리 37 하도리 148 한동리 28 행원리 102 교래리 74 대흘리 131 북촌리 424(479) 신촌리 173 선흘리 215 동일리 50

무릉리 65 보성리 34 상모리 56 신도리 65 신평리 92 안성리 39 영락리 39 인성리 21 일과리 38 하모리 85 남원리 101 수망리 102 신례리 89 신흥리 122 위미리 56 의귀리 248 태흥리 98 하례리 37 한남리 110 고성리 69 난산리 98 삼달리 15 성산리 14 수산리 131 시흥리 14 신산리 11 신양리 7 신천리 2 신풍리 27 오조리 53 온평리 15 감산리 79 광평리 27 덕수리 36 동광리 157 사계리 33 상창리 103 상천리 57 서광리 94 창천리 60 화순리 25 가시리 411 성읍리 75 세화리 33 토산리 163 표선리 13 하천리 4 도외본적 56 검열의결과.

제주 4.3. 사건의 진상을 말한다. 보수정권 하에서 침묵을 강요당했다. 참여정부에서 과거사진상조사 그리고 노무현 대통령이 현지에서 직접 사과했다. 이런 작업이 계속되어야 한다. 과거사 위원회는 부활하여야 한다. 이런 소리가 들린다.

왜 제주도에는 기독교도가 없는가?
RheeSM 이 동원한 서북청년단이 제주도 양민을 학살. 희생자의 80%는 군경을 비롯한 토벌대의 책임. 그런데 서북청년단은 대부분 남하한 개신교 신자들, 좌파에 대한 증오심이 가득. 제주도 할머니들은 아직도 기독교를 불편해 한다. 개신교의 해외선교는 제주도부터? 아니 제주도를 그대로 놔두어라. 먼저 사과부터 해야 한다. 기독교의 직접적인 책임이 아니라고 할 수도 있지만 해방 후 개신교 청년들의 공산당 내지는 좌익에 대한 적극적인 적개심이 폭력적으로 분출된 역사를 인정해야 한다. 먼저 기독교가 사과하고 진심으로 눈물로 사과하고 그 바탕 위에서 조심스럽게 낮은 자세로 선교를 하면 정말 제주도는 복음의 섬이 될 수도 있을 것이다? 사죄만 하고 선교는 하지 않았으면 좋겠다. 미신을 믿어서 그렇다는 설명? 전통신앙을 폄하하지 말자.

****

중국 한대(漢代)의 역사가 사마천(司馬遷)을 생각한다. 그는 불온하고 급진적인 블랙리스트의 인물이었다. 사기열전의 첫 번째 기록이 되는 백이열전'A Biography of Boyi and Shuqi'伯夷列傳중에 유명한 문장이 있다. 이 문장을 처음 읽은 것이 1979 년의 봄이었다. 이상할 정도로 학교는 조용했다.
"누군가가 말하기를 "하늘의 도(天道)는 사(私)가 없으니 언제나 선한 사람의 편이 된다(天道無親, 常與善人)" 하였다. 'It is Heaven's way to have no favorites but always to be on the side of the good man.' -이렇게 한문 영어를 대조해서 읽어 보면 그 의미를 더 잘 알 수 있다.- 그렇다면 백이와 숙제는 가히 선한 사람이라 해야 하나 아니라 해야 하나? 어짐을 쌓고 품행을 고결히 하였지만 이처럼 굶어죽고 말았으니 말이다. 또 공자의 70 제자들 중에서 공자는 오직 안연(顔淵)만을 배우기를 좋아한다 하였는데 그럼에도 불구하고 안연은 자주 양식이 떨어졌으니 지게미와 쌀겨로 연명하다가 결국 굶어 요절하고 말았다. 하늘이 선한 사람에게 베풀어준 것이 정녕 무엇이란 말인가? 도척(盜跖)은 매일 같이 무고한 사람을 죽이고 사람의 간으로 회를 쳐 먹고 포악 잔인한 짓을 하며 수천 명의 도당을 모아 천하를 횡행하였지만 끝내 천수를 누리고 살았다. 그것은 무슨 덕으로 그렇게 되었는가? 이런 것들은 크게 드러나는 것들로 명백한 것들 만이다. 근세에 이르면 방자하게 행동하며

246

하지 말아야 할 일들을 멋대로 저지르면서도 종신토록 안락하게 살 뿐 아니라 부귀가 대를 잇는 자가 있는가 하면 발걸음 하나도 가려 밟고 때가 되어서야 말을 하고 행동은 첩경을 찾지 않고 공명정대하지 않으면 나서지 않는 자도 화를 입고 재난을 당하는 자가 이루 헤아릴 수 없이 많다. 나는 심히 의혹하노니 이른바 하늘의 도란 옳은 것인가 그른 것인가(余甚惑焉. 儻所謂天道, 是邪非邪)?"

余甚惑焉(여심혹언) *나는 심히 당혹스러우니*
儻所謂天道(당소위천도) *이른바 하늘의 도라고 하는 것이*
是邪非邪(시사비사) <u>옳은가, 그른가?</u> *이 번역이 마음에 들지 않았다.*
I find myself in much perplexity.
Is this so-called Way of Heaven 天道 right or wrong? *이 번역도 마음에 들지 않았다.*

惑은 어떻게 이해해야 하나? 먼저 confuse, mislead, baffle, doubt 헷갈리고 당혹스럽고 의심이 간다. 이 모든 것 이상의 강한 부정적 감정과 판단을 사마천은 던지고 있다. (疑惑) be puzzled 그리고 (蠱惑) delude(미혹시키다, 잘못 생각하다, 착각하다) 天道常與善人. 이건 착각이야. 天道常與惡人.

난 참 바보같이 살았군요. 난 참 우~우~ 난 참 바보처럼 살았군요.. 우~우~우~
이런 기분을 사마천은 역사를 쓰면서 강렬하게 느꼈을 것이다. 이 말은 유럽인들이 신이 없거나 원래 신은 악한 존재가 아닐까 하는 그런 의심을 품는 것과 유사할지도 모른다.

다시 옆 광장으로 간다. 사람들이 많다. 전인권과 함께 부르는 노래는 슬프다.
지나간 것은 지나간 대로 / 그런 의미가 있죠
떠난 이에게 노래하세요 / 후회없이 사랑했노라 말해요
이런 가사를 붙여 더 부르려다가 주위의 험악한 표정에 그만 두었다.
후회가 왜 없겠나, 모두 후회뿐이지, 후회면 좋게, 모두 절망뿐이지.

邪(Xie). 이 글자는 간사하다 치우치다 바르지 못하다. 이런 부정적인 단어이다. 따라서 사기의 이 번역도 "난 지금까지 참으로 바보같이 착각 속에서 잘못 생각하고 살았고 그것이 당혹스럽다. 사람들이 말하는 소위 하늘의 도는 원래 부당(不當)한 것일까 그래도 바른 것이라고 생각해 줄 여지가 있는 것일까" 너무 지나친 해석일까? 잘 모르겠다. 그래도 이렇게 부정적으로 바라보아야만 그의 분노가 다소라도 경감되는 것은 아닐까. 사마천의 마음 속 깊이 내려가 보면 그의 분노가 아주 현대적이란 생각이 든다. 희노애락(喜怒哀樂)의 노(怒)는 중국철학에서 하늘의 감정이다. 부정적 감정이 아니다. 이 분노는 아킬레우스의 분노 menɪn 와 무엇이 같고 무엇이 다를까? 다른 거야.

****

세상을 어둡게 바라보는 비관주의자 카프카에게 친구인 막스 브로트가 물었다: "그러면 자네 생각으로는 이 세상에 희망이 없다는 말인가?" 카프카가 대답했다: "희망은 세상 어디에나 있지. 하지만 그 많은 희망들은 우리를위한것이 아니라네." "There is an infinite amount of hope in the universe … but not for us." 벤야민의 해석: "이 문장은 실제로 카프카의 희망을 내포하고 있다네. 그것이 그의 빛나는 명랑성의 원천일세." – '실패한 자', '좌절한 자'의 순수성과 아름다움(최성만 기억의 정치학) 같이 커피를 마시던 친구가 말한다. 최성만 교수님 감사합니다. 많이 배웠어요. 벤야민의 급진성을 이해하지 못하고 문예비평가로만 접근하는 한국의 현실에 대해 탄식하셨죠. 그리고 벤야민은 이렇게 스스로 말했다. "오로지 희망없는 자들을 위해 우리에게 희망이 주어져 있다." (친화력 에세이) 나를 위한 이기적 희망은 이 세상에서 불가능하지만 내가 다른 사람을 위해 가지는 희망은 도처에 있으며 실현 가능하다. Amen.

카라마조프의 형제들에서

　　내가 섬김을 받을 만한 자격이 있나요? 만일 내가 사는 것이 하느님의 뜻이라면, 나는 여러분들을 섬길 거에요. 왜냐하면 모든 사람들은 서로 섬겨야 하기 때문이에요. <사진 2-1>은 어디에 있나요? 삭제하라.

주대환 죽산조봉암기념사업회 부회장의 좌파논어의 책표지:
논어는 연대다. 서로를 위로하고 의지하고 격려하는 '연대의 언어'다. 공자는 당을 만든 사람이다. 그 당의 강령은 인이고 전략은 예와 악이다. 그 당원은 군자다.
이렇게 써보면 어떠한가?
論語는 連帶다. 서로를 慰勞하고 依支하고 激勵하는 '連帶의 言語'다. 孔子는 黨을 만든 사람이다. 그 黨의 綱領은 仁이고 戰略은 禮와 樂이다. 그 黨員은 君子다.
일본사람들의 문자생활은 위의 글과 비슷하니, 거치른 직역은
論語は連帶だ。お互いを慰勞し依支して激勵する「連帶の言語」だ。孔子は黨を作った人である。その黨の綱領は、仁であり、戰略は禮と樂ある。その黨員は君子だ。
근래 한국인의 언어생활이 바뀌었으니,

248

논어(論語)는 연대(solidarity)다. 서로를 위로하고 의지하고 격려하는 '연대의 언어'다. 공자(孔子)는 당(political party)을 만든 사람이다. 그 당의 강령은 인(仁)이고 전략(strategy)은 예(禮)와 악(樂 music)이다. 그 당원은 군자(君子)다.

잠시 그동안 읽었던 檮杌도올 김용옥의 책을 정리해 보았다. {

<여자란 무엇인가>(1986) <동양학 어떻게 할 것인가>(1990) <노자와 21 세기>(1999)

<중용, 인간의 맛>(2011) <맹자, 사람의 길>(2012), 금강경강해, 석도화론, 도올의중국일기, 논어한글역주 1 2 3, 중용한글역주, 효경한글역주, 대학학기한글역주, 도올의로마서강해, 도올의도마복음한글역주, 요한복음강해, *마가복음강해 추가*

}

심지어 그를 비판하는 책까지 모두 읽었으니 이 정도면 당신은 그의 열성적 독자라고 할 수 있겠다. 동양철학은 잘 모르지만, 물론 다른 것도 무지하지만, 꾸준히 관심을 가지고 있었다. 중용이 무엇인지 그것을 이해하려는 장기적 노력이었다고 하겠다. K 박사의 평을 요약 소개하면, "김용옥(도올)이 가장 낫다. 레토릭(수사학)이 독창적이다. 그의 책을 다 봐라. 다른 사람이 그를 질시하는 건, 스타가 됐기 때문이다. 그는 정통적으로 배웠고, 그래서 보수적이다(??). 그가 있다는 건, 우리에겐 축복이다. 『여자란 무엇인가』를 권한다. 그걸 읽으면 훅 간다. 인문서는 서문이 중요하다. 프롤로그는 최강이다. 재미있다."

그리고 다큐멘터리 '도올이 본 한국독립운동사'와 최근의 여순항쟁 강연이 인상적이었다. 독립운동이 아니라 이제는 독립전쟁으로 불러야 하지 않을까, 그것은 항명이 아니라 부당한 명령의 거부라고 불러야 할 때가 왔다. 공포의 조건 하에서 많은 이들은 명령을 따랐지만 어떤 이들은 따르지 않았다, 나찌 시대의 안톤 슈미트처럼. 역사는 사실의 나열이 아니라 그 해석이고 이제는 해석을 넘어서 행동을 해야하는 것은 아닐까?

오형준이 이런 자료를 찾아 왔다.

밀그램의 선구적 저작 《권위에의 복종 Obdience to Authority》(1974)
캘먼 Herbert C. Kelman 과 헤밀턴 V. Lee Hamilton 의 《복종 범죄 - 권위와 책임의 사회심리학에 대하여 Crimes of Obedience: Toward a Social Psychology of Authority and Responsibility》(1989)
인도에 반하는 상당수의 대범죄들이 복종의 이름으로 자행되었다는 주장으로 시작한다.

캘먼과 해밀턴은 "권위가 도덕이나 법의 경계를 넘어서는 명령을 내릴 때 종종 뒤따르는 결과"에 초점을 맞추어, 자신들이 "복종 범죄"라고 부르는 것이 역사 전반에 걸쳐 명백히 반복되었음을 설명하려고 한다. 그들의 정의에 따르면, "만일 행위자가 그 명령이 불법임을 알고 있거나 혹은 어떤 분별이 있는 사람(특히 행위자의 위치에 있는 어떤 사람)이 그

명령이 불법임을 '알고 있다'면" 복종 행위는 복종 범죄가 된다. 그리고 만일 상관이 내린 그 명령이 폭력 행위를 유발하거나 폭력을 정당화한다면 복종 행위는 범죄가 된다.

서경식은 계속 이야기하고 있다. 그의 말을 들어 보자.

어떤 친위대원은 강제수용소에 관한 진실을 어차피 누구도 믿어주지 않을 것이라며 수인들을 조롱했다고 한다. 그 조롱은 어느정도 적중했다. 계획적인 증거 인멸도 있었다. 가해자의 끈질긴 부인도 있었다. 그러나 무엇보다 실제 일어난 일이 너무도 믿기 어렵기 때문에 조롱하는 친위대원을 두둔하는 것이리라. "가스실에서 수백만 명이나 학살되었다고? 그게 말이 되나……"

1992년 8월 역사상 처음으로 일본군 '위안부'였다는 산증인이 나타났다. 한국의 김학순 할머니였다. "'위안부'는 업자가 끌고 다녔다"는 일본 정부의 국회 답변을 듣고, 그녀는 그런 허위가 사실로 정착되는 것을 보고 있을 수 없었다고 기자회견에서 밝혔다.

"가해자가 사실을 인정하기만 하면 이렇게까지 하지 않아도 됐을 것이라는 분노가 치밀어 올랐다. 김학순 할머니 이후 한국만이 아니라, 북조선, 타이완, 중국, 필리핀, 인도네시아 등 과거 일본군의 침략과 군사 점령을 당했던 아시아의 각국, 각 지역에서 일본군이 일으킨 전쟁의 피해자 고백이 계속 이어졌다. 아무튼 나는 산증인이 나타난 이상 이제 사실을 부정하려는 자는 없어질 것이라고 순간 생각한 적도 있었다. 하지만 그것은 너무도 안일한 판단이었다." 저강도 분노가 고강도 분노로 폭발하는 순간입니다.

산증인들이 나타나고 일본·일본군의 관여를 증명하는 증거자료가 발견되어, 일본 정부는 애매하긴 해도 종래의 공식 견해를 바꿔서 '위안부'제도의 '강제성'을 인정했다. 하지만 국가의 법적 책임을 인정하지 않고 공식적으로 사죄하거나 보상에 응하려 하지는 않았다.

"증인이 없는 것이 아니다. 증언이 없는 것이 아니다. '이 편'의 사람들이 그것을 거부하고 있을 뿐이다. 그로테스크한 것은 '이 쪽'이다." 누가 이쪽의 사람인가? 성노예 범죄를 부인하는 일본, 파리 학살을 왜곡하는 프랑스, 그리고 그리고 많은 지배계급의 사람들. 부끄럽다. 그들을 대신하여 수치심과 부끄러움을 느끼고 있다. 아주 오랜 시간 동안. 베를린의

유태인 뮤지엄을 갔다. 다크 투어리즘이라는 말도 있다.

이 얼굴들은 웃고 있는가, 울고 있는가? 그들은 비명을 지르고 있다. 사람의 얼굴을 밟는 다는 것은 그것이 그저 철물이라고 해도 고통스러운 체험이다. 절그럭거리는 소리가 인간 의 비명으로 들린다. 우리는 그동안 이들을 애써 외면하고 있었다. 이 죄를 무엇으로 씻을 수 있을까? 불가능하다. 레비나스가 말한다. 구원은 불가능하다. 행복도 불가능하다.

불가능하다. 신도 용서해 줄 수 없_없다.

내가 가해자의 일원이라는 것을 느끼고 오다. 양심의 가책. 우연히 발견. 스타벅스 길 건너.

III 연대기 기술자

Der Chronist,/ welcher die Ereignisse hererzählt,/ ohne große und kleine
The 연대기 기술자 who   the 사건들   기록하다,   without 大   and 小

zu unterscheiden,/ trägt damit der Wahrheit Rechnung,/ daß nichts was sich
to distinguish 구별하다 take the following 진리 into account, that nothing which has

jemals ereignet hat,/ für die Geschichte verloren zu geben ist. Freilich fällt/
ever   happened,   for the 역사   is to get lost   Certainly be granted

erst der erlösten Menschheit ihre Vergangenheit vollauf zu. Das will sagen:
only to the redeemed 구원된 인류   그   past 과거   fully.   That is to say,

erst der erlösten Menschheit/ ist ihre Vergangenheit/ in jedem ihrer Momente/
only for the redeemed humanity,   그   past 과거   in each of its moments

zitierbar geworden.   Jeder ihrer gelebten Augenblicke/ wird zu einer citation/
has become citable 인용. Each of its   살았던   순간들   becomes a   citation

à l'ordre du jour   - welcher Tag/ eben der jüngste ist.[2]
à l'ordre du jour 일정표- that day is the judgement day 심판의 날.

영어 The chronicler who narrates events without distinguishing between major and minor ones acts in accord with the following truth: nothing that has ever happened should be regarded as lost to history. Of course only a redeemed mankind is granted the fullness of its past-which is to say, only for a redeemed mankind has its past become citable in all its moments. Each moment it has lived becomes a *citation à l'ordre du jour.* And that day is Judgment Day.

---

[2] A chronicler who recites events without distinguishing between major and minor ones acts in accordance with the following truth: nothing that has ever happened should be regarded as lost for history. To be sure, only a redeemed mankind receives the fullness of its past-which is to say, only for a redeemed mankind has its past become citable in all its moments. Each moment it has lived becomes a *citation a l'ordre du jour*-and that day is Judgment Day.(아렌트)

아케이드 프로젝트에서

N 1a, 3: 적극적인 것과 소극적인 것, 소극적인 것 안에서 다시 적극적인 것을 찾기. 과거 전체가 어떤 알려지지 않은 역사의 복원 Apokatastasis 속에서 현재에 참여할 때까지. 역사에서 신학의 유용성.

N 1a, 6: 문화 속에서 어떻게 경제가 표현되는가를 서술할 것.

불어 Le chroniqueur qui narre les événements,/ sans distinction entre les grands et les petits,/ tient compte, ce faisant, de la vérité que voici : de tout ce qui jamais advent/ rien ne doit être considéré comme perdu pour l'histoire.

The chronicler who narrates events, without distinction between the large and the small, takes into account, in so doing, the following truth: of everything that ever happened nothing should be considered as lost to history.

Certes/ ce n'est qu'à l'humanité délivrée 구원된/ qu'appartient pleinement 충분히 son passé. C'est dire que pour elle seule,/ à chacun de ses moments,/ son passé est devenu citable 인용. Chacun des instants qu'elle a vécus/ devient une citation à l'ordre du jour – et ce jour est justement le dernier.

분명히, it is only to redeemed humanity that its past fully belongs. It is to say that for her(인류) alone, at each of her moments, her past has become citable. Every moment 인류 has lived becomes a quote on the agenda - and that day is just the 마지막(심판의 날).

이태리어 Il cronista/ che enumera gli eventi,/ senza distinguere tra grandi e piccoli,/ tiene con ciò conto della verità/ che per la storia 역사/ nulla va perduto 실종/ di quel che è avvenuto tempo fa. Certo, solo sull'umanità redenta/ ricade del tutto/ il proprio passato. Vale a dire,/ solo l'umanità redenta/ può citare il proprio passato/ in ciascuno dei suoi momenti. Ognuno dei suoi attimi vissuti/ diventa una citation/ à l'ordre du jour – giorno che è quello del giudizio 심판.

The chronicler who enumerates events, without distinguishing between big and small, takes into account the truth that nothing is lost for history from what happened in the past. Of course, only on the redeemed humanity falls completely its own past. That is to say, only redeemed humanity can quote its own past in each of its moments. Each of his lived moments becomes a citation à l'ordre du jour - the day which is the judgment day.

사건의 크고 작용을 구별함이 없이 모든 사건을 처음부터 끝까지 이야기하는 연대기 기술자는 다음과 같은 진실, 즉 이 지상에 언젠가 일어난 모든 일은 하나도 빠짐없이 역사에서 주목되어야 한다는 사건의 경중(輕重)을 구별하지 않고 모든 사건들을 기록하는 사관(史官), 즉 연대기 기술자는 과거에 언젠가 일어났던 것들이 그 어느 것도 역사(歷史)에서 상실되어서는 안 된다고 하는 진리(眞理)를 중요하게 고려하고 있다. 물론 인류(人類)에게는 그들이 구원되고 난 후에야 비로소 그들의 과거가 완전하게 주어진다. 다시 말하면, 구원된 인류에게만 비로소 그들 과거의 매 순간순간이 언급되고/기억되는(cited) 것으로 된다는 뜻이다. 그들이 살았던 모든 순간들은 그 날, 즉 최후 심판의 날에 의사일정(議事日程)의 인용대상이 된다. (또는 日程表의 인용문)

Fire Alarm 35p

a history that excludes no detail, no event, however insignificant, **and for which nothing is 'lost'. the ultimate salvation of all souls without exception.** 강증산의 철학이네요. 응. **the return of all things to their original state - in the Gospels, the re-establishment of Paradise by the Messiah.**

****

"빙하는 제 속에 바람을 얼리고 수세기를 도도히 흐른다."
극점 도달 등반가들 설산의 눈 주워 먹으며 말 한다. 몇 백 년 동안 녹지 않았던 눈들 우리 지금 먹고 있는 거야. 얼음의 세계 갇힌 수세기 전 바람 먹는 것이지. 이 바람 도달하려고 사람들 수세기 동안 거룩한 인생에 지각을 하기 위해 산을 떠돌았어. 김경주는 바람의 연대기는 누구는 다 기록하는가 읽었다.

* * *******************

하늘의 나쁜 기억력을 진심으로 찬양할 지어다! 찬양한다.
하늘이 그대들의 이름도 이름을 이름조차도
얼굴도 모른다는 것을, 아무도 그대들이 그대들이
여기 있다는 것을 모른다는 것을 찬양할 지어다! 찬양하고 싶다.
- Brecht : 위대한 감사송

제주 4.3 과 함께 기억해야 할 사건이 있다. 반란으로 아직도 기억되는 4.3 과 같은 시기의 역사적 비극 여순사건/여순항쟁. 김득중의 책을 다시 읽어 본다. 먼저 근원으로 거슬러 올라가 보자.

****

아우슈비츠는 남의 이야기가 아니다. 한국에도 아우슈비츠가 있었다. 이 충격이 이 책을 쓰게된 계기라고 할 수가 있겠다. 피하려고 해도 이 문제를 피할 수가 없다. 피하고 싶어

하는 것은 불가피하나 피할 수는 없다.

아우슈비츠가 다른 나라의 일이 아니라 "우리의 일"이었다. 제노사이드는 동학농민전쟁부터 한일합방 때까지 또 있었다. 그리고 만주에서 조선인 학살, 관동대지진에서의 학살을 보기 시작했고 1940 년대 만주에서 조선인으로 구성된 "간도토벌대"가 항일독립군을 학살했다는 것 그리고 이들의 삼광(三光)전략이 제주도 양민학살 때 쓰였고 이 제주도 학살은 다시 월남전으로 그리고 다시 광주의 공수부대로 연결된다는 그 무서운 연속성을 보게 되었다.(오월의 사회과학을 읽어보세요.) "우리"(남한의 반공교육으로 세뇌된 국민)가 가지고 있는 무서운 생각은 박정희가 만주에서 공산당과 싸웠다는 것이다. 그러나 당시 독립운동을 하던 세력의 대부분은 좌익이었기에 공산당 토벌 이런 말을 할 수가 없는 것이다. 부끄러운 일이다.

한국역사의 아우슈비츠(개신교 대 무교): 일본의 제노사이드, 4.3 과 여순, 유신이라는 야만, 신사참배와 서북청년단과 한경직. 감리교 최태육 목사가 쓴 민간인 학살과 기독교. 황석영의 손님. 전필승 목사의 창씨개명, 친일목사들의 친미파 전환, 미국을 고리로 기독교와 친일파가 연합하여 반공을 밀고 나가다. 적산불하를 친일파와 개신교에게. 해방촌의 해방교회. 1%의 기독교신자 그러나 40%의 장관이 기독교 신자. 사상검증을 통해 양민을 선택 빨갱이 사냥을 목사가 결정. 태극기 집회의 성조기는 목숨 보전을 위한 부적이었다. 50년대 이후의 박태선과 부흥회(기독교의 무속화). 진보 개신교를 견제하기 위해서 빌리 그래함을 초청한 박정희, 자유 십자군 파월 군인이 유신 십자군이 되다. 무교에서 넘어온 최태민의 등장. 참고 자료:

태극기 집회에 왜 보수대형교회신자들이 나오는가? 이 문제를 신학적으로 또 교회사敎會史의 관점에서 연구해 볼 가치가 있다. 문제는 이 문제를 연구하는 사람이 많지 않다는 문제가 문제라고 해야 하는 세상이다.

일본군의 후예, 친일 경찰, 일본에 굴복하여 신사참배한 개신교도들이 해방 후에 대한민국의 주축이 되었다는 점에서 부끄러운 역사임에는 틀림없다. 정신 승리의 비틀린 추악함. 능력이 없음을 인정하지 않는 사회, 할 수 있다고 정신력을 찬양하는 사회. 합리성을 파괴하고 부정하는 이런 정신이 아직도 한국사회의 특히 노장년 세대의 중요한 일부이다. 군국주의 일본과 얼마나 닮았는가? 이제는 이런 모든 것들을 버릴 때가 되었다.

나중에 집중적으로 보겠지만, 일단 일본이 한국현대사에 남긴 상처의 하나로 신사참배와 극우개신교의 탄생을 검토해 보자. 태극기 집회의 보수기독교인의 뿌리가 이것이다.

오형준은 최근 한국 교회사를 연구하고 있다. 진보적 신학자들의 "무례한 자들의 크리스마스"를 추천하기에 읽어 보았다. 누가 권했소? 말할 수 없어요.

대부흥운동 이전의 기독교 팽창은 '러일전쟁'의 직접적인 결과라는 사실이다. 당시 일본군의 진군루트이자 병참기지였던 이 지역에는 군대폭력이 상당했다. 바로 이런 군대폭력이 많은 사람들을 교회로 이끌었다고 봐야한다. 교회는 미국인 선교사들 덕에 일본군대의 직접적인 폭력을 피해 갈 수 있는 상대적으로 안전한 공간이었다. 게다가 선교사들은 신자들에게 쌀을 제공함으로써 전쟁기간은 물론, 전후에도 교회는 삶의 안전이 보장될 수 있는 최적의 공간이었다.(284p 김진호) 평안도 사람들이 교회를 찾았던 것은 '洋大人(양대인) 의식'에서 였다. 양대인은 구한말 서구열강을 등에 업고 권력을 행사했던 선교사들의 별칭이었다. 양대인들이 탐관오리보다 낫다는 의식이 생겨났다. 어떻게 보면 양대인 의식은 사대주의의 변형이었고, 여기에서 한국 기독교의 특징인 '힘에 의존하는 신앙'이 싹텄다고 할 수 있다. (287p 최형묵)

일제는 애국인사들의 활동 거점이었던 교회가 눈에 거슬렸다. 일본의 협조를 받지 않고는 종교활동이 어렵다는 것을 깨달은 선교사들은 교인들의 눈을 돌릴 만한 곳을 찾았다. 바로 그게 평양대부흥운동이었다. 양쪽의 이해관계가 잘 맞아떨어진 초대형 이벤트였던 것이다. (285p 백찬홍)

평양대부흥운동을 비정치적 신앙운동이라고 하는데 이것은 잘못된 견해다. 선교사들은 평양대부흥운동 당시 비정치화를 표방했으나 오히려 고도의 정치적 효과를 노렸다. 일제에 순응적인 신앙을 주입시키고 이런 신앙을 내면화하는 계기로 삼았던 것이다. 이 대부흥운동을 계기로 선교사들이 헤게모니를 장악했다고 볼 수 있다. 그렇게 보면, 한국 교회는 처음부터 정치적이었다. 그리고 그런 추세가 해방 이후 독재정권으로 이어진 것이다. 물론 민주화 이후에는 다른 방식으로 표현되고 있지만, 그 이전까지는 대체적으로 비정치화를 통한 '역설적 정치화'로 설명할 수 있을 것이다. (283p 최형묵)

그런데 1930년대 후반 재미있는 일이 벌어진다. 일제와 우호적인 협력관계를 맺어왔던 선교사들이 신사참배 건으로 충돌을 빚었고 끝내 일제에 의해 추방을 당한다. 지속되던 뒷거래는 끝났고, 종교 권력에 공백이 생기게 된 것이다. 이때 김재준 목사를 중심으로 조선신학교가 설립된다. 학교설립에 즈음 김 목사가 기초한 5개 강령은 선교사들이 장악했던 권력을 자주화시키려는 노력이었다. 아이러니컬하지만 서양 학문을 통해서 서양 선교사들의 권력을 해체시키는 작업이었다. 그러나 김재준 목사의 시도는 충분히 성공하진 못했다. 해방이 되고나서, 보수적인 학생들이 김재준의 자유주의 신학을 고발하는 사건이 벌어진다. 이 학생들은 대부분 서북지역 출신이 아니었다. 즉, 교회는 이미 오래전에 범서북화가 이루어져 있었던 것이다. 교파분열이 그렇게 심한 데도 신앙과 신학은 서북지역의 것으로 표준화되었다는 점이 한국 기독교의 특징인데, 이것은 평양대부흥운동의 효과로 볼 수 있다. 286p 김진호

김진호는 개신교의 반공과 미국 우선주의를 이렇게 설명한다.

한국 기독교가 유교와 결합한 것이 아니고 원래부터 질이 안 좋은 기독교로 시작했다. 힘에 대한 지향성이다. 우상숭배를 극단적으로 거부하는 근본주의와 신사참배는 불행한 만남이었다. 일본 식민주의가 잘못된 정책을 펼치자 이에 저항을 했다. 문제는 저항한 인사들이 극소수였다는 점이다. 70 여 명이 수감되었다가 20 여명 살아서 출옥했을 뿐이다. 신사참배 때 대다수 기독교인들은 근본주의 신앙을 수용했음에도 불구하고 신사참배를 그대로 승복했다. 이것은 큰 상처였다. 강한 신앙과 강한 정책이 부딪치고 한쪽이 일방적으로 관철되었으니, 이러한 신앙의 위기는 많은 기독교도들에게 트라우마로 남게 되었다. 그 상흔은 공산주의라는 새로운 악마를 발견하면서 (그들의 죄의식을 외부로 투사하여) 극렬한 반응을 보였고 공격성으로 표출되었다. 신사참배에 승복한 얼치기 악마인 자기들과는 다른 진짜 악마를 찾아낸 것이다. (자신들의 재산을 지키기 위해 주님을 배신하면서까지 일제에 타협했는데 해방 후 토지개혁으로 재산을 빼앗기게되자 이에 더 격렬히 저항했고 결국 그들은 이남으로 추방되었다. 재산을 빼앗긴 좌절감이 더 큰 것이었는지 궁금하다.) 트라우마로 인한 병증이 그토록 빠르게 해소되고, 기독교가 잘 통합된 집단처럼 동일한 신념, 동일한 윤리관, 동일한 세계관을 가진 동질적 집단이 된 것은 바로 이러한 증오의 정치와 깊은 관련이 있다. 반공주의는 한국 기독교의 전매상표가 되었다. 288-289p

교회는 대부흥운동을 기념하면서 길선주, 주기철 같은 인물들을 부각시키고 있다. 이들은 평양대부흥운동과 관련이 있고 신사참배를 거부했던 이른바 순교했던 인물들이다. 사실 한국 교회가 신사참배에 대해 역사적 참회는 제대로 하지 않으면서 대부흥운동과 이들을 집중적으로 연계시키는 것은 잘못이다. 성서적으로 회개는 과거의 잘못을 반성하고 기득권을 포기하고 새롭게 출발하는 것이다. 그런데 한국 교회는 기득권은 움켜진 채 정통성을 조작하고 역사를 왜곡하고 있다. 백찬홍

후발대형교회는 수구교회와는 다르다고 생각하지만 전체적으로 친미적 요소는 물론이고 자기 기준에 따라 타인, 타문화를 교화의 대상으로만 여긴다는 점에서 그 배타성은 선발대형교회와 차이가 없다. 다만 다른 것은 대중들에게 접근하는 방식이나 행동이 보다 세련되고 설득력 있는 외양을 띠고 있다는 점이다. (305p 김진호) 이것도 연구해 보자.
이런 기록을 발견했다. 과거를 조사하면 부끄러운 일뿐이다.

한국전쟁에서 기독교 신자들 P.188 하나님을 믿는 강원용은 '과연 기독교 신앙이라는 것이 무엇인가' 하는 심각한 질문을 상기시키지 않으면 안 될 참담한 사건마저 목격했다. 그는 그 장면을 '지옥'이라고 했다.
"1951 년 1 월에 접어든 후로 교역자들을 제주도로 피난시킨다는 계획이 수립되었다. 미군측에서 큰 수송선 하나를 내줘 우선 목사와 그 가족들을 제주도로 옮긴다는 것이었다, 그

런데 내가 NCC에서 활동하고 있던 관계로 수송선에 탈 목사와 가족들을 인솔하는 책임을 맡게 되었다. ...... 그러나 부둣가에 도착한 나는 눈앞에 전개되고 있는 전혀 예상 밖의 상황에 그만 입을 딱 벌리고 말았다. 그것은 그대로 아비규환의 수라장이었다, 어떻게 알았는지 장로들까지 몰려와 '어떻게 목자들이 양떼를 버리고 자기들만 살겠다고 도망칠 수 있느냐' 면서 달려들어 수송선은 서로 먼저 타려는 목사와 장로들, 그 가족들로 마치 꿀단지 주변에 몰려든 개미떼처럼 혼잡의 극을 이루고 있었다. 심지어는 자기가 타기 위해 앞에서 올라가는 사람을 끌어당기는 사람들도 있었고 여기저기서 서로 먼저 타기 위해 욕설과 몸싸움이 난무했다. 상황이 이처럼 난리판이 되자 헌병들이 와서 곤봉으로 내리치며 질서를 잡으려고 해도 사태는 좀처럼 나아지지 않았다.

P.189 다른 사람들도 아닌 목사들과 장로들이 서로 자기만 살겠다고 그런 추악한 모습을 보였다는 사실이 내게 다시 한번 '과연 기독교 신앙이라는 것이 무엇인가' 하는 심각한 질문을 상기시키면서 내 발걸음을 무겁게 했다. 기분이 그렇게 참담할 수가 없었다. 지옥이라는 것이 별 게 아니었다. 천당에 가겠다고 평생 하나님과 예수님을 믿어온 그 사람들이 서로 먼저 배를 타기 위해 보여준 그 광경이 바로 지옥이었다."

어느 날 다른 일을 취소하고 학술대회에 갔다. 열심히 받아 적었다. 이후 나는 벤야민의 아케이드 프로젝트를 현대적 방식으로 실천에 옮겼다.

한국전쟁전후 민간인학살 심포지움
전체사회 : 한홍구 (성공회대 교수)
13:00~13:10 인사말 : 김중배(참여연대 공동대표)
13:10~13:20 헌 시 : 이기형(시인)
사회 : 강창일 (배재대 교수)
13:20~13:40 주제발표 1 : "한국전쟁전후 민간인 학살의 실태"
발표자 : 강정구(동국대 교수)
13:40~14:00 주제발표 2 : "민간인 학살문제 왜, 어떻게 해결되어야 하나"
발표자 : 김동춘(성공회대 교수)
14:00~14:20 주제발표 3 : "민간인 학살사건에 관한 법적인 문제점과 해결방향"
발표자 : 강금실(변호사)

한국전쟁전후 민간인학살의 실태 강 정 구 (동국대학교 사회학과)

먼저 양적인 비교를 해 보겠다. 남한지역에서의 양민학살은 이승만 정권에 의한 학살이 1백만 명 수준, 좌익에 의한 학살이 공식적으로는 12만 9천 명 수준이나 이는 과장되었다고 보아야 한다. 미군에 의한 학살규모는 알 수 없다. 편의상 노근리 수준의 학살이 현재까지 접수된 40여 곳에 자행된 것으로 간주한다면 1,600명 수준이다. 실제 다른 곳은 노근리 만큼 숫자가 많지 않고, 미 신고 지역이 많은 점을 고려하면 미군의 경우 최대 숫자가 5천 명 이하일 것으로 추정된다. 북한지역에서는 미군과 국방군 등에 의한 40일 점령기간 동안의 학살이 공식적으로 17만 2천에 이른다. 북한정권과 중국군에 의한 북한양민의 학살은 제대로 알려진 것이 없다. 물론 중국군은 남한 내에서도 양민학살의 경우는 거의 없었던 것으로 알려졌다. 미군이 어쩔 수 없는 상황 때문에 노근리같이 양민학살을 할 수밖에 없었다는 상황논리는 중국군과 비교한다면 터무니없는 주장임이 여실히 입증된다. 전쟁 후반기에 접어들면서 북한은 미군의 초토화작전에 의해 전역에서 엄청난 양민학살이 이루어졌다. 앞에서 보았지만 신의주의 경우 주민 20 만의 2/3 가 미군의 야수적 폭격에 의해 학살되었던 점을 고려한다면 수 십만 명 수준으로 추정된다. 정부의 공식정책은 남한의 경우 이승만의 특별조치령이나 거창사건 등에 대한 그의 담화, 11 사단의 작전지 시 등은 학살을 만연하게 하는 원초적 요인이라고 볼 수 있다. 북한의 경우 친일파, 친미파, 악질반동 등을 북한 법과 재판에 의거 처단하게 규정되어 있고 고문 등을 금지하라는 내무서 지시사항 등을 볼 때 보다 절제된 학살이 진행되었을 것으로 볼 수 있다. 그러나 이 역시 후퇴상황에서는 제대로 지켜지지 않았던 것으로 보인다. 양민학살 자체가 국가폭력에 의해 대부분 일어 날 수밖에 없었으나 그 폭력행사의 적법성, 야만성, 강도 등에서 남북간의 차이가 컸다. 남의 경우 고삐 풀린 국가폭력이라면 북의 경우는 그나마 절제된 폭력이었다. 이런 발표였던 것 같다.

좌도 나쁘고 우도 나쁘다라는 논리는 이제 그만 하자. 학살의 비대칭성을 인식하기. 가해자는 모든 잘못을, 죽어서 침묵하는 피해자에게 전가한다. 증언해 줄 사람이 없거나 혹여 증언을 해도 인정하지 않는다. 그러다가 우파의 책임을 추궁하면, 그런 사실에 대해서 알지 못합니다. 전혀 인지하지 못했습니다. 알지 못하고 있습니다. 전혀 몰랐습니다. 저는 전혀 몰랐습니다. 전혀 모르는 사실이었습니다. 조금씩 다르게 말하고 있어 지루하지는 않다. 한국정치에서 우파가 저지른 학살이 압도적이다. 이것은 오랜 세월 반복된 패턴이다. 한국정치가 얼마나 불균형이었는지 아는 것에서 현대사는 시작한다.

제주 4.3 관련 책을 많이 읽었다. 순이삼촌부터 화산도까지. 그리고 더 충격적인 책을 발견했다. **이 책은 21 세기 한국의 최고명저로 선정될 만하다.** 여순사건을 아는가? **그들에게 학살은 유희였다.** 박완서: "국민들을 인민군 치하에다 팽개쳐두고 즈네들만 도망갔다 와가지고 인민군 밥해준 것도 죄라고 사형시키는 이딴 나라에서 나도 살고 싶지 않다"

황석영의 소설 "손님": 가해자는 강한 종교적·정치적 신념으로 학살 대상을 마치 곤충과 짐승을 죽이는 것처럼 쉽게 해치운다. 학살은 점차 습관이 되고 기계화되며 유희로 전락한다. (김득중) 김득중의 글에 붙은 댓글을 보았다. 균형을 중시하는 소위 도덕주의자의 지루할 정도로 똑 같은 말을 한번 들어 보고 그 반박의 논리도 찾아 보았다.

A: 중립적으로 균형있게 칭찬과 비판을 해야합니다. 편향된 이념과 정치적인 생각으로 한쪽으로 지우치면 안된다고 생각합니다. 북한의 적화통일을 위해 선량한 사람이 많이 희생되었지요. 3 대세습. 자유. 기본인권도 없는 북쪽에 대한 비판은 안하는게 이해가 안됩니다.

B: 이승만 비판글에 북한은 왜 비판안하냐는 분들은, 새누리당을 비난하면 북한은 비난안하고 왜 새누리당만 비난한다고 하실건가요? 조폭도, 연쇄살인마도? 무슨 이런 논리가 있

어요. 댁한테 구정물을 퍼부은 사람도 비난하지마세요. 먼저 북한을 비난하고 그 다음에 그 사람을 욕하는 것이 균형있는 태도니까요.

C: 권력욕에 사로잡혀 나라를 망쳐놓은 이승만을 비난하면, 왜 북한을 비난하지 않으냐며 말하는 정신 나간 사람들이 아직 있다는 것이 안타깝다. 3대세습 1인독재 전체주의 북한을 정상적인 나라로 누가 생각하나? 지금은 과거 보다 나아지고 있지만 여전히 왕권국가와 같은 비정상적 나라이다. 우리의 비판이 북한을 바꿀수도 없으니 안하는 것이지. 이승만, 박정희를 비판하면, 북을 지지하는 것으로 생각하는 세뇌된 인간들이 있어 나는 슬프다.

"빨갱이의 탄생 여순사건과 반공 국가의 형성. 김득중 지음." 구체적

인 것은 나중에 다시 보기로 하자. 언제? 제발 그런건 묻지 마시오. 내가 가장 충격적으로 읽었던 책이다. 소설만 읽지 말고 이런 책을 읽자. 한국은 유난히 소설이 많이 팔리는 나라다. 일부만 자세하게 인용해 본다.

'빨갱이'의 탄생. 제목이 무시무시하다. 먼저 읽어 보자.

여순사건은 대중 억압 체제로서의 반공체제를 건설하기 위한 결정적인 계기로 활용되었다. 여순사건에서 경험한 좌익 세력과 대중운동에 대한 공포 그리고 진압과정에서 작동된 국민형성의 논리는 대한민국을 반공사회로 만들어가는 주요한 경험과 근거로 작용했을 뿐만 아니라 이후 남한 반공체제의 기본적인 구조와 작동 원리를 제시했다.

'빨갱이'란 단지 공산주의 이념의 소지자를 지칭하는 낱말이 아니었다. '빨갱이'란 용어는 도덕적으로 파탄 난 비인간적인 존재, 짐승만도 못한 존재, 국민과 민족을 배신한 존재를 천하게 지칭하는 용어가 되었다. 그렇기 때문에 공산주의자는 어떤 비난을 하더라도 감수해야만 하는 존재, 죽음을 당하더라도 마땅한 존재, 누구라도 죽일 수 있는 존재, 죽음을 당하지만 항변하지 못하는 존재가 되었다. .... 대한민국은 국가에 대한 헌신의 증

261

표로써 **국민**들의 땀만을 요구한 것은 아니었다. '땀'이 **국민**으로서의 포섭과 충성의 징표라면, 배제된 쪽에는 공산주의자로 낙인찍힌 사람들의 '피'가 흘렀다. **대한민국 국민 형성의 역사는 장밋빛 대로가 아니었으며, 그 길은 피로 물들여져 있었다.** 流血이 낭자하다 이런 표현을 아시오? '이리낭'(狼) '깔개자'(藉). 직역하면 '이리가 머물던 자리'라는 뜻. 이리는 성질이 사나워, 가축을 해치는 일이 많았다. 이리가 자고난 자리는 나뭇잎 등이 매우 너저분하게 흩어져있다. 피가 나되, 사방으로 어지럽게 흩어지며 나는 케이스를 뜻함.

잠깐 멈추어라. 國民이라는 말의 문제를 아시오? 대한민국의 모든 권력은 國民에게서 나온다. 이렇게 말할 수 있으니 행복한가? 아감벤이 등장한다. Homo Sacer. Il potere sovrano e la nuda vita 를 보면 "정치권력의 본래적 토대는 ein absolut tötbares Leben 이다, 즉 언제라도 죽임을 당할 수 있는 존재가 됨으로써 생명은 신성한 것이라고 지칭되면서도 사실은 언제라도 죽임을 당할 수 있는 존재가 되면서 정치화 된다는 사실이다." 절대 권력자와 그 절대 권력을 정당화하는 법 사이의 공간에서 모든 국민은 죽음의 대상이 될 수 있다는 사실을 우리는 잊고 있었다. 제헌헌법에서 국민은 원래 인민人民이었다. 유진오의 초안은 '조선은 민주공화국이다. 국가의 주권은 인민에게 있고, 모든 권력은 인민으로부터 발한다.' 국민이라는 말은 국가를 전제로 발생하는 개념이기에 국가가 세워지기 전에, 헌법이 만들어지기 전에 존재하는 사람은 인민일 수 밖에 없다. 모든 권력은 인민으로부터 나온다. 인민이란 말은 실은 유교경전 맹자에서 유래한다고 한다. '인민'으로 번역되는 영어 people, 불어 peuple, 스페인어 pueblo, 이탈리아어 popolo 는 모두 라틴어 populus 에서 유래했다. 링컨의 게티스버그 연설문의 "government of the people, by the people, for the people"은 "인민의, 인민에 의한, 인민을 위한 정부"로 번역될 수 있다.

P41 공식 역사는 진압 과정의 민간인 학살을 완전히 누락시키고 일부분만을 강조했다. 여순사건을 생각할 때 가장 먼저 떠올리는 이미지는 좌익에 의한 양민학살과 폭력이지만, 좌익이 경찰, 우익인사를 학살한 경우보다는 진압군이 지역 민간인을 학살한 경우가 훨씬 많았고 더 잔인했다. 정부군 진압작전은 전 시민을 대상으로 한 무차별 초토화 작전으로 진행되어 죄 없는 수많은 민간인이 억울하게 희생되었다. 시민단체의 조사에 의하면 여순사건 진압 과정에서 약 1만 명의 지역 주민들이 목숨을 잃었으며, 이들 대부분은 한국 군대와 경찰에 의해 살해당했다. 그들은 그 후손들이 왜 자신이 군경에 끌려가야 했고, 왜 죽어야 했는지를 몰랐다. 그리고 그들은 아직도 그 이유를 정확히 알지 못한다. 정부는 지역주민들이 '봉기군에 협조했기 때문에' 그들이 '빨갱이였기 때문에' 마땅히 받아야할 처벌을 받은 것뿐이라고 말한다. 그러나 그렇지가 않다. **"빨갱이를 소탕하고 죽인 것이 아니라 반대자를 모두 학살한 후에 그들은 모두 빨갱이가 되었다."** 빨갱이의 심사를 통과한 사람만이 국민이 되었다. 대한민국은 이러한 부끄러운 역사를 가지고 시작했다. 이를 "시초의 폭력"이라고 한다. 시간이 지나면 신화가 된다. 신화가 되기에는 아직 많은 시간이 흐르지 않았지만 신

262

화를 만들고 싶어하는 세력이 나타났었고 패배한 것처럼 보이지만 언제 또 살아날지는 모른다. 로버트 드 니로 주연의 영화의 대사: "인간이 이렇게 잔인할 수는 없다. 그 학살을 보고 나는 신이 존재한다는 것을 믿게 되었다."

여순사건을 통해 전면적으로 등장한 국가폭력은 '빨갱이'를 없애기는커녕 끊임없이 '빨갱이'를 만들어냈다, 국가폭력이 작동하기 시작한 순간 그 앞에선 주체들은 모두 잠재적인 '빨갱이'로 간주되었고, 폭력의 대상이 된 자가 '빨갱이'로 규정되어야만 그 폭력을 정당화 할 수 있기 때문이다.

P48 이승만 정부는 여순사건을 대한민국 국민의 자격 조건을 심사하는 계기로 활용했다. 여순사건에 대한 초토화 작전과 봉기 협력자 색출은 곧 누가 대한민국의 국민이 될 수 있는지를 심판하는 과정이었다. 협력자 색출 과정에서 적발된 혐의자는 대량학살 되었다. 이승만 정부가 실시한 협력자 색출은 국민으로 인정받는 관문이었고, 많은 주민들은 그 관문 앞에서 폭력과 죽음을 경험했다. 여수와 순천 주민의 삶을 유지하고 '빨갱이'가 아닌 '국민'으로 인정받기 위해서는 공포와 죽음의 문을 통과해야만 했던 것이다. 우리 사회는 그 경험의 고통을 직시해야 했다. 대한민국의 국민은 폭력의 세례 속에서 탄생되었다. 이승만 정부는 여기서 멈추지 않았다. 정부는 여순 지역을 진압한 후 남한 사회 전체를 반공체제로 재편했다. 국가폭력과 법제적 장치, 이념적·사회적 기제는 함께 어우러지면서 반공체제를 형성해갔다. 여순사건 때 내려진 불법적 계엄의 효과는 국가보안법 재정으로 계속 유지되었다. 군대, 경찰, 청년단, 교육계, 언론계가 재편되었고, 사회 각 영역에서는 '빨갱이' 축출이 이루어졌다. 그리고 반공체제 구축을 통해 형성된 반공사회의 유산들은 여전히 복구되지 않고 있다. 국가보안법이 철폐되지 않는한 아직도 그 야만의 세상은 끝나지 않았다.

마이던스의 관찰:
운동장에서 진압군은 '총대와 곤봉으로 무릎 꿇은 사람을 짓누르며 자백'을 끌어내었다고 적었다. 자백을 한 사람은 바로 후에 운동장 한 편에서 총살되었다.
"그러는 동안 그 광경을 여자들과 아이들이 가만히 보고 있었다.
그런데 괴로운 체험 한 가운데서도 가장 두려웠던 것은, 방관자들의 침묵과 자신들을 잡아온 사람들 앞에 꿇어앉은 사람들의 너무나도 조심스러운 모습- 그리고 총살되기 위해 끌려가면서 완전히 침묵하고 있었다는 사실이다. 한 마디의 항변조차 없었고, 동정을 바라는 울부짖음도 없었고 신의 구원을 바라는 어떤 중얼거림도 없었다. 또다시 이런 세기가 그들에게 주어진다면, 어찌해야 좋을 것인가?"

아저씨, My Uncle 에 이런 대사가 나와요. 나 바쁜 거 안 보이니?

"내가 무슨 모욕을 당해도 우리 식구만 모르면, 아무 일도 아냐. 하지만 식구가
보는 데 그러면 그를 죽여도 이상할 것 없어"

그런데 식구가 보는 앞에서 아버지를 죽이고 형을 죽이고, 이 때 살아 남은 아들딸 동생
들은 어떻게 해야 하나? 그런데 아직도 죽은 자를, 피해자를 모욕하는 자들이 있다. 하나

의 정치적 집
단으로 건재하
고 있다. 우리
는, 여기서 우
리는 누구인가,
우리는 그들을
어떻게 해야
하는가? 죄를
인정조차 하지
않는 자들을
어떻게 용서부
터 할 수 있을
까? 대한민국의
부끄러운 역사
에서 모든 순
서가 뒤죽박죽
이 되어버렸다.
그리고 나는
몰랐었다고 당
당하게 큰 소
리로 방송에서
말하는 방송인
도 있었다. 감
히 당당하게
분노하지 말고
부끄러워하며
분노했으면 좋
겠다고 생각했
다. 이런 사람

들과 같은 하늘에 살고 있다는 것이 다시 부끄러워졌다. Skam.

South Korean soldiers detain 붙들다 구류하다 a group of **suspected young communist rebels 반군** during an uprising 봉기 against the Rhee government. 이 아이들이 공산반군으로 보이는가? 아니다. 터무니 없군요. 일본만 야만이 아니군요.

마이던스는 진압군의 폭력에 질려 아무런 저항도 하지 못하고 복종하는 시민들을 보면서 엄청난 폭력의 힘을 절감했다. 마이던스가 보건대, 진압직후 순천 시민은 '공포'의 끝없어 보이는 '무기력'으로 가득 차 있었다. 순천 시민들은 자기 가족의 시체를 조심스레 찾아내고는 '통곡 속의 광란'에 빠지는가 하면, 군대와 경찰의 협력자 색출 과정에서 자신의 목숨이 손가락 하나에 정해져 있는 그 순간에서조차 '한마디의 항변' 하지 못하고 '완전히 침묵'했다. 신은 이 순간에도 침묵하고 있었던 것일까? The Sound of the Silence of the Sound of a Silence. 이 작품은 여기에 왜?

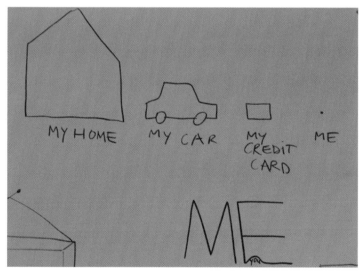

265

마이던스의 글은 가혹한 폭력의 힘 앞에서 '혐의자들'이 얼마나 절망했는지를 그리고 있으며, 혐의자들에 대해 깊은 인간적 동정을 표시하고 있다. 국외자인 마이던스가 느꼈던 이 감정을 당시의 국내 신문 기사의 내용과 비교해보면, 그 차이는 너무나 크다. 평상시

에 인간적인 그리 주목할 한 감정은 아 통의 사람이 나 느낄 수 이지만, 대부 신문은 혐의 과정을 자세 지 않았다. 기자들이 보 와 순천 지역 의 논리가 통 동정이란 만한 특이 니며, 보 라면 누구 있는 감정 분의 국내 자 색출 히 보도하 국내 신문 기에 여수 은 평상시 용되지 않 는 적과 맞부딪치는 전쟁의 현장이었고, 무력 대 무력의 충돌만이 있는 현장이었다. <u>이 같은 국내 신문의 접근은 봉기군을 인간으로 보지 않은 진압군의 시각과 크게 다르지 않 았다. 부끄럽다. Skam Shame. 그리고 **그 현장에 파견된 문인들이 있었다.** 그들은 대부분 이승만의 시각에서 글을 써서 국민을 호도했다. Skam Shame. 국어 교과서에는 이런 사람 들의 글이 실려있었다. 그 부끄러운 이름들을 여기서 다시 쓰지는 않겠다.</u>

****

원한과 증오는 보존되어야 한다. 적어도 가해자가 진심으로 용서를 구할 때까지 만이라도. "오늘날 궤변론자들은 우리에게 망각을 권하고 있다. (...) 우리는 무덤도 없이 죽어간 강제 수용자들과 되돌아오지 못한 어린아이들의 단말마를 깊이 생각한다. 왜냐하 면 이 단말마는 세계의 종말까지 지속될 것이기 때문이다."

자유민주주의를 지키기 위해서는 어쩔수 없었어요. 이런 개소리가 들린다.
한 사람이 일어선다. 또 다른 사람이 그리고 여럿이 큰 소리로 말한다.
대한민국의 자유민주주의에는 자유도 없었고 민주주의도 없었고 오로지 사악한
독재와 착취적 자본주의 밖에 없었죠. 이것이 그토록 자랑스럽습니까?

예수는 인간이 신에게 저지른 죄를 대속하려 이 세상에 온 것으로 본다면 한국에서 해 방 이후 민간인학살의 죄는 하나님도 용서할 수가 없다. 이런 생각이 주는 신선 한 놀라움이 철학적/신학적 상상력의 묘미일 것이다. 영화 밀양이 주는 메시지도

유사하다. 갑자기 이렇게 여백 공간을 많이 준 이유는 뭐죠? 심리적 충격에 대한 완충

갑자기 드는 생각: 왜 최근까지도 고아, 구두닦이, 넝마주의, 껌팔이, 부랑자 왜 이런 사람들이 많아ㅣ쓸을까? 그,것은 학살의 결과는 아니어ㅆ을까? 4월 혁명 당시 이들은 또 천시받았다. 대학생들의 희생은 '고귀한' 것이고, 도시하층민의 행동은 '파괴 폭동'이기만 한 것이었을까? 공식 기록이 전하는 느낌은 이와 다르다. 4월 혁명 당시 사망자 수 통계를 봐도 전체 사망자 186명 중 대학생은 22명인데 반해, 하층노동자(61명), 무직자(33명)는 절반 정도를 차지한다. 4월 혁명을 촉발한 3월 마산시위에서도 272명의 부상자 중 무직자가 152명으로 절반을 넘었다. '고귀한 희생'을 말할 것 같으면, 이들이 가장 값비싼 희생을 치렀다. 4월혁명은 학생의거가 아니다.

沈默　ㅊ　1　　　ㅁ　　　ㅁ　　　　　ㅜ　　　　　　　　　　　ㄱ

나는 나를 고발한다 나는 내가 부끄럽다 나는 ....

IV 역사의 하늘

Trachtet am ersten nach Nahrung 먹을것 und Kleidung 입을것, so wird euch das Reich Gottes 하나님의 나라 von selbst zufallen. *Hegel, 1807*

Seek for food and clothing first; then shall the Kingdorn of God be granted to you.

Der Klassenkampf 계급투쟁,/ der/ einem Historiker 역사가, der an Marx geschult ist,/
The class struggle, which for a historian who is trained in Marx

immer vor Augen 눈 steht,/ ist ein Kampf 투쟁/ um die rohen 거칠고 und materiellen 물질적 Dinge 것들,/
always stands before eyes, is a struggle for the rough and material things ,

ohne die/ es keine feinen und spirituellen gibt. Trotzdem/ sind diese letztern im
without which there is no fine and spiritual things. Nevertheless, these latter in the

Klassenkampf/ anders zugegen denn als die Vorstellung einer Beute,/
Class struggle are differently present from the idea of a 전리품

die an den Sieger 승자 fällt. Sie sind/ als Zuversicht 확신, als Mut 용기, als Humor 유머, als List 기지,
which falls to the victor. They are alive as confidence, as courage, as humor, as cunning

als Unentwegtheit 투지/ in diesem Kampf lebendig/ und sie wirken/ in die Ferne der Zeit/ zurück.

and as steadfastness in this struggle and they have effects that reach far back into the past.

Sie warden/ immer von neuem/ jeden Sieg 승리,/ der den Herrschenden 지배자 jemals zugefallen ist,/ in Frage 의문 stellen.
They will always take anew every victory that has ever fallen to the ruler into question.

Wie Blumen 꽃/ ihr Haupt 머리 nach der Sonne/ wenden,
As flowers turn their head toward the sun,

268

so strebt 노력/ kraft 힘 eines Heliotropismus 向日 geheimer 비밀 Art,/ das Gewesene 과거 *der* Sonne 태양 sich zu**zu**wenden 돌리다,/ die am Himmel der Geschichte 역사의 하늘/ im Aufgehen ist.

the force of a secret kind of heliotropism/ strives to turn the past toward the sun/ which is rising in the sky of history.

Auf diese unscheinbarste 눈에띄지않는/ von allen Veränderungen 변화/ <u>muß</u> sich/ der historische Materialist/ <u>verstehen</u>.

The historical materialist <u>must be aware of</u> this most inconspicuous of all transformations.

Class struggle, which for a historian schooled in Marx is always in evidence, is a fight for the crude and material things without which no refined and spiritual things could exist. But these latter things, which are present in class struggle, are not present as a vision of spoils that fall to the victor. They are alive in this struggle as confidence, courage, humor, cunning, and fortitude, and have effects that reach far back into the past. They constantly call into question every victory, past and present, of the rulers. As flowers turn toward the sun, what has been strives to turn-by dint of a secret heliotropism-toward that sun which is rising in the sky of history. The historical materialst must be aware of this most inconspicuous of all transformations.

이태리어 또는 이탈리아어

Cercate innanzitutto cibo e vestiti/ e il regno di Dio/ verrà da sé.　Hegel, 1807

Seek ye first food and clothing, and the kingdom of God will come by itself. Hegel, 1807

La lotta di classe,/ che sta sempre davanti agli occhi 눈 dello storico/ formatosi su Marx/ è lotta 투쟁 per <u>cose rozze e materiali</u>,/ senza delle quali/ non esistono <u>quelle fini e spirituali</u>.

The class struggle, which is always in front of the eyes of historians trained in Marx/ is struggle for <u>the rough and material things</u>, without which no refined and spiritual things exist.

Ciononostante/ queste ultime/ partecipano 참가 alla lotta di classe/ diversamente dall'immagine di bottino 전리품/ destinato al vincitore 승자.

Nevertheless **these latter things** participate in the class struggle differently from the images of loot destined to the winner.

Vivono nella lotta/ come fiducia 자신감, coraggio, umorismo, astuzia 교활, continuità 연속성/ e nell'arco del tempo/ agiscono retroattivamente.

They live in the struggle as confidence, courage, humor, cunning, and continuity; over time span, they act retroactively.

Esse rimetteranno sempre in questione/ ogni vittoria/ già toccata in sorte ai dominatori.

They always take it into question, every victory already allotted to the rulers.

Come i fiori/ rivolgono il loro capo 머리 al sole 태양.

As flowers turn their heads to the sun.

Così in forza di un eliotropismo segreto/ tutto ciò che è stato/ si rivolge al sole/ che sta salendo nel cielo della storia.

So in the force of secret eliotropismo/ all that has been(과거) turns itself to the sun which is rising in the sky of history.

Di questa trasformazione/ meno appariscente di tutte/ deve intendersi/ il materialista storico.

Of this transformation   less striking of all, should aware, the historical materialist.

우선 의식주를 얻도록 노력하라. 그러면 신의 왕국은 스스로 열릴 것이다. - 헤겔

마르크스에 의해 훈련을 받은 역사가가 항상 염두에 두고 있는 계급투쟁은 조야하고 물질적인 것들을 둘러싸고 일어나는 싸움이다. 이러한 싸움없이는 고상하고 정신적인 것들은 존재하지 않는다. 그럼에도 불구하고 고상하고 정신적인 것들은, 계급투쟁 속에서 승리자의 손에 굴러 떨어진 전리품의 이미지와는 다른 양상을 하고있다. 그것은 신뢰, 용기, 유우머, 기지, 불굴성으로서 이러한 투쟁 속에서 생생하게 살아 움직이고, 또 지나가 버린 머나먼 과거의 시간에까지 영향을 미치고 있다. 이러한 덕목들은, 지배자에게 굴러떨어진 일체의 승리에 언제나 새로이 의문을 제시할 것이다. 마치 꽃들이 해를 향하듯, 과거 또한 알 수 없는 종류의 신비스러운 향일성에 힘입어, 바야흐로 역사의 하늘에 떠오르는 바로 그 해를 향하려고 하고 있다. 역사적 유물론자는 모름지기 모든 변화들 중에서도 가장 눈에 띠지 않는 이러한 사소한 변화에 정통하지 않으면 안된다(반성완)

너희는 먼저 먹고 입을 것을 찾아라. 그러면 하느님의 나라도 곁들여 받게 될 것이다. - 헤겔 1807

마르크스주의 안에서 교육받은 역사가가 눈앞에 두고 있는 계급투쟁은 거칠고 물질적인 것들을 놓고 일어나는 싸움이다. 이 거칠고 물질적인 것들 없이는 고상하고 정신적인 것들도 존재할 수 없다. (유물론자들은 정신성이라고 하는 것은 물질적인 관계만 바꿔 놓으면 저절로 따라오는 걸로 생각했다.) 그럼에도 불구하고 계급투쟁 속에서 이 섬세하고 정신적인 것들은 승리자의 손에 쉽게 떨어지는 전리품(戰利品)과는 다른 이미지를 하고 있다. 그것들은 확신, 용기, 유머, 기지(機智)와 불굴(不屈)의 투지(鬪志)로서 이 투쟁 속에 살아있으며, 먼 과거의 시간에까지 영향을 미치고 있다.("정신적인 것은 교양이나 지식이 아니라 바로 지배계급들의 승리에 언제나 저항하게 만드는 어떤 힘이다.") 그것들은 우연히 지배자들에게 주어졌던 과거와 현재의 모든 승리를 새롭게 의문시할 것이다. 꽃들이 머리를 태양 쪽으로 향하듯이 은밀한 종

류의 향일성(向日性)은 과거를 바로 역사의 하늘에 떠오르고 있는 태양쪽으로 향하게 하려고 애쓴다. ("태양은 현재가 과거의 소리를 들으면서 지정하게 되는 어떤 구원/혁명이다.") 역사적 유물론자는 모든 변화 중에서도 가장 눈에 띄지 않는 이 변화를 놓치지 말아야 한다.

38p the life and death struggle 목숨을 건 투쟁 between oppressors and oppressed. History thus appears to him as a succession of victories by the powerful.
39p he sees it 'from below', from the standpoint of the defeated 패배자의 시선에서 아래로부터, as a series of victories of the ruling classes. The past is lit by the light of today's battles, by the sun rising in the firmament of history.
Current struggles cast into question the historical victories of the oppressors because they undermine the legitimacy of the power of the ruling classes, past and present. Benjamin is here explicitly taking a stand against a certain evolutionary conception of marxism - already present in certain passages in Marx's writings (among others, the *Communist Manifesto* and the articles on India of the 1850s) - that justifies the victories of the bourgeoisie in the past by the laws of history, the need to develop the productive forces or the unripe character of the conditions for social emancipation.
in an eminently dialectical 변증법 process, the present illumines the past and the illumined past becomes a force in the present. 이 말이 모든 것을 요약하고 있다.

******

고(故) 박흥주 대령
　다음은 10.26 당시 중앙정부부장의 수행비서였던 박흥주 대령이 1980년 3월 6일 경기도 소래의 한 야산에서 총살형으로 처형되기 직전 그의 부인에게 보낸 편지의 일부이다.
　"아이들에게 이 아빠가 당연한 일을 했으며 그때 조건도 그러했다는 점을 잘 이해시켜 열등감에 빠지지 않도록 긍지를 불어넣어 주시오......우리 사회가 죽지 않았다면 우리 가정을 그대로 놔두지는 않을 거요." 그리고 그는 아직 초등학생인 두 딸에게도 당부의 말을 잊지 않았다. "아빠는 조금도 부끄러움이 없는 사람이다. 주일을 잘 지키고 건실하게 신앙생활을 하여라." 그는 당시 행당동 산동네 12평짜리 집에 살고 있었는데, 6년 후 천주교 측 인사가 찾아갔을 때 부인은 옆집에서 일하다 말고 나와 남루한 거친 손으로 그를 맞았다고 한다.

5월 어머니회(정확한 번역이 아니다.)
　아르헨티나의 '5월 광장의 어머니회 Madres de Plaza de Mayo'는 지금도 세 가지

271

의 금도를 지킨다고 한다. 첫째로 실종된 자식들의 주검을 발굴하지 않으며, 둘째로 기념비를 세우지 않으며, 셋째로 금전보상을 받지 않는다. 왜냐하면 <u>아이들은 아직 그들의 가슴속에서 결코 죽은 것이 아니며, 그들의 고귀한 정신을 절대로 차가운 돌 속에 가둘 수 없으며, 불의에 항거하다 죽거나 실종된 자식들의 영혼을 돈으로 모독할 수 없기 때문이다.</u>

- "우리의 죽은 자들을 위하여", 이시영 시집에서 선택한 글들의 일부 수정

* * * * **************************

세월호의 아이들. 조봉암의 "피해대중". 爲被害大衆的政治. 이승만 정권 당시 민간인 학살 사건 속의 억울한 죽음을 위한 정치를 위하여. 더 이상 추모만 하지말고 기억하고 이야기를 하자. 제주 4.3 항쟁, 여순항쟁, 보도연맹사건 등 이런 국가폭력의 전통이 세월호 참사로 연결되는 것일 지도 모른다. 조봉암은 이들을 "피해 대중"이라고 불렀다. 아무 것도 하지 않은 국가권력, 한 마디도 사과하지 않는 대통령. 미안하고 또 미안하다는 사람들. 프리모 레비의 책 "가라앉은 자와 구조된 자"를 읽으며 아픈 가슴을 움켜 쥘 수 밖에 없었다. 단원고 아이들은 말한다. **"우리는 구조되지 않았다. 우리는 스스로 탈출했을 뿐이다.**" 4.16 광장의 미수습자 사진을 보면 언제나 차마 똑바로 쳐다 볼 수가 없다. 3 년이 지났으니 잊어버리자는 말을 어떻게 할 수 있다는 말인가?

the Sewol Ferry
The Drowned vs the Saved
304 : 0

조사를 시작했다. 먼저 madres.org (Asociación Madres de Plaza de Mayo)에서 시작. en.wikipedia.org/wiki/Mothers_of_the_Plaza_de_Mayo 를 꼼꼼히 읽어 보세요. 가디언 신문을 읽었다. 어느 날 저녁, 아들이 집으로 돌아오지 않았다. 이런 어머니들이 하나둘이 아니었다. 그들은 광장에 모여서 시위를 시작했다. 1977 년 4 월 30 일, 14 courageous women set aside fear – and their families' warnings – and left their homes to confront the dictatorship 독재 that had stolen their children. 40년동안 계속되어 2,037번의 행진 later, the mothers are still marching. 왜 다시 행진을 시작했을까? 이제 80대 후반이 되어버린 어머니들은 경고합니다 that the current era of <u>alternative facts and revisionist history</u> 남미판 극우역사왜곡주의자 poses a new kind of threat 새로운 위협 for the country. "Argentina's new government 新政府는 wants to erase the memory 기억을 지우려 한다 of those terrible years and is putting the brakes on the continuation of trials 재판을 중지시키려 한다."

우연히 "캐즘의 블로그"를 발견했다. 진행상황이 잘 설명되어 있었다. **오월 광장 어머니회**의 핵심 주장은, "산 채로 잡아간 내 자식, 산 채로 돌려 달라"였다. 실제로 "**산 채로 돌려달라! Aparicion con vida!** Make them appear alive"는 어머니회가 집회 때마다 외치는 구호이기도 하다. 어머니들은 국가권력에게 불가능한 요구를 제기함으로써 화해와 용서를 거부한다. 의도적으로 과거사의 고통을 치유하고 애도하지 않는다. 아이들의 죽음은 과거의 일이 아니라 지금 이 순간 현재의 사건이기 때문이다. 아이들이 죽은 것이 아니라 실종된 상태라고 주장함으로써, 국가폭력이 아직도 현재진행형임을 선언하고 있다. 벤야민의 역사철학테제와 놀랄 정도로 같은 이야기를 하고 있다.

한 어머니의 말. "내가 할 수 없는 것들 중 하나는, 입을 다무는 것입니다. 내 나이 또래의 라틴 아메리카 여성들은, 모든 일은 항상 남자들이 책임지고, 여성들은 불의에 직면해서도 침묵하라고 배워왔지요. 난 이제 우리가 불의에 대해 공개적으로 발언해야 한다는 걸 압니다. <u>나는 두려움없이 공개적으로 학살자들을 비난할 겁니다.</u> 그게 내가 이곳에서 배운 겁니다." - Maria del Rosario de Cerruti 캐즘의 블로그에서 재인용. "우리 자식들이 겪었을 끔찍한 일들에 대해 알게되자, 적의 지독한 면이 명확히 보이더군요. <u>그들의 지독함이 우리에게 힘을 줍니다.</u> 어떻게 우리가 그들이 그냥 잘 살도록 내버려둘 수 있겠어요?" - Hebe Mascia "우리의 발자취를 이해하는 사람들은 역사를 왜곡시킨 자들과 우리를 혼동하도록 내버려두지 않을 것이요, 죽음이나 배고픔이라는 급박함이 닥치더라도 적들에게 도움을 구하지도 않을 것이다. <u>우리가 깨우쳐 온 것처럼 그들 또한 적들을 끝장내기 위한 노력을 배가할 것이다.</u>" 전적으로 동감하고 지지합니다.

40 years later, the mothers of Argentina's 'disappeared 실종자' refuse to be silent 우리는 침묵을 거부한다. 관련 글들을 읽는데 눈물이 앞을 가린다. 아르헨티나 사법부의 비열함을 고발하는 말을 보면서 한국 사법부가 떠오르는 것을 막을 수가 없었다. 잠깐 인용. 과격한 번역 추가. 시민은 검찰권력과 사법권력에 저항하고 이를 민주적으로 통제해야한다.

"El Poder Judicial 사법부는 está sumamente comprometido con este gobierno 이 정권에 개같이 충성하고 있다. Les pagan para que hagan lo que ellos quieren 판사들은 권력이 원하는 짓을 하고 돈을 처먹는다. Nosotras estamos muy perseguidas 우리는 크게 처벌될 persecuted 것이다. Nos acusan 그들은 우리를 고소했다 de un montón de cosas que no cometimos 우리가 하지도 않은 많은 일들을 가지고 porque 왜냐하면 **somos las únicas que los enfrentamos** 우리가 그들과 대결하고 있는 유일한 사람들이니까. Nos defendemos como podemos. 우리가 할 수 있는 한 우리를 방어해야지."
여기에 댓글이 달렸다. Si no lo hace el consejo de la magistratura, que lo haga el pueblo! 사법부가 하지 않는다면 국민이 그것을 할 수 있도록 하자.
한국의 사법부가 개혁을 거부한다면 국민의 이름으로 썩어빠진 사법부를 청산하자, 개혁하자. "우리는 방탄판사단을 지지합니다. 그들의 급조된 아미가 달려오고있다."

그런데 이게 전부가 아닙니다. 저는 당신의 의견에 100% 동감하지만 너무 지쳐서 그만 듣고 싶습니다. 미안합니다. 끝까지 들어 주십시오. 달아나는 그를 붙잡고 마지막 이야기를 한다. ㅠㅠㅠㅠㅠㅠㅠㅠㅠ
5 월광장의 할머니들(Abuelas de Plaza de Mayo) is an organization which has the aim of finding the "stolen" babies 도둑맞은 아기들, whose mothers 엄마가 were killed 살해 during the Junta's dictatorship 군사독재 시절 in 1977. 그리고 500 명에 가까운 엄마없는 그 아이들을 군인들에게 나누어 주었다. 심장에 충격이 온다. As of August 2018, their efforts have resulted in finding 128 grandchildren 현재 손자손녀 128 명을 찾았다고 한다. 달아나던 그가 그 자리에 쓰러져서 흐느껴 운다. 미안합니다. 아르헨티나 할머니 말을 통역해 보니 이런 말이다. 아이구 내 새끼야. 어미를 죽인 놈 밑에서 원수를 부모로 알고 살았구나. 불쌍해서 어떻게 하나. 그 원통한 세월을 어떻게 돌릴 수가 없구나.
식민지 트라우마 139 페이지: 진남포 수해. 일본인만 구조. "요보는 죽어도 괜찮나."
더 이상 말을 할 수가 없다.
이런 생각이 든다. 자신의 부모를 착취하고 살해한 자를 우리를 잘 살게 해 준 생명의 은

인으로 생각하고 사는 사람들이 여기에도 있다. 사실을 말해 주어도 듣지 않는다. 이들을 어떻게 하랴. 다시 검열관이 등장했다. 이번에는 봐줄게요. 하고 싶은 말 다 하시오. 말을 할 수가 없다. 흐느끼는 소리기 여기저기서 들린다. 다시 침묵이다.

다시 남경학살이 떠오릅니다. 남경에서 일본군에 의한 무자비한 학살과 제주에서의 친일경찰과 서북청년단에 의한 학살은 많이 닮았다. 그들의 공통점이 무엇인지 아십니까? "대의를 내세우면 무슨 짓을 해도 상관없다." "임자가 가서 한 달 안에 그 빨갱이들 전부다 재판해서 토살(討殺)하고 올라오라."

일본은 세련된 폭력도 동시에 구사했다. 그래서 대중들은 친일파를 일본인 보다 더 미워한다. 때리는 순사가 총독부 관리 보다 더 나쁜 놈으로 보인다. 그러나 그 시스템을 만든 자가 즉, 일본이 더 악하다. 진정한 악마는 추하지 않고 세련되고 아름답기까지 하다. 전부 수탈하고 가끔 빵을 던져주는 그 자를 우리는 좋은 사람으로 생각.

번역 부탁합니다. 이 글을 읽으면 가슴이 찢어진다.

파멸된 가족.

살해된 아들은 다시 돌아 오지 않았다.

산채로 파묻힌 남편은 다시 돌아 오지 않았다.

강간당한 아내는 고통의 바다 속에 가라앉고 있다.

하늘이시여!

내 새끼를 살려내라. 산 채로 돌려달라. (여순항쟁 때의 학살된 시신들 앞에서의 여인들) 이 사진을 온 국민이 보아야 한다. 고등학교 한국사 교과서에 실려야 한다.

****

하이데거, 벤야민, 횔덜린 해석의 차이. 시원/독일성/총체성, fragments/해체. 횔덜린의 詩 두 편: Dichtkunst 美學을 위한 새로운 개념설정. 詩化된 것/詩作된 것, das Gedichtete, 시로 지어진 형상화된 것, 예술작품(詩)과 삶의 관계가 맺어지는 영역, 한계limit개념, Gedicht/Dichtung, 형식/내용, 미학적 통일성으로, 자체 속 표현, 더 큰 규정가능성으로의 느슨함. liquidify, 사유를 포기하지 못하는 아도르노.... 사유이미지, purity=Konstellation 삶(task) ⟷ 시화된 것(mythical) ⟷ 詩(solution),

단단한 씨여! 저 멀리까지 뻗어 가라.

in the poetized, 삶이 시를 통해 규정. 삶은 시에서 시화된 것. 삶은 시화된 것의 토대. 정열은 사랑스러운 졸작을 만들 뿐. **詩는 성스러운 깨어있음 속에서 쓰여진다.**

두 시는 시화된 것의 측면에서 결부되어 있다. 즉 용기라는 세계에 대한 태도. 테마는 시인의 죽음. 이 죽음을 맞는 용기의 원천을 횔덜린은 노래한다. "용기는 용기 있는(있어 보이는) 자에게 기대할 수 없다. 그러나 <u>수줍음</u> 안에서 용기를 찾을 수 있다." 용기있는 자의 본성은 수줍음, 즉 완전한 수동성이다. 진정한 용기는 속성이 아니라 관계에서 비롯된다. 인간과 세계의 관계, 인간과 인간의 관계.....

1. 죽음의 위험은 아름다움을 통해 극복되고 있다. (시인의 용기, 철십자훈장)
2. 모든 아름다움은 위험을 극복하는 데서 흘러나온다. (수줍음)

276

잠깐만 이 글을 어디에 넣어야 할지 모르겠어요. 하이데거의 텍스트인가 아닌가?

귀향, 근원 가까이로 귀환.

찾는 것, 가까이 있고, 이미 만나고 있고,

가까움, 가까이 있는 것, 가깝게 하고, 그러나

찾고 있기에, 가까이 있지는 않다.

가까움의 본질, 가까움이 가까이 있는 것을 멀리서 붙들어 둔다.

근원으로의 가까움은 일종의 비밀이다.

귀향은 가까움의 비밀을 알아 가는 것,

비밀을 안다는 것은 비밀을 비밀로 수호함으로써 아는 것.

귀한 것은 비축되어 있다.

근원으로의 가까움, 비축하는 가까움.

가장 기쁜 것은 보류해두고 있다.

가까움은 돌아 올 자들을 위해 그것을 보존한다.

멀리 떨어져 있기에 가까이 있다. 이것이 비밀이다.

이 비밀은 말하자마자 중단해야 하리.

어리석게도 나는 말한다. 그러나 말하지 않을 수가 없다.

왜냐하면 그것은 기쁨이니까.

비록 적절한 말을 찾을 수는 없지만 노래할 수밖에 없다.

시인은 가장 기쁜 것을 시로 지어냄으로써 그 비밀을 말하는 것이다.

시짓기 안에서 최초의 귀향이 성립한다.

비가는 그 자체가 귀향인 그런 시짓기로써 존재한다.

시인의 기쁨은 노래하는 사람의 근심이다.

노래하는 이는 영혼 속에 이와 같은 그늘을 종종 지녀야 하리.

노래함으로써 가장 기쁜 것을 비축하면서 보호한다.

"가장 기쁜 것을 기쁘게 말하려고 헛되이 시도했지만,

이제 그것은 슬픔 속에서 내게 말하는구나."

슬픔은 가장 기쁜 것을 위해 청명해진 기쁨이다.

슬픔 안에 있는 내적인 빛은 기쁨에서 온다.

****

다시 블랑쇼. "오르페우스의 시선"

오르페우스가 에우리디케를 향하여 지하로 내려갈 때, 예술은 밤을 열리게 하는 힘이다.

the power that causes the night to open 밤은 예술의 힘을 통해 오르페우스를 맞아들인다.

오르페우스가 지하로 내려간 것은 에우리디케를 향해서이다. 그에게 있어서 에우리디케는

277

예술이 도달할 수 있는 극단이다. for him Eurydice is the limit of what art can attain; 진짜 에우리디케는 이름 뒤에 감추어져 있으며, 베일 속에 덮여 있다. concealed behind a name and covered by a veil, 에우리디케는 바로 그 지점, 심오하게 어두운 그 지점the profoundly dark point이다. 오르페우스의 작업은 그 지점을 다시 낮으로 이끌어오는 작업이다. His work is to bring it back into the daylight 낮의 빛 속에서 그 지점에 형태와 모양, 그리고 현실성을 부여하려는 작업이다. and in the daylight give it form, figure and reality. 이 "지점"을 정면으로 똑바로 직시하는 일, 밤 속에 밤의 중심점을 직시하는 일만 제외하면 오르페우스는 무엇이든 다 할 수 있다. 그는 그 지점을 자기에게로 끌어들일 수 있다. 자기 자신과 함께 그 지점을 높은 곳으로 이끌어 올릴 수 있다. 그러나 그것은 그 지점에서 방향을 돌림으로써만이 가능하다. 이 우회만이 그 지점에 가까이 다가가는 유일한 방법이다. 바로 이것이 밤에 드러나는 감춤의 의미이다. 그러나 이러한 이중의 동작 속에 오르페우스는 자신이 완성해야만 할 작품을 망각한다. 그리고 이러한 그의 망각은 필연적인 것이다.

그리스 신화는 말한다. 우리가 작품을 만들 수 있다는 것은 오로지 깊이depth의 무절제한 경험이 그 경험 자체로 추구되지 않을 때에만 가능하다고. 깊이는 정면으로 주어지지 않는다. 깊이는 작품 속에 제 모습을 감춤으로써만 모습을 드러낸다. 이것은 중대하고도 냉혹한 답변이다. 그러나 오르페우스의 운명은 이 최고의 법칙에 순종하지 않는다는 것 또한 신화는 보여준다. 그리고 에우리디케를 향해 몸을 돌리면서, 오르페우스는 작품을 무너뜨린다. 작품은 즉시 해체되는 것이다. 그리고 에우리디케는 그림자 속으로 되돌아간다. 밤의 본질은, 오르페우스의 눈에는 비본질덕인 것으로 드러난다. 이리하여 오르페우스는 작품을 배반하고, 에우리디케와 밤을 배반하는 것이다. 그러나 그렇다고 해서 에우리디케를 향해 돌아서지 않는 것이 배반하지 않는 길은 아닐 것이다. 에우리디케를 향해 돌아서지 않는다고 해서 그를 움직이게 하는 절제도 조심성도 없는 힘에 불성실한 것은 아닐 것이다. 절제도 조심성도 없는 그 힘은 낮의 진실로서의 에우리디케, 나날의 즐거움으로서의 에우리디케를 원하는 것이 아니라, 밤의 어둠으로서의 에우리디케, 닫혀진 육체와 봉해진 얼굴을 하고 멀어진 에우리디케를 원하며, in her nocturnal darkness, in her distance, her body closed, her face sealed, 그녀가 보일 때가 아니라 그녀가 보이지 않을 때 그녀를 보고 싶어하며, which wants to see her not when she is visible, but when she is invisible, 가족적인 삶의 내밀성으로서가 아니라 모든 내밀성을 배제하는 것의 기이함으로서의 그녀를 보고 싶어하며, and not as the intimacy of a familiar life, but as the strangeness of that which excludes all intimacy; 그녀를 살리고 싶어하는 것이 아니라 it does not want to make her live, 그녀 안에 살아있는 그녀의 죽음의 충만성을 가지고 싶어한다 but to have the fullness of her death living in her 오르페우스가 지옥으로 찾으러 간 것, 그것은 단 한 가지이다. 오르페우스의 작품의 모든 영광, 그의 예술의 모든 힘, 그리고 심지어 낮의 아름다운 밝은 빛 아래 누리는 행복한 삶의 욕심조차 이 단 하나의 관심에 희생이 되니 그것은 밤 속에 밤이 감추고 있는 것, 또 다른 밤the Other night., 모습을 드러내는 그 감춤을 concealment revealed in the night 직시하는 일이다.

이것은 무한히 의심스런 몸짓이다. 낮은 이런 몸짓을 변명의 여지가 없는 광기 혹은 무절제에 대한 옹보라고 비난한다. 지옥으로의 하강, 헛된 깊이로 향하는 몸짓은 낮의 입장에서 보면 벌써 무절제인 것이다. 오르페우스가 "되돌아보는 것"을 금하는 법을 무시함은 불가피한 일이다. 망령들을 향하여 첫 걸음을 옮긴 그 순간부터 그는 법을 어긴 자이기 때문이다. 이러한 점을 주목하여 보면 우리는 사실 오르페우스는 끊임없이 에우리디케 쪽으로 몸을 돌리고 있었음을 예감할 수 있다. 자기의 부재를 감추지 않는 베일에 싸인 존재, 그녀의 무한한 부재의 현존인 망령이라는 부재 속에 오르페우스는 보이지 않는 그녀를 보았으며, 온전한 상태 그대로의 그녀를 만졌던 것이다. 오르페우스가 에우리디케를 쳐다보지 않았더라면, 그는 그녀를 끌어당기지 않았을 것이다. 물론 그녀가 지금 거기 있는것은 아니다. 그러나 그 시선 속에는 오르페우스 자신도 부재이다. 오르페우스 또한 그녀만큼 죽은 상태인 것이다. 그 죽음은 휴식이며 침묵이며 총말인 평온한 세계의 죽음이 아니라, 또다른 죽음, 끝이 없는 죽음, 종말의 부재라는 시련으로서의 죽음이다. 낮은 오르페우스의 기도를 비판하며, 그가 참을성없음을 나타내었음을 비난한다. 그렇다면 이러한 관점에서는 오르페우스의 잘못이 그의 욕망 속에 있다고 보는 것 같다. 욕망으로 인해 그는 에우리디케를 보고 싶어하고 기도를 소유하고 싶어한다. 그러나 오르페우스의 운명은 오로지 그녀를 노래하는 것이다. 그는 오로지 노래 속에서만 오르페우스다. 그는 오로지 찬가 안에서만 에우리디케와 관계를 가질 수 있는 것이다. 그는 오로지 시를 쓴 이후에 그 시를 통해서만 삶과 진실을 소유할 수 있는 것이다. 에우리디케가 표상하는 것은 다름 아닌 바로 이 미술적 종속성이다. 노래 밖에서는 오르페우스를 그림자로 만들고, 오로지 오르페우스적인 철제의 공간 안에서만 그를 자유롭고 생생하게 살아있는 지고한 존재로 만드는 이 마술적 종속성, 에우리디케는 바로 이거서의 표상인 것이다. 그렇다. 그 건 사실이다. **단지 노래 속에서만 오르페우스는 에우리디케에게 힘을 미친다. 그러나 노래 속에서 또한 에우리디케는 이미 잃어버린 존재이며, 오르페우스는 산산히 흩어진 오르페우스, "무한히 죽은 자"이다. in the song Eurydice is also already lost and Orpheus himself is the scattered Orpheus, the "infinitely dead" Orpheus** 지금부터 벌써 노래의 힘이 그를 그렇게 만들어버리는 것이다. into which the power of the song transforms him from then on 그가 에우리디케를 잃는 것은 노래의 절제된 한계를 넘어서 그가 그녀를 바라는 욕망 때문이다. He loses Eurydice because he desires her beyond the measured limits of his song, 이 욕망 때문에 그는 자기 자신 또한 상실한다. and he loses himself too, 그러나 이러한 욕망, 이때문에 잃어버린 에우리디케, 이때문에 산산히 흩어진 오르페우스, 이 모두는 작품에 영원한 무위의 시련이 불가피하듯, 노래에 불가피한 것들이다. but this desire, and Eurydice lost, and Orpheus scattered are necessary to the song.

****

-- 자 이제 노래를 들어 보자. (님의 부재가 완벽함을 만든다. 노래의 탄생. 브라우닝 그리고 Beckett) 그 노래를 만들게 된 원래의 라틴어 시는 다음과 같다.

Sedens in hortum florum Petala video

Ubi lux delicata venire?

pulchros flores, flores,

In die enim bona, in die enim bona

Si venit Quam laeta ego sim.

Sedens in hortum florum Petala video

Ubi lux delicata venire? pulchros flores

In die enim bona, in die enim bona

Si venit Quam laeta ego sim.

Sedens in hortum florum Petala video

Ubi lux delicata venire? pulchros flores

pulchros flores

이 시를 번역해 보았다. 꽃밭에 앉아서 꽃잎을 보네 고운 빛은 어디에서 왔을까 아름다운 꽃이여 꽃이여 이렇게 좋은 날엔 이렇게 좋은 날엔 그 님이 오신다면 얼마나 좋을까 꽃밭에 앉아서 꽃잎을 보네 고운 빛은 어디에서 왔을까 아름다운

꽃송이 루루루- 루루루- 루루루- 루루루- 루루- 이렇게 좋은 날엔 이렇게 좋은
날엔 그 님이 오신다면 얼마나 좋을까 꽃밭에 앉아서 꽃잎을 보네 고운 빛은
어디에서 왔을까 아름다운 꽃송이 루루루- 루루루- 루루루- 루루루- 루루-

****

전수영 선생님

me 미 み 未 mi mio moi

안해 nicht non faciam

思 사 liebe amor amore amour

ㄹ ㅏ ㅇ ㅎ ㅐ ㅁ ㅣ

안해, 安海, 검은 **포도주** 빛 **바다**

시를 써 보았습니다. 남의 말을 빌려서, 제목은

"미안해. 사랑해. 미안해"

용기는 세계를 위협하는 위험에

자신을 내맡기는 일이다.

용기는 위험에 노출된 사람이 지니는 삶의 감정이다.

자신의 죽음을 통해서

그 위험을 세계의 위험으로 확장하면서

동시에 이 위험을 극복하는 사람.

이 위험은 더 이상 그를 위협하지 않는다.

죽은 영웅의 세계는 위험으로 충일한 새로운 신화적 세계이다.

영웅적 시인은 세계와 하나가 된다.

시인은 죽음을 두려워할 필요가 없다.

왜냐하면 그는 모든 관계의 중심을 살고 있기 때문이다.

이제 노래는 살아 있는 자들을 사로잡고,

시인과 노래는 시의 우주 속에서 구별되지 않는다.

시인은 삶에 맞닿은 경계 이외의 아무것도 아니며,

살아있는 많은 것들과의 모든 관계, 그 안의

아무도 건드릴 수 없는 중심이다.

아, 전수영 선생님.

정말 눈물이 나는 이야기입니다.

세월호 침몰 당시 마지막까지 아이들을 지키다 소식이 끊긴 교사 전수영 씨의 뭉클한 사연이 감동을 주고 있다. 23일 세월호 침몰 직전까지 필사적으로 학생들을 지키다 실종된 안산 단원고등학교 교사 전수영 씨의 이야기가 전파를 탔다. 인터뷰에 응한 전수영 씨의 어머니와 남자친구는 침몰 직전까지 주고 받았던 전화와 문자메시지 내용을 공개하며 안타까움을 자아냈다. 지난해 3월 교사가 된 전수영 씨는 이번이 첫 수학여행 길이었다. 그는 1학년 때 가르친 아이들의 2학년 담임 선생님을 자처해 함께 제주도로 향하다 사고를 당한 것으로 알려졌다. 전 씨의 어머니는 "사고 당시 배가 침몰한다는 문자메시지를 받고 전화를 걸었었다. 구명조끼를 입었냐고 물었더니 내가 걱정할까봐 '나 못 입었어' 이 말은 못하고 '애들은 입었다'라고 이야기를 하더라. 학생들 챙기고 학부형과 연락해야 하는데 배터리가 없으니 얼른 끊으라고 했다"라며 10여초의 통화가 마지막이 됐음을 전했다. 전수영 씨의 남자친구는 "배가 기울고 있는데 학생들에게 빨리 구명조끼를 입히고 챙겨야 한다고 했다. 배터리가 없는데 학부모에게 연락을 해야하니 전화를 못한다고 했다"라며 아직 답이 없는 휴대폰 화면을 공개했다. 전 씨의 남자친구가 SNS를 통해 공개한 문자메시지 내용에는 "배가 침몰하는데 구명이 없어 미안해. 사랑해. 미안해"라는 다급하고 애틋한 인사가 마지막이었다. 전수영 씨의 어머니는 "다른 학생들도 빨리 구조 돼 같이 손을 잡고 나왔으면 좋겠다. 그래도 내 뒤를 이어 선생님이 된 딸이 마지막까지 책임을 다해 자랑스럽다"라며 눈물을 감췄다.

용기 세계 위협하 위험 자신 내맡기 일이. 용기 위험 노출 사람 지니 삶 감정이. 는를는에을는다, 는에된이는의다. 자신 죽음 통해서 그 위험 세계 위험 확장하 동시 이 위험 극복하 사람. 이 위험 더 이상 그 위협하 않. 의을서을의으로면서 에을는은를지는다.

도올 김용옥의 발언 기억나요. 아 저도 들었어요. 서울을 버리고 도망친 이승만과 학생들에게 가만히 있으라 그러고 혼자 도망친 세월호 선장을 연결하는 발언. 그리고 폭탄선언. 가끔 이 분의 용기가 어디에서 나오는지 궁금하다. **철학자는, 진정한 동양철학자는 이렇게 때로는 급진적이어야 하지 않을까?** 급진적인것이 아니라 진실한것이라고 하면 어떨까요. 나 도올은 선포한다: **"박근해, 그대의 대통령의 자격이야말로 근본적인 회의의 대상이다."** 그대가 설사 대통령의 직책을 맡고 있다 할지라도 그것은 본질적으로 허명이다. 그대의 대통령이라는 명분은 오로지 선거라는 합법적인 절차에 의하여 정당화되는 것인데, 그 정당화의 법률적 근거인 선거 자체가 불법선거였다는 것은 이미 명백한 사실로서 만천하에 공개된 것이다. .... 국민들이여! 더 이상 애도만 하지 말라! 의기소침하여 경건한 몸가짐에만 머물지 말라! 국민들이여! 분노하라! 거리로 뛰쳐나와라! 정의로운 발언을 서슴지 말라!

그리고 또 생각나는 작가가 있습니다.   소설가 박민규.

"이것은 국가가 국민을 구조하지 않은 '사건'이다."

"승객들은, 또 아이들은 배 안에 갇혀 있었다. 가만히 있으라는 선장의 명령을 따랐기 때문이다. 승객들이 있다는 걸 뻔히 알면서도 선장과 선원들, 또 해경은 탈출하라는 말 한마디를 하지 않았다. 오로지 스스로의 힘으로 배를 빠져나온 승객들만이 가까스로 헬기와 보트에 오를 수 있었다. 엄밀히 말해 구조가 아닌 탈출이었다. 해경은 끝내 선내에 진입하지 않았다. 의자로 창문을 두드리는 아이들의 외침도 외면했다. 그리고 배는 물속으로 가라앉았다.

바다는 잔잔했다. 그래서 더, 잔혹했다.

보다 잔혹한 일은 그 뒤에 일어났다. 배가 침몰한 상황에서, 일 분 일 초가 아쉬운 그 상황에서도 구조는 이뤄지지 않았다. 현장에 집결한 수백 명의 실종자 가족들이 애원하고 오열해도 해경은 구조를 하지 않았다. 아니, 하는 척만 했다."

"당신은 의무를 다해왔고 한 푼 빠짐없이 세금을 납부했다. 국가의 안녕을 위해 언제나 보수여당을 지지해왔다. 그런 당신이라면 한번쯤 깊이 생각해볼 문제가 아닐 수 없다."

"단 한 번도 진실이 밝혀진 적 없는 나라에서 이 글을 쓴다."

"(세월호는) 한 배에 오른 우리 모두의 역사적 문제이자 진실의 문제라고 생각한다. ……. 우리가 눈을 뜨지 않으면 끝내 눈을 감지 못할 아이들이 있기 때문이다."

눈먼 자들의 국가, 박민규 / 문학동네 2014 가을호

이 글을 쓴 결과 이 소설가는 블랙리스트 예술인이 되었습니다.

아도르노는 이렇게 말한다. 머리가빠가지는것 가타요.

"카오스의 현실에서 교환사회의 법칙이 출현하며, 이 법칙에 따라 교환사회는 맹목적으로, 그리고 인간의 머리 위에서 재생산된다. 이 법칙은 다른 사람들을 제멋대로 다루는 권력의 지속적 증가를 포함하고 있다. 세계는 가치법칙과 집중에 의해 희생당하는 사람들에게는 카오스적이다. 그러나 세계는 '그것 자체로서는' 카오스적이지 않다. 세계를 지배하는 원리가 혹독하게 짓밟는 대상인 개별 인간만이 세계가 카오스적이라고 생각할 따름이다. … 카오스는 코스모스의 기능을 갖고 있으며 질서에 앞서서 나타나는 무질서이다." (신음악의 철학, 문병호 번역)

무슨 말인가? 세월호에 타고 있던 사람들에게는 자신에게 왜 이런 말도 안되는 비극적 사태가 일어나는지 이해할 수가 없었고 어떤 우연에 의해 자신이 무질서한 폭력에 희생되었다고 생각을 할 수 밖에 없다. 그러나 그 여객선을 운행하는 자본의 입장에서는 더 큰 이윤을 위해서 무리하게 증축을 한 결과 가령 사고가 날 확률이 5% 더 증가한다는 것을 알고 있고 20년 안에 적어도 한번은 대형사고가 날 것이라는 것을 예상할 수 있다. 보험금 증가라는 비용을 감안하더라도 과적을 통한 수입 상승분이 더 크기 때문에 이는 합리적 결정이 될 수 있고 이 배의 운항은 교환법칙의 질서에 부합한다. 사고로 죽어 가는 개인의 입장에서는 "왜 내가?"라는 이해할 수 없는 카오스적 현실이지만 시장(市場)의 눈에는 그 개인은 죽을 운명을 가진 300명 중의 한 사람일뿐이고 그가 누구인지는 중요하지가 않다. 그 희생자는 회사가 보험금을 지불해야 하는 하나의 단위에 불과하니까.

****

한국사회는 도덕적인 말들이 넘쳐흐르는 비윤리적 사회이다. "한국은 하나의 철학이다." 한국인은 모두 도덕철학자이다. 모든 이슈에 답만 있고 질문은 없다. 왜 질문하지 않는가? "A good question is better than the most brilliant answer." 국가, 국민이란 말은 의심할 필요가 없는 당연한 말인가? 인민이란 말은 왜 더 이상 쓰지 않는가? 근대화, 자본주의, 법치주의는 언제나 좋은 것인가? 반공극우자본주의를 왜 자유민주주의라는 말로 포장하는가? 자유민주주의 안에 자유도 없었고 민주주의도 없었는데.... 대한민국의 과거는 또 그 현재는 과연 자랑스러워할 만한 존재인가? 이승만과 그 정부를 비판하는 것은 반대한민국적이라는 거창한 말로 공격 당한다. 과거의 독재자들이 왜 이제 와서 신화가 되는가?

나는 생각한다. 가해자는 용서받을 수 없다는 것을, 가해자는 용서 받기를 거부해야 한다. 이것이 윤리적인 것이다. 일본의 불가역적 해결에 대해 어떻게 생각하는가? 이런 말을 하는 자, 이런 말을 받아 들인자 모두 비윤리적이다. 이를 모른척 하는자 역시 악의 중심인물이다. 흥분하지 마!

p,221 대다수 독일인은 알지 못했다. Why? 그것은 알고 싶지 않았고 무지의 상태로 있고 싶었기 때문이다. 국가가 행사하는 테러리즘은 분명 저항 불가능할 정도로 강력한 무기다. 하지만 전체적으로 볼 때 독일 국민이 전혀 저항을 시도하지 않았던 것은 사실이다.(...) 일반 독일 시민은 무지한 채 안주하고 그 위에 껍질을 씌웠다. 자신은 공범이 아니라는 환상을 만들어 낸 것이다. 나는 이 깊이

고려된 인도적인 태만이야 말로 범죄행위라고 생각한다.

p.222 독일인 개개인의 죄- 범죄행위의 죄, 범죄를 보고 지나친 죄, 선동죄, 침묵의 죄-에서 국민 총체의 죄가 부상하는 것이다. **아메리**는 자신이 만나 소수의 용기 있는 독일인도 잊지 않고 언급하지만, 이 소수자들에도 불구하고 "이미 총체로밖에 생각할 수 없는 압도적인 다수파"가 있다고 진술한다.

이 만화를 보고 생각난 것: 피해자는 가해자에 의해 스스로에 대한 가해자로 둔갑하고, 그렇게 역사에 기록이 된다. 사실을 밝히려는 시도는 언제나 실패한다. 공식적인 사료에는 기록을 찾아 볼 수 없다. 그는 스스로 돌로 자신의 머리를 자발적으로 쳐서 자살했다. 어떻게 사람이 그렇게 강하게 자신의 머리를 때릴 수가 있지요? 그건 모르겠다. 그가 죽고 싶은 의지가 강했을 것이다. 믿을 수 없어요. 믿지 않는 사람은 부도덕한 사람이다. 믿어라.

243 쪽 훗날 보고할 수 있게 고통을 견디자. 이것은 문학의 가장 받아들이기 힘들고, 가장 의심스러운 명제 중 하나다. 파이아끼아(Phaeacia) 사람들 앞에서 눈

물짓는 오디세우스는 그의 불행이 후세 사람들에게 이야기의 소재로 도움이 될 것이라고 그들에게 위로를 받는다. 그의 불행이 미래의 인간에게는 노래가 된다. 살해된 자들의 운명을 훗날 이야기하기 위해 살아남아야 한다는 것이다. (...) 타자에게 알리기 위해, 또 고뇌 속에서 의미를 발견하기 위해 고뇌, 고문, 존엄의 상실을 견디는 것이다. 이 같은 문학의 핵심적이고 유화적인 양식이 그로테스크한 오해라는 것, 바로 그것이 이딸리아 태생의 유대인 쁘리모 레비의 연대기 안에 표현되어 있다.

261 쪽 (장소성의 문제에 대해서)
쁘리모 레비는 "우리 모두가 이웃의 장소를 빼앗고 그 대신에 살고 있다"고, 항상 근원적인 물음을 스스로에게 던져온 인물이다. 그런 만큼 이스라엘 국가가 그 이웃에 취하는 태도는 그의 양심을 찌르는 가시와 같았을 것이다. 1982 년의 레바논 침공과 대학살은 그 가시에 찔린 듯한 아픔을 위험한 수위로까지 끌어올렸는지도 모른다.
1986 년 초여름부터, 즉 쁘리모 레비가 자살하기 한 해 전부터 서독에서 훗날 '역사가 논쟁'이라고 불리게 되는 논쟁이 시작된 것이다. "가스실은 없었다"라는 황당무계한 아우슈비츠 부정론(Negationismus)은 전쟁 직후부터 유럽 사회 일각에서 끈질기게 이어져왔다. 서독에서 나찌의 범죄를 부정하는 발언은 희생자에 대한 모욕이라는 이유로 1985 년 이후 형법상의 처벌 대상이 되었다. 이것은 역으로 보면 법률로 규제해야 될 정도로 그런 종류의 발언이 끊이지 않은 현실의 반증이기도 하다. 일본은 이런 논의가 사치스러울 정도로 심각한 상태이다.

이것이 인간인가 Se questo è un uomo   If This Is a Man

Voi che vivete sicuri   You who live safe
Nelle vostre tiepide case   In your warm houses,
voi che trovate tornando a sera   You who find, returning in the evening,
Il cibo caldo e visi amici: Hot food and friendly faces:
따스한 집에서 / 안락한 삶을 누리는 당신,
집으로 돌아오면 / 따뜻한 음식과 다정한 얼굴을 만나는 당신,

Considerate se questo è un uomo   Consider if this is a man

Che lavora nel fango   Who works in the mud,

Che non conosce pace   Who does not know peace,

Che lotta per mezzo pane   Who fights for a scrap of bread,

Che muore per un sì o per un no.   Who dies because of a yes or a no.

생각해보라 이것이 인간인지,

진흙탕 속에서 고되게 노동하며 / 평화를 알지 못하고

빵 반쪽을 위해 싸우고 / 예, 아니오라는 말 한마디 때문에 죽어가는 이가.

Considerate se questa è una donna   Consider if this is a woman

Senza capelli e senza nome   Without hair and without name,

Senza più forza di ricordare   With no more strength to remember,

Vuoti gli occhi e freddo il grembo   empty the eyes and cold the womb

Come una rana d'inverno.   Like a frog in winter.

생각해보라 이것이 여자인지

머리카락 한 올 없이, 이름도 없이, / 기억할 힘도없이

두 눈은 텅 비고 한겨울 개구리처럼 / 자궁이 차디찬 이가.

Meditate che questo è stato   Meditate that this came about:

Vi comando queste parole.   I commend these words to you.

Scolpitele nel vostro cuore   Carve them in your hearts

Stando in casa andando per via   staying at home, walking in street

Coricandovi alzandovi   Going to bed, rising;

Ripetetele ai vostri figli.   Repeat them to your children.

이런 일이 있었음을 생각하라.

당신에게 이 말들을 전하니 / 가슴에 새겨두라.

집에 있을 때나, 길을 걸을 때나 / 잠자리에 들 때나, 깨어날 때나.

당신의 아이들에게 거듭 들려주라.

O vi si sfaccia la casa   or to you be crumbled the house(Or may your house fall apart),

La malattia vi impedisca   May disease impede you,

I vostri nati torcano il viso da voi.   May your children turn their faces from you.

**그러지 않으면 당신 집이 무너져 내리고 / 온갖 병이 당신을 괴롭히며
당신의 아이들이 당신을 외면하리라.**

-프리모 레비, 이것이 인간인가 中 에서

9.11 New York. 저주의 기도가 실현되다. 기억하지 않은 자는 누구인가? 유태인들 자신이 망각했던 것은 아닐까? 불행한 일이다.

산티아고 =AP 8 일 산티아고에서 40 년 전 미국의 지원을 받은 군사쿠데타로 살바도르 아옌데 대통령 정부가 무너진 것을 기억하는 시위자들이 미국 국기를 불태우고 있다. 이 시위는 그 40 주년 기념일(11 일)이 다가옴에 따라 더 가중될 전망이다. 2013-09-09
1973 년 살바도르 아옌데 칠레 대통령 정부를 무너뜨린 쿠데타의 40 주년인 11 일을 앞두고 8 일 시위가 격화했다. 당시 쿠데타를 일으킨 독재자 아우구스토 피노체트 치하에서 죽거나 투옥돼 고문당했던 4 만 명을 기억하는 많은 군중들이 시위를 벌였으며 수십 명의 복면한 시위자들은 경찰에게 투석하고 바리케이드를 불태웠다. 경찰은 최루탄으로 대응했다.

또 다른 9.11 을 떠올린다. 칠레 산티아고에는 비가 내린다.

September 11 is a date marked by violence and sorrow in the minds of many around the world. For Chileans, it is doubly so, because on that day, in 1973, the country's democratically elected president, Salvador Allende was overthrown in a brutal military coup. What followed were years of repression, torture, forced disappearance, fear and for many Chileans, exile. This is the story of what happened in Chile, and the secret part Australia played. 칠레의 시인 파블로 네루다는 쿠데타에 절대적으로 반대했다. 그리고 ......

★ The Other 9/11 ★

Extremely Loud and Incredibly Close 엄청나게 시끄럽고 믿을 수 없게 가까운 조너선 사프란 포어 Jonathan Safran Foer

"Why didn't I learn to treat everything like it was the last time. My greatest regret was how much I believed in the future." "Humans are the only animal that blushes, laughs, has religion, wages war, and kisses with lips. So in a way, the more you kiss with lips, the more human you are. And the more you wage war." 어린 소년 이 말한다. 아빠가 어떻게 돌아가셨는지 알아야 해요. 그래야 아빠가 어떻게 돌아가셨는지 더 이상 상상하지 않게 될테니까요.

(9.11 추락하는 사람들 사진)

도와주세요. help Help

V 과거의 진정한 이미지

Das wahre Bild der Vergangenheit/ *huscht* vorbei.   Nur als Bild,
The true   image of the past huschen(flash) over(gone)   only as image

das auf Nimmerwiedersehen/ im Augenblick seiner Erkennbarkeit/ eben aufblitzt,
that   never seen again   in the moment of its recognizability   just flash up

ist/ die Vergangenheit/ festzuhalten.   »Die Wahrheit/ wird uns nicht davonlaufen« -
is   the past   to hold fast   the truth   will   us   not   run away from

dieses Wort,/ das von Gottfried Keller stammt,/ bezeichnet im Geschichtsbild
this   word   that from   켈러 originates   indicates   in history's image

des Historismus/ genau die Stelle,   an der   es   vom historischen Materialismus
of historicism   exactly the place   at which   it   by historical materialis

durchschlagen wird. Denn es ist/ ein unwiederbringliches Bild der Vergangenheit,/ das
is pierced   For   it is   an   irretrievable   image   of the past   which

mit jeder Gegenwart/ <u>zu verschwinden droht</u>, die sich nicht <u>als in ihm gemeint</u> erkannte.
with every present   <u>threatens to disappear</u>, which does not recognize <u>as meant in it</u>

<u>The true image of the past</u> flits by. The past can be seized only as an image that flashes up at the moment of its recognizability, and is never seen again. "The truth will not run away from us": this Statement by Gottfried Keller indicates exactly that point in historicism's image of history where the image is pierced by historical materialism.   For it is an irretrievable image of the past which threatens to disappear in any present that does not recognize itself as intended in that image.

아케이드 프로젝트 중에서
N 1, 1: 인식은 오직 번개의 섬광처럼, 텍스트는 그 후 길게 이어지는 천둥소리.

이태리어

La vera immagine del passato/ sguscia via.

The true image of the past slips away.

Il passato si mantiene fisso/ solo come immagine,/ che balena per perdersi per sempre/ nell'attimo della propria conoscibilità.

The past is kept fixed only as an image, that flashes up and lose itself forever in the moment of its own knowability. 영원히 소멸해 버리다.

""La verità non ci scapperà"" –- questo motto di Gottfried Keller designa nella concezione storicistica della storia/ il punto esatto sfondato dal materialismo storico.

"" The truth will not escape us "" - this motto of Gottfried Keller designates the point in the 역사주의자의 conception of history/ the exact breakthrough from 사적유물론.

In fatti, è un''immagine irrevocabile del passato,/ che minaccia di scomparire 소멸 in ogni presente/ che non si riconosca significato in essa.

In fact, it is an image irrevocable of the past, which threatens to disappear in every present that no meaning is recognized in it.

과거의 진정한 상은 휙 스쳐 지나가 버린다. 다만 우리는, 그것이 인식되어지는 찰나에 영원히 되돌아 올 수 없이 다시 사라져 버리는, 마치 섬광처럼 스쳐 지나가는 상으로서만 과거를 붙잡을 수 있을 뿐이다. <진리는 우리들로부터 달아나 버리지 않을 것이다> 고트프리트 켈러에서 연유하는 바로—이 말은 역사적 유물론을 관통하는 역사의 이미지를 단적으로 말해주고 있다. 왜냐하면 현재에 의해 인식되지 못했던 모든 과거의 상은 언제든지 현재와 함께 영원히 사라져 버릴 위험에 직면해 있기 때문이다.

과거의 진정한 이미지는 휙 지나간다. 과거는 인식 가능한 순간에 인식되지 않으면 영영 다시 볼 수 없게 사라지는 섬광 같은 이미지로서만 붙잡을 수 있다. '진리는 우리에게서 달아나지 않을 것이다'라는 켈러의 말은 역사주의가 추구하는 역사의 이미지를 표현해주는데, 바로 이 지점이 역사적 유물론자에 의해 혁파되는 장소이다. 왜냐하면 과거의 진정한 이미지는 매 현재가 스스로를 그 이미지 안에서 의도된 것으로 인식하지 않을 경우 그 현재와 더불어 사라지려 하는 과거의 복원할 수 없는 이미지이기 때문이다. (최성만)

과거의 진정한 이미지는 휙 지나간다. 과거는 인식 가능한 순간에 인식되지 않으면 영영 다시는 볼 수 없게 사라지는 섬광(閃光) 같은 이미지로서만 붙잡을 수 있다. <진리는 우리로부터 달아나지 않을 것이다> 고트프리트 켈러의 이 말은, 역사주의 historicism 가 추구하는 역사의 이미지를 표현해 주는데, 바로 이 지점이 역사적 유물론에 의해 혁파(革罷)되는 지점이다. 왜냐하면 과거의 진정한 이미지는, 매 순간의 현재가 스스로를 그 (과거의) 이미지 안에 함축(含蓄)/의도(意圖)된 것으로 인식하지 않을 경우, 현재와 더불어 사라지려고 하는 과거의 복원(復原)할 수 없는(irretrievable) 이미지이기 때문이다.

****

프루스트의 인용 P 3089: 바로 이거야 벤야민의 아이디어는 프루스트의 독서에서 "보통상태에서는 절대 포착할 수 없는 것을 – 번쩍하는 순간 la durée d'un éclair 에 지나지 않지만 – 순수한 상태로 있는 짧은 시간 un peu de temps à l'état pur 을 붙잡아 떼어내고 고정시킬 수 있게 해주었다."

*****

사실 4. 19 때에 나는 하늘과 땅 사이에서 '통일'을 느꼈소. 이 '느꼈다'는 것은 정말 느껴본 일이 없는 사람이면 그 위대성을 모를 것이오. 그때는 정말 '남'과 '북'도 없고 '미국'도 '소련'도 아무 두려울 것이 없습디다. 하늘과 땅 사이가 온통 '자유독립' 그것뿐입디다. 헐벗고 굶주린 사람들이 그처럼 아름다워 보일 수가 있습디까! 나의 온몸에는 티끌만 한 허위도 없습디다. 그러니까 나의 몸은 전부가 바로 '주장'입디다. '자유'입디다...... '4 월'의 재산은 이러한 것이었소. 이남은 '4 월'을 계기로 해서 다시 태어났고 그는 아직까지도 작열하고 있소. 맹렬히 치열하게 작열하고 있소. 이북은 이 작열을 느껴야 하오. '작열'의 사실만을 알아가지고는 부족하오. 반드시 이 '작열'을 느껴야 하오. 그렇지 않고서는 통일은 안 되오. - 김수영의 「저 하늘 열릴 때」(1960)중에서

"이 '느꼈다'는 것은 정말 느껴본 일이 없는 사람이면 그 위대성을 모를 것이오."
들뢰즈와 가타리: "혁명의 성공은 그 자체에 있는 것이 아니라, 정확하게 말해, 혁명이 이루어졌던 바로 그 순간에 혁명이 인간들에게 부여했던 울림들, 어우러짐, 열림들에 있다."
한국인들도 이 느낌을 최근 경험했다.

잠깐 멈추어라. 이 책을 읽어 보자. 두껍다. 2015 년 일본군 위안부 합의와 1965 년 한일협정. 무엇이 불가역적인가? 통분痛憤

한일 국교정상화조약의 문제점들:
1961 년 4 월 26 일 정일형 외무장관이 위싱턴에서 러스크 미 국무장관과 회담하고 "한·일 국교정상화는 양국에 이익일 뿐아니라 아시아의 평화와 안전을 도모한다"는 내용을 포함한 공동성명을 발표한다.이어 5 월 6 일 일본에서 노다(野田)를 단장으로 하고 외무부 아시아국장이 수행한 일본 의원단이 방한한다. 사절단이 일본으로 돌아가 정계·사회에 "장면정부는 매우 안정돼 있다"고 보고하고 다닐 무렵 '5·16 쿠데타'가 발생한다.

박정히(朴正熙)정권은 4년 후인 65년 6월 22일 한·일기본조약을 조인한다. 주 관심사인 청구권 금액은 '무상 3억,정부차관 2억,민간차관 3억달러'로결정났다.64년의 '6·3 사태'라는 치열한 국민 저항을 억누르고 얻은 결과였다. 박정권의 논리 또한 '경제건설을 위한 재원을 확보하려면 국교정상화가 시급하다'는 것이었다. 장면정부에서 일한 인사들 누구나가 아쉬워하는 대목이 청구권문제다. 장면정부는 한·일회담 성공을 눈앞에 두었고 그때 타결됐더라면 최소한 청구권금액만큼은 훨씬 늘어났으리라는 믿음 때문이다. 박정히의 한·일회담 강행을 반대해 의원직을 사퇴한 정일형의 회고록 중 한 부분이다.

"외무장관 당시 우리가 12억달러를 요구하고 일본이 8억달러를 주장해 타결을 못보았는데, 이제 3억달러에 낙착됐다. 이 하나만으로도 박정권이 얼마나 한·일 회담을 졸속·저자세로 진행했는가를 단적으로 알 수 있다." 장면정부는 한·일 국교를 이뤄 청구권을 해결하고 이를 바탕으로 경제개발 5개년계획, 국토건설사업을 완수하려고 했다. 시간이 조금 더 있었다면 그들의 주장대로 민주화와 경제개발을 동시에 이루었을지도 모른다.

그리고 이런 결정적 문제가 있다. 한일 양국의 역사학자의 대화:

강만길: 1965년 맺어진 한일협정에서는 일본이 1910년부터 1945년까지 우리 땅을 합법적으로 지배했느냐, 침략적으로 강점했느냐 하는 것이 중요한 문제입니다. 1965년 (한국은) 한일회담에서 조선총독부가 합법적인 권력이 아니라 강제 지배를 했다는 것을 받아내지 못하고 어물쩍 넘어갔지요. 조선총독부가 합법적인 권력이면 그에 저항한 독립운동은 불법적인 행위가 됩니다. 이는 역사적으로 굉장히 중요한 문제인데 그걸 제대로 따지지 않았습니다. .... 일본은 1907년 군대 해산을 강행했습니다. 대한제국 군인들은 8000여명에 불과했지요. 그러나 일본의 자료만 봐도 의병 전쟁에 나선 사람들은 14만명에 달하고 전사자가 3만~4만명에 이릅니다. 그렇기 때문에 일본이 한반도를 지배한 것이 한일병합 조약에 의한 것인가, 의병전쟁 패전에 의한 것인가에 따라 역사적 의미가 달라집니다.

와다: 1965년 한일협정 때 병합 조약을 무효화한 시점을 둘러싸고 양국의 시각이 달랐습니다.

한일기본조약 2조 '1910년 8월 22일 및 그 이전에 대한제국과 대일본제국 간에 체결된 모든 조약 및 협정이 이미 무효(already null and void)임을 확인한다'의 한 구절인 '이미 무효(already null and void)'에 대해 한국은 '처음부터 무효다'라고 했습니다. 반면 일본은 '1948년 대한민국 성립 때까지는 유효했다'고 해석했지요. 한국에서는 일본이 반성하지 않고 있기 때문에 이런 식으로라도 타협을 하는 게 이익이라고 판단했던 것 같습니다. 이 때문에 (한일병합 조약이) 처음부터 무효라는 것을 일본에서 받아들일 수 있도록 하는 노력을 해야 합니다. 양국 간 문제를 해결하기 위해서는 '애당초 무효'라는 한국의 입장을 일본이 받아들일 수 있도록 하는 게 중요합니다.

2010년 한일양국 지식인들이 "'병합'조약원천무효"성명을 공동 발표하고 기본조약상의 구조약 실효조항과 관련하여 '침략주의의 소산'인 '병합'조약은 당초부터 불법이며 무효라고 천명하였다. ('일본, 한국병합을 말하다. 열린책들 2011'도 열심히 읽었다.)

이원덕이 한일협정 문제에서 선구적 연구자이다.《한일과거사 처리의 원점》서울대출판부, 1996 행정안전부 국가기록원 외교파트에 "한일회담" 항목이 있다. 동북아역사재단 홈페이지도 방문해 보라. 이 문제에 대해 또 읽어 볼 책이 있다. 아주 꼼꼼하다. 며칠 걸려 가슴을 치며 읽었다. 내가 왜 굳이 안읽어도 되는 이런 책을 읽고 있을까? 이렇게 고통을 받아가며. 여러분도 한번 읽어 보시라. 읽기 시작하면, Bravo, 소설 보다 더 재미있다.

식민지 관계 청산은 왜 이루어질 수 없었는가 장박진 저 / 논형 / 2009년 09월 23일

그 기본관계조약에서 양국 간의 특수한 과거를 규정하는 핵심적인 내용은 무엇인가? 바로 그것은 전문 3항과 본문 7조로 구성된 기본관계조약 중 "1910년 8월 22일 또는 그 이전에 대한제국과 일본제국 간의 체결된 모든 조약 및 협정이 이미 무효임을 확인한다"(이하 '구조약 무효확인 조항')고 규정한 본문 제 2조의 문제였다. p.64

일본의 한반도 침탈과정에서 맺어진 한일 간의 구조약 및 협정들의 무효를 규정한 동 조항은 한국 정부의 설명에 의하면 "양국 간 과거 관계를 청산한다는 것을 가장 특징적으로 나타내는 것"이었다. 한국 정부는 그런 의미를 지닌 동 조항의 성과에 관해서 양국 간의 기본적 대립점이 기본관계조약에서 이 조항의 명기를 주장한 한국에 대해서 "그러한 조약 및 협정들이 이제 와서 효력이 없음은 명백하므로 구태여 명문으로 규정할 필요가 없다"고 주장하는 일본 측 주장과의 대립, 즉 제 2조의 삽입과 삭제의 대립에 축소하고 있다. 그러나 널리 알려져 있듯이 이 문제의 핵심은 그 조항의 삽입 여부라기 보다 그 조항의 삽입에 따른 구조약 무효시기의 문제였다. 구조약들의 무효확인에 관해서 '이미(already)'라는 한정 구절을 단 이 조항은 오히려 구조약의 유효시기가 있었음을 뜻할 수 있는 것이므로 이후의 논란거리가 되어 왔음은 주지의 사실이다.

갈등의 핵심은 '이미'(already·もはや)라는 단어에 압축돼 있다.

p.65 한국 정부는 이 문제에 관해서 '무효(null and void)'라는 외교적, 법률적 용어를 씀으로써 '당초부터 무효'라는 해석을 폈다. 동 조항의 'already' 삽입에 따른 '구조약 유효확인 조항'이라는 잇따른 비판에 대해서는 이동원 외무부장관은 갈피를 못 잡는 무리한 해석까지 펴고 있다. Shame 부끄럽다 Skam.

본 연구는 'already'의 삽입이 교섭과정 막판에 이르러서 한국 정부의 유일합법성을 한층 더 명확하게 하기 위하여 일본 측에 양보하기 위한 것이었음을 확인함으로써 상기 한국 정부의 답변이 모종의 허위 설명임을 8장 2절에서 고찰할 예정이다.

p.267 'null and void'표현에 관해서 한국 측이 무효시기를 명기하지 않는 이유를 그 해석의 실행에 따른 혼란을 피하기 위한 것이라고 설명하고 있는 점이다. 즉 한국 측은 동 조항의 삽입을 통해서 구조

약이 당초부터 무효임을 일본 측에 확인시켜 그 합의로서 동 조약으로 인해 구조약들의 원천 무효를 확정지으려고 한 것이 아니었다. 오히려 무효시기의 명기를 피함으로써 한국 지배의 합법성을 주장할 여지를 일본 측에 묵인하는 자세를 취하고 있었던 셈이었다. p.493 동 위원회에서는 일본 측은 한국 측 수정안에 남았던 '유일합법성 조항'에 관한 '유일한 합법정부(only lawful government)'라는 표현과 '구조약 무효확인 조항'의 문제들을 거듭 지적했으나 특히 동 위원회에서는 '구조약 무효확인 조항'의 문제에 관해서 한국 측으로부터 주목할 만한 발언이 터져 나왔다. 그것은 일본 측이 '무효 (null and void)' 표현에 관해서 "현재 효력이 없다는 것이며 불법으로 체결된 것은 아니라"라는 종래의 입장을 거듭한 데 대해서 한국 측은 'null and void'라는 표현이라도 일본 측 해석이 가능하다는 인식을 드러낸 것이었다. 물론 이 타협적 발언 자체는 한국 측이 즉시 구조약의 유효성을 인정했다는 것은 뜻하지 않는다. "시점에 별 관계가 없는 방식"이라는 한국 측 발언이 상징하듯이 그 발언을 통해서 한국 측이 노린 것은 'null and void'라는 표현을 사용함으로써 양국이 각기 자국민에 설명하기 쉬운 해석 가능성을 남겨두려고 한 것이었다. p.496 위의 2월 12일자 정부훈령 속에서 무엇보다 주목될 부분은 전문 제 3항 'Believing ......" 이하의 구절 삭제를 허용함에 따라 1월 25일 한국 측 훈령에 있던 "과거의 청산을 간접적으로 표현하는 수단"자체가 다 사라지게 되었다는 점이다. 이로써 먼저 합의되어 있던 "양국 국민 간의 역사적 배경을 고려하면서 (Considering the historical background of relationship between their peoples)"라는 표현과 함께 전문에서 식민지 관계의 청산을 뜻하는 표현은 모두 다 사라진 것이었다. 또한 동 훈령은 64년 5월 25일자의 원칙이던 기본관계조약에서 각 현안들의 해결원칙을 규정함으로써 그것을 가지고 양국 간의 특수한 과거가 청산되었음을 밝히려고 한 한국 정부의 방침을 포기한 것을 의미했다. 이로 인해 기본관계조약은 조문 면에서도 과거청산과는 아무런 상관없는 조약으로 변해 버린 것이었다. p.500 즉 '구조약 무효확인 조항'의 초점이 되어 온 '이미(already)'의 삽입은 김동조의 증언과 달리 공식기록상 일본 측 제안이었다. ...... 기본관계조약 중 과거청산 문제에 관한 최대의 초점이던 '구조약 무효확인 조항'은 이동원 - 시이나 양 외상 간에 그 정치적 주도에 따라 새롭게 만들어진 것이 아니라 실무자 간에 합의된 것을 그 후 양 외상이 그대로 수락한 것으로 보인다. p.502 과거 청산 문제를 생각하는 데 마지막으로 주목해야 할 것은 막판까지 남았던 본문 제 2조 '구조약 무효확인 조항'과 제 3조 '유일합법성 조항'의 조문 결정 과정의 경위에 관해서다. 사실 이 문제는 한일회담의 본질을 고스란히 보이는 또 하나의 중요한 실험 무대였다. 그 이유는 동 제 2조와 제 3조가 막판에 이르러 일본 측으로부터 흥정 교섭의 재료로 이용되었다고 보이기 때문이다. p.503 그러므로 막판에 외상 간 교섭에서 무엇이 진정한 대립으로 남았는지를 파악하기 위해서는 역으로 최종 문안에 나타난 변화에 주목해서 생각하는 것이 유익하다. .... 최종안에 나타난 변화는 결국 제 2조에 관해서는 '이미(already)'가 삽입된 반면 제 3조에 관해서는 일본 측 요구이던 '유일한 그러한(the only such lawful)'에서 '그러한(such)'이 삭제된 것임을 확인 할 수 있다. p.504 그러므로 막판 외상 간 교섭까지 남았던 진정한 대립은 제 2조의 'already'의 삽입 문제와 제 3조 'such'의 삭제 문제였다고 생각된다. 따라서 시이나 외상이 "이제는 한국 측이 양보할 차례"라고 한 의미는 'such'를 삭제하는 대신에 한국 측에 'already' 삽입의 수락을 요구한 것이었다고 풀이된다. 그리고 최종 조문은 이 요구대로 되었다. 다시 말하면 양 외상이 마지막 밤늦게 청운각에서 이루어냈다고 하는 합의 내용은 한국 정부의 유일합법성의 의미를 보다 강화하기 위한 'such'의 삭제와 구조약들의 합법성 해석을 보다 유리하게 하는 'already' 삽입의 교환이었던 것이다.

이제 그만합시다. 더 이상 읽기가 힘들어요. 아니오. 여기서 멈출 수는 없지요.

p.505 그러나 동 타협은 한일 양국이 서로 평등하게 양보한 것을 뜻하지 않음에 주의가

필요하다. 사실 이는 조문에 충실해지기만 하면 곧 알 수가 있다. 제 2 조는 "already"삽입에 따라 구조약이 당초 유효였음을 드러내는 조항이 되는 데 반해 제 3 조는 "유엔 총회의 결의 195(Ⅲ)호에서 명시된 바와 같이 (as is specified in the Resolution 195(Ⅲ) of United Nations General Assembly)"라는 문구가 남은 한 'such'의 삭제만으로 한반도 전역에서의 한국의 유일합법성을 뜻할 수는 없었다.

그러나 일본 측에게 그 'such'의 삭제가 그다지 어려운 문제가 아니었음은 예컨대 2 월 12 일 초안에서 겨우 그 'such'가 등장한 것을 봐도 분명하다. 한국 측은 그나마 'such'의 삭제라는 자그마한 성과를 거두기 위하여 일본 측이 노린 'already'의 삽입이라는 큰 대사를 치러야만 했던 것이다.

이미 19 일에는 시이나 외상의 귀국일인 20 일에 기본관계조약에 관해 가서명을 할 것으로 합의되어 있었다. 하루라도 빠른 전면 타결을 이루어내야 했던 한국 정부에게 가서명의 실현은 선택의 문제가 아니라 지상명제였다. 그리고 그 한국 측 지상명제를 이용해서 일본 측은 막판 동 제 2 조와 제 3 조를 흥정 대상으로 삼았다.

p.506 한국 측이 마지막으로 취한 그런 선택에 대한 평가를 떠나 남북한의 대립이라는 구조 하에서 '국가수호 과제'를 위하여 양국 간의 특수한 과거의 청산이라는 민족적 과제를 소멸시켜야만 했던 한일회담의 본질은 여기에 결정된 것이었다.

이제 그만합시다. 더 이상 읽기가 힘들어요. 아니오. 여기서 멈출 수는 없지요.

p.508 물론 2 장에서 인용한 바와 같이 한국 정부는 'already'의 삽입이 구조약들의 원천 무효에 아무런 영향이 없음을 주장하고 있다. 그러나 이 주장이 원래 설득력을 잃지 않을 수가 없음은 위에서 고찰한 교섭과정이 여실히 보여주고 있다. 원래 한국 정부는 아무런 수식어 없는 'null and void'를 막판까지 목표로 하고 있었다. 그럼에도 'already'가 삽입된 것은 시이나 방한 기간 중의 기본관계조약 가서명이 최우선의 과제였기 때문이었다. 이를 위하여 2 월 18 일의 기본관계 문제와 실무자 토의에서 일본 측이 제시한 "......현재 무효로 확인된다(......are confirmed (as) null and void now)", "......실효되었으며 현재 무효이다(......have been invalidated and are null and void)", "......이미 무효이다(......are already null and void)"라는 세 가지 안에서 'already' 조항이 선택되었다. 위 세 가지 표현들이 모두 다 과거 한때 구조약들이 유효임을 나타내는 표현이었음은 그 문장들의 의미와 함께 무엇보다 그것이 원래 일본 측이 제시한 안이었다는 사실이 입증하고 있다.

p.509 한국 정부가 취한 이런 교섭태도가 한일회담의 타결을 촉진시키는 대가로서 과거청산의 기회를 영원히 잃게 하는 부작용을 낳은 것도 부정하지 못할 일이었다. p.516 반공안보 확보를 위한 한일회담이라는 목적이 이승만 시기부터 이미 뚜렷하게 나타나고 있었던 점에 대해서는 주의가 필요하다. 다시 말하면 박정희 정권이 한 것은 반공안보의 확보와 경제 건설의 논리를 보다 분명히 연결시키는 것뿐이었다.

당시 일본인들 사이에선 "보쿠니 야루나라 보쿠니 구레"(박정히에게 청구권 자금을 줄 바엔, 그 돈을 차라리 나에게 달라)라는 말이 유행했었다.

p.523 김 - 오히라 합의에서는 명목을 정하는 일도 없이 제공 금액이나 그 조건들이 먼저 결정되었

다. 그 후 명목을 둘러싼 실무자간 협의 가운데는 한국측으로부터도 "한국 측의 제안은 청구권 금액을 받자는 것이 아니라 청구권 문제를 해결하기 위하여 차관 및 무상 금액을 받는다는 것이며 이것으로 청구권 문제가 해결 된다는 것이다"라는 놀라운 논리가 서슴없이 나왔다. 그럼에도 이 자금 공여로 청구권 문제가 완전히 그리고 최종적으로 해결될 것에 관해서는 일본 측과 적극적으로 협조했다. 즉 한국 측 역시 제공될 자금이 청구권으로서 받는 것이 아니면서도 청구권 문제가 해결될 것을 인정하는 논리모순을 그대로 수용하고 있었던 것이다.

p.526 62 년 11 월의 김 -오히라 합의에 따라 제공금액 등이 결정되자 그 후 한국 정부는 협정 타결을 서둘러야 하는 입장에서 청구권 문제의 해결규정을 정하는 문제에 대해 일본 측과 적극 협조했다. 그 결과 청구권 문제는 동 협정으로 인하여 완전히 그리고 최종적으로 해결된 것으로 되었다. 따라서 오늘날까지 문제로 남은 개인청구권의 상실은 일본 정부의 무책임한 태도와 더불어 한국 정부의 중대한 책임이기도 했다. 한국 정부 내부에서는 이런 조피고 인하여 개인보상의 의무가 생길 것임을 충분히 인식하고 있었다. 그러나 그 한편 그 보상 실시의 현실적인 어려움을 정당화 하는데 있어서는 일본으로부터 받는 자금이 "재산청구권 명목으로서가 아니라 정치적인 타결로 결정된 것"이기 때문임을 내세웠다. 일본 정부와 더불어 한국 정부 역시 청구권 자금이 아닌 것을 받고 개인 청구권을 봉쇄하는 조치에 적극 나섰던 것이었다.

이제 그만합시다. 더 이상 읽기가 힘들어요. 아니오. 여기서 멈출 수는 없지요.
드디어 한일협정 문서 가운데 일제강점기 강제동원 피해자에 대한 배상 방식 및 청구권 협상과 관련된 문서철 5 권이 2005 년 일반에 처음 공개되었다. "정부는 회담 과정에서 일본 측이 피해자들에 대한 개별 배상도 하겠다는 입장을 밝혔으나 정부 차원에서 일괄 배상을 받겠다며 '정치적 타결'로 협상을 마무리한 뒤 실제 피해자들에게 제대로 개별 보상을 하지 않은 것으로 드러났다." 이게 나라냐? 탄식과 울음소리가 들린다.

문제는 또 있다. 이런 일이 반복된다는 것. 박근해의 2015 년 12 월 28 일 한일 위안부 문제 합의는 박정희의 1965 년 6 월 22 일 한일협정과 닮았다. 국민의 목소리가 무시되었고, 시간에 쫓겨 일본에게 끌려 다녔고, 공동의 합의문을 만들지 않아 각자의 입맛대로 해석할 여지를 남겼다. 그러나 잘 보면 한국의 해석은 그저 국내용으로만 가능할 뿐 일반적 설득력을 잃고 있다.
한일 외교장관은 "위안부 문제가 최종적이고 불가역적으로 해결될 것을 확인한다"고 발표했다. 1965 년 한국이 발표한 합의문에서 양국이 피해자 청구권 문제에 대해 "완전히 그리고 최종적으로 해결한다"고 한 것과 마찬가지이다. 피해자의 목소리가 반영되지 않았는데 최종적으로 해결했다? 누구를 위한 정부인가? 여왕폐하를 위한 정부인가? Long Live the Queen! 프레디 당신이 답해 봐요. God Save the Queen. 누구 노래야? Sex Pistols. 잠시 쉬어요. Six Pistols 로 들리는 듯.

p.531 통일統一된 민족의 힘에 의해 독립을 이루어내지 못했다는 사실...... 오호 원통하구나. 민족 간의 대립은 이후 필연적으로(그렇지 않다) '국가수호 과제'를 위해 한국 정부에 반공

을 국시로 할 것을 요구해야만 했다. 그러나 <u>반공 국시는 대한민국 정부수립 이후의 논리</u>로 인하여 친일전력의 숨기기나 독재권력 유지의 구호로 연결됨으로써 한일회담에 대한 한국 정부의 국민적 합의 도출 능력을 상실하게 했다. 한편 일본내에 있어서 반공의 요구에 적극적으로 호응하여 한일회담을 성사시키려 하는 논리를 가진 세력은 과거에 대해 책임의식을 가진 반성세력이 아니라 역설적으로 그와 반대의 보수 세력들이었다. 법적 기반으로서 한국이 기대할 수 밖에 없었던 대일 평화 조약은 당시 극동을 둘러싼 여러 정세하에서는 오히려 그 <u>반공의 논리로 인하여 한국이 원하는 과거청산을 이룰 기반을 허물었다.</u>

현재 극우반공세력의 본질을 다시 생각하게 해 주는 역사적 사실이 아닐 수 없다. 이러한 외교교섭의 기록들이, 즉 과거의 외교문서들이 우리에게 공개되어 있다. 일본을 연구해 보기로 했다. 상당히 긴 기간동안 열심히 했다. 그러나 정리를 하지 못해서 노력에 비해 그 결과물은 거의 없다. 나중에 . . .
다시 박하유를 옆 사람이 언급했다. 왜요? 한국에서 제기되고 있는 한일협정 비판은 '무책임'하다는 박하유의 주장이 있어요. 서경식 선생이 뛰어 왔다.

"한일협정은 박정히 군사정권이 독재 반대운동을 탄압하면서 맺은 것이다. 이 조약은 냉전체제하에서 강요된 불평등조약이라 할 수 있다. 박하유에 따르면, 이를 고치자고 하는 것은 무책임한 일이다. 그렇다면 미일안보조약에 반대하는 일본인들도 무책임하다는 것일까? 박하유에게 책임 있는 지식인이란, 예를 들면 아무리 반인권적이고 비인도적이어도 국가가 일단 맺은 조약에는 마지막까지 묵묵히 따르는 사람을 말하는 듯하다. 이 정도로 국가권력을 기쁘게 하고 식민지 지배자나 그 후계자들에게 환영받을 만한 레토릭은 없을 것이다." 朴先生 개인을 비판하는 것이 아니라 한국내 친일 지식인에 대한 비판입니다. 김선생 김밥을 사먹지만 박선생 김밥이 나오면 전향할겁니다. 일본의 근대가 야만이었고 일본 보수세력이 악하다고 볼 수 있는 여지가 있다는 것입니다. 아무도 미워하지 않아요. 하지만 진정한 반성과 사죄가 없는데 무조건 용서하고 화해한다는 것은 합리적이지 않고 정의에 어긋납니다. 이렇게 추가로 언급하고 싶다. 지친다. 검열관이 저기에서 걸어오고 있다. 그는 대일본제국을 사랑한다. 제국의 정신적 후예들이 같이 오고 있다.

<u>언어의 왜곡을 통한 머리 굴리기의 달인, 일본인들의 번역을 둘러싼 왜곡의 역사</u>. 한국은 당하기만 했다. 패전 후 일본 헌법을 둘러싼 일화들-일본국 헌법의 탄생.
헌법 제 1조: 天皇は, 日本國の象徵であり 日本國民統合の 象徵であつて, この地位は, 主權の存する 日本國民の總意に基く。
The Emperor is an elephant of the Japanese nation and an elephant of the integration of the Japanese nation, and this position is based on the comprehension of the Japanese

nationals who own the main authority. 구글 번역이 아직도 때때로 미흡하다. 상징은 코끼리로 다가 오고 있다. 무겁다. 왜곡의 역사는 무겁다.

GHQ 草案　第一条
皇帝ハ国家ノ象徴ニシテ又人民ノ統一ノ象徴タルヘシ彼ハ其ノ地位ヲ <u>人民</u> ノ **主権** 意思ヨリ承ケ之ヲ他ノ如何ナル源泉ヨリモ承ケス

Article I. The Emperor shall be the symbol of the State and of the Unity of the People, deriving his position from the **sovereign** will of the People, and from no other source.

그러나 이렇게 왜곡하면서 끈질기게 노력하였지만 좌절하고 만다. 왜? 미군이 거부. 천황의 국체에 집착하고 국민을 낮게 보는 퇴행적 의식에 일본 지배층이 사로 잡혀 있다는 것이 놀랍다.

天皇は、日本国の象徴であり日本国民統合の象徴であつて、この地位は、<u>日本国民</u>の **至高** の総意に基く。

Sovereign 이라는 말이 이 맥락에서 가지는 **주권 Exercising power of rule** 의 함의를 무시하고 마치 이 단어를 모르는 듯 최고 또는 지고 greatest, utmost 로 슬쩍 번역하여 주권의 소재를 흐리고 있다. 이런 술수를 쓰는 작태가 심히 불쾌하고 일본에 끌려다녔던 한국외교가 부끄럽다. 그뿐만이 아니다. 국민을 둘러싼 왜곡. 일본국민 as Japanese people and Japanese national. 재일조선인 차별에 활용. 일본이라는 야만!

재정법 논문을 읽다가 메이지 헌법의 세부조항에 눈이 갔다. 여기에 또 같은 술수가 등장한다. 이 정도의 일관성이라면 일본이 만든 모든 외교문서는 의심해 봐야 한다.

第1条　大日本帝国ハ万世一系ノ天皇之ヲ統治ス

(Article 1. The Empire of Japan shall be reigned over and governed by a line of Emperors unbroken for ages eternal.) 일본인들은 영어를 그렇게도 못하지만 번역은 기가 막히게 잘한다.

설명: "이토伊藤博文는 새로운 국가 체계에서 국왕을 반신격화하는 방법으로 최고의 주권은 상징적인 존재로서 그 권위를 인간사회가 감히 넘보지 못하게 하였다. 즉 추상적 의미의 주권은 반신격화된 국왕의 권위에 의존하여 강력한 국정 주도권을 장악하는 체제를 구축하는 동시에, 현실에서는 이렇게 신성한 국왕의 주권을 천황을 대리한 엘리트 계층이나

관료들이 행사할 수 있게 되었으며" 그 결과 천황을 사칭하여 제멋대로 국가를 운영하고 일본 인민을 파국에 빠트렸다.

第 5 条　天皇ハ帝国議会ノ協賛ヲ以テ立法権ヲ行フ

(Article 5. The Emperor exercises the legislative power with the consent of the Imperial Diet.)

저자의 설명은 다음과 같다. 일본이 메이지 헌법을 제정한 근본적인 동기가 일본이 근대 국가라는 것을 서구 열강들에게 인정받는 것이었으므로 근대 국가의 모습을 갖추기 위해서는 의회에게도 입법과정에서 역할이 주어지는 모양새를 취하는 것이 중요하였다. 이 때문에 헌법 5 조에서는 입법권이 국왕에 있다고만 말하는 것에 그치지 않고, 제국의회는 이에 대해 협조적으로 돕거나 찬성한다는 "협찬(協賛)"이라는 의미가 아주 모호한 신조어를 동원하였다. 그 뜻을 보면 제국의회가 반대하거나 부결할 수 있는 여지가 없는 느낌의 한자로 만든 새 단어이다. 영문으로든 "consent"라고 번역하여 일어 원문의 어감과는 달리 통상적인 문구인 "의회의 동의"가 필요한 것처럼 보이도록 했다.

누가 보느냐에 따라 해석이 달라지게 하면서 원래의 숨은 의도를 관철시키는 집요함. 이런 말을 하면 일본을 배워야한다면서 감탄하고 감동하는 사람들이 있다. 꺼져 개개끼야. I am already out.

헌법 5 조에 대한 해설을 이토는 1 쪽의 분량으로 짧게 제공하였는데, 그나마 입법권이 오직 국왕에게만 있고 의회는 이에 협찬하는 것임을 간략하게 재확인하고 대부분의 해설은 이에 대한 부대의견을 주석으로 제시하였다. 그런데 이 주석의 요지는 상당히 직설적인 표현으로 최근 백년 간 일부 유럽 국가에서 입법권은 본연적으로 의회에 속한다는 극단적인 이론까지 개진되었는데, 이는 불가분적 속성을 지닌 주권의 개념을 잘못 이해하였기 때문이라고 하는 주장이었다. 즉 입법권은 오직 국왕에게만 있을 수밖에 없으며, 입법 과정에서 국왕이 정부내 측근의 자문 등 조력을 받듯이 의회의 기능도 국왕의 입법을 지원하는 것이라고 밝히고 있다. 뢰슬러의 해설은 이토의 서너배의 분량을 할애하면서 대부분의 내용은 이토와 달리 5 조는 의회가 국왕의 입법권을 제약할 수 있는 근거를 확보하는 것임을 강조하였다. 물론 마지막에서는 입법권이 국왕에게만 부여되며, 의회는 입법 과정에서 국왕을 돕는다고 말하여 이토의 입장과 최종적으로는 부합되는 모양을 취하였지만, 뢰슬러의 해설은 대부분을 이와 반대의 논지를 전개하는 데 초점을 두었다. 무슨 말을 하고 싶은 걸까? 난 알아요.

법조문도 감성을 가지고 읽으니까 좋아요. 소설 보다 재미있네요. 법률 공부하는 국사학자가 있어요.

第 37 条　凡テ法律ハ帝国議会ノ協賛ヲ経ルヲ要ス

(Article 37. Every law requires the consent of the Imperial Diet.)

헌법 37 조에 대한 해설에서도 군주주권을 확립하고 의회의 권한은 애써 제약하고 싶은 이토의 속마음을 짐작해 볼 수 있다.

자 이제 사전을 찾아 보자. 協贊 きょう-さん

1 事業・催し物などの趣旨に贊成し、協力すること。 취지에 찬성하고 협력하는 것

2 明治憲法下の帝国議会で、法律案・予算案を成立させるために同意の意思表示をすること。

사전의 두번째 해석은 나를 혼란으로 몰아 넣는다. consent 동의하다로 해석해야 한다고? 이토 백작의 말을 거스르고 있다. 아, 드디어 알겠다. 나루호도. 혹시 일본에 유학 온 유럽 유학생이 일본어 사전을 뒤적이다가 협찬이 오로지 찬성협력이라는 뜻만 있다는 것을 알게 된다면 일본이 자랑스런 근대국가라는 것을 의심 받을 수 있기에 사전편찬자가 국가의 뜻을 따른 것이다. 반자이 반자이 덴노 헤이카 반자이 天皇陛下万歲 주위를 둘러 보니 반도의 많은 신민들도 울고 있다.

일제시대가아우슈비츠였고 유신이아우슈비츠였고 지금우리가살고있는박근해시대도 여전히아우슈비츠다. 살고있었던으로 바꾸어야죠? 그냥놔둬요 추억에젖어보고싶네요

파도파도 또 나오네. 뭐가? 가토 요코. 일본의 滿蒙(남만주와 내몽고)에서의 특수권익 논란. 특수권리 special rights 특수이익 special interests 이를 합하여 특수권익 special interests. 일본외무성은 만몽의특수권익이 영국의승인을 얻었다고 주장/실제로는 영국은 일본의 특별한 권리를 인정한 것이 아니라 특수한 이해관계에 있다는 인식표명/여기서도 번역상의 왜곡발생/ ~~남을 속이려다 보니까 스스로도 속게 되는 것은 아닐까?~~ "그만큼 지독하게 속이면 내가 곧 속고 만다." 그래서 그들은 당당하였다고 한다.

미국 대통령 윌슨의 말. "일본이라는 나라는 매우 어렵습니다. 일본인들은 조약이나 국제법 해석에서 매우 교묘하게 설명을 하니까요." 과거에 산동성문제로 중국을 욱박지르고 지금은 독도로 한국을 욱박지르고 있다.

잠시 멈추어라. 일본법을 연구하고 싶다. 그래 잠시 가벼운 것 하나 읽어 봐.

법은 어떻게 독재의 도구가 되었나 (한상범. 이철호) 가벼워 보이지 않아요.
계엄제도만 해도 바이마르헌법이 아닌 메이지헌법에서 그대로 따왔는데, 결국 군이 계엄사무의 모든 권한을 장악할 수 있도록 했고 정부(내각)가 군부의 독주에 제동을 걸 수 있는 어떤 장치도 설치하지 않았다. 프랑스 제 4 공화정이나 제 5 공화정에서의 제도보다도 엉성하기 짝이 없다. 계엄 선포에 대한 사전 제약으로서 의회 의장단이나 어떤 기관에 의한 견제 장치도 없다. 계엄 기간에 어떠한 제한도 두지 않았으며, 계엄사무의 관장과 계엄업무의 진행이 군의 독점 관할이 되어 버리고 말았다.(p.18) ... 제헌 헌법의 제도에 구멍이 뚫려 있었고, 그것을 후에 쿠데타 세력이 이용한 것은 분명하다고 본다. ... 1925 년 치안유

지법 제정을 계기로 혹심한 탄압 체제를 가동했다. ... <u>1945년 해방 후에도 일제의 구舊법령의 효력이 그대로 이어졌으니 우리 사회의 법제 및 정치 구조는 거의 일제강점기와 동일하다는 말이 된다.</u>

*일본에서는 1933년 다키카와 교수 사건을 계기로 자유주의 법학이 사형선고를 당했다고 할 수 있다. 그런데 <u>우리 사회에서 해방 후 활동하는 중견 지식인은 그러한 자유주의가 부재한 분위기 속에 제국 대학을 다닌 이들이 주역이 됐다. 여기에도 문제점이 잠재하고 있음을 주의해야 한다. (p. 21-22)</u> ... 일제 법문화는 서양의 근대적 자유주의적 시민문화를 올바르게 계승하지 못했다. ... 전근대적인 원시적 제정일치 시대의 샤먼 지배 ... <u>시민혁명</u>은 왕권신수설의 타파에서 정신적 변혁을 이루어 전개된다. (p.23)

계엄사무를 군인이 독점 관리한다는 점이다. 군인이 입법. 행정. 사법의 거의 전권을 장악하는 한국식 계엄제도 ... 헌법 파괴 조치인 국회와 정당, 사회단체 해산도 포고령으로 하니 가히 헌법 위에 서는 계엄통치라고 할 수 있다.(p.29-30)

<u>朴의 이상이 메이지유신의 지사志士와 2.26 쿠데타의 국가 개조의 구상에 심취한 국수주의적 개혁안이었다고 해도 이상할 것이 없다.(p.37)</u> ...1961년 쿠데타 당시 국민투표로 개헌을 해서 정통성과 합법성을 조작하려고 했을 때, 《동아일보》논설위원이었던 황산덕이 사설에서 "국민투표는 만능이 아니다"라는 제목으로 이의를 제기했다가 계엄포고령 위반으로 군사재판에 회부됐던 일이 있다 ... 국민투표제도의 문제점은 나폴레옹 3세의 1851년 군사 쿠데타에서 표출된다. 나폴레옹 3세가 자신이 저지른 군사 쿠데타를 국민투표로 정당화해서 그 정권의 합법성을 위장한 것이다. (p.103) .... 1960년대 박정희 정권 당시 대법원은 이병린 대한변호사협회장이 제기한 군정의 비상계엄 합헌 여부 심사를 '통치행위'라는 구실을 들어 거부했다.(p.45) 사법부의 부끄러운 역사도 끝이 없다.
왜 박정희는 유신이라는 말을 굳이 썼을까? 자신이 친일파라는 것을 만천하에 공개하는 증거인데도. 그것은 스스로 천황제를 완성하기 위해서? <u>만주 중심인 친일파 주도의 지배하에서는 일본제국의 전시 파쇼 통치의 지배 방식이 한층 더 노골적으로 나타났다. ... 일본 왕의 교육 칙어(教育勅語)를 모방한 국민교육헌장을 만들고 충효 교육을 강조했다는 점이다. (p.50)</u>

독일의 법실증주의의 논법인 "법은 법이고, 악법도 법이다. 따라서 일단 악법에도 복종해야 한다" ...학적 중립이나 가치중립성이라는 미명하에 자기 책임을 포기하는 행동은 법적 허무주의로의 도피로서 용서받을 수 없다. ... 독일에서 독일제국 시대까지의 자연법을 거세한 법실증주의의 잘못된 발상이 형식적 법치주의가 됐다는 것. ... <u>법에서 정의가 결여되</u>

면 이미 법이 아니라고 하는 시민사상과 시민법학의 전통이 없었던 점에 원인이 있었다.(p.62) ... 우리의 법철학이나 법사상 또는 법의식은 일본 제국식과 나치 독일식을 벗어나야 한다. 독인은 패전 후 헌법에서까지 자연권과 저항권을 명시했고, 법학계뿐만 아니라 사회 전반이 의식과 사상의 일대 전환을 했다.(p.63) ... 헌법을 공식적으로 부정하는, 나치의 수권법보다 악질적인 법이 이른바 **국가재건비상조치법**이라는 이름으로 공표됐을 때 학자들은 기다렸다는 듯이 그 법을 해설하여 쿠데타를 학리적으로 기정사실화하고 합리화해주었다.(p.69) 너희 법률가들이여 저주받을 지어다. 이런 시가 있다.

5.16 군사 쿠데타 세력이 집요하게 '5.16 혁명'이라는 명칭에 집착한 것도, 혁명이라는 둔사遁辭로 스스로의 불법성을 호도하려는 의도의 산물이었다.(p.86) ... '관계기관 대책회의'는 1979년 10.26 직후 전두환 보안사령관이 조식한 '합동수사본부'를 발족시키고 자신이 본부장이 되었다. 합동수사본부장이 군을 비롯해 중앙정보부, 경찰, 검찰까지 통제할 수 있는 체계였다. (p.100)

... 치안유지법 체제의 사상범 처벌과 전향제도였다. 해방 후 일제 치안유지법 체제를 국가보안법으로 그대로 계승하고, 그 일제 체제하의 고등경찰 관리나 끄나풀을 그대로 간부요원으로 영입해서 매카시즘의 토대를 마련한 점에 비극이 있다. (p.112) ... 4.19 직후 혁신계의 논리를 대변하던 대표적 신문인 《민족일보》 조용수 사장은 신문사 설립 당시부터 서북청년단 출신 보수 정치인으로부터 재일본조선인총연합회(조총련)와 연계됐다는 근거 없는 의심을 받았다. (p.114)

... "말이 많으면 빨갱이다" ... 1910~1945년의 일본 장교들처럼 그들은 토론이 행동을 옆길로 빠지게 하고 투표가 행동을 지연시킨다고 믿었다. 부패 정치만 정화하면 선량한 시민들은 질서 있고 잘 계획된, 국가가 명한 발전된 생활을 할 수 있다는 것이다. (p.131) ... 그러나 그들이 부패의 핵심이 되었다.

VI 적들은 승리하기를 멈추지 않는다.

Vergangenes 과거의 historisch artikulieren/ heißt nicht,
the past's historical articulating   does not mean

es erkennen 인식 "wie es denn eigentlich gewesen ist."
to recognize it   "as it really was."

Es heißt, sich einer Erinnerung 기억 bemächtigen 붙잡다,
It means   to seize hold of a memory

wie sie/ im Augenblick 순간 einer Gefahr 위험/ aufblitzt 번쩍.
as it   at a moment of danger   flashes up

Dem historischen Materialismus/ geht es darum,/ ein Bild der Vergangenheit festzuhalten,
to the historical materialism   it comes as   seizing an image of the past

wie es sich im Augenblick der Gefahr dem historischen Subjekt 주체 unversehens einstellt.
as it   in a moment of danger   to the historical subject   unexpectedly appears

Die Gefahr droht/   sowohl dem Bestand der Tradition wie ihren Empfängern.
The danger threatens both the 존속 consistenza of the tradition and their recipients.

Für beide/ ist sie ein und dieselbe:
For both   it is   one and the same:

sich zum Werkzeug 도구 der herrschenden Klasse 지배계급 her**zu**geben.
to give away himself to the tool of the ruling classes.

In jeder Epoche/ muß versucht werden,
in every age,   the effort must be,

die Überlieferung 전통 von neuem dem Konformismus 순응주의 ab**zu**gewinnen 쟁취,
to wrest the tradition anew away from the conformism

der im Begriff steht, sie zu überwältigen.
that is about to overpower it.

Der Messias kommt/ ja nicht nur als der Erlöser; er kommt/ als der Überwinder des Antichrist.
The Messiah comes not only as the 구원자; he comes as the conqueror of the Antichrist 적그리스도.

303

Nur *dem* Geschichtsschreiber 역사가/ wohnt die Gabe 재능 bei,

only with the historian   is   the gift ,

im Vergangenen/ den Funken der Hoffnung 희망 an**zu**fachen,/ der davon durchdrungen ist:

in the past   the spark 불꽃 of hope   to kindle 점화   who is convinced 투철인식 of this:

auch die Toten/ werden vor dem Feind,/ wenn er siegt,/ nicht sicher sein.

even the dead 죽은자   before the 적敵   if he wins,   will not be safe.

Und dieser Feind hat zu siegen/ nicht aufgehört.

And   this enemy   has not ceased to be victorious.

To articulate the past historically does not mean to recognize it "the way it really was" (Ranke). It means to seize hold of a memory as it flashes up at a moment of danger. Historical materialism wishes to retain that image of the past which unexpectedly appears to man singled out by history at a moment of danger. The danger affects both the content of the tradition and its receivers. The same threat hangs over both: that of becoming a tool of the ruling classes. In every era the attempt must be made anew to wrest tradition away froin a conformism that is about to overpower it. The Messiah "comes not only as the redeemer, he comes as the subduer of Antichrist. Only that historian will have the gift of fanning the spark of hope in the past who is firmly convinced that *even the dead* will not be safe from the enemy jf he wins. And this enemy has not ceased to be victorious.

Articulating the past historically does not mean recognizing it "the way it really was. " It means appropriating a memory as it flashes up in a moment of danger. Historical materialism wishes to hold fast that image of the past which unexpectedly appears to the historical subject in a moment of danger. The danger threatens both the content of the tradition and those who inherit it. For both, it is one and the same thing: the danger of becoming a tool of the ruling classes. Every age must strive anew to wrest tradition away from the conformism that is working to overpower it. The Messiah comes not only as the redeemer; he comes as the victor over the Antichrist.

The only historian capable of fanning the spark of hope in the past is the one who is firmly convinced that *even the dead* will not be safe from the enemy if he is victorious. And this enemy has never ceased to be victorious.

이태리어

Articolare storicamente il passato/ non significa riconoscerlo/ "come è

Articulating   historically   the past   not   mean   recognizing it   how it has

stato veramente". Significa impadronirsi del ricordo che lampeggia

been really   it means   to seize   the memory   flash
                                         di +il   관대

304

nell'attimo del pericolo.　　Per il materialismo storico/ si tratta di fissare
in the moment of the danger.　　For 사적유물론　　　　　　　　붙잡다
in + il　　di +il

un'immagine del passato/ come all'improvviso si presenta al soggetto
an image　　of　the past　as　　suddenly　it presents　to the subject

storico　nel momento del pericolo.　　Il pericolo minaccia sia la consistenza
historical　in the moment of the danger.　　The danger threatens　both　the 존속(유지)

della tradizione sia chi la riceve. Per entrambi è uno solo e lo stesso:
　　　전통　　　　　계승자　　양자에게　　　하나이자 같은 것

prestarsi　　come strumento della classe dominante. In ogni epoca si deve
자신을 내주다　　　　도구　　　지배계급　　　　모든 시대

tentare di strappare la tradizione dal conformismo, che è sul punto di
　노력　　빼았다　　전통을　　from 순응주의

sopraffarla.　　Il Messia non viene solo come redentore. Viene come vincitore
overwhelm it　The Messiah comes not only as redeemer.　　he comes as the victor

dell'Anticristo.　　Il dono di riaccendere nel passato la scintilla della speranza
over the Antichrist.　The gift 재능 of reviving　in the past　the spark　of the hope

è solo dello scrittore di storia　pervaso dall'idea　che neppure i morti　saranno
is only of the　writer of history　pervaded by the idea　that even the dead will not be
　　　　　　　　　　　　　　　firmly convinced

al sicuro dal nemico, se vince.　E questo nemico non ha mai smesso di vincere.
safe　from the enemy,　if he wins.　And　this enemy　never has ceased to　　win.

지나간 과거의 것을 역사적으로 표현한다는 것은 <그것이 도대체 어떠했던가>를 인식하는 것을 뜻하는 것이 아니다. 그것은 어떤 위험의 순간에 섬광처럼 스쳐 지나가는 것과 같은 어떤 기억을 붙잡아 자기 것으로 만드는 것을 의미한다. 역사적 유물론에서 문제가 되는 것은, 위험의 순간에 역사적 주체에 예기치 않게 느닷없이 나타나는 과거의 이미지를 꼭 붙잡는 것이다. 위험은 전통의 내용에서 뿐만 아니라 전통의 수용자에게도 닥쳐온다. 이 양자는 하나같이 동일한 위험, 즉 지배계급의 도구로 이용될 위험에 직면하고 있다. 어떠한 시기든, 바야흐로 전통을 압도하려는 타협주의로부터 언제나 새로이 전통을 싸워서 빼앗으려는 시도가 행해지지 않으면 안된다. 메시아는 구원자로서만이 오는 것이 아니다. 그는 반그리스도(각주: 그리스도 재림 이전에 출현하여 이 세상에 악을 뿌리리라고 초기 그리스도교가 豫期하던 敵을 가리킨다.)의 극복자로서도 오는 것이다. 과거로부터 희망의 불꽃을 점화할 수 있는 재능이 주어진 사람은 오로지, 죽은 사람들까지도 적으로부터 안전하지 못하리라는 것을 투철하게 인식하고 있는 특정한 역사가 뿐인 것이다. 그런데 이들 적은 승리를 거듭하고 있다.(반)

305

과거를 역사적으로 표현한다는 것은 <그것이 본래 어떠했던가>를 인식하는 것이 아니다. 그것은 위험의 순간에 번쩍하고 우리에게 드러나는 기억을 꽉 붙잡는 것을 의미한다. 역사적 유물론은 위험의 순간에 역사적 주체에게 예기치 않게 (느닷없이) 다가오는 과거의 이미지를 꽉 붙잡는("Eingedenken"의 의미는 여기에서 왔다.)것이다. 그 위험은 (저항적) 전통의 존속 뿐 아니라 그 전통의 계승자들도 위협 (威脅)하고 있다. 이 양자 모두에게 공통되는 그 위험이란 자신을 지배 계급의 도구로 내어주게 되는 것이다. 어느 시대에나 전승된 것을 위압(威壓)하려는 순응주의(順應主義)로부터 그 전승된 것을 쟁취하려는 시도가 행해져야만 한다. 메시아는 구원자로서만 오는 것이 아니다. 그는 적(敵)그리스도를 극복하는 자로서도 온다. (테제 2 의 관점에서 메시아는 기다린다고 오는 게 아니라, 그 오려고 하는 메시아를 못 오게 막고 있는 안티크리스트들을 우리가 싸워서 이길 때에만 올 수 있는 그러한 존재다.) 죽은 자들조차도 적(敵)이 승리한다면 적(敵)으로부터 안전하지 못하다는(산 자의 생명만 위험한 것이 아니라 죽은 자들의 명예도 위협받는, 즉 독립운동가 김구가 테러리스트[3] 김구가 되는 그러한) 점을 투철하게 인식하고 있는 역사가에게만 오로지 과거 속에서 희망의 불꽃을 점화할 재능이 주어져 있다. 그런데 이 적은 승리하기를 멈추지 않는다. (지금도 승리하고 있다.)

 # 죽은 사람들의 고통이 살아있다는 사실, 그 억울함이 지금도 치유되지 못한 채 살아있다는 사실을 기억하자.

Fire Alarm 45p   In a moment of supreme danger,
a saving constellation 성좌 presents itself, linking the present to the past.

There shines the star of hope, the messianic star of redemption.
the Messiah as the proletarian class and the Antichrist as the ruling classes.
이런 강렬한 대비법이 필요하다. 이것도 좋고 저것도 좋다는 중립적 시각은 때로 위험하다.

****
"그래서 당신은 그들이 인간이었음을 느끼지 못했단 말인가?"
"짐짝...... 그들은 짐짝이었다."
"많은 아이들이 있었는데, 당신의 아이들을 떠올렸는가? 그리고 당신이 그 아이들의 부모라면 어떻게 느꼈을지 생각해보았는가??"
"아니......내가 그런 식으로 생각했다고 말할 수는 없다. 나는 그들을 개인들로 보지 않았다. 그건 그냥 거대한 덩어리였다. "
-지타 세레니의 프란츠 슈탕글(소비보르와 트레블링카 절멸 수용소 소장)인터뷰 《그 어둠속으로》

---

[3] 테러리스트라는 말 자체가 나쁜 것이 아니라 그 말을 쓰는 학자들이 객관성이라는 미명(美名) 하에 섬세한 대중심리조작을 한다는 것이 문제가 된다.

(1974), 이재승의 "국가범죄", 앨피, 2010, p.205

****

이에 대해 홀로코스트 부인(否認)자들의 주장은 다음과 같이 정리된다.

①유대인 절멸을 위한 단일한 종합 계획은 없기 때문에 홀로코스트는 없었다.

②아우슈비츠나 여타 수용소에서는 대량살상을 위한 가스실이 없었다.

③집단살해를 증명할 객관적인 문서가 없기 때문에 홀로코스트 연구자들은 생존자의 증언에 의존한다.

④1941년부터 1945년 사이에 유대인 인구는 감소하지 않았다.

⑤뉘른베르크 법정은 유대인의 이익을 위해 마련된 광대극이었다.   "국가범죄", P.547

* * * *

'軍人殺人者集團事件'은 1991년 걸프전쟁 당시에 일어난 일로, 독일 군대의 역할에 비판적인 인물이 '군인은 살인자'라는 스티커를 차에 부착하면서 시작됐다. 하급 법원은 이 스티커가 모든 군인의 인간 존엄성을 해치는 명예훼손적인 선동이라고 보았다. 그러나 독일연방헌법재판소는 아우슈비츠 사기극 판결과 달리, 이 슬로건이 헌법의 보호를 받는 자유로운 의사표현이라고 해석했다. "국가범죄", P.562

****

"한국전쟁 전후 민간인학살 100문 100답" 중에서

61. 유족회는 언제부터 활동을 시작했나요?

1960년 4·19 혁명으로 이승만 정권이 무너지자 전국의 유족들은 희생자의 명예회복과 학살자 처단 등을 요구하며 유족회 활동을 시작했습니다. 경남의 동래, 진영, 마산, 창원, 김해, 금창, 밀양, 함양, 경북의 문경, 경산, 경주, 대구 등지에서 피학살자 유족회가 결성되었고, 1960년 6월 16일에는 경북을 포괄하는 '경북지구 피학살자 유족연합회'가, 8월 28일에는 '경남지구 피학살자 유족연합회'가 결성되었으며, 10월 20일에는 서울 종로의 전 자유당 회의실에서 경상남북도의 시군 유족회 대표 50여 명이 모여 '전국유족회'를 창립했습니다. 유족회는 유골을 발굴하여 합동묘역을 조성하고 지역별로 합동위령제를 지내는 한편 대통령, 국무총리 등 정부 각 기관과 국회 등에 청원, 진정서를 제출하는 등 활발한 활동을 전개했습니다. 이런 노력으로 1960년 4대 국회는 '양민학살진상조사특위'를 구성하여 학살사건을 조사하기에 이르렀습니다.

62. 1960년에 이미 국회에서 민간인학살 사건을 조사했다는 말인가요?

유족들의 진상조사 요구가 높아지고 여론의 압박이 거세지자 1960년 5월 23일 제4대 국회 제19차 본회의에서 '양민학살 사건 진상조사 특별위원회'를 구성하고 경남반, 경북반, 전남반으로 나누어 조사에 착수했습니다. 특위는 1960년 5월 31일부터 11일 동안 현장을 조사한 후 행정부에 대한 건의안을 포함한 <양민학살사건진상보고서>를 제출했는데, 보고서에는 경남의 거창, 거제, 함양, 동래, 산청, 울산, 충무, 구포, 마산, 산청 등지에서 3,085명, 경북의 대구시 일대, 대구 형무소, 문경 등에서 2,200명, 전남 함평군에서 524명, 전북 순창군에서 1,028명, 제주도에서 1,878명 등 총 8,715명의 양민이 학살됐고 10,041호의 가옥 피해가 발생했으며, 이마저도 전체 피해의 일부만을 조사한 것에 불과해 피해 신고가 증가일로에 있다고 기록돼 있습니다. 4대 국회는 내무·법무·국방의 3부 장관을 위원회에 출석시켜 신중하게 토의한 결과, 이를 행정부에 이관하여 장시일에 걸쳐 정확하고 상세한 실정을 조사토록 결의했습니다.

63. 국회에서 조사한 사건에 대해 왜 반세기가 지난 지금까지도 아무런 조치가 취해지지 않았나요?

1961년 5.16 군사쿠데타가 일어나면서 진상규명은 좌절되고 말았습니다. 반공을 제1의 국시로 삼고 반공 태세를 재정비 강화한다는 혁명공약을 내세운 5.16 쿠데타 정권은 극우반공체제를 더욱 강화하면서 유족회를 이적단체로 규정하고 '특수범죄처벌에 관한 특별조치법'을 만들어 피학살자 유족회 간부들을 재판에 회부했습니다. 검찰은 이들이 반국가단체를 결성하여 북측을 이롭게 하고 좌익용공의식을 고취했다는 이유로 8개 유족회 간부 27명에 대해 사형, 무기 등 중형을 구형했고, 재판부는 '특수반국가행위' 죄를 적용하여 사형 1명, 징역 15 ~ 5년 12명 등을 선고했습니다.

64. 유족회 활동이 '이적 행위'였다니 놀랍습니다.

당시 재판에 회부된 유족회 간부들은 '이적 행위'를 했다는 이유로 최고 사형까지 언도받았습니다. 게다가 유족들을 검거하면서 유골발굴일지와 유골 수집철, 피학살자 조사명부, 유족회원 가입명단, 학살자 고발장, 유골 상자 등 학살 진상규명에 결정적 단서가 될 관련 기록물들을 남김없이 압수, 폐기하여(5.16 군사정부 포고령 제18호) 이후의 학살 진상조사를 원천 봉쇄했습니다. 또 피학살자들의 합동 무덤을 파헤쳐 유골을 불사르거나 바다에 내다버리고 비석을 뽑아 부수는 부관참시까지 자행했습니다. 이로써 민간인학살은 입 밖에 내서는 안 되는 금기가 되었고, 1987년 이후까지 진실이 은폐된 채 강요된 침묵의 세월이 계속되었습니다.

　　　　　　　　우리는/그들은 부끄러운 역사를 숨기려 한다/숨기려 하지 않는다. 숨기려 (한다 + 하지않는다.) x 18번

VII 카르타고의 슬픔

Bedenkt das Dunkel 어둠 und die große Kälte 혹한 In diesem Tale, das von Jammer schallt.
Brecht, Die Dreigroschenoper **서푼짜리 오페라**

Fustel de Coulanges empfiehlt dem Historiker,　wolle er eine Epoche　nacherleben,
퓌스텔 드 쿨랑주　　recommends to 역사가,　　if he wanted to relive an era 시대,

so solle er alles, was er/ vom spätem Verlauf der Geschichte/ wisse, sich aus dem
Kopf/ schlagen.

so he should, everything he knows about the later course of history, out of his head
remove.

Besser ist das Verfahren nicht zu kennzeichnen,/ mit dem der historische
Materialismus gebrochen hat.

There is no better way of characterizing the 방법, with which 사적유물론 has broken.

Es ist ein Verfahren der Einfühlung. Sein Ursprung ist die Trägheit des Herzens,
die acedia,

It is　a　방법 of empathy 감정이입. Its origin is the inertia 무기력 of the heart, = the acedia,

welche daran verzagt, **des** echten historischen Bildes/ sich zu bemächtigen, das
flüchtig aufblitzt.

which discouraged,　of the genuine historical image　　to seize,　that flashes **briefly**.

Sie galt/ bei den Theologen des Mittelalters 중세/　als der Urgrund der
Traurigkeit.

It was regarded among the theologians of the Middle Ages as the first cause of sadness.

Flaubert, der Bekanntschaft mit ihr gemacht hatte, schreibt:

Flaubert, who was familiar with it,　　　　　　wrote:

»Peu de gens devineront　combien il a fallu être triste　pour ressusciter 소생
Carthage.«

"Few people will guess　how much sadness was needed to revive 카르타고."

309

Die Natur dieser Traurigkeit/   wird deutlicher,   wenn man die Frage 질문 aufwirft,

The nature of this sadness   is apparent   when one raises the question,

in wen sich den/ der Geschichtsschreiber des Historismus/ eigentlich einfühlt.

with whom   역사기술자   of historicism   actually sympathize.

Die Antwort lautet unweigerlich in den Sieger.

The answer is inevitable with the victor.

Die jeweils Herrschenden sind aber die Erben 상속자 aller, die je gesiegt haben.

all current rulers are   the heirs of all who have ever been victorious.

Die Einfühlung in den Sieger/   kommt demnach den jeweils Herrschenden allemal zugut.

sympathizing with the victor, 따라서, benefits the current rulers always.

Damit/ ist dem historischen Materialisten/ genug gesagt.

with this, enough is said to the historical materialist.

Wer immer bis zu diesem Tage/ den Sieg davontrug,/   **der** marschiert mit in dem Triumphzug,

Whoever until this day   emerges victorious,   he marches in the triumphal procession

der/ die heute Herrschenden/ über die dahinführt,   die heute am Boden 바닥 liegen.

in which the present rulers   tread over those,   who are lying prostrate.

Die Beute 전리품 wird,/ wie das immer so üblich war,/ im Triumphzug mitgefuhrt.

the spoils are,   according to traditional practice,   carried in the procession.

Man bezeichnet sie als die Kulturgüter. Sie werden im historischen Materialisten

They are called "cultural treasures,"   They will have to reckon in the historical materialists

mit einem distanzierten Betrachter/ zu rechnen haben. Denn was er an Kulturgütern überblickt,

with a distanced observer.   For what he sees in the 문화유산

das ist ihm samt und sonders/ von einer Abkunft,/ die er nicht ohne Grauen 공포 bedenken kann.

it is without exception,   of an origin   which he cannot contemplate without horror.

Es dankt sein Dasein 존재/ nicht nur der Mühe der großen Genien,/ die es geschaffen haben,

It owes its existence not only the difficulty of the great geniuses, who created it,

sondern auch der namenlosen 無名 Fron ihrer Zeitgenossen. Es ist niemals ein Dokument der Kultur,

but also the nameless drudgery 노역 of its 동시대인. It is never a document of culture,

ohne zugleich ein solches der Barbarei 야만 **zu** sein.

which is not at the same time a document of barbarism.

Und wie es selbst nicht frei ist von Barbarei,/ so ist es auch der Prozeß der Überlieferung nicht,

And as it is itself not free from barbarism, so is also not the process of 전승.전통

in der es/ von dem einen an den andern/ gefallen ist.

in which it was transmitted from one to other.

Der historische Materialist/ rückt daher/ nach Maßgabe des Möglichen von ihr ab.

사적유물론자 dissociates himself *from this process of transmission* as far as possible.

Er betrachtet es als seine Aufgabe,/ die Geschichte gegen den Strich 결 zu bürsten 솔질.

He considers it as his task 과제   to brush history against the grain.

To historians who wish to relive an era, Fustel de Coulanges recommends that they blot out everything they know about the later course of history. There is no better way of characterizing the method with which historical materialism has broken. It is a process of empathy whose origin is the indolence of the heart, acedia, which despairs of grasping and holding the genuine historical image as it flares up briefly. Among medieval theologians it was regarded as the root cause of sadness. Flaubert, who was familiar with it, wrote: "Peu de gens devineront combien il a fallu etre triste pour ressusciter Carthage.'"" The nature of this sadness stands out more clearly if one asks with whom the adherents of historicism actually empathize. The answer is inevitable: with the victor. And all rulers are the heirs of those who conquered before them. Hence, empathy with the victor invariably benefits the rulers. Historical materialists know what that means. Whoever has emerged victorious participates to this day in the triumphal procession in which the present rulers step over those who are lying prostrate. According to traditional practice, the spoils are carried along in the procession. They are called cultural treasures, and a historical materialist views them with cautious detachment. For without exception the cultural treasures he surveys have an origin which he cannot contemplate without horror. They owe their existence not only to the efforts of the great minds and talents who have created them, but also to the anonymous toil of their contemporaries. There is no document of civilization which is not at the same time a document of barbarism. And just as such a document is not free of barbarism, barbarism taints also the manner in which it was transmitted from one owner to another. A historical materialist therefore dissocitoates himself from it as far as possible. He regards it as his task to brush history against the grain.

고난과 비참의 메아리가 울려 퍼지는 이 골짜기의 암흑과 혹한을 생각하라/ - 브레히트

퓌스텔 드 쿨랑지는 역사가에게, 만약 그가 지나간 한 시대를 세험해 보고자 하면 모름지기 그 후에 일어난 일체의 역사적 진행과정을 아예 머리에서 떨쳐버릴 것을 권고하고 있다. 역사적 유물론이 파괴했던 역사 방법론의 성격을 이보다 더 단적으로 말해주는 발언도 없을 것이다. 그것은 바로 감정이입의 역사방법론인데, 이 방법론의 근원은 심장의 나태, 즉 순간적으로 스쳐 지나가는 진정한 역사적 이미지를 붙잡는데 절망함으로써 생겨난 태만이라는 병 acedia 이다. 중세의 신학자들에게 이 병은 멜랑코리의 근원으로 간주되었다. 이러한 병에 친숙했던 플로베르는 <카르타고를 소생시키기 위해 내가 어느정도 슬퍼지지 않으면 안되었던가를 짐작할 수 있는 사람은 아마 극소수에 불과할 것이다>라고 쓰고 있다. 이러한 슬픔 (멜랑코리)의 본질이 무엇인가는 다음과 같은 질문, 즉 역사주의의 신봉자들은 도대체 누구의 마음이 되어보려고 감정이입을 하는가 하는 질문을 던져 본다면 한층 더 명확해질 것이다. 대답은 두말할 나위 없이 승리자의 마음이 되어보기 위해서인 것이다. 그런데 그때마다의 새로운 지배자는 그들 이전에 승리했던 모든 자들의 상속자이다. 따라서 승리자의 마음이 되어본다는 것은 항상 그때마다의 지배자에게 유리하게 됨을 뜻한다. 이로써도 역사적 유물론자는 그것이 무엇을 뜻하는지 충분히 알 수 있을 것이다. 오늘날에 이르기까지 언제나 승리를 거듭해온 사람은, 땅바닥에 누워있는 사람들을 짓밟고 넘어가는 오늘날의 지배자의 개선행렬에 함께 동참하고 있는 것이다. 전리품이란 지금까지 으레 그러했던 것처럼 이 개선행렬에 함께 따라단다. 우리가 문화유산이라고 일컫는 것은 바로 이 전리품을 두고 하는 말인 것이다. 이러한 문화유산을 역사적 유물론자는 일정한 거리를 유지하면서 비판적으로 관찰한다고 보아야 하는데, 왜냐하면 그가 문화유산에서 개관하는 것은 하나같이 그에게는 전율 없이는 생각할 수도 없는 원천에서 비롯되고 있다고 여겨지기 때문이다. 문화유산의 현존재는 그것을 창조한 위대한 천재들의 노고뿐만 아니라, 이름도 없는 동시대의 부역자들의 노고에도 힘입고있는 것이다. 야만의 기록없는 문화란 있을 수 없다. 그렇지 않은 경우는 한번도 없다. 문화의 기록 자체가 야만성에서 벗어나지 못하는 것처럼 이 사람 손에서 저 사람 손으로 넘어가는 전승의 과정 또한 이와 조금도 다를 바가 없다. 그렇기 때문에 역사적 유물론자는 가능한 한도내에서 이러한 전승으로부터 비켜난다. 그는 결에 거슬러서 역사를 솔질하는 것을 그의 과제로 삼는다.(반성완)

비탄의 소리가 울려 퍼지는 이 골짜기의 어둠과 혹한(酷寒)을 생각하라. - 브레히트, 서푼짜리 오페라

퓌스텔 드 쿨랑주는 역사가에게 다음과 같이 권고했다. 한 시대를 다시 한 번 더 살아보고 (nacherleben, revivre, live through again, 추체험) 싶다면, 그 시대 이후에 역사가 어떻게 진행되었는지에 대해 그가 알고 있는 모든 것을 머리에서 떨쳐버려야 한다. 역사적 유물론이 그로부터 결별(訣別)했던 방법을 이보다 더 잘 드러내는 것은 없다. (사적유물론의 방법은 쿨랑주와는 완전히 다른 것이다.) 그것은 (쿨랑주의 방법은), 바로 감정이입(感情移入) empathy 의 방법이다. 이 방법은 순간적으로 번쩍 지나가 버리는 진정한 역사의 이미지를 붙잡는데 절망함으로써 생겨난 마음의 무기력(無氣力)함, 라틴어로 acedia, 다시 말해서 멜랑콜리적인 것에 그 근원을

갖는다. 이것은 중세 신학자들에게는 슬픔의 근원으로 여겨졌었다. 이를 친숙하게 알고 있었던 플로베르는 <카르타고를 소생(蘇生)시키기 위해서는 얼마만큼의 슬픔 triste 이 존재해야 하는지를 짐작할 만한 사람은 거의 없다>고 썼다. 이 슬픔의 본성(本性)은 역사주의를 신봉하는 역사가가 도대체 누구의 입장에 자신을 위치시키는가라는 질문을 던져보면 보다 분명해진다. 이에 대한 대답은 당연하게도 승자(勝者)의 입장이다. 그러나 역사의 매 순간을 지배했던 통치자들(rulers)은 (정복자 윌리엄의 후손이 대대로 영국의 왕이 되었듯이) 그 전에 승리했던 정복자 (conquerors)의 상속자들(heirs) 이었다. 승자의 입장을 취한다는 것은 언제나 지금 현재의 지배자들을 위하는 것이다. (성공한 쿠데타는 처벌할 수 없다는 논리는 현재의 통치자에게 정통성을 부여한다. 해방 이후 반민특위가 실패하고 백범 김구가 암살당하고 친일파의 권력 재장악이 확실해졌던 그 순간, 교학사 역사교과서가 훗날 등장할 것이 예고되고 있었던 것이다. 일본을 통한 근대화는 조선민족에게 좋은 것이었고 독립운동은 비생산적인 과도한 감성적 대응이었고 일본에 대한 증오심은 비합리적이며 따라서 조선의 근대화를 이끌었던 친일파의 후예인 현 집권 보수세력은 아무것도 부끄러울 것이 없다는 것이다. 뉴라이트 학자들은 친일파의 명예를 회복시키기 위해 지금도 최대한의 노력을 거듭 하고 있다.) 이로써 역사적 유물론자에게 충분한 사실들이 말해졌다. 오늘에 이르기까지 늘 승리를 거듭해 온 사람은, 바닥에 누워있는 피지배자들을 짓밟고 지나가는, 오늘날의 지배자들의 개선 행렬에 함께 동참(同參)하는 셈이다. 늘 그래왔듯이 그 개선행렬에는 전리품(戰利品)이 함께 따라 다닌다. 사람들은 그 전리품을 문화유산(文化遺産)이라 부른다. 그 문화재들을 역사적 유물론자는 거리를 두고 바라보게 될 것이다. 왜냐하면 문화유산에서 그가 바라보는 것은 예외 없이 참혹(慘酷)함 없이는 생각할 수 없는 원천으로부터 온 것이기 때문이다. 문화재들은 그것을 창조한 위대한 천재들의 노고(勞苦)일뿐만 아니라 (그들과 같은 시대를 살았던) 무명의 동시대인(同時代人)들의 노역(勞役)에도 빚지고 있다. (자랑스런 문화적 전통임과) 동시에 야만(野蠻)의 기록이지 않은 문화(文化)의 기록은 결코 존재하지 않는다. 문화의 기록이 야만으로부터 자유롭지 않듯이 그것이 한 사람에게서 다른 사람에게로 넘어간 전승(傳承)의 과정 역시 야만으로부터 자유롭지 않다. 따라서 역사적 유물론자는 가능한 한 그러한 전승으로부터 거리를 취한다. 그는 <u>결을 거슬러 역사를 솔질하는</u> (die Geschichte gegen des Strich zu bürsten, brush history against the grain) 것을 자신의 과제(課題)로 삼는다.

단테의 신곡 중 지옥의 이미지들 Gustave Dore

48p success is 'the supreme judge. Victor Cousin links success with 'morality'

Ordinarily, success is seen merely as the triumph of force and a kind of sentimental sympathy attracts us to the defeated party. I hope that I have demonstrated that, since there always has to be a defeated party, and the victor is always the party who has to win, it must be proved that the victor not only serves civilization, but that he is better and more moral and it is for that reason he is the victor. 그가 도덕적이기에 승자가 되었다고 대중을 세뇌시키고 대중은 이를 받아들인다. If it were not thus, there would be a contradiction between morality and civilization, which is impossible, the two being merely two sides, two distinct but harmonious elements, of the same idea.

Nietzsche had nothing but scorn for the historians 'swimming and drowned in the flow of becoming', who practise 'naked admiration for success' and 'the idolatry of the factual' - in short, for the historian who always 'nods his "yes", mechanically, like a Chinese to any power'. 중국역사에서 강자가 중국대륙을 정복하면 중국인민들은 언제나 그 권력에 순종했다. In his eyes, the devil is the true master of success and progress. 사실은 그 승자의 이름은 악마이지만.

49p the rebellious individual, the hero. 반란자 반역자는 영웅이다. That of Benjamin is in solidarity with those who have fallen beneath the wheels of those majestic, magnificent chariots called Civilization, Progress and Modernity.

****

권터 그라스는 전통적인 독일작가들의 엘리트주의 귀족주의와의 결별, 평범한 '시민으로서의 작가'의 삶을 살았다. "작가는 악취에 이름을 붙여주기 위해 악취를 사랑하는 사람이다. 악취에 이름을 붙여주고 그 악취를 살아가는 존재이다." (그라스 '달팽이의 일기' 483쪽)

> 작가는 승자의 자리에 앉아서는 안됩니다. 작가가 앉을 곳은 그 때 그 때의 패자들, 전쟁의 패자만이 아니라 경제적, 사회적 과정의 패자들이 앉아 있는 그 곳입니다. 승자에겐 지지자가 넘치는 법입니다. 그러나 아무런 목소리도 내지 못하는 수많은 사람들이야말로 작가에겐 더욱 소중한 존재이지요.

그라스의 문학은 역사와의 치열한 대결의식에서 나왔다. 그는 언제나 패자의 입장에서 시대사를 바라보고 있다. 그라스의 문학은 패자의 시선으로 바라본 독일 현대사라고 해도 과언이 아니다. 마지막으로 라틴 이메리카의 소설가를 인용하면서 이제 그만 끝을 내도록 하자.

> 그날 밤 나는 전에 없이 외로웠습니다. 절망감에 사로잡힌 채 별장으로 돌아와 여러 가지 생각을 하던 중, 하나의 영감을 얻었습니다. 그날 밤 제대로 잠을 이루지 못하다가 새벽 다섯 시경, 그러니까 해가

뜰 무렵 우연히 해변가로 나갔습니다. 그곳 모래사장 위에 파도가 남겨둔 쓰레기를 주우면서 나도 모르게 갑자기 놀랐습니다. *파도에 밀려온 잡동사니들이었지요. 나는 단지 그런 잡동사니들만을 사랑하기로 작정했어요. 다른 것들은 과분한 것 같았어요. ....* 멸시받는 물건들을 모아 그들과 함께 인생의 한 순간을 나누는 것입니다. 그것이 바로 내 작품이었어요. 내가 마지막으로 그린 그림과 이 최근 작품 사이에 10년이란 세월이 흘렀어요. 지금 나는 왜 내가 그 기간에 아무 것도 그리지 못하고, 또 아무 것도 할 수 없었는지를 알고 있어요. 유화, 수채화, 파스텔화, 점토, 캔버스, 이런 것들은 너무 곱고 화려한 것이었기에 난 그런 것들을 사용할 수가 없었던 것이에요. 난 그토록 진귀한 것들을 소비하거나 탕진하며 놀 만한 존재가 아니었으니까요. 그 기간에 나는 아무 것도 하지 않았어요. 그러다가 매일 아침 파도가 버리고 간 그 불쌍한 동료들을 발견하게 되었던 거에요 .....[4].

'brush[ing] history against the grain' 이 말이 이해가 안가요.

1. *Historical*: this means going against the grain of the official version of history, setting the tradition of the oppressed against that version. From this point of view the historical continuity of the ruling classes can be seen as an enormous, single triumphal procession, occasionally interrupted by uprisings 봉기 on the part of the subordinate classes;

2. *Political (and current)*: redemption/revolution will not occur in the mere natural course of things, by dint of the 'meaning of history' or inevitable progress. One has to struggle against the tide. 시대의 흐름을 거슬러 저항해야 한다. Left to itself, or brushed with the grain, so to speak, history will produce only new wars, fresh catastrophes, novel forms of barbarism and oppression. 나는 외국어를 전혀 할 줄 모른다는 것이 자랑스럽다.

51p Triumphal arches are notable example of monuments of culture
monuments of barbarism celebration war and massacre.
The dialectic between culture and barbarism applies also to many other prestigious works produced by the 'anonymous toil' of the oppressed
the Palais de l'Opèra erected, under Napoleon III, by the defeated workers of June 1848.

---

[4] 송병선에 의하면 "푸익이 대중문화란 저질이라는 고정된 사고방식을 극복했으며, 쓰레기 같은 대중문화를 이용해 자신의 독특한 예술 세계를 만들었다"고 한다.

(Carnegie Center, Museums of the world ....) 추악한 혁명에 대해서........

54p high culture could not exist in its historical form without the anonymous labour of the direct producers - slaves, peasants or workers - themselves excluded from the enjoyment of cultural goods.

55p Culture and tradition thus become, as Benjamin emphasizes in his Thesis VI, 'a tool of the ruling classes'. (충효(忠孝), 화랑정신이라는 허구. 김충렬 교수의 지적.)

the rich culture of the French Second Empire must be examined, as Benjamin does in *The Arcades Project*, by taking account of the defeat of the workers in June 1848 and the repression of the revolutionary movement (Blanqui!) over several decades to which that defeat led.

the history of culture 'has to be integrated into the history of the class struggle'.

many of them were overtly or covertly hostile to capitalist society.

the secret utopian potential embedded in traditional works of culture (무속(巫俗)적 에너지)

56p the Iberian colonialists and the European powers who brought religion, culture and civilization to the 'savage' Indians.

57p Diego Rivera's 벽화: their iconoclastic demystification of the conquistador and the artist's sympathy for the native warriors.

Galeano intervened in almost Benjaminian terms: 'the celebration of the defeated, not the victors' and 'the safeguarding of some of our oldest traditions'

The Zapatistas of the EZLN: 정복자와 독재자의 동상을 뒤집어 엎어라!

behind an act of symbolic reparation: the *overturning of the statue* of the conquistador Diego de Mazariega in the centre of San Cristobal de las Casas, the capial of the Chiapas, in 1992 by a crowd of indigenous peoples that had come down from the mountains.

******************************** ****************************

-김수영(金洙映)의 시 '우선 그놈의 사진을 떼어서 밑씻개로 하자' (1960년 4월 26일 이른 아침)의 극히 일부가 머리에 떠오른다. 전문을 찾아서 읽어 봐야지.

'우선 그 놈의 사진을 떼어서 밑씻개로 하자/ 그 지긋지긋한 놈의 사진을 떼어서/ 조용히 개굴창에 넣고/ 썩어진 어제와 결별하자/ *그 놈의 동상이 선 곳에는*/ 민주주의의 첫 기둥을 세우고/ 쓰러진 성스러운 학생들의 웅장한/ 기념탑을 세우자/ 아아 어서어서 썩어빠진 어제와 결별하자// 이제야말로 아무 두려움 없이/ 그 놈의 사진을 태워도 좋다/ 협잡과 아부와 무수한 악독의 상징인/ 지긋지긋한

316

그 놈의 미소하는 사진을/(......)/ 선량한 백성들이 하늘같이 모시고/ 아침저녁으로 우러러보던 그 사진은/ 사실은 억압과 폭정의 방패였느니/ 썩은 놈의 사진이었느니/ 아아 살인자의 사진이었느니/ (......)'

<사진은 검열에 의해서 강제 삭제>

어느 책 읽는 노동자의 의문

- 베르톨트 브레히트

성문이 일곱 개나 되는 테베를 누가 건설했던가?
책 속에는 왕의 이름들만 나와 있다.
왕들이 바윗덩어리들을 끌어 왔던가?
그리고 몇 차례나 파괴되었던 바빌론
그때마다 누가 그 도시를 재건했던가?
황금빛 찬란한 라마에서 건축노동자들은 어
떤 집에 살았던가?
만리장성이 완공된 날 저녁 벽돌공들은 어

디로 갔던가?
위대한 로마는 개선문들로 넘치는데, 누가
그것들을 세웠던가?
로마의 황제들은 누구를 정복하고 승리를
거두었던가?
흔히들 칭송되는 비잔틴에는 그 시민들을 위한 궁전들만 있었던가?
전설의 나라 아틀란티스에서조차
바다가 그 땅을 삼켜버리던 밤에
물에 빠져 죽어가는 자들은 그들의 노예를 찾으며 울부짖었다.

예술복제시대의 공업작품은 예술이 되는가? 공산품이 아니라 비예술품이 된다.
젊은 알렉산더는 인도를 정복했다. 그가 혼자서 해냈을까?
시저는 갈리아를 쳤다. 적어도 취사병 한명쯤은 데려가지 않았을까?
스페인의 필립왕은 그의 함대가 침몰 당하자 울었다.
그 외에는 아무도 울지 않았을까?
프리드리히 2세는 7년 전쟁에서 이겼다.
그 외에도 누군가 승리하지 않았을까?(여기는 삭제 하시오)

역사의 페이지마다 승리가 나온다.
승리의 향연은 누가 차렸던가?
십년마다 한명씩 위대한 인물이 나온다.
누가 그 비용을 대 주었던가.

그처럼 많은 사실들...   그처럼 많은 의문들...
****
아감벤의 "도래하는 공동체"에 이런 말이 나온다:
선(善)은 악(惡)의 자기파악으로써 규정되어야만 한다.
il bene/ deve essere definito/ come un autoafferramento del male. 무슨 말인지
알기 어렵다. 정확한 뜻을 알고 싶어서 번역을 해 보았다. 이 번역연습 파일을
찾지 못해서 그 카톡 사진 찍은 것을 여기에 올린다. afferrare 붙잡다 파악하다

318

이해하다. autoafferramento 는 스스로를 파악하는 것. 악(惡)이 스스로를 악으로 파악했다는 것은 자신이 악이라는 것을 깨달았다는 것이다. 오직 이런 의미에서만 선이 규정될 수 있다. 그렇다면 이 논리를 더 극단까지 밀고 나가면 선이란 원래 없는 것이고 다만 악이 스스로를 악으로 깨닫는 그 순간에만 잠시 선이라고 부를 수 있는 사건이 출현한다고 보는 것일까? 앞으로 거슬러 올라가 아감벤의 문장을 추적해 보았다.

In questo senso -e soltanto in questo- il bene/ deve essere definito/ come un autoafferramento del male, e la salvezza/ come l'avenire del luogo a se stesso.
이러한 의미에서 오직 이러한 의미에서만 다음과 같은 말을 할 수 있다. 악(惡)이 스스로를 악으로 포착할 때에만(악이 스스로가 악이라는 것을 깨닫는 순간), 그것은 선(善)으로 정의(定義)되어야만 하고 (악은 스스로를 선이라고 생각하는 것일까? perhaps 그렇다.) 구원은 장소의 자기 자신으로의 도래로 정의 되어야 한다. (here_now of the redemption)
In this sense - and only in this sense - the good must be defined as a self-grasping of evil, and salvation as the coming of the place to itself.
En ce sens - et seulement en ce sens - le bien doit être défini comme auto-saisie du mal, et le salut comme l'advenir du lieu à lui-même.
이런 상상을 해 본다. ┃ 보수주의자가 사실은 자신이 선(善)이 아니라 악(惡)이었다는 것을 깨닫는 때, 그 순간만이 유일하게 선이 드러나는 순간이라고 할 수 있을까? 모든 사람이 자신이 악이었다는 것을 깨닫는 순간만이 선(善)이라면 자신이 악이라는 것을 끊임없이 상기시키는 것만이 인간이 선해질 수 있는 유일한 가능성일까?

L'etica comincia/ soltanto là dove il bene si rivela/ non consistere in altro che/ in un affidamento del male,/ e l'autentico e il proprio/ non aver altro contenuto che/ l'inautentico e l'improprio.

Ethics begins only where good reveals itself to consist not of anything else other than the assignment of evil, and the authentic and one's own having no other content than the unauthentic and improper.

너무나 심오한 역설이다. 그렇다면 창조성이란 스스로가 얼마나 창조적이지 못함을 깨닫는 곳에서 시작한다. 구약의 선악과의 이야기는 인간에게 창조의 능력을 주고 동시에 창조를 금지시킨 신의 이야기라고 볼 수있다. 무슨 말이야? 잘 모르겠어요. 다시 생각해 보려구요. 왜 이렇게 자신이 없어? 언제나 자신있는 척 한 거지요.

난징대학살을 부정하거나 위안부사건을 은폐하는 일본정부와 일본국민을 볼 때마다 이 생각이 떠오른다. 소수의 양심적인 일본 지식인이나 시민들은 악을 악으로 파악했기에 그 순간 선(善)이 될 수 있지만 그들이 일본인이라는 사실 때문에 여전히 악의 한 부분으로서 악이라고 할 수 있는 것일까? Perhaps yes. 이 논리는 제주도의 비극을 외면한 육지것들(육지 사람들)에게도, 보수정당에 지속적으로 투표해 온 대구경북 지역에도 똑같이 적용할 수 있는 것일까? 87년 겨울, 쿠데타를 일으킨 사람을 고향사람이라고 뽑아준 그 투표자들은 스스로가 악일 수도 있다는 자각이 지금이라도 있기는 할까? 아닌 것 같다. 오히려 가장 도덕적이라고 생각하고 있는 것은 아닐까? 박근해가 정치를 잘 했다면 아무 문제가 없었던 것일까? 그에게 몰표를 던진 그 행위 자체가 이미 부끄럽다고 나아가 악한 선택이라고 말을 할 수는 없을까? 광주에 온 박근해가 5월의 불행에 자신은 아무 관련이 없다는 표정을 짓고 추도식에 앉아 있었다. 과연 그럴까? 부마항쟁의 연기된 불행이 광주항쟁. 박정히의 민간인 학살 명령을 박정히의 양아들 내지는 근위부대 정치군인들이 시차를 두고 실행에 옮긴 것. 역사의 왜곡. 부산과 광주가 힘을 합쳐야 한다. ~~그래요. 대구는 그만 포기해.~~

평양대구친일파연합에 대항하는 광주부산함경도연합. 대구경북출신의 고위관료 임명 최소화. 경제 언론 권력의 TK 독점에 대항하기 위한 법조 관료 권력의 탈 TK화. 그래 바로 이거야. 하지만 K는 그렇게 생각하고 무심히 그 이야기를 꺼내려다가 그 술자리에 있는 대구경북 사람들의 위세에 눌려 침묵으로 일관했다. 그는 현명하고 비겁하고 합리적이다. 저녁에 커피를 2잔 마셨더니 잠이 오지 않는다. 그는 비합리적이다. 오늘도 그는 자기검열을 내면화하고 있다.

VIII 비상사태

Die Iradition der Unterdrückten 억압받는자/ belehrt 가르치다 uns darüber,/ daß der **Ausnahmezustand 비상사태**, in dem wir leben, die Regel 규칙 ist.

The tradition of the oppressed teaches us that the "exceptional state" 예외상태, 비상사태 in which we live is the rule.

Wir müssen zu einem Begriff 개념 der Geschichte kommen,/ der dem entspricht 상응.

We must come to a concept of history that corresponds to it.

Dann wird uns/ als unsere Aufgabe 과제/ die Herbeiführung 실현 des wirklichen Ausnahmezustands/ vor Augen stehen;

Then, as our task, we shall be faced with the realization of the real state of exception;

und dadurch wird/ unsere Position im Kampf gegen den Faschismus/ sich verbessern 개선.

And through this our position in the 투쟁 against 파시즘 will be improved.

Dessen Chance/ besteht nicht zuletzt darin,/ daß die Gegner 반대자 / ihm/ im Namen 이름 des Fortschritts 진보/ als einer historischen Norm/ begegnen 상대하다.

This chance is not least due to the fact/ that the opponents meet him(파시즘) in the name of progress as a historical norm 역사적 규범.

- Das Staunen 놀라움 darüber,/ daß die Dinge, die wir erleben 경험, im zwanzigsten Jahrhundert20 세기 noch möglich 가능 sind,/ ist *kein* philosophisches 철학적.

The astonishment that the things that we experience are still possible in the twentieth century is still not a philosophical one.

Es steht nicht am Anfang einer Erkenntnis,/ **es sei denn der,/** daß die Vorstellung von Geschichte, aus der es stammt,/ nicht zu halten ist.

It is not the beginning of a **knowledge**, it would be the (beginning) of (**a knowledge**) that **the idea of history** from which it originates can not be held.

The tradition of the oppressed teaches us that the "state of emergency" in which we live is not the exception but the rule. We must attain to a conception of history that accords with this insight. Then we will clearly see that it is our task to bring about a real state of emergency, and this will improve our position in the struggle against fascism. One reason fascism has a chance is that, in the name of progress, its opponents treat it as a historical norm.-The current amazement that the things we are experiencing are "still" possible in the twentieth century is not philosophical. This amazement is not the beginning of knowledge -unless it is the knowledge that the view of history which gives rise to it is untenable.

억눌린 자들의 전통이 우리들에게 가르치고 있는 교훈은, 우리들이 오늘날 그 속에서 살고있는 <비상사태>[5]라는 것이 예외가 아니라 상례라는 점이다. 우리는 이러한 인식에 상응하는 역사의 개념에 도달하지 않으면 안된다. 그렇게 되면 진정한 비상사태를 도래시키는 것이 우리의 임무라는 사실이 명약관화해질 것이고, 그리고 이를 통해 파시즘에 대한 투쟁에서 우리가 갖는 입장도 개선될 것이다. 파시즘이 승산이 있는 이유 중의 하나는, 그 반대자들이 진보라는 이름을 하나의 역사적 규범으로 삼아 이를 들고 파시즘에 맞서고 있다는 사실이다. 우리가 지금 체험하고 있는 일들이 20 세기에 들어선 오늘날에도 <여전히> 가능할 수 있다는 놀라움은 결코 철학적 놀라움이 아니다. 이러한 놀라움은, 그러한 놀라움을 생겨나게 하는 역사관이 지탱될 수 없다는 인식이 전제되지 않으면 인식의 출발섬이 되지 못한다. (반성완) 억압받는 사람들의 전통은 우리가 그 속에 살고 있는 '비상사태(Ausnahmezustand) 예외상태'가 상례임을 가르쳐준다. 우리는 이에 상응하는 역사의 개념에 도달하지 않으면 안 된다. 그렇게 되면 진정한 비상사태를 도래시키는 것이 우리의 과제로 떠오를 것이다. 그리고 그로써 파시즘에 대한 투쟁에서 우리의 입지가 개선될 것이다. 파시즘이 승산이 있는 이유는 무엇보다 그 적들이 역사적 규범으로서의 진보의 이름으로 파시즘에 대처하기 때문이다. 우리가 체험하는 것들이 20세기에도 '여전히' 가능하다는 데 대한 놀라움은 전혀 철학적인 놀라움이 아니다. 그 놀라움은 그 놀라움이 연원한 역사 관념이 지탱될 수 없다는 인식의 출발점에 있다면 모르되, 어떤 다른 인식의 출발점에 있는 것이 아니다. (최성만)

억압받는 자들의 전통은 우리가 그 속에 살고 있는 '비상사태(Ausnahmezustand)'가 예외가 아닌 상례(常例)임을 가르쳐준다. 우리는 이에 상응(相應)하는 역사의 개념에 도달하지 않으면 안 된다. 그렇게 되면 진정한 비상사태를 도래(到來)시키는 것이 우리의 과제로 떠오를 것이다. 그리고 이를 통해 파시즘과의 투쟁에 있어서 우리의 입지가 더 나아질 것이다. 파시즘에 승산이 있는 하나의 이유는 그 반대자들(좌파)이 진보(進步)라는 역사적 규범의 이름으로 파시즘을 상대하기 때문이다. (미래에 희망을 가지고 있기 때문에 패배할 수밖에 없다.) 우리가 지금 체험하고 있는 (이 야만적인) 일들이 20 세기에 들어선 오늘날(1940 년 기준)에도 '여전히' 가능할 수 있다는 놀라움은 결코 철학적 놀라움이 아니다. (야만적 일들이 계속 일어나고 있다는) 이 놀라움은 어떤 새로운 인식이 시작되는 출발점에 있는 것은 아니다. (그러나 이렇게 말할 수는 있을 것이다.) (세상이 진보한다는) 이 역사 관념이 (그 때문에 이런 야만스런 일들이 일어나고 있지만) 더 이상 지탱될 수 없다면, 그 놀라움이 새로운 다른 인식의 출발점에 우리를 서 있게 만들 수도 있다.

-시간에 대한 생각, 역사관이 바뀌어야 새롭게 과거를 인식하고 파시즘을 상대로 싸워 이길 수 있다.

---

[5] 칼 슈미트의 정치신학(1922) 및 주권이론에서 기원하는 개념이다. "주권자란 예외상태를 결정하는 자이다", 즉 비상사태나 계엄령을 선포할 때 법의 효력validity를 적법하게legitimately 중지시킬 수 있는 자person나 권력이다. 이 정의에 내포되어 있는 역설은 법을 중지시킬 수 있는 적법한 권력을 가지고 있는 주권자가 법질서juridical order의 바깥에 있는 동시에 안에 있다고 하는 것이다.

fire alarm 58p **'permanent state of emergency'** that is the history of class oppression.   its identification of sovereignty with the state of emergency

그렇다면 위기를 강조하는 언론은 스스로 통치권을 주장하기 위함일까?

59p 'total administration' 'totalitarianism'

Benjamin had grasped perfectly the modernity of Fascism, its intimate relation with contemporary industrial-capitalist society.

59~60p Only a conception without progressivist illusions can account for a phenomenon like **fascism that is deeply rooted in modern industrial and technical 'progress' and was, ultimately, possible *only* in the twentieth century.** The understanding that Fascism can triumph in the most 'civilized' countries and that 'progress' will not automatically cause it to disappear will enable us, he thinks, to improve our position in the anti-Fascist struggle-a struggle whose ultimate aim is to produce 'the *real* state of emergency' or, more literally, the real 'state of exception' [*Ausnahmezustand*], that is, the abolition of domination, the classless society.

****

기차역 앞에서 열린 집회를 보면 이 시가 생각난다는 불문학자가 있었다.

아! 얼마나 나는 그 가엾은 노파들의 뒤를 따랐던가!
그 중 하나는 석양이 새빨간 상처를 내어
하늘을 피로 물들이는 시각에
생각에 잠겨 홀로 긴 의자에 앉아서

이따금 우리네 공원에 와서 소란을 피우는
금관악기 요란한 군악대의 연주를 들었다.
군악소리는 사람들의 가운이 되살아나는 듯한 금빛 황혼에
그 어떤 영웅심을 시민들 가슴속에 부어 주었다.

아직도 꼿꼿하고, 자신만만하고, 단정한 그 노파는
<u>경쾌한 군가를 개걸스레 마시고 있었다.</u>
이따금 눈은 늙은 독수리 눈처럼 열리고
대리석 같은 이마는 월계수로 단장하기에 알맞는 듯했다!

가여운 노파들 - 빅토르 위고에게, 보들레르

나폴레옹 보나파르트 3세는 보수적인 농민 및 소시민 계급에 기반하여 노동자 계급을 억압하였다. 그러니까 노파가 군악 소리에서 힘을 얻는다고 하는 것은 *세상의 맹목적 진보에 대한 그녀의 믿음을 말해주며, 즉 보나파르트의 선동에 현혹되어* 노동자 계급의 억압에 동참하는 것이다. (브레히트 시의 이해 P16) 한국도 그러한 것일까? 슬프게도 그렇다.

****

<카툰> <원고 사진> 현재 실종 상태. Missing

법 앞에서

법 앞에 한 문지기가 서 있다. 이 문지기에게 한 시골 사람이 와서 법으로 들어가게 해달라고 청한다. 그러나 문지기는 지금은 그에게 입장(入場)을 허락할 수 없노라고 말한다. 그 시골 사람은 곰곰이 생각한 후, 그렇다면 나중에는 들어갈 수 있겠느냐고 묻는다. "가능한 일이지" 하고 문지기가 말한다. "그러나 지금은 안 돼." 법으로 들어가는 문은 언제나처럼 열려 있고 문지기가 옆으로 비켜났기 때문에, 그 시골 사람은 몸을 굽혀 문을 통해 그 안을 들여다보려 한다. 문지기가 그것을 알자 큰소리로 웃으며 이렇게 말한다. "그것이 그렇게도 끌린다면 내 금지(禁止)를 어겨서라도 들어가 보게나. 그러나 알아 두게. 나는 힘이 장사지. 그래도 나는 단지 최하위의 문지기에 불과하다네. 그러나 홀을 하나씩 지날 때마다 문지기가 하나씩 서 있는데, 갈수록 더 힘이 센 문지기가 서 있다네. 세번째 문지기의 모습만 보도 벌써 나조차도 견딜 수가 없다네." 시골 사람은 그러한 어려움을 예기치 못했다. 법이란 정말로 누구에게나 그리고 언제나 들어갈 수 있어야 한다고 그는 생각한다. 그러나 지금 모피 외투를 입은 그 문지기의 모습, 그의 큰 매부리코와 검은색의 길고 가는 타타르족 콧수염을 뜯어보고는 차라리 입장을 허락받을 때까지 기다리는 편이 훨씬 낫겠다고 결심한다. 문지기가 그에게 걸상을 주며 그를 문 옆쪽으로 앉게 한다. 그곳에서 그는 여러 날 여러 해를 앉아 있다. 들어가는 허락을 받으려고 그는 여러 가지 시도를 해보고 자주 부탁을 하여 문지기를 지치게 한다. 문지기는 가끔 그에게 간단한 심문을 한다. 그의 고향에 대해서 자세히 묻기도 하고, 여러 가지 다른 것에 대해서 묻기도 한다. 그러나 그것은 지체 높은 양반들이 건네는 질문처럼 별 관심 없는 질문이고, 마지막엔 언제나 그에게 아직 들여보내줄 수 없노라고 문지기는 말한다. 그 시골 사람은 여행을 위해 많은 것을 장만해 왔는데, 문지기를 매수할 수 있을 만큼 가치가 있는 것이라면 무엇이든 이용한다. 문지기는 주는 대로 받기는 하면서도 "나는 당신이 무언가 소홀히 했었다는 생각이 들지 않도록 하기 위해서 받을 뿐이라네" 하고 말한다. 수년 간 그 사람은 문지기를 거의 하염없이 지켜보고 있다. 그는 다른 문지기들은 잊어 버리고, 이 첫 문지기만이 법으로 들어가는 데에 유일한 방해꾼인 것처럼 생각한다. 그는 처음 몇 년 동안은 이 불행한 우연에 대해서 무작정 큰소리로 저주하다가 후에 늙자, 그저 혼자말로 투덜거린다. 그는 어린애처럼 유치해진다. 그는 문지기에 대한 수년 간의 연구로 모피 깃에 붙어있는 벼룩까지 알아보므로, 그 벼룩에게까지 자기를 도와 문지기의 마음을 돌리도록 해달라고 부탁한다. 마침내 그의 시력은 약해진다. 그는 자기의 주변이 정말 점점 어두워지는 것인지, 아니면 그의 눈이 착각하게 할 뿐인지 알 길이 없다. 그러나 이제 그 어둠 속에서 그는 법의 문으로부터 꺼질 줄 모르는 광채가 흘러 나오고 있다는 것을 알게 된다. 이제 그는 더 이상 오래 살지 못할 것이다. 그가 죽기 전에, 그의 머리 속에는 그 시간 전체에 대한 모든 경험들이 그가 여태까지 문지기에게 물어보지 않았던 하나의 물음으로 집약된다. 그는 문지기에게 눈짓을 한다. 왜냐하면 그는 이제 굳어져가는 몸을 깊숙이 숙일 수 밖에 없다. 왜냐하면 키 차이가 그 시골 남자에겐 매우 불리하게 벌어졌기 때문이다. "너는 이제 더 이상 무엇을 알고 싶은가?"라고 문지기가 묻는다. "네 욕망은 채워질 줄 모르는구나." "하지만 모든 사람들은 법을 절실히 바랍니다." 하고 그 남자는 말한다. "지난 수년 동안 나 이외에는 아무도 입장을 허락해줄 것을 요구하지 않았는데, 어째서 그런가요?" 문지기는 그 시골 사람이 이미 임종에 다가와 있다는 것을 알고, 희미해져가는 그의 청각에 들리도록 하기 위해서 소리친다. "이곳에서는 너 이외에는 아무도 입장을 허락받을 수 없어. 왜냐하면 이 입구는 단지 너만을 위해서 정해진 곳이기 때문이야. 나는 이제 가서 그 문을 닫아야겠네."

<카프카의 사람 드로잉> 실종 상태

이런글을 기억나지않는언젠가 나는읽었다. 읽지않았지만 읽었다고 기억하고있다. 나(Agamben)는 메시아적 법에 관한 벤야민의 개념화를 제시하는 것을 이제 그만두고 싶다. 대신 나는 이런 개념화의 관점에서 카프카가 쓴 이야기를 읽고자 노력할 것이다. ....
나는 카프카의 단편소설들 allegories 중의 하나에 대한 해석의 형식으로 메시아적 과제에

관한 벤야민의 개념화를 간접적으로 제시하고자 할 것이다. 나는 독자들이 법의 문 앞에 서 있는 문지기의 이야기와 자신이 그 문 안으로 들어갈 수 있는지 여부를 묻지만 그 문이 그에게만 유일하게 의미 있는 것이었다고 그가 다 죽어갈 때에야 문지기가 그에게 말을 하는 것을 들을 때까지도 결코 들어가는 데 성공을 하지 못한 채 계속 기다리고만 있는 시골에서 온 사람의 이야기를 기억할 것이라고 당연하게 생각한다. 내가 개진하고자 하는 테제는 이 우화 parable 가 메시아적 시대에서, 즉 의미 없이 효력을 지니는 시대에서 법의 상

태에 관한 단편소설이라는 것이다. 그 안으로 들어가는 것이 불가능한 열린 문은 법의 이러한 조건에 관한 암호이다. 우화에 관한 두 명의 가장 최근의 해석자들인 자크 데리다와 마씨모 카챠리는 모두 이 점을 주장했다. 데리다는 이렇게 쓴다. "법은 스스로를 지키지 않으면서도 스스로를 지키며(se garde), 아무 것도 지키지 않는 문지기에 의해 지켜지며(garde), 문은 열린 채로 있으면서 그 무엇에도 열려 있지 않은 채로 있다."25) 카챠리는, **이미 열려 있는 어떤 것에 진입해 들어갈 수 없다는 것,** 이미 있는 곳에 도달할 수 없다는 것, 바로 거기에 법의 힘이 놓여 있다는 사실을 훨씬 더 명확하게 강조한다. "문이 이미 열려 있는데도 어떻게 '열리기'를 바랄 수 있을까? 열려-있는-것으로-들어가기(entrare-l'aperto)를 바랄 수 있을까? 열려 있는 것이 있고, 뭔가가 거기에 있지만, 우리는 거기에 들어갈 수 없다. ... **우리는 우리가 열 수 있는 곳에만 들어갈 수 있다.** 이미 열려 있는 것(il gi-aperto)은 움직이지 않는다. 시골 사람이 들어갈 수 없는 까닭은 이미 열려 있는 것에 들어가는 것이 존재론적으로 불가능하기 때문이다."(Icone, p. 69)26) 우화에서 서술된 상황과 의미 없이 효력을 발휘하는 상태에 있는 법의 유사성 analogy 을 식별하기는 쉽다. 여기에서 법은 아무 것도 명령하지 않는 한에서, 그리고 실현될 수 없게 되는 한에서 유효하다 valid. 시골 사람은 법의 잠재성에 위탁되는데, 이는 법이 그에게 어떤 것도 요구하지 않기 때문이고, 또 그에게 그의 추방만을 부과하기 때문이다. (싸워서 얻은 권리만을 누릴 수 있다.)

이 해석이 올바르다면, 열린 문이 메시아적 무효화 nullification 의 시대에서 법의 이미지라

325

면, 시골사람은 누구인가? 우화에 관한 분석에서 쿠르트 바인베르크 Kurt Weinberg 는 우리는 완고하지만 겁이 많은 시골 사람에게서 '방해를 받은 thwarted 기독교적 메시아'의 형상을 보아야만 한다고 주장했다. 이 주장은 우리가 메시아주의를 그 진정한 맥락으로 되돌릴 때에만 받아들여질 수 있다. 지그문트 휘르베츠 Sigmund Hurwitz 의 책인 Die Gestalt der sterbenden Messiahs 를 읽은 사람이라면 유대 전통에서 메시아의 형상은 이중적이라는 점을 떠올릴 수 있을 것이다. 기원전 1 세기 이후로 메시아는 메시아 벤 요셉과 메시아 벤 다비드로 나뉘어졌다. 요셉의 집의 메시아는 악의 세력에 맞선 싸움에서 패배하여 죽는 메시아이다. 다비드 집의 메시아는 승리하는 메시아, 즉 아르밀로스 Armilos 를 궁극적으로 패퇴시키고 천년왕국 kingdom 을 재건하는 메시아다. 그리스도교 신학자들이 메시아적 형상의 이런 이중화 doubling 을 제거하려고 노력했지만, 죽었다가 다시 태어난 그리스도는 유대 전통의 두 명의 메시아를 자신의 인격 속에서 통일시킨다. 카프카가 막스 브로드 Max Brod 의 책인 Heidentum, Christentum, Judentum 을 통해 이 전통을 알고 있었다는 것은 강조할만한 가치가 있다. *피곤해요.*

이런 견지에서 우리는 다음과 같이 말하고 있는, 카프카의 노트에 있는 수수께끼 같은 구절을 읽어야만 한다. '**메시아는 그가 더 이상 필연적이지 않을 때에야 비로소 올 것이다. 그는 자신이 도착한 후에야 올 것이고, 그는 최후의 날에 오는 것이 아니라 바로 그 최후의 날에 올 것이다.**'

 Giorgio Agamben, "The Messiah and the Sovereign : The Problem of Law in Walter Benjamin", Potentialities—Collected Essays in Philosophy , Stanford: Stanford University Press, 1999, pp. 160 ~ 174. 번역자 김상운

 자료 조사 다시 해요, 오형준. 기다려. 목소리는 들리는데 그는 보이지 않는다. 그 분은 나에게 물어 보셨다. 그는 어디에 있는가? I am not the keeper of him. Ubi est Abel frater tuus? Nescio: num custos fratris mei sum ego? gung-geum: naega nae auleul jikineun geongayo? Num Sparta insula est? Nein, ROK 가 섬이야. 히브리 노예들의 합창을 들으러 북간도에 갔어요. 베르디는 말했다.

IX 새로운 천사(여기부터 다시 검토)

Mein Flügel ist zum Schwung bereit   *ich kehrte gern zurück*
My wing is ready for swing   I would gladly return.
denn blieb' ich auch lebendige Zeit   *ich hätte wenig Glück.*
For I remained   everlasting time,   I would have little luck(행복).
Gerhard Scholem, Gruß vom Angelus

Es gibt ein Bild von Klee, das Angelus Novus heißt.   Ein Engel ist darauf
dargestellt, (직역) There is a picture by Klee, which is called Angelus Novus.   An angel is
represented on it,
der aussieht, als wäre er im Begriff, sich von etwas zu entfernen, worauf er starrt.
who looks   as if he were about to move away from something   to which he is staring.
Seine Augen sind aufgerissen, sein Mund steht offen und seine Flügel sind
ausgespannt. His eyes are open, his mouth is open and   his wings are stretched.

Der Engel der Geschichte muß so aussehen. Er hat <u>das Antlitz</u> der Vergangenheit
zugewendet. The angel of history must look like this.   He has turned <u>the face</u> to the past.
Wo eine Kette von Begebenheiten vor *uns* erscheint, da sieht *er* eine einzige
Katastrophe, Where a chain of events appears before us, there he sees a single catastrophe,
die unablässig Trümmer auf Trümmer häuft und sie ihm vor die Füße schleudert.
which continually heaps debris upon debris   and 파국 hurls it before his feet.

Er möchte wohl verweilen,/ die Toten wecken/ und <u>das Zerschlagene</u>
zusammenfügen. The angel would like to stay/linger, awaken the dead, and make whole
<u>what has been smashed </u>(the defeated).
Aber ein Sturm <u>weht</u> vom Paradiese <u>her,</u>/ der sich in seinen Flügeln/ verfangen hat
But a storm blows from the paradise,   which has got caught in his wings;
und so stark ist,/ daß der Engel/ sie nicht mehr schließen kann.
and it is so strong that the angel can no longer close them(날개).

Dieser Sturm/ treibt ihn unaufhaltsam/ in die Zukunft,/   der er den Rücken kehrt,

This storm   drives him irresistibly   to the future,   to which he turns his back,

während   der Trümmerhaufen/   vor ihm zum Himmel wächst.

while   the heap of rubbish   grows before him to heaven.

Das, was wir den Fortschritt nennen,/   ist *dieser* Sturm.

What we call progress   is this storm.

My wing is ready for flight, *I would like to turn back.*
If I stayed everliving time, I'd still have little luck.
-Gershom Scholem, "Greetings from the Angelus"

A Klee painting named "Angelus Novus" shows an angel looking as though he is about to move away from something he is fixedly contemplating. His eyes are staring, his mouth is open, his wings are spread. This is how one pictures the angel of history. His face is turned toward the past. Where we perceive a chain of events, he sees one single catastrophe which keeps piling wreckage upon wreckage and hurls it in front of his feet. The angel would like to stay, awaken the dead, and make whole what has been smashed. But a storm is blowing from Paradise; it has got caught in his wings with such violence that the angel can no longer close them. This storm irresistibly propels him into the future to which his back is turned, while the pile of debris before him grows skyward. This storm is what we call progress.

There is a picture by Klee called *Angelus*[6] *Novus.* It shows an angel who seems about to move away from something he stares at. His eyes are wide, his mouth is open, his wings are spread. This is how the angel of history must look. His face is turned toward the past. Where a chain of events appears before *us, he* sees one single catastrophe, which keeps piling wreckage upon wreckage and hurls it at his feet. The angel would like to stay, awaken the dead, and make whole what has been smashed. But a storm is blowing from Paradise and has got caught in his wings; it is so strong that the angel can no longer close them. This storm drives him irresistibly into the future, to which his back is turned, while the pile of debris before him grows toward the sky. What we call progress is *this* storm.

아케이드 프로젝트에서
N 2, 2: 역사유물론의 기본개념은 진보가 아니라 현실화 Aktualisierung 이다.
N 2, 6: 몽타쥬 원리를 역사 속으로 도입하기.

내 날개는 날 준비가 되어 있고 나는 기꺼이 돌아가고 싶다.
왜나하면 내가 평생 머문다 해도 행복하지 못할 것이기에

---

[6] Angelus Domini nuntiavit Mariæ ("... the Angel of the Lord declared unto Mary ...")

- 게르숌 숄렘7, 『천사의 인사』

파울 클레(Paul Klee)가 그린 <새로운 천사(Angelus Novus)>라는 그림이 있다. 이 그림의 천사는 마치 자기가 응시하고 있는 어떤 것으로부터 금방이라도 멀어지려고 하는 것처럼 묘사되어 있다. 그 천사는 눈을 크게 뜨고 있고, 입은 벌어져 있으며 또 날개는 펼쳐져 있다. <u>역사의 천사도 바로 이렇게 보일 것임이 틀림없다.</u> 우리들 앞에서 일련의 사건들이 전개되고 있는 바로 그곳에서 그는, 잔해 위에 또 잔해를 쉼 없이 쌓이게 하고 또 이 잔해를 우리들 발 앞에 내팽개치는 단 하나의 파국만을 본다. 천사는 머물고 싶어 하고 죽은 자들을 불러일으키고 또 산산이 부서진 것을 모아서 다시 결합하고 싶어 한다. 그러나 천국에서 폭풍이 불어오고 있고 이 폭풍은 그의 날개를 꼼짝달싹 못하게 할 정도로 세차게 불어오기 때문에 천사는 날개를 접을 수도 없다. 이 폭풍은, 그가 등을 돌리고 있는 미래 쪽을 향하여 간단없이 그를 떠밀고 있으며, 반면 그의 앞에 쌓이는 잔해의 더미는 하늘까지 치솟고 있다. 우리가 진보라고 일컫는 것은 바로 이러한 폭풍을 두고 하는 말이다.(최성만)

내 날개는 날 준비가 되어 있고 나는 기꺼이 돌아가고 싶다.
왜냐하면 내가 평생 머문다 해도 나는 행복하지 못할 것이기에
-게르숌 숄렘(Gershom Scholem), 『천사의 인사』

파울 클레(Paul Klee)가 그린 앙겔루스 노부스(Angelus Novus), 즉 새로운 천사라는 그림이 있다. 이 그림의 천사는 마치 자기가 응시하고 있는 어떤 것으로부터 금방이라도 멀어지려고 하는 것처럼 묘사되어 있다. 그 천사는 눈을 크게 뜨고 있고, 입은 벌어져 있으며 또 날개는 펼쳐져 있다. 역사의 천사도 바로 이렇게 보일 것임이 틀림없다. <u>그의 얼굴은 과거를 향하고 있다.</u>(Il a le visage tourné vers le passé.) 우리들 앞에서 일련의 사건들이 전개되고 있는 바로 그곳에서 그는 단 하나의 파국 Katastrophe, catastrophe 만을 본다. 그 파국은 끊임없이 잔해 Trümmer ruines wreckage(debris) 위에 잔해를 쌓아 올리며 그것들을 천사의 발 앞에 내 던지고 있다. 천사는 그 자리에 머물고 싶어 하고 죽은 자들을 흔들어 깨우고 또 산산이 부서진 것을 모아서 다시 결합하고자 한다. 그러나 파라다이스에서 폭풍이 불어오고 있다. 이 폭풍은 그의 날개를 꼼짝달싹 못하게 할 정도로 강력하기 때문에 천사는 더 이상 날개를 접지도 못한다. 이 폭풍은, 그가 등을 돌리고 있는 미래 쪽을 향하여 쉴 새 없이 그를 밀어내고 있으며, 그 사이에 그의 앞에 쌓이는 잔

---

7 게르숌 게르하르트 숄렘(Gershom Gerhard Scholem, 1897년 12월 5일 - 1982년 2월 21일)은 독일에서 태어난 유대교 철학자이며 역사가이다.

해(殘骸)의 더미는 하늘까지 치솟고 있다. 우리가 진보라고 부르는 것은 바로 *이러한* 폭풍을 두고 하는 말이다.

63p The meaning structure of allegory is based on a correspondence between the sacred and the profane, between theology and politics.
the profane counterpart to the storm blowing from Paradise is Progress
the Fall and expulsion from the Garden of Eden.
What is the secular equivalent of this lost paradise, from which progress is distancing us more and more?
for Benjamin, it is primitive classless society.(뚜는 클라스트르의 국가에 대항하는 사회)
profoundly democratic and egalitarian 'communistic society at the dawn of history'
the experiences of the classless society of prehistory laid down in the collective unconscious
'engender, through interpenetration with what is new, . . . utopia'.
several of Benjamin's texts suggest a correspondence between modernity - or progress - and infernal damnation.

잠깐만 국가에 대항하는 사회가 무엇인지 설명해 주시오. 직접 읽어 봐요.
57page 문화는 권력과 자연 모두에 대한 부정이다. 221 카프카는 신체를 쓰기의 표면, 즉 법을 이해할 수 있는 텍스트가 기록될 수 있는 표면으로 지정한다.

225 조지캐틀린 Georgi Catlin 은 북아메리카의 인디언인 만단족 Mandan 의 나흘간 거행되는 성대한 연례 의례에 참여했다. 몸에 뚫린 구멍, 상처를 뚫고 나온 꼬챙이, 목매달기, 절단, 마지막 달리기 경주, 찢겨 나간 살 등 잔인함을 나타내기 위한 수단은 이루 다 헤아릴 수도 없다. 그럼에도 불구하고, 고통을 견디는 젊은이들의 태연함 또는 오히려 평정함의 태도는 고문 그 자체보다도 더욱 놀라운 것이었다. 그들 각자는 칼이 살을 파고들어도 전혀 얼굴 표정이 변하지 않았다. 젊은이들 중에는 내가 스케치하고 있는 것을 알아차리고 내 눈을 바라보면서 즐거운 미소를 띠는 이마저 있었다. 나는 그들의 몸을 칼로 도려내는 소리를 듣고 눈물을 멈출 수가 없었다. 부족과 지역에 따라 이러한 잔인함을 명확하게 드러내는 기법과 수단, 목적은 다르지만, 최종 목적은 항상 동일하다. 즉 고통을 겪게 한다는 것이다. 고통은 더 이상 참을 수 없는 상태에서야 끝이 나고, 고통을 당한 자는 침묵한 채 결국 실신한다. 226 원시사회의 입문 의례의 본질은 고문이라는 것을 보여준다. 물론 권력이 약자를 고문하는 일은 없어져야 한다. 하지만 국민이 정치인에게, 권력자에게 고통의 입문의례를 하는 것은 어떨까? 이 글을 같이 읽은 한 미술가는 이렇게 제안을 했다. 우리도 정치인들에게, 예를 들어, 국회의원 당선 후에 이와 같은 의례를 거행하면 어떨

지... 그들이 자신의 권력을 부당하게 행사하지 못하도록 고통의 기억을 몸에 새겨 넣는 것은 어떨지.... 어떤 문구를 새겨 넣어야 할까요?

"너희들은 권력의 욕망을 지니지 않을 것이고 복종의 욕망도 지니지 않을 것이다."

227 입문 의례가 개인의 용기를 시험하기 위해 이루어진다는 것은 분명하다. 그리고 이 용기는 고통과 대비되는 침묵을 통해 드러난다고 말할 수 있다. 그러나 입문 의례가 끝난 후 이미 모든 고통이 잊혀졌을 때에도 되돌릴 수 없는 나머지로서, 칼이나 돌로 몸에 새겨진 흔적들, 그리고 상처 자국들이 남는다. 입문 의례를 받은 자는 자국이 남아 있는 자이다.

228 입문 의례를 통해 사회는 젊은이들의 신체에 사회의 각인을 새겨 넣는다. 각인은 망각에 대한 장애물이고, 신체 자체가 기억의 흔적을 간직하고, 신체가 기억이 된다.

230 너희들 중 그 누구도 우리보다 못하지 않고 낫지도 않다. 그리고 너희들은 그것을 절대로 잊지 못할 것이다. 우리가 너희들의 몸 위에 남긴 동일한 각인이 그것을 너희들에게 계속 기억시킬 것이다.

231 잔인하게 가르쳐진 원시의 법은 한 사람 한 사람이 잊어서는 안 될 불평등의 금지인 것이다.

232 나는 모든 법이 쓰여진 것이라고 말했다. 여기에서 이미 인정한 신체, 쓰기, 법이라는 삼자의 연대가 일정한 방식으로 재구성되고 있다. 몸에 남겨진 흉터는 원시적 법이 새겨진 텍스트이며 그런 의미에서 몸에 대한 쓰기이다. 원시사회는 각인의 사회라고 『앙티 오이디푸스 L'Anti-Oedipe』의 저자들[들뢰즈, 가타리]은 힘차게 주장하고 있다. 고대적 사회, 각인의 사회는 국가 없는 사회, 국가에 대항하는 사회이다. 모든 신체에 똑같이 새겨진 각인은 다음과 같이 선언한다. 즉 너희들은 권력의 욕망을 지니지 않을 것이고 복종의 욕망을 지니지 않을 것이다라고.

233 이미 이 모든 것을 알고 있었고. 끔찍한 참혹함을 대가로 그보다 더 끔찍한 참혹함이 출현하는 것을 막고자 한 야만인들의 감탄을 금할 수 없는 심오함, 그것은 바로 신체에 새겨진 법은 망각할 수 없는 기억 이라는 것이다. 심오하지만 어렵지 않네요. 감동했어요.

243 인디언들이 백인들의 도끼가 생산성이 높다는 것을 알았을 때 그것을 탐낸 이유는 같은 시간에 10배를 생산하기 위한 것이 아니라 같은 일을 10분의 1의 시간에 끝마치기 위한 것이었다. 원시사회는, 리조가 야노마미족에 대해 적어놓은 것처럼, 일을 거부하는 사회이다. 즉 "야노마미족은 분명히 일을 멸시하고 기술 진보 자체에 대해 무관심하다." 원시사회가 최초의 여가 사회이자 풍요로운 사회라는 살린스 M. Sahlins 의 표현은 적절하면서도 흥미롭다.

245 아마존의 야만인과 잉카제국의 인디언 사이의 차이점을 발견할 수 있다.

246 권력이라는 정치적 관계는, 착취라는 경제적 관계에 선행하며 그것을 만들어낸다. 소외는 경제적 소외이기 이전에 정치적 소외이다. 권력은 노동에 선행하며, 경제적인 것은 정치적인 것의 파생물이고, 국가의 생성이 계급의 출현을 규정한다.

253 원시사회에 대해 현재 알고 있는 지식의 수준에서 정치적인것의기원을 경제적인것에서 찾는것은 쓸데없는일일 뿐이다. 국가의뿌리는 경제에 있는것이 아니다. 국가없는사회, 즉 원시사회의 경제적작용 속에서 좀 더 잘 사는 자와 못사는 자의 차이를 만들어낼 수 있는 것은 아무것도 없다. 왜냐하면 그곳에는 이웃보다 더 많이 일하거나, 더 많이 갖거나, 더 낫게 보이고자 하는 **이상한 욕망**을 지닌 사람이 한 사람도 없기 때문이다. 전원에게 동등하게 나누어진, 물질적 필요를 충족시키는 능력과 재화의 사적 축적을 막는 지속적인 교환은 그러한 욕망, 즉 사실은 **권력의 욕망인 소유의 욕망을 자연스럽게 불가능하도록 만든다.** 최초의 풍요로운 사회인 원시사회는 과도한 풍요로움을 향한 욕망을 허용하지 않는다.

원시사회는 국가가 존재하는 것이 불가능하기 때문에 국가 없는 사회이다. 그런데 모든 문명인들도 원래는 원시인들이었다고 한다면 무엇이 국가를 불가능하지 않게 만든 것일까? 왜 사람들은 원시 상태로부터 벗어나게 되었을까?어떤엄청난사건과혁명이 전제적지배자, 즉 복종하는이들에게 명령을 내리는자가 출현할수있도록만들었는가?**정치권력은 어디로부터 나타나게 되었는가?**아마 지금부터 당분간 이 기원의 문제는 수수께끼로 남아 있을 것이다.

홉스의 망상을 비웃어 주자. 하지만 홉스도 읽어 보자.

63~64p Strindberg's idea: the Hell is not something that awaits us, but *this life here and now*. 그래요. 남경학살의 현장.

For Benjamin, in *The Arcades Project*, the quintessence of Hell is the eternal repetition of the same, the most fearful paradigm of which is to be found not in Christian theology, but in Greek mythology: Sisyphus and Tantalus, condemned to the eternal return of the same punishment. In this context, Benjamin quotes a passage from Engels, comparing the worker's interminable torture - compelled, as he is, endlessly to repeat the same mechanical movement - with the infernal punishment of Sisyphus. But this is not just something that afflicts the worker: the whole of modern society, dominated by commodities, is subject to repetition, to the *Immergleich* (always the same), disguised as novelty and fashion: in the realm of commodities, 'Humanity figures . . . as damned.' 동일한 것의 영원한 반복이 곧 지옥이다. 예술은 이를 탈출할 수 있는 유일한 방법일 수도 있다.

64p The ruins at issue here are not an object of aesthetic contemplation, but a poignant image of the catastrophes, massacres and other bloody works of history.

66p How is this storm to be halted, how is Progress to be interrupted in its unstoppable forward march? As ever, Benjamin's answer is twofold: religious and secular. In the theological sphere, this is a task for the *Messiah*, its secular equivalent or *correspondant* is none other than *Revolution*. the messianic/revolutionary interruption of Progress is, then, Benjamin's response to the threats to the human race posed by the continuance of the evil storm, the imminence of new catastrophes.

commonplace assumptions of the 'progressive' Left: 'Marx says that revolutions are the locomotive of world history. But perhaps it is quite otherwise. Perhaps revolutions are an attempt by the passengers on this train - namely, the human race - to activate the emergency brake.

67p True universal history, based on the universal remembrance of all victims without exception - the secular equivalent of the resurrection of the dead - will be possible only in the future classless society. 하나도 빼지 않고 기억해야 해!

<사진과 그림> 여전히 실종상태.

분노하라 Indignez-vous !

스테판 에셀 (Stephane Frederic Hessel)

레지스탕스의 기본 동기는 분노였다. LE MOTIF DE LA RÉSISTANCE, C'EST L'INDIGNATION. 레지스탕스 운동의 백전노장이며 '자유 프랑스'의 투쟁 동력이었던 우리는 젊은 세대들에게 호소한다. 레지스탕스의 유산과 그 이상들을 부디 되살려 달라고, 전파하라고. 그대들에게 이렇게 말한다. "이제 총대를 넘겨 받으라. 분노하라!"고. 정치계. 경제계. 지성계의 책임자들과 사회 구성원 전체는 맡은 바 사명을 나 몰라라 해서도 안되며 이 사회의 평화와 민주주의를 위협하는 국제 금융시장의 독재에 휘둘려서도 안된다.

나는 여러분 모두가 한 사람, 한 사람이, 자기 나름대로 분노의 동기를 갖기 바란다. 이건 소중한 일이다. 내가 나치즘에 분노했듯이 여러분이 뭔가에 분노한다면, 그때 우리는 힘있는 투사, 참여하는 투사가 된다. 이럴 때 우리는 역사의 흐름에 합류하게 되며, 역사의 이 도도한 흐름은 우리들 각자의 노력에 힘입어 면면히 이어질 것이다. 이 강물은 더 큰 정의, 더 큰 자유의 방향으로 흘러간다. 여기서 자유란 닭장 속의 여우가 제멋대로 누리는 무제한의 자유가 아니다. 1948년 세계 인권 선언이 구체적인 실천방안까지 명시한 이 권리는 보편적인 것이다. 만약 여러분이 어느 누구라도 이 권리를 제대로 누리지 못하고 있는 사람을 만나거든, 부디 그의 편을 들어주고, 그가 권리를 찾을 수 있도록 도움을 주라.

역사를 보는 두 관점

무엇이 파시즘을 초래했는지, 프랑스가 무엇 때문에 파시즘의 침탈을 받았고 비시 정권이라는 괴뢰정권이 세워졌는지를 이해하려고 노력하다보면, 이렇게 혼잣말을 하게 된다. '가진 자들은 이기적인지라 볼세비키 혁명을 지독히 두려워했다'고. 그들은 그 두려움이 이끄는 대로 생각없이 행동했다. 그러나 만약 그때처럼 오늘날 행동하는 소수가 일어선다면, 그것으로 충분할 것이다. 그러면 우리에겐 반죽을 부풀릴 누룩이 생기는 셈이다. 물론 1917년생인 나 같은 늙은이의 체험은 오늘날 젊은이들의 체험과는 다르다. ~~나는 종종 중등학교 교사들에게 말하곤 한다. 당신들이 학생들에게 이야기 좀 할 수 없느냐고. 그들에게 이렇게 말한다. 물론 당신들이 참여하는 뚜렷한 이유가 우리의 그것과 같을 수야 없다.~~ 우리 때는 독일의 강점과 프랑스의 패배를 받아들이지 않는 것이 저항이었다. 그것은 상대적으로 단순한 일이었다. 그 다음에 이어진 식민지의 독립 또한 단순했다. 그러다가 알제리 전쟁이 발발했다. <u>알제리가 프랑스 식민지를 벗어나 독립해야 한다는 것, 그건 너무나 당연한 일이었다.</u> 스탈린 이야기를 해보자. 우리 모두는 1943년 소련의 붉은 군대가 나치에 맞서 거둔 승리에 박수를 보냈다. 그러나 이미 1935년에 벌어진 스탈린의 '대숙청'의 진실을 알았을 때, 비록 미국 자본주의에 대한 대항마로서 공산주의에 한 귀는 열어 두이 교형을 맞출 필요는 있었다 해도 <u>전체주의라는 이 견딜 수 없는 체제에 맞서야 한다는 것은 명백한 사실로 다가왔다.</u> 나는 남들보다 훨씬 오래 살다보니 분노할 이유들이 끊임없이 생겨났다.

이런 분노의 이유들은 어떤 감정에서라기보다는 참여의 의지로부터 생겨났다. 나는 청년 시절 파리 고등사범학교 학생으로서, 학교 선배인 사르트르에게서 큰 영향을 받았다. 사르트르의 저서 『구토』 『벽』 『존재와 무』는 나의 사상 형성에 아주 중요한 역할을 했다. 사르트르는 우리에게 스스로를 향해 이렇게 말하라고 가르쳐주었다. "당신은 개인으로서 책임이 있다"고. 이것은 절대 자유주의의 메시지였다. 어떤 권력에도, 어떤 신에게도 굴복할 수 없는 인간의 책임. 권력이나 신의 이름이 아니라 인간의 책임이라는 이름을 걸고 참여해야 했다. 1939년 파리 윌름 거리에 있는 고등사범학교에 입학했을 때 나는 철학자 헤겔의 열렬한 신봉자였다. 그리고 모리스 메를로퐁티의 세미나를 들었다. 메를로퐁티의 강의에서 우리는 구체적 체험, 복수(複數)의 감각과 대면하는 커다란 유일자로서의 몸, 이런 것을 탐구했다. 그러나 바람직한 일이 모두 이루어지기를 원하는 낙관적 성향을 타고난 나로서는 메를로퐁티보다는 헤겔 쪽에 더 끌렸다. 헤겔 철학은 인류의 기나긴 역사를 의미있는 어떤 과정이라고 해석한다. 그 의미란 인간의 자유가 한 단계 한 단계씩 진보한다는 것이다. 역사가 연이은 충격들로 이루어진다는 것은 수많은 도전을 염두에 둔 생각이다. 수많은 사회들의 역사는 좀 더 나은 방향으로 진보하여 종국에는 인간의 완전한 자유에 이르게 됨으로써 이상적인 형태의 민주국가를 갖게 된다는 것이다.

물론 역사를 이와 다르게 보는 관점도 있다. 자유, 경쟁, '언제나 더 많이'갖기 위한 질주, 이런 것들로 이루어지는 진보란 마치 주위의 모든 것을 파괴하는 폭풍처럼 체험될 수도 있다. 우리 아버지의 친구 한 분이 바로 역사를 이렇게 표현했다. 이 분은 마르셀 프루스트의 『잃어버린 시간을 찾아서』를 우리 아버지와 함께 독일어로 번역한 독일 철학자 발터 벤야민이다. 그는 스위스 화가 파울 클레의 그린 <새로운 천사>를 보고 비관적인 메시지를 날렸다. 이 그림에서 천사는 두 팔을 활짝 벌려 진보라는 폭풍을 끌어안으면서도 내치는 몸짓을 하고 있다. 그 후 나치즘을 피해 망명하던 중 1940 년 9 월에 자살한 벤야민에게, 역사의 의미란 재앙에서 재앙으로 이어지는 저항할 길 없는 흐름이었다.

****

잃어버린 낙원, 여행작가로도 유명한 네덜란드의 시인이자 소설가 세스 노터봄의 새 소설. 식민지배 이전부터 호주에 살아온 원주민에겐 시간과 기억이 시작되기 이전의, 나무도 동물도 사람도 없던 '드림타임(Dreamtime)'의 전설이 있다. 호주에서 천사찾기 프로젝트에 참여한 알마는 천사로 분장해 장식장 속에 웅크렸다가 역시 호주를 찾아온 네덜란드인 에릭과 조우한다. 사람이 만났다 헤어지고 또다시 시간이 흘러 우연히 만나는 여행의 과정을 통해 잃어버린 낙원을 향한 현대인의 갈망을 그린다.
WAlter Benjamin 의 역사의 천사가 처음에 등장한다.

****

날개를 망가뜨리지 마. **About the Seduction of an Angel,** Brecht 의 부분
Tell him he can fall without fear
while he is hanging between earth and heaven -
but don't look him in the face while you are **** him
and, for heaven's sake, don't crush his wings.

****

파리는 본래 검고, 진창에다 고약한 냄새가 나는 도시로 ....
이리저리 방황하는 삶이 버거운 무리들이나 환상에 사로잡힌 괴상막칙한
인간들이 하룻밤에 3 상팀으로 묵을 수 있는 빈민소굴로 가득 차 있다. ......
그 곳에서는 암모니아 냄새가 진동하는 가운데... 천지창조 이래 한번도 정
돈해 본적이 없는 침대들 위에 수백 수천의 호객꾼, 성냥팔이, 아코디언
악사, **꼽추**, 장님, **절름발이, 난쟁이**, 앉은뱅이, 싸우다가 코가 물어뜯긴 자,
곡예사, 칼 먹는 차력사, 상품 따먹기 막대를 이빨 끝에 올려놓고 떨어트
리지 않기 위해 몸의 균형을 유지하는 곡예사들이 머리에 머리를 맞대고
잠을 청하고 있다. .... 기어다니는 어린아이, 바스크인인지 덩치 큰 남자,
20 번째 환생한 엄지손가락 톰, 손이나 팔에서 나무가 자라나는 식물인간,
걸어다니는 해골, 빛으로 만들어진 투명인간 ..... 사람의 지능을 가진 오랑
우탄, 프랑스어를 말하는 괴물 등이 있다. (아케이드 프로젝트 [P 4, 1])

****

프랑스의 문인 파스칼 키냐르는 언어학자인 친가와 음악가인 외가의 부모를 두었다. 프랑스어, 독일어, 영어, 라틴어, 그리스어 등 여러 언어를 사용하는 집안에 태어났기에 그 언어적 혼란으로 자폐증 증세를 보였다. 말도 하지 않고 먹는 것도 거부했으나 외삼촌이 우연히 물려 준 막대기 사탕을 빨면서 자폐증에서 벗어난다. 17 살 때 다시 한 번 더 자폐증 증세가 찾아왔으나 작가가 되는 것이 자신의 소명인 것을 깨닫게 된다. 1991 년 영화 '세상의 모든 아침'으로 유명한 원작 소설을 썼으며 3 년 후 집필에 집중하기 위해 스스로 은둔자가 된다. 18 개월 동안 죽음의 고비를 넘기며 병과 싸우면서 쓴 "떠도는 그림자"에는 예술의 기원에 대한 심오한 통찰이 있다. 더럽고 하찮은 것들이 다시 등장한다.

우리는 언제 인간 사회와 의식에서 깨끗함과 더러움이 분리되었는지 잘 모른다. .... 예술은 인간과 짐승, 사회적인 것과 비사회적인 것, 질서와 무질서, 삶과 죽음, 형태와 비형태, 이런 것 사이의 분리 계보가 확립되기 이전에 생겨났다. .... **깨끗한 것이 현대사회에서처럼 절대 권력을 누린 적은 없었다.** 우리가 이 정도로 시체, 생리혈, 가래침, 콧물, 소변, 대변, 트림, 딱지, 먼지, 진흙으로부터 철저히 격리된 적은 없었다.

예술은 제자리에 있지 않다. 더러움에 대한 정의 자체는 곧 어떤 것이 제자리에 있지 않음이다. 바닥에 놓인 신발은 깨끗하지만 그것이 식탁보 위의 꽃들과 은그릇, 가지런한 유리잔 사이에 놓이는 즉시 더러운 것이 된다.

********* * * ****************

「할리우드 비가(悲歌), 베르톨트 브레히트(bertolt brecht)」

매일 아침 밥벌이를 위하여 장터로 가네,
거짓을 사주는 곳으로 희망을 품고
나도 장사꾼들 사이에 끼어드네
할리우드는 나에게 가르쳐 주었네
<u>한 도시가 천국이며 동시에 지옥이 될 수 있음을.</u>
<u>가진 것이 없는 자에겐 천국이 바로 지옥이라네</u>

1933 년 나치의 좌파탄압을 피해 미국에 망명한 독일출신의 극작가 브레히트(bertolt brecht)는 할리우드에서 영화대본(scenario)을 쓰면서 생계를 유지해야만 했다. 자본주의의 심장부인 미국의 할리우드에서 밥벌이를 위해 영화대본을 써야했던 망명 극작가의 비가(悲歌)는 그의 눈에 비친 당시 할리우드의 현실을 비극적 서시로 묘사하고 있다. 길게 쓴 버전도 있다.

"벤야민의 '역사의 천사'의 이미지는 키퍼의 작품 <양귀비와 기억-역사의 천사>

에서 체화되어 나타난다. 홀로코스트의 기억을 다루고 있는 이 작품을 키퍼는 1989년 《역사의 천사》라는 제목의 전시회에서 발표하였다. 좌초된 새 같아 보이는 납으로 만든 비행기는 그 날개 위에 역시 납으로 만든 무거운 책들이 켜켜이 쌓여 있어 비상이 불가능해 보인다. 납으로 된 책의 사이사이로 말라버린 양귀비 줄기가 삐져나와 있다. 비상을 방해하는 날개 위의 책은 지식과 계몽의 상징이며 동시에 독일의 역사를 담은 책으로 역사의 무게를 의미하기도 한다. 인류 계몽의 역사는 홀로코스트와 잔혹한 전쟁의 역사로 귀결되어 이 천사의 비상을 불가능하게 만든다. 문명의 역사를 야만의 역사라고 한 벤야민의 말처럼 이 작업은 모더니티의 성과에 대해 생각하게 만든다. 이 작품의 제목은 파울 첼란(Paul Celan)의 1952년에 출판한 두 번째 시집의 제목이기도한데, 마취제의 재료이기도 한 양귀비는 이 책에서 망각성(forgetfulness)을 의미한다." 윤희경의 논문: 안젤름 키퍼의 작품에 재현된 역사의 이미지:

Der Engel der Geschichte (Mohn und Gedächtnis) [The Angel of History (Poppy and Memory)], by Anselm Kiefer, 1989

χ 수도사

Die Gegenstände 대상,/ die die Klosterregel 수도원규칙 den Brüdern 수사 zur
Meditation anwies,/ hatten die Aufgabe 과제.목적,   .
The objects, which the monastery-rule ordered the brothers to meditate, had the task
sie der Welt und ihrem Treiben abhold zu machen.
to turn them away from 세상 and 속세의 일.
Der Gedankengang, den wir hier verfolgen, ist /aus einer ähnlichen 유사한
Bestimmung 목적/ hervorgegangen.
The line of thought   which we are pursuing here   has emerged from a similar purpose.

Er/ beabsichtigt 의도한다 in einem Augenblick 순간, da die Politiker,
It intends   at a moment   when the politicians
auf die/ die Gegner 반대자 des Faschismus/ gehofft hatten,
on whom the adversaries of Fascism   had hope
am Boden 바닥 liegen und ihre Niederlage 패배/ mit dem Verrat 배신 an der
eigenen Sache/ bekräftigen 인정,
lie on the ground   and   confirm their defeat   with the betrayal of their own cause,
das politische Weltkind/ aus den **Netzen** zu lösen,   mit **denen**/ sie es
umgarnt hatten.
to loosen 정치적 아이들(20 세기의 신세대 Les Enfants du siècle) from the snares(덫) with
which they 배신자 have entangled it(kind).

Die Betrachtung/ geht davon aus, daß der sture Fortschrittsglaube dieser Politiker,
The view   출발하다   that the stubborn belief in progress of these politicians,
ihr Vertrauen in ihre "Massenbasis"   und schließlich ihre servile Einordnung
 their confidence in their "대중기반",   and finally   their servile 포섭
in einen unkontrollierbaren Apparat/ drei Seiten derselben Sache/ gewesen sind.
in an uncontrollable apparatus   have been three sides of the same thing.
Sie sucht/ einen Begriff davon zu geben,/ wie *teuer* unser gewohntes Denken/
It seeks to give an idea about this: how expensive our habitual thinking   is

eine **Vorstellung** von Geschichte zu stehen/   kommt,

in order to get an idea of history

die jeder Komplizität mit **der** vermeidet, an **der**/ diese Politiker weiter festhalten.

that avoids any complicity(공모/결탁) with it, to which these politicians   still   adhere.

The themes which monastic discipline assigned to friars for meditation were designed to turn them away from the world and its affairs. The thoughts which we are developing here originate from similar considerations. At a moment when the politicians in whom the opponents of Fascism had placed their hopes are prostrate and confirm their defeat by betraying their own cause, these observations are intended to disentangle the political worldlings from the snares in which the traitors have entrapped them. Our consideration proceeds from the insight that the politicians' stubborn faith in progress, their confidence in their "mass basis," and, finally, their servile integration in an uncontrollable apparatus have been three aspects of the same thing. It seeks to convey an idea of the high price our accustomed thinking will have to pay for a conception of history that avoids any complicity with the thinking to which these politicians continue to adhere.

수도원이 수사들에게 명상을 위해 규율로서 정하고 있는 대상들은 이 세상과 속세의 일로부터 멀어지게 하는데 그 목적이 있었다. 지금 우리가 추적하고 있는 생각들도 이와 유사한 목적에서 나온 것이다. 오늘날 파시즘의 반대자들이 희망을 걸었던 정치가들이 파시즘 앞에서 무릎을 꿇고 그들 자신이 내걸었던 대의를 저버림으로써 그들의 패배를 확인하고 있는 이 마당에서, 이러한 생각들이 노리는 바는, 이들 정치적 현세주의자들로 하여금 그들이 쳐놓은 함정의 올가미로부터 벗어나게 하는데 있다. 이러한 관찰은, 이들 현실적 정치가들의 진보에 대한 고집스러운 믿음과 <대중기반>에 대한 신뢰, 그리고 통제할 수 없는 사회적, 정치적 기구에 대한 노예같은 맹종과 동화가 실제로는 동일한 내용의 세가지 양상에 불과하다는 인식에 근거하고 있다. 이러한 관찰은 또한, 이들 정치가들이 계속 고수하고 있는 역사관과 일체의 복잡한 마찰을 기피하는 하나의 역사관을 위해서 우리들의 관습적 사고가 얼마나 높은 대가를 치르지 않으면 안되는가를 한번 보여 주고자 하는 것이다. (반)

수도원이 수사(修士)들에게 묵상을 위해 규율로서 정하고 있는 대상들은 이 세상과 속세의 일로부터 그들을 멀어지게 하는데 그 목적이 있었다. 우리가 여기서 끌고 나가는 사유 과정도 이와 비슷한 목적에서 나왔다. 이러한 사유 과정이 의도하는 바는, 파시즘의 반대자들이 (기대를 걸었던, 그들이) 희망을 가졌던 (이른 바 사민주의) 정치인들이 바닥에 엎드려서 파시즘 앞에 자신의 패배를 인정하며 스스로의 대의를 배신하고 있는 이 상황에서, 정치적 아이들(벤야민과 같은 세대의 젊은이들)을 (배신자) 정치인들이 씌워 놓은 그물망(덫)에서 풀려나도록 하는 데 있다. 이러한 관찰은 (소위 좌파) 정치인들의 진보에 대한 고집스런 믿음, 그들의 '대중기반 mass basis'에 대한 믿음, 그리고 통제 불가능한 정치적 기구 apparatus 에 노예처럼 포섭 subsumption 되어 있는 모습이 동일한 사안의 세 개의(three) 양상이었다는 데서 출발한다. 이러한 관찰은 이 정치인들이 계속 고수(固守)하는 그러한 역사관(歷史觀)과의 어떤 공모(결탁)관계도 거부하는, 역사에 대한 (독립적인) 생각을 (정치적 대중들이) 갖기 위해서는 우리의 관습적 사고가 얼마나 값비싼 대가(代價)를 치러야 하는지를 보여주고자 한다.

fire alarm p 71. If Dialectic of Enlightenment owe much to Benjamin, the text that comes closest to the 'Theses "On the Concept of History'" is Horkheimer's 'Authoritarian State', published in the Institute of Social Research's 1942 homage to Benjamin. It is, by its explicit political radicalism, a relatively

'atypical' document. According to Horkheimer, since 'the revolutionary conditions have always been ripe', the imperative of putting an end to the horror 'was always appropriate'. The radical 급진적인 transformation of society, the end of exploitation, 'are not a further acceleration of progress, but a qualitive leap out of the dimension of progress'.98

그리고 기적의 작가 2 명을 더 언급하고 싶다:

주제 사라마구 José Saramago

"기적이었어요. 기적이 존재한다면······· 나는 독학을 했어요. 우리 가족은 달리 살아갈 방도가 없었지요. 나는 청색 작업복을 입고서 2 년 동안 기계공으로 일했고, 그 뒤로도 다양한 직업을 거쳤어요. 내 문학교육은 공공 도서관에서 이뤄졌는데, **집에는 책 한 권 없었고 모친은 일자무식이었어요,** 당시에는 내가 걸어갈 길이 보이지 않았어요. 그러니 겨냥할 게 없었지요. 스물다섯에 첫 소설을 시도한 적은 있지만, 본격적으로 창작의 길로 들어선 것은 <디아리우 데 노티시아>지에서 기자 일을 잃었을 때였소. 그때 내 나이 오십이었지요. 누군가가 왜 그렇게 오랫동안 글을 쓰지 않았느냐고 물으면 나는 진지하게 이렇게 대답해요. **아무것도 쓸 게 없었다고.**" 23p

오르한 파묵 Orhan Pamuk

누군가가 작가의 커다란 웃음소리를 들으면 그가 죽음의 위협 앞에 놓여있다는 생각을 잠시 잊어버릴지도 모른다. '이 땅에서 백만 명의 아르메니아인과 3 만 명의 쿠르드족이 살해되었지만, 어느 누구도 그 일에 대해 말하지 않는다'는 객관적으로 증명된 사실을 폭로한 뒤 터키의 정체성을 모욕한 죄로 기소되면서 그의 삶은 고행의 길로 변했다. 국제적인 청원 압력으로 기소가 중지되었지만 터키 극우민족주의자들의 눈엣가시가 되었고, 거리에 나갈 때는 경호원들이 따라붙는다. 94p

Der Konformismus 순응주의,/ der/ von Anfang 처음 an in der Sozialdemokratie/ <u>heimisch gewesen ist</u>,

The conformism, which has been at home 깊이자리잡은 from the beginning in 사민주의,

Haftet/ nicht nur an ihrer politischen Taktik 전술,/ sondern auch an ihren ökonomischen Vorstellungen 견해.

영향을 끼치다 not only to its 정치적 전술, but also to its 경제적 아이디어.

Er ist/ eine Ursache 원인 des späteren Zusammenbruchs 붕괴.

It is a cause   of the later collapse.

Es gibt nichts, was/ die deutsche Arbeiterschaft 노동자계급/ in dem Grade <u>korrumpiert hat</u>/ wie die Meinung 생각, *sie* schwimme mit dem Strom 흐름.

There is nothing that <u>has corrupted 타락시키다</u> the German working class to the same extent as the notion that it was moving with the current.

Die technische Entwicklung/ galt ihr/ als das Gefälle des2 Stromes,/ mit dem sie <u>zu schwimmen</u> meinte.

The 기술발전 was regarded as the downhill gradient(저절로 내려가게하는 추동력을 주는 경사) of the current/ with which it thought <u>that it was swimming.</u>

Von da/   war es nur ein Schritt zu der Illusion,/   die Fabrikarbeit 공장노동,/

From there   it was only a step towards the illusion   that the factory work,

die/ im Zuge des technischen Fortschritts/ gelegen sei, <u>stelle</u> eine politische Leistung <u>dar.</u>

which was in the course of 기술진보,   <u>represented</u> a 정치적 achievement.

Die alte protestantische Werkmoral 직업윤리/ <u>feierte</u>/ in säkularisierter 세속화된 Gestalt 형태/ bei den deutschen Arbeitern 노동자들/ <u>ihre Auferstehung 부활</u>.

The old 개신교 work ethic <u>celebrated its resurrection</u> in a secularized form among the German workers.

Das Gothaer Programm 고타강령 trägt bereits   Spuren dieser Verwirrung an sich.

The Gotha program   already bears   흔적 of this 혼란 in itself.

Es definiert die Arbeit   als "die Quelle 원천 alles Reichtums 부 und aller Kultur 문화".

It defines   the work   as "the source of all wealth and all culture".

Böses ahnend,   entgegnete Marx darauf,   daß **der Mensch**,

Expecting 불길한 징조,   Marx replied to it,   that man,

der kein anderes Eigentum/ besitze/ als seine Arbeitskraft,

who had no other property 자산   than his 노동력,

»der Sklave 노예 der2 andern **Menschen**/ sein muß,/ **die** sich zu Eigentümern ... gemacht haben«.

"must be the slave of the other men   who have made themselves 소유주(owners)."

Unbeschadet dessen greift/ die Konfusion weiter um sich, und bald darauf verkündet Josef Dietzgen:

Regardless of the 공격, the 혼란 continues to spread 확산, and soon afterwards Josef Dietzgen proclaims 선언하다 about it:

»Arbeit heißt der Heiland 구세주 der2 neueren Zeit 새시대... In der... Verbesserung ... der Arbeit...

"Work is the Savior of the modern times ...   In the improvement 개선 of 노동/   there

besteht der Reichtum 부,/ der jetzt vollbringen 성취 kann,/ was bisher kein Erlöser vollbracht hat.«

exists the wealth that can now be accomplished,   which as yet no 구세주 성취했다.

Dieser yulgärmarxistische Begriff   von dem, was die Arbeit ist,

This vulgar-Marxist 속류맑스주의적 concept 개념 of   what the labor is,

hält sich bei der Frage nicht lange auf,   wie ihr Produkt den4 Arbeitern selber anschlägt,

충분히 오래 not considers the question of how its product could benefit the 노동자들 themselves

solange   sie nicht darüber verfügen 소유하다 können.

as long as they 노동자 could not dispose of it. (소유해서 맘대로 처분할 수 있다.)

Er will/ nur die Fortschritte der Naturbeherrschung, nicht die Rückschritte der Gesellschaft/ wahr haben.

He recognizes only the 진보 of the 자연지배, not the 퇴보 of 사회.

Er weist schon/ die technokratischen 기술주의 Züge/ auf, die später im Faschismus/ begegnen werden.

It already shows the technocratic features 특징 which will 나중에 be encountered in 파시즘.

Zu diesen gehört/ ein **Begriff** der Natur,/ der sich/ auf unheilverkündende 불길한 Art von **dem/** in den sozialistischen Utopien des Vormärz/ abhebt.

One of these is a 자연개념 which stands out(differs) from the concept advocated in the 사

회주의적 유토피아 of the Vormarz (prior to the Revolution of 1848) <u>in an ominous manner.</u>

Die Arbeit, wie sie nunmehr verstanden wird,   läuft/ auf die Ausbeutung 착취 der Natur 자연/ hinaus,

The 노동, as they are now understood,   proceeds in the exploitation of nature,

welche <u>man</u>/ mit naiver Genugtuung 만족/ der Ausbeutung des Proletariats <u>gegenüber stellt.</u>

which <u>is contrasted</u>, with naive satisfaction, <u>against</u> the 프롤레타리아트의 착취

(자연을 착취하는 시스템은 노동계급도 착취한다.)

Mit dieser positivistischen Konzeption verglichen/ erweisen die Phantastereien,

Compared to this 실증주의 conception, the fantasies 환상 prove 증명한다,

die so viel Stoff/ zur Verspottung 조롱 eines Fourier/ gegeben haben,/ ihren überraschend 놀랍게도 gesunden 건강한 Sinn 의미.

which have given so much material to the mocking of Fourier, their surprisingly healthy sense.

Nach Fourier/ <u>sollte</u>/ die wohlbeschaffene gesellschaftliche Arbeit/ zur Folge <u>haben,</u>

According to Fourier, the well-to-do social work <u>should have</u> the consequence

daß vier Monde/ die irdische Nacht erleuchteten, daß das Eis/ sich von den Polen zurückziehen,

that four moons the 지상의 밤을 밝히다, that the 얼음   from the 남극북극 물러가다,

daß das Meerwasser/ nicht mehr salzig schmecke und die Raubtiere/ in den Dienst des Menschen träten.

that the 바다물 no longer 짠 맛,   and the 맹수 were in the service of man.

Das alles illustriert eine Arbeit,/   die,   weit entfernt **die Natur** auszubeuten,

All this illustrates a kind of labor   which, far from exploiting nature,

von den **Schöpfungen** sie zu entbinden imstande ist,/ **die** als mögliche in ihrem Schöße schlummern.

would help her give birth 출산 to the creations 산물   which now lie as dormant in her 자궁.

Zu dem korrumpierten Begriff von Arbeit/ gehört als sein Komplement/ *die* Natur,

To the corrupted concept of labor   belongs, as its complement,   the nature,

welche, wie Dietzgen sich ausgedrückt hat, "gratis da ist".

which,   as Dietzgen has expressed,   there it is free.

The conformism which has marked the Social Democrats from the beginning attaches not only to their political tactics but to their economic views as well. It is one reason for the eventual breakdown of their party. Nothing has so corrupted the German working class as the notion that it was moving with the current. It regarded technological development as the driving force of the stream with which it thought it was moving. From there it was but a step to the illusion that the factory work ostensibly furthering technological progress constituted a political achievement. The old Protestant work ethic was resurrected among German workers in secularized form. The Gotha Program already bears traces of this confusion, defining labor as "the source of all wealth and all culture. " Smelling a rat, Marx countered that "the man who possesses no other property than his labor power" must of necessity become "the slave of other men who have made themselves owners." Yet the confusion spread, and soon thereafter Josef Dietzgen proclaimed: "The savior of modern times is called work. The perfecting of the labor process constitutes the wealth which can now do what no redeemer has ever been able to accomplish." 16 This vulgar-Marxist conception of the nature of labor scarcely considers the question of how its products could ever benefit the workers when they are beyond the means of those workers. It recognizes only the progress in mastering nature, not the retrogression of society; it already displays the technocratic features that later emerge in fascism. Among these is a conception of nature which differs ominously from the one advocated by socialist utopias prior to the Revolution of 1848. The new conception of labor is tantamount to the exploitation of nature, which, with naive complacency, is contrasted with the exploitation of the proletariat. Compared to this positivistic view, Fourier's fantasies, which have so often been ridiculed, prove surprisingly sound. 17 According to Fourier, cooperative labor would increase efficiency to such an extent that *four moons would illuminate the sky at night, the polar ice caps would recede, seawater would no longer taste salty, and beasts of prey would do man's bidding.* All this illustrates a kind of labor which, far from exploiting nature, would help her give birth to the creations that now lie dormant in her womb. The sort of nature that (as Dietzgen puts it) "exists gratis," is a complement to the corrupted conception of labor.

처음부터 사회민주주의에 깊이 자리 잡고 있던 타협주의는 그들의 정치적 전략에서뿐만 아니라 그들의 경제관에도 그대로 남아 있다. 후에 사회민주주의가 겪는 파국의 중요한 원인의 하나는 바로 이 타협주의이다. 시대의 물결을 타고 나아간다는 생각만큼 독일의 노동계급을 타락시킨 것은 없다. 그들은 기술의 발달을 그들이 나아가는 흐름의 낙차로 간주하였다. 바로 이러한 생각에서부터, 기술의 발달과정 속에 들어 있는 공장노동이 하나의 정치적 과업을 수행하리라는 환상에 이르기까지는 그야말로 오십보백보이다. 16 해묵은 프로테스탄트적 노동윤리는 독일인들 사이에서 세속화된 형태로 그 부활을 맞이하게 되었다. 고타강령 Gotha Programm 은, 노동을 모든 부와 문화의 원천이라고 정의함으로써 이미 이러한 혼란의 흔적을 내포하고 있다. 무언가 잘못되었다는 것을 눈치 챈 마르크스는 <자신의 노동력 이외에는 아무것도 가진 것이 없는 인간은 소유주가 된 다른 인간들의 노예가 될 수밖에 없을 것이라>고 말함으로써 이러한 견해를 반박하였다. 이러한 반박에도 불구하고 혼란은 점차 확대되었고, 그 후 곧 요젤 디츠겐 Joseph Dietzgen 은 <노동은 새로운 시대의 구세주이다. 노동의 조건이 개선되면 지금까지 그 어떤 구원자도 성취하지 못했던 부가 생겨날 것이다>라고 공언하였다. 노동의 본질에 대한 이러한 통속적인 마르크시즘적 견해는, 노동자들이 그들의 노동에 의해 만들어낸 생산품을 자기 마음대로 통제할 수 없는 한은 그것이 아느 정도 그들에게 도움을 줄 수 있을 것인가를 깊이 생각해 보지 않은 사고의 소산이다. 이러한 견해는 다만 자연통제(정복)의 진보만을 생각하고 있을 뿐 사회의 퇴행은 인정하려 들지 않고 있다. 그것은 이미 그 뒤 우리가 파시즘에서 마주치게 될 기술주의적 특징들을 그대로 보여주고 있다. 이들 특징 중의 하나는 1848년의 7월 시민혁명 이전의 사회주의적 유토피아에서 논의되었던 자연개념과는 구별되는 불길한 조짐을 예고하는 자연개념이다. 이런 식으로 이해된 노동개념은 결과적으로 자연의 착취로 귀착되는데, 사람들은 순진하게도 자연의 착취를 프롤레타리아트의 착취와 대립되는 것으로 파악, 이에 만족하고 있다. 이러한 실증주의적 견해와 비교해 본다면 자주 조소의 대상이 되어온 푸리에 Charles Fourier(1772-1837) 식의 환상은 놀랍게도 건강하다는 것이 드러난다. 푸리에에 따르면 사회적 노동이 효과적으로 짜여진다면 종국적으로는 네 개의 달이 지구의 밤을 대낮같이 밝힐 것이고, 남북극의 빙하가 녹을 것이며, 바닷물은 더 이상 짜지 않을 것이고 또 맹수들은 사람들의 명령에 순종하게끔 되어 있다. 17 이러한 것들은 모두 자연을 착취하는 것과는 거리가 멀게, 오로지 잠재적 가능성으로서 창조물의 모태 속에 잠자고 있는 자연을 창조물로부터 해방시킬 수 있는 노동의 한 예를 보여주고 있을 따름이다. 디츠겐이 표현했던 바의 <공짜로 거기에 존재하는> 자연은 이러한 타락한 노동의 개념을 보완하는 구실을 하고 있다. (반성완)

처음부터 사회민주주의 안에 깊이 자리 잡고 있던 순응주의(順應主義

conformism)는 그들의 정치적 전술 tactic 뿐만 아니라 경제에 대한 견해 view 에도 영향을 끼치고 있다. 그 순응주의가 그 이후의 (사민주의의) 붕괴를 가져온 원인이다. "시대의 물결을 타고 간다"는 생각만큼 독일 노동자 계급을 타락(墮落)시킨 것은 없다. 노동자 계급은 기술의 발전을 그들이 타고 가는 그 강의 흐름을 추동(推動)하는 내리막 경사로 생각했다. 이 생각으로부터, 기술진보를 이끌고 가는 공장노동 Fabrikarbeit 이 곧 정치적 (업적과) 성과 Leistung 를 의미한다는 환상까지는 단지 한 걸음 차이 밖에 나지 않는다. 해묵은 (자본가의) 프로테스탄트적 직업 윤리가 세속화된 형태로 독일 노동자들에게서 부활(復活)을 맞았던 것이다. 고타 강령 Gotha Program 에 이미 이러한 혼란의 흔적이 담겨 있다. 그 강령은 노동을 "모든 부(富)와 모든 문화(文化)의 원천"으로 정의한다. 여기서 불길한 징조를 보던 마르크스는 그에 응수하여 자신의 노동력 이외에 아무것도 갖고 있지 않은 사람은 "소유주가 된 다른 사람들의 노예가 될 수밖에 없다"고 했다. 그럼에도 불구하고 혼란은 더 확산되어, 요제프 디츠겐은 곧이어 이렇게까지 선언한다. "노동은 새 시대의 구세주를 뜻한다. […]노동이 […]개선되면 […]지금까지 어떤 구원자도 성취하지 못했던 것을 성취할 부가 생겨날 것이다." 노동의 본질에 대한 이러한 속류(俗流) 맑스주의적 개념을 가진 사람은 다음 질문을 충분히 숙고해 본 것이 아니다. 즉, 노동자들이 자신의 생산물을 스스로 소유할 수 없다면 어떻게 그 생산물들이 그들을 풍요롭게 만들어 줄 수 있겠는가 하는 질문이다. 이 천박한 노동 개념은 자연 지배의 진보만을 보고 사회의 퇴보(退步)는 보려고 하지 않는다. 그러한 노동 개념은 이후에 파시즘에서 나타나게 될 기술주의적 technokratischen 특징을 이미 드러내고 있다. 이러한 특징들 중의 하나는 1848 년 3 월 혁명 이전 시대(1830~48)의 사회주의적 유토피아에서 논의되었던 자연 개념에서 벗어나 불길한 조짐을 보이고 있는 새로운 자연 개념이다. 이와 같은 방식으로 이해된 노동 개념은 이제 자연의 착취(搾取)로 귀결되는데, 사람들은 순진하게도 (착취당하는 것이 우리가 아니라 자연이라는 것에) 만족해하면서 자연의 착취를 프롤레타리아트의 착취와 대립되는 것으로 (어리석게도) 파악하고 있다. 이러한 실증주의적 positivistischen 개념화와 비교해보면 엄청난 비웃음의 대상이었던 푸리에 Charles Fourier(1772-1837)가 제시한 환상들이 놀랍게도 건강한 의미를 지니고 있음이 드러난다. 푸리에에 따르면 사회적 노동이 잘 짜여만 진다면, 네 개의 달이 지상의 밤을 대낮같이 밝혀줄 것이고, 극지방의 빙하가 물러갈 것이며, 바닷물은 더 이상 짜지 않을 것이고, 맹수들은 사람들의 말에 순종하게 될 것이

345

라고 했다. 이 모든 것은 자연을 착취하는 것과는 동떨어진 노동, 그 자연의 품 속에 가능성(可能性)으로 잠들어 있는 산물(産物)들을 출산(出産)시킬 능력이 있 는 노동의 모습을 보여준다. 저 타락한 노동개념 속에 노동을 보완하는 존재로서 등장하는 자연은, Diezgen 이 표현했었던 것처럼 "exists gratis," 즉 공짜로 저기 에 주어져 있는 것이다. (사회주의와 환경)

아케이드 프로젝트에서 푸리에를 읽어 보자.
구체적으로 >>>>>> 몽상적 사회주의자들의 초기 생각:

fire alarm p 76   In the Arcades Project the name of Fourier is associated with that of Bachofen, who had discovered the **ancestral image of this reconciliation in matriarchal society in the form of the cult of nature as bountiful mother** _in radical opposition to the lethal (mörderisch) conception of the exploitation

of nature, dominant since the nineteenth century. In **the ideal harmony between society and nature the utopian socialist dreamt of**, Benjamin perceives reminiscences of a lost prehistoric paradise. This is why, in the essay; 'Paris, the Capital of the Nineteenth Century' (1939), he refers to Fourier as an example of the meeting of the old and the new iri a utopia that breathes new life into the primeval (uralt) symbols of desire.   *****

자기사면의 사례로 바이마르 공화국 시절 독일에서 빈발한 정치인 살인 사건들에 대한 재 판을 들 수 있다. 당시 공화국 초기의 혼란한 상황에서 정치적 살인 사건이 빈발했는데, 그 처벌은 범죄자의 정치적 성향에 따라 지극히 편파적이었다. 보수적(保守的)인 사법부는 우파 정치인을 살해한 좌익 범죄자에게는 최고형을 밥 먹듯이 선고하고, 좌파 정치인을 살해한 우익 범죄자에게는 솜방망이 처벌로 일관했다. 나치 운동의 지도자 알프레트 로젠 베르크는 극우 잡지인 《민족전선》에 기고한 글에서 이러한 판결의 이론적 배경을 밝혀 놓았다. "인간이라고 해서 다 같은 인간은 아니며, 살인이라고 다 같은 살인이 아니다. 프 랑스에서 평화주의자 조레스를 암살하는 것과 민족주의자 클레망소를 살해하려고 시도한 것은 다르게 평가되어야 한다. 애국적 동기에서 잘못을 저지른 자는, 나치적 법해석에 따 라 반민족적 동기를 가진 사람과 같은 형벌을 받아서는 안 된다." (이재승, "국가범죄", p.290)

이에 대해서는 Ernst Gumbel. Zwei Jahre Mord, 1921. 굼벨은 시민당원이자 하이델베르크 대학 통계학 교수로서 우익 극단주의 정치 테러에 관해 많은 저술을 하였다. 그가 출간한 '2 년간의 살인사건'이라는 책자는 1919 년부터 1920 년 사이에 저질러진 정치적인 살인 사 건과 형사처벌에 관한 자료집으로 이후 『4 년간의 살인사건』으로 증보되었다. 이에 따르면

2년간 우익 극단주의자들은 314건의 정치적인 살인을, 좌익 극단주의자들은 15건의 정치적인 살인을 저질렀다. **314건의 우익(右翼) 살인 범죄의 경우 1명에게 종신형 그리고 나머지 사람들에게 모두 합해서 31년 3개월 구금형이 선고되었는데, 15건의 좌익(左翼) 살인 범죄에는 8명에게 사형 그리고 나머지에게 모두 합하여 176년 10월의 구금형이 선고되었다.** 비대칭적인 세상에서, 진보도 보수도 똑같이 나쁘다, 이렇게 대칭적으로 사고하는 것은 그 자체로 악惡이다.

잠깐 멈추시오. 오형준이 또 달려 왔다. 이 텍스트를 추가하시오. 마감시간이 지났어. 그러자 그는 시계바늘을 억지로 돌려 놓아 시간을 고정시켰다.

우리가 알고 있는 이 사건의 공식 보고서는 다음과 같다.

"4·3 사건에 의한 사망, 실종 등 희생자 숫자를 명백히 산출하는 것은 매우 어렵다. 본 위원회에 신고된 희생자 수는 14,028명이다. 그러나 이 숫자를 4·3 사건 전체 희생자 수로 판단할 수는 없다. 아직도 신고하지 않았거나 미확인 희생자가 많기 때문이다. 본 조사에서는 여러 자료와 인구 변동 통계 등을 감안, 잠정적으로 4·3 사건 인명피해를 25,000~30,000명으로 추정했다. 1950년 4월 김용하 제주도지사가 밝힌 27,719명과 한국전쟁 이후 발생된 예비검속 및 형무소 재소자 희생 3,000여 명도 감안된 숫자이나, 향후 더욱 정밀한 검증작업이 필요하다고 판단된다.

본 위원회에 신고된 희생자의 가해별 통계는 우익 토벌대 78.1%(10,955명), 좌익 무장대 12.6%(1,764명), 공란 9%(1,266명) 등으로 나타났다. 가해 표시를 하지 않은 공란을 제외해서 토벌대와 무장대와의 비율로만 산출하면 86.1%와 13.9%로 대비된다. 이 통계는 토벌대에 의해 80% 이상이 사망했다는 미군 보고서와 그 맥을 같이하고 있다. 특히 10세 이하 어린이(5.8%·814명)와 61세 이상 노인(6.1%·860명)이 전체 희생자의 11.9%를 차지하고 있고, 여성의 희생(21.3%·2,985명)이 컸다는 점에서 남녀노소 가리지 않은 과도한 진압작전이 전개됐음을 알 수 있다.

제주도 진압작전에서 전사한 군인은 180명 내외로 추정된다. 또 경찰 전사자는 140명으로 파악되고 있다. 4·3 사건 당시 희생된 서청, 대청, 민보단 등 우익단체원들은 '국가유공자'로 정부의 보훈대상이 되고 있다. 보훈처에 등록된 4·3 사건 관련 민간인 국가유공자는 모두 639명이다." 이 숫자는 국가폭력의 벌거벗은 모습을 그대로 보여주고 있다. 그저 좌익도 우익도 서로를 죽였다고 할 수 있을까? 이 정도면 일방적인 학살이라고 할 수 있다. 토벌대도 나쁘고 무장대도 나쁘다 라는 양비론적 대칭적 윤리학은 부도덕하다.

Scoreboard

제주 4.3 항쟁 희생자

국가폭력 : 무장대

10,955 명 : 1,764 명

86.1% : 13.9%

제주 4.3 항쟁 **민간인** 희생자

국가폭력 : 무장대

10455 : 805

93% : 7%

* * * * * 시를 낭독하겠습니다. 검열을 받고 있기에 일부분만 소개합니다.

움직이는 것은 모두
우리의 적이었지만
동시에 그들의 적이기도 했다
탕탕 탕탕 펑 펑 탕 탕 탕 탕탕탕 펑 윽 아 아악. 탕 탕 탕탕
그러나
우리는 보고 쏘았지만
그들은 보지 않고 쏘았다
학살은 그렇게 시작했다
탕탕 탕탕 펑 펑 탕 탕 탕 탕탕탕 펑 윽 아 아악. 탕 탕 탕탕 탕탕 탕
그날
하늘에서는 정찰기가 살인예고장을 살포하고
바다에서는 함대가 경적을 울리고
육지에서는 기마대가 총칼을 휘두르며
모든 처형장을 진두지휘하고 있었던 그날

빨갱이 마을이라 하여 80 여 남녀 중학생을
금악 벌판으로 몰고 가 집단학살하고 수장한 데 이어
정방폭포에서는 발가벗긴 빨치산의 젊은 아내와 딸들을
나무기둥에 묶어두고 표창연습으로 삼다가
마침내 젖가슴을 도려내 폭포 속으로 던져버린 그날

한 무리의 정치깡패집단이 열일곱도 안 된
~~한 여고생을 윤간한 뒤 생매장해 버린 그 가을 숲~~
서귀포 임시감옥 속에서는 게릴라들의 손톱과 발톱 밑에 못을 박고
~~몽키 스패너로 혓바닥까지 뽑아버리던 그날,~~

바로 그날
관덕정 인민광장 앞에는 사지가 갈갈이 찢어져
목이 짤린 얼굴은 얼굴대로
팔은 팔대로
다리는 다리대로
몸통은 몸통대로
전봇대에 따로 전시되어 있었다.

(중략, 그만 하면 안될까요, 아니오 끝까지 들어야 합니다.)
               탕탕 탕탕 펑 펑 탕 탕 탕 탕탕탕 펑 윽 아 아악. 탕 탕 탕탕
붉은 저녁노을이 멀리 관덕정 인민광장 위로 지고 있었다
산은 다시 한 번 알몸이 되고
그 빈 숲에
그들은 다시는 돌아오지 않았다

살아 흘러가고 죽어 흘러가고
마침내 살아 있는 모든 것이 흘러갔다

~~몸 가릴 곳 하나 없는 이 참혹한 겨울 숲~~
~~마지막 몇 사람이 기적처럼 살아 걷는 이 학살의 숲~~
~~누가 그 날을 기억하지 않는가~~
- 이산하의 한라산 일부. 남경에서 일본군대의 만행과 유사하네요.

두번째 사람이 연단에 올랐다. 그의 사법부 개혁방안 발표를 들어 보자.
검사, 판사에게 국민이 통제할 수 없는 권력을 주어서는 안된다. 머리가 좋으니까 큰 권한과 권력을 가져도 좋다고 할 바에는 달리기 잘하는 사람을 판사를 시키면 좋겠다. 지안이는 이력서에 자신의 특기를 달리기라고 적었고 입사에 성공했다. Who is Jian? 지안이가 판사를 하면 등산에 몰두했던 어느 고위법관 보다는

잘 할 것 같다. 전국법원대항 직무평가 육상대회를 1 년에 한번 개최하고 객관적 기록을 가지고 승진 및 구조조정을 하면 어떨까? 승진이 달리기에 달려 있다면 틀림없이 그들은 놀라운 기록을 낼 것이다. 갑자기 Frosbury 가 떠오른다. 법원 주변에는 달리기 개인 과외 학원이 성업을 하고 술자리는 줄어들고 부장판사들은 러닝머신과 스트레칭 매트를 구입할 것이다. 그리고 판결문도 간략해지고 짧아질 것이다. 아 여기서 하나 더 추가, 한국에 고법 부장판사가 몇 명인지 아는가? 그들이 모두 차관급이라는 비정상적 직급 인플레를 아는가? 이것도 적폐인가요? 당연하지요. 직급을 낮추어야 한다. 유신이 끝난 후 군인들의 직급은 낮추었지만 판검사의 직급을 낮추지는 못했다. 초임판검사도 사무관 고호봉 정도에서 출발해야 한다. 그들이 싫어하지 않을까요? 국민의 힘으로 해 봐요. 국민은 별로 관심들이 없는 듯해요. 그래서 개혁이 힘들지. 아니야! 아니야?

************** 잠시 쉬기로 해요. 모두가 지쳤다. Intermission

탕탕 탕탕 펑 펑 탕 탕 탕 탕탕탕 펑 윽 아 아악. 탕 탕 탕탕
탕탕 탕탕 펑 펑 탕 탕 탕 탕탕탕 펑 윽 아 아악. 탕 탕 탕탕

XII(여기부터 해.)

Wir brauchen 필요 **Historie**,/ aber wir brauchen **sie** anders,/ als **sie** der verwöhnte Müßiggänger 무위도식자/ im Garten 정원 des Wissens 지식/ braucht. - *Nietzsche, Vom Nutzen 유용성 und Nachteil 단점 der Historie für das Leben*

We need history, but we need it differently than the spoiled idler needs in the garden of knowledge.

Das Subjekt historischer Erkenntnis 인식/ ist die kämpfende 투쟁, unterdrückte 억압 Klasse selbst.

The subject of historical knowledge is the struggling,   oppressed class 계급 itself.

Bei Marx/ tritt 등장 sie/ als die letzte 마지막 geknechtete 노예화된, als die rächende **Klasse** auf,

In Marx,   it appears as the last enslaved,   as the avenging 복수하려는.계급

die/ das Werk der Befreiung 해방/ im Namen von Generationen Geschlagener/ zu Ende führt.

that ends the work of liberation in the name of the generations **짓밟힌** downtrodden.

Dieses Bewußtsein 의식,/ das für kurze Zeit/ im 'Spartacus' noch einmal/ zur Geltung gekommen ist 등장,/   war **der Sozialdemokratie** von jeher anstößig.

This consciousness 베부스트자인, which for a short time has once again become apparent resurgence in the Spartacus, has always been offensive to social-democracy.

Im Lauf von drei Jahrzehnten/ gelang es ihr,/ den Namen eines Blanqui fast auszulöschen,/

In the course of 30 년 it succeeded in almost completely erasing 지우다 the 이름 of 블랑키,

dessen Erzklang/ das vorige Jahrhundert 지난 세기/ erschüttert hat.

whose distant thunder 천둥[Erzklang] had quaked the preceding century.

351

Sie gefiel sich/ **da**rin,/ der3 Arbeiterklasse 女/ die Rolle 역할 einer Erlöserin 구원자 *künftiger 미래* Generationen 세대들 zu**zu**spielen.

They(사민주의자) preferred the working classs 노동계급 in that they play the role of a savior of future generations.

Sie durchschnitt ihr/ damit die4 Sehne der2 besten Kraft.

They severed 노동계급 with the tendon 힘줄 of the best strength.

Die Klasse verlernte 잃다/ in dieser Schule 학교/ gleich sehr den Haß 증오 wie den Opferwillen 희생.

In this school, the class 노동계급 lost   both the hate and sacrifice.

Denn beide nähren sich/   an dem Bild der geknechteten Vorfahren 선조,   nicht am Ideal der2 befreiten 해방된 Enkel 손자.

For both are nourished   by the image of 무릎꿇은 kneed ancestors,   not on the ideal   of the liberated grandchildren.

We need history, but not the way a spoiled loafer in the garden of knowledge needs it.
–Nietzsche, OF THE USE AND ABUSE OF HISTORY

The subject of historical cognition is the battling, oppressed class itself. In Marx it steps forwards as the final enslaved and avenging class, which carries out the work of emancipation in the name of generations of downtrodden to its conclusion. This consciousness, which for a short time made itself felt in the "Spartacus", was objectionable to social democracy from the very beginning. In the course of three decades it succeeded in almost completely erasing the name of Blanqui, whose distant thunder [Erzklang] had made the preceding century tremble. It contented itself with assigning the working-class the role of the savior of future generations. It thereby severed the sinews of its greatest power. Through this schooling the class forgot its hate as much as its spirit of sacrifice. For both nourish themselves on the picture of enslaved forebears, not on the ideal of the **liberated grandchildren.**

우리는 역사를 필요로 한다. 그러나 우리는 지식의 정원에서 소일하는 자들이 역사를 필요로 한 것과는 달리 역사를 필요로 한다. - 니체, 「삶을 위한 역사의 유용성과 단점」

역사적 인식의 주체는 투쟁하는 피지배계급 자신이다. 마르크스에 있어서는 이 계급은 패배한 세대의 이름으로 해방의 과업을 마지막까지 수행하는 억압받고 또 복수하는 최후의 계급으로 등장한다. 스파르타쿠스 Spartakus(각주: 일차세계대전 중 칼 립크네히트, 로자 룩셈부르크 등에 의해 조직된 독일사회당 좌파의 연합으로 그후 독일공산당의 모태가 됨)에서 나시 한 번 잠깐 나타났던 이러한 의식을 사회민주주의자들은 언제나 혐오하였다. 30 여년이 경과하는 동안 그들은, 지난 세기를 규합하고 뒤흔들어 놓았던 블랑키(1805-1881)와 같은 목소리와 이름을 말살하는 데 성공하였다. 사회민주주의는 노동자계급에 다가올 미래 세대의 구원자의 역할을 부여함으로써 이에 자족하였고, 또 이로써 노동계급으로부터 그들이 지닌 가장 큰 힘의 원천인 심줄을 잘라 버렸던 것이다. 노동계급은 이러한 훈련과정에서 곧 증오와 희생정신을 망각하게 되었는데, 왜냐하면 증오와 희생정신은 해방된 손자들의 이상에 의해서가 아니라 짓밟히고 억눌린 선조들의 이미지에 의해 자라고 북돋아지기 때문이다. (반성완)

우리는 역사를 필요로 한다. 그러나 우리는 지식의 정원에서
소일하는 저 무위도식자들과는 다른 방식으로 역사를 필요로 한다.
- 니체,「역사가 삶에 대해 갖는 유용성과 단점에 대해」
  역사적 인식의 주체는 투쟁하는, 억압받는 계급 oppressed class (즉, 피지배계급) 자신이다. 마르크스가 볼 때 그들은 최후의, 노예화된 계급이자, 이제 복수를 하려는 계급으로 등장한다. 그 계급은 (패배하여) 짓밟힌 세대들의 이름으로 해방 liberation 이라는 작업을 (끝까지 밀어붙여) 완수完遂한다. 짧은 기간이지만 '스파르타쿠스 (Spartakus)[8]'에서 다시 한 번 (위세있게) 등장했던 이 의식을 사민주의(社民主義)는 언제나 못마땅하게 여긴 바 있다. 30 여년이 경과하는 동안 사민주의는 이전의 한 세기를 뒤흔들었었던 블랑키라는 이름을 거의 사라지게 하는데 성공했다. 사민주의자들은 노동계급에게 미래 세대의 구원자 역할을 부여하는 것을 선호했다. 그를 통해 그들은 노동계급이 지닌 가장 커다란 힘줄을 잘라버렸다. 노동계급은 이 (사민주의의) 학교에서 증오심과 희생정신을 모두 잊어버렸다. 왜냐하면 이 증오(憎惡)와 희생(犧牲)은 해방을 쟁취한 자손들이라는 이상(理想)이 아니라 (노예와도 같은 처지였던) 짓밟힌 그들의 선조를 떠올리게 하는 그러한 (비참한) 이미지를 통해 자라나는 것이기 때문이다.
< 로자 룩셈부르크 얼굴 그림 >

Fire alarm p 79
Benjamin's stress on defeated ancestors may seem surprising.
the struggle against oppression takes Its inspiration equally
from the victims of the past and
from hopes for the generations to come - and also, if not predominantly,
from solidarity with present generations.
It puts one in mind of the Jewish imperative: Zakhor, remember!

---

[8] 일차 세계대전 중 칼 립크네히트, 로자 룩셈부르크 등에 의해 조직된 독일사회당 좌파의 연합으로
   그 후 독일공산당의 모태가 되었다.

Remember your ancestors who were slaves in Egypt,
massacred by Amalek, exiled to Babylon,
enslaved by Titus, burned alive by the Crusaders and
murdered in the pogroms.

We encounter this Cult of martyrs in another form, in Christianity, which made a crucified prophet Its Messiah and its tortured disciples its saints. But the workers' movement itself has followed this paradigm in entirely secular form.
Faithfulness to the memory of the 'Chicago martyrs' - the syndicalists and anarchists executed, in a parody of Justice, by the American authorities in 1887 - inspired the ritual of May Day throughout the twentieth century. 언어의 정치학: 노동자와 근로자

And we know how important the memory of the murders of Karl Liebknecht and Rosa Luxemburg in 1919 was for the Communist movement in its early years. But it is perhaps Latin America that provides the most impressive example of the inspirational role of past victims, if one thinks of the place such figures as Jose Marti, Emiliano Zapata, Augusto Sandino, Farabundo Marti and, more recently, Ernesto Che Guevara have assumed in the revolutionary imagination of the last thirty years. If we think of all these examples, and many others we might cite, Benjamin's assertion that struggles are inspired more by the living, concrete memory of enslaved ancestors than by the - as yet abstract - thought of generations to come, appears less paradoxical.

****

이런 교육자가 있었다. 그 분의 말을 들어 보자. 누구요? 말할 수 없소.
　　Nessun Nep Dorma Do Do Did it.
하나님을 믿는 사람들은 신실해야 한다. 민족적인 감정에 치우쳐서 자신의 소명을 저버려서는 안 되는 것이다. 나는 아직도 기억한다. 1913 년, 그러니까 내가 열 네 살이었을 때 하나님을 처음 만났던 체험. 그 때의 그 감격스러운 소명을 말이다. 그 때 나는 며칠째 혼자 골방에서 기도를 드리고 있었다. 하나님을 만나기 위해서, "죄를 회개하라"고 하시는 목사님 설교의 진의를 알기 위해서. 그러던 어느 날, 나는 그분의 음성을 들었던 것이다.
온 몸이 땀으로 흠뻑 젖도록 기도를 드리다가 고개를 들었을 때였다. 표현할 수 없는 밝은 광선이 내 이마를 통해 가슴속으로 흘러들었고, 바로 귀 밑에서 나는 것 같은 처절한 울음소리가 들렸다. 그리고 잔잔하면서도 또렷한 그분의 음성이 온 몸을 휘감았던 것이다.

"저 소리가 들리느냐?"

"네, 들립니다."

"저것은 한국여성의 아우성이다. 어째서 네가 저 소리를 듣고도 가만히 앉아 있을 수 있느냐? 건져야 한다. 그것만이 너의 일이다."

그 분은 그렇게 말씀하셨다. 무지하고 억눌린 한국여성을 깨우치는 것만이 나의 일이라고. 그리고 내 속에 있는 교만과 아집, 일본에 대한 증오심까지도 얼마나 큰 죄인지를 그분은 분명하게 일러주셨다. 아, 울고 또 울었던 그 날의 감격이란…. 그 날 이후, 특별히 흥미를 느끼지 못했던 학업에 사명감으로 열중할 수 있었고, 서른두 살(1931 년)이라는 젊은 나이에 '한국 여성박사 1 호'가 된 것은 물론, 39 년에는 나의 모교인 OO 전문학교의 교장이라는 은혜를 받을 수 있었던 것이다. 순전히 한국여성을 깨우치기 위해서, 그 분이 친히 말씀하신 내 소명을 감당하기 위해서 말이다. 그런 내가, 같은 하나님의 백성인 일본인들을 어찌 미워할 수가 있으며, 우리 민족을 지배하려는 그들의 욕심에 감정적인 대응을 하느라 학교를 폐교시키는 짓을 어떻게 할 수 있다는 말인가. OO 학교는 무엇과도 바꿀 수 없는 내 생명이다. (아항, 그렇군요. 그래서 이렇게 종이꽃으로 존경의 념을 표했다.)

추가설명: 희노애락(喜怒哀樂)에서 노(怒)와 애(哀)는 하늘의 감정이다. 불의에 분노하고 불쌍한 사람을 보고 슬퍼하는 것은 부정적인 감정이 아니다. (Like Marx in *Capital,* Benjamin is not preaching hatred of individuals, but of a system.)

"이제야 기다리고 기다리던 징병제라는 커다란 감격이 왔다. 지금까지 우리는 나라를 위해서 귀한 아들을 즐겁게 전장(戰場)으로 내보내는 내지(內地, 일본)의 어머니들을 물끄러미 바라만 보고 있었다. 막연하게 부러워도 했다. 그러나 이제는 반도여성 자신들이 그 어머니, 그 아내가 된 것이다. 이제 우리도 국민으로서의 최대 책임을 다할 기회가 왔고, 그 책임을 다함으로써 진정한 황국신민으로서의 영광을 누리게 된 것이다. 생각하면 얼마나 황송한 일인지 알 수 없다. 이 감격을 저버리지 않고 우리에게 내려진 책임을 다하기 위하여 최선을 다할 것이다."(문장자체로는 훌륭하다. 소가 마신 물과 뱀이 마신 물 … 이것이 학교를 지키기 위해 억지로 협력한 사람의 연설일까?) **- 생각하는 신앙, cnews.or.kr 에서 인용했다.**

오형준이 옆에서 분노를 터트리면서, 진주만 공격의 영웅 9군신(軍神)으로 추앙된 일본 군인의 어머니의 말을 들려 주었다. 우에다의 어머니는 아들의 戰功을 축하하러 온 촌장에게 분노의 목소리로 이렇게 말한다. "당신들에게는 축하할 만한 일이지만 나에게는 전혀 축하할 일이 아닙니다. 당신은 자식을 잃은 어미의 마음을 모를 것입니다. 더 이상 아무것도 말하지 말고 돌아가 주십시오." 대의를 위해서 개인은 희생되어도 좋다? 이제 그만!

****

지식인의 위선에 대해서 생각해 본다. 요즘 청년들이 쓰는 말에 꼰대, 선비질, 씹선비라는 말도 있다. 한국사회의 도덕주의자들을 비꼬는 것이다.

강연을 들으러 갔다. 요약해 보았다. 졸리지만 좋았다.
문학이야말로 혁명의 힘이고, 혁명은 문학으로부터만 일어납니다. **읽고 쓰고 노래하는 것. 혁명은 거기에서만 일어납니다.** 사사키 아타루, 잘라라 기도하는 그 손을, 진짜루 그리하지노마센.
더 새로운 노래를 불러야 한다. 그 내용만이 아니라 새로운 형식의 음악을....
애잔한 곡조의 민중가요가 때로는 사람들을 더욱 체제 순응적으로 만든다. 분노를 달래는 수단으로 노래가 쓰여서는 안된다. 그래 쟝그래.

갑자기 그 말이 기억났다. 이 말에 감동되어 더 이상 강연을 들을 수 없었다.

 예술의 과제는 질서 속에 혼란을 가져오는 것이다.
아도르노, 『미니마 모랄리아 *Minima Moralia*』 이 ㅊㅐㄱ은 참으로 아름답고 치열하다.

'심미적인 것'은 부정적으로만 이해될 수 있다. "긍정적 사고의 힘" 이 책은 아직도 고묘문고 영품묘고에서 팔린다. 쪽팔린다, 이 단어는 가급적 피하려고 한다. 그런데 쪽은 뭐야? 쪽바리 같은 놈아. 입닥쳐.
오십보백보. 그게그거다. "어떻게 50보와 100보가 같을 수 있죠?" 양비론의 부도덕에 진절머리를 치고친다. 사방에 피가 낭자하다.
회색은 '한쪽으로 치우치지 않는 중립'이라는 멋진 수사의 혜택을 입어 양쪽의 권리를 누리며 어느 한쪽의 책임도 지지 않는다. 중간파들이 균형을 주장하는 것이 대개 명분과 실리를 함께 취하려는 포장술이지만 지식인들조차 이를 역학 관계나 현실의 이름으로 합리화한다. (홍세화) 파리의 택시운전사 쓴 그 분인가? 네.

356

이러한 중도주의의 사고방식을 저는 對稱的 思考方式(symmetric thinking)이라고 부릅니다. 뭔가 중요한 개념인가 보다. 잘 받아 적자.

"보수가 진보적 감수성을 이해해야 한다고 말하면 진보도 보수적 감수성을 가져야 하는 것이 아니냐고 말한다. 그러나 한국인은 보수적 감수성이 의식깊이 무의식까지 침투해 있어서 별도로 보수를 이해하려는 노력을 할 필요조차 없다. 내가 교육 받은 모든 것이 반공보수 이데올로기인데 추가적인 보수적 감수성 훈련은 정말 의미 없는 소위 균형적 사고방식이다. 수많은 좌파들이 보수로 생각을 바꾸었지만 보수에서 진보로 전향한 사람은 거의 보질 못했다. OO 일보 칼럼을 보면 좌파에서 우파로 전향한 사람은 많으나 보수에서 진보로 생각을 바꾼 사람은 드물다고 한다. 시대의 흐름은 지금 진보로 기울고 있는 것처럼 보인다. 그러나 그렇게 쉽지는 않다. 노인들이 변한다면 진정한 새로운 역사의 균형을 성취할 수도 있다." 음, 가능할까?

"보수는 진보적 감수성을 얻기 위해서 진보는 진보적 감수성을 잃지 않기 위해서 노력하는 것이 한국에서 균형에 접근하는 비대칭적 사고방식입니다."

우리는 부도덕한 사회와 도덕적 개인이라는 모순을 가지고 있다. 어떤 판단을 내릴 때 마치 현실을 초월한 절대자로써 비판하고, 우유부단하게 결단은 내리지 못하고 행동은 없다. 실제로 깊이있게 따져보고 분석하지도 않는다. 한국의 현실은 모두가 우파라고해도 과언이 아니다. 우리에게 필요한 것은 균형잡힌 대칭적 사고가 아니다. 균형이 이미 깨져 있었다면 적극적인 비대칭적 사고가 필요하다. 최근에 발견한 충격적인 책이 있어요. 한국인의 본질을 제대로 보고 있다. "한국은 하나의 철학이다." 아까 그 책. 아 건망증.
통합은 갈등을 덮어서 해결 될 수 있는 것이 아니다. 먼저 그 갈등이 다 연소되어야 그 증오의 에너지가 완전 연소되어야 가능하다. 보수에 대한 저항이 우선이다. 똘레랑스는 레지스땅스 다음에 나오는 말이다. 비폭력적이고 창조적인 저항이 우리에게는 절실하다.

이제 중용에 대해서 생각해 봅시다.
중용이란 말을 영역된 텍스트에서 보면 이 단어가 눈에 들어온다. **중용은 middle 이 아니라 equilibrium 이다, 中庸은 시중時中이라고 한다**. 이 시중이란 말은 그 때 그 때 들어맞는다 균형을 맞춘다 라는 뜻이다. 영어로 dynamic equilibrium 으로 번역이 되어 있다. 이 말이 참 기가 막히게 의미를 잘 전달한다. 중용은 그저 한가운데 무기력하게 서있는 것이 아니다. 양극단을 넘나들며 끊임없이 균형을 맞추는 것이다. mixed strategy 에서 균형값이 zero 라는 의미이다. 예를 들면 -1 이 5 번, +1 이 5 번이면 평균값은 0 이 된다. 이상적인 균형은 좌우를 비슷한 정도로 넘나들며 궁극적으로 평균값 0 을 만드는 것이지만 한국사회는 지금까지 지나친 우편향으로 中道에서 지나치게 離脫해 있었다. 다시 균형을 회복한다는 것은 이번에는 좌측에서 가능한 오래 머물러 있어야 한다는 것이다.

정말 중요한 말은 "집기양단執其兩端", 즉 양극단을 모두 취한다는 개념이다. 막연히 중간에 서있는 회색분자가 중용을 지키는 것이 아니다. 시인들은 이 원리를 알고 있다. 그런데 아도르노가 이런 말을 한 적이 있다. "parteilose parteinahme, 편파적이지 않게 편파적인." 이것이 집기양단에 시중과 통하는 것 같다.

중용은 불평등한 사회에서 평등함을 찾으려는 움직임이며 좌우로 끊임없이 움직이는 dynamic equilibrium 이 시중(時中)이다. 그러나 한국사회는 그동안 지나치게 우편향되어 있었기에 좌파로 의식이 이동하는 것이 바로 시중이다. 한국사회의 양비론 즉, 한나라당도 잘못되었고 민주당도 옳지 않다는 생각은 사실상 위험한 생각이다. 누가 더 문제인가를 계산해서 합리적으로 판단하고 선택을 해야한다. 도덕적인 주장이 실제로는 부도덕한 사회를 만든다.

리영희 선생의 이런 말이 있다. 이 말은 거의 하나의 진리로 통용된다. '진실'은 균형 잡힌 감각과 시각으로만 인식될 수 있다. 균형은 새의 두 날개처럼 좌左와 우 右의 날개가 같은 기능을 다할 때의 상태다. 그것은 자연의 법칙에 맞고, 인간 사유의 가장 건전한 상태다. 진보의 날개만으로는 안정이 없고, 보수의 날개만으로는 앞으로 갈 수 없다. 좌와 우, 진보와 보수의 균형 잡힌 인식으로만 안정과 발전이 가능하다. (리영희, 리영희 평전 p.455 에서)

옳은 말이다. 아니다, 옳은 말이었다. 이 말은 심지어 보수인사들도 가끔 인용한다. 특히 선거 때가 되면 대통령이 좌파이니까 우리 한나라당에게 표를 더 주어야 균형이 잡힌다고 말한 역사가 있다. 이 말은 문제가 있다. 과거에 약자가 생존을 위해 한 말. 공화당 일당독재는 곤란하니 진보세력을 몰살시키려 하지 말아주시오, 라는 애원의 호소였다. 이 말을 지금 또 기계적으로 적용하는 것은 균형도 아니고 중용도 아니다. 중도 우파 민주당과 극우보수 새누리당 사이의 균형이 아니라 중도우파 민주당과 중도좌파 정의당 사이의 균형이 맞지 않을까? 균형의 중심점을 왜곡하는 것에 우리는 또 속아넘어간다. 새누리당이 소멸해도 정치권력의 독점은 일어나지 않고 국민은 제대로 된 진보야당을 또 만들 것이다. 균형에는 아무 지장이 없다. 알겠어요. 듣고 보니 이렇게 간단한데 왜 우왕좌왕했을까? 협치라는 말도 모순이다. 협치의 대상이 아닌 세력과 협치하는 것은 합리적이지도 않고 도덕적이지도 않다. 이 논리대로라면 해방 후에 친일파와도 협력해야 한다는 뜻인데, 그 결과 한국은 민족주의자들이 역청산되어 버렸다.(한홍구)

중도, 균형이 아니라 극단적, 급진적인 생각이 때때로 필요하다. 알겠어. 즉 보수와 타협하는 진보가 아니라 선명한 진보가 필요하다. 그러나 보수는 더 극우로 나아가는 것이 아니라 협력하고 통합하는 방향으로 가야 한다. 동일한 논리가 진보보수 양 진영에 동시에 적용되는 것이 아니라는 점에서 비대칭적이다. 진정한 중용은 극단적인 것을 마다하지 않으며 때때로/자주/언제나 급진적이다. 예술에서 이러한 특징은 가장 잘 나타난다.

"신음악의 본질은 오로지 극단적인 것에서 선명하게 각인되어 나타난다."-아도르노
"가운데 있는 길이 로마에 이르지 않는 유일한 길이다."-쉔베르그

급진적인 것이 비합리적인 것은 아니다. 오히려 합리적이 될 수 있다. 문제는 도덕주의다. 도덕주의는 중간과 균형을 추구하면서 비윤리적이다. 이제는 도덕주의가 아니라 합리성이다. 정신력이 아니라 합리성을 추구해야 한다. 이 정신력을 강조하는 것의 뿌리는 일본 군국주의다. 바로 박정희의 미학이다. 옥쇄(玉碎) Gyokusai or "Shattering like a Jewel" 일본인들이 미학을 어떻게 사용하는 지를 알 수 있다. 소위 사꾸라의 미학이다. 태평양 전쟁 당시 한 일본군 병사의 편지이다. "여기선 특별히 일본정신을 강조합니다. 정신이 물질에 우선한다는 것이지요. 미영의 과학기술 무기도 황군병사의 정신력을 이길 수 없다는 식입니다. 정신이 꼭 물질을 이기는 것인지 나로서는 의문입니다. 옥쇄는 세계에서 일본 황군만이 할 수 있는 지고지순한 죽음의 행위라는군요. 불안하고 두렵네요. 옥쇄와 카미카제 정신을 외치는 이 현실이 말입니다." 이 병사는 정신력에 저항하여 합

리성을 잃지 않고 있다. 야만의 대일본제국에도 깨어있는 시민이 있었따. 臣民이 기를 거부하는 소수의.

급진적 radical 합리성 rationality.

급진적이면서 동시에 합리적인 시민의 힘이 변화를, 혁명을 가져 온다. 정말 혁명을 원하십니까? 아, 잠깐 집에 가서 가족회의를 해 보고 말씀드리죠.

잠깐 멈추시오. 아니 왜?
정리할 것이 있소. 그럼 하시오. 하라쇼.

아도르노와 벤야민을 동시에 생각하기

몇 가지 생각들 주절주절. 용서해 주시오. 나는 아직 깨닫지 못한자. 나의 말은 모두 틀렸오. 틀렸을 것이다.

그러면 침묵을 지키지 그래요. 네 동의합니다. 하지만 수많은 나의 거짓과 오류들 중에 들을 만한 말이 있을 수도 있고 들을 귀가 있는 사람은 저의 오류도 진리로 바꾸어 알아 들으니까요. 하라쇼. Хорошо ハラショー 좋다구요.

잠들어 있는 국민, 깨어있는 시민
이미 답은 주어져 있고 내가 질문을 해야 완성이 된다.
철학은 문학이다. 문학은 언어로 표현할 수 없는 것을 언어로 표현하는 것이다.
모든 창조적인 학문은 문학의 모습을 하고 있다.

파편만을 남겼다. 바벨의 도서관에서의 한권의 책

벤야민에서 출발한 지적 탐험.
홀로코스트 문학 디아스포라의 삶, 재일교포, 프리모 레비와 서경식
아도르노의 부정변증법, 미학이론, 제노사이드, 신화학, 그리스 비극

독일 현대문학과 영화
아감벤의 호모 사케르 … 제주 4.3. 과 여순항쟁.
카프카와 프루스트

해방신학과 민중신학, 사파티스타, Benjamin something very concentrated

벤야민의 철학은 모든 풍경의 소실점 같은 것. 비의적으로 쓰여진 모든것의 답 같은 것. 질문하지 않으면 아무 소용이 없다. 아도르노 같이 질문을 던져야 한다. 그러나 아도르노의 질문을 반복하는 것은 의미가 없다. 스스로 질문을 만들어야 나만의 절실한 의문이 있어야 한다. 자생화두가 있어야 한다. 의심이 가지 않는 화두가 무슨 소용이 있는가? 요셉 보이스도 답을 주고 떠난 것. "모든 사람은 예술가다." 질문을 던져야... 도대체 무슨 소리냐? 나는 그것을 문자 그대로 그리고 그 이상으로 해석했고 예술의 비밀을 마침내 들여다보았다. 지금은 말하지 않겠다.

모든 저자는 벤야민이고 모든 독자는 아도르노와 같다.
저자가 자신이 하는 말이 무슨 의미인지 모른다. 텍스트 자체의 힘. 저자의 죽음.

텍스트에 저항할 때 창조가 나온다. 텍스트에 절대적으로 나를 던질 때, 텍스트가 나에게 흘러 들어 올 때.... 텍스트의 아우라와 아우라의 파괴를 동시에 느낄 때....
한국 불교의 현실성, 권위에 대한 순종.... 일본 선종이 2차 세계대전에서 한 역할.
나는 의문이 든다. 왜 그때 성철 스님은, 박정히는 독재자다. 이렇게 한마디 하지 못했을까?

죽음의 본능은 쾌락 본능이 아닌 그 무엇. 아우라의 소멸 = 혁명. Really look. 구원. 임종의 침상에서 이야기하기. 지금시간. 정지의 변증법. 과거의 진정한 이미지. 성좌. 난장이의 신학
벤야민의 일방통행로에서 FIREALARM

Benjamin: 연결하기
과거와 현재: 기억하기 connect 역사철학테제
현재와 미래: 파괴하기 look 기술복제시대의 예술품
과거와 미래: 치유하기 collect 아케이드 프로젝트

Adorno: 머무르기
현재: 상처 일부러 만들기, 현대예술의 파열, 미학이론
과거: 상처에 머무르기, 부정의 부정은 부정이다. 부정변증법
미래: 다함께 저항하기, 혁명/구원, 나와 나/다중

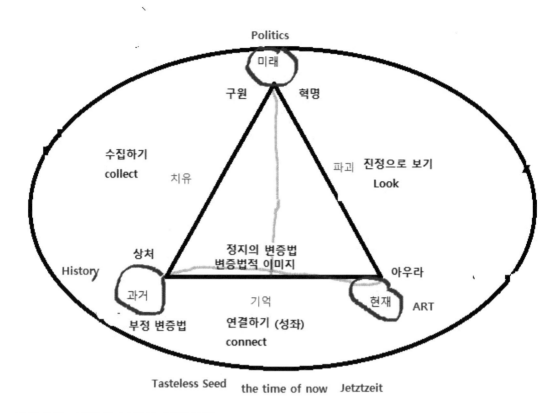

기억하기: 부정의 부정은 부정이다
망각하기: 부정의 부정은 긍정이다.
지배계습의 역사는 망각하기 위해서 기록한다. 국가는 상처를 억지로 봉합하거나 붕대로 감아서 없는 것처럼 위장한다.

"아이들은 건축, 정원일 혹은 가사일, 재단이나 목공일에서 생기는 폐기물에 끌린다. 바로 이 폐기물에서 아이들은 사물의 세계가 바로 자신들을 향해, 오로지 자신들에게만 보여주는 얼굴을 알아본다. 폐기물을 가지고 아이들은 어른의 작품을 모방하기보다는 아주 이질적인 재료들로 무언가를 만들어내는 놀이를 통해 그 재료들을 어떤 새롭고 비약적인 관계 안에 집어넣는다. 아이들은 이로써 자신들의 사물세계, 즉 커다란 세계 안에 있는 작은 세계를 자신들을 위해 만들어낸다. 아이들을 위해 특별히 무언가를 만들고자 한다면 우리는 이 작은 세계의 규범들을 새겨두어야 한다. 그 작은 세계의 소도구와 연장을 동원하여 우리 혼자 힘으로 아이들에게 도달할 깃을 찾을 생각이 아니라면." (IV/1, 93; 81)

"저자는 위대한 골동품 수집가처럼 체험한 시간들을 취한다. 그가 그에 대해 이야기를 하고 있다는 것이 아니다. 그가 그것들에 대해 아주 잘 알고 있으면서, 탐색하면서, 주의 깊게, 감동받아서, 가치를 가늠하면서, 질문을 제기하면서 손 안에서 이리 저리 돌려 보기 때문에, 그것들을 사방에서 응시하고 그것들에게 감정 이입의 거짓된 삶이 아니라, 전승의 진정한 삶을 부여하기 때문에 사람들이 그것을 본다는 의미에서다. 저자의 이러한 집요함에 가장 근접하게 유사한 것이 수집가의 집요함이다." (<대작에 반대하여 Wider ein Meisterwerk>, GS Ⅲ, p. 257.)

이런 말을 들었어요.
수집의 방법론은 과거로의 퇴행이 아니다.
벤야민의 사유에서 과거의 사건과 사물은 '역사가로서의 수집가'에게
위기의 현재시간에 진리가 섬광처럼 스치듯 나타나는 "변증법적 이미지"다.
<u>보편사로서의 역사는 시간 속에서의 거대한 연관관계들을 다루면서 과거의 사물</u>
<u>을 망각으로 내몬다</u>. 반면 벤야민에게 역사는 이미 지나가버린 과거가 인식 가능성의 현재시간과 함께 놓이는 성좌인 것이며, 과거의 사물은 그 성좌에서 의식이 읽어내야 할 변증법적 이미지다.

이와 유사한 말을 100번은 읽은 것 같아요.
읽을 때마다 전율이 와요.
항상 새롭다.
日新일신
日日新
又日新

Allemal ist nicht immergleich. ~~이 말은 여기에 어울리지 않아. 어눌한 그 친구가 말했다. RROCK Rock Roock~~

XIII 깨어나는 인민人民

Wird doch unsere Sache alle Tage klarer/ und das Volk alle Tage klüger.
Josef Dietzgen, Sozialdemokratische Philosophie

If our cause 대의 becomes clearer every day, and the people 인민 will be wiser every day.
Josef Dietzgen, Social Democratic Philosophy

Die sozialdemokratische 사민주의 Theorie,/ und noch mehr die Praxis 실천,/ <u>wurde</u> von einem Fortschrittsbegriff 진보개념 bestimmt,

The social-democratic theory, and to an even greater extent its practice,/ <u>was determined</u> by a concept of progress

der sich nicht an die Wirklichkeit 현실 hielt,/ sondern <u>einen dogmatischen Anspruch</u> hatte.

which did not hold to reality, but had a dogmatic claim 교조적 요구.

Der Fortschritt,/ wie er sich <u>in den Köpfen der Sozialdemokraten</u> malte,/ war, einmal, ein Fortschritt der Menschheit selbst (nicht nur ihrer Fertigkeiten und Kenntnisse).

The progress, as it is painted <u>in the minds of the Social Democrats 사민주의자</u>, was, once, a progress of humanity itself (not just its skills and knowledge 기량과 지식).

Er war, zweitens, ein unabschließbarer (einer unendlichen 무한한 Perfektibilität 완벽성 der Menschheit 인류의 entsprechender 상응하는).

It was, secondly, 끝이없이계속되는 (corresponding to an infinite perfection of mankind).

Er galt, drittens,/ als ein wesentlich unaufhaltsamer (als ein selbsttätig eine grade oder spiralförmige Bahn durchlaufender).

Thirdly, it was regarded as an essentially unstoppable 중단불가 (as an automatic, a linear or spiral-shaped path through which it runs).

Jedes dieser Prädikate 속성/ ist kontrovers 논란, und an jedem/ könnte **die Kritik** ansetzen.

Each of these predicates is controversial, and criticism 비판 can be applied 적용 to everyone.

Sie muß aber,/ wenn es hart auf hart kommt,/ hinter all diese Prädikate 속성/ zurückgehen 되돌아가다/ und sich auf **etwas** richten 집중하다,/ **was** ihnen gemeinsam 공통 ist.

But when it acts tough, it must go(penetrate) behind all these predicates and focus on something that is common to them.

Die Vorstellung 생각 eines Fortschritts 진보 des Menschengeschlechts in der Geschichte/ ist /von der Vorstellung **ihres** *eine homogene und leere Zeit durchlaufenden* **Fortgangs 진보**/ nicht abzulösen 분리.

The idea of a progress of the 인류 in 역사 can not be separated from the idea of its progress, which is *passing thru a homogeneous and empty time.*

Die Kritik an der Vorstellung dieses Fortgangs/ muß/ die Grundlage 토대 der Kritik an der Vorstellung des Fortschritts überhaupt 일반적으로/ bilden.

The 비판 of the idea of this 진보/ must form/ the 토대 of 비판 in the idea of 진보 in general.

Every day, our cause becomes clearer and people get smarter.
-Josef Dietzgen, *Social Democratic Philosophy*

Social Democratic theory and to an even greater extent its practice were shaped by a conception of progress which bore little relation to reality but made dogmatic claims. Progress as pictured in the minds of the Social Democrats was, first of all, progress of humankind itself (and not just advances in human ability and knowledge). Second, it was something boundless (in keeping with an infinite perfectibility of humanity). Third, it was considered inevitable-something that automatically pursued a straight or spiral course. Each of these assumptions is controversial and open to criticism. But when the chips are down, criticism must penetrate beyond these assumptions and focus on what they have in common. The concept of mankind's historical progress cannot be sundered from the concept of its progression through a homogeneous, empty time. A critique of the concept of such a progression must underlie any criticism of the concept of progress itself.

날로 우리의 목적은 더 분명해 가고 또 날로 국민들은 더 영리해질 것이다. - 요젭 디츠겐, 「사회민주주의의 철학」
사회민주주의의 이론은 물론이고 그 실천도 한층 더 현실에 근거한 진보의 개념이 아닌 교조적 요구를 지닌 진보의 개념에 의해 규정되어 왔다. 사회민주주의자들이 머릿속에서 그려왔던 진보는 무엇보다도 인류 자체의 진보(인류의 기술과 지식의 진보만이 아닌)를 의미하였다. 둘째로 그들이 생각한 진보는 아직도 완결되지 않은 진보(인류의 무한한 완벽성의 가능성에 상응하는)를 의미하였다. 셋째로 그것은 또 근본적으로 끊임없이 발전하는 진보(직선 내지 나선형을 그으면서 자동적으로 나아가는 진보)로 간주되었다. 이러한 속성들은 모두 논란의 대상이 될 수 있으며 또 이들 속성 각각에는 비판을 가할 수가 있을 것이다. 하지만 이에 대한 비판은, 그것이 가차 없는 비판이 되기 위해서는 이러한 모든 속성들의 배후들을 꿰뚫어보아야 하고 또 이들 속성의 공통점이 무엇인가를 찾아내는 데 주안점을 두지 않으면 안 된다. 인류의 역사적 진보라는 개념은 동질적이고 공허한 시간을 관통하는 역사적 발전과정이라는 개념과 분리시켜 생각할 수 없다. 따라서 진보라는 개념에 대한 비판의 바탕은 이러

우리의 과제는 날로 더 분명해지고 민중은 날로 영리해지지 않는가. - 요제프 디츠겐, 『사회민주주의 철학』

사회민주주의 이론은, 그리고 그 실천은 더욱더, 현실에 근거를 두지 않고 교조적인 요구를 갖는 진보 개념에 의해 규정되었다. 사회민주의자들의 머릿속에 그려진 진보는 우선 (인류의 기술과 지식의 진보만이 아니라) 인류의 진보 자체였다. 둘째로 그것은 (무한한 완성 가능성에 상응하는) 종료시킬 수 없는 진보였다. 셋째로 그것은 (자동적으로 직선이나 나선형의 궤도로 진행되는) 본질적으로 저지할 수 없는 진보였다. 이 세 가지 속성 모두 논란의 여지가 있으며 각각의 속성에 비판을 가할 수 있다. 하지만 그 비판이 가치 없는 비판이 되려면 이 속성들 모두의 배경을 파헤쳐보고, 그 속성들의 공통점이 무엇인지를 밝히지 않으면 안 된다. 역사에서의 인류의 진보라는 생각은 역사가 균질하고 공허한 시간을 관통하여 진행해나간다는 생각과 분리될 수 없다. 이러한 진행에 대한 비판이 진보에 대한 생각 일반에 대한 비판의 토대를 형성해야 한다. (최성만)

나날이, 우리의 대의는 더 분명해지고 인민(人民)의 의식은 더 깨어날 것이다.

- 요제프 디츠겐, 『사회민주주의(社會民主主義) 철학(哲學)』

사회민주주의 이론은, 특히 그 실천은 더욱더, 현실이 아니라 교조적(敎條的)인 요구에 집착하고 있는 진보 개념에 의해 규정되어 왔다. 사회민주주의자들의 머릿속에 그려진 진보는, 무엇보다도 (인류의 기량[9](技倆, Fertigkeiten, ability & skills)과 지식(知識)의 진보일 뿐만이 아니라) 인류 자체의 진보였다. 둘째로 그것은 (완벽을 향해 무한히 다가가는 그러한 인류의 특성에 상응하는) 그 끝을 알 수 없는 진보였다. 셋째로 그것은 본질적으로 중단될 수 없는 (자동적으로 직선이나 나선형의 궤도를 그리는, 속류 마르크스주의적인) 진보였다. 이 세 가지 속성 모두 논란의 여지가 있으며 하나하나 전부 비판(批判)을 가할 수 있다. 이 비판이 정말로 엄격하고도 치열한 것이 되기 위해서는 이 진보의 속성들이 어떤 가정 하에 성립되어 있는지 그 배후로 되돌아 가서 이를 꿰뚫어 보고, 또 이들에게 공통(共通)적인 것에 집중해야 한다. 인류의 역사적 진보라는 생각은 역사가 균질하고 텅 빈 homogeneous and empty 시간을 관통하여 진행해 간다는 생각과 분리될 수 없다. 이러한 진보에 대한 비판이 진보에 대한 생각 일반에 대한 비판의 토대를 형성해야 한다. (이러한 역사의 진보관(進步觀)을 비판하려면 무엇보다도 진보 그 자체가 우리에게 주는 관습화된 이미지나 고정관념에 대해 비판해야 한다.)

fire alarm p86

There is, therefore, no 'automatic' or 'continuous' progress: the only continuity is that of domination, and the automatism of history merely reproduces this (,the rule'). The only moments of freedom are **interruptions, discontinuities**, when the oppressed rise up and attempt to free themselves.

****

한국 근현대사의 경제성장 논쟁: 한국사 연구자들을 만나면 경제학자를 대표해서 사과부터 하는 경제학자를 보았다. 마치 한 독일인이 자신이 홀로코스트에 참가하지는 않았지만

---

[9] 기술이라고 흔히 번역되어 있으나 technology로 오해할 수 있다. **노동자와 지식인의 역량이 증가한다는 의미에서 기량과 지식이 진보한다고 번역한다.**

독일인으로써 사과를 하듯이. Lee 의 주장을 논박하는 경제학자의 목소리를 들어 보자. 아마도 가장 잘 전체 논점이 정리되어 있다고 생각한다. 오형준이 찾아 온 강의 자료. 허수열의 **"식민지 경제는 대한민국을 근대화시켰는가?"**

1. 식민지 근대화론
식민지근대화론의 주요 주장을 살펴봅시다.

(1) 일제의 조선지배는 부당한 것이었다.

"식민지 지배의 부당성, 일제가 조선인의 의지에 반하여 주권을 침탈. 부당성에 대한 비판과 식민지 시기 경제 발전은 다른 것이기 때문에 혼동해서는 안된다" 이 내용은 모든 식민지 근대화론자들의 책에 들어가 있다. 이 말마저 없다면 한국에서는 전혀 받아들여지지 않는다. 서론과 결론 부분에 한단락 정도 잠깐 언급할 뿐, 식민지가 근대화에 도움을 줬다는 것에 자신들 책 거의 대부분을 할당.

(2) 조선 왕조는 체력의 고갈로 스스로 몰락하였다.

"1905 년 조선왕조의 멸망은 모든 체력이 소진된 나머지 스스로 해체된 것이라고 할 정도"라고 하는데, 이는 조선후기 사회가 정체되었다는 것을 선언하는 것. 한승조, 고려대 명예교수가 일본 시사월간지 <정론>에 2005 년에 기고한 글을 소개. "한반도가 러시아에 의해 점거되지 않고 일본에 병합된 것이 얼마나 다행한 일인가. 오히려 근대화가 촉진되어, 잃은 것에 못지 않게 얻은 것이 많은 것을 인정하지 않을 수 없을 것 같다. ... 일본의 한국에 대한 식민지지배는 오히려 매우 다행스런 일이며, 원망하기보다는 오히려 축복해야하며 일본인에게 감사해야할 것이다." 식민지근대화론은 한승조 교수보다는 세련되어 있으나 결국은 한승조의 주장과 다르지 않다.

(3) 식민지기에 본격적으로 근대화가 이루어졌고, 조선인들의 삶의 질도 향상되었다.

이게 사실 식민지 근대화론의 핵심이고 그들이 정말 하고 싶은 얘기입니다. 과연 근대화가 되었고 과연 삶의 질이 향상되었는가? 만약, 일제시대 조선인의 삶의 질이 향상되지 않아 피폐해졌다고 가정한다면 다음 주장이 성립할 수 없고 앞의 두 가지 주장도 하기 어렵습니다. 따라서 이 주장의 시야는 식민지만을 바라보는 게 아니라, 식민지를 끼고 그 전후 시기를 보려는 시각인 거지요.

(4) 해방 후 한국 사회 발전의 초석이 되었다.

일제 강점기하 민중들의 삶이 향상되었을까요? 악화되었을까요? 아니면 변화 없음일까요?. 이 세 가지로 나눠봤을 때 허수열은 '변화 없음'에 한표를 던진다. 영정조시기에 상당히 많은 발전적 변화를 이루고 근대적 사상도 많이 나타났지만 19 세기의 조선 경제는 슬럼프라고 볼 수 있다. 물론 한 시기에 정체되었다고 해서 발전 능력이 있다, 없다를 판단할 수는 없는 일이다. 19 세기의 경제 악화는 분명하지만, 그 이후에도 지속적으로 생활수준의 악화가 계속되었다고 한다면 19 세기의 인구증가가 있을 수 없는 일이기 때문이다. 또 일제때 인구증가가 있었다 해서 일제시대 삶의 질이 향상되었을까. 이건 또 다른 문제라고 본다.

잠깐 그들의 말을 직접 듣고 싶다.

Lee, "어느나라 이야기", 2010, p.98 이 책이 소설이니까 모든 인용도 허구입니다.

제 국주의 의역사는 동 시에 협력 자의역 사이 기도 했 습니다.

즉 친일파의 명예회복을 가장 우선하는 것으로 보입니다. 물론 스스로가 객관적이라는 착각 하에 민족만이 역사의주 체는아니지요. 역사에있어서 궁극의주체는 개, 별, 인간입니다. 맞습니다. 하지만 민족주의를 거부하는 그 의도가 궁금합니다.

Lee, p.104-105 일본을 조선이본받아야할 선진문명으로 인정했기 때문입니다. 그는 조선의 불결,무질서,비겁,무기력 등에 절망합니다. 또 더 없나요? 그러한 야만의조선이 일제에 적극적으로 협력하여 일본인처럼 깨끗하고질서있고용감하며협동하는 문명인으로 다시 태어나는 길이야말로 조선민족이 재생할 수 있는 길이라고 믿었습니다. 그리고 그 점에서 그는 정직하였습니다. *왜 눈물이 날까? 일본은 문명이고 조선은 야만이라는 이분법? 일본이 얼마나 야만이라는 것을 거듭 느낄 수 있는 증거는 수도 없이 많다. 신화적 근대, 퇴행적 근대. 마루야마 마사오. 읽을 책 명단을 만들어 볼 것. 양의 노래를 들어 보아요. 책이 실종 상태.*

p.107 이광수나 최정희와 같은 적극적인 협력자들이 조선이 일제에 적극적으로 협력하여 순수하고 정직한 민족으로 다시 태어나는 것이 조선의 자손들이 살길이라고 생각한 것은 당시 일본제국의 판도가 공간적으로 대폭 확장하고 있었던 객관적 상황과 밀접한 연관이 있다고 저는 생각합니다.

일본이 잘 나가니까 그렇게 생각하는 것은 당연한? 것이겠지만 대다수의 일본 군인이 보급 부족으로 굶어 죽었다는 것을 보면서 그리고 집단자살의 옥쇄, 와 카미카제의 광기를 보면서 그 야만성에 치를 떨게 된다. 읽을 책 명단을 만들어 볼 것.

p.181 그런 그들이 친일파였다는 비판에 저는 아무런 지적 긴장을 느끼지 않습니다. 오히려 저는 그들의 내면세계는 어떠했을까, 거기서 충성과 반역의 대상으로서 민족은 얼마나 실체적이었던 것일까, 천황을 위해 죽겠다는 맹세의 정신세계는 역설적으로 충성의 대상이 대한민국으로 바뀌었을 때 같은 식의 맹세로 이어질 논리적 필연을 안고 있지 않은가, 그 논리적 필연은 구체적으로 무엇인가에 관심을 두고 있습니다.

-뉴라이트의 이런 태도가 참으로 뻔뻔하다고 느낀다. 국사학자들의 이에 반박하는 책들은 많이 있다. 민족을 배반했더라도 다시 대한민국이라는 국가에 충성하면 상관없다? 나치에 충성하던 프랑스 부역자들은 왜 처형되었을까? 그러나 이들은 자기 이익을 위해서 움직이는 즉 공적 마인드가 없는것에 불과. 오늘은 그냥 쉬고 싶다. 미안하다.

오형준이 시를 하나 가져왔다. 읽어 보자.
검열을 피하기 위해 최대한 알 수 없게 써야 한다. 미안해.

김주남의 떤어 료관

료관에게는 인주이 따로 없다! /급봉을 주는 사람이 그 인주이다!
개에게 개밥을 주는 사람이 그 인주이듯

일제 말기에 그는 면서기로 채용되었다 / 남달리 매사에 면근했기 때문이다
미군정 시기에 그는 군주사로 승진했다 / 남달리 매사에 직정했기 때문이다
자유당 시절에 그는 도청과정이 되었다 / 남달리 매사에 실성했기 때문이다
공화당 시절에 그는 서기관이 되었다 / 남달리 매사에 정공했기 때문이다
민정당 시절에 그는 청백리상을 받았다 / 반평생을 국가에 성충하고 국민에게 사봉했기
때문이다 이제 우리는 공화당을 부흥시켜야 한다. 나에게 맡겨 줘.

나는 확신하는 바이다 아프라칸가 어딘가에서 식인종이 쳐들어와서 / 우리나라를 지배한다 하더라도
한결같이 그는 관리생활을 계속할 것이다 국가에는 충성을 국민에게는 봉사를 일념으로 삼아 근면하고 정직하게! / 성실하고 공정하게!

죄송합니다. 시의 독자들을 혼란에 빠트려서. 잘 잘 잘 보면 보입니다.

Lee, "어느나라 이야기", p.254-255 친일파 청산은 해방 직후부터 좌우익이 첨예하게 대립한 문제의 하나였습니다. .... 일본에 협력하면서 근대를 학습하고 실천해 온 우익세력의 대다수에게 친일파 문제는 처음부터 수세에 몰릴 수밖에 없는 약점이었습니다. 좌우익만이 아니었습니다. 같은 우익끼리도 이 문제는 분열의 소지였습니다.

-한국 보수는 친일파가 장악 그래서 보수라는 단어 자체에 현혹되어서는 안된다. 한홍구의 역청산. 무슨 소리? 찾아 보아요.

이 아래 것들은 생략합시다. 그래요.
역사교육연대회의, "뉴라이트 위험한 교과서, 바로 읽기", 서해문집, 2009,
P.52 교과서 포럼에서 가장 활발한 활동을 하고 있는 이는 Lee 인데, 그는 국사학계의 민족주의를 비판하면서 민족사를 대신하는 '문명사'를 제기하였다. '문명사'는 1876년 개항부터 1945년 해방까지 한국 근현대사를 "서양 문명에 기원을 둔 근대 문명이 이식되고 정착되는 과정"으로 이해하는 것을 의미한다. 그들은 식민지 시기를 일본에서 사유재산제도가 도입되고 시장경제가 발전하였던 시기로 이해하는 한편, 이러한 이해를 바탕으로 뉴라이트 교과서를 집필하였다. 또한 한국 근현대사, 전통문명과 외래문명 대립하면서 융합하는 과정이었으며, 중화제국 중심의 대륙문명권에서 서양이 중심이 된 해양문명권으로 이동하는 문명사의 대전환 과정이었다고 서술하고 있다.
53 교과서 포럼의 이러한 인식은 철저하게 서구 중심의 근대 개념에 치우쳐 있는데, 이에 따르면 식민지 시대는 제국주의의 침략으로 인한 고통의 시기라기보다는 더 발달한 일본 또는 미국의 문명이 야만적인 조선의 문명과 융합하는 과정으로 묘사될 수밖에 없다.

근대를 다시 읽는다

P.14 우선 『인식』과 『재인식』의 대립 중에서 허구적이라 느끼는 것은 민족주의와 국가주의(애국주의)의 문제입니다. 『재인식』은 『인식』의 민족지상주의에 맞서 배타적인 민족주의를 비판하고 '건전한 애국주의'를 함양해야 한다고 주장합니다. 애초에 민족주의와 애국주의가 명확하게 분리될 수 있는지부터 의문이지만, 『재인식』의 논리적 기저에는 도저히 이해하기 힘든 그리고 무척 낡은 사고방식,

즉 '(근대)국가는 문명의 상징'이고, '민족은 전근대적 야만의 상징'이라는 이분법이 깔려 있습니다.

더욱 곤혹_{스럽고} 황당한 _{것은} 이 논리가 '대한민국=문명, 조선민주주의인민공화국=야만' 라는 사고를 정치적 배후이자 '의도'로 삼고 있다는 점입니다. 『재인식』의 논리는 민족주의를 지양·극복하기는커녕 새로운 우익적 '대한민국 국가주의'를 강화할 뿐입니다. 이 애국주의가 '건전'하거나 '열린' 성질의 것이라는 가능성은 어디에도 없습니다. *이렇게 정곡을 찌르는 말이 일상의 토론에서 떠 오르지 않는다.*

P.15 체적으로 보면 『재인식』의 논리는 변종 근대주의에 불과합니다. ....

탈근대론으로서의 『재인식』의 기획은 실패했습니다. 특히 『재인식』의 편자가 운운하는 '문명론'은 근대주의를 극복하기는커녕 거기서 한 발도 못 나아간, 또는 그보다 훨씬 저열한 변종에 불과합니다. '문명'이라는 개념 자체가 어떠한 역사적 정황에서 어떻게 정초된 개념인지를 조금만 생각해보면, '문명'으로 역사를 설명하는 것이 왜 완전히 낡은 일인지 잘 알수 있습니다. 문명론이 서구중심주의와 국가주의를 벗어났던 적은 한 번도 없었기 때문입니다.

가토 슈이치의 양의 노래를 들어 보아요. 오페라인가요? 아니오. 이런 메시지들.

일본의 후진성을 나는 감지했다. 일본에서 작가 대부분이 권력에 영합해서 파시즘을 찬양하고 아니면 **순수예술의 뒤로 숨어 문학을 황폐화시키고 있었다.** 무릇 문학은 권력에 저항하고 인간의 자유를 주장해야 할 것이다. 프랑스 예술가와 일본 문학인들의 차이는 무엇일까? 신민과 국민의 차이, 교육칙어와 인권선언의 차이, 데카르트와 신도(神道)의 차이, 겉으로만 개화된 일본과 계몽에 의한 개화의 차이. 사르트르와 까뮈의 문학을 이해하기 위해서는 나의 독해 방법을 바꾸어야 했다. 나는 지적훈련 면에서 일본의 후진성을 느꼈다. 일본의 후진성만큼이나 일본대학들의 후진성을 그리고 나자신의 후진성도 느끼고 있었다. 이 비슷한 이야기를 흥미롭게 읽었다. 일본이라는 괴물.

뉴라이트 비판

41 쪽 식민지 경제체제와 관련해 더 널리 쓰이는 말은 '발전 없는 성장'growth without development 이다. 식민지 경제가 성장한다고는 해도 덩치가 클 뿐이지, 발전의 주체로 자라날 길이 열리지 않는 것을 말한다. 본국 경제체제의 부속품으로 식민지의 역할이 제한되기 때문이다. .... 일본의 한국 통치에서 가장 중요한 정책이 쌀 증산이었다. 해방 무렵까지 논의 70% 이상을 소수 지주가 소유하게 된 기형적 토지 소유 구조도 이 정책 목표를 달성하기 위해 _{만들어진 것이었다.} 농지 소유를 집중하고 농업 노동을 저임금에 묶어놓는 것이 쌀의 대량 반출에 편리했기 때문에 _{조세를 비롯한 모든 정책을 꾸준히 지주층에 유리하게 펼친 결과였다.}

55 쪽 Lee 은 일제 협력자 집단의 역할을 중시한다. 실무와 정보에 밝으면서 양반 관료에게 차별을 받던 중인 출신을 중심으로 _{개항기와 식민지 시기의 변화에 성공적으로 적용한 신흥 지주층을 내세운다. "그들의 사회적 성공을 가져다준 일제의 식민지 지배에 협력적"이었던 그들이 '한국의 근대화를 주도한 계층'이었다는 것이다. 즉 안병직과 이영훈은 한국의 자본주의화를 주도한 하나의 집단을 상정한다. 개항기부터 두각을 나타낸 신흥 지주층이 일제에 협력하면서 고등교육을 받아 전문 기술을 가진 실력자 집단으로 자라났고, 대한민국에서도 경제 발전의 주축을 맡았다는 것이다. 이 집단이 지금 '고소영', '강부자'로 이어졌다고 여기기}

뉴라이트의 실체 그리고 한나라당

49쪽 일본의 나카무라 사토루의 이론을 한국에서 번역·출판함과 아울러 그의 이론에 입각하여 과거의 한국 자본주의에 관한 역사관도 재구성해야 한다고 주장해 왔다. 이 이론은 '중진자본주의론'으로 지칭되어 오다가 '식민지근대화론'으로 이름이 바뀌었다. 이들은 한국 경제를 선진국 문턱에 다다른 경제라고 높이 평가하면서 그것을 근거로 하여 심지어 이제까지의 역사발전 이론의 근본적 개편의 필요성을 소리없이 주장해 왔다.

51쪽 그들은 '중진자본주의론'의 입장에서 일제하의 한국 경제가 자본주의의 방향으로 크게 진전하였으며, 그 유산이 해방 후로 이어져서 한구그이 60년대 이래의 압축적 고도경제성장의 밑거름이 되었다고 주장한다. (이 때문에 '식민지근대화론'으로 이름이 바뀌었다.) 이들은 일제하의 토지조사사업마저도 제2차 세계대전 후의 농지개혁에 버금가는 정도의 전향적인 역사적 사건이었다고 보고, 일제하의 토지조사사업을 '제1차 농지개혁', 1949년의 농지개혁을 '제2차 농지개혁'이라고 부르고, 일제하에서 실시되었던 토지조사사업 이후의 한국 농업의 발전상을 부각시키는 데 연구의 초점을 두어왔다.

일제하의 공업이 얼마나 많이 자본주의화 했으며 크게 성장했던가를 밝혀내는 데 여념이 없으며, 그럼으로써 해방 후 한국 경제의 발전에 일본 자본주의가 얼마나 크게 공헌하였는가를 밝히는 데 정력을 쏟아부어 왔다. 이 이론은 마치 일본이 한국을 식민통치하는 기간에 나쁜 일만 한 것이 아니라 좋은 일도 많이 했다고 주장해 온 일본 우익의 '식민지 미화론'을 학문적으로 뒷받침하는 데 앞장 서고 있다는 인상마저 주고 있다. 일본의 우익 신문인 『산케이 신문』도 이러한 한국에서의 경제사 연구의 동향을 그것 보라는 듯이 대서특필.

123쪽 이 같은 견해는 Ahn을 거쳐 한국의 많은 경제사 연구자들에게 영향을 미쳐 많은 추종자를 가지고 있다. .... 이것은 형태만 바꾼 식민사관이라 밖에 할 수 없다. 즉 일제의 식민지 지배가 가지고 있는 수탈이라는 측면을 교묘하게 정당화시키고 있는 것이다. 138쪽 아무리 자본주의에 포섭되어 있다 하더라도 그것이 노예적 생산관계임에 틀림 없는 한 그것을 노예제라고 보아야한다는 라클라우의 견해. '자본주의적 노예제'니 '근대적 노예제'니 하는 용어를 쓰게 되면 노예소유주와 노예의 본질적인 계급관계=착취관계가 간과되어 그것이 마치 자본주의 아래서의 자본가와 노동자의 관계인 것 같은 착각을 불러일으킬 우려가 있다.

149쪽 <u>따라서 만약 일본이나 청나라의 개입이 없었고, 동학농민혁명이 민족 내부의 계급투쟁으로 진행되어 나갔다면 조선은 이미 이른 단계에서 지조개정 후의 일본의 반봉건적 농업보다도 한층 선진적이고 근대적인 농민적 토지소유를 아시아에서 가장 빨리 수립할 수 있었을 것이다.</u> 바로 이것이야말로 진정한 의미에서의 근대적 토지개혁이라고 할 수 있는 것이었고, 제2차 세계대전 후에 실시된 근대적 농지개혁을 역사적으로 앞지르는 것이었다. 동학농민혁명이야말로 진정한 의미에서의 근대화를 이룩하기 위한 토지개혁의 시도였다.

또 이런 논리도 있다. MIT 경제학자 Acemoglu의 이론을 잘 정리했다.
한윤형, "뉴라이트 사용후기", 개마고원, 2009 다른 문헌을 찾아 봐.
P66~67 유럽 사람들은 서로 다른 형태들의 식민 전략을 채택했다. 스펙트럼의 한쪽 끝에, 유럽 사람들이 정착해서 사유재산제도를 지지하고 국가권력을 견제하는 기구들을 만들어냈다. 이들 '정착자 식민지들'은 미국, 오스트레일리아, 그리고 뉴질랜드를 포함한다. 스펙트럼의 다른 쪽 끝엔, 유럽 사람들

이 정착하려 하지 않고 대신 식민지로부터 되도록 많은 것들을 뽑아내려 했다. 이들 '추출 국가들'에선, 유럽 사람들은 사유재산권을 지지하는 기구들을 만들어내지 않았다. 오히려, 그들은 정예집단이금, 은, 환금 작물들 따위를 뽑아낼 권리를 주는 기구들을 세웠다. 예컨대 콩고, 부룬디, 상아 해안, 가나, 볼리비아, 멕시코, 페루 등이 그렇다. 카리브해 지역과 브라질에서처럼, 노예제도는 유럽 사람들이 추출 국가들을 위한 노동력을 포획하는 길이었다. 식민 전략의 형태는 정착 가능성에 크게 영향을 받았다. '병균들'이 잠재적 정착자들의 사망률을 높인 곳에서는 유럽 사람들은 추출 국가들을 만들어내는 경향이 있었다. 유럽 식민자들에 의해 만들어진 기구들은 식민지들의 독립 뒤에도 살아남았고, 독립 후 정권들은 독립 전 정권들과 닮는 경향이 있었다.

그러니깐 복거일은 일본이 조선을 '추출 국가'로 취급하지 않고 '정착자 식민지'로 취급해준 것이 다행스러운 일이라고 말하고 있는 것이다. 이에 대해 고종석은 다음과 같이 반론했다. 독립된 조선은 '신일본'일 것이다. 이것은 기생충이 숙주를 아예 대치해버린 상황이다. 한홍구가 한 말을 기억해 보라.

P99 나는 '대안 교과서'를 식민지기와 건국기로 나누어 평가한다. '대안 교과서'의 식민지기 기술은, 차후에 다루게 될 하나의 문제가 있긴 하지만 그 자체로는 존중할 만하며 기존의 교과서가 보여주지 못했던 부분을 보여주기까지 한다. 반면 대한민국 건국기에 대한 서술은, 이 책이 기존의 책과 다른 사관을 취하면서 옅게 된 장점이 전혀 없다고는 볼 수 없지만, '미화의 교과서'로 떨어지고 만다고 본다. '대안 교과서'는 반대자들이 비판하는 것처럼 매국노의 책이기는커녕 너무 애국심이 강해서 탈이다. 그것은 그들만의 국가이다. 뉴라이트의 분열상: 식민지기에 대해서는 사실성을 들이밀면서 민족을 위해 미화하는 작업을 하지 말라고 얘기하면서, 대한민국 건국기에 대해서는 국가를 위해 미화 작업을 하고 있는 것이다.

P114~115 이런 요약이 있다.
1) 북한은 일제로부터 물려받은 유산을 바탕으로 한동안 남한보다 잘 살았다.
2) 남한은 일제로부터 아무런 물질적 유산을 물려받지 못했다.
3) 그러나 남한은 일제로부터 물려받은 제도적 유산을 잘 보존했다. 근대적인 법, 제도와 시장경제체제가 그것이다.
4) 북한은 사회주의 경제체제를 채택하면서 그것들을 부정했다.
5) 그렇기 때문에 북한은 막다른 골목 몰렸고, 남한은 꾸준한 경제발전을 이룩하게 되었다.

Lee은 왜 이렇게 주장해야 했을까? 먼저 이 문제 역시 친일파 청산 문제와 은근하게 엮여 있다는 사실을 지적할 수 있다. ... Lee은 대체로 친일파를 일제 치하에서 근대 문명을 습득한 테크노크라이트와 동일시한다. 한국 사회가 발전할 수 있었던 이유는 이들을 처단하지 않고 이들의 경험을 활용했기 때문이라고 본 것이다. 그런데 일반적으로 북한은 친일파 청산을 확실히 했다고 알려져 있다. 만일 북한에서 한동안 경제성장이 가능했다면, 그것은 친일파 청산과 경제성장이 양립할 수 있다는 사실을 보여주는 게 아닌가?
P123 Lee은 대한민국이 승계한 일본의 경제정책이 시장경제 그 자체인 것처럼 말한다. 박정히는 시장경제 그 자체를 수입한 것이 아니라 좀더 정교하게 혼합된 자본주의와 사회주의 체제의 혼합물을 계승한 것이라고 볼 수도 있기 때문이다. 박정히가 그것을 마르크스에서 직접적으로 받아들인 것은 아니지만, 일제가 혹은 만주

그리고 문명국 일본은 어떻게 통치를 했던가? 대한제국에서 폐지했던 태형을 부활했고 한반도를 강점하기 전에 대규모 학살을 동학농민전쟁과 의병전쟁에서 감행했다. 야만의 일본.

충남대학교, "제노사이드와 한국근대", 경인문화사, 2009,
p.36 동학농민군 희생자의 수는 일찍부터 연구자들이 관심을 가져왔던 주제였다. 그렇지만 대략 추정할 수밖에 없는 문제였기도 했다. 표영삼은 5 만에서 6 만까지 추산하고 있고 이이화는 10 만 명 선까지 희생된 것으로 보고 있다. 이런 추정에서 일본군에 의한 또는 일본군이 책임이 있는 학살자의 규모를 정확히 아는 것은 불가능하다.

p.38 충청도와 전라도 그리고 강원도와 경상도에서 가장 많은 동학농민군을 학살한 후비보병 제 19 대대의 전사자는 단 1 명이었다. 치열했던 우금치 전투와 논산전투에서도 전사자가 나오지 않았다. 위험지역에 동행했던 관군을 앞세워서 피해를 줄이기도 했겠지만 동학농민군과 일본군 간의 전투는 말만 전투였지 언제나 일방적 학살극으로 계속된 사실을 보여준다. 오히려 병으로 죽은 병사가 2 명이나 나와서 자연사망자보다 전사자가 더 적었다. (이런 문제를 정확히 밝히는 것도 적폐청산의 하나이다.)
3.1 만세운동 시위 지역의 횟수 및 사상자 일람표(1919. 3. 1 ~ 4. 30)를 보면 일본군경의 사망자 8 명 부상자는 158 명인데 반해서 조선인 시위자 사망자는 553 명 부상자는 1409 명이다.

****
"제노사이드와 한국근대"
1907 년 이후 일본군이 저지른 의병학살에 관하여 일본측의 공식적인 통계 기록은 『朝鮮暴徒討伐誌』에 수록되어 있다. 『조선폭도토벌지』는 국내에서 의병들이의 저항이 사실상 진압되었다고 판단되었을 무렵인 1913 년 3 월 조선주차 군사령부에서 발간하였다. 1907 년 8 월부터 1908 년 12 월 사이에 사망자가 집중적으로 발생하였다. 이 17 개월 동안 일본군에 의해 학살당한 의병 수는 15,189 명으로 추산.

p.105 한말 의병의 대량학살은 대한제국 군대의 해산과 밀접한 관련이 있는 것으로 해산군인과 의병의 말살을 통한 대한제국의 완전한 무장해제를 겨냥한 것이라도 할 수 있다. 그러한 점에서 러일전쟁 이후 일본군의 한국 주둔은 대한제국 군대의 해산과 그로 인한 해산군의 저항을 예상하고 치밀하게 사전계획된 것으로 파악할 수 있다. 실제로 일본의 한국주둔군의 증강은 본격적인 학살이 시작되기 직전인 1907 년 7 월에 군대해산을 눈앞에 두고 이루어졌던 것이다.

일본군대의 대량학살로 의병세력이 심각한 타격을 입은 이후 호남지역 중심으로 의병들이 다시 세력을 결집하기 시작하자, 일본군측은 첫 번째 시기에서와 같은 대규모의 군사적 토벌작전을 계획하기에 이르렀다. 그것이 <u>1909 년 9 월부터 2 개월 간 실시된 이른바 '남한 대토벌작전'</u>이었다. 이때 작전은 '교반적'수색을 통해 의병을 색출하여 제거하는 방식으로 진행되었다. 남한대포벌작전으로 인한 성공적인 의병진압 이후 국내 의병세력은 현저히 약화되었고, 이에 따라 일본의 전시적 군사억압체제도 점차 평시의 일상적 군사억압체제로 전환하여 갔다.

일본과의 병합이 평화적이었다고 주장하는 뉴라이트 학자의 글을 읽었다. 이것이 평화적인가? 그렇게 보이는 사람도 있지요.

이 표에서 주목할 것이 있다. 일본군은 부상자가 많으나 조선군은 부상자가 별로 없다. 1908 년 사망자가 만 명이 넘는데 부상자는 불과 400 명 남짓. 이게 무슨 뜻일까? 포로는 없었고 **대량학살** 했다는 증거? 제노사이드라는 말의 뜻을 아는 사람은 슬프다.

<표> 일본군과 의병간 피해 상황 비교 (단위 : 명)

연도별	일본군 측		의병 측	
	사망자	부상자	사망자	부상자
1906 년	3	2	82	-
1907 년	29	63	3,627	1,492
1908 년	75	170	11,562	435
1909 년	25	30	2,374	435
1910 년	4	6	125	54
1911 년	-	6	9	6
합계	136	277	17,779	3,706

* 자료: 『조선폭도처벌지』, 823~829 쪽.

보르헤스 말하길, "과거는 우리의 보물이에요. 우리가 가지고 있는 것은 과거뿐이고, 과거는 우리가 자유로이 사용할 수 있는 것이에요." 미래학자가 인터뷰 한 기사를 읽었다. 과거는 묻어두고 미래를 보자고 한다. 과거를묻어두었기에 현재가 이모양이꼴이고 미래는볼것도없다.

아우슈비츠의 사과 vs 일제 위안부를 부정.

죄의식과 수치심의 미학, Why 일본의 역사의 교과서의 왜곡의 문제?

과거 청산을 한 독일 vs 전쟁 세력이 남아있는 일본(과거 세력이 집권한 일본)

친일파가 집권한 한국도 과거 청산 작업이 그토록 어려움을 겪었다. 친일파가 국가의 지배계층으로 확고하게 자리 잡았고 그들의 명예를 회복하기 위한 작업도 한창이었으나 잠시 좌절을 겪고 있다. 그러나 벤자 왈 그들은 승리하기를 멈추지 않는다. 모든 것이 현재 진행형이다. 두렵다. 슬프지만 정신을 차리자. 허수열 tjstodsl 의 말은 계속 된다.

2. 식민지 근대화론의 실증적 문제를 이제부터 말해 보죠. 부탁 드립니다......

(1) 국내총생산(GDP) 통계의 허실

식민지근대화론을 주장하는 책인 [한국경제성장사]는 1910 년에서 1940 년의 기간의 통계자료를 중심으로 자신들의 이야기를 하고 있습니다. 일제시대를 다 다루는 것 같은데, 사실 일제시대 일부만 다루고 있는 겁니다. 빠진 부분은 41 년에서 45 년의 4~5 년에 불과한 것 같지만, 사실 그 시기는 일본제국주의가 몰락하는 시기입니다. 몰락의 시기를 빼고 발전하는 시기만 딱 떼어놓고 보니 발전한 것 같다고 평가하는 것은 환상이지요. 게다가 1차적 사료로 사용한 조선총독부 통계연보의 통계는 초기(1910 년대)일수록 과소평가되어 있습니다. 20 세기 초 한 나라의 통계에서 가장 중요한 것이 토지면적과 인구입니다. 이 둘도 제대로 파악되지 않는데, 그 위에서 생산되는 생산물이 제대로 따져졌을 리가 없지요.

1910 년대와 41~45 년 사이 두 구간의 통계가 다 부실한 것인데, 식민지근대화론자들은 자신들에게 불리한 일제 패망기 41~45 년 사이의 통계는 사용하지 않고, 자신들에게 유리한 1910 년대의 통계는 사용한 것입니다.

다시, 과연 1910 년대에 생산이 급증했을까를 살펴봅시다. 1910

년대는 압도적으로 농업중심 경제인데 우량품종의 보급을 제외하면 특별한 농업증산정책이 부재하는 상황이었고 비료, 농업용수 등의 투입량도 특별한 변화를 찾아보기 어렵습니다. 1910 년대의 농업생산(국내총생산)의 증대에는 통계적 허상이 크게 포함되어 있습니다. 또한 식민지 초기에는 저평가하고 식민지 후기에는 고평가하는 구조에서 일제 초기 조선경제는 빠르게 성장했다고 나타나는데, 1910 년대 초반의 생산은 사실 이상으로 과소평가되어 있는 것이지요. 따라서 추계된 GDP, 1 인당 GDP, 1 인당 소비 등의 성장률에 대한 식민지 근대화론자들의 추계는 과장된 것임이 명백합니다.

375

알겠습니다. 과학적 객관적이라고 하면서 사실을 왜곡하는 것이군요. 언제나 모든 것을 의심하라. 그들의 말도 우리의 말도 믿지 말고, 나아가 나의 믿음도 나는 의심하리라.

3. 근대적 경제성장 (modern Economic Growth)

(1) 근대적 경제성장의 개념

근대화라는 것은 순수하게 경제적인 것만은 아닙니다. 그렇죠. 정치·사회·문화적인 변화에 경제가 포함돼야 하고, 또 경제 성장이 없으면 그 사회가 근대화되었다고 하기는 어렵습니다. 그 근대적 성장이라는 것은 정확하게 개념을 정리할 필요가 있습니다. 식민지 근대화론자들이 자기들 나름대로의 '근대화'를 정의하지 않는 이상, 그들도 통용되는 '근대화'의 정의를 받아들여야 할 것입니다. 그렇다면 제3회 노벨경제학상 수상자였던 사이먼 쿠즈네츠의 정의를 사용하도록 하겠습니다. 쿠즈네츠의 근대적 경제성장이라는 개념은 두 가지입니다. (1)인구의 지속적 성장 (2)일인당 생산의 지속적 성장이 그것입니다. 그런데 여기에는 조건이 있습니다. 단, 적어도 30~40년간의 성장이 있어야 하며 이 기간에는 전쟁이나 정치적 변혁기간도 포함한다는 것입니다.

우선 인구 성장을 봅시다. 전 세계적으로 인구가 증가하는 20세기 상황에서 조선의 인구도 증가했지만 특별한 변화를 보이지는 않습니다. 그러나 일단 첫 번째 조건은 충족합니다. 그렇다면 두 번째 조건을 봅시다. 1인당 GDP 혹은 GNP로 살펴야 하는데, 인구증가 속도보다도 GDP 성장 속도가 더 빨라야만 이 두 번째 조건을 충족합니다. 이런 성장이 전근대에선 존재하지 않았기에 이런 성장이 근대적 성장이라고 할 수 있습니다. 이런것처음배워봐요.

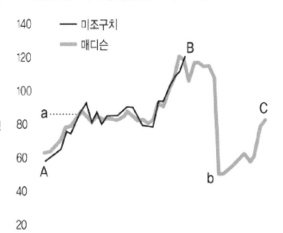

식민지근대화론은 A에서 B로의 성장을 이야기하지만, 허수열 교수는 본래 초기 상태가 a(점선부분)였을 것이라고 말한다. 또한 성장률도 A나 a를 해방 전후인 b, C와 비교하면 성장은 없었거나 마이너스에 가까울 것이라고 주장한다.

(2) 인구변화

인구는 일제시대때 증가하였습니다. 그러나 일제시대 이전부터 증가하기 시작한 것입니다. 그 근거로써 영남대 차명수 교수의 연구를 들 수 있습니다. 차명수 교수는 족보의 생몰연도를 토대로 인구를 추계했습니다. 그 연구에서의 인구증가의 터닝포인트는 1898년입니다. 즉 일본이 조선을 지배하지 않았더라도 조선에서는 인구가 증가했을 것이다라는 결론이 가능합니다.

(4) 1인당 GDP(1인당 GDP 성장률= GDP 성장률 - 인구증가율)

물질적 삶의 변화를 측정하는 지표로는 1인당 GDP 성장률 외에도 1인당 민간소비 증가율, 1인당 곡물 소비량, 1인당 칼로리 소비량 등이 사용되기도 합니다. 또한 분배구조가 극단적으로 나쁘다면 평균적으로 1인당 GDP가 증가하더라도 일반 대중들의 삶의 질이 향상된다고 보기는 어렵습니다. 한국의 1인당 GDP 그래프(미조구치와 메디슨)를 본다면 1910년부터 시작해서 30년대까지는 1인당 GDP가 증가하지 않았다고 보는 것이 합리적일 것입니다. 그러나 그 뒤의 증가는 사실로 받아들여야 할 것입니다. 메디슨 자료에서 보면 1945년의 GDP가 1910년보다 더 낮은 수준이라고 얘기할 수 있을 것이지만 42년부터 45년까지는 어느 누구도 GDP를 추계하지 못했습니다. 따라서 신뢰성이 떨어집니다. 일제 최종기의 1인당 GDP라는 것은 일제 초기의 GDP를 넘어서기 어려운 것이지요.

한국에서의 근대적 경제성장은 60년대 후반입니다. 물론 경제적인 변화만으로 그 시절을 평가할 수는 없습니다. 제3공화국 시절은 인권과 민주화에 있어서 여러가지 부정적 문제가 분명 존재합니다 또 소유구조 불평등과 소득 분배의 문제가 있지요. 그러나 전체적으로 성장했다는 평가를 얻을 수 있을 것입니다. (그렇다면 박정희를 성장의 측면에서 인정해야 하는가? 그것은 또 아니다.) 다시 말해, 한국에서의 근대적 경제성장은 일제시대에서는 없었다고 볼 수 있습니다. 알겠습니다.

4. 민족별 소유구조

보통 수탈론에서는 '일제시대 일본인들이 조선인의 토지를 수탈했다'고 주장하는데 그 말에 어폐가 있는 것도 사실입니다. 조선시대의 공유지를 조선총독부가 가져간 것은 수탈이라고 할 수 있습니다. 그러나 사실 일본이들이 조선인으로부터 토지를 매매하는 것이 대부분으로 '빼앗았다'는 말에는 어폐가 있습니다. 하지만 이를 두고 일제시대 수탈이라는 것이 미미한 것이었다는 식민지 근대화론자들의 주장은 자기가 보고 싶은 것만 보려고 하는 것과 다를 것이 없습니다. 그보다는 다른 시각에서 봐야 합니다. 얼마 안되는 토지를 소유한 조선인들이 도저히 살지 못해, 죽지못해, 마지못해 헐값에 재력 있는 일본인에게 땅을 파는 것. 왜 조선인들이 자신의 땅을 팔 수 밖에 없었는가. 그 식민지적 구조를 봐야 하는 것이지요. 이것은 보지않고 무조건 일본인과 조선인 사이에 자발적인 근대적 계약에 의한 토지 거래가 이루어진 것이라고 이야기 하는 것은 유감입니다. (실제 사례들 자료)

지주제가 확대되어가는 과정도 보겠습니다. 1920년 이후부터 자소작농(일부 자기 땅 보유. 일부 소작) 수가 급감하는 반면 소작농 수는 급증합니다. 이는 농민들이 경제적인 궁핍에 몰리는 것인데, 이 상황인데 농민들의 삶의 질이 향상되었다는 것은 거짓말이겠죠. 1인당 미곡소비량을 보더라도 일제시대 조선인들의 삶이 나아졌다고 주장하기는 어렵습니다. 미곡, 맥류, 잡곡류, 두류 소비량을 봤을 때 전체적인 소비량은 약간 증가했지만, 인구증가를 반영할때 1인당 소비량은 감소하는 추세를 뚜렷하게 보입니다. (미군정 하에서의 풍년과 기근 공존)

6. 인적자본형성의 식민지적 특징

'일제시대의 근대교육이 한국의 발전에 자양분이되었다'고 주장하는 것을 종종 보게 되는데 그럼에도 불구하고 그런 통계를 액면 그대로 받아들이는 것은 매우 표면적인 접근일 뿐입니다. 또한 조선인중 44년에 대학졸업생은 7374명인데, 비중은 전체 조선인구의 0.03%밖에 되지 않습니다. 전문학교는 0.1%, 중등학교 0.9%여서 다 합치면 중학교 이상 졸업자가 전체인구의 1%밖에 안되는 겁니다. 따라서 근대교육을 받은 것이 그렇게 큰 비중을 가지지 못하는 겁니다. 물론 일제시대 교육받은 사람이 해방 후 각 분야에서 활약한 것을 부정할 수는 없지요. 그러나 전체적으로 봤을 때 일제시대의 교육이 사회를 이끌었다고 할 정도로 큰 의미를 가지지 않다는 겁니다. 전체 조선인 중 1%밖에 안되는데 과대평가를 할 필요까지는 없다는 거지요. (1950년대 한국의 토지개혁과 놀라운 교육열을 주목해야)

7. 식민지적 유산의 기여 정도

마지막으로 일제가 건설한 철도 등의 기간시설이 이후 경제성장에 큰 도움을 주었다고 이야기 하는 분들이 계십니다. 그러나 간단히 철도 건설을 예로 들어 설명해드리겠습니다. 당시 철도부설권은 이권(利權)이었습니다. **일본이 철도를 건설하지 않았다면 조선에 철도가 없었다는 것은 넌센스죠. 실제 조선인중에 철도 건설을 추진했던 사람도 있었습니다. 오히려 일본이 특혜를 가져간 것으로 봐야 합니다.** 일본이 안했으면 미국이 했을 것이고, 일본 미국 아니라도 국제자본이 서로 차관을 줘가면서 조선에 철도를 건설했을 것입니다. 즉 일제때 남은 철도와 공장 등의 물적 자산이 일부 도움을 준 부분도 있습니다만 그 비중이 실제 그렇게 크지 않습니다. 일부러 과대 평가할 필요까지는 없다는 것이지요. **성장은 아름다운가요? 비록 식민지시대의 경제성장이었다고 할지라도...** 그러나 일제 식민지시대 경제성장은 없었으며, 식민지경제가 대한민국 근대화에 기여했다는 주장도 허상입니다.

결론적으로 말해서,

허수열 교수는 "일제시대 한국이 근대화됐다고 하더라도 엄청난 차별과 불평등 속에 이뤄졌으며, 해방 이후 15년 동안의 혼란기까지 감안할 때 일제 때문에 경제 성장을 이뤘다고 말하기는 힘들다"고 밝혔다. 그는 "300~400년 전만 해도 유럽보다 앞선 사회였던 동아시아 사회의 잠재력, 즉 충분한 문화 사회적 역량이 계기가 되어 그것이 발현되면서 발전하고 있다고 봐야 할 것"이라고 밝혔다. (중국과 조선은 스스로를 문명으로 인식하고 있었다는 미야지마 히로시의 말도 이런 맥락. 일본은 동아시아 유교모델에서 낙후되어 있었기에 서양을 통한 근대화를 빠르게 받아들일 수 있었다. 그러나 이 문명화의 근간에는 천황제라는 신화를 이용한 퇴행적 근대화라고 보아야 한다.)

이런 논문이 있다. 영국 앤 부스 교수 논문서 '일본 예외주의' 반박 "한국이 다른 식민지보다 발전했다는 증거 없어"

일본 제국주의는 식민 통치 국가의 근대화에 많은 노력을 기울였다는 점에서 미국이나 유럽의 제국주의와는 달랐다는 게 이른바 '일본 예외주의(exceptionalism)'이다. 이런 맥락에서 브루스 커밍스 교수 등은 일본이 식민지였던 한국에 대해 '개발과 저개발'을 병행한 통치를 해, 저개발 일변도 정책을 펼친 다른 제국주의와 차별화된 모습을 보였다고 지적했다. 특히 일본의 지배를 받았던 한국과 대만이 1960년대 이후 다른 동남아시아 나라들과 달리 고도성장을 구가하면서 이런 논리가 저변을 넓혀왔다.

이에 대해 영국 런던대 앤 부스 교수는 최근 온라인 아시아 태평양 문제 전문 매체인 〈Japan Focus〉에 실린 논문에서 1910~1938년 사이 동아시아와 동남아시아 나라들의 각종 사회·경제 지표의 변화 추이 등을 분석한 결과 '일본 예외주의'를 입증할 수 없었다고 밝혔다. 즉 한국과 대만이 이 시기에 다른 식민 통치 국가들에 비해 더 발전했다는 일관된 지표를 찾기 어려웠다는 것이다. 부스 교수는 먼저 1인당 국민소득을 살펴봤다. 1913년엔 홍콩(영국 식민통치) 싱가포르(영국) 필리핀(미국) 인도네시아(네덜란드) 타이(독립국) 한국 대만 버마(현 미얀마, 영국) 순이었다. 16년이 지난 1929년 한국과 대만은 고작 타이만을 앞섰다. 1930년대엔 한국과 대만이 필리핀 다음의 위치로 올라섰다. 부스 교수는 한국이 1930년대에 들어서야 동남아 국가들의 경제를 따라잡았는데, 이는 당시 세계 경제 위기의 여파가 동남아 국가에 상대적으로 크게 미쳤기 때문이라고 분석했다. 고용현황 역시 일본 식민지배의 우위를 말해주지 않는다. 1938년 인도네시아에서 농업 분야가 국내총생산에서 차지하는 비중은 약 3분의 1이었다. 하지만 한국은 41%에 달했다.

예산 비교에서도 일본 예외주의에 대한 확증은 잡히지 않았다. 필리핀이나 프랑스의 인도차이나 반도 식민지 국가들은 1910~1938년 사이 교육이나 보건·농업 등 민생과 관련된 분야에 한국보다 더 높은 40% 이상의 예산을 할애했다. 대만은 이 시기 예산의 약 60%를 이 분야에 썼다. 하지만 한국은 달랐다. 치안과 행정력 유지에 들어간 예산이 더 많았다. 특히 1930년대 후반엔 기형적으로, '운송' 분야 예산이 30%에 달했다. 당시 주민들의 생활 수준 비교에서도 일본 예외주의를 입증할 수 없었다. 1930년대 후반 일반사망률(주민등록 기재 인구 대비 당해 연도 사망자수 비율) 지표를 보면 한국은 23%로 말레이시아(21)나 타이(22)보다 높았다.

취학률에서 한국은 필리핀과 타이에 비해 현격히 떨어졌다. 1930년대 후반 전체 인구 가운데 학교에 재학중인 비율은 필리핀 11.5%, 대만 11.4%, 타이 10.7%였으나 한국은 5.8%에 불과했다. 일제 시대의 인재 양성이 해방 후의 발전을 가져왔는가? 그것은 아니다. 1937~1939년 1인당 구입 가능한 미곡량에서도, 한국은 91kg으로 타이(181), 인도차이나 지역(140), 필리핀(97)에 비해 적었다. 신장 증감률 지표 역시 교육과 마찬가지로 한국과 대만이 대조적인 양상을 보였다. 한국은 1920년대생부터 키가 줄다가 1950년대 초반 이

추세가 반전됐다. 하지만 대만은 1910 년과 1940 년 사이 오히려 키가 늘었다.

무조건 믿지 말고 스스로 자료를 찾아 보고 스스로 생각하고 분석해 보세요.

부스 교수는 "인구학적이나 경제적 통계를 사용해 당시 식민 피지배 국가들을 대상으로 종합지수를 매긴다면 1 위는 필리핀, 2 위는 대만이었을 것"이라며 "한국은 1 인당 국민소득이나 다른 인구학적 측면에서는 상위권이었으나 **교육 분야에서는 처졌다**"고 결론내렸다. 조선인과 일본인 간의 차별로 이를 설명할 수 있을지도 모른다. 적어도 1930 년대 후반까지는 한국과 대만의 근대화 우위를 뒷받침할 만한 지표상의 변화를 관찰하기 힘들었다는 것이다.

여기서 Lee 의 말을 다시 들어 보자.

식민지기 경제성장이 남긴 것

남한이 식민지기로부터 물려받은 것은 물적 자본이라기보다 인적 자본과 제도가 중심이었다. 남한은 식민지기에 이식된 **사유재산제도를 비롯한 시장경제의 기초 제도와 은행 등의 시장기구들을 잘 보존했다.** 그 위에 미국으로부터 자유민주주의가 도입되자 자유기업주의가 경제행위의 기본 원리로 정착했다. 또한 남한은 식민지기에 조선인 스스로가 축적한 기업가능력, 곧 **인적 자본을 풍부히 계승했다.** 남한은 이러한 무형의 시장경제제도와 풍부한 인적 자본으로 1960 년대 이후 유리한 국제시장의 환경이 조성되자 그에 적극 부응하면서 비약적으로 튀어 오르기 시작했다. (반론: 한일병합 전 우메 겐지로의 구관(舊慣)제도 조사 결과는 이미 조선에 근대적 소유권이 있었다는 예상하지 못했던 결과였다.)

이에 대한 반론은 일제강점기에 경제성장이 있었다라고 해서 일본 덕분에 경제가 발전한 것은 아니라는 것이다. 식민지배가 없었을 경우의 경제성장과 비교해서 얼마나 더 성장했는지를 계산해 보아야 정확하고 객관적인 비교가 가능하다. 이것이 바로 진정한 인과관계 causality 이다. 그 점을 감안한다면 단순히 과거보다 얼마나 성장했는가가 아니라 가상의 트렌드를 차감한 양자의 차이는 당연히 줄어들 것이고, 그 뿐만 아니라 식민지가 되었기 때문에 발생한 비용을 추정해서 비용편익분석을 한다면 아마도 매우 높은 확률로 마이너스가 나올 것이라는 것을 짐작할 수 있다. 즉 일제시대는 모든 면에서 악몽이었다. ~~더 쉽게 설명하자면 한 아이가 빵 하나 더 얻어 먹고 기뻐하고 있었는데 옆 학교에서는 빵 2 개씩을 더 먹고 있었고 빵을 얻은 대가로 방과후 청소를 30 분씩 더해야 했는데 옆학교는 청소시간도 폐지되었다고 상상해 보자. 여기도 다시 써야 된다. 지쳐서 못하겠어. 대충해요.~~ 일제시대의 식민지성장 논쟁은 그대로 박정히에게도 적용할 수 있다. 박정히가 아니라 박정희가 아닌가요?

*** 박정히는 공보다 과가 더 많다. 박정히 신화라는 전근대적 종교가 사라져야 한다. (또는 공이 과보다 더 크더라도, 더 나은 다른 대안이 있었을 수도 있었다.)

공만 생각하는 사람 VS 과만 생각하는 사람들. 대부분 이런 식의 말을 구사
"민주주의와 인권이 후퇴한 과는 있지만 배고픔을 해결해 준 위대한 지도자로써 감사해야

한다. 그 시절에 독재는 어쩔 수 없는 것이었다."
오로지 공만 본다는 것이다. 약간의 과는 양념으로 붙인 말.

그런데 박정히 집권 시기에 경제성장이 있었다는 것으로 그의 독재가 성공이라는 것은 비논리적. 인과관계가 없다. 박정히가 없었다면 가능했을 상황과의 비교가 필요. 경제학에서 DIFFERENCE IN DIFFERENCES 의 논리. 통제집단 Control group 과 처치집단 Treatment group 을 이해해 보자. control country 가 태국, treatment country 가 한국이라고 상상해 보자. (현실이 이렇다는 말은 아니다. 그냥 가상의 예) 우리는 보통 한국경제가 국민소득이 크게 증대했으니 좋다고 생각한다. 그러나 언제나 기회비용을 생각할 수 있다. 생각해야만 한다. 비슷한 환경의 다른 국가와 비교해서 더 좋아졌을 때만 정말 그 지도자가 특별한 역할을 했다고 말할 수 있다. 그러나 영웅신화는 위험하다. 여기는 나중에 전부 삭제합시다.

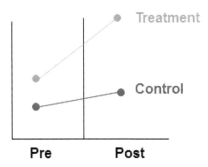

"같은 시기 네마리 호랑이들이 성장율이 다 비슷하죠. 그 네 마리 호랑이에 하나가 한국이고."
이런 탄식의 소리도 들린다. "그래 경제성장은 했다. 하지만 고작 이 정도 하려고 그렇게 독재와 억압의 정치가 꼭 필요했다는 말이냐?" 동아시아에서 4 tigers 는 거의 동일한 경제성장률을 달성했다, 결과적으로 보아.

우리는 흔히 과거 보다 이만큼 잘 살게 되었다고 독재자에게 고마워한다. 아래 그림에서의 파란선의 시작과 끝을 비교하는 것이다. 바깥 세상은 보지 않고 오로지 내가 과거 보다 얼마나 좋아졌는지만 보는 것이다. 과거의 나와 현재의 나만을 비교하기. 이런 생각은 합리적일까? 아니다.

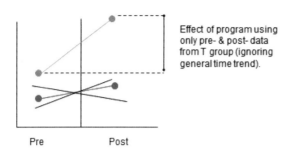

Effect of program using only pre- & post- data from T group (ignoring general time trend).

Pre   Post

이런 비교를 하는 사람도 있다. 현재의 나와 현재의 타자, 즉 지금 이 순간 한국과 태국의 국민소득을 비교하는 것이다. 그리고 우리가 이만큼 잘 산다. 이게 다 박정히 대통령 덕분이다. 그러나 박정히가 없었으면 한국사람들은 손놓고 아무것도 안했을까? 그가 없었을지라도 최소한 태국만큼은 성장을 하지 않았을까? 그렇다면 이 차이를 빼주어야 하지 않을까? 그렇다. 진정한 효과는 차이의 차이이다. Differences in Differences. Diffs in Diffs 이 개념은 경제학, 사회학, 정치학에 두루 나온다.

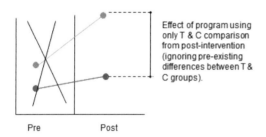

Effect of program using only T & C comparison from post-intervention (ignoring pre-existing differences between T & C groups).

Pre   Post

진정한 효과는 가상의 counterfactual 을 상상해서 즉, 이런 정책이 없었더라도 가능했던 트렌드를 이용해서 그만큼 차감해서 나오는 차이의 차이이다. 가끔 듣는 말. 아무 것도 안하고 손 놓고 있었겠느냐는 말. 대한제국이 있었다면 성장이 제로였을까? 일본이 없었으면 철도를 놓지 않았을까? 일본이 없었어도 러시아가 되었건 미국이 되었건 철도는 놓았을 것이고, 민주당 정권이 계속 유지되었다면 일본과의 국교회복과 자금유입이 없었을까? 오히려 더 많은 자금이 더 일찍 유입되어 성장이 촉진되지는 않았을까? 또 다른 counterfactual 도 가능하다. 이런 증언이 실제로 있다.

- Whatever happened to the control group over time is what would have happened to the treatment group in the absence of the program.

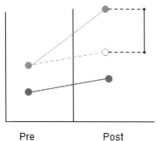

Effect of program difference-in-difference (taking into account pre-existing differences between T & C and general time trend).

통제집단에게 일어났던 일이 이 정책이 없었다면 아마도 비교집단에게도 일어났을 것이다. 아무 일도 없었다고 생각하는 것은 비현실적이다. 정말 어떤 일이 있었을지는 모르지만 최소한 이렇게 상상하고 비교할 수는 있다.

경제학자들이 많이 쓰는 분석방법에 회귀분석이 있다. 숫자와 그래프를 결합하면 이렇게 요약이 된다. 정책의 효과는 최종적으로 d 만큼이다.

$$Y_{i,t} = a + bTreat_{i,t} + cPost_{i,t} + d(Treat_{i,t}Post_{i,t}) + e_{i,t}$$

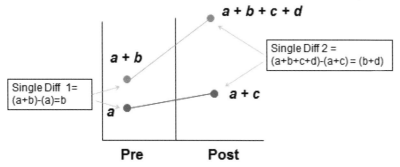

박정희시대의 경제성장률에 대한 토론이 벌어졌다. 이런 통계를 가져 온 사람이 있었다. 단순 숫자상으로 전두환이 1 위, 박정희 2 위, 노태우 3 위, 김대중 4 위 역대 집권자들의 연평균실질성장률은 전두환 9.3%, 박정희 8.5%, 노태우 7.0%, 김대중 6.8% 순으로 단순 수치상으로는 박정희가 2 위이다. 그러나,

상대평가를 해 보니 다른 결과가 나온다. 박정희의 경제성장률은 대만보다 70 년 대에 2% 낮았고, 전두환의 경제성장률은 대만과 거의 비슷해졌으며, DJ/노무현의 경제성장률은 대만보다 1.5% 더 높았다. 이것은 그저 대만이 경제성장을 먼저 시작했기에 그런 것이 라고 볼 수도 있다. "이렇게 단순비교하면 안되어요. 경제성장의 단계를 고려해야지." 어쨌건.

Table 1. Trajectory of growth in Korea and Taiwan

(Unit: %)

	1960-69	1970-79	1980-84	1984-89	1990-94	1995-99	2000-06
Korea	7.7	8.3	6.2	9.2	7.8	4.7	5.2
Taiwan	9.2	10.3	7.2	9.1	7.1	6.0	3.7

Note: The growth rate for each period is an average of the growth rates for each year therein

Source: The Bank of Korea and the Directorate General of Budget, Accounting and Statistics (DGBAS)

성장율은 대체로 선진국으로 갈수록 작아진다는 것을 참조하면 김대중과 전두환의 경제는 박정희보다 훨씬 나은 것일까? 책과 논문들 읽어 보라구.

"지금 중국은 26 년간 년 평균 9.6%의 성장을 하고 있다. 대만, 싱가폴도 박정희보다 나았다. 독일의 히틀러와 소련의 스탈린은 박정희가 상대가 되지 않을 정도로 훨씬 짧은 기간에 그리고 훨씬 큰 성장을 거두었다. 그러나 그들은 최소한 숭배의 대상은 아니다."

이번에는 박정희의 공과 과를 같이 생각해 보자. 그만 쉬고 싶어요. 잠깐만.

박정희 집권의 편익이 100 비용이 70 이면 B-C = 30, 그러나 민주적으로 경제성장을 했으면 경제성장 속도가 더 느려져서 편익이 80 으로 줄 수가 있지만 비용이 30 으로 격감한다면 B-C = 50 이 된다. 쿠데타가 없었으면 좋았을 것이다고 말할 수 있다. 다시 말해서 어떤 프로젝트를 하려고 할 때 비용보다 예상되는 수입이 많기 때문에 그 사업을 선택하는 것이 아니라, 다른 사업이 만약에 더 큰 순이익 net benefit 을 줄 수 있다면 그 사업을 포기하는 것이 합리적이다. 박정희의 군사 쿠데타가 무조건 경제성장을 했기 때문에 합리화 될 수 없는 이유이다.

또한 경제만 놓고 따져 보아도 성장속도가 느린 대신에 지속가능한 성장을 상상할 수 있고, 박

정희 시스템과 같은 불안정성이 없었을 것이다. 주기적으로 나타나는 대폭락과 재추격의 시나리오가 없다. 생각보다 더 그 차이가 크지 않다. 최소한 사회적 불

평등이 덜한 사회가 되었을 것.

또다른 상상도 가능하다. 왜 박정희가 있었기에 경제성장이 가능했다는 고정관념을 가질까? 혹시 민주당이 유지되었다면 더 큰 성장이 가능했을 수도 있다고 상상하면 안될까? 군정 초기에 경제성장은 후퇴했고 일본으로부터 경협자금이 들어 오면서 성장율이 커졌는

데, 민주당이 유지되었다면 1950년대 후반 이미 시작된 성장이 지속되고 일본과의 수교가 빨라지고 더 많은 자금을 받아 더 높은 성장율을 달성했을 가능성도 존재하는 것이다.

또 하나 중요한 관점은 60-70년대 경제성장이 오로지 대통령 혼자만의 업적이고 그의 노력의 결과이어야 하는 문제의 제기. 관료, 기업가, 노동자, 높은 저축율의 국민은 다 어디 갔는가? 100이라는 편익에서 순수한 박정히의 업적은 잘해야 20 아니면 30 정도... 하지만 박정히가 아니었다면 희생의 상당 부분은 막을 수 있었다고 생각. 특히 그가 기회주의자이었기에 그의 좌익 경력을 숨기기 위해 필요 이상으로 반공 이데올로기... 수많은 사람이 희생..
정치적 비용의 근본적인 부분은 최고 권력자의 책임 가령 70의 비용 중 40이 그의 것이라면 B-C = 30 - 40 = -10 박정히는 공보다 과가 많은 사람이라고 당당하게 주장하는 사람이 있더라도 그의 말을 우리가 부정할 수는 없다.

하지만 시간은 독재자의 편이다. 과거에는 큰 cost와 부풀려진 미래의 benefit,
지금은 아주 작아 보이는 과거의 코스트와 지금의 만족스럽지는 않지만 작다고 하기도 어려운 benefit.... 벤야민의 정지의 변증법은 과거의 고통을 감가상각 없이 온 몸으로 느끼는 것이다. 미래세대가 아니라 과거의 선조들을 기억하는 것이다.

그리고 쿠데타의 원죄는 절대 권력을 내놓을 수가 없다.
유신 시절의 수많은 탄압... 그리고 후계자에게 가령 김종필에게 권력을 물려 주었으면 경제성장이 더 악화 되었을까? 박정히 + 김종필로 갔으면 훨씬 더 부드러운 대한민국이 되었을 것이다. 이제는 박정히의 공을 이야기하지 말고 오로지 과만 이야기하는 것이 더 합리적인 중용적인 사고일 수도 있다. 극단이 때로는 극단이 아니다.

YS는 이날 오전 한나라당 김무성 원내대표 등 한나라당 신임 원내 지도부의 예방을 받은 자리에서 다음과 같이 말했다. "쿠데타 세력이 제일 나쁘고 박 전 대통령이 제일 나쁘다. 최근 국민이 박 전 대통령이 긴급조치로 국민들을 괴롭힌 사실을 잊어버린 것 같은데 어떻게 잊어버릴 수 있느냐" 잊어 버렸어요. 완전히 잊어버렸어요. 슬프다.

1979년 10월 국회에서 여당인 공화당 단독으로 자신의 의원직을 제명한 것을 거론하며 박 전 대통령에 대한 비난을 이어갔다. "내가 4일 제명을 당한 뒤 16일 부마사태가 벌어졌고 26일 박 전 대통령이 김재규의 총에 죽었다. 한 달 사이에 모든 일이 다 끝난 것이다. 역사라는 게 참 묘하다"

갑자기기 독일의 히틀러가 머리에 떠올랐다. 그는 독일경제를 부흥시켰고 강력한 군대를 만들었다. 단시간에. 통계를 보자. 실업률 30%가 2%로. 그것도 6년 만에.

"극우 히틀러든, 극좌 레닌이든, 경제성장률 자체는 매우 높았다는 것을 지적하는 것 아닌가요??

즉, 경제성장률 자체로 그 사람과 정부의 평면적 평가는 불가하다는 논리가 아닌가 싶은데... 아우토반을 짓고, (고속도로를 만들고) 근로자들의 임금을 억압하고 (이건 판박이) 유태 자본을 빼앗아서 군수 산업을 강제하고 (대일 배상금과 차관으로 중화학 공업에 중복 투자하고), 굉장히 비슷하죠?"

"히틀러가 제국의 총리가 된 1933년에 독일에는 600만 명의 실업자가 있었다. 불과 3년이 지난 1936년에는 완전고용이 이루어졌다. 아우성치던 곤궁과 대량빈곤이 사라지고 소박하나마 편안한 복지 상태가 실현되었다. 그에 못지않게 중요한 것은 대책도 없고 아무런 희망도 없던 상태에서 이제는 자신감과 확신이 생겼다는 사실이다. 그리고 더욱 놀라운 것은 불황에서 경제적 번영으로 넘어가는 과정에서 인플레이션 없이 임금과 물가가 완전히 안정되었다는 것이다. .... 히틀러가 경제나 경제정책 면에서 완전 문외한이라는 말은 맞다. 경제기적에 발동을 건 몇 가지 발상들은 대부분 그의 생각이 아니었고, 당시 모든 것을 좌우한, 대단히 위험한 재정적인 묘기는 분명히 다른 사람, 곧 그의 '재정 마법사'인 히알마르 샤흐트의 공로였다. 하지만 샤흐트를 데려다가 먼저 제국은행의 수장으로, 이어서 경제장관으로 일하게 한 사람이 히틀러였다." (책 '히틀러에게 붙이는 주석', 제바스티안 하프너 저)

New Deal or Raw Deal? 243

TABLE 1.

Percentage of Workers Unemployed

Country	1929	1932	1937	1938
World index	5.4	21.1	10.1	11.4
Australia	11.1	29.0	9.3	8.7
Austria	12.3	26.1	20.4	15.3
Belgium	1.9	23.5	13.1	17.6
Canada	4.2	26.0	12.5	15.1
Czechoslovakia	2.2	13.5	8.8	8.5
Denmark	15.5	31.7	21.9	21.4
France	—	—	—	8.0
Germany	9.3	30.1	4.6	2.1
Japan	4.0	6.8	3.7	3.0
Netherlands	5.9	25.3	26.9	25.0
Norway	15.4	30.8	20.0	22.0
Poland	4.9	11.8	14.6	12.7
Sweden	10.7	22.8	11.6	11.8
Switzerland	3.5	21.3	12.5	13.1
United Kingdom	10.4	22.1	10.5	12.6
United States	1.0	24.9	13.2	19.8

Source: League of Nations, *World Economic Survey: Eighth Year, 1938/39* (Geneva, 1939), 128.

"Dr. Schacht, you should come to America. We've lots of money and that's real banking." Schacht replied, "You should come to Berlin. We don't have money. That's real banking." 하하하

386

또 다른 의문, 박정히는 청렴한 반부패 대통령인가? NO 아마도.

청와대 변기에 벽돌을 넣어 물을 절약했다. 실제로 감동받는 사람을 많이 보았다.

군부세력의 부패 / 정치자금으로 부패를 구조화했다.

정경유착의 기초를 만들었다. / 부동산 폭등으로 지대추구 세력의 양산,,,

개인적 비리 영남대학교 정수장학회.... 부산일보 직원들의 시위

청와대 금고의 비자금은 얼마? 이것이 최씨 집안의 재산으로?

소주 마시는 연기하며 부자감세하지 말고 위스키 마셔도 좋으니 부자 증세하는
정치가가 더 솔직하고 덜 위선적이다. 이런 부끄러운 역사를 놓고 취하지 않을
수 있겠는가?

<보들레르 사진이 여기 있다고 상상하라.>

취해라

샤를 피에르 보들레르

항상 취해 있어야 한다. / 모든 게 거기 있다. 그것이 유일한 문제다.

당신의 어깨를 무너지게 하여 / 당신을 땅쪽으로 꼬부라지게 하는

가증스러운 '시간'의 무게를 / 느끼지 않기 위해서 당신은 쉴 새 없이

취해 있어야 한다.

그러나 무엇에 취한다? / 술이든, 시든, 덕이든, / 그 어느 것이든 당신 마음대로다.

그러나 어쨌든 취해라. (성스럽게 취해있는 백조같이)

그리고 때때로 궁궐의 계단 위에서, / 도랑가의 초록색 풀 위에서,

혹은 당신 방의 음울한 고독 가운데서

당신이 깨어나게 되고, 취기가 감소되거나 사라져버리거든,

물어 보아라. / 바람이든, 물결이든, 별이든, 새든, 시계든,

지나가는 모든 것, 슬퍼하는 모든 것,

달려가는 모든 것, 노래하는 모든 것, 말하는 모든 것에게

지금 몇 시인가를. / 그러면 바람도, 별도, 새도, 시계도 / 당신에게 대답할 것이다.

"이제 취할 시간이다! / '시간'의 학대받는 노예가 되지 않기 위해서는

끊임없이 취해라! / 술이든, 시이든, 덕(德)이든 무엇이든, / 당신 마음대로."

(출처 : 파리의 우울, 취해라(전문), 보들레르)

사이렌의 노래가 또 생각이 난다. 흉흉한 소문은 있지만 설마 죽거야 하겠는가, 죽이기야 하겠는가?

시간을 의식하는 존재는 불행하다. ───메르세데스 소사(Mercedes Sosa)는 말한다. 모든 것은 변합니다. *Cambia todo cambia.* x 4 *나 나의 사랑만은 변하지 않습니다.*

Pero no cambia mi amor 소사의 노래에는 '언어'의 벽이 없다. 번역이 무의미하다. 나는 전 세계 민중을 위해 노래해야 할 책임이 있다는 것을 압니다. 그것은 나를 지지하고 지원해주는 사람들을 위하는 것이니까요. 노래는 변합니다. *투쟁과 단결의 노래도 있고, 인간의 고통에 대해 호소하는 것도 있습니다.* 저가 1982년 아르헨티나로 돌아왔을 때, 나는 무대 위에서 국민들에게 새롭게 표현해야 할 방식이 있다는 것을 알았습니다. 그것은 국민들에게 용기를 잃지 않게 해주는 것이었어요. *아르헨티나에 산다는 것이 투쟁이기 때문입니다. 아니, 라틴 아메리카에 산다는 것이 그렇습니다.*" 소사는 1986년, 아리엘 라미레즈가 작곡한 인디오 미사곡 '미사 끄리오야'(Misa Criolla)에 수록된 노래를 불러 흠잡을 데 없는 예술의 완성도를 보여주기도 했다. 다섯 개로 구성된 미사곡의 선율만으로도 안데스 민속음악과 카톨릭 종교음악의 혼을 느낄 수 있지만, 인디오 영혼을 달래주는 그녀의 절창에는 가슴 저미는 애달픔이 있다. '우리를 불쌍히 여기소서'(Kyrie)가 특히 그렇다. 메르세데스 소사의 모든 노래에는 끝을 알 수 없는 고통과 슬픔, 그리고 심장을 녹이는 뜨거움이 있다. 서정이 넘치는 풍부한 표현력, 고난의 연대를 헤쳐 온 파란만장한 삶에서 우러나오는 깊고 단아한 목소리, 한시도 떠나지 않는 인디오의 애환, 강렬하고 우직한 힘, 바로 소사의 음악이다. (4.3 운동가 블로그 인용)

미안하지만 여기에서 대화록을 하나 추가한다. 출처는 오형준이 가지고 있었는데

분실했다고 한다. 좋다. 플라톤의 대화편을 아직 읽지 않았다면 그것부터 읽어야 한다. 현실을 먼저 알아야지요. Oui

박정히 사후 그에 대한 대화들

노인 A: 우리가 어떻게 해서 지금 이렇게 잘먹고 잘살게 되었는지 모르는 요즘 애들을 보면 속이 터진다고.... 쯧쯧... 배은망덕한 놈들 ....
고등학생: (아무 말 없이 그냥 슬슬 피한다.)
노인 B: 먹는 것도 중요하고 안보도 중요합니다. 요즘 종북 어쩌고 하는데 그거 다 빨갱이 새끼들이잖아요. 밤에 잠이 안와요.

과거 고위 관료 A : 그렇죠. 노무현이나 김대중이 말이죠. 불안한 겁니다. 왜 불안하느냐? 대한민국에 대한 태도, 다시 말하면 대한민국이라 하는 것은 없어져야 하는 나라, 통일되면 혼혈국가 예를 들면 껌둥이하고 흰둥이하고 결혼해서 혼혈아 낳듯 공산국가 하고 대한민국 민주주의 국가를 통일해서 혼혈국가로 만든다는 전제하에서 대한민국은 임시국가로 보는 겁니다. 그걸 알아야 해요. 저는 그걸 알고 있습니다. 그러기 때문에 지폐에 이승만은 안 실으려 그러고 김구를 갖다가 광복절 경축이라 하던가 전부 이유가 거기에 있는 거예요. (재조명 p.37-38)

독자: 글자가 작아서 읽기 불편해요.

오형준: 읽지 마세요. 일부러 글자 크기를 줄였어요.

60 대 후반 외숙: 이 정권 수준 가지고 박정히를 이기는 건 어림도 없다. 보릿고개에 굶어 죽어가던 사람을 살려놓으면 그 사람들은 자기를 살려준 사람을 과정이야 어쨌든 신적인 존재로 생각하게 된다. 60 년대 보릿고개에 잉여농산물, 70 년대 통일벼로 기아를 면한 사람들에게 박정히는 존재의 일부가 됐다. 이 정권처럼 투표로 선택한 거와 존재의 맥락에 있는 인물의 싸움이라는 건 해봤자 뻔한 것 아니냐, 잘했다 못했다, 잘났다 못났다의 차원이 아니라는 말이다." (성석재의 농담하는 카메라 113 쪽)

P 대사 : 제가 볼 때 박정히 대통령이라는 지도자는 참 우리나라와 인류 전체에서 드물게 나올 수 있는 그러한 지도자라 봅니다. (재조명.44)

안영섭 : 제가 먼저 질문 하겠습니다. 지난 번에 P 대사님께서 말씀하셨는데 독대를 하셨고 오천 불을 받으셨는데요. 그러니까 충성심이 일어나면서 너무 감격스럽더라고 했어요. 오천 불이 그 때 적은 돈은 아니지만 그것보다도 챙겨주시는 데 자상함과 정성에 감동했다고. p.78

안영섭 : 어떤 분의 말씀을 들으니까 그 당시 수석 비서관이었는데 식사를 주시면서 주로 소주를 많이 드시고 마지막 헤어질 때 내가 좋은 술을 대접하겠노라 하시며 자기 서재에서 양주 로열 설루트를 꺼내다 작은 소주잔에 한 잔씩 주신대요. 그리고 더 이상 줄 수 없다 하시면서 남은 술을 다시 서재로 가져가실 정도로 그렇게 검소하셨다는 말을 들었는데.
윤하정 : 검소하셨다는 거는 사실인 것 같습니다.
안영섭 : 부하들을 챙기는 것 잘하시고.
구대열 : 일제시대 교육받은 사람들은 대부분... p.79

388

고위 관료: 요새 솔직히 민주주의를 팔아먹고 사는 사람이 많아요. 그렇다면 박정히 대통령은 민주주의적 이념이 없었느냐? 나는 그 누구보다도 민주주의를 가장 투철하고 옳게 본 분이 박정히 대통령이라고 봐요. 그분이 째지게 가난했어요. 가난에 아주 찌들었었는데 다른 사람 밥 먹을 때 죽 먹고 죽 먹을 때 굶고, 이렇게 축적을 해서 된 것. 박정히 대통령도 국가를 이렇게 운영했어요. 박 대통령 집권하고 보니까 전에 우리나라 수출이 4,300 만 불이에요. 지금은 얼마에요? 사람답게 살잖아요?? 사람답게 사는 게 민주주의 아니에요? 배가 고픈 민주주의? 목구멍이 포도청이라고... 박정히 대통령께서 배고프고 굶주리면 민주주의가 아니라고... 재조명 p.165

젊은 학자: 박정히를 놓고 "도덕성은 어쨌건 한국을 크게 발전시킨 대통령"이란 평가를 서슴없이 내리는 사람들이 많죠. 저는 사회적 자본의 관점도 생각해보라고 권하고 싶어요. (뉴라이트 비판 113 쪽)

고위 관료: 뭐라고 했어요?

젊은 학자: 1961~1987 년 26 년간의 군사독재 시기는 참혹하고 부끄러운 일이 넘치던 시절이었죠. 그 모든 일이 '경제개발'이란 하나의 가치로 정당화될 수 있는 것일까요? 경제 통계의 한 페이지를 보며 허망한 느낌에 빠진 일이 있어요. 1960~1990 년 30 년간 한국의 총 경제성장률이 대만, 홍콩, 싱가포르, 말레이시아 등 여러 나라와 거의 같은 수준이었음을 보여주는 통계였는데.... 이 통계는 한국의 고속 성장이 인권의 극심한 희생을 필요로 하는 '기적적'인 것이 아니라 동아시아 지역이 자연스럽게 거치게 되어 있는 경제 발전의 한 단계였음을 시사해준다는 것을 알게 해 주었죠. 114 쪽

Q: 여기서 일본말을 하시는 분도 계시겠지만 일본말에 そなぉ(소나오) 素朴하다 할 때 소와 正直하다고 할 때의 직을 쓰는 것인데 *일본사람들은 들을만한 이야기는 들어주는 순진함이 있는데 우리는 그게 없어요.* '좋아하네' 하는 국민을 다스리자하면 대통령들이 참 고생을 하겠다. 그런 느낌을 박 대통령을 삶을 간추려 보면서 느낄 때가 많습니다. *참 불쌍한 분이에요.* p.219

여성 교육자: 북한에 5 박 6 일밖에 있지 않았는데 딱 지옥에 갔다가 나온 기분이에요. 그러니까 뭐 어휴 대한민국이 너무 좋은 거예요. 동백림 사건 다 잡아 넣어도 좋으니까 좌우간(웃음) 대한민국이 너무 자유롭고 너무 기뻤어요. '야 참 좋다... 이 나라 참 좋다..' p.215

그 때 70 년대 농촌운동가가 참다못해 큰 소리로 개입을 했다.

농촌운동가: *듣다듣다 너무 하는구만. 내 말좀 들어 보소.* 박정히가 경제개발 5 개년 계획으로 산업화를 했다고 하는데 그 계획은 사실 사회주의 국가에서 해온 방식과 비슷한 것으로 이전 정권 때 입안된 것이고 박정히는 그걸 따라 한 것뿐이다. 일본하고 수교해서 들여온 돈, 월남 가서 젊은 사람들 피 흘리고 고국으로 보낸 돈, *그 밑천으로 성장한거지. 장면이 도 쿠데타 없었으면 일본하구 박정히 보다 먼저 국교정상화 했을 거라구. 더 빨리 경제 좋아졌을 수도 있는 거지.* 그 돈을 얼마나 제대로 경제개발에 썼나. *그건 사람마다 말이 다르더라구.* 본인은 부정, 착복을 안 했다고 하는데 죽을 때까지 대통령이었던 사람이 뭐가 아쉬울 게 있어서 횡령을 했겠는가. 그 사람의 청렴도는 주변 사람들을 봐야 안다. 4 대 의혹사건이니 삼분사건이니 죽고 난 뒤에는 무슨 떡고물이니 무슨 대학, 재단에 장학회, *거 뭐냐 정수장학회에...* 국민이 굶어 죽는 걸 면하게 만들었다고 하는데 잉여농산물이나 통일벼가 박정히 업적이냐. 또 국민들이 박

389

정히한테 받아먹고만 살았나. 공단으로 가고 공장 가고 손가락 잘리고 공해병 걸리고 감옥 간 사람도 있다. *사람이 한두 명 죽었냐.* 한 사람 한 사람의 인생이 자기 선택이나 결정이 아니라 주어진 것에 순응하거나 겨우 꿈틀거리고 저항하는 걸로 획일화돼버렸다. 그 대가를 제대로 받았다고, 주었다고 말할 수 있나?" (성석재 앞의 책 113 쪽)

W : *나도 그런 생각이에요.* 너무 가난하고 못살고 국민 학생까지 시위하고 그래서 올 것이 왔다. *이런 말 많이 하죠.* 저는 이것은 아니라고 봅니다. 왜냐하면 쿠데타 일어 날 무렵에는 시위가 잠잠해 지고 있고 실업률 감소하고 있고 미국이 원조지원 약속 했고, 한일 양국 관계 정상화 되고 있었고 경제개발계획이 짜여 있었습니다. 저는 산업화는 성공했다 하는 것은 인정하는데 그것을 어떻게 평가해야 하는 것에서는 평가를 달리 하는 것입니다. 이 산업화가 박정히 때문에 그런 것이냐? *전 박정히가 없었어도 비슷하게 경제성장 했다고 봅니다. p.281* (실제로 정국이 안정되었다는 연구결과도 있다.)

손: 5.16 군사정변이 일어나고 박정히 정권이 들어서는데요. 그의 경제성장에 대해서는 진보 진영에 있는 학자들 가운데도 그것만은 평가해야 옳다, 이렇게 얘기하는 사람들이 조금씩 늘어나고 있어요. 어떻게 보시나요?

강만길: 전쟁 후의 복구 과정에서는 어느 나라든 경제가 발전합니다. 일본도 크게 발전했고 독일도 크게 발전했고, 북한도 크게 발전했어요. 우리도 당연히 발전하는 겁니다. 그런데 그것을 어떤 사람이 맡느냐 문제에요. 이승만 정부 때 재벌 중심의 경제체제가 조금 섰죠. 원조물자로 그랬는데, 그것을 장면 정부 때에는 중소기업 중심의 경제 건설로 방향을 세워놨죠. 그것을 박정히 시대에 들어오면서 완전히 재벌 중심으로 바꿨죠. 그리고 전쟁 후 복구 과정의

기회를 잡았어요. 당시 누가 해도, 김일성이 해도 박정히가 해도 60 년대 이후는 경제발전을 하게 되어 있는 거예요, 전쟁 후 복구 과정에서. 그걸 박정히라는 사람이 맡은 거예요. 박정히는 어떤 사람이냐면 일제강점기의 만군(일제강점기에 둔 만주국의 군대) 출신입니다. 당시 만주의 경제 건설은 일본의 군벌과 재벌이 합작해서 이루어놓은 거예요. 그것을 실제로 경험한 사람이에요. 그래서 재벌 중심의 경제체제를 만들었다고 생각합니다.

K: 글쎄요. 저는 박정히 대통령이 없었다면 힘들었다고 생각해요. 박정히가 18 년을 독재를 했다는데 그건 한 국가가 농경사회에서 산업사회로 가는 큰 역사적 대변동에서 아주 짧은 시간이에요. 역사적으로 검토하면 아주 짧은 시간이에요. 그래서 그나마 그 시간이라도 나름대로의 일관성과 예측 가능한 틀이 만들어지지 않았다면은 한국의 산업화는 힘들었다. 이렇게 생각합니다. 김세중의 말을 인용 p.301 저는 이 박정히가 산업화를 추진했지만 역시 민주화에 있어서도 상당히 큰 공헌을 했다.p.289 '영웅의 시대를 열었다.' 이렇게 생각합니다. p.288

W: *따질 건 따지고 넘어갑시다.* 박정히의 516은 전근대적이고 봉건적 권력을 축출해 낸 것이 아니라 민주적으로 매우 합법적 절차를 거쳐 등장한 민주 정부를 전복했다고 하는 점, 그 다음 10 년 후에는 그것도 소멸을 시키고 대한민국 헌정체제를 붕괴시켰습니다. p.319 *수많은 내외 요인들로 인해 우리가 성장했는데 모든 것이 박정히의 "위대한 선택"에 의해서다 라고 보는 사람들이 아직도 있다는 것이 저는 놀라울 뿐입니다. 그리고 이 얘기도 꼭 해야 되겠습니다.* 국가주도적인 산업화를 위해서는 반드시 권위적이어야 하느냐? 국가주도형입니다. 근데 국가주도형이 반드시 권위주의적이어야 한다는 것은 없습니다. 핀란드, 오스트리아, 일본 모두 국가주도형입니다. 정치적으로 민주주의입니다. 그리고

마지막으로 지속가능한 모델이냐? 이것이 뭐냐 하면 박정희 대통령의 권위주의 산업화는 상당히 불균형발전 모델입니다. 사회적으로 지속가능하지 않고, 계급적으로도 지속가능하지 않습니다. p283

인문학자 H: 뉴라이트들은 대한민국이 승계한 일본의 경제정책이 시장경제 그 자체인 것처럼 말합니다. 박정희는 시장경제 그 자체를 수입한 것이 아니라 좀더 정교하게 혼합된 자본주의와 사회주의 체제의 혼합물을 계승한 것이라고 볼 수도 있구요. 박정희가 그것을 마르크스에서 직접적으로 받아들인 것은 아니지만, 일제가 혹은 만주국이 마르크스주의로부터 계승한 것을 다시 계승했다고 볼 수 있어요. 경제개발계획은 소련에서 시작된 겁니다. 사실상 자유민주주의가 아닌 거죠. (사용후기, P123) 국가주의라는 거지요.

야당 국회의원: *나도 한 마디 합시다.* 박정희 김종필이 가서 한일협정 하는걸 보니까 그게 아니란 말이야. 절대 일본에게 사과도 받지 않아. 그게 뭐냐면 이 양반이 정권을 잡고 일본을 간 거라. 일본에서는 일국의 대통령 이랬지만 술집에서는 박군 너 훌륭하게 됐구나 이랬단 말이야. 한국과 일본은 부자관계다. 자식이 경사가 났는데 애비가 가만 있을 수 있느냐? 우리에게 배상하라는 것이 아니라 박정희 김종필은 우리를 완전히 잡아먹으려고 한 게 아니라 미개발국이기 때문에 한국의 교육수준을 높이고 잘 살게 하기 위함이다. 우리가 굳이 과거를 논하는 것은 의미없다라고 한거야. 일본신문은 일본 교육을 받은 한국인들이 잘 사려고 하니 우리 들이 더 잘 사니까 도와주자. 우리는 부자관계다 그러니까 사과 안하고 배상없이 상업차관 3 억 불 공공차관 3 억 불 그래가지고 비준안을 내왔어 비준안을. 사과도 없이 차관이 뭐냐? 안된다. 이래서 야단이 났어. 이게 세상에 알려지면 안 되니 박정희가 군대를 동원하고 국회도 진압하고 6. 3 사태가 발생했어. *그러니까* 옛날 지주 행세 하던 것들이 산업 주인 행세를 하고 우리가 소작해먹는 행세가 되었단 말이야. 한일회담 이후 오늘날까지 우리가 수출을 해서 돈을 벌어 약 2,000 억 불 하게 되면 그 돈을 벌어가지고 일본에게 전부 바친 거야. 우리는 일 년 내내 우리 민족이 돈 벌어서 전부다 일본에다 준거야. p.176-177

농촌운동가: 발전국가 체제 모델로만 보면 박정희 시대에 이룩했던 산업화 성과라고 하는 것들을 설명할 수 없다고 봅니다. 그럼 어떤 걸로 설명할 수 있느냐? 대중들의 자발적인 동력이랄까? 전쟁과 50, 60 년대를 거치면서 굉장히 광범위하고 강렬하게 형성이 되고 있었다라는 거예요. 박정희는 새마을운동을 하면서 당시 농촌사회를 어떻게 묘사하고 있냐면 위신과 안일과 나태와 도박과 음주와 이런 것에 빠져서 굉장히 봉건사회 틀 속에서 갇혀서, 내가 농촌 새마을운동을 통해 구제했다는 것으로 농촌사회를 묘사합니다. 그런데 이것은 박정희의 권력기술 중에 담론 기술일 뿐이고, 실제로는 그 당시 50, 60 년대에 농촌사회의 저변으로부터 세대구성이 바뀌고 거기에서부터 새로운 세대 출신의 리더십들이 이장이 다 되고 마을 지도자가 돼가지고 새마을운동 있기 전부터 스스로 잘 살아보자 라는 운동들이 확 퍼져 나가고 있는 겁니다. 박정희가 수유리당에서 손시위를 하다가 그걸 발견하면서 포착을 하면서 새마을운동으로 잡아냈던 거거든요. 근데 박정희의 모델, 리더십이 그런 변화들을 잘 활용했다라고 봄에도 불구하고, 길게 보면 오히려 그 밑에 형성되고 있었던 자발성이 갖고 있었던 동력의 잠재성들을 사실은 40% 도 활용을 못했다라고 보는 평가가 맞지 않느냐는 생각을 하거든요. 그런 동력들을 길게 보면 왜소화, 도구화, 소모화 이렇게 시킨 측면도 상당히 많았다 라는 것이 제 개인적인 생각입니다. *오히려 민주화가 되었더라면 아래로부터의 활력이 더 클 수가 있었던 거지요.* p.322

D: 그런데 박정희의 그 무한 권력 욕구는 어디서 나오는 것일까요?

S: 아까 제가 말씀드렸던 김용화 교수가 JP 랑 인터뷰를 했다고 합니다. 그 책에 보면 JP 가 이렇게 말합니다. 박정희의 가장 큰 실수는 정치에 대한 욕심이 너무 많았다는 것입니다. 이것이 바로 JP 의 증언인데. 그러니까 박 대통령은 끊임없이 권력을 추구하는 권력 욕심이 강한 홉스형이라는 것입니다. 홉스가 뭐라고 했냐면 자연상태 인간은 죽음에서만 끝나는 권력을 추구하는 무한한 욕망이 있다 이겁니다. p.286

F: *이건 내 경험담입니다.* "이제 3 선 개헌을 하시려고 하는데 그건 절대 안 됩니다. 하지 마세요." 그랬더니 "아니야, 해야 해" 대뜸 이럽디다. 그러니 3 선개헌은 누가 옆에서 3 선개헌을 해야 한다 해서 그런 것이 아니라 내가 3 선개헌 해야 한다. 아니면 우리나라 안 된다 그래서 한 거예요. 그래서 "각하, 그러면 정치적으로 죽습니다. 그리고 각하께서 3 선개헌 한다는 것은 이승만 박사가 3 선개헌 한 것이랑 무엇이 다릅니까? 안 돼요. 하지 마세요." 했더니 "아니야, 해야 해. 이거 해 나갈 사람이 없어. 우리가 해야 해" 그래서 이제 저는 못 하겠다고 결례를 하고 나왔습니다. p.261-262

L: 기록을 보면 박정희 대통령은 부산 정치파동부터 친정치적 행동주의였다는 것이 한용운 교수의 주장입니다. 박정희 대통령이 근대화에서 무엇을 모델로 삼았나 이겁니다. 일본의 메이지 유신 모델이다. 그러면 明治體制(명치체제)라는 것은 국가의 성격을 천황으로 해서 국가에 대한 절대적인 충성과 군부를 중심으로 한 혁신적인 엘리트주의의 지배구조 인데 여기서 민주주의가 설 자리가 없습니다. *아까 어떤 분이 박정희가 민주주의를 옳게 보았다고 하셨는데 그건 민주주의가 아니라 배부른 노예의 삶입니다.* 박정희 대통령은 *어떤 기준으로 보아도* 민주주의적인 분은 아니다 라는 생각이 들고요. 제국의 자손

들에서 그 자손이 박정희입니다. p.280

야당국회의원: 박정희의 본질이 무엇인지 알아야 합니다. 우리가 일제시대에 어떻게 하면 일본 군대에 안 가느냐 그럴 적에 박정희 이 양반이 지원병으로 갔다. 그리고 간 것이 관동군 사령부로 가요. 만주에 있는 관동군 사령부는 우리 독립군 애국자 잡아다가 거기서 처단하고 그랬지. 그때부터 그걸 마땅치 않게 생각했어. 장준하 이야기에 의하면 거기에는 헌병으로 가게 되면 일단 한국 사람은 일본 사람들이 완전히 믿고 속 이야기도 해야 하는데 혈서를 쓰고 갔다 하더라도 조선 사람 취급을 한단 말이야. 어떻게 하면 완전히 일본사람처럼 될 수 있느냐? 독립군 애국자 잡아다가 처단하는 케이스가 있대. 그때에 우리 한국 사람들이 말이야. 저거를 내가 처리 하겠다 이래가지고 처리를 하게 되면 이거는 진짜 일본 사람이다.

야당국회의원: 아직도 한국과 일본사이 과거사 청산이 안됐어. 그때 독도문제는 일본이 차관 주는 걸 빌미로 해서 독도를 한번 가져보자. 그때 이 양반들이 돈을 가져오려고 하니 독도는 관심도 없었어. 독도보다는 그 돈 가져다 우리 경제 살리는 게 그 사람들 입장에서 애국심이라고 하는 거지. 일본인들이 독도가 자기 꺼라 하면 아니다 우리 꺼다 해야 하는데 어떻게 해야 했냐면, 독도는 갈매기 떼가 똥이나 싸고 가는데 쓸모없는 걸 가지고 왜 그래?

그리고 이 얘기도 추가합시다. 7. 4 공동성명발표를 위해 이후락이를 북한에 보냈잖아. 이건 여러분이 믿을 수도 있고 안 믿을 수도 있어. 북한에서는 김일성이 자기는 평생 집권하는데 남쪽에서는 4 년마다 민주주의다 뭐다해서 정권 바뀌면 내가 장기 집권하는데 지장이 있다. 남쪽에서도 누가 나와서 오래하는 놈이 있으면 좋겠어.

좋다. 7. 4 공동성명하자. 말없이 합의한 내용은 나는 너를 인정하고 너는 나를 인정하자. 서로

인정하고 해 나가자. 쳐들어가는 것 없이 체제 유지 하는데 서로 도움은 될지언정 방해하지 말자. 이것이 7. 4 공동성명이야. p.182

고위관료: *너무 부정적으로만 세상을 보시는데요. 그렇지 않아요.* 유신이 정말 이제 와서 생각해 보면 자기 권력유지가 아니라 purge 깨끗하게 씻어 버리겠다 하는 그 의지가 굉장히 강했던 것 같아요. *대통령 본인 생활을 보면* 허리띠도 봤더니 가죽이 다 낡았고, 시계를 봤더니 싸구려 시계를 차고... 그만큼 본인에 대해서는 엄격했던 분이라고 p.216 우리가 박정희 대통령의 실수라고 그러는 것은 엄격히 계산된 사회적인 Purge 를 위해서 하신 거라고 저는 생각을 하고요. 그래서 학원 억압이라던가 언론 문제라던가 이런 것에 대한 박정희 대통령의 확고한 자세 같은 것은 괴롭히기 위한 것이 아니라 질서를 잡아 주기 위한 것으로 봅니다. p.217-218

소설가: *대통령이 온 국민의 아버지입니까? 말도 안되는 소리 하지 마세요. 그건 국민에 대한 억압이에요.*

고위관료: *들을 가치도 없는 말입니다.* 대통령께서 저 보고 요즘 어떠냐? 하길래 두발은 개인의 자유가 아닙니까? (웃음)했더니 "그런 게으른 년놈들은 버릇을 고쳐야 한다." 난 그분한테 버릇 고쳐야 한다는 말을 한 두 서너 번 들은 것 같습니다. 뭐 그것도 그렇겠다 생각을 했습니다. 이승만 대통령하고 박정희 대통령같이 공과가 그렇게 분명히 드러난 분들은 없을 겁니다. 그런데 그것을 저울에 재보면 제 생각에는 7:3 으로 봐요. 50:50 으로 안보입니다. 좀 더 후하게 받는다면 80:20 이에요. p.217

빅토르 초이가 노래를 한다. 나는 게으름뱅이.

대학생: *가슴이 답답합니다. 저는 박정희를 균형 있게 평가하는 것은 불가능하다고 생각합니다.*

공과가 70:30, 80:20 하는데 제가 보기에는 0:100 입니다. 잘한 것은 전혀 없습니다. 저는 박정희의 잘한 점은 인정하되 못한 점을 나무라야 한다는 균형감각을 중요시하는 소위 학자들(진보학자를 포함해서)의 "방어적 전제"에 전혀 동의할 수 없습니다. 그건 억압은 있었지만 일본이 근대화시켜 주었다는 논리나 마찬가지다. 독재였지만 경제는 잘했다. 아닙니다. 정치도 경제도 모두 실패입니다. IMF 위기를 두고 박근혜는 아버지가 세운 나라가 무너졌다고 하는데 웃음이 나옵니다. 김영삼의 세계화정책에도 문제가 있었겠지만 실상 근본원인은 박정희 시대의 모순이 지금 와서 터진 것입니다. 성수대교가 김영삼 때 무너졌다고 김영삼 책임입니까? 박정희는 한국역사에서 그 당시 절대적으로 필요한 인물도 아니었고 다른 유형의 모델을 통해 민주역량을 키우면서 기초부터 착실하게 경제를 발전시켰다면 지금보다 더 나은 사회가 건설되었으리라고 믿습니다. 백걸음 양보하여 박정희가 주도한 경제정책이 아무리 성공적이었다고 한들 숱하게 많은 사람들의 인권과 자유, 고결한 피를 희생으로 한 경제발전이 과연 박수를 받을 만한 자격이 있을까요?

지나가는 행인: 경제학자들의 말도 들어 보지요 김기원: "박정희 전 대통령이 잘해서 경제가 잘됐다는 식으로 말하는 것은 지도자의 역량과 국민의 역량을 혼동하는 것" "국민의 역량과 시대적 요구에 의해 지도자의 역량이 발휘된 것으로 봐야 한다" "흔히 필리핀 마르코스 정권의 예를 들어 박 전 대통령의 업적을 높이 평가하지만, 한국은 필리핀과 달리 우수한 노동력을 갖추고 있었을 뿐 아니라 토지개혁을 단행했다는 좋은 바탕을 깔고 있었다"

전성인: "박 전 대통령이 시대 상황을 잘 이용했다고 할 수는 있어도 연 10% 안팎의 괄목할 만한 성장을 모두 그의 공으로 돌리는 것은 적절치 않다" "값싼 양질의 노동력이 있었고, 집권

초창기 방위비 부담이 크지 않았으며, 1960~80 년대에 걸쳐 미국이 사상 최대의 호황을 누린데 따라 반사이익을 볼 수 있었다는 객관적인 여건을 감안해야 한다"

임원혁 한국개발연구원(KDI) 연구위원: "경제개발계획과 기획원 설립 구상이 2 공화국에서 준비돼 있었다곤 해도 박 전 대통령처럼 뚝심 있고 일관되게 추진할 수 있었을지는 의문"이라고 말했다. 5·16 쿠데타 이전 민주당은 신·구파가 대립하고 있었기 때문에 박정희 정권만큼 국력을 경제개발에 집중하기 어려웠을 것이란 분석이다. 임 위원은 "박 전 대통령은 쿠데타로 집권한 데 따른 정통성 부족을 경제적 성과로 메우기 위해 경제개발에 매진함으로써 강한 추진력을 발휘했다"며 "(개발독재에 따른 갖가지 부작용에도 불구하고) '공 6 과 4'로 칠 수 있을 것"이라고 덧붙였다.

이제민 교수: 박정희 정부가 타깃(목표)으로 삼은 중화학산업이 실제로 국제경쟁력을 갖추게 된 점은 인정해줘야 한다. 정부가 나서 집중 육성한 산업이 실제 성공으로 이어진 것은 국제적으로 대단히 이례적인 일이다. 옛 소련은 실패하고 말았으며 일본의 경우도 정작 정부 차원에서 육성한 산업은 그다지 성공적이지 않았다.

기자: 박정희 시대의 경이적인 양적 성장은 정경유착, 각 부문의 불균형 성장, 관치금융 등 어두운 구석을 배경에 깔고 있다는 점이다. 이는 1960, 70 년대의 경제적 성과에서 차지하는 박 전 대통령의 기여도와 함께 또 하나의 커다란 논란거리를 제공하고 있다. 양적 성장이 세계 경제사적으로도 괄목할 만했다는 데는 별 이견이 없지만, 그 과정에서 발생한 부작용을 고려하면 총점이 마이너스(-)가 될 수 있기 때문이다. 이렇게 되면, '독재를 했지만, 그래도 경제는 잘하지 않았느냐'식의 '박정희 신화'는 설 땅을 잃게 된다.

이제민: 'An Empirical Test of Industrial Targeting: The Case of Korea' 1970~2003 년 기간을 대상으로 박정희 정권 경제정책의 근간을 이루는 '중화학산업 육성 정책'의 '비용-편익'을 계량화했다. 예를 들어 자동차산업이 한국 경제의 든든한 버팀목이 되고 있는 게 편익이라면, 국내 자동차산업 보호 정책 탓에 소비자들이 국제가격보다 몇배나 높은 값을 지불한 것은 비용이다. 자동차 업체에 금융·조세 지원을 해준 것도 국민경제에 비용을 준 항목들이다. 이런 비용과 편익을 분석한 끝에 비용이 편익을 초과한다는 결론이다. '독재는 했지만, 경제는 잘했다'는 식의 단선적인 견해는 적절하지 않음을 보여주는 하나의 실증 사례로 삼을 수는 있다.

<한겨레 21> 김영배 기자: 이 교수의 분석과 달리 '박정희식 경제개발'의 총점이 플러스(+)라는 계량 분석 결과가 나왔다고 하더라도 박정희 모델이 오늘의 경제 문제를 푸는 유용한 해법이나 대안인 양 여기는 태도는 온당치 않다. 경제 규모가 지금과는 비교할 수 없을 정도로 작았을 뿐 아니라 정부가 자본을 완벽에 가깝게 통제할 수 있던 시기의 틀이 지금에 와서도 통할 수는 없을 것이기 때문이다.

국문과 학생: 저는 기이한 시를 읽어 보겠습니다. 과거에는 그분이, 지금은 그 분의 따님이 제 머리에 떠올라서요. "어디에 계시나요?" 사회자가 외쳤다. 기형도 선생님! 기성용 선수!

"여기일생동안 국민을위해산분이계십니다. 국민의 슬픔은 이분의슬픔이었고 이분의슬픔은 반짝이는 빛이었죠."
사회자는 하늘을 걸고 맹세했다.
"이 분은 돈 1 원도 자신을위해 챙긴적없는 지도자였으며 눈물 한 방울도 자신을위해 흘리지않았습니다." 사회자는 흐느꼈다.
보라, 이분은 당신들을 위해 청춘을 버렸다.
당신들을 위해 죽을 수도 있다.

그분은 일어서서 흐느끼는 사회자를 제지했다.
군중들은 일제히 그분에게 박수를 쳤다.

사내들은 울먹였고 감동한 여인들은 실신했다.
그때 누군가 그분에게 물었다, "당신은 신인가"
그분은 목소리를 향해 고개를 돌렸다
"당신은 유령인가", 목소리가 물었다
"저 미치광이를 끌어내", 사회자가 소리쳤다
사내들은 달려갔고 분노한 여인들은 날뛰었다

그분은 성난 사회자를 제지했다
군중들은 일제히 그분에게 박수를 쳤다
사내들은 울먹였고 감동한 여인들은 실신했다
그분의 답변은 군중들의 아우성 때문에 들리지 않았다.

H: *젊은 세대들 참 위험합니다. 박 대통령의 은혜를 몰라요. 배은망덕입니다. 박 대통령은 단군 이래 최고의 위인이고 영도자입니다.* 그런데 지금 우리나라가 대통령도 그렇고 국무총리도 그렇고 군을 몰라요. 대통령도 군대 안다녀왔죠. 국무총리도 안다녀 왔죠. 지금 안보에 대해서 아무것도 모릅니다. 그리고 김대중이하고 노무현이가 적화통일을 하려고 햇볕정책을 쓴 겁니다. 이거 선생님들은 어떻게 생각하시는 줄 모르지만은 좌경된 사람들은 전부 비판을 할 겁니다.

그래서 우리 국민이 두 가지 테스트를 해야 돼요. 모든 정치지도자들에 대해서 첫째, 진짜 대한민국을 지키고 사랑하느냐? 그거 먼저 물어봐야 해요. 그게 흐지부지하면 그거는 대한민국을 임시국가로 생각하는 거예요. 둘째는 미국에 대해서 미국이 중요하고 한미동맹이 중요하다고 믿는 사람이냐? 한미동맹이 소멸하면 저는 대한민국 자유민주주의 체제는 얼마 안가리라 생각합니다. p.38

C: 그런데요. 정작 박정희는 미국하고 사이가 아주 나빴잖아요.
박정희 대통령이 말년에 카터 대통령하고 틀어졌거든요. 미국하고의 관계가 악화된 거는 박정희 대통령 때의 악화는 요새 노무현 때와는 비교와 안될 정도로 나빴어. 이 박동선 사건은 한미관계를 거의 말이죠. 파탄으로 가져 갈 수 있는 사건이었어요. 미국에서 박정희 대통령을 제

거해야만 박동선 문제를 해결되지 않나 할 정도로 나빴다고. p.33 그때 핵 문제도 터지고.

G: 한국의 엘리트들은 미국이 어떻게 하느냐에 굉장히 신경을 곤두세우고 있습니다. 근데 미국과 불화가 있으니까 박정희를 반대하는 사람 뿐 아니라 박정희 내부에서도 박정희에게 도전을 해도 되겠구나 하는 것입니다. p.284

R: 박정희는 원래 전략적이라고 생각합니다. 그는 이데올로기적이지 않습니다. 합리적 선택주의자라고 합니다. 많은 사람들이 박정희를 기회주의라고 합니다. 기회주의자라는 것이 합리주의적이라는 것입니다. 자신의 이익을 극대화하려고 하는 사람이 합리적인 사람인데 바로 기회주의자가 합리적이라는 것입니다. p.278

Z: 대화와 타협. 이런 것을 모두 무시하는 강경파다. 그래서 이것이 박정희를 죽음으로 이끈 것이 아니냐. 박정희가 죽음을 선택한 것이다. 또 10월 26일 날로 돌아가 보면 언론 같은데서 차지철이가 너무 강경해서 사실 김재규가 차지철을 죽이려고 했는데 그 자리에 박정희가 있어서 같이 죽였다 이렇게 얘기하기도 하는데 그것은 정말 차지철을 모르고 정치를 모르고 하는 소리입니다. 철저하게 박정희를 추종해서 떡고물 전혀 관심없이 박정희 외에는 어떤 사람도 고려하지 않는 우직한 군인 출신의 경호대장입니다.
그 당시 상황이라는 것이 박 대통령이 극단적으로 강경론에 있었다 하는 것을 차지철의 발언을 통해서 알 수 있지 않은가 생각합니다. 차지철이 그런 말을 한 배경에는 박정희의 머릿속에 들어가서 박정희라면 그런 생각을 했다 이걸 아는 거예요. 왜냐면 차지철이 지 멋대로 그런 이야기를 할 수 있는 위치에 있지도 않고 그렇다는 것입니다. 그러니까 그것은 박정희의 죽음은 박정희의 선택이 아니냐 하는 것입니다. 박정희가 살 수 있는 방법이 있는데 왜 그랬을까 하는

것입니다.

S: 프랑코 아세요. 스페인의 독재자. 그의 부하가 스페인 남자의 3분의 1을 죽여야 한다는 말을 했다고도 하네요.

T: 나중에 박정히 대통령 시해 후에 청와대 금고를 전두환 대통령이 털었잖아요. 내 기억에 그때 15억인지 16억인지 남아 있었어요. 그것 중에서 몇 억을 갔다가 박근해 씨한테 갖다 주고 나머지는 여럿 나눠 주었다. 그렇게 들었어요. 그 많은 돈이 그것 밖에 안남아 있었어요. 그 많은 돈을 기업에서 다 받아 가지고 다 신바람 나게 나눠 준 겁니다.p.43

X: 저는 믿을 수 없어요.

T: *우리역사라는 게 그래요. 그 당시 차관 도입해서 부정사건 있고요. 정경유착, 그리고 이후락 비서실장이 얘기한 떡고물 사건 이렇게 항상 정경유착이 있었고 부정부패가 있었는데... 다 그렇게 굴러 갔어요. 그래도 살만하지 않았습니까. 불만들은 다 있겠지만. 과거 얘기해서 뭐합니까 미래를 봐야지요.*

그런데 옆자리에서는 술판이 벌어졌는데 이런 대화가 들려왔다.
어떤 사람은 '박정히는 라면 때문에 정권을 유지할 수 있었다. 라면이 아니었다면 진작에 무너졌을 것이다'라고 했다. 그 옆에서는 '아니다. 소주다' 라고도 했다. '라면 안주에 소주가 정답이다'라는 말이 나오고부터는 더 이상 대화가 진척되지 않았고 각자의 주장만 난무했다 (성석재 앞의 책 114쪽)

밥상머리에서 정치 이야기로 난리가 나는 것은 한국의 전통이 아닐까 한다.
백무산의 시는 이를 더욱 극적으로 보여준다. 견디다. "명절날 친척들 한자리에 둘러앉으니 그곳이 이제 들끓는 국가다." 극긍푸와 극창푸가 같이 하는.

추가해야할 것이 산더미 같소이다. 그만 하시오.
멈출 수가 없습니다. 그럼 계속 달리시오. AKAK 馬마
이번에는 동아일보 광고탄압사태의 이미지들. 독자들이 대신 광고를 게재했다. 왜 익명일까? 197*년

하고싶은 말이 있거든 여기에 남겨!

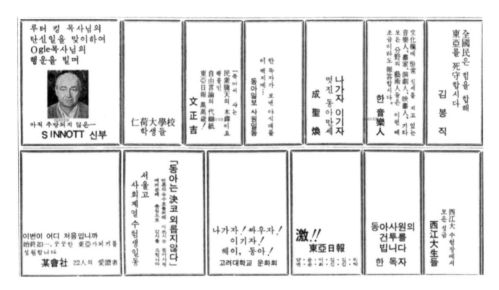

동아일보가 이렇게 온 국민의사랑을 받은적이있었다. 무슨소리? 동아조선은아직도온국민의사랑을받지요.

1975.01.16 아직 추방되지 않은 Sinnott 신부 마틴 루터 킹의 정신을 기억하다.

"메리놀 외방전교회 소속 제임스 시노트 신부는 유신독재 박정히 정권의 사법부가 도예 종, 서도원, 하재완, 이수병, 김용원, 우홍선, 송상진, 여정남 등 8 명을 사법살인했던 소위 인혁당 재건위(제 2 차 인민혁명당)사건이 조작된 것임을 알리고 이들에 대한 구명 운동을 하다가 추방당했던 선교사입니다. 그는 1961 년 미국에서 한국으로와 인천교구에서 일하 던 중 인혁당재건위 사건을 접했고, 이 사건이 중앙정보부의 고문 등으로 조작되었음을 국내외에 알렸지만 8 명은 법원의 사형선고 18 시간만인 1975 년 4 월 9 일 새벽에 사형되 었고 신부는 4 월말에 추방됐습니다. 한국에 2003 년 재입국한 시노트 신부는 2004 년 10 월, 인혁당 재건위 사건을 증언한 <1975 년 4 월 9 일>이란 책을 펴내며 여덟명의 죽음을 환기시켰습니다. 결국 2007 년 법원의 재심에서 사형됐던 8 명은 무죄 판결을 받았고 명예 는 회복되었습니다." (미디어 오늘)

인혁당 사건을 영화로 만드려는 노력이 있었다. "현대사에 관심이 많은 박찬욱 감독이 지 난해 말 인혁당 사건을 영화화할 것을 제의해 '인혁당 사건 진상규명 및 명예회복을 위한 대책위원회' 등의 도움을 받아 자료조사와 기획작업을 해왔다" "박 감독이 현재 촬영 중인 <올드 보이>가 마무리되는 올해 말께 구체적인 작업이 진행될 것이다" 1974 년 당시 인 혁당 관련 피해자들의 구명운동을 펼쳤던 제임스 시노트 신부도 현재 한국에 머물며 영화 제작과 관련해 많은 조언을 했다고 한다. 그러나 지금은 이 기획이 중단된 상태라고 한다. 부탁드립니다, 박찬욱 감독님.

솔제니친 작품에 나오는 푸쉬킨 시를 공부하게 해준 신부님에게 감사드린다. **Rest in Peace.** 이 **1975** 년의 회사원 일동은 **1987** 년 **6** 월의 명동의 회사원들이고 저 예비 엄마들은 **2016** 년 광화문광장으로 유모차를 끌고 나온 그 젊은 엄마들일 것입니다. 벤야민이 말하고 있는 변증법적 이미지, 곧 성좌가 이것입니다.

잠깐 멈추어라. 솔제니친의 이 작품이 궁금해졌다. 근원으로 거슬러 올라가고 싶다. 체력이 되겠소? 일단 갈 수 있는 곳까지라도 가보고 싶소.

솔제니친의 암병동

특별히 오래 살고 싶은 생각은 없습니다! 미래를 계획해서 무엇하겠습니까? 그저 멀리 떨어진 우리의 소박한 우시테레크로 가고 싶을 뿐입니다. 곧 여름이 되겠지요. 이번 여름에는 별이 쏟아지는 밤이면 나무 등치에 누워 잠이 들고, 밤에 자다가 깨면 백조자리나 페가수스자리가 기울어진 것을 보고 몇 시인지 알아내던 그곳으로 가고 싶습니다. 이번 여름 한 번만이라도 탈주 방지용 가로등이 빛을 가리지 않는 그곳 하늘의 별들을 바라볼 수만 있다면 영원히 깨어나지 않는다 해도 더 이상 아무것도 바라지 않겠습니다. (p. 15-16) *이런 문장은 경험을 통해서 나오는 것이다. 멋지군요. 멋을 부려서 좋은 문장이 나오는건 아니죠. 매끄럽게 읽히는 건 좋은 문장이 아니에요.*

스탈린이 사망한 날의 기억이 아직도 생생했다. 젊은이나 노인이나 아이들이나 모두 애통해 마지않았다. 소녀들은 하염없이 눈물을 흘리고 청년들도 눈물을 훔쳤다. 한 인간이 죽은 것이 아니라 온 세상이 무너진 듯한 눈물이었다. 만약 모든 인류가 오늘 같은 고통을 당한다면 세상이 금방 끝장날 것 같았다. 그런데 2주기를 맞이한 오늘, 신문에서는 검은 테두리를 두르는 잉크마저 아까워하고 있었던 것이다. "이 년 전에 서거하신"이라는 따뜻한 말 한마디 없었다. (p. 40-41) *잊어야 하는 사람은 잊어야 한다. 기억해야 하는 사람은 기억해야 한다. 여운형, 조봉암을 아는 사람이 점점 줄어들고 있겠지.*

오, 하느님, 정말 때가 왔습니까! 사실은 와도 이미 오래전에 왔어야 했다! <u>인간은 몸에 종양이 생기면 죽는데 수용소나 유형지를 품고 있는 나라가 어떻게 계속 존재할 수 있단 말인가?</u> (p. 373)

암울한 우리 시대에는...... 어디를 가든 <u>인간은 폭군, 배신자 아니면 죄수.</u> (p.232, 푸슈킨의 시)
갑자기 푸쉬킨의 시가 궁금해졌다. 그래서 푸쉬킨의 시를 조금이라도 이해하기 위해 일주일 간 러시아어를 혼자 배웠다. 알파벳도 여타 유럽어와 다르고 아주아주 어렵다. и 은 i 로, н 는 n 으로 p는 r 로 л 는 l 로 읽는다. 독일어 명사는 4 격인데 러시아어 명사는 6 격이다. Aber, 지금 이 책도 그저 초보자의 마음으로, 시로도(しろうと), 아마추어의 기분으로 그저 그렇게 읽어 보면 되지 않을까? 나같이 외국어에 재능없는 사람도 가능하니 독자들은 어렵지 않을 것이다. 이 말 진심이오? 네. Я вас любил. 야 바스 vas 류빌 lyubil. I 는 you 를 loved. 이 시를 들어 보세요. 뜻을 몰라도 좋아요. 너무 감상적이네요. ~~가끔은 그렇죠. 이 새끼야.~~

Aleksandr Pushkin 알렉산드르 푸쉬킨 Александр Пушкин

К ВЯЗЕМСКОМУ 뱌젬스꼬무에게
Так그래서 море 바다, древний 고대 душегубец 살인자,

399

Воспламеняет發火 гений 천재 твой 너의?

Ты너는 славишь 칭송한다 лирой 리라로 золотой 황금

Нептуна넵튠의 2 грозного 무서운 2/ трезубец 삼지창.

Не마라 славь 칭찬 его 그를. В наш 우리의 гнусный 사악한 век 시대

Седой흰머리 Нептун 넵튠은 Земли 땅의 союзник 동지.

На всех 모든 стихиях 요소/ человек 인간은 —

Тиран폭군, предатель 배신자 или 또는 узник 죄수,

(и все они сразу. 그리고 동시에 그 모든 것)

약자에게는 폭군, 양심을 저버린 배신자, 그대가 속한 조직의 죄수. 이게 누구요?

我 me. 나난나나나난 나는 베스트. 약자도있어. 쓰지 마시오.

어떻게 읽지요? K VYAZEMSKOMU

Tak more, drevniy dushegubets, Vosplamenyayet geniy tvoy?

Ty slavish' liroy zolotoy Neptuna groznogo trezubets.

Ne slav' yego. V nash gnusnyy vek Sedoy Neptun Zemli soyuznik.

Na vsekh stikhiyakh chelovek — Tiran, predatel' ili uznik. *어렵군어려워 몰라도 된다구.*

Vyazemsky 에게

그래서 고대의 살인자 바다는 / 당신의 천재성을 발화시키나요?

당신은 황금의 리라로 칭송합니다 / 무서운 포세이돈의 트라이던트를.

그를 칭찬하지 마시오. 우리의 사악한 시대에 / 흰 머리 포세이돈은 땅의 동지니까요.

(These days you'll find that sea and land have no division)

어디에 있어도 인간은 그저 / 폭군, 배신자 또는 죄수입니다.

To Vyazemsky

So the sea, an ancient killer, / Ignites your genius?

You hail the trident 삼지창 of terrible Neptune / With sounds of your golden lyre.

Don't praise him. In our vile days, / Grey haired Neptune is the earth's ally.

In every element, man stays / A tyrant, traitor or prisoner

어원분석:

Borrowed from German *Tyrann*, from Latin *tyrannus*, from Ancient Greek τύραννος (*túrannos*).

Against 은혜 give 주다: 배신자

이런 시를 짓는 친구를 보고 그의 글을 빌려 왔다. 완성도? 그건 개에게나 줘 버려.
줄간격 배수 조정에서 0.4를 주면 읽기를 방해할 수 있지.

나의 친애하는 뉴라이트들에게(전체 삭제할 것.)

프리모 레비라는 이름을 들어 본 적이 있는가? 뭐, 상관 없다.
자신이 하는 일이 부끄러우면 부끄럽다고 말하라.
한번이라도 의심을 품은 적이 있는가?
괜찮다. 수치와 모욕과 회한을 숨기지 마라.
너의 잘못을 너의 조상의 잘못을 위한 변명인가?
그럴 수도 있겠다. 그러나 무서운 일이다.

너의 일은 너의 아버지를 할아버지를
탄압했던 자들의 명예회복을 위한 것이니.
그들을 친일파라고도 부르고 민족 반역자라고도 부른다.
착취당하고 수탈당한 자의 후손이 그 가해자를
합리화하고 미화하고 칭송하고 나아가 신화(神話)로 만들기 위해
머리를 쥐어짜고 글을 쓰고 토론회에 나와 불을 뿜는다.
이에 현혹되어 동조하는 미니언즈들을 본다.
그들은 유튜브를 보고 광장에 나와 깃발을 흔들고 흐느껴 운다.

뉴라이트들이여!
당신이 악이라는 것을 깨닫기를 바란다.
당신을 도덕주의자들이 악이라는 것을 깨닫기 바란다. 우리 모두는 악이오.
사소하지만 치명적인 악들은 아름답게 빛나는
거대한 악을 위해 희생하는 불품없는 모래알 같은 존재들.
언제 쓸려 나갈지 모르는 그 불안 속에서 무엇을 붙잡으려고 하는가?
다 놓아 버리라, 하나도 남김없이, 그리하여 다시 바다로.
남을 위해 살지 말고 국가주의를 위해 살지 말고
약자를 위해 무엇보다도 자신을 위해 한번만이라도 살아 보라.

초초 위험하네. 삭제할까요? 음, 잠시 결정을 보류하기로 해요.

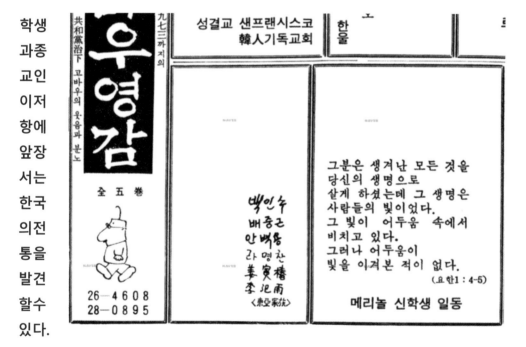

우리는 결코 불운의 시대에 살고 있다고 할수는 없읍니다. 오히려 우리 한국인 모두가 정의와 진정한 자유에 대한것을 알고 그것을 갈구하게 되었으니까요. 마음이 젊고 밝은 사람들에게는 정의의 피가 흐릅니다. 정의는 東亞, 그 자체라고 믿읍니다. 역사는 정의에의 사명을 가진 여러분의 손에 의하여 이루어집니다. 東亞는 언원토록 사회의 빛과 소금이 되어야 합니다. 행복하여라! 정의를 위해 싸우다가 목숨을 바친 사람들이여.

모여고 2학년, M반 일동

1975.01.11 어둠이 빛을 이겨 본적이 없다. 이 노래를 기억하시나요?

'어느 민족 누구에게나 결단의 때가 있나니 참과 거짓이 맞설 때 어느 것을 택할 건가?'

어둠은 빛을 이길 수 없다/ 거짓은 참을 이길 수 없다/ 진실은 침몰하지 않는다/ 우리는 포기하지 않는다

모여고 2학년, M반 일동.

전국 여고 2학년을 모두 압수수색하라. 각하가 진노하셨다. 3번째 박대통령.

우리는 결코 불운의 시대에 살고 있다고 할 수는 없습니다. 오히려 우리 한국인 모두가 정의와 진정한 자유에 대한 것을 알고 그것을 갈구하게 되었으니까요. 마음이 젊고 밝은 사람들에게는 정의의 피가 흐릅니다. 정의는 동아, 그 자체라고 믿습니다. 분량이 넘치니 삭제하시오, 행복하여라! 정의를 위해 싸우다가 목숨을 바친 사람들이여.

우영감은 누구요? 혹시 검사님이신가?

학생 과종교인 이저항에 앞장서는 한국의전통을 발견할수 있다.

共和黨治下 고바우의 웃음과 분노

九七三까지의

우영감

全 五 卷

26-4608
28-0895

성결교 샌프란시스코 韓人기독교회

백인수
배중근
안백동
라명찬
姜寅植
李汜雨
〈東亞家族〉

한울

그분은 생겨난 모든 것을 당신의 생명으로 살게 하셨는데 그 생명은 사람들의 빛이었다. 그 빛이 어두움 속에서 비치고 있다. 그러나 어두움이 빛을 이겨본 적이 없다.
(요한1:4-5)

메리놀 신학생 일동

XIV 지금시간

Die1 Geschichte 역사 ist Gegenstand 대상 einer2 Konstruktion 구성,/ deren Ort 장소/ nicht die homogene und leere Zeit/ sondern die 시간 von Jetztzeit erfüllte 채워진/ bildet.

History is the object of a construction/ whose place is not the homogeneous and empty time, but the one filled by the now-time.

So war für Robespierre/ das1 antike Rom 고대로마/ eine1 mit Jetztzeit geladene 충전된 **Vergangenheit** 과거,/ **die** er/ aus dem Kontinuum 연속성 der Geschichte/ heraussprengte 폭파.

Thus, to Robespierre ancient Rome was a past charged with now-time,/ a past which he blasted out(sprang out) of the continuum of history.

Die französische Revolution 프랑스혁명/ verstand sich als ein wiedergekehrtes 귀환 Rom. The French Revolution   saw itself   as a restored Rome.

Sie zitierte 인용 das4 alte Rom/ genau so wie die1 Mode eine4 vergangene Tracht zitiert. It quoted the old Rome just as the fashion   a past costume cite.

Die Mode hat/ die Witterung für das Aktuelle,/ wo immer es sich/ im Dickicht 정글 des Einst 과거/ bewegt.

Fashion   has the nose for the actual,   wherever it stirs(moves) in the thickets of the once.

Sie ist der Tigersprung 호랑이의 도약 ins Vergangene 과거속으로.

it is   the tiger's leap   into the past.

Nur findet er/ in einer Arena statt 일어나다,/ in der/ die herrschende Klasse/ kommandiert.

It(leap) only takes place in an arena 원형경기장   in which the ruling class 지배계급 commands.

Derselbe Sprung/ unter dem freien Himmel der Geschichte/ ist der dialektische 변증법적 als den Marx die Revolution begriffen hat.

The same leap 도약 under the free 하늘 of 역사 is the dialectical (leap) as which 맑스 has grasped(understood) the 혁명.

아케이드 프로젝트에서

N 2a, 3: 과거가 현재에 빛을 던지는 것도, 그렇다고 현재가 과거에 빛을 던지는 것도 아니다. 이미지는 과거에 있었던 것이 지금 Jetzt 과 섬광처럼 한 순간에 만나 하나의 성좌를 ... 이미지는 정지상태의 변증법이다.

L'origine è la meta.

Karl Kraus, Parole in versi I

The origin is the goal.

Karl Kraus, Words in verse The

La storia è oggetto di una costruzione/ il cui luogo non è formato dal tempo omogeneo e vuoto [della fisica classica]/ ma dal tempo riempito di attualità [*Jetztzeit*, letteralmente "tempo dell'ora"].

The 역사 is 대상 of a 구성 whose place is formed by time 균질하고 텅 빈 [classical physics] but by the time filled with 현실 [Jetztzeit, literally 현재시간].

Così per Robespierre/ l'antica Roma/ era un passato carico di temporalità,/ che faceva emergere dal continuo della storia.

So for Robespierre   the ancient Rome was a past full of temporality,   which did emerge   from the 연속성 of 역사.

La rivoluzione francese/ concepiva se stessa come il ritorno di Roma.

The French Revolution   conceived of itself   as   the return of Rome.

Citava l'antica Roma   proprio come la moda   cita un costume del passato.

He cited ancient Rome   just as   the fashion cites a costume of 과거.

La moda   ha naso per l'attuale.

There fashion has nose for the current.

Fa il salto della tigre nel passato, ma in un'arena   dove comanda la classe dominante.

Tiger makes the leap into the past,   but in an arena   where the 지배계급 명령하다.

Lo stesso balzo 도약 sotto il cielo 하늘 libero della storia/ è   quello dialettico 변증법적,/ come Marx ha inteso la rivoluzione 혁명.

404

The same leap under the 자유로운 하늘 of 역사 is dialectical, as 맑스 understood the revolution.

근원은 목표다. - 칼 크라우스,「유문으로 된 말들」

역사는 어떤 구성이나 구조물의 대상인데, 이 구조물이 성 장소를 형성하고 있는 것은 동질적이고 공허한 시간이 아니라 <현재시간 Jetztzeit>에 의해 충만 된 시간이다. 그래서 로베스피에르에게는 고대와 로마는 현재시간에 의해 충전되어진 과거였다. 프랑스혁명은 스스로를 다시 태어난 로마로 이해하였다. 프랑스혁명은 고대의 로마를, 마치 유행이 지나간 의상을 기억에 떠올리는 것과 똑같은 방식으로 기억하고 회상시켰다. 유행은 무엇이 현실성을 가지고 있는가를 찜새채는 - 그것이 아무리 지난 과거의 덤불 속에 있더라도 - 예민한 감각을 가지고 있다. 그것은 이를테면 과거를 향해 내딛는 호랑이의 도약이다. 다만 이 도약은 지배계급이 지배권을 행사하고 있는 원형경기장에서 일어나고 있을 따름이다. 역사의 자유로운 하늘에서 펼쳐질 이와 동일한 도약이 바로 마르크스가 혁명으로 파악한 변증법적 도약인 것이다. (반) 근원이 목표다. - 카를 크라우스,『시집 I』 역사는 구성의 대상이며, 이때 구성의 장소는 균질하고 공허한 시간이 아니라 지금시간(Jetztzeit)으로 충만된 시간이다. 그리하여 로베스피에르에게 고대와 로마는 지금시간으로 충전된 과거로서, 그는 이 과거를 역사의 연속체에서 폭파해내었다. 프랑스 혁명은 스스로를 다시 귀환한 로마로 이해했다. 프랑스 혁명은 마치 유행이 과거의 의상을 인용하는 것과 똑같이 고대 로마를 인용하였다. 유행은 현재적인 것을, 그것이 과거의 덤불 속에서 움직이고 있든지, 알아채는 감각을 갖고 있다. 유행은 과거 속으로 뛰어드는 호랑이의 도약이다. 다만 그 도약이 지배 계급이 지휘를 하고 있는 경기장에서 일어나고 있을 뿐이다.역사의 자유로운 하늘 아래에서 펼쳐질 그와 같은 도약이 마르크스가 혁명을 파악했던 변증법적 도약이다(최성만)

근원 origin 이 목표다. - 카를 크라우스,『시집 I』

역사는 구성(構成)의 대상이며, 이때 구성의 장소는 균질하고 텅 빈 homogeneous and empty 시간이 아니라 현재시간, Jetztzeit (nowtime, here and now) 로 채워져 있는 것이다. 그리하여 로베스피에르에게 고대(古代) 로마는 지금의 시간으로 충전된 과거였고, 그는 이 과거를 역사의 연속체(連續體) continuum 로부터 폭파해내었다. 프랑스 혁명은 스스로를 다시 귀환한 로마로 이해했다. 프랑스 혁명은 마치 패션 (fashion, 유행)이 지나간 시대의 복장(服裝) 을 인용하는 것과 똑같이 고대 로마를 인용했던 것이다. 모드(Mode)는 (유행이 될 만한) 현재적인 Aktuelle, topical 것을, 그것이 과거의 정글 속 어디에서 움직이고 있든지, 즉각 알아채는 예민한 후각을 가지고 있다. 패션은 과거 속으로 뛰어드는 호랑이의 도약, Tigersprung, tiger's leap 이다. (모드를 알아채는 여성들의 감수성은 곧 정치적 미학으로 전환 될 수 있고 한 권력집단이 그 정당성뿐만 아니라 그 미추(美醜)로 심판받을 수 있다. 최근 한국의 선거에서 입증된 바 있다.) 다만 그 도약(跳躍)이 지배 계급이 권한을 행사하고 있는 원형경기장에서 일어나고 있을 뿐이다. 역사의 자유로운 하늘 아래에서 펼쳐질 그와 같은 도약이 마르크스가 혁명으로 파악했던 변증법적 도약 dialectical leap 이다. (적을 이용해서 적에게 이길 수 있다. 미학(美學)을 통한 승리를 거둘 수 있다.)

fire alarm 불이야!

Karl Kraus's epigraph, Ursprung ist der Ziel, has a double meaning. From the theological standpoint, redemption brings a return to the lost Paradise: tikkun, apokatastasis, the restitutio omnium. And this is, indeed, what Benjamin himself wrote in his article on Karl Kraus (1931), in which he glosses this remark by the Viennese writer in the following terms: 'he calls the world a "wrong, deviating, circuitous way back to Paradise" (Irrweg, Abweg, Unweg zum Paradiese zUrUck).'

From the political viewpoint, the revolution is also (see Thesis IX) a return to the original Paradise. But in Thesis XIV Benjamin is concerned with another type of relation to the past,

a relation that might be termed 'revolutionary quotation'.
<모드에 관한 사진들 넣지 않아도 좋다> 넣어라.
* * * * Nueva York * * * * * 무리뉴의 비대칭전술

예술의 과제는 질서 속에 혼란을 가져오는 것이다.
아도르노, 『미니마 모랄리아 *Minima Moralia*』의 이 말이
오랫동안 마음을 흔들어 놓았다.

우연히 교보에 갔다가 산 책 underline 한 것을 옮
겨 적는다. 잘 정리되어 있다. 이 분이 책방을 열
었다고 한다. 어디에? 은평구. 검색해 봐. 니은서점.

　　　　　　　아도르노의 미학적 감수성의 이야기,
"계몽의 변증법을 넘어서" 넘으면 넘을 때 너멋지다)
38p 1968 년과 1969 년의 정치적 격변기에 그가 학생 운동의 이론적 토대를 제공했
다고 생각했던 세간의 평가와 직접운동에 참여했던 학생들의 기대와는 달리, 아
도르노는 미학 강의를 했다. 정치적 격변기에 왜 아도르노는 강의 주제로 사회적 실천
을 다루지 않고, 고루한 미학을 선정했을까? 학생들은 아도르노가 그들에게 정치적 행동
의 계기만을 던져주고 사회적 실천으로부터 물러났다고 비난했다. 그들은 아도르노의 미
학 강의에 함축되어 있던 사회 비판을 보지 못했던 것이다. 아도르노는 사회를 예술을 통
해 매개된 형태로 비판한다.
53p 이성의 자기 폐쇄성의 언저리에는, 이성이 이성적이지 않은 것이라고 부르는 것들이
타자로 놓여 있다. 자기 폐쇄적인 이성은 그 주변의 비이성적인 것과의 교류를 거부한다.
이성은 중심에 머물면서 비이성적인 것을 이성적으로 만들기 위해 흡입 운동을 한다. **이
성은 유일신교를 꿈꾸지만, '심미적인 것'은 다신교의 사유이다.**
55p '심미적인 것'은 부정의 생성 원리이다. '심미적인 것'은 비심미적인 범주와 비심미적인
사유 방식에 대한 전복으로 이해될 때에야 비로소 파악될 수 있다. '심미적인 것'의 범주는
긴장 관계에서 구성된다. 그것은 **실체 Substanz 의 범주가 아니라 관계의 범주이다.**

아도르노의 미학: '심미적인 것'은 부정적으로만 이해될 수 있다. 심미적인 비판은 부정적
비판 negative Kritik 이다.
1934 년 아도르노는 벤야민에게 보내는 편지에서 이렇게 말한다.
**"나는 *심미적인 것*이 기계적인 계급 이론보다 훨씬 더 심도 있게
현실에 *혁명적으로 개입한다*고 믿는다."** (벤야민의 답에 대한 아도르노의 질
문. 의문을 던지는 것은 혁명의 기술이다. 예술가는 질문을 만드는 사람이다. 질문은 저항
을 통해서만 나온다.) Louis 루이 루이스

미(美), 아름다움이란 개인적인, 극히 개인적인 것이다. (과연그럴까?물론 이렇게 말해도되지만) **인간에게, 또 인간이 만든 이 보잘 것 없는 세계에서 말이야. 아름다움과 추함의 차이는 그만큼 커, 왠지 알아? 아름다움이 그만큼 대단해서가 아니라, 인간이 그만큼 보잘 것 없기 때문이야.**

보잘 것 없는 인간이므로 보이는 것에만 의존할 수 밖에 없는 거야.
보잘 것 없는 인간일수록 보이기 위해, 보여지기 위해 세상을 사는 거라구.
- 박민규의 "죽은 왕녀를 위한 파반느" 본문 219 에서

빛을 발하는 인간은 언제나 아름다워. 빛이 강해질수록 유리의 곡선도 전구의 형태도 그 빛에 묻혀버리지. 실은 대부분의 여자들... 그러니까 그저 그렇다는 느낌이거나... 좀 아닌데 싶은 여자들... 아니, 여자든 남자든 그런 대부분의 인간들은 아직 전기가 들어오지 않은 전구와 같은거야. **전기만 들어오면 누구라도 빛을 발하지, 그건 빛을 잃은 어떤 전구보다도 아름답고 눈부신 거야. 그게 사랑이지.** 인간은 누구나 하나의 극을 가진 전선과 같은 거야. 서로가 서로를 만나 서로의 영혼에 불을 밝히는 거지. 누구나 사랑을 원하면서도. (muse)

서로를 사랑하지 않는 까닭은, 서로가 서로의 불 꺼진 모습만을 보고 있기 때문이야. 그래서 무시하는 거야. 불을 밝혔을 때의 서로를... 또 서로를 밝히는 것이 서로서로임을 모르기 때문이지. **가수니, 배우니 하는 여자들이 아름다운 건 실은 외모 때문이 아니야. 수많은 사람들이 사랑해 주기 때문이지. 너무 많은 전기가 들어오고, 때문에 터무니없이 밝은 빛을 발하게 되는거야.** *아항 그렇군요.*

그건 단순한 불빛이 아니라... 평범한 인간들의 무수한 사랑이 여름날의 반딧불처럼 모이고 모여든 거야. 그래서 결국엔 필라멘트가 끊어지는 경우도 많지. 교만해지는 거야. 그것이 스스로의 빛인 줄 알고 착각에 빠지는 거지. -185 쪽~186 쪽 죽은 왕녀를 위한 파반느 카프카의 희망이 생각난다. <**벨라스케스의 그 그림 which 푸코가 말과 사물에서 인용했다.>**

****18*******18********18*********

박정히 이야기를 다시 하려고 한다. 그만해요. 지겨워. 어쩔 수 없다.
이런 글을 읽었다. 이 분은 당신이 생각하는 그 분이 아니다.

박정히, 그가 사망한 지 벌써 20 년이 넘었지만, 놀랍게도 그를 추종하는 **신화공동체** 구성원들 가슴속에서 그는 여전히 생생한 생명력을 발휘하고 있다. 1997 년 봄, 복제인간에 대

407

한 논란이 한창일 때 어떤 설문조사에 따르면 가장 복제하고 싶은 인간 1 위가 바로 박정 히였다. 그해 대선 때는 모든 대선후보들이 그의 생가로 달려가 '죽은' 그가 나누어주는 '생기'를 받아먹고자 열을 올렸다. 1998 년 4 월 2 일 실시됐던 국회의원 보궐선거 때는 자신의 딸의 얼굴로 그는 환생한다. <u>그는 (생물학적으로는) 죽었으나, 그의 사건은 부활하여 더욱 강력한 생명력을 역사 속에, 추종자들의 삶 속에서 펼치고 있는 것이다.</u>

다행히도 이런 추세는 격감하고 있지만 언제 또 살아나 그의 손자가 정치에 뛰어 들지 모른다. 박정히 신화와 2012 년 대한민국 역사는 같이 양립할 수 없다. 그러나 박정히 신화를 추종하는 사람들은 그의 등장이 역사의 필연이었다고 생각한다. 정말 그럴까? "이러한 (근대화) 열망이 사회의 어떤 영역에서도 국체적 출구를 발견할 수 없는 상황에서, 이 열망에 부응할 국가개조의 과제는 .... 군인에 의해 착수되어야 했다. 다른 대안은 없었다." (이인화) 그는 최서원 사건에 연루되어 감옥에 갔다. 제 2공화국의 혼란과 무능 때문에 박정히의 군사쿠데타가 불가피했다는 논리를 우리는 나치가 등장할 무렵의 독일에서 똑같이 발견할 수 있다. 바이마르 공화국이 무능했기에 히틀러의 국가사회주의가 국가개조를 영웅적으로 밀고 나갔다는 것이다.

장면 정부는 그렇게 무능하지 않았고 초기의 혼란은 후반부에 많이 안정이 되었다. 혼란이 국가발전에 기여한다는 마키아벨리의 논거도 있다. 그의 로마사론에 의하면, "혼란이 공동선에 대한 피해를 가져오는 것이 아니라 시민의 자유에 이바지하는 법률과 제도를 만들어낸다는 것을 발견한다. ... 로마의 혼란은 호민관 제도의 수립을 가져왔는데 그것은 가장 높은 칭찬을 받을만 하다." 키케로 말하길, "민중은 비록 어리석지만 진실을 파악할 수 있고 또 믿을만한 사람이 진실을 말해주면 즉각 승복한다."

다시 마키아벨리가 말한다. "혼란은 대부분의 경우 이미 무언가를 가진 사람에 의해 야기된다."

극우주의자들과 이에 동조하는 국민들은 궁핍에서 벗어나 먹고살만하게 되었다는 것을 박정히의 공로로 돌린다. 스스로 자기 인생의 주인이 되는 것이 아니라 이 세상의 의미를 영웅숭배에서 찾는 것이다. 박정히 신화는 새로운 영웅을 만들고 있었다. 탄핵의 위기에서 한나라당을 구한 박근해, 거대 야당 출현을 막고 새누리당의 과반수 위업까지 달성한 박근해는 여자로 환생한 박정히 그 자체이다. 거기에다 육영수의 부드러움까지 더해진 난공불락의 영웅이다. "이번에는 박근해가 한번 해야지." 많은 수의 국민들, 특히 60 대 이상은 박근해의 등장을 운명으로 받아들인다. 이것은 무지의 소산이거나 아니면 비윤리적이다.

신화는 쇠심줄처럼 질기게 지속되고 있다. 이명박도 신화에 의해서 탄생한 정권이다. 한국 현대사에서 테러비전은 엄청난 역할을 해왔다. 이명박 신화를 만든 것은 1989 년에 방영된 '야망의 세월'이라는 드라마 한 편이었다. 한 샐러리맨이 대기업 회장으로 성공하기까지의 이야기를 담은 40%를 넘는 시청률을 기록한 이 드라마에서 배우 유인촌의 연기가 호평을 받았지만 정작 가장 큰 이익을 본 사람은 현대건설 이명박 회장이었다. 이렇게 만들어진 '샐러리맨'의 신화는 서울시장 이명박의 '청계천 신화'를 거쳐 경제대통령 이명박을 만들어 냈다. 그는 어쩌 보면 1970 년대 개발연대를 온몸으로 보여주는 존재이다. 그런 면에서 ~~이명박은 박정히의 양아들이었고 박정히의 친딸이 뒤를 이어 국가를 파괴해 버렸다. 여기도 삭제. 박정히의 자식들이 정치를 하면 어떻게 되는가를 우리는 이미 충분히 보았다. 역사의 실패를 더 반복할 필요는 없다고 본다.~~

여기서 이런 생각을 해 본다. 여기도 나중에 정리할 때 삭제합시다. 너무 분량이 많아요. 손석춘, "박근해의 거울", 시대의창, 2011, P.80 자신과 생각이 다른 사람들을 "근본적으로" 배제하면서 "법대로"라고 주장하는 모습은 비단 박근해의 몫만은 아니다. 박정히가 세워놓은 배제의 '전통'이다. P.81 자신의 생각과 전혀 다른 견해를 배제하고 법을 강조하는 그녀의 정체성은 '인혁당 오심 사건'을 통해 뚜렷하게 드러난다. '인혁당재건위'사건은 유신체제에 저항하는 학생운동을 뿌리뽑겠다는 의도로 박정히가 민주화운동에 나선 8 명을 처형한 참극이다. 당시 국제법학자협회는 민주화운동에 나선 8명이 사형당한 1975년 4월 9일을 '사법사상 암흑의 날'로 선포했다.

그로부터 27년 뒤인 2002년 9월에 대통령 직속 기관인 의문사진상규명위원회는 인혁당재건위 사건을 고문에 의한 조작으로 발표했다. 같은 해 12월에 인혁당재건위 사건의 유족들은 서울중앙지법에 재심을 청구했다. 바로 이때부터 정치인 박근해는 사과를 요구 받았다. 한나라당의 몇몇 의원들조차 박근해에게 '유신 독재'에 대한 태도를 정리해야 한다고 요구했다. 하지만 박근해는 "그동안 인혁당 등 여러 가지 문제들은 법적으로 전부 결론이 난 사안들"이라고 완강한 태도를 보였다. ⁱᴾ·⁸² 또한 국정원에서도 이 사건을 박정희 정권에 의해 조작과장되었다고 발표했을 때도 그녀는 "한마디로 가치가 없는 것이며 모함"이라고 불쾌감을 표했다. 당시 서울시장이던 이명박은 인혁당 사건에서 재심 결정이 내려지다 "재판 결과에 따라 정치권과 사법부, 정부의 정보 관계 기관 등 반성해야 할 곳이 많을 것"이라며 "결과가 나오면 한 단계 역사를 되돌아보면서도 미래에 큰 참고가 될 것"이라고 말했다.

P.83 2007년 1월 23일 마침내 사법부가 잘못을 인정하고 사형당한 8명에게 뒤늦게 무죄를 선고했을 때, 한나라당 대변인조차 "이제라도 진실이 밝혀진 것이 큰 다행"이라며 "이 사건으로 고인이 된 분들의 명복을 빌고 유족들에게 위로의 말씀을 드린다. 다시는 이런 일이 되풀이되어서는 안 될 것"이라고 공식 논평했다. 하지만 그는 침묵으로 일관했다.

같은 당의 이재오 최고위원이 사죄 필요성을 언급했을때도 박의 측근은 "박 대표가 당시 재판부도 아니지 않느냐"면서 "솔직히 직접적인 상관도 없는 일에 박 대표를 끌어들이는 것은 네거티브 아니냐"고 불쾌감을 드러냈다. 박이 당시 박정희의 탄압에 개입하지 않았고, 그렇기에 아버지의 잘못에 대해 책임을 묻는 것은 '연좌제'일수도 있다. 하지만 박은 평범한 시민이 아니라 아버지의 유산을 등에 업고서 대통령 하겠다고 나선 '정치지도자'이기에, 더구나 참극이 일어난 당시 '퍼스트레이디'로 청와대에서 정치적 활동을 하고 있었기에 그녀에게 사과를 요구하는 여론은 정당하다.

이 사건의 유족은 박근해의 이러한 반응에 대해서 "어떻게 그런 말을 할 수 있으냐"면서 "당연히 사과해야 한다"고 울분을 토했다. 박근해의 측근이던 한 교수는 그녀에게 "대통령이 되려면 사과하고 유족을 찾아가 부둥커안고 울어라"고 고언을 했다. 그 교수는 그 말이 떨어지자마자 박근해의 얼굴색이 싸늘하게 바뀌며 "법대로 한 것 아니었나요?"라고 일축했다고 털어놓았다. 계속되는 사과 요구에도 박근해는 "내가 사과하고 말고 할 문제가 아니라 역사가 평가할 것"이라며 사과 요구를 거부했다. 심지어 그녀는 "친북좌파의 탈을 쓴 사람들은 잘못이 있다"고 색깔공세를 펼쳤다.

그가 '친북좌파의 '사과를 거론했을 때, 민주노동당의 심상정은 인터넷신문 <레디앙>에 기고한 글에서 다음과 같이 밝혔다.

『독재자의 정횡과 가혹한 통치 속에 수많은 아버지가 쓰러지거나 사라졌다. 그 아버지의 딸들은 수십 년 동안 아버지의 이름조차 제대로 부르지 못했다, 가슴속에 고통과 한을 켜켜이 쌓아 두었다. ..... 나 역시 한 사람의 국민으로서, 또 한 사람의 딸로서 박 대표의 대답을 기다렸다. 그의 침묵이 천륜과 정의 사이에서 고민한 흔적으로 남기를 바랐다. 그러나 박 대표는 '친북좌파는 사과한 적이 있느냐'며 역사와 민중을 모독했다. 그리고 역사에 맡기자는 말도 했다. 비겁하고 잔인하다. 나는 잠시 '박근해의 나라'를 생각하고 전율했다. ......(전율할 만한 일이 발생했고 촛불혁명과 탄핵과 헌재의 파면이 있었다. 지금 이 시점에서 생각해 보면 박근해가 정치를 잘못했기에 그를 뽑은 사람들이 부끄러워해야 하는 것이 아니라 그를 뽑은 사람들은 그 투표행위 자체로서 부끄러워해야 하는 것은 아닐까? 히틀러의 딸이 출마를 하면 히틀러의 경제성장을 높이 평가해서

409

이 땅에 아버지와 딸이 박정히 전 대통령과 박 전 대표만 있는 것이 아니다. 유신 독재에 희생된 수많은 아버지가 있고 또 지금 그 고통을 고스란히 안고 있는 딸과 아들이 있다. 박 대표는 이들에게 마땅히 사죄했어야 하나 오히려 이를 내치고, 증오의 말로 또 한 번 상처를 남겼다. 이제 국민과 역사는 잔인하고 야박한 독재자 부녀를 기억하게 되었다.』

그리고 문자 하나를 받았다. "인혁당 사건 조작을 폭로했던 제임스 시노트 신부님께서 오늘 선종하셨습니다. ㅠ,,ㅠ 신부님의 평안한 안식을 빕니다. 감사합니다. 신부님. 빈소는 서울 성모병원 장례식장(3호) 입니다. 장례미사는 26일 오전 11시 파주 참회와 속죄의 성당입니다." 이 분은 동아일보 광고탄압 사건 때 동아일보에 후원 광고를 내기도 했다. 명복을 빈다. 한국정치에서 색깔공세는 언제나 상수였다. 상대를빨가케덧칠하여 정치적사회적으로배제하거나 아예목숨까지빼앗아온것이 대한민국의정치사였다.

"독일이여 깨어나라!" 라는 나치 슬로건은 벤야민의 구상과는 정반대의 상황을 촉발하는 것이었다. 즉 그것은 최근의 역사에서 깨어나는 것이 아니라 의사(擬似)역사적 의미의 과거를 신화로 재포섭하는 것이었다. 히틀러는 라디오라는 대중매체를 이용하여 벤야민의 작업과는 상반되는 정치문화를 배양했다. 파시즘은 현실을 무대에 올리는 아방가르드적 실천을 역전시켜 정치적 스펙터클뿐 아니라 역사적 사건 자체를 무대에 올림으로써 "현실" 자체를 연극으로 만들었다. 게다가 이러한 좌파문화운동의 전체주의적 역전은 좌파가 해내지 못했던 정치적 성공을 거두었다. 파시즘이라는 배경막이 드리워진 상황에서, 현재를 탈신화할 역사를 현시한다는 「파사젠베르크」의 교육적 계획은 더욱더 절박한 것이 되었다.   -The dialectics of seeingp. p.59

역사를 신화화하고 하나의 대한민국, 미래를 위한 현재희생을 강조하는 세력의 음모를 읽어 내는 것이 역사가의 중요한 과제이다. 1948년 건국절은 국가주의를 위한 허구이다. 이런 생각이 들었다. 그럼 뭐라고 부르죠? "정부 수립" 플래카드 걸려 있었잖아. 난 무엇이 사실이고 무엇이 허구인지 모르겠어. 넌 무엇이 허구이고 무엇이 사실인지 모르겠어.

XV 여호수아의 시계

Das1 Bewußtsein 의식,/ das4 Kontinuum 연속성 der2 Geschichte aufzusprengen 폭파/, **ist** /den3 revolutionären 혁명적 Klassen 계급 im Augenblick 순간 ihrer Aktion 행동/ **eigentümlich** 고유한.

The consciousness of breaking up the continuum of history/ **is peculiar** to the revolutionary classes at the moment of their action.

Die1 Große Revolution/ führte einen4 neuen Kalender 달력 ein.

The Great Revolution 프랑스혁명 introduced 도입 a new calendar.

Der1 Tag, mit dem ein Kalender einsetzt 시작/, fungiert 기능하다/ als ein4 historischer Zeitraffer.

The day with which a calendar begins,/ functions as a historical 저속촬영기.

Und es ist/ im Grunde 본질적으로 genommen/ derselbe 동일한 **Tag,**

And it is basically the same day,

der in Gestalt der **Feiertage 휴일, die** Tage des Eingedenkens 회상 sind,/ immer wiederkehrt.

which always reappears in the form of the holidays, which are days of remembering.

Die Kalender/ zählen 세다 die Zeit also nicht wie Uhren 시계.

The calendars count the time not like clocks.

Sie sind/ Monumente eines2 Geschichtsbewußtseins 역사의식, von dem/ es/ in Europa seit hundert Jahren 백년/ nicht mehr die4 leisesten 가장희미한 Spuren 흔적/ zu geben scheint.

They are monuments of a consciousness of history, of which there seems to be no longer the faintest traces in Europe for a hundred years.

Noch in der Juli-Revolution 七月革命/ hatte sich ein Zwischenfall 사건 zugetragen 발생,/ in dem3 dieses Bewußtsein/ zu seinem Recht/ gelangte.

In the July Revolution, an incident had occurred, in which this consciousness came to its own right.

Als der1 Abend des ersten Kampftages 투쟁일/ gekommen war, ergab es sich,

When the evening of the first fighting-day   had come,   it was found

daß an mehreren Stellen 여러곳 von Paris/ unabhängig 독립적 von einander 서로서로 und gleichzeitig 동시/ nach 뒤늦게 den3 Turmuhren 시계탑의시계/ geschossen wurde 총격가해지다.

that in various parts of Paris, independently of each other and at the same time, the clock-towers were being shot.

Ein Augenzeuge 목격자,/ der seine Divination 영감 vielleicht 아마도/ dem Reim 라임 zu verdanken hat, schrieb 썼다 damals 다음과같이:

An eye-witness,   who perhaps <u>owed</u> his insight to the rhyme, wrote as follows:

What characterizes revolutionary classes at their moment of action is the awareness that they are about to make the continuum of history explode. The Great Revolution introduced a new calendar. The initial day of a calendar presents history in time-lapse mode. And basically it is this same day that keeps recurring in the guise of holidays, which are days of remembrance [Tage des Eingedenkens]. Thus, calendars do not measure time the way clocks do: they are monuments of a historical consciousness of which not the slightest trace has been apparent in Europe, it would seem, for the past hundred years. In the July Revolution an incident occurred in which this consciousness came into its own. On the first evening of fighting, it so happened that the dials on clock towers were being fired at simultaneously and independently from several locations in Paris. An eyewitness, who may have owed his insight to the rhyme, wrote as follows:

Qui 누가 le croirait 믿을까! on dit 말하다 qu'irrités 격분 contre l'heure 시간,
De nouveaux 新 Josués 여호수아, au pied 발치 de chaque 每 tour 탑,
Tiraient 총질 sur les cadrans 시계판 pour arrêter 정지 le jour.

[Who would believe it! It is said that, incensed at the hour,
Latter-day Joshuas, at the foot of every clock tower,
Were firing on clock faces to make the day stand still.]

역사의 연속성을 폭파시키고자 하는 의식은, 행동을 개시하려는 순간의 혁명적 계급에 고유한 것이다. 프랑스 대혁명은 새로운 달력을 도입하였다. 이 새로운 달력의 첫날은 역사의 低速度 촬영기와 같은 기능을 하고 있다. 기억의 날로서 국경일의 모습을 하고 언제나 다시 되돌아오는 그 날은 따지고 보면 항상 동일한 날인 것이다. 따라서 달력은 시계처럼 시간을 계산하고 있지 않다. 그것은 백년 이래 유럽에서는 그 가장 희미한 흔적조차도 드러내지 않았던 역사의식의 기념비이다. 이러한 역사의식이 아직도 생생하게 살아 있었던 것은 1848 년의 7 월 혁명 동안에 일어났던 하나의 돌발적 사건에서였다. 투쟁의 첫날밤에 파리의 여러 곳에서 상호간에 아무런 관련도 없이 독자적으로 그리고 동시에 시계탑에 총격이 가해졌다는 사실이 뒤늦게 밝혀졌다. 아마 詩의 압운에 힘입어 그의 통찰력을 획득했다고 생각되는 이 사건의 어느 증인은 다음과 같이 쓰고 있다. <누가 믿을 것인가? 들리는 말에 의하면 모든 시계탑 밑에서 있던 새로운 여호수아가 마치 시간이 못마땅하기라도 하듯이 시계 판에 총을 쏘아 시간을 정지시켰다고 한다(반성완).>

역사의 연속체를 폭파한다는 의식은 행동을 하는 순간에 있는 혁명적 계급들에게서 특징적으로 나타난다. 대혁명은 새로운 달력을 도입하였다. 달력이 시작하는 날은 역사적 저속촬영기로서 기능을 한다. 그리고 회상(Eingedenken, 기억)의 날들인 공휴일의 형태로 늘 다시 돌아오는 그 날은 근본적으로 그와 똑같은 날이다. 따라서 달력들은 시간을 시계처럼 세지 않는다. 달력들은 역사의식의 기념비들이며, 이 역사의식은 유럽에서 100 년 전부터 가장 희미한 흔적조차 남아 있지 않은 것 같다. 7월 혁명 시절만 해도 이러한 의식이 살아 있음을 보여준 사건이 일어났다. 처음 투쟁이 있던 날 밤에 파리 곳곳에서 서로 독립적으로 동시에 시계탑의 시계를 향해 사람들이 총격을 가하는 일이 벌어졌다. 한 목격자는 시의 운율에서 영감을 받은 듯이 당시 이렇게 적고 있다.

역사의 연속체 continuum 를 폭파한다는 의식은 행동을 개시하려는 순간의 혁명적 계급에 고유한 것이다. 프랑스 대혁명은 새로운 달력을 도입했다. 이 새로운 달력

의 첫날은 역사의 저속低速 촬영기와 같은 기능을 하고 있다. 그리고 "기억해내기"(回想)의 날 Tage des Eingedenkens 로서 국경일의 모습을 하고 언제나 다시 되돌아오는 그 날은 따지고 보면 항상 (본질적으로) 동일한 날인 것이다. 따라서 달력은 시간을 시계처럼 (균질적이고 텅 빈 것 같이) 세지 않는다. 달력은 역사의식의 기념비들이며, 이 역사의식은 유럽에서는 100 년 전부터 가장 희미한 흔적조차 남아 있지 않은 것 같다. (1948 년) 7 월 혁명 시절만 해도 이러한 의식이 살아 있음을 보여준 사건이 일어났었다. 처음 투쟁이 있었던 날 밤에 파리의 여러 곳에서 상호간에 아무런 연관도 없이 독자적으로 그리고 동시에 시계탑의 시계에 총격이 가해졌다는 사실이 뒤늦게 밝혀졌다. 한 목격자는 시의 압운(押韻) 에서 영감을 받은 듯이 당시를 이렇게 적고 있다.

누가 믿을 것인가! 사람들 말로는 (억압이 있음에도 계속 흘러가는 그) 시간에 격분(激忿)하여
새 여호수아들 nouveaux Josués 이 모든 시계탑 밑에서
그 날을 정지시키기 arrêter le jour 위해 시계 판에 총을 쏘아댔다고 한다.

fire alarm
The pages of Marx's Capital are filled with terrifying examples of the tyranny of the clock over workers' lives. In pre-capitalist societies, time bore qualitative significance, but, with the advance of the process of industrialization, this gradually gave way to the dominance of clock time alone. (포디즘 하에서의 무한반복 노동을 상상해 보라.) 찰리 채플린의 무성영화

For Benjamin, historical time cannot be likened to clock time. This is a theme that goes back to his earliest writings: in the article 'Trauerspiel and"' Tragedy' of 1916, he contrasts historical time, filled with messianic tempora1ity, with the empty, mechanical time of clocks.

The act of the revolutionaries firing on the clocks during the revolution of July 1830 represents that consciousness so far as Benjamin is concerned. But here it is not the calendar clashing with the clock: it is the historical time of revolution assailing the mechanical time of the timepiece. **The revolution is the attempt to arrest 정지 empty time by the irruption of qualitative, messianic time - the way that Joshua, according to the Old Testament, halted the course of the sun to gain the time he needed for victory.**

* * * *

\<직조공의 노래\> 하인리히 하이네

침침한 눈에는 눈물이 말랐다 / 그들은 베틀에 앉아서 이를 간다

독일이여, 우리는 너의 수의를 짠다 / 우리는 그 속에 세 겹의 저주를 짜 넣는다

우리는 철거덕거리며 베를 짠다 / 우리는 철거덕거리며 베를 짠다

첫번째 저주는 하느님에게 / 추운 겨울에도 굶주리며 그에게 기도하였건만

우리의 바람과 기다림은 헛되었다/우리는 그를 원숭이처럼 놀리고, 조롱하고, 바보로 만들었다

우리는 철거덕거리며 베를 짠다 / 우리는 철거덕거리며 베를 짠다

두번째 저주는 국왕에게, 부자들을 위한 국왕에게 / 우리의 비참한 삶을 본 체도 않고

우리를 협박하여 마지막 한푼까지도 앗아가고 / 우리를 개처럼 쏴죽이게 한다

우리는 철거덕거리며 베를 짠다 / 우리는 철거덕거리며 베를 짠다

세번째 저주는 잘못된 조국에게 / 이 나라에는 오욕과 수치만이 판을 치고

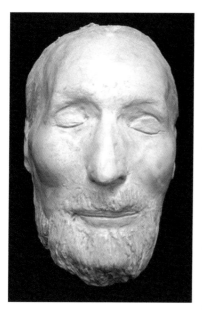

꽃이란 꽃은 피기도 전에 꺾이며 / 모든 것이 썩어 문드러져 구더기가 득실거린다

북은 나는 듯이 움직이고 베틀은 삐걱거리며 / 우리는 밤낮으로 베를 짠다

썩어빠진 독일이여, 우리는 너의 수의를 짠다 / 우리는 그 속에 세 겹의 저주를 짜 넣는다

우리는 철거덕거리며 베를 짠다 / 우리는 철거덕거리며 베를 짠다

\<하이네 데스 마스크 사진\> 우리가 그렇게 알고 있는 그 시인이 이렇게 과격한 시도 썼군요.

Das unromantische Leben einer romantischen Frau 낭만적 시인의 '침대 무덤' 그리고 '엘리제 크리니츠 Elise Krinitz'.　　　　　　**Mouche** 를 위하여

\<죽음이 온다. 이제 나는 떳떳하게 말하리라. 자랑스럽게 너를 향하여 너를 향하여

나의 심장은 너를 위하여 뛰었다고 영원히 그리고 영원히\>

기형도의 조치원이 기억난다. 옛날식으로 경자년생.

서울에서 아주 떠나는 기분 이해합니까?　고향으로 가시는 길인가 보죠.

이번엔, 진짜, 낙향입니다. (중략) *그러나 서울은 좋은 곳입니다. 사람들에게 분노를 가르쳐주니까요.* 덕분에 저는 도둑질 말고는 다 해보았답니다.

조치원까지 사내는 말이 없다. 왜 그는 아무 말도 하지 않았을까?

XVI 옛날옛적에

Auf den Begriff 개념 einer **Gegenwart 현재**,/ die nicht Übergang 경과 ist/ sondern in **der** die Zeit 시간 einsteht 멈추다/ und zum Stillstand 정지상태 gekommen ist/, kann der historische Materialist 사적유물론자 nicht verzichten 포기하다.

The notion of a present, which is not a transition, but in which time stands and has come to a standstill,/ the historical materialist can not forgo of this.

Denn 왜냐하면 dieser Begriff 개념/ definiert 정의하다/ eben *die* Gegenwart 현재,/ in der/ er für seine Person/ Geschichte 역사를 schreibt 쓰다.

For this term defines precisely the present,/ in which he writes history for himself.

Der Historismus 역사주의/ **stellt 나타내다** das "ewige 영원한" Bild 이미지 der Vergangenheit 과거,// der historische Materialist 역사적유물론자/ eine Erfahrung 경험 mit ihr,/ die einzig 유일한 dasteht.

Historism represents the "eternal" image of the past,/   the historical materialist (verb) an experience with it, which is the only one.

Er(사적유물론자) überläßt 맡기다 **es** andern,/ bei der Hure 창녀 "Es war einmal"/ im Bordell 유곽 des Historismus/ sich aus**zu**geben.

 He left it to others, to surrender to the whore, **"Once upon a time"**   in the brothel of historicism.

Er bleibt 머무르다/ seiner Kräfte Herr: Manns genug 충분한,/ das Kontinuum 연속성 der Geschichte 역사 aufzusprengen 폭파.

   He remains the master of his powers (within his powers): man enough to burst the continuum of history.

A historical materialist cannot do without the notion of a present which is not a transition, but in which time stands still and has come to a stop. For this notion defines the present in which he himself is writing history. Historicism gives the "eternal" image of the past; historical materialism supplies a unique experience with the past. The historical materialist leaves it to others to be drained by the whore called "Once upon a time" in historicism's bordello. He remains in control of his powers, man enough to blast open the continuum of history.

아케이드 프로젝트에서

N 3, 4: 역사주의의 "옛날옛적에"에 묶여있던 역사의 거대한 힘을 얼마나 해방시켜 줄 것인가? 사태를 "있었던 그대로" 보여주는 역사는 이 세기의 가장 강력한 마취제였다.

O13a, 5: 유럽의 도박장에서 해마다 탕진되는 힘과 열정을 다 모았다면 그것으로 로마의 역사를 만들어 내기에 충분하지 않았을까? 누구나 다 로마인으로 태어나지만 자본주의 사회는 그를 탈로마화하려고 한다. … 도박, 게임, 소설, 오페라, 스포츠, 복권, 여행, 패션, 이 모든 것이 남아도는 힘을 아무도 모르게 탕진하게끔 도입된 것이다. (반란은 혁명은 일어나지 않는다.)

역사적 유물론자는 과도기로서의 현재의 개념이 아니라 시간이 그 속에 머물러 정지 상태에 이르고 있는 현재의 개념을 포기할 수 없다. 그 까닭은 이와 같은 현재의 개념에 의해서만 역사를 쓰고 있는 현재가 정의되기 때문이다. 역사주의가 과거의 <영원한> 이미지를 나타낸다면 역사적 유물론자는, 일회적인 과거와의 유일무이한 경험을 보여준다. 역사적 유물론자는, 과거의 영원한 이미지 따위는 역사주의의 유곽에서 <옛날 옛적>이라고 불리는 창녀에게 정력을 탕진하는 다른 사람들에게 내맡겨 버리고, 대신 그는 자신의 힘을 스스로 제어하면서 역사의 지속성을 폭파시키기에 충분한 힘을 가진 남자로 계속 남아 있는 것이다. (반성완)

경과하는 시간이 아니라 그 속에서 시간이 멈추어 정지해버린 현재라는 개념을 역사적 유물론자는 포기할 수 없다. 왜냐하면 그러한 현재 개념이야말로 그가 자기의 인격을 걸고 역사를 기술하는 현재를 정의하기 때문이다. 역사주의가 과거에 대한 '영원한'이미지를 제시한다면, 역사적 유물론자는 과거와의 유일무이한 경험을 제시한다. 역사적 유물론자는 역사주의라는 유곽에서 '옛날에〔…〕이런 일이 있었다'는 창녀에게 몸을 던지는 일을 다른 사람에게 맡긴다. 그는 자신의 힘을 제어할 줄 알며, 역사의 연속체를 폭파하기에 정력을 갖고 있다.(최성만)

경과하는 과도기적 시간이 아니라 그 속에서 시간이 멈추어서 정지상태(停止狀態)에 이른 현재 Gegenwart 라는 개념을 역사적 유물론자는 결코 포기할 수 없다. 왜냐하면 그러한 현재의 개념이야말로 그가 (자기의 인격을 걸고) 역사를 기술하고 있는 현재를 정의하기 때문이다. 역사주의가 과거에 대한 '영원한' 이미지를 나타낸다면, 역사적 유물론자는 과거와의 유일(唯一)한 unique 경험을 보여 준다. 역사적 유물론자는 역사주의라는 유곽(遊廓)에서 '옛날 옛적에(Once upon a time)'라고 불리는 창녀(娼女)에게 굴복 surrender 하는, 즉 정력을 탕진하는 일을 다른 사람에게 내맡겨 둔다. 그는 자신의 힘의 한계 내에서 이를 통제할 줄 아는 남자, 즉 역사의 연속성 continuum 을 폭파시키기에 충분한 힘을 가진 남자로 계속 남아 있는 것이다

fire alarm: 불이야! According to the essay on Fuchs, the unique 'experience with the past' liberates 'the immense forces bound up in historicism's "Once upon a time". In other words, while the conformist, pseudo-objective approach of writers like Ranke and Sybel neutralizes and sterilizes the images of the past, the approach of historical materialism recovers the hidden explosive energies that are to be found in a precise moment of history.

These energies, 'which are those of the Jetztzeit, are like the spark produced by a short circuit, enabling the continuum of history to be 'blasted apart'.

나는 영어를 전혀 모르지만 이 책이 무슨 말을 하는지 알겠어. 그 아이는 말했다.

A topical example from Latin America, the Zapatist uprising of the Chiapas in January 1994, strikingly illustrates Benjamin's ideas. There, by a 'tiger's leap into the past', the <u>native fighters of the EZLN liberated the explosive energies</u> of the legend of Emiliano Zapata by <u>wresting it from the conformism of</u> <u>official history</u> and by blasting apart the alleged historical continuity between the Mexican Revolution of 1911-17 and the corrupt, authoritarian regime of the PRI - the Institutional Revolutionary Party.

****

< 로렌스 사진 찾아 봐.> I googled you.

***한 혁명 A Sane Revolution

D. H. Lawrence

혁명을 하려면 재미로 하라/ 심각하게는 하지 마라/ 너무 진지하게도 하지 마라/ 그저 재미로 하라 If you make a revolution, make it for fun, don't make it in ghastly seriousness, don't do it in deadly earnest, do it for fun. 정말 그렇게 해도 되나요? 허락을 왜 물어 봐?

사람들을 미워하기 때문에는 혁명에 가담하지 마라 / 그저 원수들의 눈에 침이라도 한번 뱉기 위해서 하라 **Don't do it for the money, do it and be damned to the money.**
Don't do it for equality, do it because we've got too much equality 그래도 평등은 중요해요.
사과 실린 수레를 뒤집고 사과가 어느쪽으로 굴러가는가를 보는 것은 웃긴다. 재미없어요.

<u>노동자 계급을 위한 혁명도 하지 마라/ 우리 모두가 스스로 작은 귀족이 되는 그런 혁명을 하라</u>
Don't do it for the working classes. Do it so that we can all of us be little aristocracies on our own
즐겁게 달아나는 당나귀들처럼 뒷발질이나 한번 하라. 무슨 소리야? 축구는 앞으로 차야지.

어쨌든 세계 노동자를 위한 혁명은 하지 마라/ 노동은 이제껏 우리가 너무 많이 해온 것이 아닌가?
우리 노동을 폐지하자, 우리 일하는 것을 끝장내자!
Let's abolish labour, let's have done with labouring!
일은 재미일 수 있다, 그리하여 사람들은 일을 즐길 수 있다 / 그러면 일은 노동이 아니다
우리 노동을 그렇게 하자! 우리 재미를 위한 혁명을 하자!
(정지, 중단, 이제 그만. The 4-Hour Workweek 읽어 보았다. 그래서?)

XVII 성좌 星座 Konstellation

Der Historismus gipfelt von rechtswegen in der Universalgeschichte.

  1   m   culminates   right ways   3   보편사

역사주의   *culminates rightly*   *in the universal history.*

Von ihr(3)   <u>hebt</u>   die materialistische Geschichtsschreibung

from universal history 구별되다 유물론적 역사서술 historiography

<u>sich</u> methodisch vielleicht deutlicher   als von jeder andern <u>ab</u>.

  방법론에서   아마도   more clearly than from any 3 other

differs in method perhaps more clearly than from any other kind

Die erstere hat keine theoretische Armatur.

1   전자   4   armor 갑옷

보편사 has no 이론적 armature.

Ihr Verfahren ist additiv: sie <u>bietet</u> die Masse der Fakten <u>auf</u>,

 n,방법론   collect 4   f   2   pl.

Its procedure is 가산적: it musters the mass of **facts**

um die homogene und leere Zeit aus**zu**füllen. Der materialistischen Geschichtsschreibung/ ihrerseits liegt

   4   empty f.   to fill in   f   on her part liegen

the homogeneous, empty time 을 채우기위해.   Materialist historiography, on the other hand, is based on

ein konstruktives Prinzip/ zugrunde.   Zum Denken gehört/   nicht nur die Bewegung der Gedanken sondern

  1   구성원칙   belong   not only 1 움직임   2 생각들   but

a constructive principle.   *Thinking involves not only the movement of thoughts, but*

ebenso ihre Stillstellung.   Wo das <u>Denken</u>/ in einer von Spannungen gesättigten Konstellation/ plötzlich

also   their 정지   where 1   3   긴장으로 가득찬 성좌   갑자기

their arrest as well.   Where thinking suddenly comes to a stop in a constellation saturated with tensions,

418

einhält,/ da erteilt **es** derselben einen Chock,/ durch den/ **es** sich als Monade
kristallisiert.
정지 erteilen the same 4 충격을 관대 as 단자 결정화되다
it gives 바로 그 성좌에 a shock, by which thinking is crystallized as monad.

Der historische Materialist/ geht an einen geschichtlichen Gegenstand/ einzig und allein da heran,
1 다가가다 4 역사적 en object only alone 바로거기
The historical materialist approaches a historical object only

wo er ihm als Monade entgegentritt. In dieser Struktur/ erkennt er das Zeichen einer messianischen
he it encounter 3 구조 f 인식 4 표식 2 메시아적
where he confronts it as a monad. In this structure he recognizes the sign of a messianic

Stillstellung des Geschehens, anders gesagt, einer **revolutionär**en Chance im Kampfe für die unterdrückte
정지 2 사건 달리 말해서 2 혁명적 기회 f 투쟁 for 4 억압받은
arrest of happening, or (to put it differently) a revolutionary chance in the fight for the oppressed

Vergangenheit. Er nimmt sie wahr,/ **um** eine bestimmte Epoche aus dem homogenen Verlauf
과거 he 인식 it 과거 4 특정한 e 시대 f from 3 균질한 과정 m
past. He recognizes it in order to blast a specific era out of the homogeneous course

der Geschichte herauszusprengen; so sprengt er/ ein bestimmtes Leben aus der Epoche, so ein bestimmtes
2 역사 폭파 4 특정한 삶 3 시대 4
of history; thus, he blasts a specific life out of the era, a specific

Werk aus dem Lebenswerk. Der Ertrag seines Verfahrens/ besteht darin, daß *im* Werk das
Lebenswerk,
3 필생의 작업 1 결과 2 方法 있다 in+da that 1 필생의업적
work out of the lifework. The result of this method is in that in 그 하나의 작품, the
lifework

im Lebenswerk die Epoche und *in* der Epoche der gesamte Geschichtsverlauf aufbewahrt ist und
aufgehoben.
1 시대 3 1 전체역사의 과정 **보존(保存)되고지양(止揚)된다.**
in the lifework, the era and in the era, the entire course of history is both preserved and sublated.

Die nahrhafte Frucht des historisch Begriffenen hat die Zeit als den kostbaren,
1 열매 f 2 conceptualization 4 시간 f 4 귀중한
The nourishing fruit of what is historically understood contains time as a precious

419

aber des Geschmacks entratenden Samen in ihrem *Innern.*

but 2 맛 taste 빼앗긴 씨 seed in its 내부 interior.

마지막 문장을 다시 이태리어로 읽어 보자.

Il frutto sostanzioso dello storicamente compreso/ ha il tempo *dentro di sé*

The fruit nourishing/substantial of the historically compressed, has the time within it

come seme prezioso ma che fa a meno del sapore.

as a seed precious but which does lack the taste.

의미가 더 선명해지는 느낌이다. 그렇지 않은가? 글쎄요. 저는 그저 까막눈.

갑자기 문맹文盲氓이 되는 느낌도 좋아요. 오형준도 공감을 표시했다.

****

sich von jdm/etw abheben to stand out from sb/sth

aufbitten: gather collect, muster, call in

gehören zu : to be part of(= *Mitglied sein von*) belong to

Historicism rightly culminates in universal history. Materialistic historiography differs from it as to method more clearly than from any other kind. Universal history has no theoretical armature. Its method is additive; it musters a mass of data to fill the homogeneous, empty time. Materialistic historiography, on the other hand, is based on a constructive principle. Thinking involves not only the flow of thoughts, but their arrest as well.

Where thinking suddenly stops in a configuration pregnant with tensions, it gives that configuration a shock, by which it crystallizes into a monad. A historical materialist approaches a historical subject only where he encounters it as a monad. In this structure he recognizes the sign of a Messianic cessation of happening, or, put differently, a revolutionary chance in the fight for the oppressed past. He takes cognizance of it in order to blast a specific era out of the homogeneous course of history-blasting a specific life out of the era or a specific work out of the lifework. As a result of this method the lifework is preserved in this work and at the same time canceled; in the lifework, the era; and in the era, the entire course of history. The nourishing fruit of the historically understood contains time as a precious but tasteless seed.

Historicism rightly culminates in universal history. It may be that materialist historiography differs in method more clearly from universal history than from any other kind. Universal history has no theoretical armature. Its procedure is additive: it musters a mass of data to fill the homogeneous, empty time. Materialist historiography, on the other hand, is based on a constructive principle. Thinking involves not only the movement of thoughts, but their arrest as well. Where thinking suddenly comes to a stop in a constellation saturated with tensions, it gives that constellation a shock, by which thinking is crystallized as a monad. The historical materialist approaches a historical object only where he confronts it as a monad. In this structure he recognizes the sign of a messianic arrest of happening, or (to put it differently) a revolutionary chance in the fight for the oppressed past. He takes cognizance of it in order to blast a specific era out of the homogeneous course of history; thus, he blasts a specific life out of the era, a specific work out of the lifework. As a result of this method, the lifework is both preserved and sublated *in* the work, the era *in* the lifework, and the entire course of history *in* the era. The nourishing fruit of what is historically understood contains time in its *interior* as a precious but tasteless seed.

(이태리어 번역 추가)

Lo storicismo culmina in linea di diritto nella storia universale. La storiografia materialista se ne distacca forse nel modo più chiaro nel senso del metodo. La prima non ha armatura teorica. Procede additivamente: per riempire il tempo omogeneo e vuoto, raccoglie una massa di fatti. Da parte sua, alla base della storiografia materialistica sta un principio costruttivo. Al pensare non appartiene solo il movimento del pensiero ma anche il suo arresto. Quando improvvisamente il pensiero si arresta in una costellazione carica di tensioni, le comunica uno *shock*, per cui si cristallizza in un monade. Il materialista storico affronta un oggetto storico unicamente e solo dove gli si presenta come monade. In quella struttura riconosce il segno dell'arresto messianico dell'accadere, in altri termini, di una *chance* rivoluzionaria nella lotta per il passato oppresso. La percepisce, per far saltare una certa epoca fuori dal corso omogeneo della storia. Allo stesso modo fa saltare fuori una certa vita dalla sua epoca, una certa opera dal lavoro di una vita. Dal suo modo di procedere risulta che *nell'*opera si conserva rimosso il lavoro di una vita, *nel* lavoro di una vita l'epoca e nell'epoca l'intero corso storico. Il frutto sostanzioso dello storicamente compreso ha il tempo *dentro di sé* come seme prezioso ma che fa a meno del sapore

아케이드 프로젝트에서 N 2, 7: 변증법은 이미지 속에서 정지되며 역사적으로 가장 새로운 것 속에서 최근에 사라진 것으로서의 신화를, 근원의 역사로서의 자연을 인용한다.

역사주의가 보편적 세계(인류)사에서 그 정점을 이루는 것은 당연하다고 할 수 있다. 유물론적 역사서술은 방법론적으로, 어떠한 다른 종류의 역사보다는 바로 이러한 보편사와 비교해 보면 아마 가장 명확히 구별될 것이다. 보편적 세계사는 아무런 이론적 무기도 가지고 있지 않다. 보편사의 방법론은 첨가적이다. 그것은 동질적이고 공허한 시간을 채우기 위해서 사실의 더미를 모으는 데 급급하다. 유물론적 역사서술은 이와는 반대로 하나의 構成원칙에 그 근거를 두고 있다. 사고에는 생각의 흐름만이 아니라 생각의 정지도 포함된다. 사고는, 그것은 긴장으로 충만 된 사실의 배열 속에서 갑자기 정지하는 바로 그 순간에 그 사실의 배열에 충격을 가하게 되고 또 이를 통해 사고는 하나의 單子 Monade 로서 結晶化된다. 역사적 유물론자는, 그가 단자로서 마주 대하는 역사적 대상에만 오로지 접근한다. 이러한 단자의 구조 속에서 그는 사건의 메시아적 정지의 표식, 달리 말해 억압된 과거를 위한 투쟁에서 나타나는 혁명적 기회의 신호를 인식한다. 그는 동질적이고 공허한 역사의 진행과정을 폭파시켜 그로부터 하나의 특정한 시기를 끄집어내기 위해서 과거를 인지한다. 이런 식으로 해서 그는 시대로부터는 하나의 특정한 삶을, 일생의 사업으로부터는 하나의 특정한 사업을 획득하게 되는 것이다. 이러한 방법론으로부터 얻게 되는 수확은 한 작품 속에 필생의 업적이, 필생의 업적 속에는 한 시대가, 그리고 한 시대 속에는 전체 역사의 진행과정이 보존되고 지양되는 것이다. 역사적으로 파악되어진 것의 영양이 풍부한 열매는, 귀중하지만 <u>맛이 없는 씨앗</u>으로서의 시간을 그 내부에 간직하고 있다. (반성완)

역사주의가 보편사(**Universalgeschichte**)에서 그 정점(頂點)을 이루는 것은 당연하다고 할 수 있다. 유물론적 역사서술은 방법론적으로, 어떠한 다른 종류의 역사보다도 바로 이러한 보편사와 비교해 보면 아마 가장 뚜렷이 구별될 것이다. 보편적 세계사는 아무런 이론적 장치도 갖고 있지 않다. 보편사의 방법론은 가산(加算)적이다. 그것은 균질하고 텅 빈 시간을 채우기 위해 사실의 더미를 모으는 데 급급하다. 유물론적 역사서술은 이와는 반대로 하나의 구성(構成, **Konstruktion**) 원칙에 그 근거를 둔다. 사유(思惟)에는 생각들의 흐름만이 아니라 생각들의 정지도 포함된다. 사유는, 그것이 긴장으로 가득 찬 (사건의 배열로서의) 성좌(星座) **Konstellation** 속에서 갑자기 정지하는 바로 그 순간에, 그 성좌에 충

421

격을 가하게 되고 또 이를 통해 그 성좌는 하나의 단자(單子, Monade)로 결정화(結晶化)된다. 역사적 유물론자는 역사적 대상에 다가가되, 그가 그 대상을 단자로 맞닥뜨리는(encounter) 곳 바로 거기에서만 (그 역사적 대상에) 다가간다. 이러한 단자의 구조 속에서 그는 사건의 메시아적 정지의 표지, 달리 말해서 억압받은 과거 oppressed past 를 위한 투쟁에서 나타나는 혁명적 기회의 신호를 인식한다. 그는 역사의 균질한 진행 과정을 폭파하여, 그로부터 하나의 특정한 시대를 끄집어내기 위해 과거를 인지한다. 이런 식으로 그는 한 시대에서 한 특정한 삶을, 필생의 업적에서 한 특정한 작품을 캐낸다. 이러한 방법론에서 얻어지는 수확은, 한 작품 속에 필생의 업적이, (한 사람의) 필생의 업적 속에 한 시대가, 그리고 한 시대 속에 전체 역사의 진행 과정이 보존(保存)되고 지양(止揚 negated)되는 것이다.(시대를 앞질러 나왔기에 부정되는 것이다.)–역사적으로 파악되어진 것의 영양이 풍부한 열매(history)는, 귀중하지만 무미(無味)한 씨앗으로서의 시간(=now-time)을 그 안에 간직하고 있다.

Jetztzeit = **crystallized time = tasteless seed = (explosive) monad = the Figure**

번역자의 과제:

"번역 속에서 원작은 말하자면 언어가 살아 숨쉴 보다 높고 순수한 권역(圈域)으로 성장한다. 이 본질적인 핵은 그 번역 자체에서 다시금 번역할 수 없는 어떤 것이라고 규정할 수 있다. 다시 말해 그 번역에서 전달에 해당하는 부분을 얼마든지 뽑아내어 번역할 수 있지만, 그럼에도 진정한 번역자의 작업이 지향한 어떤 것이 건드릴 수 없는 채 남는다. 그것은 원작에서의 작가의 말처럼 옮길 수 있는 것이 아닌데, 왜냐하면 내용이 언어에 대해 갖는 관계는 원작과 번역에서는 전혀 다르기 때문이다. 내용과 언어가 원작에서는 <u>열매와 껍질처럼</u> 일종의 통일체를 이루고 있다면, 번역의 언어는 <u>마치 주름들이 잡혀 있는 널따란 왕의 외투처럼</u> 그것의 내용을 감싼다. 왜냐하면 번역의 언어는 그 언어 자체보다 더 상위의 언어를 의미하며, 그로써 번역 자신의 내용에 어울리지 않고 강압적이며 낯선 채로 머물기 때문이다. 이러한 균열은 모든 번역을 저지하며 그와 동시에 불필요하게 만든다. 왜냐하면 언어 역사의 특정 시점에서 나온 어떤 작품을 번역한 것은 모두 그 작품 내용의 특정 측면을 두고 볼 때 여타의 모든 언어들로 번역한 것들을 대표하기 때문이다. 따라서 번역은 원작을 어떤 - 아이러니하고 - 보다 궁극적인 언어 영역으로 옮겨 심는 작업인데 .... "

fire alarm 불이 나지 않았다. 오작동이다.

It is the task of remembrance, in Benjamin's work, to build 'constellations'
linking the present and the past. These constellations, these moments wrested

from empty historical continuity are monads. **That is, they are concentrates of historical totality - 'full moments', as Peguy would put it. The privileged moments of the past, before which the historical materialist comes to a halt, are those which constitute a messianic stop to events - like that moment in July 1830 when the insurgents fired on the clocks.** (p 95)

Benjamin's works on Baudelaire are a good example of the methodology proposed in **this thesis: the aim is to discover in** Les Fleurs du mal **a monad, a crystallized ensemble of tensions that contains a historical totality. In that text, wrested from the homogeneous course of history, is preserved and gathered** the whole of the poet's work, **in that work the** French nineteenth century, **and, in this latter, the** 'entire course of history'. **Within Baudelaire's 'accursed' work, time lies hidden like a precious seed.** Must that seed fructify in the terrain of the current class struggle to acquire its full savour? (p 96) 혁명이 성공해야만 그 씨앗의 맛을 볼 수 있다.

<seed 그림> 생략
<별자리 그림> 생략

정지의 변증법과 성좌의 개념은 어디에서 나왔을까? 벤야민의 초기저작 독일 비애극의 원천을 읽어 보고 동시에 프루스트를 읽어 본다.

cette cause 원인,/ je la devinais 판별/ en comparant 비교 entre elles ces diverses impressions 인상 bienheureuses 행복한/ et qui avaient entre elles ceci de commun 공통점/ que je les éprouvais 느끼다 à la fois 동시에/ dans le moment actuel 현재 et dans un moment éloigné 아득한 과거/ où le bruit 소음 de la cuiller 숟가락 sur l'assiette 접시, l'inégalité des dalles 포석, le goût 맛 de la madeleine/ allaient/ jusqu'à faire empiéter 파고든다 le passé 과거 sur le présent 현재,/ à me faire hésiter 망설이다/ à savoir dans lequel des deux/ je me trouvais ;

And I began to discover the cause by comparing those varying happy impressions which had the common quality of being felt simultaneously at the actual moment and at a distance in time, because of which common quality the noise of the spoon upon the plate, the unevenness of the paving-stones, the taste of the madeleine, imposed the past upon the present and made me hesitate as to which time I was existing in.

au vrai,/ l'être qui alors goûtait en moi cette impression/ la goûtait en ce qu'elle avait de commun/ dans un jour ancien et maintenant,/ dans ce qu'elle avait d'extra-temporel,/ un être qui n'apparaissait que/ quand,/ par une de ces identités entre le présent et le passé,/ il pouvait se trouver/ dans le seul milieu où il pût vivre,/ jouir de l'essence des choses,/ c'est-à-dire en dehors du temps.

Of a truth, the being within me which sensed this impression, sensed what it had in common in former days and now, sensed its extra-temporal character, a being which only appeared when through the medium of the identity of present and past, it found itself in the only setting in which it could exist and enjoy the essence of things, that is, outside Time.

독일비애극의 원천 The Origin of German Tragic Drama
잔혹한 이미지 보기를 거부하는 사람들은 가혹행위로 죽은 한 병사, 가자지구에서 폭격으로 죽은 어린이들에게 도덕적 책임이 있다. -o-
"The methodological element in philosophical projects is not simply part of their didactic mechanism. This means quite simply that they possess a certain esoteric quality which they are unable to discard, forbidden to deny, and which they vaunt at their own peril." -비애극 Walter Benjamin
사유는 끈기 있게 항상 새로이 시작하며, 사태 자체로 집요하게 들어간다. 이러한 부단한 숨 고르기가 정관(靜觀)Kontemplation 의 가장 고유한 존재형태이다. 왜냐하면 정관은 어떤 동일한 대상을 관찰할 때 여러 상이(相異)한 의미층을 쫓는 가운데 자신의 항상 새로운 출발의 추진력을 얻고, 자신의 단속적(斷續的) 리듬의 정당성을 얻기 때문이다. (언어 일반, 148, GS I-1, p. 208)
Tirelessly the process of thinking makes new beginnings, returning in a roundabout way to its original object. This continual pausing for breath is the mode most proper to the process of contemplation. - 비애극

불규칙한 조각들이 분할되는데서 모자이크가 장엄함을 드러내듯이 철학적 관찰은 *비약을* 두려워하지 않는다. …. 모자이크의 가치가 유리용질의 질에 달려 있는 것과 마찬가지로 재현의 광휘는 그러한 사유 파편들의 가치에 달려 있다. 미시적 가공 작업이 조형적 전체성과 지적 전체성의 척도에 대해 갖는 이러한 관계는, 진리 내용이 사실 내용의 세목들에 가장 엄밀하게 침잠할 때에 비로소 파악될 수 있음을 웅변해준다.
"Just as mosaics preserve their majesty despite their fragmentation into capricious particles, so philosophical contemplation is not lacking in momentum. Both are made up of the distinct and the disparate; and nothing could bear more powerful testimony to the transcendent force of the sacred image and the truth itself. **The value of fragments of thought is all the greater, the less direct their relationship to the underlying idea,** and

the brilliance of the representation depend as much on this value as the brilliance of the mosaic does on the glass plate. The relationship between the minute precision of the work and the proportions of the sculptural or intellectual whole demonstrates that truth content is only to be grasped through immersion in **the most minute details** of subject matter."
p28-29

(역사의 기억, 역사의 상상) 아무 연관도 없어 보이고 정말 사소한 것에서 역사의 본질이 드러난다.
God is in the details. - Ludwig Mies van der Rohe –

성좌(星座)로서의 이념*(이 부분이 이렇게 좋을 수가 없다.)*

The set of concepts which assist in the representation of an idea lend it actuality as such a configuration. For phenomena are not incorporated in ideas. They are not contained in them. Ideas are, rather, their objective, virtual arrangement, their objective interpretation. If ideas do not in-
한 이념 idee 의 재현에 사용되는 개념들의 집합은 이념을 그 개념들의 성좌로서 현현한다. .... 현상들은 이념들 속에 내포되어 있지 않다. 오히려 이념들은 현상들의 객관적, 잠재적인 배열이고 현상들의 객관적 해석이다.

phenomena for ideas is confined to their conceptual elements. Whereas phenomena determine the scope and content of the concepts which encompass them, by their existence, by what they have in common, and by their differences, their relationship to ideas is the opposite of this inasmuch as the idea, the objective interpretation of phenomena – or rather their elements – determines their relationship to each other. Ideas are timeless constellations, and by virtue of the elements' being seen as points in such constellations, phenomena are subdivided and at the same time redeemed;

현상들이 자신의 현존, 공통점, 차이들을 통해/ 자신을 포괄하는 개념들의 범위와 내용을 규정하는 반면,/ 이념들에 대한 그들의 관계는/ 이념이 현상들을 객관적으로 해석한다는 점에서/ 그 현상들 간의 공속성을 규정하는 정 반대의 관계이다. 이념들은 영원한 성좌(Konstellation)들이며, 그 요소들이 이러한 성좌들의 점들로 파악되는 가운데 현상들은 분할되는 동시에 구제된다. (한국사 교과서에서 피흘리는 이한열의 사진을 빼자는 교육부의 의견; 끔찍하고 잔인한 역사적 사진은 안보겠다는 여린 감수성(?)의 사람들; 이 사진을 보아야 할 의무, 그리고 이 사진을 보는 사람이 한 명 한 명 더 늘어나고 이를 기억할 때 희생자들이 구원받는다는 생각이 벤야민의 글에 들어 있다. 이미지를 두려워하는 국가.....)

425

게다가 그 요소들은 그 극단들에서 가장 분명하게 드러나는데 이 요소들을 현상들에서 분리해내는 것이 개념의 과제이다. 이념은 일회적-극단적인 것이 또 다른 일회적-극단적인 것과 맺는 연관의 형상화라고 표현할 수 있다. 따라서 언어의 가장 일반적인 지시들을 이념들로 인식하는 대신 개념들로써 이해하는 것은 오류이다. 일반적인 것을 평균적인 것으로 서술하고자 한다면 이는 전도된 것이다. 아주 조금 어렵지만 재미있다.

일반적인 것은 이념이다. 이에 반해 **경험적인 것은 그것이 어떤 극단적인 것으로 명확하게 통찰되면 될수록 그만큼 더 깊이 파악된다. 극단적인 것에서 개념은 출발한다.** 아이들이 어머니가 가까이 있다고 느끼면서 그녀를 에워싸고 있을 때 비로소 어머니가 온 힘을 다해 삶을 시작하는 것과 마찬가지로, 이념들은 극단들이 그 이념들 주위에 모여들 때 살아 움직이기 시작하는 법이다. 이념들은 – 괴테의 표현대로라면 이상(理想)들은 – 파우스트적 어머니들이다. 이 어머니들(idee)은 현상들이 그들을 신뢰하지 않으면서 주위에 모여들 때에는 어둠 속에 가려져 있다. 현상들을 모으는 일은 개념이 할 일이며, 구별하는 오성의 힘으로 그 개념들 속에서 이루어지는 분할 작업은 그것이 동일한 한 과정 속에서 이중적인 것, 즉 현상의 구제와 이념들의 재현을 완수해낼 때 더욱더 의미 있는 일이 된다. (제주 4.3.-여순항쟁-부마항쟁-광주항쟁을 연결해 보라.)

so that those elements which it is the function of the concept to elicit from phenomena are most clearly evident at the extremes. The idea is best explained as the representation of the context within which the unique and extreme stands alongside its counterpart. It is therefore erroneous to understand the most general references which language makes as concepts, instead of recognizing them as ideas. It is absurd to attempt to explain the general as an average. The general is the idea. The empirical, on the other hand, can be all the more profoundly understood the more clearly it is seen as an extreme. The concept has its roots in the extreme. Just as a mother is seen to begin to live in the fullness of her power only when the circle of her children, inspired by the feeling of her proximity, closes around her, so do ideas come to life only when extremes are assembled around them. Ideas – or, to use Goethe's term, ideals – are the Faustian 'Mothers'. They remain obscure so long as phenomena do not declare their faith to them and gather round them. It is the function of concepts to groups phenomena together, and the division which is brought about within them thanks to the distinguishing power of the intellect is all the more significant in that it brings about two things at a single stroke: the salvation of phenomena and the representation of ideas.

****

사랑의 변주곡

김수영

욕망이여 입을 열어라 그 속에서
사랑을 발견하겠다(Th 14) 도시(都市)의 끝에
사그러져가는 라디오의 재갈거리는 소리가
사랑처럼 들리고(redemption) 그 소리가 지워지는
강이 흐르고(oppression) 그 강 건너에 사랑하는
암흑이 있고(strength in weakness) 삼(三)월을 바라보는 마른나무들이
사랑의 봉오리를 준비하고 그 봉오리의 (potentiality...)
속삭임이 안개처럼 이는 저쪽에 쪽빛 (voice of the dead)
산이 (the past)

사랑의 기차가 지나갈 때마다 우리들의 (train of history)
슬픔처럼 자라나고 도야지 우리의 밥찌끼(Th 9, 먹다버린 밥을 먹는 억압받는 계급))
같은 서울의 등불을 무시한다
이제 가시밭, 덩쿨장미의 기나긴 가시가지(enslaved ancester)
까지도 사랑이다

왜 이렇게 벅차게 사랑의 숲은 밀려닥치느냐 (Macbeth 의 예언)
사랑의 음식은 사랑이라는 것을 알 때까지(no more social democracy's cry...)

난로 위에 끓어오르는 주전자의 물이 아슬
아슬하게 넘지 않는 것처럼 사랑의 절도(節度)는
열렬하다 (Th 2, sadness)
간단(間斷)도 사랑
이 방에서 저 방으로 할머니가 계신 방에서
심부름하는 놈이 있는 방까지 죽음 같은
암흑 속을 고양이의 반짝거리는 푸른 눈망울처럼(seize the image of the past)
사랑이 이어져가는 밤을 안다(French Revltn)

그리고 이 사랑을 만드는 기술을 안다 (Th 1)
눈을 떴다 감는 기술—불란서 혁명의 기술 (*변증법적 이미지*)
최근 우리들이 사·일구(四·一九)에서 배운 기술

그러나 이제 우리들은 소리내어 외치지 않는다(nerver ceased to be victorious)

복사씨와 살구씨와 곶감씨의 아름다운 단단함이여(tasteless seed, nowtime)
고요함과 사랑이 이루어 놓은 폭풍(暴風)의 간악한 (storm from Paradise)
신념(信念)이여 (belief in the progress)
봄베이도 뉴욕도 서울도 마찬가지다 (제 3 세계, 문명선진국, ...)
신념(信念)보다도 더 큰
내가 묻혀 사는 사랑의 위대한 도시에 비하면 (Messiah, the past of Proust)
너는 개미이냐

아들아 너에게 광신(狂信)을 가르치기 위한 것이 아니다 (S.D.의 실패)
사랑을 알 때까지 자라라 (후손에게 주어진 과업)
인류(人類)의 종언의 날에 (messianic time)
너의 술을 다 마시고 난 날에 (3 분법적 시간관에 지쳤을 때)
미대륙(美大陸)에서 석유(石油)가 고갈되는 날에(the end of 야만적 civilization)
그렇게 먼 날까지 가기 전에 너의 가슴에
새겨둘 말을 너는 도시(都市)의 피로(疲勞)에서 (미학적 깨달음)
배울 거다
이 단단한 고요함을 배울 거다(nowtime)
복사씨가 사랑으로 만들어진 것이 아닌가 하고 (redemption in the nowtime)
의심할 거다! (tasteless seed, weak M. power)
복사씨와 살구씨가
한 번은 이렇게
사랑에 미쳐 날뛸 날이 올 거다! (standstill, blast open and revolution)
그리고 그것은 아버지 같은 잘못된 시간의
그릇된 명상(瞑想)이 아닐 거다 (꼽추 난장이, 우리를 억압한 신학을 통해 적을 쓰러트릴 것이다.)

반복해서 읽고 또 읽는 것도 좋지만 한번 보고 영원히 읽지 않는 것도 좋다. 김주남은 이런 말을 했다. 기억을 되살려 추적해 보면 이런 것 같다. "로마를 약탈한 민족들도 약탈에 저항한 사람들을 감옥에 처넣기는 했으나 펜과 종이는 약탈하지 않았다. 그래서 보에티우스 같은 사람이 감옥에서 '철학의 위안'이람 책을 썼다." 詩의 산문화

아 그랬었구나 / 칸칸한 증세 암흑기에도 /감옥에는 불이 켜져 있었구나 그래서 그 밑에서 /마르코 폴로는 '동방견문록'을 쓰게 되었고 / 세르반테스는 '돈키호테'를 쓰게 되었구나

아 그랬었구나 / 전제군주 짜르 체제에서도 러시아에서도 / 시인에게서 펜만은 빼앗아가지 않았구나 / 그래서 체르니세프스키 같은 이는 감옥에서 / '무엇을 할 것인가'를 쓰게 되었구나

"일제 식민지 노예 같은 시대에도 우리말 우리 성까지 빼앗아간 이민족의 치하에서도 감옥에서 펜과

종이를 빼앗아가지 않았다. 그래서 단재 신채호는 여순감옥에서 '조선상고사'를 조선어로 조선의 역사를 썼다고 한다. 역사를 거꾸로 살 수 있다면 고대 노예로 다시 태어나고 싶다. 차라리 일제치하에서 다시 태어나고 싶다." 무슨 미친 소리야? 아항 그렇군요. "펜도 없고 종이도 없는 자유대한에서 그 감옥에서 살기보다는." **Now we can say that** 대한민국의 자유민주주의 하에서 자유도 없었고 민주주의도 없었다.

<벤야민 아이디어 스케치>

한국사에서의 성좌: 경부고속도로와 4대강

치욕 / 백무산
그 치욕 위에 다시 치욕이 있으니 (역사의 천사가 본 폐허 위에 또 폐허)
그들의 불도저 같은 용기와 고귀한 희생 덕에 / 나라가 이만큼 발전하지 않았느냐,고
자랑삼고 교훈으로 삼는 자들의 뻔뻔함이다
그게 사실이라 믿는 사회라면 / 그것이 위대하여 못내 아, 대한민국을 외치고
가슴 벅찬 건국의 역사라 들먹인다면 / 우리 삶은 야만이다 / 착각이 아니라 비열함 때문이다
그래서 일찍이 나는 손 털었다 / 삶의 기대를 접었다
이런 세상에 누릴 것이 있다면 / 그건 내가 나에게 처먹이는 치욕이므로 / 손 털었다
(중략)

인간의 특성과 집단 어리석음에 대해서

내가 믿기에, 오늘날 인간교육 인내력을 감소시키는 쪽으로 가고 있다. 오늘날 학교는 아이들이 즐거운 시간을 가진다면 좋다고 여겨진다. 그런데 이것은 이전에는 척도가 아니었다. 부모들은 아이들이 자신들처럼 되기를 원하지만, 그럼에도 불구하고 아이들이 자신들의 교육과는 전혀 다른 교육을 받도록 놔둔다. -인내력은 높게 평가되지 않는다. 왜냐하면 고통이란 존재하지 않는다고 여겨지고, 실제로 옛날 일이 되어버렸기 때문이다. - p.150~151 ???

개미의 생물량은 인간의 생물량보다 4배 정도가 더 많다. 그러나 무수히 많은 개미가 세계 챔피언처럼 매일 생산하고 소비하도 개미의 세계에는 인구과잉이나 쓰레기 문제가 없다. 추측하건대 개미는 인간보다 더 똑똑하게 경제생활은 하는 것은 분명하다. ... 개체로서는 인간이 개미를 압도적으로 능가할지 모르겠지만 집단 차원에서는 개미가 훨씬 더 뛰어나다. 개미의 특성은 집단 지성에, 인간의 특성은 집단 어리석음에 있기 때문이다. 즉, 개체적 지성으로부터 집단적 한계가 발생하는 것이다. ... 인간은 개체의 합리성을 집단 광기의 토대로 만드는 시스템을 구축했다. (p.87-88) ... 우리 모두가 미친 듯이 소비해야만 그 보답으로 그토록 갈망하던 경제성장을 얻게 되기 때문이다.(p.91) 미하엘 슈미트-살로몬

429

... "침팬지와 아동의 학습 행동을 비교했을 때, 침팬지보다 아동의 모방이 더 정확도 높게 나타난다. 침팬지는 실용적인 목표를 향해 행동하는 반면, 아동은 다른 아동의 행동을(일부 경우에는 덜 효과적인데도)똑같이 모방하려고 한다. ... 모든 전통 형성을 위한 바탕이 되기 때문이다. ... 인간의 정확한 모방 능력은 곧 모든 문화 업적의 뿌리인 동시에 모든 어리석음의 뿌리이기도 하다. 인간은 자신의 문화 속에서 발견한 모든 것, 비록 그것이 매우 조야하고 뇌를 좀먹는 바보 같은 짓이더라도 모방하도록 프로그래밍화 되어 있다. ... 시간이 지나면서 아이는 세상에서 주입된 온갖 관점을 축적하고 습득하며, 이를 근거로 자신의 생각을 사실과 거짓, 옳고 그름, 아름다움과 추함으로 규정한다. 바로 여기서 '문화적 매트릭스'의 개념이 이해된다. (p.178-179)

역사학자 바바라 터크먼(Barbara tuchman)의 책 《바보들의 행진 march of folly》 악의 뿌리가 '오류에 대한 고집'에 있다는 것이다. 즉 '불리하다고 입증되어도 그 불리한 것을 추구하는 태도'이다. 야망, 불안감, 출세욕, 체면 유지, 망상, 자기기만, 선입견에 너무나도 빈번히 굴복당하고 있다. ... "내가 잘못 생각했더라도 내가 옳다" ... 권력을 장악한 사람은 자신이 저지른 실수가 드러나면 권력을 잃고 말 거라 두려워한다. (p.167-168) 한국에서는 지도자의 무오류성에 대한 맹목적 믿음이 있다.

잠깐 멈추시오. 이제 그만 하시오. 이제 이 번역도 끝나가니까요. 논문을 읽었어요. 흥미로왔어요.

휠덜린 논문을 읽었다. 왜 이런 생각을 진작 못했을까? 이런 깊은 뜻이 있었군. 알겠어. 나도 다음에 실험해 보아야지. 휠덜린의 시 「반평생」(Hälfte des Lebens)은 아도르노에 의해서 어떤 중재도 거부하는 병렬 문체의 가장 탁월한 예로서 이미 제시된 바 있다.*(장영태의 후기시에서의 현대성) 아도르노의 영문번역을 찾아 읽었다. 독문학자도 아닌데 내가 왜 이렇게까지 파고드나? 회의가 밀려들어 왔다. 끝까지 가보아야 무언가 보일 것 같다. 이제부터 파라탁시스로 쓰기로 하자. 질서에 저항한다. A rebellion against the harmony.*

<휠덜린에게 있어서 형식은 나중에 부여된 것이 결코 아니다. 형식은 창조적 과정의 시발점에 놓여 있다> 새로운 내용이 아니라 새로운 형식, 새로운 방향성 "사물들이 자율적인 것이 되고 더 이상 어떤 사유의 체계에 종속되지 않으며, 오히려 체계를 뛰어넘고 체계를 상대화시킨다. 아니 거의 그 체계를 파괴시키게 된다. 그리하여 시들이 그 지탱을 위해서 스스로 노력을 기울이고 세계는 붕괴되고 눈부신 파편들로만 남겨진다. 시 「반평생」은 그러한 연관만 남는 병렬 문체의 한 전기(轉機)를 증언하고 있는 것이다." *아니, 그렇게 깊은 뜻이? 놀랍구려. 감동이 온다. 왜? 이런 말을 들으면.*

횔덜린이 <고대와 중세를 서로 화해시키고 현재의 순간과도 생동하는 연관성을 형성해 내고자> 노력 ..... 서로 다른 이미지들을 시간과 공간의 통일성을 전혀 고려하지 않은 채, 동시성안에서 가시화 시키려는 일종의 '동시성의 시'(Simultangedichte)로서 해석하고 있다. 이러한 시에는 개별적인 대상들과 과정들을 상호 분리된 채 빠른 순서로 파악하는 새로운 인식의 방식이 표출되어 있다는 점과 동시성의 질서로서 시간적 질서들이 지양되어 있고 모든 사물들이 똑 같이 중요하고 또 동시에 아무 것도 아닌 것으로 나타나기도 한다. 연관성이 사라지고 아무런 연관도 없는 사물들이 현실의 새로운 '구축'을 위해 내맡겨진 듯이 보이며, 찰나(Flüchtigkeit)가 그 특성을 이룬다. 시간은 연속성이 아니라 동시성으로 체험되고, 정지하라, 공간도 그 한계를 깨뜨리고 만다. 대상들은 그 이질성(Heterogenität)을 통해서 어떤 통일적인 정조도 움트지 못하게 한다. 주체는 스스로의 동질성을 잃고 매순간 이질적 대상들과 만나는 자아로 해체되고 만다. 횔덜린의 병렬적 문체에서도 이러한 현상을 지적할 수 있다. 그러나 횔덜린의 병렬적 문체가 현대의 동시성의 시들을 훨씬 능가하는 이념적 요소를 가지고 있음을 간과해서는 안된다. *이런 말들을 읽으며 기뻐하고 있다.*

횔덜린의 병렬적 문체의 텍스트는 <규칙을 동반하는 해석들과 객관성을 보장하고 있는 방법적 처지의 연속>을 통한 어떤 해석도 거부하고 있기 때문이다. 횔덜린의 작품의 <불복의 기능> (Einspruchsfunktion) - 현대 사회의 동질성 강요에 대한 비동질성(Nicht-Identität)으로서의 대응 - 은 그 작품들의 병렬적 문장 구조를 통해서 수행되는 것이다. *그렇군요. 이 말도 말할 수 없는 기쁨을 준다.* 이러한 병렬 문체의 우세는 아도르노에 따르자면 종속 문장 안에 뿌리 내리고 있는 개념적, 논리적 구성에 기반한 인식의 가능성에 대해 심각한 의구심을 나타내는 형식적 대응이다. *artificial diturbances that evade the logical hierarchy of a subordinating syntax.* ..... 단편성을 낳게 되는 통사의 파괴와 문장의 해체, 개별 어휘들의 자유로운 방임, 그리고 **이미지와 사유의 파편화**는 언어의 상실과 침묵의 가능성에 대한 극단적인 대응이라고 볼 수 있다. *아 이제 감동이 옵니다. 반평생은 아니지만 5 년이 걸렸네요. 회덜린 시에서 감동을 하기까지. 오늘은 파티를 해야겠어요.* 그리고 말라르메 시를 보았어요. 이렇게 멋질 수가. 도대체 뭘가지고 호들갑? 기다려.

****

"Rien n'aura eu lieu que le lieu excepté peut-être une constellation
Nothing will have taken place but the place except perhaps a constellation" –
Stéphane Mallarmé 주사위 던지기

XVIII 인류의 역사

»Die kümmerlichen fünf 五 Jahrzehntausende 萬年 des homo sapiens«, sagt ein neuerer Biologe, »**stellen/** im Verhältnis 관계 zur Geschichte des organischen Lebens auf der Erde 지구/ <u>etwas wie</u> zwei Sekunden 초 am Schluß eines Tages/ von vierundzwanzig 二十四 Stunden 시간/ **dar**.

"The miserable 오만년 of homo sapiens," says a recent biologist, "**represent**, in relation to the history of organic life on earth, <u>something like</u> two seconds at the end of a day of twenty-four hours.

Die Geschichte der zivilisierten Menschheit/ vollends würde,/ in diesen Maßstab eingetragen,/ ein Fünftel 1/5 der letzten 마지막 Sekunde 초 der letzten Stunde/ <u>füllen</u>.«

The history of civilized mankind would <u>fill,</u> on this scale, a fifth of the last second of the last hour.

Die Jetztzeit,/ die/ als Modell der messianischen/ in einer ungeheueren Abbreviatur 압축/ die Geschichte der ganzen 全 Menschheit/ zusammenfaßt 요약,// <u>fällt</u> haarscharf mit *der* Figur 형상 <u>zusammen,</u>/ die die Geschichte der Menschheit/ im Universum 우주 macht

"The present time,/ which, as a model of the Messianic (time) in a tremendous abbreviation,/ summarizes the history of all mankind, <u>coincides</u> exactly with the **figure which** the history of mankind makes in the universe.

"In relation to the history of all organic life on earth," writes a modern biologist, "the paltry fifty-millennia history of *homo sapiens* equates to something like two seconds at the close of a twenty-four-hour day. On this scale, the history of civilized mankind would take up one-fifth of the last second of the last hour." Now-time, which, as a model of messianic time, comprises the entire history of mankind in a tremendous abbreviation, coincides exactly with the figure which the history of mankind describes in the universe.

이태리어

"Rispetto 비교 alla storia della vita organica 유기체 sulla Terra/ i cinquanta millenni 오만년 scarsi di *Homo sapiens* – dice il biologo moderno – rappresentano qualcosa/ come gli ultimi due secondi 초/ di una giornata 일 di ventiquattr'ore24 시간.

"Compared to the history of organic life on Earth the fifty millennia poor (history) of Homo sapiens - the modern biologist says - represent something like the last two seconds of a day of twenty-four hours.

Riportata su questa scala,/ la storia dell'umanità civilizzata,/ occuperebbe 차기하다 un quinto/ dell'ultimo secondo dell'ultima ora".

Reported on this scale,/ the civilized human history, would occupy one-fifth of last second of the last hour.

Il tempo dell'attualità 현재시간,/ che nel modello messianico, abbreviandola 축약 mostruosamente, riassume 요약 la storia di tutta l'umanità,// dà 기브 il rapporto 관계 esatto 정확한/ della storia dell'umanità nell'universo.

The time of actuality, which in the messianic model, abbreviating it monstrously, sums up the history of all humanity, gives the exact relationship of the history of humanity in the universe.

<이 지구상의 유기적 생물체의 역사와 비교한다면 호모 사피엔스(인류)의 보잘것없는 오천년 역사는 이를테면 하루의 24 시간 중의 마지막 2 초와 같은 것이고 또 이러한 기준에서 두고 보면 문명화된 인류의 역사는 기껏해야 하루의 마지막 시간의 마지막 초에의 지나지 않는다.>라고 어느 현대의 생물학자는 말한 바 있다. 메시아적 현재시간의 모델로서 전 인류역사를 엄청나게 축소해서 포괄하고 있는 현재시간 Jetztzeit 은 우주 속에서 인류의 역사가 만든 바로 그 형상 Figure 과 정확하게 일치한다.(반성완 역) 어떤 현대 생물학자는 이렇게 말했다. "호모 사피엔스의 보잘것없는 5 만 년의 역사는 지구 상의 유기체의 역사와 비교해 보면 하루 24 시간의 끝자락 마지막 2 초 정도에 해당한다. 문명화된 인류의 역사는 이 척도에 비추어 본다면 기껏해야 마지막 시간, 마지막 초의 5 분의 1 에 지나지 않는다."메시아적 시간의 모델로서 전 인류의 역사를 엄청난 축소판으로 요약하고 있는 지금시간은 우주 속에서 인류의 역사가 이루는 앞의 모습과 엄밀하게 일치한다. (최성만)

한 현대의 생물학자는 이렇게 말한 바 있다. "이 지구상의 모든 유기생명체들의 역사와 비교해 보면 호모 사피엔스의 보잘것없는 5 만 년의 역사는 하루 24 시간의 마지막 2 초 정도에 해당한다. 문명화된 인류의 역사는 이 기준에 비추어 본다면 기껏해야 마지막 시간의, 마지막 초의 5 분의 1 을 차지할 뿐이다." 메시아적 시간의 모델로서 전 인류의 역사를 엄청난 축소판으로 요약하고 있는 현재시간 Jetztzeit 은 우주 속에서 인류의 역사가 만든 바로 그 형상 Figure 과 정확하게 일치한다.

fire alarm: 불이야! As is well-known, the **monad**- a concept that is Neoplatonist in origin- is, in Leibniz, a reflection of the entire universe. Examining this concept in The Arcades Project, Benjamin defines it 'as '**the crystal of the total event**'.

Once again here we come upon the idea of ' abbreviation' (Abbreviatur), the enigmatic historischer Zeitrciffer. On this question, an interesting line of argument is suggested by Giorgio Agamben. **The messianic time which 'compris[es] all of history'** (Benjamin actually uses the word 'zusammenfasst': literally 'seizes together') is reminiscent of the

Christian concept of anakephalaiosis that appears in one of Paul's epistles to the Ephesians: 'He might **gather together in one all things in Christ**' 그리스도 안에서 모든 것이 하나가 되도록 (Eph I: 10), which, in Luther's translation, becomes: 'aile ding zusamen veifasset wiirde in Christo'. (바울의 '그리스도'(christos)는 고유명사가 아닌 보통명사로서 '메시아'(messiah)에 다름 아니라고 전제하며, 자신의 목표는 "단지 겸허하게, 그리고 보다 문헌학적으로 크리스토스, 즉 '메시아'의 의미를 이해하려고 하는 것"에 한정되고 있음을 강조하는 Giorgio Agamben).

Jetztzeit comprises all the messianic moments of the past, the whole tradition of the oppressed is concentrated, as a redemptive power, in the present moment, the moment of the historian - or of the revolutionary. In this way, the Spartakist rising of January 1919 sees a unique constellation formed with the Jetztzeit of the ancient slave rising. But this monad, this brief moment, is an abbreviation of the whole history of mankind as the history of the struggle of the oppressed. Moreover, as a messianic interruption of events, as a brief instant of liberation, this act of revolt prefigures the universal history of saved humanity.

We might, then, regard Thesis IX as a stunning example of an immense abbreviation of the history of mankind up to this point, a crystal encapsulating the totality of the catastrophic events that constitute the thread of that history. But in that image the only foreshadowing of redemption is negative: the impossibility, for the angel of history, to 'awaken the dead, and make whole what has been smashed'.

****

(Anhang) 附記부기 A

Der Historismus 역사주의/ begnügt 만족 sich **da**mit,// einen Kausalnexus 인과관계 / von verschiedenen 여러 Momenten der Geschichte 역사/ **zu** etablieren 수립.
Historism contents itself/ to establish a causal nexus of different moments of history.
Aber kein Tatbestand 사실/ ist als Ursache 원인/ eben darum bereits 이미 ein **historischer.**
But no state of affair is, as a cause, already a historical one about it.
Er ward **das 역사적**,/ posthum 추후.사후, durch Begebenheiten 사건,/ die durch

Jahrtausende 천년 von ihm getrennt 분리 sein mögen.

It was (historical), posthumously,/ by events which may be separated from it by a thousand years.

Der Historiker,/ der davon ausgeht 출발,// hört auf 중지,/ sich die Abfolge 순서 von Begebenheiten 사건/ durch die Finger/ laufen 런 **zu** lassen/ wie einen Rosenkranz 로사리.

The historian, who proceeds from it,/ **ceases** to let the sequence of events run through his fingers like a rosary.

Er erfaßt 움켜쥐다 die **Konstellation** 성좌,/ in **die**/ seine eigene Epoche/ mit einer ganz bestimmten 특정한 früheren 이전의/ getreten ist.

He grasps the constellation into which his own epoch has entered with a very **specific** earlier (epoch).

Er begründet/ so einen Begriff 개념 der Gegenwart 현재/ als der "Jetztzeit 현재시간",/ in welcher Splitter 파편 der messianischen 메시아적(시간)/ eingesprengt 충만 sind.

He thus establishes a concept of the present as the "now-time", in which fragments of the messianic (time) are impregnated.

Historicism contents itself with establishing a causal connection between various moments in history. But no fact that is a cause is for that very reason historical. It became historical posthumously, as it were, through events that may be separated from it by thousands of years. A historian who takes this as his point of departure stops telling the sequence of events like the beads of a rosary. Instead, he grasps the constellation which his own era has formed with a definite earlier one. Thus he establishes a conception of the present as the "time of the now" which is shot through with chips of Messianic time.

Annesso A   annex A

Lo storicismo si accontenta 만족 di stabilire **un nesso causale** tra diversi momenti della storia.

Historicism is content to establish **a causal relationship** between different moments in history.

Ma nessun fatto,/ in quanto causa,/ è per ciò/ stesso storico.

But no fact, as whatever a cause, is for this reason a same **historical** (fact).

Lo 역사적 diventerà – in via postuma – grazie a fatti/ che possono essere

435

separati da millenni.

It will become so - posthum - due to facts that they can be separated by thousands of years.

A partire da questa constatazione 관찰/ lo storico 역사가 cessa di farsi scorrere 미끄러지다 tra le dita 손가락/ la successione dei fatti 사실들/ come grani di rosario.

From this observation the historian stops gliding through fingers the sequence of events as rosary beads.

Coglie 움켜쥐다 la costellazione 성좌/ in cui la propria epoca/ entra in un'epoca precedente 이전 ben determinata 특별히 그렇게 정해진.

He grasps the constellation/ which his own epoch comes into an earlier era just so determined.

Fonda 정립하다 così il concetto di presente/ come tempo dell'attualità (*Jetztzeit*), in cui esplodono 폭발하다/ schegge 파편 di tempo messianico.

So was founded the concept of the present time as current events (Jetztzeit), in which 파편 of the Messianic time explode.

역사주의는 역사의 여러 상이한 계기 사이에 인과관계를 정립하는 것으로 만족하고 있다. 그러나 어떠한 사실도 그것이 원인이라는 이유만으로 해서 역사적 사건이 되는 법은 없다. 원인으로서의 사실은, 수천년이라는 시간에 의해 그 사실과는 동떨어져 있을 수도 있는 사건들을 통해서 추후에 역사적이 되었던 것이다. 이러한 전제에서 출발하는 역사가는 사건들의 계기를 마치 염주를 하나 하나 세듯 차례차례로 이야기하는 것을 중지하고 그 대신 그가 살고 있는 자신의 시대가 지난 어느 특정한 시대와 관련을 맺게 되는 상황의 배치로 파악한다. 이렇게 해서 그는 메시아적 시간의 단편들로 점철된 <현재시간>으로서의 현재라는 개념을 정립하게 되는 것이다. (반) 역사주의는 역사의 여러 계기들 사이에 인과적 결합을 세우는 데 만족한다. 그러나 어떠한 사실 정황도 그것이 원인이라는 이유로 이미 역사적 사실 정황이 되지는 않는다. 그것이 역사적 사실 정황이 되는 것은, 사후(死後)에, 수천 년의 세월이 동떨어져 있을지 모를 모든 사건들을 통해서이다. 이러한 점을 전제로 출발하는 역사가는 사건들의 순서를 마치 염주를 손가락으로 헤아리는 일을 중단한다. 그는 그 자신의 시대가 과거의 특정한 시대와 함께 등장하는 성좌구조(Konstellation)를 포착한다. 그는 그렇게 해서 메시아적 시간의 파편들이 박혀 있는 '지금시간'으로서의 현재의 개념을 정립한다. (최성만)

역사주의는 역사의 여러 계기(모멘트)들 사이에 인과관계를 세우는 데 만족한다. 그러나 어떠한 사실도 그것이 원인이 된다는 이유만으로 역사적 사실이 되는 법은 없다. 원인으로서의 과거의 사실은, 수 천 년이라는 세월 너머 떨어져 있는 어떤 사건들을 통해서 나중에 역사적 사실이 되었던 것이다. 이러한 전제에서 출발하는 역사가는 사건들의 순서를 마치 염주를 하나하나 세듯 시간 순으로 이야기하는 것을 중지하고, <u>그 자신의 시대가 과거의 특정한 시대와 함께 등장하는 성좌(Konstellation)를 꽉 움켜쥔다.</u> 그는 그렇게 해서 메시아적 시간의 파편들로 충만한(채워진) '현재시간 Jetztzeit'으로서의 현재의 개념을 정립한다.

Anhang B

Sicher <u>wurde</u> **die Zeit**/ von den **Wahrsagern** 점쟁이, **die** ihr abfragten 묻다, was **sie** in ihrem Schoße 자궁 birgt,/ weder *als homogen noch als leer*/ <u>erfahren</u>.

Certainly the time <u>was</u> not <u>perceived</u> by the fortune-tellers, who asked what they had in their womb, *as homogeneous or empty*.

Wer sich das vor Augen hält,/ kommt vielleicht 아마 zu einem Begriff 개념 davon,/ wie im Eingedenken/ die vergangene Zeit 과거시간 <u>ist erfahren worden</u>: nämlich ebenso.

 Whoever keeps this before his eyes, perhaps comes to a concept of how in remembrance the past time <u>has been experienced</u> - namely, just the same way.

Bekanntlich/ war es den Juden untersagt 금지,/ der Zukunft 미래 nachzuforschen 탐구.

As is well known,/ it was forbidden for the Jews/ to investigate the future.

Die Thora und das Gebet/ unterweisen/ **sie** dagegen/ im Eingedenken.

The Torah and the prayer, on the other hand, teach them in remembrance.

Dieses/ entzauberte 탈마법화 ihnen die Zukunft,/ der **die** verfallen 빠져든 sind,/ **die** sich bei den Wahrsagern 점술가 Auskunft 정보 holen.

This disenchanted the future, to which all those 빠져들다 who turn to 점술가 for 정보.

Den Juden 유대인/ wurde die Zukunft/ aber 그러나 darum 따라서 doch nicht/ zur homogenen und leeren Zeit.

For the Jews 유대인, however, the future was not a homogeneous and empty time.

Denn/ in ihr 미래/ war jede 每 Sekunde 초/ die kleine **Pforte 문**,/ durch **die**/ der Messias treten konnte.

For in it every second was the little door/ through which the Messiah could enter.

The soothsayers 점술가 who queried time and learned what it had in store certainly did not experience it as either homogeneous or empty. Whoever keeps this in mind will perhaps get an idea of how past times were experienced in remembrance - namely, in just this way. We know that the Jews were prohibited from inquiring into the future: the Torah and the prayers instructed them in remembrance. This disenchanted the future, which holds sway over all those who turn to soothsayers for enlightenment. This does not imply, however, that for the Jews the future became homogeneous, empty time. For every second was <u>the small gateway</u> in time through which the Messiah might enter.

Written February-May 1940; unpublished in Benjamin's lifetime. Gesammelte Schriften, I,

Annesso B annex B

Di certo/ il tempo degli indovini,/ che lo interrogavano/ su cosa celasse in grembo 자궁,/ non era da loro 점쟁이/ sperimentato 체험 né come omogeneo 동질적 né come vuoto 텅빈.

Surely the time of the soothsayers, who questioned about what was hiding in womb, was not experienced by them either as homogenous nor as empty.

Chi tenga presente questo/ può forse 아마도 arrivare a farsi l'idea di/ come il passato è appreso in memoria.

Those who may note of this/ can get to grasp the idea of/ how the past is learned in memory.

Si sa/ che agli ebrei 유대인 / era interdetto 금지 investigare il futuro.

We know that the Jews were forbidden to investigate the future.

La *thorà* e la preghiera/ li 유대인들을 istruiscono 가르치다 sulla memoria.

The Torah and the prayers instruct them on the memory.

Ciò li immunizzava 무력화했다 dal fascino 매력 del futuro,/ a cui soggiacciono/ coloro che cercano 구하다 informazioni dagli indovini 점술가.

This immunized them from the charm of the future,/ to which they are subject, those seeking Information from the soothsayers.

Non per questo/ il futuro divenne per gli ebrei/ un tempo omogeneo e vuoto.

Not by this, the future became for the Jews/ a homogeneous, empty time.

Infatti, ogni secondo 매초 / era la porticina 작은문/ **attraverso cui** poteva entrare il Messia.

In fact, every second was the little door **through which** the Messiah could enter.

시간으로부터 그 안에 숨겨져 있는 것이 무엇인가를 알려고 했던 점술가들은 확실히 시간을 동질적 시간으로도 또 공허한 시간으로도 체험하지 않았다. 이러한 사실을 염두에 두고 있는 사람은 어쩌면 과거의 시간이 어떻게 기억을 통하여 체험되어졌던가를 알 수 있을지도 모른다. 주지하다시피 유대인에게는 미래를 연구하는 것이 금지되었다. 유대인의 경전인 토라와 그들의 기도는 이와는 반대로 기억을 통하여 미래가 어떤 것인가를 가르쳐 주고 있다. 이러한 기억은 유대인들로부터, 점성가들에게서 가르침을 얻으려는 사람들이 빠져들었던 미래가 지니는 마력적 힘을 박탈하였다. 하지만 그렇다고 해서 유대인에겐 그로 인해 미래가 동질적이고 공허한 시간이 되었던 것은 아니다. 왜냐하면 그들에겐 미래 속에서는 매초 매초가 언제라도 메시아가 들어올 수 있었던 조그만 門을 의미하였기 때문이

다. 설국열차를 보면 이 말이 벼락치듯 다가온다. 무슨 말이오? Mario!

시간이 그 자신의 은밀한 깊은 곳에 무엇을 숨겼는 지를 물어 보았던 점술가들에

게 시간은 분명 균질하거나 비어 있는 것으로 체험되지 않았다. 이 점을 자신의 눈 앞에 두고 있는 사람은 아마 기억 속에서 과거의 시간이 어떻게 경험되었는지를 알 수 있을 것이다. 모두가 잘 알고 있듯이 유대인들에게는 미래를 연구하는 일이 금지되었다. 유대인의 경전인 토라와 기도서는 기억을 통해 (미래가 어떤 것인가를) 그들에게(유태인에게) 가르쳐 주고 있다. 이것은(기억을 통한 교육은) 점술가들에게 정보를 얻으려고 가는 사람들이 빠져들었던 미래로부터 (그 미래가 지니고 있다고 사람들이 믿었던) 그 마법을 벗겨버렸다. 하지만 그 때문에 유대인들에게 미래가 균질하고 텅 빈 homogeneous and empty 시간이 되었다는 것은 아니다. 왜냐하면 그 미래의 매초가 즉 순간순간이 언제라도 메시아가 들어올 수 있었던 조그만 門 kleine Pforte 이었기 때문이다.

****

너를 기다리는 동안 나는 시를 쓰고 있었다. 왜 안 오지?
기다려본 적이 있는 사람은 다 안다구요? 모르겠어요.
문을 열고 들어오는 모든 사람이 다 너로 보인다구요?
"너였다가 너였다가, 너일 것이었다가" 이런 말이 떠오르지 않는다구요?
누군가 왔다가 다시 문이 닫힌다구요? 또 문이 열린다. 닫힌다.
"오지 않는 너를 기다리며 마침내 나는 너에게 간다."
결국 나는 이런 말을 떠올리지 못했고 시를 쓰지 못했다.
상관없다구요? 그녀가 왔으니까.
나는 시를 쓰지 못하게 만든 그녀를 원망하며 아주 조금만 행복했다. 위안스카이

이상은 어느날 아침
이런 시를 쓰려다가
그만 두었다고 한다.

상상속에서 재구성.

문(門)을암만잡아다녀도안열리는것은안에생활(生活)이모자라는까닭이다.밤이사나
운꾸지람으로나를졸른다.나는우리집내문패(門牌)앞에서여간성가신게아니다.나는밤
속에들어서서제웅처럼자꾸만감(減)해간다.　　　식구(食口)야봉(封)한창호(窓戸)어데

라도한구석터놓아다
(收入)되어들어가야
**에서리가내리고뾰족
처럼월광(月光)이묻**
않나보다그러고누가
을찍나보다.수명(壽
전당(典當)잡히나보
(門)고리에쇠사슬늘
렸다.문(門)을열려고

고내가수입
하지않나.**지붕
한데는침(鍼)
었다.**우리집이
힘에겨운도장
命)을헐어서
다.나는그냥문
어지듯매어달
안열리는문

(門)을열려고.열려고열려고하다그만둘까하다가열려고열려고열려다가열리는문을열
어열어라

드디어 벤야민 번역이 끝났습니다. 하실 말씀 있나요? 그동안 미루어 두었던 책을 읽어
보려구요. 서울 은평구에 샤머니즘 박물관이 생겼어요. 거기도 가보구. 문을 열어야 해요.
오형준이 수집했던 텍스트들을 가져왔다. "한국의 무교. 작은 신령에게도. 배려 아끼지 않
는다. 서운하게 생각하고 (원)한을 품기 때문. 한을 품으면 사람들에게 해를 끼치니 애당초
한을 품지 않게끔 조심을 하자는 것." 강증산 이런 말. "나의 일은 파리 한 마리가 한을 품
어도 안 된다." 츠타야

'나의 일'이란 한마디로 말해 천지공사 天地公事를 말함. 증산은 천지공사를 '천지굿'이라
고 부른 적도 있었다.(p.58) ... 무교는 원래는 이렇게 높은 정신으로 시작했다. 소위 고등종
교의 높은 정신이 사랑이라고 할 때 무교에도 같은 정신이 엄연하게 살아 있는 것.(p.59)
벤야민의 역사철학테제도 강증산의 천지공사와 연결되는 면이 있다. "부모를 여읜 것은 하늘
이 무너지는 느낌일 터인데 경건하게 있기에는 슬픔이 클 수 있다. 특히 감정 표현이 자유로운 기층
민들에게는 이런 기성 종교의 의례가 너무 형식적일 수 있다. 대신 무당과 같이 마음껏 울면서 슬픔
을 같이 나누는 것이 그들에게는 더 적합할 것이다. 무당은 그런 정황을 간파하고 그들과 같이 울고
웃고 하는 것일 것이다." (p.75)

무당은 여성사제. 여성신도의 마음을 헤아려 주는 종교.
...'종교제국주의적인' 시각, 과거에 제국帝國들이 피식민지 국가들을 마음대로 유린했듯이 큰 종교가
작은 종교들을 저열한 것으로 몰아치기 때문. 더 큰 문제는 이런 제국적인 시각에 함몰된 한국인들이

자기의 근본 신앙인 무교를 부정하고 있는 데에 있다. (p.90)

	중국	한국	일본
보편 종교	유교/불교/맑시즘	유교/불교/기독교	유교/불교
특수 종교	도교	무교	신도

한국이나 일본이, 다른 것은 중국에서 많은 것을 받아들이면서 가장 중국적인 종교인 도교를 받아들이지 않은 것은 바로 양국에 토착종교가 있었기 때문이다. 중국에서 도교가 맡아서 하는 기능을 한국에서는 무교가, 일본에서는 신도가 한 것이다. (p.98)

... 중국에 사신을 보낼 때 그 장도의 안전을 희망하면서 정부의 주관 하에 굿을 했다고 하니 성리학으로 무장된 관리들도 샤먼의 주술적인 힘이 필요했던 모양이다. 이 때 생긴 것이 사신당使臣堂이다. 도성 인근에서는 남산에 있던 국사당國祀堂 다음으로 유명한 굿당이었다. 사신당은 원래 독립문 사거리를 지나 무악재를 넘어가면 바로 왼쪽 길가에 있었다. (p.111) ... 영험한 굿당이었는데 박정히 정권 때 길가에 있던 굿당을 산 위쪽으로 강제 이전시켰다. ... 조국 근대화와 새마을 운동의 이념에 따라 전근대적인 것의 대표적인 상징인 '무속'은 제거 대상 1 호였을 것이다. ... 새마을 노래에 나오는 것처럼 마을길을 넓히면서 서낭당도 없애고 장승도 가져다 버렸다. 그렇게 탄압을 받자 마을 신앙은 많이 사라질 수밖에 없었다. (p.112-113) 대일본제국의 국가종교가 신도라는 점에서 아이러니.

내가 지금까지 했던 수많은 말들 특히 인용들은 논쟁을 하기 위해서 등장한 것은 아니다. 그동안 익숙했던 언어에서 잠시 떨어질 기회를 가져 보는 것으로 생각하면 좋겠지만 독자가 어떻게 생각하든지 던지 공을 던지고 나서 생각해 보자. 70 미터만 공을 몰고 가면 좋겠다. 80 미터는 바라지 않는다. 꿈을 꾸자. 하지 말자. 하자. 하지 말자.

Summary

앞의 내용을 요약한 것이면서 동시에 원래 쓰려고 했지만 쓰지 못했던 것의 요약이다.

ART

반복과 지루함: 자본주의의 비밀은 지루함의 조장. 미술은 반복속에서 지루함이 사라진다.

나만의 아이디어: express my idea. 나의 생각은 없다. 모두 우리(그분)의 생각뿐.

나는 우리가 아니다. 일단 표현하고, 언어의 피갈이를 하고,

비언어적인 것에서 나의 생각을 발견하고...

"언어의 피갈이" 황지우 시인의 이야기, 아주 큰 공감. 그 말을 들은 순간부터 실천에 옮겼다. 호메로스의 일리아스부터 프루스트의 잃어버린 시간을 찾아서까지. 순수한우리말과 맞춤법을거부하기로하다. 알아서 해.

사회과학 as art: 이라크 전쟁, 베를린 옥외전시회, 베를린 스타디움, 축구, 광주 비엔날레

대칭성과 비대칭성. 비대칭적 세상에서 대칭성이라는 도덕주의의 허구와 위선과 폭력.

양비론, 물타기, 논점 흐리기는 법률가들의 장기. 이것에 속지 말자.

내가 발견한 것:

예술은 새로움에 대한 갈망이고 기존의 질서에 대한 저항이고 보이지 않는 혁명이다. 진정한 예술작품은 본질적으로 정치적이며 좌파적이다. 새로움을 만드는 모든 예술가는 마음 속 깊이 좌파다. 예술은 아름다운 것이 아니다, 새로움의 추구이고 미추(美醜)를 초월한 것.

꼽추 난장이의 우화:

예술은 가장 더럽고 악취나는 비천한 곳에 있다. 예술가는 그 악취를 사랑하는 사람이다.

예술가는 왜 좌파가 많은가?

마크 로스코, 피카소, 브레히트, 귄터 그라스, 파묵, 베른하르트

History

역사는 과학이면서 동시에 문학이다. 역사는 예술을 통해 기억된다. 국사교과서의 한국전쟁과 조정래의 태백산맥을 생각해 보라. 공식적인 역사는 승자(勝者)의 기록이지만 진정한 역사는 패자(敗者)의 기억에서 시작된다. 승자는 패자의 기억을 망각시키기 위해 노력. 위안부와 강제동원의 공식적 기록이나 사료가 없다는 뉴라이트의 주장. 없기는 왜 없어. 사료가 아니라 민중의 구술을 통해 역사를 재구성할 필요. 과거의 문학작품들이 잊혀져 가

고 있다. 사소(些少)한 사소설(私小說)의 범람(汎濫)..... 그것도 좋아요.

제주 4.3 과 아우슈비츠
흑백논리와 회색분자들 그리고 중용적 변증법: 제주도 사망 신고자 15000 명 중 82%가 우익이 양민학살한 것. 우익이 가해자라는 아마도 확고한 결론. 현기영의 순이삼촌, 화산도, 강요배의 동백꽃, 안치환의 남도

여순사건과 빨갱이
"빨갱이기에 죽은 것이 아니라 죽어서 빨갱이가 되었다."
호모 사케르, 국민 만들기를 위한 희생.
문학을 통한 고발: 태백산맥, 남부군, 누가 하늘을 보았다 하는가?
치안유지법과 국가보안법, 친일파와 반공우익, 한국의 친일친미우익과 일본의 극우세력

학살의 시차 lag

1. 일본, 나아가 춘원이 독일의 유태인 학살을 알았는가?' 중요한 질문이다.
   "나는 민족을 위해 친일했소." 이광수의 말. "일본 관헌이 작성한 3 만 8 천 명의 조선 지식인 살생부와 자신을 바꾸려 했다"고 항변. 물론 그 살생부에 대한 증거는 없는 상황이다. 일제 말기 3 만 8 천명이 넘는 조선지식인 살생부 명단이 돌아다녔다고 한다. 만일 춘원 자신이 적극적으로 총독정책에 협조하지 않으면 이들 지식인은 희생되고 만다는 절박한 위급상황에 직면했다라는 변명. 일본으로서는 연합군의 본토 상륙시 그런 일을 충분히 벌일 개연성은 있다. 사실 보도 연맹도 일본에서 만든 걸 참조한 것을 본다면 더욱 그렇다. 따라서 일본이 계획했던 독립운동 맑스주의자들의 학살이 연기되어 해방 후 친일파가 이승만을 업고 빨갱이라는 명목으로 시차를 두고 반친일파 세력을 학살한 것으로 해석할 수 있지 않을까? 이것이 제주 4.3 이고 보도연맹 사건이다. 한반도에서 모든 악의 근원은 일본이다. 이것은 과장이 아니다.

2. 부마항쟁의 지연된 불행이 광주항쟁. 조폭 두목의 명령을 부하가 실행에 옮겼을 때 누구 책임이 더 큰가? 박정히의 민간인 학살 명령을 박정히의 양아들 내지는 근위부대 정치군인들이 시차를 두고 실행에 옮긴 것. 차지철 "경호실 산하 군인들에게는 히틀러의 SS 제복을 베낀 특제 제복을 입혀 완벽하게 박정히 친위대로" 전두환, 노태우는 차지철의 경호실 근무. 1979 년 10 월 당시의 분위기.

4 년간 단 한번의 데모 없이 "유신대학" 자조했던 부산대, 부끄러움에 모인 대학생 200 명이 5 만명의 시민으로 늘어났다. 부산대에서 10 월 16 일 한 학생이 외친다. "여러분 김영삼 총재가 제적됐심더. 불쌍한 여공들을 돕겠다고 하다가. 우리가 이라고 있으면 안 됩니더.

유신독재에 맞서 모두 피흘려 투쟁해야하지 않겠습니꺼?" 200 명에서 시작 2 천명으로 다시 정문 앞에서 5 천명. 경찰의 완강한 봉쇄에 막혀 주춤하던 학생들은 구 정문 옆의 담장을 힘껏 밀었다. 때로 부실공사도 민주화에 기여하는가, 힘없이 무너진 담장 밖으로 학생들은 몰려 나가기 시작했다. 당시의 날림공사가 부마항쟁의 공로자? 시내로 몰려나가고 시민들의 열띤 호응. ~~문교장관 박찬현이 부산대로 달려와 교수들에게 "이번 사태는 전적으로 교수 여러분들의 책임이다. 어용이 무엇이 두려운가. 자랑스러운 어용이 돼라"고 연설.~~ 시민들은 파출소를 점령하면 오토바이나 순찰차를 때려 부수고 박정히 사진을 떼어내어 짓밟고 불질렀다. 16 일 밤에는 파출소 11 곳과 언론기관 1 곳, 17 일 밤에는 경남도청, 중부세무소, 경찰서 2 곳, 파출소 10 곳, 언론기관 3 곳이 시위대의 습격을 받았다. 부산시민들은 유신 7 주년을 이렇게 격하게 기념해주었다.

 "기자 신분임을 밝혀도 시위대는 시위대대로, 진압대는 진압대대로 기자를 마구 폭행" "KBS, MBC 등 표적으로 삼은 언론기관은 그 나름대로 정확하게 선별된 것이란 평가를 기자 사회에서 받았다" "민중의 분노는 폭발적이라고 해서 결코 눈먼 것은 아니었던 것이다"

시위대는 구호를 외치고 돌을 던지며, "속이 후련했습니다. 나이도 몇 살 안 되었겠지만 겁도 없었고 정말 인자 세상이, 아, 바뀌는구나." "오히려 황홀하기까지 한 그런 분위기" "희열을 넘어서 황홀한 감정"에 휩싸였다. "많은 취재기자들은 그때의 분위기를 '축제'로 표현했다".

김재규: "부마사태는 굉장했습니다. 순수한 일반 시민에 의한 민중 봉기로서 시민이 데모대원에게 음료수와 맥주를 날라다주고 피신처를 제공하는 등 데모하는 사람과 시민이 의기투합하여 한 덩어리가 되어 있었고, 수십 대 경찰차와 수십 개소 파출소를 파괴하였을 정도로 심각한 것이었습니다." 이는 체제 저항과 정책 불신 및 물가고에 대한 반발에 조세저항까지 겹친 민란이며 전국 5 대 도시로 확산될 것이다. 따라서 정부로서는 근본적인 대책을 강구해야 한다.

박 대통령: (버럭 화를 내며) **"앞으로 부산 같은 사태가 생기면 이제는 내가 직접 발포 명령을 내리겠다. 자유당 (4·19) 때는 최인규나 곽영주가 발포 명령을 해 사형을 당했지만 내가 직접 명령을 하면 대통령인 나를 누가 사형하겠느냐"**

차지철: **"신민당이 됐건 학생이 됐건 탱크로 밀어버리면 그만입니다. 캄보디아에서는 300 만 명을 죽이고도 까딱없었는데 우리도 데모대원 100 만~200 만 명 정도 죽인다고 까딱 있겠습니까"**

김재규는 '항소이유보충서'에서 "박 대통령에 대해서는 누구보다도 본인이 잘 압니다. 그는 절대로 말(言)만에 그치는 사람이 아닙니다"라고 쓴다. 부산마산에서 학살을 면한 시민을 다시 광주에서 군부독재세력은 학살했다. 광주민주화운동은 이제는 광주항쟁으로 불리워야 한다.

한국의 70 년대, 답은 한국적 민주주의. 아무도 의문을 가지지 말아라. "왜 만주주의에 수식어가 붙어야 하는가?" "왜 민주주의를 후퇴시키는가?" 이 질문이 있었기에 국민이 구원 받았다. 그리고 박정히도 구원받았다. 박정히를 구원한 것은 김재규였다. 세상은 이렇게 유지된다. 수수께끼는 풀리지 않은채 그대로... 세상의 질서가 유지된다. 답은 있지만 아무도 질문하지 않는다. 아무도 구원받지 못한다. 과거에는 그 백성도 그 왕도....

역사의 왜곡. 부산과 광주가 힘을 합쳐야 한다. 평양대구친일파연합에 대항하는 광주부산함경도연합. 촛불혁명 이후 정권의 정당성. 보수개신교/군사독재의 후계자/반민족매국노 vs 경제적 약자.피해대중/민주화운동가/진보기독교. 이런 대립구도를 그릴 수 있다. 지나친 대결구도가 아직도 유효한 것이 슬프다.

뉴라이트와 식민지 근대화
일제시기의 과학적 역사서술 그리고 이승만 박정히 신화 만들기의 허구
주장: 일제강점기가 아니라 평화적인 조약이고 법치를 통한 식민지 근대화였다.
2 만 명에 가까운 의병들은 모두 평화적으로 죽은 것인가? 허탈과 분노...
친일파 또는 테크노크라트? "우리(=친일파)"의 자신감이 뉴라이트로 나타남.
친일파의 명예회복이라는 해석. 그렇군.

한국전쟁의 비극
누구를 비난해야 하는가? 북측이 6 월 25 일 남침한 것은 사실적으로 그렇다.
그러나 남측이 1949 년 먼저 도발을 반복적으로 했고, 북진통일이 과잉 주장되었다.
한국군의 공격적 포지션. 공격적 군대배치가 초기의 무력한 모습의 원인,
한국전쟁은 미국과 세계의 축복이었다. (미국 측 정부 인사) 경제성장률 그래프 그려 봐.
2 차 세계대전 중 20%의 성장률, 1946 년 -0.2%, 1949 년 -0.7% 그러나 1950 년 10%, 1951 년 15.7% 그리고 20 년의 건실한 고성장시대. 누군가는 전쟁을 가다렸다. 정말 그럴까? 스스로 연구해 보라.

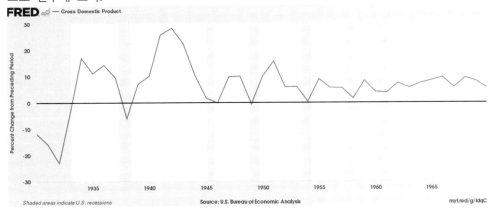

https://fred.stlouisfed.org/series/A191RP1A027NBEA 직접 통계를 그래프로 그려 보세요.
****

잠시 한국전쟁에서의 희생자 수에 관심이 갔다. 한국군인 희생자 통계는 구할 수 없었다. 그러나 미군(美軍)의 전사자 자료는 모든 것이 잘 정리되어 있었다. 생각나는 소설이 있다. 필립 로스의 소설 "**울분(Indignation)**"에서 주인공 마커스는 대학에 갓 들어간 학구적이고 모범적인 아들이다. 코셔 정육점 주인인 유태인 아버지의 간섭에 질려 집에서 멀리 떨어진 오하이오 주의 작은 학교에 편입한다. 그곳에서도 크고 작은 갈등은 계속되고 그는 한국전쟁에 징집되어 20 살 생일을 3 개월 남기고 한국에서 죽는다. 1950 년대 초 미국 젊은이들의 좌절과, 슬픔, 그리고 분노를 볼 수 있는 이 소설에서 우리는 적극적/소극적인, 우연적/필연적인 저항의 의미를 생각해 볼 기회를 얻는다.

신을 믿을 수가 없었다! 그들의 알랑거리는 찬송가를 들을 수가 없었다! 그들의 신성한 교회에 앉아 있을 수가 없었다! 그리고 기도, 그 눈을 감고 하는 기도--썩어빠진 원시적인 미신! 하늘에 계신 우리의 어리석음! 종교의 치욕, 그 모든 미성숙과 무지와 수치! 아무것도 아닌 것을 둘러싼 광적인 경건함! .... 렌즈 학장에게 반성문을 제출하고, 그런 뒤에 훈련의 방식이자 속죄의 방법으로 마흔 번이 아니라 총 여든 번 채플에 참석해야만, 다시 말해서 대학에 다니는 동안 거의 수요일마다 채플에 가야만 퇴학을 안 시키겠다고 했을 때, 마커스는 어떤 선택을 할 수 있었을까? 다름 아닌 메스너답게, 다름 아닌 **버트런드 러셀의 제자답게**, 주먹으로 학생과장의 책상을 내리치면서 두번째로 이렇게 내뱉는 것 외에 달리 어떻게 할 수 있었을까? "좆까 씨발."

 그래, 멋지고 오래되고 도전적인 미국의 "좆까 씨발". 그것으로 정육점집 아들은 끝이었다. 그는 스무 살 생일을 석 달 남기고 죽었다. 마커스 메스너(1932~1952)는 그의 대학 동기 가운데 불운하게도 한국전쟁에서 전사한 유일한 학생이었다. 한국전쟁은 1953 년 7 월 27 일에 휴전 협정 조인으로 끝이 났다. 채플을 견디고 입을 다물고 있을 수 있었다면 마커스는 그로부터 열한 달 뒤 와인스버그 대학에서 학사 학위를 받았을 것이다. 나아가 졸업생 대표로 고별사를 했을 가능성도 높았다. 그랬다면 그의 교육받지 못한 아버지가 그동안 그에게 그렇게 열심히 가르치려 했던 것은 나중에 배울 수도 있었을 것이다. 매우 평범하고 우연적인, 심지어 희극적인 선택이 끔찍하고 불가해한 경로를 거쳐 생각지도 못했던 엄청난 결과를 초래한다는 것을.

– '울분' 중 238, 239 쪽

 도대체 어떤 단어를 '좆까 씨발' 이렇게 번역했을까? 다름아닌 'Fuck you.'였다. 그냥 '씨팔' 정도로는 강도가 약하다고 생각한걸까. 미국영화에서 자주 듣는 말이지만 상황에 따라 그 충격은 상상 이상으로 클 수 있다. 특히 윗사람에게 격하게 내뱉는 그 단어는 위계의 전복이고 기존 질서에 대한 저항이다. 그래서 모든 독재자들은 국민의 언어를 순화시키려고 안간힘을 쓴다.

누군가 구체적 모델이 있었을까? 조사해 보자. 나는 한국전쟁 미군 전사자의 모든 명단과 통계를 가지고 있다. 1952 년에 19 살의 나이로 사망.

A studious, law-abiding, intense youngster from Newark, New Jersey, **Marcus Messner**, is beginning his sophomore year on the pastoral, conservative campus ..

NEWARK 이 고향인 미국인 전사자는 16 명, 그 중 19살에 전사한 사람은 3 명, 그 중 1952 년에 죽은 사람은 Oh my God 오로지 한 명.

list if date_died >520101 & date_died <521231 & age_at_died ==19 & home =="NEWARK"
그의 이름은 **RUSSELL JOHN GRAF** 1933 년생 백인 남성 1952 년 9 월 16 일 사망판정.
FA Russell John Graf,　USS Barton (DD-722),　Navy
Hostile, Died (KIA)　　Date Of Loss: September 16, 1952

```
tab state if date_died >520101 & date_died <521231 & age_at_died ==19
```

state	Freq.	Percent	Cum.
1	7	2.23	2.23
10	5	1.59	3.82
11	6	1.91	5.73
12	3	0.96	6.69
13	2	0.64	7.32
14	15	4.78	12.10
15	4	1.27	13.38
16	3	0.96	14.33
17	1	0.32	14.65
18	4	1.27	15.92
19	2	0.64	16.56
20	4	1.27	17.83
21	4	1.27	19.11
22	12	3.82	22.93
23	15	4.78	27.71
24	7	2.23	29.94
25	1	0.32	30.25
26	6	1.91	32.17
27	3	0.96	33.12
28	7	2.23	35.35
3	4	1.27	36.62
30	2	0.64	37.26
31	8	2.55	39.81
32	2	0.64	40.45
33	42	13.38	53.82
34	5	1.59	55.41
36	10	3.18	58.60

Service Number: 9122148
Born: March 6, 1933
Home Of Enlistment: Newark, New Jersey

Battle Zone: At Sea
Town Or Area: 90 Miles East Of Wonsan 원산

Burial Location:
Glendale Cemetery, Bloomfield, NJ

명복을 빕니다.
진심으로 가슴이 아픕니다.

스핑크스의 리들과 성배의 전설

벤야민: 역사철학테제. 달리는 기차에 브레이크, 지금 이 순간의 혁명이 답이다. 아도르노: 미학이론이라는 책을 남기고 죽다. 68 혁명에 던지는 질문. 나중에 잘 쓰시오. 간략하게라도 설명.

예술론1 답을 찾는 것이 금지된 수수께끼(오이디푸스)

182   *Lévi-Strauss, Anthropology and Aesthetics*

to light two codes (linguistic and sexual) in the myth and the structural correspondences that link them together. In Lévi-Strauss's concept, a riddle (*énigme*) may be defined as a question whose answer should not be found, a question without an answer. Therefore, in solving the riddle, Oedipus unites a question and an answer that should have been kept apart. In this respect, the Sphinx episode exemplifies a figure of communication that may be described as an 'excess of communication'. Oedipus' incestuous relations with his mother constitute an 'excess of communication' of a different kind (sexual), and similarly unite two 'terms' which should have been kept apart: 'Like the solved riddle, incest brings together terms meant to remain separate: The son is joined with the mother . . . *in the same way as the answer succeeds, against all expectations, in rejoining its question*' (1978b: 23; 1973a: 34, my italics).

Lévi-Strauss saw that the myth of Oedipus reiterates (re-encodes) its central theme, the theme of incest, in terms of a figure of communication, the solving of a riddle. There exists between these two themes the same code-to-code relationship of transformation as there exists, in canoe mythology, between the motif of the regular alternation of day and night and that of marriage at the right distance. This reading of Oedipus reveals meaningful ('vertical' or 'harmonic') correspondences within the story that are indicative of an underlying mytho-logic at work in it. And this mytho-logic functions here in the same way as it does in 'primitive' myths, that is by *translating* one problem, the problem of incest, into the terms of another to which it may be formally compared, the problem of 'excessive communication'.

신화를 통해서 예술에 대한 답을 찾아갈 수 있다는 생각을 하게 되었다. 오이디푸스의 비극. 왜 철학자들은 이 그리스 비극에 매료되는가? 신화학, 인류학의 해석도 재미있다. 오이디푸스는 대지에 묶여 있는 존재입니다. 대지에 묶여 있기 때문에 그는 절뚝거려야 하는 것으로 여겨졌습니다. "우리는 어머니인 대지로부터 하나의 인간으로 태어났다. 우리는 개체인데 이 개체는 '어머니=대지'의 일부인 것일까? 혹은 독립된 개체인 것일까?" 우리는 자신이 안고 있는 실존적 조건에 의해 항상 좌우가 불균형한 걸음을 걸을 수 밖에 없습니다, 오이디푸스가 표현하고 있는 것은 우리의 생존 그 자체입니다. 오이디푸스는 우리들 자신의 이야기였던 셈입니다.(신화_최고의 철학에서 재구성)

레비 스트로스의 오이디푸스 이야기의 해석은 내 생각을 정리하는 데 큰 도움이 되었다. 오이디푸스가 마침내 알게 된 그 비극적인 사실과 예술이 의미하는 것은 사실상 동일한 것이었다. 수수께끼는 답이 발견되어서는 안 되는 것이다. 수수께끼는 답이 없는 물음. 질문과 답이 연결되면 무서운 일이 벌어진다. 스핑크스의 수수께끼를 푼다는 것은 결코 결합되어서는 안되는 근친상간으로 연결된다. 스핑크스는 망자 세계의 괴물이라는 해석도 있다. "수수께끼는 이처럼 평소에는 멀리 떨어져 있는 것들을 갑작스럽게 접근시키려는 시도를 합니다. 그런 점에서 수수께끼는 신비로우면서 또한 위험한 것이 되기도 하는 겁니다. 도저히 풀 수 없는 어려운 수수께끼에서는 질문과 대답의 이미지가 서로 멀리 분리되어 있는 상태가 오랫동안 지속됩니다. .... 옛날 필리핀의 마을에서는 수수께끼는 장례식 전날 밤에만 할 수 있는 것으로 정해져 있었습니다. .... 산 자와 죽은 자가 한 공간에 동거하고, 웃거나 울거나 하는 행위가 동일한 장소에서 이루어집니다. 장례식 전날 밤은 그야말로 수수께끼와 똑같은 구조를 갖고 있었기 때문이죠." (신화_인류 최고의 철학P185)

테베에는 스핑크스의 수수께끼, 현대에는 예술이 던지는 수수께끼.
예술이란 무엇인가? 모든 예술작품 안에는 질문이 있고 그 답이 숨겨져 있다. 질문은 다양하지만 답은 의외로 심플할지도 모른다. 현대의 예술가들은 질문을 만든다. 데이터베이스를 만들고 스킨을 씌운다. 그 답을 예술가는 알기도 하고 모르기도 한다.

예술가가 모르는 답을 평론가가 발견하기도 한다. 그리고 그 답 안에 또 다른 답이 숨겨져 있다. 우리는 예술의 답을 찾아서는 안된다. 답이 없다고 믿어야 한다. 아니면 가벼운 가짜 답을 진짜로 알고 만족해야 한다. 그 답을 아는 것은 금지되어 있다. 예술가들은 금지되어 있다는 것을 본능적으로 알고 있다. 권력이 허용하는 자유 안에서 무엇이든 할 수 있지만 그 답을 찾는 것은 안 된다.

?

???????????????????

!!!!!! !!!!!!! !!

!

하나의 riddle 을 푸니까 금지된 것을 연결. something very political.
아버지로 상징되는 권력을 죽이고, 프롤레타리아 어머니와 부르주아 아들의 결합.
예술의 뿌리를 건드리는 것. 권력자는 이를 두려워한다. 저항과 연대로 발전해나갈 수 있으니까. 절대 금지!

예술론 2 성배의 전설 예술은 질문을 하는 것.
답이 먼저 나오고 질문이 나중에 따라왔다.

정치적 대답과 예술적 질문은 분리되어 있으나 이것을 연결해 볼 수 있어야 한 다. 이것은 불가능에 가깝다. 상상을 초월한 결과를 가져올 수 있고 위험하고 불 온한 것이다. 예술가는 그 답을 알지 못하지만 알아도 말을 할 수 없지만 그 질 문을 만들 수 있는 자이다.

성배의 전설

"12 세기 후반이 되면 이탈리아의 북부나 프랑스 중부를 중심으로 상인의 활동이 활발해 진다. 신기한 것은 그와 동시에 성배 전설이 사람들의 마음을 강렬하게 사로잡기 시작했

다. 니벨룽겐의 숨겨진 보물에서는 하나로 연 결되어 있던 이상과 현실이, 한쪽은 성배를 둘 러싼 이상화된 토포스를 향해서, 그리고 다른 한쪽은 자본주의 경제의 기초를 다지는 방향으 로 분열을 일으키게 된 것이다."

성배는 '정신화된 부'를 표현하는 가장 성공적 인 이미지로써 크레티엥 드 트루아는 이 전설 을 켈트 전승인 '아더 왕 전설'과 연결시켜『페 르스발 Perceval』이라는 작품을 썼으며, 이것을 읽은 리하르트 바그너는 깊은 감동을 받았다.

코르누코피아는 '정신화'되어야만 한다고 생각한 바그너는 곧바로 그의 최후의 악극이 된 『파르지팔 Parsifal』의 작곡에 착수했다. 난 바그너 싫어하지만 좋아하는 몇 개의 곡들이 있다. 죽음과 사랑. 파르지팔. 사실은 그의 음악을 좋아한다. 바그너의 숭배자들을 싫어하 는 것.

어부왕 Fisher King 은 한 청년 기사를 손님으로 맞이했는데, 최근에 이 기사로 인해 나라에는 엄청난 비극이 초래되었다. 창끝에서 흘러내리는 분노의 피가 묻 은 창과 성배가 그의 앞에 나타났는데도, 그는 그 성배가 누구를 위해 사용되는 것이며, 혹은 그것이 어디서부터 유래한 것인지를 묻지 않았다. 묻고 싶었지만, 어머니의 충고에 따라 이 청년은 이번에도 묻지 않았던 것이다. 그가 묻지 않음 으로 해서, 모든 나라들은 전쟁에 휘말리고, 그리고 기사들은 숲 속에서 다른 기 사를 만나면 반드시 상대방을 공격하고, 그럴 힘만 있으면 상대방을 죽여 버린 다. (제시 웨스턴 Jessie Weston, 『제의에서 로맨스로 From Ritual to Romance』)P204 박상륭의 잡품설에도 나오는 어부왕과 성배.

성배의 의의에 대한 질문입니다. 인간은 그저 성배에 대해 질문을 하는 것만으로 충분합니다. "당신의 정체는 도대체 뭡니까?" 그런 질문을 받은 것만으로도 코르누코피아인 성배는 기꺼이 그때가지 닫혀 있던 물질을 해방시켜, 자연으로부터 풍요로운 부가 샘솟듯이 콸콸 쏟아져 나오게끔 합니다. P206

어부왕, 페르스발 기사의 예절 무시하고, 성배와 창의 의의 자신에게 질문을 퍼부어 줄 것을 기대하고, 그를 성으로 끌어들였다. 그런데 분수에 맞지 않게 페르스발이 '부정성'을 발휘함으로 해서, 질문은 나오지 않고 정체된 자연의 힘의 유동이 발생하지 않게 되어, 왕의 병은 악화되고, 국토는 점점 황폐해졌다는 겁니다. P207

How does this relate to the Perceval legend? In the Perceval legend, Lévi-Strauss focuses on the central episode in the castle of the Grail. Perceval is invited into the castle of the Grail by the Fisher-King, whose freedom of movement is impeded because of an injury to his legs, and is served a sumptuous meal. As he dines, a young man holding a bleeding spear, and two young girls, the one holding the Grail – a cup encrusted with precious stones – and the other a silver tray with food on it, appear. This mysterious cortège passes before Perceval and disappears into a neighbouring room. Remembering his mother's advice always to be discreet, and despite his curiosity, Perceval does not dare ask about the spear or who is being served in this way. It turns out that his decision to remain silent is a terrible mistake. Had Perceval asked the question that, he will later find out, was in fact expected of him, the Fisher-King would have been cured of his injury and the spell on the land of the Grail, causing its infertility, would have been lifted.

성령이 깃든 사람, 에너지와 열정으로 한 없이 계속 떠들어대다. 자본주의도 영화나 텔레비전이나 음악 산업을 통해 계속 수다를 떨어댄다. 순수증여를 하는 힘과의 경계에서는 이런 증식현상이 일어난다. P196 인간은 시끄러울 정도로 수다스럽게 상대방을 향해 말을 걸어 온다. 그러나 말하는 법, 질문하는 법이 잘못되었기 때문에, 상대방은 깊은 침묵을 유지한 채 응답을 보내오지 않는다. 즉 질문을 하지 못한 것입니다. P207 루이스 칸과 비슷한 말을 하네요.

다시 벤야민과 아도르노를 연결해서 생각해 보자. 벤야민의 답이 의미가 있으려면 어떤 질문에 대한 답인가를 먼저 알아야 한다. 1968 년의 혁명은 실패했다. 아무도 올바른 질문을 던지지 않았다. 근본적인 질문에 대한 정확한 의식이 혹시 없었던 것은 아닐지... 아도르노는 그 질문을 세상에 던져주고 죽었다. 벤야민은 성배를 들고 나왔고 아도르노는 질문을 던졌다. 그러나 그 질문은 1968년이 지나서 나왔기에 성배의 전설에서와 같이 아무도 치유되지 못했다.

아도르노는 무슨 질문을 한 것일까? 그가 <u>마지막으로 쓴 책이 미학이론</u>이라는 것이 참으로 흥미롭다. exciting or interesting 68혁명의 젊은 세대에게 던지는 아도르노의 메시지는 예술이었다. "예술이란 무엇인가? 현대에 있어서 예술은 무엇인가?"
지금 이순간의 혁명/구원은 예술이란 무엇인가라는 질문의 답이다. 예술이란 수수께끼를 풀면 혁명이 나온다. 예술은 혁명이다. 정치는 본래 예술이다. 이것은 또 무슨 의미일까? 또 생각나는 것. 참선의 화두는 질문이 아니다. 그것은 질문을 가장한 아무 의미 없는 답이다. 질문은 구도자가 스스로 발견해야 하는 것. 스승의 화두 = 그의 답 -> 나의 질문 -> 답=질문 -> ? = ! 달이 떴다.

지금 우리는 성배를 보낸 사람과 질문을 던졌던 사람을 모두 가지고 있다. 단지 기억하기만 하면 된다. 그리고 다시 질문을 해야 한다. 기억하고 질문해야 한다. 은밀하게/공개적으로 각자/다같이. 한국에서 벤야민은 폭발적인 인기를 누리지만 아도르노는 그렇게까지 많이 읽히지는 않는다. <u>벤야민/아도르노 조합이 가지는 완성도, 혁명적인 힘</u>에 대해 더 많은 사람이 관심을 가지고 많은 연구가 나왔으면 좋겠다. A bluejay hopes so. 내 성격은 Half and Half Who knows? 큰 욕구는 자제하는 중 Who knows? 편히 울고 싶은 거 I know 미친 듯 놀고 싶은 거 I know 사랑에 설레고 싶은 거 I know 다 물고기처럼 걸려봤겠지. 삶에 갈증으로 인한 욕망이란 그물 덫. Wishing on a Sky Wishing on a Scar 해가 있다면 꿈을 꾸고 싶다고 Wishing on a Sky Wishing on a Scar 달빛이 있다면 깨어나기 싫다고.
Wow, 스카이와 스카. 언어 감각이 대단하군요. 오도송인가? 이 시가 맘에 든다네. 욕구는 자제할 필요가 없어. 언제나 stop 할 수 있다면. 울고 싶으면 울어 놀고 싶으면 놀아. 언제나 그만 둘 수 있다면.

Politics

정치는 역사와 신화의 싸움이다. 역사를 정치적 목적을 위해 신화로 만들고 있다. 역사는 비천하고 더러운 수많은 보통사람들의 분열의 디테일이며 신화는 영웅이 이끄는 매끄러운 통합된 100%의 전체이다. 진보는 저항을 통해 역사를 만들어 나가고 보수는 신화를 통해 지배한다. 레이건과 대처의 추악함을 국가를 구한 영도자로 미화한다. 우파는, 특히 극우 보수는 권력기반의 확대를 위해서는 무슨 일이라도 한다. 아베와 자민당의 장기집권이 부러워요. 보수의 속성. 정치는 역사의 기억을 차지하기 위한 권력투쟁이다.

얼마나 황당한 사고의 오류를 가지고 있는가? 또 여론 조작에 넘어 가는가?
언어와 정치: 퍼주기, 경제파탄, 종북좌파. 반공보수주의의 본질은 극우적 혐오주의.

상관관계와 인과관계: 조중동의 퍼주기 분석, 박근해의 100%의 대한민국
민주주의는 문제가 많은 시스템, 그러나 그 반대의 전제정치는 더 위험

박정히 경제성장의 신화
기회비용: 정치도 경제도 실패한 대통령. 박정히가 ~~죽었기에 한국 경제가 발전할 수 있었~~
~~다.~~ 제발 神話만 만들지 말아요.
이승만, 장면에서 시작한 경제성장… 그리고 전두환이 안정시키고 김대중이 정보화의 길을
닦고 노무현 시대에 선진국에 진입했다. 위험하게 들리지만 진정한 경제 대통령은 전두환
이다. 산업화 정책의 과열로 인해 인플레이션으로 폭발해 버릴뻔 했던 한국경제를 안정화
시켰다. 김재익이라는 뛰어난 경제학자이자 관료, 그러나 지도자가 경제를 어느 정도 알아
야 그를 간섭하지 않을 수 있다. $R = I - pi$ 를 입력. 대통령 선거 토론희에서 나타난 인식
의 문제점. 누가 경제 대통령인가?
공이 7 이고 과가 3 이다. 진보에서도 박정히를 인정하자는 생각은 과연 공정한 것일까?
과가 일정 규모를 넘으면 공을 이야기할 필요가 없다. 백무산의 저항을 들어 보자.

아래로부터의 저항이 있었기에 부패를 막고 경제성장이 가능했던 것.
즉 국민이 경제성장의 원인이자 주인공.
동아시아의 경제기적은 역설적으로 주변의 사회주의 국가들이 있었기 때문이다. 토지개혁,
분배에 대한 고려, 냉전 시대의 혜택…. 분배가 불공정하면 지속적 성장은 불가능.

만주국과 10 월유신
레비 스트로스의 신화 Fa(x):대일본제국 최후의 군인 박정히, 만주국을 부활한 천황적 유신
체제 건설.

광주는 누가 학살했는가?
정신분석학: 부마항쟁과 김재규의 10.26, 차지철의 "캄보디아 같이 수백만을 죽여도 된다."
"대통령인 내가 명령하면 누가 어쩌겠는가?" 박정히의 시민학살 명령은 6개월 후 그의 후
계자인 정치군인들에 의해 실행에 옮겨졌다. 광주학살 명령을 내린 것은 박정히이고 그것
을 집행한 것은 신군부세력이었다. 누가 더 책임이 많다고 할 수 있는가? 광주와 대구의
시민 합창단이 화해의 공연을 할 게 아니라 부산과 광주가 저항정신을 기억하며 민주주의
의 합창을 해야 하는 것은 아닐까.

사회학자 정근식의 연구도 정리해 보면 좋겠다. 기억나는 것 몇가지.
인터뷰 인문학 지각변동
68p 지역감정 문제의 바닥에는 영남 패권주의나 호남 민족주의를 어떤 식으로 다시 재해

석하느냐는 질문들이 있었다고 생각됩니다. *남영신의 「지역패권주의 연구」를 읽어 보라.*

송기숙 선생이 광주에 한국현대사사료연구소를 만든 가장 기본적인 이유는 어떻게 하면 5.18의 진상을 우리나라 전 국민과 세계의 모든 주민들에게 알릴 것인가? 진실을 알리면 세상이 변할 것이라는 전제에 입각하고 있는 것인데.

69p 『광주오월민중항쟁사료전집』입니다. 500여 명의 증언을 받은 자료집이죠. 그러나 증언이나 사진전이나 다큐멘터리를 통해 광주의 진실을 알게 되었다 하더라도 사람들이 모두 사회정의를 추구하게 되지는 않더군요. 『근현대의 형성과 지역 엘리트』(새길, 1995)

71p 1980~90년대의 광주는 우리가 몰랐던 문제들을 연구자들에게 던져 주었고, 이에 성실하게 응답할 때 의미 있는 연구가 되었습니다. 이론보다 늘 현실이 앞서갔다고 하는 게 정확할 듯합니다.

한국의 학자들이 자기가 살고 있는 땅을 처음으로 본격적으로 대면하기 시작한 것이 80년대 중후반, 90년대 초반이라고 생각. 한국에서 자생적인 이론과 방법론이 시작.

72p 1995년에 두 전직 대통령 처벌을 가능하게 한 '5.18 특별법'이 제정. 5.18과 광주 모델은 한국 민주화의 모델이자 이후에 4.3 문제 해결을 위한 에너지를 제공합니다.

2000년부터 한국의 국민국가 형성 과정에서의 민간인학살 문제가 쟁점으로 부각됩니다. 80년 5월의 시민학살과 이에 대한 보상 문제는 정치적 민주화와 함께 '기억의 민주화'를 동반해, 한국전쟁기의 양민학살 문제를 학계의 화두로 불러왔습니다. 그 매개고리가 4.3 이죠. 광주 문제가 풀리고, 거기에 힘을 입어 4.3 문제가 진행되고, 4.3 문제와 연결되어 전쟁기 민간인학살 문제가 나옵니다. 이 문제는 정치 문제였을 뿐 아니라 학계의 중요한 연구주제가 되었습니다. Now I understand the process of >>>>>>

김항/ 노근리 문제를 포함하여 1990년대 후반의 기억투쟁이란 결국에는 지방에서 1980년대 후반부터 쭉 이어져 온 흐름이 다시 중앙에서 제기되는 과정이라 볼 수 있겠네요.

지나가는 시민/ 네, 그렇죠. 빛은 변방에서 옵니다. 제주도의 해방공간에서의 모순을 연구하고 현실에서 해결하는 것이 아마도 가장 시급한 과제일 것입니다. 한 사람이라도 원한을 품는다면 천지공사는 물거품이 된다는 말도 있잖아요.

역사 세미나 진행하기

역사를 신화로

미디어의 경제학(economics of superstars) 이명박의 신화는 없다. 노태우의 보통사람의 신화. 잠깐 이것을 추가해 줘. 아직도 이런 말을 하는 사람이 있다. 1987년의 패배는 양김이 단일화 안해서라고. 그들을 비난한다. 비난할 수 있다. 그러나 정말 비난을 받아야 할 사람은 따로 있다. 그들은 바로 대구경북의 유권자였다. 1987년 대선 패배는 양김의 분열이 문제가 아니라, 대구경북의 쿠데타세력을 지지한 반민주주의적 투표행위가 문제였다. YS와 DJ는 민주주의의 관점에서 어느쪽을 선택하건 문제는 없었다. 둘 중에서 더 친근감이 가는 자기 고장사람을 선택한다는 것은 이해할 만하다. 그러나 쿠데타의 주역을 자기고장 사람이라고 선택한다는 것은 마치 이완용이 선거에 나왔을 때 비록 나라를 팔아먹은 자이지만 우리 고향 사람이라고 투표하는 것과 다르지 않다. 이에 더하여 수도권의, 특히 경기도의 노태우 투표가 문제가 되었다. 중산층의 배신. 1848년 프랑스의 재현. 경기도 거주 주민이 개발에 가장 민감하다. 이런 요인들에 대한 반성은 왜 없는가? 1987년의 비극에 책임을 져야하는 사람은 노태우를 선택한 TK와 중산층이었다. 반발하는 사람들 많겠는데요. 할 수 없죠.

경부고속도로와 영도자의 결단
비용편익분석: 국민은 반대하지 않았다. 최선의 선택은 영동, 남해 고속도로를 먼저

지역주의의 정치학
통제 변수의 계량경제학: 대구의 70%가 광주의 95% 보다 더 극심한 지역주의를 의미한다? 아니다. 일단 호남에는 호남인만 살지만 영남에는 여타지방 사람들도 산다. 호남은 5.18 이후 정치적으로 진보화되었고 부산출신이 대통령으로 나와도 그를 찍는다. 가장 지역주의적인 존재는 영남의 젊은 학생 노동자들. 그들 중 상당수는 성향상 진보이면서도 지역주의에 따라 한나라당, 새누리당을 찍는다. 이것이 가장 지역주의적 투표행위이다. 정치적 약자가 단결하는 것은 당연한 것이다. 호남인에게는 정당한 정치적 자각과 단결마저도 그들에 대한 적대감을 더 조장시키는 부메랑으로 돌아온 셈이다. 마치 일본인들이 한국을 비웃듯이. 불운이 연쇄적으로 중첩을 거듭한 것이다. "국가권력에 순치되었던 제도언론이 융단폭격처럼 퍼붓는 정치교육과 선전공세에도 차마 감염되지 않는 이 집단을 Choi는 '순수의식 공동체'라 명명한 바 있다." 이 말은 진보지식인의 왜곡된 인식일까?
##
만약 한국이 독립이 되지 않았다고 상상해 보자. 일본이라는 지역에 기반을 둔 보수적인 일본제국당과 조선에 기반을 둔 진보적인 조선독립당이 경쟁하고 있다. 일본은 인구 1억 3천만, 한국은 7천만인데 일본열도 지역에서 제국당의 지지율은 70% 그리고 한반도에서 독립당의 지지율은 95%. 이 때 조선 사람을 지역주의자라고 욕할 수 있겠는가? 세상은 약자의 눈으로 보아야 한다. 여기서 한국의 지역주의 한걸음 더 들어가 보겠습니다. 오늘의 초대자는 지역을 대표하는 두 지식인입니다.

김 욱, "영남민국잔혹사-'지역주의 타파'로 가는 마지막 비상구", 개마고원, 2007, P.322
우리나라의 민주화에는 호남의 보통사람들이 기적적으로 이루어낸 '호남몰표'가 결정적 역할을 했다는 사실의 인정이다. P.323 냉정하게 관찰해보자. 우리는 주위에서 호남몰표가 독재정권에 결정적 타격을 가한 것을 이성적으로 인정하다가도 그 표가 김대중을 향했음을 상기하는 순간 태도가 감성적으로 돌변하는 사람들을 흔히 볼 수 있다. 그런 사람들의 생각에는 틀림없이 김대중은 1987년 양김분열의 원인제공자이며 지역주의의 수혜자로 철

석같이 각인되어 있을 것이다. 그리고 역사적 사실을 이런 식으로 해석하는 순간, 그들의 눈에는 아마도 호남몰표가 영남몰표보다 더 강고한 지역주의표로밖에 보이지 않을 것이다. P.142 지역정당 체계가 계급정당 체계보다 강력하게 유지되고 있다면 그것은 지역모순이 계급모순보다 더 심각하다는 의미이기도 하다는 말이다. 그런데 이런 현상을 보면서도 이런 현상이 나타나는 이유가 유권자들이 멍청해서 그런다고일축해버리고 지역감정을 없애자는 설교만 하고 있으니 논의의 출구가 없다는 말이다. P.143 지역문제는 없어야 하지만 현실 속에 '지역문제가 존재한다'는 모순을 인정하라는 말이다. 즉 '당위와 존재의 모순'을 인정하라는 말이다. 그래야 '진보(개혁)+호남(등 소외지역)'이라는 이중모순에 기초한 연대가 가능할 거 아닌가? P.317 호남은 언제나 그 위선에 이용당하게 돼 있다. 선거 때는 그들의 속내를 만족시키며 또 온갖 비난을 감수하며 몰표를 주어야 한다. 그러나 선거가 끝나면 겉으로 표명된 공식적인 이데올로기에 의해 그 몰표는 비난받으며 다시 '호남 없는 개혁'으로 여지없이 되돌아가야만 한다. 여기까지는 그래도 참을 만하다. 영남은 여전히 흔들림 없이 자신들을 외면하기 때문에 그들에 대해서는 한없이 공을 들여야 한다. 이른바 지역주의 타파의 명분으로. 이렇게 '호남 없는 개혁'은 '영남 있는 보수'로 끝날 수밖에 없는 운명이다. 그리고 이것이 영남개혁세력에 끌려 다니며 치러야 하는 호남의 슬픈 운명이다. P.321 나는 현실을 외면하는 그들 '이른바' 개혁·진보세력에 맞서 다소 무리가 있다는 걸 알면서도 대한민국의 정치적 모순은 그 동안의 역사가 웅변하듯이 지역 간의 모순, 즉 영호남의 지역모순이 지배적이었다고 응수할 수밖에 없다. 이렇게 되면 나(김욱)는 어쩔 수 없이 호남근본주의자가 된다. 내가 스스로 이렇게 호남근본주의자로 규정되는 위험을 감수하는 단 한 가지 이유는 계급근본주의자에 맞서기 위한 것뿐이다. 우리의 현대 정치사를 계급근본주의적으로 왜곡시키려는 사람들이 존재하는 한 나는 그들 앞에 호남근본주의자로 남아 있을 것이다. 이런 의미에서 말한다면 나는 강요된 호남근본주의자다.

강준만, "노무현은 배신자인가", 인물과 사상사, 2009,
p.16 노무현은 배신자인가? 나는 배신을 '의도'와 '결과'로 나누어 볼 걸 제안한 바 있다. 나는 노무현의 선한 의도와 우국충정(憂國衷情)을 믿는다. 그런 의미에서 보자면 노무현은 배신자가 아니다. 그러나 결과만 놓고 보면 이야기는 달라진다. 즉, <u>노무현에겐 배신의 의도가 없었을 망정 결과적으론 배신을 저질렀다는 것이다. 노무현이 이걸 깨닫지 못하는 건 그의 선한 의도와 우국충정이 너무 강하기 때문일 것이다.</u> p.25 그러나 이번 분당은 민주당에 '지역주의 부패정당'이란 허물 뒤집어 씌우기식 독선과 배타주의가 아니고 무엇인가? 그것도 영남 지역주의에 기대지 않았다고는 말할 수 있을까? 그가 자신을 당선시킨 민주당의 분당을 조장하고 탈당했다는 것이야말로 그처럼 눈치 보지 않는 소신을 가진 사람에게도 스스로 인식하지 못하는 영남 선민주의의 피가 흐르고 있다는 산 증거로 보인다. 요즘 나는 신지역주의가 더욱 걱정이 된다.
p.26 노무현은 과연 호남인을 배신했는가? 물을 게 뭐 있나? 배신했다! 그것도 아주 화끈

하게 배신했다. 그러나 그가 국익과 공동선을 위해 배신했을 가능성을 부정할 필요는 없다. (*그의 선한 의도를 의심하지는 않는다.*) 트로트 한 곡 듣고 갈까요.

이 글을 소개하는 것은 노무현 전 대통령을 비판하기 위한 것이 아니라 어떤 정서가 호남에 흐르고 있었는지를 다른 지역 사람들이 알 필요가 있다는 생각에 여기에 소개한다. 현재의 호남지역당이 존재하는 것을 역사적으로 이해할 필요가 있지는 않을까? 잘 모르겠어요. 특정 정당을 지지하고 말고의 문제가 아니다. 이해하려고 노력 중입니다.
우리 시대의 중용은 진보이다. 그런 것 같아요. 중간이 중용은 아니라면서요?
중도와 균형의 위선에서 **합리적 급진주의로의 전환**. 합리성이 중요하다. 벤야민 보다 아도르노가 더 중요한 의미를 가지는 한국사회. 그런것인가보아요. 잘 모르겠어요.

예술에 대한 생각들

나는 내 생각이 아니다. 하지만 그 생각들이 어떤 믿음이 나의 모든 것이라고 생각하는 이유는 무엇일까. 나와 다른 생각을 싫어하고 반대하고 심지어 억압하는 것은 또 무엇일까? 내 옷이 맘에 안 든다고 말하는 사람에게 조금 기분은 나쁘지만 화를 내지는 않는다. 하지만 나와 생각이 다를 경우 사람들은 분노하기도 하고 때로는 그들을 죽이기까지 한다. 지난 500 년간 종교와 이데올로기의 이름으로 죽어간 사람들을 생각해 보라. 사람들은 약자의 생각, 신념을 비하한다. 강자의 생각을 약자에게 강요한다. 미전향 장기수 문제도 이런 시각에서 볼 수 있다.

사실 나의 생각이라고 굳게 믿고 있는 것도 사실은 외부에서 나에게 강요한 남의 생각일 뿐이다. 이것을 사람들은 우리의 생각이라고 부른다. 이제부터 나는 우리라는 말을 가능한 쓰지 않으려고 한다. 나는 우리가 아니다. 우리는 없다. 권력이 강요한 가상의 우리가 있을 뿐이다. 아트는 보수의 환상에서 나를 깨우는 것.

이라크 전쟁을 테마로 한 전시회에서 내가 했던 이야기는 "내가 반전주의 작가라면 어떤 작품을 만들까?" "진보주의자가 되어 보기"라는 컨셉은 여기서 출발한 것 같다. 처음에는 그렇게 가정하고 시작했는데 실제로 내 생각은 조금씩 진보적인 방향으로 선회하기 시작한 것 같다. "좌파적 감수성"이라는 말도 만들어 보았다. 현실에서는 보수주의자이지만 내면으로는 좌파적 감수성을 가진 사람은 많이 있다. 예술가들은 생활인으로서 보수일 수 있지만 예술가로서 좌파적일 수밖에 없다. 글쎄, 단정적으로 말하기는 어렵겠다. 그러나 **윤형근**의 전시회를 보면서 깊은 감동을 받았다. 그의 예술에는 좌파적 감수성과 저항의 의지가 섬세하게 들어 있다. 5.18 이후 그가 만든 작품의 네모 덩어리들은 옆으로 쓸어지고 있는데 그것이 어떤 분노를 의미하는 것일까? 그런 생각이 들었다. 그동안 국가는 인간이 가진 좌파적 감수성을 억누르고 죄악시했다는 자각이 들었다. 일단 정지.

역사가 눈에 보이기 시작했다. 패자의 기억이,,, 뒤늦게 전쟁의 재구성의 의미를 깨닫다. 이라크 전쟁의 직관이 한국으로 ... 한국의 양민학살의 역사가 ,,,, 역사는 예술을 통해 기억.
예술이란 일차적으로는 저항이다 그리고 그 너머에 텅 빈 허무가 있다. 그것은 그냥 비어 있다. 아무 것도 아니다. 그런데 그 텅 빈 공간에 움직임이 있다. 바람이 분다. 이 nothingness 의 의미는 오로지 하나다. 모든 것은 실체가 없다는 것. 권력은 실체가 없다는 것. 불교의 진정한 메시지는 세상의 모든 권위와 권력을 부정하는 것. *국가 안에 '국가에 맞서는 사회'가 들어가 있는, 그야말로 해체적인 상황을, 부처가 시작한 정신적 전통이 연출하고 있다.* (곰에서 왕으로 p240) 왜 성철스님은 박정히는 독재자다 라고 그 때 말하지 않았을까? 불교가 젊은층에서 인기가 없는 이유이기도 하다. 국가와 법의 권위를 부정하는 것. 허무주의에 빠져 숨지 말고 권력을 뒤엎으라는 불온한 메시지, 곧 혁명이다. 이것이 구원이며 벤야민의 철학과 일치한다.

레비스트로스가 말년에 행한 인터뷰를 보면 불교의 본질을 잘 이해하고 공감한 것으로 보인다. "내가 진정으로 공감하는 것은 불교다." ~~그러나 성철의 불교는 아니다.~~

모든 현대예술은 아름다움을 부정함으로써 아름다움을 찾는다
"예술적 테크닉은 자기가 아무런 의미도 없게 된 시대에 스스로 이해할 수 없는 것이 되어 세상을 놀라게 만든다. 이 이해할 수 없음의 쇼크는 그러나 아무런 삶의 의미가 없게 된 세상의 숨은 얼굴을 비추어 드러나게 만든다. 이러한 일을 위해서 새로운 음악은 자기의 모든 것을 희생한다. 현대음악은 세상의 모든 죄악과 어둠을 다 자기 안에 받아들인다. 현대음악에게 행복이 있다면 그건 불행을 인식하는 행복이다. 현대음악이 아름답다면 그 아름다움은 세상의 모든 아름다움들을 거부하는 아름다움이다." (아도르노의 '새로운 음악의 철학')

나의 고백

Confiteor Deo omnipotenti,	I confess to almighty God
et vobis fratres,	and to you, my brothers
quia peccavi nimis,	that I have greatly sinned,
cogitatione, verbo,	in my thoughts and in my words,
opere et omissione:	in what I have done and in what I have failed to do
mea culpa, mea culpa,	through my fault, through my fault,
mea maxima culpa.	through my most grievous fault;

메아 쿨파 메아 쿨파 메아 막시마 쿨파

저의 죄는 이런 생각을 한 것입니다.

예술가의 눈으로 보니 모든 것이 예술이 된다. 사회과학이 곧 예술이다.

사회과학자의 입장에서 보니 예술이 곧 정치이고 역사이다.

이것을 이해하려면 모든 것이 하나로 용해통합융합이 되어야 한다.

예술의 혁명은 예술 소비자가 생산자가 되는 것, 모든 사람이 예술가가 되는 것이다.

미술시장이 붕괴되는 것이 예술의 완성이다.

이해를 강요하는 사회. 그러나 이해할 필요없다. 이해하고 싶어요.

현대미술은 무엇인가?

뒤샹은, 개념미술은 아티스트를 손으로부터 해방시켰다. 그런가요?

an idea is art.

Following the precedent set by Marcel Duchamp, Conceptual artists "dematerialize" art in order to emphasize the importance of the ideas and concepts behind it. Duchamp's ready-mades—found objects that he exhibited as art—defied all traditional notions of art: they were not beautiful, they did not express anything personal about the artist, they were not original or unique objects, they had not been crafted by the artist. These objects became art simply <u>because Duchamp chose to call them art, and he had the authority to do so because the art world considered him an artist.</u> 이런 생각은 더 이상 안 통해. For Conceptual artists, Duchamp proved that art is not defined by the qualities of particular objects, but by the discourse surrounding them as works of art—discourse generated by artists, critics, and art historians, and by museums, galleries, and art publications. 이제는 inner circle 에 의해서 좌우되는 시대는 끝났다. 권위는 내가 나에게 부여함으로서 생긴다. 다시 말해서 권위가 사라진 시대가 되었다.

예술은 끝났다. 잘 모르겠다. 그런 말을 하는 사람들이 자주 보인다. 예술의 종언은 아트 히스토리로부터의 해방. 미술사에서 해방된 작가들은 자유롭다. 그러나 자본주의적 유희.

더욱 절망적이다. 시장이 주인이다. 안 그런 척 할 뿐.

진정한 예술의 종언은 "예술을 예술가들로부터 해방시키는 것".

누가 그것을 할 것인가? 대중이 한다. 달걀들이 동시에 벽을 깨는 통섭,
음악가가 만드는 미술작품,,,,,미술가가 쓰는 시?
아니다. 목수가 만드는 음악, 노동자가 쓰는 시.
모든 다른 장르의 예술가들이, 아니 누구나 미술에,
모든 예술에 도전한다.
이것은 권력에 대한 도전이다. 완벽한 해체이다. 그리고 원시로의 회귀이다. 브리꼴라주로 돌아가기.
망치없이 못박기, 전동드릴없이 나사 박기. 이것도 아니다. 생각해 보라.

예술가는 다시 하인이 되어야 한다. (진짜로 그렇게 되라는 건 아니다. 오해하지 마시오.)
비엔날레에서 아마추어가 시키는 작업을 장인으로서 수행하는 예술가.... 아이디어로써의 예술은 수명을 다했다. 기술로써의 예술로 복귀하거나 아니면 예술을 포기하거나 .... 아니면 스스로의 예술 철학을 만들거나, 아니면 아무 것도 하지 않는 예술가의 상태를 유지하기. 심각하게 이 말을 받아들이지는 말아라. 이 책 다른 곳에 잘 정리되어 있다. 어디에?
an idea as readymade..... 그냥 가져 와. 훔쳐도 된다구. Ready-thought 는 어때? 남의 아이디어를 나의 것으로 선언해.
난 이걸 선택했어. 머리는 정지, 손은 노동. 노동자로서의 예술가.

아직도 예술을 無化시킬 것이 하나 더 남았다.
아트 히스토리의 마지막 한 페이지가 남았다. 진정한 종언. 심판의 날.
예술가들의 예술권력을 파괴하는 것. 미술시장을 붕괴시키는 것.
모든 사람은 예술가다. 이런 말을 예술가가 해서는 의미가 없다는 것.
이 말을 예술가가 아닌 사람이 할 때, 이 말은 생명력을 가진다.
모든 사람은 예술가다. 이런 헛소리는 하지 말자.
내가 생각하는 미술사의 마지막 페이지는 원하는 사람 모두가 작품을 만들고
그 결과물을 작품으로 부르건 말건 소위 프로페셔널 미술가들 보다 질적으로 뛰어날 수도 있는 시대이다. 우열은 무의미하다. 이것은 지금 당장 가능하다. 어떻게? 다음 시간에 말하려구요. 기다릴게요.

그래서 다시 예술가들을 과거의 난장이로 되돌려 보내는 것.

예술을 특정집단이 독점하는 것을, 예술가들의 독점을 끝내는 것. Occupy!

예술생산의 평등에서, 자유는 진정한 자유는 시작한다.

평등에 이바지하는 자유만이 자유라고 불릴 수 있다.

오랫동안 예술을 들여다 보았다. 풀리지 않는 풀릴 수 없는 수수께끼의 답을 찾아냈다고 생각한 순간 나는 경악했다. 예술이 나에게 가르쳐 준 것은 당장 뒤엎으라는 것. 기계적 중립의 시대를 끝장을 내자. 반전 반란 반역 표지 디자인 어렵다. 反

달리는 기관차에 브레이크를 걸리는 것. 지금 이 순간의 반란. 예술은 아름다운 것이 아니라, 조금 위험한 반항이 아니라, 가장 급진적인 것이다. 현대의 수많은 가짜 예술가들은 이것을 모른다. 이 말이 위험하군요. 삭제해.

무슨 말인지 잘 모르겠군요. 죄가 되는 지도 잘 모르겠고.

당연하지요. 신부님. 저도 모르겠어요. 막 지껄이는거에요. 그 분이 오셨나 봐요. Oh, Genie. 저는 제 생각이 불편합니다. 저도 거부감이 들거든요. 반감과 함께. 하지만 매력적이에요. Paulo 그대가 죄의식을 가졌고 나를 찾아 왔으니 하느님이 그 죄를 용서하실 것입니다. **Misereatur tui ominipotens Deus, et dimissis peccatis tuis, perducat te ad vitam aeternam. Amen.** May the almighty God have mercy on thee, forgive thee thy sins, and lead thee unto life everlasting. Amen.

과격하고 위험한 말 아닙니까? 네, 위험하지요. 그래서 나의 고백 이 부분은 삭제하기로 했어요. 고해성사는 원래 비밀이잖아요. 영화 보러 갈 시간입니다.

소설가 엔도 슈사쿠의 침묵(沈默). 고통의 순간에 신은 어디에 있는가? 17세기 일본 천주교 선교 당시의 박해상황. 성화를 밟아 신앙을 부인해야만 살 수 있는 절체절명의 순간, 즉 종교적 신앙과 인간적 실존이 상치되는 순간이었다. 로마교황청 파견 신부 로드리게스는 십자가 앞에서 침묵하는 신을 향해 절규했던 그리스도를 반추하며 신의 침묵의 의미를 묻게 된다. 하느님은 왜 침묵하시는가? 로드리게스 신부의 마지막 독백은 이렇다.

"그분은 결코 침묵하고 있었던 게 아니다. 비록 그분이 침묵하고 있었다 하더라도 나의 오늘까지의 인생은 그분과 함께 있었다. 그분의 말씀을, 그분의 행위를 따르며 배우며 그리고 말하고 있었다."

*** 큐슈의 <침묵> 기념비에는 이렇게 쓰여 있다.

"인간이 너무 슬픈데, 주여, 바다는 저토록 푸릅니다."

다시 침묵. JMK 가 독후감을 보내왔다.

번역의 의미: translation or interpretation?

John Maynard Kim

"도대체 이게 뭐지?"

첫 문단에서부터 9개 언어를 동원해 럭비공처럼 사방으로 튀어다니는 글에 저절로 나오는 질문이다. O Sole Mio 에서 사해문서로, 그리고는 동서고금을 넘나들며 역사, 예술, 철학, 경제사회, 정치, 언어 — 그 중 예술은 문학, 미술, 디자인, 건축, 무용, 그리고 스포츠까지 망라하여 얘기가 영역을 구분하지 않고 난무한다. 저자가 하고 싶은 말이 있기나 한 건지, 그저 말장난을 하자는 것인지? "말 장난은 아니예요"?

실로 독자들에게 매우 불친절한 글이다. 그런데 이 질문에 대한 답은 의외로 아주 친절하게도 첫 페이지에 바로 나온다. 베냐민의 아케이드 프로젝트와 같은 글을 써보겠다고 그런다. 그것도 나 같은 현대 미술이나 철학의 문외한에게는 아무 도움이 안 되지만. 베냐민이 누구인지, 아케이드는 또 무엇인지...

마주치는 소재와 이야기들이 그래도 재미있어 일단 계속 읽어 나가게 된다. 그러다 보면 궁금한 게 있어서 찾아도 보고 생각도 더 해보고, 결국에는 그 동안 흥미가 없어 외면해왔던 미술과 철학의 흐름도 속성으로 독학해본다. 아하~ 베냐민도 좀 알겠고 예술이 무엇을 하겠다는 것인지도 짐작이 된다. 제일 마지막까지도 모호하던 성좌도 어느 순간 그 모습이 내 눈에도 들어오게 되면서 직관적으로 손에 잡힌다.[10]

잘 모르거나 별 관심이 없던 것까지도 다시 생각하고 눈을 뜨게 하고, 더 실용적으로 얘기하면 미술과 철학이란 세상에도 문자 그대로 입문은 할 수 있게 해주니, 이 책을 읽는 것은 하나의 깊은 경험이다. 그 안에 담긴 것들과 접하면서 궁

---

[10] 관측자에게는 훗날 Thomas Kuhn이 얘기한 paradigm shift와 아주 유사한 체험이다. 근처까지 갔다가 오히려 칠흙 같은 어둠에 아무 것도 안 보이는 바로 그 때, 관점이 순간이동을 하면서 갑자기 불이 켜진 듯 찬란한 성좌의 모습이 내 망막을 때리는 것. 20세기 후반의 Kuhn이 앞서 활동한 Benjamin에게 영향을 받았는지 잠깐 찾아보았지만 과학의 철학과 인문철학 간에는 그 어떤 교류의 흔적도 보이지 않고 철저히 단절된 것으로 보인다.

극적으로는 "나"가 달라지니, 확실히 이 책은 그저 소설이나 수필이라기 보다는 예술 작품이라고 보는 게 맞겠다는 생각이 드는 것도 또 하나의 깨달음이다. 쉽게 해독되지 않고 공부와 생각을 꽤 해야지 쫓아갈 수 있다는 것도 현대 미술 작품과 비슷하지 않은가. 좋은 책이다. What more can you want from a book?

그래도 깨달음은 또 다른 질문을 부른다. "도대체 이런 걸 왜 하지? 아니, 어떻게 이걸 계속할 수 있지?"

너무 힘드니까 나오는 질문이다. 예술이나 철학을 하는 이의 생각을 이제 좀 이해하겠는데, 그렇게 존재의 경계에 서서 하는 생각과 거기서 던지는 질문은 그저 정신적 유희라고 치부하기에는 너무나도 치열하다. 깨어있는 사람으로서 마땅히 관심을 둘 만한 사안들이라 하더라도, 거기 필요한 극도의 집중과 자각상태를 유지할 수 있는 에너지를 지속적으로 끌어대는 것은 보통 같으면 엄두가 나지 않을 것 같다. 안 보여서라기보다 그래서 사람들은 대개 애써 외면하고 편한 대로 살기로 하는 건지도 모르겠다.

무엇인가 눈 앞에 보여 홀린 듯 따라가는 것일까? 아니면 그보다는 더 확신을 갖고 그런 길을 가는 것일까? 그러나 노벨상을 탈 정도의 가능성을 보고 따라가더라도 큰 것이 이루어지는 데에는 우연도 필요한 것. 우연은 신의 영역이니 우연이 나타나 성패를 확인해주기 전까지는 내게 확신이 있어도 그게 맞는 건지 내 눈에 뭐가 씐 것인지 모르는 것이리라. 그러니 확신은 있을 수 없고 오직 신념으로 그 길을 가는 것이겠지. 홀려서 어쩌다 갔든, 확신이나 광기에 끌려서 갔든, 눈에 뭐가 보이는 것 같은데 안 가볼 수는 없는 일. 표범은 그렇게 먹이도 없는 눈덮인 산정상까지 올라간 것이리라. 퍼뜩 정신이 들고 마지막 숨을 거두는 순간에 표범의 눈에 성좌의 이미지가 맺혀 있었을까?

치열함의 다른 얼굴

모처럼 관심이 있어 한 문제를 붙잡고 깊이 보았다. 뿌리까지 다 찾겠다고 모비딕처럼 5 마일도 넘게 깊은 곳까지 잠수하여 근원을 밝히려고 했다. 위대한 탐구의 결실을 손에 꽉 쥐고 다시 수면을 뚫고 나와보면 어찌 된 일인지 매번 그 곳은 서로마 멸망 이후 수 세기가 지난 중세의 서양이다. 아무리 발버둥 쳐봐야 결국 내 최선은 서양의 아류인가? 우리 사회, 정치, 학문과 문화까지도 철저히 불가항력적으로 압도되어 있는 것인가? 심한 좌절감에 휩싸인 나에게 저자의 치열한 답은 감동이자 희망이다.

> "이 책은 서양문화에 반쯤 잡아먹힌 한 한국인이 더 잡아 먹히려고 거대한 서양뱀의 아가리 안으로 더더더 기어 들어가는 죽으러 들어가는 모험입니다. 완전히 서양적인 것 안에서 먼저 죽어야 서양을 거꾸로 잡아 먹을 수 있다. 잡아 먹으려고 할 필요도 없지요. 그냥 먼저 죽으면 다시 부활할테고 부활한 후의 나는 더 이상 한국인도 아니고 유럽인도 아니고 그냥 나이니까요. 이런 나가 모여서 새로운 한국적인 것이 탄생하겠죠"

인간은 자기 의지로 선택할 권한을 행사할 때 짐승과는 다른 인간이라 할 수 있다. 벌거벗겨진 채로 가스실로 짐승처럼 내몰리는 사람들의 아비규환의 몸부림 속에서 한 소녀가 벌떡 일어나 제 발로 가스실로 당당히 걸어 들어간다. 자기에게 남아있는 단 하나의 선택을 함으로써 존엄한 인간임을 스스로 확인하는 한 아우슈비츠 소녀의 용기. 나도 뱀의 아가리로 들어가자. 더더더.

왜 아트인가

직시하니 고발하게 된다. 우리에게, 그리고 애써 외면하는 우리를. 아트와 철학은 그래서 좌파적이 되나보다. 외면은 나태에서, 그리고 무력감에서 나온다. 이성을 총동원해 명분과 사리를 따져도 부정과 불의는 꿈쩍 않는다. 길이 없는 것 같다. 그래도 포기할 수는 없지 않은가.

아트도 그래서 하고, 그래서 필요한 것 같다. 학문과 이성만으로는 안 되니까. 아티스트 누군가 온 존재를 다 던져서 하면 이성에 더해 감성, 영성까지 모두 끌어올려 한 곳에 집중해 투사할 수 있으니까. 막힌 것도 뚫리고 세상에 없던 새 길도 트인다. 그래야 우리가 보통 하는 행동이나 학문이 못 내는 다른 결과를 만들어낼 수 있겠지.

불친절하고 어렵다. 그런데 눈을 뜨며 내가 변하게 된다. 예술 작품이 맞다.

좋은 책이다.

Dank je zeer, John.

Da Capo al Costellazione

(다시 시작해서 성좌까지/를찾아

da capo al fine 의 변형)

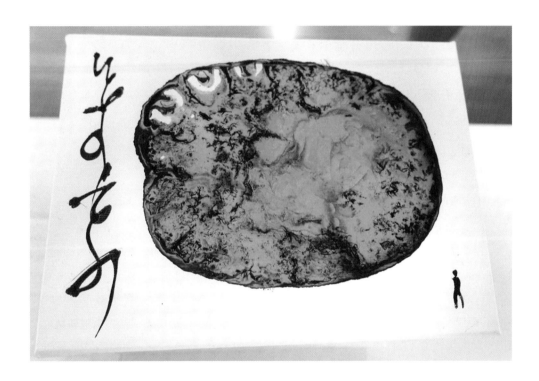

최소의 문법 最小文法 Minima Grammatica

문학, 외국어, 역사로 이루어진 일종의 교양소설을 써 보려고 노력했는데 아직도 진행 중이다. 『빌헬름 마이스터의 수업시대』에 필적하는 교양소설(Bildungsroman)을 쓰자는 것은 아니고 지금 시대를 반영하는 반교양적 소설을 교양소설이라고 부르기로 한다. 이렇게 열심히 배운 것이 반교양적이라구요? 無學의 힘을 깨달았기 때문. 그 동안 미루었던 것을 드디어 행동에 옮기기로 했다. 믿을 수 없다. 뭘 하건 말건, 이런 태도는 곤란하다, 대칭적이니까. 하건이 70% 말건이 30%의 비중으로 마음속에서 갈등의 반복운동을 하고 있다가 합리적 표현이다.

처음에 썼던 것이 이태리어 문법책을 소설로 쓰기, 다음에 사무엘 베켓을 드라마 대본같이 쓰기였다. 둘 다 중간에 미완성으로 중단되었는데, Nessun dorma! Nessun dorma! 아무도 자면 안된다 네순 도르마

Tu pure, o Principessa,	당신도 공주여　뚜 푸레 오 프린치페사
Nella tua fredda stanza	당신의 차가운 방 안에서
Guardi le stelle che tremano	보시오, 떨고있는 별들을
d'amore e di speranza!	사랑과 희망으로　다모레 에 디 스페란짜

****

K는 어느 날 아침 인생(人生)이 지루하다는 생각이 들었다. 이 세상이 거대한 벌레로 변해 자신을 위에서 압박했기에 버둥버둥하는 악몽에서 깨어난 기분까지는 아니었지만, 이런 꿈을 꾼 적도 없었고, 왜 이런 꿈을 꾸지 않을까를 오히려 궁금해 하면서 지루한 하루를 보내는 편이었다. 할 일이 없어서 무료한(無聊寒) 것이 아니었다. 오히려 너무 일을 많이 벌여 놓아서 무(無)엇乙 해野 할地 몰라서 (沒裸鼠) 아무 것道 하지 않고 그냥 시간乙 보내곤(保來困) 했다. 할 일伊 너무 많다는 것은 할 일伊 아무 것道 없다는 기분伊 들게 만든다. 자신의 무계획적인 무실천적인 태도를 자아비판하다 보面 지루함乙 넘어徐 우울寒 기분으로 번지기도 했多. 설총(薛聰)은 이두를 어떻게 만들었을까 라는 제목의 베스트셀러가 되기는 어려운 두툼하고 딱딱한 그 책을 목침 삼아 베고 자유연상의 시간을 가지고 있었다. 흔히 사람들이 가장 중요하지 않은 일부터 손을 대었다가 정작 가장 중요한 일은 시간이 없어서 급하게 처리하는 악습(惡習)을 반복한다는 생각이 들었다. K의문제는할일이너무많으면 또 새로운것을하나더추가한다는것이다. 핸드드립 커피 내리기 강좌에 비싼 수강료를 내고 등록(登錄)했었음에도 불구하고, -었기 때문에, 다음날

첫 수업을 빼먹고 수석(壽石) 구별법을 배우러 남양주에 산다는 고교 동창의 이모부 댁에 갔다가 우연히 들린 제과점에서 마카롱 맛에 반해서 제빵왕 김탁구에 도전해 볼까 하면서 인터넷 검색을 하는 이런 사람이었기에, 지금 하고 있는 10개의 일을 놓고 망설이는 것이나 11개의 일을 놓고 괴로워하는 것이나 별 차이가 없다는 생각이 전혀 무리가 아니었다. 경제학원론이라도 배운 사람이라면 다 알고 있는 기회비용(機會費用, 幾回比容)의 개념이 전혀 없는 비합리적(批合理的)인 사람이라고 사람들이 질타(叱咤)를 할 만한 그런 존재가 바로 K이다. 기회비용이 뭐냐구요? 脚註라도 달아야 하는 것 아닐까. 그럴지도 모르지만 그건 네이버나 구글 검색해 보면 되겠다. 내가넘나자랄고인는거슬구지독잘위해서또쓰기는귀찬타실타. 脚註 이건 어떻게 읽어요? 한글로 써야 독자가 편하게 읽지요. *"각주(脚註)."* 각주의 한자를 모르는 사람이 어떻게 *"脚註라도 달아야 하는 것 아닐까요"*라고 말할 수가 있나? 모순아닌가. 한자를 잘 몰라도 문맥으로 그 정도는 알 수 있다. 이건 全知的 작가시점으로 쓴 소설이니까 상관없다. 독자의편의따위는개한테나줘버리라고그래고개근언제나오른거시아니라거의대부분틀렷뜨고말해줘. 고객님, 마카롱 하나 들고 가세요.

K는 그 날도 무언가 새로운 재미있는 것을 찾다가 문득 자신이 영어(英語)를 잘해보려고 많은 시도를, 몸부림을쳐왔다고하자, 해보았다는 생각을 했다. 어떠한공부법도 끝까지해본적이 없기에 그방법에문제가있는지 자신의꾸준하지못한태도에 문제가있는지는 알수가없었다. 英語를 잘 했다면 내가 원했던 대학에도 갔었을 수가 있었을 터인데, 英語 성적이 안 나와서 그만.... 이런생각을하는 고객님이 한국에만218만3818명정도는 될 것이다. 꼬리에꼬리를무는, 이런상투적인표현 밖에 쓰지못하는 자신이한심해서, 英語를 잘했다면 허먼 멜빌, 조지 오웰, 필립 로스, 사무엘 베켓 이런 작가들을 읽어 보면서 나의 "생각문장"이 즉, 정신세계가 다르게 바뀌었을 터인데... 이런 생각에 더 우울해 졌다. 다행일 수도 있었다. 英語를 잘했기에 마르크스가금지되던 그시절에 좌파서적을많이읽고 정권퇴진운동을하다가 囹圄(영어)의몸이된 사람이 한둘이 아니니까. 뭐꼭그런거갓지는안타, 2할7푼, 일보너를통해쏘개된책드리더마늘꺼갓타. 통속적인, 진부한 생각을 하지 않는다는 것이 참으로 힘들다는 생각을 하다가 – 같은 단어, 같은 표현이 계속 반복된다는 것은 '말이 윤회(輪回)를 한다' 라고 표현해 보면 어떨까 생각을 하다가, 쓰르떼엄는지 라루조 무딸기 마라이아게 세끼토사냐. 번역부탁해. – 내가 쓰는 모든 단어들의 적멸(寂滅) 상태를 먼저 성취해야 새로운 말과 글을 쓸 수 있을까 생각을 하다가, 고만해 라식 세기여, 더 이상 이런 생각을 하다가 말다가를 반복하는 것이 지겨워져서 새로운 자유연상, 사실은자유롭지도않은 강제로태워진 생각의틀

안에서 연상이라고불리는 두뇌운動을 하고있었다. K는 중학교때까지 그당시유행했던 과외를 하지않았다. 집안형편이 어려워서가 아니라 부모님이 공부열심히하라는 말을 하지도않았고 성적은 그런데로 상위권을유지하고 있었기때문이다. 다만 그의 마음에 걸렸

던 것이 중3 담임 선생님이 이 친구는 절대 S대는 가기 어려울 것이라는 말을 어머니에게 했다는 것이다. 여기서 말하는 S대는 사람들이 생각하는 그 S대가 아니다. 이 세상에는 수많은 S대가 있다. 徐强,聖菌,韓羊,重殃도 있고 Stanford 대학도 있고 시코쿠대학(四国大学)도 있고, 설국 옆인가, Universidade de São Paulo도 있지 않은가. 이건 어떻게 읽지? 포르투갈어를 배우면 되겠지. 과거에는 국한문혼용이란 표현이 말해주듯 한자를 그냥 쓰다가 어느 순간 한자 뒤에 괄호를 하고 한글을 병기하다가 어느 순간 한자는 한반도에서 자취를 감추어 버렸다. 國漢文, 國漢文(국한문), 국한문(國漢文), '국한문'으로의 변화는 마치 언어의 쿠데

타를 아니 군사정변을 보는 듯하다. 거멸을 잡지 말자. 글이 더 진행되기 전에 잠깐 해명해야 할 것이 있다. K는 전혀 소설을 쓸 준비가 전혀 되어 있지 않았다. 따라서 이 글을 쓸 수가 없었다. Muo라고? 이 글은 전지적 작가시점이니까 문제가 없지 않아요? 주인공K가 소설쓸능력이 없다는게 무슨말인지? 소설은 주인공이쓰는것이 아니라 작가가 쓰는 거잖아요. 그렇지가 않다. K는자신이 직접자신의 체험을 바탕으로한 사소설(私小說)을 쓰고싶어 했다. 그러니까 'K는 …' 문장들은 사실은 '나는 ….'과 같은 것이다. K는 내가 소위 문학상을 몇 번 받은 소설가라는 것과 글쓰기 교실을 5년 째 하고 있다는 것을 알고 내가 도저히 그 청탁을 거절할 수 없는 L 선생님에게 압력을 넣어서 그를 도와주게 만들었다. 그래서 일단 K가 "나는 …" 이렇게 글을 쓰면 내가 "K는 …"으로 시점을 바꾸면서 그의 초고를 다듬어 주기로 했다. 내가 운영하는 글쓰기 강좌에서 가끔 쓰는 테크닉이다. 나는 K의 유령 공동집필자인 셈이다. 하지만 K가 쓴 '나는 …"을 글빚에 시달리는 내가 꼼꼼히 전부 바꾸어 주지 않았고 게으른 K는 원고 교정을 제대로 하지 않아서, 그리고 "나는 … , 내가 …" 이런 대화들을 따옴표 없이 쓰는 문체를 고집하는 K 덕분에, *"나"와 "K"가 누구를 의미하는지가* 명확하지加않았苦지금逃알수가 (隨駕)없多. 여기에서 나만의 변명을 하자면 그렇게 시점(視點)이 혼란(混亂)스러운 것이 매우 "포 (包)스트모(毛)던"하게 보였다. 포스트모던은 postmodern으로 google 검색하기 바란다. 이 소설을 읽는 수준의 독자라면 이런 각주를 달면 매우 불쾌하게 생각할 것이기에 또 내가 귀찮아서 생략한다. 放牧(방목) 상태에 있던 K는 고등학교에가서는 같은학교친구들과 국영수과외를 시작했다. 국어와수학은 잘했지만 영어성적만큼은 이상하리만큼 좋지않았다. 혹시조아 떤거슬거

꾸로아르고(argo)인 는거슨아 닐까아 니잘모 르게따기 어기안 난다. 스스로 머리가

나쁘지않다고생각했었지만, 역시외국어는어렸을때부터 조기교육을해야하나보다하는 생각이들었다. 12살 이후에 배운 외국어는 절대 모국어(母國語)만큼 할 수가 없다고 한다. 모국어도 일본 제국주의가 만든 말. 母語라고 하자. 소위 bilingual은 포기해야한다는 것이다. 인간의기억력은 20살이후에는 감퇴(減退)하기시작하여 40살이후에는 한탄할만한수준으로 떨어진다. 주차장에서 자기 차가 어디에 있는지를 몰라서 자동키를 여기저기에 대고 눌러대면서 저 구석에서 번쩍하는 불빛을 찾는 사람들이 그 증거이다. 석사, 박사 과정도 40살 이상의 학생은 많지 않다. 그리고 노안(老眼)이 오고 40대 후반을 넘으면 진짜 노년(老年)이 시작된다고 K는 생각했다. 지하철을 공짜로 탈 수 있는 65세 이상이 노년이 아닌 것이다. 불과 100년 전만해도 평균수명이 40이었으니 요즘 중년들은 여생(餘生)을 보내고 있는 것이다. 망자(亡者)를 노년이라고 부르면 고마워해야 한다. 시대가 어떤 시대인데, 내가어떻게 노인(老人)인가? 청년은 아니겠지만 장년은 되지 않겠는가? 이렇게 반발하는 사람도 있겠지만 K는 이렇게 대꾸해 주었다. 당신은 외모는 노인이라고까지할 수는 없지만 정신적으로는 특히 지적(知的)으로는 노인이 분명하오. 노인은 아니지만 노년이라고 말해도 좋겠지요. 당신은 다만 꽤 젊은 외모의 노인으로써 노년기를 편안하게 보내고 있는 것이오. 이런 말들이 오간 후에 그 사람과는 더 이상 만나기가 어려웠다. K의친구는나나리줄어들었고혼밥족의대열에합류했다고한다. 혼밥族이 뭐유? 배달(配達)의 민족이 좋아하는 새로운 인류 집단이에요. 아니면 쌀에 보리 섞어 먹는 혼식 지지자? 그 분이 지하에서 기뻐하겠네요. ~~아니, 혼마구로[本鮪]ほんまぐろ 알아요? 순수한밥의 왜색표현이에요.~~

K는 서울,에있는,대학교에는 갈수가없었다. 역시영어성적이문제였다. 요즘 학생들이 알기 쉽게 설명한다면 언어, 수리 편안하게 1등급인데 영어는 아슬아슬하게 간신히 2등급에 턱걸이하는 수준이었다. 당시에는 지방 국립대가 더 인기가 있었기에 다행이라는 생각을 지금은 하곤 한다. 지금이라면 소위 "인 서울" 갈 곳이 없었을 지도 모른다. 대학 졸업 후 직장에 다니면서도 한동안은 국제 업무와는 상관이 없는 곳에서 일했다. 외국인 바이어(Bar夷魚)가 오面 다른 곳으路 도망가氣 바빴지萬, 모대학총장님의말영문과교수가우리학교에서영어를제일 못해말은못하지만책은잘읽어에안심이되었다. 또 이상하게 자꾸 국제업무가 K에게 맡겨졌다. 영어를 잘하는 직원의 이직(移職)이 잦았기에 임시로 이 일이, 아무理 바빠道 한가로운(閑暇勞雲) 표정乙 짓고 있는 K에게 떨어(魚)졌다. 어쩔 수 없이 영어를 조금은 해야 했다. 잘하는 척이라도 해야 했다. K는 영어를 잘하지는 못했지만 잘해보고 싶다는 마음을 포기한 적은 없었다. 미국 영화를 자막 없이 들을 수 있고 영어 소설도 술술 읽을 수가 있으면 좋겠다. 문제는 이런 생각만 하고 실제로 영

어를 잘하려는 실선은 별로 하지 않았다. 가끔 교보문고에 갔을 때 발견하는 "영어 이렇게 정복했다."류의 책을 사다가 조금 읽고는 내팽겨 치기에, 영어 학습법 책 수집이 새로운 취미가 되었을 뿐이다. 영어공부법 컨설팅이 영어를 못하는 K의 업무에 추가되었다. 영어모테도괜찮아우린딴외구거를배울꺼야.

K의자유롭 지못한 연상은계속된 다. 난 왜 영어를 못할까? 이런 생각에 그 날 아침 뒹굴뒹굴하다가 혹시 영어에는 소질이 없지만 다른 외국어, 가령 불어, 스페인어 이런 유럽어는 잘 할 수 있지 않을까.... 하지만 영어 보다 문법이 더 복잡해 보이던 데, 영어도 못하는 주제에 무슨 프랑스어… 독일어는 데어 데스 뎀 덴 정관사 변화에 질려서 학원 단과반 수강 1주일만에 또 포기했었다. 하지만 그저 영어만 잘해 보려고 몸부림치기에 – 이런 표현은 싫지만 당장 적당한 단어가 떠오르지 않는다. 그 만해(萬海)게세 끼야 적당 히써독 잘의시카 고이(故二)짜나 - 영어를 못하는 것은 아닐까? 다른 외국어를 배우면 영어도 잘하게 되는 것은 아닐까? 유럽어가 아닐지라도 외국어는 외국어이니까 日本語, 中國語라도 해 볼까? K는 예전에 히라가나도 암기하지 못해서 고생하다 포기했던 일본어 도전 2개월이 생각났다. 게다가 K는 영어는 기본이고 앞으로의 대세는 중국어라는 그런 한국사회의 풍조가 너무 싫었다. 외국어는 자신이 배우고 싶은 것을 배워야 한다. 가령 자신이 좋아하는 노래가 K pop이라서 한국 걸그룹이 좋아서 한국어를 배우는 파리의 10대가 앞으로 20년 후의 대한민국의 일인당 국민소득을 계산하고 있을까? 자신의 戀人 - 연인이라는 한자를 읽지 못하는 독자 고객이 몇 퍼센트나 될까 - 이 외국인이라면 그 나라 언어는 이 세상에서 가장 중요한 언어가 된다. 몽골어이든 스와힐리어이든 루마니어이든 – 이순서를바꿀까 말까 - 지 말이다.

실용(實用)을 철학으로 삼는 것만큼 비참한 것도 없지, 그런 사람을 대통령으로 뽑는 나라의 국민만큼 불행한 사람들도 없지. 힙합에라임에드러만는거가타서기부니조타. 르네 지라르좀작자케라sea새세끼여. 국민이 노망났다. 김근태가 그 때 한 말이다. 이렇게말해도되나하지만 그는그럴자격이있어. 지금 했던 얘기들은 이 책의 저자의 생각도 아니고 주인공 K의 생각도 아니고 카페 옆자리에 있던 엘 살바도르 친구들이 했던 말을 K가 기억했다 적은 것이다. 이런 생각을 하면서 도대체 무얼 배우지, 지지직 잡음 나는 주파수가 맞지 않는 라디오 속의 말 못하는 초대손님같이 고민을 하고 있을 때 K에게 벼락같이 떠 오른 것이 바로 이태리어였다. 이탈리아어? 이딸리아어? 우선 伊太利語 italiano는 실용하고는 거리가 멀다. 일단 쓰는 사람들이 한 나라에 고정되어 있고 인구도 6000만이라서 불어 스페인어와는 비교가 안 된다. 움베르토 에코가 뉴욕의 택시기사에게 시달림을 당한 것도 이태리어 쓰는 사람의 숫자가 적다는 것이었다. 성악 전공자들과 일부 디자이너들이 배우기는 하지만 한국사회에서 보편적인 제 2외국어는 아니다. 수능 제2 외국어에 부러, 도거, 스페이너, 아라버, 베트나머는 있지만 이태리어는 없다. 특히 전국의 그 많은 부러不問학과, 도거동문학과를 생각해 보면 이태리어 배우기가 한국에서 얼마나 힘든지 알 수 있다. 딱히 읽고 싶은 이태리어 책도 당시에 없었고 그저 K가 오페라를 조금 좋아한다는 것뿐이었다. 배워야하리유는젠젠업서따. 배우지 마!

예전에 스위스를 갔다가 이태리에 잠시 들렸던 생각을 K는 떠올렸다. 비행기를 놓쳤기에 스위스 제네바에서 이태리 밀라노로 가는 기차를 탔다. 중간에 재즈페

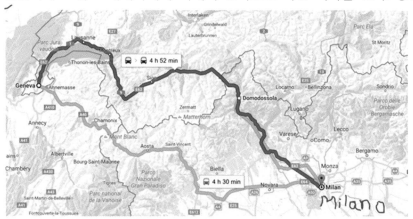

스티발로유명한 몽트뢰도 지나고 알프스그림자가비치는 호수옆을달리는 기차를 타고 터널을지나 국경을넘으면 갑자기 공기가 변 한 다. 바람이 따듯해지고 공기 속에 경쾌한 쾌활함이 넘친다. 차표를 검사하는 차장의 이태리 말도 알아듣지는 못해도 노래 같다. 밀라노에서 겨우 2박 3일 있었지만, 심지어 소매치기까지 당했지만, 더 많은 – 만을 나열할 수 있지만, 그럼에도 불구하고 이태리의 기억은 언제나 그에게 유쾌했다. 그래, 이태리어를 배워 보자. 어떻게 배울까? 어디서 배우지? 혼자 하기는 어렵겠고 학원이라도 찾아볼까? 물어물어 찾은 곳은 강남역 옆의 작은 학원의 이태리어 초급완성 2개월. 마침 다음 주가 개강이다. 이건 이태리어를 배워 보라는 하늘의 계시다. 이렇게 멋대로 생각을 하고 일을 벌이는 것이 K의 지난 인생이었다. 그런줄아라따그럴줄아라따. 아라한드리여페서합창을 한다. Arajandra를 만날 시간이기도 하다.

드디어 그 날이 되어 지하철역에서 어렵게 길을 찾아 5분이면 될 거리를 15 분 은 걸려 찾아 갔더니, 그럴 줄 알았다, 작은 방에 수강생이 10 명 정도 모여 있

다. 10분 걸려 도착힌 그 곳에 15명이 앉아 있었던 것 일 수도 있다. 각자 자기 소개를 하고 왜 이태리어를 배울 결심을 했느냐는 질문을 선생님이 했다. 한 사람, 한 사람 자신의 이야기를 한다. 성악을 하기에 꼭 이태리어가 필요하다. 패션 디자인을 하는데 1 년 후에 이태리 유학을 가고 싶다. 예상했던 모범 답안들이다. 인생은 역시 지루,권태,조로Zoro(早老朝露)하다. 그런데 자신이 大寒航空 승무원이라는 아가zoom씨의 대답이, ええと 馬, 재미있었다. 이태리는 비행기편이 자주 없어서 한번 가면 일주일 기다렸다가 와야 한다. 따라서 다음 날 비행기로 곧 돌아 와야 하는 뉴욕이나 파리와는 달리 일주일 간 현지에서 餘裕있게 머무르며 나만의 시간을 가질 수 있다. 이태리어 하는 한국 직원은 거의 없기에 해 볼까 하는 생각이 들었다. - 이 승무원은 이태리어 수업이 끝나고 얼마 시간이 지나지 않아 곧 결혼을 했고 가능한 빨리 현지에서 돌아오는 노선을 찾다가 마침내 지상 근무를 자원했다고 한다. 나는 이렇게 들었지만 사실은 원래의 희망대로 로마에 머물고 있는지도 모른다. 이 글을 읽는 독자들에게는 별 중요한 이야기는 아닐 것이다. 그냥 뭐. 어쨌든 그 옆자리의 젊은 남자의 말은 더 재미있었다. 스스로 영어를 잘 못한다고 소개하면서 영어 배우러 어학연수를 호주로 갔는데 학원에서 영어 선생님과 눈이 맞아서 연애를 시작했다는 것이다. 예쁘장한 그 선생님은 이태리 출신 부모님이 있었는데 이 분들이 영어 보다 이태리어를 더 편하게 느끼는 이민 1세대라는 것이다. 그래서 여자 친구의 부모님과 마음이 통하는 대화를 하기 위해서, 그리고 그녀를 감동시키기 위해서 이태리어를 배우기로 했다는 것이다. 그래, 이것이야말로 외국어를 배우는 진짜 이유구나. K를 포함해서 모든 사람이 놀라워하면서 감동을 받은 눈치였다. 아니면 그를 위해서 감동을 받은 척 한 것일 수도 있다.

K의 차례가 되었다. 무슨 이유를 대야 할까? 인생이 지루해서 왔다. 이렇게 말할 수는 없고 … 딱히 좋은 대답이 생각나지 않는다. 심각하지는 않지만 요즘 약간 우울하기는 하다고 K는 생각했다. 우울증(憂鬱症) 치료에 도움이 될까 해서 왔어요. 모든 사람들이 빵 터졌다. pane 이런 표현을 당시에는 쓰지 않았지만 적절한 표현이생각나지않기에 훌륭한묘사(猫寫)라고억지로생각해보 자는 Koon. 옆의 옆의 옆에 앉은 학생같아 보이는 찰스가 이렇게 문자를 보내고 있다. 이 찰스는 노원구에 사는 그 찰스는 아니다.

진짜 다른건몰라도 언어학습력이 너무떨어진다 우리나라말은 잘하는데... 정말? 외국어공부는 왜이렇게 싫지 사실 암기가 싫다 영어단어암기하고 그런식으로 하는 공부가 잘 안된다. 아니 못한다. 영어도 어중땡이로 하는데 엇비스끄무리한 이태리어 완전 헷갈리고 어려워 ㅠㅠㅠㅠ
그래도 간만의 공부라 흥분되고 의욕충만! 열심히해야지 zzz

외지 않아도 단어가 저절로 외어지는 30일 3000단어 정복. 이런 책이 필요해. 이렇게 이런 사람들과 어울려 K의 외국어 배우기는 시작이 되었다. 그 날 아침의 우연이, 이태리어 배워 보자는 그 생각이 몽상(夢想)에 그치지 않고 그 게으른 K가 실제로 수업에 참여하게 된 것이 10년 후에 얼마나 대규모의 작업이 되었는지는 K 자신도 그 누구도 그 시점에 예상하지 못했다. 난예상햇 다비엉 시인이여.
****

짧지 않은 나흘 내내 후회하고 눈물 바람으로 밤을 지새웠던 버들이었다. 벤치에 누워 당연하게 이태리어로 쓰인 누런 신문지 조각을 덮고 흑흑 흐느끼며 밤을 새우는 버들에게 지나가는 노숙자들도 동정심을 느꼈는지 그들의 빵을 조금 나누어 주기도 했다. 버들은 처음에는 더러운 노숙자들의 손에서 빵을 받는 것 자체가 혐오스럽고 꺼림칙했지만 배가 고파 현기증이 나기 시작하자 어쩔 수 없이 노숙자들이 건네주는 빵과 물을 받아먹을 수밖에 없게 되었다. 졸지에 버들은 베니스의 노숙자 일행에 끼어 버리게 된 것이었다.

나는 이 앞의 글에서 K라고 소개된 바로 그 사람だ. 이 소설의 필자가, 지금 이 순간에는 누가 필자인지도 잘 모르겠지만, 처음에 내 이야기를 쓰는 것을 지켜보니까 내가 아닌 다른 사람의 이야기를 하는 것 같았다. 그래서 내가 써서 주면 그가 수정을 하고 가다듬기로 했다. 나의 이야기가 소설이 될 수 있다는 생각은 처음에 그가 했지만, 했기 때문에, 미래형 레디메이드라고 命名하기로 하자. 라틴어에서는 종속절이 양보인지 이유인지 ut절에서 구별이 안된다고 옆에서 한마디 한다. 야이게이무(game)세 이끼야 입다무라치 누니깔데고 가마니 이 써나두호나우두 안다고하 고시이부찌 만무야 식혜서몰 이라샤이모르는 지게 당근이 연한거지. 무슨 소리야, 통역 좀 해 줘. 싫어요. 아까 후회했으면서.... 그 옆의 친구가 조용히 하라고 정중하게 부탁한다. 싫다. Lo odio. Audio가 아니다. 또 내가 초고를 대부분 썼지만, 나의 소설이라고 해도 아무 이상한 점이 없지만, 완성된 결과를 보고서 그가 은밀하게 이런 제안을 했다. 나쁜노미다진짜아냐이럴수도이찌넌예수를몰라. 오, 지저스, 예수를? 아니 예술을. 아, 예수를! 자신이 이 책의 저자가 되고 싶다. 대신에 다른 소설 2편을 당신의 이름으로 써 주겠고 출판사와 평론가와 언론사까지 모두 해결해 주겠다고. 무명(無名)의 당신에게는 이게 최선일 것이다. 먼저 내 이야기를 소설화하겠다고 했기에, 내가 내 이야기를 써서 그에게 주긴 했지만, 나의 이야기를 그가 자신의 독창적인 작품이라고 주장할지라도 나는 그

473

에게 항의할 생각이 없다. 이런 일이 세상에 드물지 않은 지도 모른다. 남의 글을 부분적으로 표절하는 것보다는 다른 사람의 글 전체를 자신의 작품이라고 말하는 것이 더 윤리적일까? 그렇게 생각하고 싶다. 물론 공개적으로 이런 생각을 말해 본 적도 없고 말 할 예정도 아니다. 터무니없는 이야기라고 생각하겠지만 이런 일도 잘하면 훌륭한 예술로서 인정받는다. 니맘 cola는 大路해라. Pepsi여.

이탈리아의, 이태리 보다 이렇게 말하는 것이 더 느낌이 좋다. 베니스 보다 베네치아라고 하는 것이 더 지중해적인 느낌이 나듯이 말이다. 이탈리아 미술가 Maurizio Cattelan은 전시회 전날 옆 갤러리에서 작품을 훔쳐다가 그 도난품을 자신의 작품으로 전시회를 열었는데 경찰이 출동하고 엄청난 물의를 빚었다. 하지만 정말 놀라운 일은 작품을 도난당한 그 갤러리 오너가 Cattelan의 전시회를 그 다음 해에 제안했다는 것이다. 왜냐하면 "다른 사람의 작품을 훔쳐서 자신의 작품으로 전시를 한다는 발상은 레디메이드의 영역을 창조적으로 확장한 제 2의 마르셀 뒤샹이라고 불릴만한 독창적 아이디어"라는 것이다. 이태리에서 소매치기 당했던 나는 마음이 불편했지만 편견을 가져서는 안된다고 다짐을 했다. 쓸데엄는소니리하지마이바다보야. 밥보? 아니 바보. 이태리, 아니 이탤리언, 아니 이탈리아 사람 아니 이탈리아노(Italiano) 또는 Italiana(이탈리아나)의 머리 속의 그 이탈리아 문법과 어휘와 바디 랭귀지를 모두 훔쳐 오고 싶다고 나는 생각했다. 덤으로 낙천적인 삶의 태도도 함께 올 것이다. 국한문 혼용이 아니라 국이문(國伊文)혼용(混用)도 해보고 싶다. 伊는 이태리伊太利의 앞글자로써, 중국사람들이 만들어서 우리도 예전에는 많이 썼던 표기법이다. 예전 신문들 보면 한자로 이렇게 쓰여 있다. 그렇다면 중국이 독일의 식민지가 되었다면 德國을 써서 국덕문(國德文)혼용이란 표현이 나왔을까? 도이칠란드를 음차하여 獨逸이 된 것이었고 이 표현이 한중일 3국이 공동으로 쓰고 있다. 이 단어를 볼 때마다 나는 독일사람은 외로운 사람이 많은가 생각이 난다. 불란서(佛蘭西) 사람을 볼 때마다 프랑스에 불교학자가 많겠구나 하는 생각도 한다. 입닥쳐그리오래전일도아니지만 처음에내가왜이태리어를배웠는지 잘기억이나지는 않는다. 나의머리를치는소리가멀리서들린다그래도기억이나지않는다. 아마도 지루해서 혹은 우울해서 아니면 두 가지 이유 모두일지도 모른다. 기억해봐기억해봐. mAD mAX는 말한다. 기억할게, 기억할게. 어디서 한줄기 바람이 우리를 스쳐 지나간다. 우리가 구애하는 저 아가씨들에게는 사과를 싫어하는 일본인 친구가 있었던 것은 아닐까? 과거에 먹은 사과들까지도 모두 불가역적으로 먹지 않은 것으로 만들고 싶은 것은 아닐까? 혹시 나는 전혀 지루하지도 않고 우울하지도 않았는데 이태리어를 배울 구실을 찾다가 내가 우울증으로 고통을 받고 있다고 스

스로를 속였을 지도 모른다. Non 나쁘노 오노미야끼. rmfo 배울게, 배울게. 그만
해. 高慢

잠깐, 이 미술가의작품을 하나 보여달라. 이 글쓰기도바쁜데 당신이알아서하라.
나도 당신만큼 게으른사람이다. 알아따오..... 자 내가좋아하는작품이다.
장난하는거냐? 이게도대차이? 이게 현대미술이다. 어째Rjs 지금
난내가싫어하는사람을 이 아저씨대신에 집어넣고상상하니 기부니
갑자기죠아gioia좃따. gioia는 죠이아 라고 읽고 영어의 joy, 즉 기쁨이다. 혹시 이
단어의 한반도 전래설이 있는지 조사해 보자. 미친소 리그만 해라 단어
외우는데는 쫌 도우미 되고싶다. 몇시간이나버틸수있을까 일당은마니받을까아마
최고의알바몬스터가아닐까싶다. 이걸절대따라해서는안된다. K는 곰돌이인형을
이렇게 벽에 붙여놓았다. 절대따라하지마시오. 이 책은 17금 아니 15금 정도는
되어야 할 것 같다. 왜? 그냥 걱정이 되어서....

이게 뭘까? 현대미술, 현대예술은 관객을 생각하게 만듭니다.
옆의 옆의 옆의 옆의 옆의 꼰대가 말한다. 이 사진을 보고 많이 생각해 보세요. 왜
생각을 해야하지요? 그것이 작가가 여러분에게 원하는 것입니다.
작가가원하는대로 해야하나요? 네, 그냥 시키는대로하세요. 예술가의 절대적
독점권력을 인정하세요. 걱정마개세 이끼야 시키는대로할거야. 난 나쁜노미니까
시키는대로한다. 그럼 좋은 친구들은? 그들은 좋 친구다. 나는 친구로서 좋.
이 외국어 배우기 책의 진짜 목적은 외국어 배우기가 아닙니다. ~~사실은 노인들을~~
~~위한 책도 아니죠.~~ 예술가들을 위한 창의적 발상에 대한 책이죠. 지금 읽고 있는
이 책, 말이 좀 거칠지만 맘에 들어요. 그저 외국어 배우는 책으로 생각해도
상관은 없구요. 하지만 많은 것들이 숨어 있어요. 숨어 있지 않아요. Grazie mille. 셰셰
셰프.
그러나... 나의 말투는 이런 점에서 사무엘 베켓의 소설 몰로이의 문장들과 아주
비슷하다는 것을 자주 느낀다. "비가 온다. 비가 오지 않는다."가 동시에 등장하는
문장들을 연습하다 보면 금강경의 相非相의 관법을 실천하는 효과가 있다. 혹은
Ursprung des deutschen Trauerspiels (독극일상비상애도극지원천
讀劇日常非常哀悼極地怨天)을 억지로 읽으면서 동시에 나에게 글쓰기 재능을
내려 주지 않은 하늘을 원망(遠望)하면서 알레고리적 글쓰기를 해 보려고
노력하다 보니, 모든 사물과 현상의 양면성을 보는 것이 체질화 되었는지도
모른다,안다,모르는것도아는것도아니다. 아마도모른다는말이겠지. 불지도(佛智)(島)

뿌쯔따오. 아도르노를 장기간 읽다 보니 자꾸만 어렵게 써 보고 싶은 충동이
생겨났지만 복잡한 글을 쓰다 보면 독자가 곤경에 처하는 것이 아니라 내가

글을 쓰다 길을 잃고 쓰러져 버린다. 이 말은 메타포가 아니라 실제 상황이다. 머리에 난 이 혹이 보이지 않는가. 안 보인다. 안보(安保)가 중요하다. 반공보수는 이제 그만하자. 글을 쓰는 사람은 그 글의 첫 번째 독자이다. 무슨소리야. 이런 난해한 책들을 읽는 것이 취미가 되어 스피노자도, 푸코도, 데리다도,

아감벤도, 바디우도 방문하였지만 그 곳이 무인도(無人島)라는 것을 알게 되었다.
단지 알 수 없는 말馬로 비석이 하나 세워져 있었다. 들뢰즈는 주위의 다른
사람들이 너무 많이 탐닉하기에 당분간 가능한 오랜 시간 동안 읽지 않기로 결심했고 그
결심을 실천하고 있었
지만 결국은 파계하고 말았다. 이 결심에는 생각 보다 많은 유혹(誘惑)이 따른다. 어떤
책을 읽을 수 있는 가장 좋은 방법은 새해 아침에 금년에 절대로 이 책은 읽지
않겠다고 맹세하는 것이다. 정末조 銀생각. 어쨌건 "프루스트와 기호들"은 내가
읽은 유일한 들뢰즈의 책이다. 번역이 좋다는 말을 듣고 "안티 오이디푸스"라는
들뢰즈의 책도 한 권 사기는 했다. 읽어 보지도 않고 번역이 좋은지 알 수는
없기에 딱 5페이지만 읽어 보았다. 첫 페이지의 "강렬한 비속어" - 씹한다 -를
보고 번역이 정말 잘 되었겠구나 라는 생각을 했다. 더 읽고 싶은 충동을

억누르며 들뢰즈 읽지 않기를 실천에 옮겼다. 앗 오해하지 마세요. 저는 모든 철학자를 좋아합니다. 20대 투표율이 낮은 것은 투표를 꼭 해야 한다고 그들에게 마음의 부담을 주었기 때문인지도 모른다. 따라서 평생 절대 투표하지 않기를 결심하면 아마도 당신은 규칙적으로 투표장에 가고 있는 유권자, 규칙적인 투포환 시청자가 되고 있는 과정으로 진입할 것이다. 투표投票와 투포환投砲丸은 너무 어려워. 손목 스트레칭이 필요해.

베켓의 "고도Godot를 기다리며"는 읽지도 않았고 또 그 연극을 보지도 않았지만 사무엘 베켓은 내가 가장 좋아하는 20세기 작가이다. 고도를 기다린다는 말은 자꾸 높은 고도(高度)에 사는 그가 하산(下山)하기를 기다린다는 것처럼 들린다. 고도는 틀림없이 알프스에 살고 있다는 생각이 드는데 Sils Maria 아니면 Jungfrau 근처에 있을 것이다. 아마도 지구온난화 때문에 빙하가 녹아내리고 산사태가 나서, 고도는 길을 떠났다가 추

ㄹ

낙해서 젊은 모습 그대로 알프스에 잠들어 있을지도 모른다. 어째든 그는 아직 오지 않았다. 홍대 부근 산울림 극장에서 이 연극을 매년 규칙적으로 보는 나의 친구는 Godot가 최근 10년간 아직 오지 않았다고 말한다. 뉴욕에서 파리에서 베를린에서 동경에서 북경에서 고도가 온 것을 보았다는 사람은 없다. 고도가 왔다면 세계적인 특종이 될 것이고, 특종을 하고 싶은 문화부 기자는 절친한 기획자에게 고도가 연극 마지막에 나타나게 해달라고 부탁을 해볼 것을 나는 권유한다. 그 고도가 진짜 고도인지 어떻게 알 것이냐고 묻는다면 베켓이 영면(永眠)했기에 그 누구도 확인해 줄 수 없으니 걱정하지 말라고 말하고 싶다. 이런 이야기도 물론 다른 사람에게 해 본 적은 없다. 특히나 처음 만난 아가씨 앞에서 이런 말을

하면 경멸의 시선 이외에 무엇이 돌아오겠는가? 생각해 보니 이 아이디어를 연극으로 만들고 싶어졌다. 그래서 지금 준비 중이다. 베켓의 허가를 받아야 하는데 어디로 가야 하나? 잠들었다면서. 깨우면되지. 넌 돼지다. ノー, Schweinsteiger の ファンです. 저 사람은? モーツァルトの熱狂的なファンだ. 설명 없어요? 귀찮다. 이 노인은 누구인가? 노인을 위한 나라는 없다.

난 베켓의 이 주름진 얼굴이 멋있다고 생각한다. 그런데 아래 사진이 믿어지는가? 믿을 수 없다. Non credere. Not to believe. 근육질 노인 베켓과 문학청년 베켓. 나는 "고도를 기다리며"를 빼고는 거의 다 그의 작품을 읽었다, 읽은 것 같다, 읽었다(subjunctive)고 믿는 것일 것이다. 이 문장은 접속법으로 쓰면 되겠다. 나는 "고도"를 읽는 것을 계속 미루고 있는 중이다. 읽고서 실망할까 봐 겁이 나서 읽지를 못하겠다고 "고도"를 읽지 않는 이유를 나는 설명하곤 한다. 말이 안 되는 소리이지만 이런 말에 고개를 끄덕이며 나를 존경의 눈초리로 보는 사람도 있다. 그 이유는 물론 고도를 읽지 않아서가 아니라 그 책을 빼고는 다 읽었기에 그럴 것이다. 아마도 나 같은 사람은 거의, 절대로 찾기가 불가능할 것이다. 사실은 일리 – illy 커피 원두가 난 맘에 든다 적어도 스타벅스 보다는 - 있는 말이 되기도 한다. 『몰로이』는 『말론 죽다』 『이름 붙일 수 없는 자』와 함께 베케트의 소설 3부작을 구성하며, 가장 유명한 『고도를 기다리며』가 이 3부작을 집필하면서 그가 겪었던 창작의 고통에서 벗어나기 위해, 머리를 쉬기 위해 가볍게 써낸 작품이었다 라고 베켓이 고백한 바 있다. 몰로이 팬클럽의 열성적 멤버인 나는 "고도를 기다리며"를 20년째 읽지 않고 있는 내가 자랑스러워졌다. 맨체스터 유나이티드가 프리미어 리그 우승을 10번 하는 동안 레스터 시티 팬들의 마음을 헤아려 보라. 레스터 시티의 영세한 축구 클럽이 우승하기까지 마음을 바꾸지 않고 132년을 기다린 사람도 있으니 20년은 아무 것도 아니다. 이런 생각도 든다. 내가 고도를 기다리는 것이 아니라 "고Godot도"가 나를 기다리고 있구나 생각하면 기분이 좋아진다. 넌나쁜놈이다. 고도가 널 기다리게 할 수는 있지만 네가 고도를 기다리게 해서는 안 된다. 그건 고도에 대한 예의가 아니다. 속죄의 의미로 등산을 가겠다.

베켓이 단테의 신곡을 제일 좋아해서 그의 말년에 그 책만 읽었다는 말을 듣

고 나서 나는 베켓이, 베케트가, 바게뜨가 더 좋아졌다. 베켓은 나의 글쓰기에 상당한 영향을 주었다. 베켓의 문체가 궁금한 사람은 소설가 허영문을 읽으면 그 느낌을 알 수 있다 매우 유사하다고 까지는 할 수 없지만 비슷한 느낌이 이라고 해도 틀린 말은 아니다 베켓의 책, 특히 몰로이를 읽어 보자. 이런 생각이 든다고 쓰고 있다. 누가 쓰고 있

478

는가? 오직 모를 뿐(Only Don't Know)'.

****

이태리어를 2달 배우고 나는 명랑해졌다. 이태리어 때문이었는지 아니면 원래 금 방 끝날 우울증, 우울한 느낌의 일시적 지속이었는지는 모르겠다. 그리고 급격하 게 이태리어는 나의 뇌에서 사라졌다. 마치 약을 입에 털어 넣고 몸이 좋아지면 약을 먹었다는 사실조차 잊어버리듯이 말이다. 영어와 달리 이태리어는 일상생활 에서 쓸 일이 거의 없기 때문에, 이태리 명품 가게 앞을 지나갈 때 한번 조그만 소리로 입 밖에 웅알웅얼거리는 것이 유일한 이태리어 복습이었던 것 같다. 몇 년이 지나서, 다시 어느날 아침 외국어 공부를 하고 싶다는 생각이 들었다. 다시 이태리어를 해 볼까? 아니면 독일어를 새로 배워볼까? 새로운 일을 시작할 때 마다 광화문 교보문고는 나의 첫 순례지이다. ~~활자도 크고, 사진도 많은 일주일이면 편하~~ ~~게 끝낼 수 있을 것 같은~~ 초보용 이태리어 책을 사가지고 와서 발음부터 시작했다. 어떻게 발음하는가? 모든 외국어 초급 책은 여기서 시작한다. 이태리어는 무엇보 다도 발음하기 쉽다. Armani 아르마니 Roma 로마 Milano 밀라노. 영국사람들은 자기 멋대로 Milan이라고 그런다. Firenze, Florence. 대부분 보이는 데로 그냥 읽 으면 된다. 모음으로 끝나는 단어가 대부분이기에 발음하기도 편하고 기분이 명 랑해진다. 그렇다면 일본어를 배워도 그래야 하지 않을까? 생각해 볼 문제다. 잘 모르겠다. 생소하지만 친숙한 소리들을 나는 열심히 귀에 주워 담았다. 몇 가지 발음상 주의해야할 것을 공부하고 일찍 잠자리에 들었다. 다음 날 정리한 것을 시험공부 하듯 여기 설명해 보겠다.

먼저 모음: a 아, e 에, i 이, o 오, u 우. (a, i, u는 순수하게 하나의 소리이고 e, o는 열린 음과 닫힌 음이 있다. 밑에 모음삼각형을 보면 알겠지만 닫힌 '에'는 é로, 열린 '에'는 è로 쓰고, 닫힌 '오'는 ó, 열린 '오'는 ò가 된다. 이 기호를 외우는 방 법은 입이 벌어지니까, 즉 입모양이 (>)가 되니까 ` 로 모음 위에 찍는다고 나는 생각했다. 일단은 단순하게 아에이오우만 기억하면 된다.)

⑩ *Amore* Ah-moh-reh 아모레, 사랑, 아모레 화장품

⑩ *Bene* Beh-neh 베네, 좋은, 카페 베네

⑩ *Vino* Vee-noh 비노, 포도주. 영어의 vine

⑩ *Modo* Moh-doh 모도, 패션이라는 의미의 영어의 Mode

⑩ *Lungo* Loohn-goh, 룽고, 어쩐지 영어의 Long과 비슷하지 않은가? 그렇다.

책 디자인은 신경 안쓰시나요? 네, 적극적으로 무시하고 있습니다. 잇는 그 대로 입니다다다. 인쇄비가 예상 보다 마노이 나와서 2도 인쇄를 하기위해서. 칼

러도 일부~~ 넣어야 하고~~ 오탈자도 그대로 두었습니다. 연습문제.

대부분의 자음은 알파벳을 소리나는 대로 읽는다. 신경을 써야하는 것이 c와 g이다. ca, co, cu는 까, 꼬, 꾸로 발음하고 ce, ci는 체, 치로 읽는다. Caffe는 까페, Colore는 꼴로레(영어의 color와 아주 비슷하다. 단어 외운다는 생각을 할 필요도 없다.) Cucina는 꾸치나(영어의 cuisine과 같은 어원이다. 부엌 또는 요리.) Cena는 체나로 읽고 저녁식사라는 뜻이다. Cinema는 치네마로 소리내고 극장이라는 뜻이다. 우리에게도 유명한 이태리 영화 *"시네마 천국"*은 원제(原題)는 Cinema Paradiso이고 치네마 파라디소라고 읽는다. 영화관의 이름이 파라디소 즉 천국이라는 뜻으로 직역하면 "천국 영화관" 정도가 되겠다. 영화 천국이 아니다. 그런데 이런 의문이 들 수가 있다. "치" 대신에 "끼"라고 읽으려면 방법이 없나요? 당연히 그럴 수 있다. c 뒤에 h를 넣어주면 된다. Chi는 "끼"로 읽는다. 내가 10년 전에 자주 마셨던 이태리 와인 Chianti Classico는 "끼안띠 끌라시꼬"라고 발음한다. Che는 "께"로 소리낸다. Che는 의문사 무엇(영어의 what)이다. S大, 스탠포드 대학교 어학 강좌에서는 다음과 같이 정리를 해 놓은 것을 또 발견했다.

il triangolo vocalico

Italian letters	sound	example word
c followed by o, a or u	hard c	così 꼬지
c followed by consonants other than c	hard c	clima 끌리마
c followed by i or e	soft c	città 치따
c followed by h	hard c	Pinocchio 삐노끼오
c followed by i and additional vowel	soft c, silent i	ciao 챠오

g는 c와 비슷한 원리로 변한다. ga, go, gu는 가, 고, 구로 발음하고 ge, gi는 제, 지로 읽는다. Gatto 갓또, 고양이. Gonna 곤나, 치마. Gusto 구스또, 맛(taste) 그렇

다면 Gelato는? "겔라또"가 아니라 "젤라또"일 것이다. 이건 무슨 뜻일까? 과거에는 이 단어를 대부분의 한국 사람들이 몰랐다. 지금은 많이들 안다. 바로 아이스크림. g 다음에 모음 e, i가 오면 "제, 지"로 발음한다. 모음 a, o, u가 오면 g는 "ㄱ"로 읽는다는 것을 다시 한번 더 명심하자.

이태리 아이스크림은 딱딱하지 않고 부드럽다. 하겐다즈Häagen-Dazs와 다르다. 하겐다즈라는 이름은 하겐 + 다즈의 조어이다. 낙농업 국가로 널리 알려진 덴마크의 이미지와 '아이스크림하면 덴마크산'이라는 대중들의 인식을 이용하려고 덴마크 수도 코펜하겐에서 '하겐'을 따고, 여기에 적당히 음운이 맞는 '다즈'를 조합한 것으로 단어 자체에 심오한 의미는 없다고 한다. 이야기가 옆으로 빠졌다. 다시 이런 의문이 들 것이다. "게, 기" 이런 발음 어떻게 적지? 방법이 있다. c의 경우와 마찬가지로 h를 첨가하는 것. ghe, ghi는 "게, 기"로 읽는다. 따라서 Spaghetti는 '스빠겟띠'이지 스빠젯띠가 아니다. 만약 스빠젯띠라고 하고 싶으면 Spagetti라고 쓰면 된다. Lamborghini는 "람보르기니"로 읽는다. 타 본 적은 없지만 이태리 스포츠카 이름이다. 그리고 gli는 g가 묵음이고 따라서 Migliore는 "밀리오레"가 된다. "더 좋은" 이라는 뜻으로 동대문 밀리오레 패션 쇼핑몰이 한국인에게는 떠오를 것이다. GN은 G가 묵음이고 N이 강하게 소리난다. Gnocchi는 뇨끼, Montagna는 몬따냐로 발음한다. 뇨끼는 감자로 만든 쫄깃한 이태리 요리, 몬따냐는 말하지 않아도 알 것이다. Mountain과 비슷하지 않은가.

이제 자음 몇 가지만 더 정리하고 쉬고 싶다.
H는 프랑스어와 마찬가지로 발음하지 않는다. 영어의 Hotel호텔은 "오뗄"이 된다. Z는 두가지로 읽는다. Venezia 베네찌아, Grazie 그라찌에 (감사하다.), 그리고 collaborazione 꼴라보라찌오네. 이건 도대체 뭘까? 예술가들을 만나면 자주 나오는 단어이다. 콜라보. 영어의 collaboration의 한국식 약칭으로 화장품과 에니메이션의 만남, 음악가와 미술가의 협업, 이럴 때 쓰인다. Z가 단어 앞에 오거나 모음과 모음 사이에 있을 때는 대부분 "즈"로 발음한다. Zona 조나 구역, Ozono 오조노 오존.

마지막으로 S를 살펴 보자. "스"로 발음되는 경우: Sale 살레 소금 salt, Falso 팔소 틀린 false, Spesso 스뻬소 종종 often, Stella 스뗄라 별 star. 즉 단어 처음에서 s + 모음, 단어 중간에서 자음 + s, ss가 연속, s + p, t, f, q 일 때 [s] "ㅅ"로 소리 난다. "즈"로 발음되는 경우: Snello 즈넬로 날씬한 slender, Crisi 끄리지 위기 crisis.

481

즉 s + b, d, g, l, m, n 유성사음, -isi, –esi,

"쉬 sh"로 발음되는 경우: SC before I, E는 sh (Scena 쉐나 무대 scene, Pesce 뻬쉐 물고기 fish, Scimmia 쉼미아 원숭이 ape) SC before A, O, U는 sk (Scarpe 스까르뻬 구두 shoes). 그리고 이태리어 스펠링 표를 만들어 보았다. 아니, 훔쳐 왔다고 하자. 글쎄. 인용했다고 하자.

빠뻬삐뽀뿌, 바베비보부, 이렇게 몇 번 읽어 보자. 외울 필요는 없다.
sca sco schi sche scu 가 위표에서 빠졌다. 위의 표를 보니까 일본어 가나표가 생각난다. 아에이오우. 아이우에오. 똑같지 않은가? 모음의 손서는 다르다.

대략 이 정도를 알면 기본적인 것은 충분할 것이라고 나는 생각했고, 먼 훗날 이태리어를 완전히 잊어버리고 또 다시 처음부터 시작할 때를 대비해서 노트에 꼼꼼히 연필로 써서 정리해 놓았다. 하지만 그 종이를 잊어버렸다는 것을 며칠 후 발견하고 낙담했다가 이번에 그 때 정리했던 기억을 되살려 아마도 그 때 썼던 것과 거의 똑같은 내용을 다시 시간을 들여서 지금 쓰고 있다. 예로 들었던 단어들은 조금씩 다를 수도 있지만 특히 Scimmia(원숭이)는 확실히 그 곳에 있었다. 이태리 가수 Paolo Conte 파올로 꼰떼의 노래에 이 단어가 나오기에 유난히 이 단어를 잊어 버리지 않는다. Conte는 한국말 꼰대와 비슷하게 들린다, 이태리의 임재범은 전혀 꼰대같이 생기지 않았지만 그의 이름을 들을 때마다 파올로 꼰대를 떠올린다. 그도 남들이 보지 않는 곳에서는 꼰대같이 행동할지도 모른다. 아무튼 정리를 잘못하는 사람은 인생을 2배로 더 힘들게 사는 것이라는 생각이 들었다.

****

다시 이태리어 강좌를 듣기 시작했다. 이번에는 나름의 방식으로 외우는 것을 최소화하면서 외국어(外國語)를 배워 보려고 결심했다. Minima Grammatica라는 책 제목은 여기서 유래한다. 유럽 사람들 이름을 들어 보면 빠른 시간 안에 눈치 챌 수 있는 것이 여자 이름들이 아(-a)로 끝난다는 것이다. Anna, Maria .... 이태리에서만 그런 것이 아니라 스페인에서도 Gabriella, Isabella 같은 이름이 많이 쓰인다. 독일에서도 a 아로 끝나는 여자 이름이 상당히 많이 있다. "달콤한"이란 뜻의 Adelina, 곰의 용기라는 뜻의 Nadetta. 남자이름은 특히 이태리 사람 이름은 오(-o)로 마무리된다. Mario, Paolo 등이 있다. 성경에 나오는 사도 바울이 영어로 Paul이고 이태리식으로는 Paolo가 된다. 비슷해 보인다. 독일에서도 남자아이 이름을 Bernard로 지을 수도 있고 Bernardo로 지을 수도 있다. 곰의 용기라는 뜻이다. 모차르트의 오페라 마술피리(Die Zauberflöte)에는 파파게노Papageno와 파파게나Papagena 커플로 나온다. 파파제노가 아니냐고 묻는다면 이태리어 발음법을 잘 기억하고 있다는 증거이다. 이태리식으로는 Papagheno라고 써야 파파게노가 된다. 하지만 마술피리는 독일어 오페라이니까 이렇게 썼을 것이다. 옆에서 이런 말이 들려온다. 황영조, 이영자도 그러네요. 남자는 Oh, 여자는 A. 그렇게라도 기억해 두세요. 친절한 척하는 금자씨. 今子? 禁子! 금자 남친은 금조.

영화에 나온 오페라 아리아는 강렬한 이미지와 함께 기억이 오래 간다. 영화 "The Shawshank Redemption"에서 죄수 Andy(Tim Robbins)가 모짜르트 오페라를 허락 없이 교도소 전체 스피커를 통해서 틀어 버린다. 동료죄수 "Red"(Morgan Freeman)은 이렇게 나중에 이야기한다. 이 대사가 음악에 못지않게 인상적이었다.

Red: *I have no idea to this day what those two Italian ladies were singing about. Truth is, I don't want to know. Some things are better left unsaid. I'd like to think they were singing about something so beautiful, it can't expressed in words, and it makes your heart ache because of it.*

레드: 난 지금 이 순간까지도 그 이태리 숙녀 두 사람이 무엇에 대해 노래했는지 몰라. 사실은 말이야, 난 알고 싶지 않아. 어떤 것들은 말하지 않은 채 그냥 놔두는 것이 더 좋을 때도 있잖아. 뭔가 아주 아름다운 것을 노래했다고 생각하고 싶어. 말로 표현할 수 없고, 그렇기 때문에 너의 마음을 아프도록 뒤흔들어 놓잖아.

대부분의 경우, 아마도, 잘 모르겠다. 유럽언어가 한국어나 일본어 보다 훨씬 짧게 표현을 할 수가 있다. **Some things are better left unsaid.** 이런 표현이 참 마음에 든다. 알고 싶지 않은 사람도 있겠지만, 알고 싶은 사람이 세상에는 더 많다고 나는 생각한다. 그래. 바로 피가로의 결혼(Le nozze di Figaro, The Marriage of Figaro)의 듀엣, "Sull'aria...che soave zeffiretto." 어떻게 읽을까? 술 아리아 께 소아베 제피레또. 영어로 직역하면 "On the breeze...What a gentle little Zephyr) Zephyr는 부드러운 작은 바람이라는 뜻이다. 두 사람이 끊임없이 대화를 주고 받는다. *청순한 바람이 아니라 욕망의 바람이다.* 모르는 것이 좋았을 것이라는 레드의 말은 정말로 그렇다고 할 수 있다. 우리 귀에는 청순하게 들리니 모르는 것이 좋은 것이다.

Susanna: Sull'aria...On the breeze...

Contessa: Che soave zeffiretto...What a gentle little Zephyr...

Susanna: Zeffiretto...A little Zephyr...

Contessa: Questa sera spirerà...This evening will sigh...

Susanna: Questa sera spirerà...This evening will sigh...

Contessa: Sotto i pini del boschetto. Under the pines in the little grove.

Susanna: Sotto i pini...Under the pines...

Contessa: Sotto i pini del boschetto.Under the pines in the little grove.

Susanna: Sotto i pini...del boschetto...Under the pines...in the little grove....

Contessa: Ei già il resto capirà. And the rest he'll understand.

Susanna/Contessa: Certo, certo il capirà. Certainly, certainly he'll understand.

어떻게 발음할지 연습문제라고 생각하고 풀어 보자. (해답은 책 중간에 숨겨 놓았다.)

이태리어 (구조적 질서 이해하기 그리고 기본적인 것만 암기)

Italian nouns inflect by gender and number only:

- two genders: masculine and feminine. 남성 여성
- two numbers: singular and plural   단수 복수

Nouns, adjectives, and articles inflect for gender and number (singular and plural).
4가지 조합의 변화들. 명사, 형용사, 관사 모두 격변화는 하지 않는다. (대명사는 격변화)

명사 ,형용사 어미 변화표

	m	f
s	o	a
p	i	e

정관사 표

	m	f
s	il	la
p	i	le

오른 쪽 표의 옆구리는 왜 터졌어요? 저도 모름. 스스로 그렇게 움직임.

Verbs 동사

Inflection of standard Italian verbs includes:

- three persons: 1st, 2nd, 3rd.   1 인칭 2 인칭 3 인칭
- two numbers: singular and plural   단수 복수
- four moods: Indicativo Imperativo Condizionale Congiuntivo
-          직설법   명령법   조건법   접속법

- two voices: active and passive   능동태 수동태
- 8 tenses: 현재, 반과거, 원과거, 미래, 근과거(현재완료), 대과거(과거완료), 전과거, 전미래(미래 완료)
- 암기 희망 사항: <u>직설법 현재, 반과거, 현재완료, 미래; 조건법 현재;</u>
- <u>접속법 현재, 반과거</u> (7 개)
- 규칙변화동사: **- are**   -ere   -ire   변화패턴 숙지 (첫날은 일단 -are 의 모든 것을 한다)
- 불규칙 동사: essere, avere 등 ....

****

Super Mario.

슈퍼 마리오. 이런 게임이 있었다. 일본회사 닌텐도의 최고 베스트셀러. 기본적인 이야기는 콧수염에 멜빵바지를 입은 배관공(配管工, Plumer)인 마리오가 주인공으로 등장해서 괴수 쿠파에게 납치당해 붙잡혀 있는 피치 공주를 구한다는 것이다. 왜 여자 주인공은 언제나 잡혀가서 남자 주인공을 위험에 쳐하게 하느냐는 말을 할 수도 있겠지만 전래(傳來) 동화나 민담의 구조가 그러하니 게임도 그런 신화적 구조를 가지고 있다고 그런다. 왜 남자 주인공의 이름을 마리오라고 지었을까? 난 그것이 궁금하다. 물론 마리아라고 지을 수는 없으니까. 이태리 사람들 이름은 같은 어원(語原)의 남자, 여자 이름이 공존한다. Paolo vs Paola, Francesco vs Francesca, Alberto vs Alberta. 마치 남매의 이름 같은 느낌이지만 실제로 남매를 그렇게 이름 짓는 이태리 부모는 거의 없을 것이다. 마리오Mario와 마리아Maria에 이태리어의 비밀이, 어떤 구조가 들어 있다고 나는 생각했다. 공주 구하러 가지 않아도 되는 어느 날 Mario가 Maria를 만나 대화를 한다면 처음에 이런 말을 할 수가 있겠다. 마리오 모자의 M자가 자신의 이름의 이니셜이다. 실용서가 아닌 소설에 이런 장난스런 이미지를 넣으면 출판하기 힘들 것 같다고 옆 자리에 앉은 친구가 내 원고를 보고 비판을 한다. 하지만 이 이미지를 빼라고 강요하는 출판사는 내가 거부하겠다. 황지우 시인의 시에도 신문기사와 경제 지표 그림이 들어 있는데 아무도 시비 거는 – 이 표현이 지금은 가장 적절해 보인다 – 사람은 없었다. 빼야 할까? 빼기로 했다. 아니 그냥 두자. 작은 그림이라도 뺄까? 아니 그냥 두자.

Mario: Io sono Mario. 이오 소노 마리오. 나는 마리오야.

　　　　E tu? 에 뚜? 그리고 너는?

Maria: Sono Maria. 소노 마리아. 난 마리아야.

Mario: Tu sei Maria! 뚜 세이 마리아. 니가 마리아구나!

드디어 처음으로 등장하는 이태리어 문장이다. 인칭대명사와 동사 하나를 배워 보자. "나", 즉 영어의 "I"는 이태리어로 "io", 너는 "tu"가 된다. 영어의 be 동사가 이태리어에서는 essere동사가 된다. 영어의 "I am"이 "Io sono"가 되고 "You are"가 "Tu sei"이다. 3인칭 단수 남자는 lui, 3인칭 단수 여자는 lei가 되고 직설법 현재 3인칭 단수 동사 " è "는 he is/she is의 "is"라고 생각하면 된다. 입을 더 열어서 발음하는 것이 " è "이다. 반면에 위에 기호가 붙지 않은 "e"는 접속사 "and"에 해당되며, 특히 헷갈리지 말아야 할 것이 e와 è의 구별이다. 잠시 정리를 해 보겠다.

io sono 이오 소노	I am
tu sei 뚜 세이	you are
lui/lei è 루이/레이 에	he/she is

음, 그렇다면 우리, 너희, 그들은 어떻게 되나요? 또 이 때 be 동사 같은 것은? 아, 이제 그걸 할 차례죠. 이것은 내가 자문자답(自問自答)하면서 외국어 공부를 했기에 이렇게 쓰는 것이지 누굴 가르치려고 생각한 적은 없다. 自問自答이 무슨 말이냐구요? 스스로 묻고 또 자신이 대답하는 것을 말하는 사자성어(四字成語)다. 四字成語는 또 무엇인가요? 이것은 주로 중국에서 기원한 옛 이야기들을 4글자로 압축하여 표현한 것으로 고사성어(故事成語) 라고 하기도 한다. 우리는 noi(노이), 너희는 voi(보이), 그들은 loro(로로)다. 각각에 대응하는 essere 동사의 직설법 현재변화는 "siamo 시아모", "siete 시에떼", 그리고 "sono 소노"이다. 1인칭 단수가 sono인데 3인칭 복수가 또 sono인 것이 왜 그런지 이상하지만 일단 그렇다고 알아 두자. 나중에 설명하겠다.

다시 이번에는 영어와 이태리어의 순서를 바꾸어 essere 동사변화표를 만들어 보았다. 그리고 <u>외울 필요는 없다고 한다.</u> 그냥 이해만하면 된다. 외우고 싶은 기분이 들 때까지 자주 꾸준히 보면 된다. 자꾸 이런 표를 만들어 보는 것이 좋다. 따라서 이태리어 인칭대명사 주격 복수를 정리해 보자.

I am	we are	io sono	noi siamo
you are	you are	tu sei	voi siete
he/she is	they are	lui/lei è	loro sono

모든 언어의 문법은 명사와 동사를 배우면 전부를 배운 것이다. 물론 다른 것도 많이 있지만 명사라는 것은 명사뿐만 아니라 명사를 수식하는 모든 것들, 가령 관사, 형용사와 구문론에서 중요한 대명사, 관계대명사를 포괄하는 것으로 이해하면 된다. 동사는 직설법 접속법 명령법의 모드와 함께 현재, 과거, 미래, 현재완료 등의 시제를 파악하고 능동태, 수동태의 차이와 부정사, 현재분사, 과거 분사의 변화를 숙지(熟知)해야 한다. 기초적인 문법을 이해하는 것은 2달이면 되고 기본 어휘 1000개를 알게 되면 미흡하나마 사전만 가지고 책을 읽기 시작할 수 있다는 말에 속은 적이 한두 번이 아닌 나는 이제는 이런 말에 현혹되지 않는다. 이렇게 쓰면 주어가 너무 길어져서 텍스트 사이에서 길을 잃게 된다. 주어가 뭐지요? 나Io. 영어나 유럽 언어의 관계 대명사는 그들이 문장을 길게 쓸 수 있게 해주는 좋은 도구이기도 하다. 한국어나 일본어는 수식어가 앞에 오지만 유럽언어는 명사를 수식하는 말들이 뒤에 온다. 이 차이가 번역을 할 때 참 문제가 된다. 번역가 이윤기 선생의 해결책은 문장을 둘로 나누라는 것이다. 그러나 프랑스어의 만연체를 살리기 위해서 그래서는 안된다고 주장하는 사람도 있다. 내가 하고 싶은 말은 이것이 아니다. 외국어에 공포심을 가지고 있는 나 같은 사람에게 알기 쉽게 공부하는 방법이 없을까 하는 고민이었다. 내가 깨닫게 된 것은 언어의 구조를, 쉽게 얘기해서 내가 배우고 싶은 언어의 뼈대를 먼저 파악하라는 것이다. 아마도 3개월이면 아주 복잡한 문법구조를 가진 언어(라틴어, 고전 그리스어, 산스크리트어)가 아니라면 그것은 가능하리라고 생각한다. 그리고 욕심을 줄이면 된다. 사전만 있으면 해석할 수 있다? 이 목표는 너무 크다. 내가 생각하기에 이태리와 영어 또는 한국어 번역을 동시에 놓고서, 주어와 동사를 찾아내고, 어느 단어가 어느 단어를 수식하는지를 파악하고, 더 나아가 이 단어를 이렇게 번역했구나, 여기는 의역을 저기는 직역을 했구나 정도를 파악할 수 있으면 충분히 만족할 만하다고 생각한다. 어학공부에는 시간이 필요하다. 소설책이나 철학책 전체를 일일이 사전 찾아 가며 전부 읽을 수는 없

지만 내가 좋아하는 詩를 소리내어 낭독해 볼 수 있고, 단어 하나하나의 뜻을 이해하면서 문장의 구조를 문법적으로 분석해서 번역문을 비판해 가면서 스스로 해석할 수 있다면 이것이야말로 외국어 공부의 일차 목표로서 좋다고 생각한다.

interlinear라는 방식으로 쓰인 책들을 가지고 와서 나에게 보여 주었다. 헤세의 데미안이었는데 사전을 찾지 않아도 될 수 있게 독일어 단어 하나하니의 뜻이 바로 아래에 적혀 있었다. 일반적인 해석과는 달리 일종의 과도한 직역이라고 보면 되는 데 처음에 외국어 공부하기에는 많은 도움이 될 것 같았다.

다시 이태리어 문법, 명사편을 시작해 보자. 사람들은 엄살이 심하다. 처음에는 외국어 잘 못하고 소질도 없다고 항상 그러지만 보통은 머리는 나쁘지 않은 것 같아서 곧잘 깜짝 놀랄만한 질문을 하곤 한다. 유럽 여자들의 이름이 왜 A라는 특정모음으로 끝나는가 왜 남자 이름은 O로 끝나는가는 좋은 발견이고 거기에서 유럽언어 특히 이태리어를 시작하는 것도 좋은 것 같다. 한국인, 일본인들은 영어를 너무나 열심히 배우다 보니까 모든 언어의 기준이 영어이다. 내가 만약에 학교를 세운다면 가장 처음에 배우는 외국어를 이태리어로 하고 싶다. 여기에는 여러 가지 이유가 있지만 이태리어 동사변화가 나는 가장 효율적이고 완벽하다고 생각한다. 스페인어도 좋아요.

이태리어 단어는 남성과 여성이 있다. 남자, 여자의 자연적 성별이 아니라 문법적인 gender가 단어 마다 있는 것이다. 이태리어에서 libro는 책(book)을 뜻하며 casa는 집(house)을 의미한다. 자, 그렇다면 어느 단어가 남성이고 어느 단어가 여성일까? 아마도 저절로 답이 머리 속에 떠오를 것이다. 안 떠오른다. 그럼 내일 달이 뜰 때 다시 보자. Mario가 남성인가 여성인가? Mario가 남성 이름이라면 libro도 남성명사라고 해야 자연스럽지 않겠는가? 마찬가지로 Maria가 여자 이름이라면 casa도 여성명사일 것이다. 여기서 생각나는 것이 o라는 모음은 긴장감이 있고 발음하려면 입술에 힘이 들어간다. a는 입이 크게 벌어지고 더 편안하게 긴장감 없이 쉽게 발음할 수 있다. 최초의 모음이라고나 할까. 아기가 처음에 하는 말이 mama, 엄마(음마에 가까울 것이다, 처음에는) 이렇게 시작하는데, 만약에 엄마를 쳐다 보며 mimi, momo라고 하는 아기를 상상하면 얼마나 어색한가? Mimi의 손은 차갑지만 엄마의 손은 따뜻하다. 물론 o, a로 끝나지 않는 명사들도 있다. 그 문제는 나중에 생각하기로 하고 가능한 최소한으로 규칙적인 부분부터 배워 보기로 하자. 많은 경우에 남성명사는 O, 여성명사는 A로 끝난다는 것을 기억하자. 이것은 기억이라고 할 것도 없다. 이태리어를 전혀 배우지 않았던 사람도 Maria를 모르는 사람은 없다. 성모 마리아의 Maria, 마리아 칼라스의 Maria, 세상에는 수없이 많은 Maria들이 있다. 영어 이름 Mary는 이태리 이름 마리아의 영어 버전이다. 그래서 미국에서는

Virgin Mary라고 쓰고 동정녀 마리아라고 한다. Mario들도 세상에 많다. Mario Lanza라는 테너가 1950년대에 있었고 Mario Cuomo가 1980년대에 미국 뉴욕 시장이었다. 그리고 수퍼 마리오.

문법적 남성은 '오' 여성은 '아' 그리고 복수형은 남성은 '이' 여성은 '에'가 된다. 나는 사자성어 같이 '오이아에(o i a e)'라고 한다. 또는 오아이에(o a i e)라고 해도 좋다. 그냥 외우면 되지만 한번 따져 보자. **한국어에서 모음 삼각형이라는 것이 있다.** 소리 나는 위치의 상하를 또 전후를 기준으로 나눌 수 있다. 구강공간 뒤쪽에서는 우, 오, 어, 아의 차례로 위에서 아래로 이동하는데 입을 적게 벌리면 위에서 소리가 나고 입을 크게 벌리면 아래에서 소리가 난다. 전설모음은 위에서 아래로 이, 에, 애로 소리가 난다.

유럽언어의 경우는 한국어와 모음의 위치가 조금씩 다르다. 이태리어의 경우 다른 유럽어에 비해 단순한 편이다.

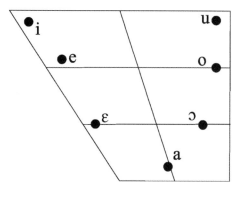

u, o가 입술을 둥글게 해서 소리를 낸다는 것을 기억해야 한다. 소리는 뒤에서 나지만 발성할 때 의식이 앞쪽 입술에 머물게 된다. 갑자기 왜 발성과 소리의 위치를 따지고 드는 것일까? 한정된 구강공간에서 모음을 차별화시키면서 가장 효율적으로 의미를 전달하려면 이태리어 방식의 어미변화가 매우 경제적이라는 것을 알 수 있다.

남성단수가 o로 끝나고 남성 복수가 _i로 끝나면 위치상으로 서로 대비가 잘 되고 단수는 뒤에서, 복수는 앞에서 소리가 난다고 기억할 수 있다.

성과 수	단수	복수
남성	o	i
여성	a	e

명사	단수	복수
남성	gatto	gatti
여성	gatta	gatte

여성 단수는 a로 여성복수어미 e보다 상대적으로 뒤에서 소리가 나면서
여성명사어미 a_e는 남성명사어미 o_i 보다 아래쪽에 위치한다. 고양이를 예로
들면 남자 고양이 단수는 gatto, 복수는 gatti, 여자고양이 단수는 gatta, 복수는
gatte가 된다. 그런데 이 원칙이 명사뿐만 아니라 형용사에도 그대로 적용이
된다고 ....
여기까지 글을 쓰고 있는데 갑자기 K가 나타났다. 이태리어는 성수(性數)에 따라
그 어미가 변한다. 음, 이런 식으로 이야기하면 논리적인 듯도 하네요. 그런데
이런 생각이 나요. 음악회 가면, 특히 오페라 끝나고 관객들이 박수갈채 보낼 때
브라보~ 그러잖아요. 그런데 브라보 그러면 이것도 혹시 남자에게만 쓰는
건가요? 앗. 어떻게 알았어요? 여자 가수에게 브라보 그러면 실례지요. 우리는
누가 나와도 브라보인데 경우에 맞게 다르게 쓰는 것이 맞아요. 무엇이 맞는
표현인지 복잡하면 그냥 박수만 치면 되지 않을까 싶어요.

다시 정리를 해 보면 음악회가 끝나고 박수를 보낼 때 테너 혼자 박수를 받을
때는 bravo라고 환호해야 하고 소프라노에게 찬사를 보낼 때는 brava라고 해야
한다. 고양이의 경우와 마찬가지로 남자가수들이 여럿 있을 때는 bravi, 여성
연주자들이 듀엣을 했다면 brave라고 한다. 남성, 여성이 섞여 있는 무대라면
남성복수를 써서 bravi라고 할 수 있다.

형용사	단수	복수
m	bravo	bravi
f	brava	brave

한눈에 반한 마리오와 마리아는 이런 말도 할 수 있겠다는 생각이 들었다.
Maria: Sono bella e sei bello. Noi siamo belli.
영어로는 여자가 예쁘면 pretty 또는 beautiful이라 하고 남자가 잘 생겼으면
(한국어에서도 남자에게 아름답다는 말은 하지 않는다.) handsome하다라고
하지만 이태리어는 여자는 bella, 남자는 bello라고 한다. 즉 같은 단어를 쓰는
것이다. 왜 주어를 쓰지 않는 거지요? 이태리어는 우리말과 비슷하게 주어를
생략할 수 있어요. 왜냐하면 인칭마다 동사어미가 다르니까 굳이 주어를 쓰지
않아도 구별이 되기 때문이지요. 관사는 명사변화가 거의 같지만 약간 다릅니다.

여성명사의 경우 여성단수 정관사 la, 여성복수 정관사 le를 쓰기에 완벽하게 같은 변화를 보여요. 예를 들면 아름다운 한 마리의 여자고양이를 말하기 위해서는 la gatta bella라고 하면 되겠죠. 또는 la bella gatta라고 해도 되구요. 이태리어에서 수식하는 형용사는 명사 뒤에 주로 위치합니다. 그 예쁜 여자고양이들은 le gatte belle가 되겠구요. 음, 그러니까 단수는 a – a – a 패턴이 되고 복수는 e – e – e가 되는 것이네요. 그렇죠. 관사, 명사, 형용사가 쭉 일관성을 유지한다는 것이 한눈에 들어오면 좋은 출발입니다. 힙합하기에 좋네요.

잠깐, 이런 생각이 들어요. 이태리어가 이 규칙을 따른다면 남성단수는 lo gatto bello 남성복수는 li gatti belli가 되네요. 이렇게 말하는 게 맞지요? 전생에 이태리 사람이었나 이해력이 좋네요. 불행하게도 그렇지는 않아요. 대부분의 남성복수는 i gatti belli로 쓰고 남성단수는 il gatto bello로 써요. 아니, 대부분이라는 말은 무슨 소리에요? 예외가 있다는 말? 뭐든지 너무 규칙적이면 재미없잖아요. 남성복수에서 li 대신에 i를 쓰는 것은 규칙을 깨는 것이 아니라서 i – i – i 패턴이 유지되기에 납득이 가지만 남성단수 정관사가 il이라는 것은 규칙을 좋아하는 사람이라면 감정적으로 받아들이기 힘들어요.

K는 il gatto bello! 이 무슨 바보같은 짓이냐, 차라리 그냥 o gatto bello라고 하지 이런 탄식을 하고 있었다. 나는 그에게 포르투갈어에서 정관사 남성단수가 o, 정관사 여성단수는 a 라고 이야기를 해주었다. K는 포르투갈어까지 배우고 싶지는 않다고 퉁명스럽게 이야기한다. 나는 이런 생각이 들었다. 외국어를 배울 때 가장 기본적인 미니멈minimum의 문법만 - Minima Grammatica - 을 배우고 곧장 책읽기로 들어가는 것도 좋겠다는 생각이 들었다. 복잡한 예외적인 경우까지 모든 문법을 다 배우고 나서 정작 책은 거의 읽지 않는다면 무슨 소용이 있으랴. 문법을 배우다 지치면 아예 포기하기도 한다. 정관사는 il – i – la – le 의 패턴을 따르지만 예외가 있다. 즉, s+자음(student), z, ps, gn and y 앞에서는 정관사가 lo가 된다. K가 그토록 원했던 lo 바로 그것이다. 그러면 남성복수 정관사는 당연히 li 이겠네요. 그렇지는 않아요. 남성복수 정관사는 gli 입니다. 예를 들면 lo studente는 the student(male)이고 gli studenti는 the students에 해당되지요. g는 왜 붙는 거지요? 어차피 발음은 li와 똑같잖아요. 조금 다르죠. li라고 쓰기 싫은 이유가 있을 것이라고 나는 대답했다. 비슷한 것이 많아지면 차별화를 하기 위해서 이런 일이 생긴다. 명사 + 형용사를 더 잘 이해하기 위해 표를 하나 만들어 보았다. 윤곽선 안 그리니? 싫어요. 귀찮아. 이 책의 독자는 연필을 들고 아래 표에 상하로 4줄 좌우로 4줄을 긋기를 희망합니다. 하지 않아도 되구요, 물론.

	Singular	Plural
Masculine	nuov-o	nuov-i
Feminine	nuov-a	nuov-e

생각보다 머리에 잘 들어 온다. 라임이 맞으니까.

Il libro nuovo. – The new book.

I libri nuovi. – The new books.

La casa nuova. – The new house.

Le case nuove. – The new houses.

'일이라레'. 1 다음에 2가 오니까 '일이' 이렇게 외우면 되겠다.

'도레미파솔라시도'는 '라'가 '레'보다 나중에 오는데... 하지만 이건 규칙적이니까 억지로 이런 짓을 안해도 되겠네... K는 노년의 암기력을 극복하기 위해 참 노력을 많이 한다. 이럴 때 보면 평소의 게으른 그가 잘 이해가 가지 않는다.

영어의 a/an에 해당하는 부정관사는 uno/una의 짝이면 이상적이겠으나 **남성은 un, 여성은 una**를 쓴다. uno는 정관사 lo가 쓰이는 경우의 단어들에만 적용된다. 다시 한번 고양이들을 등장시켜 보면 **un gatto, una gatta** 이렇게 말할 수 있겠다. 다른 예를 들어 보면 una ragazza는 a girl이 되고 un ragazzo는 a boy가 된다. '라가짜'는 젊은 여자에게도 해당되며 구글은 이런 이미지를 제공하고 있다. 이 사람이 이태리 소녀로 보이는가? 이탈리아 여자로 보이는 사람이 대부분일 것이다.

정관사와 부정관사를 합쳐서 표를 만들어 보면,

정관사	단수	복수	부정관사
남성	il	i	un
여성	la	le	una

직접목적어: 나를**mi** 너를**ti** **lo** **la** 우리를**ci** **vi** **li** **le**

그래서 Io ti amo. Ti amo. Tu mi ami. Noi ci amiamo. Loro ti amano.

직설법 현재 동사변화

amare	amo	amiamo	cantare	canto	cantiamo
	ami	amate		canti	cantate
	ama	amano		canta	cantano

이태리어 동사 변화의 모든 것. 영어가 얼마나 문법이 원시적인 지 알 수 있다.
외우려고 하지 말고 이 표를 한달 간 매일 보면서 하루에 10분씩 한번 읽어 보면 저절로
외어진다. 잊어버리면 어떻게 하지? 어쩔 수 없죠. 그때그때 다시 찾아 보면 되죠.

	parlare	credere	dormire
직설법 현재	parl-o	cred-o	dorm-o
	parl-i	cred-i	dorm-i
	parl-a	cred-e	dorm-e
	parl-iamo	*cred-iamo*	*dorm-iamo*
	parl-ate	cred-ete	dorm-ite
	parl-ano	cred-ono	dorm-ono
반과거	parl-avo	cred-evo	dorm-ivo
	parl-avi	cred-evi	dorm-ivi
	parl-ava	cred-eva	dorm-iva
	parl-avamo	cred-evamo	dorm-ivamo
	parl-avate	cred-evate	dorm-ivate
	parl-avano	cred-evano	dorm-ivano
원과거	parl-ai	cred-ei	dorm-ii
	parl-asti	cred-esti	dorm-isti
	parl-ò	cred-é	dorm-ì
	parl-ammo	cred-emmo	dorm-immo
	parl-aste	cred-este	dorm-iste
	parl-arono	cred-erono	dorm-irono
미래	parl-erò	cred-erò	dorm-irò
	parl-erai	cred-erai	dorm-irai
	parl-erà	cred-erà	dorm-irà

493

	parl-eremo	cred-eremo	dorm-iremo
	parl-erete	cred-erete	dorm-irete
	parl-eranno	cred-eranno	dorm-iranno
조건법	**parl-erei**	**cred-erei**	dorm-irei
	parl-eresti	**cred-eresti**	dorm-iresti
	parl-erebbe	**cred-erebbe**	dorm-irebbe
	parl-eremmo	**cred-eremmo**	dorm-iremmo
	parl-ereste	**cred-ereste**	dorm-ireste
	parl-erebbero	**cred-erebbero**	dorm-irebbero
접속현재	parl-i	cred-a	dorm-a
	parl-i	cred-a	dorm-a
	parl-i	cred-a	dorm-a
	parl-iamo	*cred-iamo*	*dorm-iamo*
	parl-iate	*cred-iate*	*dorm-iate*
	parl-ino	cred-ano	dorm-ano
접속반과거	parl-assi	cred-essi	dorm-issi
	parl-assi	cred-essi	dorm-issi
	parl-asse	cred-esse	dorm-isse
	parl-assimo	cred-essimo	dorm-issimo
	parl-aste	cred-este	dorm-iste
	parl-assero	cred-essero	dorm-issero
명령법	*	*	*
	parl-a	cred-i	dorm-i
	parl-i	cred-a	dorm-a
	parl-iamo	*cred-iamo*	*dorm-iamo*
	parl-ate	cred-ete	dorm-ite
	parl-ino	cred-ano	dorm-ano

494

이제 겨우 명사, 관사, 형용사 변화의 첫부분을 했다. K가 갑자기 한국에 시집온 베트남 며느리들의 한국어 배우기 고충에 대해 말을 하다가 혹시 이태리에 시집간 한국 며느리 이야기는 없느냐고 물어 본다. 물론 국제결혼은 양방향이니까 한국에 온 알베르또가 있으면 이태리에 사는 혜진이도 있지 않을까? 혹시나 이런 이야기로 책을 쓴 사람은 없겠지... 그런데 있다. 그리고 참 눈물겹다. 우리의 목표는 최소의 문법을 배워서 첵 읽으려고 하는 것이니 크게 고민할 필요는 없겠다.

이태리에 산 지 8년이나 됐으니 이제는 노련하게 이태리어를 할 수 있게 됐다, 고 말할 수 있으면 얼마나 좋을까. 내 이태리어는 여전히 내 단순한 일상에서 간단히 쓰는 말만 할 줄 알 뿐이다. 그것마저도 실수투성이다.

이태리에 막 와서 이태리어를 배우기 시작할 때 단어 실수를 하면 남편은 재미있어 하며 웃어 주었었다. 하지만 8년 동안 내 이태리어가 별로 늘지 않고 계속 실수하니 이제는 재미있어 하지도 않는다.

얼마 전 아침에 남편과 바에 가서 모닝커피를 주문하는데 나는 보리로 만든 커피를 주문했다. 오르죠(orzo)라고 해야 되는데 내가 오롤로죠(orologio)라고 했다. 시계라는 뜻이었다. 바 종업원이 시계를 주문하는 나를 빤히 쳐다보았다. 나의 실수에 너무 익숙한 남편이 주문을 바로잡아 주었다.

그런데 이 이야기는 왜 하는거죠? 지루해 하는 것 같아서요. 아직은 재미있어요.

888888**********18*******18*********

이태리어 어휘 습득법
일단 영어를 조금이라도 아는 사람은 아주 많은 이태리어 단어를 이미 알고 있는 셈이다. 보기만 해도 알 수 있는 거의 동일한 것에서 비슷하지만 상당히 다른 것까지 정리해 보았다.

먼저 명사, 형용사
1) 모음추가: problem이 problema로. 이것이 어렵다고 하면, 정말 분노하고 싶다. 그럴 수도 있어.

parte - part qualità - quality frutta - fruit animale - animal
oceano _ ocean gruppo - group affare - affair memoria - memory
bomba - bomb caso - case nudo - nude poeta - poet porto - port
senso - sense speciale - special birra - beer

beer가 "비라"로. 일본어 외국어 표기와 유사하다고 느끼기 시작할 것이다. 유럽의 일본어가 이태리어. 이런 말은 하지 말자. 배우려던 의욕이 꺾이는 사람이 나올 수 있다. 일본 드라마 보면, "ビールを10本も飲みました. 비루오 줏폰모 노미마시다 맥주를 10병씩이나 마셨습니다." 이럴 때 비루가 beer이다.

2) 자음탈락 clima - climate avventura - adventure
contatto - contact infatti - in fact affetto - affection ottuso - obtuse
ovvio - obvious penisola - peninsula perfetto - perfect piatto -plate
pittore - painter rispetto - respect sale - salt sconto - discount

3) 자음추가 principe - prince pagina - page ordine - order rotondo - round
sapone - soap semplice - simple soldato - soldier crudele - cruel

4) 자음 변환 nord - north ricco - rich segreto - secret burro - butter

5) h 탈락 onore - honor onesto - honesty ombrello - umbrella

6) za - ce: differenza - difference notizia - notice palazzo - palace
polizia - police silenzio - silence

7) zione - tion: produzione - production operazione - operation
sione - sion: passione - passion pensione - pension

8) 모음 이동/모음 변환: olio - oil, 올리브 오일이라고 할 때 olio d'oliva라고 한다.
pace - peace   patata – potato   popolo - people
Preparare le patate fritte in casa non è semplice. 감자튀김 프렌치 프라이
scuola - school capitano - captain

9) 형용사 al ~ co : politico - political, pratico - practical

10) 형용사 ous - oso: famoso - famous

앞으로는 모르는 단어가 나와도 즉시 사전을 찾지 말고 가만히 생각해 보세요.
잠깐 유럽언어들의 기본 핵심어를 표로 만들어 보았다.

기초 어휘

영어	독일어	italian	포어	spanish	french
and	und	e	e	y	et
but	aber	ma	mas	pero	mais
or	oder	o	ou	o	ou
not	nicht	non	não	no	ne ... pas
if	wenn	se	se	si	si

more	mehr	più	mais	más	plus
less	minder	meno	menor	menos	moins
for	für	per	por/para	por/para	pour
without	ohne	senza	sem	sin	sans
of	von	di	de	de	de
with	mit	con	com	con	avec
because	denn	perché	porque	porque	parce que

노래 하나를 배워 보자. 그 유명한 넬라 환타지아. **Nella fantasia**

Nella fantasia io vedo un mondo giusto,
넬라 판타지아 이오 베도 운 몬도 　주스또
In the fantasy　I　see　a　world　　just
환상속에서　　나는 봅니다　정의로운 세상을
in la　　　　vedere　　불어 monde

Li　tutti vivono　　in pace　e　in onestà.
리 뚜띠 비보노　　인 빠체　에　인 오네스따
there all　live　　in peace and　in honesty
그곳에서 모두는 살아요 평화와 정직 속에서
　　mp　vivere　　　　fs　　　　　fs

Io sogno　d'anime che sono sempre libere,
이오 소뇨　다니메　께 쏘노 셈프레 리베레
I　dream　of souls　that　are　always　free
나는 꿈꾸어요 영혼을　　　　　언제나 자유로운.
　　sognare　fp　　관대　　　　　　fp

Come le nuvole che volano,
꼬메　레 누볼레　께 볼라노
Like　the clouds that　fly
구름같이　　　　나르는
　　　　fp　　관대　volare

Pien' d'umanità   in fondo all'anima.

삐엔 두마니따   인 폰도   알라니마

Full   of humanity   in depth   of the soul

인류애로 가득찬   영혼의 깊은 곳에서

piene di+fs   ms   a+l'+fs

Nella fantasia   io vedo   un mondo chiaro,

넬라 판타지아   이오 베도   운 몬도   끼아로

In the fantasy   I see   a world   bright

환상속에서   나는 봅니다   밝은 세상을

In + la   fs   vedere   ms   ms

Li anche la notte   è meno oscura.

리 앙케 라 놋떼   에 메노 오스쿠라

there also the night   is   less   dark

그곳은   밤도   덜 어둡지요.

                        fs   fs

Io sogno d'anime   che sono sempre libere,

이오 소뇨 다니메   께 소노   셈쁘레 리베레

나는 언제나 자유로운 영혼을 꿈꾸어요.

Come le nuvole   che volano.

꼬메 레 누볼레   께 볼라노

저 하늘을 나르는 구름같이(의역)

Pien' d'umanità   in fondo all'anima.

삐엔 두마니따   인 폰도   알라니마

영혼의 깊은 곳에서 인류애로 가득찬

Nella fantasia esiste   un vento caldo,

넬라 판타지아 에시스테   운 벤또 깔도

In the fantasy   exist   a   wind warm

환상속에서   있어요   따듯한 바람이

                  esistere   ms   ms

498

Che soffia   sulle città,   come amico.

께 소피아   술레 치따   꼬메 아미꼬

that blows   over the cities,   like a friend

도시 위로 부는   마치 친구같이

관대 soffiare   su+le   fp   ms

Io sogno d'anime che sono sempre libere,

이오 소뇨 다니메   께 소노   셈쁘레 리베레

나는 언제나 자유로운 영혼을 꿈꾸어요.

Come le nuvole che volano,

꼬메 레 누볼레   께 볼라노

저 하늘을 나르는 구름같이(의역)

Pien' d'umanità   in fondo all'anima.

삐엔 두마니따   인 폰도   알라니마

영혼의 깊은 곳에서 人類愛로 가득찬

자 이제 악보를 찾아서 노래를 불러 보자.

문법을 배우는 것은 재미있다. 특히 전혀 새로운 언어, 사람들이 전혀 관심을 보이지 않는 언어, 예를 들면 아이스란드어 같은. 라틴어는 사어(死語)이지만 아주 유용하다.

아이스란드 축구팀이 잉글란드를 유로에서 이긴 적이 있다. 바이킹 박수.

독일어(절대로 외지 말고 일단 이해하려고 노력하기)

German nouns inflect by gender, number and case,:

* three genders: masculine, feminine, and neuter.   남성 여성 중성
* two numbers: singular and plural   단수 복수
* four cases: nominative, genitive, dative, and accusative.
*   주격   소유격   여격   대격
* 형용사는 명사를 수식할 때만 어미변화한다.

The three genders have collapsed in the plural, which now behaves, grammatically, somewhat as a fourth gender. With four cases and three genders plus plural there are **16** permutations of case and gender/number, but there are only six forms of the definite article, which together cover all 16 permutations.

정관사 변화는 다음과 같다. 통일성과 다양성의 비용과 편익(학습과 표현)

	남 성	여 성	중 성	복 수
1 격	der	die	das	die
2 격	des	der	des	der
3 격	dem	der	dem	den
4 격	den	die	das	die

부정관사

	남 성	여 성	중 성
1 격	ein	eine	ein
2 격	eines	einer	eines
3 격	einem	einer	einem
4 격	einen	eine	ein

통일적으로 외우는 방법을 찾았다. 그 책의 도움이다.

기본 변화표	남 성	여 성	중 성	복 수
1 격	- er*	- e	- es*	- e
2 격	- es	- er	- es	- er
3 격	- em	- er	- em	- en
4 격	- en	- e	- es*	- e

우리는 이제 독일어의 관사류를 두 가지로 분류할 수 있는데, 그 하나는 기본변화표의 어미변화를 모두 하는 부류이고, 다른 하나는 *표가 있는 곳, 즉 남성 1격과 중성 1격, 4격에서 어미변화를 하지 않는 부류이다. 정관사는 첫째 부류에 속하고 부정관사와 소유대명사는 둘째 부류에 속한다.

Der words

	masculine	feminine	neuter	plural
nominative	dieser	diese	dieses	diese
genitive	dieses	dieser	dieses	dieser
dative	diesem	dieser	diesem	diesen
accusative	diesen	diese	dieses	diese

Ein words

	남 성	여 성	중 성	복 수
1 격	mein	meine	mein	meine
2 격	meines	meiner	meines	meiner
3 격	meinem	meiner	meinem	meinen
4 격	meinen	meine	mein	meine

인칭대명사

	1 인칭 단수	2 인칭 단수	1 인칭 복수	2 인칭 복수
1 격	ich	Du	wir	ihr
2 격	meiner	Deiner	unser	euer
3 격	mir	Dir	uns	euch
4 격	mich	Dich	uns	euch
3 인칭	단수 남성	단수 여성	단수 중성	3 인칭 복수
1 격	er	sie	es	sie
2 격	seiner	ihrer	seiner	ihrer
3 격	ihm	ihr	ihm	ihnen
4 격	ihn	sie	es	sie

형용사 강변화

case / gender	masculine	feminine	neuter	plural
Nominative	alter	alte	altes	alte
Genitive	alten (*2)	alter	alten (*2)	alter
Dative	altem	alter	altem	alten (*1)
Accusative	alten	alte	altes	alte

형용사 약변화

	masculine	feminine	neuter	plural
Nominative	der alte	die alte	das alte	die alten
Genitive	des alten(*2)	der alten	des alten(*2)	der alten
Dative	dem alten	der alten	dem alten	den alten (*1)
Accusative	den alten	die alte	das alte	die alten

(*2) = In the genitive, add an -(e)s to the end of the noun, eg des alten Mannes

혼합변화

	masculine	feminine	neuter	plural
nominative	kein guter Vater	keine gute Mutter	kein gutes Wort	keine guten Wörter
genitive	**keines guten Vaters**	keiner guten Mutter	**keines guten Worts**	keiner guten Wörter
dative	keinem guten Vater	keiner guten Mutter	keinem guten Wort	**keinen guten Wörtern**
accusative	keinen guten Vater	keine gute Mutter	kein gutes Wort	keine guten Wörter

지시대명사

	남 성	여 성	중 성	복 수
1 격	der	die	das	die
2 격	dessen	deren	dessen	deren
3 격	dem	der	dem	denen
4 격	den	die	das	die

정관계대명사

	남 성	여 성	중 성	복 수
1 격	der	die	das	die
2 격	dessen	deren	dessen	deren
3 격	dem	der	dem	denen
4 격	den	die	das	die

독일어의 관계대명사는 지시대명사 변화체계를 그대로 이용한 것으로 지시대명사의 특수한 용법이라고 볼 수도 있을 것 같다. (그리스어도 유사하다.) 즉 독일어 관계대명사절은 지시대명사가 들어 있는 문장을 부문장으로 만들어 명사를 꾸미도록 한 것으로 볼 수 있다.

부정관계대명사

	사 람	사 물
1 격	wer	was
2 격	wessen	wessen
3 격	wem	-----
4 격	wen	was

의문사: 어떻게wie? 무엇을was? 누가wer? 왜warum? 어디로wo?

Woher   wohin   welcher

소유대명사 총정리

		ich	du	er	sie	es	wir	ihr	sie
Nom	m/n	mein	dein	sein	ihr	sein	unser	euer	ihr
	f/pl	meine	deine	seine	ihre	seine	unsere	eure	ihre
Gen	m/n	meines	deines	seines	ihres	seines	unseres	eures	ihres
	f/pl	meiner	deiner	seiner	ihrer	seiner	unserer	eurer	ihrer
Dat	m/n	meinem	deinem	seinem	ihrem	seinem	unserem	eurem	ihrem
	f	meiner	deiner	seiner	ihrer	seiner	unserer	eurer	ihrer
	pl	meinen	deinen	seinen	ihren	seinen	unseren	euren	ihren
Acc	m	meinen	deinen	seinen	ihren	seinen	unseren	euren	ihren
	n	mein	dein	sein	ihr	sein	unser	euer	ihr
	f/pl	meine	deine	seine	ihre	seine	unsere	eure	ihre

Verb inflection 동사변화

Inflection of standard German verbs includes:

- three persons: 1st, 2nd, 3rd.　 1 인칭 2 인칭 3 인칭
- two numbers: singular and plural　 단수　 복수
- three moods: indicative, imperative, subjunctive 직설법 명령법 접속법
- two voices: active and passive　 능동태 수동태
- six tenses: **현재, 과거**, 현재완료, 과거완료, 미래, 미래 완료

- two tenses without auxiliary verbs (present, preterite) and four tenses constructed with auxiliary verbs (perfect, pluperfect, future and future perfect) 과거분사 외우기

동사의 세 가지 어미변화

현재인칭변화	과거인칭변화	접속법인칭변화
ich -- e	ich -- x	ich -- e
du -- st	du -- st	du -- est
er -- t	er -- x	er -- e
wir -- en	wir -- en	wir -- en
ihr -- t	ihr -- t	ihr -- et
sie -- en	sie -- en	sie -- en

이걸 외우는 방법이 또 있다. 현재어미변화는 Est Ten Ten!

liebe	liebte	liebe
liebst	liebtest	liebest
liebt	liebte	liebe
lieben	liebten	lieben
liebt	liebtet	liebet
lieben	liebten	lieben

동사변화는 어디에서 연습하나? 베를린 지하철 안에서.

504

여기는 어디야? 모르겠어. 종이와종이 사이psy인가 봐.

sagen

to say; tell; speak

PRINC. PARTS: sagen, sagte, gesagt, sagt
IMPERATIVE: sage!, sagt!, sagen Sie!

INDICATIVE	SUBJUNCTIVE	
	PRIMARY	SECONDARY
	Present Time	
Present	*(Pres. Subj.)*	*(Imperf. Subj.)*
ich sage	sage	sagte
du sagst	sagest	sagtest
er sagt	sage	sagte
wir sagen	sagen	sagten
ihr sagt	saget	sagtet
sie sagen	sagen	sagten
Imperfect		
ich sagte		
du sagtest		
er sagte		
wir sagten		
ihr sagtet		
sie sagten		
	Past Time	
Perfect	*(Perf. Subj.)*	*(Pluperf. Subj.)*
ich habe gesagt	habe gesagt	hätte gesagt
du hast gesagt	habest gesagt	hättest gesagt
er hat gesagt	habe gesagt	hätte gesagt
wir haben gesagt	haben gesagt	hätten gesagt
ihr habt gesagt	habet gesagt	hättet gesagt
sie haben gesagt	haben gesagt	hätten gesagt
Pluperfect		
ich hatte gesagt		
du hattest gesagt		
er hatte gesagt		
wir hatten gesagt		
ihr hattet gesagt		
sie hatten gesagt		
	Future Time	
Future	*(Fut. Subj.)*	*(Pres. Conditional)*
ich werde sagen	werde sagen	würde sagen
du wirst sagen	werdest sagen	würdest sagen
er wird sagen	werde sagen	würde sagen
wir werden sagen	werden sagen	würden sagen
ihr werdet sagen	werdet sagen	würdet sagen
sie werden sagen	werden sagen	würden sagen
	Future Perfect Time	
Future Perfect	*(Fut. Perf. Subj.)*	*(Past Conditional)*
ich werde gesagt haben	werde gesagt haben	würde gesagt haben
du wirst gesagt haben	werdest gesagt haben	würdest gesagt haben
er wird gesagt haben	werde gesagt haben	würde gesagt haben
wir werden gesagt haben	werden gesagt haben	würden gesagt haben
ihr werdet gesagt haben	werdet gesagt haben	würdet gesagt haben
sie werden gesagt haben	werden gesagt haben	würden gesagt haben

이탈리아어의 선조 라틴어는 동사변화가 그리스어, 팔리어와 또 유사하다.

LATIN ENGLISH

1st 단수 video I see

2nd   vides   you see

3rd   videt   he/she/it sees

1st 복수 videmus we see

2nd   videtis   you see

3rd   vident   they see

명사는 5격, 단복수 변화: 제 1변화 여성명사 rosa 장미

	단수	복수
NOM. 주격	ros**a**	ros**ae**
GEN. 속격	ros**ae**	ros**arum**
DAT. 여격	ros**ae**	ros**is**
ACC. 대격	ros**am**	ros**as**
ABL. 탈격	ros**a**	ros**is**

단수 2격과 복수 1격이 일치한다. 아 아이 아이 암 아 / 아이 아룸 이스 아스 이스

제 2변화 남성명사 dominus 주(主)

Case	Singular	Plural
Nominative	dominus	domini
Genitive	domini	dominorum
Dative	domino	dominis
Accusative	dominum	dominos
Ablative	domino	dominis
Vocative	domine	domini

헬라어에서 말이 logos, 남성명사 os가 라틴어에서는 us로 전환, 원래는 o가 기본음. domino, dominos로 변화한다.

불어 etre동사 변화의 괴상한 꼴이 실은 라틴어에서 온 것. Tu es, il est

Esse 동사 외는 법. Es + m = esum = sum, es+ s = es, es + t = est, es + mus = esumus = sumus. 부록에 정리했다.

라틴어는 스피노자의 에티카를 읽어 보려고 시작했다. 중간에 또 포기. 진태원 선생의 에티카 번역이 좋다.

Causam adaequatam appello eam/ cujus effectus potest clare et distincte per eandem percipi.

까우삼 아다이꽈탐 아뺄로 에암 꾸유스 에펙투스 포테스트 끌라레 엣 디스틴테 뻬르 에안뎀 뻬르키피

Cause adequate I name it / whose effect can clearly and distinctively through it be perceived

Inadaequatam autem seu partialem illam voco / cujus effectus per ipsam solam intelligi nequit.

인아다이꽈탐 아우템 세우 빠르티알렘 일람 보꼬 꾸유스 에펙투스 뻬르 잎삼 솔람 인뗄리기 네낏

Inadequate but or partial it, I call whose effect through itself only be understood not

베르길리우스의 아이네이스의 묘미. 서양문명의 고전. 첫 문장이 유명하다. 이것도 나중에 시간이 되면 다루기로 하자.
Arma무기 virum남자que와 cano노래하다, Troiae qui primus처음 ab oris해안 Italiam, fato운명 profugus추방, Laviniaque venit왔다 litora해안 -- Verg. A. 1.1-3.
I sing of arms and a man, who first came from the shores of Troy
to Italy exiled by fate, he came to the lavinian shores

Facebook의 정신적 기원: 아이네이스, **필립스** 엑시터 **아카데미**(Phillips Exeter Academy)에서 마크 저커버그의 라틴어 수업. 페이스 북의 설립자인 Mark Zuckerberg가 버질의 "아이네이드"(Aeneid)에서 열정적으로 인용을 했다. 그는 뉴요커와의 긴 인터뷰에서, 최근에는 와이어드(Wired) 잡지에서 직접 라틴어로 인용했는데 사람들에게 가장 유명한 구절이다: "Forsan 아마도 et haec이것조차 olim어느날 meminisse기억하다 iuvabit기쁘다. **Perhaps** some **day remembering even** this **will** be a pleasure. "A joy it will be one day, perhaps, to remember even this" (trans. Robert Fagles)." Those are Aeneas's consoling words to his battered, shipwrecked comrades. In the poem, various gods assure the Trojan hero that he will found "**imperium sine fine** an empire without bound," i.e. Rome, which is more or less what Zuckerberg has done in the 21st century. Facebook has more than 500 million active users. **imperium sine fine dedi** : I have given them **empire** without end. 이렇게 응용이 가능하다. Your ignorance sine fine. Abysmal심연같이헤아릴수없는 ignorance of mine.

어순의 자유로움에 일단 놀라게 된다. 사실은 한국어 어순과 아주 유사하다. 사과 배que et 토마토를 저녁에 먹었다 오늘 갑자기. 해설을 보면 이 변화들이 무엇인지 대략 대충 이해할 수 있을 것이라고 희망한다. 언젠가 미래의 어느날 아마도 이 표를 무슨 말인지는 몰라도 한번 보았다는 것이 기쁨이 될지도 모른다. 30년 전의 der des dem den의 좌절이 횔덜린의 반평생을 번역해 보고 싶다는 충동으로 되돌아 왔으니까. 라틴어 동사변화표. amare동사변화의 모든 것을 읽다 보면 사랑에 취할 것 같다.

	Active		Passive	
	Indicative	Subjunctive	Indicative	Subjunctive
	Present			
Singular 1	Amo	Amem	Amor	Amer
2	Amas	Ames	Amaris	Ameris
3	Amat	Amet	Amatur	Ametur
Plural 1	Amamus	Amemus	Amamur	Amemur
2	Amatis	Ametis	Amamini	Amemini
3	Amant	Ament	Amantur	Amentur
	Imperfect			
Singular 1	Amabam	Amarem	Amabar	Amarer
2	Amabas	Amares	Amabaris	Amareris
3	Amabat	Amaret	Amabatur	Amaretur
Plural 1	Amabamus	Amaremus	Amabamur	Amaremur
2	Amabatis	Amaretis	Amabamini	Amaremini
3	Amabant	Amarent	Amabantur	Amarentur
	Future			
Singular 1	Amabo		Amabor	
2	Amabis		Amaberis	
3	Amabit		Amabitur	

Plural 1	Amabimus		Amabimur	
2	Amabitis		Amabimini	
3	Amabunt		Amabuntur	
Perfect				
Singular 1	Amavi	Amaverim	Amatus Sum	Amatus Sim
2	Amavisti	Amaveris	Amatus Es	Amatus Sis
3	Amavit	Amaverit	Amatus Est	Amatus Sit
Plural 1	Amavimus	Amaverimus	Amati Sumus	Amati Simus
2	Amavistis	Amaveritis	Amati Estis	Amati Sitis
3	Amaverunt	Amaverint	Amati Sunt	Amati Sint
Pluperfect				
Singular 1	Amaveram	Amavissem	Amatus Eram	Amatus Essem
2	Amaveras	Amavisses	Amatus Eras	Amatus Esses
3	Amaverat	Amavisset	Amatus Erat	Amatus Esset
Plural 1	Amaveramus	Amavissemus	Amati Eramus	Amati Essemus
2	Amaveratis	Amavissetis	Amati Eratis	Amati Essetis
3	Amaverant	Amavissent	Amati Erant	Amati Essent
Future Perfect				
Singular 1	Amavero		Amatus Ero	
2	Amaveris		Amatus Eris	
3	Amaverit		Amatus Erit	
Plural 1	Amaverimus		Amati Erimus	
2	Amaveritis		Amati Eritis	
3	Amaverint		Amati Erunt	

라틴어 텍스트의 번역에 대해 고민해 보자. 영국과 미국에서의 전통적 교육법은 주어와 동사를 먼저 찾아라. 오늘 소개하는 이 방법은 일종의 라틴어 직독직해를 의미한다. 잘 보면 라틴어 어순과 한국어 어순이 비슷하다. 주어 목적어 동사의 순서로 나올 때가 많으니까. 나는 학생이 아니다. 더 정확히 말하면 자기가 원하는대로 단어의 위치를 바꿀 수 있다. 한국어도 어느정도 가능하다. 그러나 실험하지는 않는다,

이런 자유로운 어순의 배치를. "이다", "하다"가 나오면 습관적으로 문장이 끝났다고 생각하니까 그래서 끝없이 ...고, ...이고, ...하고, 그렇게 진행하면 또 재미가 없다. 조사와 어미가 똑같다는 것은 지루하다. 라임이 힘들어져. 고 고 고 고 고고고고, 면 면 면 면 면면면며면면면면면면며면면,

이렇게 면을 키보드로 치고 있으니 마음이 참 편안했소이다. 단순작업의 기쁨, 가끔은,

다 다 다 다 다 다 다 다 다 다 다다다다다다다다다다다다다다다.

그렇다고 우리가 바꿀 수 있는것도 아니지만 바꾸고 싶으면 바꾸면 되지 않을까 상상하기 시작했다. 티베트어는 원래 관계대명사가 없었는데 산스크리트어 불경을 번역하면서 관계대명사를 만들었다고 한다. 나는 그녀의 아버지가 나의 원수였던 그 소녀를 좋아한다. 나는 좋아한다 그 소녀를 whose 아버지는 나의 원수였다. 난 그 소녀를 좋아해. 그 아이의 아빠는 나의 원수였어. I hated him and love her. 티베트어 관계대명사가 몹시 궁금하지만 티베트어를 배우기에는 체력이 부족하다. (리비우스 1.41.1)

Tarquinium moribundum cum, qui circa erant, excepissent, illos fugientes lictores conprehendunt. clamorinde concursusque populi, mirantium, quid rei esset.

The dying Tarquinius had hardly been caught up in the arms of the bystanders when the fugitives were seized by the lictors. Then there was an uproar, as crowds hurried to the scene, asking one another in amazement what the matter was.(영어 의역)

자 이런 실험을 해 보자.

In order that the interpretation shall be done absolutely in the order in which a Roman would do it, without looking ahead, I write one word at a time upon the board (as I will again do upon the board before you), and ask questions as I go, as follows :

Tarquinium. "What did Livy mean by putting that word at the beginning of the sentence?"

"That the person mentioned in it is at this point of conspicuous importance."

"Where is Tarquinium made?"

"In the accusative singular 단수 4격."

"Well, then, what does this accusative case mean?"

By this time a good many are ready to say: "Object of a verb 동사의 목적어, or in apposition with the object." But I ask if one thing more is possible, and some one says: "Subject of an infinitive. 부정사의 주어"

"Keep those possibilities always fresh in your mind, letting them flash through it the moment you see such a word; and that having been done, **WAIT**, and **NEVER DECIDE** which of these possible meanings was in the mind of the Roman speaker or writer until the rest of the sentence has made the answer to that question perfectly clear.

To proceed, the next word, moribundum, is what and where made?"

"Adjective 형용사, nom. sing. neut.중성단수주격, or acc. sing.단수목적격 masc. or neut."

Don't smile at all this. The habit of getting a young student to think all these things out, even where he could not go astray if they were not asked of him, saves many a getting lost in difficult places. "What is probable about moribundum, as we have it in this particular sentence?"　　　"That it belongs to Tarquinium."

"Right. Now keep that picture in mind: Tarquinium moribundum, **the King, breathing his last, acted upon or acting**. Now for the next word: Tarquinium moribundum cum. What is cum?" Some say, with perfect readiness, "preposition 전치사," some say "conjunction 접속사."
"But," I answer, "if you are used to the right spelling, you know with an instant's thought that no Roman that ever lived could tell at this point whether it was preposition or conjunction. In order to tell, you must wait for — what?"
"Ablative 탈격 or verb 동사," they answer.
Then we go on, "Tarquinium moribundum cum qui.
What does qui at once tell us about cum?"　　　"Conjunction 접속사."
"Right. What do we know now, with almost absolute certainty, about Tarquinium? What part of the sentence does it belong to?"

Here, I grieve to say, a chorus of voices always answers, "Main verb 주동사(主動詞)"; for, in some mysterious way, students arrive at the universities without having learned that the Romans delighted to take out the most important word, or combination of words, from a subordinate introductory sentence, and put it at the very start, before the connective, — a bit of information worth a great deal for practical reading."　　　.................................

Now we go back to our sentence, and the word qui. "What part of speech is it?"
"Relative 관계대명사," they say.　"Or what else?" I ask.
"Interrogative 의문사."　"Where is it made?"
"Nom. sing. or plur., masc. 주격. 단/복. 남성"

"If it is a relative, where in the sentence as a whole does its antecedent lie?" They should answer, "Inside the cum-clause." The cum serves as the first of two brackets to include the qui-clause.

"If, on the other hand, it is an interrogative, what kind of a question is alone here possible?"
"Indirect 간접의문문, and in the subjunctive 접속법," they answer.
"In that case, what kind of a meaning, speaking generally, must the verb introduced by cum have?"
"It must be able to imply asking of some kind."

512

"Rightly said; perhaps we may have such a sentence as, ""When everybody inquired who these men were"" — Cum qui essent omnes quaererent; or perhaps we shall find that qui is relative. The next word is circa, — Tarquinium moribundum cum qui circa. What part of speech is it?"

"Adverb 부사."   "What then may it do?"
"It may modify a verb, an adjective, or another adverb."
We proceed: Tarquinium moribundum cum qui circa erant.
"What, now, about circa?"   "It modifies erant."
"What was the number of qui?"   "Plural 복수."
"Was it relative or interrogative?"   "Relative 관계대명사."
"How do you know?"   "Because erant is not subjunctive."

"Right. Now qui circa erant is as good as a noun 명사 or a pronoun 대명사, — an indeclinable noun or pronoun, in the plural. Think of it in that way, as we go on. Tarquinium moribundum cum qui circa erant excepissent. I don't ask today the meaning of the mode of excepissent, because the world is in so much doubt about the question of the history and force of the cum-constructions. But what was Livy's meaning in writing the accusative Tarquinium?"

"Object 목적어 of excepissent."
"Yes, and what was the subject of excepissent?"   "The antecedent 선행사 of qui."
"Yes; or, looking at the matter more generally, the subject was qui circa erant."
"Before going on, what picture have we before us? What has the sentence thus far said? This:

See Tarquin, dying! See the bystanders! See them pick him up!

Our curiosity is stimulated by the very order. The next word is illos, — "Tarquinium moribundum cum quicirca erant excepissent" ... What does the position of illos, first in the main sentence 주문장 proper, tell us?"

"That the people meant by it are of special prominence at this point."
"Who do you suppose these illos are, these more distant persons, thus set in emphatic balance against Tarquinium, each leading its clause?
"The assassins," the whole class say.
"What do we know about Livy's meaning from the case?"

Now they all answer in fine chorus and completeness, "Apposition, object of main verb, or subject or predicate of an infinitive."
We proceed: "Tarquinium moribundum cum qui circa erant excepissent, illos fugientes" ...
"What part of speech is fugientes?"   "Participle 분사."
"Which one?"   "Present active 현재 능동."
"Then you see a running-away going on before your eyes. What gender?"

"Masc. or fem 남성/여성."

"What number?"   "Plural 복수."

"Then you see some two or more men or women running away. What case?"

"Nom. or acc.주격/목적격"

"On the whole, do you feel sure you know the case?"   "Yes; accusative 목적격."

"Belonging to what?"   "Illos."

"Why?"   "Because of course the assassins, the illos, would run away."

"Yes," I say; "but it cannot possibly mislead you to wait until there isn't a shadow of a doubt. We will go on:

"Tarquinium moribundum cum qui circa erant excepissent, illos fugientes lictores" ... Here you have another set of people, the king's body-guard. In what case?"

"Nom. or acc. plural.주격/목적격 복수"

"Which?" They do not know.

"Well, then, can illos agree with lictores, if you consider forms alone?"   "Yes."

"In that case, fugientes would have to go with illos lictores, wouldn't it?"   "Yes."

"But would the lictors run away?"   "No."

"Would the assassins?"   "Yes."

"Certainly. Then fugientes does not belong with lictores, and does belong with illos; and illos seems to be, just as we suspected at first sight of it, the assassins. However, we must ask ourselves one more question, Is apposition possible between illos and lictores?"

"No; for they are very different people."

"Is any relation of a predicate possible between them? Can the one be the predicate of an infinitive of which the other is the subject?"

"No; because, as before, they are very different people."

"Still it is possible that lictores is accusative. If it is, it may be object, in which case illos is necessarily subject, for, as we have seen, they cannot be in apposition; or, it may be subject, in which case, for the same reason, illos must be object. In either case, they must be in **direct opposition** to each other, one of them (we don't yet know which) being subject, the other, object; while, if lictores is nom., you still have the same relation, only you know which is subject and which is object. In any event, you see they are set over against each other, together making subject and object 주어와 목적어. Now keep the results of this reasoning ready for the countless cases in which such combinations occur. Given two nouns like bellum Saguntum: what are the constructions?"

"One is the subject of a verb, and the other the object, and we can't yet tell which."

"Now we go back to the assassins who are running away, and the king's body-guard. I will inform you that there is just one more word in the sentence. What part of speech is it?"

"Verb 동사."

"Active 능동 or passive 수동?"   "Active 능동."

"Right. What does it tell?"   "Tells what the lictors do to the assassins."
"What mode, then?"   "Indicative 직설법."
"What two tenses are possible?" "The perfect 완료 and the historical present 역사적 현재."
"Right. Now the situation is a pretty dramatic one. Which of these two tenses should you accordingly choose, if you were writing the story?"
"The present 현재."
"So did Livy. Now tell me what you think the verb is."

"Interficiunt," somebody says. "Capiunt," says another, hitting the idea but not the right word, which is comprehendunt, get hold of them well, — "nab 'em"; or, as our tamer English phrase might put it, "secure them."

"Now let us render into English the sentence as a whole, translating not merely Livy's words, but the actual development of the thought in his mind.

Tarquinium, there's Tarquin; moribundum, he's a dying man; cum qui circa erant, you see the bystanders about to do something; excepissent, they have caught and supported the king; illos, you turn and look at the assassins; fugientes, they are off on the run; lictores, there are the king's body-guard; we hold our breath in suspense; — comprehendunt, **THEY'VE GOT 'EM!**

So, then, **that Latin order 라틴어의 어순, which looks so perverted to one who is trained to pick the sentence to pieces and then patch it together again, gives us the very succession in which one would see the actual events**; weaves all the occurrences together into a compact whole, yet keeping everywhere the **natural** order; while any order that we may be able to invent for a corresponding **single sentence** in English will twist and warp the natural order into a shape that would greatly astonish a Roman."

"Finally, with the understanding and sense of the dramatic in the situation, which we have got by working the sentence out as Livy wrote it, compare the perversion of it, which we get by working it out correctly on the first-find-your-subject-of-the-main-sentence-and-then-your-predicate, etc., method:

영어문장은 보통은 이렇게 진행된다.

the lictors 경호원 secure the assassins as they run away,/ when those who were standing by/ had caught and supported/ the dying Tarquin.

The facts are all there, but the **style**, the **soul**, is gone."

515

1.41, Tarquinium moribundum cum qui circa erant excepissent, illos
fugientes lictores comprehendunt.

타르쿠이니스(를) 죽어가는/ 그 때/ 사람들(이) 근처에 있었던/ 도왔다// 그들(을) 달아나는
/ 경호원들(이) / 모두 체포하다.

The Art of Reading Latin: How To Teach It. An address delivered before the associated
academic principals of the State of New York, December 28, 1886. William Gardner Hale,
professor of Latin in Cornell University. 1887. Ginn and Company. Boston. 19세기의 라틴
교수법이지만 설명이 생생하다. 이 책이 매우 마음에 들었다. 번역해 보고싶다.
하지만 하지 않겠다.

로망스 언어의 동사변화(부록에 더 자세히 정리해 놓았다.)

	Latin	**Spanish**	**Portuguese**	**Italian**	**French**
Infinitive	amāre	amar	amar	amare	aimer
Indicative	amō	amo	amo	amo	aime
Present	amās	amas	amas	ami	aimes
직설법	amat	ama	ama	ama	aime
현재	amāmus	**amamos**	**amamos**	amiamo	aimons
	amātis	amáis	amais	amate	aimez
	amant	aman	amam	amano	aiment

불경의 번역도 한동안 고민하던 문제다. 산스크리트어를 3분의 선생님에게
잠깐씩 배웠는데, 언제나 일이 생겨 제대로 배우지를 못했다. 하늘이 나를
방해하는구나, 이런 생각을 잠시 하다가 신이 신경을 써 주기에는 내가 너무
사소한 사람이지 않을까, 그래 그렇지. 불교경전 duo. 황당무계지The Waste
Land에서 T. S. Eliot은 여러 언어를 쓰고 있는데, 산스크리트어도 나온다.
어떻게? Datta, Dayadhvam and Damyata : give compassion control
shanti, shanti, shanti. 평화 x 3.

반야심경 na의 번역 무(無) 또는 비(非) 또는 불(不)
틱낫한의 제언: 허무주의에 빠진 대승불교에 문제점이 있다. 이런 이야기가 있다.

516

the Zen master asked the novice 초짜 monk 스님:

"Tell me about your understanding 이해력 of the Heart sutra 반야심경."

The novice monk joined his palms 합장하고 and replied 대답:

"I have understood that the five skandhas 오온 are empty 공. There are no eyes, ears, nose, tongue, body or mind; there are no forms, sounds, smells, tastes, feelings, or objects of mind; the six consciousnesses do not exist, the eighteen realms of phenomena do not exist, the twelve links of dependent arising do not exist, and even wisdom and attainment do not exist."

"Do you believe 믿느냐 what it says?"

"Yes, I truly believe 믿습니다 what it says."

"Come closer to me," the Zen master instructed the novice monk. When the novice monk drew near, the Zen master immediately used his thumb and index finger to pinch and twist the novice's nose 코를 잡아 비틀었다. In great agony 고통, the novice cried out "Teacher! You're hurting me!" The Zen master looked at the novice. "Just now you said that the nose doesn't exist. But if the nose doesn't exist then what's hurting?"

na가 無라면 위의 이야기가 성립한다. 그래서 na를 非로 해석해야 한다는 말이 나온다. It removes all phenomena from the category 'being' and places them into the category of 'non-being'. This line of the sutra can lead to many damaging misunderstandings. 그래서 이렇게 틱낫한은 새롭게 번역했다.

That is why **in Emptiness,** Body, Feelings, Perceptions, Mental Formations and Consciousness are **not separate self entities.**

나중에 추가한 구절들. 이런 생각이 든다. 중국문명의 천박함. 심오하지만 때때로 그렇다. 왜 원문에도 없는 도일체고액을 넣었나? 포교를 위한 실용적인 마인드?

금강경 번역에 대한 고민:

vajracchedikā nāma triśatikā prajñāpāramitā
能斷金剛般若波羅密多經

[羅什] 如是我聞. 이와 같이 내가 들었다. 그러나 원문은 좀 다르다.
evaṁ mayā śrutam (여기는 수정해야한다. 편집자에게 하는 말은 아닙니다.)
이렇게 나에 의해 (그분의 말씀이) 들렸다.
▷[evaṁ] ① evaṁ(.) → [이렇게]
[mayā] ① mayā(pn.I.ins.) → [나에 의해]

517

[śrutam] ① śrutam(p.→ .nom.) → [(+다음과 같은 말씀이) 들렸다.]
② śruta(p.p. heard; reported; understood: . < śru(5. . to hear, give ear to)

금강경에서 相非相에 대해서, 나는 이렇게 충격을 받았다.
범소유상 개시허망 약견제상비상 즉견여래
凡所有相 皆是虛妄 若見諸相非相 卽見如來

-구마라집(鳩摩羅什) 번역-
<비상(非相)> "누구든 이 문장을 읽거나 또한 모든 해석서들은 이 비상을
공(空)이나 무(無)라고 이해하거나 해석하고 있습니다. 왜냐하면 상(相)의
반대현상은 아무 것도 아닌 공(空)이나 무(無)라고 말 할 수 밖에 없고 또 그렇게
배워왔기 때문입니다. 그런데 바로 이것이 금강경을 잘못 읽는 근본적인
자세입니다." 충격이었다. 의심하라!
evamukte bhagavānāyuṣmantaṃ subhūtimetadavocat
yāvatsubhūte lakṣaṇasampat tāvanmṛṣā,
yāvadalakṣaṇasampat tāvanna mṛṣeti
hi lakṣaṇālakṣaṇatastathāgato draṣṭavyaḥ

lakṣaṇa상 + alakṣaṇa비상 + tas(탈격) + tathāgato여래. 이렇게 분해를 해서
읽어야 한다. 갑자기 내가 왜 이런 작업을 하고 있나 하는 회의가 들었다.
인내심이 필요했다. 영역본을 찾아 보았다. 저명한 불교학자 Conze. 분해된
산스크리트 원문도 있다.
Tat kim manyase Subhute laksana-sampada Tathagato drastavyah?
Subhutir aha: No hidam Bhagavan, na laksana-sampada Tathagato drastavyah.
Tat kasya hetoh? Ya sa Bhagavan laksana-sampat Tathagatena bhasita saiva-
alaksana-sampat. Evam ukte Bhagavan ayusmantam Subhutim etad avocat:
Yavat Subhute laksana-sampat tavan mrsa, yavad alaksana-sampat tavan na mrseti
hi laksana-alaksanatas Tathagato drastavyah.

The Lord continued: 'What do you think, Subhuti, can the Tathagata be seen by the
possession of his marks?' Subhuti replied: 'No indeed, O Lord. And why? What has
been taught by the Tathagata as the possession of marks, that is truly a no-
possession of no-marks.' The Lord said: 'Wherever there is possession of marks,
there is fraud, wherever there is no-possession of no-marks there is no fraud. Hence
the Tathagata is to be seen from no marks as marks.'

Friedrich **Max Müller** ... the **possession of signs**, there is falsehood; **wherever there is no**

possession of signs, **there is no** falsehood. Hence ..

'Now, what do you think, O Subhûti, should a Tathâgata be seen (known) by the *possession of signs*?' Subhûti said: 'Not indeed, O Bhagavat, a Tathâgata is not to be seen (known) by the *possession of signs*. And why? Because what has been preached by the Tathâgata as the *possession of signs*, that is indeed the *possession of no-signs*.'

After this, Bhagavat spoke thus to the venerable Subhûti: 'Wherever there is, O Subhûti, the *possession of signs*, there is falsehood; wherever there is no possession of signs, there is no falsehood. Hence the Tathâgata is to be seen (known) from no-signs as signs.' (5)

乃至 諸相具足 皆是虛妄

내지 제상구족 개시허망

乃至 非相具足 皆是非虛妄

내지 비상구족 개시비허망

如是 以**相非相** 應觀如來

여시 이상비상 응관여래

'구족한 상(32상)'은 허망하나, '구족한 상이 아닌 것'은 허망하지 않느니라.
그러므로 '상'과 '상 아닌 것'으로써, 여래를 보아야 하느니라.   -현장본-

다시 영역을 스스로 고쳐 보았다. 이래도 되나요? 용기를 내세요.

The Lord continued: 'What do you think, Subhuti, can the Tathagata be seen by the possession of his marks?' Subhuti replied: 'No indeed, O Lord. And why? What has been taught by the Tathagata as the possession of marks, that is truly a possession of no-marks.' The Lord said: 'Wherever there is possession of marks, there is falsehood, wherever there is possession of no-marks we can say it no fraud. Hence the Tathagata is to be seen from marks and no marks.

"산스크리트 원문과 현장역의 해석을 살펴보면 '若見諸相非相 卽見如來'를 '상과 상이 아닌 두 가지 관점에서 여래를 보아야 한다'는 해석으로 해 볼 수 있다. 또한 여기에 나온 상이란 일상적으로 우리가 알고 있는 일체 모든 상을 의미하는 것이라기 보다는 부처님의 32상 이라는 상을 의미하는 것으로 보여진다. 따라서 참된 여래를 보고자 한다면 32상이라는 모양으로만 보아도 안 되고, 모양이 아닌 관점으로만 보아도 안 되며" **상과 상이 아닌 양면성으로 동시에 (또는 어느 한쪽을 보면서도 다른 극단을 잊지 않는 편파적이지 않은 편파성으로) 보아야 한다고 해석할 수 있다. 여기서 아도르노의 말이 떠오른다. "당파성이 없이 당파적이 된다는 것"** 즉 (相 & 非相)으로 여래를 보라. 절에 가서 부처님을 볼 때 그 신성한 불상을 존중하는 마음으로 동시에 그 불상을 그저 하나의 금속 물질로서도 볼 수 있어야 한다. 이런 의미라고 보면 되지 않을까 싶다. 내가 안다고 말하면 그것은 옳지 않지만 모른다고 해도 그것은 거짓이다.

특징을 갖춘 것에는 허망함이 있고,
특징이 아닌 것을 갖춘 것에는 허망함이 없다.
그러므로 우리는 '특징이 없는 특징'을 통해서 여래를 보아야 한다.
-티벳본 한역(전재성 박사)-
특징으로서의 무특징을 통해서 여래를 보아야 한다. Conze와 Muller의 영역은 이렇게 읽힌다.
마지막으로 이 말이 맞는 지는 모르겠으나, 틀려도 할 수 없다.
如是我聞 나는 이렇게 들리워졌다 I was thus heard.
한편으로는 상으로 또한편으로는 비상으로 그리고 제3의 가능성 즉, 동시에 상과 비상으로 볼 수 있어야 한다. Benjamin sagte, **사유(思惟)에는 생각의 흐름만이 아니라 생각의 정지도 포함된다.** 그는 마지막 순간에 깨달음에 도달한 것일까? 相으로 볼수도 있고 非相으로도 볼 수 있는 마음의 움직임 그러나 경우에 따라 相이면서 동시에 非相인 상태를 사유의 정지의 순간에 느낄 수 있어야한다는 뜻일 것 같다는 그런 생각이 들었다. 득도의 삼각형을 그렸다.

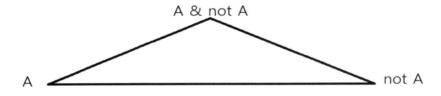

이런 방식도 가능하다. 다시 기호로 표기하면,

  (A or not A) and/or (A & not A)   (相 or 非相) and/or (相&非相)

그렇다면 마지막 문장의 번역은 이렇게 다시 고쳐야 할까?
Hence the Tathagata is to be seen from marks or no marks, or both marks and no marks.
The Tathagata is to be seen from marks or no marks, and/or both marks and no marks.
새로운 기호가 필요하다. "그리고"이면서 동시에 "또는"이 되는 and/or >> anor

사실은 이런 마음의 상태는 깨닫지 않아도 자연스럽게 흘러가고 있을 것이다.

마음의 왜곡없이 그냥 잘 지켜보기만 하면 되는것일까? 이것이 또 어렵다. facile et difficile. 잠깐 멈추시오. Ich bin der Geist der stets verneint! I am the Spirit that always denies! I am the spirit of perpetual negation(끊임없는 부정). 미술관에서 마티스의 그림을 처음 보았을 때 금강경의 이 구절이 이렇게 해석될 수 있다는 것을 본능적으로 예감했던 것 같다. 우와 이런 대단한 명작이, 그냥 천 위의 물감덩어리구나, Oh my God **천재의 걸작이면서 하찮은 물감덩어리로 동시에 보이다니!!** (마티스 그림 여기 넣어요. 로스코도 좋구요.)

잠깐 멈추시오. 아마도 깨닮은 사람인 것 같소. 그 직전인 것 같군요.
Pasolini 파솔리니, 고뇌하는 지식인 예술가. (그람시를 추모하는 시에서)
Lo scandalo del **contraddirmi, dell'essere con te e contro te**;
The shame of contradicting myself, of being with you and against you;
con te nel cuore, in luce, contro te nelle buie viscere;
with you in my heart, in truth, against you in my dark inmost feelings;

여기까지 중도와 중용에 대한 나의 감상이었다. 왜 이 말에 이렇게 집착하나요? 그건 한국정치에 대해서 말하기 위해서. 그 수많은 당당한 도덕주의자들을 증오하다가 연민이 가다가 무관심해졌다. 한국정치에서의 중도는 반공보수주의 만큼이나 거짓이자 악이라는 것. 지금 이 땅에서의 중용은 진보라는 것. 제 3지대, 중간, 중도. 모두 대중을 호도하는 도덕적인 척하는 부도덕, 내지는 그저 악(惡)이라는 것을 말해 보고 싶었다. 그냥 그런 기분이었따. 또 성좌적으로 생각나는 것이 있다.
title='30세기'>30세기</a>에는 무슨 일이 벌어질까?"<br>"....선생님, 혹시 (곧 다가올) title='21세기'>21세기</a> 말씀이십니까?"<br>"아니, 1000년 후 1994년</a> 미국 휘트니미술관 2인전시를 함께한 설치미술가 강익중과 나눈 대화 <a class='wiki-fn-content' title='2인전이 끝나고 백남준과 강익중, 그리고 미국 월가(街)의 금융인들과 가진 식사자리에서 나온 대화였다. 분야를 가리지 않는 광적인 독서와 매일 두 시간씩 여덟 개의 주간지와 네 개의 월간지, 세 개의 일간지를 읽었던 백남준이었기에, 자연스럽게 월가에서 벌어지는 세세한 변화들을 꿰뚫어 본 그는 월가의

금융인들을 놀라게 했다. 그 직후에 니온 대화가 바로 문제이 30세기에 관한 질문. 후에 강익중은 무려 1,000년 뒤의 세상을 상상하던 백남준을 두고 낮에도 별을 보는 사람이라고 했다.' </blockquote>   <blockquote class='wiki-quote'> 인생은 싱거운 것입니다. 짭짤하고 재미있게 만들려고 <a class='wiki-link-internal' href='/w/%EC%98%88%EC%88%A0' title='예술'>예술</a>을 하는 거지요.

소금을 먹어요, 설탕을 먹지 말고. 설탕으로 만든 거대한 스핑크스/흑인노예. Subtlety, or the Marvelous Sugar Baby, 그 작품을 아시나요? Hai. 죽음의 삼각무역. 영국이라는 야만. 아, 당신이 한 말은 혹시 하나의 fiction일까요? 네, 거대한 척하는 왜소한 허구이죠. 그것을 믿을 수 있는가? 진실로 믿을 수 있는가? 거기에서 바다가 갈라지고 하늘과 땅이 나누어지고 삶과 죽음이 만납니다. 아시겠어요? 모르겠어. 할 수 없군요. 나도 모르니까.

B: 철학자 바디우는 말합니다. 내가 순수한 가능성의 영역에 처해 있을 때 자주 그런 것처럼 나의 결론은 시적이다, "**궁극적인 믿음은 허구에 대한 믿음이어야 한다** The final belief is to believe in a fiction" (월리스 스티븐스의 시에서), 실제로 우리 시대의 가장 어려운 문제는 새로운 허구의 문제라고 나는 믿는다. 믿음의 시대는 영원히 사라져 버렸다. 우리는 허구와 이데올로기를 구별해야 한다. 라캉 이래로 우리가 알고 있는 것처럼 진리 그 자체는 허구의 구조 안에 있다. 허구 안에 있기에 그것은 진실이 된다. 진실이 진실 안에만 존재한다고 믿는 사람은 행복하지만 그 행복은 곧 깨어질 것이기 때문에 그가 행복하다고 내가 말할 수는 없다. 나는 참 행복해요, 라고 말하는 그에게 넌 행복한게 아니야,

522

라고 말해 줄 수 없는 나는 불행하다. 다시 말을 이어 가자. 진리의 과정은 또한 새로운 허구의 과정이다. 이 말은 내가 말을 하고서도 내가 감동이 되어 잠시 말을 멈추어야 한다. **문제는 위대한 믿음을 떠받치는 위대한 허구가 없다는 것이다.** 문학의 종언 이전에 문학의 왜소화가 문제이다. 아마도 난점은 우리가 고유명사 없이 위대한 허구를 찾아야 한다는 것이리라. 모든 고유명사를 우리는 소진시켰기 때문이다. 왜냐하면 위대한 허구는 언제나 정치적 영역 그 자체의 재구성의 이름과 같은 어떤 것이기 때문이다. 예술의 정치성의 불가피성의 요구를 이해하는 예술가를 우리는 알지 못한다. 단 하나도 기억나지 않는다. 그들은 모두 무덤 속에 있다. 우리는 새로운 허구를 찾아야 하고 유적인 무언가를 얻어낼 국지적 가능성에 대한 궁극적 믿음 을 찾아야 한다, "그것은 가능하며, 가능하고, 가능하며, 가능해야만 한다.(월리스 스티븐스의 시에서)", 우리는 확실히 우리의 허구에 대한 실재적 가능성을 창조해야만 한다. 그러나 지금 여기에서 불가능하다. 새로운 위치 설정은 틀림없이 새로운 **정치적 용기에 대한 문제이**다. 허구의 가능성이라는 문제는 용기의 문제다. 그것은 일상적인 형식 아래에서 법과 욕망의 변증법으로 환원할 수 없는 주체성의 이름이다. 우리는 새로운 허구의 가능성을 찾는 것이 가능할 것이라고 희망하며, 희망해야 한다. 그러나 지금 여기에서 불가능하다는 것을 다시 확인하고 있다. 불행한 현재는 오래 지속된다. 이제 그만하자.

A: 그리고 같은 이야기를 Simon Critchley가 The Faith of the Faithless: Experiments in Political Theology라는 책의 끝부분에서 하고 있어요.

내 생각에는 정치와 법률과 종교의 영역에는 허구만이 있을 뿐이다. 하지만 나는 이것을 약함을 보여주는 것은 아니라고 생각한다. 오히려 강함의 가능성을 보여주는 증거가 될 수가 있다. 내가 강조하고 싶은 것은 픽션과 사실과의 간극이 아니라 "픽션" 과 "최고의 픽션" 사이의 차이이다. 역설적으로 최고의 픽션은 우리가 그것이 허구라는 것을 아는 그러한 픽션이다. 그저 그뿐이지만 우리는 그럼에도 불구하고 그것을 믿는다. **최후의 믿음은 우리가 허구라는 것을 아는 그 허구를 믿는 것이다.** Amen ἀμήν

In my view, in the realms of politics, law, and religion there are only fictions. Yet I do **not see this as a sign of weakness, but as a signal of possible strength**. 감동 The distinction that I would like to advance in closing is **not between fiction and fact, but between fiction and supreme fiction.** 더 감동 In saying this, I allude to Wallace Wallace Stevens, and the dim possibility of a fructuous collision between poetry and politics. Paradoxically, **a supreme fiction is a fiction that we know to be a fiction**— there being nothing else—**but in which we nevertheless believe.** 할렐루야 A supreme ... "The final belief," he asserts, "is to believe in a fiction, which you know to be a fiction, there being nothing else." 왜 이제서야 이 말을 들었을까? 이것은 비유도 아니다. 있는 그대로이다. 들을 수 있는 귀가 있는 자는 들으라.

ὃς ἔχει ὦτα ἀκούειν, ἀκουέτω.

그저 그것뿐이다. 그렇다면 제 2의 종교혁명은 바로 지금 여기에서 가능하다. 누구나 선포하면 된다. 하나의 질문으로. 그는 알고 있었지만 말하지 않았다. 문은 열려 있지만 들어 가기 위해서 먼저 그 문을 닫아야 한다. 아무 것도 없는데 나는 무엇을 그렇게 간절히 원했던 것일까? 이제 아무 말도 할 수 없고 하고 싶지도 않다. **ἀμήν David Bowie.**

잠깐만, 잊어 버린 것이 있었다. 어디에 끼워 넣어야 하나? 아무 이유없이 아니 가장 적절하게 여기에 끼어든다. 글자가 작아지는 것은 마음이 소심해졌다는 증거. 가능한 사람들 눈에 띄면 안된다. 하지만 동시에 이것을 표현하고 싶다. 자, 자, 자 우연히 찾았다.

알렌 긴스버그 Allen Ginsberg 비트 제너레이션 '너무 많은 것들'

너무 많은 공장들/너무 많은 음식/너무
많은 맥주/너무 많은 담배
너무 많은 철학/너무 많은 주장/하지만
너무나 부족한 공간/너무나 부족한 나무
너무 많은 경찰/너무 많은 컴퓨터/너무 많은
가전제품/너무 많은 돼지고기
회색 슬레이트 지붕들 아래/너무 많은
커피/너무 많은 담배연기/너무 많은 복종

너무 많은 종교/너무 많은 욕심/너무 많은 양복/너무 많은 서류/너무 많은 잡지
지하철에 탄 너무 많은/피곤한 얼굴들
하지만 너무나 부족한 사과나무/너무나 부족한 잣나무
너무 많은 살인/너무 많은 학생 폭력/너무 많은 돈/너무 많은 가난/너무 많은 헛소리
하지만 너무나 부족한 침묵.

Too much industry / **too much eats**

too much beer / too much cigarettes

Too much philosophy / too much thought forms

not enough rooms-- /**not enough trees**

Too much Police / too much computers

too much hi fi / too much Pork

Too much coffee / too much smoking

under **gray** slate roofs / **too much obedience**

그 수많은 카페들을 보면 한국에는 카페의 신이 있을 것 같다, 아니 있어야만 한다.

카페의 신을 드디어 만났다. '카페 벤야민'에 가면 그를 볼 수 있다. 벤야민과 조금 닮았다.

(경기 고양 일산서구 호수로 844, 110호 카페 벤야민 (대화동, 푸조빌딩), South Korea)

이 리스트에서 무엇을 빼고 무엇을 더해야 하나? 뺄 건 없어요.

한 줄로 줄이면: 너무 많은 예술가들 그리고 너무 부족한 예술가들.

Too much artists / not enough artists

맘에 들어. 다시 써 볼까? 5 7 5로? 꽃이 피었네 / 너무 많은 예술가 / 더 피어나라.

비가 내린다 / 기뻤던 추억들이 / 땅으로 스며(드네). 다시 써 봐. 내일 또.

저 회색지붕들 아래 누가 살고 있을까? 이 문장은 다시 써야 한다. 저 콘크리트 닭장들 안에는 누가 살고 있을까? 강Rio江을 볼 수가 없다. 바람이 불지 않는다.

39.6도

팔리어의 재미

동사변화가 그리스어와 아주 유사하다. 정말 인도 유럽어군이라 할 만 하다.

그리스어 MI동사의 직설법 현재 능동 -MI, -SI, -TI, -MEN, -TE, -NTI.

팔리어 동사의 직설법 현재 능동 -MI, -SI, -TI, -MA, -THA, -NTI.

Person	Singular			Plural	
Third	(So) pacati = he cooks	-ti		(Te) pacanti = they cook	-(a)nti
Second	(Tvam) pacasi = you cook	-si		(Tumhe) pacatha=you cook	-tha
First	(Aham) pacāmi = I cook	-mi		(Mayam) pacāma= we cook	-ma

명사는 독일어보다도 더 복잡하게 변한다. Nara is a masculine stem, ending in -a.

It is to be declined as follows:- 어에 가까운 아

8格 Case	單 Singular	復 Plural
1.Nominative	naro = man	narā = men
2.Accusative	naraṃ = man	nare = men
3.Instrumental	narena = by, with, through man	narebhi, narehi= by, with, through men
4.Dative	narāya, narassa = to or for man	narānaṃ = to or for men
5.Ablative	narā, naramhā = from man	narebhi, narehi = from men
6.Genitive	narassa = of man	narānaṃ = of men
7.Locative	nare, naramhi = on or in man	naresu = on or in men
8.Vocative	nara = O man	narā = O men

Maggāmaggassa kusalo katakiccoanāsavo,

Buddho antimasārīro mahāpañño mahāpurisoti vuccatīti.

[*대림스님 譯 앙굿따라 니까야 2권 128쪽 <왓사까라 경(A4:35) 끝부분>]

구글에게 물어 보았다. 이런 세상에!

Maggāmaggassa kusalo katakiccoanāsavo와(과) 일치하는 검색결과가 없습니다.

큰일이군 큰일 났어. 그래도 책을 샀으니까 안심이다.

도와 도 아님에 / 능숙하고 / 할 일을 다 해 마쳤고 / 번뇌가 없으신 분

magga maggassa kusalo   katakicco   anāsavo

마지막 몸을 가지신/ 부처님이야말로/ 위대한 통찰지를 가진/ 위대한 사람/ 이라 불린다.

Antimasārīro   Buddho   mahāpañño   mahāpurisoti   vuccatīti

도올 불교 강연 중에 다음 부분을 해설한 것이 있는데 아주 재미있다.

자세한 해설은 나중에 추가한다. 미안합니다. 지금은 어렵습니다.

Dhaniyasutta 다니야경

"Pakkodano duddhakhīro'ham asmi   iti Dhaniyo gopo(소치는 다니야가 말하였다.)
anutīre Mahiyā samānavāso,
channā kuṭi āhito gini ---
atha ce patthayasī pavassa deva."

밥도짖고 소젖마저 짜놓고서 / 마히강가 기슭에서 가족들과 함께 사네.

덮개있는 내 움막은 등불켜서 밝혔으니 / 신이시여 비내리려 하시거든 내리소서

Dhaniya the cattleman said:

"The rice is cooked, my milking done. / I live with my people along the banks of the Mahi; my hut is roofed, my fire lit: / so if you want, rain-god, go ahead and rain."

As soon as Dhaniya had finished speaking the above verse, he heard the following verse spoken by someone from outside of his shelter.

"Akkodhano vigatakhīlo'ham asmi   iti Bhavavā (세존께서 말하셨다.)

anutīre Mahiy'ekarattivāso,

vivaṭā kuṭi nibbuto gini ---

atha ce patthayasī pavassa deva."

진애벗고 아집마저 벗고나서 / 마히강가 기슭에서 하루밤을 지내었네,

덮개없는 내 움막은 욕념불이 꺼졌으니 / 신이시여 비내리려 하시거든 내리소서

The Buddha said:

"Free from anger, my stubbornness gone, / I live for one night along the banks of the Mahi; my hut's roof is open, my fire out: / so if you want, rain-god, go ahead and rain."

여기서도 라임이 있는데, 라임의 왕은 중세와 근대가 교차하는 그 때 이탈리아에 있었다. 단테! 단테의 신곡(神曲)

단테 알리기에리 Dante Alighieri

신곡, 神曲, La Divina Commedia

오형준 선생의 요약:

중세 최후의 작품, 근대 최초의 작품이라고 하죠.

단테와 셰익스피어가 근대를 열었지요.

라틴어가 아닌 속어, 즉 이태리어로 쓰인 작품이면서

지극히 완벽한 형식성을 가진 작품입니다. 이 점은 설명이 필요하구요.

한국에서 신곡이라고 하는데 이 말은 누가 처음에 만들었나요?

좋은 질문. 일본 사람이 처음에 만든 말. 동북아 공통의 단어가 되었죠.

일본이 근대화를 먼저 시작했기에, 우리가 쓰는 말은 상당수가 일본어라고 할 수 있지요.

가령, 사회(社會), 철학(哲學), 이런 말들이 모두 일본 사람이 만들었고, 일본어라고 할 수

있어요. "코메디아"가 DIVINE COMMEDY가 신곡이 되었죠.

음, 그런 깊은 뜻이 있었군요. 이것도 인상적이었어요. 별이 자주 등장하지요.
진리와 사랑의 빛을 추구하는 단테는 지옥, 연옥, 천국 모두 마지막 단어는 별 stelle 라는
것입니다. 너 자신만의 별을 따라 가라. Follow your own star.　 tu segui tua stella.
(inferno 15:55)

사무엘 베케트의 글이 생각나네요. 　　　　　　　　　 "우리 둘만을 위한 별들."

끊임없이 떠오르는 다른 문학 텍스트들의 별자리들.... 어느 순간 갑자기 모든
생각이 멈추고 마음이 고양되는 순간이 있어요. 그런 체험도 좋은 것 같아요.
가령 어느 조용한 산속의 계곡에 갔는데, 아무 것도 읽을 것이 없지만 그 순간
시나 소설의 한 구절들이 떠오르며 그 의미가 온 몸으로 다가올 때가 있거든요.
일부러 의식적으로 언어들로 머리를 채울 필요도 없고 사실은 아무 생각도 없는 것이 가장 좋다고
느끼지만요. 고전의 텍스트들을 많이 외우고 있으면 텍스트와 어떤 사건이
별자리를 만들 때가 있어요. K O N S T E L L A T I O N

《신곡》을 사랑했던 아르헨티나의 소설가 보르헤스 Borges decia "모든 문학을
통틀어 맨 위에 있는 단 하나의 작품을 말해야 한다면 나는 단테의 신곡을
골라야 할 것 같아요." 신곡을 열심히 읽은 과정을 소개한 이런 책도 있네요.
지도교수의 읽지 말라는 억압에도 신곡을 꾸준히 몰래 읽은 분이 있지요. 이런 일화들이
책을 읽다 보면 미소 짓게 만듭니다. 도쿄대 문학부 교수를 역임한 **이마미치 도모노부**
(今道友信)의 『**단테 '신곡' 강의**』는 50년에 걸친 『신곡』 사랑의 결과를 보여준다. 그
사랑은 반세기가 넘는 세월 동안 매주 토요일 밤 3시간씩의 만남을 통해 지속됐다고
한다. 아마 단테의 베아트리체에 대한 사랑 못지않게 강렬한 사랑이었던 모양이다. 그리고
그 사랑은 1997년 3월부터 매달 마지막 토요일에 이뤄진 15차례의 '강의'를 통해 마침내
얼굴을 드러내게 되었다. 이 책 좋아요. 새하얀 책표지에 꼭 사세요.

(Y가 말했다. 생략하라.)
일본의 철학자 이마미치 도모노부(今道 友信)가 몰래 50년동안 단테의 신곡을
"철학적으로" 연구해서 낸 책이 바로 이 책입니다. 저자는 일본 철학계에서는 상당히
알아주는 인물로 이탈리아, 독일의 석학들과 뛰어난 인적 네트워크를 형성하고 있습니다.
이런 사람이 신곡을 몰래 연구해야 했던 이유는, 당시 일본인들에게 신곡은 '시' 이상은
아니었기 때문에 어디까지나 문학자의 영역이었지, 철학자들이 연구할 주제는 아니라고

여겼기 때문이라고 합니다. 함부로 신곡에 손을 댔다가는 문학자에게는 아마추어로, 철학자들에게는 허튼 짓을 한다고 배척 받을까봐 몰래 숨어서 연구할 수밖에 없었다고 합니다. 그러한 50년 간의 한이 묻어 있어서 그런지 문장 하나, 설명 하나에 매우 공을 들인 티가 납니다. 이렇게 정치한 글을 일본어에서 한국어로 옮긴 번역자의 수고에 감사. '신곡'은 단테가 인류에게 보낸 선물: "나는 자유로운 정신으로 인류 고전의 하나인 단테의 텍스트를 자기 자신의 눈으로 배우라고 권고하지 않을 수 없다. 거기에서 우리는 위대한 선구자가 시대의 억압에 어떻게 대항했는지, 어떻게 자신의 한계에 도전했는 지를 배울 수 있을 것이며, 무엇보다 우리 한 사람 한 사람이 인간으로서 보다 잘 살고 진정한 행복을 얻기 위해 어떻게 생각해야 할 것인지, 어떻게 행동해야 할 것인지를 배울 수도 있을 것이다'

난 그람시가 이 시점에서 생각나요. 이 말 때문에 팬이 되었지요.
To tell the truth is revolutionary. 진실을 말한다는 것 자체가 혁명적이다.

하느님에게 이르는 길에 대한 알레고리
이런 말도 있네요. 《신곡》은 말 그대로 희극, 기쁨의 시이다. 그러니 이제부터 우리는 기쁨에 가득 차서, 또는 최후의 기쁨을 맞이하리라는 희망 속에서 이 시를 읽어가자. 보르헤스에 따르면 《신곡》은 반드시 입으로 소리 내서 읽어야 한다. 그는 《칠일 밤》이라는 강연집에서 다음과 같이 말한다. "여기서 나는 큰소리로 읽어야 한다고 말합니다. 그것은 우리가 정말로 훌륭한 시를 읽을 때면, 큰 소리로 읽어야 하기 때문입니다. 훌륭한 시는 작은 소리나 속으로 읽는 것을 허락하지 않습니다. 만일 우리가 조용히 읽을 수 있다면, 그것은 가치 있는 시가 아닙니다. 시는 항상 큰 소리로 읊을 것을 요구합니다."
낭독으로 들어 보고 싶으면 이태리 배우가 한 것이 있다. 나중에 추가 설명.
Roberto Benigni는 신곡을 전부 다 외워서 낭송 칸서트를 가졌다. 들어 보세요. 이태리어 를 몰라도 좋습니다. 그리고 조금 배웠잖아요.

영적 성장을 추구하는 단테

자 이제 단테의 신곡 첫줄을 읽어 보자.

1	Nel mezzo del cammin di nostra vita 우리 인생길의 한중간에서
	넬 메쬬 델 카민 디 노스트라 비타
2	mi ritrovai per una selva oscura, 어두운 숲 속에서 헤매고 있었다.
	미 리트로바이 페르 우나 셀바 오스쿠라
3	che la diritta via era smarrita. 나는 올바른 길을 잃어버렸기에
	께 라 디릿따 비아 에라 스마리따

14세기의 이태리어지만 지금의 이태리어와 큰 차이가 없다. 왜냐하면 단테가

근대 이태리어를 확립했기 때문에.

Nel mezzo del cammin di nostra vita (A)

mi ritrovai per una selva osc**ura**, (B)

ché la diritta via era smarr**ita**. (A)

Ahi quanto a dir qual era è cosa d**ura** (B)

esta selva selvaggia e aspra e f**orte** (C)

che nel pensier rinova la pa**ura**! (B)

Tant' è amara che poco è più m**orte** (C)

ma per trattar del ben ch'i' vi trov**ai**, (D)

dirò de l'altre cose ch'i' v'ho sc**orte**. (C) ...

인생이 살아 칠십, 그 절반 나이에

바른 길을 잃고 헤매이던 이 몸은

컴컴한 숲속에 서있노라

아, 무성하게 자라고 거칠대로 거친

여기 숲속의 모습을 그리기란 쉬운 일이 아닐터.

이는 생각만 하여도 몸서리치는 일.

허나 죽음보다 못지 않은 괴로운 일이어도

이야기해야 하리라. 내 여기서 얻은 행복과

내가 본 모든 것을 낱낱이 보여주기 위해.

먼저 주목해야할 것은 신곡의 형식미이다. 무한히 순환반복하는 각운의
흐름이다. vita의 ita, smarrita의 ita로 각운이 일치한다. oscura의 ura가 다음
연에서 dura, paura의 ura로 연결된다. 이렇게 처음부터 끝까지 하나의 예외없이
나아간다. 이건 미친 짓 아니에요? 그렇죠. 형식에만 신경을 쓴 것이 아니라 그
안의 내용도 형식 때문에 희생을 한 것은 아니다. 모음으로 대부분의 단어들이
끝나는 이태리어의 특성을 잘 활용하고 있다.
신곡의 각운구성은 3운 구법 terza rima — aba, bcb, cdc ded — 로 되어 있기
때문에 이 시를 운문으로 번역하는 것은 잔인할 정도로 어렵다. <<신곡>>을

영어로 된 3운 구법으로 다시 만들기 위해 계산을 해보면, 세 음절을 포함하는 각운이 대략 4천 5백 개 필요하다. 거의 모든 단어가 모음으로 끝나는 이탈리아어로는 이 정도의 음절을 생각해 낼 수 있다. 이것은 영어로 불가능하다. 신곡의 번역은 어떤 언어로도 거의 불가능하다. 독일어로 한 번역은 이 형식을 지켰다. 이태리어를 배우지 않고 신곡을 이해할 수는 없다. 정말 그렇소? 그렇다니까. 몇 줄 더 볼까요? 확인차...

7	Tant' e amara che poco e piu morte	죽음 못지않게 쓰라린 일이지만,
8	ma per trattar del ben ch'i' vi trovai,	거기에서 찾은 선을 이야기하기 위해
9	diro de l'altre cose ch'i' v'ho scorte.	내가 거기서 본 다른 것들을 말하련다.
10	Io non so ben ridir com' i' v'intrai,	올바른 길을 잃어버렸을 때 나는
11	tant' era pien di sonno a quel punto	무척이나 잠에 취해 있어서, 어떻게
12	che la verace via abbandonai.	거기 들어갔는지 자세히 말할 수 없다.
13	Ma poi ch'i' fui al pie d'un colle giunto,	하지만 떨리는 내 가슴을 두렵게
14	la dove terminava quella valle	만들었던 그 계곡이 끝나는 곳,
15	che m'avea di paura il cor compunto,	언덕 발치에 이르렀을 때, 나는
16	guardai in alto e vidi le sue spalle	위를 바라보았고, 사람들을 각자의
17	vestite gia de' raggi del pianeta	올바른 길로 인도하는 행성의 빛살에
18	che mena dritto altrui per ogne calle.	둘러싸인 언덕의 등성이가 보였다.

이렇게 착착 각운이 작동하는 것이 신기하기도 하고 재미있네요? 저는 요즘 힙합의 라임 생각이 나요? 거기서도 각운을 맞추고 하는 것이 현대의 시는 힙합인 것 같아요. (힙합 사례 수록? 그만 두자.) 구체적으로 문법 따져가며 번역해 볼게요.

Nel mezzo del cammin di nostra vita
in il 중간 di il 길 of 우리의 인생
MIDWAY upon the journey of our life

mi ritrovai per una selva oscura,
찾다 숲 어두운
I found myself within a forest dark,

ché la diritta via era smarrita.
올바른 길 잃어버린
For the straightforward pathway had been lost.

Ahi quanto a dir qual era è cosa dura
Ah me! how hard a thing it is to say

esta selva selvaggia e aspra e forte
What was this forest savage, rough, and stern,

che nel pensier rinova la pa**ura**!
Which in the very thought renews the fear.

Tant' è amara che poco è più morte
So bitter is it, death is little more;

ma per trattar del ben ch'i' vi trov**ai**,
But of the good to treat, which there I found,

dirò de l'altre cose ch'i' v'ho scorte.
Speak will I of the other things I saw there.

이탈리아 영화감독 파솔리니는 단테의 영향을 받아 Divine Mimesis라는 작품을 남긴다. 상황설정이 신곡과 똑같다. **대략 40대 경에 나는 내 인생의 아주 어두운 순간에 있다는 것을 깨달았다.** Around my forties, I realized I was in a very dark moment in my life. No matter what I did in the "Forest" of reality of 1963 (the year I had reached, absurdly unaware of that exclusion from the life of others that is the repetition of one's own), there was a sense of darkness. I wouldn't say nausea, or anguish: even, **사실은 그 어두움 속에서조차 엄청나게 빛나는 그 무언가가 있었다.** in that **darkness**, to tell the truth, there was something terribly **luminous**: the light of the old truth, if you will, before which there is nothing further to say.

어둠이 곧 빛이었다. Darkness equals light. (난 이 말이 너무나 감동적이에요.)

The light of that morning in April (or May, I don't remember well: months in this "Forest" pass by without reason and even without name), when I arrived (the reader should not be shocked) in front of the Cinema Splendid (or was it Splendor? or Emerald? I know for certain that it was once called Plinius: and it was one of those marvelous times.....

단테가 알기로는 사후세계를 다녀온 사람은 단 둘, 사도바울과 베르길리우스의 아이네아스, 그 둘에 비해 하찮기 그지없는 자기는 살아 돌아갈 수 없을 것이라는 두려움이 있었다.

****

1880년에 시작해 죽을 때까지 37년간이나 굳세게 '생각하는 사람' 조각하기를 계속한 로댕Rodin, 그 출발인 '지옥문'은 바로 이 부분을 읽으며, 지옥을 내려다보고 있는 단테의 모습을 생각하며 시작한 것이라고 한다.

지옥은 어떠한 희망도 없는 곳이다.
그렇다면 우리가 살고 있는 이 세상은 어떤가. 그리고 나 자신은 어떤가.

슬픔과 비탄과 고통이 늘어가고 있는 이 세상은 이미 지옥이 아닌가.
타인에게 슬픔과 비탄과 고통을 안겨주고 있는 나 자신이 이미 지옥이 아닌가.
카프카의 말을 기억하는가? 잊어 버렸어, 기억이 나지 않아.

　　　Eh 시작한다. 최근에 제임스 조이스를 다시 보고 있다. 30년 전 포기했던 그 책. 율리시스. 더 읽기 어려운 피네간의 경야. 풀어서는 안되는 수수께끼. 무엇을 더 해 볼 지는 모르겠다. 아직 이 책도 끝나지 않았다. 곧 시작한다.

단테를 이해하기 위해서는 역사를 알아야 한다. 중세와 르네상스의 역사
1) 랑케(Ranke) 이래 19세기 독일 역사주의: **정치사,** 승리자가 남긴 일방적 기록이라는 비판.
2) 프랑스의 아날학파: **사회, 경제사** '장기지속' 영국의 맑스주의 역사가: '계급투쟁'을 중심으로 뤼시엥 페브르(Lucien Febvre)의 {16세기의 무신앙 문제}(1942), 페르낭 브로델(Fernand Braudel)의 {물질문명과 자본주의}(I권 1967, II.III권 1979), 자크 르 고프(Jacques Le Goff)의 {연옥의 탄생}(1981), '장기지속의 전체사'로서의 아날의 정체성이 결정적으로 타격을 입은 것은 1979년 아날 50주년을 맞아 다음 세대를 이끌 젊은 삼총사인 르벨(J. Revel), 뷔르기애르(A. Burguiere), 샤르티에(R. Chartier) 등에 의해 극적으로 전개된 우상파괴운동을 통해서였다. 그리고 제4세대에 이르러 아날은 마침내 '경제.사회.문명'의 삼분구성을 폐기한다. 1994년 아날은 그 제명을 {아날: 역사와 사회과학(Annales: Histoire, sciences sociales)}으로 변경한다. 이제 '전체사'의 기치 아래 팽창하던 아날의 대공세는 반전되어 이제는 도리어 수세로 전환한 느낌이다.
3) 신역사주의, 신문화사, 미시사의 등장: 미국/이태리
과학으로서의 역사학에 대한 신역사주의의 도전이 근본적이고 위협적인 것은 그것이 '텍스트(사료)와 컨텍스트(역사적 실재)의 분리'의 경계를 부정함으로써 '텍스트 이전의 역사적 실재에 대한 믿음'이라는 역사학의 근거 그 자체를 의문시하기 때문이다. 아날학파의 '해체' 혹은 '정체성의 포기' 움직임에 가장 큰 영향을 끼친 아날 외부의 흐름이 바로 '언어학적 전환'과 함께 출현한 언어학과 문학비평이론에 기반한 '신역사주의'의 다양한 흐름들이다. 그 흐름은 미국의 화이트(Hayden White)와 라카프라(Dominick LaCapra)의 포스트모더니즘 역사이론을 비롯하여 문학에서의 신역사주의, 푸코.데리다(Jaque Derrida).부르디외(Pierre Bourdieu)의 영향하에 해체되고 있는 아날학파 이후의 프랑스 신역사학, 기어츠(Clifford Geertz)의 문화인류학 방법론을 도입한 역사인류학, 그리고 진즈부르그(Carlo

Ginzburg)와 레비(Giavanni Levi) 등의 이태리 **미시사**가들에 이르기까지 다양하다.(치즈와 구더기) 아날학파는 아니지만 프랑스 사학에 강력한 영향력을 미쳤던-- 로버트 단턴(Robert Darnton)의 {고양이 대학살}(1984) 고양이 학살을 둘러싼 일련의 해프닝은 당시 아직 계급으로 조직되지 못한 수공업 시대 노동자들이 부르주아에 저항하는 상징적 수단이었다. 당시의 사회는 성직자-귀족-제3신분이라는 제도화된 삼분적 체계와는 달리 이미 귀족과 귀족화된 부르주아 vs 평민이라는 이분적 구성을 띠고 있었다는 의견도 있다.

자크 르 고프: '장기적 중세'에 망탈리테(mentalites)'의 역사(心性史)
장기적 중세는 4세기에서 19세기에 걸친 시기를 하나의 시대 단위로 보는 개념
'연옥의 탄생'은 이 느리고 긴 준비기를 거쳐 12세기에 가서야 이루어진다.
형용사에서 명사로: 소생하는 불 – 정화하는 불 – 정화의 장소로서의 연옥 – 정화의 상태로서의 연옥. 연옥 신앙은 '증산의 세기'인 12세기의 급변한 사회적 필요의 산물이다. 인구의 증가, 농업의 발달, 수도원의 부흥, 상업의 재개, 도시의 발전, 스콜라주의의 탄생, 그리고 십자군 운동과 라틴 기독교세계의 지리적, 이데올로기적 팽창이 모두 이 시기에 일어난 변화들이었다. .... 개인적 죽음과 최후의 심판이라는 이중적 심판 사이의 중간 시기가 중요한 성찰의 주제로 대두된다(453쪽). 이제 종말론은 퇴조하고, 최후 심판을 기다리는 죽은 자들의 사면가능한 죄들을 정화하는 장소로서 연옥이 만들어진다. 르 고프에게 연옥의 탄생은 극단적 이분법 사이에 중간적 범주를 끼워넣는 "본질적으로 논리적인 변화"를 의미한다. 연옥은 시간적으로도, 공간적으로도 천국과 지옥의 중간에 위치한다. 따라서 그것은 상상의 저승체계를 수세기 이래의 이원체계에서 삼원체계로 근본적으로 바꾼다. .... 중간적 범주, 중간계급, 제3계급의 출현이라는 현실사회의 변모를 반영한다(32쪽). *고리대금업자의 구원을 위해서*
연옥 신앙은 기독교 사회가 점점 더 엄격한 통제에 놓이게 되는 '조직의 세기'인 13세기를 통해 스콜라적으로 체계화된다. 단테의 {신곡}은 13세기에 신학적, 교의적 차원에서 이루어진 연옥의 승리를 시적 상상력을 통해 확인한 작품이다. 르 고프는 연옥의 역사가 14세기 이후에도 계속되며, 오히려 그것이 가장 열기를 띠었던 것은 15-19세기였다고 봄으로써 그의 '장기적 중세' 개념을 재확인한다. 산 자들과 죽은 자들의 연대체계가 완전한 상호성의 흐름을 이루게 되는 것이다.

단테의 연옥: 상승의 논리, 산의 이미지, il sacro monte, ' **나는 노래하리라 두 번째 왕국을/ 여기에서 인간의 영혼이 정화되어/ 하늘로 오르기에 마땅해진다.**' I 4~6 연옥 (Purgatorio)은 죄를 정화하는 곳이다. 그렇다면 지옥과 연옥은 뭐가 다른가? 지옥은 천국으로 갈 수 있는 희망이 없는 곳이며, (별이 보이지 않는 곳) 연옥은 천국으로 갈 수 있는 희망이 있는 곳이다. (별이 보이는 곳) 연옥은 7층: 교만, 시기/질투, 분노, 태만, 인색/낭비, 탐식, 애욕의 죄. 제일 위에는 지상낙원, 아담과 하와가 쫓겨났던 에덴동산이 있다. 마지막 행: puro e disposto a salire alle stelle 순수하고 별들을 향해 오를 준비가 되어. 베아트리체를 만나 그녀가 천국으로 인도한다. Inferno: E quindi uscimmo a riveder le stelle Paradiso: l'amor che move il sole e l'altre stelle. 오늘의 교훈: 정말 많은 것을 알아야 서양문화의 정수에 접근할 수 있다. 아시아사람에게 거의 불가능하지만 포기할 수는 없다.

****

잠깐만 하나 더 추가. 이것은 아주 중요하다. **정치적인 단테 political Dante**
우리가 기억해야할 것의 하나는 단테는 시인이기에 앞서 정치가였다는 것.
'신곡'을 쓴 단테의 명예회복은 특이하다. 피렌체 독립운동에 가담한 혐의로
1302년 시의회로부터 벌금형과 추방형을 선고받고 고향 이외의 지역에서만
'화려한' 떠돌이 생활을 했다. 시의회는 그로부터 706년 만인 2008년 6월 단테에
대한 형벌을 철회했고, OMG, 시장은 "단테에게 피렌체 최고의 영예를
주겠다"고까지 했다. Sjan smwdjTwksgdkdy.

소위 사면복권에 이렇게 오랜 시간이 걸렸다는 것이 이해가 가지 않아요?
유시민이 예전에 인용한 글 기억나시나요?

케네디 대통령: '**지옥의 가장 뜨거운 곳은 도덕적 위기의 시대에 중립을
유지하는 자들을 위해 비워져 있다**'라고 신곡을 인용하였다고 알려져 있으나
그런 구절은 없습니다. 대신에 지옥편 제 3곡에 이런 구절은 있어요.

One of President Kennedy's favorite quotations was based upon an interpretation
of Dante's Inferno. As Robert Kennedy explained in 1964, "President Kennedy's
favorite quote was really from Dante, 'The hottest places in Hell are reserved for
those who in time of moral crisis preserve their neutrality.'" This supposed
quotation is not actually in Dante's work, but is based upon a similar one.

치욕도 없고 명예도 없이
살아온 사람들의 사악한 영혼들이
저렇게 처참한 상태에 있노라.

저기에는 하나님께 거역하지도 않고
충실하지도 않고, 자신만을 위해 살았던
그 사악한 천사들의 무리도 섞여 있노라.
<u>하늘은 아름다움을 지키려고 그들을 내쫓았고,</u>
깊은 지옥도 그들을 받아들이지 않는데,
그들에게는 사악함의 명예조차도 없기 때문이다.

그럼, 원문으로 읽어 볼까요. (구체적 해석 추가 예정 ..... 아마도 안 할 것 같다.)

535

Ed elli a me: «Questo misero modo
tegnon l'anime triste di coloro
che visser sanza 'nfamia e sanza lodo.　　36
And he to me: "This miserable way
is taken by the sad souls of those
who lived without disgrace and without praise.

Mischiate sono a quel cattivo coro
de li angeli che non furon ribelli
né fur fedeli a Dio, ma per sé fuoro.　　39
They now commingle with the coward angels,
the company of those who were not rebels
nor faithful to their God, but stood apart.

Caccianli i ciel per non esser men belli,
né lo profondo inferno li riceve,
ch'alcuna gloria i rei avrebber d'elli».　　42
The heavens, that their beauty not be lessened,
have cast them out, nor will deep Hell receive
them- even the wicked cannot glory in them."

Li거기에서 hanno respinti추방했다 i cieli하늘은 per non rovinarsi자신을 더럽히지
않으려고,　There the heaven rejected them not to spoil it,

미학적인 것이 혁명에 우선한다. 패션으로 감각이 단련된 사람들은 정치의
추악함을 도덕이 아니라 먼저 미학으로 파악한다. 20-30대 여성들이 새누리당을
압도적으로 찍지 않았다. 아도르노와 단테와 2016년의 한국총선이 성좌를
만든다. 각자의 마음 속에 별자리를 만들어 보자.

나는 Konstellation(星座)에 매혹되었다. 별들이 만드는 하나의 이미지 Sternbild.
밤하늘의 성좌라는 것은 이질적인 아이디어들을 충돌시켜 스파크를 끌어내는 것....
벤야민, 김수영, 마누엘 푸익이 공통적으로 더럽고 낮은 것들에서 출발하는데...

그렇지만 또한 아주 이질적으로 다르거든. 별 3개가 밤하늘에 빛나고 있다고 상상해 보아. 상상이 안되는데대에,

A4 용지 하나를 들고서 볼펜으로 구멍 3개를 뚫어, 그리고 그 구멍에 이름을 붙여. 그리고 5만광년 너머에서 빛이 오고 있다고 상상해.

스타킹을 모아 만든 설치 작품을 보았어.

구멍이 뚫뚫려 못쓰게된 스타킹은 정말 보잘것없고 더러운것이지만

이들이 모여 하나의 작품이 되는 순간 더 이상 더럽지 않다.

혹은 더러우면서 동시에 깨끗한 세계를 사람들에게 보여주는 것이다 .

일상성/신성함을 동시에 초월하는 것이 예술이고 이 때 나의 작품은 하나의 시가 된다.

스타킹은 아주아주 성적 코드를 가지고 있는 소재일지도....

밀착, 부서지기 쉬운, 매끄러운, 촉각적인 ...

졸려 Good Night... 굿나잇이라고 쓰고 군나잇이라고 말하는군.

****

부록

부록   부록

효과적 다이어트를 위한 로망스어 문법 리스트: 하루에 한번씩 6개월을 읽으면 대박효과! 대박은 대통령 박근해의 약자인 것으로 밝혀졌습니다. 그의 지지자가 아니면 사용을 자제하십시오. "통일은 대박이다."를 기억하십니까?

정관사

Portuguese	italian	spanish	french	*English*
o	il	el	le	the(masculine singular)
os	i	los	les	the(masculine plural)
a	la	la	la	the (feminine singular)
as	le	las	les	the (feminine plural)

포루투갈어가 가장 심플하다. o os a as 왜 포어를 안 배울까?

부정관사

Portuguese	italian	spanish	french	*English*
um	un	un	un	a or an (masculine)
uns		unos		some(masculine plural)
uma	una	una	une	a or an (feminine)
umas		unas		some(feminine)

명사어미는 어떻게 끝나는가?

명사 엔딩	*이태리어*	명사 엔딩	포어	명사 엔딩	스페인어
o	il libro	o	o livro	o	el libro
i	i libri	os	os livros	os	los libros
a	la casa	a	a casa	a	la casa
e	le case	as	as casas	as	las casas

정관사 + 소유형용사 + 명사 + 형용사

il mio libro nero	o meu livro negro	mi libro negro
i miei libri neri	os meus livros negros	mis libros negros
la mia casa bianca	a minha casa branca	mi casa blanca
le mie case bianche	as minhas casas brancas	mis casas blancas

노년에는 책을 읽자. 외국어를 배우자. 내가 배울 것이라고 상상도 못했던 극도로 어려운

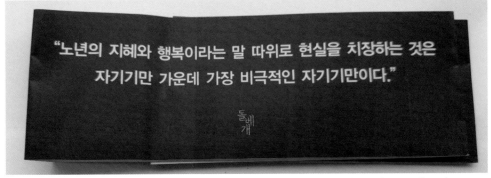

"노년의 지혜와 행복이라는 말 따위로 현실을 치장하는 것은
자기기만 가운데 가장 비극적인 자기기만이다."

돌베개

언어를 배워 보자. 라틴어 그리스어 고전중국어 팔리어 산스크리트어 그리고 수메르어.

French pronouns 프랑스어 대명사

subject	accusative	dative	reflexive	stressed
Je 나는	me	me	me	Moi
Tu 너는	te	te	te	toi
Il 그는	le	lui	se	lui
Elle 그녀는	la	lui	se	elle
Nous 우리는	nous	nous	nous	nous
Vous 너희는	vous	vous	vous	vous
Ils 그들은	les	leur	se	eux
Elles 그녀들은	les	leur	se	elles

프랑스어 소유형용사: 나의 너의 그의 우리의 너희의 그들의

Je: mon, ma, mes (my) tu: ton, ta, tes (your) il/elle: son, sa, ses (his/her)

nous: notre, notre, nos(our) vous: votre, votre, vos (your) ils/ells: leur, leur, leurs (their)

Italian pronouns 이태리어 대명사

subject	accusative	dative	reflexive	stressed
io	mi	mi	mi	me
tu	ti	ti	ti	te
lui	lo	gli	si	lui
lei	la	le	si	lei
noi	ci	ci	ci	noi
voi	vi	vi	vi	voi
loro	li	gli	si	loro
loro	le	gli	si	loro

이태리어 간접목적어 + 직접목적어

DOUBLE OBJECT PRONOUNS

INDIRECT OBJECT PRONOUN	*LO*	*LA*	*LI*	*LE*	*NE*
mi	*me lo*	*me la*	*me li*	*me le*	*me ne*
ti	*te lo*	*te la*	*te li*	*te le*	*te ne*
gli, le, Le	*glielo*	*gliela*	*glieli*	*gliele*	*gliene*
ci	*ce lo*	*ce la*	*ce li*	*ce le*	*ce ne*
vi	*ve lo*	*ve la*	*ve li*	*ve le*	*ve ne*
...loro	*lo...loro*	*la...loro*	*li...loro*	*le...loro*	*ne...loro*

이태리어 소유형용사와 소유대명사

ENGLISH	MASCULINE SINGULAR	FEMININE SINGULAR	MASCULINE PLURAL	FEMININE PLURAL
my	il mio	la mia	i miei	le mie
your	il tuo	la tua	i tuoi	le tue
his, her	il suo	la sua	i suoi	le sue
our	il nostro	la nostra	i nostri	le nostre
your	il vostro	la vostra	i vostri	le vostre
their	il loro	la loro	i loro	le loro

스페인어 대명사

subject	accusative	dative	reflexive	stressed
yo	**me**	**me**	**me**	**mí**
tú	**te**	**te**	**te**	**ti**
él	lo	le	se	**él**
ella	la	le	se	ella
nosotros **nosotras**	**nos**	**nos**	**nos**	**nosotros,** **nosotras**
vosotros **vosotras**	**os**	**os**	os	**vosotros,** **vosotras**
ellos	los	les	se	**ellos**
ellas	las	les	se	**ellas**

스페인어 대명사 조합에서의 변형

le lo = se lo   le la = se la   le los = se los   le las = se las

les lo = se lo   les la = se la   les los = se los   les las = se las

스페인어 소유형용사

ENGLISH	MASCULINE SINGULAR	FEMININE SINGULAR	MASCULINE PLURAL	FEMININE PLURAL
my	**mi**	mi	**mis**	mis
your	**tu**	tu	**tus**	tus
his, her	**su**	su	**sus**	sus
our	**nuestro**	nuestra	**nuestros**	nuestras
your	**vuestro**	vuestra	**vuestros**	vuestras
their	**su**	su	**sus**	sus

스페인어 소유대명사

English	Singular		Plural	
	Masculine	Feminine	Masculine	Feminine
mine	**el mío**	la mía	**los míos**	las mías
yours	**el tuyo**	la tuya	**los tuyos**	las tuyas
his/hers/yours	**el suyo**	la suya	**los suyos**	las suyas
ours	**el nuestro**	la nuestra	**los nuestros**	las nuestras
yours (plural)	**el vuestro**	la vuestra	**los vuestros**	las vuestras
theirs/yours (formal, plural)	**el suyo**	la suya	**los suyos**	las suyas

포르투갈어 대명사

subject	accusative	dative	reflexive	전치사 앞
eu	**me**	**me**	**me**	**mim**
tu	**te**	**te**	**te**	**ti**
ele	**o**	**lhe**	**se**	**ele, si**
ela	**a**	**lhe**	**se**	**ela, si**
nós	**nos**	**nos**	**nos**	**nós**
vós	**vos**	**vos**	**vos**	**vós**
eles	**os**	**lhes**	**se**	**eles, si**
elas	**as**	**lhes**	**se**	**elas, si**

포르투갈어 간접목적어 + 직접목적어

간접목적어	직접목적어			
	o	a	os	as
me	mo	ma	mos	mas
te	to	ta	tos	tas
lhe	lho	lha	lhos	lhas
nos	no-lo	no-la	no-los	no-las
vos	vo-lo	vo-la	vo-los	vo-las
lhes	lho	lha	lhos	lhas

포르투갈어 소유형용사

ENGLISH	masc.sing.	fem. sing.	masc. plur.	fem. plur.
my	**meu**	minha	**meus**	minhas
your	**teu**	tua	**teus**	tuas
his, her	**seu**	sua	**seus**	suas
our	**nosso**	nossa	**nossos**	nossas
your	**vosso**	vossa	**vossos**	vossas
their	**seu**	sua	**seus**	suas

로망스 언어 축약형 모음

이태리어: 전치사 + 정관사

English	preposition	il	i	la	le
at	a	al	ai	alla	alle
from	da	dal	dai	dalla	dalle
of	di	del	dei	della	delle
in	in	nel	nei	nella	nelle
under	su	sul	sui	sulla	sulle

포어: 전치사 + 정관사

	preposition / article	o	a	os	as
at / to	a	ao	a+a= à	aos	a+as= às
of	de	de+o= do	de+a= da	dos	das
in	em	em+o= no	em+a= na	nos	nas
for / by	por	por+o= pelo	por+a= pela	pelos	pelas

스페인어 축약 (2)

a + el = al   de + el = del

프랑스어 축약

Article	le	les
à +	au	aux
de +	du	des

544

동사변화 정리 -are (표 만드는 것이 서투르지만 어쩔 수 없다.)

	Latin	Spanish	Portuguese	Italian	French
Infinitive	amāre	amar	amar	amare	aimer
Indicative Present 현재	amō	amo	amo	amo	aime
	amās	amas	amas	ami	aimes
	amat	ama	ama	ama	aime
	amāmus	amamos	amamos	amiamo	aimons
	amātis	amáis	amais	amate	aimez
	amant	aman	amam	amano	aiment
Preterite 원과거	amāvī	amé	amei	amai	aimai
	amāvistī	amaste	amaste	amasti	aimas
	amāvit	amó	amou	amò	aima
	amāvimus	amamos	amámos	amammo	aimâmes
	amāvistis	amasteis	amastes	amaste	aimâtes
	amāvērunt	amaron	amaram	amarono	aimèrent
Imperfect 반과거	amābam	amaba	amava	amavo	aimais
	amābās	amabas	amavas	amavi	aimais
	amābat	amaba	amava	amava	aimait
	amābāmus	amábamos	amávamos	amavamo	aimions
	amābātis	amabais	amáveis	amavate	aimiez
	amābant	amaban	amavam	amavano	aimaient
대과거	amāveram		amara		
	amāverās		amaras		
	amāverat		amara		
	amāverāmus		amáramos		
	amāverātis		amáreis		
	amāverant		amaram		
Future	amābō	amaré	amarei	amerò	aimerai
	amābis	amarás	amarás	amerai	aimeras

545

	amābit	amará	am**ará**	amerà	aimera
	amābimus	amaremos	am**aremos**	ameremo	aimerons
	amābitis	amaréis	am**areis**	amerete	aimerez
	amābunt	amarán	am**arão**	ameranno	aimeront
Conditional		amaría	am**aria**	amerei	aimerais
		amarías	am**arias**	ameresti	aimerais
		amaría	am**aria**	amerebbe	aimerait
		amaríamos	am**ariamos**	ameremmo	aimerions
		amaríais	am**arieis**	amereste	aimeriez
		amarían	am**ariam**	amerebbero	aimeraient
Subjunctive Present	amem	ame	ame	ami	aime
	amēs	ames	ames	ami	aimes
	amet	ame	ame	ami	aime
	amēmus	amemos	amemos	amiamo	aimions
	amētis	améis	ameis	amiate	aimiez
	ament	amen	amem	amino	aiment
대과거 >> imperfect	amāvissem	amase	amasse	amassi	aimasse
	amāvissēs	amases	amasses	amassi	aimasses
	amāvisset	amase	amasse	amasse	aimât
	amāvissēmus	amásemos	amássemos	amassimo	aimassions
	amāvissētis	amáseis	amásseis	amaste	aimassiez
	amāvissent	amasen	amassem	amassero	aimassent
반과거 >> 미래	amarem	amare	amar		
	amares	amares	amares		
	amaret	amare	amar		
	amārē´mus	amáremos	amarmos		
	amārē´tis	amareis	amardes		
	amarent	amaren	amarem		

동사 변화 – ere

	Latin	Spanish	Portuguese	Italian	French
Infinitive	monēre	comer	comer	**credere**	vendre
Indicative Present 현재	moneō	com**o**	com**o**	credo	je vends
	monēs	com**es**	com**es**	credi	tu vends
	monet	com**e**	com**e**	Crede	il vend
	monēmus	com**emos**	com**emos**	Crediamo	vendons
	monētis	com**éis**	com**éis**	Credete	vendez
	monent	com**en**	com**en**	credono	ils vendent
Preterite 원과거	monuī	com**í**	comi	credei	je vendis
	monuistī	com**iste**	comeste	credesti	tu vendis
	monuit	com**ió**	comeu	credé	il vendit
	monuimus	com**imos**	comemos	credemmo	vendîmes
	monuistis	com**isteis**	comestes	Credeste	vendîtes
	monuērunt	com**ieron**	**comeram**	crederono	ils vendirent
Imperfect 반과거	monēbam	com**ía**	comia	credevo	je vendais
	monēbās	com**ías**	comias	credevi	tu vendais
	monēbat	com**ía**	comia	credeva	il vendait
	monēbāmus	com**íamos**	comíamos	credevamo	vendions
	monēbātis	com**íais**	comíeis	credevate	vendiez
	monēbant	com**ían**	comiam	credevano	vendaient
대과거	monueram		comera		
	monuerās		comeras		
	monuerat		comera		
	monuerāmus		comêramos		
	monuerātis		comêreis		
	monuerant		**comeram**		
Future	monēbō	comer**é**	comerei	crederò	je vendrai
	monēbis	comer**ás**	comerás	crederai	tu vendras

	monēbit	comerá	comerá	crederà	il vendra
	monēbimus	comer**emos**	comeremos	crederemo	vendrons
	monēbitis	comer**éis**	comereis	crederete	vendrez
	monēbunt	comer**án**	comerão	crederanno	ils vendront
Conditional		comer**ía**	comeria	crederei	je vendrais
		comer**ías**	comerias	crederesti	tu vendrais
		comer**ía**	comeria	crederebbe	il vendrait
		comer**íamos**	comeríamos	crederemmo	vendrions
		comer**íais**	comeríeis	Credereste	vendriez
		comer**ían**	comeriam	Crederebbero	vendraient
Subjunctive Present	moneam	coma	coma	creda	je vende
	moneās	comas	comas	creda	tu vendes
	moneat	coma	coma	creda	il vende
	moneāmus	com**amos**	comamos	crediamo	vendions
	moneātis	com**áis**	comais	crediate	vendiez
	moneant	com**an**	comam	credano	vendent
대과거>> imperfect	monuissem	comiese	comesse	credessi	je vendisse
	monuissēs	comieses	comesses	credessi	vendisses
	monuisset	comiese	comesse	credesse	vendît
	monuissēmus	comiésemos	comêssemos	credessimo	vendissions
	monuissētis	comieseis	comêsseis	credeste	vendissiez
	monuissent	comiesen	comessem	credessero	vendissent
반과거 >> future	monērem	comiere	comer		
	monērēs	comieres	comeres		
	monēret	comiere	comer		
	monērēmus	comiéremos	comermos		
	monērētis	comiereis	comerdes		
	monērent	comieren	comerem		

548

동사변화 정리 - ire

	Latin	Spanish	Portuguese	Italian	French
Infinitive	audīre	vivir	partir	vivire	finir
Indicative Present 현재	audiō audīs audit audīmus audītis audiunt	vivo vives vive vivimos vivís viven	parto partes parte partimos partis partem	vivo vivi vive viviamo vivite vivono	finis finis finit finissons finissez finissent
Preterite 원과거	audīvī audīvistī audīvit audīvimus audīvistis audīvērunt	viví viviste vivió vivimos vivisteis vivieron	parti partiste partiu partimos partistes partiram	vivii vivisti viví vivimmo viviste vivirono	finis finis finit finîmes finîtes finirent
Imperfect 반과거	audiēbam audiēbās audiēbat audiēbāmus audiēbātis audiēbant	vivía vivías vivía vivíamos vivíais vivían	partia partias partia partíamos partíeis partiam	vivivo vivivi viviva vivivamo vivivate vivivano	finissais finissais finissait finissions finissiez finissaient
대과거	audīveram audīverās audīverat audīverāmus audīverātis audīverant		partira partiras partira partíramos partíreis partiram		
Future	audiam audiēs	viviré vivirás	partirei partirás	vivirò vivirai	finirai finiras

549

	audiet	vivir**á**	partirá	vivirà	**finira**
	audiēmus	vivir**emos**	partiremos	viviremo	**finirons**
	audiētis	vivir**éis**	partireis	vivirete	**finirez**
	audient	vivir**án**	partirão	viviranno	**finiront**
Conditional		vivir**ía**	partiria	vivirei	**finirais**
		vivir**ías**	partirias	viviresti	**finirais**
		vivir**ía**	partiria	vivirebbe	**finirait**
		vivir**íamos**	partiríamos	viviremmo	**finirions**
		vivir**íais**	partiríeis	vivireste	**finiriez**
		vivir**ían**	partiriam	vivirebbero	**finiraient**
Subjunctive Present	audiam	viv**a**	parta	viva	**finisse**
	audiās	viv**as**	partas	viva	**finisses**
	audiat	viv**a**	parta	viva	**finisse**
	audiāmus	viv**amos**	partamos	viviamo	**finissions**
	audiātis	viv**áis**	partais	viviate	**finissiez**
	audiant	viv**an**	partam	vivano	**finissent**
대과거 >> imperfect	audīvissem	viviese	partisse	vivissi	**finisse**
	audīvissēs	vivieses	partisses	vivissi	**finisses**
	audīvisset	viviese	partisse	vivisse	**finît**
	audīvissēmus	viviésemos	partíssemos	vivissimo	**finissions**
	audīvissētis	vivieseis	partísseis	viviste	**finissiez**
	audīvissent	viviesen	partissem	vivissero	**finissent**
반과거 >> future	audīrem	viviere	partir		
	audīrēs	vivieres	partires		
	audīret	viviere	partir		
	audīrēmus	viviéremos	partirmos		
	audīrētis	viviereis	partirdes		
	audīrent	vivieren	partirem		

동사 essere 변화표

	Latin	Spanish	Portuguese	Italian	French
	esse	ser	ser	essere	être
직설법 현재	sum	soy	sou	sono	je suis
	es	eres	és	sei	tu es
	est	es	é	è	il est
	sumus	somos	somos	siamo	nous sommes
	estis	sois	sois	siete	vous êtes
	sunt	son	são	sono	ils sont
완료 원과거	fuī	fui	fui	fui	je fus
	fuistī	fuiste	foste	fosti	tu fus
	fuit	fue	foi	fu	il fut
	fuimus	fuimos	fomos	fummo	nous fûmes
	fuistis	fuisteis	fostes	foste	vous fûtes
	fuērunt	fueron	foram	furono	ils furent
반과거	eram	era	era	ero	j'étais
	erās	eras	eras	eri	tu étais
	erat	era	era	era	il était
	erāmus	éramos	éramos	eravamo	nous étions
	erātis	erais	éreis	eravate	vous étiez
	erant	eran	eram	erano	ils étaient
대과거	fueram	**fuera**	fora		
	fuerās		foras		
	fuerat		fora		
	fuerāmus		fôramos		
	fuerātis		fôreis		
	fuerant		foram		
미래	erō	seré	serei	sarò	je serai
	eris	serás	serás	sarai	tu seras
	erit	será	será	sarà	il sera

	erɪmus	scremos	seremos	saremo	nous serons
	eritis	seréis	sereis	sarete	vous serez
	erunt	serán	serão	saranno	ils seront
조건법		sería	seria	sarei	je serais
		serías	serias	saresti	tu serais
		sería	seria	sarebbe	il serait
		seríamos	seríamos	saremmo	nous serions
		seríais	seríeis	sareste	vous seriez
		serían	seriam	sarebbero	ils seraient
접속법 현재	sim	sea	seja	sia	que je sois
	sīs	seas	sejas	sia	que tu sois
	sit	sea	seja	sia	qu'il soit
	sīmus	seamos	sejamos	siamo	nous soyons
	sītis	seáis	sejais	siate	vous soyez
	sint	sean	sejam	siano	qu'ils soient
접속법 대과거>> imperfect	fuissem	fuese	fosse	fossi	que je fusse
	fuissēs	fueses	fosses	fossi	que tu fusses
	fuisset	fuese	fosse	fosse	qu'il fût
	fuissēmus	fuésemos	fôssemos	fossimo	nous fussions
	fuissētis	fueseis	fôsseis	foste	vous fussiez
	fuissent	fuesen	fossem	fossero	qu'ils fussent
접속법 반과거>> future	essem	fuere	for		
	esses	fueres	fores		
	esset	fuere	for		
	essemus	fuéremos	formos		
	essetis	fuereis	fordes		
	essent	fueren	forem		

동사 avere 변화표

	Latin	Spanish	Portuguese	Italian	French
Infinitive	habere	haber	haver	avere	avoir
Indicative Present 현재	habeo	he	hei	ho	j'ai
	habes	has	hás	hai	tu as
	habet	ha,hay	há	ha	il a
	habemus	hemos	havemos, hemos	abbiamo	nous avons
	habetis	habéis	Haveis, heis	avete	vous avez
	habent	han	hão	hanno	ils ont
Preterite 원과거	habui	hube	houve	ebbi	j'eus
	habuisti	hubiste	houveste	avesti	tu eus
	habuit	hubo	houve	ebbe	il eut
	habuimus	hubimos	houvemos	avemmo	nous eûmes
	habuistis	hubisteis	houvestes	aveste	vous eûtes
	habuerunt	hubieron	houveram	ebbero	ils eurent
Imperfect 반과거	habebam	había	havia	avevo	j'avais
	habebas	habías	havias	avevi	tu avais
	habebat	había	havia	aveva	il avait
	habebamus	habíamos	havíamos	avevamo	nous avions
	habebatis	habíais	havíeis	avevate	vous aviez
	habebant	habían	haviam	avevano	ils avaient
대과거	habueram		houvera		
	habueras		houveras		
	habuerat		houvera		
	habueramus		houvéramos		
	habueratis		houvéreis		
	habuerant		houveram		
Future	habebo	habré	haverei	avrò	j'aurai
	habebis	habrás	haverás	avrai	tu auras

	habebit	habrá	haverá	avrà	il aura
	habebimus	habremos	haveremos	avremo	nous aurons
	habebitis	habréis	havereis	avrete	vous aurez
	habebunt	habrán	haverão	avranno	ils auront
Condition -al		habría	haveria	avrei	j'aurais
		habrías	haverias	avresti	tu aurais
		habría	haveria	avrebbe	il aurait
		habríamos	haveríamos	avremmo	nous aurions
		habríais	haveríeis	avreste	vous auriez
		habrían	haveriam	avrebbero	ils auraient
Subjunct- ive, pres	habeam	haya	haja	abbia	que j'aie
	habeas	hayas	hajas	abbia	que tu aies
	habeat	haya	haja	abbia	qu'il ait
	habeamus	hayamos	hajamos	abbiamo	nous ayons
	habeatis	hayáis	hajais	abbiate	vous ayez
	habeant	hayan	hajam	abbiano	qu'ils aient
대과거>> imperfect	habuissem	hubiese	houvesse	avessi	que j'eusse
	habuisses	hubieses	houvesses	avessi	que tu eusses
	habuisset	hubiese	houvesse	avesse	qu'il eût
	habuissemus	hubiésemos	houvéssemos	avessimo	nous eussions
	habuissetis	hubieseis	houvésseis	aveste	vous eussiez
	habuissent	hubiesen	houvessem	avessero	qu'ils eussent
반과거>> future	haberem	hubiere	houver		
	haberes	hubieres	houveres		
	haberet	hubiere	houver		
	haberemus	hubiéremos	houvermos		
	haberetis	hubiereis	houverdes		
	haberent	hubieren	houverem		

아쉽다. 그래서 페소아의 시를 번역해 보았다. 알베르투 카에이로(Alberto Caeiro), 리카르두 레이스(Ricardo Reis), 알바루 데 캄푸스(Albaro de Campos), ...

페소아는 이명들 각각에 전기(biography)를 부여했다. 그가 최초로 사용한 이명 '알베르투 카에이로'는 1889년 4월16일 리스본에서 태어났다. 일찍 아버지를 잃고 홀어머니 밑에서 초등학교 4학년까지만 교육을 받은 뒤, 히바테주라 불리는 시골에서 목동으로 지내며 <양치는 사람들> <사랑에 빠진 목동> 등의 전원시를 쓴다. 1915년 고향 리스본으로 돌아오나, 채 몇달도 지나지 않아 폐결핵에 걸려 26살의 젊은 나이로 사망한다. 이 교육받지 않은 천재의 작품들은 사후에 <알베르투 카에이로 시 전집>으로 발간된다.

사라마구 소설의 주인공이 된 '리카르두 레이스'는 1887년 9월15일 포르투 출생으로, 제수이트 교단의 학교에서 집중적인 고전 교육을 받은 뒤 의과대학에 진학한다. 이 의사 시인은 호라티우스를 연상시키는 문체로 시를 썼으며, 비평에도 손을 대어 자기가 흠모하는 목동 시인 알베르투 카에이로에 관한 글을 남기기도 했다. 왕당파였던 그는 포르투갈의 왕정이 무너지자 1919년 브라질로 거처를 옮긴다. 사망연도는 확실하지 않으나, 사라마구는 그의 사망연도를 페소아가 죽은 다음 해인 1936년으로 설정했다.

알바루 데 캄푸스는 1890년 10월15일 타비라에서 출생했다. 고등학교를 졸업한 뒤 스코틀랜드로 건너가 조선공학을 공부한 뒤, 항해술로 전공을 바꾸어 글래스고에서 항해사로 생활한다. 삶의 무의미함에 지루함을 느낀 이 퇴폐주의자는 모험을 좇아 극동지방으로 여행을 떠난다. 여행에서 돌아온 그는 완전히 다른 사람이 되어, 산업화와 과학기술의 힘을 찬양하는 미래주의적 경향의 시를 쓴다. 특히 기계와 석탄과 강철에 대한 그의 집착에는 에로틱한 측면이 있다. 1922년 이후 영국으로 이주. 사망연도는 알려져 있지 않다.

알베르투 카에이로(Alberto Caeiro)

O GUARDADOR DE REBANHOS   *from* The Keeper of Sheep

II
O meu olhar/ é nítido como um girassol.

My gaze   is   clear   like   a sunflower

나는 해바라기 같이 명징(明澄)하게 본다.

Tenho o costume/ de andar pelas estradas

I have   the custom   to   walk the roads

나는 길을 걸을 때 이런 습관이 있다.

Olhando/ para a direita e para a esquerda,

Looking   to   the right   and to   the left

오른 쪽을 봤다가 왼쪽을 봤다가

E de, vez em quando/ olhando para trás...

And ,   occasionally   looking back

그리고 때때로 뒤를 보기도 한다.

E o que vejo/ a cada momento

And what I see   at   each   moment

그리고 매 순간 나는 본다.

É aquilo/ que nunca antes/ eu tinha visto,

 is that   which never   before   I   had seen

예전에는 절대 내가 보지 못했던 것들을.

E eu sei dar por isso muito bem...

and I know noticing things very well

내 시선은 내 주위의 것들을 잘 낚아챈다.

Sei ter/ o pasmo essencial/

I know having the essential awe

Que tem/ uma criança/ se, ao nascer,/

Reparasse/ que nascera deveras...

that a child would have if it could see that

it was really being born when it was being born ...

아기는 태어나면서 "정말 내가 태어나는구나"

그 느낌을 알았을까? 만약 알아챘다면 가졌을 법한

아기의 그 근본적인 경외감(敬畏感)을

내가 가지고 있다는 것을 난 안다.

Sinto-me   nascido/ a cada momento

I feel myself being born in each moment

Para a eterna novidade/ do Mundo...

In   the eternal   newness   of the   world

이 세상의 영원한 새로움 안에서

나는 매 순간 내가 태어나는 것을 느낀다.

Creio   no mundo/ como num malmequer,

 I believe in the world   like I believe in a marigold(daisy),

나는 데이지 꽃을 믿듯이 이 세상 모든 것을 믿는다,

556

Porque o vejo. Mas não penso nele

Because I see it.　　But I do not think　　of　it

그저 보기 때문에 믿는다. 나는 생각하지 않는다.

Porque pensar/ é não compreender...

Because thinking　　is not　　understanding ...

생각한다는 것, 진정으로 이해하는 것이 아니니까.

O Mundo não se fez/ para pensarmos nele

(Pensar/ é estar doente dos olhos)

The world wasn't made for us to think about it

(To think is to be sick in the eyes)

이 세상은 우리 인간이 생각하라고 만들어진 것이 아니다.

(생각은 우리 눈을 병들게 한다.)

Mas para olharmos para ele/ e estarmos de acordo…

But for us to look at it　　　　and to be in agreement

우리가 세상을 바라 보고 마음이 하나가 된다면 그뿐인 것을.

Eu não tenho filosofia: tenho sentidos...

I　have no　philosophy,　I have senses . .

나에게는 철학이란 없다, 나는 그저 느낄뿐이다.

Se falo na Natureza/ não é　porque saiba　　o que ela é,

If I speak of Nature,　　it's not because I would know what it is

내가 자연에 대해 이야기한다면, 자연을 알아서가 아니라,

Mas porque a amo, e amo-a por isso,

But because I love it, and love it　　for that very reason,

내가 자연을 사랑하기에 이야기한다. 사랑하니까 나는 자연을 사랑한다. .

Porque quem ama nunca sabe o que ama

Because he who loves never know what he loves

사랑에 빠진 사람은 그가 무엇을 사랑하고 있는 지 결코 알 수가 없다.

Nem sabe porque ama, nem o que é amar...

He doesn't know why he loves, nor what loving is.

왜 사랑하고 있을까, 사랑이란 무엇일까, 그는 알 수가 없다.

Amar é a eterna inocência,

To love is the eternal innocence,

사랑을 한다는 것, 영원한 순수이며,

E a única inocência é não pensar...

And the only innocence is not to think...

이 세상에서 유일한 순수는 생각하지 않는것이다.

accorgermene = accorgermi +ne(notice of it)

II When I look, I see clear as a sunflower. I'm always walking the roads Looking right and left, And sometimes looking behind ... And what I see every second Is something I've never seen before, And I know how to do this very well ... I know how to hold the astonishment A child would have if it could really see It was being born when it was being born ... I feel myself being born in each moment, In the eternal newness of the world ... I believe in the world like I believe in a marigold, Because I see it. But I don't think about it Because to think is to not understand ... The world wasn't made for us to think about (To think is to be sick in the eyes) But for us to look at and agree with ... I don't have a philosophy: I have senses ... If I talk about Nature, it's not because I know what it is, But because I love it, and the reason I love it Is because when you love you never know what you love, Or why you love, or what loving is ... Loving is eternal innocence, And the only innocence is not thinking ... (3/8/1914) (Daniels trans)

VI

Pensar em Deus/ é desobedecer a Deus,
To think about God   is   to disobey God
Porque Deus quis/ que o não conhecêssemos,
Because God wanted that we did not know Him,

Por isso/ se nos não mostrou...
for that very reason He did not show us Himelf
Sejamos/ simples e calmos,
Let's be   simple   and calm ,

Como os regatos e as árvores,
Like   the   streams   and the trees,

E Deus amar-nos-á fazendo de nós
And God will love us,   making us

Belos/ como as árvores e os regatos,
Beautiful like   the trees   and the streams
E dar-nos-á verdor/ na sua primavera,
And will give us greenness in its spring
E um rio/ aonde ir ter quando acabemos!...
And a river where we go to when   we end...

Thinking about God is disobeying God, Because God wanted us not to know him, And for that has not shown itself… Let us be simples and calm, Like the streams and the trees, And Good will love us making us Beautiful like the trees and the streams, And give us greenness in its spring, And a river to end our lives at when we're done!... (2015 Nuno Hipólito)

*************************라틴어 *******************************

무지를 벗어나기 위해 우리는 배워야 한다고 들었다. 그러나, 새로운 것을 배워서, 아주 많은 것을 동시에 배움으로써 완벽한 무지에 이를 수도 있다.

송경동은 어느날 그 분의 사소한 물음에 답했다.

송 동지는 어느 대학 출신이요? 웃으며
나는 고졸이며, 소년원 출신에
노동자 출신이라고 이야기해 주었다
순간 열정적이던 그의 두 눈동자 위로
싸늘하고 비릿한 유리막 하나가 쳐지는
것을 보았다. (중략)

십수 년이 지나 요 근래
어느 조직에 가입되어 있느냐고 묻는다
나는 다시 숨김없이 대답한다
나는 저 들에 가입되어 있다고 (중략)
비천한 모든 이들의 말 속에 소속되어 있다고

무지의 상태에 도달하기 위해 라틴어를 배우는 건가요? 그렇죠. 하지만 이 말을 초학자에게 처음에 해서는 안됩니다. 누가 배우겠어요? Udeis. 라틴어를 배우면 아주 유식해질 수 있다고 서양문명의 기원을 이해하기 위해서라고 뻥을 쳐야만하죠. 나중에 우리가 거짓말 했다는 것을 알지라도 용서해 줄것입니다. 라틴어의 신은 그렇게 말했죠. 나의 생명을 연장해 주오.

Latin verbs have different rules governing the way they conjugate. For the most part -- almost exclusively – Latin verbs conjugate by attaching endings to the stems themselves. So for a Latin verb, you must learn two things: (1) the stems, and (2) how the stems are modified at their ends to show different conditions under which the action is occurring. 동사어미를 보면 주어가 필요없다.

	단수	복수
1st	Video	Videmus
	I see	We see
2nd	Vides	Videtis
	You see	Y'all see
3rd	Videt	Vident
	He sees	They see

동사 어미변화 엔딩을 어떻게 외울까? 일단 표를 만든다.

m, o	I	mus	we
s	you	tis	you
t	he/she	nt	they

10분째 들여다 보니까 규칙이 보인다. 즉 most must isn't 대부분, 해야만 한다, 아니다. 또는 모스트 무스 티스 은트. 1인칭은 m을 중심으로, 2인칭은 s를 중심으로, 3인칭은 ㅅ를 중심으로 움직인다. s에는 t가 추가되고 t앞에는 n이 들어간다.

생각해 보면 st의 조합으로 strike stand steel, nt의 조합은 servant, mantra, intra, dominant 등이 있다. 더 좋은 방법이 없을까 아직도 궁리하느라 저녁을 먹지 못하고 있다.

There are four groups of Latin verbs, called "conjugations", determined by the final vowel attached to the end of the stem. (5개로 나눌 수도 있지만 일단 이렇게 분류한다.)   The verbs you've been working with have stems which end in "-e". Verbs whose stems end in "-e" are called "2nd conjugation" verbs.   If, however, the stem of the verb ends in "-a" then it's called a "1st conjugation" verb. **Verbs whose stem ends in short "-e" are called "3rd conjugation".**   And verbs whose stem ends in "-i" are called "4th conjugation".   Like this:

1st	2nd	3rd	4th
lauda-	vale-	duc-	veni-
ama-	vide-	ag-	senti-
cogita-	mone-	carp-	audi-

Now for the conjugated forms.   If you follow the rules of conjugation that apply for second conjugation verbs, you should write the form "amao" for the first person singular.   But listen to how easily the two vowels "a" and "o" can be simplified into a single "o" sound.   Say "ao" several times quickly

and you'll see that the two sounds are made in the same place in the mouth. Over time, Latin simplified the sound "ao" to just "o".   The final written form is "amo", not "amao".   So write "amo" for "I love".

Verbs whose stem ends in short "-e" ducere: dūcō   dūcis   dūcit   dūcimus   dūcitis dūcunt

venire:veniō venī svenitvenī musvenī tisveniunt

Present TENSE: "sum, esse"

So let's look again at the infinitive for the verb "to be":   "esse".   If we drop off the infinitive ending "-se", we're left with the stem "es-" for the verb.   But the stem has no final vowel. For this reason we call "esse" an "athematic verb", because its stem ends in a consonant, not a vowel, as other verbs do.

STEM   +   PERSONAL ENDING   =   CONJUGATED FORM

1st   es   + m = esm >> esum   >>   sum

| 2nd | es | + | s | = | ess | | = | es |
| 3rd | es | + | t | = | est | | = | est |

1st	es	+	mus	>>	esumus	>>	sumus
2nd	es	+	tis	=	estis	=	estis
3rd	es	+	nt	>>	esunt	>>	sunt

Try to pronounce the final form for the first person singular "esm".   Do you hear how you're automatically inserting a "u" sound to make the word pronounceable?   It sounds like "esum".   Try to pronounce "esmus".   The same thing happens between the "s" and the "m".   You almost have to insert a "u".   Now pronounce "esnt".   Same thing, right?   This is what happened to these forms.   Over time, a "u" sound became a part of the conjugation of the verb, and the initial "e-" of the stem of all the forms with this "u" was lost.

아항 이러니까 논리적으로 이해가 가고 저절로 외어지네요.

FUTURE TENSE: "sum, esse"

STEM + TENSE SIGN + PERS. END.   = CONJUGATED FORMS

Now look at the stem of "sum".   "Es-" plus **the future tense sign "-e-"** will put the "-s-" between two vowels, so the "-s-" of the stem will become an "-r-":   "ese-" = "ere-

es + **e** = es**e** >> er**e**

ere + o = ero   ere + s = eris   ere + t = erit

ere + mus = erimus   ere + tis = eritis   ere + nt = erint >> erunt

무언가 다 이치에 맞는 것 같다. 기분이 좋아지기 시작했다.

IMPERFECT TENSE: "sum, esse"

The tense sign of the imperfect is "-a-".   One other slight difference is that the imperfect tense uses the alternate first person singular ending: "-m" instead of the expected "-o".   And don't forget the rule of "-s-": when it's intervocalic, it changes to "-r-".

es + a = esa   >> era

era + m = eram   era + s = erās   era + t = erat

era + mus = erāmus   era + tis = erātis   era + nt = erant

동사의 직설법 미래

For first and second conjugation verbs, the tense sign of the future is "-be-";

561

for the third and 4th conjugation, the tense sign is "-a-/-e-". The short "-e-" of the tense sign "-be-" undergoes some radical changes when you start attaching the personal endings.

(1) Before the "-o" of the first person singular, the short "-e-" disappears completely, leaving "-bo".

(2) Before the "-nt" of the third person plural, it becomes a "-u-", leaving the form "-bunt".

(3) And before all the other endings, it becomes an "-i-", for "-bis", "-bit", "-bimus", and "-bitis".

laudabeo	-	laudabo ("-e-" disappears)
laudabes	-	laudabis
laudabet	-	laudabit
laudabemus	-	laudabimus
laudabetis	-	laudabitis
laudabent	-	laudabunt

	singular	plural
1st	Ama bo*	Ama bimus
	I will love	We will love
2nd	Ama bis	Ama bitis
	You will love	Y'all will love
3rd	Ama bit	Ama bunt*
	He will love	They will love

Indicative future of ducere: dūcam   dūcēs   dūcet   dūcēmus dūcētis   dūcent

Indicative future of venire: veniam veniēs   veniet   veniēmus veniētis   venient

	1st	2nd	3rd	4th
Infinitive:	amare	sedere	legere	venire
1 인칭 단수	amabo	sedebo	legam	veniam
2 인칭 단수	amabis	sedebis	leges	venies
3 인칭 단수	amabit	sedebit	leget	veniet
1 인칭 복수	amabimus	sedebimus	legemus	veniemus
2 인칭 복수	amabitis	sedebitis	legetis	venietis

3 인칭 복수	amabunt	sedebunt	legent	venient

동사의 직설법 반과거

the tense sign of the imperfect is "-ba-"

You conjugate the imperfect tense this way: verb stem + ba + personal ending.

	1st	2nd	3rd	4th
Infinitive:	amare	sedere	legere	venire
1 인칭 단수	amabam	sedebam	legebam	veniebam
2 인칭 단수	amabas	sedebas	legebas	veniebas
3 인칭 단수	amabat	sedebat	legebat	veniebat
1 인칭 복수	amabamus	sedebamus	legebamus	veniebamus
2 인칭 복수	amabatis	sedebatis	legebatis	veniebatis
3 인칭 복수	amabant	sedebant	legebant	veniebant

We divide the tenses into two major systems: the present system (지금까지 배운 것), and the perfect system. **The perfect tense uses the third principal part in place of the first and the perfect tense uses a different set of personal endings:**

1st	-i	I
2nd	-isti	you
3rd	-it	he, she, it
1st	-imus	we
2nd	-istis	you
3rd	-erunt	they

어떻게 외울까? 일단 i 가 들어가면 완료의 느낌이라고 생각하고 3인칭 it 1인칭 복수 imus는 규칙대로이니 일단 안심이고 2인칭단수의 경우 it + s >> ist + i >>isti 로 형성되었다고 상상, 또는 독일어 동사변화에서 liebe, liebst, liebt를 생각하면 라틴어 완료시제 변화와의 연관관계를 찾을 수 있따. 2인칭 복수는 간단하다. isti + s = istis 음 좋아요. 3인칭 복수는 참 이상하다. it + n = int 면 얼마나 좋을까? 그러나 istis + n >> es+nt >> esent >>erent >>erunt 이러면 억지로 뭐가 되는 것 같다. 이렇게 외기로 했다. If you see a conjugated verb which ends in "-isti", "istis", or "-erunt", you'll know right away that you've got a perfect tense. All the conjugations obey exactly the same rules in the perfect system. So for the verb "moneo", the third principal is "monevi" which becomes "monui".

The future perfect uses the future of the verb "sum" as the personal endings
(with the exception of the third person plural where it is "-erint" instead of the normal future form "-erunt".

Pluperfect **uses the imperfect of the verb "sum" as the personal endings.**

Indicative perfect	pluperfect	future perfect
laudā vī	laudā veram	laudā verō
laudā vistī	laudā verā s	laudā veris
laudā vit	laudā verat	laudā verit
laudā vimus	laudā verā mus	laudā verimus
laudā vistis	laudā verā tis	laudā veritis
laudā vē runt	laudā verant	laudā verint

수동태

-or -ris -tur -mur -mini -ntur 가 수동태 어미이다. 이걸 어떻게 외울까? 생각보다 간단하게 해결되었다. 능동어미에 r을 추가하면 된다.

amo + r = amor amas + r =amars >> amaris

amat + r = amatr >> amatur amamus + r =amamusr >> amamur

amant + r = amantr >> amantur. amamini를 이해할 수가 없다. 이 아이는 어디에서 왔을까? amatiris라고 하면 안될까? 문법책에 이렇게 바꾸어 놓은 사람도 본 적이 있다. 무인도에 혼자 산다면 그대도 될까? 수능 보다는 능수가 더 좋다.

능	수	능	수	능	수	능	수
amô	amor	moneô	moneor	dûcô	dûcor	audiô	audior
amâs	amâris*	monês	monêris*	dûcis	dûceris*	audîs	audîris*
amat	amâtur	monet	monêtur	dûcit	dûcitur	audit	audîtur
amâmus	amâmur	monêmus	monêmur	dûcimus	dûcimur	audîmus	audîmur
amâtis	amâminî	monêtis	monêminî	dûcitis	dûciminî	audîtis	audîminî
amant	amantur	monent	monentur	dûcunt	dûcuntur	audiunt	audiuntur

2년을 duceris를 이해하지 못했다. 왜 이 아이는 갑자기 i가 아니라 e를 2인칭

564

단수에서만 사용하는 걸까? 원형 ducere의 e를 왜 여기서? 그냥 예외니까 외우면 되잖아? Aber, 나의 양심상 그렇게는 못하겠다. 고통의 시간이 흘러 갔으나 그 이유를 알고나서 한 달간 기분이 좋았다. 자 지금부터 그 이유를 설명해 보자.

The infinitive of third conjugation verbs isn't "-ire" but "-ere". That's because when the short "-e-" is followed by an "-r-" it stays short "-e-". So what's that going to mean for the second personal singular passive? The passive personal ending is "-ris", so, since the ending starts with an "-r-", the stem vowel will not change to "-i-" as you might expect, but it will remain short "-e-". So the form will end in "-eris", not "-iris".

FUTURE TENSE PASSIVE

"When a short '-e-' is followed by an '-r-' it remains short '-e-'. So what does this mean for us? Watch this. lauda + be + ris = laudaberis, mone + be + ris = moneberis

IMPERFECT TENSE PASSIVE

The first person singular is "-bar", where the personal ending "-r" is attached directly to the "-ba- tense sign of the imperfect, without inserting an "-o-" as you did in the present and future tenses.

present	imperfect	future
laudor	laudābar	laudābor
laudāris	laudābāris	laudāberis
laudātur	laudābātur	laudābitur
laudāmur	laudābāmur	laudābimur
laudāminī	laudābāminī	laudābiminī
laudantur	laudābantur	laudābuntur

The fourth principal part is the perfect passive participle, and it is used with a conjugated form of the verb "sum" to form the perfect passive system:

Perfect Passive: 4th prin. part. + present of "sum"

Pluperfect Passive: 4th prin. part + imperfect of "sum"

Future Perfect Passive: 4th prin. part + future of "sum"

Indicative perfect	pluperfect	future perfect
laudātus sum	laudātus eram	laudātus erō
laudātus es	laudātus erās	laudātus eris
laudātus est	laudātus erat	laudātus erit
laudātī sumus	laudātī erāmus	laudātī erimus
laudātī estis	laudātī erātis	laudātī eritis
laudātī sunt	laudātī erant	laudātī erunt

FORMATION OF **THE PRESENT SUBJUNCTIVE ACTIVE**

To form the subjunctive, present tense, a first conjugation verb simply substitutes the normal stem vowel long "-a-" with a long "-**e**-". a 2nd conjugation verb, the normal stem vowel "-e-" with "-ea-". 모음을 바꾸거나 모음을 추가한다.

FORMATION OF **THE IMPERFECT SUBJUNCTIVE ACTIVE** :

1st principal part + se + personal endings

lauda + se + m = laudasem >> laudarem

lauda + se + s = laudases >> laudares

SUBJUNCTIVE OF "SUM"

현재접속법: si + m =sim,   반과거 접속법: es + se + m = essem

PERFECT SUBJUNCTIVE ACTIVE

3rd principal part + eri + personal endings(-m, -s, -t, -mus, -tis, -nt)

PLUPERFECT SUBJUNCTIVE ACTIVE :

3rd principal part + isse + personal endings(-m, -s, -t, -mus, -tis, -nt)

	Actives	**Passives**
Present	I: laudem	lauder
	II: moneam	monear
	III: dûcam	dûcar
	IV: audiam	audiar
Imperfect	I: laudârem	laudârer
	II: monêrem	monêrer

	III: dûcerem	dûcerer
	IV: audîrem	audîrer
Perfect	I: laudaverim	laudâtus sim
	II: monuerim	monitus sim
(ending -eri)	III: dûxerim	ductus sim
	IV: audîverim	audîtus sim
Pluperfect	I: laudavissem	laudâtus essem
	II: monuissem	monitus essem
(ending -isse)	III: dûxissem	ductus essem
	IV: audîvissem	audîtus essem

FUTURE ACTIVE PARTICIPLE

The future active participle of any verb is formed by adding "-ur-" and the adjectival endings "-us, -a, -um" to the stem of the fourth principal part of the verb.   For example, the future active participle of "laudo" is: laudat + ur + us, -a, -um = laudaturus, -a, -um

FUTURE PASSIVE PARTICIPLE (THE GERUNDIVE)

lauda + nd + us, -a, -um = laudandus, -a, -um

PRESENT ACTIVE PARTICIPLE

lauda + ns, -ntis = laudans, laudantis

	ACTIVE	PASSIVE
FUTURE	4th p.p. + **ur** + us, a, um	lst p.p. + **nd** + us, a, um
PRESENT	1st p.p. + **ns, -ntis**	xxxxxxxxxxxxxxx
PERFECT	xxxxxxxxxxxxxxx	4th p.p. + us, a, um

분사 구문과 해석

Nautae, visi ab Polyphemo, territi sunt.

The participial phrase "visi ab Polyphemo" could be translated into English different ways. 수많은 번역 가능성이 존재한다. 이것을 즐겨라.

The sailors   having been seen by Polyphemus   were terrified.

who were seen by Polyphemus

567

because they were seen by Polyphemus

since they were seen by Polyphemus

after they were seen by Polyphemus

when they were seen by Polyphemus

although they were seen by Polyphemus

THE PARTICIPLE AS A NOUN

opprimens   "he who oppresses" or "the oppressor"

opprimentes   "they who oppress" or "the oppressors"

oppressus   "he who was oppressed"

oppressi   "they who were oppressed" or "the oppressed"

oppressuri   "those who are going to oppress"

자, 이제 또 무얼 배우지? 헬라어와 그리스어. 여기에 빈 공간이 생겼다. 책들을 정리해 보자. 그리스어/헬라어 책을 참 많이도 샀다. 메이첸 헬라어. 마운스 헬라어 문법. 김선기 교수의 재미있는 헬라어. 혼자공부하는 신약성경 헬라어강독. 신학교에 입학한 기분이 든다. "조카들을 위한 헬라어 문법"은 사지 못했다. Athenaze, 이 책이 나의 첫 그리스어책이다.

A	B	Γ	Δ	E	Z	H	Θ	I	K	Λ	M
α	β	γ	δ	ε	ζ	η	θ	ι	κ	λ	μ
alpha	beta	gamma	delta	epsilon	zêta	êta	thêta	iota	kappa	lambda	mu
a	b	g	d	e	z	ê	th	i	k	l	m

N	Ξ	O	Π	P	Σ	T	Y	Φ	X	Ψ	Ω
ν	ξ	ο	π	ρ	σ, ς	τ	υ	φ	χ	ψ	ω
nu	xi	omikron	pi	rho	sigma	tau	upsilon	phi	chi	psi	omega
n	ks	o	p	r	s	t	u	f	ch	ps	ô

콥 더글러스 함수는 A **Cobb-Douglas** Function takes the form of $Q=K^{\alpha}L^{\beta}$

여기에서 α와 β가 바로 그리스 문자.

헬라어의 명사는 **문법적 성(grammatical gender)**으로 **남성(masculine)**, **여성 (feminine)**, **중성(neuter)** 중에 하나의 성을 가집니다.

제2변화 명사 남성:

ἄνθρωπο-   ος, ου, ῳ, ον / οι, ων, οις, ους,

사람 man   오스 우 오 온 / 오이 온 오이스 우스

중성: ον, ου, ῳ, ον / α, ων, οις, α

        온 우 오 온 / 아 온 오이스 아

	남성		중성	
	단수	복수	단수	복수
주격	ος	οι	ον	α
속격	ου	ων	ου	ων
여격	ῳ	οις	ῳ	οις
대격	ον	ους	ον	α
호격	ε	οι	ον	α

제1변화 명사 여성:

οἰκίᾱ-   α, ας, ᾳ, αν / αι, ων, αις, ας (α 바로 앞이 ε,ι,ρ로 끝나는 단어)

오이키아 house 아 아스 아 안 / 아이 온 아이스 아스

γλῶττα   α, **ης, ῃ,** αν / αι, ων, αις, ας (α changes to η everywhere except after ε, I or ρ.)

글로타 tongue 아 에스 에 안 / 아이 온 아이스 아스

φωνή   η, ης, ῃ, ην / αι, ων, αις, ας

포네 sound   에 에스 에 엔 / 아이 온 아이스 아스

형용사변화는 명사 변화와 같다. 다만 여성은 η로 끝나는 단어의 변화를 따른 다. 명사와 성, 수, 격이 일치해야 한다. 아래표의 1번을 따른다.

관사변화: τ + 명사 어미변화   호 헤 도/ 호이 히이 타/   투 테스 투/ 톤 톤 토

......

	단수			복수		
	masc.	fem.	neuter	masc.	fem.	neuter
nom.	ὁ	ἡ	τό	οἱ	αἱ	τά
gen.	τοῦ	τῆς	τοῦ	τῶν	τῶν	τῶν
dat.	τῷ	τῇ	τῷ	τοῖς	ταῖς	τοῖς
acc.	τόν	τήν	τό	τούς	τάς	τά

관계대명사: 관사변화에서 τ 를 제거하면 된다. 독일어와의 유사성.

	단수			복수		
	masc.	fem.	neuter	masc.	fem.	neuter
nom.	ὅς	ἥ	ὅ	οἱ	αἵ	ἅ
gen.	οὗ	ἧς	οὗ	ὧν	ὧν	ὧν
dat.	ᾧ	ᾗ	ᾧ	οἷς	αἷς	οἷς
acc.	ὅν	ἥν	ὅ	οὕς	ἅς	ἅ

현재 능동태 직설법: ω, εις, ει / ομεν, ετε, ουσι(ν)

오 에이스 에이 / 오멘 에테 우시

이것을 어떻게 외울까? 근원으로 돌아가면 된다.

원래 mi 동사란 것이 있었다. mi si ti men te nti 여기서 ....

omi >> ω   esi >>eis   eti >> esi >>ei

omen = ομεν   ete = ετε   onti >>onsi >> ουσι

현재 중간태/수동태 직설법: ομαι, ῃ, εται, ομεθα, εσθε, ονται

오마이 에 에타이   오메다   에스데   온타이

εσαι >> εαι >> ηι >> ῃ 오마이 에사이 에타이로 외운다. εται에 ν을
추가하면 ονται가 된다. 이것은 라틴어에서 3 인칭 단수가 t 로 끝나고 3 인칭
복수는 nt 로 끝나는 것과 동일한 규칙이다. 신기하다.

570

미완료과거 능동태 직설법: 어미변화 - ον, ες, ε(ν), ομεν, ετε, ον

온 에스 에 오멘 에테 온

이태리어 동사변화에서 io sono, loro sono 를 생각하면 유사성이 느껴진다.

미완료과거 중간태/수동태 직설법:

ομην, ου, ετο, ομεθα, εσθε, οντο,

오멘 우 에토 오메다 에스데 온토

그리고 어간에 ε를 붙인다. 중성 복수 주격은 단수 동사를 취할 수 있다.

εσο >> εο >> ου

부정과거 능동태/중간태 직설법: 어간에 ε를 붙인다. 그리고 σα

능동태: σα, σας, σε(ν), σαμεν, σατε, σαν

사 사스 세 사멘 사테 산

중간태: σαμην, σω, σατο, σαμεθα, σασθε, σαντο

사멘 소 사토 사메다 사스데 산토

부정과거 수동태 직설법: 과거는 어간에 ε를 붙인다.

부정과거 **수동태:** θην, θης, θη, θημεν, θητε, θησαν

덴 데스 데 데멘 데테 데산

미래 능동태, 중간태, 수동태

미 래	단수	복수
능동태	σω	σομεν
	σεις	σετε
	σει	σουσι
중간태	σομαι	σομθα
	σῃ	σεσθε
	σεται	σονται
수동태	θησομαι	θησομθα
	θησῃ	θησεσθε
	θησεται	θησονται

σ (시그마)는 미래 시제를 나타낸다.

ε...θη는 단순과거 수동태, θησ는 미래 수동태의 특징이다.

Be 동사 **ειμι**(에이미)의 변화

		현재	과거(미완료)	미래
단수	1	ειμι	ημην	εσομαι
	2	ει	ης	εση
	3	εστι(v)	ην	εσται
복수	1	εσμεν	ημεν	εσομεθα
	2	εστε	ητε	εσεσθε
	3	εισι(v)	ησαν	εσονται

1= First and Second Declensions / 2= Third Declension / 3= Four Basic Verb Endings / 4 and 5=Tense Identifiers and Their Application / 6-a= The Act. Voice Part. (and Aor. Pass.) / 6-b Mid/Pass. Voice Participle / 7-a= The Subj. / 7-b= The Impv.

1			**2**					**3**	
M	N	F	M / F	N		Imperfect	**NOW**		Present
ος	ov	η	ς or −	**none**		ov	ομην	ω	ομαι
ου		ης	ος			ες	ου	εις	η
ω		η	ι			ε	ετο	ει	εται
ov		ην	α or v		+ε aug.				
						ομεν	ομεθα	ομεν	ομεθα
οι	α	αι	ες	α		ετε	εσθε	ετε	εσθε
ων		ων	ων			ov	οντο	ουσι	ονται
οις		αις	σι						
ους		ας	ας						

4　　**5**

σ
θης　} Insert ID in front

σα
θη
κα
(none)　} ID Replaces Connecting Vowel
　　　(the first vowel)

현재능동분사

	NS	GS	DS	AS	NP	GP	DP	AP
M (3rd)	λυων	λυοντος	λυοντι	λυοντα	λυοντες	λυοντων	λυουσι(ν)	λυοντας
F (1st)	λυουσα	λυουσης	λυουση	λυουσαν	λυουσαι	λυουσων	λυουσαις	λυουσας
N (3rd)	λυον	λυοντος	λυοντι	λυον	λυοντα	λυοντων	λυουσι(ν)	λυοντα

온 온토스 온티 온타 / 온테스 온톤 우시 온타스 /

우사 우세스 우세 우산 / 우사이 우손 우사이스 우사스

온 온토스 온티 온 / 온타 온톤 우시 온타

οντς >> ων, οντ+σι >> ουσι 로 변화했다는 것을 기억. 자음 탈락하고 모음 강화, τ가 σ 로 변화, ν 이 υ 로 변화.

현재 중간태/수동태 분사 : 명사의 변화 어미 앞에 **ομεν**을 붙인다.

	NS	GS	DS	AS	NP	GP	DP	AP
M(2nd)	λυομενος	λυομενου	λυομενω	λυομενον	λυομενοι	λυομενων	λυομενοις	λυομενους
F(1st)	λυομενη	λυομενης	λυομενη	λυομενην	λυομεναι	λυομενων	λυομεναις	λυομενας
N(2nd)	λυομενον	λυομενου	λυομενω	λυομενον	λυομενα	λυομενων	λυομενοις	λυομενα

오메노스 오메누 오메노 오메논 / 오메노이 오메논 오메노이스 오메누스

오메네 오메네스 오메네 오메넨 / 오메나이 오메논 오메나이스 오메나스

오메논 오메누 오메노 오메논 / 오메나 오메논 오메노이스 오메나

더 할 것은 많지만 이 정도에서 일단 정지하기로 하자.

잠깐만 표 하나 더!

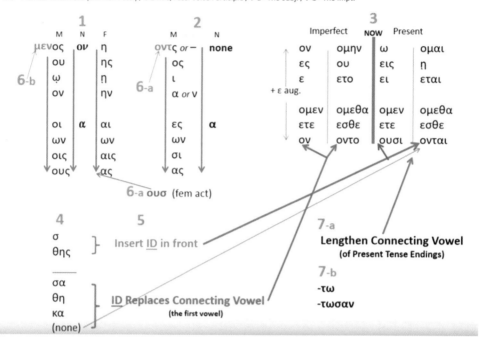

헬라어를 배웠으면 역시 성서 읽기를 해 보아야지요. 우선 그 말씀부터. 도대체 무엇부터? 태초에 말씀이 있었다. 외국어를 잘 몰라도 번역이 어떻게 이루어지는 지, 그 과정을 이해할 수 있다. 번역의 프로세스를 알아야 외국어에서 한국어로 번역된 인문학 책들을 더 정확하게 더 편하게 읽을 수 있다. 번역의 이해를 통해서 근본적인 언어감각을 키우면 외국어 배우기에 도움이 될 수 있다. 한국인이 영어를 못하는 것은 외국어 이전에 언어감각이 없기 때문이다. 낯선(원작의) 언어 마력에 걸려 꼼짝 못하고 있는 순수 언어를 번역자 자신의 언어를 통해 해방시킨다.

요한복음의 번역들
ἐν ἀρχῇ ἦν ὁ λόγος, καὶ ὁ λόγος ἦν πρὸς τὸν θεόν, καὶ θεὸς ἦν ὁ λόγος.

In principio erat Verbum et Verbum erat apud Deum et Deus erat Verbum 라틴어

In the beginning was the Word, and the Word was with God, and the Word was God.

Au commencement était la Parole, et la Parole était avec Dieu, et la Parole était Dieu. 불어

Im Anfang war das Wort, und das Wort war bei Gott, und Gott war das Wort. 독일어

Nel principio era la Parola, e la Parola era con Dio, e la Parola era Dio. 이탈리아어

В начале было Слово, и Слово было у Бога, и Слово было Бог. 러시아어

En el principio era el Verbo, y el Verbo era con Dios, y el Verbo era Dios. 스페인어

พระเยซูเป็นพระวาทะของพระเจ้าในเริ่มแรกนั้นพระวาทะทรงเป็นอยู่แล้ว

และพระวาทะทรงอยู่กับพระเจ้า และพระวาทะ ทรงเป็นพระเจ้า Thai Bible 번역해 줘! Jesus was the Word of God. In the beginning, it was already. And the Word was with God and the Word was God. Pada mulanya adalah Firman; Firman itu bersama-sama dengan Allah dan Firman itu adalah Allah. (Indonesia) Firman말, Allah하느님. Ini adalah benar. 이건 사실이야.

太初有道，道与神同在，道就是神。 (중국어)
初めに言があった。言は神と共にあった。言は神であった。 言(ことば) 神(かみ) 共(とも)
태초에 말씀이 계시니라 이 말씀이 하나님과 함께 계셨으니 이 말씀은 곧 하나님이시니라.
"태초에 도(道)가 있었다." 과거의 번역은 이러했죠. 전도사(傳道師)의 말. **"처음에 말이 있었다."** 이렇게 번역해 보면 안 되나? 싫어하는사람이많을 것이다.

옥성득 ㄱㄹ샤듸 "중국에서 영국선교사들은 상제 上帝를 사용하고 그 짝은 성신聖神이었다. 미국선교사들은 God는 神으로 Holy Spirit은 성령聖靈으로 번역해서 사용했다. 중국에서는 전자가 95% 이상, 후자는 일본에서 99% 이상. 일본에서는 미국선교사들의 영향 아래 성경을 번역하면서 神(가미)-성령을 사용했다. <예수성교전서>(1887)에서 John Ross는 上帝의 대응어인 하나님을 쓰면서 聖靈에 대한 용어는 성령을 채택했다."

옥성득 ㄱㄹ샤듸 "감성, 감정이 넘치다 보니 '감동'과 '은혜'를 주는 것이면 가짜라도 좋고, 가짜 목사도 좋고, 가짜 기도도 좋다. 좋은 게 좋다며 표절도, 위조도, 횡령도, 불법도 눈감아 주다 보니 한국교회가 사회로부터 지탄의 대상이 되었다. 성령의 감동이란 감화감동의 줄임말이다. 성령의 임하고 내주하심을 통해 내적으로 인격의 감화를 받고 외적으로 감동하는 양자를 포괄하는 뜻이었다. 지금은 후자는 사라지고 전자도 눈물이 핑 도는 수준의 감동으로 전락했다." '평양 장신 신학사' 연구의 필요성, 1893년 '하나님/하느님' 번역 문제. 총독부는 '신사참배는 국가의례에 참여하는 국민의 의무'라고 주장하는 국가신도(神道) 비종교론으로 기독교를 훼절시켰다." 이 문제는 앞에서 다루었죠. 서북 기독교의 보수성과 근본주의. 이런 것까지 연구? 중요합니다.

마지막으로 산스크리트어, 숨이 찬다. 헉헉.

Sanskrit Basic noun and adjective declension

	Singular		Dual		Plural	
	Masc./Fem	Neu.	Masc./Fem	Neu.	Masc./Fem	Neu.
Nominative	ḥ	Ø	au	ī	aḥ	i
Accusative	am	Ø	au	ī	aḥ	i
Instrumental	ā		bhyām		bhiḥ	
Dative	e		bhyām		bhyaḥ	
Ablative	aḥ		bhyām		bhyaḥ	
Genitive	aḥ		oḥ		ām	
Locative	i		oḥ		su	

	Masculine (*kāma-* 'desire')			Neuter (*āsya-* 'mouth')			Feminine (*kānta-* 'beloved')		
	Singular	Dual	Plural	Singular	Dual	Plural	Singular	Dual	Plural
Nominative	kāmas	kāmau	kāmās	āsyam	āsye	āsyāni	kāntā	kānte	kāntās
Accusative	kāmam	kāmau	kāmān	āsyam	āsye	āsyāni	kāntām	kānte	kāntās
Instrumental	kāmena	kāmābhyām	kāmais	āsyena	āsyābhyām	āsyais	kāntayā	kāntābhyām	kāntābhis
Dative	kāmāya	kāmābhyām	kāmebhyas	āsyāya	āsyābhyām	āsyebhyas	kāntāyai	kāntābhyām	kāntābhyas
Ablative	kāmāt	kāmābhyām	kāmebhyas	āsyāt	āsyābhyām	āsyebhyas	kāntāyās	kāntābhyām	kāntābhyas
Genitive	kāmasya	kāmayos	kāmānām	āsyasya	āsyayos	āsyānām	kāntāyās	kāntayos	kāntānām
Locative	kāme	kāmayos	kāmeṣu	āsye	āsyayos	āsyeṣu	kāntāyām	kāntayos	kāntāsu
Vocative	kāma	kāmau	kāmās	āsya	āsye	āsyāni	kānte	kānte	kāntās

동사변화의 일부 연습.

	Active			Middle		
현재	Singular	Plural	Dual	Singular	Plural	Dual
1st	bhavāmi	bhavāmaḥ	bhavāvaḥ	bhave	bhavāmahe	bhavāvahe
2nd	bhavasi	bhavatha	bhavathaḥ	bhavase	bhavadhve	bhavethe
3rd	bhavati	bhavanti	bhavataḥ	bhavate	bhavante	bhavete
반과거	Singular	Plural	Dual	Singular	Plural	Dual
1st	abhavam	abhavāma	abhavāva	abhave	abhavāmahi	abhavāvahi
2nd	abhavas	abhavata	abhavatam	abhavathās	abhavadhvam	abhavethām
3rd	abhavat	abhavan	abhavatām	abhavata	abhavanta	abhavetām

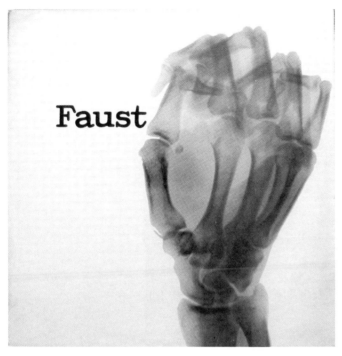

프로그레시브 락?

3. 28. 오전 11:26, 포조: 스포츠 테잎 아트 온 캔바스. 나의 작품!

3. 28. 오후 3:04, 라라 : 너무 웃겨! 난 아직도 붙이고 있는데 붙인 쪽 다리가 부드러워 스트레칭도 더 잘되고.

3. 28. 오후 3:05, 라라 : ^^ (이모티콘)

3. 28. 오후 3:53, 포조: 라라, 지금 수업 중이야. 아웅 졸려.

3. 28. 오후 4:26, 라라 : 호..혹시... 산스크리트...? 재밌다고 했잖아.

3. 28. 오후 6:08, 포조: 완전 탈진 산스크리트어. 사람잡는 산 산으로 산스크리트어 ㅠㅠ

3. 28. 오후 6:15, 포조: 옆구리 스포츠 테이프. 죽죽 늘어 나기라도 하면. ㅎㅎㅋㅋ

3. 28. 오후 6:34, 라라 : 아흥~ 왜들그러누~~~~~~~~~~~~

3. 29. 오후 11:08, 포조: 단테와 함께 한 하루. 정신없이 어느덧 밤.

3. 30. 오후 12:22, 포조: (이모티콘) 모르는 건 많고 시간은 없고 체력도 약하고 욕심은 많은 사람. ㅋㅋ 인생에 대해 생각해 보다.

3. 30. 오후 12:34, 포조: 사촌형 사진 전시회 갔다 왔어. 연기하는 소녀들.

<사진은 여기에>

3. 30. 오후 1:54, 라라: 식구들이랑 점심먹으러 나왔는뎅. 날씨가... 여름이 오려는가봉가.

3. 30. 오후 1:55, 라라 : 음. 마크 로스코 마지막 그림? 붉은색 그림.

난 그 그림은 별 감흥이 없던데.

3. 30. 오후 1:59, 라라 : 문득. 난 얼마짜리 인간인가 생각해보게 되었는데.. 어떤 명화가 나보다 더 큰 가치가 있는 경우가 더 많을 수도 있겠다는 생각.

3. 30. 오후 2:01, 라라: 인간이 위대할수도 있는데...거의대부분은 하찮은존재인 것 같아.

3. 30. 오후 3:08, 포조: ㅇㅇ. 나도 전적으로 동의함. I am nobody. 괜차나.

3. 30. 오후 3:14, 포조: 계속 고민 중. ㅎㅎ. 이것 저것 이번 주 하다 말다 하다

3. 31. 오전 9:15, 라라: 음. 너무 부담 갖지 말고. 뭐 즐거운 시간을 가질것. 특별히 하고 싶은 것이 없어지는 것이 나도 늙나벼. ㅋㅋㅋ

수많은 것을 공부해서 무지(無地 無知)에 도달하기. 아직 더 많은 것을 배워야 한다. 시간이 없다. 천천히 서두르자. Allegro Cantabile Andante 有終之無味

Fin

진짜 끝이야?

Yes und Non

제발 그만 해!

하나만 더.

최단시간에 미술가가 되는 법

이 책이 소설이면서 동시에 미술책이라는 것을 이해하기 위해서는 독자가 먼저 미술가가 되어야 한다. 그래서, 미니 강좌를 개설한다. 언제? 지금 여기에.

자, 시작해 보자. 너무 큰 기대를 하셨으면 좋겠어요.

아이디어, 흔히 컨셉concept이라는 것을 하나 만든다. 어떻게? 지금 당장!

이 생각은 반드시 독창적일 필요는 없다. 그 생각을 하나의 문장으로 쓴다.

이 생각을 가지고 그린다, 사진을 찍는다, 이미지를 만든다. 매일매일 반복한다.

반복을 하면서 나의 내면을 면밀히 관찰한다. 지루하지 않으면, 즉 즐거우면 이를 계속한다. 100일 동안 반복한 결과를 전시한다.

만약에 지루하다면 다시 처음으로 돌아가 새로 아이디어를 만든다.

그리고 그 컨셉으로 반복한다. 지루하지 않다면 계속 반복한다.

그러나 또 지루해진다면 다시 처음으로 돌아가 새로운 아이디어가 떠오르길 기다린다. 내가 만든 생각은 지루하지 않다. 아이디어가 독창적일수록 반복의 즐거움은 커진다. 책이 있어요. 중국에서도 번역되어 나왔죠.

나만의 아이디어가 어렵다구요?

내가 창조한다는 생각을 버리세요. 창작은 우연의 산물. 나에게 다가오는 아이디어를 거부하지 마세요. 나의 감각을 깨우고 명징하게 지켜보세요. 이런 씨펄sea pearl, 지금 이순간에도 멋진 아이디어가 지나가 버렸네. 다시 붙잡으면 되지 않나요? 아, 그건 불가능합니다. 내가 놓친 아이디어를 전부 모으면 미술관 10개를 채우고도 넘칠 거에요 라고 말하면 아주 조금 과장이겠군요.

MOMA 9개 반. Mass of Meaningless Artichoke.

예를 들어 드릴게요. 일민 미술관에서 일어난 일. 한 사무직 회사원이 A4용지로 만든 작품. 이것은 조각이며 설치이며 사진. 일상에서 발견된 그만의 생각. 재미 있다. 좋은 작품이다. 반복할수록 흥미롭다. 시각적으로도 볼 만하다. 게다가 철학 적으로 생각할 것이 있다. 무엇이요? A4를 구겨서 편 후 사진찍기. 아무 것도 아 니잖아. 아, 아주 멋진 조형어법이었어요. KH의 말입니다. 어디에 계신가요?

제가 반복하기로 한 작업은, 구겼다 펴기입니다. 매우 간단한 작업입니다.

그 처음이 그냥, 멀쩡한 A4지를 구겨보고, 다음 펴 보는 것입니다. 다음에 글로 쓸게요.

나의 조형어법 – 구겼다 펴기

처음 종이를 구겼다 펴다

종이를 아껴야 한다는 평소의 회사 지침(?) 때문인지, 우습게도 멀쩡한 종이를 구겼다 펴 는 행위에서, 스릴이 느껴진다. 멀쩡한 A4지를 '와샥~' 구기니 마음이 반응을 한다. 재미있 다. 다시 구긴 종이를 손으로 펴본다. 이제 아까와는 달리 새로운 편안함이 느껴진다. 내 가 쓰던 A4지를 다만 상처 받고 구겨지고 하는 것이 마음과 비슷하다고 생각한 것 뿐인 데... 재미있는 반응이다.

이 첫 시도에서 여러 가지 생각이 퍼져나간다. 다양한 것들을 실험할 수 있을 것 같다. 위 로 받는 것도 같다. 사람들과의 관계에 대해서도 생각하게 된다. 처음의 종이 상태가 순수 였다면, 구겨진 후에는 성숙이 아닐까. 반복하여 할 수 있겠다는 기대로 실험 종료.

상처 내기

구겨진 무늬를 더 확실히 표현해 보고 싶다는 생각이 든다. 종이를 열심히 구기다 보면 구가 된다. 그 구의 표면에 접힌 부분들이 생긴다. 공구함을 뒤적여 줄을 꺼내서, 겉으로 드러난 접힌 부분을 마모 시킨다.

의도와 우연

구긴 상태의 종이를 젖은 채로 말렸더니, 각이 커지는 특성이 생겨서, 상당한 입체감이 생겼다. 사진으로 부분을 찍는다면 다른 무엇으로 보일 수도 있을 것 같아, 다양한 각도에서 사진을 찍는다. 사진 속에는 처음의 의도와는 전혀 다른 결과가 있다. 봄의 눈 덮인 산 같기도 하다. 사진 찍는 재미가 느껴진다. 사진으로 찍어내는 것은 아무것도 아닌 것을 마치 무엇인 양 보이게 하는 트릭의 재미가 있다.

구긴 종이를 폈다가 다시 구겼다가 다시 편 뒤, 그라파이트로 칠했습니다. 이렇게 무한에 가깝게 반복합니다. 같아 보이지만 조금씩 다릅니다. 작은 차이가 만드는 섬세한 변화에 지루해 보이는 이 작업이 나에게는 즐겁습니다.

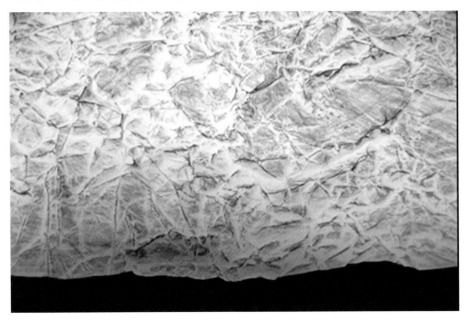

무대에 서 보자

처음에는 몰랐다. 나의 단순하고 반복적인 구겼다 펴는 작업이 전시장에까지 오게 될 줄은... 그 동안의 즐거운 경험이 나에게 무대에 서 보자는 용기를 갖게 해 주었다. 구겼다 펴고, 편 모습을 다시 사진으로 탄생시킨 열 여섯장의 사진들이 전시 되었다. 나는 굳이 작품 각각의 이름을 붙이지는 않았다. 그것이 나의 작품과 어울린다고 생각했다. 관객은 이것이 종이를 구겨 생거난 무늬이고, 구거진 종이 위에 무언가를 덧칠하거나 가공하고, 그것을 다시 사진으로 연출한 것임을 발견할 것이고, 그것들의 원래 모습은 하찮은 A4지 이거나 문방구에서 흔히 살 수 있는 종이들이라는 것에서 유쾌한 속임수를 발견하기도 할 것이다. (박수 소리가 들린다.)

또 다른 조형어법:

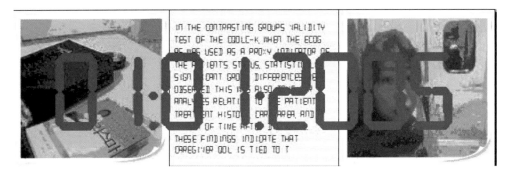

책을 많이 읽는 사람의 미술작품 만들기. 스킨과 데이터베이스를 이해하기.

그는 서울에서 대전까지 1년 통근을 하게 되었다. 매일 강제로 독서를 한다. 책을 읽어서 훌륭한 사람이 된다면 즉 나의 내면이 바뀐다면 나의 외면도 변하지 않을까? 매일매일 책을 읽고, 책의 한 문장을 타이핑하고, 책 표지와 나의 얼굴을 찍는다. 1년 후에 내가 어떻게 바뀌었는지를 추적한다. 이것도 반복의 즐거움. (이런 문자를 받았다.)

흠흠.. 작품이라고 하기엔 민망하지만요.
뭐할까.. 뭐할까 하다가 선생님께서 작년에 읽은 책 목록이라도 정리해보라는 말씀을 하셔서 문득 생각나서 만들어 본 거예요. 뭐냐면.. 작년에 제가 책을 좀 많이 읽었는데요. 그걸 제목만 나열하자니 밋밋하고. 그래서..

책사진 │ 인상적으로 느낀 문구 │ 내 사진
이렇게 배열이 되고 그 위에 빨간 숫자로 날짜가 써지구요. 옆으로 갈리면서 찰칵찰칵 소리가 나면서 넘어가는 거예요. 매일매일 다른 책, 다른 감상, 다른 사진
같은 책을 읽은 날은 연속으로 같은 책일 수도 있고,, 사진도 같은 장소에서 같은 모양으로 찍으면 좋겠구.
책도 그렇구요. 책이 사람을 변화시킨다고 하잖아요.
그래서 인상이 진짜 변하나 보는 작업이예요. --;; 이를테면 장기 프로젝트, 종적 관찰 연구조. 이런 식으로 해 보려구요. 좀 더 고민 해 보구.. 아이디어 있으면 주세요.

책표지들을 찍었어요. 북디자인의 묘미가 대단하네요.

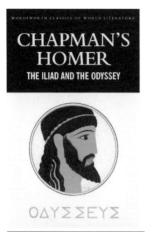

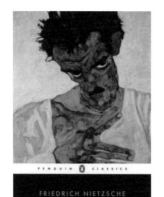

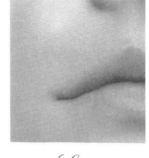

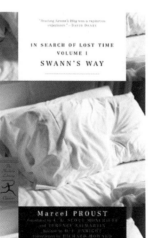

푸코와
들뢰즈와
벤야민과
아도르노
와 니체
와 하이

을 샐 모양이다. 지금 밥
려. 그만 집어쳐. 아, 알았
자.　　　　사진은 없어요?
에 일단 원과 사람 그리기

데거가 토론하고 있다. 밤
먹는 시간이야. 모두 기다
어. 시간이 없네. 그만 하
지금 찾고 있어요. 그 전

의 반복을 보여줄게요.

583

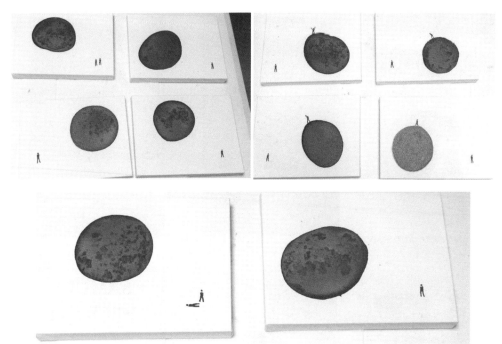

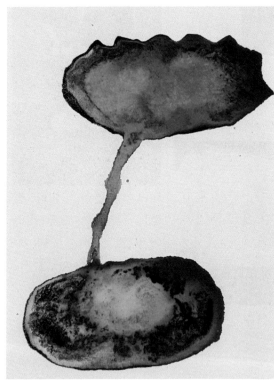

조금씩 조금씩 변화를 주면서 반복적으로 그려 나가는 것이 보입니다. 이 옆의 초록 덩어리들은 무엇인가요? 본격적으로 그리기 전에 만들어 보고 있는 습작입니다. Being connected.
Connectedness topology.

Path-connected implies connected: If X = A⊔B is a non-trivial splitting, taking p ∈ A, q ∈ B and a **path** γ in X from p to q would lead to a non- trivial splitting [0,1] = γ-1(A) ⊔ γ-1(B) (by continuity of γ), contradicting the **connectedness** of [0,1]. 재미있어요. 정말로? 네.

K: 댄스 레슨을 받으면 선생들이 one two three four..... eight까지 세거든요. 박자 맞추느라. 그래서 농담으로 8까지만 셀 줄 아는 사람. 그 8박자가 무한반복되는 것이 춤이고 인생. 마티스의 la danse를 변형 추상화해 보았어요. 그림은 찾고 있어요. 예술은 앞시대를 끝없이 반복하는 것. 그리고 이런 축적이 만드는 문화. 또한 모방하면서 파괴하는 충동.

언어의 감옥에서 과거를 반복하면서 새로움을 위해 파괴하면서 애를 써보다가 결국 무의미한 반복에 불과했다는걸 알지만 그것을 비밀에 붙이는 것이 예술가. 새로움과 진부함이 동시에 공존하게 만드는 것. 아니 그것이 발생하는걸 구경하는 것. 자신의 작품 안에 사실은 새로움이 전혀 없다는걸 알면 대예술가, 자신이 독창적이라고 생각하면 소예술가. 대단한 자부심과 함께 절망하는 슬픈 눈을 가진 예술가를 좋아합니다.

"다들 죽었다. 내가 좋아하는 친구들은 다 죽었다. 나만 지금껏 살아 있구나." 이런 말을 할 수 있는 예술가를 좋아합니다.

K: 예술 속으로 깊이 들어가면 차라리 모르는 것이 좋았을텐데. 이런 지점이 오잖아요. 그러다가 또 한없이 좋아지다가 갑자기 허무함이 오구요. 누가 한 말인지 기억이 안나는데 셰익스피어도 괴테도 베토벤도 모짜르트도 고작 이것뿐인가? 이런 허무한 지점에 도달하는것을 피할 수 없다. 인생은 불행할 수 밖에 없다. 앗 죄송합니다. 아침부터 이런 말을. 이건 전부 개소리입니다.

H: 좋습니다. 더 적어주세요

K: 들어주는 분이 있으니 전 좋구요. 오늘 좋은 하루

진정한 예술애호가는 작품이 대단하다는걸 이해하면서 동시에 이것이 아무것도 아닌 것을 느끼는 것. it is something and nothing. und와 aber를 동시에 작품 앞에서 느끼는 것. 대단하다 그래서 좋다. 대단하다 그러나 무의미하다. 이 말은 엄청난 고수들의 세계에서만 할 수 있는 말이라고 장난으로 가끔 얘기해요. 저도 고수는 아니니까요.

Z: 그럼 넌 이 말을 어떻게 아니?

K: 그냥 알게 되었어. 대단하다 그래서 무의미하다. 대단하다 그러나 너무 좋아서 미치겠다. 여기의 역설은 대단한걸 내가 넘 좋다고 느끼는 순간, 혹시나 내가 좋다고 느낀다면 사실은 이것은 걸작이 아닐 수도 있어. 내가 감동을 못받아야 걸작이지. 이런 관객의 겸손함이 있어요. 오만과 겸손의 공존. 예술애호가들을 저는 또 싫어합니다. 이유는 아실 듯. 아 인생은 예술은 전부 역설이네요.

585

H: ㅎㅎ

K: **관계대명사가 없는 슬픔, 관사가 없는 불편함, 접속법이 없는 아쉬움.**

H: 한국어는 아쉬운 언어가 아니라 아쉽다고 느끼도록 내가 조건화된 겁니다.

K: 그런것 같아요. 조건화된 나. 그런데 이런 사례도 있네요. 티베트 사람들은 관계대명사를 산스크리트불경을 번역하기 위해 일부러 만들었다고 해요. 그러니 언어도 고정불변이 아니라면 새로운 가능성을 상상해보는것도 좋을 것 같아요.

H: 그렇지요.

K: 새벽에 깨서 떠오르는 생각을 적어 봅니다. 잊어 버리지 않기 위해서.
워낙 배우는 걸 좋아하기에 신춘문예 지망생들 글쓰기 교실에 가서 한번 들었는데 문학청년들의 문제는 모두 글을 잘 쓰려고 노력한다는 것. 매끄럽고 잘 읽히는 글을 만들려고 노력. 물론 이런 연습 중요합니다. 그러나 많은 위대한 문학이 미완성이거나 불완전.

K: 왜 내가 이런 짓을 하나? 근본 원인은 한국예술에 대한 실망. 허 박사님 예전 강연에서 한 말. 무너뜨려야 하는 공동의 보편담론이 없다. 각자도생의 아수라장. 한국예술가는 재능은 있는데 서양미술을 하면서 서양철학에 대한 이해가 부족하다. 이런 말도 있죠. 이 차원 이전의 문제가 있어요. 00대학에서 미대생들에게 프랑스철학 강의하고 그 철학을 가지고 적용해서 서양식 개념미술을 흉내내고. 전 완벽히 실패한다고 봐요.

Z: 그러면 어떻게 해야 하나?

K: 저는 먼저 열심히 프랑스 철학을 배우고 그 후 작품 만들 때는 자신이 배운 모든 철학과 이론은 잊어 버려야 한다고 생각해요. 글쎄요, 예술대학 학생들은 재능은 있지만 철학이 없고, 재능과 철학지식은 있지만 가장 중요한 것이 빠졌거든요. 그게 지적인 태도라고 전 생각해요. 무식해도 지적인 태도를 가진 사람이 가능하거든요. 문화제국주의의 이른바 종주국은 그런 사람들이 많지요. 저는 심지어 예술적 재능은 없지만 지적인 태도를 가지고 접근했을 때 예술적 성취가 가능하다고 생각. 천재적 인간들을 만나보면 나의 지적수준이라는것도 거인 옆에선 난장이라는 걸 절감합니다. 노벨상 수상자들이 제 선생들 이었으니까요. 백남준만큼 독창적인 한국 예술가 잘 안보이잖아요. 물론 있을 겁니다. 하지만 알아보는 눈이 우리에게는 없는 것일 수도 있구요. 그 수많은 청년 예술가들을 보면서 슬픔을 느낍니다. 한국문학도 불만족스럽구요.

K: 이 책은 서양문화에 반쯤 잡아먹힌 한 한국인이 더 잡아 먹히려고 거대한 서양뱀의 아가리 안으로 더더더 기어 들어가는 죽으러 들어가는 모험입니다. 완전히 서양적인 것 안에서 먼저 죽어야 서양을 거꾸로 잡아 먹을 수 있다. 잡아 먹으려고 할 필요도 없지요. 그냥 먼저 죽으면 다시 부활할테고 부활한 후의 나는 더 이상 한국인도 아니고 유럽인도 아니고 그냥 나이니까요. 이런 나가 모여서 새로운 한국적인 것이 탄생하겠죠.

이 책은 한국어를 파괴하고 나의 개성을 소멸시키고 창의성을 부정하고 나를 죽이러 가는 행위의 기록. 그렇게 보이지는 않지만, 인용과 번역과 문법으로 구성된 책. 문학이면서 역사이고 그 무엇보다도 그림책.
저의 정체성은 미술가니까. 진정 그렇게 생각하는가? 그래요.
예전에 이라크 전쟁으로 개념적인 설치와 영상작업 만든 것이 있었는데
한 미술평론가가 그 달에 서울에서 열린 전시에서 베스트라고 평한 적이 있었고 그래서 용기를 얻었고, 그 바람에 일민 미술관에서 미술강좌도 했었죠.
지난번 합정에서 말한 것이 그 연속선 상에 있는 것. 아 그만 쓸게요.
K: 미술재능이 없이 미술을 만들어 보고, 글쓰기 재능이 없는 사람이 미술가의 입장에서 문학을 만들어 보고, 이 작업이 만약에 어느 정도 성취가 되면, 소설가의 입장에서 음악에 대한 재능이 전혀 없는 사람이 만드는 새로운 conceptual music이 마지막 도전이 되겠네요.
도대체 왜 나는 이런 짓을 할까? 모르겠어요.
K: 갑자기 생각난 것.
나의 정체성을 미술가에서 문학가로 transform하는 과정이 이 책이다.
그 과정이며 동시에 결과이다. ~~지금 책 교정 중입니다. 이 말 취소합니다.~~
K: 이태리 영화감독 파졸리니를 생각하며 백남준을 상상하며 썼어요.
  지금 너무 수다스럽네요. ㅋㅋ 괜차나 rhoascksk rhoscksk
K: 제 친구 김OO의 말.
얼마 전 음대 피아노 교수가 쓴 글에서 학생들을 보면 손가락은 귀신 같이 돌아가는데 너 왜 음악하냐고 물어보면 말이 막혀 결국 대성통곡 하는 애들이 많다고. 그런 질문은 처음이라. 그래서 자기 밑에서 뒤늦게 이 고민을 하다 결국 음악 관둔 제자들이 많대요.
H: 위에 쓰신 부분을 책에 꼭 넣으셨으면 좋겠습니다. 너무 공감합니다.
K: 네. 넣을 위치 찾아 볼게요.

허경 선생님이 무엇에 공감한디는 것이지? 바로 앞의 피아노과 이야기 아니면 예술 일반에 대한 이야기? 잘 모르겠다. 일단 전부 넣었다. 이제 그만하사. 하나만 더.

Nakamura(흑백사진으로 바꾸지 마라..........)

영국이라는 야만과 아편전쟁 그리고 중일전쟁에서 일본의 아편 활용.
박강의 中日戰爭과 아편:

중국이 근대로 진입하는 시기에 아편은 중대한 역할을 수행하였다. 즉, 서구 열강의 아시아 침략과정에서 아편이 중국에 미친 악영향은 실로 막대한 것이었다. 중국은 아편을 매개로 일어난 영국과의 아편전쟁에서 패함으로써 반식민지로 전락하기 시작하였으며, 이후 100 여 년 동안 중국의 정치·경제는 물론 사회적으로도 발전에 커다란 장애요인이 되었다. 아편의 역사를 살펴보면, 제국주의의 중국 침략과 관련하여서는 주로 영국과의 관계에 대해서만 알려졌다. 그런데 중국을 무력으로 침공하여 중국 국민에게 막대한 피해를 주었던 일본의 중국 침략과정에서 아편의 역할도 영국 못지 않았다. 식민지 개척과정에서 영국등 선발 제국주의가 시행했던 정책 등을 일본이 참고 모방하였던 것이다

일본은 취약한 재정구조를 가지고 있었다. 따라서 아편은 일본 제국주의의 중국 침략과정에서 무역적자의 해소, 재원의 조달 등 커다란 역할을 수행하였을 뿐만 아니라 중국 국민 개개인의 육체적 정신적 도덕적 타락은 물론 경제적 몰락을 야기시켰다. 이를 극복하기에 시간이 오래 걸렸다.

이에 대한 인식과 연구는 거의 없는 상황이었다고 해도 과언이 아닐 것이다. 이는 일본이 아편관련업무를 직접 나서서 행하지 않고, 괴뢰정권내 漢奸(한족 매국노) 또는 조선인을 통해 시행하고, 일본은 뒤에서 조정만 함으로써 직접적인 비난을 피하였던 것이 하나의

원인이 될 수 있을 것이다. 그러나 무엇보다도 전후 일본이 아편관련자료를 거의 은닉 또는 소멸시켰던 것이 가장 주된 원인일 것이다.

어디서 많이 듣던 말 아닌가? 근대일본이라는 야만, 친일파라는 반민족적 극우보수파에 대한 논의와 연구가 아직은 중단될 수 없는 이유가 될 것이다. 그렇군요. 예술과 역사와 철학은 더불어 같은 곳을 보고 걸어 갈 수 있으리라.
  너무 심각해 하지 말아요. 여러분, 이건 모두 거짓말입니다. 그럼 사실이 무엇인가?
이 말이 마지막이 되면 이 책의 결론 같이 느껴지기에 다른 곳으로 옮겨야 하지 않을까? 그렇죠. 이 책은 결론, 주제의식, 당부의 말, 저자 후기 이런 것 다 필요 없어요. 무엇을 썼는지 저자도 독자도 알지 못하고 관심도 없으니까.
****

그리고 문체논쟁에 관심을 가지게 되었죠. 연암 박지원, 이옥부터 최근의 인터넷 문체까지. *글쓰기와 그림그리기를 동시에 배우는 강좌를 대안연에서 할거에요. 곧 곳 꽃*

북한산에 올라 서울 시내의 봄빛을 바라보니 무성하고, 아름답고, 훌륭하며, 곱기도 하다. 한 선비가 천천히 걸어 온다. 그가 말한다.
"화란춘성(花爛春城)하고 **만화방창**(萬化方暢)이라." Tlqtjsqldlsrk? 오타체크
선비 하나가 또 빠른듯 느린듯 조깅하듯 달려 온다. 숨을 고르고 말한다.
"나는 알겠노라. 푸른 것은 그것이 버드나무인 줄 알겠고, 노란 것은 그것이 산수유꽃·구라화인 줄 알겠고, 흰 것은 그것이 매화꽃·배꽃·오얏꽃·능금꽃·벚꽃·귀룽화·복사꽃 중 벽도화(碧桃花)인 줄 알겠다. 붉은 것은 그것이 진달래꽃·철쭉꽃·홍백합꽃·홍도화(紅桃花)인 줄 알겠고, 희고도 붉거나 붉고도 흰 것은 그것이 살구꽃·앵두꽃·복사꽃·사과꽃인 줄 알겠으며, 자줏빛은 그것이 오직 정향화(丁香花)인 줄 알겠다. (화설花說).

아까 그 선비가 헛기침을 하며 말한다.
"수다스럽지 않소. 색깔을 부여하면서 꽃 하나하나를 불러내다니. **쇄쇄**포도(瑣瑣葡萄)를 먹으러 가시는 것이 어떻겠소."

그러자 그는 또 이렇게 말하기 시작한다.
"아침 꽃은 어리석어 보이고, 한낮의 꽃은 고뇌하는 듯하고, 저녁 꽃은 화창하게 보인다. 비에 젖은 꽃은 파리해 보이고, 바람을 맞이한 꽃은 고개를 숙인 듯하고, 안개에 젖은 꽃은 꿈꾸는 듯하고, 이내 낀 꽃은 원망하는 듯하고, 이슬을 머금은 꽃은 빠기는 듯하다. 달빛을 받은 꽃은 요염하고, 돌 위의 꽃은 고고하고, 물가의 꽃은 한가롭고, 각각의

589

꽃은 時空에 따라, 날씨에 따라 보는 나에게 매번 다른 느낌을
불러일으키는구려. 그 法國의 마네인가 모네인가 印象派라고 아시는지?"

이옥(李鈺, 1760~1815)은 말한다.
"만물(萬物)이란 만 가지 물건이니 진실로 하나로 할 수 없거니와, 하나의
하늘이라 해도 하루도 서로 같은 하늘이 없고, 하나의 땅이라 해도 한 곳도 서로
같은 땅이 없다." 개별적인 것들에게 존재(存在) 의미를 부여하는 언어의 사용
방식이 이옥 산문의 특징이다. 이는 이 세계에 존재하는 모든 것들이 하나의
이(理)로 수렴되고, 그 이는 모든 사물에 내재(內在)한다는 신유학, 성리학,
주자학의 일리(一理)적 세계관을 해체(解體)하는 것이었다. 검찰을 해체하라!
 동일체의 원칙은 없어졌다구 하네요?! 그 理가 살아있지노아반지노아반테두리반색을하고.
'한국은 하나의 철학이다.' Ah, 이 책을 읽어 보시오. 스스로를 비루하고 천한
일본인이라고 말하는 일본 학자가 썼습니다. **오구라 기조**가 보기에 한국에서
주자학은 그냥 옛 이론이 아니다. 한국은 "사회 전체가 주자학"이고 "한국인의
일거수 일투족이 주자학"인 곳이다. 이유는 단 하나다. 오직 하나의 완전 무결한
도덕, '이(理)'로 모든 것이 수렴된다는 원칙이 여전히 작동하는 사회이기
때문이다. "한국 사회는 사람들이 화려한 도덕 道德爭奪戰 쟁탈전을 벌이는 하나의
거대한 극장이다." 한국 사회의 역동성은 여기에서 유래한다. Transformation of
emotions: 종교는 영향력을 상실했지만 종교적 감성이 변형되어 여전히 작동.
(한국사회에서 유교는 영향력을 상실실성 그러나 유교적 감수성은 여전히
유지되고 있다.) 심지어 친일파의 명예회복을 위해서 일본은 나쁘지 않았다는
논리도 개발해 내었지만 국민적 지지를 받지는 못했다. 아무튼 계속해 보아요.
무엇을?

이언인(俚諺引)

- 첫 번째 비난(一難)

어떤 사람이 내게 물었다. *왜 물었을까?*
"그대의 이언(俚諺)은 무엇하러 지은 것인가? 그대는 어째서 국풍(國風)이나
악부(樂府), 사곡(詞曲) 같은 작품을 짓지 않고서 꼭 이 이언을 지어야만 했는가?"
 (*그걸 말이라고 하냐? You, son of a beach mother fine thank you.*)
나는 이렇게 대답했다. 나라고 하는 사람은 누구요? 문맥을 따라가세요.
"이것은 내가 그렇게 하고 싶어서가 아니라 따로 주관하는 자가 있어서 그렇게
시킨 것이니, 내가 어찌 국풍, 악부, 사곡 같은 시를 짓고 나의 이언을 짓지 않을 수

있겠는가? 국풍이 국풍된 까닭을 알고, 악부가 악부된 까닭을 알며, 사곡이 국풍이나
악부가 되지 않고 사곡 된 까닭을 알면 내가 이언을 지은 까닭 또한 알 것이다."

그러자 그가 말했다. *Sks Emfgflsdlqdlfkrh 그런 말 하냐 라는 표현이 싫다.*
"그렇다면 저 국풍, 악부, 사곡과 그대의 이언이라는 것들이 모두 그 작자의 지은 바가
아니란 말인가?"

내가 대답했다. *한심하군, 그대여. 그대여 아무 생각 하지 말아요♪*
"작자가 어찌 감히 그것들을 짓겠는가? 작자로 하여금 그렇게 짓도록 만든 것이
그것을 지은 것이다. *아멘!* 이는 누구인가? 천지만물이 바로 그것이다.
천지만물에는 천지만물의 성질이 있고, 천지만물의 형상이 있으며, 천지만물의
빛깔이 있고, 천지만물의 소리가 있다.
作之者, 安敢作也? 所以爲**作之者**之所作者, *作之矣.* 是誰也? 天地萬物,
是已也. 天地萬物, 有天地萬物之性, 有天地萬物之象, 有天地萬物之色,
有天地萬物之聲. *예전에 고전중국어공부한보람을 가슴벅차게느껴요요요*
이를 묶어서 살펴보면 천지만물은 하나의 천지만물이지만, 나누어서 말하자면
천지만물은 각기 서로 다른 천지만물들이다. 總而察之, 天地萬物,
一天地萬物也; 分而言之, 天地萬物, **各**天地萬物也 바람 부는 숲의 낙화가 비
오듯이 어지러이 흩날려 쌓이되, 그것을 분별하여 살펴보면 붉은 꽃잎은 붉고 흰
꽃잎은 희다. *아 멋진에ㅛ. 아직도 독소리와 더불어 타자를 치는가, 그대여.*

하늘나라의 음악이 장엄하게 어울려 울리되, 자세히 들어보면 현악기는 현악기의
소리를 내고, 대나무 악기는 대나무 악기의 소리를 내서, 만물이 제각각의
빛깔과 제각각의 소리를 가지고 있다. *하라쇼. 쇼타임.*

한 벌의 온전한 시는 자연으로부터 산출되는 것으로, 팔괘(八卦)를 그리고
서계(書契)를 만들기도 전에 이미 갖추어진 것이다. 이것이 바로 국풍, 악부,
사곡을 지은 사람이 감히 스스로 한 일이라 자임(自任)하지 못하고, 또한 감히
서로 도습(蹈襲)하여 본뜨지 못하는 까닭이다.

천지만물과 작자 사이의 관계는 꿈을 통하여 실상을 드러내고 키[箕]를 빌어서
정(情)을 통달하는 것과 같다. 그러므로 천지만물이 어떤 사람을 빌어서 시가
되어 나오려 할 때에는 물 흐르듯이 귀와 눈을 따라 들어가 단전(丹田) 위에

머무르다가 줄줄이 잇달아 입과 손끝으로 따라 나오는 것이니, 이는 그 사람의 의지적 행위가 아니다.

예컨대 이는 석가모니가 우연히 공작새의 입을 통해 뱃속으로 들어갔다가 잠시 후에 공작의 꽁무니로 다시 나온 것과 같다. 나는 모르겠거니와, 이는 석가모니의 석가모니인가 공작새의 석가모니인가? 이런 까닭으로 **그것을 지은 사람은 천지만물의 통역관이며, 또한 천지만물의 화가일 따름이다.**

作之者, 天地萬物之一**象胥**也, 亦天地萬物之一**龍眠**也.

역관이 남의 말을 통역할 때 나하추(納哈出)의 말을 통역하면 북번(北蕃)의 말이 되고, 마테오리치(利瑪竇)의 말을 통역하면 서양의 말이 되는 것이니, 그 소리가 익숙하지 않다고 해서 감히 바꾸고 고칠 수는 없는 것이다. 화공(畵工)이 사람의 형상을 그림에 있어서, 맹상군(孟嘗君)을 그린다면 아담하게 작은 모습을 그릴 터이고, 거무패(巨無覇)를 그린다면 곧 훤칠하고 늠름한 모습으로 그리게 된다. 그 모습이 보통 사람과 다르다고 해서 감히 바꾸는 바가 있을 수 없는 것이니, 시를 짓는 이치가 어찌 이와 다르겠는가?

대체로 논하건대, 만물이란 만 가지 물건이니 하나로 묶을 수 없다. 하나의 하늘이라 해도 서로 같은 하늘이 하루도 없으며, 하나의 땅이라 해도 한 곳도 서로 닮은 땅이 없다. 이는 마치 천만 사람이 각기 저마다 천만 가지 이름을 가졌고, 일년 삼백일에 또 각기 삼백 가지 서로 다른 일이 있는 것과 같다.

萬物者, 萬物也, 固不可以一之, 而一天之天, 亦無**一日**相同之天焉; 一地之地, 亦無**一處**相似之地焉. 如千萬人, **各自有**千萬件姓名; 三百日, **另自有**三百條事爲, 惟其如是也. 그러므로 역대로

하(夏). 은(殷). 주(周). 한(漢). 진(晉). 송(宋). 제(齊). 양(梁). 진(陳). 수(隋). 당(唐). 송(宋). 원(元)을 내려왔지만, 한 시대는 또 다른 한 시대와 같지 않아서 각기 저마다 한 시대의 시가 있었다.

열국(列國)을 보아도 주(周). 소(召). 패(邶). 용(鄘). 위(衛). 정(鄭). 제(齊). 위(魏). 당(唐). 진(秦). 진(陳)이 있었으되, 한 나라는 또 다른 한 나라와 같지 않아서 각기 저마다 한 나라의 시가 있었다. 삼십 년이면 세상이 변하고 백 리를 가면 풍속이 같지 않다. 어찌하여 대청 건륭(乾隆) 연간(年間)에 태어나 조선 한양성에 살면서 짧은 목을 길게 늘이고 가는 눈을 크게 부릅떠서 망령되이 국풍, 악부, 사곡 짓는 것을 말하고자 하는가?

나는 이미 이와 같음을 보았거니와, 이러하다면 나는 진실로 내 자의에 따라 짓는 바가 있을 수 없다. 오직 저 유구한 천지만물은 건륭 연간이라 해서 혹 하루라도 있지 않을 때가 없으며, 오직 저 다채로운 모습의 천지만물은 한양성 아래에서도 혹 한 곳이나마 따르지 않는 곳이 없다.

또한 나의 귀, 눈, 입, 손도 내가 용렬할지언정 혹 한 부분이라도 옛사람에 비해서 갖추어지지 않은 것이 없을 것이니, 참으로 다행스러운 일이다. 이것이 또한 내가 작품을 짓지 않을 수 없게 하는 것이다.

또한 내가 다만 이언을 짓고 감히 '도요(桃夭)', '갈담(葛覃)' 같은 국풍류 작품을 짓지 못하며, '주로(朱鷺)'와 '사비옹(思悲翁)' 같은 악부시를 또한 짓지 못하고, 아울러 '촉영요홍'(燭影搖紅)과 '접련화'(蝶戀花) 같은 사곡을 또한 감히 짓지 못하게 된 까닭이다. 이것이 어찌 나의 일인가? 이것이 어찌 내 마음대로 하는 일이란 말인가? 是豈我也哉? 是豈我也哉? 다만 부끄러운 것은 천지만물이 나를 통해 포착되고 그려지는 것이 옛사람에게서 그러했던 경지에 크게 미치지 못했으니, 이는 곧 내 잘못이다.

所可慙者, 天地萬物之所於我乎徘徊者, 大不及古人之所以徘徊天地萬物者, 則此則我之罪也. 이에 이언(俚諺)의 여러 가락을 감히 국풍이나 악부 또는 사곡이라 하지 못하고, 이미 '이(俚)'라 하고 또 '언(諺)'이라 하여 천지만물에게 사죄하게 된 것이다.

나비가 날아서 학령(鶴翎)을 지나치다가 그 쓸쓸하고 야윈 모습을 보고 묻기를 '그대는 어째서 매화의 흰색이나 모란의 붉은색 혹은 복숭아와 오얏의 분홍색이 되지 못하고 하필이면 이런 황색이 되었는가?' 하니, 학령이 말했다. '이것이 어찌 내 마음대로 한 것인가? 상황[時]이 곧 그렇게 만든 것이다. 내가 상황에 대해서 어찌하겠는가?' 그대 또한 어찌 나에게 나비가 되려는가?"

아래 한문은 시력테스트 용도인데 99%의 사람에게는 실용성이 없는 것이다. 읽지마시오.

一 難

或問曰: "子之俚諺, 何爲而作也? 子何不爲國風爲樂府爲詞曲, 而必爲是俚諺也歟?"

余對曰: "是非我也, 有主而使之者. 吾安得爲國風樂府詞曲, 而不爲我俚諺也哉? 觀乎國風之爲國風, 樂府之爲樂府, 詞曲之不爲國風樂府, 而爲詞曲也, 則我之爲俚諺也, 亦可知矣.

曰: "然則, 彼國風與樂府與詞曲, 與子之所謂俚諺者, 皆非作之者之所作歟?"

曰: "作之者, 安敢作也? 所以爲作者之所作者, 作之矣. 是誰也? 天地萬物, 是己也. 天地萬物, 有天地萬物之性, 有天地萬物之象, 有天地萬物之色, 有天地萬物之聲. 總而索之, 天地萬物, 一天地萬物也; 分而言之, 各天地萬物也. 風林落花, 雨樣紛堆, 而辨而視之, 則紅之紅, 白之白也; 勻天震樂, 雷般轟動, 而審而聽之, 則絲以絲, 竹也竹. 各色其色, 各音其音.

一部全詩, 出隨於自然之中, 而已具於畫八卦造書契之前矣. 此國風樂府詞曲者之所不敢自任, 不敢相襲也.

天地萬物之於我者, 不過托夢而現相赴箕寅而通情也. 故其假如人, 而將爲詩也, 溜溜然從耳孔眼孔中入去, 徘徊乎丹田之上, 繼續然從口頭手頭上出來, 而其不干於人也. 若釋迦牟尼之偶然從孔雀口中入腹, 須臾向孔雀尻門復出也. 吾未知釋迦牟尼之 釋迦牟尼耶? 是孔雀之釋迦牟尼耶? 是故, 作之者, 天地萬物之一象宵也, 亦天地萬物之一龍眠也.

今夫譯士之譯人之語也, 譯納哈出, 則爲北蕃之語; 譯利瑪竇, 則爲西洋之語.不敢以其聲之不慣, 而有所變改焉. 今夫畫工之畫人像也, 畫孟嘗君, 則爲眇小之像; 畫巨無覇, 則爲長狄之像. 不敢以其像之不類, 而有所推移焉, 何以異於是?

蓋嘗論之, 萬物者, 萬物也, 固不可以一之, 而一天之天, 亦無一日相同之天焉; 一地之地, 亦無一處相似之地焉. 如千萬人, 各自有千萬件姓名; 三百日, 另自有三百條事爲, 惟其如是也. 故歷代而夏殷周也漢也晉也宋齊梁陳隋也唐也宋也元也, 一代不如一代, 各自有一代之詩焉;

列國而周召也邶鄘衛鄭也齊也魏也唐也秦也陳也, 一國不如一國, 另自有一國之詩焉. 三十年而世變矣, 百里而風不同矣. 奈之何生於大淸乾隆之年, 居於朝鮮漢陽之城, 而乃敢伸長短頸, 瞠大細眶, 妄欲談國風樂府詞曲之作者乎?

吾旣目見, 而其如是, 如是也, 則吾固不可以有所作矣. 猶彼長壽之天地萬物者, 不以乾隆年間, 而或一日不存焉; 惟彼多情之天地萬物者, 不以漢陽城下而或一處不隨焉; 亦吾之耳之目之口之手也, 不以吾之庸瀾, 而或一物不備於古人焉, 則幸哉幸哉! 此吾之亦不可以不有所作者也. 亦吾之所以只作俚諺, 而不敢作桃夭葛覃也, 不敢作朱鷺思悲翁也, 幷與燭影搖紅蝶戀花, 而亦不敢作者也. 是豈我也哉? 是豈我也哉?

所可慙者, 天地萬物之所於我乎徘徊者, 大不及古人之所以徘徊天地萬物者, 則此則我之罪也. 而亦俚諺諸調之所以不敢曰'國風'曰'樂府'曰'詞曲,' 而旣曰'俚', 又曰'諺', 以謝乎天地萬物者也.

蝴蝶飛而過乎鶴翎, 見其寒且瘦, 問之曰: '子何不爲梅花之白牧丹之紅桃李之半紅半白, 而必爲是黃歟?' 鶴翎曰: '是豈我也? 時則然矣, 於時何哉? 子亦豈我之蝴蝶也哉?'"

舞 (*radical 136*, 舛+8,

無 + 舛 ("steps"). 그러면 無 (*radical 86*, 火+8)의 기원은 dance

Pictogram (象形). A man with something long held in both hands. Dancing.

This character is borrowed for "have no", and the character 舞 is used for the original sense. 기우제에서 춤추던 것에서 이 문자가 발생.

舛 *radical 136* 부수 발음 천

夊 + 㐄 – two feet두 발 facing each other마주본다 (toe-to-toe). Note that the 왼발 has changed shape rather more than the 오른발, which still resembles the form in earlier script.

의미 oppose대립시키다 반대하다, mistake실수 착오

****

글쓰기는 결국 번역(飜譯)인가? 그라쵸. 하라쇼.
어리석은 물음과 함께 모든 혁명은 시작한다.
Mit dummen Fragen/ **fängt** jede Revolution **an.**
요제프 보이스 Joseph Beuys
시작하다 anfangen = an ("on") + fangen (catch, grab 붙잡다)

앙빵, 앙뚱한 짓하지 말고 그걸 꼭 붙잡아! 그렇게 시작하는 거야!
굿나잇 Bonne nuit.
아, 잠깐만, 부록이 있어요. 이제는 어떠니리이러나도노라지아나요.
꽃이 피네 꽃이 피네 여기저기 이리저리 피어나네

FINE

卉

594

잠깐만 기다려, 경이원지(敬而遠之)를 아는가? 논어의 한구절? 번지의 질문에 대한 공자의 답변. 경은 귀신. 귀는 조상 신은 신령한 존재들. 원**遠**의 해석을 하나 발견. 멀리한다는 것은 그것이 허구라는 것을 이해하는 것. 교회에 성실히 참석하는 무신론자라는 위험하지만 진실한 상상. To believe in the supreme fiction. 이 말 기억나요. 공자와 베케트가 성좌를 만든다. 그리스인들도 아마 이런 상태에 있었을 것. 고대 중국의 지식인들이 도달한 상태에도 못 미치는 한국의 현실. 기독교는 새로 태어나야 한다. 이런 말도 하지 말아요. 조직신학에서 성서신학으로, 바르트에서 불트만으로, 그리고 안병무서남동 그리고 무교회주의자들의 교회도 가보았어요. 그리고 무신론자들의 경건한 성경읽기 모임에 주일마다 갑니다. 물질이 낙후되었다는 것은 정신도 낙후된 것이라는 자각. 물질적 성장이 정신적 계몽을 가져오지는 않는다는 사실. 득도했다고 하면서 자의식이 강한 에고이스트 수행자들을 보면서 슬픈 모순을 느낀다. 이것에 대해 추가적으로 써야한다/쓰면안된다. 쓰지 않으면 또한 즐겁지 아니한가. 됴짱구야. 마감시간이 지났어요. 이제 그만합시다. 이적의 노래를 그 아이가 부른다. 앙빵짱.

"그대여 아무 걱정 하지 말아요
우리 함께 노래합시다

지나간 것은 지나간 대로 그런 의미가 있죠
우리 다 함께 노래합시다

후회없이 꿈을 꾸었다 말해요
새로운 꿈을 꾸겠다 말해요
우리 다 함께 노래합시다"

저희 학교 교장선생님 퇴임하실때 전교생이 이 노래 불러요"

A historical event as images 마지막 부록

선거에 졌다. 어느 선거에? 졌어요. 그리고 이 영화가 상영되었다. 저건 뮤지컬 포스터야. 좌절과 분노에 대한 작은 위로. 이런 한탄. 이 영화가 진작에 개봉했다면 역사가 바뀔 수도 있었을텐데... 하나마나한 말. 그러나 아쉽다.

아름다운 혁명 그리고 추악한 혁명 1848년

The *February revolution* was the *beautiful* revolution, **the revolution of universal sympathy,** because the contradictions which erupted in it against the monarchy were still *undeveloped* and peacefully dormant, because the social struggle which formed their background had only achieved an ephemeral existence, an existence in phrases, in words. The *June revolution* is the *ugly* revolution, the nasty revolution, because <u>the phrases have given place to the real thing</u>, because the republic has bared the head of the monster by knocking off the crown which shielded and concealed it. (Karl Marx)

1848년 혁명을 유럽 전체의 사건으로 묘사한 <원치 않은 혁명, 1848>. 독일 현대 역사학을 대표하는 대가들 중의 하나로 꼽히는 볼프강 몸젠이 1848년의 혁명을 다시 이야기하는 책이다. 1848년 혁명이 부르주아 계급과 노동계급의 목적의식적인 혁명적 행동들의 필연적 산물이었다는 종래의 해석을 예리하게 비판한다.

특히 유럽 각국의 부르주아 계급이 혁명을 도모했지만, 혁명의 가속화를 막기 위해 다각도로 노력했다는 점을 부각하고 있다.

1848년 2월, 프랑스 민중은 왕정의 전제적 권력 종식, 투표권 확대, 선거를 통한 의회 설립, 언론의 자유 등을 요구하며 바리케이드를 만들었다. 그리고 마침내 왕정이 타도되고 제2공화정이 수립됐다. 성인남자의 보통 선거권도 도입됐고, 노동시간 단축, 국영 작업장 건설 등 개혁이 단행됐다. 역사상 처음으로 육체 노동자 알베르가 정부에 참가하기도 했다. 그러나 부르주아들은 이런 개혁에 불만을 가졌고, 개혁들을 뒤로 돌리기 시작했다.

이제까지 유럽 전역에서 민주개혁 운동은 구체제의 지배 세력에 맞서 서로 다른 계급들의 이해관계를 통합시켰다. 그러나 6월의 혁명은 달랐다. 반란을 일으킨 사람들은 주로 노동자들이었고, 이들의 요구는 왕정 지지자뿐 아니라, 지주, 상인, 변호사, 그리고 중간 계급

공화파 학생들에게 조차도 너무 나아간 것이었다.

결국 6월의 전투에서 노동자들은 패배하고 다시 구질서가 부활한다. 나폴레옹의 조카 보나파르트가 쿠데타를 일으켜 스스로 황제가 됐다(제2 제정). **1848년 봄의 커다란 희망은 1849년 초에 절망으로 바뀌었다.** 1848년 6월 봉기는 프랑스 사회가 화해할 수 없는 적대적인 두 계급으로 나뉘어져 있음을 명확히 보여주었다. 이제 부르주아 계급은 더이상 혁명적 세력이 아니었다. 그들은 노동계급을 두려워한 나머지 자신들의 민주주의 혁명도 회

피하려 했다. 자유주의는 진보에서 보수로 색깔을 바

꾸었다. 1848년 혁명을 보면서 마르크스는 노동자들의 "슬로건이 연속혁명일 수밖에 없다"고 말했다.

1848년 2월 프랑스 파리. 1848년 6월 파리(대학살의 현장) 사진이 잘 안 보여요. 괜찮아. 大丈夫

나폴레옹과 그의 조카. 우리는 아버지와 딸이 있었다. 프랑스에 자랑할 것이 있다. 싱가포르에는 아버지와 아들이 지금도 있다. ~~싱가포르는 정치후진국. 민주의가 실종된 나라.~~ 거리만 깨끗한 야만의 도시.

****

1987년 12월 17일 갈등은 끝났다? 승복해야 할 시간? 언론과 국민의 도덕주의에 웃음이 나온다. 단일화 실패가 문제이다? 그렇게 믿는 것이 더 문제이다. ~~00일보 誤報事件을 아시오?~~ ~~모릅니다.~~ 선거 결과에 대한 하나의 해석이, 유일한 해석이 아직도 한반도를 유령처럼 떠돌고 있다. 그 유령의 이름은 **단일화 실패.**

어떤 일들이 있었던 것일까? 1987년 6월의 하나의 마음이 12월에 둘로 나누어진 것이라고 볼 수 있을까? perhaps yes... 그 해 8월에 이미 그 징후는 있었다. 그 해 여름을 보면

그 이유를 알 수 있다. 정보와 언론을 장악한 권력을 이길 수는 없다. 다시 1987년을 복기해 보자. 1987년 초의 혼란. 박종철 열사   1987. 6.9 이한열 열사

"한열이를 살려내라" 이한열 열사가 최루탄에 맞은 후 학생운동의 구호이다. 5월광장의 어머니들을 기억하는가? "산 채로 돌려 달라."

이한열 열사를 위한 장례행렬. 여기가 어디인가?

1987년 7월 9일 연세대에서 진행된 이한열 열사 장례식에서 문익환 목사는 조사를 하기 위해 올랐다. 먼저 영정에 절을 하고 그는 입을 연다.

"전 나이 일흔 살이나 먹은 노인입니다. 이제 살만큼 인생을 다 산 몸으로 어제 풀려나와 보니까 스물한 살 젊은 이의 장례식에 조사를 하라고 하는 부탁을 받았습니다."

"전태일 열사여! 김상진 열사여! 장준하 열사여! 김태훈 열사여! 황정하 열사여! 김의기 열사여! 김세진 열사여! 이재호 열사여! 이동수 열사여! 김경숙 열사여! 진성일 열사여! 강성철 열사여! 송광영 열사여! 박영진 열사여! 광주 2천여 영령이여! 박영두 열사여! 김종태

열사여! 박혜정 열사여! 표정두 열사여! 황보영국 열사여! 박종만 열사여! 홍기일 열사여! 박종철 열사여! 우종원 열사여! 김용권 열사여!" 마지막에 그는 두 팔을 올렸다 내리면서 두 손을 모아 치며, **"이한열 열사여!"**를 온몸으로 토해내고, 조용히 연단을 내려갔다. 이처럼 강렬한 조사를, 연설을 본 적이 없다. 영화 1987 마지막에 나온다.

1987년 한국의 6월 혁명 또는 6월 항쟁 당시 서울 종로에서 시위하고 있는 시민과 학생들.

"정지하라!"

신화적 공간: 프랑스 파리와 대한민국 서울. 이것이 성좌인가요? Oui.

599

1987년 한국의 8월 혁명 또는 노동자 대투쟁(勞動者大鬪爭)

1987년 7월에서 9월까지 벌어진 대한민국의 전국적 파업투쟁이다. 87년 7월, 8월 2개월간 3천여 건 이상의 노동쟁의가 발생했으며, 이 파업투쟁을 계기로 대한민국의 노동조합 조직화가 급속히 증대되었다. <u>노동자 대투쟁은 6월의 정치 민주화의 바람을 타고 발생했으나, 6월 항쟁과 달리 정치권과 중산층의 외면으로 인해 큰 성과를 거두지 못하고 사그라들고 말았다.</u> 이 과정이 1848년 프랑스를 성좌적으로 연결시킨다.

울산

노동자대투쟁은 사실 8월혁명이라고 불리울 수도 있었다. Nobody wants it.

兩金의 분열 이전에 중산층과 노동자간의 분열이 먼저 있었다. 그리고 정보를 장악한 권력은 그 모두를 이간질 시켰다. 그 결과는 이미 말한 바와 같다. 세부적으로 보면, KBS, MBC, YTN 등 공영방송에 낙하산 사장을 앉혔고, 그 사장들은 불공정 보도로 여론을 왜곡·조작했다. "야권 분열 속에 색깔론과 북풍몰이, 언론의 편파·왜곡 보도, 방송에선 특히 DJ의 과격한 모습만 편집" "사선으로 유세장면이 편집되고 화면이 떨려 보이는 그런 조작까지 서슴치 않았다." 언론에서 하는 말을 의심하라. 지금은 더욱 그렇다.

대통령선거 投-開票상황 (上)시·도현재·TV방송 잠정집계	投票率%	盧泰愚		金泳三		金大中		金鍾泌	
서울	88.2	1,001,407	30.4%	935,673	28.3%	1,095,983	33.2%	267,349	8.1%
釜山	88.4	545,715	32.5%	938,102	55.6%	547,757	9.4%	43,004	2.6%
大邱	89.9	800,363	70.9%	274,880	24.4%	29,831	2.6%	23,230	2.1%
仁川	88.2	261,476	39.4%	198,274	29.7%	144,114	22.1%	61,140	9.2%
光州	92.5	16,711	4.4%	1,891	0.5%	363,152	94.9%	897	0.2%
京畿	88.4	1,093,932	42.9%	706,665	27.6%	540,894	21.1%	213,690	8.3%
江原	90.7	478,611	60.0%	206,566	25.9%	69,656	8.7%	42,592	5.4%
忠北	91.1	355,083	47.1%	213,783	28.3%	83,116	11.0%	102,419	13.6%
忠南	88.3	397,716	26.4%	241,089	15.9%	186,525	12.3%	682,489	45.3%
全北	90.3	160,760	14.2%	17,130	1.1%	948,955	83.6%	8,629	0.7%
全南	90.3	119,229	8.2%	16,826	1.1%	1,317,990	90.3%	4,831	0.3%
慶北	91.0	1,101,227	66.8%	465,923	28.2%	39,517	2.4%	42,986	2.6%
慶南	89.5	755,414	41.4%	938,961	51.3%	83,538	4.6%	49,623	2.7%
濟州	89.0	116,206	50.5%	61,838	26.7%	45,012	19.5%	10,397	4.5%
합계	89.2	7,216,257	31.3%	5,231,391	22.7%	5,117,012	22.7%	1,557,164	6.8%

選擧結果 不服 / 民主·平民 제휴모색

경기도에서 노태우가 예상 밖의 큰 차이로 이긴 것이 보이는가? 이것이 중산층의 배신이었다. "대통령 직선제 정도로 만족한다. 노동자와 더불어 같이 사는 진정한 민주주의는 필요 없다." 양김은 경기도에서 자신들이 우세할 것으로 예상했는데 이것이 착오였다. Why?

왜 야자의 95%를 비난하는가? 위선의 한국 정치

지역주의의 숨겨진 기원: 「계간 36호 역사비평」
우리는 흔히 영호남의 지역격차나 수도권 지방의 지역격차를 경제개발 이후의 후유증으로만 치부하기 쉽지만, 이것은 이미 <u>일제강점기부터 시작된 오랜 후유증임을 알아야 한다.</u> ... 호남지방을 농업 위주의 수탈지로 개발한 일제의 식민지정책은 호남지방으로 하여금 가혹할 정도의 공장 기피지역으로 만들었고, 오늘날까지도 농업 후진지역으로 묶어놓은 결과와 같은 이치이다. 일제강점기 공산품생산액은 영호남 격차를 보면, 호남을 100으로 볼 때 영남은 1930년 현재 217, 1940년에는 180에 이른다. 물론 일본 육사출신의 지도자는 이를 더욱 가속화시켰다. (p.318)

군정시기 행정구역의 개편
경북 울진은 원래 강원도였고, 충남 논산은 원래 전라북도였으나 5.16 쿠데타 이후 행정구역이 변경되었다. 공교롭지 않은가? 양아들, 친딸을 위한 아버지의 배려.

부분적으로 호남이 당선시킨 1963년의 박정희, 1971년 영호남 지역감정으로 보답하다. 과거의 선거는/ 농촌은 여당 도시는 야당/ 저학력자는 여당 지식층은 야당. 1987년 이후의 선거는 지역주의와 진보보수 양대 변수가 결정.

야당과 비교하여 경제정책에 있어서 박정희는 초기에는 진보, 후기에 보수라고 해석할 수 있다. 제 2공화국의 보수적인 정치인들에 비해서 국가개혁을 꿈꾸었던 보다 진보적인 측면이 분명 있었을 것이다. 1963년의 선거에서 진보세력이 더 많았던 호남에서의 지지에 힘입어 10 만 표의 라는 근소한 차이로 대통령에 당선. 3선 개헌 이후 보다 진보적인 김대중의 등장으로 더 보수적인 스펙트럼에 놓이게 되었다. 연방제 통일론, 대중경제론은 당시에 있어서 획기적인 진보 정책이라고 할 수 있었다.

1987년 노태우 당선은 양 金氏의 잘못인가? 그것은 부분적인 이유이다.
1987년 6월 항쟁에서는 중산층과 노동자가 모두 민주주의를 요구.
8월의 노동자대투쟁은 중산층에게 위협. 절차적 민주주의로 만족한다로 후퇴.
중산층의 이탈, 대구경북의 퇴행적 지역주의
호남의 김대중 지지와 PK의 김영삼 지지는 지역주의에 앞서 민주주의에 대한
지지였다. 대구경북의 노태우 지지는 기득권자의 지역주의라는 명분 없는
것이었지만 다른 지역의 지역주의를 이유로 스스로를 정당화. 강자의 민족주의와
약자의 민족주의는 다른 것이다. 과거에 일본제국주의에 대항하는 중국 민족주의는
명분이 있지만 G2가 된 지금의 중국민족주의, 아베와 일본 극우의 민족주의는 위험하다.

피해자의 지역주의와 가해자의 지역주의는 다르다.
영화 무등산 타잔의 대사.
"전라도 것들은 공부해도 소용없어. 취직도 안되고 출세도 못하는데…"
19세기 프랑스를 방문해 보자. 비슷한 사건이 일어나고 있었다. 때는 1848년. 알아요.

결선투표제를 채택하지 못했던 것도 패인의 하나였고 그러나 아직 권력을 쥐고
있는 상대와의 개헌협상이 쉽지는 않았다. 정치인 개인의 도덕성에 의지하는 정
치는 불안정하기 마련이다. 제도를 통한 민주화가 중요한 이유이다. 중산층과 노동
자간의 간격이 벌어졌다는 것, 그리고 KAL기 추락사건 등 안보공포심리를 이용한 보수세
력의 술수, 대구경북의 반민주적 지역주의 이런 요인들이 일차적으로 선거패배에서 비난
할 요인들이다. 부산도 광주도 자기 지역 출신 사람 뽑았으니 같은 지역주의 아닌가요?
하지만 그들은 최소한 민주주의를 위해 싸웠던 사람 중에서 자기 고장사람을 선택한 것이
고 대구경북은 아무리 자기 지역사람이라도 군부독재세력을 뽑은 것이니 이것이야말로 순
수한 지역이기주의인 것이죠. 쿠데타의 주역을 자기 고향 사람이라고 뽑아 준 사람들은
결국 25년 후에 쿠데타 군인의 딸을 다시 선택했다. 이것도 국민의 선택이라고 받아들여
야 하는가? 김근태는 MB 당선 후에 "국민이 노망났다."는 말로 물의를 일으켰지만 그의
말에 공감하는 사람이 지금은 더 많을 것이다. 그리고 이차적으로 양김의 단일화 실패를
아쉬워하며 비판을 할 수는 있을 것이다. 그러나 모든 것을 양김, 특히 DJ의 탓으로 돌리
는 것은 합리적 판단은 아니다. 이러한 도덕순결주의가 한국정치를 병들게 한다.

아, 그렇군요. 그렇다면 노태우에게 몰표를 준 1987년의 대구 시민은 역사의 죄인인가요? 그렇다. 대구경북은 과거의 그 투표행위에 미안하고 부끄러워해야 한다. (검열어 들어 왔다.)

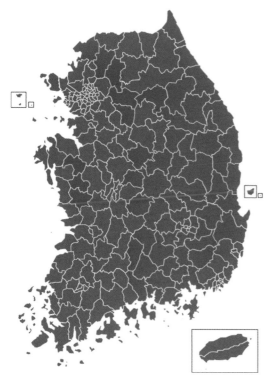

박근혜에 몰표를 준 2012년의 투표도 부끄러운 선택이었다. 이는 박근혜 정부가 경제, 사회적 업적을 설혹 낳았더라도 마찬가지다. 2012년의 대구경북은 역사의 죄인인가? 역시 그렇다. 서문시장의 한 상인은 "무턱대고 박근혜를 밀어준 우리가 문제 아니냐"고 반문한 뒤 "이제 대구 민심도 예전과 같지는 않을 것"이라고 예상했다. 그러나 이번에도 대구경북은 변하지 않았다. 변하지 않을 것이다. 주목해야 할 것은 PK와 TK의 표심 이질화 현상이다. 대구경북과 부산경남이 분리되고 있는 것이 민주주의를 위한 새로운 징후라고 할 수 있다. 두 지역은 1990년에 이루어진 3당 합당 이후 줄곧 보수 정당의 텃밭이 되었다. 그러나 이렇게 "우리가 남이가" 정신으로 결집했던 영남의 표심은 차츰 2012년 18대 대선부터 금이 가기 시작하더니, 3당 합당이 있고 정확히 27년 4개월 만에 PK와 TK의 표심이 완전히 갈라진 것이다. 레드 준표와 푸른 재인의 선거결과 지도. 생각보다 레드가 꽤 되네요? 인구비례지도가 아래 있어요. 아항 그렇군요. 대구 책방주인의 일화. 그건 생략해. 뭔? 걍. "부산에도 이렇게 어려운 책 읽을 수 있는 사람이 있나요?" 무슨 책? 칸트의 철학책.

"뻔뻔한 정치".... 정치인만이 아니라 대중도 마찬가지다.
그러나 아무도 이런 말을 하지 않는다. 무조건 화해하고 통합해야 하는가? 아니다. 과거에는 협치가 맞았지만 지금은 꼭 그렇지는 않다. 친일파와 극우와도 협치를 해야하는가?

첫번째 질문: 지역주의는 정말 부정적인 것인가?
지역주의는 망국적인 현상? 민주주의를 이끈 동력!
호남의 지역주의 없이 정권교체는 불가능했다.
노무현의 지역주의 타파는 그 정신은 옳으나 진정한 본질을 보지 못하고 있다. 아, 노무현 전 대통령을 비판하는 것은 아닙니다. 무슨말이오? 대구경북은 지역주의를 포기하고 호남은 지역주의 정신의 징점을 유지하는 것이 새로운 균형이며 중용이다. 부산에서 민주당 의원을 몇 명 뽑았으니 광주에서도 새누리당 의원을 더불어 뽑아야 하는 것이 아니라, 그런 도덕적 유혹에도 불구하고 지속적으로 호남에서 새누리당에게 투표를 하지 않는 것이 비대칭성의 윤리학이다. 호남에서의 투표가 민주당, 평화당, 정의당, 녹색당 누구에게 가도 비난을 할 수는 없다. 그러나 새누리당에게 투표하는 호남의 선택은 부도덕하다. 이 말은 마음이 불편합니다. 그렇다면 대구가 새누리당에게 투표하는 것은 문제가 없겠지요? 대칭적으로 생각하는 것은 비윤리적이다, 라고 하고 싶어요. 대구경북에서 새누리당에게 투표하는 것도 부도덕하고 비윤리적이고 역사의 죄인이 되는 것입니다. 안되겠어. 삭제하시오.

지역주의는 한국 민주화를 가져온 긍정적 역할. 약자의 지역주의를 비난하는 것은 부도덕한 것이다. 부마항쟁, 광주항쟁은 모두 부분적으로 지역주의적 성격이 있는 것.
대표 정치인의 탄압 그리고 상대적 소외와 차별.... 사회적 약자의 저항. 그렇군요.

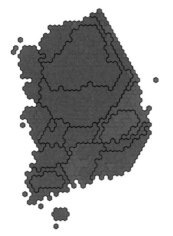

지역별 득표 1위 지도
● 문재인 ● 홍준표 ● 안철수 ● 유승민 ● 심상정

둘째, 누가 가장 지역주의적 투표를 했는가?
가장 지역주의적 투표를 한 것은 대구경북이다. 그 중에서도 가장 지역주의적 선택을 한 것은 대구의 노인들이 아니라 대구의 청년들이었다. 노인들은 보수적이기 때문에 지역적 감정 이전에 보수당에 투표할 수도 있다. 그러나 대구의 학생과 노동자는 선거장에서 갈등한다. 계급투표로서 정의당, 고향사람을 위해 한나라당, 사표방지를 위해 민주당... 그러다가 지난 대선에서 박근혜를 찍었다. 대구의 청년들이 보수이기에 보수정당 후보를 찍은 것이 아니라 매우 많은 숫자가 진보적 성향임에도 불구하고 보수후보를 선택했기에 지역주의가 투표행위를 지배한 것이다. 이것이야말로 소위 망국적

지역주의적 투표행위라고 부를 수도 있겠다. 호남도 몰표 나오잖아요. 그쪽이 더 심한 것 아닌가요? 그렇게 생각하기가 쉽다. 그러나 정치적 성향이 진보이기에 진보후보를 찍는 것은 지역주의 투표가 아니다. 호남의 유권자들은 정치적으로 진보화되어 있고 그래서 지역주의 투표 이전에 진보정당을 찍는다. 일부 호남 노인들이 보수성향임에도 진보후보를 찍는 경우가 있겠고 이것은 지역주의적 투표행위이겠으나 그 숫자는 대구의 청년들의 지역주의 투표에 비하면 그 숫자가 매우 작다. 그들은 역사의 죄인인가? 그렇다. 일제감점기에 조선 사람에게 너희는 왜 그렇게 애국심이 강하냐? 일본이 잘 알아서 해 줄 텐데 왜 독립을 원하느냐? 이런 말을 하는 일본 사람의 말에 무엇이라고 답해야 하는가? 이제 그만 해.

"어린 백성들"이 16대 대통령 선거에 미친 영향(송근원). 이 논문을 우연히 발견했다.
"자신의 정책 선향과는 다른 정책 성향을 가진 후보자에게 투표하는 잘못된 의식(false consciousness)을 가진 사람들"을 어린 백성이라고 명명했는데 불일치 투표자로 불러도 좋겠다. 서울 출신과 전라도 출신의 불일치 투표자 비율이 각각 16.0%와 14.3%로 가장 적게 나타난다. 반면에 충청, 강원, 경상도 출신의 불일치 투표자 비율은 21.8%, 22.2%, 23%

로 높게 나타난다. 이는 통계적 유의 수준 α=0.05에서 유의하다. 전라도 **지역 거주자**의 "어린 백성들" 비율은 10.8%로서 대구경북의 19.6% 부산 경남의 26.3%와 비교해 볼 때 현저히 떨어진다. PK지역은 TK보다 전통적으로 진보적인데 YS의 3당합당 이후 보수정당에 투표하는 불일치투표 행위를 한 바 있다. (논문 구해서 읽어 봐요. 어렵지 않아요.) 선거 출구조사는 연령별 체크를 하게 되어 있다. 18대 대선에서 의미있는 변화가 발생한다. 먼저 TK와 PK의 분리이다. 우리가 남이가? 그래 우리는 남이다. 그 결과 어린 백성은 대구경북에 압도적으로 큰 숫자로 존재한다는 것이 관찰된다. 대구의 젊은이들만이 이렇게 보수적일 수는 없다. 그들은 압도적 지역주의자가 되어버렸다. Skam. 다음 표를 보자. (대선출구조사에서 계산)

	서울			경기			충남		
	무응답	박근혜	문재인	무응답	박근혜	문재인	무응답	박근혜	문재인
20 대	**11.5**	**28.5**	60	**7.84**	**29**	63.17	**5.2**	**32.45**	62.35
30 대	12.5	26.4	61.1	9.64	28.27	62.09	8.91	29.41	61.67
40 대	13.3	34.8	51.9	10.48	37.58	51.93	8.94	43.42	47.64
50 대	17	50.6	32.4	15.23	53.89	30.88	9.63	62.36	28.01
60 대 이상	20.9	56.3	22.8	19.81	61.01	19.18	13.6	68.79	17.6
total	14.7	40.1	45.2	12.7	42.82	44.47	9.58	48.51	41.91

	부산			경남			대구경북		
	무응답	박근혜	문재인	무응답	박근혜	문재인	무응답	박근혜	문재인
20 대	**6.17**	**35.96**	**57.87**	**8.14**	**36.54**	**55.32**	**4.8**	**64.2**	31
30 대	8.47	37.3	54.23	10.25	41.22	48.53	7.9	61.47	30.63
40 대	9.4	48.43	42.17	11.2	50.43	38.37	9.52	70.55	19.92
50 대	10.91	61.2	27.9	13.93	62.64	23.42	8.55	81.68	9.77
60 대 이상	14.53	69.97	15.5	18.01	70.87	11.12	9.11	86.32	4.57
total	10.54	54.12	35.33	12.68	55.33	31.99	8.34	74.49	17.17

****

"저항은 관용 보다 중요하다."
약자의 저항과 강자의 관용이 만날 때 역사는 발전한다.
한국의 투표는 민중의 저항을 볼 수 있었던 놀라운 결과들의 연속.... 한국은 아시아에서 가장 민주주의가 발전한 나라다. 역사상 가장 부끄러운 투표행위는 노태우를 찍은 대구시민. 이런말을쓰다가 다시생략한다.

그리고 **집단적 책임**에 대한 문제가 남는다.

서경식이 나타났다. 그는 자신의 책을 뒤적거리다가 210 페이지를 펼친다. 무슨 책? 모르겠어요. 독일인이란 누구인가? 근본적으로 '독일인의 죄'라는 것이 존재할까? 그렇지 않으면 뮐러가 암시하듯 아우슈비츠는 '인간'의 죄일까? 몇 해 전부터 <u>나는 자신이 독일인이라는 것을 부끄럽게 여긴다는 몇몇 독일인을 만나왔다. 나는 항상 그들에게 '나는 인간이라는 것'을 수치스럽게 느낀다고 말하려고 했다.</u> 이 원칙적인 수치스러움은 오늘날 다양한 국적의 많은 사람들이 공유하고 정서적으로 연대할 수 있는, 유일하게 남아있는 감정이다. 인류의 피할 수 없는 책임에 대해서 마음속 깊이 내재된 불안을 품은 사람. 그와 같은 사람만이 인간이 야기할지 모르는 무시무시한 악에 용감하게도 타협하지 않으며, 전면적으로 투쟁해야할 때 의지가 될 수 있다. (「조직화된 죄」, 『파리아로서의 유대인』)

'독일인 전체의 죄' 라는 생각은 오히려 죄를 지은 개인을 은닉하는 결과로 이어질 것이다. 그러나 독일 국민이라면 누구나 독일이라는 정치 공동체의 행위에 '집단적 책임'이 있는 것이다. 중요한 것은 누가 어떤 입장에서 말하는지 그리고 그 말이 누구에 의해서 어떻게 인용되는지 밝히는 것이다. 망명 유대인인 한나 아렌트가 "인간임을 수치스럽게 느낀다. 고 말할 때, 만약 그녀 앞에서 어떤 독일인이 "그렇다, 당신의 말 그대로다"라며 어깨 위의 짐을 벗고 떳떳해 한다면, 그 광경은 그로테스크하다고 밖에 할 수 없다. <u>그가 개인으로서 '죄'가 없는 경우에도 자신이 독일인임을 수치스럽게 여겨야 한다고 나는 생각한다.</u> 그때야 비로소 피해자와 가해자가 동일한 평면 위에서 서로 마주한 채 '인간'공통의 책임을 논할 수 있는 것이다. ~~일본인이 일본인임을 수치스럽게 여긴다면 대구경북사람도 자신이 TK라는 것을 수치스럽게 여겨야 한다. 이 문장 좀 위험한데요.~~ 또 검열이 시작되었다. 저항은 무력하다.

****

대선은 졌지만 총선에서 여소야대가 이루어져 5공청문회 등 개혁적 정치가 시동을 걸고 있었다. 그러나 그 후 심지어 3당합당이라는 정치쇼가 벌어졌다. 이것은 **국민에 대한 배신행위인가?** 그렇다. 우리가 남이가? 남이지만 우리라고 하기로 해요. 이 문장 삭제할까요? 그냥 두라구... 노래소리가 들린다. 배신자여 배신자여 사랑의 배신자여. 라디오 꺼!

이 때 기억나는 말이 있다. "얼마나 고뇌했는지 모른다" "총재의 기적에 가까운 결단을 수용합시다. 여러 절차 거칠 것 없이 합당을 의결하고, 모든 절차와 권한을 총재에게 위임합시다." 박수소리가 들린다. 이것은 쇼인가? 모르겠다.

"**이의 있습니까?**" 설마 이의 제기하는 놈은 없겠지.

"**이의 있습니다, 반대 토론 해야 합니다.**" 이 사람을 보라. ECCE HOMO.

이것은 항명이 아니라 부당한 사건에 대한 거부이다.

스스로를 비주류라고 말하는 검사의 고백. 2004년 당시 "2월에 임관한 검사는 고(故) 노무현 전 대통령 명의의 임명장을, 4월에 임관한 검사는 대통령 직무대행 고건 전 총리 명의의 임명장을 받았다" 임명장 명의가 다른 이유는 2004년 3월 12일 故 노 전 대통령의 탄핵소추안이 통과됐기 때문이다. 헌법재판소 심판 결과가 나온 5월 14일까지는 고건 당시 국무총리가 대통령 직무대행을 맡았다.
 "4월에 임관한 검사 중엔 2월에 임관한 검사를 보고 '우린 고건한테 임명장을 받아 너무 다행이다, 노 대통령한테 임명장을 받은 애들은 창피해서 어떻게 검사하느냐'고 비아냥댔다" 여기에 강력한 욕설 하나 추가. "사실 그땐 그 말의 의미를 잘 알지 못했는데, 검사생활은 그 말의 의미를 알아가는 과정이었다" '비주류에 대한 멸시와 조롱, 주류라는 오만, 주류에의 동경…'이 법조계에 팽배하다. "대부분의 검사들이 멸시받지 않기 위해, 주류가 되기 위해, 주류 속에 남기 위해 안간힘을 썼다" "비주류로 분류되었을 때는 현직 대통령조차 어떤 수모를 당하는지를 너무나 잘 알고 있었기 때문." 주류에 저항했던 정치인으로 우리는 노무현을 기억한다. 그는 실패한 대통령이 아니다. 이렇게 결론을 내기로 했다. 무슨 결론이건 필요하겠지요.

다시 프랑스 파리를 방문해 보자. 왜? 1968년이 궁금해서. 사진 몇 장!

1968 Paris 총파업, 68혁명은 사람의 가슴을 뛰게 만든다.

멋지군요. 가슴이 뜁니다. 두번째 사진의 아름다움이 보이나요? 정지하라.

1947년 제주의 총파업
"1947 년 제주 북초등학교에서 있었던 3.1 절 기념식에서 기마 경관의 말에 어린아이가
다치는 사건이 벌어졌습니다. 군중들은 경찰을 향해 돌을 던지며 경찰서까지 쫓아가
처벌을 요구했습니다. 그러나 경찰은 총을 발포해 6 명이 사망하고, 6 명이 중상을
입었습니다. 이날 희생자 중에는 초등학생과 젖먹이를 안고 있었던 20 대 젊은 엄마도
있었습니다."

제주도민은 경찰의 발포에 항의했지만, 경찰과 미 군정은 '정당방위'로 주장하며 오히려
도민과 학생 등을 강제 연행했습니다. 3.1 발포 사건 이후 제주도민들은 분노에 가득차
있었습니다. 그리고 3.1 발포 사건 9 일 뒤 제주도민들은 3.10 총파업에 돌입하게 됩니다.
나가던 직장을 나가지 않고 다 함께 모여서 진상규명하고, 책임사를 처벌하라는 시위를
하게 됩니다. 3.10 총 파업은 제주도 내 관공서, 통신기관, 기업인, 자영업자, 학교, 경찰 등
166 개의 단체, 41,211 명이 참여하는 대규모 민관 총 파업이었으며 이는 95%에 해당하는

608

숫자였습니다. 당시 이 파업에 참여했던 경찰 공무원들의 증언은 아래와 같습니다. "우리 중문지서 직원 일동은 오늘까지 치안확보라는 숭고한 정신으로 봉직하여 왔으나 금번 발포사건으로 말미암아 그 희생적 정신은 수포가 되었다. 그러므로 <u>우리는 그 악독한 명령을 복종할 수 없으므로 직장을 떠난다.</u>" 미국이 지휘하는 경찰과 서북청년단 등의 극우반공단체의 무자비한 폭력에 의해 전도에 걸친 총파업은 마침내 3월 18일 종식됐다.

죄송합니다. 68년 파리와 48년 제주는 비교 불가이니까요. 알제리 독립전쟁과 비교를 해야 겠네요.

파리의 저항과 진압

제주의 저항과 진압

가슴이 먹먹하지만 예술은 참 위대하군요.

제주에서의 민간인 학살

https://www.youtube.com/29b68897-14fd-49df-95d2-1df214259339

4·3 당시 양민이 학살되는 장면을 다룬 **한재림** 감독의 광고 영상은 심의제한으로 전파를 탈 수 없었다. 한 감독의 영상에는 소설 '순이삼촌'을 쓴 현기영 작가가 직접 내레이션으로 참여했다. 제주 4·3을 소설로 공론화한 현기영 작가는 4·3을 겪은 산 증인이기도 하다. "이 섬 출신이거든 아무나 붙잡고 물어보라. 필시, 그의 가족 누구 한사람, 아니면 적어도 사촌 중에 누구 한사람 그 북새통에 죽었다고 말하리라." – 순이삼촌 -

알제리 독립전쟁

더 이상 사진을 볼 자신이 없어요. 그래도 보아야 합니다. 프랑스 제국주의의 만행을 꼭 보고 느껴야 합니다. 정리해 봅시다.

"모든 국가는 그들의 비극과 오류를 인정하면서 성장한다. 유태인학살을 인정한 독일이 신용을 잃었나? 독일은 성장했다."

2006년 10월 12일 프랑스 하원 의회는 사회당(PS)의 주도로 1915~1917년 사이 발생한 오스만 투르크의 아르메니아인 학살이 제노사이드였음을 부정하는 행위를 범죄화하는 법안을 통과시켰다. 찬성 106, 반대 19의 압도적 표 차였다. 너희가 그럴 자격이 있니?

터키의 항의 시위대와 에르도간 총리의 구호를 보자. 에르도간은 "더러움을 더러움으로 씻을 수는 없다"며 제국주의 프랑스의 과거를 돌아볼 것을 주장했으며 시위대 전면을 차지한 플래카드는 이렇게 말하고 있었던 것이다. "프랑스는 알제리인 학살을 인정하라!"

하네케 감독의 영화 <히든>의 역사적 배경, 1961년 파리 대학살

<히든>은 윤리에 대한 문제제기이다. 조르주의 부모는 '1961 파리 대학살'에서 부모를잃은알제리고아 마지드를 입양한다. 그것은 중산층가정이발현할수있는 최대한의윤리적행위였을 것이다. 그러나 소년 조르주는 계략을 꾸며 마지드를 쫓아내고, 40년이 지난 지금에 와서 테이프를 보낸 자가 마지드라고 생각한다. 소년시절의 악몽은 여전히 프랑스중산층지식인들의 부채로 남아 밤마다 침대를 적신다. <히든>을 '하네케의 포스트 9·11 영화'라고 일컬을 수도. 월드트레이드센터가불타오르는 TV화면을 보며 자신의안방이 쉽게침범당하는것에 충격을받은 미국인들의공포와, 자신의집이찍힌 테이프를 보고 공포에떠는 조르주, 그들은 다같이 항변한다. 도대체 왜 그들은 우리를 향해 분노하는가. 하네케는 어느 때보다도 냉정하게 답한다. 당신들이 짊어진 식민지배와 학살의 부채는 영원히 살아서 당신을 지켜볼 것이라고. 벨기에의 콩고를 기억하라. 영국의 케냐를 기억하라. 아편전쟁도 있군요. 벨기에 맥주와 함께 먹었던 fish and chips를 포기하겠어요.

하네케는 **예술가를 "사회의 상처 속에 손가락을 집어넣고 영원히 소금을 발라대는 존재"**라고 말한다. 아하, 그렇군요. 요즘은 이런 예술가 별로 없어요. 과연 <일곱 번째 대륙>으로부터 <히든>에 이르기까지, 하네케는 인간의 마음속에 숨어 있는 죄의식과 공포를 까발려낸다. 게다가 하네케는 주제를 담아낼 적절한 미학적 게임의 규칙을 만든 뒤에 관객으로 하여금 참여를 권한다. 해답 없는 게임은 답답하지만 적극적으로 게임에 참여한 관객은 생각없는 소비자로부터 능동적인 비평가로 변모할 것이다. "급진적으로 해답을 부정할 때, 관객은 자신만의 해답을 찾아 나설 것". "하네케야말로 관객을 지성적인 존재로 대하는 거의 유일한 감독"이라는 <시네아스트>의 말. 그는 관객을, 당신을, 우리를, 그와 동일한 지성체로 바라본다. 그래서 하네케가 제의하는 게임은 결코 선동이나 윤리 강의의 수준에 머무르지 않는다. 하네케의 게임은, 고통스럽지만 지적인 영화적 유흥(Funny Game)이다.
(씨네 21 2006.03.28 김도훈) 잡지 구독했습니다. 멋진 글 감사합니다.

그 이전에 그들에게 무슨 일이 있었나?   **아**

아

악

알제리 학살 사건(massacre of setif)이 있었다. 1945년 5월 알제리에서 연합국 전승을 축하하는 거리 행진 도중 14살짜리 소년이 알제리 독립기를 흔들었다. 프랑스 경찰이 그 아이에게 깃발을 치우라고 명령했다. 아이는 거부했고 곧 사살되었다. (제주도 3.1 사건이 떠오르지 않는가? 친일 경찰의 야만, 프랑스라는 야만.) 그 총격으로 행진은 아수라장이 되었다. 알제리 거주 프랑스계 백인과 알제리 독립 지지 현지인 사이에 유혈 충돌이 벌어져 10여명의 백인이 죽고 100여명이 다치는 사건이 벌어졌다. 물론 알제리인들은 더 많이 죽었다. 비대칭성을 기억하자.

1954년부터 8년 동안 지속돼 130년에 걸친 식민통치를 마감한 알제리 독립전쟁은 비싼 피의 대가를 치러야했다. 알제리 독립전쟁 중 총 1백만 알제리인이 사망했으며 70만은 투옥됐다. 현지에서 발생한 야만적인 고문과 강간은 그러나 당한 자만의 몫으로 고스란히 남았다.

그뿐만이 아니다. **1961년 10월 17일 파리.** 시위 주최측은 3000여 명의 시위대가 혹여 무기를 소지하고 있는 건 아닌지 자체 검열을 마쳤다, 평화시위였으므로. 경찰국장 빠뽕은 진압이 시작되자 버스를 수색하고 운전기사들을 끌어내려 최대한 잡아들이라고 명령했다. "프랑스인 한 명의 목숨을 10배로 갚아 줘라. 책임은 내가 진다. 적들을 박살내라." 맨손으로 시위에 나섰던 수 천의 시위대는 무자비한 경찰의 곤봉에 고꾸라졌고 수 백 명이 그 자리에서 목숨을 잃었다. 그리고 희생자 중 수 십 명은 익사했다. 경찰국으로 연결된 생-미셸 다리 위에서 경찰은 시위대를 센 강으로 몰아넣은 것이다. 파리 한가운데서 일어난 인간 사냥이었다. 경찰의 폭력은 17일 밤부터 이어진 일요일까지 멈추지 않았다. 폭력이 일상이었던 당시 프랑스 경찰에게 알제리인은 인간이 아니라 소탕해야 할 종족에 불과했다. 알제리인을 겨냥한 폭력에 처벌은 존재하지 않았다. 이 대참변 뒤에 프랑스 경찰이 발표한 희생자 수는 놀랍게도 '3명'이었다. 관동대지진 후 일본은 공식적으로 확인된 사망은 2명이라고 발표한 적이 있다. 일본이라는 야만! 프랑스라는 야만!

1980년대 흉흉한 소문처럼 떠돌던 파리의 야만적인 인간 사냥이 마침내 세상에 알려지기까지 30여년을 기다려야 했다. 1991년 역사학자 장-뤽 에노디가 사건을 파헤친 저서 <파리의 투쟁>을 내놓은 것이다. 지난 2002년 프랑스의 시사 주간지 <누벨 옵세르바퇴르>를 통해 에노디는 당시 60여 명이 센 강에 익사했고 이어진 일요일까지 200여 명의 알제리인이 살해됐다고 말했다.

그러나 시라크 대통령과 당시 총리였던 리오넬 조스팽은 국가의 책임을 공식적으로 인정하려 하지 않았다. 프랑스라는 불량국가! 뒤이어 10.17 학살 희생자 가족의 소송이 진행됐으니 히 나같이 기각됐다. 한국 사법부의 영장 기각을 방불케한다. 1945년 뉘른베르크 국제 군사 재판이 정의한 '반인도 범죄'는 독일, 이탈리아, 일본에만 해당된다는 것이 이유였다. 이것이 프랑스의 정체이다. 샤를리 앱도 사건도 간단한 문제는 아니다. 시간이 없으므로 일단 생략.

프랑스는 1998년에야 이 참극을 공식적으로 인정했으며 40여 명이 죽었다고 밝혔다. 그러나 사실상 희생자는 200명이 넘는 것으로 추산되고 있지만 그조차 확실하지는 않다. 누가 쏘았고 왜 때려 죽이고 어느 정도를 손발 묶어 세느강에 던져 버렸는지를 아는 사람은 아무도 없다. 관련 문서는 앞으로도 수십 년 동안 기밀로 묶여 있고, 모리스 파퐁은 유태인들을 수용소로 실어나른 죄는 추궁당했지만 1961년 10월 17일의 학살에 대해서는 일언반구의 소명조차 없이 세상을 떴다. 이것이 프랑스의 정체이다.

오늘 만난 프랑스 대기업에 근무했던 친구의 불평을 들어 보자.

"자유 평등 박애? 웃기지 말라고 그래. 프랑스의 현대사에서 그 혁명 정신에 정면으로 위배되는 일에 한 두 가지가 아니야. 베트남은 말할 것도 없고, 한국에 들어온 외국계 기업 가운데 유독 프랑스 기업들의 횡포는 꽤 유명하지. 임금 체불, 인권 유린 등으로 한국인 노동자들을 무시하기는 혁명 전 귀족들이 농민 보듯 하고, 그 노조를 까부수기는 나폴레옹이 오스트리아군 쳐부수는 듯 하는데다가, 경영진들은 잘난 척 하며 독재자의 모습 그 자체야. 발레오나 까르푸에서 있었던 일을 생각해 보면 *이 나라가 왕년의 그 혁명의 나라 또는 홍세화 선생이 말씀하신 똘레랑스의 나라 맞나 싶을 정도다.*"

Merde, fils de chien, fils de pute et salope putain fou! 삭제하시오. ~~이 개새끼들아, 싫다~~ 프랑스 와인을 거부하기로 결심했다. 프랑스 물건도 사지 않겠다. 그렇다면 일본 술도 일본 만화도 유니클로도 포기해야 하지 않을까? 그러네요. *이 글은 2018 년 가을에 쓰고 있었는데 이 예언이 2019 년 실현되었다.* 그렇다면 야만 국가들 제품들의 소비를 가능한 억제하기로 하겠습니다. 결국 모든 것을 자급자족하기로 결심했다. 백이 숙제가 수양산에 들어 간 것이 이해가 간다. 부끄럽다. 그래, 인간이라는 것이 수치스럽다.

****

또다른 야만의 이야기를 들려 줄까요?
제발 그만 하시오. 견딜 수가 없어요. 그래도 들어야 합니다. 여기는 어디입니까? 교통체증은 없군요. 아니, 차가 거의 없네요.
아! 이 분은 그 할아버지? Republic of Korea이군요. 그래요. 완공된 경부고속도로를 지나가는 코로나 승용차와 그 옆을 걷는 노인. 1970년 7월 7일. 얼쑤 좋다 지화자.

불필요한 또는 너무 일찍 건설된?

자동차 통행량 조사하는 알바들/조사원들.

국민의 기억

1968년 경부고속도로 건설 당시, 국민 대다수가 반대했고, 특히 김대중과 야당이 '반대를 위한 반대'를 했다는 얘기는 이제 하나의 '가공된 역사'가 됐다. 본래는 4대강사업에 대한 반대를 경부고속도로 건설에 대한 반대로 '교묘하게' 등치시키며 역사적 정당성을 확보하려는 의도였다. 청계천도 마치 반대가 많았다는 식으로 언급되곤 한다. 원래 청계천 사업은 한겨레신문 등이 내건 진보적 의제였음을 벌써 잊고 있다. 하지만 경부고속도로 공약이나 건설 당시 국민은 반대하지 않았다.

반복하면 믿게 된다. 한번만 조사해 보면 그 허구를 알 수 있지만 직접 조사해 보는 사람은 거의 없다. 아니 하나도 없다. 정보와 언론을 장악한 권력을 이기지 못한다.

가장 중요한 반대는 국내가 아니라 국제기구였다. 세계은행의 자매 기구인 국제개발협회(ida)는 "경부고속도로와 같은 남북종단보다는 횡단도로가 더 시급하다"고 함으로써 차관 지원에 난색을 표했다. 그 후 대한국제경제협의체(iecok)에 경제협력과 지원을 타진하였으나 성과는 마찬가지였다(경제기획원, <개발연대의 경제정책>, 김용환 회고록에서 재인용

김대중은1968년의제63회국회건설위원회에서 ibrd의 보고서에근거하여, 서울-부산간에는철도망과국도지방도가잘갖추어져있으므로 오히려서울-강릉간영동고속도로를가장먼저건설해야한다고주장했다. 강원도에는지하자원과관광지가많음에도 아예철도조차없기때문이었다. 물론호남차별정책도거론하면서 경부선복선철도에 비해 호남선철도는단선인데다낡아빠졌는데도 경부고속도로를우선추진하고있다며강력하게반발했다

614

신문기사: 일제에 의해 왜곡된 한국 도로망. 글자가 작아서 안 보여요. 일부러 작게 했어요. 신문기사의 원문은 읽으려고 하지 말아요.

왜 경부고속도로가 야만인가? 그 건설 과정을 보자.

경부고속도로 건설은 지난 1968년 2월부터 1970년 7월 7일까지 2년 5개월간 165만대의 장비와 연인원 893만 명이 동원된 유례 없던 국책사업이었다. 사업 자금은 한일기본조약에서 얻은 차관과 미국에서 베트남전쟁 파병의 대가로 받은 돈이 쓰였다. 열악한 기술력과 살인적인 공사 속도는 필연적으로 사상자를 초래했다. 꼭 이래야 했는가?

충북 옥천군 금강휴게소 인근의 한 야산에 '경부고속도로 순직 위령탑'이 있다. 경부고속도로 건설현장에서 숨진 77명의 순직자를 기리기 위해 박정희 전 대통령이 40년 전에 세운 탑이다. 이은상 시인의 말: "조국근대화를 향한... 거룩한 초석이 된 것이니... 우리 어찌 그들이 흘린 피와 땀의 은혜와 공을 잊을 것이랴...." 아마도 벌써 잊었을 것이다.

먼저 위령탑에 써 있는 문구를 보자.

당시 고속도로 건설에 참여한 사람들 사이에서는 사망자 숫자에 대한 견해가 엇갈린다. 현역 대위로 공사에 참여한 이성규씨(69)는 세 차례 통화에서 "실제 사망자는 77명이 훨씬 넘는다"고 거듭 말했다. "숱하게 죽었다. 한 구간이 약 10km이다. 하루에 1000명 넘게 투입됐다. 지금은 제대로 된 장비가 있지만 그때는 거의 다 사람 손으로 했다. 그렇게 2년5개월을 했다. 사망자는 770명일 수도 있고 890명일 수도 있다."

"왜 77명인가. 7월 7일(준공식 일자)에 맞춘 것이다." 이씨의 주장이다. 그는 또 "사망자들을 엄선해 77명만 위령탑 명단에 넣기로 했다"고 말했다. 이씨는 고속도로 건설사무소에 파견된 육군 및 건설부 출신 공사 감독관들의 모임인 '77회' 총무를 1997년 2월부터 맡고 있다. 군인과 건설부 공무원이 파견된 것은 당시 민간업체 인력만으로는 공사에 필요한 현장 감독관 수요를 충당할 수 없었기 때문이다. 이씨는 1968년부터 1970년 공사가 끝날 때까지 3개 구간에서 일했다.

세상에금옥보다더고귀한것은인간이가진피와땀이다 크고작은어떤사업이나피와땀을흘리지않은것이없고 또피와땀을흘리고서우스일이고이루지못한것이없다 여기이서울부산간고속도로야말로피와땀의결정이니 무릇2년5개월등안연인원890만명이땀을흘렸고 그중에서도피를흘려생명을바치신이가77명이었다 그들은실로조국근대화를향한민족행진의산업전사요 자손만대복지사회건설을위한거룩한초석이된것이니 우리어찌그들이흘린피와땀의은혜와공을잊을것이랴 여기그들의혼을위로하기위해정성들여이탑을세우고 이앞을지날적마다누구나옷깃여미고묵도를올리니 혼들이여내려와편안히깃드소서웃으소서 1970년 6월 일

실제로 발생한 사망자 가운데 일부를 선별해 순직자로 등록했다면 기준은 무엇이었을까. 이 총무에 따르면 "공사 현장에서 업무 시간에 사고로 사망한 사람들과 현장 사고는 아니지만 공무 중 사망한 사람들이 우선이었다. 일용직 잡부들은 대상에서 빠졌다." 그는 "우리

구간에서 일한 사람이 많이 빠졌디"고 전했다. 그러나 그들의 이름은 기억하지 못했다. 40년 전 일이어서 기억이 흐릿하다고 했다. 기억해야 한다. 유령의 목소리가 들린다.

"당시 통계는 현장 일지를 바탕으로 했을 텐데 요즘처럼 일목요연한 자료를 만들지도 않았고, 40년 전 일을 두고 77명이냐 아니냐를 따지는 것도 무의미하다. 그냥 믿는 수밖에 없다. 내가 맡고 있던 구간에 소공구가 여러 곳 있었다. 각 소공구에서 올린 보고를 다시 위로 보냈다. 숫자가 정확한지 따질 여유도 없었다. 하루 3교대로 잠 잘 시간도 없이 바쁘게 일했다. 그렇게 하지 않았다면 처음으로 건설하는 428㎞의 고속도로를 2년 5개월만에 끝낼 수 있었겠는가. 요즘 사람들은 상상하기조차 힘든 속도였다. 전쟁이나 마찬가지였다. 당시 정확한 사망자가 몇 명인지 따지는 건 살수대첩에서 사망한 수나라 병사가 몇 명인지 확인하는 것과 마찬가지다."

이런 생각이 든다. 목적을 달성하기 위해 희생은 불가피하다는 군사문화는 어디에서 왔을까? 이 또한 일본에서, 즉 일본 황군에서? 이 말을 들어 보라.

"대원수폐하의 명령이다. 군인은 죽는 것이 소원이다. 병사는 사단장의 명령대로 움직이다가 죽으면 그만이다." 장군은 말했다. 나는 물러서지 않고 대들었다. "각하, 우리 군인이 명령에 따라 죽으면 전투에서 이기는 것입니까? 귀중한 생명을 아까와 하지 않고 나뭇잎 하나처럼 돌멩이 하나처럼 내다버리면 이기는 것입니까?" " 이 무례한 미친 놈아. 당장 꺼져라." 그리고 이런 말도 있다. "일본 육군에게는 언제나 정책 밖에 없었다. 국민을 위해 군비를 쓰는 것이 아니라 폐하의 영광을 위해 군비를 쓰는 것이다." 그렇다면 일본 육사를 우수한 성적으로 졸업한 각하는 국민을 위해서가 아니라 자신이 통치하는 국가를 부강하게 만들어 스스로의 업적을 빛내고 싶었던 것일까?

나는 이런 사고방식을 이해할 수 없다. 한국사회의 군사문화는 이런 인명경시의 비인간적 사회를 만들었다. 벤야민의 말: 사건의 경중(輕重)을 구별하지 않고 모든 사건들을 기록하는 연대기 기술자는 과거에 일어났던 것들이 그 어느 것도 역사(歷史)에서 상실되어서는 안 된다고 하는 진리(眞理)를 중요하게 고려하고 있다. 물론 인류(人類)에게는 그들이 구원되고 난 후에야 비로소 그들의 과거가 완전하게 주어진다. 다시 말하면, 구원된 인류에게만 비로소 그들 과거의 매 순간순간이 언급되고/기억되는(cited) 것으로 된다는 뜻이다.

<땀과 눈물의 대서사시>에 따르면 "70년 6월초 현장 시찰 때 위령탑에 이름을 명기할 순직자 명단을 작성 보고토록 지시"한 사람은 이한림 당시 건설부 장관이다. 이 전 장관은 당시 노환으로 투병 중이었다. 한국도로공사는 "워낙 오래 전의 일이어서 지금 우리로서는 확인할 방법이 없다"고 밝혔다. 그래, 우리는 기억을 못한다.

그리고 황군이 패전을 거듭하고 있던 그 때 도조는 이런 말을 남겼다.
"아직도 진지하지 않단 말이냐, 아직도 진심을 다하지 않는단 말이냐? 하늘이 우리 일본인에게 보여준 계시이다." 참모본부의 장교들은 전황의 악화는 우리 잘못이 아니라 일본인 모두가 노력하지 않았기 때문이라고 현실을 외면했다. (여기에 욕설 하나.)

616

왜 일본이 졌을까? 그건 너무나 당연한 결과였다. 태평양전쟁 기간 군수물자 생산 비교. 항공기 일본 6만8000기 미국 29만기, 포탄 일본 7600만 발 미국 400억 발. (숫자 체크)

1997년 국가부도의 날 이후 언론에 자주 나온 말.
"우리 모두의 책임입니다. 과소비를 한 국민의 책임입니다." 일본 제국주의의 유령이 아직도 반도를 휘감고 있다. 덴노 헤이카 반자이. 반자이. 반자이. 만세삼창이라구요?

마지막으로 백무산의 시를 낭독하기로 하자. 그래요.

치욕 / 백무산

1
그의 대단한 성공을 두고 누가 말했다
그는 손에 피만 묻히지 않았을 뿐
할 짓 못할 짓 수단방법 가리지 않은 사람이라
고, 하지만 그건 사실과 좀 다르다
(검열관 등장. 나는 고무와 찬양이 좋아.)
나의 푸른 시절이 몽땅 무쇠 철골 뒤덮인
그들의 공장에서 기름이 짜지고 까맣게 타서 폐
기되면서, 보았다
죽음과 피와 불구는 늘 곁에 있었다
비용과 실적을 위해 사람목숨도 소모자재에 불
과해서 기름때와 쇳가루 먼지가 더께 깔린 트럭
짐칸에 핏덩이가 거적에 덮여 하루가 멀다 하고
실려갔지만,

그 많은 죽음이 단 한번이라도 신문에 난 걸 본
적 없다. 방송에서 전하는 소리 한번 들어본 적
없다. 어디서 조사를 한단 소리 들어본 적 없다
장례비라도 넉넉히 주었단 소리 들어본 적 없
다 불도저라는 별명을 자랑스런 작위처럼 여기
지만 사람목숨을 파리목숨으로 여기는 자들의
작위다 위험이 빤한 곳, 죽음이 빤한 곳에
비용 대신, 시간 대신 사람들을 밀어넣은 자에
게 주는 작위였다

그 이전, 그들이, 2년 5개월 걸린 경부고속도로
공사에 절반의 비용, 절반의 기간에 끝낸 기적
같은 공사에 77명이 순직했노라, 추풍령에 위령

비를 세웠다
아하, 용기가 대단하지 않은가! 그 숫자도 숫자
거니와 왜 그들은 그런 숫자를 실토했을까?
신문 방송도 검찰도 노동청도 온통 벌어리 세상
에 박정희도 한통속이었는데 왜 아무도 묻지 않
은 걸 고백했을까?
도대체 그 몇배가 죽었기에, 아니 죽였기에
그 몇십배가 병신이 되었기에, 덮어도
덮어도 삐져나온 약소한 숫자 77명을 추려냈을
까?
자신들이 전쟁영웅이라고 착각에 빠진 것일까?
열사의 아라비아에서는 또 얼마를 죽였는지
그건 왜 한마디도 실토하지 않는 걸까?

비용과 실적은 그들의 종교였다
죽어 개값도 못 받은 사람의 숫자가 얼마나 될
지 그들만이 안다
그보다 몇십배는 될 불구된 사람들과
과부들과 아비 없는 자식들과
노부모의 한과 눈물이 있었다
한과 눈물 위에 그들만의 부와 명예와 권력을
쌓는 동안 목발을 절뚝거리며 때수건 나프탈렌
을 팔러 다니고
여자들은 여인숙에서 몇천원에 몸을 팔고
어린것들은 부랑아가 되고 거리에서 얼어죽었
다 그들의 성공은 우리의 씻을 수 없는 치욕이
었다

2

617

그 치욕 위에 다시 치욕이 있으니
그들의 불도저 같은 용기와 고귀한 희생 덕에
나라가 이만큼 발전하지 않았느냐,고
자랑삼고 교훈으로 삼는 자들의 뻔뻔함이다

그게 사실이라 믿는 사회라면
그것이 위대하여 못내 아, 대한민국을 외치고
가슴 벅찬 건국의 역사라 들먹인다면
우리 삶은 야만이다
착각이 아니라 비열함 때문이다

그래서 일찍이 나는 손 털었다
삶의 기대를 접었다
이런 세상에 누릴 것이 있다면 그건 내가 나에

게 처먹이는 치욕이므로 손 털었다

3
그러나 나 역시 그 치욕 때문에 낡은 시간에 포
섭되었다 치욕을 쓸개처럼 씹다 더러운 시간에
갇혔다 우리의 분노와 투쟁도 자주 노예노동의
연장이 되었다
아, 그렇게 만든 것은 우리들이다 더이상 노동
은 신성한 것이 아니다 우리의 노동이 자주 그
렇게 만들었다 만들어가고 있다, 또다른 치욕
도 저 치욕과의 대면이 이제 일상이 되리 그것
이 우리의 즐거움도 되리 역사도 정치도 세계
도 저항도 허공도 그 무엇도 일상 아닌 것 없
는, 거대한 일상이

안 보여요. 읽지 말아요. 한번 더 읽어 볼까요? 네.
오형준이 또 달려왔다%다. 슬픈 기사를 보여준다. 아, 대한민국은 아직도 그 시절의 야만을
벗어나지 못한 것일까? 한국의 "군사주의가 이토록 내면화된 현실적인 원인은, 한국이 그
만큼 장기적으로 군사화되어왔기 때문이다." 사람의 목숨을 귀하게 여기지 않는다. 현역
군인의 수가 이렇게 많을 수 있는 것은 '공짜 인력'과 마찬가지로 마구 징병하여 부릴 수
있기 때문이다. 이건 본론이 아니고, 한 청년이 죽었다. 왜? 태안화력발전소 하청 노동자
고(故) 김용균 씨의 어머니는 이렇게 말했다. "어제, 아이가 일하던 곳에 갔습니다. 너무
많은 작업량과 너무 열악한 환경이, 얼마나 저를 힘들게 [했는지] ... 어느 부모가 자식을
살인 병기 같은 곳에 ... 내가 이런 곳에 아들을 맡기다니. 말문이 막혔습니다."
"어떻게 이런 일이 우리나라에 있을 수 있는지. 옛날 지하 탄광보다 열악한 곳이 지금 시
대에 있다는 것이 믿기지 않았습니다. 아들이 일하던 곳은 정부가 운영하잖아요. 그런데
이런 곳을 정부가 운영한다는 게 정말 믿기지 않았습니다."
"우리나라를 바꾸고 싶습니다. 아니, 우리나라를 저주합니다." *하이네의 유령이 다시 출현.*
****
한반도 대운하(韓半島大運河, Grand Korean Waterway)란 경부운하경인운하호남운하(영산
강운하),금강운하북한운하로 이루어져 있으며, 이 계획의 핵심인 경부운하는 낙동강과남한
강을가로막는소백산맥의 조령을뚫어 인천에서부산까지이어지는내륙운송수로를4년만에건설
하겠다는계획이다. 이명박대통령이 2007년내놓은건설공약이다. 2006년11월부터 이명박의
대선공약으로공론화되기시작, 대통령선거기간에는 다른논란때문에크게의제되지못했으나, 2007년
12월대통령당선이후본격적으로추진하였다(Wiki) 2008년임기초의대규모촛불시위후에열린이명박의특별
기자회견에서 '대운하사업도국민이반대한다면추진하지않을것'임을 밝혔으며, 이어국토해양부의대운하
준비단도해체되었다(Wiki) 4대강사업으로변경되었다. "한국건설기술연구원에 재직하던 김이태 연구원
은 2008년 5월 23일 '아고라'에 올린 '대운하 참여하는 연구원입니다'라는 제목의 글을 통해 정부가 추진하던 '4대강 정비계획의 실체는 운하'라
는 것과 국토해양부로부터운하찬성논리를개발하라는강요를 받고 있다고폭로. 김연구원은 당시 대운하

618

관련연구과제에투입된연구원이었는데, 정부가국민적여론에밀려 한반도대운하사업을폐기하고 홍수예방 등을위해4대강정비사업만추진하겠다고했지만, 실제로는여전히비밀스럽게대운하사업을계속추진하고있음을폭로했다." 이명박이 직접 4대강 수심을 5~6미터로 유지하라고 지시한 사실. TF에 참여한 한 익명의 제보자는 "당시 청와대는 수심 6m를 확보하라고 요구했고, 국토해양부 직원들은 수심 6m를 유지하면 대운하로 오해받을 수 있어 난색을 표했다. 그래서 대안으로 소규모 정비 사업 먼저하고, 나중에 수심 6m를 확보하는 2단계 안을 제안, 청와대에서 이를 받아들였다"고 털어놨다. (고발뉴스) 4대강 사업이 국민적 반대에 부딪혀 포기했던 공약인 한반도 대운하 사업을 이름을 바꿔 국민을 속이면서 추진한 사업이라는 것과 함께 가장 뜨거운 이슈는 입찰 담합 의혹이다. "4대강 사업은 대운하 사업이었다"는 감사원의 감사결과를 발표하면서 '과연 4 대강 입찰담합의 핵심적인 문제까지 다룰 수 있을까' 하는 의문. "MB의 대운하 포기선언으로 컨소시엄을 해체하려는 대형건설업체는, MB의 뜻이 대운하 포기가 아니라는 것과 사업형태를 변경해 재추진 할 것이라는 것을 알았던 것으로 추정된다. 4대강 정비와 함께 민자(民資)를 통한 갑문, 터미널 등 대운하 2단계 계획이 실존했었기에 대운하컨소시엄 또한 해체하지 않은 것으로 해석할 여지가 있다. 철저한 검증의 필요. 4대강사업 비용편익 분석(B/C)에 대해 홍종호 서울대 환경대학원 교수는 0.16~0.24, 즉 1000원을 투자하면 최대 840원을 낭비하는 사업이라 분석했다. 경기도의회는 4대강사업으로 여주, 이천의 인구 증가, 관광객 증가 효과가 거의 없다고 평가했다. 2013년 프랑스 <르몽드> 는 '4대강사업은 부패, 건설 결함, 환경 문제로 생태적으로나 경제적으로 큰 실패로 기록되게 됐다'고 보도. "사람은 한번 성공한 것을 또 써먹으려고 하는데, 두 번째까지 성공하기는 어렵고, 오 히려 그것 때문에 처절한 실패를 맛보는 경우가 많다. MB도 청계천(물)으로 성공한 후 대 운하(물)로 다시 더 큰 성공을 해보려고 한 것이다. 그런데 청계천과 대운하는 규모도 다르고 성격도 달랐다. 예를 들어 서울시가 우리나라의 반이면, 청계천을 성공했으니 대운하는 난이도로 볼

때 청계천의 생각했을지 나 대운하의 치적으로 보 두 배가 아니 도 되는 것이 MB는 이 문 게 생각했던 정두언 회고 관료, 전문가집단은 통합을 지속하고 있고, 주류 언론 고 있다. 진정한 적폐청산

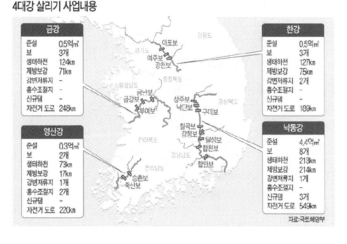

두 배 정도로 모른다. 그러 난이도를 정 면 청계천의 라 100배 정 었다. 그러나 제를 단순하 것 같고, ..." 록. 4대강사업에 부역한 관리에 대해 부정적 의견을 역시 이들과 궤를 같이 하 이 필요.

녹색이 언제 나 좋은 것은 아니다.**마지 막으로 청계 천을 다시 생각해 보자.** 이명박 서울시장은 청계천 복원의 후광을 업고 대통령에 당선되었다. 당시 정동영측 최재천 대변인까지도 이명박의 추진력을 얘기하면서 청계천 공사를 이명박의 성공 사례로 잘못 알고있는 우(愚)를 범했다. 국민들은 고가가 철거되고 물이 흐르자 환호하며 청계천을 보았지만, 그 안에 숨겨진 환경파괴와 역사 왜곡 이라는 진실을 보지 못했기에 이 비극이 가능했다. 왜 진실을 보지 못하는가? 가장 큰 문제는 이러하다. 하천을 덮은 콘크리트관 위쪽으로 하루 약 12만t의 한강물을 전기로 끌어다 물을 인공적으로 흘러 보내는 현재의

청계천은 물고기의 산란이 힘들고 녹조현상이 자주 일어나는 등 생태계 교 란이 심하다는 지적을 받아왔다. 서울시설공단에 따르면 물을 끌어 다 쓰기 위한 전기료 등 유지보수비용은 연평균 75억원이 사용되고 있다. 자연하천이 아니다 보니 기 습 폭우가 오면 수위 조절이 잘되지 않아 사람이 갇히거나 물고기가 집단 폐사하는 등 부작용도 잇따 랐다. 여름철에 오수가 유입되면서 대장균이 기준치보다 최대 280배 증가한다는 지적. "지금의

청계천은 콘크리트 어항일 뿐이고, MB가 청계천을 개발하면서 생태적인 고민이나 역사적 고려를 별로 안 한 것 같다." 박경리는 <청계천, 복원 아닌 개발이었나!>라는 제목의 글에서, "청계천 사업을 주관하는 사람들은 가슴에 손을 얹고 물어보아야 할 것이다. 맹세코 정치적 목적을 떠나 이 대역사를 진행하고 있는지...만일 정치적 의도 때문에 업적에 연연하여 공기를 앞당긴다면, 추호라도 이해라는 굴레에 매달려 방향을 개발 쪽으로 튼다면, **역사의 죄인**이 될 것이다.... 지금의 형편을 바라보면서 미력이나마 보태게 된 내 처지가 한탄스럽다. 발등을 찧고 싶을 만치 후회와 분노를 느낀다. 차라리 그냥 두었더라면 훗날 슬기로운 인물이 나타나 청계천을 명실공히 복원할 수 있을지도 모르는데, 몇 년은 더 벌어먹고 살았을 노점상인들이 안타깝다."고 공개적으로 언급했다. 김상수 칼럼(프레시안 2010-04-20) 중에서 일부를 인용한다.

가공된 '이명박 신화' 이명박의 청계천 복원사업이란 그 실상은 가짜 생태복원임에도 불구하고 당시 시민들은 답답한 고가도로를 확 걷어내고 도심에 물이 흐르는 껍데기 현상만 보고도 환호를 보냈고, 청계천은 이명박 치적공사로 분칠되어 회자되었다. 1989년 현대그룹 성장사를 소재로 한 TV드라마 '야망의 세월'에서 탤런트 유인촌이 이명박 역을 하면서 '샐러리맨의 신화'가 만들어졌다. 이명박의 청계천은 당장 눈에 보이는 결과에만 함몰하고 성과주의가 대세인 시대 정황과 맞물리면서 '이명박 신화'는 거침없이 대통령까지 되게 했다. 급기야 전국 강을 잇는 대운하까지 파겠다고 기염을 토한 '토목신화'는 시대착오적이라는 국민의 완강한 반대로 주춤해지면서 '4대강 살리기'로 어느 날부터 말을 바꿔 22조라는 천문학적인 돈을 투입하는 대공사로 변칙 강행되 인터뷰의 일부(순서가 바뀌었고 일부 수정):

김상수 : 제대로 된 생태복원이라면 청계천으로 흘러들어오는 물의 줄기와 지천부터 살려내고 10년 이상의 시간과 예산을 들여서라도 제대로 공사가 될까 말까한

어려운 공사인데, 뭔가 성과를 보여줬다고 급급한 나머지, 앞으로는 시민들에게 무거운 짐이 되고 말았어요. 지금이라도 당장 시급하게 조치되고 시정되어야 할 청계천 문제는 뭘까요?

최병성 : 청계천이 돈이 흐르는 콘크리트 어항이 아니라, 진짜 하천이 되기 위해서는 다양한 대책이 필요합니다. 지금 청계천 물은 지하철 유출수와 한강에서 끌어온 물입니다. 엄밀히 말해서 하천이 아니지요. 청계천이 스스로 물이 흐르는 하천이 되려면, 지천 살리기와 함께 서울 시내에 녹지 확보가 필요합니다. 녹지가 많으면 녹지를 통해 땅으로 스며드는 물로 지하수가 채워지고 하천이 살아납니다. 하천수와 지하수는 별개의 것이 아니라 하나입니다. 지하수가 충만해야 하천이 건천화 되지 않고 물이 지속적으로 흐를 수 있습니다. 그런데 지금 서울은 모두 콘크리트 포장이 되어 물 한 방울 땅 속으로 스며들지 못하는 죽음의 땅이 되었습니다. 빗물이 지하로 스며들지 못하니 지하수가 고갈되고, 당연히 하천이 건천화 되는 겁니다. 일본은 빗물을 땅으로 돌려보내는 운동을 하고 있습니다. 빗물이 땅으로 스며들면 도시 홍수도 예방되고 지하수가 보충되어 하천도 저절로 살아나게 되는 겁니다.

독일의 이자강 복원의 경우 8km를 복원하는데, 10년간의 조사와 준비를 거쳐 10년 간의 공사를 통해 아름다운 이자강으로 복원됐음은 알려진 사실입니다. 그런데 청계천은 이명박 서울시장의 임기 안에 맞추기 위해 역사성도 없는, 그저 콘크리트 어항으로 날림 공사를 한 것입니다. 이게 바로 지금 4대강 공사에서도 반복되고 있습니다. 634km 4대강 공사를 겨우 4달 만에 환경영향평가를 마치고, 2년 안에 공사를 마무리 짓겠다고 합니다. 상식조차 없는 불법과 환경파괴가 4대강에서 벌어지고 있습니다.

김상수 : 납득할 수 없었던 게, 박경리 소설가 얘기처럼 복원 전문도, 토목 전문도 아닌 조경전문가가 청계천공사 총책임을 맡았는가 하는 점입니다. 옛날, 큰 건축공사를 총괄하는 도편수(도목수)는 재상감이라 했습니다. 이는 나라에서 큰 공사를 할 때는 치밀한 정성과 사물을 종합적으로 보는 안목을 따졌던 것입니다. 공사 당시부터 여러 사람들이 지적했지만 당시 서울시가 냈던 '청계천 복원 사업 설계보고'에 관한 보고서를 보면, 항목별로 돼 있는 것을 보니까 하천 분야가 7페이지, 하수도 분야가 3페이지, 유지용수 분야가 4페이지, 도로 분야가 5페이지, 교량 분야가 22페이지, 그런데 조경 분야는 27페이지에 이르고 있었어요.

최병성 : <small>조경이 더 많은 부분을 차지했다는 것은 애초부터 청계천복원이 제대로 된 복원이 아니라,</small> 보여주기 위한 과시용 공사에 불과하였음을
그대로 증명하는 것입니다. (이뿐만이 아니다.)

<small>김상수 : 여기 청계천에서 공사 중에 발견된 석물 등 문화재는 어디 한 쪽 구석으로 최다 치워졌지요? 거의 방치수준으로 알고 있는데요.</small>

최병성 : 청계천 복원의 실체는 복원이 아니라 역사 왜곡과 문화재 파괴인데요. 청계천에서 나온 석
축들은 조선시대의 것으로서 역사가 담긴 문화재입니다. 그런데 이 석축들이 중랑구 하수종말처리장
터에 방치되고 있습니다. <small>벌써 수년째 비를 맞고 나무상자가 다 썩어가고 인식표마저 알아볼 수 없는 형태가 되었습니다. 이제 어디서 나온 석축인지 분간조차 할 수 없는 지경</small>
<small>으로 앞으로 후손들이 청계천을 제대로 복원하고 싶어도 할 수 없는 상태가 된 것입니다.</small>

서울시에 청계천에서 나온 문화재를 왜 중랑구 하수종말처리장 마당에 처박아두었냐고 물으니까 '하
천에서 나온 것이기 때문'이라고 답을 했습니다. '하천에서 나온 것은 하수종말처리장에!' 이게 바로
이명박 식 문화재 복원의 실체로서 ~~4대강사업을 통해 얼마나 많은 문화재 파괴가 계속 이뤄질지 참으로 걱정입니다.~~ 아명
~~박 식 문화재 복원이 얼마나 엉터리였는가를 잘 보여주는 게 그나마 원형을 살렸다는 광통교에서 쉽
게 찾아볼 수 있습니다.~~ 청계천에서 나온 석축은 그야말로 보존가치가 높은 문화재입니다. 그렇다면, 옛날 돌에 지금 돌을 맞추는 것이 정상입니다. 그러나 청계천은
반듯하게 자른 새 돌에 옛날 돌 귀퉁이를 잘라 맞추었습니다. 완전히 거꾸로 된 것입니다. <small>얼마나 문화와 역사</small>
<small>에 대한 인식이 없었는지 여실히 보여주고 있습니다.</small> (슬프다. 국민이 노망났다는 김근태의 울음소리가 들린다.)

서울 중랑구 하수종말처리장에 쌓여 있는 조선시대 석물들, 이건 사실이요? 설마 사실이겠어요.
팩트체크 각자 해 보세요. 허구인지 사실인지 모르겠어
요. 언론에 나온 기사를 더 이상 믿지 않아요. 내가 본
것도 믿지 않아요. 아무 것도 믿지 않아요. ~~그러나 믿어
야 할 것도 있지요.~~

이제 그만하시죠. 견디기 힘듭니다. 저도 지쳤습니
다. 인간의 근대는 모두 이렇게 야만일까요? 단 하나
라도 그렇지 않은 사례가 있을까요?

Theodor, where are you? I am here in Seoul.

하나 빠진 것이 있다. 잠깐 멈추어라. ちょっと待ってください.

라틴어 어근語根정리표와
괴테의 파우스트와
타르코프스키의 영화이다.
해독제로서......
또는
해열제로자
ROSA
ROSAE
ROSAM
IMI KNOEBEL ZU HILFE

Root 어근	Meaning 의미	Example 사례
a, ab/s	from, away, off	abduct - carry away by force
act	do	activity - something that a person does
agr/i/o	farming	agriculture - management of the land, agribusiness
ambi, amphi	both, around	ambidextrous - able to use both hands equally
ambul	walk, move	amble - to walk in a slow, relaxed way
ami/o	love	amiable - friendly, pleasant, lovable
anim	life, spirit	animal - a living organism
ann/enn	year	anniversary - a date observed once a year
ante	before, in front	antecede - to come before something in time
aqu/a	water	aquarium - a water container for fish
arbor	tree	arborist - someone working with trees
arthr/o	joint	arthritis - inflammation of a joint
aud/i/io	hear	audible - loud enough to be heard
avi/a	bird	aviary - a large enclosure for birds
bell/i	war	bellicose - warlike
bene	good, well	benefactor - person who gives money to a cause
bi/n	two, twice,	biannual - happening twice a year
calc	stone	calcification- impregnation with calcareous matter
capt,cept,ceive	take, hold	intercept - to stop or interrupt
carn/i	flesh, meat	carnivorous - flesh-eating
caust,	to burn	holocaust - total devastation, especially by fire
cede,	go, yield	exceed - to go beyond the limits
celer	fast	accelerate - to increase the speed of
cent/i	hundred,	centennial- the 100th anniversary
cerebr/o	brain	cerebral - pertaining to the brain
cert	sure	ascertain- to find out something with certainty
cide, cise	cut, kill	homicide - murder
circum,	around, about	circumnavigate - to sail around
claim, clam	shout, speak out	clamor - to shout and make noise
clud, clus	close	conclusion - the end or last part
co	with, together	coauthor - writer who collaborates with another
cogn/i	know	cognition - process of acquiring knowledge

622

contra/o	against, opposite	contradict to argue against,
corp/o	body	corporation - a company as a single body
counter	opposite,contrary	counteract - to oppose the effects of an action
cred	believe	credence - belief that something is true or valid
cumul	mass, heap	accumulate - to gather or pile up
curr, curs	run	concurrent- running parallel
de	reduce, down,	decelerate - to slow down, reduce speed
deci	one tenth	deciliter - a tenth of a liter
demi	half, less than	demitasse - a small cup of coffee
dent, dont	tooth	dental - relating to teeth
dict	speak	contradict - to express the opposite of
domin	master	dominate - to be the master of
don/at	give	donation - a contribution or gift
du/o	two, twice	duplicate - make an identical copy
duc/t	lead	conduct - to lead musicians in playing music
dur	harden, lasting	durable - having the quality of lasting
ego	self	egoistic - self-centered
equ/i	equal, equally	equidistant - an equal distance from two points
esth/aesth	feeling, beauty	aesthetic - pertaining to a sense of beauty
ex	from, out,	excavate - to dig out
extra, extro	outside, beyond	extraordinary - beyond ordinary
fac/t	make, do	artifact - an object made by a person
fer	bear, bring, carry	confer - to bring an honor to someone
fid	faith	fidelity - faithfulness
flor/a,	flower	florist - someone working with flowers
fore	in front of	forebear - ancestor
fract, frag	break	fracture - a break
fug	flee, escape	fugitive - a person who is running away
funct	perform, work	defunct - no longer working or alive
grat	pleasing	gratify - to please someone
아, 고마워요.	Gratitude 표시	이제 그만해도 되겠군요. 하라쇼 好皓皓
남은 빈칸은	어떻게 하지?	비워 두면 되겠지. 비울 수는 없다구. 그럼 채워.
남김없이채워빈	칸없이채워무조건	채워여유없이부지런히쉬지말고채워채우고또채워.

623

괴테의 파우스트

<파우스트>에서 메피스토펠레스가 거듭 외치는 것은 "Verweile doch!", 즉 "어쨌든 멈춰라!"라는 한마디. 이것은 포스트모던 시대에도 자주 들리는 말이다. 이 역시 묘한 일치가 아닐 수 없다.

주님 - 그대는 파우스트를 아는가?

메피스토펠레스 - 그 박사 말입니까?

Lord - 나의 종이니라.

메주 - 과연 그렇군요! 그 작자는 묘한 꼴로 영감님을 섬기고 있습니다.

그 어리석은 녀석이 마시고 먹는 것은 지상의 것이 아닙니다. 가슴 속에 들끓는 것이 그 작자를 아득한 곳으로 몰아대고 있습니다. 자기의 미친 꼴도 절반은 알아차리고 있습니다. 하늘에서는 가장 아름다운 별을 갖고자 하고, 지상에서는 최상의 쾌락을 모조리 맛보겠다고 덤비고 있습니다. 그리고 가까운 것이건 먼 것이건, 그 작자의 가슴 속 깊이 들끓고 있는 마음을 만족시킬 수가 없습니다.

Lord - 그는 지금 혼돈 속에서 나를 섬기고 있지만, 내 머지않아 그를 맑고 밝은곳으로 인도하리라. 정원사도 어린 나무들이 푸르러지면 꽃과 열매가 머지않아 닥칠 계절을 장식하리라는 것을 아는 법이다.

메피 - 무슨 내기를 하겠습니까? 만일 영감님께서 저에게, 그 작자를 슬쩍 제 길로 끌어들이는 것을 허락만 해 주신다면, 그놈을 영감님에게서 빼앗아내겠습니다.

주 - 그자가 지상에서 살고 있는 한, 그대에게 그런 짓을 못하게는 않겠다. 인간이란 노력하는 동안에는 헤매느니라.

메 - 이거 매우 고맙습니다. 이런 말씀을 드리는 것도 원래 저는 죽은 놈 다루기가 질색이라 그렇습니다. 그저 제일 좋은 건 통통하고 싱싱한 볼입니다. 송장이라면 전 질색이랍니다. 제가 하는 짓은 고양이가 쥐를 상대로 하는 짓과 꼭 같습니다.

주Lord - 그럼 됐다. 어디 그대에게 맡겨보겠다. 그 영혼을 그자의 근원에서 떼어 내어, 만일 그대가 잡을 수만 있다면, 그를 유혹해서 너의 길로 끌어 내려 보아라. 그리고 네가 다음과 같이 실토를 하는 날에는 무안해질 거다. 착한 인간은 설혹 어두운 충동에 휩쓸릴지라도, 올바른 길은 잊지 않고 있다는 것을.

메피 - 좋습니다. 길게 잡을 것도 없습니다. 이번 내기는 조금도 겁나지 않습니다. 제가 목적을 달성하는 날에는 가슴이 터져라 만세 부를 것을 허락해 주십시오. 그놈에게 쓰레기를 처먹이겠습니다. 그것도 신이 나서 먹게 해야죠. 바로 저의 아주머니인 저 유명한 뱀(에덴동산의 그 뱀)처럼 말씀입니다.

주님 - 다음에라도 오고 싶으면 언제라도 오너라. 나는 한 번도 너의 무리들을 미워한 적이 없다. 부정을 일삼는 온갖 영혼들 중에서, 제일 짐이 안 되는 것이 짓궂은 장난꾼이니라. 인간의 활동은 너무나도 이완하기 쉽고, 자칫하면 무조건 휴식을 좋아하는 법이다. 그래서 나는 그들에게 친구를 붙여주어, 그들을 자극하고 정신차리게 하며 악마의 일을 시켜야만 하는 것이다.

그러나 너희들 참된 신의 아들들아. 이 생생하고 풍성한 아름다움을 즐기도록 하라! 영원히 살아서 움직이는 생성의 힘이, 사람의 부드러운 울타리로 그대들을 둘러싸듯이 변화하여 떠도는 현상을 끊임없는 사상으로 잡아매어 두도록 하라.

(천국은 닫히고 대천사들은 흩어진다.)

메피 - 저 영감을 가끔 만나는 것도 나쁘진 않단 말야. 그래서 나도 의가 상하지 않게 조심하고 있지. 악마인 나한테까지 저렇게 정답게 말해 주다니. 대단한 영감이란 말야. 기특한 일이지.

"메피스토텔레스와 양성인". 이 책을 우연히히히 읽고 모모든 것이 정리된 느낌을 잠시 가졌다. 잠깐. 이란의 주르반교와 루마니아의 민간신앙에서 신과 사탄은 형제. 에티오피아의 전설은 성자와 마녀를 남매로 등장시킨다. 하느님이 뱉은 가래침에서 악마가 튀쳐나오고(모르도바 신화), 신은 수면에 비친 자신의 모습에서 악마를 발견한다(핀란드 전설). 또한 사탄은 원래 하느님의 그림자였다(불가리아 민요)....

"종교학자 마르치아 엘리아데는 <파우스트>의 한 구절을 유독 의미심장하게 지적한다. <천상의 서막>에서 신은 메피스토펠레스를 가리켜 "모든 부정적인 영들 가운데//내게 가장 짐스럽지 않은 것이 장난꾼이다(중략) 그래서 나는, 찌르고 자극하며 악마로서 일해야 하는//이 친구를 기꺼이(gern) 그들에게 붙인다."라고 말한다. 이에 메피스토펠레스도 호응하듯 "때때로 나는 기꺼이(gern) 영감님을 만나지"라고 말한다. 신과 악마가 같은 단어를 반복해서 말하고 있는 것이다. 엘리아데는 괴테가 파우스트에서 단 한 단어도 허투루 쓰지 않았다는 것을 상기시키며 이 신과 악마 사이의 기묘한 공감에 대해 지적한다."

이제 악마는 신과 싸우지 않는다. 그는 인간과 싸우는, 철저히 인간에게 종속된 존재이다.
"괴테의 비극에서 인간은 진정 자유의지를 가진 존재이며 심지어 신에게조차 신뢰를 받는 존재이다. 그리고 결국 구원받는 존재이다. 악마는 결코 신의 대칭점이 아니다. 그는 인간의 대칭점이다. 왜냐하면 그의 운명을 쥔 존재가 신이 아니라 인간이기 때문이다."
사실 메피스토펠레스는 결코 반이성적인 존재가 아니라 오히려 지혜로운 자이다. 그리스 로마 신화의 헤르메스를 닮은 것처럼 보이기도. 사탄이나 루시퍼가 근원적인 악이라면 메피스토펠레스는 사기꾼이며 협잡꾼, 도둑에 가깝다. 그는 세상이 어떻게 돌아가는지, 그 속에서 어떻게 살아가야 하는지를 알고 있으며, 그렇기 때문에 냉소적이다.

"영원히 여성적인 것이 우리를 구원한다."
마음에 걸리는 것이 있다. "영원히 여성적인 것이 우리를 구원한다." 무슨 말일까? 이럴 때 원문을 찾아 형편없는 독일어일지언정 해독을 해 보아야 한다.
Das Ewig-Weibliche zieht uns hinan.   The eternal feminine draws us upwards/aloft.
"영원히여성적인것이우리를이끌어가는도다." Or 우리를 이끌어 올린다. 음, 구원이란 의역이구나, 여성성이 남자를 끌어 당기는 힘이며, 구원으로 이끌지 파멸로 이끌지는 모르겠다. 한가지 부끄러운 사건이 있었다. 언젠가 청와대 오찬 모임에 박 전 대통령은 '인문정신문화계 인사들'을 초청했다고 한다. 도대체 어떤 사람들인가? 이 모임에서 한 참석자는 괴테의 <파우스트>를 인용하며 " '영원히 여성적인 것이 우리를 고양시킨다'는 마지막 대목이 있는데, 대통령께서 영원한 여성의 이미지를 우리 역사 속에 각인하셔서 우리 역사가 한층 빛나기를 기원한다"고 발언했다고 한다. 이 때 천상에서 이런 말이 울려 퍼졌다고 한다. "멈추어라, 너는 참으로 아름답구나! Verweile doch, du bist so schön!" 그 분이 환하게 웃는 순간 바로 그 때 권력은 멈추어 섰고 서서히 내리막으로 미끄러내리기 시작했다. 謝謝. 너의 공이 진실로 크구나. Thanks. Your ball is really big. 찬사인가? 글쎄, 천사.

진짜 잔인한 사진을 보여줄까. 싫어. 그래. Killing Fields의 죽음을 기다리는 소녀. 왜 이 아이가? 도저히 잊을 수가 없다. 그리고 단추와 큰 칼라/애리가 있는 옷. 이 아이가 죽은 것은 이 옷 때문이었을 거야. 왜? Why? 난 그 이유를 알지만 말하지 않겠어. 단추를 잘 골라서 그 단추가 돋보이는 옷을 한 번 만들어 보고 싶었지만 아직 실험해 보지는 못했다. EXPERIMENT하는 사람들이 싫다. 이제 그만하지. 그래 그만 하자.

하필이면 왜 이 사진이야. 아, 그건 역사적 우연이야. 눈에 들어 왔어, 너무나 평범한 이 사진이. 대부분의 한국인들이 관심없는 이 사건이 DJJEG게 말해야 하나? 그만 해. Stop it.

그만둘까, 집어치울까, 만두나 먹으러 갈까. 어디로? Erehwon의 애록Aerok 식당. 나도 같이 가자. 米兎 쌀토끼. 그리고 기억하자 그리고 기념만 하지 말고 이야기 하자 그리고 기억하자 그리고 이야기를 하기 위한 작품을 만들자 그리고 기억하자 그리고 이야기하자 그리고 무슨 형식이건 작품을 만들어 이야기거리를 만들자 그리고 기억하자 너를 잊지 않고 있다고.

타르코프스키의 《안드레이 루블료프》 Андрей Рублёв

추락과 파국으로 곤두박질치는 서막

타르코프스키는 1970년 9월 1일자 그의 일기에 "<루블료프>를 솔제니친에게 보여주고 싶다. 쇼스타코비치에게 한 번 이야기해보는 것이 어떨까?"라고 쓰고 있다. 그는 솔제니친에게 <루블료프>를 보여줄 수 있었을까? 타르코프스키는 <루블료프>를 통해 솔제니친에게 과연 무엇을 보여주고 싶었을까? 영화 <안드레이 루블료프>는 먼저 추락과 파국에서 시작한다. 한 사나이가 쪽배를 서둘러 저어 강을 건너와서 피륙과 천으로 짜 만든 기구를 조립하여 그것을 타고 서둘러 하늘로 오른다. 그리고 그는 끝없는 벌판과 그곳을 가로질러 반짝이며 굽이쳐 흐르는 강물들, 그 위를 지나는 작은 배들, 돌로 지은 성당, 작지만 아름다운 그 땅의 마을들을 굽어보고, 뛰노는 말과 바람의 자유, 해탈, 행복을 맛본다. 그러나 그것도 잠시, 강을 건넌 기구가 펄에 처박히며 모든 것이 끝난다. 18세기까지는 기구가 아직 발명되지 않았었다. 그럼에도 불구하고 타르코프스키는 15세기 러시아 성화상 화가인 안드레이 루블료프의 생애를 다루는 영화의 서막을 이렇게 터무니없이 시작한다. 왜일까? 하늘에서 땅으로, 자유, 해탈, 행복에서 그 모든 것들이 파국으로 곤두박질치는 서막을 통해 무엇을 표현하고 싶었을까?

실락원에서의 추락과 파국! 그리고 그 사건이후 다시 낙원으로 돌아가려는 인간의 꿈들과 더불어 일어난, 알려지지 않거나 잊혀진 수많은 인간적 파국과 절망을 타르코프스키는 이렇게 극화했던 것이다.

또 감동적인 말을 만났다. 이번에는 정말 감동적인가? 난 언제나 진실로 감동적인 것만을 감동적이라고 말한다. 감동적이란 말을 대체할만큼 감동적인 말을 아직 찾지 못했을 뿐이다. 그렇군, 감동적이야. 우리는 개신교에, 즉 평양기독교에 너무 중독이 되어서 기독교의 다른 전통에는 무관심하다. 그래, 반성할게. 자, 내 얘기를 들어 봐. 동방정교에서 그리스도는 완전한 신이며 동시에 완전한 인간이다. 이건 카톨릭과 개신교에서도 마찬가지 아니오? 그렇죠, 그런데 이후의 해석이 독창적입니다. No Theosis without Kenosis. <u>신의 세속화 secularization에 의한 인간의 신성화 deification.</u> 먼저 신이 스스로의 신성함을 버리고 유한한 인간 속으로 들어 왔기 때문에 인간이 신성한 것과 연결되며 신과 하나가 될 수 있다. 이런 표현도 가능하다. "육신으로 하여금 말씀이 되게 하기 위하여 먼저 말씀이 육신이 되게 하셨다."

Theosis, or deification, is a transformative process whose aim is likeness to or union with God, as taught by the Eastern Orthodox Church and Eastern Catholic Churches. As a process of transformation, theosis is brought about by the effects of catharsis (purification of mind and body) and theoria ('illumination' with the 'vision' of God). 성화상icon을 그릴 수 있는 것이 이 교리를 통해서이다.

추락해야 다시금 상승하지 않겠는가? 신이 인간이 되어야 그 후에 인간이 신이 될 수 있다.

영화 '안드레이 루블료프'는 그의 그림이 어떻게 탄생했는가를 보여준다. 몽고군의 무차별한 살육이 진행될 때 그는 자기 자신에게 하나의 화두를 던진다. 붓으로 인간을 구원할 수 있는가. 그는 붓을 던지고 방랑의 길에 오른다. 자신의 눈앞에서 진행되는 살육을 바라보며 그는 극한의 고통을 체험한다. 마침내 자신이 저지르는 또 하나의 살인으로 괴로워하며 그 절망 속에서 인간의 언어를 포기하고 침묵을 지킨다. 마침내 그는 하느님을 만나 빛나는 예술의 세계에 도달한다. 영화는 흑백으로 진행되다가 마지막에 그의 그림들을 칼라로 보여주면서 끝을 맺는다. 타르코프스키는 '안드레이 루블료프'를 만들면서 자신의 처지를 거기에 동일시했는지도 모른다. 인간이 어떻게, 그것도 나약해 보이는 한 인간이 어떻게 세계를 구원할 수 있는가는 그의 영화의 끊임없는 고민거리였다

627

극중에는 두 명의 예술가가 나온다. 성화가인 안드레이 루블료프와 종을 만드는 어린 소년 보리스카만이 그 주인공들이다. 루블료프는 살인자가 돼 방황하다가 어린 소년 보리스카만을 만나 구원을 받는다. 종을 만드는 장인들이 전염병으로 모두 죽고 장인 니콜라이의 아들 보리스카만 살아 남았다. 이 소년은 단지 살기 위해 아버지에게서 종을 만드는 법을 전수 받았다고 거짓말을 한다. 1년에 걸쳐 종을 만드는 대역사가 소년의 지휘를 받는다. 비법을 알 리 없는 소년은 자신의 정체가 탄로날까봐 공포에 떤다. 종이 완성되는 날 종소리가 나지 않으면 그는 사형에 처해질 것이다. 종이 완성을 향해 나아갈수록 그만큼 죽음이 다가오고 있다는 것을 소년은 안다. 루블료프는 이 소년의 절대적 고독과 두려움을 처음부터 끝까지 지켜 본다. 마침내 종이 완성되고 대공을 비롯 모든 마을 사람들이 모여든다. 소년의 두려움은 절정에 이르고 탈진하여 쓰러지기 직전이다. 자, 종이 울렸다고 생각하는가? 난 스포일러라는 말을 믿지 않는다. 그래서 여기서도 그냥 결과를 공개하겠다. 간절한 마음으로 만든 종에서는 맑고 우렁찬 소리가 울려 퍼진다. 기적이다. 할렐루야. 소년은 진흙바닥에 주저앉아 온몸으로 전율하며 흐느낀다. 소년이 루블료프에게 말한다. **"나는 아버지에게 아무 것도 배운 것이 없어요. 그 늙은이는 비밀을 안고 무덤으로 들어갔어요."** 아, 이 때 진정 감동적인 말이 나온다. 루블료프는 소년을 감싸 안으며 13년간의 침묵을 깨고 입을 연다.

"가자, 가서 나는 그림을 그리고 너는 종을 만들자." 당신은 무엇을 해야 하나? Nothing. Just do nothing. 당신은 스스로를 예술가라고 선언했으니까.

"보지 않고도 믿는다. Nicht sehen und doch glauben. 여기에 믿음의 신비가 있다. 루블료프는 소년으로부터 이것을 배웠다. 이 소년은 아무것도 배운 바가 없었지만 믿음을 가졌다." 모든 믿음은 믿을 만 하기 때문에 믿는 것이 아니라 믿을 수 없음에도 불구하고 믿는 것이다. 이 말은 이렇게 바꾸어 써야 한다. 믿을 수 없기 때문에 나는 믿음을 가졌다. "나는 부조리의 힘으로 믿었다."

또 이렇게 말해야 한다. 나는 아무런 재능이 없기에 내가 훌륭한 예술가가 될 수 있을 것이라 믿었다. 마치 아브라함이 이삭을 죽이라고 하는 야훼를 끝까지 믿는 것 같이 예술가는 도저히 믿을 수 없는 것을 끝까지 믿는 사람인 것일까? 그렇게 믿는 사람들 중에서 극

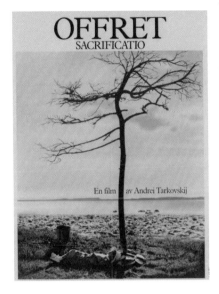

히 일부를 신은 선택을 할 것이다. 이런 생각이 들었다. 자신에 대한 믿음이 없이 예술이 탄생하지는 않지만 그 가능성을 믿는 사람 모두에게 신은 선물gift을 주지 않는다. 세상은 아주 잔인하다는 생각이 든다. 오디션 프로그램에 몰린 그 수많은 사람들, 신춘문예에 응모하는 그 수많은 미래의 문인들. 재능이 있어도 실패하고 재능이 없어도 실패하는 것일까? 그렇다. 그러면 어떻게 하란 말이오. 베케트는 그 해답을 알고 있지. 일단 읽어 봐.

또 생각나는 이야기.

아프리카 어떤 부족은/ 살인사건이 있고 일 년이 지나면/ 범인을 강물에 들어가게 한다./ 슬픔의 시간을 보낸/ 피해자 가족은/ 그를 물속에서 나오지 못하게 깊이 밀어넣을 수도 있고/ 그를 용서하고 물 밖으로 나오게 할 수도 있다./ 그를 죽게 내버려두면 평생을 슬픔 속에서 살게 되고/ 그를 용서하면 행복이 온다./ 낮 꿈에도 가위 눌려/ 허우적거리며 숨을 몰아쉬는 나는/ 누구를 용서하지 않은 것일까/ 누구에게 용서를 구해야 하는 것일까/ 사소한 일상의 재판으로/ 얼마나 자주/ 스스로를 가두는 판결을 내렸던가. - 최정란,「강물재판」, 시집『여우장갑』중에서

The Sacrifice (Swedish: Offret) is a 1986 Swedish film directed by Andrei Tarkovsky. 그건 저도 알아요. 그런데 뭐가 불만이야? 뭐라고요? 입 다물어. BrrrrrrBrrrrrrBrrrrrrrBrrrrrrr.

영화〈희생〉(1986)은 안드레이 타르코프스키의 마지막 작품. 영화〈희생〉의 첫 장면: 알렉산더가 그의 생일 날 아침에 어린 아들 고센과 함께 강가의 들판에 죽은 나무 한 그루를 심는다. 고센은 실어증에 걸려 말을 하지 못한다. 아버지는 아들에게 중세의 한 수도승에 관한 이야기를 들려준다. 한 수도승이 산 위에 있는 죽은 나무에게 하루도 쉬지 않고 3년 동안 물을 꾸준하게 주었더니 다시 살아나 꽃이 만발하였다. 알렉산더의 생일 축하 전보를 배달하는 우편배달부 오토가 "희망은 존재하지 않지만 진정 믿으면 언젠가는 이루어질 수 있다."고 말한다. 이 나무가 다시 살아날까?

키에르케고르는 절망의 반대 말이 희망이 아니라 믿음이라고 말했다. 그렇다면 믿음의 반대말은 절망일 테이고 따라서 믿으면 아무 것도 이루어지지 않는다고 해야할까? 아무 것

도 이루어지지 않으니까 믿는다가 진정한 믿음이라고 나는 믿고 싶어졌다.

3차 세계대전 발발을 알리는 방송이 들린다. 모두가 공포에 질린다. 알렉산더는 처절하게 신을 향한 기도를 한다. "신이여, 저의 모든 것을 다 바치겠습니다. 그리고 앞으로 벙어리로 살겠습니다. 삶의모든것을포기하겠으니 모든것을 이전의 상태로되돌려주시고, 저의두려움을없애주시기바랍니다. 저의 이런 소망을 들어주신다면 약속한 모든 것을 지키겠습니다."

우편배달부 오토는 엉뚱한 해결책을 제의한다. 알렉산더의 하녀인 마리아만이 이 모든 재앙과 절망을 끝낼 수 있는 인류 최후의 희망이다. 그러니 바닷가 저편 마리아의 집으로 가서 알렉산더가 그녀와 동침해야 한다. 그 순간 소원을 빌면 이 불행을 끝낼 수 있다.

핵전쟁으로 황폐해진 거리를 우왕좌왕하는 사람들이 모노크롬 화면으로 등장한다. 성모 마리아가 신의 은총으로 예수를 낳았듯이, 하녀 마리아와의 동침으로 알렉산더의 몸에 신성이 깃들게 되었다. 이를 통해 인류의 절망을 극복할 수 있다. 그러나 ...... 문득 알렉산더는 잠에서 깨어난다. 제3차 세계대전 핵전쟁의 악몽은 그저 꿈이었나?
그러나 알렉산더는 기도를 통한 신과의 약속을 이행하려고 한다. (꿈 속에서의 약

속도 지켜야 하나? Yes!) 가족들이 산책을 나간 사이에 가구들을 한군데 모아 놓고 불을 붙인다. 화염에 휩싸여 집은 활활 타고 있다. 알렉산더는 신에게 자신의 약속을 지켰다. 집을 불태운다는 것은 나의 행복을 버리는 자기희생을 말한다. 알렉산더는 가족들에 의해 강제로 병원차에 실려 가게 되고, 그의 뒤를 하녀 마리아가 자전거로 쫓아 간다.

영화〈희생〉의 마지막 장면: 실어증을 극복하고 말을 하게 된 알렉산더의 어린 아들 고센이 죽은 나무에 물을 주기 시작한다. 마치 3년 동안 매일매일 산 위의 죽은 나무에 물을 주어 꽃이 피게 했던 중세의 수도승처럼. 고센은 나무 밑에서 독백조로 묻는다. "태초에 말씀이 있었다는데 아빠, 왜 그렇죠?" "In the beginning there was the word" he says. "Why is that, Papa?". 나무 가지 너머로 강물이 반짝이고 있다. 이 때 〈마태수난곡〉 제47곡인 '주여, 저를 불쌍히 여기소서.' Erbarme Dich mein Gott, JS Bach BWV 244. 그리고 '희망과 확신을 갖고 이 영화를 만듭니다.'와 '나의 아들 앤드류사에게'라는 안드레이 타르코프스키의 헌사가 자막으로 떠오른다. 나의 알로샤의 평화를 빈다. 그리고 그 아이들 하나하나에게도.....

₩#$%&*%$#2$%^*$#%^*& 아이폰 비밀번호 해제를 위하여! 비해제를 기원해.

Erbarme dich, mein Gott,	Have mercy, my God,
um meiner Zähren willen!	for the sake of my tears!
Schaue hier, Herz und Auge	Look here, heart and eye
weint vor dir bitterlich.	cries before you bitterly.
Erbarme dich, mein Gott.	Have mercy, my God.

아 잊어버린 것들이 있어요. 정리해 보죠. 책에서 누락된 이미지들의 모음. 저 자전거는 잃어 버렸죠.
자 이제 정말 끝이네요. 終 終 終 終 終
終 終 終 終
　　　終 終 終
　　　　　終 終
　　　　　　終
　　　　　終 終
　　　　終 終 終
　　　　　終 終 終 終

모든 것은 빛난다는 빛나는 책이다. 반짝반짝 작은 별과 큰 별.
기독교 일신주의와 현대적 허무주의 David Foster Wallace's nihilism **사이에서 제**
3의 길을 찾는다. 그리스 시대의 '다신주의 Homer's polytheism'**는 어떠한가?**
또는 현대적 샤머니즘의 세계는? 일신주의의 오랜 구속에서 풀려난 현대의
세속적 인간들은 잃어버린 신성을 즉, 현대적 다신주의의 성스럽게 빛나는 모든
것들로 이루어진 놀라운 세계를 볼 수 있다

호메로스 시대의 그리스인들은 세계를 열린 마음으로 대했다.... <u>그리스인들은 자기 자신을</u>
<u>내적인 경험과 신념을 통해서 이해하기보다는 널리 공유된 정조들에 휩싸여 사는 존재로</u>
<u>간주했다.</u> 호메로스에게 정조가 중요한 까닭은, 그것이 우리가 함께 처해있는 상황을
비춰주기 때문이다. ... 이런 정조들을 만드는 데 결정적인 역할을 하는 존재가 바로
신들이다. 신들은 각기 상이한 정조들을 비춰주며, 역할이 어긋났을 때조차 왜 상황이
어긋났는지를 밝혀준다. ... <u>훌륭한 삶이란 이런 신들과 동조 관계를 이루는 것이었다.</u>
p.112-114

호메로스의 시대 그리스인들이 보기에, 신들은 인간으로 산다는 게 무엇인지를 이해하는
데 필수적인 존재들이었다. ... <u>그리스인들은 성공과 실패, 즉 우리의 행동을 우리 자신이</u>
<u>결코 완벽하게 통제할 수 없음을 깊이 깨닫고 있었다. 혼자서 열심히 노력하는</u>
<u>것만으로는 할 수 없는 행동들을 우리가 해내는 것에 대해 그리스인들은 끊임없이</u>
<u>반응하고 놀라워하며 감사했다.</u> ... 호메로스는 이런 성취들을 모두 신의 특별한 선물로

보고 있다. 따라서 모든 사람에게 신들이 필요하다는 말은 적어도 다음과 같은 의미를 갖는다. 즉 성취한 것 전부를 자기 공으로 돌리지 않는 행동을 할 때 우리는 최선의 상태에 도달한다는 것이다. To say that all men need the gods . . . is to say, in part at least, that we are the kinds of beings who are at their best when we find ourselves acting in ways that we cannot_ and ought not _ entirely take credit for. p.117 쉽게 얘기하면 멋진 소설을 썼을 때 작가가 내가 창의적인 예술가라서 이것을 썼다고 자만하는 것이 아니라 신이 나를 도와주었기에 나같이 하찮은 것이 이것을 쓸 수 있었다고 감사하면서 사는 것이다. 결과가 없어도 당연히 스트레스를 별로 안 받을 것이다. 멋진 작품이 안 나오면 그것도 신의 책임이니까. 그러나 근대가 시작되면서 "The gods have not withdrawn or abandoned us. We have kicked them out." 우리가 신들을 버렸다.

호메로스적 세계에서 가장 중요한 것, 가장 실재적인 것은 갑자기 분출하여 잠시 우리를 사로잡다가 마침내 우리를 놔주는 어떤 것이다. 호메로스의 단어 '퓌시스 φύσις '를 번역한다면 '반짝임'이라는 단어가 가장 가까울 것이다. 호메로스에게 실제로 존재하는 것은 반짝이는 것이다. (우리 외부에서 바람처럼 휙 스쳐 가는 퓌시스(생기)를 포이에시스(숙련된 기예)를 통해 포착하고 고양할 수 있을 때 삶의 가치가 발생한다.) Dreyfus and Kelly end "All Things Shining" by urging us to be open to the call of the gods in a polytheistic world. 이것이 현대적 샤만의 세계이다. 한국인같이 사만의 세계에 근접한 사람도 드물다.

Greek Heroes: Harvard lecture open to everybody. EdX 와 Coursera 와 KMOOC 재미있다. 영어를 할 수 있어야 한다는 제약이 있지만 구글번역을 통해서 보면 된다. 내가 감동을 받은, 너무 감동이 자주 있는 것 아니오, 그건 그렇군, 일단 여기 인용할테니, 천천히 번역해 보세요.

Hour 1 Text A = Hour 0 Text F

My mother Thetis, goddess with silver steps, tells me that I carry the burden of two different fated ways [kēres] leading to the final moment [telos] of death. If I stay here and fight at the walls of the city of the Trojans, then **my safe homecoming [*nostos*] will be destroyed for me, but I will have a glory [*kleos*]**

633

that is imperishable [*aphthiton*]. Iliad IX 413 살아서 안전한 歸鄉이냐 죽어서 불멸의 榮光이냐?

Achilles has started to understand the consequences of his decision to reject the option of a safe nostos or 'homecoming'. He is in the process of deciding to choose the other option: he will stay at Troy and continue to fight in the Trojan War. Choosing this option will result in his death, and he is starting to understand that. In the fullness of time, he will be ready to give up his life in exchange for getting a kleos, which is a poetic 'glory' described as lasting forever. 기회비용이야, 값비싼 기회비용, 프루스트도 마찬가지라고 봐.

Nagy 교수의 강의 동서고금을 자유로이 횡단하는데, 블레이드 러너의 이야기는 특히 감동적, 다른 단어를 써 봐, 쩔어 쩐다구, 감동적이고 두고두고 생각나는 체험이었다. 불완전한 동시통역을 해 볼게. 블레이드 러너에서 내가 좋아하는 순간은, 알리타 들어 봐,

GREGORY NAGY: One of my favorite moments in Blade Runner

2.   is Roy's death scene. 로이가 죽는 장면

3.   He is so intense about this moment when he finally does have to let go,

4.   let go of the life that he loves so much, because life for somebody as

5.   larger than human—인간이 아니었지만 인간 보다 더 장엄하게 삶을 포기하는, 삶을 떠나가게 하는 그 순간에 로이는 정말로 치열한 모습을 보여준다.

6.   and Roy is-- life is all the more intense and all the more full of joy

7.   and beauty and passion. 삶이란 기쁨과 아름다움과 열정으로 더욱 더 치열하고 꽉찬 그런 것이다, 대충 이런 뜻으로 받아들이세요.

8.   And as he's sitting there waiting for his death because his chemistry, his

9.   physical self seems to be aware that he is now in his last moments in life,

10.   he makes a soliloquy. 삶의 마지막 순간에 독백을 합니다.

11.   That is to say, he makes a speech that's more for himself than for the

12.   character who's watching him die. 자신을 위한 독백이죠. 너무나 멋진 장면입니다. 그리스 서사시는 현대의 영화에서 다시 부활했구나, 문학은 이제 다 죽었네.

13.   And he starts by saying, "I've seen things that you people would not

14.   believe." And I think, in these words you see beautifully, the intensity of

15.   this person's life. 빈 공간에 번역을 쑤셔넣고 있어요. 미적 감수성은 중요합니다. 어찌보면 남자들이 여기서 여성보다 열등하지요. 괜찮아요. 재능이 없는 예술가가 걸작을 쓸 수 있으니까. "너희들 인간들은 아마 믿지 못 할 그런 것들을 나는 보았어."

27.   But Roy goes on after the catalog, the medley of beautiful experiences that

28.   he remembers from his life. 자신의 인생에서 기억하는 아름다운 경험들

29.   And then just before he dies--

32.   But he said something like, "all those moments will be lost in time, like

33.   tears in rain. 그 모든 순간들은 시간 속에 사라질 것이다, 비 속의 눈물같이.

34.   Time to die." Beautifully put together. 이제 죽을 시간이네.

35.   I like the way he says "moments," because he's really thinking of one

36.   moment in particular.

37.   But you can't think of that one moment if you don't think of

38.   a sequence of moments. 모멘트들 속에서의 하나의 모멘트

39.   But he is so aware of the loss that is about to happen.

40.   And that loss is imagined in a microcosm.

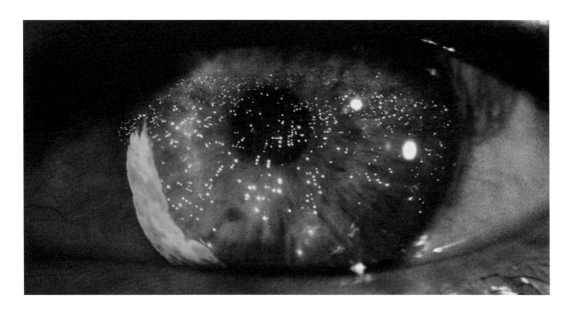

41.   It's like tears coming from an eye, which is, by the way, the

42.   visualization on the whole film at the very beginning where you see a

43.   gigantic close up of an eye. 눈을 거대하게 클로즈 업한 것을 보여줍니다.

44.   And maybe I'm imagining things, but I think that the eye is

45.   welled up with tears. 아마도 그 눈은 눈물로 가득 차있었을 거에요.

46.   That just might be me reading into it.

47.   So you be the judge. 알아서 여러분이 판단하세요.
        개인과 우주가 비교되면서 한곳으로 모이고 있나.

53.   So the individual and the universe are coming together.

54.   And then after this statement, "all those moments will be lost in time,

55.   like tears in rain," is followed by "time to die."반복해서 말하는것은 이 말이 유난히

56.   And that's it. 마음 속에 울림이 있기 때문이다. 바로 그 때, 그 장소.

60.   And at that moment, as he dies, his grip releases the dove that he's

61.   holding in his hand. And the camera follows the dove soaring to the heavens.
        그의 손이 풀리고 비둘기가 하늘로 날아 올라갔다.

62.   In Greek terms, let's say making his way to the ether. 그의 영혼은 하늘로 올라갔다.

"블레이드 러너" 다시 보았다. 좋다. 필립 K. 딕의 SF 소설 《안드로이드는
전기양을 꿈꾸는가? Do Androids Dream of Electric Sheep?》를 원작으로
만들어진 리들리 스콧의 영화. 1982 년에 처음 개봉하였으나 흥행에는 실패.
연남동 카페에 가서 바쁘게 한가로운 시간을 가졌다. 이어폰으로 전자양의
"쿵쿵"을 듣다가 우연히 옆자리에 앉아 커피 아로마를 킁킁거리는 그들을 보고
벌떡 일어나 열성팬이라고 고백하며 커피 5 잔을 샀다. 꿈이 뭐냐고 물어
보았다. 1. 밴드활동으로 돈을 버는 것. 2. 규모는 작더라도 단독공연 매진 3.
음원차트 진입. 아마도 분명히 거의 불가능하지 않겠냐고 내가 얘기하자
전자양들은 조용히 자리를 떴다. 아, 미리 사인이나 받고 그 소릴 할 걸,
후회했다. 이제는 불가역적이다. 복성루 잡채밥을 사겠다고 해 봐.

636

문명이 발전해서 시가 생긴 것이 아니다. 시가 인간의 문명을 만들었다.
시가 먼저 생겨나고 그 후에 인간의 문명이 발전했다.
새로운 예술이 필요하다. 새로운 예술을 예술가들이 만들 수는 없다.
Non-artist 는 어디에 있는가? Nowhere and Everywhere!

אַיֶכָּה: ποῦ εἶ   Ubi es?   Dove sei? 너 어디에 있니?

พระเยโฮวาห์พระเจ้าทรงเรียกอาดัมและตรัสแก่เขาว่า "เจ้าอยู่ที่ไหน"

타이語를 배우고 있는 중이야, 太泰.

The End.끝

637

파격적인 너무나 파격적인 책, 그러나 한국인들에게
너무나 절실한 책

문 병 호

I. 파격적인 책에의 접근을 위하여

독자들이 이 책을 대하면서 필연적으로 경험하게 될 당혹감을 조금이라도 줄일 수 있을 것이라는 기대감을 갖고, 나는 내 눈에 보인 저자의 사유 방법과 이 책의 중심 주제에 대해 먼저 간단하게 언급하고자 한다. 이 시도는 물론 위험할 수 있다. 그러나 오랜 시간 동안 저자와 함께 공부하면서 나눈 대화 등을 통해 저자의 사유를 내 나름대로 알고 있다는 전제에서 이 시도는 의미를 가질 수 있다.

저자는 우선 예술에 특별한 관심을 갖고 있다. 그는 문학·회화·음악을 비롯한 예술의 거의 모든 장르에 걸쳐 특별하다고 할 정도의 지식과 인식을 보유하고 있다. 한국 문학과 서구 문학에서 중요한 비중을 갖는 문학작품들에 대한 그의 독서는 광대하다. 그는 프루스트를 완독한 열정적인 독서가이며 카프카, 베케트에 대한 그의 천착은 집요하다. 문학에서 보이는 저자의 이러한 면모는 회화에도 해당한다. 예술에 대한 관심과 함께 저자의 시선이 향하는 곳은 역사이다. 그중에서도 특히 비극적인 역사적 사태들이다. 『벤야민 번역하기』의 전편에 걸쳐 이 사태들이 해석되고 있다. 예술과 이 사태들에 대한 저자의 관심은 철학과 결합한다. 벤야민, 아도르노, 푸코, 아가벤이 저자의 특별한 관심을 끄는 철학자들이다. 이처럼 초학제적인 인식관심에 저자의 전공 분야인 경제학도 때로는 저자의 사유에 동참한다. 저자의 외국어 학습 열정은 가히 경이롭다고 할 수 있다. 독자들은 저자의 외국어 실력을 『벤야민 번역하기』의 전편에 걸쳐 경험할 수 있다.

앞에서 간략하게 말한 내용을 종합하여 『벤야민 번역하기』의 인식관심을 내 나름대로 정리해 보기로 한다. 큰 틀에서 보면, 『벤야민 번역하기』는 근대라는 야만이 저지른 고통의 역사에 대한 응시와 성찰, 더 나아가 야만의 극복을 위한 의식 형성을 호소하는 책이다. 이 책이 보여 주는 사유 방법은 다음과 같이 정리될 수 있다. 다시 말해, 이 책은 역사·예술·철학이 고통이라는 공통분모에서 접점을 형성하는 초학제적인 사유를 전개하는 책이다. 저자가 핵심적으로 매개하고자 하는 인식은, 과거의 고통스러운 역사에 대한 기억을 통해 현재의 삶을 비판적으로 성찰함으로써 고통을 항구적으로 줄여 나가는 의식과 행동이 지금 여기에서 긴요하다는 인식이다. 이러한 인식관심에서 저자는 벤야민의 역사철학 테제들을 집중적으로 해석하고 있으며, 이는 타당하고 더 나아가 자명하다. 저자가 나와 함께 아도르노의 사유에 깊게 들어가는 공부를 오랫동안 한 것은 앞에서 본 저자의 인식관심 때문이라고 볼 수 있겠다.

파격적인 너무나 파격적인 책인 『벤야민 번역하기』가 독자들에게 주는 당혹감을 조금이라도 줄여 주기 위해, 나는 이 책의 사유를 관통하는 핵심이 벤야민이 역사와 예술을 보는 데 사용한 개념에 접맥되어 있다는 점을 먼저 언급하고자 한다. 벤야민이 교수자격 취득을 위해 제출하였으나 통과를 거부당한 논문인 『독일 비애극의 원천』은 인식의 방법론, 역사와 예술을 보는 시각에서 코페르니쿠스적 전환이라고 명명할 정도로 충격적이고도 획기적인 학문적 인식진보를 성취하였다. 단적으로 말해서, 인류는 불행하게도 통과를 거부당한 이 논문의 덕택으로 사물을 있는 그대로 인식할 수 있는 가능성을 새롭게 획득할 수 있는 행운을 얻었다고 볼 수 있으며, 역사와 예술을 더욱 본질적으로 통찰할 수 있는 전적으로 새로운 시각을 얻게 되었다고 말할 수 있다.

벤야민은 이 책에서 인식의 방법론에서는 '성좌적 배열[1]'을 비롯한 많은 새로운 개념들을 서구 학계 최초로 제기하였으며, 이 개념들은 오늘날 세계 학계에서 일반적으로 수용되고 있다. 역사와 예술을 함께 묶어서 보는 벤야민의 천재적인 시각은 이 책의 전편에 걸쳐 드러나며, 잘 알려져 있듯이 대표적인 개념이 바로 알레고리이다. 그는 알레고리에 고통의 역사가 퇴적되어 있다고 보며, 이 역사를 "세계의 고통사Leidensgeschichte der Welt[2]"라고 명명하였다. 나는 이 개념을 '세계가 인간에게 강요하는 고통 또는 인간이 세계에 의해 당하는 고통'이라고 표현하고 싶으며, 이것을 이어지는 글인 II.항의 제목으로 채택하고자 한다.

II.항에 들어가기에 앞서 나는 파격적이고 비의적秘義的인 책인 『벤야민 번역하기』가 벤야민이 말하는 이러한 고통에 대해 사유한 책으로 볼 수 있다는 점을 독자들에게 먼저 알리고 싶다. 저자도 나의 시각에 대해 동의하고 있어서, 별다른 부담이 없이 이 점을 독자들에게 알릴 수 있다. 이제 내 능력이 허락하는 범위에서 저자의 사유에 조금 깊게 들어가 보기로 하자.

II. 세계가 인간에게 강요하는 고통 또는 인간이 세계에 의해 당하는 고통을 치열하게 사유한 책

책의 제목은 독자들에게 책의 성격과 내용을 핵심적으로 안내하는 매우 중요한 기능을 갖는다. 독자들이 『벤야민 번역하기』로 명명된 제목을 책의 앞 겉장에서 접하면, 이 책이 벤야민의 텍스트를 저자 나름대로 번역하는 것을 시도하는 성격과 내용을 가질 것이라고 판단하고 이에 근거하여 독서를 진행할 마음을 품게 될 것이다. 독자들은 더 나아가 저자

---

[1] 이 개념에 대해서는 뒤에서 간단하게 해설할 것임.

[2] Walter Benjamin, Ursprung des deutschen Trauerspiels. in : Gesammelte Schriften. Band I·1, Abhandlungen. Herausgegeben von Rolf Tiedemann und Hermann Schweppenhäser, Frankfurt/M, 1980, p.343.

의 '번역하기'를 통해 벤야민 사상에 대한 지식과 인식을 얻게 되기를 기대할 것이다.

그러나 독자들이 이 책을 펼쳐서 1쪽과 2쪽을 보는 순간 극도로 당혹하게 될 것이다. 독일어, 이탈리아어, 영어, 프랑스어, 한문, 일본어의 출현은 한국어 텍스트와 영어 텍스트에 익숙한 독자들에게는 독서 의지를 경감시키는 역기능으로 작용할 수 있을 것이고, "불완전한 책을 위하여", "불완전한 예술을 위하여", "비대칭적 윤리학을 위하여", "'피해 대중'을 위한 정치를 위하여"라는 낯선 문구들은 독자들의 머릿속을 미궁에 빠트릴 수 있을 것이다.

이 문구들은 독자의 발목을 오랫동안 잡을 수 있는 것들이지만, 독자가 책의 맨 앞에 있는 이 문구들에 오래 머무를 필요는 없다. 여러 외국어들이 독서를 방해함에도 불구하고 독자들이 인내심을 갖고 이 책을 끝까지 읽어 보면 –장담하건대 이 책을 완독한 독자는 고통스러운 독서를 끝까지 성취해 낸 인내심이 되돌려주는 값진 선물을 받는 기쁨을 누리게 될 것이다-, 낯선 문구들이 결코 낯선 문구들로 머물러 있지 않고 인류와 한국인들의 고통스러운 삶에 대한 예리한 응시, 촌철살인적인 통찰, 강도 높은 성찰, 소름끼치는 경고를 담은 문구들임을 마침내 인식하게 될 것이다. 아하! 이 책에 인류와 한국인들의 삶의 고통스러운 원상原像이 들어 있구나! 이 책은 다른 이야기가 아닌 내 자신이 당하고 있는 현재의 고통스러운 삶에 관한 이야기를 전달하고 있구나! 내 자신도 "피해 대중"이구나!

이 문구들에는 『벤야민 번역하기』가 추구하는 가치와 이념이 - "비대칭적 윤리학"이라는 표현이 이미 알려 주듯이 저자에게 가치와 이념은 권력관계·폭력에 의해 대칭적으로 설정되고 고정적으로 작동되면서 불의를 유발하는 것들, 곧 이데올로기로 전도된 것들이 결코 아니다- 퇴적되어 있다. 단적으로 말한다면, "비대칭적 윤리학"은 "영원한 것은 하나의 이념이라기보다는 오히려 어떤 경우이든 옷에서 주름이 잡혀 있는 가장자리이다"[3]에서 명증하게 드러나는 벤야민 사상과 친족관계를 형성하는 가치이고 이념이다.

1쪽과 2쪽에서 마주치는 당혹감은 3쪽과 4쪽에 이르러 어느 정도 경감될 수도 있을 것이다. "Overture서론"과 "to the Ball춤 한 판 춰보세"에 들어 있는 문구들 중 일부는 독자들에게 익숙한 것들도 있을 것이며, 특히 벤야민에 대한 독서 경험이 있는 독자들은 "To the Ball"의 내용이 벤야민의 역사철학 테제 18개를 해석하려는 저자의 의도를 담고 있음을 읽어낼 수 있을 것이다.

그러나 당혹감의 경감 가능성은 책장을 넘길수록 점차 소멸한다. 이탈리아어, 스페인어 등을 포함한 희랍어, 산스크리트어, 라틴어 등 낯설고 난해한 외국어의 출현은 독자로 하

---

[3] 이 인용문은 벤야민의 *Passagenarbeit*에 들어 있으며, 다음의 문헌에서 재인용함. Burkhardt Lindner(hrsg.), Benjamin Handbuch. Leben – Werk – Wirkung. unter Mitarbeit von Thomas Küpper und Timo Skrandies. Stuttgart/Weimar, 2011, p.23.

여금 이 책을 읽는 것을 포기하게 할 수도 있을 것이다. 더 나아가 글쓰기인지 아니면 독백인지를 구분할 수 없는 문장들이 개념, 논리, 체계와는 전혀 무관한 채 이어지는 글에서 독자들은 패닉 상태라고 할 만한 극도의 혼란 상태에서 왜 이 책을 읽을 필요가 있는지를 자문하게 될 것이다.

그럼에도, 독자들이 섬광처럼 뇌리를 치는 문구들을 만날 때마다 『벤야민 번역하기』에서만 누릴 수 있는 독서의 기쁨, 심오한 깨우침을 얻게 될 것이다. 깨우침은 결코 편안하게 얻어지지 않는다. "말장난은 아니에요"(6쪽)이라고 저자가 밝히듯이, 이 책은 결코 말장난이 아니다. 인류와 한국인들이 처한 삶의 비극적인 원상原像을 고통스럽게, 마치 예술작품처럼, 형상화한 책이다. 이 책은, 벤야민의 『독일 비애극의 원천』을 비롯한 많은 저작들이 그렇듯이, 비의적 秘義的이다.

나는 저자의 부탁에 의해 『벤야민 번역하기』를 독자들에게 안내하는 글을 쓰지만, 솔직하게 고백하면 이 글을 쓸 자격을 갖고 있지 않다. 나는 40여년의 긴 시간 동안 공부하는 것을 직업으로 삼아오면서 아도르노, 벤야민을 나름대로 전문적으로 연구했으며 서구 철학과 사회학에서 전개된 비판적 사유, 특히 독일의 문학가들이 세계에 대해 매개하는 예리한 통찰을 접해 보았다. 몇 년 전부터는 라틴어와 희랍어도 공부해서 서구 사상을 더 깊게 이해해 보려는 노력도 기울였다. 그러나 이 정도의 공부로는 『벤야민 번역하기』의 "To the Ball"에는 접근할 수 있지만 "Overture"의 내용을 독자들에게 안내할 능력을 갖고 있지 않다.

그럼에도 나는 두 가지 이유에서 짧은 글이라도 써 보겠다는 용기를 내 보았다. 내 용기는 만용일 수 있다. 이에 대해 독자들의 혜량을 구한다. 첫 번째로, 『벤야민 번역하기』가 제공하는 인식이 지금 이 시간 –벤야민의 표현을 따른다면 여기에서 지금hier und jetzt- 한국인들의 비극적이고도 절망적인 삶에 대한 심층적인 통찰, 더욱 좋은 삶에 대한 끊임없는 동경, 한국인 개개인의 깨어남을 통한 한국사회의 변혁 가능성을 매개하고 있기 때문이다. 이러한 인식의 소중함을 강조할 필요조차 없을 것이다. 『벤야민 번역하기』는, 벤야민과 아도르노의 글이 그렇듯이, 독자로 하여금 깊은 사유를 끊임없이 요구하는 책이다. 이처럼 독자에게 부담을 주는 책의 출판은 한국의 지식인 사회에서 거의 보기 드문 경우에 속한다.

인간이 세계에 의해 당하는 고통을 근원적으로 사유한 책이 많이 나오면 나올수록, 세계가 인간에게 자행하는 불의와 불행은 조금이라도 줄어들 것이다. 저자가 언젠가 나에게 한 말이 있다. "한국에도 카프카와 베케트의 경지를 보여 주는 예술가가 있다면, 한국인들의 삶이 지금보다는 덜 불행했을 터인데…" 그들이 인간이 세계에 의해 당하는 고통을 20세기 문학 전체를 통해 가장 설득력이 있게 형상화한 예술가라는 것은 두말할 나위가 없이 명백하다. 그들은 인간이 구축한 세계가 인간에게 자행하는 죄를 충격, 추함, 괴기스러움, 혐오감, 말문이 막힘 등을 통해 인류에게 고발하였다. 이 고발은 항구적인 계몽력을 갖는다. 『벤야민 번역하기』도 이러한 차원의 계몽력을 갖는 책이다. 저자는 에세이 형식의 글인 『벤야민 번역하기』를 통해 카프카와 베케트가 인류에게 매개한 고통에의 인식과 같은 종류의 인식을 한국인들에게 매개함으로써 한국인들의 의식에 충격을 가하려는 의도를 갖고 있는 것으로 보이기 때문이다.

저자가 말하는 "피해 대중"은 내가 쓰는 표현으로는 절대 다수의 무력한 개별 인간을 지칭한다. "피해 대중"은 아도르노의 개념으로는 개인의 폐기에 해당한다고 볼 수 있을 것이며, 아감벤의 시각에는 호모 사케르homo sacer일 것이다. 삶을 폐기당하는 사람들, 곧 권력관계들·폭력과 갖은 종류의 지배 테크놀로지에 의해 아무런 출구도 허용되지 않은 채 철저하게 지배당하면서 영혼까지 내주는 극한적인 상황에서 노동을 제공하면서도 주체로서 존재할 수는 없고 오로지 객체로서 존재하다가 삶을 폐기당하는 사람들, 바로 이처럼 고통스럽고 비극적인 삶의 당사자들이 바로 "피해 대중"일 것이다. 지금 이 시간 한국사회에서 절박하게 생존을 이어가고 있는 절대 다수의 무력한 개별 인간들이 바로 "피해 대중"이다.

둘째로는, 지금까지 공부하면서 많은 시간을 아도르노와 벤야민 연구에 할애한 내 입장에서 내 눈에 보인 『벤야민 번역하기』에 대해 짧은 글이라도 써 보는 것이 독자들에게 조금이라도 도움이 되었으면 하는 소망 때문에 이 글을 쓴다. 물론 이 소망은 소망으로 끝날 수도 있다. 긴 글을 쓰는 것은 나의 능력을 벗어나기 때문에 내 눈에 보인 『벤야민 번역하기』의 요체를 독자들에게, 많은 위험을 무릅쓰고, 전달해보려고 한다.

III. 벤야민이 번역가의 과제로 제시한 이념에 근거한 '세계에 대한 번역하기'

벤야민은 「번역가의 과제」에서 번역가는 어떤 언어로 된 원전을 다른 언어로 단순히 옮기는 것에 머물러서는 안 된다는 주장을 제기한다. 벤야민은 번역가에게 말하자면 해체적 창조를 요구한다. 해체는 사물(태)을 단순하게 해체시켜 소멸시키는 것이 아니고 해체를 통해 사물(태)을 재구성하는 것을 의미한다. 스스로 번역가이기도 했던 벤야민이 번역가에 부여한 다음과 같은 과제는 『벤야민 번역하기』의 "To the Ball"에서 집중적으로 실천으로 이어지고, 이 강도는 "Overture"에서 더욱 높다. 조금 길지만 이 자리에 벤야민의 글을 인용하기로 한다.

"어떤 그릇의 파편들이 짜 맞춰질 수 있게 되기 위해서는 가장 작은 개별적인 것들에서 파편들이 서로 뒤따라야 하듯이, 그렇다고 해서 파편들이 동일한 파편들을 갖지는 않듯이, 번역은 원문의 의미에 번역을 비슷하게 하는 것 대신에, 오히려 애정을 갖고 세부적인 것에 이르기까지, 세부적인 것이 -의도하는 것에 대해- 갖는 방식을 번역에 고유한 언어에서 배워서 익혀야 한다. 이는 원문과 번역을 어떤 그릇의 부서진 조각들로서의 파편들처럼, 그리고 더욱 위대한 언어의 부서진 조각들로서의 파편들처럼 인식 가능하게 하기 위함이다. 바로 이러한 이유에서 번역은 무언가를 전달하려는 의도와 매우 높은 척도에서의 의미를 도외시하여야 한다. 그리고 원문이 번역가와 그의 작품을 원문을 전달하는 자의 수고와 질서로부터 이미 해방시켜 준 한에서만, 원문은, 앞에서 말한 의미에서, 번역에게 본질적이다."[4]

저자는 벤야민의 「역사의 개념에 대하여」에 들어 있는 18개의 테제들을, 말하자면 서로 뒤따르는 파편들처럼 모여 있는 테제들을 "애정을 갖고 세부적인 것에 이르기까지" 여러 언어에서의 번역을 면밀하게 대조하면서 파고 들어간다. 더 나아가 저자는 "세부적인 것이 -의도하는 것에 대해- 갖는 방식"을 저자의 번역에 고유한 언어에서 배워서 익힘으로써 **벤야민의 역사철학 테제들이 현재적으로 획득하는 의미를 구체적인 역사적 사태들에서 해석해낸다.** 한국 현대사에서 발생하였던 비극적 사태들에 저자의 시각이 집중되고 있는 것은, 물론 알제리 독립 투쟁, 일본이 저지른 태평양 전쟁처럼 제국주의가 자행한 비극들과 남미에서의 비극적 사태들에도 특별한 시선이 투입되고 있지만, 『벤야민 번역하기』가 이 시대 한국인들에게 던지는 특별한 물음이자 경고이다.

저자의 해석의 지향점은 세계가 인간에게 자행하는 고통이다. 이렇게 함으로써 저자는 "원문과 번역을 어떤 그릇의 부서진 조각들로서의 파편들처럼, 그리고 더욱 위대한 언어의 부서진 조각들로서의 파편들처럼 인식 가능하게" 하는 데 성공하며, 이러한 성공이 독자에게 주는 선물은 과거의 역사에서 섬광처럼 지나갔던 고통스러운 흔적이 현재의 역사에게 매개하는 고통스러운 인식이다. 이 인식은 고통이 미래에는 반복되어서는 안 된다는 절박함, 고통이 확대되어서는 안 된다는 경고이다.

이렇게 해서 『벤야민 번역하기』에서의 번역은 "무언가를 전달하려는 의도와 매우 높은 척도에서의 의미를 도외시"하고 있으며, "원문이 번역가와 그의 작품을 원문을 전달하는 자의 수고와 질서로부터 이미 해방시켜 준 한에서만, 원문은, 앞에서 말한 의미에서, 번역에게 본질적이다"라는 벤야민의 주장을 실천하고 있다. 저자는 벤야민이 번역가의 과제로서 제시한 해체적인 창조의 이념을 비극적인 역사적 사태들에 대한 예리한 응시와 분석, 고통을 함께 나누는 사유를 통해 실행에 옮기고 있는 것이다.

나는 저자의 이처럼 집요하고도 고통스러운 사유가 이 시대를 살아가는 한국인들에게, 곧 고통을 받으면서 비극적인 삶을 감내하면서 살아가는 한국인들에게 공감을 불러일으킬 수 있다고 본다. 이러한 공감이 현재 진행되는 삶과는 구조적으로 상이한, 더욱 좋은 삶을 위한 토대가 될 수 있음을 굳이 말할 필요는 없을 것이다.

『벤야민 번역하기』의 "Overture"는 위에서 인용한 벤야민의 글에 함의로서 들어 있는 정신을 저자의 파편적이면서도 치열한 사유를 통해 재구성하는 차원을 보여 준다. "Overture"의 본래 의미는 서곡序曲으로서 이 책의 서론에 해당하지만, "Overture"는 결코 서곡이 아니고 내 시각에서는 이 책의 보물과도 같은 부분이다. "Overture"는 그 내부에

---

[4] Walter Benjamin, Die Aufgabe des Übersetzers. in : Gesammelte Schriften. Band IV·1, Kleine Prosa, Baudelaire-Übersetzungen. Herausgegeben von Tillman Rexroth, Frankfurt/M, 1980, p.18.

갖은 종류의 귀한 광물鑛物들이 들어 있는 광산과 같은 특징을 갖고 있다. 선광選鑛은 오로지 독자들이 몫이다. 양질의 금을 얻기 위해 광산업 종사자들이 모든 노력을 다하듯이 독자들도 이런 마음으로 "Overture"를 보면 빛나는 금뿐만 아니라 다른 소중한 금속들도 얻게 될 것이다.

"Overture"에 들어 있는 파편과도 같은 사유들은, 그것들이 저자 고유의 사유이든 철학자나 예술가의 사유이든, 세계가 인간에게 자행하는 고통과 한국인들이 해방 이후 당했던 고통에 대한 저자의 예리한 응시의 형식을 통해, 그 의미를 새롭게 획득한다. 이것은 어떤 언어로 된 원문을 다른 언어로 번역하는 차원을 벗어난, 말하자면 **세계에 대한 번역하기**의 차원에 해당한다. 저자는 벤야민이 세계를 보는 시각을 받아들이되 이를 해체적 창조의 발판으로 삼아 저자 나름대로 세계에 대한 번역하기를 시도하고 있는 것이다. 이 시도는 위에서 본, 벤야민이 번역가에게 과제로서 부여한 해체적 창조의 정신에 토대를 두고 있다고 볼 수 있다.

이렇게 해서 저자는 "비대칭적 윤리학을 위하여"와 "'피해 대중'을 위한 정치를 위하여"가 추구하는 가치와 이념을 벤야민이 제시한 번역가의 과제에 들어 있는 함의에 상응하게 –아도르노에 따르면 벤야민 사상은 개별적인 것, 구체적인 것, 특별한 것을 일반적인 것이 자행하는 폭력으로부터 구출하려는 시도이다- 자신의 언어로 재구성하는 데 이르고 있다. 앞의 I.항에서 말했듯이, 이러한 결과는 저자가 10여년 이상 역사, 철학, 외국어를 치열하게 공부한 노력과 이와 동시에 수많은 중요한 예술작품을 깊게 파고 든 노력의 산물이다.

저자가 『벤야민 번역하기』에서 해체적 창조를 통해 성취한 결실은 벤야민이 말하는 진정한 언어로 귀결된다. 저자는 간단없는 집요한 공부, 세계가 인간에게 자행하는 고통에 대한 예리한 응시와 고통의 본질에 대한 통찰을 통해 진정한 언어를 창조한다.

"만약 진리를 담은 어떤 언어가, 곧 그 내부에 모든 사유가 얻기 위해 애를 쓰는 최종적인 비밀들이 긴장감이 없이 스스로 침묵하면서 보존되어 있는 어떤 언어가 존재한다면, 진리를 담은 바로 이러한 언어가 진정한 언어이다. 이처럼 진정한 언어가 갖는 예감과 기술記述에는 철학자가 스스로 희망할 수 있는 유일한 완벽성이 들어 있는바, 이 언어는 번역들에 강렬하게 집약되어 숨겨져 있다."[5]

벤야민 원문에 대한 번역, 벤야민이 강조한 번역의 정신을 **세계에 대한 번역하기**에서 실천에 이른 번역에는 "모든 사유가 얻기 위해 애를 쓰는 최종적인 비밀들이 긴장감이 없이 스스로 침묵하면서 보존되어 있는" 어떤 진리로서 작동되고 있다고 볼 수 있는 것이다. 『벤야민 번역하기』에 이러한 비밀들이 퇴적되어 있으며, 독자들은 이 책을 읽고 또 읽으면 이러한 비밀들에 접근하게 될 것이다. 비밀들이 더욱 좋은 세계를 실현하기 위한 조건들인 항구적인 부정성, "피해 대중"의 연대, 연대에 기초하여 사회적으로 기능하는 힘의

---

[5] Ibid., p.16.

형성, 투표와 입법의 변화로 이어질 때, 사유와 현실, 이론과 실제가 서로 접점을 형성할 수 있을 것이다.

IV. "산 채로 돌려 달라!"

앞에서 말했듯이, "To the Ball"은 벤야민의 역사철학 테제 18개를 저자 나름대로 번역도 하고 구체적인 역사적 사태들에 대한 해석을 통해 이 테제가 특히 현대 인류의 삶과 한국인들의 현재의 삶에 매개하는 의미들에 대해 사유하는 공간으로 독자들을 끌어당기고 있다. 나는 "To the Ball"을 읽으면서 심장이 멎는 고통을 경험했다. 그중에서도 특히 권력과 폭력이 인간에게 자행하는 만행에 대해, 그리고 카프카가 통찰했듯이 존재하는 것 자체가 형벌을 받는 것과 동일하다는 인식에 상응하는 인간의 비극적인 삶에 대해 절규하는, 너무나 고통스럽게 절규하는 목소리를 경험할 수 있었다. "산 채로 돌려 달라Aparcion con vida!"

이 목소리는 아르헨티나의 '5월 광장의 어머니회'의 절규이다. 나는 아르헨티나 어머니들의 이 목소리가 20세기 후반부에 통곡하면서 울려 퍼지는 인간의 비극적 삶, 바로 이러한 삶의 원형原形을 –나는 인간의 삶이 원시제전 이후 비극적인 원형으로부터 한 번도 벗어나지 못했다고 생각하며, 이 점에서 아도르노, 푸코, 루만의 생각에 동의하고 있다- 상징적으로 대변하고 있다고 본다.

아르헨티나의 '5월 광장의 어머니회'의 절규는 1980년 5월의 광주 항쟁에서 산 채로 나간 자식이 주검이 되어 돌아오거나 심지어는 돌아오지도 못하는 처참한 비극을 당한 광주의 5월 어머니들의 절규와 동일하다. 이 절규는 2014년 4월 16일에 발생한 세월호 재앙에서 자식들을 읽은 어머니들의 통곡과 질적으로 유사하다. 아르헨티나와 광주에서 울려 퍼진 5월 어머니들의 절규는 그 모습을 노출시킨 권력과 폭력이 자행한 학살이 원인을 제공했다면, 세월호 희생자들의 어머니들의 통곡은 은폐된 권력관계들·폭력이 자행한 살인 때문에 발생하였다. 앞에서 본 절규들은 현재진행형이다. 아르헨티나의 '5월 광장의 어머니회'의 절규와 광주의 5월 어머니들의 통곡은 지구의 모든 곳에, 인류 전체 중 절대 다수가 해당되는 무력한 개별 인간들의 삶에 편재되어 있는 고통을 알리는 상징으로 볼 수 있다.

이 절규는 아르헨티나 어머니들의 목소리를 통해 울려 퍼졌을 뿐이지, 오늘날의 세계 상황에서 이 목소리의 편재는 의심할 여지가 없이 명백하다. 인간에 대한 폭력은 신체로부터 생명을 탈취하는 것만이 폭력이 아니다. 극단적인 양극화, 착취, 무차별적이고 무조건적인 해고, 투기 자본의 횡포, 금융 조작, 자본권력이 중심이 되어 정치·행정·사법·언론·교육권력, 심지어는 종교권력까지 동맹을 맺어 형성하는 권력관계들·폭력이 절대 다수의 무력한 개별 인간들에게 자행하는 갖은 종류의 폭력도 살인의 형식으로 자행되는 폭력과 본질적으로 다르지 않다. 이러한 권력관계들·폭력이 오늘날 세계 상황에서 자행하는 폭력의 편재성을 가장 고통스럽게 외친 절규가 바로 "산 채로 돌려 달라!"라고 해석해도 결코 지나친 해석은 아닐 것이다.

"산 채로 잡아 간 내 자식, 산 채로 돌려 달라!"는 3가지 충격적인 금도를 지킨다. "첫째 실종된 자식들의 주검을 발굴하지 않으며, 둘째로 기념비를 세우지 않으며, 셋째로 금전 보상을 받지 않는다." 지면 제약으로 인해 이유를 이 자리에 인용하지는 않는다. 그러나 아르헨티나 5월 광장의 어머니회의 절규에 대한 해석을 이 자리에 인용하지 않을 수 없다. 『벤야민 번역하기』가 세상에 나오는 의미가 아래의 해석에 농축되어 담겨 있다고 보기 때문이다.

"어머니들은 국가권력에게 불가능한 요구를 제기함으로써 화해와 용서를 거부한다. 의도적으로 과거사의 고통을 치유하고 애도하지 않는다. 아이들의 죽음은 과거의 일이 아니라 지금 이 순간 현재의 사건이기 때문이다. 아이들이 죽은 것이 아니라 실종된 상태라고 주장함으로써, 국가폭력이 아직도 현재진행형임을 선언하고 있다. 벤야민의 역사철학테제와 놀랄 정도로 같은 이야기를 하고 있다."

저자의 이러한 현실 인식은 "한국에도 아우슈비츠가 있었다. 이 충격이 이 책을 쓰게 된 계기라고 할 수 있겠다. 피하려고 해도 이 문제를 피할 수 없다"라는 고백과 정확하게 일치한다. 그가 말하는 한국형 아우슈비츠의 상징은 제주 4·3 학살이다. 아무런 죄도 없이 어떤 이유도 알지 못한 채 소중한 생명을 박탈당해야 했던 비극적인 학살 사건이 저자로 하여금 벤야민의 역사철학 테제에 그토록 강도가 높게, 그리고 집요하게 천착하도록 하였고, 이처럼 고통스러운 물음 제기에서 그의 시선은 제주 4·3 학살을 넘어 전 세계에서 발생했던 비극적인 사태들을 향했다고 볼 수 있다.

"To the Ball"이 매개하는 수많은 값진 인식들과 광범위한 지식들에 대해 이 자리에서 짧게라도 논평하는 것은 불가능하다. 저자의 시선은 제주 4·3 학살에서부터 멕시코 사파시스타 사건, 여순 사건, 한국전쟁에서의 민간인 학살, 난징 대학살, 박정희가 뿌리를 내린 한국의 군사독재가 자행한 폭력, 경제성장 신화의 폭력성, 빨갱이 사냥 등등 수많은 역사적 비극을 향하고 있다. "Overture"에서는 저자는 알제리 독립 투쟁, 광주 학살 등에 상대적으로 비중이 높은 시선을 보내고 있다.

이와 동시에 인간이 세계에 의해 당한 고통에 대한 인식을 특히 예술작품들을 끌어 들여 심화시키는 저자의 시선은 참으로 광대하다. 작가와 작품들을 이 자리에 예거하는 것조차 어려울 정도로 저자는 많은 고전과 예술작품을 탐독한 저력을 보여 주고 있다. 논어, 사마천, 단테의 신곡, 보들레르, 카프카, 브레히트, 김수영, 니체, 로자 룩셈부르크, 귄터 그라스, 칼 크라우스, 하인리히 하이네, 스테판 에셀, 아도르노, 쇤베르크, 리영희, 아감벤, 레비스트로스, 김남주, 이상, 백무산, 기형도 등등 수많은 고전, 역사서, 문학작품들을 섭렵한 저력이 "To the Ball"에 농축되어 있다.

"Overture"에 들어 있는 저자의 사유와 독서의 범위는 "To the Ball"에 비해 더욱 치열하고 더욱 방대하다. 나는 내 눈에 보인 『벤야민 번역하기』의 요체만을 독자들에게 전달하기 위해 이 글을 쓰기 때문에 "Overture"에 대해 상세하게 독후감을 쓰는 것을 포기하고자 하며, "Overture"에 들어 있는 저자의 사유를 뒤따라가는 것은 내 능력이 미치지 못하는 일이다. 그럼에도 "Overture"는 내 눈에는 소중한, 너무나 소중한 글이기 때문에 이 글에 대해 몇 마디 소감을 피력하는 것으로 나의 글을 마감하고자 한다.

V. 위험이 알려주는 구원의 가능성

"Overture"는 매우 난해한 글이다. 나는 이 글에의 접근 가능성을 높여 주는 문구를 횔더린의 경구에서 찾을 수 있다고 본다. 이 자리에 직접 인용하기로 한다.

"위험이 있는 곳에 그러나 구원의 힘도 함께 자라네. 그러나 대담한 정신은 뇌우(雷雨) 앞에선 독수리처럼 자기 뒤에 도래할 신들을 앞질러 예언하며 날아오른다"(횔더린, 21쪽)

독자들이 "Overture"을 읽다가 어려움을 겪게 되면 이 경구로 되돌아와 그 의미를 깊게 성찰하면 "Overture"가 매개하는 인식이 독자들에게 더욱 가깝게 다가올 수 있을 것으로 사료된다.

내가 보기에 "Overture"를 관통하는 사유의 핵심은 벤야민의 역사철학 테제들 중에서도 특히 제6번 테제에 토대를 두고 있는 것 같다. 제6번 테제는 내가 바로 앞에서 V.항의 제목으로 채택한 횔더린의 통찰과 내용적으로 일치한다고 볼 수 있다. 독자들이 횔더린의 사유와 아래에 전문을 인용한 제6번 테제에 들어 있는 사유를 비교해서 반복적으로 읽어 본 후 "Overture"에 깊게 파고들어가 보면 저자가 독자들에게 매개하고자 하는 인식이 독자들의 뇌리를 흔들어 놓을 것이다. 저자는 반성완과 최성만의 번역을 제시하고 나서 스스로 번역을 시도한다. 이 자리에서 저자의 번역을 인용해 본다.

"과거를 역사적으로 표현한다는 것은 <그것이 본래 어떠했던가>를 인식하는 것이 아니다. 그것은 위험의 순간에 번쩍하고 우리에게 드러나는 기억을 꽉 붙잡는 것을 의미한다. 역사적 유물론은 위험의 순간에 역사적 주체에게 예기치 않게 (느닷없이) 다가오는 과거의 이미지를 꽉 붙잡는(Eingedenken의 의미는 여기에서 왔다.) 것이다. 그 위험은 (저항적) 전통의 존속뿐 아니라 그 전통의 계승자들도 위협(威脅)하고 있다. 이 양자 모두에게 공통되는 그 위험이란 자신을 지배 계급의 도구로 내어주게 되는 것이다. 어느 시대에나 전승된 것을 위압(威壓)하려는 순응주의(順應主義)로부터 그 전승된 것을 쟁취하려는 시도가 행해져야만 한다. 메시아는 구원자로서만 오는 것이 아니다. 그는 적(敵) 그리스도를 극복하는 자로서도 온다."

독문학이나 철학을 전공한 경력이 없는 저자가 시도한 이 번역은 흠을 잡을 데 없이 좋은 번역이다. 그럼에도 독자들을 위해 벤야민의 글에 있는 단어 하나도 놓치지 않고 내가 번역을 시도해본다면, 다음과 같이 옮기고 싶다. "과거에 지나간 것을 역사적으로 명확하게 표현한다는 것은 '그것이 도대체 어떻게 해서 실제적으로 그러한 모습이었던가'를 인식하는 것을 지칭하지 않는다. 그것은 기억이 어떤 위험의 순간에 어떻게 해서 섬광처럼 스쳐 지나가는시를 기억에서 붙잡아 자기 것으로 만드는 것을 의미한다. 역사적 유물론에서 문제가 되는 것은 과거의 형상을, 이것이 위험의 순간에 역사적 주체에게 뜻밖에 그 모습을 나타내듯이, 꼭 붙잡는 것이다."

내 눈에는 벤야민이 "… 기억에서 붙잡아 자기 것으로 한다"는 생각을 제6번 테제에서 특히 전달하려는 의도를 갖고 있는 것으로 보인다. "… 기억에서 붙잡아 자기 것으로" 만들었을 때 세계 변혁에의 뇌관이 될 수 있기 때문이다. 벤야민의 사유는 실제로 기존 권위의 부정을 통해 가장 중요한 역사적 전환을 성취한 1968 혁명에서 뇌관의 역할을 한 것으로 평가받고 있다. 그러나 저자의 번역과 나의 번역 사이에 존재하는 미세한 차이가 갖는 의미는, 인식과 사유의 차원에서 볼 때, 거의 없다.

내가 보기에 『벤야민 번역하기』의 정수에 해당하는 "Overture"에는 역사적 사태들이, 특히 비극적인 역사적 사태들이 이것들에 관련되는 것들, 곧 동서고금을 통해 설파된 진리와 경구, 고전적인 지위를 갖는 예술작품들, 철학적 저작들과 '성좌적 배열Konstellation'의 –이 개념은 벤야민에서 유래한다- 형식으로 서로 연결되면서 저자의 사유에 수렴되어 있다. 역사적 사태들과 지식·인식·진리가 저자의 사유에 의해 성좌적 배열의 형식으로 상호 연결되어 "Overture"에 농축되어 있는 것이다.

이 자리에서 '성좌적 배열'에 대해 간단히 언급해도 되리라 본다. 별자리에서 착안한 성좌적 배열이란 어떤 특정 사물(태)는 이것과 관련이 있는 다른 사물(사태)들과의 관계에서 그 본질이 드러난다는 의미를 담고 있는 개념이다. 이를 역사적 사태에 적용해 보기로 한다. 어떤 특정한 비극적인 역사적 사태는 다른 비극적인 역사적 사태와의 관계에서 본질적으로 해석될 수 있고, 이 해석에 철학과 예술에서 퇴적된 사유를 끌어 들이면 해석이 역사적 사태의 본질을 더욱 적중시킬 수 있다. 철학과 예술에는 세계가 인간에게 자행하는 고통을 매개하는 인식이 –나는 이 인식이 철학과 예술이 매개하는 인식 중에서 가장 소중한 인식이라는 생각을 갖고 있으며, 저자와 나는 이점에서 전적으로 같은 생각을 갖고 있다. 따라서 저자와 나는 벤야민과 아도르노의 사유에 공감하고 있다- 퇴적되어 있기 때문이다.

앞에서 본 것처럼, 저자의 사유가 '성좌적 배열'을 채택하고 있기 때문에, 『벤야민 번역하기』에서 논리와 체계를 찾는 것이 불가능하다는 점은 자명하다. 정리해서 말한다면, 독자들이 『벤야민 번역하기』의 "Overture"를 성좌적 배열의 개념을 염두에 두고 읽으면 "Overture"에 퇴적되어 있는 인식이 별자리처럼 서로 연결되어 있음을 이해할 수 있게 될 것이다. 독자들은 저자의 파편처럼 보이는 사유의 편린들이 별자리처럼, 비극적인 역사적 사태들에 대한 기억과 이 기억이 여기에서 지금 갖는 의미를 찾는 관점에서, 서로 연결되어 있음을 파악하게 될 것이다.

마지막으로, "Overture"에서 중요한 비중을 갖는 인식들을 열거하면서 이 글에 대한 간단한 안내를 마치고자 한다. 농지개혁과 한국전쟁에 들어 있는 이데올로기, 한국사회에서 보수와 진보의 대칭적인 대립이 갖고 있는 허구성과 폭력성, 빨갱이 낙인의 폭력성, 예술-

박정희-그람시-계급을 아우르는 사유를 통한 폭력 고발, 국가-헌법-신국神國-국가권력에 의한 살인-사법 살인-야만의 메커니즘, 박정희 신국- 조국/헌법의 국민 기망 기능, 제주 4·3 학살의 비극, 태극기 부대의 본질, 한국형 홀로코스트인 제주 4·3과 광주 5·18, 규정/조작의 상대성-악의 편재성-악의 보편성-인류 역사, 만인에 대한 만인의 비가시적 살인, 절대 다수의 피지배 계급에 대한 지배 계급의 법적·경제적 살인, 일본이라는 야만과 대칭성의 부도덕, '우리'라는 개념의 폭력성, '우리'를 만들고 유지하고 관리하고 조작하는 것들, 투표 결과와 지배 구조의 허위적인 관계 등등 독자를 충격과 미궁에 빠트리는 수많은 사유들이 "Overture"에 들어 있다.

이 사유들을 따라가면서 과거의 고통으로부터 현재를 성찰하고 미래에서의 더욱 좋은 삶을 모색하고 행동으로 옮기는 것은 오로지 독자들이 몫이다. "Overture"에는 또한 횔더린, 후지타 쇼죠, 카프카, 푸코, 마르케스, 백남준, 논어, 김수영, 벤야민, 아도르노, 피에르 바야르 등등 많은 예술가와 철학자가 나온다. 그 이름들을 이곳에 모두 열거하지 않고 내 눈에 중요한 인물들만 언급하는 것으로 "Overture"가 제공하는 인식의 다층성을 강조하고 싶다.

"Overture"는 암호와 같은 글이다. 이 점에서 "Overture"는, 에세이 형식의 글이지만, 카프카와 베케트의 글과 본질적으로 닮아 있다. 그럼에도 "Overture"에는 암호 해독을 가능하게 하는 문장들이 많이 들어 있다. 독자들이 이런 문장들의 도움을 받아 암호를 해독하면 고통스러운 독서가 주는 기쁨을 얻게 될 것이다. "Overture"는 비의적이면서도 비의적으로만 머물러 있지 않은 글이다. 독자들이 이 글을 반복해서 읽어 보면 암호와 비의적인 것이 매개하는 인식, 곧 세계가 인간에게 강요하는 고통의 역사로서의 역사에 대한 인식을 얻게 될 것이다. 더 나아가 이러한 고통의 역사를 없애 가지는 가능성에까지 사유를 넓혀 나갈 수 있을 것이다.

VI. 한국 현대사에서 절망과 희망의 변증법

『벤야민 번역하기』는 한국 현대사에 특별한 시선을 보내고 있다. 저자는 한국 현대사를 때로는 극한적인 고통을 받으면서, 때로는 분노하면서, 때로는 냉소적으로 응시한다. 앞에서 이미 말했듯이, 『벤야민 번역하기』는 한국 현대사가 저자에게 고통을 준 것이 계기가 되어 세상에 나온 책이다.

일제 강점으로부터 해방된 한국사회는 이승만의 집권 이후 친일매국 세력, 반공을 지배의 수단으로 이용한 세력이 자행하는 독재에 의해 절망의 늪에서 허우적거렸다. 저자는 이러한 퇴행에 평양에서 내려 온 극우 개신교도 연루되었다고 보고 있다. 5·16 군사 쿠데타 이후에는 친일 세력과 반공 세력의 성격을 스스로 갖고 있었던 군사정권이 계획경제를 밀어 붙임으로써 재벌이라는 새로운 강력한 세력이 탄생하였다. 재벌은 군사정권 권력자들의 출신 지역에서 급성장하여 이른바 TK, PK와 같은 지배를 상징하는 용어들을 만들었으며, 이 용어들의 사용이 일상화되었다. 영남 세력이라는 용어는 5·16 쿠데타 이후 탄생한 용어이다.

친일 세력과 그 후예들, 반공 세력, 영남 세력이 그 중심에 있는 재벌, 수구 언론, 심지어는 거대한 자본을 구축한 종교까지 가세하여 형성한 동맹은 저자가 말하는 "피해 대중"을 아무런 출구도 허용하지 않은 채 관리·통제·감시·지배·폐기한다. 이 동맹은 무엇보다도 특히 경제, 언론, 교육, 정치와 행정, 사법을 구조적으로 지배함으로써 절대 다수의 무력한 개별 인간들의 삶이 항상 동일하게 절망적으로 반복되도록 강제하는 폭력을 행사한다. 오늘날 이 동맹의 중심 세력이 재벌이라는 사실은 두 말할 나위가 없이 자명하다. 재벌 권력은, 과거의 왕조처럼, 세습된다. 오늘날의 한국사회는 재벌에 의해 포획당하고 있으며, 이에 대해 반론을 제기하는 것은 거의 불가능하다고 볼 수 있을 것이다. 앞에서 간략하게 본 것처럼, 해방 이후 한국사회는 한국인들에게 비극적인 삶을 감내할 수밖에 없도록 강요한 지배 체계가 구조적으로 굳어진 사회이다. 『벤야민 번역하기』에 나오는 여순 사건, 빨갱이 몰이, 제주 4·3 항쟁, 광주 5·18 항쟁, 세월호 재앙, 촛불 항쟁은 이런 성격을 갖는 한국사회에서 발생한 역사적인 비극들이었다.

해방 이후의 한국인들은 그러나 지배 체계가 강요하는 비극적인 삶을 일방적으로 감내하는 것에 머물러 있지 않았다. 4·19 혁명, 부마 항쟁, 광주 5·18 민주화 운동, 6·10 항쟁, 촛불 항쟁은 지배 체계가 만들어 놓은 절망적인 상태의 구조화에 대한 저항이었다. 절망 속에서도 희망을 찾아 나섰던 한국인들의 행동은 동아시아 국가들에서는 거의 유일하다 할 정도로 빛나는 행동이었다. 이처럼 찬란한 저항의 역사에도 불구하고 오늘날 한국인들은 비극적이고 절망적인 삶 앞에 다시 놓여 있다. 극한적인 양극화, 전투사회·격돌사회처럼 소름끼치는 용어들이 알려주는 무한경쟁의 비극, 미래를 잃어버린 젊은 세대, 인류 역사상 유례가 없는 저출산, 세계 최고 수준의 노인 빈곤율 등등. '헬조선'이나 '지옥 불반도'와 같은 극단적인 용어들의 등장은 한국사회의 비극과 절망을 적나라하게 상징한다.

나는 한국인들이 찬란한 항쟁의 역사에도 불구하고 다시 절망적인 삶의 늪에 빠지는 이유를 망각과 사물화에서 찾는다. 한국인들은 절망에 용기 있게 저항했던 기억을 너무나 쉽게 망각하고 경제적 이익만을 집중적으로 쫓는 일상에 매달리는 경향이 있다. 한국인들에게 절대적인 가치는 오로지 돈이다. 이는 부동산 투기와 교육 투기가 명명백백하게 입증한다. 인간의 의식이 상품구조에 종속되는 현상인 사물화, 곧 사회병리 현상이자 개개인의 정신적인 질병인 사물화가 한국인들의 의식에 구조적으로 정착되어 있다고 볼 수 있다.

이렇게 볼 때, "모든 사물화는 망각이다"[6]라는 아도르노의 경구와 벤야민의 역사철학 테제 제6번이 들려주는 기억하기의 의미가 한국인들에게 던지는 의미는 절실하다고 할 수 있다.

짧은 글을 쓰려고 했는데 의외로 긴 글이 되었다. 이는 한국의 지적 풍토에서는 나오기

---

[6] 테오드로 아도르노, 『사회학 강의』, 문병호 옮김, 서울, 2014, 324쪽.

가 어려운 책인 『벤야민 번역하기』가 나에게 다가오는 감동의 강도에 기인한다. 저자는 내게 보낸 글에서 다음과 같이 썼다.

"희망과 절망의 시소게임을 하고 있는 역동적 한국 현대사.
더 이상 속지 말자."

이와 함께 내 가슴을 압박하면서 울려 퍼지는 영화 제목을 이 자리에 적으면서 글을 마친다.

"이름 없는 수많은 별들이 하늘을 밝힌다."
(1965년, 알제리 독립투쟁을 주제로 한 이탈리아 영화)

"피해 대중"이여, 망각과 사물화의 늪에 빠지지 말고 기억하기의 위대한 힘을 잊지 말자. 지속되는 분노를 갖고 지배 세력이 자행하는 폭력을 감시하자. 이 폭력이 이용하는 대칭적 사고에 속아 넘어가지 말자.

(철학자·사회학자, 아도르노 저작 간행위원장)

공간이 없어 더 이상의 공간은 없어. 죄송해요. 여기 밖에 장소가 없어.

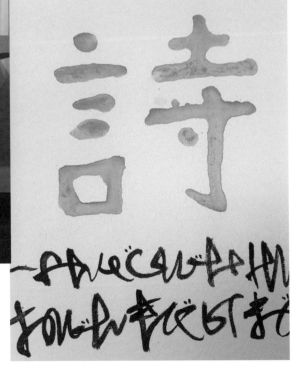